Markus Heitz
Ulldart II

PIPER

Zu diesem Buch

Das Böse gewinnt mehr und mehr Macht über den Kontinent Ulldart. Der junge Herrscher Lodrik wird unter dem Einfluss intriganter Kräfte in einen vernichtenden Krieg gedrängt. Nach der Schlacht von Telmaran verdichtet sich die Gewissheit, dass die alte Prophezeiung der Wahrheit entsprach: Die Dunkle Zeit wird wiederkehren, und Lodrik kommt dabei eine besondere Rolle zu. Doch Lodriks Sohn Lorin will den Kampf für die Freiheit nicht aufgeben. Ihm ist bestimmt, die Dämonen zurückzudrängen. Doch kommt seine Hilfe zu spät?

Markus Heitz, geboren 1971, lebt als freier Autor in Zweibrücken. Seine Besteller um »Die Zwerge«, alle bei Piper erschienen, wurden in acht Sprachen übersetzt. Auch das neunbändige Epos um die Welt »Ulldart« sowie seine Romane »Die Mächte des Feuers«, »Drachenkaiser« und »Die Legenden der Albae« begeisterten die Fans. Weiteres zum Autor: www.mahet.de

Markus Heitz

DAS ZEICHEN DES DUNKLEN GOTTES

UNTER DEN AUGEN TZULANS

Ulldart II

Piper München Zürich

Entdecke die Welt der Piper Fantasy:

Piper-Fantasy.de

Zu den lieferbaren Titeln von Markus Heitz bei Piper siehe Seite 1035.

MIX
Papier aus verantwortungsvollen Quellen
FSC
www.fsc.org
FSC® C083411

Ungekürzte Taschenbuchausgabe
Oktober 2011

Umschlagkonzeption: semper smile, München
Umschlaggestaltung: www.guter-punkt.de
Umschlagabbildung: Anke Koopmann unter Verwendung von Motiven von Shutterstock
Karten: Erhard Ringer
Satz: C. Schaber Datentechnik, Wels
Druck und Bindung: CPI – Clausen & Bosse, Leck
Printed in Germany ISBN 978-3-492-26809-7

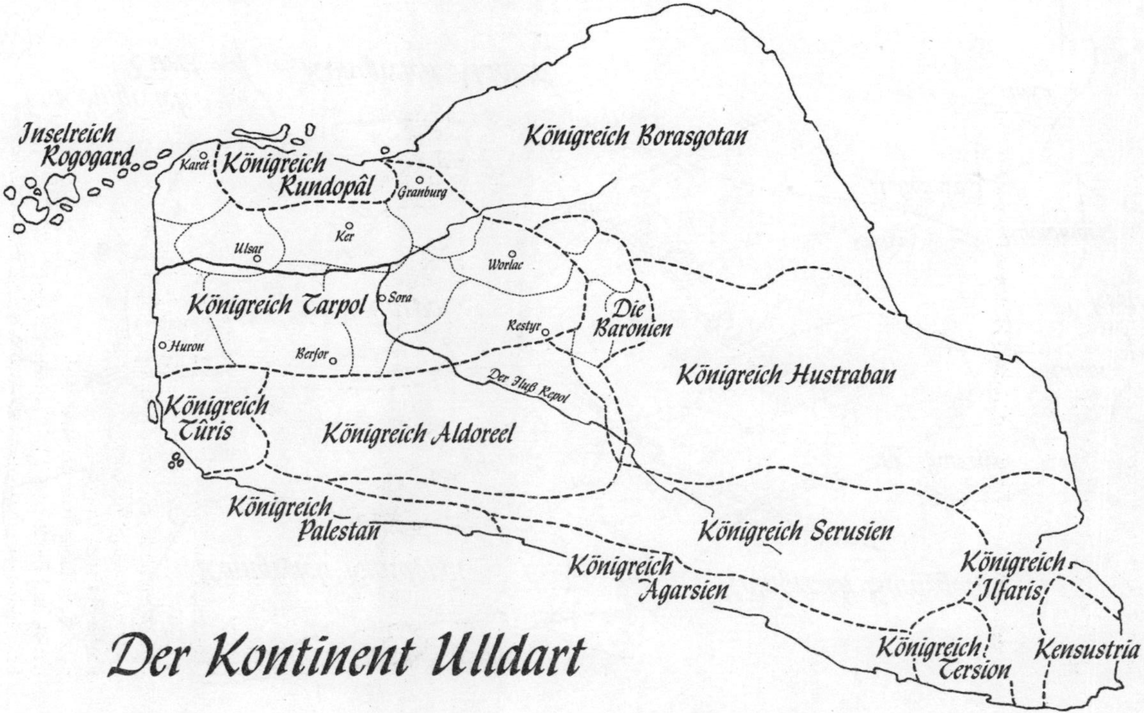
Inselreich Rogogard
Karet
Königreich Rundopâl
Granburg
Königreich Borasgotan
Ker
Ulsar
Worlac
Königreich Tarpol
Sora
Die Baronien
Restyr
Huron
Berfor
Königreich Hustraban
Der Fluß Repol
Königreich Tûris
Königreich Aldoreel
Königreich Palestan
Königreich Serusien
Königreich Agarsien
Königreich Ilfaris
Königreich Tersion
Kensustria
Der Kontinent Ulldart

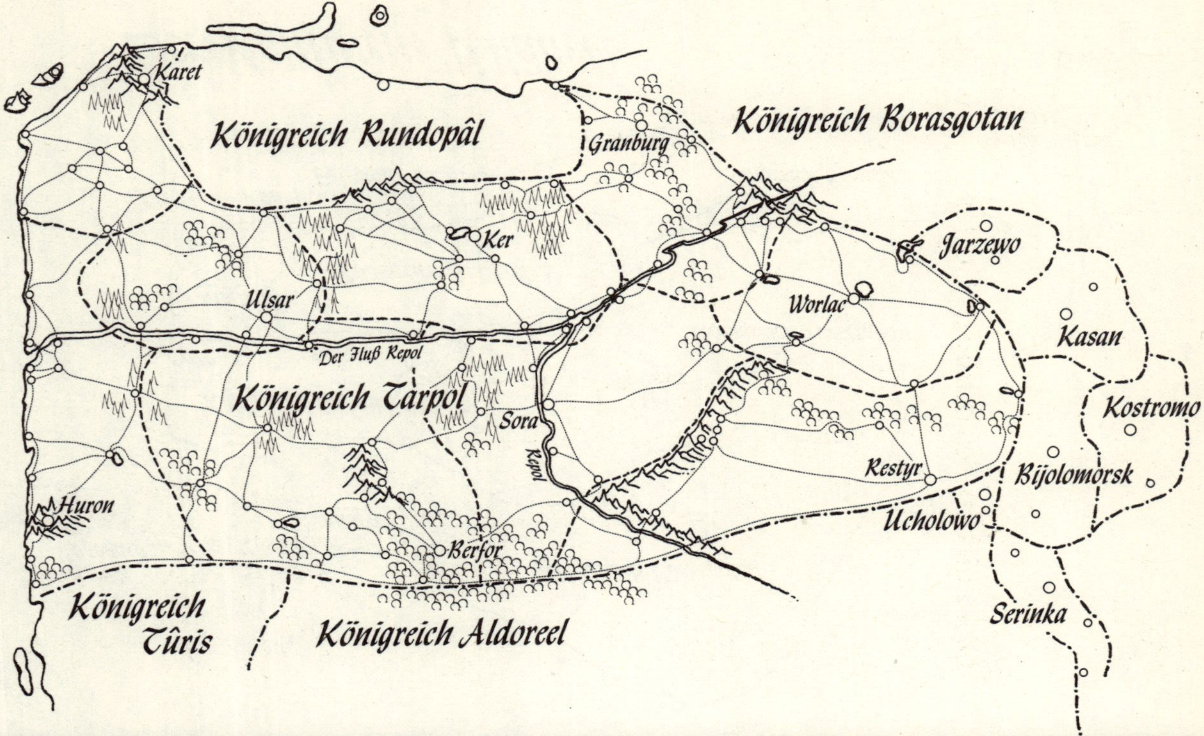
Königreich Rundopâl
Königreich Borasgotan
Karet
Granburg
Ker
Jarzewo
Ulsar
Worlac
Kasan
Der Fluß Repol
Königreich Tarpol
Kostromo
Sora
Repol
Restyr
Bijolomorsk
Huron
Ucholowo
Berfor
Königreich Tûris
Königreich Aldoreel
Serinka

Das Zeichen des dunklen Gottes

DRAMATIS PERSONAE

ULSAR und GRANBURG

Lodrik Bardri¢: Kabcar von Tarpol
Stoiko Gijuschka: Vertrauter des Kabcar
Waljakov: Leibwächter des Kabcar
Ijuscha Miklanowo: tarpolischer Brojak, Freund und Vertrauter Lodriks
Norina: Tochter Miklanowos, Brojakin
Matuc: Mitglied des Ulldrael-Ordens
Belkala: Priesterin des kensustrianischen Gottes Lakastra
Nerestro von Kuraschka: Mitglied des Ordens der Hohen Schwerter, Verehrer des Gottes Angor
Herodin von Batastoia: Vertrauter Nerestros, Mitglied des Ordens der Hohen Schwerter
Tarek Kolskoi: tarpolischer Hara¢
Aljascha Radka Bardri¢: Großcousine Lodriks, Vasruca von Kostromo und Kabcara
Mortva Nesreca: Berater des Kabcar
Hemeròc: Handlanger Nesrecas
Paktaï: Handlangerin Nesrecas
Chos Jamosar: Hof-Cerêler in Ulsar
Soscha: Mädchen aus Ulsar

HERRSCHER und DIPLOMATEN

König Perdór: Herrscher von Ilfaris
Fiorell: Hofnarr und Vertrauter Perdórs

Moolpár der Ältere und Vyvú ail Ra'az: kensustrianische Botschafter
Sarduijelec: Botschafter Borasgotans
Fusuríl: hustrabanischer Gesandter
Mero Tafur: Botschafter Aldoreels
Parai Baraldino: Commodore, Kaufmann und Botschafter Palestans
Fraffito Tezza: Adjutant Baraldinos
Alana II.: Regentin von Tersion
Arrulskhán: Kabcar von Borasgotan
Tarm: König von Aldoreel
Telisor: Tarms Sohn

DIE VERBOTENE STADT
Meister Hetrál: Bogenschütze und Befehlshaber der Schutzwache um die Verbotene Stadt
Tarmann Nurk: Hetràls Stellvertreter
Pashtak: Sumpfkreatur, Versammlungsmitglied

ARMEEANGEHÖRIGE
Sinured: legendärer Kriegsfürst
Osbin Leod Varèsz: Stratege Sinureds
Widock: Handlanger von Varèsz
Faïs-bar-Lamshadai: Tei-Sal (Oberer Befehlshaber)
Haïl-er-Ibadan: Tei-Sal
J'Maal: Anführer des tersionischen Kontingents

WEITERE
Varla: Piratenkapitänin
Torben Rudgass: rogordischer Freibeuter
Farron und Ollkas: zwei kensustrianische Astronome
Lom T'Sharr: Befehlshaber der Stadtwache Baiugas
L'Xarr: Shadoka von Alana II.

PROLOG

Ulldart, Königreich Tersion, Hauptstadt Baiuga, Sommer 443 n. S.

Ungefähr in einem Abstand von fünfzig Schritt zueinander blieben die zwei Männer in den sengenden Strahlen der Sonnen stehen, sahen sich an und hoben dann ihre Hand zum Gruß.

Der eine trug ein leichtes, bewegliches Kettenhemd zum Schutz, während sein Gegenüber den stabileren, aber auch steiferen Plattenpanzer gewählt hatte. Beide Gesichter wurden von Topfhelmen verdeckt.

Jeweils links von ihnen stand ein kleines Tischchen im hellen Sand des ovalen Platzes, auf dem eine mittelschwere Armbrust und drei passende Bolzen für die Waffe lagen.

Auf ein kurzes Trompetensignal hin erwachten die Kontrahenten aus ihrer Regungslosigkeit.

Der Mann im Kettenhemd fasste nach der Fernwaffe und begann mithilfe eines Spannhebels, die Sehne Stück für Stück nach hinten zu ziehen.

Als er das erste Geschoss schwitzend in den Lauf legte und zielte, hatte sein Gegner mit dem dünnen, geflochtenen Seil gerade mal die Hälfte der Strecke bis zum metallenen Haltedorn überbrückt.

Zischend durchschnitt der Bolzen die Luft und schlug in die Schulterpanzerung ein. Ein leiser Schmerzenslaut entfuhr dem Getroffenen, kurz hielt er inne. Nach wenigen Lidschlägen setzte er aber seine Arbeit fort, während das Blut plötzlich in einer breiten, roten Bahn den linken Oberarm hinablief.

Fluchend fing nun auch wieder der Mann im Kettenhemd an, seine Armbrust zu spannen.

Zähneknirschend richtete sich der andere auf. Das Anvisieren bereitete ihm wegen der Verletzungen sichtlich Schwierigkeiten, und er musste den Lauf wieder senken. Der linke Arm zitterte zu sehr, also versuchte er sein Glück mit der anderen Seite. Sein zeitlicher Vorsprung und damit sein Vorteil schmolzen dahin.

Gleichzeitig hoben sie ihre Fernwaffen, fast synchron betätigten sie die Abzüge. Doch die Geschosse verfehlten in beiden Fällen ihre Ziele und bohrten sich wirkungslos etliche Meter weiter hinten in den hellen Sand.

Hektisch wurde nachgeladen, und erneut war der Träger des Kettenhemdes der Schnellere der beiden. Keuchend vor Anstrengung riss er den Lauf hoch, zielte und verzog durch das aufgeregte Atmen beim Feuern etwas. Sein letztes Geschoss brach durch die metallene Panzerung, der Bolzen verschwand bis zur Hälfte in der rechten Brust.

Diesmal schrie sein Gegner laut auf, die bereits gespannte Armbrust fiel in den Sand, und er musste vor Schmerzen in die Knie gehen.

Zitternd nahm er nach einer Weile die Fernwaffe in die Rechte, stützte das linke Knie auf und legte den Lauf darauf ab. Schwer atmend peilte er den Kopf seines Gegners an, der regungslos abwarten musste, bis alle Bolzen verschossen waren. Selbst wenn dieses Geschoss nicht traf, hatte sein Gegner immer noch einen letzten Versuch.

Mit einem schabenden Geräusch schnellte die Sehne nach vorne, beschleunigte das Holz und den Stahl. Nach einem kurzen Flug durchstießen die geschliffenen Kanten den ungeschützten Hals des Kontrahenten, der daraufhin gurgelnd zusammenbrach.

Nur einen Lidschlag später kippte der Mann im Plattenpanzer langsam nach hinten um und lag tot im Sand. Seine zweite Verletzung war zu schwer gewesen.

Nach einer Phase der atemlosen Spannung brüllte die Menge in der Arena auf, applaudierte, johlte und pfiff, begeistert von dem, was sie gerade für ihr Eintrittsgeld zu sehen bekommen hatte.

Fraffito Tezza, das lebende palestanische Geschenk an die Regentin von Tersion, schüttelte den Kopf und seufzte anhaltend. Er stand im Schatten einer großen Säule am äußersten Rand des Schauplatzes, stützte sich auf den Stiel seines Reisigbesens und wunderte sich täglich aufs Neue über so viel Dummheit.

Zum einen über die der Kämpferinnen und Kämpfer, die in der tersionischen Arena immer wieder gegeneinander antraten und schneller ums Leben kamen, als sie das wohl planten. Zum anderen über die der Besucher, die sich am Tod, der mal mehr, mal weniger qualvoll ausfiel, anderer ergötzten. Dass sie an den blutigen Spektakeln ihren Spaß hatten, hörte er seit fast einem halben Jahr durchgängig an der lautstarken Verzückung der Massen.

Andererseits hätte er nichts dagegen, hier Baraldino antreten zu sehen, jenen Mann, der ihn an Königin Alana von Tersion »verschenkt« hatte.

»Los«, sagte eine der Wachen, die am Eingang zur Arena standen, zu dem palestanischen Offizier und nickte in Richtung der beiden Leichen.

»Sehr wohl«, entgegnete Tezza, stakste in die Mitte des Sandplatzes, zog seinen Dreispitz und machte eine tiefe Verbeugung, wie immer formvollendet und höchst elegant.

Das Publikum liebte den Auftritt des inzwischen berühmtesten Kehrmeisters, den die Arena jemals gehabt hatte.

In seinem auffälligen Brokatrock, den Wadenhosen

und weißen Strümpfen sowie mit den Schnallenschuhen an den Füßen war der Palestaner ein bunter Vogel inmitten von weißen Tauben. Selbst in der größten Hitze behielt er seine Perücke auf; und rann der Schweiß ihm auch in Strömen über das Gesicht, Fraffito Tezza behielt seine Würde. Er wusste, dass die Tersioner ihn als eine Art Hofnarr betrachteten, aber solange ihn dafür alle in Ruhe ließen, war ihm das recht.

Während ein paar Sklaven die Toten höchst unwürdig wegzerrten, scharrte der Palestaner mit dem Besen frischen Sand über die Blutflecken, bis sie nicht mehr zu sehen waren.

In einem halben Jahr würde er hier raus sein. Und egal, was ihm danach drohte, er würde seinem Vorgesetzten, Parai Baraldino, beim ersten Zusammentreffen eine Ohrfeige geben. Oder zwei. Für diese Demütigungen, die er in dem fremden Land erlitt, sollte sein Landsmann bezahlen.

Der Palestaner hatte seine Arbeit verrichtet, absolvierte einen weiteren Kratzfuß, was ihm den Applaus und das Gelächter der Besucher einbrachte, dann stelzte er zurück in den Schatten der Säule. Die Sonnen brannten gnadenlos aus dem wolkenlosen Himmel im südlichen Ulldart.

»Du sollst runter, in die Katakomben«, wies ihn die Wache an. »Die Zisterne muss sauber gemacht werden. Und die Wasserbecken sollen aufgefüllt sein, damit die Kämpfer sich nachher waschen können.«

»Sehr wohl«, sagte Tezza wie immer, schulterte sein Kehrwerkzeug und machte sich an den Abstieg in das unterirdische, kühle Reich unter der Arena.

Hier befanden sich sowohl die Käfige für die verschiedenen exotischen Tiere und Sumpfbestien, die zum Kampf eingesetzt wurden, als auch die Behausungen der Männer und Frauen, die sich wegen Geld gegenseitig ans Leben gingen. Und das mit dem abenteuerlichsten Waffensammelsurium, das der palestanische Offizier jemals gesehen hatte.

Schwerter in allen Formen und Größen, Keulen, Lanzen, Speere, Schilde, Netze und jede Menge Waffen, für die es keine Namen gab oder nur solche, die er sich nicht merken konnte. Daneben rollten alle möglichen Gefährte durch den Sand, wie Streitwagen oder Ähnliches. Durch ein Röhrensystem, das vom Hafenbecken hierher führte, konnte die Arena zudem für Schiffskämpfe geflutet werden, auch wenn diese Prozedur sehr aufwändig war. Um einen Zweikampf spannender zu machen, waren Sklaven dazu abgestellt, zusätzliche Hindernisse und Deckungsmöglichkeiten aufzubauen.

Das Prinzip war einfach: Antreten durfte in der Arena jeder. Das Gold, das es für Freiwillige zu verdienen gab, lockte einfache Bauern, ehemalige Sklaven oder Glücksritter, die aber schnell zu spüren bekamen, dass ein Kampf gegen einen der Krieger der Regentin kein Zuckerschlecken war. Gewann entgegen aller Erwartungen trotzdem einer der Wahnsinnigen, bekam er einen Lohn von zwanzig Batzen. Wagte er einen zweiten Kampf, verdiente er das Doppelte.

Neben den Freiwilligen gab es die Sklaven, denen ihre Entlassung in Aussicht gestellt wurde, wenn sie eine gewisse Anzahl von »Begegnungen« überlebten, und die professionellen Kämpfer, die sich »Shadoka« nannten und in einer Rangliste ordneten. Sie kämpften mal einzeln gegeneinander, dann im Duo oder in größeren Gruppen. Ob ein Gegner letztendlich getötet wurde, lag allein im Ermessen des Kontrahenten.

Die Regentin stellte insgesamt zehn solcher Männer und Frauen auf, hinzu kamen rund dreißig weitere Kämpfer, die von unterschiedlichen wohlhabenden Tersionern unterstützt wurden.

Jede reichere Familie sah es als eine Verpflichtung an, ihr Haus durch einen Shadoka in der Arena vertreten zu lassen. Natürlich wettete man auf den Ausgang der Kämpfe, was wiederum für zusätzliche Einnahmen sorgte.

Momentan führte ein albinohafter K'Tar Tur namens L'Xarr für Alana II. die Liste der Besten an. Seinen beiden seltsamen Schwertern war bislang kein Herausforderer gewachsen gewesen. Als Gleichwertige wurden ein unbekannter Kensustrianer mit unaussprechlichem Namen, der auf eigene Rechnung kämpfte, und ein hünenhafter schwarzer Angorjaner, den der Gemahl der Regentin mitgebracht hatte, gehandelt.

Tezza erwirtschaftete, ohne dass es jemand bemerkte, inzwischen einen ordentlichen Haufen Geld. Er beteiligte sich an den Wetten. Denn wenn jemand genaue Einblicke in die Erfolgsaussichten der Kämpfer hatte, dann war er es, weil er praktisch mitten unter ihnen lebte. Als gewiefter Kaufmann fand er durch Beobachtung und Lauschen sehr schnell heraus, wo bei dem Einzelnen die Schwächen und Vorteile lagen. Demnach war er in der Lage, den Ausgang einer »Begegnung« ziemlich gut einschätzen zu können.

Pfeifend schlenderte er durch die Gewölbegänge in Richtung der großen Zisterne, die zwischendurch immer wieder auf kleinere Verschmutzungen und ihren Wasserstand hin überprüft werden musste.

Tezza wusste genau, wer hinter welchen Türen, die er unterwegs passierte, lebte. Und je nach Status des Shadoka herrschte schon beinahe unanständiger Luxus in den Räumen. Pech hatten dagegen die Sklaven, die in Massenunterkünften ganz unten eingesperrt waren.

Die Tür des derzeitigen Listenbesten war nur angelehnt, undeutlich vernahm der Palestaner eine Unterhaltung zwischen mehreren Stimmen.

Sofort war sein kaufmännischer Geist hellwach. Vermutlich eine Kampfbesprechung. Vielleicht erfuhr er etwas, was er bei den nächsten Wetten Gewinn bringend einsetzen konnte.

Auf Zehenspitzen pirschte er sich an die Kammer heran, hielt sich das rechte Ohr zu, um sich völlig auf das linke zu konzentrieren.

Doch zu seiner Enttäuschung redete der K'Tar Tur in einer Weise, die vom Volk die »Dunkle Sprache« genannt wurde und die er, wie die meisten Menschen des Kontinents, nicht verstand. Plötzlich wechselte der Beste der Shadoka ins Ulldart.

»Ich weiß, du verstehst unsere Sprache nur sehr schlecht. Aber du bist einer von uns und wirst sie lernen müssen. Außer uns beherrscht sie niemand, daher macht es uns sicher davor, belauscht zu werden.«

Tezza grinste.

»Ich werde mich bemühen«, sagte ein für den Palestaner unsichtbarer Sprecher etwas zerknirscht. »Aber ich war nicht lange bei meiner Familie, daher …«

»Es ist gut. Wir werden es dir beibringen«, beruhigte ihn der Preiskämpfer. »Also, nun berichte.«

»Es wird erzählt, dass Sinured, unser aller Vorfahr, wieder zurückgekehrt sei.«

Im Zimmer hinter der Tür war es nach dieser Mitteilung totenstill. Dem Offizier fuhr ein Schauder über den Rücken.

»Wer erzählt das?«, wollte L'Xarr misstrauisch wissen.

»Ich komme direkt aus Tûris, und ich kann euch allen nur berichten, dass in der so genannten ›Verbotenen Stadt‹ große Dinge vorgehen. Die Kreaturen der Sümpfe sammeln sich dort zu Hunderten, säubern die Ruinen vom Bewuchs, als würden sie die Vorarbeit für etwas leisten wollen.« Der Erzähler redete schnell und aufgeregt, die Begeisterung war deutlich zu erkennen. »Und zwei Fischer haben vor der turîtischen Küste die Galeere Sinureds gesehen, wie sie aus dem Wasser emporkam. Brüder, unser Vorfahr lebt wieder! Tzulan sei Dank!«

Die anderen Männer und Frauen, die sich außerdem in der Kammer befanden, unterhielten sich leise in der Dunklen Sprache.

»Ich gestehe«, begann der Listenbeste nach einer Weile, »dass ich einen innerlichen Drang verspüre, aus Tersion wegzugehen, in Richtung Norden. Ich wusste bisher nicht, weshalb. Aber nach diesen Neuigkeiten wird mir einiges klar. Unser aller Urvater ruft uns zu sich, auf dass wir ihn unterstützen. Was auch immer er beabsichtigt.«

»Ja, lasst uns gleich aufbrechen«, fiel ihm der Neuling begeistert ins Wort. »Je eher wir bei ihm sind, desto …«

»Nicht so schnell«, herrschte ihn L'Xarr an. »Wir werden abwarten. Noch weiß keiner von uns, wo Sinured hin ist. Wir werden alle so lange in Tersion bleiben, bis uns ein Zeichen gesandt wird, das uns Klarheit verschafft. Oder wenn uns der Ruf unseres Vorfahren genauer leitet. Und überlegt: Wenn alle K'Tar Tur auf einen Schlag aus dem Land, womöglich noch aus allen anderen Reichen Ulldarts, nach Tûris marschierten, bekämen die Menschen Angst und würden sich uns wahrscheinlich in den Weg stellen wollen. Wir werden heimlich, nach und nach, verschwinden. Es darf niemandem auffallen.«

»Ob unser Vorfahr wieder so mächtig wird wie einst?«, fragte der andere leise. Hoffnung schwang mit. »Dann könnten sich die K'Tar Tur endlich für alle Schmach und Schande, die Verfolgungen und das Töten der letzten Jahrhunderte an diesem Kontinent rächen.«

»Ich weiß es nicht«, antwortete der Listenbeste. »Keiner von uns weiß, was Sinured möchte. Wir haben nicht einmal eine Ahnung davon, wo er sich aufhält. Vielleicht benötigt er unsere Hilfe ja auch hier, in Tersion. Keiner ist so nahe an der Regentin wie wir, nicht wahr, T'Sharr?«

»Sie vertraut mir wie niemand anderem«, bestätigte

der Kommandant der Stadt- und Leibwache und lachte. »Nicht einmal ihrem Gemahl.«

Tezza war einer Ohnmacht nahe. Dort drinnen saß einer der mächtigsten Männer des Reiches und redete durch die Blume über eine Übernahme des Throns durch die K'Tar Tur, wenn sein Vorfahr es ihm befehlen sollte.

»Also gut, Brüder und Schwestern.« L'Xarr hob seine Stimme. »Warten wir auf ein Zeichen, das uns hilft zu verstehen. Und danach lasst uns dafür sorgen, dass unser Vorfahr das erreicht, was er möchte. Wir sind seine Kinder und ihm ewig treu.« Der Schwur wurde von allen in der Kammer Versammelten wiederholt.

Erste Schritte näherten sich der Tür, und der Palestaner hüpfte das Gewölbe hinunter. Zu spät bemerkte er, dass sich in dem Gang keinerlei Möglichkeiten boten, wo er sich verstecken konnte.

Das Knarren in seinem Rücken sagte ihm, dass einer der Verschwörer hinaustrat.

Ruckartig blieb er stehen und kehrte imaginären Dreck auf dem Steinboden zusammen. Er pfiff die palestanische Nationalhymne und tat so, als würde er sich von unten den Korridor hinaufarbeiten.

Hinter sich hörte er Gemurmel, dann näherte sich jemand. Eine Hand legte sich auf seine Schulter, und Tezza spielte den Erschrockenen, was ihm nicht besonders schwer fiel.

»Oh, L'Xarr. Ich habe Euch gar nicht gehört. Ich höre nie etwas, wenn ich in meine Arbeit versunken bin. Absolut überhaupt gar nichts«, sagte er, aber sein Lächeln misslang gründlich, als er in die forschenden roten Augen des K'Tar Tur sah. Die dunkelrote Strähne im schlohweißen Haar, das Markenzeichen aller, die dem Dunklen Volk angehörten, zog seinen Blick an. »Schön, Euch in einem Stück zu sehen.«

»Tezza, wie gut, dass ich Euch hier zufällig treffe«, sagte der Listenbeste harmlos. »Ich wollte Euch fragen, was

Ihr von meinem Gegner haltet, der morgen auf mich trifft. Damit ich in einem Stück bleibe.«

»Das müsste doch der Shadoka der Familie Paskalon sein, nicht wahr? Wartet einen Moment.« Der Palestaner stützte sich auf seinen Besen und überlegte. »Nun, das dürfte kein Problem für Euch werden, L'Xarr. Seine Waffen sind Keule und Dolch. Zu langsam für Euch.«

»Das dachte ich mir.« Der Listenbeste nickte und schlug dem Offizier auf das Schulterblatt, sodass der Getroffene etwas in die Knie gehen musste. »Trotzdem danke ich Euch für Eure Einschätzung.« Er betrachtete den sauberen Boden und warf sein langes Haar zurück. »Das sieht sehr rein aus. Oder wollt Ihr, dass sich die Kämpfer darin spiegeln können? Ich denke, Ihr habt woanders mehr zu tun.«

»O ja, sicher doch«, sagte der Offizier beflissen. »Ich war auf dem Weg zur Zisterne, als ich das bisschen Dreck entdeckte und mir dachte, ich könnte ein wenig fegen, wenn ich schon mal hier bin, nicht wahr?« Tezza hob den Besen und zupfte am Reisig. »Aber ich sehe lieber nach dem Wasser. Die ersten Shadoka werden bald kommen.«

»Macht das, Tezza, macht das«, entließ ihn der Listenbeste und sah dem Mann im Brokatrock hinterher, der etwas verkrampft das Gewölbe hinablief.

Als der Palestaner um die Ecke verschwunden war, stellte sich T'Sharr an seine Seite. »Er hat unser Gespräch belauscht, oder?«

»Ich fürchte es beinahe«, sagte L'Xarr nachdenklich. »Hast du Vorschläge, Bruder?«

Der Kommandant legte die Stirn in Falten. »Wir dürfen es nicht nach Vorsatz aussehen lassen. Er ist immer noch ein offizielles Geschenk, das der Regentin gehört. Und Alana sieht es nicht gern, wenn man ihre Spielzeuge absichtlich kaputt macht. Zumal Palestan nun ein Verbündeter von uns ist.«

»Ein Unfall also«, meinte L'Xarr.

Der andere K'Tar Tur nickte knapp. »Ich fürchte, einer der Käfige wird demnächst nicht richtig verschlossen sein. Und ausgerechnet, wenn unser tapferer Tezza seinen Besen schwingt, wird das böse Tier ausbrechen. Da habe ich so eine Vorahnung.«

»Tragisch, tragisch«, murmelte der Listenbeste. »Dass er so enden muss.«

»Vorsichtshalber denke ich mir noch etwas anderes aus. Man weiß nie. Und ich unterschätze ungern jemanden. Sichert man sich doppelt ab, kann nichts schief gehen. Ich denke, wenn ich Alana dazu überreden könnte, den Palestaner spaßeshalber für einen unblutigen Kampf gegen einen Sklaven in die Arena zu schicken, hätten wir alle etwas davon. Auch dabei können sich Unfälle ereignen. Unfreie tun für ihre Freiheit einiges.«

I.

Nach der Zeit der Kämpfe folgte für unsere Welt eine Zeit des Friedens, in der sich die Menschen von den Jahrhunderte langen Kriegen und Schlachten erholten.

Die Kulturen, die Angor, Ulldrael, Senera, Kalisska und Vintera erschaffen hatten, blühten auf, trieben Handel und entwickelten sich weiter.

DIE ZEIT DES ERSTEN FRIEDENS,
Kapitel I

Ulldart, Königreich Tersion, südöstliche Grenze zum Königreich Ilfaris, Sommer 443

Von der Anhöhe herab sah der Befehlshaber, Faïs-bar-Lamshadai, auf das Lager herab, das in einer kleinen bewaldeten Talmulde aufgeschlagen worden war.

Zweitausend Mann hatten sich in den Zelten versammelt, alles kaiserliche Truppen oder angeheuerte Söldner aus Angor, wobei schärfstens darauf geachtet worden war, dass nicht ein einziger Kämpfer aus Ulldart stammte. Auch wenn man nur durch Ilfaris marschieren wollte, um nach Kensustria zu gelangen, wollten die drei Verbündeten Reiche, Palestan, Tersion und Angor, nicht einen einzigen Anlass geben, der nachträglich als Verletzung des Tausendjährigen Friedensvertrages gesehen werden konnte.

Faïs-bar-Lamshadai hatte als Tei-Sal, als Oberbefehlshaber, für den Kaiser von Angor mehr als eine Schlacht siegreich geschlagen, und sein großer Vorteil lag in der Besonnenheit, die er selbst in unübersichtlichen Situationen an den Tag legte. Mit fast fünfzig Jahren gehörte der grau melierte Mann mit der dunkelbraunen Haut und dem dünnen Schnurrbart sicherlich nicht mehr zu den Jüngsten, aber seine Erfahrung im Kampf war dem Kaiser mehr wert als alles andere. Und Erfahrung benötigte die Streitmacht, die gegen Kensustria ausrückte, dringend.

Der Befehlshaber wusste, dass er sich auf ein Abenteuer einließ. Die ausgehandelten Bedingungen besagten, dass er seine Truppen auf schnellstem Weg durch Ilfaris führen musste und dass ihm unterwegs keinerlei Hilfe gewährt würde.

Das bedeutete im Umkehrschluss, dass die Armee ihren Proviant, den sie benötigte, mitzuführen hatte, was den Tross für seinen Geschmack zu groß und zu langsam werden ließ.

Faïs-bar-Lamshadai hoffte, dass die Kensustrianer über wenig Aufklärer verfügten und die Angorjaner wenigstens ein bisschen auf das Überraschungsmoment bauen konnten, wenn sie in das Reich der Grünhaare einfielen.

Sein Auftrag sah vor, dass er die Küstenfestungen am westlichsten Punkt in seine Gewalt bringen sollte, um den wartenden angorjanischen Landungstruppen die Hindernisse aus dem Weg zu räumen.

Was die Armee in Kensustria allerdings erwartete, wusste niemand. Nicht einmal Perdór, der König von Ilfaris, der ansonsten über ein sehr gutes Netz von Spitzeln verfügte, wie man sich erzählte.

Der ranghöchste Offizier legte seine Hand als Sichtschutz an die Stirn und sah nach oben. Weit, weit über dem Lager kreisten vier mächtige Vögel und zogen gemütlich ihre Bahn. Solche großen Tiere hatte er noch nie gesehen, aber immerhin war er zum ersten Mal auf Ulldart, und daher wunderte er sich nicht allzu sehr über Ungewohntes. Lärm aus dem Lager ließ ihn seine Aufmerksamkeit auf die Zelte richten. Eilig schwang er sich in den Sattel seines Pferdes und ritt zurück, wo er von einem aufgeregten Soldaten empfangen wurde.

»Tei-Sal, die Grünhaare haben uns entdeckt!« Der Mann deutete den Weg entlang, der aus dem Tal in Richtung ilfaritische Grenze führte. »Dort warten sie auf uns.«

Lamshadai stieß dem Tier die Fersen in die Flanke und preschte die schmale Straße hinunter, wo er mehrere Soldaten und Offiziere erkennen konnte. Hart brachte er sein Pferd zum Stehen und sprang auf die Erde.

»Bericht«, rief er und bahnte sich einen Weg nach vorne. »Wie viele sind es? Müssen wir mit einem Angriff rechnen?«

Sofort machten die Kämpfer ihm Platz und gaben den Blick auf einen einzelnen Kensustrianer frei, der in etwa zweihundert Schritt Distanz gemütlich mit übereinander geschlagenen Beinen auf dem Boden hockte. Neben ihm lagen ein großer Bogen und ein Köcher mit Pfeilen, sein Körper steckte in einer vielgliedrigen Rüstung, die aus Metall-, Holz- und Lederstücken zusammengefügt schien. Hinter seinem Rücken ragten die Griffe von zwei Schwertern in die Luft.

»Das ist alles?« Der Befehlshaber entspannte sich ein wenig. »Ein einzelner Kensustrianer. Er wirkt nicht unbedingt sehr bedrohlich, oder?«

»Er sitzt seit wenigen Sandkörnern so da, Tei-Sal. Die Wache hat ihn bemerkt und vorsichtshalber Alarm gegeben«, meldete einer seiner Unteranführer. »Aber unternommen hat der gegnerische Soldat bisher noch nichts.«

»Leichte Bewaffnung, leichte Panzerung«, resümierte Lamshadai den Eindruck, den er gewonnen hatte. »Er sieht nach einem Späher aus. Damit ist unser Vorteil der Überraschung aller Wahrscheinlichkeit nach gestorben, wenn er seinen Leuten berichtet.«

»Sollen wir ihn fangen, Tei-Sal?«, fragte der gleiche Offizier. »Vielleicht erfahren wir mehr über das, was die Kensustrianer vorhaben.«

Der Mann schüttelte den Kopf. »Wir warten ab. Wenn er eine solche Ruhe hat, warum sollten wir sie nicht auch haben? Lasst die Wachen verstärken, besetzt die Posten auf den Hügelspitzen doppelt. Niemand außer diesem Kensustrianer wird in dieses Tal gelangen. Und keiner wird hinausgelassen. Beobachtet ihn, aber greift nicht an.« Lamshadai wandte sich zu seinem Pferd und stieg auf. »Ich bin im Lager, wenn sich etwas ereignen sollte. Sitzt der Kensustrianer in einer halben Stunde immer noch dort, fangt ihn. Ich will ihn lebend.«

Der Soldat mit den grünen Haaren hatte ein wenig

Reisig zusammengetragen und entzündete mithilfe eines Feuersteins eine kleine Flamme.

»Der hat vielleicht Nerven. Der brät sich was«, sagte eine der Wachen und kratzte sich unterm Helm. »Wenn ich so vielen Gegnern gegenüberstehen würde, wäre mir nicht nach Essen zu Mute.«

Ein eigenartiges Knattern, wie von Segeln in einem starken Wind, war plötzlich zu hören. Vier große Schatten huschten über die Spitzen der Bäume, und der Tei-Sal hob den Kopf. Verblüfft klappte sein Unterkiefer herab.

Das, was er vorhin für Vögel gehalten hatte, waren seltsame Flugkonstruktionen, unter denen Menschen hingen. Und als er die Farbe der Haare sah, wusste er, es waren Kensustrianer.

Zielstrebig schossen sie mit ihren Maschinen aus Leder, Holz und Pergament wie große Segelvögel über die Wipfel und steuerten das Lager an.

»Gebt Alarm!«, brüllte Lamshadai, doch er hörte schon erstes erstauntes Rufen aus der Richtung des Sammelpunkts.

Feiner Sprühnebel lag plötzlich in der Luft, der sich auch bis zur Position des Tei- Sal verteilte. Es roch intensiv nach Petroleum, gemischt mit einem anderen, beißenden Gestank.

Der Offizier verstand den Plan des Gegners. »Schießt den Kensustrianer ab!«, rief er. Aber keiner seiner Leute hatte Fernwaffen dabei.

Fluchend wendete er sein Pferd auf der Hinterhand, nahm sich den Speer eines völlig erstaunten Soldaten und galoppierte auf den Sitzenden zu.

Der Kensustrianer hatte sich mittlerweile erhoben und legte in aller Ruhe einen Pfeil auf die Sehne des geschwungenen Bogens.

»Tei-Sal, kommt zurück!«, brüllte einer der Unteranführer hinterher. »Er wird Euch abschießen, wenn Ihr in seine Reichweite gelangt.«

Kurz hielt der fremde Krieger die Spitze des Geschosses in das Feuer, um die daran befestigte Watte zu entzünden, dann zog er das geflochtene Seil weit zurück und zielte scheinbar wahllos in den Himmel.

Lamshadai stieß dem Pferd wie ein Wahnsinniger seine Stiefelabsätze in die Flanken und peitschte das Tier zum schnellsten Tempo an. Mit ein wenig Glück konnte er den Kensustrianer durchbohren, bevor er den Pfeil abschoss.

Der Abstand verringerte sich mehr und mehr, und erst im letzten Moment tauchte der Gegner mit einer sehr eleganten Bewegung unter der tödlichen Lanze weg. Während der Tei-Sal noch versuchte, eine abrupte Wendung zu vollführen, ging das kensustrianische Geschoss auf die Reise, kleine Fünkchen hinter sich herziehend.

Lamshadais Pferd verlor den Halt auf dem lockeren Waldboden und stürzte. Schwer schlug der Befehlshaber der angorjanischen Streitkräfte auf und blieb hustend liegen. Als er sich nach dem Bogenschützen umsah, war der jedoch verschwunden.

Mühsam rappelte er sich auf, seine linken Rippen schmerzten. Wie durch einen dämpfenden Schleier hörte er das Schreien seiner Männer im Lager, dichte, dunkle Qualmwolken verfinsterten die Sonnen. Dann waren die ersten Wachen bei ihm.

»Sie haben unseren Proviant angesteckt«, berichtete einer der Männer. »Fast die ganzen Lebensmittel stehen in Flammen. Wenn wir Glück haben, können wir wenigstens die Unterkünfte retten, Tei-Sal.«

Ächzend machte sich Lamshadai auf zu seinem Pferd und kletterte vorsichtig in den Sattel, um zurückzureiten. Auf eine solche technische Überlegenheit des Gegners war er nicht vorbereitet gewesen. Weder auf diese Flugapparate noch auf die enorme Reichweite der Fernwaffe.

Am Sammelpunkt herrschte ein großes Durcheinander. Verängstigte Pferde rannten umher und behinderten die verzweifelten Löschversuche. Stellenweise hatte der Wald Feuer gefangen, einzelne Zelte schwelten bereits, und die zahlreichen Vorratswagen brannten lichterloh.

»Sie kamen wie die Vögel, Tei-Sal!«, rief ein aufgeregter Offizier von weitem. »Sie flogen über uns und warfen Beutel mit einer stinkenden Flüssigkeit auf unseren Verpflegungstross. Wir konnten nichts machen, sie waren zu schnell.«

Wütend warf Lamshadai den nutzlosen Speer weg. »Rettet, was zu retten ist«, befahl er. »Sichert die Tiere, dann ziehen wir uns nach Westen zurück.«

Argwöhnisch spähte er nach oben, ob diese Gleitmaschinen nicht noch einmal zurückkehrten und ihre Ladung nun auf seine Soldaten schleuderten.

Aber es geschah nichts dergleichen. Offenbar waren die Kensustrianer nur daran interessiert gewesen, den Proviant zu vernichten.

»Das geht schon gut los«, murmelte er. Damit verzögerte sich das Vorhaben, bis neue Vorräte und Zelte herangeschafft waren.

Für einen Moment sah der Tei-Sal ein Flammeninferno, in dem alle zweitausend Mann verbrannt wären, wenn die Kensustrianer anstatt auf die Vorräte auf die Unterkünfte gezielt hätten. Doch die Grünhaare hatten den Angorjanern Schonung gewährt. Sollte dies letztlich nur eine Warnung gewesen sein?

Seine Besonnenheit riet ihm dringend dazu, das Unternehmen abzubrechen. Mit diesen seltsamen Flugapparaten war der Gegner wahrscheinlich in der Lage, jederzeit und an jedem Ort einen Angriff auf die Truppen zu starten, dem das Fußvolk schutzlos ausgeliefert wäre.

Doch seine Ergebenheit dem Kaiser von Angor gegenüber verlangte, dass er das Wagnis einging und unter Umständen alle Männer in den sicheren Tod führte.

Mit gemischten Gefühlen und einem Zwiespalt, wie er ihn selten in seinem Inneren gefühlt hatte, ordnete er erneut den vorläufigen Rückzug an, um weiter westlich der Grenze auf den Nachschub zu warten, den die Regentin Tersions liefern musste.

Er vermutete, dass das nicht die einzige Überraschung gewesen war, die die Grünhaare für die Angorjaner auf dem Weg nach Kensustria bereithielten. Und deren Erfindungsreichtum hielt Lamshadai bereits jetzt schon für äußerst erschreckend.

**Ulldart, Königreich Tarpol, Hauptstadt Ulsar,
Sommer 443 n. S.**

Das tarpolische Reich verschaffte sich mit dem Sieg über das Hauptheer Borasgotans einen Respekt bei den anderen Ländern, der an Angst grenzte. Hatten fast alle Reiche vornehme Zurückhaltung bei dem Krieg und in den Verhandlungen davor geübt, mussten sie nun den Zorn des jungen Kabcar fürchten, der sich als fähiger Stratege darstellte oder zumindest auf fähige Köpfe zurückgreifen konnte.

Sein Vetter vierten Grades, Mortva Nesreca, der Mann mit den langen silbernen Haaren, galt als neuer Vertrauter am Hof, der dem Herrscher, Lodrik Bardri¢, mit seinem Rat zur Seite stand, so lange Stoiko Gijuschka immer noch das Krankenlager hüten musste. Die Pfeilwunden, die er in Dujulev erhalten hatte, verheilten nur zögerlich.

Das Ergebnis des klaren Erfolgs der tarpolischen Streitmacht und ihrer Verbündeten, denen man nach wie vor nachsagte, sie stammten aus Tûris, führte dazu, dass sich in Ulsar schon vor der Rückkehr des Kabcar diplomatische Vertretungen aller Reiche, mit Ausnahme Kensustrias, einfanden, die auf eine Audienz drängten.

Doch Lodrik ließ sie zappeln, sagte eine Besprechung nach der anderen ab, verschob Termine um Tage und hielt die Gesandten mit anderen Ausreden hin, während Sinured und seine Männer die letzten Reste borasgotanischen Widerstands aus Tarpol entfernen sollten. Nach wie vor galt die Losung »Keine Gefangenen«. Lodrik statuierte auf Anraten seines Konsultanten ein Exempel für weitere mögliche Invasoren.

Das Volk feierte ihn als Helden, der das Land von einer furchtbaren Bedrohung befreit hatte.

Selten war ein Name so oft und so voller Freude in Tarpol genannt worden wie der seinige. In den Geschichten von der entscheidenden Schlacht in der Ebene von Dujulev wuchsen die Verdienste Lodriks von Erzähler zu Erzähler. Es würde nicht mehr lange dauern, bis er der angesehenste und verehrteste aller Bardri¢s geworden war, vom »TrasTadc« zum Befreier und Erneuerer des Reiches. Einen solchen Aufstieg hatte der Kontinent noch nie erlebt.

Die freie Zeit, die Lodrik hatte, verbrachte er sehr zum Erstaunen Norinas nicht mit ihr, sondern verschwand mit seinem Vetter irgendwohin, um erst nach Stunden wieder aufzutauchen. Selbst Waljakov durfte die beiden nicht begleiten. Danach war der junge Mann zu müde und zu erschöpft, um sich länger um seine Geliebte zu kümmern, was er ihr manchmal sehr ruppig klar machte.

So hatte sich für Norina noch keine passende Gelegenheit ergeben, dem Kabcar zu berichten, dass er Vater werden würde. Und je öfter Lodrik mit Mortva unterwegs war, desto mehr zweifelte sie daran, dass es eine gute Idee wäre, von dem unehelichen Kind zu erzählen.

Mehr und mehr vertraute der junge Mann seinem Verwandten mit den silbernen Haaren, zog ihn zu allen Entscheidungen hinzu und ließ sich mehr als einmal von den Meinungen des Konsultanten beeinflussen.

Norina und Waljakov hegten und pflegten in den Stunden, in denen der Kabcar verschwand, den immer noch sehr anfälligen Stoiko, der sichtliche Schwierigkeiten mit dem Gesunden hatte. Die borasgotanischen Bogenschützen hatten damals ganze Arbeit geleistet.

Einmal erzählte der hünenhafte Leibwächter der Brojakin von dem seltsamen Verhalten Mortvas, als er in Dujulev tatenlos neben den blutenden Wunden des Vertrauten gestanden hatte. Dafür berichtete Norina von dem Vorschlag, den ihr der Konsultant bei der Siegesfeier gemacht hatte. Beide waren sich einig, dass Mortva so schnell wie möglich verdrängt werden musste, zum Wohle Lodriks und damit auch zum Wohle Tarpols.

Die schwarzhaarige Brojakin zweifelte daran, dass Mortva noch lange zurückhaltend blieb. Er würde in absehbarer Zeit sein wahres Gesicht zeigen, wie er es ihr kurz offenbart hatte: intrigant, hinterhältig und vermutlich äußerst skrupellos. Damit hatte er die besten Aussichten, die Gemahlin des Kabcar auf seine Seite zu ziehen.

Denn Aljascha wartete nur auf eine Gelegenheit, den Thron des Landes besteigen zu können, alle Macht in sich zu vereinen und zu regieren, wie sie es für richtig hielt. Daraus machte sie keinen Hehl. Schon einmal hatte sie versucht, den angedrohten Selbstmord Lodriks in die Tat umzusetzen, was Waljakovs Eingreifen jedoch in letzter Sekunde verhindert hatte. Sie an der Spitze Tarpols, das musste unter allen Umständen abgewendet werden.

Einen Tag nach der Rückkehr von Dujulev hatte sich etwas ereignet, das im Nachhinein zu großer Aufregung im Palast und der Hauptstadt führte. Es war der Morgen nach der Feier, der engste Kreis um den Kabcar hatte sich zum gemeinsamen Mittagessen getroffen.

Als Vorletzter erschien ein äußerst gut gelaunter Mortva, in der Hand einen gepanzerten Kriegshandschuh haltend, den er neben sich auf seinen Platz legte.

»Seht, was ich gefunden habe«, sagte der Konsultant. »Ich vermute, so martialisch wie dieses Ding aussieht, gehört es unserem ritterlichen Freund, nicht wahr?«

Die Versammelten starrten den Mann mit den silbernen Haaren an, Waljakov musste ein bösartiges Grinsen unterdrücken.

»Mortva, das, was Ihr uns da auf den Tisch gelegt habt, gehört in der Tat unserem Ordenskrieger«, meinte Lodrik nach einer Weile und sah dabei kein bisschen glücklich aus. »Und wenn Ihr jede weitere Schwierigkeit vermeiden wollt, dann empfehle ich, bringt den Handschuh so schnell Euch Eure Beine tragen wieder dorthin, wo Ihr ihn aufgehoben habt. Zu Eurem eigenen Schutz.«

Der Konsultant lehnte sich erstaunt zurück. »Ich fürchte, ich verstehe nicht ganz, was mein hoheitlicher Vetter mir sagen möchte. Wird denn Nerestro nicht glücklich sein, dass ich ihm sein wertvolles Rüstungsteil zurückbringe? Es wird einige Waslec gekostet haben, es anfertigen zu lassen.«

»Was der Kabcar sagen möchte«, schaltete sich Aljascha hilfreich ein, »ist, dass der Ritter damals eine Forderung an den Handschuh band. Jeder, der ihn aufhebt, befindet sich in Fehde mit ihm. Ihr solltet wirklich tun, was mein Gatte Euch rät.«

»Herzlichen Glückwunsch, Silberschopf«, murmelte der Leibwächter, und Norina lachte auf, bevor sie sich die Hand vor den Mund halten konnte.

Mortva tippte den metallenen Fingerschutz vorsichtig mit seinem Messer an. »Soll das heißen, ich muss jetzt gegen diesen Ritter einen Zweikampf bestehen? Ich?« Er sah an seinem wenig muskulösen Körper herab, der wie immer in einer tadellosen Uniform steckte.

Die Tür flog auf, und Nerestro von Kuraschka trat in den Raum, gewappnet mit Kettenhemd und Waffenrock, die aldoreelische Klinge an seiner Seite. Seine Augen verrieten, dass etwas nicht stimmte. »Ich muss mich für meine Verspätung entschuldigen, hoheitlicher Kabcar, aber jemand hat meinen Panzerhandschuh aufgenommen, ohne dass mir davon …«

Der Konsultant hob den Arm.

Nerestro wandte seinen Blick um und entdeckte das Stück vor dem Mann mit den silbernen Haaren. Er schien erleichtert zu sein. »Aha, es ist bei Euch abgegeben worden, Nesreca. Hat es der Mensch nicht gewagt, bei mir zu erscheinen, aus Angst, er müsste mit mir ein Duell austragen, was? Nun, es war wohl ein guter Zug von ihm.«

Mortva lächelte. »Um ehrlich zu sein, ich habe den Handschuh aufgehoben. Es hat keinen Zweck, es zu leugnen. Zu viele haben mich damit gesehen.«

Das Gesicht des Ritters entgleiste. »Mit Verlaub, seid Ihr wahnsinnig geworden?«

»Ich dachte, Ihr hättet den Handschuh verloren«, versuchte der Verwandte des Kabcar zu erklären. »Daher …«

»Er lag mit voller Absicht dort, Nesreca«, seufzte der Ordenskrieger. »Wer auch immer ihn aufhebt, der hat sich meine Feindschaft zugezogen. In diesem Fall trifft es dann wohl den Falschen.«

»Wer weiß«, murmelte Waljakov in seinen Bart.

Mortva legte die Fingerspitzen zusammen. Er wirkte sehr ruhig. Seine unterschiedlich farbigen Augen ruhten forschend auf dem Kämpfer. »Und wie geht es nun weiter? Wollt Ihr mich vielleicht direkt vor den Augen des Kabcar umbringen, oder wie habt Ihr Euch das vorgestellt? Ich schlage vor, da Ihr ohnehin sagtet, ich sei der Falsche, lassen wir es dabei bewenden und sagen einfach …«

»Nein«, schnitt ihm Nerestro barsch das Wort ab. »Ich bin Ordenskrieger der Hohen Schwerter, Diener des Gottes Angor, und meine Ehre lässt es nicht zu, dass ich einen derartigen Vorfall einfach auf sich beruhen lasse. Das müsst Ihr verstehen.«

»Ihr wollt wirklich einen Zweikampf?« Die Brauen des Konsultanten wanderten ungläubig in die Höhe. »Ich bin doch aber kein gleichwertiger Gegner für Euch.«

»Ihr habt meine Forderung angenommen, meinen Fehdehandschuh aufgenommen.« Der mächtige Kämpfer schüttelte den kurz geschorenen Kopf, die blond gefärbte Bartsträhne pendelte hin und her. »Da spielt es keine Rolle, wer ihn aufnimmt. Entscheidend war, dass Ihr ihn aufgenommen habt.«

»Gibt es wirklich keine andere Möglichkeit?«, erkundigte sich Lodrik ein wenig ratlos. »Ich würde nur ungern meinen Vertrauten«, Norina und Waljakov zuckten bei diesem Wort zusammen, das der Herrscher bisher Stoiko vorbehalten hatte, »verlieren.«

»Nein.« Der Ritter blieb hart.

»Und wenn ich es Euch als Kabcar befehle?« Die Stimme des jungen Mannes bekam einen lauernden Unterton, die blauen Augen wurden schmal.

»Dann«, gleichmütig hielt sein Braun dem Blick stand, »müsste ich gegen Eure Anordnung handeln. Die Ehre eines Kriegers kann man nicht wegbefehlen, hoheitlicher Kabcar. Auch Ihr, der Held von Dujulev«, er klang dabei etwas amüsiert, »vermögt das nicht.«

Ein unangenehmes Schweigen breitete sich im Raum aus. Niemand griff nach den Speisen, deren Duft appetitlich in der Luft hing, jeder schien über eine Lösung des Problems nachzudenken.

»Und wenn Mortva einen Stellvertreter benennt, der

für ihn gegen den Ritter antritt? Um den wäre es wenigstens nicht schade, wenn er umkommen würde«, schlug Aljascha mit Begeisterung vor. »Ich meine natürlich den Stellvertreter, der umkommt. Nicht Euch, Herr Ritter.« Eine erneute Spitze der rothaarigen Schönheit gegen den Mann, der es gewagt hatte, sie zurückzuweisen.

»Zu gütig, hoheitliche Kabcara. Darauf könnte man sich einigen«, stimmte Nerestro zögerlich zu. »Aber um einen Zweikampf werdet Ihr nicht herumkommen, Nesreca.«

»Warum hat mir denn das niemand vorher gesagt?« Der Konsultant klatschte in die Hände. »Ich hätte da jemanden an der Hand, der gegen Euch antritt und meine Ehre verteidigt. So hätten wir beide Eurem Kodex genüge getan, unsere Gesichter blieben gewahrt.«

Die Spannung im Zimmer fiel ab, die Erleichterung spiegelte sich in den Mienen der Anwesenden. Bis auf Waljakovs Antlitz, der zu gerne gesehen hätte, wie der heimtückische Berater in zwei Hälften zerfiel.

»Und wie weit soll diese Ehrenrettung gehen?«, fragte Norina. »Muss einer tot auf der Erde liegen?«

»Wir können uns auf die Regelung ›Erstes Blut‹ einigen.« Der Ordenskrieger setzte sich und legte eine Fleischscheibe auf seinen Teller. »Und wie die Bezeichnung schon sagt: Derjenige, bei dem als Erster Blut zu sehen ist, hat verloren.«

»Dabei macht es aber keinen Unterschied, ob er einen Schnitt ins Ohrläppchen erhält oder seinen Kopf verliert?« Der Konsultant beugte sich nach vorne und beobachtete interessiert, wie Nerestro begann, sein Mittagessen zu verzehren. Das Fleisch war im Inneren noch leicht roh, daher lief roter Bratensaft auf den Teller, als das Stück durchschnitten wurde.

»Nein, es macht keinen Unterschied«, antwortete der Ritter langsam und sah auf das Rot, das sich auf dem hellen Porzellan ausbreitete.

»Ich hätte noch einen Vorschlag zu machen, der Gerechtigkeit halber.« Mortva deutete mit dem Zeigefinger an die Seite des Kriegers. »Ihr seid im Besitz einer aldoreelischen Klinge, und ich selbst habe gesehen, was diese Waffe mit Menschen und Rüstungen oder Menschen in Rüstungen anstellt. Wärt Ihr bereit, bei diesem Zweikampf auf diese Besonderheit zu verzichten? Nicht, dass mein Streiter Euren ersten Hieb nicht übersteht, weil er durch Mark und Bein geht.«

Nerestro fuhr sich über die gefärbte Bartsträhne, die einen Kontrast zu dem kurzen braunen Haarspitzen auf dem Kopf bildete. »Nun gut, weil Ihr es seid und weil Ihr den Handschuh aufgehoben habt, ohne zu wissen, was Ihr Euch damit aufladet. Aber den Ort bestimme ich. Und ich wähle den großen Marktplatz von Ulsar.«

»In aller Öffentlichkeit?«, wunderte sich Lodrik. »Warum denn das, Herr Ritter?«

»Ich habe meine Ehre vor aller Augen zur Verfügung gestellt, daher muss sie vor aller Augen wieder hergestellt werden, so will es die Ordensregel«, erklärte der Mann.

»Man könnte doch ein richtig kleines Spektakulum daraus machen«, sinnierte der Konsultant. »Die Ulsarer würden sich bestimmt darüber freuen, etwas Abwechslung im eintönigen Städterleben zu haben. Gut, mein Streiter wird hoffnungslos unterlegen sein, aber er wird einen guten Kampf liefern, das verspreche ich Euch.«

Der Kabcar nickte. »Wenn Ihr einverstanden seid, Nerestro«, der Ritter neigte den Kopf, » dann lasse ich die Ausrufer durch die Straßen und Gassen ziehen. Wenn wir eine Woche als Vorbereitungszeit ansetzen, reicht das aus?«

»Ich benötige keinerlei Vorbereitung«, lehnte der Ordenskrieger verächtlich ab, aber Mortva nahm den Vorschlag auf, damit sich sein Streiter geistig auf die Begegnung vorbereiten konnte.

Waljakov und Norina tauschten schnelle Blicke aus. Sie waren sich sicher, dass der Mann mit den silbernen Haaren etwas im Schilde führte und der Ritter, ohne dass er es wusste, ihm die beste Gelegenheit zu einer Gemeinheit bot.

Jemand, der Militärgeschichte studiert hatte, musste wissen, was ein umherliegender Panzerhandschuh bedeuten konnte. Zumal es absolut sicher war, dass Nesreca schon lange vom Fehdeschwur Nerestros wusste, so gut, wie er ansonsten informiert war. Daraus ergab sich zumindest für Waljakov nur ein Schluss: Er hatte den Handschuh mit voller Absicht aufgehoben.

»Kennen wir eigentlich Euren Streiter?«, wollte Aljascha neugierig wissen. Ihre Katzenaugen hingen an den Lippen ihres entfernten Verwandten. »Ich habe Euch bisher immer nur allein gesehen. Wollt Ihr jemanden von der Wache gegen unseren Ritter schicken?«

Der Konsultant langte über den Tisch und nahm sich einen Apfel, den er mit kurzen, präzisen Bewegungen schälte. »Mein Begleiter ist ein sehr stiller, zurückhaltender Mensch, der erst vor kurzem in Ulsar eintraf. Ich kenne ihn aus meiner Zeit in Berfor.«

»Sagt ihm, ich lasse ihm die Wahl, welche Waffe er sich nimmt«, sagte Nerestro, der sich seines Sieges beinahe schon sicher war. »Ich bin nur gespannt, wie lange er durchhält.«

»Nicht sehr lange, fürchte ich, Herr Ritter«, bestätigte der Konsultant und machte ein unglückliches Gesicht. »Meine Ehre wird dahin sein. Aber ich habe sie wenigstens verteidigt.«

»Ihr habt verteidigen lassen«, meinte Waljakov verächtlich.

»Was aber erlaubt ist«, fügte Lodrik schnell hinzu, um zu verhindern, dass Mortva durch den Einwand seines Leibwächters sich doch noch dazu berufen fühlte, selbst gegen den Ordenskrieger anzutreten. »Wir alle werden unser Vergnügen haben, da bin ich mir sicher. Ich werde Tribünen errichten lassen, um dem Volk den besten Blick auf die beiden Gegner zu ermöglichen. So etwas sieht man ja nicht alle Tage.«

»Ganz recht«, sagte der Mann mit den silbernen Haaren und schob sich genüsslich ein Stück Apfel in den Mund. »So etwas hat man in Ulsar eigentlich noch nie gesehen. Es wird einmalig werden.«

Eine Woche danach erhoben sich vier quadratisch angeordnete Tribünen auf dem großen Marktplatz. Im Hintergrund wurde eifrig an den einstigen Ruinen der Ulldrael-Kathedrale gearbeitet, um ein festes Fundament für den Neubau zu schaffen.

Jeden Tag fanden sich Freiwillige ein, die zu Ehren des Gottes der Gerechtigkeit und des Wissens Hand anlegten, um für seine Hilfe gegen Borasgotan zu danken. Seit dem Sieg des Kabcar erlebte die Arbeit an dem neuen Gotteshaus einen Zulauf wie noch nie. Wenn der Obere von den Gläubigen verlangt hätte, einen Berg an dieser Stelle zu errichten, vermutlich hätten die Menschen auch das getan.

Doch im Moment genügte es dem Oberhaupt, dass die Helfer die Trümmer abgeräumt und zu einer Plattform zusammengefügt hatten. In wenigen Monaten sollten die Pläne für die neue Kathedrale fertig gestellt sein, dann würde mit der Neuerrichtung begonnen.

An diesem Tag wurden die Freiwilligen gegen Abend aus ihrer Arbeit entlassen. Die Bänke der Tribünen füllten sich zügig, ebenso die Dächer der umliegenden Häuser.

In der Ehrenloge saßen bereits der Kabcar und seine Gemahlin, sein Leibwächter, die kensustrianische Priesterin sowie die Brojaken Tarpols, die sich das Schauspiel nicht entgehen lassen wollten.

Wenn sich Lodrik richtig erinnerte, war das seit langem der erste öffentliche Auftritt seines Gegenspielers im Rat, Tarek Kolskoi. Er hatte sich seit Beginn des Krieges nicht mehr sehen lassen und die Nähe des Herrschers gemieden. Von Unternehmungen, die am Thron des jungen Mannes rüttelten, wurde nichts gemeldet. Seine Spione berichteten, dass sich der granburgische Adlige mit einer Heerschar von Leibwächtern umgeben hatte und er dubiose Gelehrte zu sich kommen ließ. Es schien, als habe irgendetwas den dürren Haraҫ außerordentlich beunruhigt.

Nun saß der vogelscheuchenhafte Mann einige Stufen unterhalb des Kabcar und starrte auf den Markplatz, wo allmählich Bewegung auszumachen war.

Nerestro von Kuraschka marschierte ein, funkelnd und glänzend in seine schwere, gravierte Rüstung gehüllt, eine Ladung kostbarer Pelze um die breiten Schultern gelegt. Der Kopf wurde von einem ebenso teuer anmutenden Helm geschützt, nur eine Aussparung ließ Augen, Nase und Mund frei, um eine bessere Atmung zu gewährleisten. Vom oberen Rand des Schutzes wölbte sich ein Metallbügel über den Nasenknochen.

Kaum trat der Ordenskrieger auf, schoss sein Banner am Fahnenmast am Rand des Platzes in die Höhe. Sein Gefolge schlug rhythmisch mit den gepanzerten Fäusten auf die Schilde.

Knappen befreiten den Ritter von den Pelzen, danach legte er in aller Ruhe seine aldoreelische Klinge ab, platzierte sie in einem eigens aufgestellten Halter und befestigte ein herkömmliches Schwert an seiner Seite. Den Dreiecksschild, den ein anderer Helfer ihm am Arm festschnallte, bewegte er mit spielerisch anmutender Leichtigkeit. Breitbeinig positionierte er sich auf dem Kopfsteinpflaster und wartete auf seinen Gegner.

Auf der gegenüberliegenden Seite erschien zunächst Mortva Nesreca, tadellos mit der grauen Uniform bekleidet, die silbernen Haare lagen wie Quecksilberfäden am Rücken. Die Fahne des Hauses Bardri¢, etwas abgewandelt und mit dem Zeichen des Hauses Nesreca versehen, flatterte kurz darauf im Wind.

Dann trugen vier Diener, denen die Anstrengung deutlich ins Gesicht geschrieben stand, einen großen Ständer mit verschiedenen Waffen und Schilden herein und stellten ihn hinter dem Konsultanten ab. Ein erstes Raunen ging daraufhin durch die Menge. Der Gegner des Ritters schien mit einer langen Auseinandersetzung zu rechnen.

Ein schwarz gekleideter Mann trat aus dem Schatten einer Tribüne wie aus dem Nichts an Nesreca heran, deutete eine Verbeugung an und sah hinüber zu Nerestro.

Er trug eine schwarze Lederrüstung, auf die silberne Metallstücke lamellenhaft aufgebracht worden waren und deren Enden bis weit über die Knie reichten. Die Arme wurden von miteinander verflochtenen Kettenringen geschützt, die Hände steckten in Panzerhandschuhen. Schwarze, nietenbesetzte Stiefel rundeten das Bild eines äußerst unliebsamen Zeitgenossen vollständig ab.

Sein fast schon hohlwangiges Gesicht, das von einem Dreitagebart geziert wurde, war ausdruckslos. Offenes, schwarzes Haar hing wie nasses Sauerkraut vom Kopf herab und wirkte fettig. Zum Erstaunen der Menschen trug der Unbekannte einen Augenschutz, wie er normalerweise im Winter benutzt wurde, wenn lange Strecken über gleißende Schneeflächen zurückgelegt werden mussten.

»Meine Güte, wo hat mein Vetter den denn kennen gelernt?«, murmelte Lodrik etwas überrascht.

»Auf alle Fälle sieht er aus, als könnte er mit Waffen umgehen«, gab Aljascha ihre Meinung ab. Wie immer hatte sie eine Garderobe ausgesucht, die viel versprach und sich hart an der Grenze zur Erregung öffentlichen

Ärgernisses befand. Ihr Haar leuchtete in den Strahlen der untergehenden Sonnen noch roter als sonst auf. Die scheuen Blicke männlicher Untertanen waren der Kabcara wieder einmal gewiss.

Norina, die eine abgewandelte granburgische Brojakentracht trug, saß in der Nähe von Waljakov, der interessiert nach unten sah. »Was überlegt Ihr?«

»Ich versuche mich zu erinnern, woher ich diese Art der Rüstung kenne«, antwortete der Hüne der jungen Frau. »Es ist ein sehr ungewöhnlicher Schutz. Wenn ich nur wüsste, woher mir diese Bauweise bekannt vorkommt.«

Ein Herold, der unterhalb der Ehrenloge gewartet hatte, schritt vorwärts, flankiert von Trompetern und Trommelspielern, die mit ihrem Instrumentenspiel auch den letzten Unaufmerksamen darauf hinwiesen, dass der Kampf gleich beginnen sollte. Abrupt endeten sie.

»Höret, höret, höret«, rief der Herold in die Stille hinein. »Nerestro von Kuraschka, Ritter des Ordens der Hohen Schwerter, Diener des Gottes Angor, steht zu meiner Rechten, um die Forderung von Mortva Nesreca, Vetter vierten Grades unseres hoheitlichen Kabcar und zugleich sein Konsultant, anzunehmen. Nesreca hat erklärt, dass Echòmer der Schwarze ...«

»Der Name passt«, raunte die schwarzhaarige Brojakin Waljakov zu. »Der Unheimliche wäre aber besser.«

»... als sein Streiter an seiner statt den Zweikampf führen wird. Es sei kundgetan, dass gekämpft wird, bis erstes Blut bei einem der Gegner erscheint, um der Ehrenrettung genüge zu tun.« Das Trio machte ein paar Schritte rückwärts, um den Platz symbolisch freizugeben. »Es möge beginnen.«

Auch der Konsultant wich bis an den Rand der Aufbauten zurück, verschränkte die Arme vor der Brust und lächelte, während sein Stellvertreter zum Waffenständer ging.

Der Ordensritter stapfte bis in die Mitte der improvisierten Arena, zog sein Schwert und ritzte eine Linie in den Stein. Knirschend zeichnete sich ein tiefer Kratzer ins Pflaster, danach stützte er die Hand auf den Knauf und wartete, dass sein Kontrahent zu ihm kam.

Echòmer warf einen Blick über die Schulter, schien den Ritter durch die schmalen Schlitze des Sonnenschutzes abzuschätzen, griff dann zu einem kleinen Rundschild und einem Kriegsmorgenstern, an dessen Ende drei spitzenbesetzte Kugeln baumelten. Die schlanken Dornen waren halb so lang wie ein kleiner Finger.

Prüfend ließ er die Waffe durch die Luft sausen, nickte knapp und wandte sich zu Nerestro um. Vor der Linie blieb er stehen.

»Er weiß mit Waffen umzugehen«, bestätigte Waljakov widerwillig die Einschätzung der Kabcara. »Er muss über enorme Kräfte verfügen, wenn er einen solchen Morgenstern mit einer Hand führen kann. Die Wahl lässt mich nichts Gutes für unseren Freund ahnen.«

»Ich entbiete Euch meinen Respekt, Echòmer der Schwarze«, sagte der Ritter höflich und hob das Heft seines Schwertes als Gruß vor sein Gesicht. »Ohne überheblich sein zu wollen, Ihr werdet einen schweren Stand haben, die Ehre Eures Freundes zu verteidigen.«

Regungslos stand ihm der andere gegenüber, der Morgenstern hing harmlos am ausgestreckten Arm nach unten. Leise klirrend schlugen die Kugeln aneinander.

»Wenn Ihr diesen Strich übertretet, sehe ich den Kampf als eröffnet an. Wagt Ihr …«

Ansatzlos sprang Echòmer nach vorne, rammte dem unterbrochenen Nerestro den Schild gegen die Brustpanzerung, um ihn aus dem Gleichgewicht zu bringen, und schlug einen Lidschlag später mit seiner mörderischen Waffe zu.

Krachend landeten die Kugeln auf der linken Schulter, die Eisendornen bohrten sich kreischend in das schützende Metall und steckten fest. Blut sickerte nicht hervor.

Während Nerestro noch um Standfestigkeit rang, ließ sein Gegner den Schild fallen, umfasste den Griff seiner Waffe mit beiden Händen, um daran zu reißen und zu zerren. Dabei stellte er sich so, dass der Ritter mit seinem Schwert nicht an ihn herankam.

Die Ulsarer schrien auf, die einen aus Schreck, die anderen aus Begeisterung über den unkonventionellen Stil des Fremden.

Belkala war aufgesprungen, die Hände ineinander verkrampft, die Brust hob und senkte sich schnell. Ihre Angst um den Geliebten war deutlich ablesbar.

Mortva hob den Kopf und sah zu der Priesterin. Das Lächeln wich nicht aus seinem Gesicht.

Echòmer begann, den Ordensritter wie einen störrischen Hund an einer Leine im Kreis um sich herumzuziehen, Nerestro taumelte und stolperte hinterher. Zu groß war die Kraft, die in den Armen des Gegners steckte und die er niemals vermutet hätte.

Mit einem wütenden Schrei schlug der Angor-Gläubige nach Echòmer, der zwar unter der Klinge wegtauchte, den Griff aber loslassen musste.

»Das«, keuchte Nerestro aufgebracht, »war weder ritterlich noch ehrenhaft. Benehmt Euch wie ein Recke!«

Der Kämpfer in der schwarzen Rüstung trabte zu seinem Waffenständer, um sich einen Dreiecksschild und einen Streitkolben zu nehmen.

Nun folgte ein Schlagabtausch, wie er dem Ordenskrieger zu gefallen schien, erkennbar an seinem grimmigen Lachen. Im ehrlichen Kampf schien Echòmer der Unterlegene zu sein, der sich mehr und mehr auf die Verteidigung beschränkte, als dem Ritter zuzusetzen.

Waljakov dagegen hatte den Eindruck, dass der Stellvertreter Nesrecas ein Spielchen spielte.

Es war ihm aufgefallen, dass sich der Unbekannte immer weiter zurückfallen ließ, immer weiter weg von dem Halter mit der aldoreelischen Klinge. Vielleicht setzte der Mann auch darauf, dass dem Ritter dank der schweren Rüstung die Kraft ausging.

Echòmer ließ die gegnerische Schneide einen Moment aus den Augen, und schon traf die Klinge in seinen Arm, durchbohrte das Kettengeflecht und drang, nur für den Ritter sichtbar, ein wenig in das blasse Fleisch ein.

Sofort machte Nerestro einen Schritt rückwärts. »Ich habe Euch getroffen, Echòmer der Schwarze. Damit ist meinem Ehranspruch genüge getan worden.« Die Menge verstand nicht genau, weshalb der Ritter seine Angriffsserie unterbrach. »Dankt mir nicht für meine Milde.«

Sein Kontrahent sah auf die Stelle, an der aber kein Blut austrat.

Mortvas Krieger lächelte kurz, dann zuckte der Arm mit dem Schild nach oben. Mit einem scheppernden Geräusch schlug die untere Kante des Schutzes gegen den Helm, Nerestros Kopf schnappte durch den Aufschlag neunzig Grad zur Seite. Benommen wankte er nach links und brach scheppernd in die Knie.

Echòmer kam auf ihn zu; die Deckung weit offen, und benebelt stocherte der Ritter nach dessen Beinen. Auf Grund des Widerstands, den er spürte, war sich Nerestro sicher, dass er den Mann ein zweites Mal verwundet hatte. Als er jedoch auf sein Schwert sah, fehlte erneut jede Spur von Lebenssaft.

Hart landete dafür die Stiefelsohle seines Gegners mitten in seinem Gesicht, und der Ordenskrieger fiel auf das Kopfsteinpflaster.

Belkala schrie auf und machte sich auf den Weg nach unten. Auch die Ulsarer brachen in aufgeregtes Gemurmel aus.

Waljakov wandte sich zu Lodrik, der mit Besorgnis die Vorgänge verfolgte.

»Herr, ich bin mir nicht sicher, aber ich habe den Eindruck, dass Nesrecas Stellvertreter den Ritter umbringen möchte«, sagte er leise, aber bestimmt ins Ohr des Kabcar. »Unterbrecht das, bevor Nerestro stirbt.«

»Das glaube ich nicht«, sagte der junge Mann, klang aber nicht sicher. »Ich meine, warum sollte er das tun?«

»Weil er für Euren Vetter antritt und Euer Vetter den Ritter aus irgendeinem Grund nicht leiden kann, Herr«, erklärte der Leibwächter lauter als beabsichtigt. Lodrik wandte sich erstaunt zu Waljakov um und wollte etwas entgegnen.

»Ach, Unsinn«, schaltete sich die Kabcara in diesem Augenblick samtweich ein. »Er wird ihm nur eine Lehre erteilen wollen. Der Mann ist für meinen Geschmack etwas zu anmaßend, und ein wenig Prügel dürften ihm nicht schaden. Wo er doch als echter Krieger des Gottes Angor so viel einstecken kann. Schaut nach unten: Er blutet nicht einmal.«

Der Herold hatte sich mittlerweile vorsichtig zu dem Ritter begeben, um nach dem Rechten zu sehen. Nerestro erhob sich schwankend.

»Kein Blut«, berichtete der Ausrufer tatsächlich, und inspizierte auf Wunsch des Ritters auch Echòmer. »Kein Blut«, rief er ein zweites Mal. »Der Kampf geht weiter. Oder möchte einer der beiden aufgeben?«

Der Ordenskrieger schüttelte den Kopf. Sein Gegner nahm als Antwort einen ovalen, beinlangen Schild, an dem jeweils rechts und links lange, dünne Spitzen hervorstanden, aus dem Ständer. Mit beiden Händen fasste Echòmer die Griffe, dann ließ er die Kombination aus Schutz und Waffe in atemberaubender Geschwindigkeit um die eigene Achse kreisen.

Nerestro wusste inzwischen, dass mit seinem Gegner etwas nicht in Ordnung war.

Beim ersten Mal hätte er sich vielleicht noch täuschen

können, aber das ungeschützte Bein dieses Echòmer müsste nach dem Schwerthieb bluten. Was es aber immer noch nicht tat.

Und er ahnte, dass er nicht mehr um seine Ehre, sondern um sein Leben kämpfte.

Nesreca hatte absichtlich darauf bestanden, dass er die aldoreelische Klinge ablegte. Warum das herkömmliche Schwert bei seinem Kontrahenten nicht wirkte, darüber machte er sich nicht wirklich Gedanken. Er musste nur irgendwie an seine kostbare Waffe, die am anderen Ende des Platzes stand, kommen, um Echòmer zu verwunden, bevor er tot auf das Kopfsteinpflaster fiel. Diesen Triumph wollte er dem Konsultanten nicht gönnen. Danach würde er sich ihn vorknöpfen.

Der Kämpfer in der schwarzen Rüstung stand so, dass er Nerestro den Weg zu seiner angestammten Waffe versperrte. Nach Lidschlägen der Regungslosigkeit, begann der Ordenskrieger mit seinen Angriffen, die nur dazu dienen sollten, Echòmer zur ständigen Parade zu zwingen.

Doch dieser seltsame Schild mit den Metallspitzen an den Enden, den sich der Mann ausgesucht hatte, war eine hervorragende Wahl gewesen und machte aus jeder Abwehr durch eine kleine Bewegung des Arms einen Gegenangriff.

Nerestro warf seinen Schild zur Seite, nahm das Schwert mit beiden Händen und drosch auf den Kontrahenten so schnell ein, dass Echòmer nur noch dagegenhalten konnte. Darauf hatte der Ritter gewartet.

Bei seinem letzten wuchtigen Hieb zog er das gepanzerte Knie nach oben und beförderte die Kante der gegnerischen Verteidigung gegen den Augenschutz, der daraufhin verrutschte.

Sofort ließ der Mann den Schild fallen, riss die Arme nach oben und versuchte, seine offensichtlich für Licht anfälligen Pupillen vor den Sonnen zu schützen.

Der Ordenskrieger lief los, so schnell es ihm sein schwerer Panzer und sein dröhnender Kopf erlaubten, um die aldoreelische Klinge zu erreichen. Die Ulsarer riefen und feuerten den Mann an.

Als er bei dem Schwert angekommen war und es aus der Scheide zog, traf ihn ein Schlag in den Rücken, der ihn gegen den Halter warf. Aber mit seiner Waffe in den Händen fühlte sich Nerestro sicherer als vorher.

Schwungvoll drückte er sich von dem Ständer ab und schlug aus der Drehung zu. Von schräg unten drang die Schneide in Höhe des Rippenansatzes in die Panzerung Echòmers ein, glitt ein paar Zentimeter in den Körper. Und steckte fest.

Fassungslos starrte Nerestro auf seine Waffe, während ein unmenschliches Gebrüll aus dem Mund seines bisher stummen Widersachers drang.

Reflexartig setzte der Ritter dem Getroffenen den Fuß auf den Bauch und stieß ihn nach hinten weg.

Knirschend kam die Klinge zum Vorschein, an der weiterhin kein Blut klebte. Normalerweise hätte sein Gegner in zwei Hälften zu Boden fallen müssen.

Aus den Augenwinkeln bemerkte er, wie der Herold mit blassem Gesicht angerannt kam. Die Ulsarer hatten sich von den Tribünen erhoben.

»Angor beschütze mich«, flüsterte der Ordenskrieger, und vielleicht zum ersten Mal in seinem Leben spürte er tiefe Furcht.

Dann drang die Metallspitze seines Gegners mit immenser Wucht vollständig in seine linke Brust ein, wurde ruckartig herausgerissen, gefolgt von einem dicken Schwall Blut, das aus dem Loch schoss.

Ein warmes Gefühl breitete sich in seinem Oberkörper aus, seine Finger wurden kraftlos, die Knie gaben nach, und er stürzte der Länge nach zu Boden. Entfernt hörte er das triumphierende Geheul Echòmers, das immer leiser wurde.

Nerestro spürte, wie man ihn auf den Rücken drehte, dann sah er undeutlich grüne Haare, ein geliebtes Gesicht und ein paar bernsteinfarbene Augen, die ihn entsetzt ansahen.

»Der Ring, den Angor mir gegeben hat, Belkala«, sagte er kaum vernehmlich und zuckte mit der linken Hand. »Zerschlag ihn. Schnell.«

Seine Linke wurde angehoben, etwas knirschte, dann glitt er in eine grüne Dunkelheit.

Mortva neigte den Kopf ein wenig zur Seite und lächelte zufrieden, als er den Ritter zu Boden gehen sah. »Nein, wie furchtbar«, rief er laut und machte sich auf den Weg, um sich unter die Schaulustigen zu mischen.

Immer mehr Menschen kamen auf den Marktplatz geeilt, um nach dem Getroffenen zu sehen. Wachen strömten herbei, um das Volk zurückzudrängen, auch die restlichen Ritter mit ihrem Gefolge sorgten dafür, dass die Ulsarer nicht zu nahe an den Verletzten heranliefen.

Als der Konsultant die Mauer aus Menschenrücken durchbrochen hatte, sah er Belkala neben Nerestro knien, ein dunkelgrünes Leuchten umgab den Körper des Verwundeten. Die Menge an Blut, das wie ein kleiner Brunnen rhythmisch aus dem Loch in der Rüstung spritzte, verringerte sich in kürzester Zeit.

Der Mann mit dem Silberhaar beugte sich zu dem Ordenskrieger herab. »Nerestro, hört Ihr mich? Sagt doch etwas?« Seine Hand legte sich an die Lebensader am Hals des Kriegers. Fast unmerklich pulsierte das Herz. Seine Enttäuschung darüber verbarg er meisterlich.

Das Grün, in das er mit den Fingern eingetaucht war, nahm er als Kribbeln wahr. Aus dem Prickeln wurde plötzlich ein schmerzhaftes Stechen, ruckartig zog er die Hand zurück und massierte sie. Was auch immer dem Ritter das Leben bewahrt hatte, es griff ihn an.

»Verschwindet, Nesreca!«, fauchte die Kensustrianerin, ihre Iris glühte giftgelb auf. Wie ein Tier, das seinen Nachwuchs beschützt, kauerte sie halb über dem Mann.

Mortva war für einen Sekundenbruchteil verunsichert. »Wenn Ihr meine Hilfe nicht wollt, dann lasst wenigstens einen Cerêler holen«, sagte er leise. »Was ist das für ein Leuchten um ihn herum?«

»Sein Gott hat ihn gerettet«, knurrte sie und zeigte dem Mann ihre langen Reißzähne. »Euer Mann hätte ihn ansonsten getötet. Absichtlich.«

»Es war wohl so eine Art Kampfrausch. Darüber reden wir ein anderes Mal«, lenkte Mortva ab und erhob sich. Der Konsultant winkte die Eskorte mit dem kleinwüchsigen Heiler zu sich.

Der Hof-Cerêler, Chos Jamosar, warf einen kurzen Blick auf den Ritter. »Da kann ich nicht viel machen. Die Magie hat bereits gewirkt. Wir müssen warten, bis sie ihre Kraft verloren hat, erst danach kann ich mit einer Weiterbehandlung beginnen.«

»Ich habe keinen Cerêler in seiner Nähe gesehen außer Euch«, meinte der Mann mit den silbernen Haaren nachdenklich, aber der kleinwüchsige Mensch mit dem übergroßen Kopf deutete auf einen Ring, dessen Stein zersplittert neben der Hand Nerestros lag.

»Das erklärt das Wunder. Er trug einen Heilstein. Es sind sehr mächtige, fast unbezahlbare Artefakte, die von uns nur in den seltensten Fällen an Außenstehende gegeben werden.« Jamosar lächelte. »Es scheint, dass ihm einer meiner Leute eine sehr große Schuld damit beglichen hätte. Und sie hat dem Ritter das Leben gerettet.« Er ließ den Verwundeten auf eine Bahre betten, welche die Knappen des Ordenskriegers gebracht hatten. »Bringt ihn in seine Kammer und sagt mir Bescheid, wenn das Leuchten aufgehört hat.«

»Wird er wieder gesund werden?« Belkala packte den Heiler am Ärmel, um ihn festzuhalten.

»Die Frage ist, wird er überleben«, verbesserte der Cerêler und löste sich sanft aus ihrem Griff. »Diese Wunde, die völlige Penetration des Herzens, ist normalerweise tödlich. Dieser Heilstein muss sehr kraftvoll gewesen sein. Ich vermute, er holt den Ritter von den Toten zurück. Wenn sein Geist davon keinen Schaden genommen hat, wird er es im Lauf der Zeit schaffen, wieder auf ein Pferd zu steigen und sich in weitere Zweikämpfe zu stürzen.« Er ging neben der Trage her. »Wenn er das tut, hoffe ich für ihn, dass er noch viele solcher Schmuckstücke hat.«

»Wartet, ich begleite Euch.« Die Priesterin ging besorgt neben der kleinen Prozession her, die zurück in Richtung Palast aufbrach.

»Höret, höret, höret«, war die Stimme des Herolds vernehmbar. »Der Zweikampf zwischen Nerestro von Kuraschka, Ritter des Ordens der Hohen Schwerter, Diener des Gottes Angor, und Echòmer dem Schwarzen, Stellvertreter von Mortva Nesreca, Vetter vierten Grades unseres Kabcar und dessen Konsultant, ist beendet. Die Entscheidung fiel, die Ehre von Mortva Nesreca wurde verteidigt.«

Der Applaus folgte nur sehr verhalten, kaum jemand hatte dem Ausrufer zugehört. In Gruppen standen die Ulsarer auf der Tribüne und rund um den Marktplatz zusammen, um über das eben Gesehene zu reden. Dann verschwanden die Städter in die Wirtshäuser.

Mortva war bald fast allein inmitten der improvisierten Arena. Langsam sah er zur Loge hinauf, in der nur noch Norina stand und nachdenklich mit ihren Mandelaugen auf ihn herabschaute.

Er lächelte freundlich, strich sich über das silberne Haar und deutete eine Verbeugung an. Die Brojakin wandte sich mit verächtlichem Gesicht ab und verließ das Holzgerüst.

»Wo ist Euer Streiter in diesem ganzen Durcheinander

hin verschwunden?«, hörte der Konsultant die Stimme Aljaschas in seinem Rücken. »Und warum hat er nach diesem Treffer, den ihm der Ritter zufügte, nicht geblutet?«

Mortva drehte sich zu der rothaarigen Frau um. »Ich habe ihn zu einem Cerêler bringen lassen, hoheitliche Kabcara«, log er. »Seine Rüstung ist ein Meisterstück an Schmiedekunst, durchsetzt mit den härtesten Metallen, wie sie auch in aldoreelischen Klingen vorkommen. Daher hielt sie dem Schlag stand. Ich finde es übrigens nicht eben ritterlich, dass Nerestro sich seine überlegene Waffe genommen hat. Er hat damit eindeutig gegen die Abmachungen verstoßen. Wenn ich so etwas nicht von ihm geahnt hätte, wäre mein Mann nun tot.«

»Wie es eigentlich Nerestro hätte sein sollen, nicht wahr?«, sagte Aljascha mit einem unschuldigen Augenaufschlag. »Ich weiß nicht genau, was für ein Spiel Ihr treibt. Aber noch unternehme ich nichts gegen Euch. Ich würde deshalb gerne mit Euch bei Gelegenheit darüber reden, was Ihr seinerzeit angedeutet habt.« Sie senkte die Stimme. »Ihr spracht von meiner Alleinherrschaft.«

»Oh, daher weht der Wind.« Der Konsultant entfernte einen Fussel vom Uniformärmel. Er mimte den Gleichgültigen. »Nun, wer sagt, dass ich Euch immer noch helfen möchte?«

»Ich bin die offizielle Nachfolgerin, wenn der Kabcar stirbt. Und ich bräuchte einen fähigen, skrupellosen, eiskalten Berater an meiner Seite.« Sie sah ihn an.

»Und an wen habt Ihr dabei gedacht?«, erkundigte sich Mortva amüsiert und ließ dabei den Blick über die wenigen Menschen schweifen, um zu ermitteln, ob sich auch niemand zu dicht in ihrer Nähe befand. Immerhin redeten die beiden nonchalant über Hochverrat.

»Ihr wisst sehr genau, an wen ich dabei gedacht habe.« Sie klappte den Fächer auf und wedelte sich frische Luft zu. »Sagt mir, was ich tun soll. Und was Ihr dafür verlangt.«

Der Konsultant neigte den Kopf ein wenig nach vorne, um näher an ihr Ohr zu gelangen.

»Wartet noch ein wenig ab, hoheitliche Kabcara«, raunte er. »Noch brauchen wir Euren Gemahl. Aber schon bald, je nach Entwicklung der Dinge, könnte sich das ändern. Meinen Lohn nehme ich mir selbst, da macht Euch keine Sorgen. Ich bin sehr genügsam.« Er hob den Zeigefinger. »Aber bis dahin, seid klug. Gebt Eure Sturheit auf, hoheitliche Kabcara. Spielt Eurem Gemahl das treue Weib vor, gebt ihm Euch notfalls auch hin«, er las Abscheu in ihrem hübschen Gesicht, »und denkt dabei an den Thron, der in naher Zukunft Euch gehören wird. Euch allein. Ich stehe dabei nur im Hintergrund. Ihr wärt die erste Kabcara Tarpols. Und ich mache Euren Namen unsterblich.«

Sie nickte zögerlich. »Ich werde es versuchen, Nesreca. Und gnade Euch, wenn Ihr mich bei unserem Abkommen hintergeht.«

Mortva lächelte, nahm ihre Hand und deutete einen Kuss an. »Das würde ich niemals wagen.«

Sie erwiderte sein falsches Lächeln nicht weniger routiniert und verließ den Platz.

Der Konsultant sah ihr eine Zeit lang nach und schlenderte an die Stelle, an der Nerestro Echòmer die aldoreelische Klinge in den Leib gejagt hatte.

Er bückte sich und tastete mit den Fingern das Kopfsteinpflaster ab. Etwas Feuchtes, Durchsichtiges, das sich wie zähe Suppe anfühlte, haftete daran.

Ich habe Hemeròc gewarnt, vorsichtig zu sein, dachte er und stieß geräuschvoll die Luft aus. *Hoffentlich ist die Verletzung nicht zu stark. Es wäre schade um diesen nützlichen Gesellen.*

Belkala saß am Bett des Ritters und betrachtete sorgenvoll sein weißes Gesicht.

Bei allem, was sie zusammen erlebt hatten, ein kranker, verletzter Nerestro war völlig neu für sie. Und das erschütterte die Kensustrianerin.

Auf dem Weg durch Tarpol, durch Schlamm, Eis und Schnee, im Krieg gegen Borasgotan und im dichtesten Schlachtgetümmel, niemals hatte der Ordenskrieger Anzeichen von Schwäche und Verwundbarkeit gezeigt. Sie sah und hörte in Gedanken sein Lachen, rief sich den wunderschönen Moment in Erinnerung, als er sie zum ersten Mal in die Arme geschlossen hatte.

Nun lag der Mann blass, die Augen fest geschlossen, vollständig entkleidet, bis zum Hals unter einer Decke und wirkte anfällig wie ein kleines Kind.

Kalte Schweißperlen rollten hin und wieder von seiner Stirn, sein Antlitz verzerrte sich in unregelmäßigen Abständen vor Schmerz, wenn das grüne Leuchten, das ihn nach wie vor umgab, heftiger wurde. Die Magie des Heilsteins hatte offensichtlich schwer zu arbeiten.

»Kämpf um dein Leben, Liebster.« Die Priesterin schluckte schwer, nahm einen feuchten Lappen und wischte ihrem Geliebten zärtlich die Tropfen vom Gesicht.

Bei der Berührung mit dem Grün spürte sie ein leichtes Kribbeln an den Fingern, aber sie ignorierte es. Im Gegensatz zu den Schmerzen, die der Krieger ertragen musste, war das nichts.

Belkala wrang das Leinentuch über einer Schüssel aus, legte es zur Seite und nahm das Gefäß, um den Inhalt auszuleeren. Sie stand auf und ging zuerst zum Fenster des Zimmers.

Inzwischen war es Abend geworden, ruhig und friedlich standen die Monde am Himmel und legten ein silbernes Licht auf Ulsar, das auch in Nerestros Kammer fiel. Die Dunkelheit machte der Kensustrianerin nichts aus, sie sah fast so gut wie im Hellen.

Nachdem sie das Wasser ausgeschüttet hatte, füllte

sie frisches nach, das in einer großen Kanne auf der Anrichte stand.

Während sie einschenkte, meinte sie ein Geräusch von der Ruhestätte des Verletzten zu hören. Schnell wandte sie sich um, weil sie fürchtete, Nerestro könnte sich zu sehr bewegt haben und dadurch die Wunde öffnen.

Aber sie sah zu ihrem Entsetzen den düsteren Krieger Mortvas neben dem Bett stehen.

Langsam beugte er sich zu ihm hinab.

»Ich weiß zwar nicht, wie du hereingekommen bist, aber du verlässt diesen Raum auf der Stelle wieder«, herrschte sie den Mann in der Rüstung an. Hass schoss in ihr hoch, ihre Augen flammten grellgelb auf. »Ich werde dich bei lebendigem Leib in Stück reißen, wenn du bleibst.«

Echòmer hob den Kopf und blickte sie an. Den Augenschutz trug er nicht mehr, und die Kensustrianerin sah ein tiefrotes Funkeln. Dann lächelte der Hohlwangige überheblich.

Knurrend sprang Belkala auf den Eindringling zu, ihre Hände krümmten sich zu Klauen, ihre spitzen Eckzähne wuchsen plötzlich an.

Echòmer ließ sie herankommen, dann schoss der rechte Arm nach vorne und umschloss ihre Kehle. Ihr entfuhr ein erschrockenes Keuchen, während der Mann sie mit einem kräftigen Ruck in die Luft hob und sie an seiner ausgestreckten Rechten mehrere Zentimeter über dem Boden hielt.

Die Fingernägel kratzten über den Arm des Fremden, richteten aber keinen Schaden an. Sie spürte, wie das Horn wirkungslos auf der merkwürdig warmen Haut entlangglitt.

Mehr und mehr schloss sich die Klammer um ihren Hals. Was auch immer ihr gegenüberstand, es war nichts Menschliches, sonst würde der Unterarm längst bis auf den Knochen aufgeschlitzt sein.

Echòmer beobachtete mit einer gewissen Neugier Belkalas Versuche, ihm Schaden zuzufügen, dann schleuderte er sie mehrere Meter durch den Raum. Krachend fiel sie gegen die Anrichte und rutschte auf den teppichbelegten Marmorboden. Mit einem Fauchen stellte sie sich wieder auf die Beine und ging in Angriffsposition.

Der Mann in der dunklen Rüstung beugte sich wieder über den Verwundeten. Die Priesterin beachtete er nicht mehr, sie schien keine Bedrohung für ihn zu sein.

»Ich bin hier, um ein Versprechen abzulegen«, flüsterte er dem Ordenskrieger krächzend ins Ohr, als bereite das Sprechen unendlich viel Mühe. »Ich werde das zu Ende bringen, was ich begonnen habe, Götzendiener. Niemand überlebt eine Begegnung mit Hemeròc. Wenn wir uns ein weiteres Mal im Kampf begegnen, stirbst du.«

»Nein«, rief Belkala und unternahm einen weiteren Versuch, gegen den Eindringling vorzugehen.

»Zurück, Rákshasa!«, brüllte Echòmer und streckte seine linke Hand aus. Fünf blasse Blitze zuckten aus den Fingerspitzen und trafen die Kensustrianerin auf die Brust.

Wie einen Hammerschlag fühlte sie die Wirkung der unbekannten Magie, die Luft wich ihr aus den Lungen, und ihr Körper stand scheinbar in Flammen. Das Amulett ihres Gottes glühte unter ihrer Kleidung auf und zerbarst. Die Frau fiel auf die Knie.

»Mit dir habe ich keinen Streit, Kreatur. Noch nicht.« Mortvas Krieger trat zurück in eine dunklere Ecke des Raumes, und das Letzte, was sie von ihm sah, war das Rot seiner Augen, das abrupt erlosch.

Als sie vorsichtig nachschaute, befand sich dort nichts außer ein paar Spinnweben und einem feuchten, klebrigen Fleck aus durchsichtiger Masse.

II.

Einzig Tzulandrien blieb in der Entwicklung stehen, Kriege rollten auch weiterhin über das Land, bis auch das angrenzende Sena in Gefahr geriet. Taralea errichtete eine magische Sperre an der Stelle, wo der Riss endete, bis ans Meeresufer.

Die Zeit des ersten Friedens,
Kapitel II

Ulldart, Südküste Kensustrias,
Sommer 443 n. S.

So, so. Das sind also die gefürchteten Strände Kensustrias.« Tei-Sal Haïl-er-Ibadan lächelte zufrieden, als er den unberührten weißen Sand sah, der in einem Abstand von zwei Meilen malerisch vor den Schiffen der angorjanischen Invasionsflotte lag. »Es scheint so, als ob sich niemand um uns kümmern würde. Unsere Aufklärer hatten also Recht. Unsere List, ihre Truppen an eine andere Stelle zu locken, hat funktioniert.«

Der einladende Strand erstreckte sich in einer natürlichen Bucht von einer Meile Breite, dahinter ragte eine schroffe Felswand auf, in die breite Stufen gehauen waren. Die Festung, die hoch über dem Stein thronte, machte einen verlassenen Eindruck. Rechts und links des natürlichen Hafens erhoben sich meterhohe Felsbrocken.

»Dürfte ich den Tei-Sal freundlicherweise daran erinnern, dass die Kensustrianer nicht unbedingt ein Volk sind, das man als leichtgläubig bezeichnen sollte?«, gab Parai Baraldino aus dem Hintergrund zu bedenken und wedelte mit dem Taschentuch vor dem Gesicht herum, um sich etwas Kühlung zu verschaffen. Die Sonnenstrahlen stachen an diesem wunderschönen Tag grausam vom Himmel, und der palestanische Offizier verwünschte seine mehrere Schichten umfassende Brokatkleidung. Aber Stil blieb für ihn nun einmal Stil. »Wenn ich mich richtig an die Meldungen Eures Landheeres entsinne, haben die sich bereits heiße Füße geholt, nicht wahr?«

Ibadan, ein gebräunter Mann um die vierzig Jahre mit breiter Statur, Glatze und einem bartlosen Gesicht, wandte sich missmutig um.

»Commodore, Ihr seid an Bord als Beobachter, nicht als Ratgeber. Behaltet Eure palestanischen Kaufmannsweisheiten für Euch, wenn ich bitten darf. Wenn Ihr schon nicht kämpfen wollt …«

»Gute Güte, seid doch nicht so empfindlich, Tei-Sal«, sagte Baraldino herablassend. »Seid doch froh, dass ich mich um das Wohl Eurer Männer sorge. Ich war dabei, als die Kensustrianer ihre Macht demonstrierten, und das hat mir, gelinde gesagt, gereicht.«

»Seid beruhigt, die Schwarze Flotte ist nicht in der Nähe«, meinte der Befehlshaber. »Meine fünfzehn Galeeren würden denen schon beibringen, was es heißt, sich mit den kaiserlichen Seestreitkräften anzulegen.«

»Eure fünfzehn Galeeren würden, mit Verlaub und bei allem Respekt, absaufen.« Der Offizier und Diplomat sah bei seiner Antwort bewusst nicht in die Richtung des Angorjaners, sondern schaute mit zusammengekniffenen Augen zum Sandstrand. Er hörte das wütende Schnauben des Befehlshabers. »Wie wollt Ihr denn vorgehen?«

»Nachdem unsere Ablenkung acht Meilen von hier funktionierte, haben die Kensustrianer ihre Hauptkontingente dorthin verlagert. Ich rechne mit wenig Widerstand von der Festung.« Ibadan deutete auf die Einfahrt zur Bucht. »Es können, wenn wir gut manövrieren, zehn Schiffe auf einmal hindurch und gleichzeitig anlanden. Das Wasser ist tief genug, und auf dem Sand ruinieren wir uns auch die Buge nicht. Wir müssen so schnell wie möglich an den Strand, um den feindlichen Katapulten nicht viel Zeit zu geben, uns unterwegs zu versenken. Mit den verbleibenden fünf Schiffen werden wir unsererseits Sperrfeuer auf die Festung geben, dann stürmen wir.«

»Mit voller Fahrt voraus, wie? Wie ungestüm.« Baraldino setzte sich auf die Reling in den Schatten eines Segels, lupfte den Dreispitz und wischte sich den Schweiß von der Stirn. »Ich bin ja mal gespannt. Wo ist der sicherste Ort auf dieser Galeere? Ich würde nur ungern getroffen werden. Bedenkt, ich bin die offizielle Abordnung Eures Verbündeten.«

»Der bisher nichts geleistet hat, außer Versprechungen zu machen, Commodore. Die Blockade, die Euer Land angekündigt hat, wirkt wohl nicht so, wie Ihr es Euch vorgestellt habt.« Ein Hauch von Schadenfreude war in der Stimme des Seeoffiziers zu hören.

»Dafür«, gab der Palestaner freundlichst zurück, »haben wir ja die gefürchteten und bewährten Kämpfer des Kaisers von Angor auf unserer Seite, die alles, aber auch alles vernichten, was sich ihnen in den Weg stellt. Abgesehen von einzelnen Kensustrianern, die mit Bogen schießen oder durch die Luft fliegen.« Er imitierte mit seinen Armen Flügelschlagen. »Ich halte die Berichte von diesen Wundermaschinen für völlig übertrieben. Oh, wahrscheinlich hat der Tei-Sal nur nicht eingestehen wollen, dass er einer Unterzahl zum Opfer fiel.«

»Tei-Sal Faïs-bar-Lamshadai ist einer der besten Feldherren, die das Kaiserreich hat«, antwortete Ibadan, jedes Wort bekam eine sorgfältige Betonung.

»Vielleicht will er seinen guten Ruf deshalb nicht verlieren?«, schätzte der Commodore und begann wieder zu wedeln. »Und weil er den Zeitplan nicht einhalten konnte, mussten wir improvisieren, nicht wahr? Ich hoffe, das Unternehmen gelingt.« Auf eine Geste hin brachte ihm ein Matrose einen Becher mit Wein. »Wie lange wollt Ihr noch mit dem Angriff warten, Tei-Sal? Wenn da noch jemand in der Festung sitzt, hat er schon längst Vorbereitungen treffen können.«

Der Befehlshaber kniff die Mundwinkel zusammen, entgegnete aber nichts. Er winkte dem Mann am Bug des Schiffes zu, der mithilfe von Flaggen Signale an die Flotte gab.

Zehn Galeeren setzten Vollzeug, die Ruder hoben und senkten sich in einem schonungslosen Takt. Das Knallen der Peitschen, mit denen die Sklaven unter Deck angetrieben wurden, hallte herauf. In breiter Front schwammen die Kriegsschiffe auf den Eingang der Bucht zu.

Die Katapultisten der verbliebenen fünf Wassergefährte besetzten ihre Maschinen und zielten mit den Speerschleudern auf die Schießscharten der Befestigungen. Näher und näher rückte der natürliche Hafen.

Baraldino hatte sich ein Fernrohr genommen und spähte aufmerksam hinauf zu der verwaisten Festung. Nichts rührte sich hinter den Mauern, kein einziges grünes Haar war zu sehen, kein alarmierender Rauch stieg auf, kein dumpfes Rumpeln warnte vor dem Schuss einer der großen Steinschleudern. Offenbar hatte die angorjanische Verzweiflungslist die Kensustrianer täuschen können.

Ohne die Linsen abzusetzen, nippte der Commodore am Wein. Etwas Grelles blitzte an einer der Schießscharten auf, geblendet musste Baraldino die Augen schließen. Nach einem kurzen Blinzeln suchte er die Stelle erneut, wieder schoss ihm gleißende Helligkeit in die Pupille.

»Was, zum ...« Er setzte seine Sehhilfe ab und schaute ohne Fernrohr nach oben. In unregelmäßigen Abständen funkelte etwas in den Strahlen der Sonne.

»Tei-Sal, ich wollte Euch ...«

Doch der Angorjaner hob abwehrend die Hand. »Verschont mich mit Eurem ständigen affigen Geschwätz, Commodore. Ich muss einen Angriff durchführen, und dazu benötige ich keinesfalls Eure mehr als fragwürdigen Hinweise.« Ibadan verließ die Brücke und ließ den Palestaner mit offenem Mund stehen.

»Dann eben nicht«, murmelte Baraldino eingeschnappt und begab sich vorsichtshalber in den Schutz eines Mastes, falls die Kensustrianer das Feuer eröffnen sollten. Dabei machte er eine Bewegung auf dem linken Felsbrocken seitlich am Eingang der Bucht aus, von dem die ersten zehn Schiffe weniger als eine achtel Meile entfernt waren.

Wieder hob er die Sehhilfe und entdeckte die Umlenkrolle eines Flaschenzuges. Das Wackeln der Rolle war ihm aufgefallen, denn eine straff gespannte Kette lief am Gestein entlang nach unten und verschwand im Wasser. Jemand setzte wohl gerade etwas in Gang.

Baraldino verspürte ein ungutes Gefühl in der Magengegend. Der Wortwechsel, der vom Bug leise zur Brücke herübertönte, drehte sich um ein Blitzen, das einer der Katapultisten gesehen haben wollte.

»Das hättet ihr auch früher haben können«, murmelte der Palestaner und machte sich hinter dem Mast ganz schmal. Geschrei von vorne ließ ihn entgegen seiner Vorsätze neugierig werden, und vorsichtig schaute er um seine Deckung herum.

Die ersten zehn Schiffe schienen auf der Höhe der beiden Felsbrocken am Eingang zu Bucht gegen ein unsichtbares Hindernis geprallt zu sein. Die Buge blieben in einer Linie stehen, ruckartig wurden die Galeeren zum Stillstand gezwungen. Das vielfache Splittergeräusch von berstendem Holz klang herüber, Planken und Spanten brachen. Dann legte sich das erste der Kriegsschiffe nach Steuerbord und sank Stück für Stück. Soldaten entledigten sich ihrer Rüstungen und Waffen, sprangen über Bord, während man von unten die entsetzten Schreie der angeketteten Ruderer vernahm.

Mit nur zeitlich geringem Abstand zeigten nun auch die anderen Galeeren Anzeichen von Schlagseiten. Es blieb kein Zweifel, die unteren Räume mit den Sklaven liefen voller Wasser.

Tei-Sal Haïl-er-Ibadan gab Befehle an die anderen Schiffe, um die Fahrt zu stoppen und eine Kollision mit den Wracks zu verhindern.

Die Ruderblätter tauchten ins Wasser und verringerten Gischt sprühend die Geschwindigkeit, bevor das ein oder andere Holzstück unter der großen Belastung brach. Die Taue, mit denen die Segel gehalten wurden, kappten die Matrosen der Einfachheit halber, das Reffen hätte zu lange gedauert. Schweres Leintuch rauschte auf die Planken und bedeckte einen Großteil der Soldaten, die aber dank der Schilde und Helme keinen Schaden nahmen.

Tatsächlich schafften es die letzten fünf Galeeren, kurz vor den Havarierten zum Halten zu kommen. Kreuz und quer stand die Schiffsleiber vor der unsichtbaren Sperre, und es war für den Commodore ein Wunder, dass es zu keinem Zusammenstoß gekommen war. Die ersten Überlebenden versuchten, an Bord zu klettern.

»Da sind Pfähle im Wasser«, rief der Ausguck hinunter. »Ich sehe sie ganz deutlich. Ihre Eisenspitzen stehen knapp unter der Oberfläche hoch.«

»Ibadan, warum haben das Eure Späher nicht gemeldet?«, brüllte Baraldino über das Deck, weil er seinen Schutz nicht verlassen wollte.

»Weil sie vorhin noch nicht dort waren«, schrie der Tei-Sal wütend zurück.

Der Flaschenzug, zuckte es dem palestanischen Offizier durch den Kopf, und er schlug sich klatschend an die Stirn, dass der Schweiß spritzte. *Sie haben die Pfähle eben erst hochgezogen. Aber was kommt jetzt?*

Die verbliebenen Galeeren manövrierten sich auf Anordnung Ibadans so, dass die Rammsporne in Richtung offenes Meer wiesen. Nach der Bergung der Soldaten und Matrosen lautete die Devise »schneller Rückzug«. Um die ertrinkenden Ruderklaven scherten sich die Angorjaner offensichtlich nicht.

Ein kleines, seltsames Wassergefährt pflügte heran, das den Commodore an einen Schlitten erinnerte. Auf zwei Kufen ruhten eine schmale Plattform und ein Mast, dessen Segel vom Wind prall gefüllt war. Am Ende der Plattform saß ein Steuermann, zwei weitere Kensustrianer kümmerten sich um das Leintuch, ein Vierter stand hinter einer schwenkbaren Pfeilschleuder, die zum

Schutz gegen feindliche Geschosse für den Schützen mit einer Holzplatte versehen worden war, hinter die er abtauchen konnte.

Fünfzehn Mündungen waagerecht, zwanzig Mündungen senkrecht, zählte er die Öffnungen. *Bei allen geplatzten Wechseln! Wir werden gespickt wie die Hühner, wenn das Ding schießt.*

Die Wendigkeit, mit der das Boot, oder was immer es war, seine Fahrt machte, hätte der Palestaner nicht für möglich gehalten. Wie eine Mücke einen Hund umschwirrt, so ähnlich umkreiste der Kensustrianer die vorderste der angorjanischen Galeeren.

Einige der angorjanischen Katapultisten versuchten, das Gefährt zu versenken, aber dessen Bewegungen waren zu zackig, zu abrupt, als dass man den Kurs hätte genau vorherbestimmen können. Das Wasser links und rechts vom Gegner spitzte immer wieder auf, aber keiner der Kensustrianer wurde getroffen.

Dann eröffnete die Pfeilschleuder das Feuer und schickte ein Geschoss nach dem anderen im Abstand von wenigen Lidschlägen auf die Reise. Nach den ersten achtzig Pfeilen, die kaum nennenswerten Schaden unter den Soldaten angerichtet hatten, löste der kensustrianische Schütze alle auf einen Schlag aus.

Schwirrend und surrend kam der Schauer heran und stürzte sich in den Pulk derer, die den Schwimmenden hilfreich zur Hand gingen. Nun gab es massenweise Tote und Verletzte. Das feindliche Gefährt zog sich außerhalb der Reichweite zurück, um nachzuladen.

Baraldino wollte aufatmen, als gleich vier der Wasserfahrzeuge um die Felsen schossen und Kurs auf die fast unbewegliche Invasionsflotte nahmen. Sechs weitere kamen hinzu, und der Palestaner beschloss, dass es Zeit sei, zu gehen.

Mit einem Satz sprang er von der Brücke auf das Deck, sprintete zur Luke, die zu den Ruderbänken führte und warf sich kopfüber hinein, während draußen ein tödlicher Dauerregen aus Pfeilen einsetzte.

Verblüfft sahen die Sklaven dem gut gekleideten Mann mit der schief sitzenden Perücke hinterher, als er den schmalen Fußweg zwischen den Sitzreihen mit wehenden Rockschößen entlanghastete, den Aufseher mit den Paukenschlägeln zur Seite stieß und durch die Tür nach hinten in den Laderaum verschwand.

Keuchend lehnte er sich an das Holz, ruhte sich kurz aus und begann, alles an Fässern, Säcken und Kisten vor den Eingang zu türmen, was er finden konnte. Danach verkroch er sich angewidert in den hintersten Winkel des großen Laderaums und deckte sich mit einem leeren Sack zu.

Ihr werdet mich nicht finden, Grünhaare. Ihr nicht.

Die Grünhaare fanden ihn. Sogar recht schnell, wie der Commodore eingestehen musste. Seine Täuschungs- und Verbarrikadierungsversuche nützten nichts. Und natürlich identifizierten sie ihn anhand seiner Uniform als Palestaner.

Zwei schweigende Kensustrianer in einer leichten Lederpanzerung flankierten Baraldino auf dem Weg nach oben. Die Ruderbänke waren leer, die Ketten lagen einsam an den Plätzen, von draußen hörte der Mann keinen Ton.

An Deck angekommen, sah der Commodore zehn der Krieger, die sich leise unterhielten. Ihre Rüstungen wirkten schwerer als die seiner Begleiter und erinnerten ihn an die der kensustrianischen Gesandten, die er in Tersion gesehen hatte. Sie wandten ihre Aufmerksamkeit sogleich ihm zu.

»Ihr seid Palestaner?«, fragte einer der Soldaten unfreundlich.

Baraldino machte den obligatorischen Kratzfuß, schwenkte den Hut und stellte sich mit vollem Rang und Namen vor. »Mich umzubringen wird Euch nichts nützen. Nehmt mich lieber gefangen und verlangt Lösegeld«, schloss er seine Ausführungen.

»Kaufmann, Diplomat, Commodore und Feigling«, zählte der Kensustrianer auf. »Ich bin Kaàló. Es muss Euch genügen, wenn ich Euch sage, dass ich der Befehlshaber der Festung bin, die Ihr stürmen wolltet.« Die Männer um ihn herum lachten leise. »Ihr habt verloren. Und ich möchte, dass Ihr, Barilano ...«

»Baraldino«, verbesserte der Palestaner mit süß-saurem Lächeln.

»... dem Kontinent davon berichtet, wie unser Reich auf Angreifer antwortet.« Der Kensustrianer schleppte den Commodore an die Reling und deutete in die Bucht, deren blaues Wasser sich vom Blut verfärbt hatte.

Der einst weiße Sand glich einem roten Schwamm, überall trieben Leichen. Durch das Gemisch aus Wasser und Leiber glitten die kleinen Segler und suchten nach Überlebenden, um ihnen den Gnadenstoß zu geben. Erste Raubfische hatten sich zu einem üppigen Festmahl eingefunden.

Fassungslos musste sich der Palestaner an der Bordwand festhalten, die Knie gaben nach. Zahllose Ruderer und über zweihundert Soldaten je Schiff ergaben eine für ihn grauenhafte Summe von Toten, die die Kensustrianer zu verantworten hatten.

»Ihr habt uns angegriffen, wir haben Euch zurückgeschlagen.« Kaàló reichte Baraldino einen schweren Sack. »Das sind die Rangabzeichen aller hohen angorjanischen Offiziere. Bringt sie zurück und erzählt von dem, was Ihr in der Bucht gesehen habt. Jeder Versuch, Kensustria anzugreifen, wird so oder so ähnlich enden.«

»Wie«, flüsterte der Offizier, dem der Ekel auf die Stimme geschlagen war, »komme ich zurück? Soll ich etwa schwimmen?«

»Einer unserer Katamarane wird Euch nach Westen

bringen, wo Ihr Eure schwächere Flotte zur Täuschung abgestellt habt. Man wird Euch an Land setzen, die restlichen Meter werdet Ihr dann laufen müssen, Commodore. Nun verschaffe ich Euch noch einen besseren Eindruck.«

Der kensustrianische Anführer packte den Kaufmann und warf ihn rückwärts über die Reling ins Wasser.

Schreiend stürzte Baraldino in die roten Fluten und spürte den Geschmack von Blut in seinem Mund. Das Blut der angorjanischen Verbündeten.

Keuchend und hustend kam er wieder an die Oberfläche, starke Arme zogen ihn an Bord eines Katamarans und ließen ihn auf der schmalen Plattform liegen, wo er nicht im Weg war. Das Wasser, das aus seinen Kleidern floss, war rot. Der Sack mit den Rangabzeichen wurde hinabgereicht.

»Erzählt ihnen davon, Baraldino!«, rief Kaàló von der Galeere herunter, die Arme auf die Bordwand gestützt, während der kleine Segler Fahrt aufnahm.

Und ob ich das erzählen werde, dachte der Palestaner, während er sich würgend übergab. *Der ganze Kontinent wird zum Krieg gegen euch rufen, wenn ich mit dem Berichten fertig bin.*

Ulldart, Königreich Tarpol, Hauptstadt Ulsar, Sommer 443 n. S.

Ein leichtes regenbogenfarbenes Flimmern legte sich um die Spitze von Lodriks rechtem Zeigefinger. Sorgsam deutete er auf das Glas Wasser, das vor ihm auf dem Tisch stand, und das bunte Leuchten griff auf das Gefäß über.

Seine Konzentration stieg innerlich auf das Ungeheuerlichste an, und die Konturen des Glases begannen sich zu verändern. Zuerst gingen sie in die Breite, danach schossen sie in die Höhe und verformten sich mehr und mehr zu einer hübschen Vase. Schweiß glänzte auf Lodriks Stirn, und einen Moment lang verringerte er seine geistige Anspannung.

Das durchsichtige Material bekam Risse und zerbarst, das Wasser ergoss sich auf die Arbeitsplatte des Tisches und richtete eine Überschwemmung an.

»Verflucht«, entfuhr es dem Kabcar. Im letzten Moment gelang es ihm durch mentale Aufmerksamkeit, den Ausbruch wilder Magie aus seinem Körper zu verhindern. Mit Sicherheit wäre durch seinen Wutanfall etwas zu Bruch gegangen, und das Kristallglas reichte ihm für heute schon aus.

Was der junge Mann da unentwegt übte, wenn er allein war, nannte sein Vetter »Kleinigkeiten«. Mortvas Ansicht nach machte es nur Sinn, sich mit den wirklich großen Auswirkungen der Zauberkunst zu beschäftigen, wenn man sie im Kleinen beherrschte. Und da machte Lodrik inzwischen schon gewaltige Fortschritte.

Ohne dass sein Konsultant und neuer Vertrauter es wusste, versuchte sich der Herrscher Tarpols auch an den gefährlichen Dingen. Darunter verstand der Kabcar das Erzeugen einer Feuerkugel, die er mehr zufällig als absichtlich entstehen ließ und die zu allem Überfluss noch durch den Raum flog. Er hatte die Auswirkungen seines misslungenen Experiments als Kaminbrand ausgegeben, der einen Teil des Raumes in Schutt und Asche gelegt hatte.

Noch immer wusste er nicht genau, was er mit seinen geistigen Energien in Bewegung setzen musste, um Größeres auszulösen. Er handelte aus einem Gefühl der Ahnung heraus, intuitiv nutzte er sein Können. Nur das Steuern des Resultats seiner Bemühungen wollte er unbedingt in den Griff bekommen, mehr als vorher.

In seiner magischen Begabung sah er die beste Möglichkeit, sich den Kriegsfürsten Sinured, den er als Verbündeten herbeigerufen hatte, vor Ablauf des Jahres 443 vom Hals zu schaffen. Die Gefahr, dass der heraufbeschworene Unhold die Dunkle Zeit zurückbrachte, war dem Kabcar zu groß. Aber bis dessen Moment zu gehen gekommen war, sollte »Das Tier«, wie er genannt wurde, noch gute Dienste verrichten.

Seufzend wischte der junge Mann die Scherben vom Tisch und platzierte ein billigeres Glas auf dem polierten Holz. Er wollte die Übung noch einmal durchführen, und diesmal sollte sie gelingen.

Ein leises Klopfen hielt ihn von weiteren Versuchen ab. »Ja, wer stört?«

Mortva Nesreca trat ein und verbeugte sich vor seinem Verwandten. »Hoheitlicher Kabcar, Ihr werdet doch am Ende nicht vergessen haben, dass Ihr endlich die diplomatischen Gesandtschaften der ulldartischen Reiche empfangen wolltet?«, erkundigte er sich freundlich. Seine Stimme klang sanft, beruhigend und wie immer Vertrauen erweckend.

»Bei Ulldrael dem Gerechten«, sagte Lodrik überrascht und sah nach der Uhr, die an der Wand hing. »Tatsächlich. Ich hätte die Botschafter warten lassen, wenn Ihr mich nicht abgeholt hättet, lieber Vetter.«

»Wozu bin ich denn da?« Der Konsultant lächelte. »Kommt. Die Delegationen sind alle versammelt und warten mit Ungeduld auf Euer Erscheinen.«

Lodrik straffte die Uniform und warf einen prüfenden Blick in den Spiegel. Ein schlankes, gut aussehendes Ebenbild mit dunkelblauen Augen und einem energischen Ausdruck auf dem Gesicht nickte ihm zu. Der kurze blonde Bart erschien wie immer adrett getrimmt.

»Wie schade, dass ich schon verheiratet bin«, sagte er und grinste seinen Vetter an. »Ich wäre jetzt die beste Wahl in ganz Tarpol. Ein stattlicher Jüngling von siebzehn Jahren.« Er sah nach seinem Profil. »Nur der etwas ernste Zug um meine Mundwinkel schmälert das sympathische Bild, nicht wahr?«

Der Mann mit den silbernen Haaren und den unterschiedlich farbigen Augen stützte sein Kinn in die Hand. »Es macht Euch seriöser. Das wirkt vor allem auf Diplomaten, die endlich zu der Überzeugung gelangt sind, dass Ihr ein wahrer Herrscher seid, hoheitlicher Kabcar.«

»Ja, ja«, meinte der junge Mann vieldeutig. »Ich habe viele überrascht.«

Zusammen verließen sie den Raum und machten sich auf den Weg in den Audienzsaal, wo die Botschafter, Gesandten und anderen Abordnungen auf sie warteten.

Die Reiche Ulldarts brannten darauf, zu wissen, wie es nun mit dem Krieg weitergehen sollte, der bei allen Erfolgen immer noch in Tarpol herrschte. Zudem war die Besitzfrage der Baronie Kostromo ungelöst, und für die »freie Baronie Worlac« musste ebenfalls eine Lösung her.

Der Konsultant war der Auffassung, dass unter dem Eindruck der zurückliegenden Ereignisse jetzt der beste Zeitpunkt sei, Verhandlungen zu führen. Der Schock über die Schlagkraft der Tarpoler, die Verbündeten und die Gnadenlosigkeit gegenüber den Borasgotanern hatten den Boden für gute Verhandlungen bereitet.

»Ich vermute, es hat sich an der Front nicht viel geändert, seit ich die letzten Berichte gelesen habe?«, erkundigte sich der Kabcar bei seinem Vetter. »Ich wäre nur ungern schlechter in Kenntnis gesetzt als die Botschafter.«

»Keine Sorge, hoheitlicher Kabcar, Ihr seid auf dem neuesten Stand«, beruhigte ihn Mortva. »Sinured hat seine Männer gut organisiert und erobert Euch Dorf für Dorf das Land zurück.«

Lodrik wirkte sehr nachdenklich. »Ich hoffe, er hält sich dabei im Hintergrund, was seine persönliche Anwesenheit angeht?«

»Hoher Herr.« Sein Vetter lächelte ihn fast zärtlich an. »Die Einzigen, die wissen, dass Sinured wieder vom Grund des Meeres zurückgekehrt ist, seid Ihr und Eure Freunde. Die Truppenteile, die von Dujulev zurückgekehrt sind, halten sich an den Schweigebefehl. Soweit ich weiß, lässt sich unser Kriegsfürst nur hinter den Linien und heimlich sehen.«

»Trotzdem wird es nicht mehr lange dauern, bis er von anderen entdeckt wird«, meinte der Kabcar. »Ich kann mir nicht vorstellen, dass die Reiche sehr glücklich darüber sind, wenn sie davon erfahren. Und seine Männer, die er mitgebracht hat, wird man ebenfalls nicht mehr lange für turîtische Sonderkontingente halten. Ich vermute, dass der Botschafter von Mennebar dem Vierten mich nachher fragt, woher die Kämpfer kommen.« Unruhig spielte er an den Knöpfen seiner Uniform.

»Bedenkt eines immer, hoheitlicher Kabcar«, empfahl Mortva. »Ihr habt den Krieg nicht angefangen. Borasgotan und Hustraban trifft alle Schuld. Ihr habt Euch nur mit dem gewehrt, was Euch zur Verfügung stand. Und immer noch steht, so lange Ihr möchtet.«

»Ach, Mortva, was wäre ich ohne Euch?«, seufzte der junge Mann. »Stoiko kommt nicht auf die Beine. Ohne Euren Ratschlag wäre mir gewiss die eine oder andere Unbedachtheit unterlaufen.«

»Zu viel des Lobes«, schwächte der Konsultant ab. »Bisher musstet Ihr noch keine schweren Entscheidungen treffen, seit wir zurück in Ulsar sind. Aber das wird sich jetzt vermutlich ändern.«

Lodriks Gang wurde langsamer und langsamer, bis er schließlich vor einer Flurtür stehen blieb. »Eine Sache bleibt aber, über die ich nicht so einfach hinwegsehen kann. Das Duell zwischen Eurem Streiter und Nerestro.« Er blickte dem Mann fest in die Augen. »Ich frage Euch, Mortva, hat dieser Echòmer mit voller Absicht versucht, den Ritter umzubringen? Ohne den Heilstein wäre es ihm vermutlich auch gelungen. Warum diese Härte? Und was ist das überhaupt für ein Mensch, der in Ulsar nun einen sehr zweifelhaften Ruf genießt?«

»Ich werde mich persönlich bei Nerestro entschuldigen, dass mein Streiter den Kampf etwas zu verbissen gesehen hat«, meinte der Konsultant. »Aber er war in eine Art Kampfrausch verfallen, da ist es nicht mehr möglich, einen klaren Kopf zu bewahren. Und es war eine gute Portion Wut darüber dabei, dass der Ordenskämpfer unerlaubterweise nach seiner besonderen Waffe gegriffen hat. Man hätte ihn eigentlich sofort zum Verlierer erklären müssen.«

»Es war sehr ungeschickt von Euch, einen solch heißblütigen Mann in den Ring zu schicken«, strafte der Kabcar Mortva ab. »Ich kann froh sein, wenn die Hohen Schwerter mir weiterhin die Treue halten.«

»Ich werdet die Hohen Schwerter nicht mehr benötigen«, meinte der andere leichthin. »Andere, Bessere treten an deren Stelle. Und was die Herkunft von Echòmer angeht, ich lernte ihn als einen Studenten der Universität von Berfor kennen. Er widmete sich alten und ausgefallenen Kampftechniken. Ein Schmiedeunfall zwingt ihn dazu, seine Augen vor dem Sonnenlicht zu schützen.« Der Vetter öffnete die Tür für seinen Verwandten. »Nur durch Glück übrigens ist ihm nichts geschehen. Die Rüstung, die er trug, bestand aus reinem Iurdum, daher hat die aldoreelische Klinge wenig Schaden angerichtet. Und da bei Nerestro zuerst das Blut zu sehen war, verlor der Ritter den Kampf.«

»Echòmer ist demnach auch verletzt? Nun, alles andere hätte mich mehr als verwundert.« Der Kabcar setzte sich wieder in Bewegung. »Er hatte das Schwert ja halb im Leib.«

»Ein Cerêler behandelt ihn im Moment. Ich hoffe, er wird sich schnell erholen.«

»Wartet mit der Entschuldigung bei Nerestro nicht zu

lange«, wies ihn Lodrik an. »Und macht am besten einen Bogen um Belkala. Sie würde Euch dafür, dass Euer Kämpfer ihn fast getötet hat, gerne Ähnliches antun. Und ich erteile Euch hiermit in aller Form eine Rüge für den Ablauf des Zweikampfs, auch wenn ich dem Ritter eine Mitschuld nicht absprechen will.«

»Ja, Hoher Herr.« Der Konsultant verbeugte sich tief vor dem jungen Mann. »Ich habe verstanden.«

Norina und Waljakov kamen ihnen entgegen, in eine leise Unterhaltung vertieft.

»Ein schönes Paar, nicht wahr?«, flüsterte Mortva Lodrik zu. »Man erzählt sich, sie verbringt viel Zeit zusammen mit Eurem Leibwächter am Bett von Stoiko.«

»Sie macht sich eben Sorgen, wie wir alle«, entgegnete der Herrscher Tarpols.

»Und beim Spazieren gehen. Und in der Bücherei«, zählte der Mann mit den silbernen Haaren leise weitere Orte auf.

Als die Brojakin ihren Geliebten sah, strahlte sie und lief auf ihn zu. Liebevoll umarmte sie ihn. Nach kurzem Zögern erwiderte er ihre Zärtlichkeit. Er dachte noch einen Moment über die Worte seines Konsultanten nach.

»Endlich sehen wir uns«, sagte sie glücklich und lächelte. »Mein Kabcar macht sich äußerst rar, seit er von Dujulev zurück ist. Dabei habe ich so sehr gehofft, dass wir ...«

»Nicht jetzt, Norina.« Lodrik wand sich aus ihren Armen und deutete nach vorne. »Ich muss zu den Diplomaten. Mal sehen, was sie möchten. Wir können uns später in aller Ruhe unterhalten. Warte am besten im Teezimmer auf mich.«

Die Enttäuschung stand der jungen Frau ins Gesicht geschrieben, die Augen spiegelten einen leichten Ausdruck von Traurigkeit. »Natürlich gehen die Herrschergeschäfte vor«, lenkte sie ein. »Aber danach sehen wir uns?«

Der Kabcar nickte. »Ist Waljakov plötzlich zu deinem Leibwächter geworden?«, fragte er amüsiert, konnte aber nicht verhindern, dass eine Spur Misstrauen mitschwang.

Das Braun ihrer Mandelaugen blitzte drohend auf. »Wir beide haben den armen Stoiko besucht, während andere in diesem Palast die Türen hinter sich abschließen und sich geheimnistuerisch in Räume zurückziehen, ohne auch nur ein Sterbenswörtchen von sich zu geben.«

Schuldbewusst senkte Lodrik den Kopf. »Ja, du hast Recht, schimpf nur. Ich habe ihn vernachlässigt. Aber die Angelegenheiten um Tarpol, der Krieg, du weißt, wie sehr ich mich damit befassen muss.«

»So sehr, dass du nicht einmal wenige Minuten am Tag hast, um nach deinem engsten Vertrauten und Berater zu sehen?« Sie sah ihm ernst in die blauen Augen. »Er hat dich durch Granburg begleitet, er stand dir in der Zeit nach dem Tod deines Vaters zur Seite, und er hat dir gegen die Brojaken geholfen.« Sie machte einen Schritt auf ihn zu und blickte von oben auf ihn herab. »Kabcar hin oder her, du vernachlässigst die, die dich wirklich lieben.«

»Hoher Herr«, schaltete sich der Konsultant freundlich von der Seite ein, »die Diplomaten warten.«

Die hübsche Brojakin warf dem Mann mit dem Silberhaar einen viel sagenden Blick zu, ihre kleine Narbe an der rechten Schläfe leuchtete rot. Waljakov schwieg wie immer, die mechanische Hand an der breiten Gürtelschnalle, die eisgrauen Augen ruhten kalt auf Mortva.

Lodrik hatte das unbestimmte Gefühl, zwischen zwei Fronten zu stehen.

»Ich gelobe Besserung, Norina. Sofort nach der Besprechung komme ich ins Teezimmer, und wir besuchen Stoiko gemeinsam.«

Sie nickte, gab ihm einen Kuss auf die Stirn und ging

weiter. Der Leibwächter blieb bei dem Duo und folgte ihm leicht versetzt.

Ein schönes Paar, hallte die Stimme seines Vetters durch den Kopf des Herrschers, unwillkürlich musste er zu dem Hünen im glänzenden Brustharnisch schauen.

Waljakov konnte den forschenden Blick seines Schützlings nicht deuten und zog es vor, geradeaus zu sehen.

»Bevor wir uns in die Höhle der Löwen begeben, hoheitlicher Kabcar«, begann Mortva nach einer Weile, »wollte ich Euch nur frühzeitig auf etwas hinweisen. Die Brojaken scheinen zu denken, sie könnten ihre alten Forderungen im Rat wieder aufleben lassen. Jetzt, nachdem ja verhältnismäßige Ruhe in Tarpol eingekehrt ist, wollen sie anscheinend zurück zu den Anfängen. Kolskoi hat sich in den Wochen Eurer Abwesenheit mit mehreren seiner Amtsgenossen getroffen.«

»Und mit anderen seltsamen Menschen«, ergänzte Waljakov. »Der Geheimdienst berichtet, dass er sich mit Traumdeutern beriet. Er wurde übrigens erst bei diesem Zweikampf wieder in der Öffentlichkeit gesehen.«

»Er hat bestimmt Angst vor Euch, werter Vetter«, lachte Lodrik. »Euer Versprechen, sich um Kolskoi zu kümmern, habt Ihr auf alle Fälle gehalten. Ihr dürft das gerne wiederholen, wenn Euch der Sinn danach steht.«

»Was habt Ihr denn in die Wege geleitet?«, erkundigte sich der Leibwächter interessiert. »Die Zustimmung des Rates geht tatsächlich auf Euch zurück?«

Mortva war es sichtlich unangenehm, dass der Kabcar vor dem glatzköpfigen Kämpfer so offen über die Angelegenheit sprach. »Ich habe mich nur mit ihm unterhalten, das war alles.«

»Eure Argumente müssen mehr als stichhaltig gewesen sein, wenn sie ihm anscheinend sogar den Schlaf rauben.« Waljakov machte keinen Hehl daraus, dass er der Lüge des Konsultanten nicht aufsaß. »Was bei Kolskoi etwas bedeuten muss. Übrigens hat er sich von seinen borasgotanischen Hunden getrennt. Ihr erinnert Euch noch an die Fahrt nach Granburg?«

»Wie könnte ich diese Episode jemals vergessen«, seufzte Lodrik.

Inzwischen waren sie vor der Tür des Audienzzimmers angelangt, zwei Livrierte öffneten die riesigen Flügeltüren und machten auf das Eintreten des Herrschers aufmerksam.

Die Gesandtschaften, Diplomaten und Abordnungen aller Reiche waren in diesem Zimmer vertreten. Bunte Uniformen, schlichte Trachten und protziges Brokat: Abwechslung wurde reichlich geboten.

Nicht minder atemberaubend gestaltete sich der Geruch, der in dem hohen, von Säulen getragenen Raum schwebte und schwer auf das hoheitliche Riechorgan schlug. Offensichtlich war jeder der Meinung gewesen, besonders viel Duftwasser auftragen zu müssen, dazu mischte sich das aufdringliche Lavendelaroma des Mottenpuders in den Perücken.

»Ein Wunder, dass der Stuck und das Blattgold nicht von der Decke stürzen«, knurrte der Leibwächter.

Mit einem kurzen Wink bedeutete der Kabcar den Pagen, die großen Fenster zu öffnen, um zu lüften.

Zielstrebig durchquerte er den Raum, ohne die Versammlung mit einem Blick zu würdigen, dicht gefolgt von Mortva und Waljakov, dann ließ er sich auf dem thronartigen Sessel nieder. Bedienstete schoben auf ein Zeichen des Konsultanten hin einen Kartentisch vor die Sitzgelegenheit, auf dem ein Pergament mit den Umrissen Ulldarts und allen Reichen lag.

»Willkommen allen«, erhob Lodrik seine Stimme. »Ich freue mich, so viele bekannte Gesichter wiederzusehen.« Sein Tonfall wurde schneidend. »Auch wenn dem ein oder anderen die Arroganz und die Aufgeblasenheit von früher nun fehlen. Es wurde der Wunsch geäußert, eine Unterredung stattfinden zu lassen. Nun denn. Und ich möchte mit einer alten Tradition beginnen.«

Er stand auf und schritt zu der Karte, nahm sich ein Stück weiße Kreide und umrandete Tûris, Aldoreel und die Inseln Rogogards.

»Das sind die Länder, denen ich zu tiefstem Dank verpflichtet bin, weil sie mich moralisch und sogar mit Proviant und Truppen, die sie entbehren konnten, unterstützten. Der Rest«, er legte seine rechte Hand auf das Pergament, »hat nichts getan, um sich beim tarpolischen Reich besonders beliebt zu machen. Das wollte ich an den Anfang stellen, um einigen die Augen zu öffnen, die dachten, gut wegzukommen.« Er setzte sich wieder und wartete ab.

Sarduijelec, der dicke borasgotanische Botschafter, wurde unsanft von seinem Amtskollegen aus Hustraban, Fusuríl, nach vorne geschoben.

»Nun, hoheitlicher Kabcar, Arrulskhán lässt Euch durch mich seine Glückwünsche zu dem Sieg überbringen, auch wenn er mehr glücklich als alles andere war.«

»Wie auch immer, das Resultat zählt«, unterbrach ihn der Kabcar. »Fahrt fort. Ich erwarte die Kapitulation Eures Reiches mit Spannung. Und die Entschuldigung für diesen Überfall.«

Der Botschafter sah zu den Ahnengemälden der Bardri¢s. »Ich wurde nicht beauftragt, eine Kapitulation zu überbringen, sondern einen Vorschlag zu unterbreiten«, dämpfte Sarduijelec die Erwartungen. »Arrulskhán bietet Tarpol an, dass sich seine Männer sofort aus dem Reich zurückziehen, Borasgotan dafür jedoch als Entgegenkommen eine gewisse Summe erhält.«

Gelangweilt lehnte Lodrik sich zurück. »Jetzt kommt wahrscheinlich das ›andernfalls‹, nicht wahr?«

»Andernfalls«, sprach Sarduijelec wie vorhergesagt, »legen wir den Teil der Provinzen, den wir noch kontrollieren, in Schutt und Asche. Die Ernte werdet Ihr vergessen können, Eure Einwohner ebenfalls. Ihr könnt das Schlimmste jedoch verhindern.«

Lodrik kontrollierte nur mit äußerster Mühe eine Eruption wilder Magie. Die Hände krampften sich um die Lehnen. »Wenn auch nur eine einzige tarpolische Hütte brennt, befehle ich meinen Soldaten, dass sie bis in die Hauptstadt Borasgotans marschieren und Euren wahnsinnigen Herrscher mit Euren Eingeweiden füttern, Sarduijelec. Und das ist kein leeres Versprechen, Botschafter. Die Schlagkraft meiner Armee dürfte ich unter Beweis gestellt haben. Mein Gegenangebot ist: Zieht Euch zurück. Friedlich. Sofort, und Eure Männer werden ihr Leben behalten. Entschuldigt Euch, wie es sich für ein Reich gehört, das einen Krieg begonnen hat.«

Der borasgotanische Botschafter verbeugte sich. »Es tut mir aufrichtig Leid. Ich kann es nicht entscheiden, sondern bin angehalten, Euch diesen Vorschlag zu unterbreiten.«

»Inakzeptabel«, raunte Mortva dem Kabcar ins Ohr. »Ich werde den Truppen befehlen, schneller als bisher vorzugehen. Auch denke ich, dass zusätzliche Verstärkung unserer Streitmacht nicht schadet, damit wir gleichzeitig verschiedene Ziele angehen können.«

»Woher sollen wir die denn nehmen? Und wie versorgen?«, wisperte Lodrik ratlos zurück.

»Lasst das meine Sorge sein, Hoher Herr. Bittet Euch Bedenkzeit aus.« Sein Vetter richtete sich wieder auf.

»Ich werde über dieses wirre Ansinnen trotzdem nachdenken«, sagte der junge Mann. »In vier Wochen gebe ich Euch Bescheid.«

»Mit allem Respekt, hoheitlicher Kabcar.« Sarduijelec schüttelte den Kopf, sein Doppelkinn wabbelte hin und her. »Arrulskhán möchte innerhalb von vier Tagen eine Entscheidung von Euch.« Er stellte sich zurück in die Reihe der anderen. Beruhigend berührte Mortva die Schulter des Herrschers.

»Wenn wir nun schon dabei sind, Unmögliches voneinander zu verlangen, dann möchte ich, dass sich Hustraban unverzüglich aus meiner Baronie zurückzieht«, hallte die Stimme Aljaschas durch den Saal. Ihr makelloser Körper steckte in einem Traum aus weitem, fließendem Stoff in Beigetönen: Edelsteine funkelten und blitzten am Dekolletee und eiferten mit dem Diadem um die Wette. Mit eleganten Schritten kam sie vom Eingang herüber zu ihrem Gemahl und setzte sich neben ihn. »Unverzüglich.«

Sie schenkte Lodrik einen liebevollen Aufschlag ihrer grünen Augen.

Daraufhin machten Waljakov und der Herrscher gleichzeitig ein verdutztes Gesicht.

Fusuríl trat nach vorne und klappte den Oberkörper in seiner unnachahmlich starren Weise zur Begrüßung ab. »Der eine Sachverhalt hat mit dem anderen nichts zu tun, hoheitliche Kabcara.«

»Dann müssen wir es tatsächlich auf einen Krieg mit Hustraban ankommen lassen?«, meinte sie kühl. »Wir haben im Moment das bessere Heer.«

Der Gesandte legte das Gesicht in Falten. »Ihr würdet den Friedensvertrag brechen und Euch den Widerstand der übrigen Reiche zuziehen, wenn tarpolische Truppen einmarschierten, habt Ihr das vergessen, hoheitliche Kabcara?«

»Darüber müsst Ihr Euch keine Gedanken machen«, ergriff der Konsultant überraschend das Wort. »Hoheitlicher Kabcar, mit Eurer Erlaubnis lüfte ich das Geheimnis unserer Streitmacht.« Mortva gab Lodrik durch ein Blinzeln zu verstehen, dass er nicht mit der ganzen Wahrheit herausrücken wollte. »Jeder weiß, dass Tersion sich im Krieg mit Kensustria befindet. Um durch Ilfaris gelangen zu können, so kam mir zu Ohren, benutzt die Regentin angorjanische Freunde. Somit besteht nicht die geringste Gefahr, dass das Abkommen über den Tausendjährigen Frieden auch nur in irgendeiner Weise missachtet wird.«

»Was scheren uns die Südländer?«, warf Fusuríl ein.

»Sie geben ein sehr gutes Beispiel, Gesandter«, gab der Mann mit dem Silberhaar zurück. »Seht, Angor ist nicht der einzige Kontinent, auf dem Krieger zur Verfügung stehen. Das Königreich Tarpol hat sich erlaubt, nach Verbündeten Ausschau zu halten und wurde weit über dem Meer fündig. Ich vermute, die meisten hier haben von den Schiffen gehört, die den Repol bis in die Nähe von Dujulev gefahren sind? Exakt sie gehören zu unseren Freunden. Und sie sind nicht, wie immer behauptet wurde, aus Tûris.«

»Ihr habt Söldner angeworben?« Der Hustrabaner wirkte alarmiert. »Damit verstoßt Ihr genauso gegen ...«

»Wir«, unterbrach ihn der Konsultant hart, »haben niemanden angeworben. Die Soldaten stehen auch nicht unter dem Kommando des Kabcar, sondern eines befreundeten Feldherrn, der nichts von uns für seinen Aufwand erhält. Damit verletzt Tarpol den Vertrag ebenso wenig wie Tersion. Und aus dieser Freundschaft kann man dem Kabcar rein rechtlich keinen Strick drehen.«

»Und wie groß ist diese Streitmacht, die in Tarpol kämpft?«, wollte der Gesandte aus Borasgotan wissen, dem die Zuversicht ebenfalls abhanden gekommen war.

»Groß genug.« Mortva lächelte.

»Ihr seht«, griff Lodrik ein und spürte zu seiner Überraschung die Hand seiner Ehefrau auf der eigenen, »dass wir bestens vorbereitet sind. Und wenn dieser Feldherr, der uns bei Dujulev etwas half, beschließt, sich gegen Hustraban zu wenden ...« Absichtlich ließ der Kabcar den Satz unvollendet, um die möglichen Konsequenzen der Fantasie des Einzelnen zu überlassen. »Zu reden haben wir aber auch noch über die Rückkehr der Provinz Worlac. Ich verlange, dass der selbst ernannte Baron Pavloc Kinikai sich umgehend meinen Beamten stellt, das Gebiet sich unverzüglich und ohne weitere Schwierigkeiten zurück in den angestammten Schoß Tarpols begibt. Von Strafaktionen gegen die Aufständischen werde ich absehen, wenn alle Waffen abgegeben werden. Sarduijelec, würdet Ihr das bitte dem Gouverneur ausrichten, wenn Ihr ihn seht. Und sagt ihm auch, dass der Kabcar wenig Geduld hat. Diese Langmut wird innerhalb von einer Woche erschöpft sein. Es wäre somit auch günstig, Botschafter, wenn Borasgotan und alle seine Verbündeten die Unabhängigkeit der Abtrünnigen nicht weiter anerkennen würden.«

Der Konsultant flüsterte dem jungen Mann auf dem Thron etwas zu.

»Richtig, das hätte ich beinahe vergessen.« Lodrik deutete auf den Diplomaten Serusiens. »Soweit ich mich erinnere, hat Euer Land sich an den Bestrebungen gegen Tarpol beteiligt.«

»Ein bedauerliches Missverständnis, hoheitlicher Kabcar.« Der Angesprochene verbeugte sich, was ihm ein verächtliches Schnauben Fusuríls einbrachte. »Serusien entschuldigt sich vielmals für den begangenen Fehler und hofft, dass die Reiche weiterhin in Frieden miteinander leben können.«

»Wenn Serusien für seine Torheit bezahlt, sehe ich keinerlei Schwierigkeiten damit«, sagte der Herrscher Tarpols. »Immerhin ist das keine Kleinigkeit. Zweihunderttausend Waslec müssten genügen, findet Ihr nicht auch?«

Dem Botschafter wich die Farbe aus dem Gesicht. »Das ist eine immense Summe …«

»… aber für ein so wohlhabendes Land mit Sicherheit kein Problem«, wiegelte Lodrik ab. »Meine Entscheidung steht. Die Zahlung sollte bald erfolgen, damit der befreundete Feldherr rechtzeitig anhält, wenn er den serusischen Schlagbaum sieht und nicht einfach einmarschiert.« Unruhe breitete sich bei den versammelten Diplomaten aus.

»Übertreibt es nicht«, warnte ihn Mortva leise. »Noch sind wir die Opfer, aber wenn Ihr weitermacht, sind wir die Kriegstreiber, Hoher Herr. Eure Andeutungen könnten uns mehr schaden als nützen.«

Der Kabcar verzog keine Miene bei dem geraunten Hinweis. »Aber das sind natürlich nur Gedankenspiele«, sagte er laut. »Es gibt keinen Grund zur Beunruhigung, verehrte Botschafter und Gesandte.«

»Wenn Ihr Euren Freund nicht unter Kontrolle habt, hoheitlicher Kabcar«, meldete sich Tafur, der Botschafter Aldoreels, zu Wort, »wer garantiert den anderen Reichen, dass sie unbehelligt bleiben?«

Es war dem Leibwächter schon lange aufgefallen, dass sich niemand genau um die Herkunft der Krieger sorgte. Der Konsultant sprach immer nur von »Sinureds Männern«, sein Schützling fragte nicht weiter nach. Wie er so vieles nicht hinterfragte. Und auch ansonsten wusste niemand genau, wer Hilfe schicken würde, die sich freiwillig einem Ungeheuer anschloss.

»Ich gebe Euch mein Wort, dass alle, die sich nicht an den Kriegsakten gegen Tarpol beteiligt haben, nichts von meinen Freunden zu befürchten haben.« Lodrik erhob sich. »Unschuldige dürfen für die Dummheit anderer nicht bestraft werden. Aber alle anderen sollen gewarnt sein: Kommt meinen Vorschlägen nach oder erlebt Euer blaues Wunder. Ulldrael der Gerechte ist auf meiner Seite, wie man bei Dujulev sah. Und er wird so lange auf meiner Seite sein, bis wieder Gerechtigkeit herrscht.«

Der junge Herrscher fühlte, wie seine Cousine ihm sanft mit den Fingern auf dem Handrücken entlangfuhr. Im Stillen erwartete er, dass sie gleich etwas sagte, was ihn kompromittieren würde. Fragend schaute er zu ihr, aber sie lächelte nur freundlich und drückte seinen Oberarm.

Auch dem Leibwächter waren die Geste und der Ausdruck der Kabcara nicht entgangen.

»Die Audienz ist zu Ende, wenn die verehrten Gesandten keine Fragen mehr haben«, sagte Mortva laut. Als sich keiner zu Wort meldete, öffneten die Bediensteten die Türen, und die Versammlung löste sich auf.

Der Herrscher blickte nachdenklich auf die Karte. »Wie lange wird es dauern, bis die Verstärkung angekommen ist?«

»Im Moment stehen wir mit zwanzigtausend Männern im eigenen Land und treiben die Borasgotaner vor uns her.« Der Mann mit dem Silberhaar ließ die Zahl einen Moment wirken. »Ich muss nicht betonen, dass wir uns eine solche Streitmacht nur leisten können, weil wir uns mitten in der Erntezeit befinden, Hoher Herr. Ansonsten sähe es mit der Versorgung eher schlecht aus.«

»Dann werden wir im Winter schlecht aussehen«, murmelte Waljakov, klackend legte sich die mechanische Hand um den Säbelgriff. »Die fressen unseren Bauern die Haare vom Kopf.«

»Na, na. Ganz so schlimm ist es nun auch wieder nicht. Ihr seid ein Mann, der nur das Schlechteste annimmt, wisst Ihr das?«, sagte Mortva in Richtung des Leibwächters. »Wir haben noch keine Klagen von Landpächtern gehört, was wollt Ihr mehr?« Der Konsultant nahm sich eine Hand voll Holzklötzchen und positionierte sie. »Wir setzen sie pausenlosen Angriffen aus. Ein Teil der Soldaten erholt sich, der andere Teil attackiert. Für die Borasgotaner erweckt das den Eindruck, als würden wir über scheinbar unerschöpfliche Kraftreserven verfügen, somit kommt zu ihren materiellen Verlusten auch noch eine sinkende Kampfmoral.«

»Es wird aber reichen, um Feuer zu legen«, gab Waljakov zu bedenken.

Nun wirkte Mortva ungehalten, die rechte Augenbraue hob sich ganz langsam. »Ich teile Eure Bedenken, wenn auch nur bedingt. Ihr seid ein verdienter Scharmützelkämpfer, ich dagegen habe Militärgeschichte studiert. Ihr denkt zwar richtig, aber in zu kleinen Dimensionen.«

»Euer Studium kann wenig wert gewesen sein, wenn Ihr die mögliche Bedeutung eines umherliegenden Panzerhandschuhs nicht kennt«, brach es aus dem Hünen hervor. »Und erzählt mir nicht, Ihr hättet von dem Schwur des Ritters nichts gewusst.« Mit ein paar ausladenden Schritten stand er vor dem Vetter des Kabcar. »Ihr, Nesreca, habt den Handschuh absichtlich aufgehoben, um den Ritter im Zweikampf umbringen zu lassen.«

Mortva blieb gelassen, obwohl seine unterschiedlich farbigen Augen Waljakov zu durchbohren schienen. »Und was hätte ich davon, wenn es so wäre, wie Ihr sagtet?«

»Ich weiß es nicht«, gestand der Leibwächter, »aber Ihr betreibt ein seltsames Spiel am Hof. Und der Kabcar ist zu blind oder zu sehr von Euch beeinflusst, als dass er es merken würde.«

»Ihr dagegen besprecht Eure Verdächtigungen lieber mit Norina Miklanowo, vermute ich. Allein«, retournierte der Konsultant, verschränkte die Arme auf dem Rücken und zwang sich zu einem Lächeln. »Ihr werdet zumindest oft zusammen gesehen, wie ihr beide durch den Palastgarten wandelt oder Zeit in der Bibliothek verbringt, während sich der Kabcar den Regierungsgeschäften widmet. Ihr vernachlässigt, wenn ich es richtig betrachte, Eure Aufgabe als Leibwächter, findet Ihr nicht?« Er wandte sich zu einem schweigenden Lodrik und Aljascha, die ein gespanntes Gesicht machte. »Findet Ihr nicht auch, Hoher Herr?«

»Ihr seid ein …«, setzte Waljakov wütend an, doch der Herrscher Tarpols unterbrach ihn.

»Genug, ihr beide. Es reicht.« Der jugendliche Herrscher erhob sich. »Mortva und ich haben bereits über den Zweikampf gesprochen, und ich habe ihm offiziell einen Tadel erteilt, den er an seinen Kämpfer weiterreichen wird. Und immerhin hat Nerestro verbotenerweise nach seiner aldoreelischen Klinge gegriffen. Wenn Echòmer nicht so eine gute Rüstung benutzt hätte, wäre er vermutlich tot. Ich kann die Beweggründe des Mannes schon verstehen.« Lodrik stellte sich neben den Glatzkopf. »Ich treffe meine Entscheidungen immer noch selbst, also sei unbesorgt. Mein Vetter leistet nur gute Dienste, indem er mich an Sachen erinnert.«

»Werdet Ihr ihn wieder aus Euren Diensten entlassen, wenn Stoiko auf die Beine gekommen ist?«, wollte Waljakov wissen. »Und erinnert Ihr Euch an das Versprechen, das Ihr dem Ritter bei Dujulev gegeben habt? Haltet Ihr Euer Wort, Herr?«

Lodrik senkte den Blick und sah auf seine Schuhspitzen. Er wirkte in diesem Augenblick wie der »TrasTadc«, hilflos wie ein kleines Kind, das sich nicht entscheiden konnte.

»Wie redest du mit dem Kabcar von Tarpol?« Aljascha kam an die Seite ihres Gemahls, hakte sich unter und sandte dem Leibwächter einen vernichtenden Blick. »Du magst viel zusammen mit ihm erlebt haben, aber er ist für dich immer noch der Herrscher Tarpols, den du mit Respekt zu behandeln hast. Du bist sein Leibwächter, nicht sein Vormund.«

Waljakov verbeugte sich knapp vor der rothaarigen Frau. »Meine tiefste Entschuldigung, hoheitliche Kabcara. Ich weiß durchaus, wo meine Position ist.«

»Es ist schon spät, lasst uns alle zu Bett gehen und den Tag morgen besser beginnen, als er heute endet«, schlichtete Lodrik müde. »Du kannst gehen, Waljakov. Es ist gut.« Wortlos wandte sich der Hüne um und verließ das Audienzzimmer.

Sein Vetter legte den Zeigefinger an sein Kinn. »Dürfte ich Euch einen Vorschlag machen, hoheitlicher Kabcar?« Der junge Mann nickte. »Wir sollten die Borasgotaner zurückschlagen bis weit in ihr eigenes Land.« Mortva nahm die rote Kreide. »Wenn ich mich richtig erinnere, verlangten unsere Nachbarn bei den Verhandlungen die Hälfte Tarpols, sozusagen als Sicherheit. Es wäre doch nur mehr als rechtens, wenn wir das Gleiche in Anspruch nähmen. Zum Schutz Eurer Untertanen. Es wäre der beste Garant für eine ruhige Grenze, wenn wir eine Besatzungszone einrichten würden.« Die Spitze des farbigen Kreidestücks fuhr über das Drittel Borasgotans, das an Tarpol grenzte. »Das müsste genügen.«

»Und wie bekomme ich meine Baronie zurück?« Aljascha schmiegte sich an Lodrik, der ihren warmen Körper durch seine Uniform spüren konnte. Auch bei ihm stieg die Temperatur sprunghaft an, und vorsichtig roch er an dem roten, verführerisch glänzenden Haar seiner Gemahlin. Sie registrierte es mit einem Lächeln.

Der Konsultant tippte nacheinander die Baronien an. »Tatsache ist, dass wir vor eine größere militärische Herausforderung gestellt sein werden als bei Borasgotan. Unglücklicherweise ist Kostromo das östlichste aller Kleinreiche, also müssen wir irgendwie herankommen, um Hustraban herauszuwerfen. Da sich die meisten Baronien mehr oder weniger freiwillig Borasgotan angeschlossen haben oder annektiert wurden, sollte eine Begründung für den Einmarsch nicht allzu schwer zu finden sein. ›Befreiung‹ ist ein sehr schönes Wort.«

Die grünen Augen der Kabcara glitzerten auf. »Man könnte sie zu einer Großbaronie zusammenfassen«, schlug sie vor und küsste Lodrik sanft aufs Ohr. »Und ich würde sie regieren, mit deiner Erlaubnis, Gemahl.«

»Ihr wisst, dass ihr beide sehr tief greifende Veränderungen vornehmen müsstet«, äußerte sich der überrumpelte Herrscher vorsichtig, während ihm ein heißer Schauder den Rücken hinablief. Seine Cousine hatte das Parfüm aufgelegt, das er am meisten an ihr mochte.

»Ich bin mir sicher, dass, wenn wir es den Baronen

entsprechend schmackhaft machen, inklusive der Zahlung von Rücktrittsgeldern, diese gewaltlose Umgliederung keine Schwierigkeiten bereiten dürfte.« Der Konsultant stützte eine Hand auf den Kartentisch, die andere legte er auf den Rücken. »Und wieder hättet Ihr einen Stein mehr in Eurer Straße zur Unsterblichkeit. Das Volk sieht in Euch bereits jetzt den größten aller Bardri¢s.«

»Und die gewachsenen Strukturen der Baronien zu den anderen Reichen?« Mehr und mehr schwand der Widerstand des jungen Mannes angesichts der Lösungen, die Mortva zu allen Problemen aus dem Hut zauberte, und der betörenden Nähe seiner Gattin, die weiterhin ihren Körper an seinen drückte. Das alte Verlangen, das er für tot gehalten hatte, flammte auf und kämpfte gegen die schlechten Erfahrungen, die er bisher machen musste.

»Ich glaube, dass allen Beteiligten der Anschluss an Tarpol lieber ist als die Herrschaft eines Wahnsinnigen«, schätzte der Konsultant die Lage ein. »Einzig und allein Ucholowo wird sich sträuben, weil der Baron mit einer Nichte Arrulskháns verlobt ist. Bijolomorsk wollte sich ohnehin wieder uns anschließen. Es sieht sehr gut für uns aus. Und mit der Bildung einer Großbaronie sitzen wir in einer strategisch äußert günstigen Position.«

»Man könnte meinen, Ihr plant weitere Eroberungen, verehrter Vetter«, scherzte der Kabcar und umfasste die Hüfte Aljaschas. Das Blut schoss ihm in den Kopf und andere Körperteile. Das Verlangen hatte den inneren Kampf gewonnen.

»Aber nein«, winkte Mortva ab. »Ich nicht. Aber wartet nur, Ihr werdet mir eines Tages selbst sagen, was Tarpol noch in die Arme schließen möchte. Im Übrigen empfehle ich gegen Hustraban die gleiche Vorgehensweise wie gegen Borasgotan. Ein Schutzgürtel, um die bis dann entstandene Großbaronie vor Feindseligkeiten zu bewahren, wäre eine sehr gute Einrichtung.«

»Wenn man Euch beide so reden hört«, sagte Lodrik, »könnte man glauben, Ihr möchtet ganz Ulldart zu tarpolischem Besitz machen.« Sanft streichelte Aljascha seinen Rücken.

Mortva und die Kabcara lächelten sich kurz an. Sie verstanden sich ohne Worte, während Lodrik zum Ausgang schaute, seine Cousine an der Hand nahm und mit ihr den Raum verließ.

Der Mann mit den silbernen Haaren vollführte eine Geste mit der linken Hand, und ein Windstoß löschte alle Lampen im Saal.

»Paktaï«, sagte er mild, und auf seinen leisen Befehl hin erschien die Frau aus dem Schatten einer Säule. Gekleidet war sie in eine schwarze, nietenbesetzte Rüstung aus gehärtetem Leder, darunter lag ein dicht gewobenes Kettenhemd. Die langen schwarzen Haare waren zu einem Zopf zusammengebunden, was ihr dünnes Gesicht noch schmaler wirken ließ. Die Monde leuchteten auf ihr fahles Antlitz, ihre Augen glühten dunkelrot. »Wie geht es dem unvorsichtigen Hemeròc?«

Paktaï senkte sich auf ein Knie herab. »Er wird wieder gesund werden, aber die aldoreelische Klinge hat ihn schwer verletzt. Ihr hattet ihn gewarnt.« Sie stand auf, das Haupt demütig gesenkt. »Habt Ihr gewusst, dass diese Kensustrianerin ein Rákshasa ist?«

Der Konsultant konnte seine Verwunderung nicht verbergen. »Nein. Ich ahnte es nur, als ich ihre Zähne und die leuchtenden Pupillen sah.« Seine Augen wurden schmal. »Wie hast du es herausbekommen?«

Die Frau schüttelte den Kopf. »Nicht ich. Hemeròc war es, bevor er sich zur Regeneration zurückzog. Er war bei diesem Ritter, um ihm den Tod zu versprechen.«

»Ach? Er handelt ohne meinen ausdrücklichen Befehl?« Er fuhr sich nachdenklich über die Haare. »Ich werde ihm noch einmal verdeutlichen müssen, wer wem unterstellt wurde. Du, meine bezaubernde Paktaï«, er umfasste ihr Kinn und hob den Kopf an, damit sie in seine Augen sehen musste, »weißt doch genau, wo dein Platz ist?«

»Ganz genau.« Sie blickte ihn teilnahmslos an.

»Gut.« Mortva ließ sie los und wandte ihr den Rücken zu. »Geh. Und richte Hemeròc aus, dass eine Strafe auf ihn warten wird.« Sie verneigte sich, trat zurück und verschmolz mit den Schatten.

Leise huschte Waljakov in Stoikos Kammer und trat an dessen Bett heran.

Sein Freund hatte die Augen geschlossen, das Gesicht erhielt allmählich seine Farbe wieder zurück. Die Genesung schritt voran, wenn auch nur zögerlich. Die Cerêler des Palastes gaben ihr Bestes, aber die Wunden schienen immer wieder von neuem infiziert zu sein, als wollte etwas verhindern, dass Stoiko auf die Beine kam.

Der Leibwächter hatte den Verdacht, dass das »Etwas« lange silberne Haare hatte und auf den Namen »Nesreca« hörte. Aber beweisen konnte er es nicht. Die Wachen, die er vor die Tür gestellt hatte, sahen und hörten nichts. Weder er noch Norina noch der Verwundete vertrauten diesem mysteriösen Vetter vierten Grades, und nach dieser Unterhaltung im Audienzsaal schon gar nicht mehr. Er musste weg. Und wenn Waljakov ihn eigenhändig an seinen Haaren nach Berfor zurückschleifen musste.

Der Verletzte schlug die Augen auf und versuchte, ein Lächeln zu fabrizieren. »Du siehst müde aus, Waljakov.«

»Ich bin müde«, sagte der Hüne grinsend und blickte sich im Zimmer um. »Benötigst du etwas? Trinken, essen oder etwas anderes?«

»Nein, danke, ich habe nur ein wenig gedöst. Es geht mir schon viel besser. Ich denke, dass ich nächste Woche aufstehen kann.«

Der Leibwächter nahm Platz. »Ich möchte dich wirklich nicht drängen, Stoiko, aber es wird höchste Zeit, dass du an Lodriks Seite zurückkehrst. Seit dieser Nesreca aufgetaucht ist, steuert der Junge stärker als zuvor etwas entgegen, was mir nicht gefällt. Und er hat sich Sinured als Verbündeten gewählt.«

»Er konnte nicht anders«, verteidigte der verletzte Mann den jungen Herrscher. »Aber er wird ihn wieder zurückschicken. Du hast gesagt, er habe es dem Ritter versprochen.«

»Und der Ritter liegt inzwischen ebenfalls halb tot in seinem Bett«, meinte Waljakov düster.

»Du hast mich damals gewarnt, nun ist es an mir.« Stoiko setzte sich ein wenig auf. »Alle um den Kabcar, auf die er unter Umständen hören würde oder die kritisch gegenüber seinem Vetter eingestellt sind, erleiden Unfälle oder werden anders ausgeschaltet. Wenn es wirklich Nesreca ist, der dahinter steckt, stehst du ebenfalls auf seiner Liste.«

»Und Norina«, ergänzte der Leibwächter gedankenversunken. »Ich werde sie beschützen. Vermutlich benötigt sie mich im Moment mehr als Lodrik.«

»Gebt auf euch beide Acht«, warnte der Verletzte, bevor er mit verzerrtem Gesicht zurücksank und die Augen schloss. »Nächste Woche bin ich wieder da. Und dann sorgen wir dafür, dass Nesreca schnell an Einfluss verlieren wird.«

»Ich hoffe es und bete sogar zu Ulldrael, wenn es sein muss.« Waljakov deckte den innerhalb von Lidschlägen eingeschlafenen Stoiko zu und verließ leise den Raum.

Ein Paar dunkelrote Punkte leuchteten in einer finsteren Ecke der Kammer auf.

»Ich wollte mich bei dir entschuldigen, mein Gemahl. Aufrichtig entschuldigen. Für alles, was ich dir in der Vergangenheit angetan habe.« Aljascha machte einen Knicks und senkte ergeben den Blick. »Es tut mir unendlich Leid, ich habe nun erkannt, dass ich falsch handelte. Ich erwarte nicht, dass du es vergisst. Aber verzeihe es wenigstens, damit wir einen Neuanfang wagen können. Wir müssen zusammenhalten, Lodrik, das habe ich nun erkannt.«

Sie hob den Kopf, dann konnte sie die Heiterkeit nicht mehr länger unterdrücken.

Aus vollem Hals tönte ihr glockenhelles, spöttisches Lachen durch das Zimmer. Sie betrachtete sich dabei im Spiegel. »Ich werde es nicht schaffen. Ich lache mich tot, wenn ich das zu ihm sage. O Mortva, du verlangst Schwieriges von mir.«

Die Tür zu ihrem Schlafzimmer öffnete sich, und der Kabcar trat ein, in der Hand ein Tablett mit Gläsern und einer Flasche Sekt balancierend. »So gute Laune, Gemahlin? Das freut mich aber, dass du so laut lachen kannst.«

»Welche Ehre, dass ich vom Herrscher von Tarpol persönlich bedient werde. Ist das nicht Grund genug, glücklich zu sein?« Sie lachte wieder und versuchte dabei, ihre Belustigung nicht zu sehr nach Hohn klingen zu lassen. »Wenn du fertig bist mit Ausschenken, würdest du mir bitte bei meinem Kleid helfen?«

Langsam senkte Lodrik die Flasche. Seine Fröhlichkeit war wie weggewischt. Die blauen Augen wurden ernst.

»Das hatten wir schon einmal. Ich werde es nicht wiederholen.« Als würde er aus einem Traum erwachen, veränderte sich sein Blick. »Ich weiß gar nicht, weshalb ich hier bin.« Er musterte sie von oben bis unten. »Du spielst wieder eins deiner Spielchen mit mir, und zum Schluss wirst du mich verhöhnen, wie immer.« Hart setzte er die Flasche auf die Anrichte, der Alkohol floss über und tropfte zu Boden. »Um ein Haar wäre ich auf dich hereingefallen. Gute Nacht.« Der junge Mann wandte sich um.

»Aber nein, aber nein«, beeilte sich seine Cousine zu

sagen. »Komm zurück. Um ehrlich zu sein, ich wollte mich bei dir entschuldigen. Für alles, was ich dir in der Vergangenheit durch mein Verhalten angetan habe.« Sie ließ sich mit unglücklichem Gesicht aufs Bett fallen. »Der Palast, der Tod meines Onkels, die viele Macht, die Veränderungen und der überreichliche Luxus haben mich noch schlimmer werden lassen, als ich mich ohnehin schon gebe, ich weiß.« Sie sah ihn fast flehend an. »Aber im Grunde bin ich nicht so schlecht. Ich habe dich behandelt, wie man niemanden behandeln sollte. Und das tut mir Leid.« Sie verbarg ihr Gesicht zwischen den Händen und begann zu weinen.

Lodrik war sichtlich überfordert. Weil er nicht wusste, was er tun sollte, schenkte er die Gläser voll, ging hinüber zu seiner Gattin und nahm neben ihr Platz. »Hier. Trink.«

Aljascha schniefte und warf ihre langen roten Haare zurück. Die Tränen funkelten im Kerzenlicht, und ein bisschen zitternd nahm sie den Sekt. »Danke.« Das Grün ihrer Augen schimmerte, fesselte seinen Blick, und ein Hauch ihres Duftwassers stieg in seine Nase. »Ich erwarte nicht, dass du mir verzeihst. Aber lass uns einen neuen Anfang machen. Ich als echte Gattin, die dir die Treue hält und dich unterstützt.«

Er stürzte sein Glas hinunter, legte die Arme um sie und zog sie nach hinten. »Ich nehme deinen Vorschlag an, Cousine.«

Vorsichtig näherten sich ihre Lippen, dann küsste er sie. Sie entzog sich ihm nicht.

Dann begann er, nach den Verschlüssen ihres Kleides zu tasten, doch ihre Hand legte sich auf seine. Wut kochte schlagartig in ihm hoch.

»Noch nicht«, bat sie. »Gib uns beiden Zeit, uns aneinander zu gewöhnen. Ich …«

Mit Schwung sprang er auf und stand drohend über ihr. »Du führst also wieder eine deiner Komödien auf,

Aljascha. Aber diesmal wird es nicht funktionieren. Ich werde diesmal nicht die übliche Rolle des dummen TrasTadc spielen.«

Er streckte die Arme aus, konzentrierte sich kurz und ließ orangefarbene Blitze zwischen den Handflächen hin und her zucken. Die Kräfte in seinem Inneren gehorchten bereitwillig. Mit großen Augen starrte ihn seine Gemahlin an. »Das, was du hier siehst, nennt man Magie. Ich kann sie kontrollieren und die unvorstellbarsten Dinge damit vollbringen.«

Er versuchte, den Trick mit dem Verändern eines Glases erneut, aber seine Gefühlswelt war zu sehr in Aufruhr. Krachend zerbarst das Gefäß.

Dennoch verfehlte die Demonstration der Macht ihren Eindruck nicht.

Aljascha rutschte ängstlich vom Bett und klammerte sich an seine Beine. »Bitte, verschone mich. Ich werde alles tun, was du von mir verlangst. Von heute an werde ich gehorchen.«

Lodrik zog sie selbstzufrieden auf die Füße.

Sie warf sich an seinen Hals und bedeckte ihn mit Küssen. »Ich tue alles, was du willst, mein Gemahl.«

Mit geschlossenen Augen genoss der Kabcar die Zärtlichkeiten seiner Cousine, die ihn irgendwann auf die Schlafstätte zurückzog. Nun endlich durfte er die so oft verschobene Hochzeitsnacht vollziehen.

Und sie gefiel ihm sehr.

III.

Die Allmächtige Göttin besah sich die Welt, und als sie überzeugt war, dass alles in Ordnung war, ging sie zu Angor, Ulldrael, Senera, Kalisska und Vintera, um sie zur Rückkehr zu den Menschen zu bewegen.

Doch die Menschen experimentierten mit der Magie, veränderten sie.

Vor allem die ehemaligen und neuen Getreuen des Gebrannten Gottes entwickelten Kenntnisse, mit denen sie andere Länder mühelos in die Knie zwingen konnten.

Geister, Untote und viele andere bösen Mächte zogen in Tzulandrien umher.

Die schlechte Magie,
Kapitel I

Ulldart, Königreich Tersion, Hauptstadt Baiuga, Sommer 443 n. S.

Ihr wärt auch lieber in Freiheit, was?« Fraffito Tezza stützte sich auf den Reisigbesen und ließ seinen Blick über die Eisenkäfige schweifen, die dicht an dicht im großen Gewölbekeller standen.

Die linken Gefängnisreihen beherbergten Sumpfbestien in den unterschiedlichsten Formen und Größen aus allen möglichen Gebieten des Kontinents. Auf der anderen Seite wurden die Tiere gehalten, die man zu verschiedenen Gelegenheiten in der Arena zum Einsatz brachte.

»Aber warum sollte es anderen Kreaturen besser gehen als mir, nicht wahr?«, sagte er zu einem der Untiere, das ihn daraufhin anknurrte und sich gegen die Gitter warf.

Erschrocken machte der Palestaner einen Schritt zurück und hob drohend den Reisigbesen. Als er seine lächerliche Waffe begutachtete, senkte er sie lachend, nahm seinen kleinen Flakon mit Duftwasser aus der Tasche seines Brokatjupons heraus und besprühte das Wesen.

»Jetzt riechst du wenigstens besser als du aussiehst«, sagte der einstige Adjutant und nun Leihgabe des Händlerstaates an Tersion und kehrte den herausgefallenen Dung vor den Eisenstäben zu einem großen Haufen zusammen. Zwischendurch hielt er immer wieder kurz inne und schmierte sich etwas von dem Parfüm unter die Nase, um den Gestank nicht ertragen zu müssen.

Er wusste nicht, weshalb plötzlich diese Gewölbeteile in sein Ressort fielen, was er als äußerst erniedrigend empfand.

Am anderen Ende des Raumes angekommen, richtete er sich stöhnend auf, hielt sich das Rückgrat und sah sich nach dem Wasserfass um, das in seiner Nähe stehen musste. Er brauchte unbedingt etwas zu trinken.

Erleichtert ließ er sich das kühle Nass von der Holzkelle in den Mund laufen. Der Palestaner stockte aber mitten in der Bewegung, als er ein Geräusch in seinem Rücken hörte, das ihm gar nicht gefiel. Es war das Quietschen einer Eisentür.

Tezza versenkte zitternd die Kelle in dem Fass, langte nach seinem Kehrwerkzeug, das er sich als Schutz vor die Brust hielt, und wandte sich um.

Eine der größeren Sumpfbestien stand im Mittelgang und witterte lautstark nach allen Richtungen, der Eingang ihres Gefängnisses stand sperrangelweit offen. Noch interessierte sie sich scheinbar nicht für den Mann, der kleine Schritte rückwärts machte, um entweder zu entkommen oder sich zu verstecken.

Mit einem letzten großen Schnaufer wandte sich die Kreatur dem Palestaner zu. Ihr humanoider, muskelbepackter Körper spannte sich, das Fell richtete sich in der Nackenpartie auf, die Klauen bewegten sich sachte, und aus der Kehle drang ein dumpfes Grollen.

»Hilfe«, flüsterte Tezza, den die Angst vor dem Wesen gelähmt hatte. »Wachen, zu Hilfe.«

Verständlicherweise reagierte niemand auf seine zaghaften Rufversuche.

Ihm kam eine Idee. Vorsichtig bewegte er sich zur Seite und griff in den Futtertrog, in dem das halbverweste Fleisch für die Sumpfbestien gelagert wurde.

Angewidert nahm er irgendetwas Blutiges, Stinkendes mit spitzen Fingern heraus und beförderte es schwungvoll in die andere Ecke des Raumes.

»Hol's, bitte«, sagte der Palestaner unsicher. »Feines Fresschen. Na los.«

Tatsächlich setzte sich das Wesen in Bewegung.

»So ist's brav. Feines Ungeheuer.« Seine eigene Angst wich leiser Zuversicht, die sich aber schlagartig in reines

Grausen wandelte, als die Kreatur umdrehte und sich am Käfig eines Artgenossen zu schaffen machte.

»Nein, nein, ksch, weg!«, brüllte Tezza und fuchtelte mit dem Besen in der Luft. »Lass das! Hör auf damit!« Mit einem leisen Geräusch öffnete sich die Zelle. »O heilige Dublone«, entfuhr es dem Mann, der wieder den Rückzug antrat, nachdem er angeknurrt worden war.

Tür für Tür schwang auf und gab eine Kreatur nach der anderen frei.

Zu seinem Entsetzen bewegte sich die Bestie auf ihn zu, die er vorhin mit seinem Duftwasser behandelt hatte. Völlig verkrampft, zitternd wie Espenlaub und mit geschlossenen Augen erwartete der Adjutant sein Ende.

Er fühlte sich emporgehoben, durch die Luft geschleudert, und dann landete er klatschend in dem Trog mit dem halbverwesten Futter und dem widerlichen Gemisch aus Innereien, Blut und Fleisch.

Als er sich, einer Ohnmacht nahe, aus dem Holzbehälter erhoben und wenigstens die Augen freigewischt hatte, hörte er vielfaches, knurrendes Gelächter. Vier Dutzend der Bestien standen um ihn herum.

Ganz nahe vor ihm befand sich das Gesicht der von ihm besprühten Kreatur. Sie spitzte langsam die Lippen. »Pft, pft«, imitierte sie das Geräusch des Flakons. Das tierhafte Lachen der Artgenossen schwoll an.

Tezza stieg vorsichtig aus der stinkenden Wanne. »Ihr werdet mich nicht fressen, ja? Nehmt doch lieber das Zeug hier.«

»Bist dumm?«, fragte die Kreatur vor ihm und schlug ihm mit der flachen Klaue an die Stirn, dass das geronnene Blut und andere Flüssigkeit spritzten. »Schmecken schlecht. Sein alt.«

»Ich habe euch nichts getan«, keuchte Tezza ängstlich und wich wieder etwas zurück. »Ich bin auch sehr alt und schmecke nicht. Zu zäh. Zu wenig Fleisch.« Zum Beweis zeigte er die dünnen Handgelenke. »Da, schau.«

»Aber Pft- pft sein wenigstens frisch«, murmelte das Wesen. »Nein, wir nix machen. Wir nur wollen raus.« Es deutete auf die große, mit Eisenbändern verstärkte Tür des Seitenausgangs. »Du machen auf, wir weg. Oder nehmen uns Schlüssel selbst.« Es kniff prüfend in den Oberarm des Palestaners. »Pft- pft nix Kämpfer. Leichte Beute.«

»Einverstanden, wenn das alles ist«, sagte Tezza und bewegte sich mit dem Rücken zu den Stäben in Richtung des Ausgangs, während er den großen Schlüsselbund von seinem Gürtel fummelte. »Da draußen sind aber Wachen.« Zu diesem Hinweis fühlte er sich verpflichtet. Klackend öffnete er das Schloss.

Der Anführer der Bestien winkte ab. »Wissen. Aber egal. Hauen drauf. Ob sterben hier oder in Kreis, machen nix Unterschied. Aber vielleicht können frei.« Die Kreatur verzog das Gesicht ein wenig. »Pft- pft haben Feind. Großes, weißes Haar, rotes Augen. Haben geöffnet Tür von Klarrb«, das große Ungeheuer knurrte kurz, »damit Klarrb den Pft- pft fressen.«

»Aber Klarrb schlauer als Menschen denken«, griente das imposante Wesen. »Wir nix dämlich.« Er sah einen seiner Artgenossen an, der versuchsweise an einem vergammelten Knochen nagte, und seufzte. »Nix alle, wenigstens.«

Ein paar der Bestien öffneten das Tor und huschten hinaus, um zu spähen. Der Anführer grinste ihn zum Abschied an und folgte den anderen.

Der Adjutant ahnte sehr wohl, wen die Bestie mit ihrer Warnung gemeint hatte. L'Xarr wollte ihn umbringen, weil er wusste, was die K'Tar Tur besprochen hatten.

Kurz dachte er daran, Alana II. von seinem Wissen in Kenntnis zu setzen, schalt sich aber daraufhin einen Narren, weil die Aussicht, dass die Regentin ihm glauben würde, so wahrscheinlich war wie die Echtheit eines rogogardischen Schuldscheins. Sein Wort stand gegen das von T'Sharr, des Hauptmanns der Wache, und das des eigenen Shadoka der Regentin.

Als er von draußen ersten Kampflärm hörte, beschloss er, ein wenig Heldenmut vorzutäuschen.

Der Palestaner wartete, bis er Schritte hörte, die sich dem Seitengewölbe näherten, dann öffnete er einen Käfig mit einem seiner Ansicht nach bösartig aussehenden Tier darin, warf die Tür aber sofort mit Schwung zu und stellte sich breitbeinig davor auf.

»Ha, habe ich dich wieder einsperren können, wilde Bestie«, rief er, als er sich sicher war, Zuschauer zu haben. »Du bist die Letzte der zehn gewesen.« Dann drehte er sich um, den Besen zum Schlag erhoben. »Wer möchte noch Prügel?« Die Wachen der Regentin starrten ihm mit offenem Mund an. »Oh, ihr wart natürlich nicht gemeint. Habt ihr die Bestien aufhalten können? Sie haben mich einfach überrannt, während ich die Tiere in Schach halten musste. Wie ihr an meiner besudelten Kleidung seht, habe ich aber wenigstens einige von ihnen verwundet.« In Heldenpose deutete er auf die Käfige. »Es droht euch keine Gefahr mehr.«

L'Xarr trat ein, Blut lief an seinen beiden Schwertern hinab und tropfte zu Boden. Er hatte die letzten Worte Tezzas mitangehört.

»Oh, wahrlich, ein echter Held. Wenn man Euch so sieht, hätte man es niemals für möglich gehalten. Da habe ich eine freudige Botschaft für Euch. Ihr werdet Gelegenheit bekommen, Eure Zweikampfstärke in der Arena zu beweisen. Das Volk will den Kehrmeister wieder zurück und auch einmal heldenhaft erleben.«

»Danke vielmals, aber ich habe kein Verlangen, mich beweisen zu müssen, Shadoka«, versuchte der Palestaner sich aus der Falle zu manövrieren. »Ich bleibe beim Besen schwingen.«

Der K'Tar Tur lächelte. »Es abzuschlagen hat keinen Sinn. Die Regentin wünscht es.«

»Nachdem Ihr es vorgeschlagen habt, vermute ich?«, gab Tezza nun schlecht gelaunt zurück. Bevor es so weit war, wollte er aus diesem Land fort sein.

Ulldart, Königreich Tarpol, Hauptstadt Ulsar,
Spätsommer 443 n. S.

Das östliche Tarpol steht in Flammen, und Ihr denkt an nichts anderes, als Eure brojakischen Rechte wieder verliehen zu bekommen?«, rief Lodrik wütend und sprang aus seinem Ratssessel, die Hände zu Fäusten geballt. Anscheinend hatte Mortva mit seiner Einschätzung, die Großbauern verlangten ihre alte Macht zurück, Recht behalten. Und er war der ewigen Streitgespräche überdrüssig. »Der Zeitpunkt, mit einer solchen Forderung an mich im Brojakenrat heranzutreten, ist mehr als schlecht gewählt. Was habt Ihr Euch dabei gedacht?«

Haraȼ Tarek Kolskoi, der Sprecher des dreihundert Köpfe umfassenden Gremiums der Großgrundbesitzer, verbeugte sich. »Es hätte nicht besser gewählt sein können, hoheitlicher Kabcar. Ihr habt die Borasgotaner geschlagen, Eure Freunde erobern das Land zurück, und es sieht doch alles nach einer guten Wendung der Ereignisse aus, findet Ihr nicht? Wir haben damals unsere Zugeständnisse gemacht und verlangen nichts weiter als ein wenig Anerkennung. Eine Anerkennung, die sich aber nicht nur auf ein freundliches Kopfnicken beschränken darf. Daher verlangen wir eine schrittweise Rücknahme der Reformen. Oder noch besser: Führt auf einen Schlag das alte System wieder ein und begründet es mit der Lage im Osten.« Der dürre Adlige mit der markanten Raubvogelnase vermied es bisher, in die

Richtung des Mannes mit den silbernen Haaren zu sehen. »Die Untertanen werden das Opfer im Moment gerne bringen, weil sie Borasgotan für den Schuldigen halten. Ist der Krieg erst einmal vorbei, werden sie sich nicht mehr darum kümmern, dass wieder alles so ist wie vorher.«

Mortva neigte sich zum Ohr seines Vetters. »Hoher Herr, seine Erklärungsversuche sind sehr einleuchtend. Wir sollten sie uns merken. Aber ich habe Euch davor gewarnt, dass die Großbauern meinen, Oberwasser zu haben.«

»Ich kann es kaum glauben, was Ihr mir da vorschlagt, Kolskoi.« Lodrik sah in die Runde der bärtigen, wohl genährten Gesichter. »Ich soll meine Untertanen, die sich so sehr über die Veränderungen freuten, wissentlich anlügen? Ich soll meine Versprechen brechen? Nennt mir einen Grund, weshalb ich das tun sollte.« Abwartend stemmte der junge Herrscher die Hände in die Hüften.

Kolskoi legte den Kopf ein wenig schief. »Auch Eure Freunde benötigen Nachschub an Proviant, was Eure Gemahlin und Eure Geliebte in der Vergangenheit so hervorragend organisiert haben. Wenn nun aber die Speicher plötzlich leer sein sollten oder die Zugtiere für Wagen fehlten ...«

»Wenn die Rückeroberung fehl schlägt, verlieren einige in diesem Rat ihr Land an Borasgotan«, erinnerte der Kabcar. »Wenn diese Rückeroberung zu langsam läuft, brennen die Felder, Dörfer und Städte nieder. Ist es das, was Ihr wollt?«

»Es wäre natürlich ein schmerzhafter Schritt, wenn Ihr unseren Forderungen nicht nachkommen wollt«, gestand der granburgische Adlige ein. »Aber wir sind bereit, diese Verluste, die sich über kurz oder lang wieder ausgleichen werden, hinzunehmen.« Nun sah er absichtlich zu Mortva, Trotz lag in seinem Blick und eine stumme Herausforderung an den Konsultanten. »Die

Unterredung mit Eurem Vetter hat mich nicht nachhaltig überzeugen können. Um es kurz zu machen: Gebt uns unsere Macht zurück oder wir demonstrieren Euch den letzten Rest davon, der uns geblieben ist.«

Lodrik sah Hilfe suchend nach seinem Vetter, der einen nachdenklichen Eindruck machte. »Ich brauche dringend einen Ratschlag, Mortva«, flüsterte der junge Mann. »Ich bin diese sich immer wiederholenden, gleichen, fruchtlosen Unterredungen leid.«

»Ich hätte eine Idee, wie man sich für alle Zeiten des Problems entledigt«, meinte der Konsultant langsam. »Wollt Ihr mir dazu freie Hand gewähren?«

»Nie wieder Scherereien mit den Brojaken?« Der Kabcar horchte erstaunt und freudig überrascht auf. »Natürlich lasse ich Euch für so eine Absicht freie Hand.«

»Dann verkündet, dass Ihr ein wenig überlegen werdet und Eure Entscheidung bei einem Bankett in zwei Wochen bekannt geben werdet. Bis dahin ist mir etwas eingefallen, wie man diese Blutsauger am tarpolischen Volk ruhig stellen kann. Ladet alle Brojaken und Adligen des Reiches ein.«

»Wie Ihr möchtet, Vetter«, sagte Lodrik beruhigt und folgte den Anweisungen seines Konsultanten.

Kolskoi hob die Versammlung auf, die Großbauern verließen murmelnd den Saal.

»Was habt Ihr vor, Nesreca?«, fragte Waljakov scheinbar desinteressiert.

»Ich weiß es noch nicht so ganz genau, aber ich halte meine Versprechen.« Er lächelte dem Leibwächter und seinem Schützling zu. Es war ein grausames, bösartiges Lächeln, wie Waljakov fand.

Norina kam zu dem Trio hinzu, packte den Kabcar am Ärmel und zerrte ihn außer Hörweite der beiden Männer. Ihr Gesicht verriet nichts Gutes. »Du hast mich gestern im Teezimmer warten lassen«, sagte sie ruhig.

Ihr Geliebter senkte schuldbewusst den Blick. »Verzeih mir. Es soll nicht wieder vorkommen, Norina. Aber ich war so mit Papieren und Verträgen beschäftigt, dass ich unsere Verabredung vergessen habe.« Gedanklich sah er den nackten, alabasterfarbenen Körper seiner Gemahlin vor sich, und er erinnerte sich an die aufregende Nacht mit der erfahrenen Frau, die so völlig anders verlaufen war als die mit der schwarzhaarigen Brojakin.

Er wollte Norina umarmen, aber sie machte einen demonstrativen Schritt nach hinten.

»Es ist nicht das erste Mal, dass du mich vergessen hast«, stellte sie fest und verschränkte die Arme vor der Brust. »Und was noch viel schlimmer ist, Lodrik, du hast mich angelogen. Ich weiß, wo du die Nacht verbracht hast.« Der Kabcar warf einen Blick hinüber zu Waljakov. »Nein, er hat damit nichts zu tun. Er würde dich deswegen sogar noch verteidigen, wenn es sein müsste. Aber der ganze Palast weiß es, Aljascha redet gerne darüber.« Sie schüttelte den Kopf, ihre braunen Mandelaugen schimmerten feucht. »Wir verbrachten eine sehr schöne Zeit zusammen, Lodrik. Aber ich fürchte, sie ist vorbei.«

»Norina«, begann er und streckte die Arme aus, »ich gelobe Besserung. Ich werde mich wieder mehr um dich kümmern. Ich verspreche es. Und ich …«

»Du hast so viel beteuert und versprochen. Lass es gut sein. Es gibt Mägde in diesem Palast, die behaupten, du würdest ihnen nachstellen«, redete sie weiter, ohne auf seine verzweifelten Beteuerungen einzugehen. »Ich weiß nicht, ob es stimmt oder ob sie sich nur hervortun wollen. Früher hätte ich es nicht geglaubt. Aber inzwischen erscheint mir vieles möglich.« Sie sah ihn an. »Du hast dich verändert, Lodrik. Aus dem schüchternen Jungen, der voller Ideen und Tatendrang war, wird ein Mann, der sich mehr und mehr den höfischen Sitten anpasst.« Die Brojakin nickte zu Mortva hinüber. »Er ist dein neuer Lehrmeister, und ich hoffe, dass er nicht alles zunichte macht, was Stoiko und mein Vater versucht haben, dir beizubringen.« Eine Träne rollte ihre Wange hinab und tropfte auf das Kleid, wo sie einen dunklen Fleck hinterließ. Der Herrscher Tarpols nahm sein Taschentuch heraus und hielt es ihr hin.

Sie nahm es nicht. »Ich bin nur enttäuscht, nicht traurig. Der Entschluss ist mir nicht leicht gefallen, Lodrik, aber ich kann nicht anders. Ich werde nicht länger deine Geliebte sein.« Lodriks Augen weiteten sich vor Schreck, als er sich der Tragkraft ihrer Worte bewusst wurde. »Aus dem Palast ziehe ich natürlich aus. Auf meine Unterstützung im Rat kannst du jedoch weiterhin zählen. Wenn du noch daran interessiert bist.« Sie drückte ihm einen Kuss auf die Stirn. »Ich wünsche dir alles Gute.«

Nach dem Schreck folgte die reine Verzweiflung. Seine aufgewühlte Gefühlswelt brodelte.

»Nein! Du bleibst!« Die Augen des Kabcar leuchteten blau auf, eine magische Entladung flog unkontrolliert auf die Brojakin zu, und bevor Mortva oder Waljakov reagieren konnten, traf der unterarmdicke, orangene Strahl die junge Frau auf die Brust, durchdrang die Kleidung und strömte in ihren Körper.

Zuckend brach Norina zusammen, ihre langen Haare knisterten, und kleine dünne Blitze umspielten ihre Rundungen.

Nach einem Lidschlag griff sie sich an den Kopf und starrte ihren einstigen Geliebten an. Blut lief ihr aus der Nase.

»Was«, keuchte sie und tastete nach dem Rot, das am Kinn herabtropfte, »hast du getan? Wolltest du mich umbringen? Hat Nesreca dir das beigebracht?«

Waljakov half ihr auf die Beine und stützte sie. *Ein schönes Paar,* hörte Lodrik die Worte seines Vetters als Widerhall in seinen Gedanken, und er meinte, so etwas wie Zärtlichkeit in den Blicken des Leibwächters gesehen zu haben. Aus dem Schrecken über die Tat wurde Hass.

»Wenn ich dich hätte töten wollen, wäre es mir geglückt«, schrie er sie an, sein Gesicht war eine verzerrte Fratze. »Geh doch mit Waljakov, wohin du willst! Ich weiß von deiner Untreue, auch davon spricht der Palast.«

»Herr, Ihr wisst nicht, was Ihr da sagt«, versuchte der Leibwächter zu beruhigen, aber der Vorwurf seines Schützlings hatte ihn tief getroffen. »Bedenkt, von wem Ihr das vielleicht zuerst gehört habt.«

»Es ist gleich, von wem ich es habe«, tobte der Kabcar. Wieder begann es, blau um ihn zu leuchten. Wie eine fluoreszierende Aura umhüllte ihn das Glühen, er spürte ein Ziehen und Reißen in den Fingerspitzen, wie er es noch nie erlebt hatte. Nur mit Mühe unterdrückte er den Wunsch, die inneren Dämme zu öffnen und der ungestümen Magie freien Lauf zu lassen.

»Raus!«, kreischte er. Seine Stimme überschlug sich und klang wie die des »TrasTadc«, wenn man ihm etwas verweigerte, was er unbedingt hatte haben wollen. Danach warf er sich in den Sessel und verbarg das Gesicht in seinen Händen, während Norina und Waljakov langsam den Saal verließen.

Mortva betrachtete die Szenerie mit einer gewissen Zufriedenheit. Gedanken darüber, wie er das Vertrauen des Herrschers in seine Geliebte erschüttern konnte, musste er sich nicht mehr machen.

»Kommt, Hoher Herr. Es war genug Aufregung für heute«, sagte er milde und kam auf den jungen Mann zu.

»Bleib, wo du bist«, befahl Lodrik in einer ungewöhnlich tiefen Stimme. »Kümmere dich um die Brojaken. Ich will allein sein.«

Devot verbeugte sich der Konsultant vor dem jungen Mann, die silbernen Haare flimmerten dabei kurz in überirdischem Glanz, dann ging er.

Als Mortva die Tür hinter sich zuzog, hörte er noch den lauten Schrei, mit dem sich der junge Mann von seiner Verzweiflung, seiner Wut und seinem Hass befreien wollte. Und er vernahm das charakteristische Knistern von starken Magieströmen, die sich entluden.

So etwas wie Mitleid empfand Mortva nicht.

Er lächelte still in sich hinein.

Von einem Diener ließ er sich ein Stück Papier, Tinte und Federkiel geben, um die Liste mit den Einladungen für das Brojakenbankett zu schreiben. Er wollte sicher gehen, dass kein Einziger vergessen wurde.

Genüsslich schrieb er den Namen »Ijuscha Miklanowo« ganz an den Anfang.

»Ich freue mich, die werten Adligen und Brojaken des tarpolischen Reiches im Namen des Kabcar begrüßen zu dürfen«, rief Mortva in das Gemurmel des Saales hinein. Alle Gäste, die er geladen hatte, waren erschienen, mit Ausnahme von Norina. Dafür saßen ihr Vater und Tarek Kolskoi in seiner unmittelbaren Nähe. »Der Kabcar lässt seine Verspätung entschuldigen, er wird zum Nachtisch zu uns stoßen und die Entscheidung, die sehr wohl zu Euer aller Gunsten ausfallen wird, verkünden.«

Er winkte dem Oberkoch des vornehmen Gasthauses *Numstroff*, der daraufhin die Schlange der Pagen mit den übervollen Tabletts, Schüsseln und Platten in Bewegung setzte. Reichlich verzierte und garnierte Köstlichkeiten wurden aufgetragen, offensichtlich hatte der Herrscher Tarpols keine Kosten und Mühen gescheut, den Mächtigen seines Reiches nur das Beste zu servieren.

»Lasst es Euch schmecken.« Er hob den Pokal. »Auf den Kabcar und Euch!«

Gehorsam hoben die Geladenen ihre Trinkgefäße und prosteten einander zu, bevor sie sich über das Essen hermachten.

Der Konsultant setzte sich. »Lernen wir uns endlich auch einmal kennen, Gouverneur«, sagte Mortva freundlich zu Miklanowo, der sich eine Hasenkeule auf den Teller legen ließ. »Ich habe bereits einiges von den granburgischen Abenteuern aus dem Mund des Kabcar gehört. Er hat Euren Ratschlag sehr geschätzt.«

»Danke vielmals.« Der bärtige Brojak und Stellvertreter des Herrschers zwinkerte. »Ihr habt dafür in Ulsar meine und Stoikos Rolle gleichzeitig eingenommen, was meine Tochter mir so erzählt hat.«

»Und wie findet Ihr das?«, wollte Mortva neugierig wissen.

»Ich weiß es nicht«, gestand Miklanowo. »Ohne Eure Planung wäre die Schlacht in Dujulev verheerend verlaufen, dafür gebührt Euch Respekt und Anerkennung. Aber was meine Tochter mir sonst so berichtet, stimmt mich sehr nachdenklich.«

»Das tut mir Leid«, bedauerte Mortva und beobachtete gespannt, wie sein Gegenüber die Zähne im Fleisch versenkte. »Schmeckt es?«

»Ausgezeichnet.« Der Gouverneur kaute angestrengt. »Nur fürchte ich, werden dem ein oder anderen die Bissen wieder aus dem Hals fallen, wenn Ihr Eure Pläne verkünden werdet. Oder wollt Ihr den Ausbeutern wirklich alle alten Rechte wieder zukommen lassen?« Fragend hielt er inne und musterte das amüsierte Gesicht des Konsultanten. »Hat der Junge nachgegeben?«

Mortva legte einen Zeigefinger ans Kinn. »Nein, nein. Keiner der Brojaken und Adligen soll in Zukunft mehr Vorteile erhalten. Nicht jetzt und nicht später. Rechtlich wird sich einiges ändern.«

»Das wird die Vogelscheuche nicht besonders freuen, wenn sie es hört«, rief Miklanowo gut gelaunt über den Tisch, sodass es Kolskoi zwangsläufig hören musste. Dessen Teller und Weinpokal waren noch unberührt.

»Ihr enttäuscht unseren Koch, wenn Ihr diese Köstlichkeiten verschmäht«, sagte der Konsultant in Richtung des Ratssprechers. Mortva hatte sich selbst den Teller voll geladen und begann, mit kurzen, exakten Bewegungen zu essen. Nach dem ersten Stück schloss er genießerisch die Augen. »Ihr werdet es bereuen, nichts gegessen zu haben.«

Aber selbst das Drängen seiner Tischnachbarn brachte den dünnen Mann nicht dazu, etwas von den Köstlichkeiten zu versuchen. Seine dünne Hand schloss sich um ein Amulett, das er um den Hals trug.

Der Abend schritt voran, aber der Kabcar, auf den die Mächtigen des Landes warteten, kam nicht.

Beim Dessert erhob sich der Konsultant und schlug an seinen Pokal, um die Aufmerksamkeit der Versammlung zu erhalten. Einige der Brojaken hatten dem Wein bereits reichlich zugesprochen, und es ging laut zu im Festsaal. Mortva musste seine Anstrengungen mehrfach wiederholen, bis er sicher sein konnte, gehört zu werden.

»Nun, da der Kabcar noch nicht erschienen ist, übernehme ich es …«

»Hört, hört«, murmelte Kolskoi. »Nun haben wir schon einen eigenen Gouverneur in Ulsar. Wie weit gehen denn Eure Befugnisse noch? Man hört so einiges.«

Der Vetter des Herrschers stimmte in das verhaltene Gelächter mit ein.

»Ja, verehrter Kolskoi, da mögt Ihr Recht haben. Ich ziehe so manche Fäden im Palast«, meinte Mortva fröhlich. »Dieser Abend war beispielsweise mein Vorschlag, damit wir alle auf einem Haufen zusammenhaben, die meinen, sie könnten dem Kabcar vorschreiben, was er zu tun und zu lassen habe.« Wieder lachte er, aber der Chor wurde leiser. Nur die Betrunkenen klopften sich auf die Schenkel, weil sie den Sinn der Worte nicht genau verstanden hatten.

Miklanowo setzte seinen Wein ab und sah misstrauisch zu dem Konsultanten hinüber. Der Tonfall, mit dem der Mann sprach, ließ ihn den Verdacht schöpfen, zusammen mit den anderen in eine Falle gelaufen zu sein. Am Gesicht Kolskois erkannte er, dass der granburgische Adlige Ähnliches dachte.

»Aber der hoheitliche Kabcar, der Held von Dujulev, wie ihn das Volk nennt, das in ihm den größten aller Bardri¢s sieht, kann und will das nicht zulassen. Ein Gremium, das nur beratende Funktion hat, hat keine Forderungen zu stellen. Ihr, die Brojaken, verwaltet Land, das Ihr oder Eure Vorfahren von einem tarpolischen Herrscher verliehen bekamt, um die Untertanen zu regieren.« Mortva ließ den vergorenen Rebensaft in seinem Pokal kreisen. »Und Ihr besitzt noch die Frechheit, von ein paar rühmlichen Ausnahmen einmal abgesehen«, er legte Norinas Vater die Hand auf die Schulter, »und stellt Forderungen?«

Nun setzten erregte Gespräche der Brojaken untereinander ein.

Kolskoi stand auf. Die Flügel der Raubvogelnase blähten sich. »Ich denke, es ist im Sinne aller, wenn ich Euch, Nesreca, frage, was hier gespielt wird.« Einige Großbauern riefen zornig ihre Zustimmung. »Ihr habt uns eingeladen, um uns zu beschimpfen, wie ich sehe, nicht um uns unsere verlangten Rechte zurückzugeben.«

»So in etwa«, sagte der Mann mit den silbernen Haaren. »Nur gehe ich sogar noch einen Schritt weiter. Der Kabcar hat mir gesagt, er habe die leidigen Dispute mit Euch satt. Und ich wiederum habe mich gefragt, weshalb man eigentlich Brojaken benötigt.« Er nahm ein Papier aus seinem Ärmelaufschlag, seine Uniform saß wie immer perfekt. »So Leid es mir tut, ich kam zu der Erkenntnis, dass Ihr alle, wie Ihr da sitzt, unnötig seid. Mit der Zustimmung des Herrschers, werden die Ländereien zukünftig von den neuen Gouverneuren direkt verwaltet, die Garnisonen helfen, die allgemeine Ordnung aufrecht zu halten und dienen als Abgabepunkte für die Landpächter.« Er schwenkte seinen Rechtsvorschlag. »Keine Zwischenstationen, keine unnötigen Verzögerungen mehr. Was haltet Ihr davon?«

In dem Saal war es totenstill.

Kolskoi schaute seine Amtskollegen an, dann lachte er laut auf. »Habt Ihr in Eurem Eifer nicht etwas vergessen, was Euer abstruses Vorhaben verhindern wird?« Er reckte seinen dürren Körper, die braunen Augen bohrten sich stechend in die des Konsultanten. »Uns Brojaken?«

Mortva setzte sich, schlug die Beine übereinander und legte die Fingerspitzen aneinander. »Nein«, entgegnete er nach einer Weile, »habe ich keineswegs.«

Miklanowo spürte einen leichten Schwindel, der ihn erfasste. Eine lähmende Mattigkeit breitete sich in seinem Körper aus, die rasend schnell jede Faser in ihm ergriff. Selbst das Sprechen misslang ihm, Lippen und Kiefer gehorchten ihm nicht mehr. Lallend sank er mit dem Kopf auf den Tisch, Pudding drang in seine Nase ein und brachte ihn zum Röcheln. Seinen Nachbarn erging es ähnlich. Langsam verlor er das Bewusstsein.

Kolskoi und Mortva beobachteten, wenn auch mit unterschiedlichem Ausdruck in den Gesichtern, wie alle Brojaken und Adligen Tarpols, einer nach dem anderen, starben.

»Ihr seid eine wahnsinnige Missgeburt!«, schrie Kolskoi und zog seinen Säbel. »Ich hatte Recht, Euch und dieser Einladung nicht zu vertrauen. Wie wollt Ihr das dem Volk und den Verwandten erklären?«

»Beruhigt Euch, Kolskoi.« Lässig legte Mortva die Beine mit den auf Hochglanz polierten Stiefeln auf den Tisch. »Ihr werdet in dieser Tragödie die Rolle des Helden erhalten. Des toten Helden. Da wird Euch auch der schmucke Trödel um den Hals nichts helfen.«

Der Granburger blinzelte. »Das hättet Ihr wohl gerne, was? O nein, ohne mich.« Er rannte zum Ausgang, rüttelte aber vergebens an der Klinke. Die Tür war verschlossen worden.

»Ich sage Euch, was hier Schreckliches passiert ist. Bei der Leiche des Kochs wird man hundert Waslec finden sowie Reste eines Giftes, mit dem er die Speisen behandelte. Ihr habt den Koch in der Küche gestellt, von ihm erfahren, dass er in borasgotanischen Diensten stand, um den Kabcar umzubringen. Ihr schlepptet den Verräter hierher, um mich ebenfalls in Kenntnis zu setzen, aber noch während Ihr mir das berichtet, kann sich der Koch losreißen, nimmt einen Säbel eines Gastes und trifft Euch tödlich«, erklärte der Mann mit dem Silberhaar in aller Ruhe. »Ihr stecht ihn im Todeskampf nieder und rettet mich. Ich dagegen erhole mich wie durch ein Wunder von der Vergiftung und lege dem Kabcar meine Änderungen vor, die er annehmen wird.« Er entfernte einen Fleck vom rechten Stiefel. »Unter uns, ich habe vorher ein Gegengift genommen. Das Leben kann so einfach sein, wenn man skrupellos genug ist, nicht wahr? Ihr wisst, was ich meine.«

»In Euch habe ich meinen Meister gefunden, Nesreca«, spie Kolskoi dem Konsultanten entgegen. »Aber Euer feiner Plan hat immer noch einen Fehler.« Er kam auf den Vetter des Kabcar zu, die Waffenspitze zeigte auf dessen Kehle. »Wenn mich ein Säbel töten soll, müsstet Ihr einen dabei haben.« Der dürre Adlige legte dem Berater die Schneide an den Hals. »Ich schlage Euch jetzt den Kopf herunter, überführe Euch anhand des Gegenmittels des Verrats und werde Konsultant. Was sagt Ihr zu meiner Version?«

Ein scheinbar zufälliger Windstoß löschte den Großteil der Lampen im Saal.

»Ich halte davon nichts«, meinte Mortva. »Aber warum fragen wir nicht Paktaï?«

Kolskois Augen verengten sich zu schmalen Schlitzen. »Wer ist denn..?«

Ein Paar feuerroter Punkte glomm im Schatten hinter ihm auf, etwas Blitzendes schoss durch die Luft, und der

Adlige bekam einen furchtbaren Schlag in den Rücken. Fassungslos starrte er auf die lange Klinge, die aus seiner Brust ragte.

»Ihr hattet übrigens Recht. Ich benutze keine Waffen.« Mortva drückte sachte die Schneide von Kolskois Säbel vom eigenen Hals weg. »Aber die bezaubernde Paktaï schon.«

Ruckartig wurde die Waffe aus dem Oberkörper gezogen, der Mann brach zusammen.

»Ohne den Brojakenrat benötigt man auch keinen Sprecher mehr«, raunte der Konsultant dem Sterbenden höhnisch ins Ohr. »Lebt wohl, Kolskoi.«

Die Frau in der schwarzen Rüstung wischte ihr Schwert an der Kleidung des Toten ab und verstaute es wieder in der Hülle.

Mortva ließ den Blick über die mehr als dreihundert Toten wandern. »Sieh dir das an. Dieser verrückte Arrulskhán aus Borasgotan ist zu allem fähig.« Er tunkte den Finger teilnahmslos in Miklanowos Pudding und kostete die Nachspeise. Anerkennend verzog er das ansprechende Gesicht.

»Warum bringen wir den bettlägerigen Vertrauten nicht auch einfach um?« Paktaï sah kalt auf den granburgischen Adligen, dessen Körper ein letztes Mal zuckte. »Wozu das Theater?«

»Ich habe andere Pläne mit ihm. Geh in die Küche und hinterlasse alles so, wie wir besprochen haben. Den Koch drapierst du schräg neben Kolskoi. Es wird Zeit, dass ich vergiftet werde.« Der Mann mit den silbernen Haaren sah angewidert auf den blutbefleckten Boden. »Ich werde dann doch lieber im Sessel auf Hilfe warten. Beeil dich.«

Malerisch begab er sich in Position und schloss die Augen.

Der Aufschrei, der nach dem vermeintlichen borasgotanischen Massenmord an den Brojaken und Adligen des

Landes durch Tarpol ging, war enorm. Dabei bedauerte das Volk weniger die wohlhabenden Toten, sondern empörte sich über die Niedertracht des Feindes, der offenbar zu den wahnsinnigsten Taten fähig war. Auch die anderen Reiche verdammten den heimtückischen Anschlag.

Der entsetzte und tief betroffene Kabcar, der nur wegen eines glücklichen Zufalls nicht bei dem Bankett erschienen war, erließ eine dreitägige Staatstrauer und führte den Zug bei der feierlichen Beerdigung persönlich an. Wäre das Rad an seiner Kutsche an jenem Abend nicht gebrochen, müsste sich Tarpol einen neuen Herrscher suchen.

Mortva Nesreca litt eine Woche an den Folgen des Giftes, die ihn ans Bett fesselten.

Dennoch nahm er seine Aufgabe als Konsultant wahr und fertigte eine rechtliche Lösung an, die das brojakenlose Land nicht ohne Aufsicht ließ. Auf seine Empfehlung hin wurden die neuen Gouverneure, die er in aller Eile vorgeschlagen hatte, mit der Verwaltung des Landes betraut.

An die Untertanen erging der Aufruf, sich in dieser Zeit der Not ruhig zu verhalten und Verständnis für die ein oder andere Maßnahme zu haben, die den Reformen scheinbar zuwider laufe.

Als die Gouverneure den Auftrag erhielten, die Änderungen, die der Kabcar erlassen hatte, vorerst rückgängig zu machen, beschwerte sich kein einziges Dorf. Mortvas Plan war aufgegangen. Der Schuldige an der Misere saß für das Volk in Borasgotan, nicht im Palast zu Ulsar.

Einen Grund zur Freude gab es dennoch. Stoikos Verwundung schien endlich einigermaßen verheilt zu sein, und so sah man in der Abwesenheit Mortvas wieder den gutmütigen Berater mit dem gewaltigen braunen Schnauzbart an der Seite des jungen Herrschers.

Stoiko spürte jedoch sehr schnell, dass er seinen einstigen Einfluss zum großen Teil verloren hatte. Dass ein anderer den Hobel an Lodrik angesetzt hatte und mit Erfolg Schicht für Schicht seine Lehren und seine Arbeit abtrug, war unübersehbar.

»Herr, ich habe das Gefühl, dass Ihr mir nicht mehr alles anvertraut«, begann er am dritten Tag, nachdem er zum ersten Mal sein Bett verlassen hatte, die Unterhaltung abends im Teezimmer. »Könnt Ihr mir sagen, wieso?«

Lodrik schüttelte energisch den Kopf. »Du hast mein Vertrauen nicht verloren. Ich brauche nur eine andere Art von Beistand als früher. Du und Waljakov habt mich in Granburg zu einem Mann erzogen.« Er musste lächeln, als er sich erinnerte. Zum ersten Mal seit längerer Zeit war der ernste Zug um seinen Mund kurz verschwunden. »Wir haben im Norden ganz schön was erlebt, nicht wahr?«

»Ja, Herr, das haben wir.« Der Vertraute legte einen Scheit in den Kamin. Er ließ dem jungen Mann die nötige Zeit, sich zu öffnen, wie er es früher ihm gegenüber getan hatte.

Doch Lodriks Gesicht wurde verschlossen und hart. »Und jetzt gehört das Land Borasgotan.« Er sah Stoiko an. »Und das ist der Grund, weshalb ich meinen Vetter so sehr brauche, verstehst du das nicht? Er hat Militärgeschichte studiert, ohne ihn wäre das tarpolische Reich bereits bei Dujulev am Ende gewesen.«

»Ohne ihn und Sinured, den Ihr zurück vom Meeresgrund geholt habt«, fügte der ältere Mann langsam hinzu. »Ihr habt Euch auf ein gefährliches Spiel mit etwas eingelassen, das Ihr nicht kontrollieren werden könnt, Herr.«

»Das sagst du.«

»Ja, das sage ich.« Seufzend schenkte sich Stoiko Tee ein. »Es ist gut, dass wir uns unter vier Augen unterhalten können. Wir hatten noch keine Gelegenheit, über die jüngste Vergangenheit zu sprechen. Das möchte ich nachholen, damit Ihr auch andere Meinungen als die Eures Vetters hört. Ich werde nun von ein paar Dingen sprechen, die Ihr in der Zukunft bedenken solltet.« Ein Löffel Kandiszucker tauchte in das Getränk, leise splitterten die großen Brocken. »Wie wollt Ihr den Kriegsfürsten bis in einem halben Jahr wieder los werden? Waljakov hat mir das Gemetzel beschrieben, das Eure neuen Freunde in Dujulev angerichtet haben. Was tut Ihr, wenn sie sich gegen Euch richten?«

Der Kabcar lächelte freundlich und legte seinem alten Freund entspannt die Hand auf den Unterarm. »Sinured hat mir Treue geschworen. Und ich besitze etwas, was mich stärker macht als ihn.«

Innerlich sammelte er seine Kräfte, ließ die Magie in seinen rechten Zeigefinger fließen und benutzte sie, um einen orangenen Blitz gegen eine Vase zu schleudern. Das Gefäß zerbarst, und Stoiko hob die Augenbrauen.

»Das nennt man Magie. Und ich kann sie beherrschen, wenn ich mich anstrenge, und viel Größeres damit bewirken, wie Mortva sagt.«

»Wie Mortva sagt? Und er unterrichtet Euch nicht zufällig darin?« Der Mann nahm einen Schluck und kippte Milch nach. »Waljakov und ich haben diese Gabe schon vorher bei Euch bemerkt, aber wir dachten, es gäbe keine Magie mehr auf Ulldart, und konnten es uns nicht erklären. Stellt Euch die Fragen: Warum sollte sie in Euch vorhanden sein? Woher kommt sie? Und was, wenn sie nicht so stark ist, um Sinured in wenigen Monaten zu verjagen?«

»Vielleicht hat dieser Blitz damals in Granburg das alles angerichtet«, grübelte Lodrik. »Ulldrael hat mir diese Macht geschenkt, um mich gegen Sinured zu behaupten. Anders kann ich es mir nicht erklären. Ich denke, dass der Gerechte mich damit segnete, um die Bedrohung aus Borasgotan zu vernichten. Und alle weiteren Bedrohungen, die auf meine Untertanen zukommen. Denn nur mein Tod bringt die Dunkle Zeit zurück. Solange ich lebe, kann nichts geschehen.« Der junge Mann atmete tief ein. »Versteht mich denn keiner? Es war die letzte Gelegenheit, Tarpol zu retten. Ohne Sinured und seine Männer hätte Borasgotan uns überrannt, sieht das niemand?«

»Habt Ihr Euch denn niemals gewundert, weshalb das Tier ausgerechnet dann zurückkam, nachdem Ihr es gerufen habt? Seit Jahrhunderten versuchen die Tzulani vergeblich, das Böse zurück auf die Welt zu bringen. Und dann, mit Verlaub, soll ein Junge mit einem einzigen Wunsch erreichen, was Menschenopfer nicht vollbrachten?«

»Du bist also der Meinung, der irre Mönch hat mit seiner Annahme, ich müsste sterben, um die Dunkle Zeit zu verhindern, doch Recht?« Es lag kein Argwohn in der Frage des Herrschers, nur Überraschung. »Ich habe mir die Frage selbst gestellt, warum ich diese Unterstützung bekam. Ich denke, Ulldrael prüft mich, damit ich auf das Jahr 444 vorbereitet bin. Er gab mir die Magie, um Sinured zu verjagen. Endgültig.« Er machte eine kurze Pause. »Nachdem er seine Aufgabe erfüllt hat, die ich ihm aufgetragen habe.«

Der Vertraute beugte sich vor, sein Gesicht verriet die tiefe Sorge. »Herr, Sinured hat zwanzigtausend Kämpfer mitgebracht. Selbst wenn Ihr das Tier aus Tarpol verjagt, was meint Ihr, was der Kriegsfürst mit seinen Männern macht? Er wird sich das nächste Land heraussuchen und es unterjochen. Was sollte sich einer solchen Armee in den Weg stellen? Ihr werdet Sinured wahrscheinlich zum Wohle aller Menschen töten müssen. Sonst bringt er die Dunkle Zeit zurück, egal ob Ihr lebt oder tot seid.« Eindringlich sah Stoiko seinen Schützling an. »Wollt Ihr die zwanzigtausend Krieger ebenso weghexen? Eine Vase zum Bersten zu bringen ist eines. Eine Armee vom Schlachtfeld zu fegen etwas anderes. Seid Ihr so mächtig, Herr?«

In Lodriks meeresblauen Augen regte sich Trotz und Hochmut. »Ich habe einen besseren Vorschlag. Warum behalten wir ihn nicht einfach auf unserer Seite?«, sagte er nach einer Weile wie beiläufig. »Wenn wir ihn kontrollieren, kann er kein Unheil anrichten, und mit der Rückeroberung meines Reiches hat er noch einiges zu tun.«

»Wenn es dabei bleibt«, murmelte Stoiko.

»Was soll das heißen?« Die Überraschung des Kabcar war nicht gespielt. Offenbar war er immer noch der Meinung, Sinured lenken zu können, wie er wollte.

»Was genau habt Ihr damals von dem Wesen verlangt?«, wollte der Vertraute wissen und fuhr sich über den Schnauzer. »Erinnert Euch genau.«

»Ich habe ihn schwören lassen, dass er das tarpolische Volk in Ruhe lässt und dass er alle einstigen Besitzungen Tarpols für mich zurückerobert«, zählte Lodrik grob auf.

»Alle einstigen tarpolischen Besitzungen«, wiederholte sein Gegenüber leise. »Wenn Ihr dabei keine zeitliche Beschränkung gemacht habt, sollten wir uns schnell einen Geschichtsalmanach besorgen, um die größte Ausbreitung Tarpols nachzuprüfen. Ich habe den Verdacht, dass Ihr mit Eurem frommen Wunsch mehr angerichtet habt, als Ihr damals ahntet. Sinured ist gewitzt und bösartig.«

»Aber ich meinte damit, dass er Borasgotan zurückschlägt«, verteidigte sich der junge Mann, der nun auch unsicher wurde. »Aber ich werde Arrulskhán zunächst seine eigenen Methoden zu schmecken geben. Nach dem Mordversuch an mir und dem Gifttod der Brojaken habe ich nicht vor, an der Landesgrenze anzuhalten.« Grimmig starrte er in seine Tasse. »Er hat angefangen, ich trage die Fackel des Krieges nun zurück. So weit meine Truppen kommen.«

Sachte schüttelte Stoiko seinen Kopf. »Herr, bitte, das bringt nichts. Auch wenn Euer studierter Vetter etwas anderes gesagt haben sollte, lasst es sein.«

»Nein. Das bin ich den Toten auf dem Schlachtfeld, den verbrannten Dörfern und sogar den heimtückisch gemeuchelten Großbauern schuldig«, widersprach der junge Mann bestimmt. »Ich werde den gleichen Schutzgürtel für mein Land installieren, wie Arrulskhán es für sich haben wollte, wenn auch aus anderen Motiven. Und je mehr ich darüber nachdenke, desto mehr komme ich zu der Überzeugung, dass dieser Streifen nicht groß genug sein kann.« Lodrik stürzte das heiße Getränk hinab. »Eigentlich sind mein Land und meine Untertanen erst sicher, wenn dieser Wahnsinnige aus dem Weg geräumt ist. Und Hustraban hat ebenfalls eine Lektion verdient.«

»Ihr redet jetzt wie ein echter Bardri¢ aus alten Tagen«, kommentierte Stoiko das Gehörte. »Euer Vater wäre stolz auf Euch.« Unwillkürlich huschte der Blick des jungen Mannes zum metallenen Kästchen auf dem Kaminsims, in dem sich die Asche seines Erzeugers befand. »Ich hoffe, dass ich ebenfalls noch lange stolz bleiben darf. Vergesst nicht zu viel von dem, was ich Euch gelehrt habe.« Der Vertraute schenkte ihm Tee nach. »Wie verkraftet Ihr die Trennung von Norina?«

Geistesabwesend sah Lodrik aus dem Fenster. »Ich vermisse sie schrecklich«, gestand er sich und seinem Vertrauten ein. »Diese eine Nacht mit Aljascha hat alles zerstört. Dabei liebe ich sie immer noch, andererseits fühle ich mich zu meiner Cousine hingezogen.« Er schwieg einen Moment. »Und dann sind da noch die Gerüchte, dass sie und Waljakov eine Liaison hätten. Das würde ich nicht ertragen. Ihr habe ich die Treue gehalten. Wenn man es genau nimmt, war diese Nacht nur eine Pflichterfüllung. Aber sie hintergeht mich mit meinem eigenen Leibwächter.«

»Ihr seid Euch sehr sicher, was diese Angelegenheit

angeht, Herr.« Stoiko deutete auf das Schachbrett. »Lasst uns eine Partie spielen. Wie früher. Das lenkt Euch ab.«

Lodrik hob die Augen, argwöhnisch funkelte er den älteren Mentor an. »Weißt du etwas über die beiden? Ist es wahr, was man sich erzählt? Sie waren doch oft gemeinsam an deinem Bett, als sie dich besuchten? Haben sie sich irgendwie verraten?«

»Sie waren so oft bei mir wie kein anderer in diesem Palast«, bei diesen Worten sah er den jungen Mann vielsagend an, »aber bemerkt habe ich nichts. Sie sind kein heimliches Paar, glaubt mir.« Routiniert stellte er die Figuren auf. »Ihr fangt an.«

»Der Gedanke daran, dass sie mich tatsächlich betrogen haben könnte, macht mich verrückt.« Der Kabcar ließ nicht locker. In seinem Inneren gerieten die Gefühle in Wallung.

»Es ist nur Euer Gedanke, Herr. Es gab die Tat niemals. Das schwöre ich Euch, wenn mein Wort Euch noch etwas bedeutet.«

»Natürlich tut es das.« Kaum beruhigt machte Lodrik den ersten Zug. Es klopfte und Waljakov kam herein.

Der Kabcar zwang sich, seinen Blick auf die Figuren zu richten, während seine Freunde ein belangloses Gespräch begannen.

Als er das stilisierte Gesicht der weißen Schachkönigin sah, schweiften seine Gedanken zu der Nacht mit Aljascha.

Dass sie eine sehr erfahrene Frau war, hatte er zwar gewusst. Dass ihre große Erfahrung zu seinem Vergnügen sein konnte, davon wurde er beim Liebesspiel überzeugt.

Seine Cousine verstand es, mit kleinen Bewegungen, Berührungen und Liebkosungen an den richtigen Stellen Stürme der Leidenschaft zu entfachen, wie er es, bei aller Liebe zu Norina, nicht gewohnt war. Wie es wohl mit anderen Frauen sein würde, diese Frage hatte er sich schon öfter und heimlich gestellt. Nun bekam er eine ungefähre Ahnung davon.

Im Grunde wollte er aber noch mehr die Freuden körperlicher Liebe erkunden, die jugendliche Neugier und die Lust, die jahrelang geschlummert hatten, brachen nach dem Erlebnis mit seiner Gemahlin mehr und mehr durch.

Nach einem sehr schweigsam geführten Spiel verließ der Kabcar das Teezimmer und begab sich in sein Schlafgemach, um die Erlebnisse mit Aljascha aufzufrischen. Seine Erinnerungen hatten ihn zu sehr erregt.

Zurück blieben Waljakov und Stoiko.

»Glaubst du an den borasgotanischen Anschlag?«, fragte der Vertraute nach einer Weile ins Leere.

Der Leibwächter zog sich einen Stuhl heran und setzte sich. Bedächtig wiegte er den rasierten Schädel hin und her. »Arrulskhán ist verrückt und zu allem fähig«, antwortete er. »Aber irgendetwas stört mich an der Sache. Ich war zusammen mit dem Kabcar dort, und wir haben uns die Leichen alle angesehen. Nichts deutete darauf hin, dass es anders gewesen sein sollte, wie es der Silberschopf erzählt hat.« Er entkorkte eine angebrochene Flasche Wein und nahm einen Schluck daraus.

»Aber?«, drängte Stoiko den Hünen und nahm ihm die Flasche weg, um sich ebenfalls etwas davon zu gönnen.

»Die Küchenschabe …«

»Der Küchenmeister«, verbesserte der Vertraute tadelnd.

»… hat den Säbel nach der Tat an der Kleidung Kolskois gereinigt. Weshalb? Warum sollte er die Waffe also bei einer eventuellen Flucht mitnehmen wollen? Er war ein bekannter … Koch. Er hätte in aller Ruhe hinausgehen und sich absetzen können. Und warum hat er nicht ein Messer genommen, das er von seinem Handwerk her besser handhaben kann?« Er angelte sich den Wein zurück. »Und das ist noch nicht alles. Die Ränder von Kolskois Wunden waren oben und unten glatt. Das heißt, er wurde mit einer zweischneidigen Waffe, vermutlich einem Schwert, nicht mit einem Säbel erstochen. Dazu kommt, dass das Austrittsloch vorne genauso groß ist wie die Stelle, an der die Waffe eingedrungen ist. Das bedeutet, dass die Waffe komplett durchgestoßen wurde.« Waljakov spannte seine mächtige Muskulatur an. »Ich wäre in der Lage, jemandem ein Schwert durch den Rücken zu jagen, aber nur, wenn ich mit aller Kraft, beiden Armen und Anlauf zustoße. Ein Koch mit dessen Statur? Niemals!«

Verblüfft sah Stoiko seinen Freund an. »Ich bin beeindruckt.«

»Kinderspiel, wenn du so viele Verletzte und Tote gesehen hättest wie ich. Ich war lange in der besten Scharmützeleinheit des Reiches«, schloss er seine Erklärungen ab.

»Der Koch hat Kolskoi nicht umgebracht. Also waren es, wenn wir Nesreca die Tat einfach unterstellen, dessen Komplizen«, überlegte der Vertraute laut, eroberte sich die Flasche zurück und sah den Hünen vorwurfsvoll an. »Du hast sie leer getrunken.«

»Das kommt vom vielen Reden«, entschuldigte sich Waljakov grinsend. »Das bin ich nicht gewohnt.« Wortlos reichte ihm sein Freund eine neue.

»Hast du darüber mit jemandem gesprochen?«

»Wozu?«, fragte der Leibwächter resigniert, die metallenen Finger wackelten. »Wenn wir mit der Vermutung Recht haben, wird der Silberschopf schnell Ausreden und andere Begründungen gefunden haben. Und letztendlich hört der Junge nur noch auf ihn.« Er öffnete die Flasche und nahm einen langen Zug. »Du bist zu spät zurückgekommen.«

»Ich bin nur durch einen Trick zurückgekommen«, stellte Stoiko richtig. »Es war eine Ahnung, aber es war gut, dass ich ihr gefolgt bin.« Als er das ratlose Gesicht seines Gegenübers sah, begann er mit der Erklärung. »Seit wir zurück in Ulsar sind, hatte ich immer wieder den Traum, dass sich nachts jemand an meinen Wunden zu schaffen machte. Oft erwachte ich vor Schmerzen, aber ich fantasierte, mein Besucher würde mir den Mund zuhalten.«

»Ach das«, sagte Waljakov. »Du hast es mir erzählt, ich habe Wachen aufgestellt. Und sogar eine Nacht an deinem Bett verbracht.«

»Und dennoch«, beharrte der Vertraute des Kabcar, »war ich nicht allein. Ein Paar glühende rote Augen kam wie aus dem Schatten, eine Gestalt sah nach meinen Verbänden und bestrich sie mit einer Flüssigkeit. Ich habe daraufhin die alten, mit Exkret und Blut verkrusteten Binden behalten und sie mir über die frischen gelegt. Als meine Traumgestalt sah, dass die Wunden scheinbar noch eiterten, ging sie wieder, ohne etwas zu tun.« Er entzündete alle Kerzen im Raum, sodass in jeden noch so kleinen Winkel Licht fiel. »Seltsam, nicht wahr. Ich weiß bis heute nicht, ob es eine Illusion war oder nicht.«

Waljakov schwieg nachdenklich. »Hast du etwas von der Gestalt sehen können?«

»Sie trug eine Rüstung.« Er beschrieb, an was er sich noch aus seinen Fieberzuständen erinnern konnte. »Ich kann dir nicht sagen, ob es eine Frau oder ein Mann war. Auf alle Fälle trug der Besucher ein …«, er stockte, »… Schwert.« Die beiden Männer sahen einander an. »Es kann ein Zufall sein.«

»Hier passiert schon lange nichts mehr zufällig«, knurrte der Leibwächter. »Oder der Zufall heißt seit neuestem Nesreca. Übrigens trug dein Gast fast die gleiche Rüstung wie der Krieger, der den Ritter um ein Haar getötet hätte.«

»Die Verbindung zu dem mysteriösen Verwandten ist daher sicher. Wenn dieser Vetter den Jungen im Umgang mit Magie schult«, legte sich Stoiko seine Gedanken zurecht, und Waljakov spuckte den eben genommenen Schluck Wein prustend auf den kostbaren Teppich, »müsste er dann nicht ebenfalls in dieser Kunst bewandert sein? Kann er Menschen übermenschlich stark machen und sie durch Schatten gehen lassen? Und wenn mein Besucher tatsächlich in der Lage ist, sich durch die Schatten zu bewegen, wäre er dann nicht mit Leichtigkeit fähig, jemandem ein Schwert bis zum Heft in den Körper zu rammen?«

»Ich werde in Zukunft immer Licht brennen lassen«, meinte der Leibwächter. »Im Schlaf lasse ich mich gewiss nicht töten.«

»Das Gleiche werde auch ich tun.« Der Vertraute ordnete seinen braunen Schnauzer, dessen Haare etwas unordentlich von der Lippe abstanden. Dann bekam sein Antlitz einen höchst beunruhigten Ausdruck. »Du denkst wirklich, Echòmer sollte Nerestro umbringen?« Der Hüne nickte. »Und wenn diese Gestalt es nun auf die gleiche Weise versucht wie bei mir?«

»Hoffen wir, dass Angor eine Auge auf seinem Diener ruhen hat.« Waljakov erhob sich. »Und falls nicht, gehe ich vorsichtshalber nachsehen und stelle ein paar Wachen auf. Auch im Zimmer.«

»Vergiss Norina nicht«, wies Stoiko ihn an. »Solange sie noch im Palast wohnt, ist sie, so seltsam es klingt, sicherer.« Der kahle Kämpfer ging.

Als Belkala die Kammer Nerestros betrat und den Konsultanten Nesreca am Fenster stehen sah, ahnte sie, dass ihr nun ein unangenehmes Gespräch bevorstand. Schnell warf sie einen Blick auf den Ordenskrieger, aber er lag friedlich auf der Matratze, das grüne Leuchten umgab ihn immer noch.

Die Kensustrianerin setzte sich an das Bett des Ritters, faltete die Hände im Schoß zusammen und wartete.

»Tarpol ist ein sehr schönes Land«, begann Mortva nach einer Weile und deutete hinaus. »Es wäre aber noch schöner, wenn Ihr und der Ritter nicht mehr hier wärt.«

Die Priesterin sah ihn schweigend an.

»Um es auf den Punkt zu bringen«, sagte der Mann mit dem Silberhaar, den die Sprachlosigkeit der Frau überraschte, »ich will, dass Ihr Euren Helden nehmt und verschwindet. So schnell Euch Eure kensustrianischen Füße tragen können. Ihr seid mir in Tarpol im Weg, das sage ich Euch klipp und klar ins Gesicht. Übrigens ein sehr hübsches Gesicht.« Wie eine Statue nahm sie das Kompliment hin und äußerte sich nicht. Keine Regung verriet, was in ihr vorging.

»Solltet Ihr meine Anweisungen missachten«, Mortva deutete auf den Schlafenden, »nehme ich sein Leben. Dass ich Euch mit der Androhung des Todes nicht schrecken kann, ist mir bewusst.« Er lächelte und fuhr sich über die Haare, die glatt auf seinen Rücken hinabhingen. »Was einmal tot war, ist schwer wieder zu töten.«

Abwartend verschränkte er die Arme auf dem Rücken. Irgendwann zuckte er mit den Achseln und machte sich auf den Weg zum Ausgang.

»Ihr habt zwei Wochen Zeit, um Eure Vorbereitungen zu treffen. Ist das Liebespaar bis dahin nicht verschwunden, stirbt der Ritter Aufbraus. So wird Euer Geliebter doch genannt?« Seine Augen nahmen einen eiskalten, berechnenden Ausdruck an. »Ich empfehle Euch, meinen Ratschlag anzunehmen. Oder ich überlege mir eine sehr unfreundliche Todesart für den Ritter. Keiner wird etwas vermuten, nur Ihr werdet die Schuld auf dem Gewissen haben, für sein Ableben verantwortlich zu sein. Und ich glaube, ein Rákshasa hat lange Zeit, sich Vorwürfe zu machen, nicht wahr?« Mortva betätigte die Klinke. »Wohin Ihr geht, ist mir gleich. Nur raus aus Tarpol.«

Belkalas Kopf zuckte herum. Für einen unbeherrschten Moment wollte sie ihre Fingernägel in das Fleisch des Konsultanten schlagen, mit ihren Zähnen den Hals zerfetzen und sein schwarzes, bösartiges Herz herausreißen, um es zu essen. Ihre Augen glühten grellgelb auf, doch Mortva reagierte mit Belustigung auf die Drohgebärde und den Hinweis, dass die Kensustrianerin gleich explodieren könnte.

»Was ist, Belkala? Wollt Ihr mich etwa angreifen?« Er breitete die Arme aus. »Ich bin unbewaffnet. Versucht es.«

Sie atmete tief ein und aus, ballte die Hände zusammen und starrte aus dem Fenster.

»Ihr ahnt also, wie wenig Erfolg Ihr hättet? Kluges Mädchen. Ich erwarte Eure baldige Abreise«, sagte er leise. Schwer fiel die Tür ins Schloss.

Kurz darauf klopfte es wieder.

»Wir haben gesehen, wer eben hier war.« Waljakov, gefolgt von zwei Soldaten, trat ein. »Es wäre besser, wenn der Ritter nachts Schutz in seinem Zimmer hätte«, sagte er eindringlich, aber die Kensustrianerin lehnte dankend ab.

»Es wird uns nichts geschehen. Auch nicht in der Dunkelheit, aber ich weiß, was Ihr meint, danke. Das heilende Grün schützt ihn vor dem Bösen, das im Palast umgeht. Und ich habe keine Angst.« Die beiden Wachen wechselten einen schnellen Blick. »Aber es ist nicht der Ort, an dem Nerestro gesund werden kann. Ich werde Ulsar zusammen mit ihm in einer Woche verlassen und zurück auf seine Burg gehen. In der gewohnten Umgebung wird seine Genesung schneller voranschreiten.«

Zärtlich strich sie dem Angor-Gläubigen über das Haupt, das schmerzhafte Ziehen an der Hand, als sie in das grüne Leuchten eintauchte, missachtete sie wie immer. »Meinen Dank nochmals für Eure Sorge um sein Wohl, aber ich denke, Ihr seid mehr in Gefahr. Lakastra, der Gott des Wissens und des Südwindes, beschütze Euch.«

Sie erhob sich und geleitete die drei Männer hinaus. Danach kehrte sie zurück an Nerestros Seite.

»Es geht nicht anders, Geliebter. Wir müssen gehen. Er und seine Gesellen sind noch zu mächtig für dich.« Die Diamanten und Edelsteine der aldoreelischen Klinge, die im Halter neben der Schlafstätte hing, funkelten im Mondenlicht auf. »Aber eines Tages wird diese Waffe das Übel vernichten.«

Ulldart, Königreich Ilfaris,
Herzogtum Turandei, Königspalais,
Sommer 443 n. S.

Wie mit Euch verabredet, haben wir die Angorjaner vor Eurer Haustür beim ersten Mal verschont.« Moolpár der Ältere fischte sich ein Stück Konfekt von dem Silbertablett. Er hatte die Pralinen des ilfaritischen Staatsoberhaupts zu schätzen gelernt, nicht zuletzt, weil der König eine eigene Rezeptur entwickeln ließ, die der kensustrianische Botschafter als nicht ganz so süß empfand.

Auf Anweisung Perdórs hatte der Pralinenmeister Sauerkirschen mit zartbitterer Schokolade, etwas Pfeffer, Zimt und einem Hauch zwanzig Jahre altem Kirschschnaps kombiniert. Das sanfte Feuer, das die Süßigkeit beim langsamen Kauen freigab, weckte bei Moolpár alle Sinne.

»Dafür habt Ihr ein wahres Massaker an Euren Weststränden angerichtet«, warf Fiorell ein und ließ sich auf die Schreibtischplatte fallen. Den Federkiel, den er sich an den Bauch hielt, benutzte er als Symbol für ein Schwert. In gespielter Agonie wälzte er sich hin und her, bis ihn Perdór mit einem Schubser unsanft von dem Möbel entfernte. Regungslos blieb der Hofnarr am Boden liegen.

»Du übertreibst einmal mehr schamlos, Bursche«, sagte der König seufzend.

»Ich verstehe noch immer den Sinn eines Spaßmachers nicht«, meinte der Kensustrianer kopfschüttelnd.

Fiorell sprang in den einarmigen Handstand, drückte sich ab und kam federnd vor Moolpár auf. Die Glöckchen seiner Kappe wippten und klingelten leise. »Da könnt Ihr sehen, wie humorlos Euer Volk ist«, kommentierte er. »Wenn Ihr nichts zu lachen habt, sollen es andere auch nicht haben, was?«

»Und das Lachen ist Palestan inzwischen vergangen«, meinte der Herrscher. »Gerüchteweise denkt der Kaufmannsrat über das Einstellen seiner Beteiligung an diesem Krieg nach. Er dauert den Pfeffersäcken wohl zu lange. Und wird damit zu kostspielig.«

»Tja, und da der Kontinent nicht auf das Wehgeschrei dieses«, der Spaßmacher tauchte nach einem Blatt, »Baraldino hört, wird sich kein anderes Land an dem Krieg gegen Euch beteiligen.« Er legte beide Hände aufs Herz, verdrehte die Augen und sagte schmachtend: »Ist das nicht wunderbar?«

»Es ist in erster Linie gut«, bestätigte der grünhaarige Kämpfer. »Dennoch werden wir gezwungen sein, die angorjanischen Truppen durch Ilfaris ziehen zu lassen.«

»Bitte?«, fragten Perdór und Fiorell gleichzeitig.

Moolpár nahm sich eine Praline, betrachtete sie und wollte sie eben in den Mund schieben, als ihm der Hofnarr blitzartig das Konfekt aus der Hand schnappte und nicht weniger schnell das Tablett außer Reichweite des Kensustrianers brachte. »Ich höre ja wohl nicht richtig?«

»Wärt Ihr so freundlich, Eurem Spaßaffen zu sagen,

dass er mir unverzüglich meine Praline geben soll?« Der Gesandte machte den Eindruck, als zückte er jeden Augenblick sein Schwert.

Der Hofnarr bleckte die Zähne und steckte das Streitgut in die Backentasche. »Der Spaßaffe pfeift Euch einen.«

Moolpárs Augen wurden zu Schlitzen.

Perdór räusperte sich. »Fiorell, benimm dich und gib das unserem Gast zurück,« der Kensustrianer strahlte siegessicher, »nachdem er uns erklärt hat, was er eben meinte.« Der Spaßmacher streckte dem Mann mit den grünen Haaren und den bernsteinfarbenen Augen die Zunge heraus und klammerte sich an das silberne Servierbrett.

»Wir denken, dass es zu auffällig würde, wenn wir jedes Mal dort auftauchen, wo die Angorjaner sich sammeln«, erklärte der Gesandte zähneknirschend. »Und wenn der Kaiser von Angor beschließen würde, in Ilfaris einzumarschieren anstatt nur hindurchzulaufen, weil er das Königreich der Zusammenarbeit mit dem Feind verdächtigt, wäre keinem von uns geholfen. Ihr bekamt etwas Ähnliches bereits angedroht.«

»Sehr weitsichtig«, lobte Perdór und gab Fiorell mit einem energischen Zeichen zu verstehen, dass er das Konfekt gefälligst rauszurücken hatte. »Wir haben erfahren, dass sich der Anführer in einer Unterredung mit Tersionern in der Tat Gedanken gemacht haben soll, woher die Kensustrianer so genau wussten, wo die Streitmacht zu finden war. Und da es nur wenige auf diesem Kontinent gibt, die bekannt für Wissensbeschaffung sind, wird der Verdacht bei einem zweiten Ereignis dieser Art auf uns fallen. Noch kann man es als Zufall ansehen.«

»Na gut«, stimmte der Hofnarr versöhnlich zu und hielt das Tablett hin, um es im letzten Moment, bevor Moolpár ein Stück ergattert hatte, schadenfroh lachend wegzuziehen. »Zu langsam, Herr Krieger.«

Mit vereister Miene saß der Kensustrianer auf dem gepolsterten Sessel, die Unterkiefer mahlten.

»Lass das jetzt endlich, Fiorell«, wies ihn der König zurecht. Nachdenklich kraulte er sich die grauen Locken seines Bartes. »Aber wenn die Angorjaner mit ihren zweitausend Mann bei Euch ankommen, werdet Ihr an zwei Fronten gleichzeitig kämpfen müssen.«

»Sagen wir einfach, es wird ein Wunder geschehen«, meinte Moolpár lakonisch und übersah den Spaßmacher, der das Tablett vor seiner Nase hin und her schwenkte, absichtlich.

»Es wird wieder unlöschbares Feuer regnen? Doch nicht in meinem Land?«, rief Perdór entsetzt. »Moolpár, Ihr habt mir versprochen, dass Ilfaris nicht zu Schaden kommen wird.«

»Welches Wunder sollte es dann also sein?« Keck setzte Fiorell den runden Silberuntersatz mit den Pralinen auf den Zeigefinger und ließ die Scheibe in atemberaubender Geschwindigkeit auf dem Drehpunkt kreisen.

Moolpár zog mit einer fließenden, eleganten Bewegung sein Schwert, schob es wie einen Tortenheber unter das Tablett und zog seine Beute zu sich heran. Fiorell, dem die Spitze der Waffe knapp an der Nase vorbei gezischt war und dabei eine Schelle von seiner Narrenkappe abgetrennt hatte, klappte der Unterkiefer nach unten.

Der König staunte mit großen Augen, dann klatschte er begeistert in die Hände. »Das war schnell! Findest du nicht auch, Fiorell?«

Blass sank der Hofnarr mit einem Stöhnen in sich zusammen. Er hatte verstanden, dass die Klinge genauso gut mitten durch sein Gesicht hätte fahren können.

»Fiorell?«

Ohne die Spur von Triumph und völlig stoisch nahm sich der Kensustrianer eine Praline und aß sie. »Das Wunder wird sein, dass Tersion und Angor aufgeben werden.«

»Das ist allerdings wirklich ein Wunder.« Perdór kratzte sich am Kopf. Dann sah er auf seinen bewusstlosen Spaßmacher. »Habt Ihr ihn getroffen? Irgendwo?«

»Wenn ich gewollt hätte«, antwortete Moolpár ruhig. »Es wird der Schreck gewesen sein.« Der Kensustrianer stand auf, steckte das Schwert ein und nahm mit der anderen Hand die Servierunterlage. »Ich wollte Euch nur davon in Kenntnis setzen, dass wir nichts gegen die Streitmacht unternehmen werden. Seid also nicht beunruhigt, wenn sie ein paar Meilen in Euer Land marschieren werden. Sie werden sich sehr schnell zurückziehen, ohne auch nur etwas von Ilfaris angetastet zu haben.«

»Ihr wollt mir nicht sagen, was Ihr plant?«, sagte Perdór enttäuscht und geleitete seinen Gast zur Tür. Über den liegenden Hofnarren, der alle viere weit von sich streckte, stieg er achtlos hinweg. »Seid nicht so hart, wir sind schließlich Verbündete.«

»Seht es als Herausforderung für Euren Geheimdienst«, empfahl Moolpár kauend, während er dem Herrscher plötzlich über die Schulter sah. »Euer Spaßaffe kommt wieder zu sich.«

»Ja, ja, soll er doch«, winkte der Herrscher ab. Das andere Thema interessierte ihn mehr. »Gebt mir doch wenigstens einen Hinweis, auf was ich achten sollte.«

Der kensustrianischer Krieger nahm das letzte Konfekt und reichte dem König die leere Silberscheibe. »Meine Empfehlung an Euren Pralinenmeister. Diese Kreationen waren hinreißend. Sagt Euren Spionen, sie sollen Baiuga demnächst im Auge behalten. Vor allem nachts.«

»Die tersionische Hauptstadt? Ihr macht mir Spaß! Hast du gehört, mein lieber Fiorell?«, sagte Perdór nach hinten. »Ich bin gespannt.«

Moolpár verneigte sich andeutungsweise und verließ die Bibliothek.

»Hier, fang«, warnte der Herrscher kurz vor und

schleuderte das Tablett. Mit einem dumpfen Laut flog es an den Kopf Fiorells, der gerade im Begriff war, sich zu erheben, und nicht auf seine Umgebung achtete.

»Majestät, wenn Ihr mich köpfen wollt, dann werft es wenigstens mit der Kante voraus«, beschwerte er sich und rieb sich die Stelle, wo ihn das Geschoss getroffen hatte. »So dauert das zu lange.«

»Sei froh, dass das nicht unser guter Moolpár getan hat.« Sein Herr hob den Zeigefinger. »Du weißt, wie stolz unsere Freunde sind. So etwas kann schnell ins Auge gehen.«

»Ja, oder in andere Körperteile, je nachdem, wohin er mit dem Schwert zielt«, maulte der Hofnarr. »Und mir geht es gut, danke der Nachfrage.«

Perdór hatte inzwischen die Regalwand mit den ganzen Bänden über Ereignisse und Begebenheiten geöffnet.

»Bei all dem Trubel rund um uns herum bin ich noch gar nicht richtig dazu gekommen, die neuen Berichte aus dem Norden zu sichten«, erklärte der König und schob die Trittleiter an die Bücherregale heran. »Hopp, hopp.«

»Da war es wieder«, knurrte Fiorell. »Ihr habt Glück, dass keine Pralinen in der Nähe sind, die ich anlecken könnte, wie ich es Euch androhte.« Hurtig begab er sich in Schwindel erregende Höhen. »Was hätte Majestät denn gerne?« Nach einer knappen Anweisung von unten, suchte der Hofnarr das Passende heraus und brachte es mit zurück. »Bitte sehr.« Er warf einen kritischen Blick auf den Bauch, der sich unter der königlichen Kleidung wölbte. »Ihr werdet das nächste Mal selbst klettern. Ihr habt ganz schön zugelegt, Majestät.«

Perdór murmelte etwas von »Maulkorb« in seinen grauen Lockenbart und vertiefte sich in die Lektüre. Der Spaßmacher folgte ihm wie ein Schatten und las über die Schulter mit.

Eine halbe Stunde lang wanderte das Duo auf diese

Weise durch den Saal. Der König gab dabei kommentierendes Gebrumm von sich, Fiorell hatte sich auf das Pantomimische verlegt.

Vor der Kordel, die die Glocke der Dienstboten betätigte, machte der Herrscher schließlich Halt und zog daran, um sich eine Karaffe mit Eistee zu ordern. In seinem »Denksessel«, wie er ein besonders gemütliches Möbelstück nannte, harrte er schweigend seiner Bestellung und grübelte.

Erst nach einem ausgiebigen Schluck des Getränks und dem obligatorischen genussvollen Schmatzen danach war Perdór gewillt, etwas zu sagen.

»Es gibt nichts Besseres bei dieser Hitze als das.« Er tippte auf seinen künstlerisch bemalten Glaskelch, in dem die Mischung aus Tee, gepressten Zitronen, Zucker, Eis und einem Schuss Kartoffelschnaps schwamm.

»Das sagt Ihr bei fast allem, was kalt ist.« Prüfend sog Fiorell den Geruch des Getränks ein. »Und in dem Alkohol ist, Majestät«, meinte er vorwurfsvoll und schenkte sich selbst großzügig ein. »Das ist ungesund.«

»Ganz im Gegenteil, Stimme des Neids«, meinte der König. »Alkohol konserviert die guten Gedanken und Einfälle. Und die brauchen wir im Moment mal wieder ziemlich dringend.« Er richtete den Blick an die Decke. »Wenn also der Vetter des Kabcar nicht in den Unterlagen der Universität in Berfor zu finden ist, woher hat er dann die Zeugnisse, die er mit nach Ulsar genommen hat? Es müssen Meisterstücke des Fälscherhandwerks sein, und normalerweise fertigen wir die an. Wir haben aber nichts Entsprechendes ausgestellt. Das wirft sowohl die Frage nach unliebsamer Konkurrenz als auch die der Herkunft des Mortva Nesreca auf. Wenn er seine Zeugnisse fälschen ließ, dann kann sein Stammbaum ebenso behandelt worden sein.«

»Sozusagen ›zurechtgestutzt‹«, bestätigte Fiorell und sah ebenfalls an die Vertäfelung. »Hängt da oben irgendetwas Besonderes, oder warum schaut Ihr ständig an die Decke?«

»Das tue ich, damit ich dein Gesicht nicht ertragen muss«, gab Perdór unwirsch zurück. »Störe mich nicht.« Nach dem nächsten Absetzen war sein Glas leer. »Und die ersten Hinweise haben ergeben, dass diese Linie der Familie schon lange ausgestorben ist. Woher kommt dieser Mann, der das Königreich Tarpol gerettet hat?«

»Oder was bezweckt er damit?«, fügte der Hofnarr hinzu. »Warum sollte ein Unbekannter diese Mühen auf sich nehmen?« Er rieb Zeigefinger und Daumen aneinander. »Gut, er wird sich eine goldene Nase am Hof verdienen. Aber mit den Fälscherkünsten hätte er auch einen ontarianischen Wechsel nachahmen und einlösen können.«

»Hier geht es um pure Macht«, schätzte der Herrscher. »Die Reformen wurden zurückgenommen, was das Volk nicht weiter stört. Die Brojaken und Adligen, die den jungen Mann behindert haben, sind alle tot. Die Borasgotaner werden verjagt, und nachdem, was immer deutlicher zu hören ist, wird Tarpol die Baronien und Teile Hustrabans zur ›eigenen Sicherheit‹ besetzen.« Er stand auf, legte die Arme auf den Rücken und wanderte auf und ab. »Die Reiche haben ihn zum Krieg gezwungen, der ihm und seinen Verbündeten mittlerweile ein wenig Spaß zu bereiten scheint. Aus dem Übel wurde eine Freude, wenn ich die Zeichen richtig interpretiere. Und das alles hat so richtig begonnen, seit dieser Vetter aufgetaucht ist.«

»Er wirkt auf das Umfeld des Kabcar wie der Geruch eines reifen Käses in der Sonne«, meinte Fiorell. »Äußerst abstoßend. Die Kensustrianerin und der Ritter sind auf dem Weg zu dessen Burg oder sonstwo hin, die Beziehung mit dieser Brojakin, die als Einzige den Anschlag überstand, weil sie nicht am Bankett teilnahm, ist dahin. Sie ist gerade dabei, sich ein Haus in der Stadt einzurichten, und ihr wird ein Techtelmechtel mit dem Leibwächter nachgesagt. Und der alte Vertraute, dieser Stoiko Gijuschka, dient nur noch als Schachpartner. Wenn der Kabcar zwischen den ganzen Weiberröcken, hinter denen er herrennt, noch Zeit findet.« Er deutete auf das Regal und den Ordner, in dem die Aufzeichnungen über Borasgotan verwahrt wurden. »Es gab übrigens keinen einzigen Hinweis von Arrulskhán, dass er plante, die Großbauern zu vergiften. Es steckt demnach ein anderer dahinter, der dem Kabcar den Rücken freihalten will.«

»Zählen wir alles zusammen, ist Tarpol auf dem besten Wege, zu der feudalen Militärgroßmacht zu werden, die es einst war«, resümierte der König beunruhigt und überflog einen Zettel. »Mit der Hilfe von zwanzigtausend Soldaten, die wohl aus Tzulandrien stammen und unter der Führung eines Ungeheuers stehen. Haben sich die Gerüchte über die Rückkehr Sinureds bewahrheitet?«

»Ja, Majestät«, bestätigte der Spaßmacher. »Wir sollten mit der Benachrichtigung der anderen Königreiche nicht länger warten. Das ist eine Neuigkeit, die diplomatischen Zündstoff beinhaltet.«

»Wir werden Tarpol und den jungen Bardri¢ zu einer Erklärung zwingen«, beschloss Perdór. »Es kann nicht angehen, dass Sinured wieder einen Fuß auf den Kontinent gesetzt hat und für den Kabcar kämpft, ohne dass es jemand erfährt. Sollte diese Armee gegen andere Länder ausziehen, müssen die wenigstens gewarnt sein.«

»Hier steht«, meldete sich Fiorell, »dass neue Schiffe gesichtet worden seien, diesmal näher an der turîtischen Küste. Vielleicht will sich Sinured gleichzeitig sein altes Reich zurückerobern.«

»Es würde zu neuen Meldungen aus der Verbotenen Stadt passen.« Demonstrativ stapelte der Herrscher von Ilfaris mit seinen dicken Fingern ein paar Zuckerwürfel aufeinander. »Es sind trotz aller Vorsichtsmaßnahmen Tzulani in die Ruinen eingedrungen, die Berichte schwanken zwischen zwanzig und fünfzig. Darunter wohl einige Architekten und Ingenieure. Und die Sumpfbestien beginnen unter deren Anweisung, die Festung Stein für Stein aufzubauen.«

»Das sieht nicht gut aus, Majestät, was? Wie lange will Mennebar dem Treiben in seinem Land noch zusehen, ohne einzugreifen?«

»Er hat bereits eingreifen lassen«, widersprach der gelockte Herrscher langsam. »Doch die Tzulani haben den Widerstand der Kreaturen sehr gut organisiert. Unser Freund Hetrál bekam eine saftige Abreibung. Einundsechzig seiner Männer sind getötet worden.« Er füllte sein Glas neu und nippte nachdenklich daran. »Was läuft auf diesem Kontinent ab? Ist denn nur das Böse auf dem Vormarsch? Schläft Ulldrael denn, oder soll es eine Prüfung für uns werden?«

»Vielleicht überprüfen die Götter, bevor das Jahr 444 anbricht, wie sich die Menschen verhalten, damit nach der Generalprobe die Aufführung noch gerettet werden kann«, schlug Fiorell vor. »Ich würde so etwas machen, wenn ich ein allmächtiger Gott wäre.« Der Hofnarr langte nach der Karaffe mit dem Eistee und fischte eine Zitronenscheibe heraus, die er dem König hinhielt. »Hier, Majestät, sauer macht lustig.«

Perdór sah angewidert auf die Frucht. »Bist du wahnsinnig, Bursche? Ist da Schokolade drum herum? Nein, also werde ich sie nicht essen.« Sein Gesicht hellte sich auf. »Aber die Idee ist nicht schlecht. Ich werde den Pralinenkreateur sofort an die Arbeit setzen. Ein Konfekt mit Zitrone darin, mh.« Er schloss die Augen und hüllte sich in visionäres Schweigen.

»Ich lenke dann mal so lange die Geschicke Eures Landes, wenn's recht ist«, sagte Fiorell und griff nach einem leeren Blatt, um die Anweisungen an die Untertanen aufzuschreiben, wie man sich beim Durchzug der angorjanischen Truppen zu verhalten habe.

»Mach nur, mach nur, lieber Fiorell«, sagte der König huldvoll. »Ich vertraue dir voll und ganz. Meine geliebten Ilfariten sollen freundlich sein, friedfertig und keinesfalls provozierend, schreib das auf. Und füge hinzu, dass Angorjaner keine Menschenfresser sind, wie immer behauptet wird, auch wenn der ein oder andere von ihnen vielleicht den Eindruck macht.« Er hielt kurz inne. »Na, die Kinder sollen trotzdem von der Straße. Vorsichtshalber.«

Ulldart, Baronie Worlac
(einstige tarpolische Provinz Worlac),
Hauptstadt Worlac, Sommer 443

Die Stadt hat ihre Tore fest verschlossen, mein Gebieter«, berichtete der Mann in der nachtschwarzen Lamellenrüstung, der vor der Furcht einflößenden Gestalt Sinureds kniete.

Der sagenumwobene Kriegsfürst aus dem nicht mehr existenten Königreich Barkis thronte entspannt auf einem verschnörkelten Stuhl, der aus dem Stamm einer Ulldraeleiche geschnitzt worden war, eine Hand hielt die eisenbeschlagene Deichsel.

Obwohl er saß, war er fast immer noch doppelt so groß wie ein erwachsener Mensch. Die schlohweißen Haare hingen wirr ins verbrannt wirkende Gesicht, die Augen glühten tiefrot aus den Höhlen heraus.

»Die Borasgotaner wollen sich uns nicht ergeben und lehnen das Angebot auf freien Abzug ab. Der abtrünnige Gouverneur und der Stadtrat weigern sich ebenfalls.« Osbin Leod Varèsz, der beste Feldherr Sinureds, war kein Schönling. Sein pockennarbenverziertes Gesicht, das einmal recht hübsch anzuschauen gewesen war, und die durch einen Hieb gespaltene Unterlippe ließen ihn nun unsympathisch wirken. Aber von ihm ging dieselbe unbändige Kraft und Wildheit aus, die man auch bei Sinured dem Tier spürte. Kurze, grauschwarze Haare bedeckten seinen Kopf.

Die pechschwarze Rüstung schien jedes Licht, das auf sie fiel, zu absorbieren. Der Helm, der mit den Haarsträhnen seiner getöteten Gegner verziert worden war, lag seitlich neben ihm am Boden und wirkte wie ein totes Tier. Sein mächtiger Zweihänder, den er auf dem Rücken trug, schlug gegen die Beinpanzerung, als der Krieger sich aufrichtete, und erzeugte einen höchst unangenehmen Ton.

»Wie die Sterblichen wollen«, dröhnte die Stimme seines Herrn. »Wir ziehen zu unseren zweitausend Männern weitere zweitausend hinzu und belagern die Stadt genau eine Woche. Wenn sie sich bis dahin nicht ergeben haben, stürmen wir.« Er richtete sich ein wenig auf. »Nein, warte. Wir stürmen die Stadt nicht. Wie groß ist sie?«

»Nach den letzten Erkenntnissen leben dreiundzwanzigtausend Einwohner und rund fünfhundert Borasgotaner in ihr.« Osbin setzte sich den Helm auf. »Ich denke, ich weiß, was Ihr vorhabt, mein Gebieter.«

Sinured lachte böse. »All die verschlafenen Jahrhunderte auf dem Meeresgrund haben uns nicht geschadet. Wir verstehen uns immer noch ohne viele Worte.«

»Ich lasse die notwendigen Vorbereitungen treffen.« Der Stratege stapfte hinaus und instruierte die Offiziere. Boten wurden auf den Weg geschickt, um weitere Truppen nach Worlac zu beordern.

Das riesige Heerlager teilte sich in vier kleine Abteilungen auf und setzte sich damit vor alle vier Stadttore, außerhalb der Katapultreichweite. Dutzende von Männern schwärmten in den nahe gelegenen Wald, um Bäume zu fällen, die für den Plan benötigt wurden.

Auf einer besonders hohen Tanne ließ Osbin eine Beobachtungsplattform errichten, um die Tätigkeiten in der Stadt besser überblicken zu können.

Als sich der Krieger mit einem Seilzug hatte nach oben schaffen lassen, fiel ihm sofort die mächtige Zitadelle ins Auge, die auf einer kleinen Anhöhe im Kern stand, und ein lauter Fluch kam über seine Lippen. Sie machte eine schnelle Eroberung unmöglich.

Belagerungsgeräte würden wegen der engen Gassen und dicht aneinandergebauten Häuser nicht heranzuschaffen sein, allem Anschein nach stand die Stadtburg zu allem Überfluss auf einem Felsbrocken. Ein Untertunneln schied damit ebenfalls aus.

Er beobachtete, Verwünschungen ausstoßend, die Festung mit dem Fernglas, ob er eine Schwachstelle entdeckte, doch die Mauern zeigten weder Risse noch andere Verformungen, die auf einen schlechten Zustand schließen lassen konnten. Der ehemalige Gouverneur und selbst ernannte Baron hatte genau gewusst, warum er sich mit seinen letzten Getreuen hierher zurückzog.

Kleine Punkte, die um die Türme und den Bergfried wirbelten, ließen ihn aufmerksam werden.

»Schwalben«, murmelte er, und ein zufriedenes Grinsen legte sich auf sein wenig ansprechendes Gesicht. Suchend forschte er durch die geschliffenen Linsen die Umgebung von Worlac ab, bis er ihren Zielpunkt, den großen See, entdeckte, zu dem die Vögel flogen, um Insekten zu jagen und Wasser zu trinken.

Leise lachend setzte er die Sehhilfe ab und ruckte an dem Seil, als Zeichen, dass er wieder auf den Boden wollte. Unten angelangt, rief er weitere Offiziere im Beratungszelt zusammen.

»Nehmt alle überschüssigen Männer, lasst enge Netze knüpfen und Körbe flechten, damit zieht ihr zum See«, wies er sie an.

»Wir haben aber noch Proviant, und Fisch wird in dieser Hitze sehr schnell schlecht«, gab einer der Anführer sofort zu bedenken.

»Ich habe nichts von Proviant gesagt, oder?« Er legte den Zweihänder auf den Kartentisch. »Ich möchte, dass die Männer die Schwalben, die dort herumfliegen, fangen und in die Käfige stecken. Lebend. Sie werden uns bei der Einnahme der Festung einen wertvollen Dienst leisten.«

»Wollt Ihr etwa, dass unsere Krieger mit ihnen hineinfliegen?«, fragte einer der Offiziere und lachte. »Wie soll ich meinen Männern erklären, dass sie Frauenarbeit machen sollen? Flechten und Vögel fangen, pah!«

»Sagt ihnen, dass ich sie töten werde, wenn sie es nicht tun.« Osbins Augen ruhten kalt auf dem Mann. »Jeden Einzelnen, wenn es sein muss. Die Tzulandrier werden lernen, sich Befehlen ohne Widerspruch zu beugen. Und es sei Euch noch mit auf den Weg gegeben, dass Sinured weitaus weniger Geduld hat als ich.« Der Feldherr nickte zum Ausgang. »Beginnt. In einer Woche muss alles fertig sein.«

Die Wache auf dem Bergfried patrouillierte auf dem hölzernen Gehweg entlang der Mauer und spähte immer wieder über den Rand. In weiter Entfernung konnte er rings um die abendliche Stadt erste kleine, leuchtende Punkte ausmachen.

Die Truppen des Kabcar hatten ihren Ring inzwischen vollständig geschlossen, ein Ausbruchsversuch war seit heute, dem achten Tag der Belagerung, aussichtslos.

Mehr als viertausend Krieger umgaben Worlac und fingen jeden Boten ab, der es wagte, ein Hilfegesuch an die borasgotanischen Verbündeten von hier nach Ucholowo zu bringen. Fünf Tapfere hatten es versucht, fünfmal wurden ihre grausam verstümmelten Leichen mit Katapulten in die Stadt geschleudert. Inklusive der Aufforderung, die Stadt und den abtrünnigen Gouverneur bis zum Ablauf der Woche zu übergeben.

Die Aufregung war nach diesen »Einschlägen« groß, einige der Bewohner hatten von Baron Pavloc Kinikai bereits verlangt, die Tore zu öffnen, um den Zorn der Belagerer nicht weiter anzufachen.

Doch der einstige Gouverneur blieb hart. Er verließ sich auf die Mauern, die Soldaten und nicht zuletzt auf die Zitadelle, von der aus jeder Punkt der Stadt und jedes Stadttor mit den eigenen Wurfmaschinen beschossen werden konnte.

Das wussten auch die hoheitlichen Truppen, denn sie kamen nur dann in die Nähe, wenn sie einen der armen Boten zurückschleuderten. Ansonsten beschränkten sie sich darauf, Bäume zu fällen, um vermutlich Belagerungsgeräte und Sturmleitern zu bauen.

»Miskoc, alles in Ordnung auf deiner Seite?«, rief sein Vorgesetzter von weitem und schlenderte zu dem Soldaten. »Die anderen haben nichts berichtet.«

»Es sieht wieder nach einer ruhigen Nacht aus, Hauptmann Groblyz.« Die Wache salutierte und ging in Habachtstellung, die Hellebarde dicht an den Körper gezogen.

»Rühren«, befahl der Offizier. »Ich hoffe, es wird so ruhig auch morgen bleiben, wo doch das Ultimatum des Kabcar heute abgelaufen ist.« Er stützte sich auf die massive Mauerkrone und seufzte.

»Haben die Feinde denn überhaupt eine Chance, uns zu erobern?«, fragte Miskoc vorsichtig und stellte sich an die Seite seines Vorgesetzten.

»In dieser kurzen Zeit? Schwerlich, wenn ihnen keiner die Tore öffnet«, schätzte er. »Wir decken sie, egal wo sie ihre Soldaten formieren, von hier oben mit Felsen und Pfeilen ein, dass ihnen Hören und Sehen vergeht. Aber um die Stadt mache ich mir Sorgen. Sie wird nicht ganz so schadlos davonkommen, fürchte ich. Die Gegner machen einen sehr wilden, kampflustigen Eindruck.«

»Sollen sie nur kommen, wir bombardieren sie weg, nicht wahr, Hauptmann?« Die Wache schüttelte eine Faust gegen die leuchtenden Punkte.

»Genau, Miskoc. Ganz genau.« Der Hauptmann schlug dem Soldaten lachend auf die Schulter. »Der edle Kabcar wird sich die Zähne an uns und unseren borasgotanischen Freunden ausbeißen, so wahr ich hier stehe.«

»Es heißt doch immer, die Ratten verlassen das sinkende Schiff«, meinte die Wache. »Machen es Schwalben genauso? Das wäre ein schlechtes Zeichen.« Der Hauptmann sah ihn fragend an. »Es werden immer weniger«, erklärte er seine Bemerkung. »Normalerweise ist abends der Himmel voll von ihnen, aber sie verschwinden. Es sind nur noch eine Hand voll übrig.«

Groblyz winkte ab. »Die werden sich schon auf die Reise gemacht haben, um rechtzeitig in den warmen Gebieten anzukommen, bevor der Winter einbricht. Wohin sie fliegen, weiß keiner so genau.«

»Aber«, machte ihn Miskoc aufmerksam, »sie haben ihren Nachwuchs in den Nestern gelassen.«

»Kümmere dich doch nicht um die dämlichen Vögel, sondern halte die Augen offen.« Der Hauptmann würgte die Unterredung ab, die ihm zu dumm wurde. »Sei doch froh, dass die dir die Rüstung nicht zuscheißen.« Er zog lachend weiter, um die nächste Wache zu kontrollieren.

An den Toren entstand wie auf ein Kommando plötzlich Unruhe. Die Soldaten dort hatten erste Feinde auf dem Feld ausgemacht. Offensichtlich begann nun doch der Angriff der hoheitlichen Truppen.

Die leuchtenden Punkte bewegten sich und zogen sich wie eine Schlinge um Worlac zusammen.

In seinem Rücken hörte Miskoc, wie die Katapultisten mithilfe von Seilen, Ketten, Umlenkrollen, Hebeln und zahlreichen Helfern anfingen, die gewaltigen Wurfmaschinen einsatzbereit zu machen. Der Baron hatte die Geräte eigens anfertigen und heimlich montieren lassen, weil er mit dem Widerstand des tarpolischen Oberhaupts gegen die Lossagung von Worlac rechnete. Jetzt zeigte sich, wie Recht er damit gehabt hatte.

Befehle wurden gebrüllt, ächzend und knarrend richteten sich Arme und Läufe der Fernwaffen aus, um ihre todbringende Ladung auf den Weg zu schicken.

»Kommt nur«, brach es aus der Wache heraus. In freudiger Erwartung, die Feinde wie die Fliegen sterben zu sehen, konnte er sich nicht mehr länger beherrschen. »Los, ihr feiges Pack. Kommt und holt euch eine Nase voll. Wir rächen unsere Toten heute hundertmal!«

Als hätten die Soldaten des Kabcar seinen Ruf gehört, blieben sie stehen. Wie ein brennender Kreis schlossen sie die Stadt ein und warteten.

»Angst, was?«, brüllte Miskoc höhnisch in den Abend hinaus. Danach wandte er sich zu seinem Kameraden auf der unteren Balustrade, der zehn Meter unter ihm auf dem Wehrgang stand. »Hey, wie viele Sturmleitern und Rammböcke haben sie dabei? Müssen wir uns Sorgen machen?«

»Die anderen haben gesagt, nicht einen einzigen«, kam die verwunderte Antwort. »Nur riesige, eingesägte Latten und Holzpflöcke.«

»Warum ...«, setzte er an, doch ein anderes Schauspiel zog seine Aufmerksamkeit an.

Hinter dem Wald, wo der See lag, erhob sich plötzlich hundertfacher Feuerschein und kam als wirbelnde, brennende und qualmende Wolke auf Worlac zu. Ab und zu stürzte eine einzelne kleine Flamme ab, aber das Gros näherte sich stetig.

»Was ist das?«, rief er nach unten, doch bei seinem Kameraden herrschte die gleiche Ratlosigkeit.

Bevor die Feuerwolke über der Stadt stand, fächerte sie auseinander, und Miskoc hört das schrille Rufen, das er so lange vermisst hatte.

Schwalben, durchzuckte es ihn entsetzt, und da huschte der erste Vogel aufgeregt an ihm vorbei, um in sein vermeintlich sicheres Nest zu gelangen.

Die Wache erkannte, dass am Schwanz der Schwalbe ein langes Garn mit einem brennenden Stück Tuch befestigt worden war. Als das Tier in seiner Brutstatt verschwunden war, begann das trockene Nest sofort zu brennen. Die Flammen züngelten nach oben und leckten über die Eichenbalken, um sich neue Nahrung zu suchen. Erste Stellen kokelten bereits.

»Feuer!«, schrie Miskoc, ließ seine Hellebarde fallen und rannte zur Treppe, um einen Wassereimer zu holen.

Immer mehr Tiere kehrten in ihre Nester zurück oder setzten sich auf die Dächer der Stadt, wobei die meisten ihre Bleibe in der Zitadelle gefunden hatten. Die anderen Wachen sprangen hin und her, um die Schwalben am Landen zu hindern oder sie wegzuscheuchen. Vergeblich.

Als der Mann keuchend mit dem Nass oben angelangt war, brannte es bereits an mehreren Stellen, die Katapulte entluden sich ohne Zutun, oder die gespannte Seile zerrissen durch die Wirkung des Feuers. Die Wurfmaschinen wurden nutzlos.

Immer noch kreisten Vögel mit ihrer verheerenden Fracht um Worlac und ließen sich nieder.

Fassungslos starrte Miskoc auf die Brandherde, die jetzt immer schneller in den Gassen aufloderten. Die Menschen versuchten anfangs noch zu löschen, erkannten aber die Hoffnungslosigkeit ihres Unterfangens. In großen Trauben sammelten sich die Bewohner auf den freien Plätzen, um zu den Stadttoren zu gelangen, während um sie das Inferno heftiger tobte.

Der Ring der Belagerer hatte sich in der Zwischenzeit etwas enger zugezogen, stoppte aber auf Bogenschussdistanz erneut.

Hauptmann Goblyz kam mit geschwärztem Gesicht

und angesengten Haaren durch den Rauch auf Miskoc zugewankt. Hustend lehnte er sich gegen die Mauer. »Wir müssen nach unten, an das Westtor. Die Zitadelle zu halten ist unmöglich.«

»Warum flüchten die Worlacer nicht?« Zusammen rannten sie die Treppen hinab, um den Flammen zu entkommen.

»Die hoheitlichen Truppen haben die Tore mit Barrikaden blockiert, man kommt nicht hinaus«, sagte Groblyz wütend. »Ich weiß nicht, was das bezwecken soll. Und ich weiß auch nicht, warum sie die Stadt anzünden. Wir versuchen, wenigstens einen Ausgang zu schaffen. Vielleicht gelingt einigen die Flucht.«

Geduckt hasteten sie zwischen brennenden Häusern entlang, um den Qualm nicht einatmen zu müssen.

Am Platz vor dem Westtor drängten sich mehrere Tausend Männer, Frauen und Kinder, die verzweifelt darauf warteten, dass die Flügel zurückschwangen. Mit Unruhe im Herzen suchte er nach den vertrauten Gesichtern seiner Familie, entdeckte sie aber nirgends.

Alle Anstrengungen an den Toren brachten nichts. Miskoc erkannte sehr schnell, weshalb. Von außen waren Nägel durch das Holz getrieben worden, die die Flügel mit den errichteten Barrikaden verbanden und ein Öffnen unmöglich machten.

Eine Gruppe von Männern war gerade dabei, Leitern nach außen herabzulassen, als ein Pfeilschauer sie von draußen traf. Tot oder verletzt stürzten sie zurück und fielen auf das Kopfsteinpflaster.

Noch immer unternahmen die hoheitlichen Truppen unverständlicherweise keinen Versuch, Worlac zu stürmen und bei den Löscharbeiten zu helfen. Schließlich verbrannte eine der wichtigsten Städte des Landes, auf die der Kabcar kaum verzichten konnte.

Miskoc hörte das Sirren, das einen weiteren tödlichen Hagel ankündigte, und er warf sich hinter einem Karren in Deckung. Am Schreien erkannte er, dass es zahlreiche Menschen getroffen hatte, und als er sich umsah, musste er feststellen, dass die Belagerer nun konstant mit Brandpfeilen in die Stadt feuerten.

»Sie wollen Worlac auslöschen«, sagte er zu sich und lief zu Hauptmann Groblyz, um ihm mit einigen anderen, die klaren Verstand bewahrt hatten, zu helfen, Pferde einzufangen, anzuschirren und sie vor den Ausgang zu spannen, um das Tor aufzureißen.

Nach einer Ewigkeit, so schien es zumindest für den Wachmann, lösten sich die Nägel aus dem Holz, ein Flügel wurde geöffnet, und mit einem Aufschrei der Erleichterung drangen die verängstigten Menschen nach draußen.

Miskoc wurde von den Leibern mitgespült, obwohl er lieber in der Nähe der Mauer geblieben wäre.

Seine Ahnungen bestätigten sich. Wieder setzte das Rauschen ein, und selbst ein schlecht abgeschossener Pfeil fand bei der Masse ein Ziel. Nun rannten die Worlacer, Jung und Alt, über die freie Fläche, um sich in Richtung Wald zu retten.

Zwischen den Stämmen traten die nächsten der hoheitlichen Truppen heraus und hoben ihre gespannten Bögen, bereit für eine weitere Salve.

Dann richtete sich eine schreckliche Silhouette zwischen den Feinden auf, dreimal so groß wie ein Mann, die Augen leuchteten dunkelrot, die Haut war verbrannt. Schlohweiß wehten die langen Haare. Die eine Hand hielt eine immense Keule, die andere einen Schild so groß wie ein Mühlstein.

»Zurück mit euch allen in die Stadt«, dröhnte die gewaltige Stimme durch die immer stärker werdende Dunkelheit. Der Ton ging durch Mark und Bein. »Euer Leben gebührt dem Gebrannten Gott, nicht mir. Also kehrt um.« Wuchtig schlug die Keule auf das Erdreich, Dreck flog in die Luft, und die Erde zitterte.

Panisch kehrte der Großteil der Flüchtenden um und stolperte aus Furcht vor dem Wesen freiwillig in das Flammeninferno.

»Sinured«, stammelte der entgeisterte Miskoc. »Die Dunkle Zeit ist zurückgekehrt. Ulldrael sei mir gnädig.«

Gelähmt starrte er auf den Kriegsfürsten, bevor ein Geschoss vor ihm einschlug und er kehrt machte, um zusammen mit den anderen in die sterbende Stadt zurückzulaufen, die ihren hellen Schein weit in die Nacht schickte. Die Angst vor Sinured war größer als die Furcht vor den Flammen.

Aus den Augenwinkeln sah er, wie mit den Katapulten des Feindes Tote und Verletzte, die auf dem Feld lagen, zurück in das brennende Worlac geschossen wurden.

»Ihr alle gehört Tzulan«, brüllte Sinured triumphierend. »Gebrannter Gott, nimm mein Opfer gnädig an. Und lang lebe der Kabcar!«

Miskoc war wieder hinter den Toren angekommen und erinnerte sich an einen Geheimgang tief im Bauch der Zitadelle. Dort wollte er sich verstecken und warten, bis alles vorbei war. Und er betete, dass seine Familie es schaffte, einen sicheren Unterschlupf zu finden.

Vier Tage verbrachte Miskoc in seiner verborgenen Unterkunft, so lange hörte er das Knistern der Brände und das Schreien der Menschen durch die Mauern.

Die Steine erhitzten sich nach dem zweiten Tag so sehr, dass er Angst bekam, wie ein Brot im Ofen gebacken zu werden. Die Wärme und eindringender Qualm ließen ihn ohnmächtig werden, und als er wieder zu sich kam, hatten die Mauern ihre hohe Temperatur verloren. Draußen herrschte Grabesstille.

Der Soldat wagte sich aus seinem Versteck, dessen Ausgang im Hof der Zitadelle lag.

Als er in den Sonnenschein trat und in die Helligkeit

blinzelte, sah er nur auf ein paar rauchende Steintrümmer, die von der einstigen Festung geblieben waren, und den halb zerfallenen Bergfried. Der beißende Geruch von kaltem Rauch und verbranntem Fleisch stieg ihm sofort in die Nase.

Miskoc balancierte die letzten Stufenreste des Turms hinauf, um einen Blick auf Worlac zu werfen. Er hoffte inständig, dass noch mehr Menschen überlebt hatten. Immer wieder lösten sich Steine und stürzten nach unten, nur mit größter Vorsicht gelangte er an den höchsten Punkt der Zitadelle.

Aber egal in welche Himmelsrichtung er schaute, die schreckliche Ansicht änderte sich nicht.

Von Worlac stand nichts mehr. Die Flammen hatten die Vorarbeit geleistet, den Rest mussten die Truppen des Kabcar besorgt haben. Kein Stein ruhte auf dem anderen, aus der Provinzhauptstadt war ein riesiges, qualmendes Trümmerfeld geworden. Selbst die Stadtmauern lagen eingerissen und umgestürzt auf der Erde. Es gab keine Gassen und keine Straßen mehr, nur Steine. Mit den vielen Häusern waren auch die mehr als dreiundzwanzigtausend Einwohner verschwunden. »Ulldrael der Gerechte«, flüsterte er, »wie konntest du das zulassen?«

Auf dem Marktplatz erhob sich ein Galgen von zwanzig Fuß Höhe, an dem mehrere Gehängte sachte im warmen Wind pendelten. Über ihnen baumelte an einem separaten Balken ein einzelner Mensch.

Wie betäubt machte sich Miskoc an den Abstieg, schritt über die schwarzen Steine hinweg und stapfte durch Asche und Schutt zum Stadtmittelpunkt. Die Truppen des Kabcar hatten die Ratsmitglieder gehängt, über allen hing die Leiche des Barons. Sie alle hatten ihren Freiheitswillen mit dem Leben bezahlt.

Er wandte sich um und ging zu seinem Haus, um nach seiner Familie zu sehen, die am Rand der Stadt gewohnt hatte. Der Soldat wusste, dass es auch sie nicht mehr gab, aber er brauchte die traurige Gewissheit. Er fand sie zwischen verkohlten Balken und Steinen.

Miskocs Beine gaben nach, schwer sackte er mitten in der Ruine zusammen, die vor dem Angriff sein Heim gewesen war.

Tränen der Trauer, der Wut und des Schmerzes rannen ihm über die Wangen. Deutlich sah er vor seinem geistigen Auge die mächtige Gestalt Sinureds und hörte noch einmal, wie sie dem Kabcar huldigte.

IV.

Aus den ganzen Kriegswirren erhob sich ein Mann, der sich Tzulans Sohn nannte. Er eroberte mithilfe von schlechter Magie ganz Tzulandrien, doch seine Machtgier war nicht gestillt. Tzulans Sohn ließ eine Flotte bauen und segelte nach Kalisstron, das er in kurzer Zeit unterwarf.

DIE SCHLECHTE MAGIE,
Kapitel II

Ulldart, Königreich Tersion, Hauptstadt Baiuga, Spätsommer 443 n. S.

Perückenpuder, Gesichtspuder, Schönheitsflecke, Wechselwäsche und Parfüm«, zählte Fraffito Tezza leise die Gegenstände an den Fingern ab, die er in seine Reisetasche gepackt hatte. »Fraffito, du Idiot«, schimpfte der Palestaner mit sich selbst, bevor er nach dem kleinen Beutel griff, der neben dem Bett lag. »Beinahe hättest du den Proviant vergessen.«

Nach einem musternden Blick in den Spiegel, ob denn die prachtvolle Garderobe, Perücke und der federgeschmückte Dreispitz auch noch richtig saßen, nahm er das Gepäck auf und verließ seine Kammer in den Katakomben, um sich auf den Weg zum Palast der Regentin zu machen.

Der Abend sollte entscheidend für seine Zukunft werden, der Ablauf war genau durchdacht.

Zunächst wollte er Alana II. davon überzeugen, dass er am morgigen Nachmittag nicht in der Arena für einen unblutigen Schaukampf antreten musste. Der Adjutant fürchtete, dass er den Sandplatz nicht mehr lebend verließ, denn den beiden K'Tar Tur, deren Verschwörungsgeheimnis er kannte, traute er nach dem misslungenen Anschlag bei den Unterkünften der Sumpfbestien alles an Gemeinheiten zu.

Sollte dieses Vorhaben nicht gelingen, wollte er der Herrscherin Tersions von dem belauschten Gespräch erzählen, um sie vor dem Umsturz zu warnen, wenn er in der Arena umkam. Ob sie ihm glaubte oder nicht, war ihm egal, er hatte sie zumindest in Kenntnis gesetzt und konnte seinen Feinden vielleicht ihr Vorhaben verderben.

Da er nicht mit einem positiven Verlauf rechnete, wollte er nach der Audienz in aller Heimlichkeit aus Baiuga flüchten, ein Schiff hatte er sich bereits herausgesucht, mit dem er nach Palestan zurück wollte. Dass er noch mehr als vier Monate den Status einer offiziellen Leihgabe hatte, darauf pfiff er. Baraldino konnte ihn hier gerne vertreten.

Die Stimmung in der Hauptstadt Tersions verschlechterte sich zusehends. Der Krieg gegen Kensustria verlief ohne einen einzigen Erfolg, dagegen bewiesen die Grünhaare, dass sie militärtechnisch in allem weit überlegen waren. Nach der ersten Warnung zu Lande hatte die totale Vernichtung der größeren Invasionsflotte unter dem Kommando von Tei-Sal Haïl-er-Ibadan eine ernüchterte Niedergeschlagenheit ausgelöst.

Alles wartete nun mit großer Spannung darauf, wann Tei-Sal Faïs-bar-Lamshadai die Kensustrianer schlug, der mit seinen zweitausend Kriegern und neuem Proviant bereits die Landesgrenze zu Ilfaris überschritten hatte und die gegnerischen Festungen der Südküste anstrebte. Wenn sie fielen, bekam die kleinere angorjanische Invasionsflotte endlich die Gelegenheit zu landen.

Tezza hielt den Krieg immer noch für ein unnötiges Unternehmen. Die Kensustrianer würden, seiner laienhaften Ansicht nach, in aller Ruhe warten, bis sich die Truppen des Kaisers an einem Ort versammelt hatten, und wieder irgendeine unvorhergesehene tödliche Überraschung aus dem Hut zaubern.

Aus noch einem Grund wollte der Offizier aus dem Land so schnell wie möglich verschwinden. Sollte sich bewahrheiten, dass Palestan aus der Allianz gegen die Grünhaare ausschied, würde sich der Zorn der Regentin garantiert an ihm entladen. Dann sah er sich bereits nackt und mit Honig beschmiert an einen Pfahl gebunden und hungrigen Ameisen ausgesetzt.

In solch trübe Gedanken versunken, rief Tezza sich eine Sänfte herbei, die ihn vor die Tore des imposanten Gebäudekomplexes beförderte. Er wollte jede Anstrengung vermeiden, um nicht zu sehr zu schwitzen. Es kam darauf an, einen mehr als guten Eindruck bei der Regentin zu machen, die so sehr Wert auf Körperpflege legte.

Zu gerne wäre er damals dabei gewesen, als Baraldino sich vor der Frau die Hosen beschmutzt hatte. Wobei »beschmutzt« noch ein harmloser Ausdruck für das war, was die Beine in Strömen herabgelaufen war.

Im Schein der aufgestellten Fackeln und Kohlebecken schimmerte der reine weiße Marmor rötlich, die Gold- und Silberornamente reflektierten das warme, unregelmäßig leuchtende Licht und wirkten beinahe lebendig. Der Palestaner bewunderte erneut die verspielte, aufwändige Architektur mit kleinen Türmen, filigranen Kuppeldächern und bunten Glasfronten. Leise plätscherten die Springbrunnen, und die Blumen aus den weitläufigen Gartenanlagen sorgten für einen betörenden, allgegenwärtigen Blumengeruch. Eine gewisse Ruhe breitete sich in ihm aus, mit der es aber schlagartig zu Ende war.

Die Gestalt Lom T'Sharrs schob sich aus dem Eingang, und Tezza blieb beinahe das Kaufmannsherz stehen. Unverbindlich lächelnd zog er an ihm vorbei und zwang sich, nicht in einen leichten Trab zu verfallen.

Misstrauisch sah ihm der Kommandant in der weißen Lederrüstung hinterher.

Zwei kichernde Dienerinnen, die sich sehr über seinen herausgeputzten, fremden Aufzug amüsierten, geleiteten ihn durch den duftenden Palast bis vor die Gemächer der Regentin, vor der zwei K'Tar Tur als Wachen standen.

Das war neu. Er nahm die Veränderung sofort zur Kenntnis.

Ein Blick in seine Umgebung zeigte ihm, dass sich weitere Angehörige des Dunklen Volkes in den Mauern der Residenz aufhielten, die er zuerst nicht bemerkt hatte. Wie zufällig standen ein paar zusammen und unterhielten sich leise, andere trugen die Kleidung der Wachen und versahen ihren Dienst.

Unter normalen Umständen hätte sich Tezza nichts dabei gedacht, die K'Tar Tur gehörten sozusagen zum tersionischen Inventar. Aber seit der belauschten Unterhaltung war er empfindlicher geworden, und der Hinweis der Bestie hatte seinen Verfolgungswahn ins Unendliche gesteigert. Seine Fluchtpläne gerieten in Gefahr.

Eilig betrat er den Marmorsaal und vollführte das übliche Begrüßungszeremoniell, wie es sich gehörte, wenn man Alana II. besuchte.

Die Frau saß am Fenster und sah hinaus in den Garten, mehrere Lagen Teppiche sorgten für einen bequemen Untergrund. Das Licht der Monde fiel auf ihr Gesicht, das eingewobene Iurdum in ihren schleierartigen Gewändern blitzte und funkelte. Deutlich hob sich die Figur der Regentin unter dem durchsichtigen Stoff ab. Um sie herum standen, saßen oder knieten Dienerinnen, die auf die kleinste Geste reagierten. Auch hier roch es nach Blumen und Zitrusfrüchten.

»Ihr wolltet mich sprechen, Fraffito Tezza?«, sagte sie, ohne in seine Richtung zu schauen, ihre Stimme klang gelangweilt. »Wieder eine Beschwerde über die Arbeit in der Arena?«

Der Palestaner warf sich auf den Boden und rutschte wieselflink zu ihr. »Hochwohlgeborene Regentin, lasst mich sagen, dass Eure Grazie, Eure Eleganz einem Mann den Verstand rauben können ...«

»Sofern er überhaupt über einen solchen verfügt«, fiel Alana ihm ins Wort. »Kommt zur Sache, Kehrmeister.«

Vorsichtig stand der Adjutant auf, machte einen Kratzfuß und schwenkte den Dreispitz, die Nase berührte beim vollführten Bückling fast den Boden. »Ich wollte mit einer Bitte an Euch herantreten. Erlasst mir den morgigen Kampf in der Arena. Ich belustige das Volk auch ohne dieses abgekartete Spektakel.«

»Die Tersioner haben von Eurem Heldenmut in den Katakomben gehört, als Ihr zehn der wilden Bestien nur mit Eurem Besen zurück in die Käfige scheuchtet.« Jetzt erst wandte sich die Regentin zu ihm um. »Und da wundert es Euch, wenn sie Euch auch einmal kämpfen sehen wollen?« Grazil streckte sie die rechte Hand aus und spreizte die Finger auseinander. Eine der Dienerinnen beugte sich vor und begann, die langen, spitzen Nägel zu polieren. »Ihr müsst keine Angst haben. Der Sklave, der gegen Euch antritt, wird angewiesen, Euch nicht zu treffen. Beruhigt Euch das?« Der Spott war unüberhörbar. »Mehr kann ich nicht veranlassen. Ihn zu fesseln, wäre zu auffällig.«

Tezza nahm all seinen Mut zusammen. »Ich fürchte jedoch, ich werde in der Arena sterben, weil Euer Shadoka und der Kommandant Eurer Leibwache es so wollen.«

»L'Xarr und T'Sharr? Warum sollten sie?« Ihre geschwungenen Augenbrauen schossen in die Höhe, ihre Neugier war geweckt. »Das müsst Ihr mir nun aber erklären, Adjutant Tezza.«

Die Worte sprudelten wie ein Wasserfall aus dem Palestaner hervor, getreu gab er jedes Detail der Unterhaltung wieder, auch wenn er dabei der Wirkung halber etwas dramatisierte. Dann erzählte er von der Bestie, die ihn gewarnt hatte. Als er seine Ausführungen beendet hatte, fühlte er sich unendlich erleichtert. »Ich weiß, dass das alles unfassbar, ungeheuerlich und abenteuerlich klingt, aber es ist die Wahrheit. Ich schwöre es bei allem, was mir heilig ist, hochwohlgeborene Regentin.«

»Tezza, wir wissen beide, dass den Palestanern nichts heilig ist«, meinte Alana nachdenklich. »Es hört sich an wie ein Märchen. Sinured soll zurückgekehrt sein, und die K'Tar Tur planen deshalb, mich vom Thron zu stoßen?«

»Es ist ein wenig pauschal zusammengefasst, aber es trifft den Kern«, sagte der Offizier.

»Warum sollte ich Euch glauben, Adjutant?« Die Regentin erhob sich und kam auf den Mann zu. Die Steine an ihrer Kappe blitzten auf. »Ein Palestaner, der mich vor einer Verschwörung meines ergebensten Beschützers warnt, wie wirkt das auf Euch?«

»Hochwohlgeborene Regentin, ich hätte wohl den geringsten Grund, Euch anzulügen. Unsere Länder sind Verbündete im Kampf gegen Kensustria. Und wenn andere auf dem Thron säßen, die ich als unberechenbar einschätze, was glaubt Ihr, was passieren würde?« Tezza versuchte, so überzeugend wie nur irgend möglich zu klingen. »Das Kaiserreich würde alle Unternehmungen gegen Kensustria einstellen und Tersion den Krieg erklären. Vielleicht würden die Grünhaare sich auch rächen wollen und sich mit den K'Tar Tur verbrüdern. Zusammen würden sie den Kontinent von Süden her erobern.« In einem Anfall von Heldenmut machte er einen Schritt nach vorne und stand nur wenige Handbreit von der Frau entfernt. »Oder Euer Reich würde in einem Bürgerkrieg versinken. Eure Anhänger gegen die des Dunklen Volkes. Tersion würde im Chaos untergehen und Euer Name ebenfalls. Ich habe von meiner Warnung nichts, außer der Dankbarkeit einer Regentin.«

Er wurde sich bewusst, wie sehr er gegen das tersionische Protokoll verstoßen hatte. Schnell machte er ein paar Hüpfer rückwärts und bügelte den Fehler mit einem engagierten Bückling aus.

Alana betrachtete die polierten Fingernägel und deutete nach unten. Zwei Dienerinnen machten sich sofort an den Füßen zu schaffen.

»Ich weiß, dass Kaufleute gute Schauspieler sind, Euer Vorgesetzter hat eine eindrucksvolle Vorstellung geliefert«, sagte sie nach einer Weile. »Aber ich weiß wirklich nicht, was ich von Eurer Geschichte halten soll. Es gibt nur eine Lösung.« Sie drehte ihren Kopf zu einer Bediensteten. »Hol Lom T'Sharr und L'Xarr. Ich erwarte sie sofort in meinem Gemach.« Die Regentin schnippte mit den Fingern, woraufhin Tezza ein gepolsterter Hocker gebracht wurde, auf den er sich setzen sollte. »Wir warten gemeinsam. Und dann wird sich zeigen, dass Ihr ein Lügner seid, wie ich stark vermute. Danach werdet Ihr sterben.«

Sie kehrte zurück an ihren Fensterplatz, während der blasse Palestaner zitternd in dem weichen Kissen des Hockers versank.

Heilige Dublone, ich werde nicht mal lebend in die Arena kommen. Eine Gegenüberstellung war in seinem Plan nicht vorgesehen. Hektisch wanderten seine Augen durch den Raum, um nach einer Fluchtmöglichkeit zu suchen, die ihn außerhalb der Reichweite des Zweihänders von T'Sharr brachte. Warum hatte er auch nur seine große Klappe aufgerissen?

An einem Paravent aus undurchsichtigem, buntem Glas blieb sein Blick hängen. Anscheinend stand dieser dünne Wandschirm vor einem Durchgang zu einem Nebenraum. Für den Notfall merkte sich Tezza die Richtung, die rechte Hand schloss sich um den Griff seiner Reisetasche.

Es dauerte nicht lange, und der weißhaarige Anführer der Leibwache kam zusammen mit drei K'Tar Tur in das Gemach. Den Palestaner, der wie ein Häufchen Elend auf dem Hocker saß, strafte er mit Missachtung.

Seine Begleiter blieben an der Tür stehen. Zielstrebig ging er auf die Regentin zu und warf sich zu Boden, um kurz darauf wieder aufzustehen und sich vor sie zu knien. »Ihr wolltet mich sprechen, Regentin?«

Alana machte einen amüsierten Eindruck; sie freute sich anscheinend auf die Szene, die nach ihrer Eröffnung folgen würde.

»Mein geschätzter Lom T'Sharr, unser palestanisches Geschenk hat mir eine Mitteilung gemacht, die du unbedingt hören musst.« Mit dem Zucken ihres kleinen

Fingers verscheuchte sie die Dienerinnen zu ihren Füßen. »Der Adjutant sagte, dass dein Vorfahr, Sinured, nach Ulldart zurückgekehrt sei und du zusammen mit meinem Shadoka, L'Xarr, dem sagenhaften Kinderschreck in Tersion ein neues Heim geben möchtest.« Sie lachte hell auf. »Ich dachte mir, dass ihr beide diese Geschichte unbedingt hören müsstet.«

Der Arenakämpfer der Regentin trat ein, vollführte die gleiche Begrüßung vor der Frau und stand daraufhin neben dem Kommandanten.

»Verzeiht meine Verspätung, aber ich lag bereits im Bett, um für den morgigen Kampf ausgeruht zu sein«, entschuldigte sich der Albino. Der Ausdruck seiner roten Augen, als er zu Tezza hinüberschaute, ließ dem Palestaner den kalten Schweiß unter der Perücke hervorbrechen.

Sie hacken mich gleich hier in Stücke. Seine Gedanken rasten. Eine Spannung ging durch seinen Körper, er war bereit, sofort aufzuspringen und loszurennen, sollte es die Situation erfordern. Angesichts der Muskelberge auf zwei Beinen um sich herum schätzte er seine Chancen aber sehr gering ein.

Unterdessen erklärte Alana ihrem besten Arenakämpfer, weshalb er gerufen worden war.

»Sagt mir Eure Beleidigungen ins Gesicht«, knurrte L'Xarr ihn an und kam drohend auf ihn zu, »wenn Ihr es wagt, räudige Krämerseele.«

»Es gibt keinen Grund, unhöflich zu werden«, versuchte der Adjutant die Haltung zu bewahren. »Ich äußere mich auch nicht zu Eurer zweifelhaften Herkunft. Und ich habe die Wahrheit gesprochen, es waren keine Beleidigungen. Es sei denn, Ihr fühltet Euch von der Wahrheit beleidigt, L'Xarr.«

Tezza bemerkte eine huschende Bewegung hinter dem Paravent. Und er meinte, gleichzeitig eine Gestalt hinter einem Berg Teppiche verschwinden gesehen zu haben.

Es fiel ihm wie Schuppen von den Augen: *Natürlich! Sie wollen die Macht heute schon an sich reißen. Deshalb die vielen K'Tar Tur!*

Jetzt war Tezza alles egal. Wenn sich die Männer T'Sharrs heimlich in Position brachten, um auf dessen Signal hin loszuschlagen, kam er ohnehin nicht mehr lebend hinaus, geschweige denn nach Palestan. Heldenmut durchströmte ihn.

»Und bevor ich sterbe, sage ich Euch in Euer blasses, hässliches Gesicht, dass Ihr ein niederträchtiger Verräter an der Regentin seid. Genauso wie Euer feiner Freund, diese Ausgeburt an Gemeinheit und Niedertracht!« Er baute sich vor dem völlig verdutzten Shadoka auf, dem eine solche Behandlung noch nie widerfahren war. »Pfui, sage ich zu Euch.« Tezza schlug ihm den Dreispitz ins Gesicht, die Federn blieben in einem der Ohrringe des Albinos hängen, die weißen Haare flogen ins Gesicht. »Und nochmals Pfui.«

L'Xarr stierte dem erregten Palestaner ungläubig und mordlüstern nach, als er auf den Kommandanten der Leibwache zusteuerte.

»Und Ihr, Vater des Verrats, habt meine tiefste Verachtung. Ihr steht sogar noch weit unter Baraldino.« Er sammelte lautstark Speichel, um dem K'Tar Tur ins Antlitz zu spucken.

»Das genügt«, bremste ihn die Regentin, und sie sah kein bisschen erheitert aus. »Was unser palestanischer Freund soeben an Gefühlen zeigt, scheint mir zu echt zu sein. Schließlich hat er sich mit seinen Beleidigungen den sicheren Tod eingehandelt, wenn seine Worte nicht wahr sind.« Sie stand anmutig wie eine Tänzerin auf. »T'Sharr und L'Xarr, was habt ihr beide dazu zu sagen?«

Der Shadoka packte Tezza im Genick und schleifte ihn neben den Kommandanten. Eine Zornesader war auf seiner Stirn angeschwollen, die Federn hingen von ihm unbemerkt immer noch am Ohrring.

T'Sharr lächelte. »Nun, für seine Worte wird er sterben. Auch wenn es die Wahrheit war.«

»Was?«, rief Alana und machte einen Schritt rückwärts. »T'Sharr, wie kannst du das tun?«, sagte sie enttäuscht, dann erhob sie ihre Stimme. »Wachen!«

L'Xarr zog dem Palestaner die Beine weg, nahm eines seiner Schwerter zur Hand und legte es ihm in den Nacken. »Niemand hat es bisher gewagt, so mit mir zu sprechen.«

»Dann wurde es höchste Zeit«, keifte Tezza, dem das Adrenalin durch die Blutbahn rauschte. Verzweifelt grapschte er nach dem Griff seines Rapiers, bekam ihn aber nicht zu fassen.

»Ihr werdet vergeblich auf die Wachen warten, Regentin«, erklärte der Kommandant gelassen. »Niemand wird im Palast sein, um Euch zu helfen. Außer uns. Wir, die K'Tar Tur, übernehmen ab heute in Tersion die Herrschaft. Aber zuerst werdet Ihr abdanken und uns die Geschäfte übertragen.« Er kam auf sie zu. »Freiwillig oder anders. Ihr habt die Wahl.«

»Fass mich an, und ich zerschlitze dir dein Gesicht«, kündigte die Regentin an. Sie hob langsam ihre Hände mit den langen, spitzen Fingernägeln. Dienerinnen stellten sich dem Krieger in der weißen Rüstung in den Weg, die er wie Puppen zur Seite fegte.

»Ja, Frauen schlagen, das könnt Ihr, was, T'Sharr?«, meinte der Palestaner gepresst, weil ihm der Griff des Arenakämpfers Probleme beim Sprechen bereitete. »Dafür habt Ihr also Eure Männer hinter dem Paravent gebraucht, falls die Mädchen einem großen Krieger wie Euch zu stark sind, wie?«

Ruckartig fuhr der Kopf des K'Tar Tur in Richtung des dünnen Sichtschutzes, seine Männer zogen alarmiert ihre Waffen. L'Xarr richtete sich erstaunt auf, während er nach seinem zweiten Schwert langte.

Und dann brach ein Albtraum in der Kammer los.

Menschenähnliche Wesen mit Dämonenfratzen kamen lautlos hinter dem Sichtschutz herausgesprungen, in ihren Händen wirbelten sie kurze, schwarz schimmernde Klingen, ihre Körper waren durch metallplattenbesetzten Stoff geschützt.

Ohne ein Wort der Erklärung gingen sie in den Nahkampf, tauchten und duckten sich unter den nicht minder akrobatischen Angriffen der K'Tar Tur ab und beharkten ihre Gegner in atemberaubender Geschwindigkeit mit ihren Kurzschwertern.

Eine der Wachen brüllte nach Verstärkung, die prompt ins Zimmer geeilt kam, und das Fechten nahm an Intensität zu. Von irgendwoher schienen auch die Unbekannten neue Kämpfer zu erhalten oder sie waren einfach überall gleichzeitig. Stahl prallte klingend auf Stahl und erzeugte eine tödliche Melodie, in die sich gelegentlich ein Schrei oder ein Stöhnen mischte.

Tezza verstand gar nichts mehr und rannte geduckt zwischen den Kontrahenten hindurch und warf sich hinter einem Stapel Teppiche in Deckung, um nicht versehentlich Opfer einer fehlgeleiteten Schneide zu werden.

Als er neben sich heftiges Atmen wahrnahm und sich umdrehte, blickte er in das ängstlich-erboste Gesicht der Regentin. Er zuckte gleichgültig mit den Achseln. Über die Kante eines besonders weichen Läufers hinweg spähte er wieder nach dem Verlauf des Gemetzels.

Zwei völlig unterschiedliche Kampfstile waren in dem Gemach der Regentin aufeinander geprallt. Die K'Tar Tur bedienten sich neben ihren Schwertern ihres ganzen Körpers, schlugen mit Fäusten, traten nach dem Gegner, um ihn zu verletzen.

Die unbekannten Eindringlinge dagegen wichen den meisten Attacken aus, ließen sie ins Leere laufen, um dann im richtigen Augenblick mit den wirbelnden Klingen den Kontrahenten schnelle Schnitte und Stiche zuzufügen.

Was der Palestaner in einem Anfall von Kopflosigkeit zuerst für Dämonenfratzen gehalten hatte, waren bemalte Ledermasken und Helme, die das Gesicht der Angreifer verdeckten und eine äußerst erschreckende Wirkung erzielten. Da bereits mehrere der Unbekannten zu Boden gegangen waren und Blut aus ihren Wunden lief, schloss Tezza beruhigt, dass es sich auch nur um Menschen handelte.

Ob das Mitglieder der Göttlichen Sichel waren? Jeder auf Ulldrael hatte von dem geheimnisvollen, legendären, militanten Orden Ulldraels des Gerechten schon einmal gehört, offiziell bestätigt wurde seine Existenz noch nie, Mitglieder wurden noch nie gesehen. Bekannt war nur, dass sie sich nach der Sichel Ulldraels benannt hatten. Sie sahen sich als das Werkzeug des Gerechten, um das »faule Korn« unter den Gläubigen zu schneiden. Vielleicht waren sie gekommen, um die Nachfahren Sinureds zu vernichten. Das wäre in der Tat ein ziemlich faules Korn.

Nach einiger Zeit standen vom Dunklen Volk nur noch T'Sharr und L'Xarr. Rücken an Rücken, hochaufmerksam und völlig konzentriert wehrten sie alle Angriffe ab und verletzten etliche Eindringlinge. Fünf standen den beiden K'Tar Tur noch gegenüber und bildeten einen Kreis um sie. Der Marmorboden und die Teppiche waren übersät mit Blutflecken.

Der Kommandant der Leibwache umfasste den Griff seines mächtigen geschwungenen Säbels fester. »Wer seid ihr, und was wollt ihr?«

Alle Maskierten griffen nach etwas an ihren Waffengürteln und schleuderten es gleichzeitig auf die Kämpfer. Eine blitzende Wolke verteilte sich um die Nachfahren Sinureds, fast gleichzeitig mussten sie ihre Augen schließen, während die anderen ihre Attacken synchron begannen.

Geblendet von der puderigen Substanz, hatten die

beiden K'Tar Tur nicht die Spur einer Möglichkeit, den insgesamt zehn wohl gezielten Klingen zu entgehen. Im Todeskampf schlug der Shadoka einem unvorsichtigen Angreifer die Hände samt Waffen ab, T'Sharrs Säbel spaltete einen der Maskierten vom Schlüsselbein bis zur untersten Rippe, dann starb auch er durch einen waagerechten Stich in den Hals.

Die Unbekannten sahen sich suchend im Raum um, einer von ihnen deutete auf den Offizier und die Gruppe der Bediensteten, die sich alle rund um den Mann geschart hatten. Er sagte etwas in einer seltsamen Sprache, und der Adjutant meinte, wenigstens den Namen »Alana« verstanden zu haben.

»Bleibt unten, Regentin«, wisperte Tezza und breitete einen Teppich über ihr aus. »Ich glaube, die suchen nach Euch.« Er nahm sich ihre Kappe, wobei er nicht weiter auf ihr wütendes Gesicht achtete, und setzte die edelsteinbesetzte Kopfbedeckung der nächstbesten Dienerin auf.

»Los!« Er zog sein Rapier, packte das Mädchen am Arm und zerrte sie hinter sich her zum Ausgang.

Von rechts kam einer der Unbekannten in sein Gesichtsfeld gesprungen und landete mit einem großen Satz vor ihm, die Kurzschwerter in unterschiedlicher Haltung zum Stoß erhoben.

»Schon gut. Ich gebe auf.« Wie angenagelt blieb Tezza stehen, war sich plötzlich bewusst, dass er seine Stichwaffe in der Hand hielt, und warf sie schnell zu Boden. »Ich bin unbewaffnet.« Er zerrte die Dienerin vor sich. »Es tut mir Leid, hochwohlgeborene Regentin, aber gegen diese Überzahl bin ich machtlos.« Er schob sie von sich.

»Es ist nur einer«, fauchte ihn das Mädchen an.

»Einer von vielen«, stellte Tezza überzeugt fest, »ist durchaus eine Überzahl.«

Der Kämpfer veränderte seine Position nicht eine einzige Handbreit.

Ein weiterer Maskierter kam hinzu, die Schwerter locker umfasst. Die kaum zu erkennenden Augen musterten die Bedienstete. »Das ist nicht Alana«, kam es dumpf hinter dem schützenden Leder hervor. Die Stimme klang nach einem Mann. Er deutete auf die Gruppe der Frauen im Hintergrund. »Sucht sie.«

Innerhalb von nur wenigen Lidschlägen hatten die anderen Unbekannten die Regentin ausgemacht, die sich in ihrer Kleidung und ihrem Verhalten deutlich von den Dienerinnen unterschied. Mit Haltung trat sie vor den Eindringling, der als Einziger bisher Ulldart geredet hatte.

»Ich möchte sofort wissen, was Ihr mit Eurem Überfall bezweckt«, herrschte sie ihn an.

»Ein wenig mehr Dankbarkeit wäre angebracht«, entgegnete der Sprecher. »Wir haben Tersion eben vor einem Umsturz bewahrt, wenn ich das richtig verstanden habe, was sich kurz vor unserem Eintreffen ereignet hat.« Er gab seinen Begleitern ein Zeichen, die Alana mit Seidebändern zu fesseln begannen. »Trotzdem werde ich Euch einladen, uns zu begleiten.«

»Ihr werdet nicht weit kommen«, versprach die Regentin, bevor ihr ein Knebel den Mund verstopfte.

»Wir sind unbemerkt in den Palast eingedrungen, haben Eure Leibwächter ausgeschaltet und werden unbemerkt wieder hinausgelangen«, sagte der Mann. »Wir haben es so geplant, und so wird es geschehen.« Er machte einen Schritt auf den Offizier zu, zog einen Umschlag unter seiner seltsamen Panzerung hervor und hielt ihn ihm hin. »Palestaner, nimm das und übergib es dem Gemahl der Regentin. Er wird sich freuen, wenn er den Inhalt liest.«

Seine Begleiter stülpten der Herrscherin von Tersion einen schwarzen Seidesack über, der wiederum mit einer Holzstange verbunden war, und banden ihn zu. Zwei der Maskierten übernahmen die Rolle der Träger, die anderen sammelten ihre Verwundeten und Toten ein.

Der Sprecher drückte Tezza die Kiefer auseinander und schob ihm etwas in den Mund. Die Dienerinnen wurden ähnlich behandelt.

Augenblicklich wurde die Zunge des Palestaners taub, und das Gefühl breitete sich weiter aus. »Das Mittel wirkt schnell, hält aber nur kurze Zeit«, erklärte ihm der Mann. »Wenn die Lähmung abgeklungen ist, sind wir verschwunden.« Tezza versagten bereits die Beine, und er sank auf einen Teppich. »Die Leichen der K'Tar Tur werden deine Geschichte bezeugen. Es waren gute Gegner.«

Unbeweglich wie ein Brett musste Tezza zuschauen, wie die Maskierten hinter dem Paravent verschwanden, ihre Toten dabei mitnahmen und lautlos wie ein Spuk entschwanden.

Was den Adjutanten am meisten an der Sache ärgerte, war, dass die Unbekannten nicht einen einzigen Hinweis auf ihre Herkunft gegeben hatten. Daher hoffte er, dass er sich wieder bewegen konnte, bevor ein zufällig hereinkommender Diener das Schlamassel bemerkte, Alarm schlug und jede Möglichkeit auf ein Lesen des Briefes zunichte machte.

Nach einer gewissen Zeit kehrte nach einem leichten Kribbeln im ganzen Körper die Kontrolle über seine Gliedmaßen zurück. Sofort öffnete er den Umschlag und las:

Hoheitlicher Lubshá Nars'anamm,
das Land Kensustria hat Eure Gemahlin, Alana II., Regentin von Tersion, bis auf weiteres als Gast in aller Freundschaft aufgenommen.

Der Aufenthalt endet dann, wenn sämtliche angorjanischen Truppen in die Heimat Angor zurückgekehrt sind. Den Abmarsch werden unsere Beobachter überwachen. Nach Ab-

schluss eines Einigungsvertrages mit allen am Krieg gegen uns Beteiligten entlassen wir Eure Gemahlin.

Werden die invasorischen Bestrebungen jedoch weiter vorangetrieben, gleichgültig gegen wen, wird Eurer Gemahlin für jeden toten kensustrianischen Krieger ein Körperglied entfernt, in Honig konserviert und Euch zugesandt.

Kensustria hofft auf Eure Einsicht und weist darauf hin, dass unsere Kämpfer die Regentin hätten genauso gut töten können.

Oder Euch.

Als Beweis werdet Ihr einen roten Farbfleck an Eurem Hals finden.

»Ha, am Arsche!«, entfuhr es Tezza, während er mit der freien Hand auf das Dokument schlug, dass es klatschte.

Wortlos legte er das Papier auf das Gesicht einer Dienerin, stieg etwas angewidert über die toten K'Tar Tur, wobei er peinlichst darauf achtete, dass das Blut nicht seine weißen Strümpfe beschmutzte, und nahm seine Reisetasche.

»Perückenpuder, Gesichtspuder, Schönheitsflecke, Wechselwäsche, Parfüm und«, zählte er noch einmal zur Sicherheit auf, kramte im Inneren herum und hob triumphierend den kleinen Beutel hoch, »Proviant.«

Tezza stapfte zum Ausgang, wo er vor den immer noch gelähmten Dienerinnen zum Abschied den Dreispitz schwenkte. »Meine Damen, ich empfehle mich aufs Herzlichste. Diese liebliche Botschaft darf ein anderer überbringen. Ich habe wahrlich genug erduldet und muss noch ein Schiff erreichen.«

Mit wehenden Rockschößen verließ er den wie ausgestorben wirkenden Palast, um den Hafen anzusteuern. Er freute sich auf zu Hause und darauf, nie wieder einen Besen schwingen zu müssen. Und Baraldino eine schallende Ohrfeige zu verpassen.

Ulldart, Königreich Tarpol, Hauptstadt Ulsar,
Spätsommer 443 n. S.

Norina seufzte und setzte sich vorsichtig auf das Sofa, das an der hinteren Wand des Zimmers stand. Alles in allem gefiel ihr das neue Zuhause, das sie sich in der Hauptstadt gesucht hatte, aber die Umstände verhinderten, dass sie sich im Moment über etwas wirklich aufrichtig freuen konnte.

Vier Räume im Obergeschoss des großen Hauses hatte sich die junge Frau nach ihrem Geschmack eingerichtet. Eine Zofe und eine Köchin, die im unteren Bereich lebten, erleichterten ihr die alltäglichen Arbeiten, kümmerten sich um die Sauberkeit der Wohnung und das Essen, während sie sich voll und ganz auf die Reformen im Brojakenrat hatte konzentrieren wollen.

Doch das Gremium existierte nun nicht mehr. Der borasgotanische Meuchelmord hatte die Großbauern, Gouverneure und Adligen ausgelöscht. Unter den Opfern war auch ihr Vater gewesen, Ijuscha Miklanowo, seitdem trug sie den schwarzen Schleier als Zeichen der Trauer vor ihrem Gesicht. Am Abend des Banketts verursachte eine heftige Übelkeit, dass sie auf die Teilnahme verzichtete. Zwar bewahrte sie sich damit ihr Leben, aber sie verspürte immer öfter den Wunsch, es loszuwerden.

Eine einsame Träne quoll zwischen ihren Wimpern hervor und rann ihre Wange hinab. Die Erinnerungen an die Zeit in Granburg, als die tarpolische Welt noch halbwegs in Ordnung gewesen war, wirkte quälend für sie. Selbst der Gedanke an Lodrik brachte keine Besserung, vielmehr verstärkte er ihre Verzweiflung.

Noch immer liebte sie ihn, das wusste sie, aber im Palast leben, zwischen all den Intriganten, die so heimtückisch zu Werke gingen, lag jenseits ihrer Vorstellung.

Ohne die Unterstützung ihres Geliebten wollte sie dort nicht mehr sein.

»Ich habe alles verloren«, sagte die junge Frau leise zu sich selbst. »Das Land, meinen Vater, meine Liebe und meine Hoffnung.«

Tief in sich spürte sie eine Bewegung. Allein das war der Grund, weshalb sie in trostlosen Stunden ihr Leben nicht freiwillig aufgab.

Ein Lächeln huschte über ihr Gesicht, sanft legte sie eine Hand auf den Unterleib, der sich in den letzten Wochen merklich verändert hatte. Lange würde sie die Schwangerschaft nicht mehr geheim halten können. »Wenigstens habe ich dich.«

Das Wohlergehen des Kindes lag ihr am Herzen, und Norina hoffte inständig, dass diese unheimlichen Strahlen, mit denen Lodrik sie damals traf, dem neuen Leben in ihr nicht geschadet hatten. Die Hitzewallungen, die wie ein Lavastrom in unregelmäßigen Abständen durch ihre Adern jagten und für Schweißausbrüche sorgten, schob sie auf das Voranschreiten der Gravidität.

Die junge Brojakin stand auf, um nach der Zofe zu klingeln und sich etwas zu trinken bringen zu lassen. »Aber wie erkläre ich das Kind?«

Als die Tür des großen, gemütlich eingerichteten Wohnzimmers geöffnet wurde, traten zwei alte Freunde an Stelle der Bediensteten ein.

Stoiko balancierte das Tablett mit zusätzlichen Gläsern und zwinkerte ihr zu, Waljakov hatte ein Päckchen unterm Arm und wirkte damit reichlich verlegen. Erleichtert stellte er das Mitbringsel auf dem Tisch ab, bevor er Norina mit einem freundlichen Kopfnicken grüßte. Klackend schloss sich die Metallhand um die Gürtelschnalle.

»Das ist eine nette Überraschung!« Die junge Frau freute sich sichtlich über den Besuch und bot den beiden

Männern Stühle an. »Setzt Euch doch. Was gibt es Neues? Geht es Euch gut?«

»Aber sicherlich. Unkraut vergeht nicht«, sagte Stoiko und lächelte sie an. »Seit die Wunden sich einmal geschlossen haben, werde ich wie von Zauberhand gesünder und gesünder. Und Waljakov kann sowieso nichts umwerfen. Außer ein von einem Katapult abgeschossener Stein vielleicht.« Der kahle Leibwächter griente, die eisgrauen Augen verloren ihren kalten Ausdruck, als würden sie auftauen.

Der Vertraute strich die braunen Haare nach hinten und setzte sich, nachdem er reihum die Gläser gefüllt hatte. »Wir vermissen Euch sehr.«

Dankbar strahlte sie ihn an. »Das ist sehr freundlich, dass Ihr das sagt.«

Die Männer wechselten einen schnellen Blick. Stoiko schien zu zögern, bis er von dem Hünen einen leichten Rempler bekam. »Wir wollten uns erkundigen, was Ihr nun in nächster Zeit tun wollt.«

Sie sah in die Gesichter der Besucher, als versuchte sie, ihre Gedanken zu lesen. »Ich habe gehört, dass die Rückeroberung schneller vorangeht. Der Kabcar hat das Tempo der Truppen verschärfen lassen, um die Borasgotaner an weiteren Untaten zu hindern. Da es keine Anzeichen gibt, den Brojakenrat oder ein ähnliches Gremium wieder ins Leben zu rufen, wollte ich so schnell wie möglich zurück nach Granburg, um nach unserem Land und unseren Leuten zu sehen.« Norina schluckte. »Vater hätte gewollt, dass ich das tue. Hoffentlich bleibt den Menschen das erspart, was die Bewohner von Worlac erdulden mussten. Dass Arrulskhán eine ganze Stadt niederbrennt, nur um seine Wut auszulassen, hätte niemand vermutet.« Sie atmete langsam aus und betrachtete abwesend das Muster der Spitzentischdecke. »Und was sollte mich hier halten? Es gibt nichts, wozu man mich benötigt.«

Wieder bekam der Vertraute einen sanften Stoß von Waljakov, der noch ein energisches Kopfnicken folgen ließ.

»Was ich Euch nun frage, müsst Ihr nicht beantworten«, begann Stoiko nach einer Weile. Die Brojakin schreckte aus ihren Gedanken an die Heimat auf. »Liebt Ihr Lodrik noch?«

Sie schloss ihre Mandelaugen, um die nächste Flut von Tränen zurückzuhalten, aber es gelang ihr nicht. »Ja«, sagte sie leise. »Aber er hat mich aufgegeben. Er vergnügt sich lieber mit seiner Cousine, dieser Schlange.«

Der Krieger machte ein zufriedenes Gesicht. Stoiko nahm vorsichtig die Hand der jungen Frau. »Wollt Ihr uns helfen, den Jungen wieder zur Vernunft zu bringen? Wir benötigen alle Hilfe, die wir bekommen können. Dieser Nesreca breitet sich am Hof aus wie eine Seuche, er durchsetzt und durchdringt alles und jeden. Wer ihm aber widersteht, verschwindet oder stirbt.« Er lehnte sich zurück und reichte ihr sein Taschentuch, damit sie sich die Tränen wegwischen konnte. »Waljakov und ich haben versucht, diesem Mann eine Blöße zu entlocken, aber es funktioniert nicht. Er ist nicht nur mit allen Wassern gewaschen, sondern auch, wie mir scheint, mit dem Blut unschuldiger Opfer.«

»Wie meint Ihr das?«, fragte Norina verwirrt.

»Was ich Euch sage, ist mehr als vertraulich. Wir reden hier über etwas, was man im weitesten Sinne als Verrat bezeichnen könnte.« Stoiko beugte sich vor und senkte seine Stimme etwas. »Nesreca muss weg. Egal wie. Er ist schuld, dass die Dinge hier in Tarpol anders laufen. Waljakov und ich sind uns ausnahmsweise einig und sehr sicher.«

Sie nickte, wirkte aber gleichgültig. »Da gebe ich Euch Recht. Dennoch ich werde Euch nicht helfen können. Lodrik hat seine Wahl getroffen, ich gehe zurück.«

»Das ist nicht die Norina, wie ich sie kennen gelernt habe«, schaltete sich der Leibwächter endlich in das Gespräch mit ein. »Ihr wart doch immer die Unbequeme, die sich gegen die Verhältnisse auflehnt, wenn sie ungerecht sind.«

Die Brojakin senkte den Blick. »Ich habe die Kraft nicht. Mein Vater ist tot, alles scheint in Trümmern zu liegen, und ohne Euch würde ich mutterseelenallein in diesem riesigen Ulsar sitzen. Was Ihr vorhabt, ist zu groß für mich.«

»Nesreca zerstört alles, was Ihr zusammen mit Lodrik einführen wolltet«, wandte sich Stoiko eindringlich an die junge Frau. Mit beiden Händen umfasste er ihre. »Die Reformen sind bereits zurückgenommen, die Brojaken sind …« Er hielt inne und verwünschte sich selbst für diese Bemerkung. Norina war zusammengezuckt. »Nach den Vorschlägen seines Vetters hat er Gouverneure einsetzen lassen, die als brutale Militärs bekannt sind und die Distrikte genauso regieren werden. So lange man die Schuld dafür auf den Krieg wälzen kann, wird sich das Volk dagegen auch nicht wehren. Der Kabcar ist für sie ein Held. Lodrik hat bei den einfachen Tarpolern einen solchen Kredit, dass er fast alles mit ihnen machen kann.« Der Vertraute schüttelte sanft ihre Hände. »Aber was passiert, wenn die Kriege zu Ende sind? Oder wenn der Krieg nie zu Ende geht? Welcher Wind wird durch das Reich wehen? Wenn Nesreca nicht beseitigt wird, sehe ich schwarz für die Untertanen.«

»Der Silberschopf ist die Quelle, aus der die Gedanken des Jungen vergiftet werden«, meinte Waljakov grimmig. »Und wir sollten diese Quelle trocken legen und zuschütten.«

»Erinnert Euch, Norina. Früher hätte der Kabcar uns zuerst gefragt, wenn er einen Rat benötigte. Heute sagt ihm sein Vetter alles vor oder steuert ihn so, dass er glaubt, selbst auf die Lösung gekommen zu sein. Mit

Aljascha hat sich Nesreca anscheinend arrangiert, und wer weiß, was er dieser Frau versprochen hat.« Stoiko ließ ihre Hände los und legte seine in den Schoß. Gespannt wartete er eine Reaktion ab.

»Borasgotan hat ihm dabei mit dem Giftanschlag auch noch zugespielt«, sagte sie, aber die beiden Männer schüttelten fast gleichzeitig die Häupter. »Wie meint Ihr das?«

»Nicht rempeln«, sagte der Vertraute, bevor der Kahlköpfige den Arm heben konnte, »ich sage es ihr.« Er sah die junge Brojakin an, anscheinend rang er mit sich selbst, bevor er mit der Sprache rausrückte. »Wir glauben, dass Nesreca den Brojakenrat vergiften ließ, um die unbequemen Großbauern und die gemäßigten Gouverneure aus dem Weg zu räumen. Borasgotan trifft ausnahmsweise keine Schuld.«

Norina keuchte auf. »Dieser Mann hat meinen Vater auf dem Gewissen?«

»Dieser Mann«, verbesserte Stoiko ohne eine Spur von Humor, »hat kein Gewissen. Waljakov hat Anzeichen gefunden, die Zweifel an der Geschichte des Vetters aufkommen lassen.« Der Leibwächter erzählte in kurzen Sätzen, wie er zu der Annahme kam.

»Und was sagt Lodrik dazu?«, erkundigte sich die schwarzhaarige Frau, ihre Gesichtsfarbe hatte eine Spur von Rot angenommen. Ihre Gefühle waren nach dieser Ankündigung in Aufruhr.

»Wir haben dem Kabcar noch nichts gesagt«, gestand Waljakov. »Der Junge würde uns nicht glauben.«

»Und deshalb brauchen wir Euch«, fügte der Vertraute hinzu. »Wir müssen Nesreca mit seinen eigenen Waffen schlagen, Intrigen spinnen und eine große Falle auslegen, in die er tappt und mit der er beim Kabcar die Glaubwürdigkeit verspielt. Aber es muss alles genau geplant sein, nichts darf dem Zufall überlassen sein. Wenn es ihn trifft, muss er versenkt werden, oder sein darauf folgender Zug wird uns alle ins Verderben stürzen. Einen Fehler können wir uns nicht erlauben, dafür ist er zu mächtig.« Stoiko fuhr sich über das Gesicht und nahm einen langen Zug aus dem Glas. »Damit hätte der Kabcar den Rücken frei, wenn er sich gegen Sinured wenden müsste. Denn, ehrlich gesagt, denke ich, dass das Auftauchen der beiden Ungeheuer irgendwie miteinander in Verbindung steht.«

Keiner der drei sprach.

Norina blickte wieder auf das verworrene Muster der Tischdecke, die Gedanken scheinbar weit, weit entfernt. Ihre Hände spielten mit dem Stoff ihres Kleides. Dann hob sie den Blick, entschlossen ruhten ihre braunen Augen zuerst auf Waljakov, danach auf dem Vertrauten.

»Ihr habt Recht. Wir müssen ihm helfen, auch wenn er es vielleicht nicht verdient hat. Aber die Menschen Tarpols müssen vor Unheil bewahrt werden.« Sie lächelte, und es war den beiden Männern so, als kehrte bei jedem Wort Stück für Stück die Norina zurück, die in Granburg heftige Dispute geführt hatte. »Ich muss Euch noch etwas gestehen. Ihr seid die Ersten, die es erfahren. Ich trage ein Kind in mir.« Sie wartete gespannt auf eine Reaktion. »Das Kind des Kabcar.«

»Donnerwetter«, entfuhr es Stoiko nach einer Weile. »Also, ich hätte es Euch nicht angesehen, wenn Ihr es mir nicht gesagt hättet.« Er schüttelte wieder ihre Hand und strahlte dabei. »Herzlichen Glückwunsch. Wenn man das sagen kann.«

»Ich freue mich auf das Kind, auch wenn ich ein wenig Angst vor der Geburt und seiner Zukunft habe«, sagte die Brojakin.

Waljakov nickte ihr grinsend zu. »Das habt Ihr nun davon. Ihr hättet nur Händchen halten sollen.«

Urplötzlich legte sich ein Schatten über das Antlitz Stoikos. »Nur mache ich mir Gedanken darüber, wie der Kabcar reagiert, wenn er von der Schwangerschaft hört.

Und wie Nesreca reagiert. Schließlich reift in Euch im Moment der mögliche Thronfolger heran, auch wenn er nicht legitim ist. Dennoch besteht ein gewisser Anspruch.« Er stand auf und wanderte zum Fenster, um einen Blick auf die belebten Straßen der Hauptstadt zu werfen.

»Bin ich damit etwa in Gefahr?«, fragte Norina erschrocken.

»Nach Granburg zu gehen, ist vielleicht keine schlechte Idee«, brummte der Leibwächter. »Ihr wärt aus der Schusslinie und könntet in aller Abgeschiedenheit das Kind zur Welt bringen.«

Stoikos Augen verengten sich. »Der mürrische Glatzkopf hat Recht. Hier sind zu viele neugierige Augen und Ohren. Wenn der Vetter oder gar Aljascha davon Wind bekämen, steht garantiert die nächste Schweinerei an.«

»Nein«, widersprach die Brojakin energisch. »Noch ist wenig zu sehen. Ich werde weite Kleidung tragen und mich in den letzten Monaten weitab von Ulsar bewegen. Ihr wolltet, dass ich an Eurer Verschwörung teilnehme, jetzt bin ich dabei. Und Ihr werdet mich nicht mehr los.«

»Einverstanden«, willigte der Vertraute ein, auch wenn man sehen konnte, dass er es nur mit größter Überwindung tat. »Aber wenn es zu gefährlich werden sollte, wenn nur der Hauch von Gefahr sichtbar wird, bringt Euch Waljakov aus der Stadt an einen sicheren Ort. Das müsst Ihr versprechen.« Sie tat ihm den Gefallen. »Sehr gut. Auf Eure Schwangerschaft werden wir bei den Planungen Rücksicht nehmen und Euch nur einfache Arbeiten übertragen. Ihr könntet Euch beispielsweise mehr in der Welt der Reichen bewegen. Zeigt Euch in der feinen Gesellschaft. Ihr seid im Moment ein Unikum, die erste und einzige Brojakin in ganz Tarpol. Man wird sich um Euch reißen. Wenn Ihr berühmt seid, kann Euch Nesreca weniger anhaben. Und wenn Ihr das Vertrauen Einzelner gewonnen habt, erkundet, was sie von dem Konsultanten halten. Schürt ihr Misstrauen, aber seid dabei vorsichtig.«

»Das klingt machbar«, sagte Norina. Ihre Besucher gingen zur Tür.

»Wir lassen uns in regelmäßigen Abständen sehen, um Neuigkeiten auszutauschen«, kündigte der Vertraute an. »Passt auf Euch auf.«

Sie drückten sich die Hände und verließen ihre Wohnung.

Als die Brojakin am Fenster den beiden Männern nachsah, sickerten die Worte in ihren Verstand, die sie vorhin zwar gehört, aber nicht richtig beachtet hatte. »Sinured? Das Tier ist zurück?« Verblüfft ließ sie sich auf einen Stuhl sinken, eine neuerliche Hitzeflut rollte durch ihren Körper, sie musste sich an der Lehne festklammern, um nicht zur Seite zu sinken.

»Die Tür stand offen«, sagte eine angenehme Stimme vom Eingang her. Erschrocken fuhr die junge Frau herum und sah Mortva Nesreca auf der Schwelle stehen.

Er trug eine graue tarpolische Uniform ohne Rangabzeichen, die wie immer frisch gewaschen und gestärkt wirkte. Noch nie hatte sie den Konsultanten des Kabcar mit verknitterter oder unordentlicher Garderobe gesehen, wie ihr auffiel. Seine Hände steckten in weißen Handschuhen, die langen silbernen Haare lagen entlang des Rückgrats, als hätte man ihnen befohlen, dort zu verharren und sich keinen Fingerbreit zu bewegen. Das einfallende Licht der Sonnen schien ihm direkt in seine unterschiedlich gefärbten Augen und erzeugte einen Glanz, der den Mann wahnsinnig wirken ließ.

»Die Tür stand nicht offen«, stellte Norina richtig. »Hinaus!« Sie versuchte, so energisch wie möglich zu klingen, um ihre Überraschung zu verbergen. Doch es gelang ihr nicht wirklich. Eine böse, abstoßende Aura ging für sie von dem Konsultanten aus, die im Widerspruch zu seiner freundlichen, Vertrauen erweckenden Art stand, mit der er so viele am Hof um den Finger wickelte.

»Vielen Dank, ich nehme gerne Platz.« Nesreca zog die Tür hinter sich ins Schloss und setzte sich tatsächlich an den Tisch. Er sah auf die Gläser und das noch immer ungeöffnete Päckchen. »Ihr hattet bereits Besuch, wie ich annehme. Oder versucht Ihr Eurer Einsamkeit im Wahn zu entfliehen?« Gelangweilt entledigte er sich seiner Handschuhe und warf sie achtlos auf den Tisch. »Ein Verehrer?« Er nahm die Schachtel in die Hand und schüttelte sie versuchshalber. »Ihr habt demnach Eure Trauerphase trotz Schleier beendet?«

Norina beobachtete den Mann mit den silbernen Haaren bei seinem Tun und verstand es nicht.

»Ich war gerade in der Stadt, um einige Geschäfte zu erledigen, und ich dachte mir, ich schaue bei Euch vorbei«, erklärte er, als habe er ihre Gedanken gelesen. »Wie geht es Euch, wo Ihr nicht mehr im Palast seid, Euer Vater bei den Toten weilt und Euer Land vermutlich verbrannt ist? Ach ja, und Euer Geliebter Euch verstoßen hat, wenn man das so nennen kann.« Der Tonfall, in dem er sprach, klang nach süßester Konversation und Komplimenten, die Worte dagegen trafen wie Pfeile ins Gemüt der Brojakin.

Doch die Unterhaltung mit ihren beiden Freunden hatte sie so weit gestärkt, dass sie nicht gleich in Tränen ausbrach. Der alte Trotz, die Gefasstheit waren zurückgekehrt. Hinzu kam der tiefe Hass gegen den Mann, der ihren Geliebten so verändert und ihren Vater umgebracht hatte.

Wortlos lief sie zur Tür und öffnete sie. »Jetzt ist offen. Und Ihr werdet gefälligst verschwinden. Ich habe mit Euch nichts mehr zu tun.«

Ohne Regung blieb der Konsultant sitzen, die Augen musterten Norinas Statur aufmerksam. »Ihr habt ein wenig zugenommen, wenn ich mich nicht sehr irre. Kummerspeck?« Ruckartig nahm er seine Handschuhe und stand auf. Unwillkürlich wollte die Brojakin einen Schritt rückwärts machen, spürte aber die Wand im Rücken.

»Ich bin hier, um gegen meine Prinzipien zu verstoßen«, sagte er, als er vor der Trauernden angekommen war. »Ich machte Euch bei der Rückkehr Eures damaligen Geliebten ein Angebot, erinnert Ihr Euch? Ich habe Euch gefragt, was Ihr bereit wärt zu tun, um als rechtmäßige Gemahlin neben dem Kabcar zu sitzen.« Er kam noch näher, sodass sie seinen Atem spüren konnte. »Und ich habe Euch gesagt, dass Ihr eine sehr begehrenswerte Frau seid. Wenn Ihr beides zusammenfügt, wisst Ihr, was ich von Euch erwarte, wenn ich Euch helfen soll, zurück in den Palast zu kommen.« Er beugte sich vor und roch an ihrem Haar.

Norina war hin und her gerissen. Auf der einen Seite hätte sie dem Mann am liebsten einen Dolch in die Brust gestoßen, wenn sie einen zur Hand gehabt hätte. Auf der anderen Seite würde das angedeutete Angebot die Möglichkeit bieten, Aljascha loszuwerden und an ihrer Stelle auf Lodrik einzuwirken. Der Plan, danach den Konsultanten zu beseitigen, wäre sofort um Längen einfacher in die Tat umzusetzen.

Nesrecas Kopf wanderte an dem Schwarz ihrer Haare entlang, bis er am Hals angelangt war. Er hob den Schleier der jungen Frau. »Solche Augen sollten auf ein Königreich schauen, nicht voller Kummer sein.« Schmeichelnd legten sich die Worte um ihren Verstand. Seine rechte Hand berührte ihren Hals. »Ihr habt eine wunderschöne Haut, Norina.« Ganz nah spürte sie seinen Mund, der nur noch eine Tuchbreite von ihr entfernt war. Die Linke hatte der Konsultant auf ihren Bauch gelegt.

Als würde das Kind in ihrem Inneren rebellieren, trat es nach der Hand.

Nesrecas Augenbrauen wanderten in die Höhe, und Norinas Verstand arbeitete bei der Bewegung schlagartig wieder normal. Schnell wich sie zur Seite aus.

»Ich warte immer noch auf eine Antwort, Norina«, forderte er sie auf.

»Ich habe es damals gesagt, ich wiederhole es nun gerne«, antwortete sie hart. »Verschwindet!«

Der Konsultant legte den Kopf ein wenig zur Seite, als überlegte er. Mit einem schnellen Schritt stand er direkt vor ihr, riss ihr den Schleier vom Haar und schleuderte ihn zu Boden. Dann nahm er sie in die Arme und unterband damit gleichzeitig jede Möglichkeit zur Gegenwehr.

»Ich könnte mir auch nehmen, was Ihr mir nicht freiwillig geben wollt«, sagte er milde. Nach einem kräftigen Ruck an ihrem Kleid fühlte sie, dass er ihr den Stoff zerrissen hatte. »Niemand würde Euch helfen.« Er stieß sie von sich, sodass sie gegen den Tisch prallte und schmerzerfüllt zu Boden ging. »Ich habe Euch auch damals gesagt, dass ein erneutes Ablehnen nicht ratsam wäre.«

Bevor sie etwas tun konnte, setzte er einen Stiefelabsatz auf ihren Unterleib. »Habe ich da vorhin etwa Bewegung gespürt? Wächst da ein Balg in Euch, das dem Kabcar gehört?« Sie lag wie erstarrt auf dem Teppich und betete zu Ulldrael, dass der Gerechte das ungeborene Leben schützte. »Wenn Ihr mein Angebot nicht annehmen wollt, solltet Ihr Ulsar verlassen.« Er reduzierte langsam den Druck. »Ihr wisst, ich bin zu allem fähig. Diese Haut, die das Kind des Kabcar noch vor mir schützt, ist sehr dünn. Aber noch werde ich das Geheimnis für mich behalten.«

Als sei nichts geschehen, nahm er seinen Fuß weg und wollte sich die Handschuhe anziehen, als sich ein schwerer Schatten gegen ihn warf und ihn zu Boden riss.

Norina erkannte Waljakov, der den Konsultanten im

Würgegriff hielt und ihn erst auf mehrmaliges Zurufen von Stoiko, der in der Tür erschien, losließ.

Keuchend hielt sich Nesreca den malträtierten Hals, und zum ersten Mal sah man den Konsultanten überrascht, wütend und äußerst zornig. »Was«, zischte er den Leibwächter an, »erlaubt Ihr Euch? Seid Ihr wahnsinnig geworden, mich, den Ratgeber des Kabcar anzugreifen? Dafür könnte ich Euch hängen lassen.«

»Ihr habt sie verletzen wollen«, entgegnete der Hüne, der sich nur schwer unter Kontrolle halten konnte. »Ich wollte Euch eigentlich umbringen, aber Stoiko hat mir davon abgeraten.«

»Sie ist gestürzt, und ich wollte Ihr aufhelfen«, erklärte Nesreca. Die Brojakin erhob sich mit der Hilfe von Stoiko. Ihr Kleid war unangetastet, der Schleier saß fest in ihren Haaren, als habe das Erlebte vorhin niemals stattgefunden. »So war es doch?«

Norina sah nur unsicher zu ihren beiden Freunden.

Als sie auf seine Frage nicht antwortete, verließ der Konsultant wütend das Zimmer.

»Bedenkt unser Gespräch gut, Brojakin. Ich kehre in einer Wochen wieder«, rief er vom unteren Flur, bevor die Eingangstür laut zuschlug. Kurz darauf klapperte Hufschlag auf der Straße, die Kutsche des Ratgebers rollte davon.

»Wir haben seine Kutsche an unserer vorbeifahren sehen und dachten uns, es sei eine gute Idee, uns in Bereitschaft zu halten. Wir haben den Schluss Eurer Unterhaltung gehört«, begann der Vertraute. »Wir müssen unseren Plan ändern. Ihr und das Kind seid hier nicht mehr sicher.«

Waljakov reichte der jungen Frau etwas zu trinken, das sie zitternd hinunterstürzte. »Er hat mein Kleid zerrissen und den Schleier …« Sie stockte, und tastend erkundeten ihre Hände das intakte Rückenteil des Kleides. »Nein. Oder doch?«

»Ich weiß auch schon, was wir tun werden. Ihr werdet Euch weiter von Ulsar entfernen als vorgesehen.« Stoiko hielt ihr einen Brief hin. »Ein guter Freund von uns, Torben Rudgass, wird in einigen Wochen in Rundopâl vor Anker gehen, wie er uns geschrieben hat. Wir werden Euch ihm anvertrauen, damit er Euch ins sichere Rogogard bringt.«

Norina sah nicht sehr überzeugt aus. Eben noch war in ihr der feste Vorsatz entstanden, sich in Ulsar an den Umsturzversuchen ihrer Freude zu beteiligen, nun sollte sich das alles wieder ändern? »Aber ich werde Euch nur für die Geburt des Kindes verlassen. Wenn ich es dort in Sicherheit weiß, kehre ich zurück und unterstütze Euch.«

»Die Inselfestungen sind ein uneinnehmbarer Zufluchtsort. Ein Risiko einzugehen, indem wir Euch nicht den besten Schutz gewähren, ist zu gefährlich. Er würde das Kind gegen Euch einsetzen. Der silberhaarige Teufel hat mit einem Recht: Er ist zu allem fähig.« Der Vertraute fuhr sich durch die braunen Haare und schien zu überlegen. »Wir können Euch natürlich nicht davon abhalten, zurückzukommen. Aber bedenkt, was Euch Nesreca angedroht hat.«

»Mein Kind hat nach ihm getreten«, sagte sie leise und strich zärtlich über die Rundung ihres Bauchs. »Es konnte ihn nicht ausstehen.«

»Wen wundert das?«, meinte Waljakov, dem die Sorge um das Wohl der werdenden Mutter ins Gesicht geschrieben stand. »Ich werde Euch auf Eurer Reise begleiten. Ich bin der beste Schutz, den es in Tarpol gibt.«

»Und ich werde so lange für Ablenkung sorgen und Fallen ausheben, damit wir den Vetter schnell beseitigen«, schloss Stoiko. »Bis zum Tag der Abreise werdet Ihr Euch nur noch in der Öffentlichkeit bewegen, seid auf einer Festivität nach der anderen. Ich werde alles

Weitere in die Wege leiten. Offiziell werdet Ihr nach Granburg reisen, das glaubt man Euch am ehesten. Und wenn Nesreca tatsächlich etwas planen sollte, schickt er seine Häscher auf eine falsche Fährte.«

»Ich hätte ihn eben umbringen können«, murmelte der Leibwächter. »Dann hätten wir eine Sorge weniger.«

»Nein, nein, das wäre eine schlechte Eingebung gewesen«, wies der Vertraute ab. »Keiner hätte unseren Ausführungen geglaubt. So war es besser.« Er legte einen Arm um Norina, den anderen um seinen glatzköpfigen Freund. »Ein wenig Geduld. Unsere Gelegenheit kommt noch. Und zwar schon bald.«

In aller Seelenruhe entfernte Mortva zuerst die Schnur, dann das wertvolle Seidenpapier vom Geschenk, das er in der ganzen Aufregung unbemerkt aus der Wohnung gestohlen hatte. Eine Holzschachtel kam zu Tage, in der eine Reihe von Taschentüchern mit dem Monogram von Norina Miklanowo gelagert waren.

»Das nenne ich praktisch veranlagt«, sprach der Konsultant leise. »In der Zeit der Trauer Taschentücher verschenken.«

Im Deckel des Kistchens war die Adresse des Herstellers eingebrannt. Von ihm würde er erfahren, wer diese Aufmerksamkeit für die junge Frau geordert hatte. Der Mann mit dem Silberhaar schätzte, dass es seine beiden härtesten Gegenspieler gewesen waren, aber das ließ sich herausfinden.

»Ich werde dem Kabcar leider sagen müssen, dass sein einst so treuer Leibwächter seine Geliebte geschwängert hat.« Er legte den Zeigefinger ans Kinn und lehnte sich in die weichen Polster der Kutsche, die dem Palast entgegenrollte.

Kurz bevor das Gefährt in den Hof rollte, nahm er eines der Taschentücher heraus und packte das Geschenk wieder ein, wobei er darauf achtete, dass nichts darauf hindeutete, ein anderer könnte es geöffnet haben. Dann hielt er es scheinbar sinnlos in die Luft.

»Paktaï, würdest du bitte das Paket unbemerkt zurück in das Haus von Norina Miklanowo bringen?« Ohne Geräusch tauchte die unheimliche Frau aus einer schattigen Stelle des Kutscheninneren auf, nahm das Geschenk und war genauso schnell wieder im Dunkel verschwunden. »Braves Mädchen.«

Die Kutsche hielt an, und äußerst zufrieden stieg Mortva aus. Langsam ließ er den Blick über die Fassade des Palastes schweifen, die silbernen Haare bewegten sich sachte in einem leichten Luftzug. In wenigen Monaten würde hier der mächtigste Mann Ulldarts leben.

»Wie konnte das geschehen?«, fauchte die Kabcara den kleinwüchsigen Mann vor sich an, die Hände in die Seiten gestemmt, das Kinn emporgereckt, die grünen Augen sprühten vor Zorn. » Ich habe dir Unmengen von Waslec bezahlt, damit du mir gute Arbeit leistest. Und nun das!«

Der Cerêler Chos Jamosar senkte den Blick, seine Hände krampften sich um den Hut, den er vor Verlegenheit zerdrückte, und er wusste nicht, was er sagen sollte. »Vielleicht war es der Fluch Kalisstras, dass ich meine Fähigkeiten missbraucht habe? Wenn die Kalte Göttin nicht länger damit einverstanden war …«

Doch ein energischer Wink der Kabcara ließ den Hofheiler verstummen. »Sieh dir das an.« Aljascha fuhr sich mit beiden Händen die schmale Taille entlang, die durch das geschnürte, aufwändig bestickte Kleid in Beige betont wurde. »Was glaubst du, was damit in ein paar Monaten passieren wird?« Sie langte nach einem kleinen Fläschchen und warf es nach dem Cerêler. »Nimm deine Quacksalberei und verschwinde! Geh, bevor ich mir noch andere Sachen für dich ausdenke!«

Jamosar neigte seinen übergroßen Kopf und watschelte ungelenk aus dem Gemach der Kabcara. Unterwegs nahm er das kleine Gefäß auf, das ihn verfehlt hatte und auf den dicken Teppichen nicht zerbrochen war.

»Jamosar!«, rief ihn Aljascha mit etwas milderer Stimme zurück. Das Schlimmste fürchtend, wandte sich der Cerêler um. »Ich gebe dir die unverdiente Gelegenheit, die Ungnade, in die du bei mir gefallen bist, zu dämpfen. Kennst du einen Vertrauenswürdigen, der sich mit der Beseitigung solcher kleiner Missgeschicke auskennt? Es müsste eine verschwiegene, erfahrene und zuverlässige Person sein.«

»Ich kann mich umhören, hoheitliche Kabcara«, erwiderte der Kleinwüchsige etwas zögerlich. »Es sind Kräuterfrauen in der Stadt, denen nachgesagt wird, sie beherrschten diese Kunst, die Ihr wünscht. Ich werde die Beste für Euch heraussuchen, wenn Ihr es möchtet.«

»Es ist auch deine verdammte Pflicht, nachdem deine Nichtskönnerei das alles ausgelöst hat«, stellte sie schneidend fest. »Und nun verschwinde. Heute Nachmittag möchte ich eine gute Nachricht von dir erhalten, oder du wirst dein Haus und deine Anstellung am Hof los sein. Es gibt noch zwei andere Cerêler in der Stadt, die deinen Posten liebend gerne übernehmen würden.« Jamosar ging.

Seufzend positionierte sie sich vor dem großen Spiegel, begutachtete ihre Figur und schüttelte langsam den Kopf. Die Kabcara konnte es nicht fassen.

»Schwanger«, flüsterte sie, noch immer war sie entsetzt darüber, dass alle Anzeichen ihres Körpers darauf hindeuteten. »Schwanger von einem Idioten.« Sie raufte sich ein wenig die roten Locken und pumpte die Wangen auf.

»Ich werde auseinander gehen wie ein Hefekuchen. Meine Figur wird dahin sein, ich werde zum Gespött des Hofes und der Gesellschaft.« In ihrer Vorstellung sah sie sich bereits mit einem riesigen Bauch durch die Korridore laufen. »Plump wie ein Maikäfer, fett wie ein Schwein und grausam entstellt. Meine Schönheit wird verloren sein, wenn das Kind wächst.«

Daher war es für die Vasruca von Kostromo vollkommen logisch, dass die ungewollte Schwangerschaft beendet werden musste, bevor sie überhaupt richtig begann. Sie bedachte den Cerêler mit einem weiteren Fluch.

»Wozu habe ich diesem Pfuscher Waslec bezahlt, wenn er mir Unsinn andreht?«, ärgerte sie sich, die Augen blitzten böse auf. Schon hatte sie einen Kerzenleuchter in der Hand, den sie in die reflektierende Oberfläche, die in wenigen Monaten die Wahrheit verkünden würde, schleudern wollte. Doch sie besann sich.

»Ich werde es los, ohne dass es jemand bemerkt. Womöglich bekäme meine makellose Haut solche hässlichen Streifen.« Sie schüttelte sich.

Gerade jetzt käme ihr eine Minderung ihrer Anziehungskraft sehr ungelegen. Sie gedachte, ihren silberhaarigen Vetter in ihren Bann zu ziehen, wobei sie nicht genau wusste, ob ihr Verwandter sie nicht schon längst in den seinigen gezogen hatte.

Sie bemerkte jedes Mal eine gewisse, noch nie da gewesene innere Unruhe, wenn sie den Konsultanten sah, auch ihre ständigen Affären hatten fast schlagartig ein Ende gefunden, seit sie Mortva tief in die Augen geblickt hatte. Und daher war sie sich ziemlich sicher, dass für ihr Kind nur einer infrage kam. Der Kabcar.

Wenn es wirklich Liebe für den Konsultanten war, wollte sie es sich nicht eingestehen. Denn Liebe war nach der Definition der Kabcara nur etwas für Schwächlinge, die auf das Gefühl anderer angewiesen waren.

Und dennoch konnte sie sich des Verdachts nicht erwehren, dass sie sich mehr als üblich zu ihrem entfernten Vetter hingezogen fühlte. Sie wollte ihn für sich gewinnen, allein schon, weil er ein raffinierter Staatsmann war, der in Wirklichkeit ein Großteil der Geschicke des Landes führte oder zumindest ihren Gatten maßgeblich beeinflusste. Mit ihm zusammen, wenn er sich an das Abkommen hielt, würde sie Tarpol so einfach regieren, wie man einen zahmen Gaul lenkt.

Und wenn Tarpol wuchs und wuchs, war sie dem nicht abgeneigt. Mit Freude erinnerte sie sich an die Berichte, dass die befreundeten Truppen nach der Rückgliederung Worlacs auf breiter Front in die Baronien einrückten, um die Borasgotaner und deren Sympathisanten aus dem Land zu werfen.

Auch die Grenze zum Nachbarreich Borasgotan hatten die Soldaten, die ohne Banner in die Schlacht zogen, hinter sich gelassen und begannen, weite Teile im Westen zu besetzen.

Doch allmählich wurden die Streitkräfte knapp. Die unvorstellbare Zahl von zwanzigtausend Kriegern reichte nicht aus, um ein weiterhin zügiges Erobern zu garantieren. Sie verteilten sich gefährlich weit an der breiten Front, und die Kabcara fürchtete bereits, Arrulskhán würde bald mit einem Gegenschlag antworten.

Auch in Hustraban sah man die Gefahr auf sich zurollen. Die tarpolischen Geheimdienste berichteten von ersten Treffen der beiden Reiche, um eine gemeinsame Armee gegen den Vormarsch zu stellen.

Der Rest Ulldarts hielt sich noch zurück, nur Ilfaris hatte darauf gedrängt, für den heutigen Vormittag eine Diplomatenkonferenz einzuberufen.

Aljascha hatte den leisen Verdacht, dass das Königreich, das von dem verfressenen Perdór regiert wurde, mehr im Schilde führte. Bisher hatte die Schlemmereule sich niemals in den Vordergrund gedrängt. Aber Aljascha würde sich genauso überraschen lassen müssen wie der Großteil der Versammlung.

Es wurde Zeit, dass die Kabcara sich auf den Weg ins Audienzzimmer machte. Bevor sie ihre Gemächer verließ, schlug sie sich sanft auf den Bauch. »Elendes Balg. Du wirst mich nicht lange quälen.« Beinahe leidend besah sie sich im Spiegel. »Wenn ich auch nur ein Gramm zunehme, reiße ich dich mit meinen eigenen Händen aus meinem Leib.« Sie legte etwas von dem Parfüm auf, mit dem sie ihren Gemahl so verrückt machen konnte, dass er ihr an Ort und Stelle die Kleider herabreißen würde, wenn er dürfte. »Dieser Knabe macht mir doch tatsächlich ein Kind. So ein Idiot!«

Sie betrachtete ihr mürrisches Gesicht und zwang sich zu einem Lächeln. Nach wenigen Lidschlägen war ihr die Verwandlung zur liebreizenden, anmutigen, unterwürfigen Gattin gelungen. Die von ihr herbeigerufene Zofe kämmte ihre roten Locken noch einmal, danach begab sie sich zu den Botschaftern, Gesandten und Diplomaten.

Als sie eintrat, verneigten sich die Männer, die ihr Kommen bemerkt hatten, eiligst. Nicht, dass ein solches Verhalten ungewohnt war, immerhin lenkte sie ihre Baronie mit eiserner Hand. Aber die Ehrbezeugungen heute wirkten auf sie schneller als sonst.

Sicher schritt sie durch das Spalier und begab sich zu ihrem Gatten. Auf dem Weg zum Thron, neben dem Waljakov und Mortva standen, musterte sie den jungen Mann.

Seine Art, sich auf dem Herrschersitz zu halten, hatte sich verändert. Der Oberkörper war leicht zurückgelehnt, ein Bein angewinkelt, das andere nach vorne weggestellt, und die Arme ruhten entspannt auf den weichen Lehnen. Er strahlte eine gewisse Ruhe, Selbstsicherheit und Überlegenheit aus, die Uniform stand ihm perfekt. Das Gesicht mit dem kurzen blonden Bart verriet Aufmerksamkeit, die dunkelblauen, leuchtenden Augen besahen sich immer wieder Einzelne der Versammlung, als wollte er deren Gedanken lesen. Den harten Zug um seinen Mund nahm sie erst jetzt wahr. Je näher die Kabcara auf ihn zuschritt, desto fester glaubte sie, dass aus dem Jungen täglich mehr ein Mann wurde. Als er aufstand und ihre Hand nahm, um sie die letzten Meter zu geleiten, hätte sie sich beinahe verneigt.

»Es ist schön, dich zu sehen, verehrte Aljascha«, begrüßte er sie nach einem angedeuteten Kuss auf den Handrücken. »Ausnahmsweise sind wir heute nicht hier, weil *ich* eine Versammlung einberufen habe. Es könnte vielleicht daran liegen, dass ich endlich einmal nicht derjenige bin, der Grund zur Sorge hat.« Lodrik sagte die Worte zu seiner Gemahlin laut genug, dass es die Diplomaten mitbekamen. Er wandte sich um. »Wo ist der Botschafter von Ilfaris?«

»Holla, das bin ich!« Glöckchen klingelten lustig irgendwo im Hintergrund, eine Hand hob sich aus dem Meer der zahlreichen Perücken und Köpfe. Eine schlanke Gestalt in einer schillernden und blinkenden Uniform, wie sie Zirkusdirektoren gerne trugen, bahnte sich den Weg nach vorne. Selbst in die knallblaue Perücke waren kleine Schellen eingeflochten worden. In einer Hand trug die Figur einen Narrenstab.

Die Gesandten begannen untereinander zu tuscheln, »Unverschämtheit« und »bodenlose Frechheit« waren undeutlich zu vernehmen.

Inzwischen war der Mann vor dem Thron des Kabcar angekommen, verbeugte sich übertrieben tief und schnellte wie ein Stehaufmännchen in die Höhe. Lodrik fühlte sich dumpf an Fusuríl, den hustrabanischen Gesandten, erinnert und musste grinsen. »Ich bin Fiorell, hoheitlicher Kabcar, Lodrik Bardri¢, Herrscher von Tarpol, Held von Dujulev, Reformator und Gegenreformator in einer Person und Bezwinger der borasgotanischen Truppen an allen Fronten«, verkündete der Mann. »Mein Herr, seine Majestät Perdór der Pralinige, König von Ilfaris, Bezwinger unzähliger Leckereien und Schlemmereien, Torten, Kuchen und Konfekt, entbietet seinen ehrlichsten, aufrichtigsten Gruß.« Wieder verneigte er sich und verwandelte sich durch die Bewegung ein weiteres Mal in einen menschlichen Schellenbaum.

Der Kabcar hatte sein Grinsen nicht verloren, auch wenn man schon in der Begrüßung ein Affront sehen könnte. Aljaschas Gesicht war einfach zu deuten. Sie teilte die Meinung der Versammlung. »Aha. Ein Narr, wie ich vermute?«

»Wir hatten keinen passenden Diplomaten zur Hand, daher wurde ich geschickt«, erklärte Fiorell sein Erscheinen. »Ich habe mir sehr viel Mühe wegen meines Aussehens gegeben. Ein Narr sollte immer als solcher zu erkennen sein. Manch andere beherrschen die Täuschung perfekt.« Er klimperte mit den Wimpern. »Ihr seid damit natürlich nicht gemeint.«

Lodrik lachte laut auf. »Mann, Ihr seid köstlich. Endlich mal ein Botschafter, der absichtlich unterhaltsam ist. Doch nun zur Sache … Botschafter Fiorell.«

»Ich bevorzuge die Bezeichnung Ambassadeur.« Der Hofnarr wirbelte dabei das Stöckchen zwischen den Fingern umher, warf es in die Luft und fing es sicher wieder auf. »Das klingt edler.«

»Kommt zum Punkt, Ambassadeur«, drängte Aljascha säuerlich und legte ihre Hand auf die Lodriks. »Wenn Ihr uns nur mit Kunststückchen unterhalten wollt, dann haben wir unsere Zeit verschenkt.«

Mortva legte einen Zeigefinger ans Kinn. Er machte nicht den Fehler, die bunte und lustige Person zu unterschätzen. Wenn Ilfaris ihn schickte, hatte das seinen Grund. Der Mann war kein Dummkopf.

»Hoheitliche Kabcara, Vasruca von Kostromo, obwohl man das vorläufig noch ausklammern sollte, haha, aber schönste Frau Tarpols, würde ich den langen Weg auf mich nehmen, nur um meine Tricks vorzuführen?« Er schenkte ihr einen schmachtenden Blick. »Aber wenn Ihr schon von Kunststücken sprecht: Jemand hat ein solches vollbracht und kehrte vom tiefen, tiefen, tiefen Meeresgrund zurück.« Fiorell betonte alles, was er sagte, mit ausladenden, pantomimischen Gesten. »Derzeit prügelt er den Borasgotanern den Grips und alles andere aus dem Schädel.« Lodriks Augen verengten sich alarmiert. »Ich nehme an, es wissen nicht alle in diesem Raum, wen ich meine, oder?« Er zog die Schultern hoch und blickte in die Runde der Gesandten, die sich fragend ansahen. »Dachte ich's mir doch.«

»Redet deutlicher, Narr!«, verlangte Sarduijelec. »Gegen uns ziehen die ›Freunde‹ des Kabcar ins Feld. Oder was wollt Ihr mit Eurem Gefasel vom Meeresgrund andeuten?«

»Machen wir ein Rätsel daraus.« Fiorell rollte mit den Augäpfeln, breitete die Arme aus und plusterte sich auf, was schon allein wegen seines eher schmalen Körperbaus komisch wirkte. Sein Antlitz nahm schlagartig einen bösartigen Ausdruck an. Zuerst grollte er unverständlich und stapfte dann auf den Borasgotaner zu. »Ich opfere deinen Wanst Tzulan!«, brummte er mit Grabesstimme.

»Sinured«, entfuhr es Sarduijelec, der vor dem Hofnarr zurückgewichen war.

»Genau, Exzellenz! Ganz exzellent,« jauchzte Fiorell und klopfte ihm mit dem Stabende auf den Hintern. Die Überraschung des Botschafters war so groß, dass er nicht einmal protestierte. »Gut erraten! Und nun stellen wir uns alle die Frage, weshalb der eigentlich tote Kriegsfürst seinen Weg zurück nach Ulldart gefunden hat, wo doch der Jahreswechsel zum entscheidenden Datum 444 ansteht.« Sein Kopf ruckte zum Kabcar. »Vielleicht will der hoheitliche Kabcar etwas dazu sagen? Immerhin kämpft der Heimgekehrte ja auf seiner Seite.«

Lodrik reckte trotzig wie ein ertapptes Kind sein Kinn. »In der Tat. Sinured ist zurückgekehrt und hilft mir, mich von den borasgotanischen Angreifern zu befreien, die mein Land besetzt hielten und sich benahmen wie wilde Tiere.«

Nun herrschte heller Aufruhr im Saal. Wie eine Welle schwappten die Gesandten in Richtung Thron, jeder redete drauflos, die Stimmen wurden immer lauter, um den jeweils anderen zu übertönen. Heraus kam dabei ein Wirrwarr, in dem nicht ein einziges klares Wort zu verstehen war. Die Wachen positionierten sich vor den Herrschersitzen und bildeten mit den Hellebarden eine Barriere.

Waljakov gab ein paar knappe Befehle, die Hand lag am Säbelgriff, sein Gesicht war ausdruckslos.

Doch die Versammlung wollte sich nicht beruhigen, bis der Kabcar aufsprang.

»Ruhe!«, brüllte er in den Raum. Augenblicklich erstarb das Gezeter. »Zurück auf Eure Plätze, Gesandte! Benehmt Euch gefälligst, wie es sich vor dem Thron eines Kabcar gebührt. Oder Ihr macht Euch alle der Missachtung schuldig. Selbst der Narr war höflicher als Ihr.« Wie getretene Hunde wichen die Männer zurück. »Ich werde Euch erklären, weshalb Sinured für mich kämpft.«

»Wir sind alle gespannt, hoheitlicher Kabcar«, sagte Fiorell ernst, dem das Lustige nicht mehr anzumerken war. »Immerhin steht das Schicksal des Kontinents auf dem Spiel, wenn Euer Verbündeter sich entscheiden sollte, mit seinen Männern auf eigene Faust gegen die anderen Reiche zu ziehen. Die Truppen stammen aus Tzulandrien, nehme ich an?«

Lodrik sah ihn erstaunt an und wollte etwas entgegnen.

»Ja, das stimmt«, schaltete sich der Konsultant ein und trat etwas nach vorne. »Es besteht aber keinerlei Grund zur Aufregung. Ulldart ist nicht in Gefahr. Nur die Feinde Tarpols sind es.«

»Der Reihe nach«, bremste ihn der Kabcar. »Ihr alle

wart damals dabei, als ich um Hilfe bat, während Borasgotan in mein Land einfiel. Und Arrulskhán nahm sich die Baronien. Nicht einer von Euch hat etwas dagegen unternommen.«

»Wir protestierten«, widersprach der Abgesandte aus Rundopâl unsicher.

»Selbstverständlich haben einige protestiert«, höhnte Lodrik. »Aber hat es die borasgotanischen Soldaten davon abgehalten, sich Warst für Warst einzuverleiben? Hat es die Soldaten davon abgehalten, meine Untertanen zu quälen, Dörfer zu plündern oder Frauen zu schänden?« Er kam die Stufen herab, passierte die Wachen und stellte sich mitten in die Versammlung. Mortva und Waljakov folgten ihm auf dem Fuß. »Ich habe Taralea, Ulldrael und alle Götter um Beistand gebeten. Und offensichtlich wurde mein Flehen erhört. Es traf mich mit einiger Überraschung, als ich sah, wen die Götter mir sandten. Aber in dieser Lage hätte ich in Dujulev selbst Tzulan meine Seele verschrieben, wenn er mich von den Borasgotanern befreit hätte.« Er ballte die Fäuste. »Keiner, niemand von Euch kennt die Schrecken des Krieges. Ich, als Jüngster in diesem Saal, habe mehr gesehen und erlebt als Ihr alle zusammen. Ich kenne Verzweiflung, Schmerzen und tausendfachen Tod. Und ich wollte nur, dass meine Untertanen dies nicht mehr erdulden müssen.« Er herrschte Stille nach diesen Worten, die Lodrik aus tiefstem Herzen vorgetragen hatte. Eine Träne rann ihm die Wange hinab. »Nichts habt Ihr getan. Gar nichts.« Der Kabcar schloss einen Moment die Augen, um seine Gefühle wieder in den Griff zu bekommen. Sein Hass auf die damalige Untätigkeit der anderen flammte erneut auf.

»Und dann«, begann er nach einer Weile, »versucht mich dieser Wahnsinnige aus Borasgotan umzubringen. Ich habe durch den Giftanschlag einen meiner besten Freunde verloren und um ein Haar meinen Vetter. Und wieder kam nichts von Euch außer schönen Worten.« Lodriks Gefühle überrollten ihn. Er zog das Exekutionsschwert und setzte die Spitze an den Halsansatz des erschrockenen Sarduijelec. »Zum Abschied verbrennen mir Eure Soldaten die Stadt Worlac. Dreiundzwanzigtausend Männer, Frauen und Kinder starben in den Flammen.« Eine weitere Träne tropfte auf die Uniform. »Und da wundert Ihr Euch, wenn meine Untertanen nach Blut verlangen? Da wundert Ihr Euch, wenn ich nun in der Sprache Arrulskháns rede?« Der dicke Borasgotaner versuchte nach hinten auszuweichen, aber der Kabcar setzte nach. »Erinnert Ihr Euch an mein Versprechen, das ich Euch gab, Sarduijelec?«, fragte Lodrik leise. »Ich sagte, wenn nur ein einziges tarpolisches Dorf brennt, besuche ich Euren Herrscher und füttere ihn mit Euren Eingeweiden.« Die Waffe zielte nun auf den Bauch des Diplomaten. »Erinnert Ihr Euch?«

»Hoheitlicher Kabcar«, jammerte der Borasgotaner und fiel Hände ringend auf die Knie, »ich kann doch nichts dafür, dass ...«

»Dreiundzwanzigtausend Tarpoler konnten auch nichts dafür«, schrie ihn Lodrik wütend an. »Die dreihundert Brojaken konnten nichts dafür. Die Dörfer konnten nichts dafür ...«

»Hoher Herr«, wisperte es beruhigend in sein Ohr. Die Hand des Konsultanten legte sich sanft auf die Schulter des Kabcar. Der junge Mann atmete tief durch, dann ließ er die Waffe sinken. Sarduijelec sank in sich zusammen und bedankte sich mit schmatzendem Küssen auf Lodriks Schuhe für die gezeigte Gnade.

»Wir haben verstanden, dass nur die Rettung Eurer Untertanen und die Verzweiflung Euer Antrieb war, hoheitlicher Kabcar«, erhob Fiorell seine Stimme in das Schweigen. »Und im Grunde tragen wir einen Teil der Verantwortung dafür, was bisher geschehen ist. Nun lasst uns aber nicht im Unklaren darüber, was passiert, wenn das Jahr 444 anbricht. Wenn die Götter Euch Sinured gesandt haben, müssen die Götter doch etwas dazu gesagt haben, oder? Wann wird er wieder gehen?«

Langsam und mit zitternden Armen verstaute Lodrik die auffällige Waffe in der Scheide. »Die Götter haben dazu nichts gesagt. Aber ich kann ihn kontrollieren, wie ich möchte.«

Ungläubig starrte ihn der Hofnarr an. »Ihr und Sinured kontrollieren? Mit Verlaub, hoheitlicher Kabcar, es bedurfte bei seinem letzten Auftritt eines gewaltigen Heeres und göttlicher Hilfe, um ihn wieder loszuwerden. Und wenn ich mich richtig an die Berichte erinnere, ist das einzig große Heer im Moment das des Kriegsfürsten. Zwanzigtausend Mann aus Tzulandrien.« Laute der Überraschung waren von den anderen Diplomaten zu hören. Keiner hatte die Zahl gekannt. »Und unsere wachsamen Augen meldeten bereits neue Segel am Horizont, die die Farben Tzulandriens tragen.«

Der junge Herrscher Tarpols blickte kurz zu seinem Konsultanten, der etwas zögerlich nickte.

»Ich bin von den Göttern gesegnet worden«, eröffnete er und zupfte sich die Handschuhe von den Fingern. »Mir wurde etwas geschenkt, was keiner von Euch jemals zuvor erblickte.« Nach ein wenig Konzentration ließ er der wilden Magie in sich geordneten Lauf. »Seht und begreift.«

Eine kleine leuchtende, silberne Kugel entstand zwischen seinen Händen. Gemächlich schwebte sie über seinen Kopf und blieb stehen, dünne Blitze zuckten zwischen den Fingern und dem schimmernden Gebilde hin und her. Dem inneren Gefühl folgend, vollführte der Kabcar einige Gesten. Flimmernd blieben die merkwürdigen Zeichen als Silberglanz ein paar Lidschläge sichtbar in der Luft. Als Lodrik die Arme sinken ließ, entstand zunächst ein sanfter Wind, der angenehm kühlend durch den Raum strich.

»Das war alles?« Fusuríl, der wie alle anderen im Raum etwas zurückgewichen war, blinzelte. »Gewiss, es hatte einen …«

Dann, ohne Vorwarnung, folgte ein ohrenbetäubendes Brüllen. Ausgehend vom Kabcar, jagte eine immense Druckwelle kreisförmig nach allen Seiten gleichzeitig weg und fegte alles zu Boden, was nicht irgendwie gesichert stand.

Wie die Puppen schlug es die Diplomaten auf den glänzenden Marmor, Möbel wurden an die Wand gerückt, lose Dekoration und schwere Vorhänge flogen durch die Gegend, selbst Teile der Kronleuchter rissen und stürzten herab.

Als sei nichts geschehen, standen Lodrik und sein Vetter als Einzige aufrecht im Audienzsaal. Die leuchtende Kugel war verschwunden.

»Ihr habt heimlich geübt, Hoher Herr«, rügte ihn Mortva scherzhaft. »Ihr beherrscht die größeren Sachen schon recht gut, wie ich sehe.«

Die ersten Gesandten stemmten sich umständlich in die Höhe, manche hatten kleinere Blessuren, aber niemand war ernsthaft durch umherfliegende Stücke verletzt worden.

Glück hatte die Kabcara gehabt, die, weil sie auf dem Thron saß, nur ordentlich in die Polster gedrückt worden war. Doch ihre Kleidung und die Frisur sahen aus, als sei sie bei Sturm im Freien gewesen. Die Versuche, Haar und Stoff zu richten, fruchteten kaum.

»Das, werte Exzellenzen, war eine kleine Demonstration meiner Magie, die ich von den Göttern in Granburg erhielt«, erläuterte der junge Mann ruhig und zog sich die Handschuhe über. »Seit vielen Jahrhunderten war diese Macht unbekannt auf Ulldart. Da ich darüber verfüge, bin ich in der Lage, Sinured zu kontrollieren. Gehorcht er mir nicht, werde ich ihn vernichten. Und Sinured weiß das.«

»Man kann Euch getrost als eine umwerfende Persönlichkeit bezeichnen, hoheitlicher Kabcar«, sagte Fiorell, während er an den Polstern seiner leicht ramponierten Uniform herumschob. Die Perücke hing völlig schief auf dem Kopf. »Äußerst beeindruckend.«

»Sagt das nächste Mal vorher Bescheid«, grummelte Waljakov, der seinen alten Platz wieder eingenommen hatte.

»Bei allem Respekt und auch wenn ich mehr als überrascht von Eurem göttlichen Geschenk bin«, meldete sich der Gesandte Agarsiens zu Wort. »Damit könnt Ihr, hoheitlicher Kabcar, den Kriegsfürsten vielleicht töten. Aber was ist, wenn Ihr es Euch anders überlegt? Oder er es sich anders überlegt?«

»Ausnahmsweise stimme ich mit der Meinung Agarsiens überein«, unterstützte ihn der Botschafter Palestans. »Wir verlangen Sicherheiten. Euer Wort in allen Ehren, hoheitlicher Kabcar, aber es muss so etwas wie ein Vertrag her, in dem Ihr Euch binden müsst, die anderen Reiche bei Eurem berechtigten Vergeltungsfeldzug in Ruhe zu lassen.«

»Ich protestiere energisch«, fiel ihm Fusuríl in seine Rede. »Auch wir, das Volk von Hustraban, möchten in einen solchen Vertrag eingebunden sein. Das Stellen von Geiseln wäre doch ein hervorragender Gedanke.« Die anderen murrten ihre Zustimmung.

»Seht Ihr, Hoher Herr«, raunte Mortva Lodrik zu. »Schon sind sie sich wieder alle einig, wenn es gegen Tarpol geht. Es wird bestimmt noch schöner, darauf wette ich.«

»Sicherheiten und Geiseln sind vielleicht gar kein so schlechter Gedanke«, meinte auch der Hofnarr. »Man könnte es eher symbolisch sehen.«

»Und wer sollte das sein? Brojaken und Adlige habe ich keine mehr«, sagte der Kabcar eisig. »Ihr braucht keine Sicherheiten. So lange ich lebe, wird die Dunkle

Zeit nicht anbrechen, egal ob Sinured hier ist oder nicht. Das sagt die Prophezeiung.«

»Geiseln wären aber besser. Ihr habt eine Gemahlin«, sagte der Palestaner. »Sie wird an einen sicheren, neutralen Ort in ... Ilfaris gebracht. Dort lässt es sich gut leben. Sie wird dort so lange bleiben, wie Sinured auf Ulldart ist.«

Aljaschas Mund klappte auf.

»Und wenn etwas passieren sollte, was dem Vertrag zuwider läuft?«, erkundigte sich Lodrik, obwohl er in Gedanken diesen Vorstoß lange abgelehnt hatte. Er wollte hören, was verlangt wurde.

»Nun, Ihr müsstet Euch von Eurer Gemahlin trennen«, redete der Gesandte aus Agarsien weiter. »Solche Geiseln werden üblicherweise bei Vertragsbruch getötet.«

»Was?«, kreischte die Kabcara und rauschte heran. »Ihr seid wohl nicht bei Trost? Nur weil ihr Wichte am Wort eines Herrschers zweifelt, was allein schon eine Beleidigung ohne Beispiel ist, soll ich herhalten?« Sie hakte sich bei Lodrik unter.

»Was Ihr da eben vorgeschlagen habt, war in der Tat ungehörig«, gab der junge Mann seiner Cousine Recht. Vor ein paar Monaten noch hätte er einem solchen Vorschlag freudestrahlend zugestimmt und dann einen Krieg begonnen, nur um Aljascha absichtlich loszuwerden. Doch die verführerische Frau an seiner Seite war nicht mehr das furchtbare Weib, das er einst gehasst hatte. Er wollte sie schon lange nicht mehr missen.

»Hoher Herr, seht Ihr nicht, was gerade geschieht?«, wisperte sein Konsultant. »Eben heuchelten sie Verständnis, nun verbünden sie sich wieder gegen Tarpol. Im Grunde haben sie nur Angst davor, dass es wieder so mächtig wird, wie es vor dem Krieg war. Sagt Ihnen, was Ihr beabsichtigt, und achtet auf die Reaktion.«

»Ich möchte Euch von meinen neuen Plänen in Kenntnis setzen«, sagte Lodrik laut. Er war gespannt darauf, wie die Versammlung reagieren würde. Behielt sein Vetter mit seiner Vermutung Recht, musste er sich etwas gegen die Reiche ausdenken. Aber noch teilte er die Auffassung Mortvas nicht vollständig. »Die Baronien haben uns signalisiert, dass sie bereit sind, ihre Gebiete nach der Befreiung von Borasgotan zu einer einzigen Großbaronie zu vereinigen. Mit Ucholowo wird noch verhandelt, aber die Unterhändler sind sehr zuversichtlich. Regiert wird dieses neue Gebilde von der Kabcara.« Aljascha strahlte ihren Gatten an und schmiegte sich an ihn. »Des weiteren werde ich die Idee Borasgotans aufgreifen und mir vorbehalten, einen Sicherheitsgürtel einzurichten. Er beträgt jeweils die westliche Hälfte der Reiche Hustraban und Borasgotan. Die von meinen Vertrauensleuten verwalteten Bereiche werden vollständig entmilitarisiert, die Einheimischen werden bleiben, und alle Ernteerträge und sonstigen Einnahmen, wie Minen- und Salinenabbau, fließen an Tarpol. Das betrachte ich als Entschädigung für die Verluste, die durch den Überfall entstanden sind. Ein Teil der Gelder wird an die Tarpoler ausgezahlt, damit sie sich etwas Neues aufbauen können.«

»Sollten die Erträge nicht ausreichen, den entstandenen Schaden abzudecken, wird der Gürtel entsprechend vergrößert werden«, ergänzte Mortva freundlichst. »Er ist in erster Linie als Schutz gedacht, um weitere Überfälle zu verhindern.«

»Und natürlich, um eine Lehre zu erteilen«, giftete die Kabcara.

Fusuríl und Sarduijelec brachen gleichzeitig in schallendes Gelächter aus. »Und wie lange soll dieser Gürtel bestehen bleiben?«, erkundigte sich der hustrabanische Gesandte, mühsam unterdrückte er die Heiterkeit. »Einen Monat? Ein Jahr?«

Lodrik fühlte sich vom Lachen der beiden Männer

provoziert. Einem Staatsoberhaupt auf diese Weise zu begegnen, war eine Respektlosigkeit ersten Ranges. »Ich mag jung sein, aber ich bin der Kabcar von Tarpol«, sagte er mit eiskalter Stimme. »Benehmt Euch. Ich werde die Schäden in meinem Land berechnen lassen. Wenn die Einnahmen aus der Sicherheitszone einen Ausgleich erreicht haben, werde ich die Truppen abziehen. Einen Zeitpunkt kann ich nicht nennen. Ihr wolltet, wenn ich Euch erinnern darf, mein Land sogar vollständig besetzen. Und Tûris gleich mit. Doch das scheint von den meisten hier völlig verdrängt worden zu sein. Daher verstehe ich meine Vorgehensweise als durchaus gnädig.« Er geleitete Aljascha zurück zum Thron und nahm dann ebenfalls Platz.

»Hoheitlicher Kabcar«, gluckste der Borasgotaner, »wir lehnen Eure Pläne vollkommen ab.«

»Dann werde ich mir so viel Land erobern, wie nötig ist. Ihr bekamt Eure Gelegenheit«, sagte Lodrik ruhig. »Und Hustrabans Entscheidung?«

Alle Augen richteten sich auf den langen Fusuríl. »Unter diesen Umständen werde ich dem Vorschlag des Kabcar, wohlgemerkt unter Protest, folgen.«

»Verräter«, keifte Sarduijelec empört. Er reckte den Zeigefinger gegen Lodrik. »Wir werden uns gegen die Invasoren zur Wehr setzen. Ganz Ulldart wird sich gegen Tarpol wenden, wenn Ihr den weiteren Vormarsch nicht beendet.«

»Ulldart hat sich damals nicht gerührt, als es gegen mich ging«, entgegnete der junge Mann und nahm eine bequeme Haltung auf dem großen Herrschersitz ein. »Warum sollte es nun einen wirklich Wahnsinnigen unterstützen, dessen Taten geächtet wurden?«

»Mit Verlaub, die Dinge liegen nun ein wenig anders«, schaltete sich der Agarsiener ein. »Es geht hier nicht mehr um den Tausendjährigen Friedensvertrag. Sinured ist zurück, die Tzulani wissen das mit Sicherheit schon. Man hört Berichte über einen Aufstand der K'Tar Tur in Tersion, die die Gewalt an sich reißen wollten. Die Bestien in allen Reichen sind unerwartet lebendig geworden. Dieses Relikt aus vergangenen Zeiten verbreitet Unruhe auf dem Kontinent. Und bevor er die Dunkle Zeit verbreitet, muss etwas geschehen. Selbst wenn Ihr ihn mit Eurer Magie beherrscht, bedenkt: Ein einziger erfolgreicher Attentäter, der Euch beseitigt, und ganz Ulldart ist dem Untergang geweiht.« Die anderen Botschafter zeigten durch Kopfnicken ihre Zustimmung. »Ihr habt mehr Verantwortung, als nur Kabcar von Tarpol zu sein.«

Der junge Mann schaute voller Verachtung über die Versammlung. »Ich benötige ihn und seine Männer aber, um mein Reich zu schützen«, widersprach Lodrik beschwörend. »Begreift das und nehmt es hin: Sinured bleibt. Es wird keine Geiseln oder andere Bedingungen geben. Ihr habt dafür mein Wort.«

Fiorell trat vor. »Hoheitlicher Kabcar, ich schlage Euch vor, dass wir, die Botschafter, uns zurückziehen und über die neue Situation beraten. Gebt uns zwei Stunden Zeit, danach berichten wir Euch von unserem Ergebnis und wie wir die Lage zur Zufriedenheit aller entspannen können.«

»Eure Worte beweisen, dass Ihr kein echter Narr seid, Ambassadeur.« Der junge Herrscher lächelte den Spaßmacher an. »Meine grundsätzliche Haltung kennt Ihr alle. Geht und besprecht Euch. Ihr wisst, wo Ihr mich finden könnt.«

Als die leise disputierende Versammlung von der Dienerschaft in einen benachbarten Raum geleitet worden war, betrat Stoiko den Audienzsaal. Deutlich erkannte man dem Vertrauten an, dass er in großer Eile unterwegs gewesen war. Leicht schnaufend verneigte er sich vor dem Kabcar.

»Verzeiht mir, Herr, ich habe noch eine wichtige Angelegenheit regeln müssen«, entschuldigte er sich. »Ich denke aber, Ihr hattet Ratgeber zur Seite.«

»Die hatte der Kabcar in der Tat«, sagte Aljascha herablassend. »Und zwar Bessere als je zuvor.«

Ein lächelnder Mortva, dem nicht anzumerken war, was sich vor wenigen Tagen zwischen Stoiko, Waljakov und ihm ereignet hatte, erstattete eine kurze Zusammenfassung von der Besprechung mit den Botschaftern.

Von den exakten Plänen des Schutzgürtels hörte der Vertraute heute zum ersten Mal. Leicht zuckte der Leibwächter mit den breiten Schultern als Zeichen, dass auch er von den Ausmaßen des Vorhabens nichts geahnt hatte.

»Dann ist die Verhaltensweise der Gesandten fast nachvollziehbar. Zumal sie mit den Bedenken Recht haben«, sagte Stoiko nach einer Weile und strich sich den Schnurrbart glatt. »Ich habe Euch ebenfalls auf die Gefährlichkeit Sinureds hingewiesen, Herr. Und Ihr konntet mir damals schon keine Lösung dafür präsentieren.«

»Dann such du mir eine«, entgegnete sein Schützling beleidigt. »Muss ich mich vor denen rechtfertigen, die zugesehen haben? Sie sollen froh sein, dass ich Sinured nicht gegen sie hetze, wenn die Angelegenheiten im Norden zu meiner Zufriedenheit gelöst sind.«

»Und ich muss Euch fragen, Gijuschka«, sagte Mortva mit nachdenklicher Miene, »auf welcher Seite Ihr steht? Ihr galtet einst als Vertrauter und Mentor des Kabcar, aber die Äußerungen eben lassen mich, ehrlich gesagt, an Eurer Loyalität zweifeln.«

»Meine Loyalität gegenüber dem Kabcar ist grenzenlos und steht über meinem eigenen Wohl.« Stoiko blieb ruhig und erwiderte gleichmütig den Blick seines Gegenspielers. Er wusste, dass ein Gefühlsausbruch nichts half. Er musste genauso berechnend sein wie sein Gegenspieler. »Ihr, Nesreca, seid ein verantwortungsloser Kriegstreiber, der keinen Funken Sinn für die Brisanz der Lage hat«, erwiderte er und trat an Lodrik heran. »Dass er skrupellos ist, haben wir schon öfter an seinen Vorschlägen gesehen. Dieser Schutzgürtel, Herr, darf nicht von Euch verlangt werden. Lasst Arrulskhán zahlen, aber zieht Eure Truppen aus Borasgotan zurück. Und dann jagt Sinured zu Tzulan, samt seinen Männern, bevor es zu spät ist. Befehlt es ihm, solange er Euch noch gehorcht.«

Der Konsultant schüttelte mitleidig den Kopf. »Ihr seid ein Zauderer, Gijuschka. Der Kabcar beherrscht das Tier. Niemand auf dem Kontinent ist mit der Gabe der Magie gesegnet worden, und wenn das kein Zeichen von Wertschätzung seitens der Götter ist?«

»Welcher Götter?«, fragte Stoiko heftig. »Alle Götter sollen ein wenig mitgewirkt haben oder nur Ulldrael? Oder am Ende war es Tzulan selbst, der dem Kabcar seine Kräfte gab, weil er eine Teufelei mit ihm plant, die Ulldart in den Abgrund stoßen soll?« Er setzte sich auf die Stufen, die zum Thron führten. Er hatte nicht bemerkt, wie Lodrik bei seinem letzten Satz zusammengezuckt war. »Ich verstehe vieles nicht, was sich ereignet. Mal passt alles zusammen, dann ergibt es keinen Sinn mehr. Und dann gehen mir die verschiedenen Auslegungen der Prophezeiungen von diesem Mönch Matuc durch den Kopf.« Als erinnerte er sich eben erst, kramte er in den Taschen seines Rocks und faltete ein Blatt mit einer eilig gefertigten Skizze auseinander. »Nachdem Ihr mir sagtet, Ihr hättet Sinured den Auftrag gegeben, die ehemaligen Besitzungen zurückzuerobern, habe ich nachgeforscht.« Wortlos reichte er dem jungen Mann das Papier.

Gespannt nahm es Lodrik und warf einen Blick darauf.

»Ich bin in den Aufzeichnungen so lange zurückgegangen, wie es mir möglich war«, erläuterte der Vertraute.

»Uns gehörte einst ein Drittel von Ulldart?«, rutschte es dem Herrscher heraus. Die Augen seiner Gemahlin bekamen einen verzückten Ausdruck, Mortva wirkte dagegen kein bisschen überrascht.

»Da hättet Ihr nicht lange suchen müssen«, kommentierte er. »Das hätte ich Euch dank meines Studiums auch sagen können. Die Universität in Berfor ist hervorragend ausgestattet.« Er nahm Lodrik das Blatt sanft aus der Hand. »Oh, da habt Ihr aber fehlerhaftes Material erwischt, Gijuschka. Gehen wir in der Zeit auf das Jahr 173 vor Sinured zurück, war Tarpol noch größer als hier. Dank der strategischen Genialität von Kabcar Iljor dem Dritten besaß das Kaiserreich Tarpol beinahe die Hälfte.«

Ein fröhliches Lachen kam aus Aljaschas Mund. »Wie klug Ihr seid, Vetter.«

»Es wundert mich nicht, dass Ihr das wusstet, Nesreca. Ich hoffe sehr, Herr, dass Ihr Eure Anweisung an den Kriegsfürsten revidieren könnt«, meinte Stoiko. »Im Moment sieht es fast danach aus, als richte er sich nach der Order.«

»Und im Moment werde ich ihn auch nicht zurückpfeifen.« Der Kabcar lehnte sich nach vorne und stützte die Ellenbogen auf die Knie, um seinem Vertrauten in die Augen zu sehen. »Die Rache für die Toten meines Volkes hat Vorrang.«

Der Vertraute spürte beim Anblick des kalten Blaus, das wie ein eisiges Meer um die schwarzen Pupillen des jungen Mannes lag, dass er mit seinen Appellen und Argumentationen nichts erwirken würde. Sein Schützling würde auf dieser Schutzzone bestehen, weil er eine starke Macht auf seiner Seite wusste, die ihm diente.

»Sinured abzuziehen ist auch aus einem weiteren Grund nicht ratsam«, bemerkte der Vetter. »Ich habe die Nachricht, dass Arrulskhán Freiwillige rekrutiert, die sich uns entgegenstellen und uns zurückwerfen sollen, um eine Gegenoffensive zu starten. Zeigen wir nun

Schwäche, steht Borasgotan morgen wieder mitten in Tarpol. Es muss reiner Tisch gemacht werden. Um die Eroberungen schneller voranzutreiben, habe ich Pläne zur Herstellung neuer Waffen erstellt. Es wird die Kriegführung revolutionieren und uns dem Gegner haushoch überlegen machen.« Mortva verschränkte die Arme auf dem Rücken. »Ich prophezeie Euch, Hoher Herr, die Diplomaten werden sich in diesem Augenblick gegen Tarpol verschwören, weil sie Eure edlen Absichten nicht verstehen. Es sind Kleingeister.« Er nickte Stoiko zu. »Wie Ihr, Gijuschka.«

»Das reicht, Mortva«, rügte ihn Lodrik. »Es gibt keinen Grund für Eure harten Worte. Stoiko hat immer zu mir gehalten.« Der junge Mann fand, dass sich sein Mentor wirklich zu sehr auf die Seite derer stellte, die in ihm fälschlicherweise den Bösen sahen anstatt in Arrulskhán. Und das verstand er beim besten Willen nicht. Daher entschied er, dass es am besten sei, wenn Stoiko nicht mehr in alles eingeweiht werden sollte. »Über die neuen Waffen sprechen wir später. Ich bin zu gespannt auf die Beratungen der Botschafter.«

Als hätten sie den Satz des Herrschers vernommen, wurde die Rückkehr der Versammlung von den Dienern angekündigt.

»Das ging viel zu schnell«, bemerkte Mortva beim Eintreten der Männer. Er versuchte, in ihren Gesichtern zu lesen, auf was sie sich geeinigt hatten. Erkennbar schlecht gelaunt wirkte der Gesandte von Tûris.

Auch Fiorell machte nicht den glücklichsten Eindruck. Der ilfaritische Hofnarr machte einen Kratzfuß und schwenkte ein beschriebenes Blatt. »Da wären wir wieder, hoheitlicher Kabcar. Und wir haben folgende Vorschläge zu unterbreiten. Erstens: Ihr zieht Eure Truppen zurück, wir unterstützen im Gegenzug, dass Borasgotan, Hustraban und Serusien Strafgelder an Tarpol bezahlen, um für die Kriegsschäden aufzukommen. Zweitens:

Ihr sollt Sinured mitsamt seinen Truppen sofort und unverzüglich des Landes verweisen, notfalls mit Zwang und unter Einsatz Eurer Magie, die Euch zu diesem Zweck von den Göttern gegeben wurde, wie Ihr selbst sagtet. Drittens: Bis der letzte Tzulandrier und Sinured den Kontinent Ulldart verlassen haben, sollen tarpolische Geiseln in Ilfaris gehalten werden. Gleichermaßen haben Borasgotan, Hustraban und Serusien die selben Sicherheiten zu stellen, bis das Geld gezahlt wurde. Sollte das Territorium der Baronien oder Tarpol durch eines der drei Reiche angegriffen werden, sterben die Geiseln, die sich aus Familienmitgliedern der Königshäuser zusammensetzen. Die Regierung der Kabcara über die neu zu formierende Großbaronie wird anerkannt.« Fiorell senkte den Schrieb. »Hoheitlicher Kabcar, ich appelliere an Euch, diese Vorschläge anzuerkennen. Sie sind annehmbar.«

Stoiko stellte sich zur Rechten seines Schützlings. »Herr, das klingt sehr gut. Wenn wir die Summe der Entschädigungen selbst festlegen können, sind die Schäden und die Verluste auszugleichen. Tarpol hat unter Borasgotan gelitten, gewiss, aber der ganze Kontinent könnte leiden, wenn Sinured bis 444 nicht verschwunden ist. Bitte, Herr, denkt an die große Verantwortung für alle Menschen.«

Mortva beugte sich auf der anderen Seite zu Lodrik hinab. »Hoher Herr, glaubt Ihr im Ernst, dass Arrulskhán sich an einen Vertrag hält? Er wird sich in seinem Palast auf die Schenkel klopfen, Geiseln stellen und sich keinen Deut um sie scheren. Und nach einem Jahr werden seine Soldaten mordend, plündernd und brandschatzend durch Tarpol ziehen, ohne dass ein anderes Reich den Finger krümmt. Denkt an Worlac. Denkt an die Soldaten in Dujulev. Sollen deren Tode etwa umsonst gewesen sein?«

In Lodriks Ohren wurde die eindringliche Stimme seines Vetters immer leiser und leiser, gedanklich kehrte er zur Schlacht in der Ebene zurück. Er schaute über die Toten, die ihn anklagend mit gebrochenen Augen ansahen; er glaubte, die brennende Provinzhauptstadt vor sich zu sehen und den Qualm riechen zu können; er hörte das triumphierende Geschrei der borasgotanischen Truppen, als sie hundert wehrlose Menschen geköpft hatten. Innerlich zogen die Gesichter, die hohlen Entschuldigungsphrasen und fadenscheinigen Ausreden der Diplomaten von damals vorüber. Er fasste einen Entschluss.

Schwer hämmerte die Faust auf die Lehne seines Throns. »Verehrte Exzellenzen Botschafter. Ihr glaubt doch nicht allen Ernstes, dass ich die Zukunft meines Reiches einem Abkommen mit einem Wahnsinnigen anvertraue, für den das Stück Papier allenfalls zum Abwischen des Hinterns gut ist. Ich wurde einmal von den Mächtigen Ulldarts im Stich gelassen, ich habe meine Lehre daraus gezogen.« Er stand auf. »Ich werde diese Schutzgürtel einrichten, und ich werde das mit der Hilfe von Sinured tun, der verlässlicher ist als die meisten hier drinnen. Euer Vertragsabkommen kann ich nicht annehmen, weil ich an der Umsetzung berechtigte Zweifel hege. Aber ich garantiere denen, die nichts mit dem Krieg gegen Tarpol zu tun hatten, sie unbehelligt zu lassen. Und Ihr alle solltet zu Ulldrael beten, dass mir nichts zustößt, denn dann wäre das Tier befreit und losgelassen.« Der junge Mann deutete zur Tür. »Die Audienz ist beendet. Ich danke dem ilfaritischen Botschafter für seinen Einsatz.«

»Da einige der Versammlung eine ähnliche Antwort erwartet haben, beschloss eine große Mehrheit, dass in einem solchen Fall der Ablehnung Maßnahmen zum Schutz des Kontinents ergriffen werden sollen«, begann Tafur höflich, aber bestimmt. »Ich möchte darauf hinweisen, dass das Königreich Aldoreel, das immer freundschaftliche Beziehungen zu Tarpol pflegte und auch nicht materielle Hilfe verweigerte, als Borasgotan angriff, nichts Böses gegen den hoheitlichen Kabcar im Schilde führt. Doch die Sicherheit der eigenen Bevölkerung ist wichtig.«

Lodrik senkte seinen ausgestreckten Arm ungläubig. »Ich hatte die Audienz soeben beendet, Botschafter.«

»Dennoch solltet Ihr noch einen Moment zuhören«, bat Fiorell freundlich. »Wir möchten nicht, dass Ihr unsere Entscheidung falsch versteht. Sie ist nicht gegen Euch gerichtet.«

Tafur entrollte ein eigenes Pergamentstück. »Da Sinured das Tier sich nun nicht vor Beginn des Jahres 444 aus Ulldart zurückzieht, hat ein Großteil der Reiche, mit Ausnahme von Borasgotan und Tûris, beschlossen, für das Schlimmste gerüstet zu sein. Vertreter Kensustrias waren leider nicht anwesend, eine entsprechende Anhörung soll, ohne Rücksicht auf den im Süden herrschenden Krieg, noch folgen.«

»Kommt bitte zur Sache«, drängte der Konsultant freundlich. »Der hoheitliche Kabcar hat nicht den ganzen Tag Zeit. Schließlich muss dafür gesorgt werden, dass Gerechtigkeit herrscht.«

»Sicherlich«, bestätigte Tafur. »Ilfaris, Rogogard und Rundopâl stellen jeweils zweitausend Mann, die übrigen sechs Reiche rekrutieren je zehntausend Mann Bewaffnete aus der Bevölkerung, ihren Garnisonen und Scharmützelkommandos. Sie alle werden unter einem gemeinsamen Kommando als ein zweites ›Geeintes Heer‹ immer an diese Grenzen ziehen, an denen Sinured und seine Männer zu finden sind. Das ist kein Akt der Drohung, sondern der Vorbeugung, um eine unerwartete Eroberung im Fall des plötzlichen Todes des Kabcars oder anderen unvorhergesehenen Ereignissen unmöglich zu machen.«

»Nicht schlecht«, lobte der junge Herrscher. »Das sind

dann sechsundsechzigtausend Krieger, die an meinen Landesgrenzen stehen. Wenn Ihr Euch die Verpflegung eines solchen Heeres ein Jahr lang oder mehr leisten könnt, dann tut es.«

Der Gesandte des Königreiches Tûris drängelte seine Amtskollegen zur Seite und kam aufgeregt nach vorne. Dass der Beschluss ohne seine Zustimmung gefallen war, war offensichtlich.

»Hoheitlicher Kabcar, Ihr sollt wissen, dass Tûris unter keinen Umständen an einem solchen Unternehmen teilnehmen wird. Wenn eine Streitmacht von diesen Ausmaßen aufgestellt ist, kann leicht Schindluder getrieben werden, sollte die Disziplin der Truppen verloren gehen. Tûris hält das neue Geeinte Heer für eine schlechte Eingebung und unterstützt die Vorgehensweise Tarpols aus ganzem Herzen. Denn auch wir wurden von Borasgotan bedroht. Ohne den Kabcar und seine Unterstützung wären wir das nächste Opfer Arrulskháns und der Untätigkeit der Übrigen geworden.« Demonstrativ stellte sich der Mann an den Fuß des Throns. »Das Volk von Tûris bewundert Euch, hoheitlicher Kabcar, sagt Euch Dank, Anerkennung und Treue zu, wenn Ihr sie benötigen solltet.«

Fiorell breitete beschwichtigend die Arme aus. »Aber, aber. Wir bereiten uns doch nicht auf einen Krieg untereinander vor, sondern wollen nur für den Fall gerüstet sein, dass das Böse losschlägt, aus welchen Gründen auch immer. Ich denke, der Kabcar hat dafür Verständnis.«

Lodrik unterdrückte seine schlechte Laune und neigte stattdessen huldvoll den Kopf. »Ich würde wahrscheinlich ähnlich handeln. Seid aber gewarnt. Wenn Eure Truppen Sinured ohne Grund angreifen, um vielleicht vorab eine Gefährdung ausschalten zu wollen, die meiner Meinung nach nicht existiert, kann ich für die Folgen nicht geradestehen. Nun ist die Audienz aber wirklich beendet.«

Die Gesandten verbeugten sich und verließen zum zweiten Mal für heute den Saal.

Die Kabcara erhielt eine geflüsterte Nachricht von einem Diener und verabschiedete sich wegen »dringender Erledigungen«. Stoiko wurde von Lodrik zusammen mit Waljakov in die Bibliothek geschickt, um nach weiterem Material zu suchen, das Aufschluss über die Größe Tarpols in der Vergangenheit gewährte. Die Fadenscheinigkeit des unnötigen Auftrags war so offensichtlich, dass der junge Mann bei seiner Anweisung selbst sogar etwas rot wurde. Dennoch hatte er das dringende Bedürfnis, mit seinem Vetter sofort und unbelauscht über die Geschehnisse zu sprechen.

Der Konsultant wartete darauf, dass sein Magielehrling, der wie ein Häufchen Elend auf dem Thron saß, den Anfang machte.

»Ihr hattet Recht, Mortva.« Seufzend sackte Lodrik ein Stückchen in sich zusammen. »Sie verbünden sich gegen mich. Gegen mich, weil ich mein Land schützen will. Welche Ungerechtigkeit!«

»Ich weiß, Hoher Herr«, sagte der Mann mit den silbernen Haaren fast gütig. »Wenn Ihr mich fragt, ist das eine Ausrede, um in aller Ruhe eine immense Streitmacht vor Euren Augen zusammenzustellen, die losschlagen wird, sobald alle versammelt sind.«

»Warum sollten sie das tun?«, widersprach der Herrscher kraftlos. »Ich habe ihnen nichts getan.«

»O doch«, entgegnete Mortva und hob den Zeigefinger. »Ihr habt Sinured zurückgeholt, Ihr habt dem Abkommen nicht zustimmen wollen, Ihr beherrscht eine neue Form der Magie, und Ihr habt eine riesige Armee auf Eurer Seite. Das alles macht Euch zu einem in ihren Augen gefährlichen Mann.« Er warf die Haare zurück und blickte sinnierend in die Ferne. »Wahrscheinlich werden sie erst Ruhe geben, wenn sie Euch und Sinured in ihre Gewalt bekommen haben. Dass sie von Euch vorhin nicht verlangten, dass Ihr Euch selbst einsperrt, war alles.«

Beunruhigt hob Lodrik den Blick und sah seinen Vetter an. »Ihr meint, sie werden einmarschieren? Um mich besser unter Kontrolle zu bekommen?«

»Ich weiß es nicht«, gab der Konsultant zu. »Aber unwahrscheinlich ist es keineswegs. Wir sollten uns auf alles vorbereiten. Wer kümmert sich um Tausendjährige Friedensverträge, wenn sich alle einig sind?«

Lodrik überlegte. »Was sind das für Waffen, von denen Ihr spracht?«

»Oh, es sind Neuheiten. Eigentlich sind es antike Waffen, die man vor langer, langer Zeit benutzte. Aber das Wissen über sie ging verloren. Glücklicherweise entdeckte ich alte Aufzeichnung in ... Berfor, die ich mir aneignete. Es sind Fernwaffen von großer Reichweite und neuer Wirkung, leicht zu transportieren und schnell beweglich. Ich kann es schlecht erklären. Gebt mir die Erlaubnis, sie im Geheimen anfertigen zu lassen. Wenn wir sie besitzen, gleichen wir die zahlenmäßige Überlegenheit des Geeinten Heeres mit Leichtigkeit aus.« Mortva legte eine Hand auf die Schulter des jungen Mannes. »Keine Angst. Ich und Sinured werden Euch nicht im Stich lassen.«

»Ihr habt meine Erlaubnis, Euch um alles zu kümmern, was notwendig ist, um diese Waffen herzustellen«, gab ihm Lodrik die Vollmacht. »Obwohl ich nicht denke, dass sie es tatsächlich schaffen, sechsundsechzigtausend Soldaten aufzustellen. Wer sollte sie führen?«

»Sicher ist sicher«, meinte der Konsultant. »Es bringt uns keinen Schaden, wenn wir uns verteidigen können.«

Der Herrscher stemmte sich aus dem Thron. »Nein, Schaden wird es nicht sein. Zumal wir die Waffen im Notfall selbst gegen Sinured einsetzen können. Ich traue dem Kriegsfürsten auch nicht unbedingt über den Weg. Es wäre doch ein Leichtes, dass er irgendwelche Männer auf mich ansetzt, um die Dunkle Zeit einzuläuten. Mit Sicherheit hat er bereits an so etwas gedacht.«

»Ein Leibwächter ist zu wenig«, bestätigte Mortva den Gedankengang seines Schützlings.

»Dann soll Waljakov mir die besten und vertrauenswürdigsten Wachen heraussuchen«, beschloss Lodrik spontan. »Ein Dutzend, das Tag und Nacht um mich herum ist. Am Besten, ich sage ihm gleich selbst Bescheid.«

Der Kabcar drehte sich in Richtung Ausgang, als sein Blick an etwas Weißem hängen blieb, das seitlich neben dem Herrschersessel lag. »Nanu?« Er bückte sich und hob seinen Fund vorsichtig auf. »Ein Spitzentaschentuch. Mit Monogramm. ›N.M.‹«

»Was könnte das heißen?«, fragte Mortva überrascht.

»Norina Miklanowo«, murmelte Lodrik leise und roch an dem Stoff. »Aber wie kommt es hierher?«

»Wenn ich mich richtig erinnere, stand dort Waljakov.« Der Konsultant legte die Arme auf den Rücken. »Aber wie sollte er in den Besitz eines Taschentuchs der Brojakin gekommen sein?«

»Vielleicht hat er es gefunden«, mutmaßte Lodrik. »Aber warum sollte er ein Taschentuch von ihr aufbewahren?«

»Früher gab die Dame ihrem … Favoriten etwas, womit er sich an sie erinnern konnte«, sagte Mortva wie beiläufig. »Aber ein Talisman scheidet in diesem Fall wohl aus, nicht wahr? Schließlich hat sie die ganze Zeit nur Euch geliebt. Auch wenn man sich Gegenteiliges erzählte. Aber was gibt man schon auf Geschwätz anderer Leute, Hoher Herr?«

Der junge Kabcar presste den Stoff in seiner Faust zusammen. Zwar hatte ihn Norina verlassen, und es konnte ihm egal sein, was sie trieb. Aber der Gedanke daran, dass sie ihn hier vor aller Augen mit seinem Leibwächter betrogen hatte, so absurd es klang, ließ ihn nicht los. Die Verbindungen schienen immer noch zu bestehen.

Die Eifersucht schoss in ihm hoch, und er verfluchte sich dafür, nicht viel früher aufmerksam geworden zu sein. Doch die Magiestunden hatten zu viel Vorbereitungszeit in Anspruch genommen.

»Mortva, lasst Waljakov beschatten«, befahl er hart. »Ich will wissen, ob er sie besucht. Und was es mit den Taschentüchern auf sich hat. Findet es heraus. Wenn sich herausstellt, dass die beiden mich betrogen haben, dann gnade ihnen Ulldrael der Gerechte.«

»Natürlich, Hoher Herr«, sagte sein Konsultant, sein Gesicht drückte Bedauern aus. »Wenn es wirklich wahr wäre, dann handelt es sich um einen unvorstellbaren Vertrauensbruch. Dass der Mann, dem Ihr die ganze Zeit über den Rücken zukehren konntet, Euch nun doch auf diese Weise den Dolch in die Schulter rammte, das verletzt tief, nicht wahr?«

»Veranlasst das Nötige«, wiederholte der Kabcar düster. »Ich werde mir die Berichte über den letzten Vormarsch ansehen.«

»Wenn das Wetter hält, haben wir in wenigen Tagen den letzten Borasgotaner aus der Baronie geworfen«, gab sein Vetter Auskunft, während er zur Tür ging. »Dann könnten wir mit dem Errichten des Schutzgürtels in Hustraban beginnen. Auch in Borasgotan laufen die Unternehmungen nach Plan.«

»Sehr gut«, sagte Lodrik grimmig. »Sie sollen ihre Taten nicht vergessen. Und im Übrigen halte ich es unter diesen Umständen für besser, wenn Ihr die Männer meiner Leibwache aussucht, Mortva. Ich vertraue Euch.«

»Und bin des Vertrauens würdig, Hoher Herr«, verabschiedete er sich.

Der junge Mann betrachtete das zerknitterte Taschentuch. Er hatte niemanden mehr, auf den er sich verlassen konnte. Nur Mortva und seine Cousine hielten zu ihm. Wenn ihm vor einem halben Jahr jemand diese Wendung prophezeit hätte, er hätte ihn ausgelacht. Nun schien das Unmöglichste wahr geworden zu sein. Der Kreis um ihn wurde lichter, und nun zeigten sich die wahren Freunde.

»Ach, Ulldrael, deine Prüfung ist sehr schwer«, seufzte er und schritt zur Tür. Es wurde Zeit, dass er seine magischen Fertigkeiten weiter schulte. Irgendwie beschlich ihn eine Ahnung, dass er sie bald benötigen würde. Und es gab noch so viel zu experimentieren.

Drei Truhen mit Kleidern standen in Norinas Ankleidezimmer und warteten darauf, von den starken Helfern nach unten getragen zu werden.

Die werdende Mutter stemmte die Arme in die Seiten und lehnte sich ein wenig nach hinten, um das Kreuz zu entlasten. Es wurde höchste Zeit, dass sie aus der Hauptstadt verschwand, denn die weite Kleidung war nicht mehr in der Lage, ihre Schwangerschaft sicher zu verbergen.

Norina hatte in aller Ruhe die schönsten Stücke ausgesucht, die sie mit nach Rogogard nehmen wollte. Offiziell, so verbreitete sie auf allen Empfängen, Bällen, Diners und Essen, die sie besuchte, kehrte sie nach Granburg zurück, um nach dem Land und den Menschen zu sehen.

Das Schicksal der schönen Brojakin, deren Gesicht kaum hinter dem schwarzen Schleier zu erkennen war, rührte die Herzen der Ulsarer Reichen, und so wurden der jungen Frau etliche Geschenke gemacht, die sie annahm, aber umgehend in Waslec umtauschte, um sie an die Armen der Stadt zu verteilen. Schon bald war sie als Wohltäterin bekannt.

Heute war der Tag der Abreise. Die Reisekutsche stand bereit, mit der sie vor aller Augen aus der Stadt in Richtung Granburg rollen wollte. Ein paar Warst hinter den Mauern wartete ein zweites Gefährt, in das sie umsteigen würde. Eine Doppelgängerin würde ihren Platz einnehmen und weiter in Richtung der Provinz reisen. Für Norina und Waljakov, der sich trotz aller Schwierigkeiten seine Mission nicht ausreden lassen wollte, ging es dann in Richtung Norden, wo der Rogogarder Torben Rudgass mit seiner Kriegskogge eine sichere Überfahrt versprach.

Als würde Ulsar um sie weinen, hatte sich ein schwarzes Wolkenband an den Himmel geschoben und verdunkelte die Sterne. In weiter Ferne kündigte Wetterleuchten ein Gewitter an.

Dass die Stunde der Abreise nicht länger hinausgezögert werden sollte, sagte der jungen Brojakin auch ein anderes Gefühl. Immer häufiger vermeinte sie, verfolgt oder zumindest beobachtet zu werden. Es trieben sich Gestalten um ihr Haus herum, die ihr merkwürdig bekannt vorkamen und nicht zu den üblichen Bettlern gehörten, die sich ab und zu sehen ließen. Anscheinend zog der Konsultant sein Netz enger um sie, je näher der letzte Tag des Ultimatums rückte, als wollte er sicher gehen, dass sie wirklich verschwand.

Sie klingelte nach der Bediensteten und ließ das Wohnzimmer fürs Abendessen richten, da sie Stoiko, Waljakov und einen unbekannten Besucher erwartete. Der einst beste Vertraute des Kabcar hatte ein großes Geheimnis um den Gast gemacht, der zu einer letzten gemeinsamen Besprechung stoßen sollte.

Pünktlich trafen die beiden Männer ein, zusammen mit einer stark geschminkten Frau, die anscheinend nichts anderes konnte, als albern zu kichern, und ansonsten kein Wort sagte.

Nachdem alle Speisen aufgetragen worden waren, hielt es die Brojakin nicht mehr länger aus, die Neugier war zu groß.

»Ich vermute, Ihr seid eine gute Freundin der beiden?«, fragte sie sich, nachdem sie der Unbekannten den Teller belegt hatte. Unsicher huschte ihr Blick zwischen den beiden grinsenden Männern hin und her. »Seid Ihr gekommen, um mir eine gute Reise zu wünschen?«

Mit Erstaunen schaute sie zu, wie die Dame ihren Teller nahm und ihn auf dem Daumen balancierte, um ihn mit der anderen Hand in Rotation zu versetzen.

»So kann man es auch sagen, Brojakin Miklanowo«, erwiderte die »Frau« nun mit einer sehr männlichen Stimme. »Mein Name ist Fiorell, ich bin der Botschafter von Ilfaris und hier, um Informationen mit Euch auszutauschen.« Der Hofnarr klimperte mit den dicken Wimpern und platzierte den Teller wieder vor sich auf dem Tisch. »Bin ich nicht ein Prachtweib?«

Um ein Haar hätte Norina die Gabel fallen lassen. »Ich … Ihr … Ja, durchaus«, stotterte sie überrascht. »Aber warum die Maskerade?«

»Es ist nicht gut, wenn bekannt wird, dass ich zu Euch Kontakt aufgenommen habe. Nennt mich Hulalia, sollten Bedienstete hereinkommen«, feixte der verkleidete Mann. »Ich finde den Namen so schön außergewöhnlich.«

»Und weshalb hat Ilfaris Interesse, sich mit uns zu unterhalten?«, fragte die Brojakin vorsichtig weiter. Sie hatte keine Vorstellung, was der Gast über ihr Vorhaben wusste und was nicht.

Stoiko sprang ein. »Die liebreizende Hulalia wurde von mir mit aller Diskretion gefragt, was denn ihr Königreich alles über das veränderte Tarpol in Erfahrung gebracht hat«, sagte er. »Ilfaris ist bekannt dafür, das größte Wissen über Verborgenes zu haben. Ich musste nicht lange reden, denn es hat sich schnell gezeigt, dass auch dort eine gewisse Sorge herrscht.«

»Tatsache ist, dass in Berfor nichts über diesen angeblichen Vetter des Kabcar namens Mortva Nesreca zu finden ist«, erklärte Fiorell. »Es gibt keinen einzigen Hinweis auf seine Vergangenheit, niemand in Berfor hat ihn jemals gesehen, weder an der Universität noch in der Stadt selbst. Und eine solch auffällige Erscheinung, wie der neue Ratgeber eine ist, kann man nicht übersehen. Bleibt die bange Frage: Wer ist er dann, und warum tut er das alles? Zwar hat er Tarpol aus einer schwierigen Lage befreit, aber der Kurs, den das Land weiterhin nimmt, erfüllt meinen Herrn mit Unruhe. Sein Pralinenkonsum ist fast auf das Doppelte gestiegen.«

»Nicht nur das«, ergänzte der einstige Vertraute. »Waljakov und ich haben im Palast mit der Hilfe von ein paar wenigen Dienern Nachforschungen betrieben …«

»Wir haben geschnüffelt«, brummte der Leibwächter, »wie die Diebe.«

»Ja, von mir aus«, winkte Stoiko ab. »In den Gemächern dieses Nesrecas wird nie aufgeräumt, er lässt niemanden hinein. Als es einem der Bediensteten gelang, heimlich einzudringen, entdeckte er nichts.«

»Was soll das heißen, nichts?«, stutzte Norina, die mit steigender Faszination den Berichten gelauscht hatte.

»Nesreca verfügt über kein einziges Kleidungsstück und hat keinen persönlichen Besitz«, erläuterte er. »Aber woher nimmt er die tadellosen Uniformen und anderen Gewänder, die perfekt und faltenfrei an ihm sitzen? Zu jeder Gelegenheit trägt er das Passende, ohne es im Schrank zu haben.«

»Sehr mysteriös«, murmelte Fiorell und kratzte sich unter seiner Perücke. »Hat er eine zweite Wohnung in der Stadt? Und selbst dann reichte die Zeit nicht aus, sich umzuziehen.«

»Wir vermuten stark, dass er Magie beherrscht«, sagte Stoiko. »Schließlich unterrichtet er Lodrik darin, und wie man vor kurzem gesehen hat, mit verblüffendem Erfolg. Vielleicht wechselt er seine Garderobe auf magischem Weg. Das erklärt aber nicht, wie er unsere Anschläge überlebt hat.«

»Anschläge?« Die Brojakin fuhr aufgeregt von ihrem

Sitz hoch. »Wurde Lodrik dabei in Gefahr gebracht? Was waren das für Mordversuche?«

»Und warum wurde davon nichts bekannt?«, sagte der Hofnarr sinnierend.

Waljakov zuckte mit den Achseln. »Wir haben ein wenig von dem Gift, das bei dem Koch gefunden wurde, abgezweigt und es dem Silberschopf ins Essen getan.« Der Leibwächter betrachtete seine mechanische Hand. »Nichts.«

»Aber die Ratten, denen wir hinterher von der Substanz verabreichten, starben praktisch auf der Stelle«, warf der ehemalige Mentor des Kabcar ein. »Nesreca war also immun gegen das Gift, was seine Version von dem Brojakenmahl ad absurdum führt. Als ein von uns bezahlter Kutscher ihn mit seinem Gefährt überrollen sollte, wichen die Pferde plötzlich zur Seite aus, während er in aller Ruhe die Straße überquerte. Und wir haben eine gespannte Wolfsfalle über seiner Tür angebracht. Ich habe keine einzige Schramme an ihm gesehen.«

»Etwas beschützt ihn«, vermutete Norina leise. »Es kann aber nur etwas Böses sein.«

»Die Rüstung, die sein Streiter Echòmer trug«, steuerte Waljakov bei, »gleicht bis ins Detail der Darstellung, wie man sie in alten Büchern über die Legende der Erschaffung der Welt liest. Es hat einige Zeit gebraucht, bis es mir eingefallen ist. Die Zweiten Götter trugen solche Metallpanzer, wenn sie sich den Menschen zeigten.«

»Ich möchte niemanden beunruhigen, aber den Namen ›Echòmer‹ kann man zu ›Hemeròc‹ umformen«, meinte Fiorell. »Wie lustig. So hieß doch einer der Zweiten Götter, oder?«

Als ein Blitz aus dem wolkenverhangenen Himmel zuckte und sich das Sommergewitter entlud, fuhr das Quartett zusammen.

Fast augenblicklich setzte prasselnder Regen ein, der

gegen die Scheiben trommelte, als wollte er unbedingt zu den vier Verschwörern dazugehören. Weitere Energiestrahlen krachten in schneller Reihenfolge herab.

»Sinured kehrt zurück; ein rätselhafter Mann, der Lodrik in Magie unterrichtet, taucht auf; seine ›Studienfreunde‹ tragen Rüstungen und Namen wie die Zweiten Götter«, murmelte Stoiko. »Das Jahr 444 rückt näher und näher, ein ›Geeintes Heer‹ zieht sich zusammen, während der Kabcar sich falsch verstanden fühlt. Das ist eine Entwicklung, die schnell zu einem Unglück führen kann.«

»Und mit den richtigen Kommentaren und Einflüsterungen schafft es der Silberschopf, den Jungen dorthin zu manövrieren, wohin er möchte.« Die Hand des Leibwächters schloss sich um den Griff des Säbels. »Ich werde ihn töten. An irgendetwas muss auch er sterben. Alles andere dauert zu lange. Intrigen führen zu nichts, er ist uns in allem einen Schritt voraus.«

»Deshalb habe ich Ilfaris um Unterstützung gebeten.« Stoiko wies auf den Hofnarr. »Hulalia soll uns helfen, Beweise zu erbringen, die so schlagend sind, dass sich selbst der blinde Lodrik nicht länger gegen die Zweifelhaftigkeit seines Vetters wehren kann. Wenn uns das gelingt, kommt der Junge wieder zur Vernunft und wird zu dem Kabcar, der er ursprünglich werden wollte.«

»Immerhin sind wir bereits jetzt schon in der Lage nachzuweisen, dass Nesreca nicht verwandt ist«, begann der Ilfarit. »Auch zur Vergiftung der Großbauern wird sich einiges finden lassen. Und Worlac, so hat es den Anschein, wurde von Sinured in Schutt und Asche gelegt, nicht von den Borasgotanern.« Er balancierte das Messer mit der Spitze auf seinem kleinen Finger aus und sammelte die anderen Schneidewerkzeuge ein, bis auf allen fünf Fingern Teile des Essbestecks ruhten. Fiorell grinste, als er die fassungslosen Gesichter der Frau und der Männer sah. »Es ist eine Art Berufsleiden. Ich kann einfach nicht anders.« Mit einer kurzen schwungvollen Bewegung schleuderte er die fünf Gegenstände in die Luft und begann, mit den Messern zu jonglieren. »Gut, nicht wahr?«

»Was?« Waljakov packte den Hofnarren am Kleid und zerstörte dessen Konzentration. Klingelnd fielen die Messer zu Boden, eine der Klingen bohrte sich durch das Kleid. Geistesgegenwärtig spreizte der Narr die Beine, und das Messer traf nur die Sitzfläche anstatt edlere Teile.

»Ihr wollt mich wohl wirklich zu Hulalia machen, was?«, unterstellte er dem Leibwächter, der seinen Griff nicht gelockert hatte. »Bevorzugt Ihr die maskulinen Frauen? Zutrauen würde ich es Euch.«

»Wer hat Worlac verbrannt?«, wiederholte der Krieger fordernd.

Fiorell tippte auf die Hand des Hünen. »Wärt Ihr wohl so freundlich, mich loszulassen? Das Kleid war sündhaft teuer. Wenn Ihr mir den Saum zerrissen habt oder den Stoff geknittert, wird Hulalia sehr, sehr böse.« Er formte mit den geschminkten Lippen einen Schmollmund. »Und dann gibt sie Euch einen dicken Schmatzer auf die Glatze. Na, Bursche?« Widerwillig ließ Waljakov den Spaßmacher los.

Übertrieben sorgfältig richtete Fiorell seine Garderobe. »Wir haben nach dem Angriff einen Augenzeugen, eigentlich den letzten Augenzeugen ausfindig machen können. Es ist ein Soldat der Zitadellenmannschaft gewesen, der wie durch ein Wunder überlebt hat. Und er schilderte sehr eindringlich, was in dieser Nacht geschah. Alle Menschen wurden Tzulan geopfert. Das war der eigentliche Zweck der Belagerung, nicht die Befreiung der Stadt.«

»Unglaublich«, meinte Stoiko leise, erschüttert von der Nachricht. »Warum habt Ihr das nicht vorhin der Versammlung vorgebracht?«

»Mit welchem Ergebnis?«, hielt Fiorell dagegen. »Ich konnte den Zeugen nicht mitbringen, von daher wäre es eine unbestätigte Behauptung, die Nesreca vermutlich als Kriegslist der Borasgotaner hingestellt hätte. Und unserem armen Zeugen wird er ohnehin vorwerfen, feige gewesen zu sein.«

»Es zeigt, dass sich Sinured nicht an seinen Schwur hält«, meinte der einstige Vertraute. »Er hatte niemals vor, sich an das Treuegelöbnis zu halten. Waljakov, du hast gesagt, Sinured musste schwören, das tarpolische Volk zu schützen?« Der Leibwächter nickte. »Wenn wir das beweisen könnten ...«

»... würde ich an Nesrecas Stelle sagen, dass es zum Zeitpunkt der Eroberung eine eigenständige Baronie gewesen sei und nicht zu Tarpol gehörte«, schaltete sich Fiorell ein. »Ich denke, dass der Mann um Spitzfindigkeiten niemals verlegen sein wird.« Umständlich hob er die Messer vom Boden auf, seine künstlichen Brüste baumelten herab und erschwerten seine Tätigkeit. »Das zeigt aber, dass die Aufstellung des Geeinten Heeres eine gute und mehr als notwendige Maßnahme ist. Unseren Beobachtungen nach werden in den kommenden Wochen zehn weitere Schiffe aus Tzulandrien den Repol hinauffahren und geschätzte zehntausend Soldaten an Land setzen. Und was uns noch zu Ohren kam: Die Armee ist dabei, von ihrem Heerführer namens Osbin Leod Varèsz auf Disziplin gedrillt zu werden. Aus dem mehr oder weniger geordneten Riesenhaufen werden kleinere Einheiten abgespalten.«

»Ulldrael der Gerechte stehe uns bei.« Norina schüttelte den Kopf. »Dass sich das alles in nur so kurzer Zeit ereignet, hätte ich niemals für möglich gehalten. Dennoch dürfen wir nicht aufgeben. Wir müssen Tarpol vor dem Schlimmsten bewahren.«

»Was ist, wenn der Mönch von damals doch Recht mit seiner Auslegung der Prophezeiung hatte?«, fragte Waljakov in die Runde. »Wenn der Kabcar sterben müsste, um die Dunkle Zeit zu verhindern?«

»Wir wissen nicht mit Bestimmtheit, dass sein Tod alles Unheil abwenden wird«, widersprach die Brojakin dem indirekt gemachten Vorschlag des Hünen. »Wir sollten zunächst versuchen, Nesreca und seine Machenschaften, Lügen und Intrigen mit der Hilfe von Ilfaris zu entlarven, danach ihn zu töten, wenn das nichts bringen sollte. Am liebsten würde ich gar nicht von hier weg, um Euch allen weiter beistehen zu können.«

»Ihr habt Euch selbst Euer Stichwort gegeben«, hakte Stoiko ein. »Ihr müsst Euch auf den Weg machen, ungeachtet des schlechten Wetters, wenn Ihr Rundopâl und Rudgass rechtzeitig erreichen wollt.«

»Sie könnte aber in Ulsar von unschätzbarem Nutzen sein. Sie kennt die mächtigen und einflussreichen Menschen hier«, meinte Fiorell, den dieser Plan verwunderte. »Und was wollt Ihr ausgerechnet jetzt in Rundopâl?«

»Er meinte natürlich Granburg«, beeilte sich Norina zu sagen. »Ich will nach meinen Landpächtern sehen. Ihr Schicksal liegt mir sehr am Herzen.«

Der Hofnarr zwinkerte ihr zu. »Ich glaube Euch die Sorge. Aber nicht Euer Reiseziel. Rudgass war der Mensch, mit dessen Hilfe der erste Attentäter zur Strecke gebracht wurde, und an Rundopâls Stränden wird er öfter gesichtet. Wenn Ihr also nach Rundopâl wollt, werdet Ihr einen Grund haben.«

»Sehr geschickt von dir«, lobte Waljakov seinen Freund. »Rede einfach weniger.«

Stoiko seufzte. »Also gut. Norina ist schwanger, Nesreca hat sie und das Kind bedroht, deshalb möchte sie wenigstens den Nachwuchs in Sicherheit wissen.«

»Aha, Tarpol hat also womöglich einen unrechtmäßigen Thronfolger, wie?«, sagte der Narr und grinste. »Ihr tut gut daran, das Kind von hier wegzubringen, fort von dem unmittelbaren Einfluss des Silberschopfs mit den wahnsinnigen Augen. Ich wünsche Euch alles Gute auf Rogogard.«

»Woher wisst …«, setzte die junge Frau an, erkannte aber an dem noch breiteren Grinsen Fiorells, dass sie ihm in die Falle gegangen war. »Verdammt, Ihr wusstet nicht, dass ich nach Rogogard reise, oder?«

Er schüttelte den Kopf, rückte sich die falsche Oberweite zurecht und stand auf. »Auch für mich wird es Zeit, nach Ilfaris zurückzukehren. Wichtige Dinge sind Perdór dem Pralinigen zu berichten, und Vorbereitungen sind zu treffen, um die Dinge in Tarpol wieder ins rechte Lot zu bringen. Es wäre doch gelacht, wenn es uns nicht gelänge.« Er küsste den Handrücken Norinas und zauberte wie aus dem Nichts eine Rose hervor, die er ihr überreichte. »Der Kabcar hätte Euch heiraten sollen. Aber was nicht ist, kann noch werden, wenn wir dem jungen Mann die Augen für sein Umfeld geöffnet haben. Und wenn Ihr ihn immer noch wollt.« Die Brojakin schluckte und unterdrückte ein Nicken. »Würde mich einer der Herren bitte zur Tür geleiten?« Der Leibwächter kam der Aufforderung nach. »Ihr seid ein Knuddelfratz«, jauchzte der Narr mit hoher Stimme und kniff Waljakov in die Wange. »Bei so viel Mann kann eine kleine Frau wie ich direkt schwach werden.«

»Untersteht Euch«, knurrte der Hüne und schubste den Hofnarr zur Tür, der ein paar unbeholfene Schritte in dem weiten, aufgebauschten Kleid machte.

»Hach, wie stürmisch. Passt ja zum Wetter, stattlicher Krieger«, kommentierte Fiorell fistelnd.

»Ich sende Euch regelmäßig Brieftauben, in denen ich über das Neueste berichte«, sagte Stoiko. »Sobald ich etwas über die Waffen erfahren habe, lasse ich es Euch wissen.«

»Innerhalb eines Monats haben wir alles zu einem richtig schönen Dossier zusammengetragen, was diesen

Nesreca belastet.« Er winkte zum Abschied. »Hulalia muss nun gehen. Und seid vorsichtig.«

Die beiden polterten die Treppe hinab. Durch die geschlossene Tür hörten der Vertraute und Norina, wie »Hulalia« immer wieder etwas säuselte, albern kicherte und die Einrichtung des Hauses in den höchsten Tönen lobte. Kurz darauf klapperten Pferdehufe auf der Straße, der maskierte Hofnarr war verschwunden.

Es klopfte, und zwei Männer kamen zusammen mit dem Leibwächter in das Zimmer. Schweigend nahmen sie die restlichen Truhen auf und trugen sie nach unten.

Schnell verabschiedete sich die Brojakin vom Gesinde und überwand eilig die paar Meter durch den Regen von der Haustür zum Kutschenverschlag. Das nasse Cape streifte sie im Innenraum ab und legte es gegenüber auf die Bank.

Stoiko erschien am Fenster, das Wasser rann durch die braunen Haare und tropfte auf den mächtigen Schnurrbart. Er reichte der jungen Frau einen Umschlag. »Das sind ein paar Zeilen an Torben, die die Situation erklären, falls Waljakov etwas zustoßen sollte und Ihr allein reisen müsstet. Was ich nicht hoffe.« Er lächelte sie an und drückte ihr einen väterlichen Kuss auf die Stirn. »Bringt ein gesundes Kind zur Welt und kehrt zurück. Wir brauchen Euch hier.«

Sie drückte seine Hand und sah ihm fest in die Augen. »Ich komme bald nach Ulsar. Ulldrael der Gerechte steht uns bei.«

Stoiko nickte ihr zu und rannte dann zu seinem eigenen Gefährt, das ihn zurück durch den strömenden Regen in den Palast brachte.

Das Unwetter hatte an Intensität zugelegt, das Wasser rann in kleinen Bächen über das Kopfsteinpflaster, spülte Dreck und Unrat mit sich.

Mit dem nächsten Blitz erschien Waljakovs breite Statur am anderen Fenster, und Norina schrie auf. Heftig atmend legte sie eine Hand auf die Brust, eine Hitzewelle raste durch ihren Körper und ließ ihr den Schweiß ausbrechen.

»Verzeiht, ich wollte Euch nicht erschrecken«, entschuldigte sich der Leibwächter. »Wir können nun los.« Als die Brojakin die Tür öffnen wollte, lehnte er ab. »Ich reite auf Treskor. Damit bin ich beweglicher.«

»Aber es regnet doch so furchtbar, und Ihr werdet nass und danach bestimmt krank«, meinte sie besorgt.

Die Tropfen klatschten auf Waljakovs Glatze. Ein freundliches Lächeln legte sich auf sein ernstes Gesicht. »Keine Angst. Ich habe eine zähe Natur. Und mein Mantel hält das Wasser schon ab. Wenn etwas sein sollte, klopft gegen das Dach oder winkt mit einem Taschentuch.«

Er verschwand aus ihrem Blickfeld, aber sie hörte, wie er sich in den Sattel schwang. Ein Peitschenknall, ein lautes Rufen des Kutschers, und das Gefährt setzte sich in Bewegung.

Müde sank Norina in die Polster, zog eine Decke über sich und versuchte zu schlafen. Ein wenig Ruhe würde ihrem pochenden Herzen gut tun.

Kurz vor dem Stadttor, das in östlicher Richtung aus Ulsar hinausführte, bemerkte Waljakov die Verfolger.

Sie hatten sich geschickt im Schatten der Häuser bewegt, und wegen der klappernden Hufe und der knarrenden Kutsche war es dem Leibwächter nicht möglich gewesen, sie zu hören. Vor dem Tor jedoch lichtete sich die Bebauung, und den fünf Berittenen fehlte die Möglichkeit, sich länger zu verbergen.

Doch sie bogen plötzlich nach links ab, stiegen von den Pferden und betraten eine Schänke, in der sich meistens das Wachpersonal nach dem Dienst einen Schluck gönnte.

Waljakov ließ sich von ihrem Verhalten nicht täuschen. Kein normaler Ulsarer betrat diese Kneipe, in der eine Schlägerei um diese Uhrzeit unvermeidlich war, wenn man nicht zur Wachgarnison gehörte, das wusste er aus seinen früheren Zeiten bei den Scharmützeleinheiten.

Er erteilte dem Wagenlenker und drei Begleitern Anweisung, nach Verlassen der Stadt schneller zu fahren und die Augen dabei stets offen zu halten. Notfalls sollten sie sich den Weg freischießen. Unter einer Plane versteckt und geschützt vor dem Regen lagerten für diesen Fall vier gespannte Armbrüste.

Der Leibwächter ritt zur Schänke, stieg ab, ohne sein massiges Streitross anzubinden, und stellte sich in den Schatten des Gebäudes, um auf die fünf Männer zu warten, die der Kutsche gefolgt waren.

Kaum rollte das Gefährt hinaus, öffnete sich die Tür. Ohne sich großartig umzusehen, liefen die Unbekannten zu ihren Tieren und wollten in die Sättel steigen, als einer inne hielt und sich Treskor betrachtete, der ruhig im Regen stand und gelangweilt schnaubte.

»Das ist doch das Pferd des Leibwächters«, sagte er zu seinen Kumpanen.

»Ganz recht«, sagte Waljakov aus dem Dunkel und tat einen Schritt nach vorne. Das Grau seiner Augen glänzte im nächsten Blitz kalt auf. Überrascht fuhren die anderen herum, die Hände flogen an die Waffen, die sie unter ihren Umhängen verborgen hatten. »Wer schickt euch, und was wollt ihr?«

»Ist er allein?«, fragte sich einer und sah sich um.

»Du sagst uns jetzt, wohin die Reise geht«, forderte ein anderer der Männer.

»Ich habe zuerst gefragt«, knurrte der Hüne und ließ den Mantel zu Boden gleiten, um mehr Bewegungsfreiheit zu haben. Der polierte Brustpanzer schimmerte ein wenig im trüben Licht, das durch die dreckigen Scheiben der Kneipe fiel. »Also?«

»Wir könnten ihn mitnehmen und in aller Ruhe befragen, Sergei«, schlug der Erste der Unbekannten vor.

»Aber seid leise. Die Wachen könnten sonst etwas mitbekommen. Ich möchte kein Aufsehen«, stimmte ihr Anführer zu. »Wir sind eben schon knapp an einer Schlägerei vorbei gekommen.«

Waljakov zog seinen Säbel, die mechanische Hand öffnete und schloss sich klackend. »Versucht es.«

Den Hieb des ersten Angreifers fing er ab und schlug dem Mann die künstliche Extremität waagerecht mit voller Wucht ins Gesicht, dass das Blut aus Nase und Mund spritzte. Wimmernd fiel der Kontrahent auf die nassen Steine, Regen spülte sein Blut in die Rinne.

Waljakov wartete nicht darauf, dass ein Zweiter seinen Mut sammelte, sondern eröffnete den Tanz. Er zog alle Register seines K'Tar Tur-Könnens und schaltete die Männer so schnell aus, dass die meisten nicht die Zeit dazu hatten, ihre Waffen mehr als einmal zum Schlag zu erheben.

Sergei stand als Letzter, seine Männer lagen tot oder schwer verwundet auf dem Kopfsteinpflaster. Der Mann hatte einen Langdolch und einen Säbel gezogen, hielt den Körper leicht geduckt und achtete auf jede Bewegung des Leibwächters.

Waljakov verstaute seine Waffe in der Scheide und hob seinen Mantel auf. Dann sah er den Anführer an.

»Also, zum letzten Mal: Wer hat Euch geschickt?«

Sergei ließ seinen Gegner keinen Moment aus den Augen und kreiste wie ein Raubtier um ihn.

Als er dabei am Streitross vorbeikam, gab der Leibwächter einen Befehl in der Dunklen Sprache.

Treskor erwachte ruckartig aus seiner Trägheit, verlagerte sein Gewicht auf die Vorderläufe und schlug nach hinten aus. Das geschah so schnell, dass der Mann nicht die leistete Vorwarnung bekam.

Die beschlagenen Hufe krachten Sergei in den Rücken, der nach vorne katapultiert wurde, gegen die

Wand der Schänke prallte und halb ohnmächtig in Waljakovs stahlharten Griff sank.

»Noch mal?«, fragte der K'Tar Tur und schleifte den Mann in Reichweite des Streitrosses.

»Nein, nein, ich habe sowieso schon alles gebrochen«, wehrte Sergei ächzend ab und hielt sich die Seite. »Nesreca hat uns geschickt, wir sollen nachsehen, wohin Miklanowo reist, und ihm Bericht erstatten.« An den Augenbewegung erkannte der Leibwächter, dass sich hinter ihm etwas abspielte. Treskor schnaubte im gleichen Moment warnend.

Waljakov drehte sich zur Seite, und der von hinten geführte Dolchstoß fuhr knapp an ihm vorbei, mitten in die Brust des Anführers.

Einen Fluch röchelnd, brach der Mann zusammen, während der Leibwächter sich dem heimtückischen Angreifer zuwandte. Kurzerhand schlug er ihm den nassen, schweren Mantel ins Gesicht und entwaffnete den orientierungslosen Gegner, indem er ihm mit den stählernen Fingern das Handgelenk brach.

Schreiend sank der Mann in die Knie, bevor ihn der Leibwächter mit einem harten Kniestoß ins Reich der Träume schickte.

Aber der erste und einzige Laut des Kampfes war gehört worden.

Die Tür der Schänke flog auf, ein paar Wachen stolperten ins Freie und fielen über die Toten und Verletzten. Alarmrufe gellten durch die Dunkelheit.

Waljakov sprang in den Sattel. Noch bevor das Stadttor geschlossen werden konnte, war der kahlköpfige K'Tar Tur auf und davon. Er hatte keine Lust, sich mit unnötigen Erklärungen aufzuhalten.

»Hoher Herr, ich habe schlechte Neuigkeiten«, sagte Mortva mit Grabesstimme. »Ich fürchte, mit Euren Vermutungen lagt Ihr genau richtig.«

Etwas abwesend drehte sich der Kabcar zu seinem Konsultanten um, der Anblick der Blitze nahm ihn zu sehr gefangen. »Was habt Ihr gesagt?« Er ging zum kleinen Schachtisch und nahm im Sessel Platz. Der Tee, den er sich vorhin eingeschenkt hatte, war inzwischen kalt.

Angewidert schüttete er ihn ins Feuer und füllte sich aus dem Samowar frischen nach.

»Die Taschentücher waren ein Geschenk, das Waljakov für die Brojakin anfertigen ließ, wie ich inzwischen herausgefunden habe. Der Tuchmacher erinnerte sich noch sehr genau an die markante Gestalt«, berichtete der Mann, während er sich im Teezimmer umsah.

Ausdruckslos starrte Lodrik in die Flüssigkeit. Er sprang auf und schleuderte das Gefäß gegen die Wand, danach umklammerte er die Lehne des Möbels, bis die Knöchel weiß wurden. »Bringt die beiden zu mir. Ich will sie selbst fragen.« Sein Vetter bewegte sich nicht, sondern verzog bedauernd das Gesicht. »Hört Ihr nicht?«, schrie ihn der Kabcar an. »Bringt sie her!«

»Nun, Hoher Herr, das wird nicht möglich sein.« Mortva verschränkte die Arme hinter dem Rücken. »Der Leibwächter hat meine Männer, die ich auf Euer Geheiß abstellte, kurz vor den Stadttoren bemerkt, sie gestellt und im Kampf getötet. Nur einer überlebte schwer verletzt. Er sagte aber, sie hätten beobachtet, wie die beiden sich geküsst hätten.« Die Sessellehne knarrte unter dem Druck von Lodriks Händen. Der Konsultant registrierte es mit einem flüchtigen Lächeln, das er sofort wieder aus seinem Antlitz verbannte. »Und er berichtete von der Schwangerschaft der Brojakin.« Er legte eine kunstvolle Pause ein. »Sie erwartet ein Kind von Waljakov.«

Ein tiefes Grollen drang aus Lodriks Kehle, das sich zu einem unmenschlichen, hasserfüllten Schrei steigerte. Eine orange funkelnde Aura legte sich um den Körper des Kabcar, splitternd barst das Holz des Sessels. Wütend schleuderte er die Trümmer von sich, krachend zerschellten sie an der Wand des Zimmers.

Doch das innere Gefühl hatte sich dadurch nicht beruhigt. Aufgewühlt drängte die wilde Magie mit aller Macht hinaus.

Mit schnellen Schritten war er bei den mannsgroßen Fenstern angelangt und riss sie auf. Er rannte hinaus auf den kleinen Balkon in das Unwetter, breitete die Arme aus und ließ der Energie freien Lauf. Die mühsam kontrollierten Schleusen und Dämme brachen.

Geblendet schloss Mortva die Augen, als das Schauspiel begann. Lodrik verwandelte sich eine gleißende Gestalt, von der nichts zu erkennen war außer den menschlichen Umrissen.

Lichtbogen zuckten von ihm weg, schlugen in alles ein, was sich in seiner Umgebung befand, und sprengten mit spielerischer Leichtigkeit Mauerstücke ab. Zerstörende Strahlen leckten über den Granit des kleinen Balkons, der erste Risse zeigte und sich mit einer gewaltigen Detonation in Trümmer auflöste.

Aber der Kabcar fiel nicht.

Eine gleißende Kugel aus reiner Magie umgab ihn und ließ ihn frei über dem weit entfernten Boden schweben. Orangefarbene Blitze peitschten aus dem Himmel in die Sphäre, die mit jedem Treffer ihren Durchmesser vergrößerte und zu pulsieren begann.

Der junge Mann öffnete den Mund und schien die Energie in sich aufzusaugen. Immer schwächer leuchtete die Blase, bis sie flackernd erlosch. Es herrschte wieder Dunkelheit.

Lodrik flog immer noch. Die Augen leuchteten tiefblau, die Uniform und alles, was er am Körper getragen hatte, war vernichtet, zu Asche verbrannt. Sein nackter Körper strahlte eine enorme Hitze ab, die den Regen, wenn er auf die Haut klatschte, in Dampfwolken verwandelte.

Tief atmete er ein. Etwas unsicher steuerte er auf die geöffneten Fenster zu und landete im Teezimmer. Seine Füße hinterließen Brandflecken auf dem kostbaren Teppich, doch er bemerkte es nicht. Nach einem kurzen Wanken brach er keuchend in die Knie.

Mortva seufzte und zog ihn auf den Marmor, um zu vermeiden, dass der Läufer Feuer fing. Ihm machte die glühend heiße Körperoberfläche nichts aus. Auf dem Hof hörte der Konsultant aufgeregte Stimmen und lautes Rufen von Wachen und Bediensteten, die durch den Lärm aufmerksam geworden waren.

»Hoher Herr, das war phänomenal«, lobte sein Vetter. »Ihr tragt Magie in Euch, dass Ihr es mit Tzulan persönlich aufnehmen könntet. Oder mit jedem anderen Gott dieser Welt. Wenn Ihr noch ein wenig übt …«

Lodriks zitternde Hand packte Mortva an der Uniform und zog ihn zu sich herab. »Finde die beiden«, sagte der Kabcar angestrengt. »Finde die beiden und lasse sie herbringen.«

Sein Konsultant spürte, wie die Hitze rapide wich und sein Schützling zu frösteln begann.

Behutsam legte er eine Decke um ihn. »Ich bin gleich wieder zurück. Eure Anweisungen sollen sogleich umgesetzt werden. Die Diener werden sich um Euch kümmern. Wenn Ihr gefragt werdet, sagt einfach, die Götter hätten Euch ein zweites Mal gesegnet.« Er eilte hinaus.

Es begann. Ulldart würde bald von dem mächtigsten Mann beherrscht, den es je gegeben hat. Und er, Mortva Nesreca, lenkte ihn.

V.

Danach setzte Tzulans Sohn von dort aus nach Ulldart über und unterjochte auch diesen Kontinent.

Die Allmächtige Göttin hatte in der Zwischenzeit Angor, Ulldrael, Senera, Kalisska und Vintera zur Rückkehr bewegt.

Und sie kamen rechtzeitig, um Tzulans Sohn und dessen schlechte Magie auf dem Kontinent Angor aufzuhalten und zu töten.

DIE SCHLECHTE MAGIE,
Kapitel II

Ulldart, Königreich Serusien, Fürstentum Patamanza, Herbst 443 n. S.

Dünne Nebelschwaden zogen über den morgendlichen Repol, die ersten Strahlen der Sonnen durchdrangen den Dunst und wärmten die abgekühlte Erde. Die Tierwelt entlang der Flussufer erwachte mit leisen Tönen zum Leben und stimmte ein Konzert an.

Belkala, gekleidet in eine Nachfertigung ihrer kensustrianischen Robe, lauschte dem Klang der Vögel, während sie vom Bug des Schiffes in Richtung der Kabine ging, in der Nerestro untergebracht worden war.

Sie blieb stehen und genoss das ungetrübte Lied, dann schreckte der Vogel auf und flatterte davon.

Die Kensustrianerin winkte dem Mann am Steuer der *Stromschnelle* zu und grüßte auch die Besatzungsmitglieder, die sich gerade mit dem Einholen des Ankers beschäftigten. In den letzten Wochen, in denen sie auf dem Flussgefährt unterwegs gewesen waren, wurden sich Passagierin und Mannschaft immer vertrauter. Aufmerksam hatten die Flussschiffer ihrer Erzählung über Lakastra zugehört, das Interesse an dem fremden Gott war zumindest teilweise geweckt worden.

Die zwanzig Ritter und Knappen des Ordens der Hohen Schwerter hielten standesgemäße Distanz zu den einfachen Leuten. Sie verbrachten die Zeit mit Kampfübungen an Deck oder mit der Pflege ihrer Ausrüstung.

Im Bauch der *Stromschnelle* warteten die ungewöhnlich unruhigen Pferde darauf, endlich wieder festen Boden unter die Hufe zu bekommen. Immer wieder wurde die Reise unterbrochen, um den Tieren den nötigen Auslauf zu gewähren: Die Knappen ritten eine Strecke am Ufer entlang, um nach einigen Warst wieder aufgenommen zu werden.

Als Belkala Herodin, den Anführer von Nerestros Gefolge, zum sofortigen Aufbruch aus Ulsar gedrängt hatte, verstand der anfangs nicht, wieso der schwer Verletzte diese Strapaze auf sich nehmen sollte. Doch die Kensustrianerin beteuerte immer wieder, dass nur die Gelehrten in ihrem Land in der Lage seien, ihren Geliebten vollständig genesen zu lassen, wenn der Heilstein seine Wirkung verlieren würde. Ihr Glück war, dass sich der Ritter nicht bei einem Cerêler von der Richtigkeit ihrer Behauptung überzeugt hatte, sondern auf das Wort der Gefährtin seines Herrn vertraute.

Die wahren Gründe und die Drohung Nesrecas verschwieg sie, weil sie fürchtete, einer der Kämpfer würde wutentbrannt versuchen, den Konsultanten zur Rede zu stellen. Das hätte den Tod ihres Geliebten bedeutet.

Noch immer lag das grüne Glühen um Nerestro, der seit dem schicksalhaften Zweikampf die Augen nicht ein einziges Mal geöffnet hatte. Sein Körper schien ohne Nahrung und Essen auszukommen, die Magie des Heilsteins wirkte Wunder.

Belkala wich nur hin und wieder von der Seite des Verwundeten, um sich selbst ein wenig Ruhe zu gönnen oder um auf Jagd zu gehen. Ohne die heimliche Aufnahme von Menschenfleisch müsste sie vergehen, so wollte es ihr Gott Lakastra, der sie dafür von den Toten zurückgeholt hatte.

Um die notwendige Besatzung nicht zu dezimieren oder gar einen der Ritter und Knappen in Gefahr zu bringen, verbrachte sie ab und zu einige Stunden mit »Spaziergängen«. Unterwegs verwandelte sie sich in das gefürchtete Wesen mit den übermenschlichen Kräften, das damals im Wald vor Granburg unter den Begleitern der Brojakin gewütet hatte. Sie tarnte ihre Bluttaten als Bestienattacken, und wer die hübsche Kensustrianerin mit den bernsteinfarbenen Augen friedlich an Deck stehen sah, würde ihr das zweite Gesicht, das nur ihre Opfer kannten, nicht glauben.

Aber etwas veränderte sie und fachte ihren Hunger nach menschlichem Fleisch weiter an. Sie schob es auf den häufigen Kontakt mit der cerêlischen Magie, die ihr Schmerzen bereitete.

Ihre Hände, mit denen sie die Tücher über die schweißnasse Stirn ihres Geliebten führte, wirkten verätzt, als seien sie in Berührung mit Säure gekommen. Dennoch ließ sie sich nicht von ihrer Fürsorge abbringen, sondern ertrug das quälende Brennen, das sie noch lange nach der Berührung mit dem grünen Flimmern empfand. Auch ihre Selbstheilungskräfte schafften es nicht, die Hautverletzungen rückgängig zu machen.

Sie bildete sich ein, dass durch die Zerstörung ihres Amuletts die Auswirkungen noch schlimmer zu spüren waren. Welchen Ursprung auch immer diese magischen Blitze Echòmers hatten, sie waren stark und in der Lage, den Talisman eines Gottes zu vernichten.

Zudem hatte dieser Echòmer sie als »Rákshasa« angesprochen. Niemand konnte wissen, was sie geworden war, nicht einmal Nerestro kannte die Bezeichnung dafür. Aber dieser Fremde hatte sie ohne Unsicherheit auf diese Weise benannt. Sie schloss daraus, dass der Krieger Nesrecas sich mit der kensustrianischen Götterwelt und Lakastra beschäftigt hatte, was wiederum eigentlich nicht sein konnte, weil einem Fremden solch tiefe Einblicke in das Religiöse verwehrt blieben.

Je länger sie auf der Fahrt über die Begebenheit gegrübelt hatte, desto mehr kam sie zu der Erkenntnis, dass es sich bei dem Streiter des Konsultanten, so abstrus der Gedanke erschien, um einen der Zweiten Götter handeln musste. Er hatte sich am Bett Nerestros selbst als »Hemeròc« vorgestellt, als er dem Ritter den Tod schwor. Wenigstens diese Bedrohung war durch die Flucht aus Ulsar von ihr abgewendet worden.

Aber das Schicksal des Kontinents bereitete ihr Sorgen. Es sah alles danach aus, dass man den Kabcar hätte töten müssen, so wie es Matuc vorgehabt hatte. Nun war es zu spät. Die bösen Mächte hatten sich um den jungen Herrscher versammelt.

Deshalb wollte sie nun zurück nach Kensustria, ihrer Meinung nach der sicherste Ort, wenn die Dunkle Zeit anbrechen würde. Wenn ein Land dem zurückgekehrten Kriegsfürsten Sinured standhalten konnte, dann war es ihre Heimat.

Gedankenversunken stand sie an der Reling und starrte in den Dunst, der lichter wurde und Platz für einen herrlichen Herbsttag machte.

Einerseits freute sie sich auf das warme Land, andererseits sah sie dem Tag ihrer Ankunft mit Angst entgegen. Zu viel war dort vorgefallen.

»Belkala!«

Der Ruf schreckte sie aus ihren verschwommenen Erinnerungen auf, die sich verflüchtigten wie der Nebel, von dem fast nichts mehr zu sehen war. Herodin winkte sie zur Kabine ihres Geliebten, sein Gesicht zeigte Freude und Aufregung.

»Er ist wach! Angor sei gepriesen, unser Herr ist zurück aus dem Reich der Toten!«

Die Frau eilte über die Planken zum Eingang und stürzte in den kleinen Raum. Der Ritter hatte die Augen geöffnet und blickte sich verwirrt um. Das Grün um ihn war verschwunden.

Belkala schlug die Hände vor den Mund, um den lauten Freudenschrei zu unterdrücken, dann trat sie an das Lager des Mannes und setzte sich zu ihm.

Ohne ein weiteres Wort warf sie sich ihm um den Hals und drückte ihn zärtlich an sich. Tränen der Erleichterung rollten ihre bronzefarbenen Wangen hinab und tropften auf seinen nackten Oberkörper. Sie genoss das Gefühl, seine Nähe zu spüren, ohne den brennenden Schmerz, den sie seit Wochen ohne Murren ertragen hatte.

»Wo bin ich?«, fragte Nerestro sichtlich orientierungslos. »Ich war in Ulsar … der Marktplatz …«

Sanft löste sich die Kensustrianerin von ihm und fuhr ihm zärtlich über das Gesicht, das sie jeden Tag rasiert hatte.

Sofort tastete er nach seiner Wunde. Die Stelle lag ungeschützt, ohne Verband. Nur eine kleine weiße Stelle, etwa in der Größe eine Knopfes, erinnerte an die tödliche Verletzung, die er im Zweikampf erlitten hatte. Die Gabe seines Gottes hatte ihren Zweck erfüllt.

Er blickte in ihre Augen. In den seinen spiegelten sich Unglaube, Überraschung und nach wie vor große Unsicherheit. »Ich war … tot. Glaube ich. Ich sah alte Freunde, die im Turnier zu Ehren Angors gestorben sind. Ich habe meine Ritter getroffen, die im Wald bei Granburg gegen die Mörder im Kampf starben. Ich war bei den Gefallenen, den Tapfersten unseres Ordens. Dann kam dieses grüne Licht, wie eine strahlende Sonne, die durch das Blätterdach unzähliger Bäume scheint. Ein lebendiges, warmes Grün.« Er packte sie an den Oberarmen. »Und dann erwachte ich in diesem Raum.« Er küsste sie leidenschaftlich. »Ich dachte, ich würde dich nie mehr wiedersehen, Belkala.«

Versuchsweise stand er auf. Ohne ein Zeichen von Unsicherheit ging er in der Kabine umher, das Leinentuch um die Hüfte gewickelt.

Besorgt liefen Belkala und Herodin neben ihm her, immer bereit, notfalls eine helfende Hand zu reichen.

»Ist alles in Ordnung?«, fragte sie. »Spürst du nichts mehr von deiner Verletzung?«

»Ha«, sagte der Ritter nach einer Weile des Probierens glücklich, »ich bin so gesund wie je zuvor. Herodin, ich brauche Unterwäsche, meinen Waffenrock und meine Rüstung. Und danach werde ich diesem Vetter ein paar Worte sagen, von denen er sich nicht mehr erholen wird. Er hat mich betrogen. Was auch immer dieser Echòmer ist, er stammt nicht aus der Welt der Lebenden. Ich habe ihn zweimal getroffen. Es floss kein Blut« Er warf einen Blick hinaus. »Bin ich etwa auf einem Schiff? Was machen wir hier? Und wo sind wir?«

»Nerestro, Liebster, setz dich«, beruhigte ihn die Priesterin und zog ihn aufs Bett. Während der Unteranführer nach dem Gewünschten schickte, begann Belkala mit ihrem Bericht.

Nichts ließ sie aus, jedes kleinste Detail erzählte sie, auch von ihren Vermutungen, wer ihn im Kampf besiegt hatte. Währenddessen zog sich der Ritter an, schlüpfte in die Unterwäsche und ließ sich von einem Knappen in die Rüstung helfen, die ihm Herodin gebracht hatte. Ihre Schilderung endete in dem Moment, als der letzte Lederriemen durch die Öse gezogen wurde und Nerestro gewappnet vor ihr stand. Eigenhändig legte er die aldoreelische Klinge um.

»Dieser Dämon, dieser hinterhältige Wichtigtuer von Konsultant«, wetterte er. »Ich werde ihm nicht zeigen, was meine Milde bedeuten kann, sondern meinen ganzen Zorn spüren lassen. Den berechtigten Zorn Angors.« Mit einem leisen, schleifenden Geräusch zog er seine Waffe, reckte sie nach oben und küsste andächtig die Blutrinne. »Diesmal wird diese Schneide Echòmer, Hemeròc oder wie auch immer diese Kreatur heißen mag, in zwei Teile spalten. Und danach ist Nesreca an der Reihe. Ich werde sofort den Kurs ändern lassen. Wir müssen nach Ulsar zurück.«

Die Priesterin erhob sich und legte die Arme um seine Taille. »Nein, Liebster. Lass uns nach Kensustria reisen. Wir sind nur noch drei Meilen von unserer Endstation Patamanza entfernt. Wenn wir uns beeilen, sind wir in knappen zwei Wochen an der Grenze zu Ilfaris.« Sie sah ihn bittend an. »Ich habe Angst, dass Nesreca dich tötet, wenn du zurückkehrst.«

»Mich töten?«, lachte der Ordenskrieger, sein geflochtener Bart wackelte hin und her. »Ich stehe unter dem Schutz Angors.«

»Aber du hast den Ring nicht mehr, dein Schutz ist aufgebraucht«, widersprach die Kensustrianerin heftig. »Dieser Mensch, wenn es einer ist, verfügt über Kräfte und Verbündete, denen keiner auf Ulldart gewachsen ist. Er wird sich dir nicht zu einem ritterlichen Duell stellen. Wahrscheinlich trifft dich ein vergifteter Bolzen von einem Dach herab oder einer seiner Schergen ersticht dich in einem unaufmerksamen Augenblick.« Sie streichelte seine Wange. »Er ist kein Ehrenmann. Er kämpft auf seine Weise, eine Art, die dir verboten ist.«

Nerestros Gesicht verfinsterte sich. »Dann gehe ich zum Kabcar und erkläre ihm die Sache. Er muss etwas gegen diesen Vetter unternehmen, bevor er das Reich ins Unglück stürzt.«

Sie schüttelte den Kopf und streifte sich eine aufsässige grüne Strähne hinters Ohr. »Du würdest nicht einmal bis zum Palast kommen. Nesrecas Spitzel sitzen überall, und der Konsultant selbst hat bereits so große Macht über den jungen Herrscher, dass er dir nicht glauben würde. Oder glauben wollte.«

Der Ordenskrieger schob sie von sich und verschränkte die Arme vor der breiten Brust. »Du glaubst doch nicht ernsthaft, dass ich mich in aller Ruhe nach Kensustria begebe und mir anschaue, wie der Kontinent, wenn die schlimmsten Befürchtungen wahr werden, unter das Joch von Sinured fällt? Ich bin Diener des Gottes Angor …«

»Ganz recht, Angor, nicht Ulldrael«, fiel sie ihm wütend ins Wort. »Sollen sich doch die Gläubigen Ulldraels um die Sache kümmern! Schließlich gibt es genügend Tempel des so genannten Gerechten hier, warum tun sie nichts? Warum musst ausgerechnet du dich berufen fühlen?«

»Ich fühle mich nicht berufen. Ich bin es«, sagte er.

Sein Antlitz hatte sich weiter verfinstert. »Mein Gott erschien mir in Ulsar und verlangte, dass ich in der Nähe des Kabcar bleibe, um zu sehen, ob er eine Gefahr oder ein Segen für den Kontinent werden würde. Nach allem, was ich erlebt habe, ist er zu einer Bedrohung geworden, die ich nicht in ihm sehen wollte. Der Kabcar hat mir in Dujulev versprochen, den Kriegsfürsten vor 444 zu verbannen. Ich gab ihm innerlich die Frist bis Jahresende. Wenn Sinured bis dahin nicht verschwunden ist, würde ich ihn und das Tier töten. Hält er sich nicht daran, müssen beide sterben.«

»Und wie stellst du das an, großer Ritter?«, wollte Belkala wissen. Ihr Tonfall wurde leicht spöttisch. »Versammelst du deine Kämpfer um dich herum und stürmst den Palast? Der Kabcar kann überall in Tarpol sein. Du wirst es nicht mehr schaffen, den Jungen vor 444 umzubringen, geschweige denn seine neuen Freunde, Sinured und Nesreca. Oder die mehr als zwanzigtausend Tzulandrier.« Sie kam auf ihn zu. »Das wäre die einzige Möglichkeit, Unheil zu verhindern. Aber es ist zu spät, verstehst du? Wir haben die Gelegenheit, die Dunkle Zeit aufzuhalten, verpasst. Sie braut sich schon lange zusammen.«

»Ein Grund mehr, nach Ulsar oder Tarpol zu gehen, um dem Bösen die Stirn zu bieten. Denn wir haben einen Teil der Schuld auf uns geladen«, beharrte der Ritter. »Du wirst mich nicht davon abhalten.«

»Dann«, sie wandte sich ab und schaute durchs Fenster auf das vorüberziehende Ufer, »musst du ohne mich reisen.«

Die Priesterin hörte sein Atmen, dann polterten die Stiefel über die Planken in Richtung Tür.

»Wenn es sein muss, Belkala.« Der Eingang wurde geöffnet, und der Ritter ging hinaus. Mit Hochrufen und lautem Klopfen gegen die Schilde wurde er von seinen versammelten Männern begrüßt. Er brüllte Anweisungen an den Steuermann, den Kurs zu ändern.

»Dieser dickköpfige Narr«, murmelte Belkala wütend. »Er wird sich sinnlos umbringen lassen, ohne etwas von dem erreicht zu haben, was er wollte.«

Sie folgte ihrem Geliebten eilig, lief zum Ruderhaus, wo sie seine breite Gestalt ausmachte, und zog ihn zur Seite.

»Es ist zwecklos, ich werde meine Meinung nicht ändern«, sagte er, bevor sie den Mund aufmachen konnte. »Ich werde ...«

»Du bist ein rücksichtsloser, egoistischer Trottel«, zischte sie ihn leise an, das Bernstein ihrer Augen glühte, »der meine Liebe nicht verdient hat. Und dennoch kann ich mich gegen das Gefühl nicht wehren.« Sie küsste ihn. »Ich bitte dich um einen Gefallen. Tapferer Recke, benutze deinen Verstand. Geh und schließe dich mitsamt deinen Männern dem Geeinten Heer an, das aufgestellt werden soll. Wenn du das Böse schon bekämpfen möchtest, dann wenigstens mit ein wenig Aussicht auf Erfolg. In ungestümer Rächermanier nach Tarpol zu traben, bringt nichts.« Sie legte ihre Arme um ihn. »Ich werde dich dafür begleiten und nicht von deiner Seite weichen.«

»Ein neues Geeintes Heer?« Nerestros Unterkiefer mahlten. Nachdenklich fuhr er sich mit der Rechten die Bartsträhne entlang, dann revidierte er die Anweisung zum Kurswechsel. »Gut. Einverstanden. Wir fahren bis nach Patamanza, nehmen Vorräte und Proviant an Bord und kehren um, sobald wir die neuesten Nachrichten erfahren haben. Vielleicht hat sich inzwischen noch mehr ereignet.« Er stützte sein Kinn auf ihren Kopf und roch an ihrem Haar. Tief atmete er den Geruch ein. »Du hast Recht. Wir werden im Geeinten Heer einen besseren Dienst leisten. Ich werde alle meine Brüder aus allen anderen Orden in Kenntnis setzen.« Zärtlich hob er mit seinem Zeigefinger ihr Gesicht ein wenig an und drückte seine Lippen auf ihre. »Wenn ich dich nicht hätte.«

Glücklich legte sie ihren Kopf an seine Brust.

»Habe ich mich schon für die Fürsorge bedankt, die ich von dir bekam?«, fragte er nach einer Weile leise und nahm ihre Hände. Erschrocken sah er auf ihre verunstalteten Finger, die sie ihm zu entziehen versuchte. »Bei Angor! Was ist mit deinen Händen passiert?«

Belkala versteckte die geschundenen Gliedmaßen in den langen Ärmeln. »Es ist nichts. Du hast mit dem Tod gerungen, da machen solche kleine Verletzungen gar nichts.«

Ohne auf ihren Widerspruch einzugehen, fasste er ihre Gelenke und betrachtete sich die Verätzungen. »Säure? Lauge? Wie ist das passiert?«

»Ich schätze, es war die cerêlische Magie«, erzählte sie. »Du kennst mein Geheimnis, und vermutlich wollte das Grün auch mich heilen.« Die Priesterin bewegte ihre Finger. »Aber dieses tote Fleisch lässt sich nicht heilen. Kalisstras Gabe kämpfte gegen die von Lakastra.«

»Und das nur, weil du mich gepflegt hast.« Nerestro konnte den Blick nicht von den Händen wenden. »Warum hast du niemand anderen diese Arbeit machen lassen? Es muss doch höllisch schmerzen.«

»Nein, schon lange nicht mehr«, log sie tapfer und umarmte ihren Geliebten wieder. »*Jetzt* nicht mehr. Ich spüre nur Glück.«

Die Endstation ihrer Reise, Patamanza, war der Hauptsitz des gleichnamigen Fürstentums, das siebte von insgesamt neun, die alle dem serusischen König unterstanden. Die Fürsten hatten die Kontrolle über ihre Gebiete, und die funktionierte sehr gut.

Das Umland war von atemberaubender Schönheit: Obsthaine, so weit das Auge reichte, immer wieder durchsetzt von Baumwollfeldern, aus deren Ertrag das bekannte und geschätzte Patamanzatuch gewoben wurde.

Im Schein der Herbstsonnen glich die mittelgroße Stadt mit den sanften Hügeln und ihrer Flusslage einem Paradies. Die letzten Äpfel reiften an den Zweigen und sorgten dafür, dass ein schwacher Geruch der Früchte in der Luft lag.

In der kleinen Kabine des Schiffes feierten Belkala und Nerestro auf die Weise der Liebenden das vollständige Gesunden des Ritters. Beide genossen die Zweisamkeit wie noch nie zuvor. Für die Schönheit der Landschaft, die an der Kabine vorbeizog, blieb nur wenig Zeit.

Die *Stromschnelle* legte gegen Mittag im Hafen an. Ein äußerst gut gelaunter Nerestro teilte Trupps ein, die sich jeweils um Proviant und Neuigkeiten kümmern sollten.

Die Kensustrianerin verabschiedete sich eilig, um die Stadt auf eigene Faust zu erkunden, wie sie sagte. Inmitten von gerüsteten Männern fühle sie sich zwar beschützt, aber mit Menschen würde sie kaum ins Gespräch kommen.

Der Ordenskrieger ahnte, dass sich der Drang nach »Nahrung«, wie er es beschönigend nannte, bei der Priesterin meldete. Er konnte es ihr nicht verbieten, dafür liebte er sie zu sehr.

Aber es blieb ein schaler Geschmack in seinem Mund, als er ihre Gestalt zwischen den vielen Menschen verschwinden sah.

Knappen legten ihm an Deck seine schwere Rüstung an, dann ging es auf Bolkors Rücken an der Spitze des eindrucksvollen Zuges in Richtung des Stadttores.

Vorweg bahnte ein Bannerträger einen Weg durch die Fußgänger, Herodin ritt neben ihm, die übrigen vier Ritter folgten danach. Schwer gewappnete Knappen bildeten den Schluss. Wie immer flatterten bunte Wimpel und Fahnen im Wind, die Hohen Schwerter machten aus ihrer Ordenszugehörigkeit keinen Hehl.

Die Wachen am Tor hielten sie nicht auf, und die Ritter in ihren prächtigen Panzerungen und ihr nicht weniger gerüstetes Gefolge zogen in Patamanza ein.

Die Menschen blieben stehen und staunten den Männern hinterher. So etwas hatte man noch nie in der Stadt gesehen, und schon bald waren die Kämpfer die Attraktion.

Einen Pulk von neugierigen, lärmenden Kindern hinter sich, ritt der Tross auf den Marktplatz, wo er sich aufteilte. Jeder Ordenskrieger machte sich zusammen mit zwei Knappen in die verwinkelten Gassen der Fürstenstadt auf. Herodin und Nerestro steuerten die nächste Wirtschaft an, um gleich dort mit den Nachforschungen zu beginnen. Die restlichen Begleiter besorgten die Einkäufe.

Die naseweisen Jungen und Mädchen folgten ihnen, sehr zum Leidwesen des Anführers, bis in den Schankraum des *Weißen Hirschen,* doch ein energischer Ruf des Wirts ließ sie kreischend verschwinden. Danach wandte sich der Hausherr, ein schlanker Mann von mittlerem Alter und einem freundlichen Gesicht, seinen neuen Gästen zu.

»Verzeiht die aufdringliche Neugier der Kleinen«, sagte er, als er sich dem Tisch näherte. »Aber in Patamanza haben wir noch nie Ordensritter gesehen, werte Herren.« Mit einem Leintuch wischte er die Holzfläche ab. »Ich bin Savilas. Wohlan, was darf ich meinen edlen Gästen kredenzen? Ich habe einen hervorragenden Hirschen in Rotwein eingelegt, dazu ein paar Kartoffeln und bunte Nudeln.« Abwartend stand er neben ihnen. »Oder lieber etwas anderes?«

Nerestro blickte sich im leeren Raum um. »Gibt es einen Grund, weshalb deine Stube ein paar Gäste mehr vertragen könnte? Liegt es vielleicht an deinen Kochkünsten?«

»Herr«, begehrte Savilas auf, »das beim besten Willen nicht. Wäre ich sonst das beste Haus am Platz?«

»Aber was ist es dann?« Herodin blieb hartnäckig.

Schritte waren auf der Treppe, die nach oben führte, zu hören. Der Hausherr wurde etwas unruhig. »Nun, Ihr werdet den Grund gleich selbst sehen. Aber ich versichere Euch, es sind gewöhnliche Gäste wie Ihr auch.«

Zwei Menschen kamen aus dem ersten Stockwerk herab. Sie waren hoch gewachsen, einen genaueren Blick auf ihre Statur verhinderten die Umhänge, die sie um sich gelegt hatten. Zwei Schwerter hingen auf ihrem Rücken. Ohne sich um die Umgebung zu kümmern, nahmen sie am anderen Ende des Raumes Platz und streiften ihre Kapuzen zurück.

»Kensustrianer«, entfuhr es Nerestro überrascht, als er die langen, grünen Haare entdeckte, die die Fremden in einem seltsam anmutenden Doppelzopf am Hinterkopf trugen. »Na, das ist eine Überraschung. Da wird sich Belkala aber freuen, Landsleute von sich zu sehen.«

»Schwerter«, grübelte sein Unteranführer. »Dann werden sie wohl eher zu den Kriegern als zu den Priestern gehören.« Sofort begannen seine Augen erwartungsvoll zu funkeln. »Herr, das wäre doch eine Herausforderung, wie wir sie schon lange nicht mehr hatten. Bedenkt, ein Zweikampf gegen einen Kensustrianer in aller Freundschaft, das gab es bei den Hohen Schwertern noch nie.« Gespannt wartete er auf eine Antwort.

»Wenn Ihr ein Duell in Betracht zieht«, meldete sich Savilas betont freundlich, »dann bitte nicht in meinem Gasthaus. Es wird ohnehin schon genug geredet.«

»Was wird denn geredet?«, wollte Nerestro wissen.

»Nun, die Kensustrianer haben doch diese langen Eckzähne. Na ja, einige der Städter fürchten, sie könnten mit den Sumpfbestien verwandt und heimliche Verbündete sein. In letzter Zeit sind diese Viecher wieder sehr unruhig geworden. Und ihre Manieren im Umgang mit dem normalen Volk lassen auch ein wenig zu wünschen übrig«, erklärte er mit säuerlicher Miene. »Einen Händler, der sie angeblich nicht mit der passenden Achtung bediente, hätten sie beinahe geköpft.«

»Sehr verständlich«, meinte Herodin grinsend, was ihm einen entsetzten Blick des Wirts einbrachte. »Wir scheinen viele Gemeinsamkeiten zu haben.«

»Dann sollten wir den beiden unsere Aufwartung machen«, beschloss Nerestro und erhob sich, um hinüber zum Tisch der Kensustrianer zu gehen. Dort angekommen, deutete er ein knappe Verbeugung an, legte eine Hand an den edelsteinbesetzten Knauf der aldoreelischen Klinge und stellte sich vor.

»Ich bin Nerestro von Kuraschka, Ritter im Orden der Hohen Schwerter, Diener Angors, der Gott des Krieges und Kampfes, der Jagd, der Ehrenhaftigkeit und der Anständigkeit. Für ihn lebe und sterbe ich.« Er deutete auf Herodin. »Und das ist mein Unteranführer, Herodin von Batastoia, auch er führt eine vortreffliche Klinge. Unser beider Anliegen ist es, in freundschaftlichem Miteinander die Klingen zu kreuzen, wenn es erlaubt ist.«

Die beiden Kensustrianer warfen sich einen Blick zu, wobei dem Jüngeren der beiden die Neugier offensichtlich ins Gesicht geschrieben stand. Der Ältere dagegen hob nur beschwichtigend die Hand.

Danach wandte er sein markantes, langes Gesicht den beiden Ordenskämpfern zu. Von Kopf bis Fuß musterte er sie. Langsam erhob er sich und streifte den Umhang ab. Darunter hatte sich eine Rüstung aus Holz-, schimmernden Metall- und Lederkomponenten verborgen, vereinzelt war unter dem Schutz beigefarbener Stoff zu erkennen. Er überragte den Angor-Gläubigen um einiges. Stolz hob er das Kinn.

»Ich bin Moolpár der Ältere, Angehöriger der Kriegerkaste und Diplomat des kensustrianischen Volkes.« Er deutete auf seinen Begleiter, der daraufhin aufsprang und sein Cape ebenfalls ablegte. Eine baugleiche Panzerung kam zum Vorschein. »Das ist mein Famulus, Vyvú ail Ra'az. Euer Angebot können wir leider nicht annehmen. Ihr wärt keine Herausforderung für uns. Ich wünsche Euch und Eurem Freund einen angenehmen Tag. Möge Euch Euer Gott beschützen.« Er schwankte leicht, nahm wieder Platz, und der andere Kensustrianer folgte seinem Beispiel.

Es dauerte eine Zeit, bis Nerestro die Ungeheuerlichkeit der Antwort erfasst und das Schwanken als Verbeugung verstanden hatte. Wortlos streifte er seinen Panzerhandschuh ab und warf ihn auf den Tisch, wo er rumpelnd aufschlug.

»Wir werden sehen, ob ich eine Herausforderung für Euch sein werde, Moolpár der Ältere«, sagte er kühl. »Ihr wart mehr als unhöflich.«

Mit einer lockeren Bewegung fegte Vyvú ail Ra'az den metallenen Fingerschutz vom Holz. »Wir benötigen Platz zum Essen. Wir wollen Euer Geschenk nicht.«

»Das war kein Geschenk«, erklärte Nerestro bebend vor Wut. »Damit habe ich Eure Ehre herausgefordert.«

»Wessen Ehre?«, fragte Moolpár. Die goldenen Augen ruhten forschend auf dem Gesicht des Ritters. »Meine oder seine?«

»Ich habe mit Euch gesprochen, also geht davon aus, dass Eure Ehre gemeint war.« Nerestro sah auf den Handschuh, der zu den Füßen Vyvú ail Ra'az' lag. »Und da er meine Ehre durch seine Tat angegriffen hat, werde ich nach dem Zweikampf mit Euch ihm beibringen, was es heißt, sich bei einem Ritter des Gottes Angor unbeliebt zu machen.«

Der Ältere atmete laut aus, hob den Fingerschutz auf und reichte ihn Nerestro. »Nehmt ihn, Nerestro von Kuraschka, dankt Euren Ahnen, dass wir Eure Forderung nicht annehmen, und esst etwas.«

»O doch. Ihr werdet sie annehmen.« Der Ordenskämpfer zog die aldoreelische Klinge und umfasste sie mit beiden Händen. »Ihr müsst Euch verteidigen, wenn

Ihr nicht sterben wollte, Moolpár der Ältere. Der Kampf ist mit dem ersten Blut beendet.«

»Meine Wirtschaft«, jammerte Savilas lautstark aus dem Hintergrund. Herodin nahm einen Beutel mit Münzen und warf ihm das Behältnis zu. Als die Kronen in seiner Hand aufblitzten, hörte das Gezeter des Wirts sofort auf, und er nahm eine bequeme Haltung ein, um den Kampf verfolgen zu können.

»Das bedeutet, dass einer von uns beiden dann verloren hat, wenn sich Blut an einer Stelle des Körpers zeigt?«, vergewisserte sich der Kensustrianer.

Nerestro nickte grimmig. »Ich werde Euch nicht töten. Ich will nur sehen, wie Ihr kämpft.«

»Nun gut.« Moolpár zog eines seiner beiden Schwerter. »Ich werde Euch mit einer Angriffsreihe täuschen und danach einen Schnitt in die rechte Hand zufügen«, gab er ruhig bekannt. »Was werdet Ihr tun?«

Der Ritter schüttelte ungläubig den kurz geschorenen Kopf. »Mann, Ihr könnt mir doch nicht im Voraus sagen, was Ihr plant!«

»Es wäre nicht gerecht, wenn ich es nicht täte«, erwiderte sein Gegner. »Ihr seid mit dieser Rüstung im Nachteil. Ich werde zu schnell für Euch sein. Deshalb verzichte ich auf mein zweites Schwert.«

Allmählich wurde es dem Ritter zu bunt. »Nun gut. Ich bedanke mich in aller Form für Euren Hinweis. Können wir dann endlich beginnen, oder wollt Ihr noch etwas erläutern?«

»Nein, das wäre alles«, sagte Moolpár aufrichtig. »Ihr zuerst.«

Nerestro schloss einen Moment die Augen. »Danke, Moolpár, zu gütig«, knurrte er und schlug zu. Doch an der Stelle, wo der Kensustrianer eben noch gestanden hatte, traf er nur Luft. Die Bewegung neben sich erkannte er aus den Augenwinkeln, geistesgegenwärtig riss er das Schwert hoch.

Als die Klingen sich trafen, ertönte ein seltsames Geräusch, und die Waffe Moolpárs bekam eine Kerbe, die bis zur Mitte reichte. Verblüfft starrte der Kensustrianer auf sein fast gebrochenes Schwert.

Ihre Waffen hatten einen hohen Iurdumanteil. Aber einen zweiten Schlag würde sie nicht überstehen.

Das wusste auch Moolpár, der sich von seiner Überraschung erholt hatte.

Flink wie eine Katze sprang er nach hinten weg und umrundete den Ritter, der für eine komplette Drehung zu lange brauchte.

Als er sich endlich bewegt hatte, stand der Kensustrianer schlagbereit vor ihm, sein Schwert zuckte nach vorne, im letzten Moment lenkte Nerestro die Spitze zur Seite.

Klirrend ging die Waffe zu Bruch, doch gleichzeitig spürte er einen heißen Schmerz über seinen Handrücken fahren. Blut sickerte aus einer flachen Schnittwunde hervor, während Moolpár seinen Dolch verstaute.

»Damit ist meine Ehre nach Euren Spielregeln wieder hergestellt.« Der Kensustrianer setzte sich. »Ihr hättet Euren Handschuh anlegen sollen.«

Der Famulus stand auf und stand mit glühenden Wangen vor dem Ritter.

»Gelten die gleichen Regeln?«, fragte sich der Kensustrianer und zog sein Schwert.

Nerestro seufzte und betrachtete die rote Bahn, die das hervorsickernde Blut auf der hellen Haut hinterließ. Er nickte und hob zugleich abwehrend die Hand. »Wartet. Diesmal möchte ich nicht, dass mir jemand sagt, was er zu tun gedenkt. Greift einfach an.«

Viel zu stürmisch begann Vyvú ail Ra'az seine Attacke. Der Ritter beschloss, ein Experiment zu wagen. Da er wusste, an welchem Teil seine schwere Rüstung getroffen werden würde, parierte er nicht, sondern erlaubte dem jungen Gegner, das Schwert durchkommen zu lassen.

Der Aufprall der Schneide war auszuhalten, die Wucht

war weniger stark als angenommen. Vyvú ail Ra'az' Gesicht wirkte äußerst entschlossen.

Mit einem unangenehmen Laut fuhr die geschliffene Seite daumennagelbreit in das schützende Metall.

Die Panzerung hielt. »Nun ich«, sagte Nerestro grimmig, täuschte einen hohen Schlag an, den der Kensustrianer sofort unterlaufen wollte, zog sein aldoreelisches Meisterwerk aber in einer schrägen Linie dem Abduckenden hinterher.

Mit einem unterdrückten Schmerzenslaut fiel sein Gegner auf die Diele und hielt sich den Oberarm. Zwischen seinen Fingern quoll Blut hervor, seine Rüstung hatte nichts von der Wirkung des Treffers aufhalten können. Nur der Besonnenheit und der Zielgenauigkeit des Ordenskriegers verdankte es der Kensustrianer, dass Fleisch und Knochen nicht durchtrennt worden waren. So bekam er nur einen leichten Schnitt.

Zufrieden küsste Nerestro die Blutrinne der Waffe und steckte sie zurück in die Scheide. »Ihr seid noch jung und unerfahren. Nehmt Euch ein Beispiel an Eurem Meister.« Der Ritter deutete auf die eigene Verletzung. »Aber Ihr werdet bestimmt auch einmal so gut wie er. Dankt mir nicht für meine Milde.«

Sein zweiter Gegner stand auf und grüßte ihn mit einem knappen Nicken. Nach einer kurzen Unterhaltung mit seinem Mentor auf Kensustrianisch verschwand er im oberen Stockwerk.

Moolpár bedeutete den beiden Männern, sich zu ihm zu setzen.

»Ich gestehe, ich bin neugierig geworden. Nachdem die ernsten Angelegenheiten geregelt sind, wäre ich einer Unterhaltung mit Euch nicht abgeneigt«, eröffnete der fremde Krieger. »Immerhin sind wir beide etwas Außergewöhnliches hier in Serusien, nicht wahr? Auf alle Fälle habe ich Kämpfer wie Euch noch nie vorher gesehen. Und wir kamen schon weit herum.«

»Meinen Dank für das Angebot, das ich gerne annehme.« Nerestro setzte sich klappernd auf die Bank, die gefährlich unter seinem Gewicht ächzte. Mit einem Wink orderte er beim Wirt Essen und Getränke. »Nun, Ihr gehört zur Kriegerkaste. Zurzeit steht Ihr an der Spitze des kensustrianischen Kastensystems, wenn ich mich recht entsinne.« Innerlich versuchte er alles aus seinem Verstand abzurufen, was ihm seine Geliebte über das Land erzählt hatte. »Ist das immer noch so? Und aus welchem Grund sind zwei Krieger auf dem Weg durch Serusien? Von Priesterinnen ist man es ja gewohnt.«

Der Wirt brachte kurz darauf ein Holztablett mit dicken, saftigen Fleischscheiben. »Alles Übrige kommt sofort«, beeilte er sich zu sagen und eilte wieder in die Küche.

Nerestro warf einen Blick auf das Mahl. »Dieses Stück wird Euch bestimmt munden. Je roher das Fleisch, desto mehr nach kensustrianischem Geschmack, nicht wahr?«

Moolpár schaute etwas pikiert auf die Scheibe. »Nun, zunächst dachte ich, Ihr kennt Euch ein wenig aus, Nerestro von Kuraschka. Aber was die Essgewohnheiten angeht, liegt Ihr völlig daneben. Die meisten Kensustrianer mögen scharf angebratene Sachen, die im Inneren durch sind. Nicht so rosa, wie … das.« Vor seinem geistigen Auge sah der Ritter, wie sich Belkala immer die fast rohen Fleischstücke genommen hatte. »Es liegt daran, dass rohes Fleisch anfällig für Krankheiten ist. Wir achten in unserem heißen Land sehr darauf. Natürlich auch außerhalb.« Er lehnte sich etwas nach vorne. »Woher habt Ihr denn Euer Wissen über Kensustria? Ihr erwähntet eine Priesterin.«

Der Ritter erhielt die unvermittelte Eingebung, dass es kein guter Einfall sei, den beiden Landsmännern Belkalas von seiner Geliebten zu erzählen. Aber Herodin war schneller als er.

»Sie heißt Belkala und ist Priesterin des Gottes Lakastra«, erklärte er freimütig.

»Ach?« Moolpárs Augenbrauen zuckten in die Höhe. »Belkala, so, so.« Inzwischen stapelten sich mehrere Schüsseln auf dem Tisch, und der Kensustrianer nahm sich aus allen jeweils eine kleine Portion auf seinen Teller. Vorsichtig versuchte er die Speisen, dann aß er mit Appetit weiter. Unter dem Tisch verpasste der Ritter seinem Unteranführer einen warnenden Fußtritt. »Und wo habt Ihr sie getroffen? Ich dachte bisher, Vyvú ail Ra'az und ich seien die weit Gereistesten unserer Heimat.«

Verunsichert schwieg Herodin und stocherte in seinem Hirschbraten.

»Es war weit weg von hier, in Tarpol«, sagte stattdessen Nerestro und versuchte, ehrlich zu klingen. »Ihr kennt sie nicht zufällig?«

»Fast jeder in Kensustria kennt Belkala«, sagte der Krieger und schnitt sich das Gemüse klein, »die Verstoßene der Priesterkaste.«

Nerestro fuhr sich über die geflochtene Bartsträhne und hoffte inständig, dass der mit Essen beschäftigte Moolpár sein kurzfristiges Entsetzen nicht bemerkt hatte. Auch sein Unteranführer kämpfte mit der Fassung.

Glücklicherweise kam in diesem Augenblick Vyvú ail Ra'az die Treppe hinab und lenkte die Aufmerksamkeit auf sich. Ein ordentlich angelegter Verband zierte seinen Oberarm. Wortlos setzte er sich an den Tisch und nahm sich ebenfalls etwas von den aufgetragenen Gerichten.

»Warum wurde diese Frau verstoßen?«, hakte Nerestro nach einer Weile scheinbar gleichgültig nach.

»Belkala? Nun, die genauen Umstände kenne ich nicht, denn ich gebe mich im Allgemeinen mit den niederen Kasten kaum ab«, begann Moolpár, wischte sich den Mund mit einem Stück Tuch ab und langte nach seinem Becher, der mit Wasser gefüllt war. »Aber die Geschichte ist recht bekannt. Belkala war vor vielen Mondumläufen die Hohepriesterin des Gottes Lakastra und belebte seinen Kult in Kensustria wieder neu. Dank ihrer Energie fand der Glaube an ihn großen Zulauf. Doch sie veränderte seine Lehre, wenn ich mich recht erinnere. Und das wiederum rief den Widerstand der gesamten Priesterkaste auf den Plan.«

»Vorgeworfen wurde ihr, durch falsche Visionen die Menschen zum Glauben gerufen zu haben«, ergänzte der jüngere Kensustrianer. »So ließ sie ein Trugbild von Lakastra erscheinen, das zu den Menschen sprach.«

»Nach dem Beschluss der Priesterkaste wurde sie wegen des Frevels des Landes und der Kaste verwiesen. Soweit ich weiß, hat man einen Fluch über sie verhängt.« Moolpár nahm einen Schluck Wasser. »Mehr weiß ich jedoch nicht. Sie beherrscht Künste, die nicht rechtens sind. Wenn Ihr sie das nächste Mal sehen solltet«, Nerestro zuckte zusammen, »wenn Ihr wieder in Tarpol seid, schlagt Ihr den Kopf ab und verbrennt ihren Körper. Wir würden es zumindest tun, wenn wir sie träfen.«

»Kennt Ihr sie denn?«, krächzte Nerestro und leerte seinen Becher mit Wein, um das trockene Gefühl aus dem Hals zu spülen.

»Sie macht kein Geheimnis um ihre Person«, antwortete der Ältere. »Und es gibt außerhalb Kensustrias nicht viele Priesterinnen Lakastras.« Prüfend sahen seine bernsteinfarbenen Augen in die des Ritters. »Hattet Ihr länger mit ihr zu tun? Man sagt, wenn sie einen Mann in ihren Bann gezogen hat, sei er ihr auf ewig verfallen.«

Geistesabwesend fuhr sich der Ordenskrieger mit der Hand ins Genick. Die fünf Rillen, Überbleibsel der Kratzer, die er damals in seinem Albtraum in Granburg erhalten hatte, waren trotz der cerêlischen Magie nicht verschwunden.

Seine Gedanken rasten, sein Verstand setzte das Gehörte zu einer Ungeheuerlichkeit zusammen, die er sich weigerte zu glauben.

»Nein, nein«, sagte Herodin. »Wir haben sie auf dem Weg nach Dujulev und am Hof gesehen.« Als er die neugierigen Gesichter der Kensustrianer bemerkte, schilderte er in allen Einzelheiten taktische Vorgehensweisen der Hohen Schwerter, den Einsatz der Kavallerie und die Wucht eines massierten Lanzenangriffs.

Die beiden fremden Krieger waren so gebannt, dass sie den stummen Nerestro nicht weiter beachteten. Immer wieder hakten sie ein oder wollten Näheres wissen.

»Entschuldigt mich«, flüsterte der Ritter und wankte hinaus auf den Marktplatz.

Er stützte sich an einem Steinpfeiler ab, ein Schwindel hatte ihn erfasst.

Nach einer Weile waren die Kinder wieder da und sprangen um Nerestro herum, berührten vorsichtig seine Rüstung und hüpften kreischend zurück, wenn er einen Schritt auf den Mutigsten zu machte.

»Verschwindet, ihr Gören!«, herrschte er sie ein wenig hilflos an. »Ich bin keine Jahrmarktattraktion. Ich bin ein Ordenskrieger, den ihr mit Respekt behandeln sollt. Verschwindet und geht anderen auf die Nerven!«

Die Jungen und Mädchen ließen sich von seinem unfreundlichen Gesicht endlich in die Flucht schlagen und verschwanden zwischen den Marktständen.

Die Tür des *Weißen Hirschen* flog auf. Herodin kam im Eilschritt hinaus, der Kopf hochrot, die Aufregung sprang förmlich aus ihm hervor. »Herr, die Kensustrianer befinden sich im Krieg mit dem Kaiserreich Angor! Sie haben einen Großteil ihrer Flotte zerstört und Hunderte von Angorjanern getötet.«

»Was?« Nerestro fuhr herum. »Sie haben es gewagt, den Kontinent anzugreifen, der von Angor persönlich geschaffen wurde? Welch ein unverzeihlicher Frevel. Dafür sollten wir den beiden da drinnen die Köpfe abschlagen.« Er besann sich und zwang sich zur Ruhe. »Die Pest über Kensustria! Berichte mir mehr, und nichts wie weg von dem Ort, an dem ein Teil der Schuldigen sitzt, bevor ich mich vergesse. Ich will in einem fremden Land keine Scherereien haben.«

Im Galopp ging es zurück zur *Stromschnelle,* wo bereits ein Teil der ausgeschwärmten Ritter wartete und ähnliche Neuigkeiten zu erzählen hatte. Nerestro verbot den aufgeregten Männern, auf der Stelle ins Gasthaus zu reiten und die beiden Kensustrianer zu einem Kampf herauszufordern.

»Herr, was machen wir mit Belkala?«, wagte einer seine Gefolgsleute zu fragen. »Eure Gefährtin gehört zum Volk der Frevler, die die Schöpfung unseres Gottes bekämpfen.«

»Ich weiß, was du sagen möchtest«, entgegnete der oberste Ordenskrieger verbittert. »Ich werde mit ihr reden und ihr die neue Lage schildern. Ich hoffe, sie hat Verständnis dafür, dass sie nicht weiter mit uns reisen kann.«

Er ging von Bord des Schiffes und wartete auf der Kaimauer auf die Rückkehr der Kensustrianerin. Immer wieder rief er sich die Worte des fremden Kämpfers in Erinnerung, und seine Unsicherheit wurde dadurch nicht geringer. Liebe und übergroße Dankbarkeit kämpften in seinem Herzen gegen die Pflicht, alles zu ächten, was sich gegen Angors Werk stellte.

Dazu kam, dass er sich immer mehr in die Vorstellung steigerte, sie habe ihn mit falschen Visionen seines Gottes getäuscht und ihn mit ihren Künsten, von denen Moolpár sprach, in ihren Hexenbann geschlagen. *Den Kopf abschlagen und den Körper verbrennen.*

»Was grübelst du da, mein Junge?«, fragte eine vertraute Stimme neben ihm, die er seit ewigen Zeiten nicht mehr gehört hatte. Erschrocken wandte sich der Ritter um und sah den alten Mann, der neben ihm stand.

»Vater? Du bist tot, Vater«, stammelte Nerestro. »Geh weg, Trugbild!«

»Wie redest du mit mir, Nerestro?«, herrschte sein Vater ihn an, der in einer ähnlichen Rüstung wie sein Sohn erschienen war. »Ich bin kein Trugbild. Ich bin …«

Der Ordenskrieger zog die aldoreelische Klinge, sprang auf und durchbohrte den Mann.

Wirkungslos fuhr die Waffe in den Körper.

»Ha, ich wusste es! Zauberwerk!«, schrie Nerestro triumphierend, und als die Figur beschwichtigend die Hände hob und einen Fuß nach vorne setzte, wich der Ritter aus. Die warnenden Rufe vom Deck der *Stromschnelle* hörte er nicht.

Sein Tritt ging ins Leere. Um Gleichgewicht kämpfend stand er für einen Lidschlag rudernd in der Luft, dann fiel er nach hinten in das Wasser des Repol.

Blubbernd und gurgelnd wich die Luft aus den Hohlräumen seiner Rüstung, die Blasen kitzelten ihn im Gesicht, und wie ein Stein sank er tiefer und tiefer in die klaren Fluten. Unbarmherzig zogen ihn fast dreißig Kilogramm Metall dem Grund entgegen.

Belkala hob den Kopf und sah über die Schulter, giftgelb leuchteten ihre Augen. Keiner hatte sie bei ihrem Tun beobachtet, und beruhigt setzte sie das Mahl fort.

Die Schafe des Mannes, der tot unter der Kensustrianerin lag, verteilten sich in der Umgebung unter den Obstbäumen und fraßen in aller Ruhe Gras. Sie hatten sich weit genug von dem seltsamen Wesen in Sicherheit gebracht, das gerade dabei war, ihren Hüter zu verspeisen. Der Hund des Hirten ruhte nur wenige Meter neben seinem Herrn leblos im Grün. Er hatte seine Treue und Tapferkeit mit dem Leben bezahlt.

Darüber machte sich Belkala nur wenig Gedanken. Als sie den Schafhirten etwas außerhalb entdeckte, wusste sie, dass sich eine solche Gelegenheit nicht noch einmal bieten würde. Der Mann hatte sich erstaunlich heftig zur Wehr gesetzt, aber gegen die Kräfte der Priesterin nützte ihm sein Kurzschwert nichts. Seine Jacke diente ihr zum Abwischen des Blutes um Mund, Kinn und Nase.

Sie schleppte die Überreste an ein nahes Sumpfloch und versenkte die Kadaver von Hund und Herrn darin. Außer dem roten, niedergedrückten Gras wies nichts auf die ungeheuerliche Tat hin, die sie vor Hunger nach Nahrung begangen hatte.

Die Schafe blökten und rückten weitere Meter von der Stelle weg.

Satt und mit einem unbeschreiblichen Gefühl der Erleichterung machte sie sich auf den Rückweg nach Patamanza. Ein Liedchen summend, schritt sie die breite Straße entlang in Richtung Stadttor.

Sie genoss den wunderschönen Anblick der Obstbäume und Baumwollfelder und freute sich auf das Wiedersehen mit ihrem Geliebten. Sie hoffte, dass das Geeinte Heer niemals zum Einsatz kommen musste, und damit blieb Nerestro jede mögliche Auseinandersetzung mit Nesreca und seinen Schergen erspart.

Nicht, dass sie es dem Ritter nicht zutrauen würde, gegen einen der Zweiten Götter mithilfe seiner aldoreelischen Klinge zu bestehen, aber wenn dieses Wesen zusätzlich seine magischen Fertigkeiten einsetzte, hätte ihr Geliebter nicht den Hauch einer Möglichkeit, den Gegner zu bezwingen. Die Rüstungen widerstanden Bolzen und Schwertern, doch nicht dieser Energie.

Wenn aber das Geeinte Heer wie vor 444 Jahren ein zweites Mal gegen Sinured und seine Truppen antreten müsste, war sie wenigstens an seiner Seite, um ihn zu beschützen.

Sie zog die Kapuze ihres Capes über den Kopf, um sich vor den noch kräftigen Sonnenstrahlen zu schützen. Kurz darauf passierte sie das Stadttor, misstrauisch beäugt von den Wachen, die ihre Robe mit einer gewissen Verwunderung bereits beim Verlassen von Patamanza betrachtet hatten.

Die Kensustrianerin schlenderte durch die Straßen und Gassen in Richtung des Marktplatzes, vorbei an den zahlreichen Ständen und Buden, die alles Mögliche, von frischem Obst und Geflügel bis hin zu Likören und Branntwein, anboten. Eine Auslage mit besonders schönem Tuch fesselte ihre Aufmerksamkeit, neugierig kam sie näher und begutachtete die Ware.

»Ich weiß nicht, wohin die beiden Ritter so schnell verschwunden sind«, sagte eine Stimme in ihrem Rücken. »Aber sie scheinen mit dem Umstand, dass wir Krieg gegen das Kaiserreich führen, nicht sehr glücklich.«

Belkala erstarrte und unterdrückte den Wunsch, sich umzudrehen und nach dem Sprecher zu sehen. Die Worte waren in ihrer Sprache, Kensustrianisch, gesprochen worden.

»Herodin, so hieß er doch, empfand es als Frevel«, meinte eine zweite, tiefere Stimme ruhig. »Es wird etwas mit ihrem Glauben an die ulldartische Gottheit Angor zu tun haben. Wir sollten uns besser auf eine Auseinandersetzung vorbereiten. Du weißt, welche Macht der fanatische Glaube haben kann.«

Ganz dicht gingen die beiden Männer an ihr vorbei. Sie zwang sich dazu, ruhig zu bleiben und den Stoff zu prüfen, als wäre sie eine ganz normale Einkäuferin.

»Das ist eine ganz besonders gelungene Arbeit«, erklärte ihr ein beflissener Krämer. »Das Tuch liegt wunderbar weich auf der Haut. Es kratzt nicht.« Belkala lächelte freundlich, was den Mann am Stand zu weiteren Anstrengungen um die Gunst der möglichen Kundin anspornte. »Es wird Eure Statur veredeln. Und die Farbe passt hervorragend zu Euren ungewöhnlichen grünen Haaren. Welche Färbemittel benutzt Ihr? Paturawurzel?«

»Nein, es ist eine Rindensorte«, stotterte die Priesterin. »Legt mir zwei Ellen von dem Stoff zurück. Ich hole mir ein paar zusätzliche Kronen aus meinem Zimmer und bin gleich wieder da.« Ohne sich umzudrehen, verließ sie die Stelle vor der Verkaufsbude und schritt langsam den schmalen Gang hinab, den die Stände freigelassen hatten.

»Hallo!«, rief es in ihrem Rücken. Doch Belkala setzte ihren Weg fort. »Bleibt stehen, edles Fräulein!« Fußgetrappel näherte sich von hinten. »So wartet doch. Halt, habe ich gesagt.«

Die Priesterin rannte los und rempelte sich ihre Bahn durch die Menschen frei, die vor den Waren standen. Ihre Kapuze glitt nach hinten und gab die Sicht auf ihre grünen Haare frei.

»Euer Geld!« Der Tuchkrämer blieb stehen und reckte den Beutel, den er gefunden hatte, kopfschüttelnd in die Höhe. »Ich gebe ihn Euch, wenn Ihr den Stoff abholt.«

Ein Lederhandschuh schloss sich um die Börse. »Spart Euch die Mühe, Kaufmann«, sagte ein hoch gewachsener Mann und entwand ihm den Beutel. »Ich bringe ihn der Frau. Ich bin ihr Bruder.«

Bevor der Händler protestieren konnte, waren der Unbekannte und sein Begleiter nicht weniger rücksichtslos durch die Masse unterwegs, um seiner Kundin nachzusetzen.

Als Belkala einen Blick über die Schulter warf, fluchte sie laut. Die beiden kensustrianischen Krieger kamen näher. Sie verspürte keinen Drang, sich mit ihren Landsleuten zu unterhalten. Dieser Plausch würde einen schlechten Verlauf nehmen.

Im Eiltempo hastete sie durch das Labyrinth aus Gestängen, Zeltbahnen, stieß Leute zur Seite, die ihre zufällig ausgewählte Fluchtroute versperrten, bis sie schließlich den direkten Weg wählte. Nun ging es quer über die Tische und Auslagen. Die gemurmelten Verwünschungen wurden hinter ihr zu lauten Rufen und Drohungen.

Innerlich mobilisierte sie zusätzliche Kraft, ihre Sprünge und Schritte wurden ausladender, ihre Geschwindigkeit steigerte sich weit über die eines normalen Menschen. Sie wollte ihren Verfolgern entkommen, auch wenn sie dafür nach der ungeplanten Anstrengung wieder Nahrung zu sich nehmen musste. Sie wusste, dass sie gegen zwei kensustrianische Krieger nicht bestehen konnte, zumal sie völlig unbewaffnet war. Ihre geringen Selbstverteidigungskünste taugten gegen vier wirbelnde Schwerter wenig. Wenn sie erst einmal säuberlich in einzelne Körperteile zerlegt und verbrannt worden war, nützte alle Macht Lakastras nichts mehr.

Mit ihrem nächsten Satz beförderte sie sich auf ein Zeltdach, das sie als Schwunggeber nutzte und von dem sie sich nach oben auf einen Balkon katapultierte. Hinter der Brüstung duckte sie sich ab, um für ihre Häscher unsichtbar zu werden.

Auf allen vieren kroch sie zum Eingang, der ins Haus führte. Scheinbar verlassen lag das Zimmer vor ihr. Schnell erhob sie sich, eilte durch das Gebäude zum Ausgang und spähte auf die dahinter liegende Gasse. Keine Spur von den beiden Kensustrianern, keine Schritte, nur das Echo des Gezeters, das vom Markt herüberschallte.

Leise verließ sie das Versteck. Sie sprintete die schmale Straße entlang, schlug mehrere Haken, bis sie sich sicher war, von niemandem verfolgt zu werden und sich restlos in dem Gassengewirr verlaufen zu haben.

Ratlos stand sie in einem kleinen Hinterhof, in dessen Mitte ein Springbrunnen plätscherte. Die Fenster der Häuser waren alle mit Holzläden geschlossen.

Sie überlegte, wo die beiden herkamen, und setzte sich auf den Rand der Einfassung. Sie gönnte sich eine Pause und nahm einen Schluck von dem Wasser, während sie wieder zu Atem kam. Ein brennender Hunger nach Nahrung meldete sich. Die Flucht hatte viel Kraft gekostet. Und was hatte Nerestro mit den beiden zu schaffen? Sie hoffte inständig, dass die Unterhaltung zwischen den Kriegern nicht allzu ausführlich gewesen war, sonst würden ihre Schwierigkeiten an Bord der *Stromschnelle* nicht zu Ende sein.

»Du hast aber schöne Haare«, sagte eine Kinderstimme plötzlich. Ein kleines Mädchen kam durch den Eingang, den auch die Priesterin in den Hinterhof genommen hatte. »So grün wie eine Wiese im Frühling.« Sie kam schüchtern näher. »Darf ich es einmal anfassen?«

»Aber natürlich«, sagte Belkala. Der leichte Körpergeruch des Kindes, den sie in ihrem aufgeregten Zustand doppelt so intensiv wahrnahm, regte ihren Appetit an. Sie beugte sich ein wenig nach vorne, um dem Mädchen die Berührung zu erleichtern.

Zögernd streckte es die Hand aus, der Hals mit dem weißen, sauberen Fleisch kam näher und näher.

Die Frau lächelte, ihre Reißzähne wuchsen an. Im Versuch, ihren Drang nach Nahrung zu beherrschen, schloss sie die Augen, sog aber unwillkürlich den Duft der Haut ein. Sie durfte es nicht tun. Das Mädchen war zu klein, zu jung.

Sanft und gegen ihren Willen legten sich ihre Hände auf die Schultern des Mädchens und zogen es an sich heran.

»Hast du schon immer grüne Haare, oder malst du sie an?«, fragte das Kind neugierig. Versuchsweise wickelte es eine Strähne um den Finger und ließ die Locke wieder wegschnellen. »Sie sind sehr weich. Ich wollte, meine wären auch so.«

Belkala riss sich zusammen. Hart stieß sie ihre kleine Besucherin von sich.

»Lauf! Lauf nach Hause, Kleine.« Das Gesicht der Kensustrianerin verzerrte sich. Der innere Kampf war deutlich auf ihrem Antlitz ablesbar. Die Iris glomm auf, wechselte von Bernstein zu Gelb.

Verunsichert und überrascht wich das Mädchen zurück. Dann rannte es weg.

Schwer atmend stützte sich Belkala auf die Mauer, benetzte sich die Stirn mit Wasser und rang mit ihrer Fassung. Um ein Haar wäre ihr anderes Wesen hervorgebrochen, und wie knapp das Kind vor dem sicheren Tod gestanden hatte, konnte sie nicht sagen.

Vorsichtig und ein wenig taumelnd verließ sie den Hof und bog nach rechts ab.

»Belkala?«

Die Priesterin wandte sich um. Ein gerüsteter Kensustrianer mit langem Gesicht stand vor ihr, ein Schwert und einen Dolch gezogen. »Welch Zufall.« Der Krieger senkte den Kopf ein wenig und begab sich in Angriffsposition. »Die Ausgestoßene.«

Am Ende der Gasse tauchte der zweite, jüngere Kensustrianer auf, riss seine Waffen hervor und rannte in ihre Richtung.

Doch ihr erster Gegner wartete nicht. Ansatzlos begann er eine kombinierte Attackenserie gegen die Priesterin, die knurrend zurückwich. Der Rákshasa in ihr brach hervor.

Immer wieder erwischte eine Schneide ein Stück Stoff ihrer Robe, kleinere Schnittwunden zeigten sich, die aber ohne nachhaltige Wirkung blieben. Nur mit dem Verlust des Hauptes war die Priesterin wirklich geschlagen.

Nun stand der jüngere Krieger an der Seite des Älteren. Beide zusammen erzeugten mit ihrer Kampfkunst eine funkelnde, tödliche Wand aus wirbelnden Schwertern, die sie nicht durchdringen konnte. Machte sie einen Schritt vorwärts, würde sie von den Klingen innerhalb von Augenblicken zerlegt werden. Hinter ihr mündete der Weg in einen weiteren Hof.

Aber die Mauer der Gasse zeigte breite Fugen zwischen den Steinen.

Sie fauchte wütend, stieß sich vom Boden ab und sprang an der Wand empor.

Ihre langen Fingernägel krallten sich in die Zwischenräume, die Füße fanden recht schnell Halt. Wie eine Spinne erklomm sie die Wand, um sich aufs Dach zu schwingen und in luftiger Höhe ihre Flucht fortzusetzen.

Bevor sie den rechten Fuß über die Kante ziehen konnte, durchzuckte ihr Gelenk ein glühender Schmerz. Einer der Krieger hatte ihr seine Waffe hinterhergeschleudert.

Zuerst wollte sie sich nicht weiter darum kümmern, aber als sie ihren Fuß belasten wollte, knickte er einfach zur Seite weg. Krachend stürzte sie auf die Ziegeln, rutschte auf das Ende der schrägen Fläche zu und fing sich im letzten Moment an einem Kamin ab.

Fast vollständig abgetrennt baumelte der rechte Fuß am Unterschenkel. Die dumpfen, leicht zu ertragenden Schmerzen meldeten sich erst, nachdem sie sich ihrer Verletzung bewusst geworden war. Somit war ein Sprung auf das nächste Dach unmöglich. Ein zorniges Heulen drang aus ihrer Kehle.

Sie hörte, wie sich einer ihrer Verfolger ächzend die Mauer hinaufarbeitete. Kopfüber warf sie sich in den Schlot und brauste in die schwarze Tiefe hinab.

In einer dunklen Wolke aus Ruß und Staub schlug sie nach einem langen Fall in einem erloschenen Kamin auf. Hustend rutschte sie auf einen Teppich und wischte sich die Augen frei, damit sie ihre Umgebung betrachten konnte.

Belkala fand sich in einer gut eingerichteten Wohnstube wieder. Niemand hatte ihr ungewöhnliches Auftauchen bemerkt.

Leise fluchend zog sie sich an einem Schrank in die Höhe und wankte vorsichtig zu einem Sessel. Sie konzentrierte sich auf die Heilung ihres Beins und des Arms, den sie sich bei ihrem Sturz gebrochen hatte. Das

Schließen der Wunden und Richten der Knochen, das normalerweise von selbst einsetzte, gelang selbst unter Aufbietung aller geistigen Kräfte mehr schlecht als recht. Dabei achtete sie auf jedes verdächtige Geräusch um sich herum. Ihre Verfolger, so schien es, hatten sie verloren.

Hungrig durchstreifte sie das Haus und fand Nahrung in der Gesindeküche, wo eine Köchin und der Diener eine willkommene, wehrlose Beute waren. Ihre Körper, denen sie sogar das Mark aussog, reichten aus, um ihre Bedürfnisse nach Fleisch zu stillen. Noch während des Mahls verschwanden die letzten Blessuren.

Sie schleuderte die schwarze, blutbefleckte Robe ins Feuer, wusch sich das Gesicht und zog sich die zu weite Kleidung der Köchin an. Ihr auffällig grünes Haar färbte die Priesterin mit etwas Asche so dreckig, dass der ursprüngliche Farbton nicht mehr zu erkennen war. Danach verließ sie das Haus durch den Dienstboteneingang, unterm Arm einen Korb mit Wäsche, um als Angestellte einer Herrschaft durchzugehen. Sie war sich sicher, dass Patamanza ihren Besuch nie mehr vergessen würde.

Als sie in aller Eile am Hafen der abendlichen Stadt ankam, war die Anlegestelle der *Stromschnelle* verwaist. Entsetzt senkte sie den Korb mit der Wäsche.

Am Kai, wo das Schiff gelegen hatte, saß ein kleiner Junge und spielte gelangweilt mit einem versiegelten Umschlag. Voller böser Vorahnung ging sie zu ihm und setzte sich neben ihn.

»Das sieht aber sehr wichtig aus, was du da hast«, begann sie die Unterhaltung. »Für wen ist denn der Brief?«

»Der?« Der Junge streckte sich ein bisschen. »Ein Ritter hat ihn mir gegeben, damit ich ihn einer Dame aushändige. Aber sie hat sich noch nicht sehen lassen.«

»Aha.« Belkala fühlte ihren Verdacht bestätigt. »Vielleicht kann ich dir helfen, sie zu suchen. Wie sieht sie denn aus?«

»Nein, das musst du nicht«, winkte der Knabe ab. »Du hast noch viel Wäsche zu waschen. Sie kommt hierher, hat der Ritter gesagt. Und sie ist sehr hübsch und hat halb lange grüne Haare.«

»Oh, das ist eine sehr gute Bekannte von mir«, sagte die Priesterin freundlich. »Sie heißt Belkala, nicht wahr?«

»Stimmt«, sagte der junge Bote eifrig. »Kommt sie bald vorbei?«

»Nein, sie kann nicht. Sie musste etwas erledigen«, sagte Belkala bedauernd. »Aber ich sehe sie später noch. Weißt du was, bevor es dunkel wird und du armer Kerl hier immer noch sitzen musst, gibst du mir den Brief, und ich reiche ihn weiter, einverstanden?«

»Ich habe dem Ritter aber mein Wort gegeben, dass ich den Umschlag nur ihr gebe.« Die Pflicht kämpfte gegen die Aussicht, schnell nach Hause zu kommen. Listig funkelte er die Frau an. »Du sagst ihm nichts?«

»Versprochen«, sagte die Priesterin und nahm den Brief, den der Junge ihr entgegenhielt. Dann lief er in Richtung des Stadttores.

Belkala wartete, bis der Knabe verschwunden war, dann erbrach sie das Siegel und las die Zeilen, die man ihr hinterlassen hatte:

Geliebte,
ich habe heute von deinen Landsleuten erfahren, dass euer Land Krieg gegen das Kaiserreich Angor führt: der Kontinent, der von unserem Gott persönlich geschaffen wurde.

Kensustria bekämpft die Schöpfung des höheren Wesens, in dessen Namen wir leben, streiten und sterben.

Du wirst verstehen, dass ich unter diesen Umständen auf deine Anwesenheit an Bord der Stromschnelle *verzichten muss. Ich kann nicht mit einem Menschen zusammenleben, dessen Volk das Werk Angors bereits tausendfach vernichtet hat.*

Das mag für dich vielleicht engstirnig klingen. Aber für mich ist es eine Sache des Glaubens, der Loyalität meinem Gott gegenüber, der mich durch seine Gabe vor dem Tod bewahrt hat.

Aber das ist nur ein Grund.

Deine Landsleute, und Angor möge sie dafür strafen, haben mir eine kensustrianische Begebenheit geschildert. Du wärst eine Ausgestoßene, eine Priesterin, die die Lehren Lakastras veränderte und Menschen mit falschen Visionen und Hexenkünsten in ihren Bann zog.

Es ergeben sich dadurch für mich viele Fragen, die ich nicht beantwortet haben möchte.

Die Wahrheit aus deinem Mund hierzu könnte schlimmer sein, als ich je vermutete.

Um ein Haar wäre ich heute beinahe ertrunken, als ich in einem Anfall von Wahn meinen toten Vater sah und vor Schreck ins Wasser fiel. Ich weiß nicht, ob es dein Hexenwerk war, das mich ihn erblicken ließ.

Zu deinem und meinem Schutz habe ich dem Kapitän der Stromschnelle *befohlen, abzulegen und wieder flussaufwärts zu steuern. Ich werde zum Geeinten Heer stoßen und mich als Kämpfer anbieten.*

Egal was du dir zu Schulden kommen ließest, ich wünsche dir, dass du an irgendeinem Ort des Kontinents glücklich wirst. Danke mir nicht für meine Milde.

An meiner Seite bist du nicht mehr erwünscht, auch wenn es mir das Herz zerreißt.

Folge mir nicht, es würde dir schlecht bekommen.

Ich hoffe, dass ich in einem möglichen Kampf oder in einem Turnier ein baldiges, ruhmreiches Ende finde.

Angor mag dann entscheiden, was nach meinem Tod mit meiner Seele geschieht.

Nerestro

Belkala ließ das Schreiben sinken und betrachtete ihre verätzten Hände. Wut siegte über die riesige Enttäuschung und das Gefühl, verlassen worden zu sein und das Liebste verloren zu haben.

Ein harter Tritt beförderte den Korb mit der Wäsche in hohem Bogen in den Repol. Die Menschen am Hafen sahen befremdet zu der scheinbar recht unordentlichen Magd, die die Kleidung der Herrschaft einfach so ins Wasser stieß.

Aber so leicht würde der Feigling sie nicht los. Er würde ihr selbst ins Angesicht sagen, dass seine Liebe zu ihr auf immer verloren war oder nur von diesem lächerlichen Krieg abhing. Wenn er das schaffen würde, würde sie ihn aufgeben. Vorher nicht.

Die Priesterin stand auf und wollte zurück in die Stadt, um sich für die Verfolgung der Ritter ein paar Sachen zu organisieren.

»He, Magd«, sagte einer der Schiffer laut. »Deine Wäsche liegt noch im Fluss.«

»Nimm sie dir, wenn du willst«, giftete die Kensustrianerin ihn an und setzte ihren Weg fort.

Der Schiffer zuckte mit den Achseln und begann, die Stücke mit einem Bootshaken einzusammeln. So billig war er noch nie an neue Kleider gekommen.

Ulldart, Königreich Ilfaris,
Herzogtum Turandei, Königspalais,
Herbst 443 n. S.

Da brat mir doch einer einen Storch«, murmelte Perdór verblüfft.

Fiorell schnappte die Klingelschnur. »Ich werde Eure Anweisung sofort in die Tat umsetzen lassen, Majestät.

Für einen kleinen Imbiss wäre genau die richtige Zeit. Es ist ja auch kaum zwei Stunden nach der letzten Mahlzeit.«

»Nein, du Narr«, seufzte der König von Ilfaris. »Lass den Vogel leben.«

»Wie Ihr möchtet.« Gehorsam ließ er die Kordel los. »Also war es nur der Ausdruck Eures Erstaunens und nicht Eures allgegenwärtigen Hungers?« Unschuldig spielte er mit einem Federkiel, setzte ihn auf die Nasenspitze und balancierte das leichte Schreibutensil senkrecht aus. Mit einem Luftstoß beförderte er die Feder in die Höhe, dass sie sich bei ihrem Flug um die eigene Achse drehte, und ließ sie wieder auf seinem Riechorgan landen.

Perdór ging an ihm vorbei und nahm ihm den Federkiel weg, um ihn in die Tinte zu tauchen und rasch ein paar Notizen auf ein Blatt zu kritzeln.

»Was denn, Majestät?«, fragte der Hofnarr beleidigt. »Keinen Applaus für diese Leistung? So etwas habt Ihr doch noch nie gesehen, oder?«

»Um genau zu sein«, stellte der Herrscher mit dem grauen Lockenbart fest, »habe ich es auch eben nicht gesehen. Ich war mit Lesen beschäftigt. Aber versuch es noch einmal. Ich gebe Acht.« Mit viel Liebe platzierte er den Kiel auf der Nase Fiorells, wo prompt ein dicker, blauer Punkt entstand. Der Spaßmacher verzog das Gesicht und tupfte sich den Fleck ab.

»Das kann ich auch«, meinte Perdór, imitierte die Wischbewegungen des Narren im rautenbemalten Trikot und flegelte sich in seinen Lieblingssessel. »Lass uns eine heiße Schokolade bringen. Und ein paar Kekse. Dann fällt das Denken leichter.«

»Eine der üblichen Wagenladungen, meintet Ihr, was? Und das Denken fällt Euch nur deshalb leichter, weil Ihr mit vollem Mund nicht sprechen könnt, Majestät«, sagte der Hofnarr immer noch eingeschnappt. »Zwei Sachen zu koordinieren ist eben nicht einfach.«

»Spotte nur. Es trifft mich nicht.« Er legte eine Hand auf die Ansammlung kleiner Zettel. »Das hier dagegen schon. Tarpol rollt ungebremst vorwärts und peitscht seine tzulandrischen Truppen voran, dass man es schon nicht mehr glauben möchte. Dieser Feldherr, Varèsz, hat ganze Arbeit bei der Disziplinierung der Soldaten geleistet. Auch wenn er dafür etliche zur besseren Durchsetzung seines Drills exekutieren ließ.«

Fiorell lachte böse. »Na und? Sie haben ja genügend davon.«

»Dieser Tzulandrier ist von strategischer Genialität. Bei ihm müssen wir mit allem rechnen. Wenn die Schilderung stimmt, die uns dieser Miskoc von der Vernichtung Worlacs gegeben hat, wird es schwer werden, diesen Menschen im Notfall aufzuhalten.« Ungeduldig wartete Perdór auf seinen Kakao. »Wo bleiben denn diese Lakaien?«

»Sie werden, wie Ihr, immer unbeweglicher und fe…«

»Noch ein Wort, Possenreißer, und ich stopfe dir deine Narrenkappe in den vorlauten Schlund«, drohte der König mit bösem Gesicht und ausgestrecktem Zeigefinger. Die Korkenzieherlocken seines Barts wippten auf und ab.

Augenblicklich verstummte Fiorell und pfiff eine Volksweise, die der Herrscher sofort als *Die dicke Sau* erkannte. Seine Augen verengten sich kerbendünn, umständlich stemmte er sich aus dem Sessel und stapfte auf den Spaßmacher zu.

Fiorell machte eine Rolle rückwärts und brachte sich außer Reichweite seines Herrn. »Ihr habt gesagt ›Wort‹, nicht ›Lied‹, Majestät«, wies er hin. Es bereitete ihm nach wie vor einen höllischen Spaß, seinen Herrn herauszufordern, wenn sie allein waren. »Dafür könnt Ihr mich nicht zur Verantwortung ziehen.«

»Dir gebe ich Verantwortung«, brummte Perdór und langte nach dem marmornen Briefbeschwerer. Polternd landete das Geschoss an der Holzvertäfelung, wo es eine tiefe Delle hinterließ.

Schon hatte der Herrscher den Öffner in der Hand. Fiorell tauchte lachend und scherzhaft um Gnade flehend hinter dem Schreibtisch in Deckung. Er vertraute darauf, dass er dank seiner Beweglichkeit nicht getroffen wurde.

Doch bevor sich weiteres Unglück ereignen konnte, wurde die heiße Schokolade serviert, und das erregte Gemüt des Königs ließ sich von Kakao, Sahne und Keksen augenblicklich beschwichtigen.

»Oink, oink«, kam es unter dem Schreibtisch hervor. Der Hofnarr streckte seinen Kopf ein wenig über die Arbeitsplatte, um nachzusehen, ob die Luft rein sei. »Höre ich da etwa ein Schmatzen?«

Perdór, in der Hand eine Tasse des heißen Getränks, trat von seiner Seite gegen das Möbel, sodass die Mittelschublade auf der anderen Seite hervorschnellte und dem von der Flinkheit überraschten Fiorell gegen den Schädel rauschte.

»Treffer.« Sich den Kopf reibend, erhob sich der Spaßmacher mit missmutigem Gesicht. »Das war nicht nett.«

»Wohl eher eine Carambolage als ein Treffer. Holz auf Holz. Und ich habe nicht behauptet, nett zu sein«, grien-te der König schadenfroh und äußerst glücklich. »Mh, diese Schokolade ist ein wahrhaft göttlicher Genuss. Nimm dir etwas, wenn du möchtest. Und dann zurück an die Arbeit, hopp, hopp.«

Abwehrend hob Fiorell die Hand. »Ein Eis gegen die Beule wäre mit lieber. Und außerdem muss einer von uns beiden auf die Figur achten.« Er zog die Großkarte des Kontinents aus dem Halter an der Decke nach unten.

Nach den genuschelten Anweisungen Perdórs, der die letzten Meldungen der Spione vorlas, zeichnete er die neuen Ostgrenzen Tarpols zu Borasgotan und Hustraban ein. Dann stellte er sich neben seinen Herrn, um die Linie auf sich wirken zu lassen. Zwischendurch kiebitzte er sich einen Keks.

Kauend betrachteten sie die Entwicklung des Frontverlaufs.

»Starker Tobak«, stellte der Herrscher von Ilfaris nach einer Weile lakonisch fest.

»Und wie«, bestätigte Fiorell, nun völlig ernst geworden. »Alle Grenzverläufe zweihundert Warst nach Osten verschoben, eine Großbaronie installiert, in der sich die Kabcara nach Herzenslust austoben kann, und das nur innerhalb von wenigen Monaten. Als wollte er noch vor Ende des Jahres auf der anderen Seite des Kontinents ankommen.«

»Der Kabcar oder Sinured?«, fragte Perdór.

»Tja, das ist die bange Frage.« Der Hofnarr deutete in den Süden. »Aber dafür haben sich die Kensustrianer einen netten Sieg an Land gezogen. Die Entführung der Regentin aus dem tersionischen Palast war brillant. Und nun mussten sich die Angorjaner tatsächlich zurückziehen. Unseren Beobachtungen nach haben zwei Drittel der Kämpfer Ulldart bereits verlassen. Ich schätze mal, dass Lubshá Nars'anamm Sehnsucht nach seiner liebreizenden Gattin hat. Und er sie in einem Stück wieder sehen möchte.«

»Ein Glück für uns«, meinte der König erleichtert und langte nach dem Kleingebäck. »Wenn die Kensustrianer begonnen hätten, die Angorjaner in meinem Land zu bekämpfen, hätte ich nichts dagegen machen können. Ein Hoch auf die Grünhaare!« Er hob die Tasse und leerte sie auf einen Zug. »Wenigstens in unserer Nachbarschaft herrscht ein wenig Frieden. Dadurch können wir unsere gesamte Aufmerksamkeit auf den Norden verlagern.« Er goss sich Schokolade nach. »Übrigens sind wir gebeten worden, ein förmliches Waffenstillstandsabkommen für Palestan, Tersion und Kensustria auszuarbeiten. Kümmere dich darum, Fiorell.«

»Wie erfreulich ruhig es bei uns wird, während da oben die Welt untergeht«, kommentierte der Hofnarr zynisch. »Unsere Freiwilligen für das Geeinte Heer stehen parat und machen sich auf den Weg. Was ich bisher in Erfahrung bringen konnte, werden die Truppen schneller mobilisiert, als ich erwartet habe. Sammelpunkt ist übrigens der Grenzschnittpunkt zwischen Aldoreel, Serusien und Hustraban.«

»Ah, die goldene Mitte. Hoffen wir, dass der Kabcar die Vorsichtsmaßnahme als solche versteht«, murmelte Perdór und blies über die heiße Oberfläche seines Getränks.

»Er würde es mit Sicherheit«, schätzte Fiorell. »Aber dieser falsche Verwandte ist Tzulan in Person, wenn es um die Boshaftigkeit geht. Um ehrlich zu sein, Majestät, wir sollten mit allem rechnen. Unser neuer Verbündeter in Ulsar, Stoiko Gijuschka, beschreibt nachdrücklich, wie sehr Nesreca den jungen Herrscher zu beeinflussen vermag. Im Moment ist Gijuschka dabei, der Kabcara eine Liaison mit dem Konsultanten anzudichten, aber die Intrige muss sicher gesponnen sein, damit sie funktioniert. Er hofft, auf diese Weise das Misstrauen des Kabcar zu wecken.« Er wiegte skeptisch den Kopf hin und her. »Ich bin mir nicht sicher, ob er sich dabei nicht ein wenig überschätzt. Er machte auf mich einen zu ehrlichen Eindruck. Es ist der ungleiche Kampf zwischen Spinne und Skorpion. Während der arme Gijuschka, unsere Spinne, ihr Netz webt und auf Beute hofft, macht sich unser Skorpion Nesreca von hinten heran. Ein gezielter Stich, und weg ist die Spinne. Und das Gift des Konsultanten wirkt verhängnisvoll.«

»Diese Miklanowo und der Leibwächter sind nach wie vor unterwegs?«, fragte sich der König.

»Ja, Majestät. Auch wenn ich es nicht für möglich gehalten hätte, es gelang Waljakov, Nesreca zu täuschen. Und uns.«

»Bitte?« Erstaunt wandte sich der dicke Mann seinem Hofnarren zu. Gedankenverloren schob er sich einen Keks in den Mund.

»Wie auch immer er es angestellt hat, unsere Augen und Ohren in Tarpol haben ihre Spur verloren«, gestand Fiorell. »Aber ich sehe es positiv. Solange wir nichts wissen, stehen die Wahrscheinlichkeiten gut, dass auch der Konsultant nichts in Erfahrung bringen kann.«

»Jetzt unterschätzt du ihn auch«, mahnte Perdór. »Er ist doch magisch begabt, oder etwa nicht? Und der Kabcar genauso. Ich habe nicht die geringste Vorstellung, was man mit dieser Fähigkeit anstellen kann, aber es würde mich nicht wundern, wenn man damit auch Menschen aufzuspüren vermag.«

»Ein Punkt für Euch«, gab der schlanke Spaßmacher zu. »Und er hat mindestens ein Wesen auf seiner Seite, das der Erscheinung nach einem der Zweiten Götter gleicht und durch Schatten von einem Ort zum anderen gehen kann.«

»Was hat es mit den Waffen auf sich, von denen der Konsultant angeblich sprach? Hat Gijuschka etwas darüber geschrieben?«, wollte der Herrscher wissen.

»Nein, nichts«, bedauerte Fiorell. »Es scheint, als wäre er in der Gunst gesunken und nicht mehr in alles eingeweiht, was im Palast vorgeht. Seit die Brojakin und sein Leibwächter verschwunden sind, ist der Kabcar gereizter als jemals zuvor. Das Einzige, was uns Aufschluss geben könnte, sind diese Beobachtungen.« Er reichte seinem Herrn einzelne Aufstellungen über Waren, die aus den besetzten Teilen Borasgotans und Hustrabans sowie aus der Großbaronie nach Tarpol gekarrt worden waren.

»Verschiedene Metalle, Schwefel, Salpeter«, zählte Perdór unwirsch auf. »Ja, und?«

»Mehr kann ich Euch auch nicht bieten«, sagte der Hofnarr und zuckte mit den Schultern. »Und er hat eine große Anzahl von Goldschmieden, Eisenschmieden,

Waffenschmieden und Feinmechanikern zusammenrufen lassen. Der Ort blieb unseren Spionen jedoch verborgen. Angeblich sind auch mehrere Alchemisten dorthin unterwegs.«

»Ach? Alchemisten?« Interessiert hob Perdór die Augenbrauen. »Besorge etwas von dem Zeug, wie es Tarpol zusammenträgt, und trommele mir ebenfalls ein paar dieser Gelehrten her. Ich will sehen, was sie zu diesen Zutaten sagen. Das scheint mir eine ganz schlecht verdauliche Praline zu sein, die uns der Konsultant da zusammengießt.« Er zerkaute einen weiteren Keks, spülte die Krümel mit einem Schluck Kakao hinunter und verzog den Mund. Danach knetete er wie ein Besessener seine Unterlippe.

»Wenn Ihr so weitermacht«, meinte Fiorell, »wird diese Hautfalte zum Schluss so breit und lang wie eine Schuhsohle sein.«

Das Oberhaupt von Ilfaris ignorierte ihn mehrere Minuten lang. Dann verengten sich seine Augen. »Warum sollte er der Einzige sein?«

»Bitte?«

»Ich habe die ganze Zeit überlegt, warum der Kabcar der einzige Mensch sein sollte, der in den Genuss der magischen Gabe kam. In der Prophezeiung wurde nichts darüber gesagt. Wenn die Götter beschlossen haben sollten, die Magie auf Ulldart wieder auferstehen zu lassen, vielleicht traf es dann auch weitere Menschen, die aber noch nichts von ihrer Macht wissen?«, spekulierte er. »Man müsste sie nur finden, um für den schlimmsten aller Fälle dem jungen Herrscher Tarpols etwas Gleichwertiges entgegensetzen zu können.«

»Im Grunde ist der Einfall nicht schlecht«, bestätigte Fiorell. »Aber an was erkennt man Magische? Und wer sollte sie für uns ausbilden? Nesreca wollt Ihr bestimmt nicht auf die Gehaltsliste setzen.«

»Wir suchen sie zunächst einmal«, entschied Perdór.

»Ich möchte es wissen, wenn sich irgendwo etwas Ungewöhnliches ereignet. Du hast die Magie selbst im Einsatz erlebt, du wirst aufschreiben, auf was es zu achten gilt.«

»Ha, Ihr macht mir Spaß. Dabei ist das doch eigentlich meine Aufgabe.« Nachdenklich kratzte er sich unter seiner Narrenkappe. »Ich gebe zu, ich habe keine Ahnung. Ein Leuchten? Eine kleine Kugel, die über dem Kopf schwebt, wie beim Kabcar? Und wer sagt uns, dass es immer gleich ist? Wir haben keine Ahnung, wie Magie aussieht oder wie man sie erkennt. Man müsste es auf der Stirn stehen haben, das würde die Sache erleichtern. Der Kabcar ist übrigens ein weiteres Mal von den Göttern gesegnet worden, wie Gijuschka aus Ulsar erzählt. Es muss sehr spektakulär gewesen sein.«

»Ich glaube, ich wandere aus«, seufzte der König betrübt. »Ich suche mir ein anderes Reich, weit weg, irgendwo auf dem Kontinent Angor, wo es schön warm ist.«

»Daraus wird nichts. Ihr habt keine Qualifikationen als Herrscher«, höhnte Fiorell.

»Du wirst beim Morgengrauen geköpft«, sagte Perdór trocken und schlürfte von seinem Getränk. »Und dein Schandmaul wird man vorsichtshalber ein zweites Mal totschlagen.«

»Dann kehre ich als Geist zu Euch zurück, Majestät, und mache Euch das Leben zur Hölle.« Der Spaßmacher stakste mit steifen Gliedern durch den Raum. »Ich werde alle Eure Kekse verschimmeln lassen und Eure Köche in die Flucht schlagen«, ächzte er mit Grabesstimme.

»Gut, ich gewähre dir Gnade, Fiorell. Aus reinem Eigeninteresse.« Huldvoll wedelte der grau gelockte, dickliche Mann mit der freien Hand. »Nun mach dich an die Arbeit. Ich möchte in Schwermut und Katzenjammer versinken.«

»Warum? Sind die Kekse alle gegessen?«

»Du!«, drohte Perdór und langte nach dem Brieföffner. Blitzartig war der Hofnarr verschwunden, sein heiteres Lachen war noch lange zu hören.

Schmunzelnd lehnte sich der Herrscher des ilfaritischen Reiches in den Sessel und umfasste die Tasse mit beiden Händen. »Irgendwann lasse ich ihn wirklich hinrichten.«

VI.

Die Götter beschlossen, dass Magie eine zu gefährliche Sache für die Menschen sei, und verbannten diese Kunst von unserer Welt.

Lediglich Kalisska erlaubte auf ihrem Kontinent eine harmlose Form der Magie, die in der Lage ist, die schwersten Wunden zu heilen.

Die Einzigen, die bis heute noch die ›grüne Magie‹ beherrschen, sind die Cerêler, und sie sind im Volk berühmt für ihre Wohltaten.

Die Zeit des zweiten Friedens
und das Ende der Magie,
Kapitel I

Ulldart, Königreich Tûris, Herbst 443 n. S.

Hetrál schaute über die Palisaden der einstigen ontarianischen Handelsstation, die von seinen Soldaten längst zu einer kleinen Befestigungsanlage ausgebaut worden war. Friedlich lag der Waldrand, der Eingang zur Verbotenen Stadt, eine Viertelmeile entfernt. Nichts verriet, dass im Unterholz der sichere Tod in mannigfacher Gestalt wartete.

Die ursprünglichen Wälle hätten einem Angriff nicht mehr standgehalten, selbst wenn nur wenige Sumpfbestien einen Ausfall aus der Verbotenen Stadt wagten. Die Gräben waren verbreitert und vertieft, die dünnen Stämmchen gegen massive Baumleiber ausgetauscht worden. Wachtürme sorgten für eine gute Rundumsicht um das entstandene Kastell, und die Kapazität des Steingebäudes war durch Anbauten um das Vielfache vergrößert.

Sechshundert Krieger lagerten hier, viel zu wenige, um die Kreaturen in Schach zu halten. Immer wieder gelang es kleinen Trupps, den Blockadering zu durchbrechen und in die einstige Hauptstadt Sinureds zu pilgern.

Erst als Hetrál mehrere Lager rund um das Areal aufschlagen ließ, um die Überwachung zu verbessern, wurde das Durchkommen für die Bestien schwerer, die dafür umso verbissener darum kämpften, an den Wachen vorbeizugelangen.

Ihrerseits hatten die Wesen damit begonnen, Posten aufzustellen, die das Eindringen von Erkundungseinheiten beinahe unmöglich machten. Viele der Bestien verfügten über feine Geruchsorgane, womit sie die Soldaten witterten, wenn diese noch weit entfernt waren. Dass der Vorteil somit bei ihnen lag, wurde Hetrál schmerzhaft durch die Toten klar gemacht, die er in der Vergangenheit zu beklagen hatte. Eine ganze Abteilung wurde von den Kreaturen aufgerieben, als diese in einem Anfall von Mut glaubte, bis in die Ruinen der Stadt vordringen zu müssen. Bereits nach wenigen Metern lebte keiner der Männer mehr, deren Waffen und Ausrüstung eine willkommene Beute für den Gegner war.

Niemandem, der hier länger stationiert war, unterlief der Fehler, die Wesen zu unterschätzen.

Sie waren keineswegs die »dämlichen Ungeheuer«, wie viele glaubten, sondern ganz im Gegenteil gut organisiert, schlagkräftig und äußerst gewitzt. Sie kombinierten die Vorteile von einzelnen Bestien derart effektiv, dass nur Selbstmörder oder Geistesschwache freiwillig in den dunklen Wald schlichen, um ihn zu erkunden.

Zu welcher Kategorie sich der Meisterschütze zählen sollte, wusste er nicht genau. Jedenfalls wagte er sich als Einziger hin und wieder in den Wald, um nachzusehen, was die Kreaturen trieben.

Mehrfach war er dem Tod von der Schippe gesprungen, Blessuren und Schrammen waren Zeugen von der denkbar knappen, aber erfolgreichen Flucht vor den Bestien, die seinen Geruch inzwischen bestens kannten. Was es nicht unbedingt einfacher machte. Hetrál vermutete, dass die Wesen untereinander Wetten abschlossen, wer den Kommandanten zuerst zur Strecke bringen würde. Noch hatte er aber nicht vor, als Futter für den Nachwuchs der Sumpfbestien zu enden.

»Es sieht gut aus, oder?« Leise war sein Stellvertreter, Tarmann Nurk, an seine Seite gekommen. Der bärtige Mann mit den wilden schwarzen Locken beherrschte die Gebärdensprache des Stummen und gab dessen Anweisungen an die Untergebenen weiter. »Nichts zu sehen.«

Es kommt nicht auf das an, was du siehst, gestikulierte Hetrál. *Ich werde gleich hinausgehen. Die Monde stehen heu-*

te Nacht günstig. Stell mir einen Wein aufs Feuer, damit ich mich aufwärmen kann, wenn ich zurück bin.

»Vielleicht solltet Ihr den vorher trinken? Ihr werdet Euren Mut brauchen«, meinte Nurk.

Mehr benötige ich meine klaren Sinne. Für Außenstehende war diese Art der Unterhaltung mehr als ungewöhnlich zu betrachten. Aber gleichzeitig für Uneingeweihte absolut nicht zu belauschen, wenn es um die Befehle des Kommandanten ging. *Wünsch mir Glück.*

Der Meisterschütze färbte sich mit einem Stück versengten Korks das Gesicht schwarz, hing die Sehne seines Bogens ein, lockerte die Pfeile in seinem Köcher und trabte zu der kleinen Luke, von der ein Geheimgang unter den Palisaden durch in den Graben führte.

Sicher kroch er durch das muffige, nach Erdreich riechende Dunkel, bevor er seinen Körper langsam auf der anderen Seite herausschob und spähend am Rand des Grabens liegen blieb.

Nach einiger Zeit, nachdem er sich ganz sicher war, dass am Waldrand niemand zu sehen war, rutschte er auf dem Bauch hinüber zu den ersten Bäumen und arbeitete sich geräuschlos ins blickdichte Unterholz vor. Seinen Atem hielt er flach, um sich durch den Laut nicht zu verraten. Um ihn herum war alles still.

Vorsichtig setzte er einen Fuß vor den anderen. Durch die weichen Sohlen seiner Lederstiefel spürte er Äste am Boden, die er behutsam zur Seite schob, um das Knacken zu vermeiden.

Als er eine Silhouette in einiger Entfernung ausmachte, duckte er sich ab und legte einen Pfeil auf die Sehne. Ein kurzer Lichtreflex im Licht der Monde verriet ihm, wo die Augen des Gegners waren.

Millimeterweise zog er das geflochtene Material nach hinten, zielte und schickte das Geschoss auf die Reise. Er hörte nur den Aufprall eines schweren Körpers, die geschliffene Eisenspitze hatte dem Leben zu schnell ein

Ende bereitet, als dass die Bestie eine Warnung hätte schreien können.

Hetrál wartete, ob sich weitere Wesen nach dem Tod ihres Artgenossen zeigen oder zumindest ihre Position verraten würden. Nichts geschah.

Zügig überwand er die Strecke bis zur Leiche und entkleidete das menschenähnliche Wesen, das ein gutes Stück breiter und kräftiger war als er, und hüllte sich in die riechenden, schon leicht mitgenommenen Sachen. Sein Pfeil war dem Posten genau durch das linke Auge ins Gehirn geschlagen.

Ohne mit der Wimper zu zucken, fuhr er ein paarmal mit seinen Händen über den Kadaver und rieb sich damit unter die Achseln und über das Gesicht, um seine eigenen Ausdünstungen ein wenig zu überdecken.

Doch um sich vor einer allzu frühen Entdeckung zu schützen, durfte er nicht zimperlich in der Wahl seiner Methoden sein. Er wusste genau, dass der Effekt nur von begrenzter Dauer war. Den Kreaturen mit den besonderen Spürnasen bereitete es keine Schwierigkeiten, den Menschenduft auszumachen.

Schneller, aber nicht weniger vorsichtig, machte er sich auf den Weg in die Verbotene Stadt. Die erste Kette von Wachen hatte er durchbrochen, nun galt es, die anderen zu täuschen.

Die Götter waren anscheinend mit ihm, denn er kam an die Ruinen, von denen ein heller Lichtschein ausging, bis auf eine Bogenschusslänge heran, bevor er weitere Posten entdeckte.

Die Kreaturen waren menschenähnlich, kleiner als er und anscheinend sehr aufgeregt, wie er an ihrem Verhalten zu erkennen glaubte.

Er kniete sich hinter einem schützenden Stamm ab und gönnte sich den Luxus, die Bestien zu beobachten, selbst auf die Gefahr hin, von ihnen aufgespürt zu werden, falls der Wind plötzlich drehen sollte.

In kehligen Lauten sprachen sie leise miteinander, zwei deuteten immer wieder zu den Überresten der Hauptstadt Sinureds, die Dritte schüttelte energisch den Kopf und die Faust.

Doch die anderen ließen sich von den Gebärden nicht einschüchtern, sondern verließen sehr zu Hetráls Erstaunen ihren Platz.

In aller Ruhe legte der Meisterschütze auf den Verbliebenen an und schickte die Bestie, nachdem sie argwöhnisch in seine Richtung schnüffelte, mit einem frontalen Treffer in den Mund zu den Toten. Wieder verharrte er in seiner Deckung.

Er hastete gebückt vorwärts, rollte seinen erlegten Feind ins Dickicht und pirschte sich an die Ruinen heran. Er versuchte an die Stelle zu kommen, wo ihm die hohen Gebäudereste einen guten Ausblick auf die Verbotene Stadt und ihre Bewohner garantierten. So weit war er schon lange nicht mehr ungestört vorgedrungen. Etwas musste die Aufmerksamkeit der Kreaturen ablenken.

Er fand seine Ruine wieder, hängte sich den Bogen auf den Rücken und erklomm vorsichtig die Steinmauer. Nichts durfte seinen Aufstieg verraten, wenn er lebend zurück ins Lager kommen wollte.

Oben angekommen, legte er sich flach auf ein Sims, drückte sein schweißnasses Gesicht in den Ärmel und atmete durch den Stoff, damit sein Keuchen von den Wänden nicht widerhallte. Die Kletterpartie war äußerst langwierig und anstrengend gewesen.

Als er seine Augen hob und damit rechnete, die Ruinen zu sehen, wurde ihm ein Anblick geboten, den er so nicht erwartet hatte.

Auf dem gesäuberten Steinboden erhoben sich etliche Baukräne, die sich mithilfe von riesigen Laufrädern, Flaschenzügen und der Muskelkraft besonders kräftiger Bestien bewegten. Steinquader um Steinquader wurde im Schein der Lagerfeuer damit gehievt, und die Festung Sinureds, die einst bis fast auf die Grundmauern geschleift worden war, reckte sich bereits einige Meter in die Höhe.

Zwischen den umherwuselnden, schuftenden und fluchenden Kreaturen in allen Größen, Farben und Formen standen Menschen, die Anweisungen gaben oder Pläne studierten. Offenbar wurde nach ihren Instruktionen gearbeitet.

Tzulani, schätzte er. Die Fortschritte, die seit seinem letzten Besuch gemacht worden waren, ließen ihn erschrecken. Diese Effektivität hätte er den Sumpfbestien niemals zugetraut. Etwas beflügelte ihre Anstrengungen.

Eine dunkle Wolke schob sich vor den größten der Monde und verdunkelte die Sicht ein wenig. Im nächsten Moment wurde ein großer Gong hektisch und andauernd geschlagen.

Hetrál meinte zunächst, er wäre auf seinem Aussichtspunkt entdeckt worden, und bereitete sich auf eine schnelle Flucht vor. Doch die Bestien unter ihm ließen ihre Arbeit ruhen und versammelten sich in Windeseile auf dem großen Vorplatz vor der Festung. Es roch von irgendwo her nach Meer, verrotteten Algen und Salz.

Was der Turît zunächst für eine Wolke gehalten hatte, senkte sich immer weiter herab. Hetrál erkannte nun die Umrisse einer Galeere, die durch die Luft flog und sich zur Landung auf dem Steinboden bereit machte.

Er hatte die Berichte des fliegenden Schiffes als übertrieben abgetan, aber nun setzte die sagenhafte Galeere vor seinen ungläubigen Augen knirschend auf.

Sanft legte sich das Gefährt nach Backbord und stützte sich auf die Ruder, die wie durch ein Wunder nicht unter dem Druck zerbarsten. Die Kreaturen und Tzulani knieten nieder.

Breite Planken fuhren wie von Geisterhand bewegt

aus, um dem Ankömmling den Ausstieg zu ermöglichen.

Der Kriegsfürst, der vor über vierhundert Jahren von diesem Ort aus eine Schreckensherrschaft über den Kontinent ausgeübt hatte, begab sich gemessenen Schritts nach unten.

Hetrál erkannte die weißen Haare, die rot glühenden Augen, die wie heiße Kohlen glommen, und die enorme Statur Sinureds, die vor Kraft nur so strotzte. Mächtige Muskelpakete zuckten unter der verbrannt wirkenden Haut, wenn sich der barkidische Kriegsfürst bewegte. Mit einer lockeren Selbstverständlichkeit, so wie der Turît seinen Bogen trug, hielt Sinured seine eisenbeschlagene Deichsel in der Hand.

Der mutigste Soldat würde angesichts dieses Gegners vor Furcht zu Boden sinken. Es kostete auch ihn, der etliche Bestien im Zweikampf besiegt hatte, Mühe, nicht sofort von seinem Spähplatz hinunterzukriechen und Fersengeld zu geben. Das Tier war zurück!

Kurz spielte er mit dem Gedanken, die Gunst zu nutzen und einen Pfeil auf Sinured zu schießen. Aber würde ein einziges, ungeweihtes, herkömmliches Geschoss ausreichen, diesen Koloss zu töten?

Stattdessen beobachtete er weiter. Es würde sich zeigen, ob es sich gelohnt hatte, die Dunkle Sprache zu lernen.

Sinured sah auf die mehr als tausend Menschen und Bestien, die sich ihm zu Ehren in den Ruinen seiner Hauptstadt versammelt hatten.

»Erhebt euch, meine Kinder«, dröhnte die Stimme. Zögernd kamen die Massen seiner Aufforderung nach. Es herrschte eine Totenstille auf dem Platz. Alles lauschte den Worten des Fürsten. »Mein Dank für das Geleistete ist euch gewiss. Bald wird sich meine Stadt wieder erheben, noch mächtiger als jemals zuvor. Weil ihr an mich glaubtet, noch bevor meine Rückkehr sicher war, seid ihr die Auserwählten. Tzulan wird jeden Einzelnen von euch und alle Nachkommen für eure Treue segnen. Und ich habe euch ein Geschenk mitgebracht.«

Er stieß die Keule auf den Boden, dass die Steine bebten. Daraufhin trieben gerüstete Soldaten von der Galeere Menschen in Ketten die Planken herab.

Der Turît glaubte, zerschlissene borasgotanische Trachten oder Uniformen erkennen zu können, war sich aber auf Grund der Lichtverhältnisse und der Entfernung nicht sicher. Er überschlug ihre Zahl und kam auf rund vierhundert Gefangene.

»Das, meine Kinder, sind Männer und Frauen, die es gewagt haben, sich meinen Truppen in den Weg zu stellen. Sie gehören euch. Macht mit ihnen, was ihr wollt. Es werden bald mehr werden, denn wir erobern im Namen des Kabcar von Tarpol Stück für Stück der Erde, die einst mir gehörte, zurück.« Sinured, dreimal so groß wie die verängstigten Menschen, hob seine Waffe.

Die Kreaturen und Tzulani brachen in Hochrufe aus, während der Kriegsfürst und seine Soldaten zurück an Bord des Schiffes stapften. Knarrend löste sich der Rumpf von den Steinplatten, die Galeere begann zu schweben und flog in nordöstlicher Richtung davon.

Das Gejubel war in ein Gebet übergegangen. Der Gebrannte Gott wurde aus Hunderten von Kehlen gepriesen. Hetrál lief bei den finsteren Worten ein Schaudern den Rücken hinab.

Ein paar Tzulani berieten sich und nahmen eine Auswahl der Gefangenen vor, trennten die knapp zweihundertachtzig Männer von den Frauen.

Sumpfbestien verteilten die Männer auf verschiedenen Laufräder der Lastkräne. Die Gruppe der weiblichen Gefangenen wurde im Pulk vorwärts gescheucht und geriet sehr schnell außerhalb der Sichtlinie des Meisterschützen. Er ahnte, welches Schicksal ihnen blühte.

Ein heller Flammenschein zwischen den Ruinen und

strenger Petroleumgeruch sagten ihm, dass ein immenses Feuer entzündet worden war. Dann gellten die ersten entsetzten, qualvollen Schreie durch die Nacht, während mehrere Trommeln und Gongs einsetzten. Frenetische Tzulan-Anrufungen mischten sich dazwischen.

Hetrál hatte genug gesehen.

Schneller als es in Anbetracht der Umgebung sinnvoll war, stieg er nach unten. Wut und Hass stauten sich in seinem Inneren, weil er nichts gegen die Opferungen unternehmen konnte. Es sei denn, er führte einen Überraschungsangriff gegen die Verbotene Stadt. Seine Gefühle und die Eingebung verliehen ihm Flügel.

Ohne Rücksicht auf eine mögliche Entdeckung, sein gezogenes Schwert in der Hand, den Bogen auf dem Rücken, rannte er durch den Wald. Sein Orientierungssinn wies ihm den rechten Weg hinaus. Längst hatte er die Kleider der getöteten Bestie abgeworfen; sie behinderten ihn in seiner Wendigkeit und verlangsamten unnötig.

Die Frauenschreie hinter ihm wurden leiser und leiser, dennoch würde er sie sein ganzes Leben lang in den Ohren haben. Für die Unglücklichen würde jede Hilfe zu spät kommen, diese Erkenntnis setzte sich immer mehr durch, je näher er der ehemaligen Handelsstation kam. Und das fachte seinen Hass an.

Als er am Waldrand auf eine kleine Gruppe der Sumpfkreaturen stieß, die durch das unerwartete Auftauchen eines Menschen, der dazu noch aus der falschen Richtung in ihren Unterstand stolperte, zu überrascht für eine sofortige Gegenwehr waren, entlud sich der gewaltige Zorn des stummen Turîten. Wie ein Berserker vergaß er alle Vorsicht und fuhr unter die Bestien, tötete lautlos und mit aller Kraft, die in seinem Körper ruhte. Sein Schwert stieß öfter in die Körper, als es zum Töten bedurft hätte.

Keuchend fiel er nach dem Gemetzel auf den roten, feuchten Farn, wischte sich über das Gesicht, um den

Schweiß aus den Augen zu reiben. Zum ersten Mal in seinem Leben wünschte er sich, er könnte schreien.

Leicht unsicher stemmte er sich auf die Beine und rannte auf das Haupttor des kleinen Kastells zu. Er brauchte einen Schluck Wein oder am besten eine ganze Flasche. Danach würde er einen Boten an den König schicken. Mennebar musste ihm mehr Männer geben, damit er diese Ruinen endgültig in Schutt und Asche legen konnte. Es wurde schon viel zu lange gezögert. Er würde die verrotteten Seelen der Bestienbrut zu ihrem Götzen Tzulan schicken. Sollte er daran ersticken.

Ulldart, Königreich Tarpol, Hauptstadt Ulsar, Herbst 443 n. S.

Der Kabcar saß auf dem neuen Balkon des Teezimmers, die Füße gemütlich auf die Steingeländer gelegt und in Gedanken bei den guten Nachrichten, die ihn von allen Fronten erreichten. Nichts konnte Sinured und seine Tzulandrier lange aufhalten, der Schutzgürtel wuchs und wuchs, so wie sich Lodrik die Sache vorgestellt hatte.

Er legte den Kopf in den Nacken, öffnete die Uniformjacke und schloss die Augen.

Angenehm wärmten ihn die Herbstsonnen, die milde auf Ulsar herabschienen. Dennoch konnten die Gestirne nicht darüber hinwegtäuschen, dass in wenigen Wochen das wüste Wetter mit sinkenden Temperaturen und Regen einsetzen würde. Viel Regen. Und das wiederum würde das Tempo des Vormarschs bremsen. Was ihn aber nicht weiter beunruhigte, denn das Gebiet, das von seinem Verbündeten erobert worden war, bot bereits eine gewisse Sicherheit für die Grenzen.

Vorgesehen hatte der junge Mann, das Hauptkontingent die Wintermonate über im südlichen Teil der Großbaronie in die verdiente Ruhepause zu schicken. Eine komplette Stadt war zu diesem Zweck errichtet worden, in der sich die Tzulandrier niederlassen konnten. Ein gewisser Restbestand, rund zehntausend der inzwischen dreißigtausend Mann, sorgte für die Sicherung der Grenzen.

Dank der Disziplinierung durch Osbin Leod Varèsz musste sich Lodrik um die Umgebung und die Untertanen keine Sorgen machen. Der Feldherr sorgte mit eiserner Faust nicht nur für schnelle Erfolge, wenn es zu schwierigen Situationen während eines Gefechts kam. Er brachte den Truppen zugleich sehr effektiv bei, was Benehmen bedeutete.

Hinter den Linien wurde abgeräumt, was zu holen war. Vorsichtshalber ließ der Kabcar alle Erträge der Minen sofort aus den besetzten Zonen herauskarren und nach Tarpol befördern.

Sollte es Arrulskhán gelingen, die Tzulandrier zurückzuwerfen, sollte wenigstens die Staatskasse etwas von der Unternehmung profitiert haben. Und die füllte sich momentan außerordentlich reichlich. Zu den ganzen Besitztümern der toten Brojaken floss nun ein guter Teil der wertvollen Bodenschätze der Großbaronie. Dabei hatte der junge Herrscher so gut wie keine Ausgaben für den Krieg, außer etwas Nachschub für die Verbündeten, zu stellen.

Drohte dem tarpolischen Reich vor einem Jahr noch die Katastrophe, war es nun im Begriff, mächtiger als alle anderen zu werden.

Und das gefiel Lodrik außerordentlich.

Das Gefühl, endlich Macht zu haben und gefürchtet zu werden, empfand er als berauschend. Heimlich hatte er bereits mit dem Gedanken gespielt, Borasgotan vollständig erobern zu lassen.

Zufrieden sah er in den wolkenlosen Himmel und wippte mit dem Stuhl.

Die vermummte Gestalt, die in dem Augenblick mit den Füßen voran vom Dach gesprungen kam, entdeckte er dadurch rein zufällig. Einen Lidschlag später, und es hätte ihn völlig unvorbereitet getroffen.

Ohne nachzudenken, drückte er sich mit Schwung nach hinten und rollte sich rückwärts ab.

Der Maskierte, der einfache tarpolische Kleider trug, landete auf der Sitzfläche und verlor die Balance, während das Möbel unter der Wucht des Aufpralls zerbarst. Lodrik stand auf und zog sein Exekutionsschwert. Der Unbekannte zückte im Liegen eine Sichel, schnellte in die Höhe und attackierte den Herrscher.

Ein wildes Gefecht begann. Der Angreifer zog eine weitere Sichel und setzte Lodrik schwer zu. Aber die Schule Waljakovs war gut gewesen.

Der junge Mann fühlte einen gewissen Spaß am Kampf, weshalb er auch nicht sofort nach seiner Wache gerufen hatte. Innerlich sammelte er die Kraft für den Einsatz von Magie, die er seit der Nacht auf dem Balkon besser und selbstverständlicher als jemals zuvor beherrschte.

Technisch war ihm der Mann durch das Führen von zwei Waffen überlegen, und auf Dauer würde er wahrscheinlich den Kürzeren ziehen. Aber auf seine Gabe würde der Maskierte nicht kontern können.

Nach einer besonders gelungenen Parade und einem gezielten Tritt in den Unterleib des Gegners, der ihm sichtlich Schmerzen bereitete und ihn zum Luft holen zwang, nutzte Lodrik die Gelegenheit.

Mit einem bösen Lächeln vollführte er eine Abfolge von anmutigen Gesten, danach richtete er Zeige- und Mittelfinger auf den Attentäter.

Ein breiter Energiestrahl entlud sich, erfasste den Mann und hüllte ihn knisternd ein. Der Kabcar hob den

Arm und lenkte den Blitz samt dem Gefangenen über die Brüstung.

Ungläubig starrte der Maskierte in die Tiefe. »Ulldrael der Gerechte! Hilf deinem treuen Diener!«

»Ich glaube nicht, dass er das tun wird.« Lodrik streckte ruckartig die restlichen Finger aus. »Mir hat er auch nie geholfen.«

Wie vom Katapult abgefeuert, schoss der Mann schreiend in die Höhe, stieg und stieg in den hellen Himmel, bis sein Gebrüll fast nicht mehr zu hören war.

Als der junge Herrscher die Faust ballte, rissen die Energiestrahlen ab, und eine weitere Sonne strahlte für einen winzigen Augenblick über Ulsar. Der Attentäter verging in einem glühenden Feuerball. Nach einiger Zeit regneten winzige Aschepartikel auf den Balkon, und geschmolzenes Metall tropfte auf den Hof.

Lodrik nickte zufrieden. Er wurde nach eigenem Empfinden immer besser. Auch die Übungsstunden mit Mortva hatte er abgesagt, er experimentierte mit dieser nicht mehr ganz fremden Gabe lieber allein. Das Entdecken von neuen Nuancen forderte ihn heraus, die Magie selbst wies ihn an, gab ihm ein, welche Bewegungen er vollführen musste.

Er fühlte sich so sicher, dass er es jederzeit mit dem verbündeten Kriegsfürsten aufnehmen wollte, sollte der ihm plötzlich die Loyalität versagen.

Erst jetzt rief er nach den Soldaten und einem Diener, der seinen Vetter holen sollte. Mortva Nesreca eilte nach wenigen Minuten bereits heran, sein Gesicht verriet Sorge, als er die Leibwachen sah. Unterm Arm trug er ein rechteckiges Holzkistchen.

»Hoher Herr, ist etwas geschehen?«, fragte er sich und blickte auf die Trümmer des Stuhls.

»Ein Attentäter war eben hier«, antwortete Lodrik ruhig. »Ich habe ihn mithilfe der Magie besiegt.«

»Diese verfluchten Tzulani«, ärgerte sich der Konsultant. »Ich werde den Wachen erklären, ihre Aufgabe besser wahrzunehmen.« Suchend fuhr sein Kopf hin und her. »Wo ist die Gestalt?«

»Ich habe ihn ausgelöscht.« Der Kabcar wartete, bis die Livrierten das zerstörte Sitzmöbel gegen ein intaktes austauschten, und nahm Platz. »Ich weiß, das war töricht, Mortva. Wir hätten ihn verhören können. Dennoch denke ich zu wissen, wem ich den Besuch zu verdanken habe.«

Abschätzend betrachtete sein Vetter ihn. »Ihr seid erstaunlich gelassen für jemanden, der eben einen Mordanschlag erfolgreich abgewehrt hat«, sagte er und setzte sich ebenfalls. »Dass Ihr mir nicht zu sicher werdet, nur weil Ihr Magie einzusetzen vermögt. Ruft in Zukunft lieber nach den Wachen, Hoher Herr.« Er fuhr sich über die silbernen Haare, die in der Sonne aufblinkten. »Und Euer Verdacht?«

»Nicht die Tzulani waren hier. Die Göttliche Sichel wollte mich umbringen«, verkündete Lodrik. »Der Attentäter griff mich mit Sicheln an, rief Ulldrael um Beistand an und trug, wenn ich es richtig bemerkte, eine Ähre an seiner Jacke. Kein Tzulani hätte den Namen des Gerechten über die Lippen gebracht.«

»Und dabei hieß es immer, den geheimnisvollen Orden würde es nicht mehr geben«, murmelte der Konsultant. »Nichtsdestotrotz teile ich Eure Meinung, Hoher Herr. Wenn die Göttliche Sichel Euch umbringen möchte, können wir davon ausgehen, dass sie eine andere Auslegung der Prophezeiung favorisiert, als das jahrelang der Fall war. Und dann werden sie nicht aufgeben, schätze ich.«

»Ich bin bereit. Auch ohne Waljakov kann ich mich sehr gut verteidigen.« Die Stirn Lodriks zog sich zusammen, als er an seinen ehemaligen Leibwächter dachte, der ihm allen Anschein nach seine Geliebte abspenstig gemacht hatte. »Gibt es etwas Neues?«

Mortva verneinte. »Wir wissen nur, dass sie nicht nach Granburg unterwegs sind. Ansonsten können sie überall im Reich sein. Ich persönlich denke, sie werden sich in Richtung Aldoreel absetzen. Meine Männer bekamen entsprechende Anweisungen.«

Der Kabcar versank in Schweigen, sein Vetter wischte schwarze Rußpartikel vom Tisch, ohne zu wissen, was er da an seinen Händen kleben hatte.

Die Wachen verließen den Raum, und unbemerkt betrat Stoiko das Teezimmer. Er wollte gerade hinaus auf den Balkon zu den anderen beiden treten, als er ein paar verstreute Papiere am Boden entdeckte, die er aufhob und ordnete.

»Hoher Herr, wir haben uns übrigens getäuscht, was das Geeinte Heer angeht«, sagte der Konsultant. »Sie werden es noch vor Ende des Jahres zusammengezogen haben, wie mir meine wachsamen Augen berichteten. Und, wie ich gehört habe, sprechen einige der Heerführer hinter vorgehaltener Hand davon, dass es besser wäre, Sinured mit einem Angriff zuvorzukommen.« Lodriks Kopf hob sich, ein Schatten legte sich auf seine Miene. »Wie ich es Euch gesagt habe. Wenn das Heer von sechsundsechzigtausend Soldaten erst einmal steht, wird es nicht zur Verteidigung eingesetzt werden.«

»Wir werden, dank Eurer Umsicht, vorbereitet sein.« Die Stimme des Kabcar war kalt. »Ich hätte niemals gedacht, dass die anderen Reiche so weit gehen würden.« Fest schaute er seinem Vetter in die unterschiedlich gefärbten Augen und suchte dessen Gedanken zu ergründen. »Sind Eure Informanten verlässlich? Gibt es keinen Anlass, daran zu zweifeln?«

»Nein, Hoher Herr. Ich kann Euch die Berichte zeigen.«

»Nicht nötig. Ich vertraue Euch. Aber wie wäre es, wenn wir das Zusammenziehen der Invasionsarmee verhindern?«, fragte der Kabcar nachdenklich bei Mortva nach. »Wie weit sind ihre Vorbereitungen?«

Der Konsultant lächelte. »Ein sehr guter Vorschlag, Hoher Herr. Meinen Erkenntnissen nach sind die Truppen von Aldoreel, Serusien und Hustraban beim Sammelpunkt Telmaran bereits eingetroffen. Alle anderen sind noch beim Zusammenstellen oder auf dem Marsch.«

»Das ist nicht der richtige Ansatz«, grübelte Lodrik. Dann hellte sich sein Gesicht auf. »Wenn man einer Würgeschlange den Kopf abschlägt, nützt ihr der starke Körper nichts. Wer leitet das Heer?«

Mortva deutete stummen Applaus an. »Großartig. Ich kann mir denken, was Ihr vorhabt.«

Wie gelähmt stand Stoiko im Zimmer. Wenn er das Gespräch soweit richtig verstand, plante der Kabcar eine große Gemeinheit. Und das mussten Perdór und die anderen unbedingt erfahren.

Den Unsinn über den vorgesehenen Einmarsch des Geeinten Heeres hielt er für eine weitere unheilvolle Finte des Vetters, die im Endeffekt zu Tausenden von Toten führen konnte. Wenn er aber nun entdeckt würde, da war er sich sicher, bekäme die Unterhaltung abrupt eine andere Richtung. Also musste er sich verstecken.

Flugs war er hinter einem Wandbehang, auf dem Jagdszenen abgebildet waren, verschwunden, als die beiden Männer vom Balkon ins Teezimmer traten.

Auf der anderen Seite des Gobelins war es dunkel und muffig. Spinnweben verfingen sich in seinen Haaren. Für einen Moment schloss er die Augen, um nicht an die Heerscharen von Ungeziefer denken zu müssen, die sich auf ihn herabließen. Gleichzeitig wurde ihm bewusst, dass er immer noch die geordneten Unterlagen in Händen hielt. Er hoffte, dass sie nicht wichtig waren.

Er hörte, wie in Blättern gekramt wurde; mehrere Schubladen öffneten und schlossen sich wieder. Stoiko brach der Schweiß aus.

»Ah, da sind sie ja«, triumphierte der Konsultant. »Insgesamt wird das Geeinte Heer von einem Rat befehligt, der sich aus Repräsentanten der Reiche zusammensetzt. Der Rat wählt einen zum Heerführer, der das Oberkommando führen wird, und dessen Befehle müssen die mehrheitliche Zustimmung des Gremiums erhalten.«

Lodrik lachte schallend. »Dann bin ich beruhigt. Auf diese Weise wird sich die Armee nicht einen Schritt vom Sammelpunkt wegbewegen. Haben wir schon einen Kandidaten für das undankbare Amt?«

»Soweit ich weiß, wird König Tarm von Aldoreel der Führer sein«, antwortete sein Vetter. »Wo sind denn bloß die anderen Seiten hin?« Wieder raschelte Pergament. Der Mann hinter dem Gobelin atmete ganz leise durch den Mund, selbst auf die Gefahr hin, eine Spinne zu inhalieren. »Er gilt als die unstrittigste Person und hat ein wenig Militärgeschichte studiert, wie ich.«

»Ihn oder den Rat müsste man also ausschalten«, grübelte der Kabcar. Stühle knarrten, die Männer hatten sich offenbar gesetzt.

»Wie sollen wir das bewerkstelligen?«, fragte sich Nesreca freundlich, gemischt mit einer Spur Unglaube. »Über den Repol hätten wir zwar schnell einen Attentäter dort, aber wie gelänge der in die Nähe des Königs?«

»Ich habe eine Idee.« Eine Schublade wurde aufgezogen, dann rasselte es leise, ein metallisches Klappern ertönte. »Das hier bekam ich in Granburg geschenkt. Von den Modrak. Sie meinten, ich könnte damit ihre Hilfe in Anspruch nehmen. Und wem gelänge es besser als diesen Wesen, sich unbemerkt einem Menschen zu nähern?«

»Ein solches Amulett habe ich noch nie gesehen«, staunte der Konsultant. Es entstand eine kurze Pause, wieder hörte man das Rasseln einer dünnen Kette. Offenbar untersuchte es Nesreca gerade. »Das sind keine Schriftzeichen, die mir bekannt wären. Und Ihr denkt, diese Modrak, die Beobachter, sind vertrauenswürdig?«

»Sie haben mich vom ersten Tag an ›Hoher Herr‹ genannt, wie Ihr es zu tun pflegt. Es waren also die Ersten, die meine Qualitäten richtig einschätzten, würde ich sagen. Nun gedenke ich, diese Wesen zu meinem Vorteil einzusetzen.« Es rumpelte ein wenig, eine Schublade wurde geschlossen. »Norina wollte, dass ich das Amulett verbrenne, weil ihr die Modrak …« Der Kabcar stockte. »Aber natürlich! Dass ich nicht schon lange vorher darauf gekommen bin!« Böse Freude schwang in seiner Stimme mit. »Mithilfe der Beobachter habe ich die beiden im Handumdrehen gefunden.«

»Hoher Herr«, mahnte Nesreca vorsichtig, »ich denke, dass die Angelegenheit mit dem Geeinten Heer Vorrang hat, bei allem Respekt und Verständnis für die tiefe Enttäuschung in Eurem Herzen. Schützt Tarpol, danach kümmert Euch um den Rest.« Lodrik schwieg.

Stoiko konnte sich die Szenerie auf der anderen Seite des Wandschmucks bildlich vorstellen: ein brütender Kabcar, der in seinem Inneren abwog, ob er seinen Rachegelüsten nachgeben sollte. Die vermeintliche Flucht des Leibwächters und der Brojakin hatte ihn tief verletzt. Offensichtlich empfand er immer noch etwas für Norina.

»Ihr habt Recht, Mortva. Erst meine Untertanen. Ich werde die Modrak heute Abend zusammenrufen und instruieren.«

Stoiko atmete auf. Damit war seinen Freunden noch eine Frist eingeräumt worden, in der sie mithilfe von Torben Rudgass das Reich verlassen konnten.

»Sehr gut«, lobte der Konsultant, der ebenfalls ziemlich erleichtert klang. »Nun habe ich noch eine Überraschung für Euch.« Er klopfte offenbar auf Holz. »Seht Euch an, was die Handwerksmeister nach meinen Anweisungen und Plänen geschaffen haben.«

»Sind das die neuen Waffen, die Ihr mir versprochen habt?«, fragte der Kabcar neugierig. Es ächzte hölzern, als würde eine Schatulle geöffnet. »Ach?«, kam es enttäuscht aus Lodriks Mund. »Das ist alles? Eine Miniaturarmbrust? Da fehlt nach meinem bescheidenen Wissen außerdem noch der Metallbügel, an dem die Sehne aufgehängt wird. Der Griff ist ja ganz nett modelliert, die Intarsien sind wunderbar, aber wie soll ich damit eine Übermacht aufhalten?«

Nesreca lachte leise. »Nein, nein. Hoher Herr, das ist etwas ganz anderes. Zuerst müsst Ihr das hier zurückziehen.« Es klackte.

Stoiko hätte zu gerne gesehen, was da im Teezimmer vorging. Solches Wissen müsste unbedingt in die Hände von Ilfaris gelangen. Aber der gewebte Stoff war zu dicht.

»Das riecht ein wenig merkwürdig«, kommentierte der Kabcar. »Ist das ein Stein, da unten an dem Hebel? Für was ist denn der nütze?«

»Fasst den Griff«, verlangte der Konsultant, »und richtet das Ende auf ein Ziel.« Anscheinend waren die Augen auf der Suche nach etwas. »Da. Nehmt doch den hässlichen Wandteppich. Da steht dieses Kitz zwischen den Bäumen. Visiert den Kopf des Tieres an.«

Der Mann hinter dem Gobelin riss die Augen auf, ein Kloß bildete sich in seinem Hals. Was auch immer die neue Waffe anrichtete, er wollte nicht unbedingt Opfer der Wirkung sein, die gerade demonstriert werden sollte. Wo war das Kitz? Er versuchte sich fieberhaft an die Szene auf dem Teppich zu erinnern.

»So?«

»In etwa.«

»Und dann?«

Das Kitz war genau vor ihm. Oder?

»Dann, Hoher Herr, betätigt den Abzug. Wie bei einer Armbrust. Aber erschreckt nicht. Es ist laut.«

Stoikos presste sich an die Wand des Teezimmers, die Lider geschlossen, der Körper völlig verkrampft.

Es krachte ohrenbetäubend. Etwas durchschlug fast gleichzeitig knapp neben seiner rechten Schulter die Fasern des Teppichs, kleine Steinsplitter flogen ihm ins Gesicht und ritzten die Haut. Mühsam unterdrückte er einen Schreckens- und Schmerzensschrei. Sein Herz schlug wie wild in seiner Brust. Der Geruch von etwas Verbranntem lag beißend in der Luft. Durch das fingerdicke Loch fiel ein Lichtstrahl.

»Knapp vorbei«, bemerkte sein Vetter belustigt. »Ihr werdet den Umgang üben müssen.«

»Das war beeindruckend«, sagte Lodrik nach einer Weile. »Und sehr laut. Es hat die gleiche Durchschlagskraft wie eine Armbrust?«

»Die hier auf große Entfernung nicht. Nur im Nahkampf«, verneinte Nesreca, entzückt, dass seine Präsentation ihre Wirkung nicht verfehlt hatte. »Aber wir haben auch andere Modelle davon, die vom Prinzip her gleich arbeiten.«

»Das ist wirklich praktisch. Man kann es in den Gürtel stecken.« Es klickte. »Es geht nicht mehr. Ist es kaputt?«

»Nein, Hoher Herr. Ihr müsst nach jedem Schuss nachladen.« Wieder verstummten die beiden Männer eine lange Zeit. Blut sickerte von der Stirn Stoikos, aber er wagte nicht, sich zu bewegen. »Jetzt geht sie wieder.«

»Das ist aber wiederum umständlich«, kritisierte der Kabcar. »Was ist das für ein Pulver? Und wie funktioniert das alles überhaupt?«

Nesreca lachte leise. »Fragen über Fragen, Hoher Herr. Kommt mit, wir machen einen Ausflug, und ich zeige Euch die Werkstätten. Sie liegen an einem versteckten Ort. Es soll keiner Kenntnis davon haben, um die Überraschung so groß wie möglich zu machen. Ihr wisst, Ilfaris hat seine Augen und Ohren überall.«

»Ihr sagtet, Ihr hättet die Pläne aus der Universität von Berfor«, meinte Lodrik. »Sollten wir die nicht sofort vernichten lassen, bevor ein anderer auf die Idee kommt?«

»Es wird sofort geschehen, Hoher Herr. Meine Leute kümmern sich darum.«

Schritte bewegten sich zur Tür, der Kabcar und sein Konsultant verließen den Raum. Von draußen hörte Stoiko die Stimmen der aufgeregten Leibwache, die von Nesreca und Lodrik beruhigt wurde.

Eilig verließ er sein Versteck, legte die Blätter ab, klopfte sich den Schmutz aus der Kleidung und tupfte sich das Blut von der Stirn. Eine dicke, stinkende Qualmwolke war gerade im Begriff, sich aufzulösen.

Stoiko wandte sich dem Gobelin zu. »Ulldrael sei Dank und Lob«, murmelte er. Unvermittelt wurde ihm schwummrig: Das Kitz stand dort, wo ungefähr sein Kopf gewesen war.

Die Waffen lagen nicht herum, nur die Reste eines schwarzen Pulvers fanden sich auf dem kleinen Schachtisch. Vorsichtig kratzte er sie zusammen und wischte sie mit der Hand auf ein Stück Papier, das er zu einem kleinen Briefchen zusammenfaltete, um die feinkörnige Substanz transportieren zu können. Er wollte die Probe nach Ilfaris schicken, auch wenn er keine Ahnung hatte, was die beiden Männer vorhin hier getrieben hatten oder wie diese Waffe aussah. Nur eine ungefähre Vorstellung davon, hervorgerufen durch die gehörten Worte. Und es gab anscheinend verschiedene Größen. Der Lärm jagte einem eine Höllenangst ein.

Aber zunächst musste Schlimmeres verhindert werden.

Stoiko zog versuchsweise das Schubfach des Schachtisches auf und nickte. Dort lag das Amulett, mit dem sein einstiger Schützling, der so viele gute Ansätze zu einem guten Herrscher gezeigt hatte, heimtückisch Tod und Verderben bringen wollte.

Rasch nahm er es heraus und legte es sich um den Hals, die Kleidung verbarg es vollständig. In seinem Zweitquartier würde er es sich in aller Ruhe betrachten und danach in Stücke schlagen. Zumal er damit Waljakov und Norina zusätzlich den Rücken freihielt.

Als er vor der Tür stand, um hinauszugehen, schwang sie auf.

Stoiko sah in das überraschte Gesicht des Konsultanten. Die unterschiedlich farbigen Augen verengten sich misstrauisch.

»Wo kommt Ihr denn her, Gijuschka?«, wollte Nesreca wissen.

»Eine reichlich einfältige Frage für einen schlauen Menschen wie Euch«, entgegnete Stoiko schlagfertig. »Ich komme natürlich aus dem Zimmer, wie Ihr erkennen könnt.«

»Aber wie seid Ihr hineingelangt?«, überlegte der Vetter des Kabcar. Seine Miene wandelte sich von Argwohn zu falscher Freundlichkeit.

»Da ich nicht fliegen kann«, konterte der Mann mit süßer Stimme, »wie Ihr: durch die Tür.«

»Ich stand die ganze Zeit über vor dem Eingang.« Nesreca kam einen Schritt näher. »Vielleicht könnt Ihr doch fliegen, Gijuschka.« Sein Blick wurde hart. »Oder wart Ihr die ganze Zeit über hier?«

»Dann hättet Ihr mich doch gesehen, oder?« Stoiko schritt an ihm vorbei. »Euch entgeht doch nichts im Palast, oder irre ich mich da? Einen schönen Tag.«

Schweigend schaute ihm der Mann mit den silbernen Haaren nach. Dann durchforstete er das Zimmer.

Nachdem er in die leere Schublade des Schachtischs gesehen hatte, glaubte er Bescheid zu wissen. Die feinen Blutspritzer, die er hinter dem Gobelin fand, verdichteten seinen Verdacht und ließen Gewissheit daraus werden.

Sorgsam traf er die notwendigen Vorbereitungen, um

auch die letzte mahnende Stimme aus dem Kreis der Menschen um den Kabcar zu entfernen.

Stoiko saß in der kleinen Kammer an dem stark ramponierten Schreibtisch und kritzelte mithilfe einer Lupe in knappen Stichworten die neusten Erkenntnisse auf den dünnen Papierstreifen.

Er war nicht so töricht, diese Spionagetätigkeiten im Palast durchzuführen, dafür war ihm das Gebäude schon lange zu unsicher geworden. Zu diesem Zweck hatte er sich die Dachkammer eines kleinen Häuschens im ärmeren Teil Ulsars angemietet. Dort befanden sich auch die Tauben, die er mit den wichtigen Erkenntnissen nach Ilfaris sandte. Auf dem Weg in sein Zweitquartier absolvierte er einen wahren Hindernislauf, wechselte mehrfach die Kutschen und die Kleidung, um die möglichen Verfolger abzuschütteln und zu täuschen. Bisher war ihm das immer großartig gelungen.

Zwei Vögel hatte er schon auf den Weg geschickt. Der eine trug das Briefchen mit dem rätselhaften Pulver darin, der andere brachte die Beschreibung der unbekannten Waffe. Nun galt es, Ilfaris von den möglichen Anschlägen zu unterrichten. Selbst wenn er das Amulett zerstören konnte, Stoiko glaubte nicht, dass Nesreca oder Lodrik deshalb die Hände untätig in den Schoß legen würden.

Es tat ihm in der Seele weh, seinen Schützling auf diese Weise hintergehen zu müssen, aber im Grunde wollte er den Jungen nur vor sich selbst und dem Einfluss des Bösen retten. Wenn es ihm endlich gelänge, den Konsultanten auszuschalten, könnte die Lage gerettet werden. Das Geeinte Heer würde sich dann mit den Tzulandriern herumschlagen.

Das letzte Zeichen war gemacht. Der Mann, der im Moment die Kleidung eines einfachen Arbeiters angelegt hatte, streute etwas Sand über die Tinte, um das Trocknen zu beschleunigen. Danach faltete er die Mitteilung mehrfach und steckte sie in das kleine wasserdichte Lederbehältnis, das mit Riemen auf dem Bauch der Taube befestigt wurde.

Gurrend harrte der Vogel aus, bis er beladen worden war. Liebevoll strich Stoiko dem Tier über die Federn, setzte es zurück in den Käfig aus geflochtenem Rohr und schob die Futterschale hinterher. »Friss, damit du deinen Flug gut überstehst.« Ein wenig zögerlich pickte die Taube die Körner auf.

Stoiko nahm währenddessen das Amulett zur Hand. Warm und pulsierend lag es auf der Haut, der Stein leuchtete schwach. Auch ihm war es nicht gelungen, die Symbole irgendeiner bekannten Sprache oder Schrift zuzuordnen.

»So schön du auch bist, du darfst nicht sein.« Er legte den Schmuck mit dem Stein nach oben auf die dreckigen Dielen und packte den Hammer.

Wuchtig landete das geschmiedete Eisen auf dem Amulett, ohne eine Wirkung zu erzielen.

Stoikos Augenbrauen wanderten in die Höhe.

Entschlossen umklammerte er das Werkzug nun mit beiden Händen und schlug zu.

»Bei Ulldrael dem Gerechten und seiner Mutter Taralea!«, entfuhr es ihm. Die braunen Haare hingen ihm wirr ins Gesicht. Als wäre nichts geschehen, lag das Kleinod auf dem Holz. Lediglich die Ränder hatten sich ein wenig in die Bohlen eingedrückt. »Dir zeige ich …«

Stoiko beließ es nicht mehr bei einem einzigen Versuch, sondern hämmerte mehrfach drauflos. Ein silbernes Flimmern zuckte über die Ziselierungen, als wollte das Amulett ihn verhöhnen.

Etwas außer Atem setzte sich Stoiko und überlegte. Dann suchte er im Zimmer umher, ob sich etwas Besseres finden ließe.

Auf einem Regal entdeckte er einen alten Nagel, dessen Spitze er auf dem Stein platzierte.

Zwar ahnte er, dass auch dieser Versuch nicht fruchten würde, aber er wollte nicht aufgeben.

Seine Vermutung bestätigte sich. Zunächst rutschte der Nagel ab, danach verbog er sich, irgendwann war das Ende abgestumpft. Das geheimnisvolle und widerspenstige Kleinod trotzte weiterhin allen Gewalteinwirkungen.

»Schöne Bescherung«, seufzte Stoiko. »Säure vielleicht? Aber woher nehme ich die?«

Die Tür flog auf. Der Riegel, mit dem er den Eingang gesichert hatte, zersplitterte unter der Wucht des Tritts, der gegen das Holz geführt worden war.

Soldaten der Leibwache drängten in den Raum, gefolgt von dem Konsultanten und dem Kabcar.

Stumm schüttelte Lodrik den Kopf, als er seinen einstigen Vertrauten vor dem Amulett am Boden sitzen sah. Die maßlose Enttäuschung in Lodriks meeresblauen Augen brachte Stoiko die Erkenntnis, dass, egal was er nun sagen würde, der junge Herrscher ihm nicht glauben würde.

»Kannst du mir erklären, was du da tust, Stoiko?«, fragte Lodrik leise.

Langsam stellte sich der Mann auf die Beine, das Schmuckstück in der Rechten haltend. »Ich versuchte, Euch vor einem großen Fehler zu bewahren. Ich würdet Euch und Tarpol damit unglücklich machen.«

»Seitdem mich meine engsten Freunde hintergehen, bin ich unglücklich.« Der Kabcar streckte die Hand aus. »Gib mir mein Eigentum zurück, das du mir wie ein gewöhnlicher Dieb gestohlen hast. Du wolltest verhindern, dass ich mein Land vor dem Ansturm der anderen bewahre. Das ist Hochverrat, Stoiko. Und du hast mich verraten, hintergangen, betrogen. Nach Waljakov und Norina nun auch du. Habe ich denn jahrelang auf den falschen Menschen gehört?« Sein Mund verzog sich. »Gib es mir.«

Mit Schwung beförderte es Stoiko aus dem Fenster. »Wenn die Götter mit uns sind, werdet Ihr es nicht finden, Herr. Ihr dürft Euch nicht von Nesreca ins Verderben leiten lassen. Das Geeinte Heer wird nicht in Tarpol einmarschieren. Niemand plant, Euch anzugreifen. Das Heer dient einzig und allein dazu, Sinured im Notfall abzuwehren, solltet Ihr ihn nicht beherrschen können.«

»Seht Ihr, Hoher Herr«, meinte Nesreca triumphierend, »er war im Teezimmer und hat gelauscht.«

»Als mir Mortva das sagte, wollte ich ihm nicht glauben. Auch nicht, dass du mein Amulett gestohlen hättest.« Der Kabcar atmete tief ein. »Nun bist du überführt. Vor meinem Angesicht. Und du denkst, ich schenke noch einem einzigen Wort aus deinem Mund Glauben? Ich werde das Amulett finden, und wenn alle Ulsarer auf Knien dort herumrutschen und suchen müssen.«

»Merkt Ihr denn nicht, was um Euch herum vorgeht, Herr? Diese Schlange, diese Ausgeburt an Bosheit, zieht Euch in ihren Bann. Dabei ist dieser Mann nicht einmal Euer Vetter!«, sagte Stoiko inständig. »Überprüft die Papiere in Berfor. Er war niemals an der Universität, niemand kennt ihn dort. Er kann auch die Pläne für die Waffen nicht von dort haben.«

Gleichgültig erwiderte der junge Mann seinen Blick. »Was soll's? Er steht mir, im Gegensatz zu anderen, treu zur Seite. An ihm habe ich nicht die Spur von Verrat entdecken können. Aber du, Stoiko, ausgerechnet du. Ich wurde eines Besseren belehrt, obwohl es mein Verstand nicht begreifen will.«

»Dann hört auf Euer Herz«, bat sein früherer Vertrauter. »Norina, Waljakov, ich, wir alle möchten Euch von diesem silberhaarigen Dämon, den Tzulan höchstpersönlich geschickt haben könnte«, ein Lächeln huschte über das Gesicht des Konsultanten, »befreien. Seine Ratschläge werden die Dunkle Zeit zurückbringen. Mehr will er doch nicht. Seht das, bei Ulldrael dem Gerechten!«

Eine der Leibwachen, die offenbar vor dem Haus Stellung bezogen hatten, kam herein und reichte dem Kabcar eine zerrissene Kette. Das Amulett fehlte.

»Die Götter sind mit uns«, murmelte Stoiko. Er wusste, dass er Lodrik nicht mehr überzeugen konnte. Also musste er wenigstens die anderen warnen. Bis das Schmuckstück gefunden worden war, war nur eine Frage der Zeit. Der Mann lief zum Tisch und öffnete den Käfig mit der letzten Taube darin.

Einer der Soldaten verpasste ihm einen Hieb mit dem Stiel seiner Hellebarde, dass Stoiko polternd zu Boden ging und das kleine Gefängnis mit sich riss.

Das Bastgeflecht zerbrach, der Vogel hüpfte aufgeregt über die Dielen und schlug mit den Flügeln. Gurrend landete er auf dem Tisch und hackte nach ein paar Körnern.

»Die Brieftaube«, zischte Nesreca und schaute zu dem geöffneten Fenster. »Keine schnellen Bewegung, sonst fliegt sie davon. Wer weiß, welche Geheimnisse sie mit sich trägt.«

Wie auf rohen Eiern gehend, pirschten sich die Männer an das aufmerksame Tier heran. Der Kopf der Taube ruckte hin und her. Eine Wache streckte langsam die Hände aus, um nach ihr zu greifen.

Stoiko wälzte sich ächzend auf den Rücken und trat gegen ein Tischbein.

Von der Erschütterung erschrocken, schlug der Vogel mit den Schwingen und flüchtete sich hinaus. Selbst der beherzte Sprung des Soldaten kam zu spät. Die Taube machte sich auf die Reise.

Ein furchtbarer Knall ertönte aus der Richtung des Kabcar, eine kleine Flamme zuckte aus der Mündung der neuen Waffe, die der Konsultant in der rechten Hand hielt, und eine stinkende Dampfwolke stieg auf. Getroffen geriet der Vogel ins Trudeln und stürzte ab.

Lächelnd reichte Nesreca die Waffe an Lodrik zurück. »Verzeiht, dass ich mich selbst bediente, Hoher Herr, aber die Zeit drängte.«

»Guter Schuss«, lobte der Kabcar anerkennend.

Es roch in der Kammer nach Schwefel. Die Soldaten standen da mit kreidebleichen Gesichtern und starrten auf das kleine Ding in der Hand des Herrschers, das den infernalischen Lärm verursacht hatte und scheinbar mit einem Blitz tötete. Die Dunstwolken lichteten sich.

»Geht und findet die Taube.« Der Herrscher wandte sich Stoiko zu. »Du hast für die anderen Spionage betrieben. Dafür könnte ich dich hier und jetzt töten lassen. Aber ich schulde dir immer noch meinen Dank für die vielen Jahre, in denen du dich um mich gekümmert hast. Auch die Zeit in Granburg sei dir wohlwollend angerechnet.« Ein verächtlicher Blick fiel auf seinen alten Mentor. »Eine Gefängniszelle im Palast wird für dich frei sein. Du wirst gut behandelt werden, aber niemals mehr das Licht der Sonnen sehen dürfen.«

»Wozu auch, Herr?«, entgegnete Stoiko niedergeschlagen. »Wenn die Dunkle Zeit dank Euch und dem Dämon an Eurer Seite schon bald zurückkehrt, wird es ohnehin Nacht auf Ulldart werden.« Wachen führten ihn hinaus. »Im Vergleich zu den vielen Menschen auf dem Kontinent werde ich es in meiner Zelle noch gut haben«, rief er von draußen.

Lodrik wurde die erschossene Taube gebracht. Die Bleikugel hatte ihren Leib zerfetzt. Das Blut, das ihm an den Fingern herablief, als er die kleine Tasche entfernte, störte ihn nicht.

Vorsichtig nahm er den Zettel heraus und warf einen Blick darauf. Dann reichte er ihn seinem Vetter. »Lasst das entschlüsseln und berichtet mir. Sperrt die Umgebung rund um das Haus und dreht jeden Stein um. Ich brauche dieses Amulett.«

Abrupt wandte er sich um und verließ das Haus, in dem seinem scheinbar besten Freund die Maske vom Gesicht gerissen worden war. Er hasste das Gebäude dafür, die enttäuschende Wahrheit ans Licht gebracht zu haben.

Vor seiner Kutsche blieb er stehen. »Wenn die Suche erfolgreich abgeschlossen ist, reißt dieses Haus hier ein«, befahl er seinem Kommandanten. »Von ihm soll nichts mehr zu sehen sein.« Er reinigte sich die Hände an der Pferdedecke. Beim nächsten Verrat, ganz gleich, von wem er begangen worden war, würde er nicht die Spur von Milde zeigen.

In einer seltsamen Stimmung zwischen Niedergeschlagenheit und Hass stieg er in das Gefährt.

Sobald er im Palast angekommen war, würde er das Hauptkontingent der Tzulandrier anhalten und nach Süden schwenken lassen. Wenn er sich richtig erinnerte, war Telmaran nicht allzu weit von der südlichsten Ecke der Großbaronie entfernt.

Ulldart, Königreich Rundopâl,
vierzehn Warst vor der Hauptstadt Tularky,
Spätherbst 443 n. S.

Treskor schnaubte unwirsch, setzte einen Huf vor den anderen und trottete die aufgeweichte Straße entlang. Das, was ihm sein Herr angelegt hatte, war ihm fremd, und er empfand es als äußerst unbequem. Es schränkte ihn in seiner Bewegungsfreiheit sehr ein, und das machte den schwarzen Hengst leicht gereizt.

»Er wirkt nicht sehr glücklich«, merkte Norina an,

und als habe das Streitross sie verstanden, peitschte der Schweif hin und her.

»Es bleibt ihm nichts anderes übrig«, meinte Waljakov freundlich. »Er ist das Ziehen eines Karrens nicht gewohnt. Vermutlich verwünscht er mich, weil ich ihm das angetan habe.«

Die Brojakin sah den Kämpfer an und musste einmal mehr grinsen.

Waljakovs Schädel zierte eine schwarze Perücke. Unter einer weiten Bauerntracht, die er reichlich ausgestopft hatte, um seinen Körper unförmig und dick erscheinen zu lassen, trug er den Brustharnisch. Sein Säbel klemmte verborgen unter dem Kutschbock, vier Armbrüste lagen versteckt unter einer Decke auf der Ladefläche.

Zum ersten Mal sah die junge Frau den Mann ohne die mechanische Hand. Stattdessen trug der Krieger ein Paar herkömmliche grobe Handschuhe. Er hatte ihr gestanden, dass er in Wirklichkeit den Trick mit der mechanischen Hand erfunden hatte, um seine verkrüppelte Extremität zu verbergen und zugleich mehr Eindruck in der tarpolischen Armee zu schinden.

Sein kahl rasiertes Gesicht wirkte ungewohnt auf Norina. Wäre sie dem Leibwächter so in Ulsar begegnet, hätte sie ihn nicht erkannt. Nur die eisgrauen Augen konnte Waljakov nicht verbergen.

Auch die Brojakin kam um Veränderungen nicht herum. Auf seine Anweisungen hin hatte sie sich die Haare um die Hälfte gekürzt und braun gefärbt. Ihr Körper steckte in einer tarpolischen Bauerntracht, die sie als verheiratete Frau kennzeichnete. Das machte für einen Beobachter aus Waljakov ihren Gemahl, und genauso sollte es wirken. Dass der Mann mehr als doppelt so alt war wie sie, würde niemanden stören. Solche Heiraten kamen öfter vor.

Selbst Treskor wurde vom Streitross zum Zugpferd

degradiert, was dem Hengst sichtlich nicht passte. Dafür bekam er gelegentlich eine doppelte Ration Hafer vom Leibwächter und besondere Streicheleinheiten von Norina. Nicht verheimlichen konnte sie ihre Schwangerschaft, die den Bauch mit dem ungeborenen Leben deutlich sichtbar werden ließ.

Auf ihrem kleinen Planwagen, den sie erstanden hatten, transportierten sie Proviant für ihre langsame, ereignislose Reise, von dem sie vorgaben, ihn auf dem Markt verkaufen zu wollen, wenn sie danach gefragt wurden. Sollte Nesreca ihnen Verfolger nachgeschickt haben, ließen sie sich bisher von der Tarnung täuschen.

Die meiste Zeit verbrachte die werdende Mutter auf der Ladefläche, einigermaßen gemütlich gebettet zwischen Decken und unter sich eine dicke Schicht Stroh, um die Schläge des Gefährts abzudämpfen. Die Aussicht war langweilig: flaches Land, wenig Vegetation und selten ein paar Menschen. Die meisten der Rundopâler lebten an der Küste, das Hinterland war karg und wenig ertragreich, wenn es um Landwirtschaft ging.

Immer öfter durchrollten ihren Leib Hitzewallungen, in manchen Nächten lief ihr der Schweiß in Strömen hinab. Seit Neuestem gesellten sich Unterleibskrämpfe hinzu, und die Brojakin betete inständig zu Ulldrael, er möge das Kind beschützen. Die Strapazen der Reise machten sich täglich stärker bemerkbar.

Die Augen des Leibwächters wanderten zum Himmel, der sich mehr und mehr verfinsterte.

»Wir sollten demnächst ein Gasthaus suchen. Es ist zwar nicht mehr weit bis nach Tularky, aber wenn es heftig regnet, wird sich diese Straße in einen einzigen Morast verwandeln«, erklärte er seiner Begleiterin, die daraufhin nickte. Treskor wieherte seine Zustimmung.

»Manchmal glaube ich wirklich, er versteht, was man sagt«, wunderte sich Norina. »Ein solches Pferd habe ich noch nie erlebt.«

»Er ist etwas Besonderes«, stimmte der Krieger zu. Er kratzte sich. »Diese Perücke ist furchtbar. Wie kann man so etwas nur freiwillig tragen?«

Ein großer Tropfen Wasser fiel aus den Wolken und klatschte laut hörbar auf die leinene Abdeckung des Wagens: der erste Vorbote eines gewaltigen Schauers, der wenig später mit Wucht einsetzte. Der Hengst schnaubte, schüttelte den massigen Kopf und beschleunigte seinen Gang.

»Er hat keine Lust mehr«, sagte Norina. »Er möchte ins Trockene.«

»Er hat andere Pferde gerochen«, meldete Waljakov und deutete den Weg entlang. »Da vorne kommt so etwas wie eine Raststation. Schätzungsweise zwei Warst.«

Ein einsetzender Wind jagte dichte Regenschleier vor sich her und ließ sie gegen die linke Seite des Wagens prasseln. Bald standen die ersten Pfützen auf der Straße, die sich, ganz nach der Vorhersage des Leibwächters, in eine einzige Schlammpiste verwandelte.

In einiger Entfernung stapften zwei Wanderer durch den Matsch, offensichtlich ein älterer Mann und ein Mädchen. Als sie das Fuhrwerk kommen hörten, blieben sie stehen und wedelten mit den Armen.

Waljakov machte keine Anstalten, Treskors flotten Trab zu zügeln.

»Wir könnten sie doch mitnehmen«, meinte Norina leise. »Es regnet doch so stark.«

»Wenn sie sich beeilen, sind sie in weniger als einer Stunde im Gasthaus«, entgegnete der Leibwächter. »Es könnte eine Falle sein.« Er sah in ihre braunen Augen, die ihn bittend anblickten. »Auch wenn die Wahrscheinlichkeit sehr gering ist.« Seufzend brachte er den Wagen zum Stehen. Ihr etwas abzuschlagen fiel ihm schwer.

»Springt auf. Aber benehmt euch«, knurrte er die beiden an. »Sonst setzt es eine Tracht Prügel.«

Die beiden Wanderer, die einfache braune Kleidung trugen, liefen nach hinten, um auf die Ladefläche zu klettern.

Zu Norinas Erstaunen half das Mädchen dem Mann beim Einsteigen. Ächzend schwang er sich hinauf, das Kind schob von unten. Etwas klackte leise, als er sich richtig hinsetzte. Mit einem Satz hopste es dann ebenfalls in den Planwagen.

»Ulldrael der Gerechte sei mit dir«, grüßte der Mann, der schon einige Jahre Lebenszeit auf dem Buckel hatte, freundlich und legte den nassen Umhang ab. Etliche graue Strähnen zeigten sich zwischen den schwarzen Haaren, und sein Gesicht kam der Brojakin merkwürdig bekannt vor. »Danke, dass ihr uns vor dem Regen bewahrt habt. Ulldrael scheint das Land wegspülen zu wollen.«

Das Mädchen, das Norina auf vierzehn Jahre schätzte, grinste sie an und pochte gegen eines der Vorratsfässer. »Habt ihr etwas zu essen? Ich sterbe vor Hunger.« Sie öffnete den Deckel und steckte die Nase in die Tonne.

»Fatja!«, wies der Mann das Kind zurecht. »Willst du, dass die netten Leute uns wieder in den Regen werfen?« Er zog sie zurück und wollte den Behälter wieder schließen, aber die Brojakin hinderte ihn daran.

»Nehmt euch ruhig etwas von dem Brot. Daneben liegt der Schinken und der Käse. Wir haben genug.«

Fatja lachte auf, klatschte in die Hände und verschwand schnell wie er Blitz fast bis zur Hälfte im Fass, um nach den Köstlichkeiten zu tauchen.

»Kinder«, sagte der Mann. »Du bist sehr freundlich, Bäuerin. Ich bin Piotr, das ist meine Enkelin Fatja. Wir sind auf dem Weg nach Tularky.« Er reichte ihr die Hand.

Norinas Gedächtnis arbeitete auf Hochtouren, aber noch konnte sie das Antlitz und die Stimme nicht genau einordnen. Ein vager Verdacht kam auf. Offenbar hielt die eigene Maskerade der Betrachtung stand. Wenn der Wanderer sie erkannt hatte, ließ er sich nichts anmerken.

Glücklich und auf beiden Backen kauend erschien das Mädchen wieder und schwenkte ein angebissenes Brot und Käse.

»Ich bin Marjala und das ist mein Mann Oljomov. Wir fahren auf den Markt«, übernahm sie die Vorstellung. Der Leibwächter schaute kurz über die Schulter und nickte. Er schenkte den beiden Mitfahrern keine große Aufmerksamkeit.

Der Brojakin fiel es wie Schuppen von den Augen. »Sag mal, bist du unsere kleine Fatja? Die Schicksalsleserin?«

Augenblicklich stoppten die Essbewegungen, misstrauisch verengten sich die Augen.

Vom Kutschbock ertönte ein Fluch, Waljakov hatte das Gefährt angehalten, dann drehte er sich um. Auch seine Erinnerung hatte etwas Zeit benötigt, um zurückzukehren. »Das sind doch der Mönch und die kleine Hexe aus Granburg!«, brach es aus ihm hervor.

Fatjas Blicke flogen zwischen den vermeintlichen Bauern hin und her, dann raffte sie in aller Eile Proviant zusammen und sprang fluchtartig aus dem Wagen. »Los, komm! Sie wissen, wer wir sind!«, forderte sie ihren Begleiter auf.

Der ältere Mann war zu überrascht, um reagieren zu können. Starr saß er auf seinem Platz und beobachtete ängstlich den hünenhaften Landwirt, der nach hinten auf die Ladefläche sprang. »Du bist Matuc, der bei der Krönung damals ein Bein verloren hat, oder?« Waljakov packte nach dem rechten Unterschenkel und grunzte zufrieden. »Eine Prothese. Er ist es.«

»Keine Angst«, beruhigte die junge Frau den Geistlichen. »Wir wollen dir nichts Böses. Wir waren nur zu verwundert. Wir haben nicht damit gerechnet, dich in

Rundopâl zu treffen. Du wolltest doch zurück in dein Ulldrael-Kloster. Und wo ist deine Robe?«

»Norina Miklanowo?«, fragte Fatja. Sie kam ein paar Schritte zurück zum Wagen. Der Regen hatte sie inzwischen vollständig durchnässt. »Ich meine, Ihr seid Norina Miklanowo?«

Matuc starrte sie an. »Ihr?« Sein Kopf drehte sich zu ihrem vermeintlichen Gatten. »Dann seid Ihr wohl Waljakov? Ich hätte Euch nicht erkannt. Mit Haaren.«

»So wie es aussieht, stecken hinter diesem Zusammentreffen zwei sehr interessante Geschichten«, sagte die werdende Mutter und lehnte sich gequält lächelnd zurück, weil sie ein Stechen im Unterleib spürte. »Wir sollten sie aber in aller Ruhe an einem wärmenden Feuer austauschen, findet ihr nicht?« Sie winkte dem Mädchen zu, das bibbernd im Schlamm stand, nass von Kopf bis Fuß. »Komm rein. Du wirst sonst noch krank.«

Fatja warf Waljakov einen abschätzenden Blick zu, bevor sie sich wieder ins Innere schwang.

Der Leibwächter kehrte grummelnd auf den Kutschbock zurück und ließ Treskor antraben.

»Ich hätte dich fast nicht mehr erkannt«, sagte die Brojakin zu der Schicksalsleserin und strich ihr über das feuchte Haar. »Du bist gewachsen.«

»Und Ihr seid schwanger«, entgegnete das Mädchen. »Von ihm?« Sie deutete auf Waljakovs Rücken und kaute auf dem Käse herum. »Müsst Ihr deshalb flüchten?«

»Nein, nein«, wehrte Norina ab. »Das werde ich nachher in aller Ausführlichkeit am Kamin erklären. Und dann würde ich gerne erfahren, warum ihr beide euch den Weg teilt. Und wer euch beide verfolgt, oder warum bist du sonst so schnell aus dem Wagen gesprungen?«

»Wann ist es denn so weit?«, fragte sich der Geistliche, weil er den Grund ihrer Reise nicht preisgeben wollte. Mit einem Mal kehrte die Prophezeiung, die ihm seine kleine Begleiterin gegen seinen Willen verkündet hatte, in den Kopf zurück. War da nicht die Rede von einem Kind gewesen? Er betrachtete die Schwangere nachdenklich. Ob damit ihr Nachwuchs gemeint war?

Auf alle Fälle war er sehr gespannt, was die Brojakin und Geliebte des Kabcar dazu veranlasst hatte, sich unerkannt und noch dazu in dem Zustand der höchsten Gravidität ohne Arzt oder Gefolge durch Rundopâl zu schlagen.

»Ich weiß es nicht genau«, antwortete die Brojakin und schloss einen Moment die Augen. Eine heiße Welle durchlief ihren Körper von unten nach oben, ein Schwindel erfasste sie. »Aber ich fürchte, etwas stimmt nicht.«

»Und dennoch macht Ihr Euch auf die Reise?« Fatja schüttelte den Kopf mit dem kurzen schwarzen Haar. »Ist er denn wenigstens Medicus?«

»Ja. Ich kann deine Flausen kurieren und dir die Neugier austreiben«, brummte Waljakov und lenkte den Wagen in den kleinen Innenhof vor dem Eingang zum Gasthaus. Er sprang von seinem Sitz und spannte Treskor aus, um ihn schnell in den Stall zu führen. Danach kehrte er zurück und half der Brojakin von der Ladefläche; das borasgotanische Mädchen unterstützte Matuc.

Durch die beschlagenen Scheiben des Gehöfts hörte man laute Musik, Gelächter und angeregte Unterhaltungen.

»Im Stall sind einige Pferde und Gespanne untergebracht«, berichtete der Leibwächter knapp. »Vermutlich Küfer, die zur Fischsaison an die Küste ziehen. Derbe Menschen, also seid etwas vorsichtig, wenn ihr mit ihnen redet.«

Gemeinsam traten sie ein. Gelegentlich wandte sich den Neuankömmlingen ein Gesicht zu, aber im Großen und Ganzen wurden sie ignoriert.

Der verkleidete Krieger leitete die Gruppe an einen kleinen Tisch in der Nähe des Kamins, um die zähneklappernde Schicksalsleserin so rasch wie möglich aufzuwärmen. Auch der Schwangeren würde das Feuer gut tun.

Matuc reckte dankbar die klammen Hände gegen die Flammen und rieb sie, Fatja hüpfte vor dem Kamin auf und ab. Norina lehnte sich mit dem Rücken an die aufgeheizten Backsteine und begann sofort zu dösen.

Waljakov verschwand zwischen den dicht an dicht gedrängten Menschen und kehrte nach einiger Zeit mit dampfenden Schüsseln zurück.

»Es gibt nichts außer Eintopf«, entschuldigte er das Essen. »Aber es wärmt. Nur eine Unterkunft kann uns der Wirt nicht geben. Die Zimmer seien schon alle durch die Küfer belegt.« Die Gruppe löffelte die heiße Suppe.

»Vielleicht könnten wir zumindest einen von ihnen höflich bitten, sein Bett für eine Schwangere zu räumen«, sagte Matuc.

»Versuch dein Glück«, meinte der Leibwächter grantig. »Die Fassmacher sind sture Hunde. Ich habe schon mit ihnen gesprochen.«

Ungläubig sah Fatja von ihrer Suppe auf. »Wenn du das im gleichen Ton wie eben gemacht hast, wundert mich nicht, dass wir keinen Platz bekommen.«

Der Hüne sandte ihr einen bösen Blick.

»Vermutlich ist es wirklich besser, wenn ich es noch einmal versuche.« Matuc stand auf und suchte nach der Gruppe von Küfern.

Die vier Männer, durchschnittliche Gestalten mit kräftigen Armen, hockten um einen Tisch und leerten ihre Bierhumpen. Alle wirkten bereits angetrunken. Auf dem Holz lagen abgegriffene Spielkarten und ramponierte Würfel.

Der Mönch trat heran und räusperte sich. »Ulldrael der Gerechte sei mit euch allen. Ich komme mit einer Bitte. Wir«, er deutete auf seine Begleiter, »haben eine Schwangere in unserer Mitte, und sie müsste dringend eine Nacht in einem Bett verbringen. Die Reise war sehr anstrengend.«

»Sieht sie gut aus? Dann kann sie die Nacht gerne in meinem Bett verbringen!«, grölte einer der Küfer, und seine Kumpane wieherten los. »Wir hatten auch eine anstrengende Reise.«

»Ihr seid aber nicht schwanger«, hielt Matuc tapfer dagegen.

»Das hätte sie sich dann eben vorher überlegen müssen«, meinte der Sprecher. »Wir haben uns den Schlaf auf bequemen Matratzen redlich verdient.«

Der ehemalige Klostervorsteher überlegte kurz und hatte einen Einfall. »Wir könnten ein Spiel darum wagen. Ihr seid, wie mir scheint, alle sehr gute Spieler. Aber ziemlich verweichlicht, wenn ihr unbedingt in Betten schlafen müsst. Dabei dachte ich immer, Küfer wären solch harte Männer.«

Das Lachen hatte schlagartig aufgehört. »Was sagst du da, Bursche?« Der Sprecher erhob sich und baute sich vor Matuc auf. »Du beleidigst eine ganze Zunft mit deinen Worten.« Er hob seine breiten, vernarbten Hände. »Die hier legen glühende Eisenringe um Holz, schmieden und schneiden, ohne dass ich Schmerzen spüre, und du redest von ›verweichlicht‹?« Musternd glitt sein Blick an der Statur des Mönchs herab. »Was bist du denn für einer? Ein halbes, altes Hemd?«

»Ich bin Schreiber«, lautes Lachen brandete um ihn herum auf, »und ich ertrage mehr Schmerz als du. Darauf wette ich.«

»Ein Tintenfresser! Um wie viel?«, kam es sofort aus dem Mund seines Gegenübers. Matuc hatte mit seiner Einschätzung Recht behalten. Er war an echte Spielernaturen geraten.

»Eine Unterkunft«, gab er seinen Einsatz bekannt. »Mehr will ich nicht.«

»Das ist alles, Federkiel?« Der Küfer schwankte ein

wenig und musste sich am Tisch abstützen. Der Alkohol tat weiterhin seine Wirkung. »Na schön. Und wenn du gewinnst, spendiere ich eine Runde.« Umständlich erklomm er einen Stuhl. »Hört alle her! Es gibt einen Wettkampf. Kommt her und setzt auf mich!«

Die Gäste drängten sich heran, auch Waljakov schob sich durch die Menge. Er war gespannt, was der Mönch vorhatte.

Fatja stand wieder vor den Flammen, in die sie zuvor drei große Scheite nachgelegt hatte und drehte und wendete sich, damit die Kleidung trocknete. Dabei stopfte sie sich immer wieder Brotstücke in den Mund.

Amüsiert beobachtete Norina das Mädchen, das sich seit ihrem letzten Treffen sehr verändert hatte.

Erste Ansätze von Weiblichkeit waren deutlich zu sehen, ihr Gesicht war etwas schmaler geworden, der ernste Zug dagegen wich nicht. Er stand im Gegensatz zu dem kindlichen Verhalten der Schicksalsleserin.

»Was tust du eigentlich hier in Rundopâl?«, fragte die Brojakin. »Was ist aus deinen Leuten geworden? Sie haben sich große Sorgen gemacht, nachdem du verschwunden warst.«

»Ich musste dringend weg«, wich das Mädchen aus und kniff prüfend den Stoff ihres Kleides, um zu sehen, ob die Feuchtigkeit daraus verdampfte. »Ich musste es jemandem versprechen. Seitdem habe ich sie nicht mehr gesehen. Wisst Ihr etwas?«

»Nein.« Norina senkte den Kopf. Dann erzählte sie in aller Kürze, dass sie schon lange in Ulsar gelebt hatte, danach das Land von Borasgotan erobert worden und sie seitdem nicht mehr dort gewesen war.

»Und nun erwartet Ihr ein Kind und macht Euch auf die Reise nach Tularky?« Fatja setzte sich ihr gegenüber. »Das muss doch einen gewichtigen Grund haben, oder?« Sie fixierte die Mandelaugen der jungen Frau.

Und dann geschah es. Ohne dass die Schicksalsleserin es wollte, setzte der Vorgang ein, mit dem sie bruchstückhaft in die Zukunft der Menschen sehen konnte.

Aber etwas war bei Norina anders. Das Gefühl gestaltete sich intensiver, sie konnte den Blick nicht mehr von den braunen Augen der Brojakin wenden, die einen geistesabwesenden Eindruck machte. Etwas zog sie wie ein übermächtiger mentaler Strudel ins Innere, immer tiefer und tiefer. Und dann kamen die Schmerzen.

Fatja krallte sich keuchend an der Tischplatte fest, verzweifelt versuchte sie, diesen Prozess anzuhalten, aber es gelang ihr nicht. Sie gab ihren aussichtlosen Widerstand auf. Es war stärker als sie.

Die werdende Mutter dagegen spürte die eigentümliche innerliche Leichtigkeit, den Schwebezustand im Kopf, das Nichts der Gedanken. Sie vermeinte zu fliegen, schwebte, schwebte …

Wetten wurden abgeschlossen, wobei natürlich niemand ernsthaft den »Schreiberling« als Favoriten betrachtete. Matuc setzte sein ganzes Vermögen, vierzig Waslec, auf sich selbst.

»Und wie soll der Wettkampf nun laufen?«, fragte der Fassmacher belustigt.

»Ich habe dich herausgefordert, also sage ich, was wir machen.« Der Mönch schaute in die Runde. »Such dir ein Körperglied aus, mit dem du gegen mich antreten willst.« Wortlos hob sein Kontrahent die schwielige Hand. Der Mönch zeigte auf sein rechtes Bein. »Meine Hände schone ich, weil ich damit noch schreiben muss«, erklärte er seine Wahl. »Einverstanden?«

Der Küfer nickte gönnerhaft, seine Augen waren vom Alkohol gerötet.

Matuc ließ sich einen Hammer bringen, setzte sich auf einen Stuhl und legte das Bein hoch.

»Ich beginne.« Krachend landete die flache Seite des

Werkzeugs auf seinem rechten Unterschenkel, und in simuliertem Schmerz zuckte er ein wenig zusammen. »Nun du.«

Grübelnd stand der Fassmacher neben seinem Gegner. Zögerlich packte er den Stiel und schlug sich auf den Handrücken. Auch er verzerrte das Gesicht, aber kein Stöhnen entfuhr ihm. Dann nahm er seinen Humpen und leerte ihn hastig in einem Zug.

»Gleichstand«, entschied der Wirt. »Nächste Runde.«

Matuc wiederholte den Hieb, diesmal deutlich fester, auch der Fassmacher zog nach. Die Lippen fest zusammengepresst, die Zähne aufeinander gebissen, stand er einige Lidschläge im Raum und beherrschte sich. Der Schmerz war gewaltig. Diesmal gönnte er seiner Kehle zwei der riesigen Becher, sein Handrücken glühte förmlich.

»Hmm«, meinte der Wirt, der nun immer mehr gespannt war, wie das Duell ausgehen würde. »Wieder Unentschieden.« Er nahm das Werkzeug. »Diesmal schlage ich zu.«

Die bereits etwas getrübten Augen des Küfers wurden groß. Der Mönch tat so, als überlegte er sich, die Wette verloren zu geben. Doch nach vielen Anfeuerungsrufen der Gäste im Schankraum willigte er ein.

Der Gasthausbesitzer schonte keinen der Gegner.

Der Küfer hatte sich ein Stück Holz in den Mund geschoben, Matuc klammerte sich an die Sitzfläche seines Stuhls. Nach dem Treffer sprang er auf, hüpfte durch den Raum und rieb sich dabei immer wieder die Stelle, wo es seinen rechten Unterschenkel getroffen hatte.

In der Kneipe war es inzwischen so still, dass man eine Stecknadel fallen hören konnte. Jeder wollte mitbekommen, welcher der Männer zuerst einen Laut von sich geben würde.

Dem Fassmacher entschlüpfte ein gequältes Stöhnen, als der Hammer auf seine Hand donnerte. Aber Matuc ließ es großzügig gelten, um eine nächste Runde herauszuschlagen, in der er den Betrunkenen endgültig aus dem Rennen werfen wollte.

»Ich werde drei Wochen nicht mehr gehen können«, jammerte der Mönch. »Du bist ein harter Gegner«, lobte er seinen Widersacher, der von Bier zu Branntwein gewechselt hatte. Dicke Blutergüsse zeigten sich unter seiner Haut. »Aber nun, gib gut Acht.«

Als ein Stück Holz im Kamin laut knackte, zuckte Norina zusammen und kehrte in die Wirklichkeit zurück.

Ihr gegenüber saß eine bleiche Fatja, die die Brojakin aus vor Überraschung geweiteten Augen anstarrte. Die Fingernägel hatten sich tief in den Tisch gebohrt, ihre Haltung wirkte steif wie die einer Puppe.

»Was«, stammelte die Brojakin und lehnte sich an die Wand. »Was ist passiert? Ich bin geflogen … aber nun sitze ich hier …« Sie berührte sanft die Rechte der Schicksalsleserin.

Das Mädchen blinzelte daraufhin ein wenig, löste die Hände und schüttelte sie vorsichtig aus. »Ich sollte mir die Augen ausstechen lassen«, flüsterte sie leise.

»Warst du das etwa?«, wollte Norina wissen. »Was hast du gemacht? Hast du meine Zukunft gesehen? Rede!«

Fatja langte nach Matucs Becher und leerte ihn hastig, ohne auf die Frage der jungen Frau einzugehen. Dann schaute sie in die Flammen, um sich zu sammeln. »Euer Schicksal hat sich geändert. Und ist noch nicht in allen Punkten festgeschrieben.«

»Bitte«, drängte die Brojakin ungeduldig und besorgt, »lass mich nicht länger im Unklaren. Du machst mir Angst.«

Das Mädchen wandte sich um. »Wenn Ihr es so wollt. Ich sah ein Schiff, einen Sturm und unbekannte Schiffe, die ein anderes angriffen. Ich sah Euch, wie Ihr in einer kargen Hütte saßt, zusammen mit Matuc. Er kümmerte sich um ein Kind.« Fatja deutete auf den Bauch mit dem ungeborenen Leben darin. »Dieses Kind. Das Kind des Kabcar. Es wird ein Junge werden, ein ganz besonderer Junge, dem die Macht gegeben wurde, sich gegen das Dunkel in all seiner Gestalt zu stellen, weil er das Dunkel mit seinen eigenen Waffen schlägt. Deshalb trägt er eine Art Fluch in sich. Und nur zusammen mit seinem Bruder wird er Licht in die Düsternis bringen.« Sie schluckte. »Aber erst nach Eurem Tod.« Ein Schluchzen kam aus ihrer Kehle. Sie schlug die Hände vors Gesicht und weinte plötzlich. »Ich bin schuld, dass die Dunkle Zeit zurückkehrt. Ich hätte alle warnen können. Aber die Beobachter …« Der Rest des Geständnisses ging in Tränen und Schniefen unter.

Norina schüttelte ihr Erstaunen ab, setzte sich neben das aufgelöste Kind und nahm es in die Arme. »Ruhig, Fatja.«

Die kleine Schicksalsleserin wischte sich mit ihrem Ärmel die salzigen Tropfen aus dem Gesicht und putzte sich lautstark die Nase. »Ich habe damals nicht gewusst, dass es der Kabcar ist, dessen Zukunft ich sehe. Ich habe ihm gesagt, dass er der Nachfolger eines sehr großen, gefürchteten Herrschers werden und über viele Untertanen gebieten wird. Aber ich habe ihm das andere verschwiegen, weil die Beobachter es so wollten. Niemandem durfte ich von meinen Visionen über die großen, alten und halb zerfallenen Kampfschiffe erzählen, die durchs Meer pflügten. Keiner wusste von den furchtbaren, hasserfüllten Kriegern, die plündernd und mordend durch einst blühende Ebenen zogen und alles niedermetzelten, was sich ihnen in den Weg stellte.«

Norina lief es bei den Worten eiskalt den Rücken hinunter. Sie ahnte, was das zitternde Mädchen schilderte. Das konnten nur die tzulandrischen Truppen sein.

»Eine wunderschöne Frau mit den grausamsten Augen, die ich mir vorstellen konnte, befehligte die Truppen, ein hübscher junger Mann stand in einem Ring gleißender Energie und verbrannte mit seinem Purpuratem ein Dorf zu Asche.« Fatja schnäuzte sich ein weiteres Mal in den Ärmel und nahm einen Schluck, diesmal aus Waljakovs Krug. Ihr Körper bebte immer noch. »Mütter und Kinder wurden von einem missgestalteten, riesigen Krüppel in einer prächtigen Rüstung mit einer gewaltigen Keule lachend erschlagen, und über allen Geschehnissen glühten die riesigen Augen Tzulans.« Sie barg ihr Gesicht an der Brust Norinas, die fassungslos der Erzählung gelauscht hatte. »Es war schrecklich. Und dann haben die Beobachter mir gedroht, dass sie mich umbringen, wenn ich es jemandem sage.« Sie hob ihr Antlitz. »Die Vision von Eurem Schicksal hat das Gesehene von damals wieder an die Oberfläche gebracht. Ich musste es einfach loswerden. Ich ...«

»Es ist gut«, sagte die Brojakin beruhigend und drückte Fatja an sich. »Beruhige dich. Wir warten auf die anderen.«

Als der Mönch nach einem Nagel verlangte, hielt das Publikum den Atem an.

Er tat so, als suchte er nach dem Schienbeinknochen und setzte die Spitze darauf. Dreimal schlug er auf das Nagelende und trieb das Metallstück mehrere Zentimeter in sein Bein.

Mit lautlosem Leiden stand er auf, lief ein wenig umher und hängte sich sogar noch einen Bierhumpen an den Nagel.

Dann entfernte er den Eisenstift und warf sich keuchend auf den Stuhl.

»Konzentration und völlige Körperbeherrschung«, schnaufte er. Er hielt dem entsetzten Küfer Hammer und Nagel hin.

Einer seiner Kumpane setzte die Spitze auf den Handrücken, Matucs Wettgegner hob mit zitterndem Arm das schwere Werkzeug. Dicke Schweißperlen liefen ihm über die Stirn, und er kämpfte sichtlich mit der Fassung.

Alles wartete gebannt auf den Schlag.

Der Hammer zuckte ruckartig nach unten und zerschmetterte die Tischplatte.

Wütend schleuderte der Fassmacher das Werkzeug weg und rannte hinaus. Die Schmach, von einem »Federkiel« besiegt worden zu sein, ertrug er nicht.

Nun wurde allgemeines Gerufe laut, jeder klopfte dem tapferen Schreiber auf die Schulter. Die Kumpane des Besiegten räumten freiwillig ihre Stube, aus Anerkennung für Matuc.

»Das war doch ein Trick«, meinte ein anderer Küfer argwöhnisch, und bevor ihn der Mönch davon abhalten konnte, zog er ihm das Hosenbein hoch. Deutlich sahen die Umstehenden das Holzbein.

Einen bangen Moment war es totenstill in der Schankstube, in der sich der betagte Mann wünschte, zwischen den dreckigen Holzdielen zu verschwinden. Waljakovs Muskulatur spannte sich, um den Geistlichen notfalls mit Gewalt zu befreien.

Die Mundwinkel des Fassmachers wanderten langsam in die Höhe, dann lachte er aus vollem Halse los, die anderen Gäste stimmten mit ein, und erleichtert sackte Matuc ein wenig zusammen. »Bei Taralea! So ein raffinierter Federkiel! Den Gewinn hast du dir redlich verdient.« Er boxte dem Mönch auf den Arm und prostete ihm zu. »Das nächste Mal werdet ihr beide die Hände nehmen.«

Matuc holte sich seinen Gewinn beim Wirt ab, grinste dreckig von einem Ohr zum anderen und humpelte zusammen mit dem Leibwächter zurück zu der Gruppe. »Ich hätte niemals gedacht, dass mir das Holzbein eines Tages noch einmal zugute kommen wird«, flüsterte er lachend. »Ein Hoch auf Nerestro von Kuraschka.«

»Wäre dein Gegner nicht sturzbetrunken gewesen, hätte der Trick niemals funktioniert«, dämpfte Waljakov die gute Laune des Geistlichen. »Es war schon gewieft, da hatte der Küfer von eben Recht. Aber wäre ich es gewesen, der den Betrug entdeckte, hätte ich die Kunststücke mit Eurem echten Bein wiederholt.«

Erst jetzt bemerkten sie, dass sich die Stimmung der beiden Frauen zum Schlechten gewandelt hatte.

Norina fasste das Gehörte zusammen, wobei sie jedes Detail sorgsam wiederholte. »Ich glaube nun nicht mehr, dass Lodrik nichts von ihnen wusste«, fügte sie hinzu und erzählte ihr Erlebnis mit den Wesen in Granburg.

»Er wusste sehr wohl etwas über sie«, unterbrach Waljakov düster. »Er hat damals, als wir bei Eurem Vater zu Besuch waren, etwas über sie in alten Büchern gesucht. Modrak nannte er sie, glaube ich. Er hat mich und Euch angelogen.«

»Sie werden mich umbringen«, jammerte Fatja und drückte sich noch enger an die Schwangere. »Ich habe das Geheimnis verraten.«

»Tja«, seufzte Matuc, »wenn wir das alles früher gewusst hätten, wären wir in der Lage gewesen, die Dunkle Zeit aufzuhalten. Der Geheime Rat folgte also der richtigen Auslegung.« Nun war auch der Mönch ein Bild des Elends. »Wenn ich damals besser auf die Worte von Karadc gehört hätte ...«

»Der Geheime Rat des Ulldraelordens hat also tatsächlich den Attentäter nach Granburg geschickt?«, staunte der Leibwächter.

»Und weil ich das weiß, wollen sie mich töten lassen«, sagte der Mönch leise. »Das ist der Grund für meine Flucht.«

»Wenn ich daran denke, wie viele Menschen gestorben sind, um dem Kabcar das Leben zu bewahren ... dabei wäre nur sein Tod der einzige Ausweg gewesen, das Schlimmste zu verhindern.« Waljakov schlug mit der

Faust auf den Tisch, seine Perücke fiel von der Glatze. Schnell setzte er die falschen Haare wieder auf. »Aber das Geheule nutzt nichts. Wir können die Zeit nicht zurückdrehen. Ohne die ganzen Umstände wäre der Junge bestimmt ein guter Herrscher geworden. Der Silberschopf und Arrulskhán sind an allem schuld.« Er langte grimmig nach seinem Krug und entdeckte, dass er leerer als vorher war.

»Das sehe ich auch so. Lodrik war auf dem richtigen Weg«, stimmte Norina dem Hünen zu. »Wenn ich an die ganzen Reformen denke, die wir schon eingeführt hatten. Aber wir haben die Gefahr, die von Nesreca ausgeht, zu spät erkannt. Hoffentlich geht es Stoiko gut.«

Der Wirt brachte eine Runde Bier an den Tisch. »Die spendiere ich dem heldenhaften Schreiber. Auf dein Wohl, Federkiel!« Er prostete, und der gesamte Schankraum hob ebenfalls die Gefäße.

Matuc winkte lachend ab, wischte sich nach einem langen Zug den Schaum vom Mund und reichte dem Hausherrn eine Hand voll Waslec. »Hier. Die nächste Runde geht auf meine Rechnung.« Der Mann verschwand, während die Gäste ein Sauflied zu Ehren des Mönchs anstimmten, was reichlich schief klang.

»Wenn Ihr nichts dagegen habt, Norina Miklanowo«, fing Matuc an, »würde ich Euch gerne begleiten, egal wohin es geht. Ich habe damals versagt, und vielleicht kann ich meine Fehler bei diesem Kind gut machen. Ulldrael der Gerechte hält wieder seine Hand über mich, ich erfuhr nach einer langen Zeit des Zweifels wieder seine Gnade, und das stimmt mich mehr als zuversichtlich. Ich denke, dass ich wichtig für das Schicksal des Knaben bin.«

»Wir wollen nach Rogogard, um das Kind in Sicherheit zu bringen«, gab Norina bekannt. »Nach dieser Vision liegt mir die Gesundheit des Knaben mehr als alles andere am Herzen. Wenn du uns zu den Inselfestungen begleiten möchtest, bist du herzlich willkommen. Du wirst die Erziehung des Jungen übernehmen, wenn ich unterwegs bin. Auf der Überfahrt können wir uns in aller Ruhe über die Ereignisse der letzten Wochen und Monate unterhalten.«

Matuc strahlte. »Liebend gerne.«

»Ich will auch mit«, schniefte Fatja leise.

»Das darfst du sicherlich.« Der Geistliche strich ihr über den Kopf. »Du wirst die große Schwester des Knaben.«

»Was mir wichtiger ist«, hakte der Leibwächter ein, »ist die Beschreibung des Trios, das sich in der Vision auf dem Schlachtfeld austobt. Die Frau könnte die Kabcara sein, der junge Mann Lodrik. Bleibt der Krüppel übrig. Den gibt es noch nicht. Oder sollte Sinured damit gemeint sein?«

Schweigend brütete das Quartett über das Rätsel nach, ohne zu einem Ergebnis zu kommen, bis Matuc vorschlug, das Nachtlager zu beziehen, weil er die Erschöpfung im Gesicht der werdenden Mutter und seiner kleinen Begleiterin erkannte. Unter dem Beifall der Gäste, zogen die vier in ihre Stube.

Waljakov verschwand kurz in den Stall, um nach Treskor zu sehen und seinen Säbel und die Armbrüste zusammen mit dem Gepäck zu holen. Er wollte auf alles vorbereitet sein.

Du hast unser Geheimnis und den Hohen Herrn verraten, kleine Menschenfrau, wisperte es in Fatjas Kopf, und schreiend schreckte das Mädchen aus dem Schlaf.

Sofort entzündete Norina eine weitere Kerze, Waljakov sprang aus dem Bett und nahm die gespannte Armbrust in Anschlag. Matuc angelte ebenfalls nach einer der Fernwaffen.

»Sie sind hier«, rief die Schicksalsleserin aufgelöst und rückte ganz dicht an die Brojakin heran.

»Ich sehe niemanden«, flüsterte der Leibwächter. Im schummrig beleuchteten Zimmer war keine Spur eines Eindringlings zu entdecken.

Leise klapperten die Läden auf und zu, ein kräftiger Herbstwind wehte um das Haus. Wirbelnde Blätter flogen durch die Nacht und stießen mit einem leisen Geräusch gegen das Glas der Scheibe.

Wir kommen, dich zu bestrafen, kleine Menschenfrau, hörte Fatja wieder die raschelnde Stimme in ihren Gedanken. *Keine Gnade.*

Das Fenster zerbarst in einem Splitterregen, und der erste der Modrak sprang fauchend in den Raum. Die beiden Frauen schrien entsetzt auf, als die nackte, hagere Gestalt landete und sich in der Unterkunft umschaute.

Waljakov schoss in aller Ruhe einen gut gezielten Bolzen nach dem Wesen und traf es in den Hals.

Überrascht griff es nach dem Geschoss, machte einen Schritt rückwärts und sank in die Knie. Mit ausgebreiteten ledernen Schwingen starb der erste Angreifer. Das Purpur in seinen Augenhöhlen flackerte und erlosch.

»Das war einfach«, knurrte der Hüne, nahm dem Mönch die Armbrust aus der Hand und visierte das zerstörte Fenster an. »Hol mir die anderen und dann lade nach.«

Von draußen drang vielfaches Rauschen herein. Offenbar war es nicht der einzige der Modrak gewesen, der dem Mädchen ans Leben wollte.

Waljakov ließ sich von den vorbeihuschenden Schatten in der Dunkelheit nicht provozieren. Er vermutete, dass sie ihn dazu bringen wollten, aufs Geratewohl zu schießen und Munition zu verschwenden. Er umfasste den Schaft der Armbrust fester und schwenkte den Lauf nicht einen Millimeter.

Die zweite mutige Kreatur erschoss der Leibwächter bereits im Landeanflug. Dann rumpelte es gewaltig über und neben ihnen.

Deine Freunde werden ebenso sterben müssen, raunte es in Fatjas Gedanken. Wimmernd presste sie die Hände gegen die Schläfen. *Tot. Du bist tot, kleine Menschenfrau. Und deine Seele gehört uns.* Das Mädchen erschlaffte. Eine gnädige Ohnmacht hatte sie überwältigt und bewahrte sie davor, den Drohungen zuhören zu müssen.

»Sie tragen die Ziegel ab«, rief Waljakov. Matuc wies er an, auf das Fenster zu zielen, während er nach oben sicherte.

Die Tür flog nach innen. Ein Modrak, der über das Nachbarzimmer ins Haus gekommen war, warf sich gegen den Krieger, bevor er das Geschoss auf die Reise schicken konnte. Polternd gingen die beiden zu Boden.

Noch im Fallen ließ Waljakov die Fernwaffe los und zog zwei Dolche, die er an den Unterarmen befestigt hatte. Als das Wesen sich auf ihn hockte, stach er ihm immer wieder rechts und links in die Seiten. Fontänenartig spritzte purpurfarbene Flüssigkeit aus den tiefen Wunden.

Der Modrak kreischte auf und flatterte mit den Schwingen, um zu flüchten, aber die kämpferische Ader eines K'Tar Tur ließ das nicht zu. Noch bevor die Kreatur den Ausgang erreichen konnte, durchtrennte Waljakov ihr das Genick.

Matuc hatte derweil zwei Bolzen sinnlos in die Dunkelheit verschossen, Norina war dabei, die anderen Armbrüste nachzuladen.

Als ein weiterer der einst für harmlos gehaltenen Beobachter auf das Fenster zusegelte, schnappte sich der Mönch einen Stuhl, positionierte sich seitlich des Rahmens und schlug mit aller Kraft zu, als er die Krallen über das Sims kratzen hörte. Zusammen mit den Trümmern des Möbels stürzte der Modrak ab und knallte in den Hof.

Nun gab es keine Waffen mehr, der Säbel des Leibwächters lag zu weit weg.

»Da kommt noch einer«, warnte ihn die Brojakin, die

plötzlich ihr Gesicht verzog, die Hände auf den Leib schlug und stöhnend umsank.

Schon hörte der Geistliche das Rauschen der Schwingen.

Der Einfall kam fast zu spät. In letzter Sekunde schnallte er sich das künstliche rechte Bein ab und setzte es im Kampf gegen den Beobachter als improvisierten Dreschflegel ein. Wenn er mit etwas umgehen konnte, dann waren das Werkzeuge für die Feldarbeit.

Tatsächlich ließ sich der Modrak damit abwehren. Und als Waljakovs breite Statur erschien, suchte der Letzte der Angreifer das Weite.

Nun waren auch andere Männer im Hof und im Zimmer erschienen, mit Äxten, Beilen und Hämmern bewaffnet, um die ungebetenen Gäste zu verjagen. Die Aufregung war so groß, dass keiner der Helfer bemerkte, dass der Leibwächter plötzlich weniger dick und mit Glatze dastand.

Norinas kämpfte mit den Unterleibskrämpfen, die erst nachließen, nachdem der Wirt ihr einen mildernden Tee gebraut hatte. Die wieder erwachte Fatja hielt die Hand der werdenden Mutter.

»Sie werden es heute nicht noch einmal versuchen«, schätzte Waljakov. Mit spielerischer Leichtigkeit spannte er die Fernwaffen, die Muskeln seiner Arme und der Brust schwollen zu Gebirgen an. »Wir haben sie in die Flucht geschlagen.«

»Weiß jemand, wie viele es von diesen Ungeheuern gibt?«, fragte sich Matuc vorsichtig. Er bekam keine Antwort.

»Und ich will es auch gar nicht wissen«, sagte das Mädchen leise. »Sie werden mich sicher ein Leben lang verfolgen, bis sie mich haben.«

»Sicherlich gibt es keine auf Rogogard«, mutmaßte der Mönch, um seiner kleinen Begleiterin Mut zu machen. »Sie mögen bestimmt kein Salzwasser.«

Es knirschte ganz leise über ihren Köpfen.

»Da bin ich mir auch ziemlich sicher«, meinte der Leibwächter, langte nach seinem Säbel und rammte die Waffe mit Wucht durch die dünne Decke aus Stroh und Lehm. Ein Heulen war zu hören, und als der K'Tar Tur die Klinge zurückzog, troff purpurne Brühe aus dem Spalt.

Es rumpelte, mehrere Ziegel rutschten weg, dann rauschten ledrige Schwingen durch die Nacht.

»Der hat genug.« Waljakov hob prüfend die Spitze der Waffe vor die Augen, um nach der Flüssigkeit zu sehen. »Sie bluten und sterben. So mag ich das.« Er verstaute den Säbel wieder, nachdem er ihn an einem Kadaver gereinigt hatte. »Ich entsorge die Leichen und halte Wache. Vorsichtshalber.«

Als er den ersten toten Modrak kurzerhand aus dem zerstörten Fenster befördert hatte, blieb er vor dem Geistlichen stehen. »Ich werde dir beibringen, mit der Armbrust umzugehen. Ein Blinder schießt besser als du.«

Matuc verzog das Gesicht. »Aber mit dem Holzbein bin ich ungeschlagen.«

Der K'Tar Tur grinste kurz und setzte seine Arbeit fort. Danach verriegelte er die Läden, setzte sich aufs Bett, die geladenen Fernwaffen griffbereit.

Beruhigt schliefen die anderen ein, auch wenn es nach den letzten Ereignissen kaum eine echte Erholung bedeutete.

VII.

Dass sie unsere Welt im Stich gelassen hatten, tat Angor, Ulldrael, Senera, Kalisska und Vintera sehr Leid, und sie halfen den Menschen, ihre Städte und Länder, die Tzulans Sohn vernichtet hatte, wieder aufzubauen.

Danach schlossen sie die Vereinbarung, die Menschen künftig eigenständig handeln zu lassen: Die Götter wollten nur noch Ratschläge erteilen und die Menschen aus ihrem Handeln lernen lassen.

Die Zeit des zweiten Friedens
und das Ende der Magie,
Kapitel II

Ulldart, Königreich Rundopâl, Hauptstadt Tularky, Spätherbst 443 n. S.

Aus dem Weg, rundopâlische Tranbirne«, rief Torben Rudgass gut gelaunt und versetzte dem Mann einen Tritt in den Hintern, dass er nach vorne in die Auslage mit den Fischen fiel.

Wütend schoss der Misshandelte herum, sein erbostes Antlitz zeigte plötzlich freudiges Erstaunen. Die zum Schlag erhobene Rechte, in der er einen besonders großen Seehecht hielt, senkte sich wieder.

»Kapitän Rudgass! Ich hätte es mir denken können, als ich deinen verfaulten Atem im Genick spürte.« Der Händler warf den Fisch zurück auf den Tisch und umarmte den Rogogarder. »Hat dich immer noch kein Palestaner versenkt?« Er musterte den Freibeuter. Ein von der Sonne gebräunter Mann mit kurz geschorenen blonden Haaren und einem langen, geflochtenen Bart stand vor ihm und feixte. »Du siehst gut aus.«

»Das macht der Erfolg«, meinte Torben und schaute an sich herab. »Feinste Seidenhemden, edelste Stoffhosen, weiche Lederstulpen und das beste Riechwasser, das man auf dem Meer klauen kann. Nicht zu vergessen das fast unbezahlbare Rapier an meiner Seite. Ich musste fast fünf Minuten mit dem ehemaligen Besitzer fechten, bis ich es hatte.« Der Rogogarder stippte einen der Fische an. »Und du verkaufst immer noch das stinkende Zeug, Pick?«

»Natürlich. Das und alles, was du mir bringst, Rudgass.« Er hakte sich bei dem Freibeuter unter und zerrte ihn in sein Geschäft, vor dem er den heutigen Fang aufgebaut hatte. »Auch wenn jeder weiß, mit was du handelst, es muss nicht jeder hören.« Pick nahm zwei Gläser unter der Theke und eine Flasche hervor, goss den Inhalt großzügig ein und prostete dem Freibeuter zu. »Auf Rogogard!« In einem Zug verschwand der Branntwein. »Was hast du dabei?«

»Nur feine Sachen.« Torben machte die Nase lang und stellte eine Ledertasche auf den Tresen. Vorsichtig nahm er fein gearbeitete Glasvasen und Flakons heraus. »Na?«

Pick ließ die Mundwinkel hängen und kratzte sich die behaarten Unterarme. »Echte Männerware, was? Rudgass, was hast du aufgebracht? Kein Branntwein, kein Wein, kein Schmuck oder so etwas?«

Der Freibeuter seufzte. »Muss wohl ein Schneiderschiff gewesen sein. Vier Dutzend Stoffballen, zehn Kisten mit diesem Zeug und Garnrollen.« Er nahm einen der zerbrechlichen Gegenstände auf und hielt ihn gegen das Licht. »Aber schau, wie hübsch die Sonnenstrahlen sich darin spiegeln und brechen. Pick, ich sage dir, das verkaufst du spielend an reiche Damen. Oder füll deinen Tran darin ab und verkaufe es als Heilmittel. Ist mir doch egal, was du damit anstellst.«

Doch der Händler hatte sein skeptisches Gesicht beibehalten. »Rudgass, das Zeug werde ich in vier Jahren noch nicht los sein. Die Stoffballen nehme ich, aber den Schund kannst du ins Wasser werfen. Zehn Waslec pro Ballen, einverstanden?«

»Zwanzig Waslec, und ich gebe dir noch drei Kisten von den Vasen dazu«, feilschte der Kapitän.

Pick grummelte seine Zustimmung, das Geschäft wurde per Handschlag besiegelt, und beide Männer freuten sich, einen guten Preis erzielt zu haben.

»Was gibt es sonst noch so Neues in Tularky?«, wollte Torben wissen.

»Nun, die Leute lachen immer noch über den zahnlosen Freibeuter.« Unschuldig sah der Händler an die Decke, während der Rogogarder in gespielter Wut nach ihm schlug. »Aber ansonsten ist nichts vorgefallen. Die Tran-Saison hat begonnen, aber das riecht man ja.«

»Handelsschiffe?«, fragte der Freibeuter.

Pick schüttelte den Kopf. »Die Palestaner trauen sich fast nicht mehr hierher, die drei Agarsiener im Hafen genießen seitens Rogogard weitestgehend Schutz, also nichts, was in deinen Bereich fallen würde.«

»Verdammt«, ärgerte sich Torben und füllte sein Glas neu. »Ich könnte eine gute Prise wahrlich gebrauchen. Mein letzter großer Fang ist schon einen Monat her. Seitdem bringe ich nur noch diesen Krempel hier auf.«

»Rüste deine Kriegskogge doch für den Walfang um«, schlug der Händler ironisch vor.

Der Rogogarder nahm sich die Flasche mit dem Branntwein. »Ich schlendere mal durch die Gegend. Ich bringe dir auf dem Rückweg die hier zurück.« Er nahm einen Schluck und ging los, ohne auf den Protest Picks zu achten.

Langsam schritt er durch die engen Gassen der Fischerstadt, über der ein aufdringlicher Geruch hing. Die Tranküchen brauten von morgens bis abends die ölige Flüssigkeit aus dem Fett der Großfische. Die Jagd auf Wale und andere Meeresriesen war eröffnet. Dementsprechend pulsierte das Leben in Tularky, das nun reichlich Arbeit für Tagelöhner bot und Händlerschiffe anzog.

Die dreckigste Tätigkeit wurde auf den vorgelagerten Inseln verrichtet, nachdem der Gestank in der Stadt derart überhand genommen hatte, dass selbst die eingesessensten Bewohner die Nasen rümpften. Dort wurde nun in kleinen Hütten oder Häusern ausgenommen, geräuchert, gesalzen, filetiert, geröstet und alles Mögliche mit den Fischen angestellt.

Für den Freibeuter kam eine Ladung Stockfisch oder Tran nur im äußersten Notfall als Beute in Betracht. Abgesehen hatte er es in erster Linie auf Palestaner, aber die ließen sich kaum noch so weit im Norden blicken. Und wenn doch, tauchten sie immer zu dritt auf, was das Entern zu einer unmöglichen Sache machte.

Torben ging die lange Kaimauer des Hafens entlang. Hier reihte sich Lagerhaus an Lagerhaus, einige Kaufherren unterhielten eigene Reedereien und Handelsniederlassungen, bauten Kontore und Lager, um nicht an Fremde Abgaben bezahlen zu müssen. Das wäre noch eine Möglichkeit für den Rogogarder: ein Raubzug an Land.

Doch seine Hoffnungen wurden enttäuscht. Vor den meisten Scheunen und Kontoren standen Posten, die den Freibeuter mit wachsamen Augen beobachteten. Dennoch wollte er seinen Einfall nicht völlig abschreiben. Bevor seine Leute meuterten, ließ er sie ein Lagerhaus ausräumen.

Als er sich in Richtung Meer drehte, bemerkte er ein Schiff unbekannter Bauart, das in diesem Moment in den Hafen einlief. Neugierig hockte er sich auf den Eisenpfosten einer Mole und beobachtete den Neuankömmling.

Das Schiff war etwas länger als seine tarpolische Kriegskogge, verfügte über drei Segel und über hohe Aufbauten. Das Ruderblatt war nicht zu sehen. Nur am vordersten Mast hing etwas Leinwand an den Rahen, was zur gemächlichen, aber sicheren Einfahrt ausreichte.

Torben stellte die Flasche ab und nahm sein Fernrohr aus dem Gürtel, mit dem er sich das Gefährt aus der Nähe betrachtete. Zwei Mann bedienten das Steuerruder, rund vierzig Männer turnten in den Wanten herum. Die Segel, so entdeckte er mithilfe der geschliffenen Linsen, bestanden allerdings nicht aus Leinen. Ein anderes, helles Material war lamellenartig angebracht worden. Die gehisste Flagge war ihm fremd. Und das sollte schon etwas heißen.

In Torbens Kopf entstand eine Gleichung: *Unbekanntes Schiff ist gleich unbekannte Ware ist gleich ungeheurer Gewinn.* Von der Gestalt des Rumpfes und des Bugs her würde seine erhoffte Beute jedoch schneller sein als die *Grazie.* So kam nur ein Überraschungsangriff infrage.

Vier kleine Ruderboote schleppten das Schiff an eine Mole ganz in der Nähe des Freibeuters. Sofort begann ein hektisches Treiben. Seile wurden vertäut, Stege ausgelegt, und eine Gruppe von Bewaffneten ging von Bord.

Vorweg schritt eine Frau in seinem Alter mit kurzen schwarzen Haaren und braunen, geschlitzten Augen. Ihren Körper umhüllte ein wattierter Waffenrock, der bis zu den Knien reichte und über den noch eine zusätzliche Schicht nietenbesetztes Leder gelegt worden war. An den Unterarmen lagen dicke Lederschienen, schwarze Handschuhe schützen die Finger. Die schlanken Beine steckten in hohen schwarzen Stiefeln, an ihrer rechten Hüfte baumelte ein Degen, an ihrer linken eine Art Kurzschwert mit breitem, massivem Griffschutz. Ihre vier männlichen Begleiter, an denen Torben sofort die schmalen Augen auffielen, trugen Lederrüstungen und seltsam anmutende, gebogene Schwerter.

Wohl kaum reine Kaufleute. Zielsicher steuerten die fünf auf den Freibeuter zu, der das Fernrohr nicht gesenkt hatte. »Schiff ahoi«, grüßte der Rogogarder und hielt die Linsen auf den Oberkörper der Frau gerichtet. »Das nenne ich mal eine stattliche Ladung.« Grinsend verstaute er seine Sehhilfe. »Willkommen in Tularky, der Stadt des Trans und der Fische.«

»Wo finde ich den Hafenmeister, Bursche?«, wollte die Frau wissen. Ihr Dialekt, mit dem sie das Ulldart sprach, war ihm unbekannt. Ihre Schlitzaugen fixierten ihn.

»Lasst mich überlegen, edle Dame.« Der Rogogarder stand auf. »Bevor ich Euch antworte, müsst Ihr mir sagen, woher Ihr kommt. So ein Schiff habe ich noch nie gesehen.«

»Das glaube ich dir«, sagte sie knapp. »Wenn du immer nur auf die Brüste von Frauen starrst, wirst du nichts anderes in deinem Leben entdeckt haben.«

»Das Leben beginnt an der Brust einer Frau«, konterte Torben amüsiert. »Warum sollte ich jetzt nicht mehr hinschauen dürfen?«

»Vermutlich hast du deshalb die Zähne eingeschlagen bekommen«, schätzte die Unbekannte, die einen sehr kriegerischen Eindruck machte. Noch immer wurde der Kapitän nicht aus ihrem Akzent schlau. »Kleine Kinder, die an der Mutterbrust liegen, haben auch keine Zähne.«

»Ihr dürft mir gerne zu Leibe rücken, wenn Ihr möchtet«, sagte der sonnengebräunte Mann grinsend und machte einen Kratzfuß. »Seid Ihr aus Tersion? Oder vielleicht sogar aus dem Kaiserreich Angor?«

Wortlos ging die Frau an ihm vorbei und lief zusammen mit ihrer Begleitung auf einen Hafenarbeiter zu.

Der Rogogarder lachte ihr nach und winkte. »Wir sehen uns bestimmt noch einmal.« Und wenn er das Schiff erst mal geentert hatte, würde sie auch mit ihm reden.

Torben marschierte vor den Steg, der an das Deck des fremden Schiffes führte.

Versuchsweise setzte er einen Fuß darauf. Als er die Hälfte der Strecke überwunden hatte, entdeckte er die beiden Wachen mit den langen Spießen, die ihm interessiert zusahen, wie er an Bord kommen wollte. Er reckte die Flasche mit dem Branntwein.

»Ahoi! Ein kleiner Willkommenstrunk gefällig?« Der Freibeuter ging weiter. »Ich dachte mir, die Freunde aus Tersion sollte man schon persönlich begrüßen. Ihr seid doch aus Tersion, oder?«

Die beiden Männer sahen sich unschlüssig an, dann deutete einer mehrfach auf die Mole. Offenbar wollte er, dass der Rogogarder verschwand. Aber Torben missachtete die Geste.

»Ihr versteht mich nicht, was?« Forschend schweiften seine grün-grauen Augen über das Deck, um so viele Eindrücke wie möglich aufzunehmen. Katapulte konnte er keine entdecken, aber Halterungen verrieten ihm, dass es möglich war, jederzeit Waffen zu montieren. Nun kamen auch einige Matrosen neugierig herbei.

»Das ist ein schönes Schiff«, lobte der Kapitän in langsamen Worten und wagte einen weiteren Schritt. »Mit was handelt ihr denn?«

Die Wache wedelte nun mit den Armen, als wollte sie eine Horde Mücken verjagen, und sagte etwas in einer unbekannten Sprache.

»Es freut mich auch, euch kennen zu lernen«, antwortete Torben und hielt dem Mann die Flasche entgegen. Als die Wache zögernd danach greifen wollte, herrschte ihn sein Kumpan an. Die ausgestreckte Hand zuckte zurück.

»Runter von meinen Schiff«, sagte eine Frauenstimme böse in Torbens Rücken. Als er über die Schulter blickte, sah er die Unbekannte an der Mole stehen, die Hände in die Seiten gestemmt.

»Also seid Ihr der Kapitän? Das ist aber ungewöhnlich. Darf ich Euch wenigstens einladen? Zu einem Schluck feinsten Branntweins?« Der Freibeuter wandte sich um. »Ihr könnt mir Euer Schiff zeigen. Es sieht sehr gut aus. Was sind das für Segel?«

»Bastmatten«, gab die Frau Auskunft. »Und nun schaff dich weg.«

»Noch bin ich nur auf dem Steg. Um Eurer Bitte nachzukommen, müsste ich erst an Bord, oder?«

Sie rief einen unverständlichen Befehl.

Der Rogogarder spürte, wie die Planke unter seinen Füßen in Bewegung geriet. Die beiden Schiffswachen machten sich daran zu schaffen und kippten das breite Brett zur Seite. Torben sprang hoch und balancierte wie ein Seiltänzer auf der schmalen Kante. Die Frau sagte wieder etwas in der unbekannten Sprache, und ihre Leute lachten.

»Holla! Das könnt Ihr nicht machen«, beschwerte er sich. »Das ist reine Seide, was ich an meinem Körper trage. Und das Wasser ist so kalt, dreckig und ...« Die Wachen rüttelten an dem Holz.

Verzweifelt ruderte der Freibeuter mit den Armen, um das Gleichgewicht zu halten, aber die Schwingungen wurden zu stark.

Seufzend ergab er sich in sein Schicksal und fiel unter dem Gelächter der Besatzung in das trübe Meerwasser. Im Sturz presste er die Hand auf die Flaschenöffnung, um den Alkohol vor dem Verdünntwerden zu retten.

Spuckend tauchte er wieder auf und schwamm auf dem Rücken zu den nächsten Steinstufen.

Nass von oben bis unten, erklomm er die Treppe, leerte grinsend die Flasche und winkte der Frau zu. »Wir sehen uns wieder!«, versprach er lautstark und lief in lockerem Trab zurück zur *Grazie,* um sich trockene Sachen anzuziehen.

Einige der Hafenarbeiter sahen dem triefenden Mann kopfschüttelnd hinterher, dem das Bad im Hafenbecken die Laune keineswegs ruiniert hatte. Eine schöne Dame und ein unbekanntes Schiff. Doppelte Beute. Sein Ehrgeiz als Freibeuter und als Mann war geweckt.

Eines kam Torben nach zwei Tagen seltsam an dem unbekannten Schiff vor, das keine Anstalten machte, seine geladenen Waren von Bord zu bringen. Beim Einlaufen hätte er geschworen, dass der Kiel recht tief im Wasser gelegen hatte. Allein deshalb machte er sich zunächst Hoffnung auf fette Beute.

Doch nun zeigte sich, dass das Schiff auf merkwürdige Art und Weise an Gewicht verlor.

Da der Rogogarder die Neuankömmlinge genauestens observierte, entging ihm nicht, dass der Bug nun geschätzte zwei Fingerbreit höher über der Wasserlinie stand, erkennbar an der dunkleren Färbung der Holzplanken und dem Algenbewuchs, der sich deutlich von dem dünnen, grünen Pflanzenfilm darüber unterschied.

Für den erfahrenen Seemann ergaben sich daraus gleich mehrere Schlussfolgerungen. Das Schiff hatte eine lange Fahrt hinter sich, die es durch fremde Gewässer geführt hatte, wie er an den unbekannten Algen am Rumpf erkannte. Ein Heimathafen irgendwo auf Ulldart schied somit aus. Ein Umstand, der Torbens Neugier zusätzlich weckte.

Was den Rogogarder indirekt erboste: Die Besatzung löschte heimlich Ladung und schmälerte somit die Aussicht auf eine ordentliche Prise. Nur so ließ sich erklären, weshalb das Schiff innerhalb weniger Tage in Gänze aus dem Wasser stieg, obwohl niemand tagsüber arbeitete.

Das wollte er nicht hinnehmen.

Also weitete er seine Beobachtungen aus und legte sich nachts im Krähennest der *Grazie* auf die Lauer, um den Fremden auf die Schliche zu kommen.

Eingewickelt in eine dicke Decke und ausgestattet mit einer Kanne Grog, spähte er auf das unbeleuchtete Schiff mit den Bastsegeln hinüber.

Doch ausgeladen wurde nichts. Lediglich die Mannschaftsmitglieder verschwanden gegen Abend in die Stadt, um sich nach langer Fahrt Vergnügungen hinzugeben. Wie auch immer die Sachen aus dem Bauch des Gefährts geschafft wurden, er bekam es nicht heraus.

Nach einer Woche schwand Torbens Geduld, und er beschloss zu handeln. Nur bekleidet mit einer kurzen Hose und zwei Dolchen am Gürtel, glitt er ins eiskalte Wasser des Hafenbeckens, um sich von See her an Bord des Dreimasters zu schleichen. Beinahe lautlos schwamm er an den Rumpf des Schiffes heran.

Mithilfe der beiden Klingen, die er in die Plankenzwischenräume bohrte, hangelte er sich am Heck hoch, um sich auf dem Sims vor dem Fenster der Kabine von seiner Kletterpartie auszuruhen. Warmer Lichtschein fiel durchs Glas nach draußen.

Vorsichtig lugte der Rogogarder über die Kante.

Im Inneren erkannte er die Kapitänin, die am Kartentisch stand, ein Glas in der Hand, mit der anderen massierte sie sich ihr Genick. Mit geschlossenen Augen ließ sie den Kopf kreisen, danach öffnete sie den Verschluss ihres Waffengürtels, und polternd fielen die Klingen auf die Holzbretter. Achtlos stieg sie darüber hinweg. Mit einem langen Schluck leerte sie ihr Glas, um sich aus einer Tonflasche nachzufüllen, eine Melodie vor sich hin summend.

Vielleicht kam Torben ja in den Genuss eines besonderen Anblicks. Doch allmählich wurde ihm kalt. Wenn er sich nicht durch sein Zähneklappern verraten wollte, musste er sich bei seinem Ausflug beeilen. Sein Kundschaftervorhaben hatte Vorrang.

Seufzend löste er sich von dem Anblick der unbekannten Frau, die eben im Begriff war, die Knöpfe an ihrer Bluse zu öffnen. Das nächste Mal wollte er ihr beim Ausziehen helfen, versprach er sich grinsend, bevor er seinen Aufstieg fortsetzte.

Auf dem Oberdeck schien alles ruhig, kein Laut drang an sein Ohr. Stück für Stück schob er sich über die hölzerne Brüstung und rutschte langsam auf die Planken. Nur eine äußerst aufmerksame Wache hätte das schwache Geräusch gehört. Doch niemand war zu sehen. Erst im letzten Moment entdeckte er die beiden Schemen, die sich im Schatten des Großmastes leise unterhielten. Auf dem Bauch rutschte er bis zur Treppe und ließ seinen Blick schweifen, konnte aber nichts Interessantes entdecken.

Fast mitten auf dem Deck befand sich die Ladeluke, durch die er wohl hinunter musste, um seine Neugier zu befriedigen. Dazu mussten jedoch die Männer weg.

Vorsichtig robbte er zum Steuerrad und löste eine Speiche heraus, die er im hohen Bogen über Bord beförderte, dass sie klappernd auf dem Kai aufschlug.

Während die beiden Wachen argwöhnisch an Land schauten, bewegte sich Torben möglichst im Schatten zur Öffnung und verschwand darin.

Sein Herz klopfte vor Aufregung, aber er fühlte sich unglaublich gut dabei. Für den Rogogarder war das nach langer Zeit wieder ein richtiger Spaß. Was die Fremden mit ihm anstellen würden, wenn sie ihn fingen, daran verschwendete er keinen Gedanken. Schlimmer als die Palestaner konnten sie nicht sein.

Es roch seltsam unter Deck. Eine Mischung aus Schweiß, Gewürzen und Essen sammelte sich in dem dunklen Gang. Torben tastete sich vorwärts und entdeckte mehrere Türen, die abzweigten. Die Schwierigkeit bestand für den Freibeuter darin, dass er dieses Schiffsmodell nicht kannte. Ob in einem agarsienischen, palestanischen oder jedem anderen Frachter, mit geschlossenen Augen wäre er hindurchgewandelt. Hier kam er sich jedoch vor wie ein Kind auf Entdeckungsreise in einem unbekannten Haus.

Über eine weitere Treppe am Ende des Gangs gelangte er auf das zweite Deck. Als er vorsichtig die Tür öffnete und eintrat, stockte ihm der Atem. Hier unten hingen Hängematten neben Hängematten, die inzwischen fast alle leer waren. Nur vereinzelt drehte sich ein Schläfer grunzend um oder gab andere Geräusche im Traum von sich. Alles in allem schätzte der Rogogarder die Zahl auf dreihundertfünfzig Stück, von denen noch rund fünfzig belegt waren.

Vorsichtig trat er den Rückzug an, seine Gedanken arbeiteten. Nacht für Nacht sah er die Leute von Bord gehen. Wann sie zurückkehrten, darauf hatte er nicht geachtet. Sie mussten sich inzwischen in Tularky verteilt und unauffällig unters Volk gemischt haben. Am Ende waren es Piraten, die die Stadt einnehmen wollten. Aber warum ließen sie sich so lange Zeit dafür?

Grübelnd stieg er wieder hinauf. Nur ein Mensch konnte ihm die richtige Antwort geben, und den wollte er schnell besuchen. Auf allen vieren pirschte er die Treppe hinauf.

Zu seinem Entsetzen hatte sich die Zahl der Wachen verdoppelt. Eine stand sogar auf dem Oberdeck, die andere am Bug. Die letzten beiden Männer drehten versetzt ihre Runden auf dem Hauptdeck. Hier würde es kein Durchkommen für den Freibeuter geben.

Torben öffnete die erste Tür im Gang und stand inmitten von Kisten. Teile von Holzgestellen verrieten ihm, dass er zerlegte Katapulte gefunden hatte. Eine schnelle Untersuchung offenbarte jedoch keinen Weg hinaus. Die Tür auf der gegenüberliegende Seite führte zu einem gleichartig gebauten Raum. Diesmal entdeckte er eine mit einem eisernen Riegel gesicherte Luke. Vor der lag ein stabiles Tau, das an einem Eisenring im Boden festgebunden war.

Torben grinste und schob die Sperre zur Seite. Kühle Nachtluft strömte in die Kammer. Er schätzte, eine »Rattenluke« gefunden zu haben. In wärmeren Gewässern nutzten Piraten solche Klappen, um ein paar Mann während eines Gefechts auf der abgewandten Seite des Feindes ins Wasser zu lassen. Sie tauchten unter dem Kiel durch, erklommen das Schiff und griffen die Gegner überraschend an. Eine Methode, die in Rogogard wenig Sinn machte. Innerhalb weniger Lidschläge wäre ein Mann in der eisigen See erfroren.

Rasch war das Seil an der Bordwand hinabgelassen, und der Rogogarder hangelte sich geräuschlos nach unten. Würde die offene Klappe gefunden, wäre es offensichtlich, dass ein Spion den Weg ins Innere des Schiffes geschafft hätte. Aber solange ihm rechtzeitig die Flucht gelang, sollte es ihm gleichgültig sein.

Zum zweiten Mal in dieser Nacht erklomm er das Heck, um durch das Fenster in die Kabine der Frau einzusteigen. Die Kälte ließ seine Finger allmählich steif werden, aber noch kontrollierte er seinen Körper recht gut.

Der Lichtschein aus der Unterkunft erlosch in dem Augenblick, als er sich auf das schmale Sims schwang. Undeutlich erkannte er durch das Glas, wie die Kapitänin zu ihrem Bett ging und sich zudeckte.

Er wartete mehrere Minuten und winkte zwischendurch zur *Grazie*, wo sein Maat im Krähennest saß und die Szenerie wahrscheinlich mit einem breiten Grinsen im Gesicht und einem Priem in der Backentasche beobachtete. Dann drückte er prüfend gegen die Scheibe. Das Fenster war nicht verschlossen.

Mit ein wenig Spucke, die er auf die Scharniere gab, verhinderte er ein verräterisches Quietschen und öffnete seinen Zugang millimeterweise. Aus der Schlafstätte klangen regelmäßige Atemzüge.

Endlich war der Spalt groß genug, dass er sich hineingleiten lassen konnte. Am Kartentisch verharrte Torben einen Moment und warf einen Blick darauf. Im schummrigen, kaum vorhandenen Licht erkannte er keine Details. Dennoch erschien ihm die Karte genauer als die, die er benutzte. In etwa zehn Meilen Entfernung in westlicher Richtung, wenn er den Maßstab richtig deutete, waren drei Stecknadeln mit schwarzen Köpfen platziert worden.

Waren das Schiffe? Er prägte sich die Position der Marker gut ein, dann schlich er auf Zehenspitzen zum Bett, zog seinen Dolch und legte der Schlafenden eine Hand auf den Mund.

Augenblicklich erwachte die Frau, die Klinge an ihrer Kehle deutete sie als Aufforderung, ruhig zu bleiben. Sie bewegte sich nicht. Dem Freibeuter fiel der sanfte Geruch von Parfüm auf, der von ihr ausging.

»Ihr werde nun meine Hand wegnehmen«, flüsterte er mit verstellter Stimme. »Schreist du, fährt das Eisen durch den Hals bis ins Hirn. Keinen Laut und keine schnellen Bewegungen.« Sie nickte langsam. »Gut.« Torben nahm die Finger weg. »Was habt ihr geladen?«

»Nichts«, kam die Antwort aus dem Dunkel. Ihr Gesicht erkannte er nur als hellen Fleck. »Wir sind hier, um Handel zu treiben.«

»Das ist gelogen«, widersprach der Rogogarder sanft. »Es sind in einer Woche rund dreihundert Männer von diesem Schiff gegangen. Wohin sind sie?«

»Das waren Arbeitskräfte, die hierher zur Fischsaison kamen«, log sie weiter.

»Aber warum sind sie dann nicht am hellichten Tag von Bord?«, hielt der Freibeuter dagegen.

»Sie hatten Angst vor der Gilde und deren Auflagen«, gab die Kapitänin bereitwillig Auskunft. »So können sie ohne Abgaben und ohne Anmeldung arbeiten.«

»Du willst mir erzählen, dass ein fremdes Schiff den weiten Weg macht, um Menschen zur Arbeit nach Tularky zu schmuggeln?«, fragte Torben.

»Du bist der Mann, der sich mein Schiff ansehen wollte«, sagte seine Gefangene. »Ich erkenne deine Art zu sprechen wieder. Ohne Zähne.«

»Verdammter Waljakov«, fluchte Torben. Diesen Moment der Unachtsamkeit nutzte die Fremde, indem sie dem Freibeuter die Hand mit dem Dolch zur Seite schlug, die Decke über ihn warf und ihn von der Kante stieß.

Weich landete er auf dem Boden und spürte im gleichem Moment das Gewicht der Frau auf sich. Das Laken wurde von seinem Gesicht gezogen, ein Dolch lag nun an seiner Halsschlagader.

»So ändern sich die Gegebenheiten«, sagte sie. Bevor er etwas erwidern konnte, drückte sie ihm einen wilden Kuss auf die Lippen. »Als ob man einen Greis küsst«, lachte sie. »Nur dein Körperbau ist viel besser.«

Der Freibeuter wusste nicht, wie ihm geschah. »Es freut mich, dass Ihr mich anziehend findet, aber würde es Euch etwas ausmachen, die Klinge wegzunehmen?«

Die Waffe bewegte sich nicht. »Ich habe einen Einbrecher gestellt, den ich den Behörden übergeben werde«, sagte sie. Große Belustigung schwang in ihrer Stimme mit. »Aber zuerst möchte ich noch ein wenig Spaß mit dir haben.« Sie beugte sich vor und küsste ihn, diesmal sanft und einfühlsam. »Du wirst an die Nacht noch ewig zurückdenken, wenn du im Gefängnis sitzt.«

Die Gelegenheit, ein Liebesabenteuer zu bestehen, brachte die Absicht Torbens, die Flucht zu ergreifen, etwas ins Wanken. Er fühlte die Körperwärme der Unbekannten, die einen Kontrast zum kühlen Dolch an seiner Kehle bildete. »Können wir nicht vorher darüber reden, was Ihr in Tularky wollt?«, versuchte er es noch einmal.

Von draußen wurde etwas fragend durch die Kabinentür gerufen. Die Frau antwortete in der eigentümlichen Sprache. »Meine Leute haben bemerkt, dass ein Spion an Bord war«, erklärte sie. »Und ich habe ihn gefangen, wie praktisch. Vielleicht behalte ich dich auch als Lustsklave. Nach einer eingehenden Prüfung werde ich darüber entscheiden. Was hältst du davon?«

Das würde ihm noch fehlen. Aber er wollte zum Schein auf das amouröse Angebot eingehen, um wenigstens die Klinge von seinem Hals zu bekommen. »Gut. Ich stehe Euch zu Verfügung, edle Dame.«

Sie stand auf und zog ihn auf die Beine. Die Waffe blieb, wo sie war. »Was hast du hier gesucht? Gold? Arbeitest du allein, oder kundschaftest du uns für andere aus?« Mit der freien Hand öffnete sie den Gürtel, an dem der Dolch hing. »Aber du siehst, wie so ein Vorhaben enden kann.«

»Legt doch endlich den Dolch zur Seite, damit ich Euch verwöhnen kann.« Torbens Arme schlossen sich um ihre Taille.

»Ich werde ihn die ganze Zeit über in der Hand halten«, entgegnete sie. »Und wenn du versuchst abzuhauen oder du mich nicht zufrieden stellst, wirst du sehen, was du davon hast, Lustsklave.«

Der Rogogarder küsste sie leidenschaftlich, legte all sein Temperament in die Zärtlichkeit und drückte die Frau gegen die Kabinenwand. Als er bemerkte, dass der Druck des Dolchs etwas nachließ, zuckte sein Kopf zurück. Aber die Klinge erwischte ihn dennoch am Hals und hinterließ einen tiefen Kratzer, aus dem Blut sickerte. Dann rief die Frau wütend in der unbekannten Sprache Anweisungen. Sofort polterten Stiefel über das Deck.

Torben sprang zum Fenster. »Es war mir eine Freude, Euch kennen zu lernen«, grüßte er. »Aber um ehrlich zu sein, Ihr seid mir ein wenig zu wild, edle Dame. Morgen früh werde ich dem Stadtrat von Tularky von meinen Beobachtungen berichten. Es wäre dann besser für Euer Schiff, nicht mehr im Hafen zu liegen.« Der geschleuderte Dolch der Unbekannten verfehlte ihn nur knapp. »Hoppla. Ich würde an Eurer Stelle …«

Die Tür flog auf, Lichtschein drang herein, und Männer mit leichten Armbrüsten stürmten in den Raum. Wieder ertönte ein Befehl, die Läufe ruckten in die Höhe.

Mit einem eleganten Hechtsprung katapultierte sich der Freibeuter hinaus und sprang ins dunkle Wasser. Keiner der Bolzen erwischte ihn.

Der Rogogarder tauchte, so weit es ihm möglich war, und wagte sich hinter einem kleinen Boot mit dem Kopf heraus. Im nun hell erleuchteten Fenster erkannte er die Silhouette der Frau, die nicht gezögert hatte, ihm die Kehle aufzuschlitzen.

»Was für ein Weib«, murmelte er anerkennend. Der Kratzer brannte dank des Seewassers höllisch. Leise schwamm er zur *Grazie,* wo ihn sein Maat grinsend erwartete.

»Stürmische Nacht, was, Kapitän?«, begrüßte er ihn.

»Wo doch gar kein Wind weht.« Er legte seinem vor Kälte zitternden Vorgesetzten eine Decke um die Schultern und reichte ihm einen Becher Grog. »Und? Was haben die Fremden vor?«

»Ich weiß es nicht«, bedauerte Torben zähneklappernd und blickte hinüber. Dort wurden plötzlich Lampen entzündet. Innerhalb einer knappen halben Stunde waren die Segel gesetzt, und die Unbekannten nahmen Kurs hinauf aufs offene Meer.

»Navigation bei Nacht«, stotterte der Rogogarder. »Die trauen sich was.«

Schweigend beobachteten die beiden, wie die Lichter des Gefährts am schwarzen Horizont kleiner und kleiner wurden.

»Lass die Männer morgen früh bewaffnet antreten«, gab der Freibeuter schlotternd Anweisung. »Die Fremden haben dreihundert ihrer Männer in Tularky gelassen, und da möchte ich auf alles vorbereitet sein.« Er wandte sich zu seiner Kabine. »Ich werde dem Stadtrat einen Hinweis geben. Dreihundert Gestalten mit Schlitzaugen werden nicht zu übersehen sein.«

»Aye.« Der Maat instruierte die Wache, besonders aufmerksam zu sein, während ein ziemlich erschöpfter und vor Kälte bibbernder Torben Rudgass in seine Unterkunft eilte, um zwischen die wärmenden Laken zu kriechen.

Die Stadtältesten waren dem Rogogarder dankbar für die Warnung, aber an ihren Gesichtern erkannte der Freibeuter, dass er wohl nicht wirklich ernst genommen wurde. Also machte er sich zusammen mit seinen Leuten selbst auf den Weg durch die Gassen, Straßen und Plätze, um nach den Neuankömmlingen zu suchen. Diesem Geheimnis wollte er auf den Grund gehen.

Aber selbst nach einem ganzen Tag intensivster Suche ergab sich keine Spur vom Verbleib der dreihundert Fremden.

Irgendwann war es Torben zu dumm, und er fragte überall nach, wer denn vielleicht etwas Auffälliges bemerkt hätte. Wieder kam er zu keinem Ergebnis, was nicht weiter verwunderlich war. Immerhin herrschte in den Trankküchen Hochsaison, da blieb niemandem die Zeit, auf seine Umgebung zu achten. Die Zahl der Fremden in der Stadt war so groß wie selten. Alles in allem die beste Ausgangslage, um in Tularky unerkannt zu bleiben.

Torben ärgerte sich. Keine Fracht aus fremden Ländern, kein gelüftetes Geheimnis und eine unbekannte Frau, die ihn hereingelegt hatte. Nicht unbedingt das, was er sich beim Einlaufen des Schiffes erhofft hatte.

Aber der Rogogarder vergaß seinen Unmut bereits wieder am späten Abend, als er in einer Taverne bei einem Glas heißem Rum mit Gewürzen und Honig saß. Doch er befahl seinen Freibeutern, immer in Gruppen unterwegs zu sein, falls die zurückgelassenen Fremden doch etwas planten.

Als sie zur *Grazie* zurückkehrten, erstattete die Wache einen merkwürdigen Bericht.

»Ein riesiger Bauer hat nach Euch gefragt, Kapitän«, meldete der Mann. »Er ist aber gleich wieder verschwunden, ohne einen Namen zu nennen. Er wollte später noch einmal vorbeischauen.«

Torben erinnerte sich nicht, ein Geschäft mit einem solchen Menschen abgeschlossen zu haben. Der notwendige Proviant befand sich bereits in den Laderäumen. »Beschreib ihn.«

Doch aus der Schilderung des Äußeren wurde er nicht wirklich schlau. Als seine Bootswache die eisgrauen Augen erwähnte, bekam der Freibeuter eine ungefähre Ahnung. Seitdem ihm der Leibwächter des Kabcar in Granburg damals mit dem Griffschutz des Säbels die Zähne ausgeschlagen hatte, konnte er sich sehr gut an dessen Gesicht erinnern. Zwar bekam er für die irrtümliche Attacke eine Entschuldigung, seine Beißwerkzeuge blieben aber für immer verloren. Das konnte nicht sein. Warum sollte Waljakov nach Tularky kommen? Zudem in dieser Verkleidung?

Gespannt wartete der Rogogarder auf die Rückkehr des Hünen, der sich allerdings erst am nächsten Morgen blicken ließ. Leichter Nebel lag im Hafen, als die Wache die schweren Fußschritte eines Mannes hörte, der sich der Mole, an der die *Grazie* lag, näherte.

Sofort war Torben an Deck und musterte den Mann, der auf Geheiß der Wache auf der Planke stehen geblieben war. Ohne Bart sah der Leibwächter fremd aus, aber die Augen und die übrigen Gesichtszüge passten. Der Körper wirkte unnatürlich aufgeschwemmt und wabbelig.

»Da hol mich doch das Ungeheuer der Tiefsee!«, entfuhr es dem Freibeuter. »Wenn Ihr gekommen seid, mir auch noch die übrigen Zähne zu ziehen, ich werde das nicht kampflos zulassen.« Er zwinkerte dem Leibwächter zu, der daraufhin an Deck sprang und dem Kapitän die Hand reichte.

»Ihr habt mich also gleich wiedererkannt?«, wollte er wissen. »Dabei habe ich mir solche Mühe gegeben.«

Torben lachte. »Nach dem Erlebnis auf dem Marktplatz würde ich Euch sogar im Dunkeln ausmachen.« Sein Gesicht wurde etwas ernster. »Aber nun mal ohne Flachs: Was soll die Maskerade? Ist der Kabcar etwa unerkannt auf einer Reise durch Rundopâl?« Er deutete auf die schwarze Perücke. »Ihr habt Euch wirklich bis zur Unkenntlichkeit gewandelt. Und wo ist Eure mechanische Hand hin?«

Waljakov zog den Mann am Ellenbogen in Richtung Kajüte. »Das sollten wir unter Deck besprechen. Es ist einiges passiert, seit Ihr von Granburg weggegangen seid, Kapitän.«

Staunend lauschte Torben den Schilderungen des ansonsten so schweigsamen Leibwächters, der sich nun ganz der ehemaligen Geliebten des Herrschers von Tarpol angenommen hatte. Die Veränderungen des jungen Mannes, sollten sie sich tatsächlich so zugetragen haben, wie der Krieger sie schilderte, verhießen nichts Gutes. Umso mehr war er bereit, Norina und ihr merkwürdiges Gefolge nach Rogogard zu bringen, wo sie vor dem Zugriff Lodriks in Sicherheit waren.

»Wenn Ihr es nicht wärt, der mir das alles erzählt, würde ich es nicht glauben«, sagte Torben langsam. »Ich hatte ein völlig anderes Bild von dem Jungen. Sicher, er war noch etwas weich, aber ich hätte mein Leben verwettet, dass er es eines Tages zu einem guten Kabcar bringt. Was er auch ist, wenn ich an die begeisterten Geschichten der Tarpoler denke. Niemand redet schlecht über Lodrik. Er ist ein Held. Und auch ich verdanke ihm viel.« Er klopfte auf den Tisch. »Mit seinem Geschenk, der *Grazie,* habe ich es zu ein bisschen Vermögen gebracht, daher ist es schon eine Art Verrat, den ich nun begehe.«

»Nein. Ihr helft lediglich, unschuldiges Leben zu bewahren«, widersprach der Leibwächter hart. »Wenn Ihr wollt, redet mit Norina. Sie wird alles bestätigen, was ich sage.«

»Ihr seid der Letzte, an dessen Ehrlichkeit ich zweifeln würde.« Torben rieb sich das Kinn. »Ihr hättet einst Euer eigenes Leben gegeben, um ihn zu retten.« Er angelte nach seiner Seekarte. »Dann sollten wir den Kurs festlegen, damit die Dame und das Kind sicher ankommen. Ich wüsste sogar einen Ort, an dem sie ungestört bleiben kann. Einer meiner Brüder ist Obmann in einem Küstendorf. Es sollte keine Schwierigkeiten bereiten, euch alle dort unterzubringen.«

»Das freut mich«, meinte Waljakov erleichtert. »Ich hatte gehofft, dass Ihr so etwas sagen würdet.« Nachdem er einen Blick auf die Zeichnung geworfen hatte, verzog er das Gesicht und zeigte auf die drei schwarzen Punkte. »Was bedeutet das? Wollt Ihr noch auf Kaperfahrt gehen? Das wäre mit einer Schwangeren an Bord keine gute Idee.«

Lachend winkte der Freibeuter ab. »Nein, keine Angst. Ich werde mich und meine Männer zügeln. Das war die Position von drei fremden Schiffen.« Und schnell erzählte er seine Erlebnisse mit der unbekannten Frau.

Der Leibwächter sah alarmiert aus. Die Vision Fatjas von den unbekannten Schiffen verschwieg er wohlweißlich. »Wenn es Euch nichts ausmacht, sollten wir so schnell wie möglich von hier weg. Seit dieser Nesreca aufgetaucht ist, geschieht nichts mehr zufällig.«

»Gut«, stimmte Torben zu. »Ich werde eine Route wählen, die uns weit an den Schiffen vorbeibringt, um jede mögliche Gefahr zu umgehen, auch wenn ich nicht glaube, dass die Fremden wegen Euch in Tularky sind. Und woher sollte dieser Vetter wissen, dass Ihr hier seid?«

»Ihr hattet Stoiko einen Brief geschickt«, erinnerte ihn Waljakov. »Wenn der Silberschopf durch seine ständige Schnüffelei dahintergekommen ist, wird er eins und eins zusammenzählen.«

»Dann wären die Schiffe aber lange nicht so schnell hier gewesen«, hielt Torben kopfschüttelnd dagegen. »Ich denke, sie wollten die Lohnkassen der Arbeiter plündern, und ich habe ihnen einen Strich durch die Rechnung gemacht. Wobei das Vorhaben an sich bestimmt interessant gewesen wäre.« Nachdenklich schaute er an die Decke.

»Ihr werdet doch nicht an deren Stelle ein Auge auf die Kassen werfen wollen?«, sagte der Hüne. »Ihr habt Besseres zu tun.« Er griff unter seine Jacke und reichte dem Freibeuter einen Beutel. »Das müsste reichen.«

Vorwurfsvoll schaute Torben auf das Säckchen. »Ihr wollt wohl, dass ich Euch die Zähne einschlage? Steckt das Geld weg. Ich segle Euch als Freund nach Rogogard, nicht als Geschäftsmann. Und außerdem brachte es mir jedes Mal Unglück, wenn ich einen zahlenden Passagier an Bord nahm.«

»Dann nehmt es, um die Mannschaft zufrieden zu stellen, damit sie nicht auf See Schiffe entern wollen«, schlug Waljakov vor. »Sie sollen nicht das Gefühl haben, eine Prise verloren zu haben. Das hier«, er wog das Behältnis in der Hand, »wird sie ausreichend entschädigen.«

»Nun gut«, lenkte der Rogogarder ein und spielte mit einer der geflochtenen Bartsträhnen. »Meine Männer werden es Euch nicht vergessen und Euch sicher, schnell und ohne Umwege von hier wegbringen.« Er verstaute das Geld ohne nachzuschauen in einer eisernen Truhe. »Nun holt unsere übrigen Passagiere, ich werde die *Grazie* zum Auslaufen bereit machen lassen.«

Der Hüne erhob sich. »Wir sind gegen Mittag hier.« Er nickte dem Freibeuter zu und stapfte hinaus.

Gut gelaunt machte sich Torben an die Kursberechnung. Zwischendurch schweiften seine Gedanken zu dem Gehörten ab. Wenn sich der Kabcar tatsächlich so schlecht entwickelte, täte es ihm sehr Leid. Noch immer konnte er die Geschichte nicht wirklich glauben. Er würde dieser Norina einmal kräftig auf den Zahn fühlen.

Ein paar Stunden später kam eine seltsame Familie an Bord der *Grazie*. Ein breit gebauter Bauer half seinem alten Vater vom Wagen, scheuchte seine Tochter die Planke hinauf und geleitete schlußendlich seine schwangere Gattin bis unter Deck. Dann luden die Matrosen der Kriegskogge die Proviantfässer um, der Hüne fuhr den Wagen weg und kehrte mit dem massigen Pferd zurück, das kaum nach Ackergaul aussah.

Ohne ein unruhiges Schnauben ging der schwarze Hengst die Planke hinauf, von wo er mithilfe eines Flaschenzugs und Leibgurten in den Laderaum verfrachtet wurde. Das Tier blieb ruhig, selbst als es mit allen vier Hufen gleichzeitig in der Luft hing. Sein Besitzer richtete hin und wieder ein paar Worte an das Pferd, dem das Schweben sichtlichen Spaß zu bereiten schien.

Noch in der Abenddämmerung legte die *Grazie* ab und segelte hinauf aufs offene Meer. Torben kannte eine seichte Stelle ein paar Meilen von hier, an der er vor Anker gehen wollte.

Er kam damit dem Wunsch des Leibwächters nach, Tularky so schnell wie möglich zu verlassen. Zeit, sich um seine Passagiere zu kümmern, hatte er noch nicht gefunden. Bis auf das Mädchen waren alle unter Deck verschwunden.

Fatja, wie die Kleine gerufen wurde, war überall und nirgends zugleich. Mal kletterte sie zum Erstaunen der Mannschaft ins Krähennest, dann stand sie am Bug und ließ sich den Wind durch die kurzen Haare wehen, im nächsten Augenblick löcherte sie den Steuermann mit Fragen zur Navigation.

»Und du bist der Kapitän?«, erklang es plötzlich neben dem Rogogarder. Das Mädchen hatte sich nun ihn als nächstes Opfer ihrer Neugier ausgesucht.

Der Freibeuter grinste. »Jau, mein Fräulein. Ist irgendetwas nicht zu Ihrer Zufriedenheit?«

Fatja lächelte, die Arme auf dem Rücken verschränkt, den Kopf etwas schiefgelegt. »Darf ich das Schiff mal lenken? Der Steuermann hat gesagt, dass ich das nur mit deiner Erlaubnis dürfte.«

»Morgen, wenn wir die offene See erreicht haben«, vertröstete er das heranwachsende Kind. Ihr Akzent verriet ihre borasgotanische Herkunft. »Hier ist es noch zu gefährlich.«

Sie kniff misstrauisch die Augen zusammen. »Versprochen? Bei deiner Piratenehre?«

»Wer hat dir denn den Unsinn erzählt?« Torben spielte den Entrüsteten. »Ich bin Freibeuter, kein Pirat, edles Fräulein! Und mein Wort ist besser als jede Unterschrift auf einem Vertrag.«

»Du kannst vermutlich gar nicht schreiben«, neckte Fatja ihn und hüpfte die Treppe aufs Deck hinunter, wo sie die Schiffskatze, Juka, entdeckt hatte. Sie schnappte sich das Tier und machte es sich in einem Taustapel gemütlich. Die Katze genoss das Kraulen, schnurrend schloss sie die Augen.

Waljakov erschien, diesmal ohne seine Verkleidung. Der Harnisch schimmerte in den Strahlen der untergehenden Sonnen, die mechanische Hand lag in der Nähe des Säbelgriffs, und seine Haltung war wieder ganz die alte, die des Kämpfers.

An seiner Seite folgte die Schwangere, die nach wie vor eine tarpolische Tracht trug. Torben kam ihnen ein paar Schritte entgegen, damit die junge Frau nicht die Stufen überwinden musste. Er sah die einstige Geliebte des Kabcar heute zum ersten Mal.

»Meinen Dank für das, was Ihr für uns tut«, grüßte ihn die letzte Brojakin Tarpols und wollte sich verbeugen, aber der Rogogarder unterbrach die Demutsgeste im Ansatz, indem er ihren Arm fasste.

»Nein, Ihr müsst Euch nicht bedanken. Wenn sich alles so zugetragen hat, wie Waljakov es mir berichtete, dann ist es nur rechtens.« Verstohlen musterte er die werdende Mutter.

Norina bemerkte seinen forschenden Blick. Sie nickte und reichte ihm einen Umschlag. »Der Brief ist von Stoiko Gijuschka. Solltet Ihr irgendwelche Zweifel haben, hier drinnen stehen die Antworten. Unsere Reisegefährten sind in ähnlich schwierigen Umständen.«

Der Freibeuter erbrach das Siegel und las die Zeilen aufmerksam durch. »Ich hätte mir gewünscht, dass es nicht stimmte, was Ihr mir erzählt habt«, sagte er danach zu Waljakov. »Aber leider wird alles bestätigt. Hoffen wir, dass wir den Kabcar wieder zur Vernunft bringen können. Ich habe ihm damals nicht das Leben gerettet und ihn vor dem Attentäter bewahrt, damit er nun den Kontinent ins Unglück stürzt. Wenn Ihr meine Hilfe weiterhin benötigt, so sagt es nur. Das Schiff und alle Männer stehen Euch zur Verfügung.« Torben wandte sich an Norina. »Bei Euch muss ich mich entschuldigen. Wie konnte ich nur dem Attentäter auf den Leim gehen? Wenn ich in Granburg gewusst hätte, wie schön Ihr seid, wäre ihm die Täuschung nicht geglückt.«

»Ihr seid charmant«, bedankte sich die Brojakin mit einem traurigen Lächeln. »Auch wenn ich mir sicher bin, dass Ihr anderen Frauen die gleichen Komplimente macht.«

»Nur, wenn sie sie verdient haben«, meinte der Rogogarder.

»Dann nehme ich die Schmeichelei gerne entgegen. Aber für alles Weitere fehlt mir momentan der Sinn, Herr Kapitän. Kommt erst gar nicht auf die Idee, auf Kaperfahrt nach meiner Gunst auszulaufen«, machte sie ihm freundlich klar. »Schmeicheln dürft Ihr mir trotzdem.«

»Ich gebe mein Bestes«, sagte Torben lachend, dem die Offenheit der jungen Frau gefiel. Um es mit einer rogogardischen Redensart zu sagen: So deutlich hatte ihm noch keine gesagt, wo der Fisch entlangschwamm.

Ihr Gesicht verzerrte sich für einen Moment, und sie griff nach Waljakovs Arm. »Ich gehe wieder hinunter und lege mich etwas zur Ruhe«, entschuldigte sie sich. »Mir ist nicht besonders wohl. Die lange Reise bis nach Tularky war sehr anstrengend. Und haltet das Schiff einigermaßen ruhig. Ich fürchte, in meinem jetzigen Zustand bin ich nicht sehr seetauglich.«

»Ich werde es nach den Wellen ausrichten, Brojakin«, versprach der Rogogarder. »Ich habe den Kurs so angelegt, dass wir um alle Stürme herumsegeln. In knapp zwei Wochen werdet Ihr Eure Füße auf rogogardisches Land setzen.«

Der Leibwächter und sein Schützling verschwanden wieder unter Deck.

»Gibt es bei euch auf Rogogard Modrak?«, wollte Fatja wissen. Sie hielt die immer noch schnurrende Katze im Arm. »Die können mich nämlich nicht besonders gut leiden, und deshalb frage ich lieber vorher, was mich erwartet.«

»Wenn du mir sagst, was Modrak sind«, erkundigte sich der Freibeuter und wollte Juka ebenfalls streicheln. Die Katze schlug die Augen auf, fauchte und schlug nach der Hand. Torben zog sie ruckartig nach hinten. Dann kuschelte sich die Katze dichter an das Kind.

»Du darfst ihr nicht böse sein«, meinte das Mädchen. »Juka mag dich, aber es gefällt ihr im Moment besser bei mir. Und die Modrak werden von den anderen Menschen Beobachter genannt. Sie sitzen auf Häusern und schauen sich die Welt an, um zu spionieren.«

»Nein, die haben wir nicht bei uns.« Der Freibeuter schüttelte den Kopf. »Vermutlich mögen sie Wasser nicht besonders. Ich werde die Augen aber dennoch offen halten, einverstanden?«

Sie nickte eifrig, setzte Juka ab und erklomm die Wanten, als ob sie in ihrem Leben täglich nichts anderes gemacht hätte, als die wackelnden Stricke hinaufzuklettern.

»Ich werde dich als Matrose anheuern«, rief ihr Torben fröhlich hinterher. Er erinnerte sich mit einem Mal an das traurige Lächeln der jungen Frau.

Hastig verschwand er in seiner Kabine und durchsuchte sie in aller Eile. Endlich hielt er den Gegenstand in der Hand. Damit ging er zur Unterkunft seiner Passagiere, seinen Fund hinter dem Rücken verborgen.

Höflich klopfte er an die Holztür, die von dem Leibwächter geöffnet wurde. Etwas widerstrebend wich er zur Seite, als Torben eintrat und auf die Brojakin zusteuerte. Den älteren Mann, den Waljakov als Matuc vorgestellt hatte, ignorierte er.

»Hier habe ich etwas für Euch«, sagte er geheimnisvoll und präsentierte sein Mitbringsel. »Damit Eure Traurigkeit ein wenig nachlässt.«

Norina besah sich das lackierte Kistchen. »Schmuck? Nein, danke. Ohne Euch nahe treten zu wollen, aber man sagt den Rogogardern nach, sie wären mitunter nicht wählerisch, wenn es um die Herkunft von Reichtümern geht. Und wenn an diesem Geschenk das Blut ...«

Der Kapitän winkte ab. »Nein, seid unbesorgt. Das habe ich ehrlich erworben.« Sie sollte bloß nicht danach fragen, woher das Geld stammte, mit dem er es ehrlich erworben hatte. Er reckte das Kistchen etwas mehr in ihre Richtung, bis sie es schließlich in die Hände nahm. Torben bemerkte den feinen Schweißfilm, der sich auf ihrer Stirn gebildet hatte. Ein Tropfen rann die Narbe entlang und zur Wange hinab.

»Es ist schwer«, meinte sie etwas überrascht. »Kein Gold?«

»Kein Gold, Brojakin«, sagte der Freibeuter und setzte sich ihr gegenüber, um ihr Gesicht beobachten zu können, wenn sie den Deckel öffnete.

Behutsam stellte sie das Behältnis auf den kleinen, groben Tisch und klappte das Oberteil zurück. Augenblicklich ertönte eine zarte Melodie. Die Miniatur eines tarpolischen Tänzers sprang um seine filigran gearbeitete Partnerin herum, die sich auf den Zehenspitzen immer um die eigene Achse drehte. Die Umgebung war einem Gasthaus nachempfunden.

»Eine Spieluhr!« Norina schlug die Hände zusammen. Kindliche Begeisterung zeigte sich in ihrem Gesicht, und dem Freibeuter wurde es heiß und kalt, als er ihre braunen Mandelaugen funkeln sah. Er spürte eine tiefe Regung und ein keimendes Gefühl von großer Zuneigung zu der Frau, die so viel in ihrem Leben hatte erdulden müssen, ohne daran zu zerbrechen.

»Wenn Ihr an diesem Rädchen dreht, könnt Ihr die Melodie verändern«, erklärte er und hatte dabei das Gefühl zu erröten. »Hört das Lied auf, müsst Ihr es an der Seite aufziehen.« Ihr Hände berührten sich zufällig, und nun wurde der Freibeuter wirklich rot. Waljakovs Gesicht wurde dagegen eine Spur böser. Die Brojakin schien der Hautkontakt nichts ausgemacht zu haben

»Ihr seht besser nach dem Kurs, Kapitän«, empfahl der Leibwächter und stand auf. Dieses Zeichen war unübersehbar.

Der Rogogarder beeilte sich, aus der Kajüte zu kommen, wobei ihn der Hüne vor sich her trieb, um ganz sicher zu sein, dass er ging. An der breiten, metallgeschützten Brust Waljakovs vorbei warf er Norina noch einen letzten Blick zu, bevor die Tür ins Schloss fiel.

Seufzend lehnte er sich an die Wand. Das konnte ja heiter werden.

**Ulldart, Königreich Tarpol, Hauptstadt Ulsar,
Spätherbst 443 n. S.**

Lodrik bewegte sich nicht mehr in der Öffentlichkeit ohne seine Leibwache. Die Ereignisse der letzten Wochen hatten ihn dazu veranlasst, sich nicht allein auf seine magischen Fähigkeiten zu verlassen. Mitunter benötigte er eine gewisse Zeit, um die Kräfte kontrolliert zu bündeln, und das könnte einem guten Attentäter ausreichen, ihn zu töten. Daher begleiteten ihn nun auf Schritt und Tritt ein Dutzend Männer, die Mortva ausgesucht hatte. Nur in ganz wenigen Räumen durften sie vor der

Tür warten. Der Kabcar vertraute niemandem mehr, außer seinem Vetter und seiner Gattin, die ihn nach Kräften unterstützte und ihm Nacht für Nacht Abwechslung bot, wie sie ihm von der unerfahrenen Norina niemals zuteil geworden war.

Aljascha besuchte die vielen Feste der Reichen der Hauptstadt und suchte aus deren Reihen Ersatz für die ausgelöschten Adligen, die dem Giftanschlag Borasgotans zum Opfer gefallen waren. Dabei versprach sie vielen den Einzug in den irgendwann neu zu formierenden Brojakenrat, ohne sich aber auf einen genauen Zeitpunkt festzulegen. Man wolle erst die Loyalität der Aspiranten auf die Probe stellen.

Lodrik widmete sich fast ausschließlich dem Studium der Magie und der Suche nach dem Amulett, das ihm die Modrak Untertan machen sollte. Politik stand hinten an. Das Erkunden seiner Fertigkeiten nahm ihn gefangen, machte ihn süchtig nach dem Gefühl, das ihn durchlief, wenn er die Kräfte formte und ihnen Gestalt gab. Und je mehr er von dieser Macht bündelte, desto intensiver wurde das eigene Empfinden. Niemand, nicht einmal Mortva, besaß eine Vorstellung von dem, was er konnte. Und er wollte es auch erst dann zeigen, wenn es unbedingt notwendig war.

Der junge Mann vermutete, dass er sein Können gegen das Geeinte Heer unter Beweis stellen musste, von dessen Angriffsabsicht er inzwischen fest überzeugt war. Nicht ohne Grund hatte er die Hauptstreitmacht der Tzulandrier in den Süden der Großbaronie verlegen lassen, nur wenige Marschtage von Telmaran entfernt. Mit Ausnahme des Nachbarreiches Tûris bekannte sich niemand zu Tarpol. Und wenn die übrigen Ulldarter eine Invasion wagten, sollten sie sich eine blutige Nase holen.

Mithilfe der neuen Waffen, die sein Konsultant ihm im Rohzustand zeigte, würde es ein Leichtes sein, eventuelle Angreifer in die Flucht zu schlagen. Zwar hatte der

Kabcar noch keine der seltsamen Metallrohre im Einsatz gesehen, Mortva versprach jedoch eine immense Wirkung.

Er ließ zahlreiche Männer als »Geschützmeister« ausbilden, qualifizierte Handwerker, die mit den neuen Fernwaffen hantieren konnten.

Das Ganze geschah in aller Heimlichkeit, damit keiner der ilfaritischen Spione Wind von den Neuerungen bekam. Dass ausgerechnet Stoiko, der allein in einer geräumigen Zelle im Kerker des Palastes saß, für den Feind bekundschaftete, sah der junge Mann als endgültigen Beweis dafür, dass alle seine früheren Freunde ihn verraten hatten.

Der Kabcar goss sich von dem dampfenden Getränk nach und blickte nach draußen. Vor dem Fenster des Teezimmers trieben dunkle Regenwolken vorüber, ein kalter Wind jagte sie nach Osten. Tropfen sammelten sich an der Scheibe, und in Lodriks Vorstellung nahm das wirre Muster das Antlitz von Norina an.

Wut und Traurigkeit mischten sich in seinem Inneren und kämpfen gegen den letzten Rest von Liebe, der geblieben war. Auch wenn er das Zusammensein mit seiner Cousine genoss, etwas fehlte. Und dieses Etwas fand er auch nicht bei den anderen Frauen, mit denen er in einigen Nächten zusammen gewesen war. Weil die Brojakin sich ihm und damit das entzogen hatte, was er nun vermisste, hasste er sie noch mehr.

Tief atmete er ein und aus, dann öffnete er das Fenster zum Balkon, um die feuchte, kühle Luft hereinzulassen. Die Vorhänge blähten sich unter der Wucht des Windes, die Kerzen im Raum erloschen, und nur das Kaminfeuer sorgte für Licht. Lodrik ignorierte die beiden Wachen in den dicken Mänteln auf dem Balkon, stellte sich hinaus in den Regen und ließ das Nass mit geschlossenen Augen auf sein Gesicht prasseln. Das Wasser kühlte seinen Zorn, so schien es ihm. Nach ein paar Minuten kehrte er in das

Zimmer zurück und setzte sich durchnässt vor die Flammen. Tropfen rannen aus den langen blonden Haaren und aus seinem kurz getrimmten blonden Bart.

Gedankenverloren griff er nach der Metallschatulle auf dem Sims, in der er die Asche seines Vaters aufbewahrt hielt. Ob der alte Kabcar das alles so kommen gesehen hatte? fragte er in Gedanken, als ob der Geist Grengor Badrics Antwort geben könnte. *Bin ich nicht ein echter Eroberer geworden, Vater? Habe ich deine Vorstellungen nun erfüllt?*

Teilnahmslos stellte er das Behältnis zurück, kippte den Tee weg und schenkte sich stattdessen Kartoffelschnaps ein. Vor seinem inneren Auge sah er das Geeinte Heer, er hörte die Stimmen der Botschafter und die Forderungen nach Garantien.

Es klopfte. Allein an dem Ton erkannte der junge Mann, wer Einlass begehrte. »Kommt herein, Mortva.«

Leise trat sein Vetter in den Raum, die silbernen Haare glänzten rötlich im Feuerschein des Kamins. »Hoher Herr, ich habe eine Neuigkeit für Euch.«

Lodrik hob die Hand. »Wenn sie schlecht ist, behaltet sie für Euch. Wenn sie gut ist, dann glaube ich ihr nicht. Das Schicksal hat sich gegen mich verschworen, das ist so sicher wie die Nacht nach dem Tag.«

»In so düsterer Stimmung?«, fragte der Konsultant. »Dabei sind Eure Männer überall auf dem Siegeszug. Die Schutzgürtel wurden soweit wie möglich errichtet und gesichert, das Hauptkontingent der Tzulandrier marschiert nach Süden, Tarpol liegt Euch zu Füßen. Um das Geeinte Heer müsst Ihr Euch keine Sorgen machen.«

»Das hebt meine Laune in der Tat«, meinte der Kabcar und kippte den Alkohol die Kehle hinab. »Und mit was gedenkt Ihr meine Laune wieder zu dämpfen?«

Der Mann mit den silbernen Haaren nahm in einem Sessel Platz. Lodrik wandte sich um, um den Uniformrücken zu trocknen.

Die flackernden Flammen veränderten das Gesicht seines Vetters und ließen es unwirklich erscheinen, als ob sich hinter der Maske des ansprechenden Äußeren ein zweites Ich verstecken würde, das hindurchschimmerte und undeutlich sichtbar wurde. Die unterschiedlich farbigen Augen verstärkten seinen Eindruck, und der Herrscher war sich für einen beängstigenden Moment nicht sicher, was ihm da gegenüber saß. Unwillkürlich sammelte er magische Energie zusammen. Zum ersten Mal empfand er Misstrauen gegenüber seinem Berater.

Mortva quittierte die Anstrengung mit einem gütigen Lächeln. »Ich sehe, Ihr übt sogar jetzt. Sehr gut. Wenn Ihr so voranschreitet, werdet Ihr mich bald überholt haben. Wenn Ihr das nicht bereits getan habt.« Erneut meinte der Kabcar, dass unter der Hautoberfläche die Abdrücke einer hässlichen Fratze zum Vorschein kamen. »Aber ich habe wirklich noch etwas anderes.«

Mit allergrößter Vorsicht drängte Lodrik die Magie wieder zurück, um sie nicht versehentlich zu entladen und seinen Konsultanten dabei zu verletzen. »Ich höre.«

Sein Vetter setzte sich gerade. »Wir alle haben uns doch gewundert, dass die Priesterin und der Ritter so schnell verschwunden sind«, begann er. »Nun, ich weiß jetzt, warum.«

Lodriks Augenbrauen wanderten in die Höhe. »Hatte sie nicht gesagt, sie wollte mit ihm in ihr Heimatland, um ihn dort vollständig gesunden zu lassen?«

»Eine glatte Lüge. Eine weitere Lüge von einer Person, der Ihr ein gewisses Vertrauen entgegengebracht habt, Hoher Herr«, erklärte Mortva bedauernd. »Sie ist in Wirklichkeit eine Mörderin und hatte Angst, dass man ihr endlich auf die Spur kommt.«

»Was?«, rief der Kabcar. »Das wäre ein starkes Stück. Welcher Mord soll das gewesen sein?«

»Nicht einer, sondern mehrere. Ihr erinnert Euch, wie vermutlich ganz Ulsar, an die Reihe von Einwohnern, die einem unbekannten bestialischen Meuchler zum Opfer fielen.« Der Kabcar nickte. »Es haben sich inzwischen mehrere Zeugen gemeldet, die Belkala bei ihrem Treiben beobachtet haben. Diese Frau ist eine Menschenfresserin. Offenbar stimmen die angeblichen Märchen, die man sich über Kensustria erzählt, doch.«

»Unbegreiflich«, flüsterte Lodrik und schenkte sich Kartoffelschnaps nach. »Aber ...«

»Und ich fürchte, dass der Ritter Bescheid wusste«, fügte Mortva hinzu. »Oder glaubt Ihr, dass ein Gefährte, mit dem man Bett und Leben teilt, nichts davon wusste?«

»Schwerlich«, gab der Kabcar zu.

»Die Zeugen sagten, dass sie sich aus Angst vor der Kensustrianerin nicht gemeldet haben.« Mortva betrachtete seine Fingernägel. »Aber nun, nachdem die Priesterin weg ist, wagten sie den Gang zu den Behörden, damit zukünftiges Unheil aus unserem Land fern gehalten wird.«

Der junge Mann überlegte schweigend. »Ich wünsche, dass die Soldaten der Garnisonen entsprechend angewiesen werden, beim Auftauchen von Kensustrianern höchste Vorsicht walten zu lassen. Ihre Besuche müssen zuerst beantragt und von einer königlichen Behörde genehmigt werden. Man soll sie, werden sie in Tarpol von Soldaten aufgegriffen, bestimmt, aber höflich nach dem Wunsch des Aufenthalts befragen. Gibt es keinen Beleg für die Rechtmäßigkeit, etwa die schriftliche Erlaubnis oder etwas in der Art, sollen sie umgehend zur Grenze eskortiert und des Landes verwiesen werden.« Langsam zog er seine Jacke aus und schwang sie über den Sessel. »Ich finde, das ist eine gute Anweisung, oder?«

»Aber sicher«, pflichtete Mortva bei. »Niemand kann uns daraus einen Strick drehen, wir handeln völlig legal.«

»Wenn Belkala es wagen sollte, ihren Fuß noch einmal in mein Reich zu setzen, nehmt sie fest. Nerestro lasst unbehelligt, wo auch immer er sein möge. Seine Schuld ist nicht bewiesen. Auch wenn ich ein Exempel statuieren wollte, es wäre unklug, den Zorn der Ordensritterschaft auf mich zu ziehen. Es sind zwar wenige, aber man sollte sie nicht unterschätzen.« Lodriks Zeigefinger malte ein magisches Symbol in die Luft, und auf einen Schlag brannten die Kerzen wieder. »Es war lange genug dunkel. Ich werde noch ein wenig in alten Papieren meines Vaters kramen. Vielleicht entdecke ich noch etwas anderes außer Schuldscheinen.«

»Die uns aber nicht mehr zu kümmern haben.« Der Konsultant hatte den Rauswurf verstanden. »Ich wünsche Euch viel Vergnügen. Derweil kümmere ich mich um die Anweisungen.«

»Wo ist eigentlich das Amulett geblieben?«, fragte der junge Mann ungehalten. »Ist es denn so schwer, dieses bisschen Stadt, wo das Stück hingefallen sein muss, zu durchsuchen?«

»Wenn wir Pech haben, Hoher Herr, freut sich vielleicht ein unbekannter Finder über den seltenen Schmuck«, vermutete sein Vetter.

»Dann setzt einen Preis darauf aus«, schlug Lodrik ungehalten vor. »Lasst Ausrufer durch die Stadt marschieren und eine Beschreibung verlesen. Dem Finder oder demjenigen, mit dessen Hilfe wir das Amulett zurückerhalten, geben wir tausend Waslec.« Er setzte sich an den Schachtisch und begann, die Schublade auszuräumen. »So erreichen wir auch die, die vielleicht nur gesehen haben, wie ihr Nachbar das gute Stück einsteckte.«

Mortva ging hinaus.

Etwas genervt durchstöberte der Kabcar die Blätter, die er mit beiden Händen aus der Lade schaufelte. Zwar hatte er sie schon einmal durchforstet, aber nur sehr oberflächlich.

Das letzte Blatt verklemmte sich zwischen dem Rand der Schublade und der Tischoberfläche, sodass es in dem nun offenen Schubfach liegen blieb. Lodrik tastete danach und entdeckte dabei ein weiteres Schreiben, das bei seiner vorherigen Sucherei verborgen geblieben war. Es trug zu seinem Erstaunen das Siegel des Oberen des Geheimen Rates.

Neugierig las er den Brief. Dann las er ihn ein zweites Mal. Meisterhaft beherrschte er sich dabei, sonst wäre der Trakt des Palastes in einem hellen Feuerball verglüht.

Grimmig faltete er das Beweisstück zusammen und verstaute es sorgfältig wieder im Schubfach. Sobald er die Sache mit dem Geeinten Heer zufrieden stellend gelöst hatte, würde er sich mit dem Ulldraelorden befassen. Stumm dankte er den Göttern, wobei er zuerst Tzulan dankte, dass er ihn das Papier hatte finden lassen.

Es musste schneller gehen. Der junge Mann wollte nicht mehr länger warten, bis jemand das Amulett zurückgab. Er würde es am besten selbst suchen.

Eilig brach er trotz strömenden Regens zusammen mit seiner Leibwache auf und preschte auf dem Pferderücken durch die Gassen der Hauptstadt. Die Kutsche anspannen zu lassen, würde zu lange dauern.

Vor dem Haus, das ihn immer noch an den Verrat seines einst innigsten Vertrauten erinnerte, hielt er an und sprang aus dem Sattel. Er gab ein paar Anweisungen, eine seiner Wachen ging nach oben.

»Jetzt, hoheitlicher Kabcar«, kam es wenig später aus dem Fenster, und ein kleiner Gegenstand flog durch die Luft.

Klirrend landete die Mantelspange, die in dem Experiment als Ersatz für das verlorene Schmuckstück benutzt wurde, in der Gosse und war schnell durch das Dreckwasser unsichtbar geworden. Ein paar schnell rekrutierte Ulsarer wühlten im feuchten Unrat, ohne eine Spur zu finden. Lediglich die Spange brachten sie zurück.

Dann eben anders. Lodrik schloss die Augen und konzentrierte sich. Deutlich sah er das Amulett vor seinen Augen und versuchte, die magische Energie auf die Suche zu schicken.

Als der Kabcar sich umsah, entdeckte er ein schwach orange glimmendes Band, das von der Gosse aus in Richtung Stadtmauer verlief. Am Gesicht seiner Leute erkannte er, dass nur er diesen Hinweis sehen konnte. Er stieß einen triumphierenden Ruf aus und schwang sich in den Sattel.

Seine Männer folgten unter der Leitung ihres Herrn dem Wegweiser, bis sie vor einem ziemlich verfallenen Haus standen, das sich beinahe Schutz suchend an die stabile Befestigungswand drückte. Das fingerbreite Band verschwand darin.

»Hier ist es«, sagte Lodrik, während er voller Vorfreude abstieg und auf die Tür zulief. Dass er dabei sein Henkersschwert zog, bemerkte er nicht einmal.

Mit einem wuchtigen Tritt beförderte er die Tür aus den morschen Angeln.

Erschrocken sprang ein Mann in stark abgetragener Kleidung vom Tisch auf und griff nach einem abgewetzten Messer. Eine Frau riss einen Säugling an sich, acht weitere Kinder in unterschiedlichem Alter drängten sich sofort in den hinteren Teil des Raumes. Auf der schäbigen Holzplatte stand ein Kessel voller gekochter Süßknollen.

Das magische Band führte zu einem der kleineren Mädchen mit langen, dunkelbraunen Haaren, das der Herrscher auf acht Jahre schätzte.

»Du!« Die Schwertspitze zeigte auf das ungepflegte Kind. »Du besitzt etwas, was dir nicht zusteht!«

Schützend stellte sich der Vater vor seinen Nachwuchs, auch wenn die Furcht des Mannes unübersehbar war.

Lodrik konnte seine Angst riechen. »Wer bist du?«, herrschte er ihn an.

»Ich bin Zasbranskoi, Herr. Tut meinen Kindern nichts.« Das Messer hatte er gesenkt. »Was wollt Ihr von einem rechtschaffenen Bürger Ulsars?«

Eine der Leibwachen schlug ihm den Säbelgriff in den Magen, sodass der Getroffene auf die Knie sank. »Das ist der Kabcar von Tarpol, du Abschaum«, brüllte der Kämpfer ihn an. »Zolle Respekt!«

»Ich wusste es nicht«, presste Zasbranskoi mühsam hervor, »verzeiht mir, hoheitlicher Kabcar.« Auch seine Gattin sank demütig zu Boden, der Nachwuchs folgte dem Beispiel der Eltern. Ein paar Kleinere begannen zu jammern und zu wimmern.

»Du hast deine Kinder zu Dieben erzogen«, erklärte Lodrik und setzte das Exekutionsschwert auf die Schulter des Ulsarers. »Sie«, er deutete auf das Mädchen, »hat mein Eigentum.«

»Stimmt das, Soscha?«, wollte der Vater wissen, wobei er sich den Leib hielt.

»Es ist nicht gestohlen.« Zögernd machte das Kind einen Schritt rückwärts. »Ich habe es gefunden. In der Gosse. Es hat so hübsch geleuchtet, und da dachte ich mir …«

Lodrik streckte die Hand aus. »Es ist meins.« Er zwang sich zu einem Lächeln. »Gib schon her, Kleine.«

»Soscha!«, rief Zasbranskoi, dem die Spitze der Waffe schmerzhaft in die Schulter bohrte. »Gib es dem hoheitlichen Kabcar.«

»Ich habe es aber gefunden, Vater«, protestierte sie wütend und holte das Amulett unter ihrem zerlumpten Leinenkleid hervor. Der Kabcar erkannte den Talisman sofort wieder. »Es gehört mir. Ich habe es nicht gestohlen, es lag im Dreck.«

Ein Leibwächter nahm dem Kind das Schmuckstück unsanft weg, schlug ihm an den Kopf, dass es zur Seite taumelte, und reichte das Kleinod vorsichtig seinem Herrn.

Erleichtert schloss Lodrik die Finger darum, dann verstaute er seine Waffe.

»Ich könnte euch alle hinrichten lassen«, meinte er kühl. »Niemand würde sich um euch sorgen. Aber ich unterstelle euch einfach, dass ihr es nicht besser wusstet. Besser eine späte Einsicht als keine, nicht wahr?« Er nahm eine Hand voll Waslec und warf sie auf den Tisch. »Nehmt das und kauft euch davon, was ihr wollt. Aber wenn ich einen deiner Familie jemals wieder bei etwas erwische, das nicht erlaubt ist, wird es keine Gnade geben.«

Ohne ein weiteres Wort verließ er die Hütte, die Worte des Dankes glitten an ihm ab. Wichtig war für ihn, dass er den Schmuck zurückerhalten hatte. Und nun wollte er die Modrak zusammenrufen, um dem Geeinten Heer eine erste Lektion zu erteilen. Beinahe hätte das diebische Kind seine Absichten vereitelt.

»Ich habe es mir anders überlegt. Lass das Mädchen in den Kerker bringen und dort bis auf weiteres niedere Aufgaben verrichten«, gab Lodrik dem Anführer der Wache vor der Behausung Anweisung. »Und verpass ihr noch eine Tracht Prügel. Strafe muss sein.«

Der Kabcar stand zusammen mit Mortva auf dem nächtlichen Balkon des Teezimmers. Die Leibwächter hatte er weit genug in der Umgebung verteilt, sie sollten die Unterredung mit den Beobachtern nicht mitbekommen.

Seine Stadt breitete sich wie ein Meer aus glitzernden Lichtern um ihn herum aus. Dort lebten seine Untertanen, für die er sorgen würde. Keiner würde es jemals mehr wagen, einen Fuß auf sein Land zu setzen.

Er nahm das Amulett hervor und berührte den von innen glimmenden Stein sachte an der Oberfläche. Vorsichtig drehte er den geheimnisvollen Edelstein dreimal in der Fassung, die Schriftzeichen und Ziselierungen leuchteten nach einem silbrigen Flimmern in schneller

Reihenfolge grell auf. Der junge Mann bemerkte am Prickeln in seinen Fingern, dass durch sein Tun eine fremde Magie vollends zum Leben erweckt worden war.

»Nun werden wir abwarten müssen«, meinte sein Konsultant gespannt und richtete seine Augen in den dunklen Himmel. Arkas und Tulm, die beiden Sterne, die der Legende nach die Augen Tzulans symbolisierten, funkelten blutrot und sehr intensiv. Mortva lächelte still.

Lodrik hing sich das Kleinod um den Hals und zog den Uniformmantel fester zusammen, um sich gegen die kühle Luft besser zu schützen.

»Wie gut seid Ihr inzwischen in der Kunst der Magie, Hoher Herr?«, fragte sein Vetter leise.

»Ich mache Fortschritte«, sagte der Kabcar unbestimmt. »Wieso fragt Ihr?«

Mortva wandte sich dem jungen Mann zu. »Es wäre an der Zeit, Euch auf die nächste Stufe vorzubereiten.«

»Noch mehr?«, rutschte es Lodrik heraus. »Ich meine, die Macht, die ich verspüre, ist immens. Und dazu soll es noch eine weitere Steigerung geben?« Er zog die Handschuhe fester.

Sein Ratgeber betrachtete wieder die Sterne. »Es gibt zu allem eine Steigerung. Nichts gilt für alle Zeiten. Im Moment habt Ihr einen ungefähren Vorgeschmack von dem, was in Euch ruht. Ihr nutzt das Gegenwärtige. Aber es ist auch möglich, mithilfe der Magie sich des Vergangenen zu bedienen.«

»Wie meint Ihr das?«, wunderte sich Lodrik. »Etwa so, wie Sinured wieder erschienen ist?«

»Exakt, Hoher Herr«, meinte sein Vetter. »Die Eingeweihten nennen so etwas ›Nekromantie‹. Zugegeben, es ist nicht immer das Angenehmste und Sauberste. Aber im Allgemeinen ist es effektiv.«

»Widerlich«, kommentierte der Kabcar, sein Gesicht verriet die Abscheu. »Nein, danke. Die Toten sollen bleiben, wo man sie verscharrt hat, vom Kriegsfürsten einmal abgesehen. Sie haben sich ihre Ruhe verdient.«

»Wie Ihr möchtet.« Mortva legte einen Arm auf den Rücken und fuhr sich mit der anderen Hand durch die silbernen Haare. »Aber wenn Ihr es Euch anders überlegen solltet, sagt mir Bescheid. Ich leihe Euch gerne die entsprechende Literatur dafür. Damit ist es auch möglich, Seelen der Toten zu sich zu rufen, um deren Rat in Anspruch zu nehmen. Vorausgesetzt man weiß, an welchen Ort sie das Schicksal gebunden hat.«

»Genug, Mortva«, unterbrach ihn der junge Mann energisch, die blauen Augen glühten kurz auf. »Ich habe gesagt, ich will damit nichts zu tun haben.«

Ein dürrer Schatten rauschte durch die Luft, der erste der Modrak reagierte auf den Ruf des seltsamen Amuletts. Die purpurnen Augen glühten in der Dunkelheit, leise raschelnd faltete das Wesen die lederartigen Schwingen zusammen und kniete vor dem Kabcar nieder.

Ein unheimliches Schauspiel begann. Mehr und mehr Beobachter sammelten sich auf dem Balkon, ließen sich irgendwann auf den umliegenden Dächern des Palastes nieder, ohne einen einzigen Laut von sich zu geben. Leises Rauschen lag in der Luft, überall leuchteten purpurne Punkte wie Glühwürmchen.

Wir haben Euren Ruf vernommen, Hoher Herr, hörte er es vielstimmig in seinen Gedanken. Eine Gänsehaut bildete sich. *Wir sind erschienen, wie wir es versprachen. Womit können wir dienen, Hoher Herr?*

»Ich will, dass ihr nach Telmaran fliegt«, befahl Lodrik, der gegen ein unerklärbares Unbehagen ankämpfen musste. »Dort ist eine riesige Streitmacht im Begriff, sich zu versammeln. Ich möchte, dass ihr die Anführer ausschaltet, die vor Ort sind. Heimlich. In aller Stille. Könnt ihr das?«

Die meisten Menschlinge sterben, wenn sie aus großer Höhe

auf den Boden stürzen, Hoher Herr, sagten die vielen Stimmen leise. *Andere erschrecken sich zu Tode. Es werden Unfälle sein. Ist das in Eurem Sinne?*

Dem Kabcar wurde mit einem Schlag bewusst, welche unbezahlbaren Verbündeten er in den Kreaturen besaß. Man hielt sie für harmlos, sie gelangten dank ihrer Flugkünste überall hin, und sie waren beinahe lautlos. »Das ist ein sehr guter Vorschlag. Macht das so. Und wenn ihr diese Aufgabe erledigt habt, meldet sich einer von euch bei mir, um neue Anweisungen zu erhalten. Ihr werdet jemanden für mich suchen. Beeilt euch also!«

Es wird ein wenig Zeit in Anspruch nehmen, erklärten die Modrak. *Aldoreel ist weit entfernt. Aber nicht so weit, als dass wir Eurem Befehl nicht nachkommen könnten, Hoher Herr.* Die Kreaturen erhoben sich wieder in die Lüfte und verschmolzen mit der Nacht.

Irgendwann konnte der junge Mann ihre glühenden Augenhöhlen nicht mehr ausmachen, und er verließ den Balkon.

Lodrik ließ sich in den Sessel fallen. »Ich bin nun etwas beruhigt. Der Verlust der Anführer wird uns einen Vorsprung schaffen. Unsere Truppen werden rechtzeitig im Süden der Großbaronie ankommen. Und dann sehen wir, was diese zusammengewürfelte Heldentruppe vorhat.«

Mortva wollte etwas sagen, wurde aber durch ein Klopfen an der Tür unterbrochen. Ein Livrierter brachte eine Nachricht ins Teezimmer, um sich dann abwartend in eine Ecke des Raumes zu stellen.

Neugierig entzifferte der Kabcar die Botschaft. Ein Lächeln entstand auf seinem Gesicht. »Vetter, das Schicksal, die Götter und alles andere sind uns gnädig.« Er reichte dem Mann mit den silbernen Haaren den Zettel. »König Mennebar von Tûris ist bei einem Ausritt ums Leben gekommen. Und der Hofrat hat beschlossen, dass sich das Land an Tarpol anschließt, wenn ich zustimme.«

»Besser hätte es nicht kommen können«, freute sich sein Konsultant. »Damit eröffnen sich bei einem möglichen Konflikt andere Perspektiven. Eines jedoch sollten wir umgehend verhindern, Hoher Herr.« Mortva warf einen Scheit ins Feuer. »Mennebar ließ, wenn ich mich richtig erinnere, eine Armee um die Verbotene Stadt aufziehen, um die darin versammelten Bestien zu vernichten.«

»Hat Hetrál nicht das Kommando über diese Männer?«, fragte Lodrik und tippte sich an die Unterlippe. »Ich wünsche ihm jedenfalls Erfolg.«

»Nein, Hoher Herr.« Der Konsultant sah in die Flammen. »Es wäre ein grober Fehler, jetzt die ehemalige Hauptstadt Sinureds dem Erdboden gleichmachen zu lassen. Unser bester, wichtigster Verbündeter könnte sich vor den Kopf gestoßen fühlen.«

»Na und?« Der Kabcar reagierte äußerst ungehalten, missmutig verzog er das Gesicht. »Wenn diese ganzen Viecher nun in meinem Tûris herumspringen und Menschen bedrohen, ist es mir nur recht, wenn unser Meisterschütze aufräumt.«

»Das ist die falsche Einstellung«, widersprach sein Ratgeber. »Wir müssen im bevorstehenden Kampf gegen das Heer alle Hilfe annehmen, die wir bekommen können.«

Lodrik verstand. »Ich soll Sumpfbestien in meine Truppen aufnehmen? Allmählich erscheinen mir Eure Vorschläge etwas zu abstrus. Und Eure viel gepriesenen neuen Waffen? Was ist mit ihnen? Sollte ich damit nicht überlegen sein?«

»Es gab unerwartete Schwierigkeiten«, räumte Mortva ein. »Einige Zutaten, die wir zur Herstellung des Pulvers benötigen, waren mangelhaft. Und Tzulandrier sind hart im Nehmen und nicht gerade zimperlich in der Wahl ihrer Waffengenossen. Bedenkt, dass sie sechsundsechzigtausend Männern gegenüberstehen.«

»Und wie soll ich die Bestien dazu überreden, für mich anzutreten?«, wollte der Herrscher wissen.

»Abschaffung des Kopfgeldes, Verbot des beliebigen Tötens, eigene Gebiete, in denen sie sich offiziell aufhalten dürfen«, zählte Mortva auf, als hätte er mit dieser Frage lange gerechnet. »Es stehen uns einige Offerten zur Verfügung. Diese Wesen sind nicht so dumm, wie viele annehmen, Hoher Herr. Und ihre Dankbarkeit dem Mann gegenüber, der sie unter Schutz stellt, wäre grenzenlos. Wem schadet es denn, wenn sie sich in der Verbotenen Stadt niederlassen möchten? Niemandem. Ein Loch aus Sumpf und Morast, mehr ist es doch nicht.«

Hörbar atmete Lodrik aus. »Wen schicke ich als Unterhändler zu ihnen?«

»Sehr gut«, lobte der Konsultant mit schmeichlerischer Stimme die Entscheidung. »Ich habe da meine Leute zur Verfügung, die sofort aufbrechen und die Verhandlungen beginnen werden. Wir sollten etwas aufsetzen, sowohl für Hetrál als auch für unsere neuen Freunde. Mein Bote wird dem turîtischen Hofrat außerdem Eure Bestätigung übermitteln, dass Ihr den Thron von Tûris annehmt, oder?«

»Ich schlage vor, das Gremium führt die Geschäfte weiter, bis ich mir einen Stellvertreter für dort gesucht habe.« Der Kabcar ging zu dem massiven Schreibpult und machte sich an die Formulierung der Briefe. »Wenn Sinured die Kämpfe erfolgreich beendet, könnte er doch dort einziehen. Meinetwegen soll er es auch wieder Barkis nennen, wenn er möchte.«

»Ein ausgezeichneter Vorschlag, Hoher Herr«, sagte Mortva anerkennend. »Eine Anerkennung für seine ruhmreichen Taten, die er zu Eurem Schutz ausführt.«

»Er soll es aber nicht übertreiben. Wenn er wirklich beabsichtigt, den ganzen Kontinent zu erobern, müsste ich ein oder zwei Worte mit ihm wechseln. Über die Stränge schlagen soll er nicht.« Währenddessen flog die Feder nur so über das Papier. Nach einer Ladung Sand, um die Tinte aufzunehmen, faltete Lodrik die Briefe, siegelte sie und reichte sie seinem Konsultanten. »Veranlasst das Nötige.« Der Mann mit den silbernen Haaren verbeugte sich und verließ den Raum.

In Hochstimmung schraubte der Herrscher von Tarpol die Kartoffelschnapsflasche auf und goss sich großzügig ein. Dabei fiel sein Blick auf das Kästchen mit der Asche seines Vaters.

Einen Moment lang dachte er daran, was er wohl zu seinen Erfolgen sagen würde. Er stützte seinen Ellenbogen auf das Sims. Zu gerne würde er es ihm unter die Nase reiben. Was hatte Mortva über die Rückholung von Seelen gesagt? Vielleicht würde ich es doch eines Tages ausprobieren.

VIII.

Und so geschah es.

Nie mehr mischten sich Angor, Ulldrael, Senera, Kalisska und Vintera in das Geschehen auf den Kontinenten ein.

›Was auch immer sich auf der Welt ereignen sollte, wir werden sehen, wie die Menschen gelernt haben‹, sagten sich die Götter und warteten ab.

Die Zeit des zweiten Friedens
und das Ende der Magie,
Kapitel III

Ulldart, Königreich Tûris,
Spätherbst 443 n. S.

Das kann nicht sein Ernst sein. Hetrál hob den Kopf und schaute die Frau, die ihm die Anweisung des Kabcar von Tarpol und Tûris überbracht hatte, ungläubig an, als sei sie für den Inhalt des Schreibens verantwortlich. Stummer Protest lag in den Augen des Befehlshabers der Truppen.

Die blasse Botin trug eine schwarze Lederrüstung, auf die silberne Metallstücke lamellenhaft aufgebracht worden waren und deren Enden bis weit über die Knie reichten. Die Arme wurden von miteinander verflochtenen Kettenringen geschützt, die Hände steckten in Panzerhandschuhen. Schwarze, nietenbesetzte Stiefel rundeten das Bild einer äußerst wehrhaften Frau ab. Das Gesicht war schmal, die langen schwarzen Haare waren zu einem Zopf geflochten und hingen als dicker Strang auf den Rücken herab. Teilnahmslos erwiderte sie den Blick Hetráls.

Die Hände des Meisterschützen bewegten sich, Tarmann Nurk, sein Stellvertreter, übersetzte die Gesten. »Kommandant Hetrál bezweifelt stark, dass es eine gute Idee ist, die Bestien sich selbst zu überlassen. Er möchte eine zweite Bestätigung des Befehls.«

Die Frau zuckte mit den Schultern. »Das ist nicht meine Aufgabe. Eure Anweisung lautet, die knapp zwölfhundert Mann in die Hauptstadt abzuziehen.« Es war eine rauchige, krächzende Stimme, die mit ihrem dunklen Ton die unheimliche Ausstrahlung der Botin verstärkte. »Wenn Ihr damit Schwierigkeiten habt, reitet nach Tarpol und beschwert Euch. Als Soldat des Kabcar bekamt Ihr einen Befehl.«

Der stumme Turît schüttelte den Kopf, die Finger wirbelten durch die Luft. »Der Kabcar ist nicht über alles so in Kenntnis gesetzt worden, wie es Mennebar war. Es gehen ungeheuerliche Dinge in der Stadt vor. Menschen werden darin versklavt und dem Gebrannten Gott geopfert«, gab Nurk weiter und musste seinen Vorgesetzten bremsen. »Nicht so schnell, Kommandant. Ich komme ja fast nicht mehr mit Übersetzen nach.«

»Ich werde es Eurem Herrscher melden. Ihr zieht so lange die Soldaten ab.« Nurk fiel plötzlich auf, dass sie, während sie im kleinen Wachhaus stand, nicht ein einziges Mal mit den unergründlichen Augen geblinzelt hatte. »Tut Ihr es nicht, suche ich mir jemandem in Eurem Haufen, der es kann. Auf Befehlsverweigerung steht der Tod.«

Die beiden Turîten warfen sich einen schnellen Blick zu, dann gestikulierte der Meisterschütze.

»Was hat er gesagt?«, wollte die Frau wissen.

»Es ging größtenteils an mich, nicht an Euch«, wiegelte Nurk ab. »Es waren Anweisungen an die Männer.«

Die Augen der Botin verengten sich ein wenig. »Seid Ihr der Einzige, der das Gefuchtel des Kommandanten deuten kann?«

Der Kämpfer lächelte. »Ihr müsst auf das vertrauen, was ich Euch sage. Ich bin der Einzige.«

»Das würde die Sache für mich erleichtern, sollte sich der Kommandant weigern. Ohne Euch versteht ihn niemand mehr in diesem Lager.« Ihre Augen ruhten auf Nurk, der unwillkürlich zurückweichen wollte.

»Die Truppen ziehen sich morgen Früh zurück«, beeilte sich der Übersetzer zu sagen.

»Ich werde morgen Früh wieder hier sein und mich davon überzeugen«, sagte die Botin kalt. Ohne einen Gruß verließ sie das Steinhaus, krachend fiel die Tür ins Schloss. Wortlos sahen sich Hetrál und Tarmann an.

Ich habe keine Ahnung, was das für eine Person ist, meinte der Schütze nach einer Weile, *aber sie kommt nicht vom Kabcar.* Er nahm den Brief auf, überflog die Zeilen ein weiteres Mal und warf die Befehle achtlos zurück auf den Tisch. *Mennebar ist vor eineinhalb Wochen gestorben, die Nachricht von seinem Tod wird höchstens gestern erst in Tarpol angekommen sein. Und schon taucht ein Bote von Lodrik auf? Selbst eine Brieftaube hätte es schwer gehabt, die Strecke in dieser knappen Zeit zu überbrücken, aber wie sollte es ein Mensch schaffen?*

»Dennoch sind die Siegel echt«, gab sein Stellvertreter zu bedenken.

Ein guter Fälscher macht so etwas im Handumdrehen, hielt Hetrál dagegen. *Ich denke, dass es eine Tzulani-List ist. Etwas geht in der Stadt vor, und sie wollen, dass wir es nicht mitbekommen. Oder sie haben Angst, dass wir ihre Götzenstätte vernichten. Oder der Kabcar macht wirklich gemeinsame Sache mit Sinured. Ich kann es immer noch nicht glauben.*

»Sie sah auch nicht wirklich wie ein offizieller Bote aus«, gab ihm Nurk nach etwas Überlegen Recht. »Es gibt mehr Ungereimtheiten als Klarheiten. Und warum übernachtet sie im Dorf und nicht bei uns?« Er sah auf den gesiegelten Brief. »Aber dennoch ist es ein Befehl, Kommandant.«

Der Meisterschütze fasste einen Entschluss: *Ich werde noch in dieser Nacht einen Angriff befehlen. Etwas stimmt nicht, und umso schneller sie uns loswerden wollen, umso mehr bin ich sicher, dass ein ganz furchtbares Unterfangen im Gange ist. Vielleicht neue Opferungen oder etwas in der Art. Dennoch lasse ich meinen Männern die Wahl.* Er ging hinaus und ließ die Trompeter das Sammelsignal schmettern.

In Windeseile waren die Unteroffiziere angetreten, die Nurk von der neuen Lage unterrichtete. Auch sie glaubten selbst angesichts des Dokuments nicht daran, dass es sich um eine wahrhaftige Anweisung des Mannes aus Tarpol handelte, den sie als Helden betrachteten. Ein solcher Befehl passte nicht wirklich in das Bild, das sie von dem Kabcar hatten.

Der Meisterschütze musste ständig an die belauschte

Ankündigung Sinureds denken. Jetzt schien es ihm sicher, dass der junge Mann in Tarpol dem Bösen vertraute. Oder vom Bösen besessen war.

Hetrál schickte sie zurück in ihre entsprechenden Lager, die in und vor der umgebauten Handelsstation aufgeschlagen worden waren, um die Soldaten zu befragen. Alle sollten wissen, was sich ereignet hatte, und der Kommandant wollte nur Freiwillige mit sich gegen die Bestien in der Verbotenen Stadt führen.

Nach einer halben Stunde stand fest, dass alle zwölfhundert Kämpfer den Kommandanten begleiten würden.

Rasch wurde das Kontingent in vier Gruppen zu dreihundert Mann aufgeteilt, und von drei Seiten stießen die Menschen in das Unterholz vor. Späher räumten zuvor mit den Posten der Sumpfbestien auf, um einen Überraschungsangriff zu garantieren. Bis einen halben Warst vor den eigentlichen Bauten der Verbotenen Stadt blieben die Männer unentdeckt.

Pashtak die Bestie machte es sich auf dem Hocker so bequem, wie es nur möglich war. Das harte Holz drückte unangenehm in die Sitzfläche; eine entspannte Haltung zu finden, war erst nach einer äußerst langen Testphase möglich. Ein Laut des Unbehagens entfuhr ihm.

Mit ihm im wieder aufgebauten Tempelvorraum saßen vierzehn weitere seiner Artgenossen und vier Tzulani an einer großen, hufeisenförmig angeordneten Tafel und schauten die Frau an, die bei der »Versammlung der Wahren« im Namen des Kabcar von Tarpol und Tûris vorstellig geworden war. Die »Versammlung« sorgte für Ordnung innerhalb der Stadt, beschloss Maßnahmen für ein friedliches Zusammenleben und sorgte für die Koordination der zahlreichen Bauarbeiten.

Dem vorsitzenden Menschen gegenüber, ein Tzulani namens Boktar, hatte sie sich »Paktaï« genannt, was

Pashtak als äußerst vermessen betrachtete. Immerhin beherrschte sie wenigstens die Dunkle Sprache. Sich in den Mauern der Verbotenen Stadt eines Namens der Zweiten Götter zu bedienen, war frech, beinahe ungehörig. Das würde kein guter Anfang für die angedeuteten Verhandlungen sein.

Die Botin ging sogar so weit, dass sie die Art der Rüstung der Zweiten Götter nachahmte. Einige seiner Amtsgenossen, die in die Versammlung berufen worden waren, knurrten bereits gereizt. Nicht alle hatten ihr von Tzulan gegebenes Temperament so im Griff wie er.

»Nachdem Mennebar tot ist, will der Kabcar mit uns einen Vertrag abschließen«, wiederholte Boktar die Vorschläge der blassen Frau, die inmitten der Sumpfkreaturen völlig ruhig und teilnahmslos blieb, als hätte sie noch niemals in ihrem Leben Angst empfunden. Tot wie Glas ruhten ihre Augen auf dem Vorsitzenden des Gremiums. »Er möchte tatsächlich die Abschaffung des Kopfgeldes auf unsere Freunde durchsetzen? Sie dürfen nicht mehr einfach so getötet werden und stattdessen eigene Gebiete haben, in denen sie sich offiziell aufhalten dürfen?«

»Du hast meine Worte gehört, Boktar«, kam es aus dem Mund Paktaïs. »Ich bin befugt, die Verträge zu siegeln, wenn ihr alle einverstanden seid. Der Hohe Herr möchte euch zudem die Verbotene Stadt schenken, die sich wahrscheinlich sehr nach der Rückkehr von Sinured sehnt, und das Land im Umkreis von zehn Warst. Die Truppen des Kastells werden morgen Früh abziehen und ihre Überfälle einstellen.«

»Verzeiht meine Neugier«, erhob Pashtak das Wort und verlagerte sein Gewicht ein wenig zur Seite. »Wieso sollte der Kabcar uns ein solches Angebot machen?«

»Weil er mit Sinured ein Bündnis geschlossen hat«, lautete ihre nüchterne Antwort. »Und weil er weiß, dass ihr dem Kriegsfürsten treue Gefolgsleute seid, sieht er keinen Grund, euch länger in seinem Land bejagen zu lassen. Wird das noch etwas mit den Abkommen, oder muss ich die ganze Nacht über wie vor einem Gericht auf eure Antwort warten?«, drängte sie. »Ich bin es nicht gewohnt, dass man mich warten lässt.«

»Ach, Ihr seid es nicht gewohnt?«, jaulte eine hundeähnliche, felltragende Kreatur namens Faruuk spöttisch, sprang auf und stemmte die Fäuste auf den Tisch. Pashtak ahnte, dass sein Kollege seinem Ärger über die Namensgebung freie Bahn lassen würde. »Ihr seid nur eine Botin, die es wagt, sich nach einem der Zweiten Götter zu nennen!« Er flankte über die Tischplatte und stellte sich vor die Frau. »Wie kommt Ihr dazu? Selbst Tzulani wagen so etwas nicht. Wenn Ihr nicht eine Gesandte des Kabcar wärt und die Verhandlungen wichtig wären, würde ich Euch für Eure Anmaßung auf der Stelle in Fetzen reißen und Euer Fleisch essen.«

Mehrere aus der Versammlung der Wahren grunzten ihre Zustimmung. Pashtak vergaß seinen unbequemen Sitz und war auf die Reaktion der Frau gespannt.

Langsam drehte sie ihren Kopf in die Richtung des Sprechers, ihr Kinn wanderte ein wenig in die Höhe, die Augen fixierten Faruuk. »Versuche es.«

Die Kreatur duckte sich augenblicklich zum Sprung und hechtete mit ausgestreckten Klauen gegen die Botin des Kabcar. Doch mitten in der Bewegung stoppte Faruuk in der Luft und hing erstarrt zwischen Himmel und Erde. Ein erschrockenes Winseln drang aus seiner Kehle.

»Ich bin die Eine, die Zerstörerin, die Vernichterin. Das Kind Tzulans.« Die Augenhöhlen Paktaïs begannen zu funkeln. »Wer mich lästert, wird in heißem Feuer vergehen. Wer mich verhöhnt, wird in Qualen zu Grunde gehen. Und wer mich nicht ehrt, wird unendliches Leid erdulden.«

Der Ausdruck in den Pupillen der Bestie veränderte sich von wütend zu verblüfft. Schwarzer Rauch quoll aus seinem zum Biss geöffneten Maul, es roch nach verbranntem Fleisch. Die anderen Mitglieder des Rates wichen vor dem schwebenden Faruuk zurück.

»Vergehe zu Asche«, befahl Paktaï ruhig.

Grellgrüne Flammen brachen aus Bauch, Mund und Augen des Wesens hervor, krochen in Windeseile über den restlichen Körper und verwandelten den jaulenden Faruuk in eine Fackel. In wenigen Lidschlägen war die Kreatur verbrannt, ihre Konturen blieben als groteskes Aschebild in der Luft stehen, dann rieselten die grauen Überbleibsel zu Boden oder wurden vom Wind davongetragen.

Boktar schüttelte sein Entsetzen als Erster der Anwesenden ab, warf sich vor der Frau auf die Erde und wiederholte immer wieder Lobpreisungen zu Ehren Tzulans und der Zweiten Götter.

Rasch fielen die anderen Mitglieder in den Singsang mit ein, und auch Pashtak presste sich demütig in den Staub. Eine solche Ehre konnte er sich nicht erklären.

»Meinen Respekt habe ich mir nun verschafft. Erhebt euch«, orderte Paktaï gleichgültig. »Ich bin heute nicht hier, damit ihr mir huldigt. Ich bin als Verhandlungsführerin des Hohen Herrn in der Stadt und erwarte eure Entscheidung.«

»Wie könnten wir Euch etwas abschlagen? Ihr müsst es nur von uns verlangen, und wir ...«, sagte der Tzulani, aber die Frau hob die Hand.

»Du hast es nicht verstanden. Ich fordere gar nichts von euch. Ich bin im Namen des Kabcar von Tarpol und Tûris hier. Ihr entscheidet nach freiem Willen. Ich diene dem Hohen Herrn als bescheidene Botin.«

»Wir wären töricht, wenn wir dieses Angebot ablehnen würden«, raunte Kiìgass, ein anderes Mitglied, dem Vorsitzenden zu. »Erstens kommt es uns nur zugute und zweitens hat der Kabcar Freunde, gegen die wir uns nicht stellen dürfen. Es wäre ein Sakrileg, verweigerten wir dem Mann ein Abkommen, für den Sinured in den Kampf zieht.« Seine grünen Augen mit den blauen Pupillen sahen den Tzulani beschwörend an. »Wir sind dabei, die Dunkle Zeit willkommen zu heißen und auf der richtigen Seite zu stehen.«

Boktar wandte seinen Kopf in die Richtung von Kiìgass. »Und wenn es eine List ist, um uns in Sicherheit zu wiegen, damit die Truppen uns überraschend angreifen können?«, zischte er zurück, damit es Paktaï nicht hören sollte.

»Es wäre die beste List, die in den letzten vierhundertdreiundvierzig Jahren in Ulldart benutzt worden wäre. Wie sollte sie Magie nachahmen? Und Faruuks Tod ist nur Einbildung? Nein, Boktar, wir haben es hier mit der echten Zweiten Göttin zu tun. Und sie dient dem Kabcar, verstehst du nicht?« Kiìgass redete leise, aber eindringlich. »Sie dient ihm.«

Der Tzulan-Gläubige hatte verstanden.

Nachdem er sich mit einem Blick zu Paktaï versichert hatte, aufstehen zu dürfen, näherte er sich der Frau mit den schwarzen Haaren und der charakteristischen Rüstung in einer devoten Haltung. »Wir unterzeichnen die Verträge gerne. Richtet dem gütigen Kabcar aus, wir sind von nun an ewig in seiner Schuld angesichts des Großmuts und Freigiebigkeit, die er uns zuteil werden lässt. Sogleich senden wir Läufer in all unsere Gebiete in Tûris und Tarpol, welche die freudige Botschaft verbreiten. Kein Überfall soll das neu geschaffene Vertrauensverhältnis zwischen uns und den ungläubigen Menschen mehr trüben.«

Die Botin nickte knapp, breitete die Verträge auf dem Tisch aus und zog Feder und Tinte aus der mitgebrachten Ledertasche. Schweigend unterzeichnete die Versammlung der Wahren das Abkommen mit dem Kabcar.

Pashtak hatte seine Zweifel, wagte aber wegen der

herrschenden Euphorie nicht, etwas Kritisches anzumerken.

»Ich lasse die neuen Gegebenheiten durch die abziehenden Soldaten in der Nachbarschaft verbreiten«, erklärte Paktaï, während sie die Pergamente siegelte und verstaute. »Von nun an wird das Töten euresgleichen als Mord an Untertanen betrachtet. Gebt den Leuten ein wenig Zeit, sich an die neue Gesetzeslage zu gewöhnen. Lasst euch zunächst nur auf Entfernung und wenig bewaffnet sehen. Aber seid wachsam. Ich …«

Rufhörner dröhnten durch die Nacht, Glocken wurden geschlagen. Sofort entstand allerorten Unruhe, das Scheppern und Klirren von Waffen war zu hören.

»Was bedeutet das?«, wollte die Frau wissen. Ihre Augen verengten sich und glühten rot auf.

»Wir werden angegriffen«, erklärte Boktar, bebend vor Zorn. »Die Soldaten führen einen Angriff gegen uns. Ist das die Art, wie sich der Kabcar an die Verträge hält, die er unterzeichnet?«

»Der Kommandant handelt gegen meine Anweisung.« Paktaï zog ihre Waffe. »Ich werde euch gegen die Menschen helfen, die es gewagt haben, sich gegen die Anordnung ihres Herrn zu stellen.«

»Es ist uns eine Ehre, dass Ihr Euch auf unsere Seite stellt«, sagte der Tzulani und verneigte sich.

Die Versammlung der Wahren löste sich auf, um ebenfalls zu den Waffen zu eilen und sich in den Kampf gegen die Angreifer zu stürzen.

Pashtak spürte, dass dieses Gefecht entscheidend für den Fortbestand der Stadt sein würde.

Und dennoch sorgte er sich mehr um die Gesundheit seiner Familie als um die aufgebauten Ruinen und Bauwerke. Sie würde man auch ein zweites und drittes Mal in die Höhe ziehen können, aber seine Frau und seine Kinder waren einmalig. Daher rannte er zu seiner Unterkunft, um sie zu verteidigen.

Schon drangen die ersten wilden Schreie der Menschen vom großen Platz her an sein Ohr, die Soldaten machten mit den ersten Mutigen seiner Artgenossen kurzen Prozess. Pashtak betete zu Tzulan, dass er nicht zu spät kam.

Die Kreaturen organisierten in aller Eile den Widerstand gegen die Eindringlinge, denen man zahlenmäßig nur leicht unterlegen war.

Aber auch den Angreifern war nur wenig Zeit gegeben worden, sich eine Strategie auszudenken.

In Anbetracht der Umstände hatte Hetrál, der als Einziger die Gegebenheiten vor Ort kannte, jeder Gruppe einen groben Plan gefertigt. Eine sollte sich nur auf die Befreiung der Gefangenen konzentrieren, die übrigen drei sollten so viele Bestien und Baumaschinen wie möglich vernichten. Ergäbe sich die Gelegenheit, würden die aufgebauten Gebäude eingerissen. Der Meisterschütze zweifelte jedoch daran, dass die Wesen den Menschen das gestatteten.

Als die Soldaten von drei Seiten auf den Platz stürmten und gegen die Sumpfbestien anrannten, gab es kaum ernsthafte Gegenwehr. Die Überrumplung war zunächst perfekt.

Doch nachdem die erste Welle von geschätzten zweihundert Bestien abgeschlachtet worden war und die Männer bereits den leichten Sieg feiern wollten, tauchten die schwer gepanzerten und bewaffneten Kreaturen auf.

Rund fünfhundert teilweise bizarre und äußerst erschreckende Gestalten warfen sich in das Gefecht, trotzten dem Pfeilhagel oder ignorierten die Geschosse schlichtweg, um sich brüllend und tobend, dennoch nicht ohne Plan in die Reihen der Menschen zu werfen.

Zu der immensen Kampfkraft gesellte sich das abschreckende Äußere mancher Wesen, deren Anblick allein schon ausreichte, einem gestandenen Mann das Herz zum Stillstand zu bringen.

Spitze und gewaltige Hörner ragten bei manchen aus den Köpfen, andere sahen aus wie übergroße Reptilien; dort zuckte ein stachelbewehrter Schwanz, da schlugen lange rasiermesserscharfe Nägel durch die Luft und hinterließen selbst im Metall der Schilde tiefe Rillen. Einige waren flink und wendig, kämpften mit List und Tücke, um die Schwerter der Angreifer ins Leere stechen zu lassen. Etliche der riesigen Exemplare droschen mit ihrer geballten Kraft zu, beförderten die Getroffenen mehrere Meter durch die Luft oder schmetterten sie wie Spielzeug zu Boden, dass Knochen und Rüstung brachen. Die gewaltigen Kriegssensen und Dreschflegel, Keulen, Knüppel, Morgensterne und Schwerter, die ein Mann allein hätte gar nicht führen können, rissen schnell Lücken. Die anfängliche Überlegenheit von Hetráls Leuten war nach wenigen Minuten dahin.

Der Meisterschütze glaubte, immer wieder zwischen den Ungeheuern die Gestalt der hoheitlichen Botin ausmachen zu können, deren Schwert mit jedem Treffer einen seiner Krieger zu den Toten sandte.

Der vierten Gruppe gelang es unterdessen, die Gefangenen zu befreien und Kräne, Leitern und anderes Werkzeug in Flammen zu setzen. Rasch breitete sich das Feuer über die hölzernen Gerüste aus und beleuchtete den Kampf auf dem Vorplatz mit blutrotem Licht.

Ein vielstimmiges Brüllen, Toben, Schreien und Kreischen machte die Ohren der Soldaten beinahe taub, der Gestank, der von den Kreaturen ausging, verschlug vielen den Atem.

Die Turîten wehrten sich angesichts des mannigfaltigen Grauens tapfer, bis die Mehrzahl der Bestien die Flucht ergriff.

Erst in weiter Entfernung blieben sie stehen, um sich

neu zu formieren. Neue Kreaturen eilten zu dem Haufen, der rasch wieder auf fünfhundert Gegner anwuchs.

An ihre Spitze trat die Frau, die vor wenigen Stunden noch bei ihm im Lager gewesen war. Ihr gezogenes Schwert troff vor Blut. *Das Blut meiner Leute,* schrie es in Hetráls Innerem.

»Kommandant Hetrál«, erscholl Paktaïs rauchigkrächzende Stimme über den Platz. »Ihr haltet Euch nicht an die Befehle Eures Gebieters, des Kabcar von Tarpol und Tûris. Ihr solltet Euch doch zurückziehen, war das so schwer zu verstehen?«

Tarmann Nurk, dessen Stirn eine Platzwunde zierte, war sofort zur Stelle, um die Antwort des stummen Meisterschützen zu übersetzen: »Dein Plan ging nicht auf. Du bist eine Tzulani, die meine Männer und mich täuschen wollte. Wir haben eure Absichten durchschaut und werden die Stadt ein für alle Mal dem Erdboden gleichmachen.«

»Kommandant Hetrál«, kam es wieder aus ihrem Mund. »Ihr habt mit Eurem Angriff gegen die bestehenden Gesetze von Tûris gehandelt. Von heute an gewährt der Kabcar allen Sumpfwesen den Status von Untertanen. Ihr und Eure Männer seid des vielfachen Mordes schuldig.«

»Was für ein Unsinn«, rief Nurk stellvertretend hinüber. »Der Kabcar würde einen solchen Vertrag niemals unterzeichnen.«

»Kommandant Hetrál, Ihr habt Euch der Illoyalität und der Befehlsverweigerung schuldig gemacht«, rief Paktaï. »Legt Eure Waffen auf den Boden, ergebt Euch mir und befehlt Euren Männern, sie sollen sich augenblicklich zurückziehen.«

»Er kann niemandem etwas befehlen. Wir sind alle freiwillig mitgekommen«, brüllte Nurk schadenfroh, noch bevor der Anführer etwas gestikulieren konnte, und die Krieger in seinem Rücken erhoben johlend ihre

Waffen. »Wir sind hier, um dem Guten zum Sieg zu verhelfen. Das Opfern und Unterjochen darf nicht ungestraft weitergehen.«

»Wenn ihr alle freien Willens und vorsätzlich gegen die Bestimmungen des Kabcar verstoßt, muss ich euch als Räuber und Verbrecher behandeln«, warnte die Frau ruhig und hob ihr Schwert. Das blutrote Licht der zahlreichen Feuer, das ihr blasses, schmales Gesicht mit zuckenden Schatten übersäte, verwandelte die Sprecherin in etwas Überirdisches, verlieh ihr eine Aura des Unheimlichen. »Und die werden bei Mord, so wie ihr eben gehandelt habt, mit dem Tode bestraft.«

Hetráls Stellvertreter nahm einen Pfeil aus dem Köcher. »Da hast du deine Antwort, Tzulani!«

Sirrend ging das Geschoss auf die Reise und schlug mitten in die Brust der augenscheinlich falschen Botin ein. Die Männer grölten.

Gelangweilt sah Paktaï auf den Schaft, zog das Holz ohne Rührung aus ihrem Körper und wog den Pfeil in der Hand. Sie ließ das Geschoss los, das von selbst waagerecht in der Luft schwebte. Mit einem Schlag verstummten die Menschen. Die Spitze drehte sich Stück für Stück in Richtung Nurks. »Ich sende Euch Euren Gruß zurück!«

Augenblicklich schoss der Pfeil los, verwandelte sich auf seinem Flug in einen gleißenden, Funken sprühenden und fauchenden Strahl.

Mit Leichtigkeit durchschlug er den von Nurks Nachbarn eilig emporgereckten Schild, geschmolzenes Eisen troff auf die Marmorplatten. Er drang durch Nurks Solarplexus und verschwand vollständig in dem Mann.

Der völlig Überrumpelte begann, von innen zu leuchten und zu strahlen, als gingen alle Sonnen Ulldarts auf einmal in ihm auf. Die Knochen und Organe wurden durch sein Kettenhemd sichtbar, dann zerstob Hetráls Stellvertreter als Aschewolke mit einem Ohren betäubenden Krachen nach allen Seiten.

In die eingetretene Stille hinein fielen die Rüstung und alles Metallene, das der Hitze standgehalten hatte, klirrend zu Boden.

Der Meisterschütze konnte nichts tun, außer gelähmt auf das zu starren, was von Tarmann Nurk geblieben war. Was auch immer auf der Seite der Sumpfkreaturen stand, es war mehr als nur ein Mensch.

»Bestraft das verbrecherische Pack«, sagte die Botin emotionslos, die Augen rot glühend, und die Bestien stürmten brüllend auf die Front der erschütterten und vom Schock wie betäubten Turîten zu.

Atemlos erreichte Pashtak seine kleine Hütte, die er verschlossen vorfand. Seine Gefährtin hatte die Tür mit allem verrammelt, was sie an Einrichtungsgegenständen gefunden hatte.

»Lass sie so«, rief er durch das Holz hindurch. »Ich werde zu den anderen gehen und sehen, wo ich gegen die Nackthäute helfen kann.«

»Nein«, kam es von drinnen ängstlich. »Pashtak, du bist kein Krieger. Warte, ich öffne ...«

»Auf keinen Fall«, wehrte er ab und witterte und spähte umher, ob sich nicht vielleicht ein paar versprengte Angreifer bis hierher verirrt hatten. »Bleib, wo du bist, und mach niemandem auf. Ich sage dir Bescheid, wenn das Schlimmste vorüber ist.«

Er trabte zu einer Ruine und erklomm die Steinreste, um sich einen Überblick über das Geschehen in der Stadt zu verschaffen. Das Bild tat ihm in der Seele weh.

Die errichteten Bauinstrumente brannten lichterloh und brachen eines nach dem anderen in einem Funkensturm zusammen, die Sklaven rannten in den Wald, gedeckt von ein paar Fremden, während die restlichen Gegner sich einen mörderischen Kampf mit den Wächtern lieferten.

Pashtak ging in die Hocke, zog sein Schwert und beobachtete, während seine Gedanken mehr und mehr abschweiften.

Im Grunde hatte er, wie viele seiner Artgenossen, nur gehofft, in der Stadt eine neue Bleibe zu finden. Friedlich und weit ab von den Nackthäuten eine Heimat zu finden, die sie zu neuem Glanz aufbauen wollten.

Keiner hatte vermutet, dass Sinured zurückkehren würde und der Drang, hierher zu kommen, daher stammte. Dass der Kriegsfürst ihnen Arbeiter mitbrachte, empfand er als nicht weiter schlimm, immerhin jagten die Menschen ihn und seinesgleichen seit Jahrhunderten. Die Opferungen dagegen betrachtete er als nicht unbedingt notwendig.

Nur ein Bruchteil der Wesen brannte fanatisch auf den Anbruch einer neuen Dunklen Zeit, die meisten wollten einfach nur in Ruhe gelassen werden. Er gehörte in der Versammlung der Wahren zu den Besonnenen, die prüften, bevor sie beschlossen.

Boktar, der Tzulani, hätte dagegen am liebsten sofort den Krieg gegen alle Ulldrael-Gläubigen ausgerufen. Und genau das schien er nun umso einfacher erreichen zu können. Mit dem Überfall der Menschen auf die Stadt war alles entschieden. Man würde Rache verlangen.

Pashtak hatte sich bisher erfolgreich dagegen verwahrt, als Soldat für die Tzulan-Anhänger zu dienen. Nur alle im Gremium davon zu überzeugen, dass die Tzulani in erster Linie ihre eigenen Ziele verfolgten und die Sumpfkreaturen als Mittel zum Zweck betrachteten, war nicht einfach. Nun wahrscheinlich unmöglich. Er bedauerte außerordentlich, dass viele mehr ihren Instinkten als ihrem Verstand folgten. Andere besaßen noch nicht einmal genügend Verstand, um ihn als solchen zu erkennen. Nachdem Paktaï, eine der Zweiten Götter, erschienen war, betrachtete auch er es als sicher, dass die Dunkle Zeit bevorstand. Aber davor schien es eine stürmische, unsichere Zeit zu werden.

Das triumphierende, blutgierige Brüllen der Wächter, die sich in dem Moment anscheinend auf einen Befehl hin gegen die letzten Menschenkrieger warfen, schreckte ihn aus seinen Überlegungen auf. Im gleichen Moment nahm er die Witterung von Nackthäuten auf, die in seiner Nähe sein mussten. Er roch ihren Schweiß, das Metall ihrer Rüstungen und ihr Blut. Sie waren verletzt.

Aufmerksam schauten seine gelben Augen mit den roten Pupillen über die schattigen Ruinen. Sein kräftiger, humanoider Körper duckte sich flacher an den Stein, die krallenbewehrte Rechte schloss sich fester um das Schwert. Wenn sie seiner Familie etwas antun wollten, würde er sie töten. Ein leises Grollen drang aus seiner Kehle, und das Nackenfell richtete sich auf.

Dann entdeckte er acht Gestalten, vorneweg zwei Bewaffnete, dahinter zerlumpte Sklaven, die die Krieger wohl aus irgendeinem der Käfige befreit haben mussten. Einige von ihnen mussten gestützt werden.

Entweder hatten sie sich verlaufen, oder sie wollten den Kampf umgehen, um leichter entkommen zu können. Würden sie ihren Weg durch die zerfallenen Gassen beibehalten, kämen sie an seinem Haus vorbei.

Urplötzlich trat aus dem Schatten einer Mauer einer der Wächter, der wohl als Aufpasser zurückgelassen worden war.

Zweimal so groß wie ein Mensch und doppelt so stark ragte er von der erschrockenen Nackthäuten in die Höhe, und sofort fuhr seine mit Eisendornen gespickte Keule auf einen der Bewaffneten nieder.

Geistesgegenwärtig sprang der Mann zur Seite und begann todesverachtend einen Gegenangriff, unterstützt von seinem nicht weniger furchtlosen Begleiter. Die Gefangenen drängten sich ängstlich zusammen.

Pashtak bewegte sich nicht. Er wäre ihm ein Leichtes gewesen, lautlos seinen Posten zu verlassen und die Befreiten in aller Ruhe niederzumetzeln. Oder den beiden Kämpfern in den Rücken zu fallen.

Aber er wollte nicht. Er dachte an die Familien der Nackthäute, wie froh sie vielleicht waren, wenn ihre Lieben zurückkehrten.

Einer der Krieger lag mit zerschmettertem Brustkorb am Boden, quer über ihm starb gerade der Wächter, dem ein gezielter Stich ins Herz den Garaus gemacht hatte. Keuchend sank der verbliebene Kämpfer auf die Knie, die Erschöpfung war mehr als offensichtlich.

Pashtak stieß mit der Klinge absichtlich gegen die Mauer und erhob sich, um die Nackthäute durch das Geräusch auf sich aufmerksam zu machen.

Das kreidebleiche Gesicht des Bewaffneten wandte sich ihm erschrocken zu. Schild und Schwert ruckten in die Höhe, um der neuen Bedrohung zu begegnen.

Doch die Sumpfkreatur blieb einfach stehen, von hinten durch den fernen Flammenschein beleuchtet, sodass nur ihre Silhouette sichtbar war. Ganz langsam verstaute sie ihre Waffe in der Scheide.

Ungläubig starrte der Mann Pashtak an und stemmte sich in die Höhe. Er begriff, was ihm das Wesen deutlich machen wollte, und signalisierte den befreiten Gefangenen weiterzugehen.

Als sie alle vorbeigehumpelt waren, nickte der Krieger Pashtak zögerlich zu, bevor er wieder zu der Gruppe aufschloss.

Pashtak sprang von seiner Plattform herunter, um zu seiner Gefährtin und den Kindern zu gehen.

Hetrál entriss dem Trompeter die Fanfare und blies zum geordneten Rückzug der Männer. Von den einst zwölfhundert Soldaten waren ihm sechshundert geblieben.

Die völlige Verwüstung der Verbotenen Stadt würde er nicht erreichen können. Aber die brennenden Gerüste und die toten Bestien erfüllten sein Herz mit Genugtuung, wenigstens einen Teilerfolg gegen das Böse verzeichnet zu haben.

Sich mit sechshundert Mann gegen fünfhundert der Sumpfbestien zu werfen, war ihm zu gewagt, da er nichts Genaues über den Nachschub der Gegner wusste. Zudem waren seine Leute kurz davor, aus lauter Angst ihre Waffen wegzuwerfen und die Beine in die Hand zu nehmen.

Dafür waren die Bemühungen der Biester um Wochen zurückgeworfen worden. Zeit genug, um neue Truppen zu sammeln und einen geballten Angriff durchzuführen. Und um Tarmann sowie alle Toten dieser Nacht zu rächen.

Brandpfeile verschießend, rückten die Krieger ab, eilten so schnell es ging zusammen mit den befreiten Sklaven durch den Wald zurück in die provisorische Festung und teilten Wachen ein, falls die Bestien aus Wut einen Gegenschlag versuchen würden.

Dann hockte Hetrál sich an sein Schreibpult und setzte rasch eine Nachricht an den Kabcar auf. Der Herrscher musste wissen, zu welchen Anmaßungen die Sumpfbestien fähig waren. Vielleicht würde er dann den Pakt mit Sinured noch einmal überdenken.

»Ich könnte Euch nun einfach in Stücke hacken«, hörte er die krächzende Stimme Paktaïs in seinem Rücken. Das Blut gefror ihm in den Adern. »Niemand käme Euch zu Hilfe.«

Der Kommandant sprang ansatzlos über den Tisch, rollte sich über die Schulter ab und zog beim Aufstehen sein Schwert. Es war mehr ein Reflex, denn er wusste noch sehr gut, dass eine normale Waffe ihr nichts anhaben konnte.

Die Frau lehnte ruhig in einer dunklen Ecke des Raumes an der Wand, die Arme vor der Brust gekreuzt. Zwei rote Punkte glommen dort, wo sich ihre Augen befinden mussten. »Ich habe nicht den Auftrag, Euch zu töten, also werde ich mir die Mühe nicht machen. Zumal ich nicht weiß, was der Hohe Herr nun mit Euch vorhat, nachdem Ihr bestehendes Recht bracht.«

Hetrál wunderte sich nicht, wie es die Frau geschafft hatte, an allen Wachen und Soldaten vorbei in sein Zimmer zu gelangen. Und insgeheim rechnete er nicht damit, diese vier Wände lebend zu verlassen.

Paktaï drückte sich von den Steinen ab und breitete die Verträge aus, die sie vor kurzer Zeit mit den Sumpfkreaturen abgeschlossen hatte. »Seht sie Euch an. Alle Dokumente sind echt, gesiegelt von mir, unterschrieben vom Kabcar von Tarpol und Tûris. Ich wollte, dass Ihr erkennt, welchen Fehler Ihr begangen habt.«

Der Meisterschütze schüttelte als Antwort den Kopf.

Die unheimliche Frau räumte die Papiere zusammen und verstaute sie in der Tasche. »Ich bin Paktaï. Der Name wird Euch ein Begriff sein. Und ich diene zurzeit dem Hohen Herrn. Nun wisst Ihr, welche Feindin Ihr Euch gemacht habt. Und wenn der Hohe Herr beschließen wird, dass Ihr sterbt, sehen wir uns schon bald wieder. Ich werde ihm von Eurem Ungehorsam berichten. Er möge entscheiden. Vorerst lasse ich Euch bei Euren Männern.« Sie trat in den Schatten. »Wenn Ihr wollt, greift die Stadt noch einmal an. Ihr kämt damit Eurem vom Hohen Herrn verhängten, sicheren Todesurteil zuvor.« Ein letztes Glühen der Augen und sie war mit der Dunkelheit verschmolzen.

Hetrál fand keine Spur mehr von ihr. Nichts deutete in dem Raum darauf hin, dass die Botin eben noch mit ihm gesprochen hatte.

Der Meisterschütze ließ sich auf einen Stuhl fallen, seine Gedanken rasten.

Auch wenn sich alles in ihm sträubte, sie hatten echt ausgesehen, die Siegel, die Unterschriften.

Er musste nachdenken. Vielleicht ließ Ulldrael der Gerechte ihn einen Sinn in dem Ganzen finden, weshalb der Kabcar mit den Schöpfungen Tzulans zusammenarbeiten sollte.

Er verbrachte die ganze Nacht damit, zu grübeln, Tee zu trinken und auf und ab zu gehen. Gehörtes und Erlebtes, Gerüchte, Wahrheiten und Nachrichten bezog er in seine Überlegungen mit ein.

Als die Sonnen über dem Wald, der die Verbotene Stadt umgab, zaghaft durch die herbstlichen Nebelschleier schienen, war seine Entscheidung gefallen.

Ulldart, Königreich Serusien, Fürstentum Laspassa, Spätherbst 443 n. S.

Die *Stromschnelle* lag vertäut im Hafen von Laspassa. Auf und ab schaukelte das Schiff in den sachten Wellen, die gegen den Bug rollten.

Es war die Entscheidung von Herodin gewesen, die Reise nach Telmaran zu unterbrechen und hier vor Anker zu gehen, um einen Medicus suchen zu lassen. Das bescheidene Wissen des Ordens über Wunden aller Art reichte nicht aus, um den Fieberwahn ihres Anführers, Nerestro von Kuraschka, erfolgreich angehen zu können.

Der Unteranführer ging unruhig an Deck auf und ab, während er auf die Ankunft des ansässigen Heilers wartete. Nachdem sein Herr samt Rüstung unter mysteriösen Umständen in den Repol gefallen und es nur der Geistesgegenwart eines Knappen zu verdanken war, dass Nerestro noch lebte, war er nicht mehr er selbst. Einen Tag nach dem Ablegen brach das Fieber aus.

Herodin glaubte zunächst, es käme vom dreckigen Flusswasser, das der Kämpfer bei seinem unfreiwilligen Bad geschluckt hatte. Aber es sollte schlimmer kommen.

Nerestro fantasierte plötzlich, redete mit seinem toten Vater und den Rittern, die damals im Wald von Granburg ums Leben gekommen waren, als stünden sie um das Bett des Fiebrigen.

Daher schied für Herodin eine normale Krankheit aus, er kannte die starke Natur des Ritters nur zu gut. Wind und Wetter trotzte Nerestro, Regen und Schnee stellten keine Gefahr für ihn dar. Umso mehr konnte sich Herodin die unvermittelte Erkrankung nicht erklären. Es musste ein Medicus her, am besten ein Cerêler.

Ein lauter Ruf kam aus der Kabine des bettlägrigen Mannes.

Der Unteranführer lief in den Raum, um nach dem Rechten zu sehen.

Nerestro stand, nur mit einem Unterleibswickel bekleidet, neben dem Bett und lachte aus vollem Hals. Schweißperlen troffen von Stirn, Hals und Körper, das Gesicht glühte vom Fieber. »Ja, ja, ganz der Alte. Das Scherzen nicht verlernt, was? Erzähle, was macht Ihr so?« Er setzte sich und hörte anscheinend jemandem aufmerksam zu, wobei er sich immer über die gefärbte Bartsträhne strich.

Herodin schaute sich um, konnte aber beim besten Willen niemanden entdecken. Vorsichtig trat er neben den halb Nackten und fuhr ihm mit der Hand vor den Augen entlang.

Verärgert sah ihn der Ritter an. »Herodin, ich bitte Euch. Wo ist Eure Höflichkeit geblieben? Ihr habt nicht geklopft, Ihr habt Euch nicht unserem alten Freund vorgestellt, und jetzt wedelt Ihr noch mit den Fingern vor meinem Gesicht herum.«

»Welchen alten Freund meint Ihr?«

»Hier. Ihr steht genau vor ihm.« Der Ritter schüttelte den Kopf. »Verzeiht ihm seine Unhöflichkeit. Er wird sich gleich bei Euch entschuldigen.« Abwartend sah er zu Herodin. »Nun?«

»Herr, verzeiht mir, aber da ist niemand. Ihr redet zur Luft. Welche bösen Geister machen Euch zu schaffen?«

Schlagartig verfinsterte sich das Gesicht Nerestros. »Ich rede zu Luft? Wollt Ihr Rodmor von Pandroc etwa als ›bösen Geist‹, als ›Luft‹ bezeichnen? Herodin, Ihr habt Seite an Seite mit ihm gekämpft. Was ist in Euch gefahren, muss ich Euch fragen?« Ruckartig erhob er sich. »Auf der Stelle …« Sein fast kahler Schädel mit dem millimeterlangen Haar zuckte herum. »Ach? Nun, wie Ihr möchtet. Das ist sehr großzügig von Euch.« Er sah wieder zu seinem Unteranführer. »Meint Ihr nicht auch? An Rodmors Stelle wäre ich nicht so gütig gewesen, auf die Entschuldigung zu verzichten.«

»Ja, meinen Dank.« Herodin zog es nun vor, auf das seltsame Spiel einzugehen. Rodmor war einer von den Rittern gewesen, die im Granburger Wald ums Leben gekommen waren. »Und redet nicht zu lange mit ihm. Bedenkt, das Fieber hält Euch noch fest im Griff.«

»Ja, ja. Lasst einen Knappen etwas zu trinken bringen. Wein, zur Feier des Tages.«

Seufzend verließ Herodin die Kabine. »Es wird immer schlimmer mit ihm. Ich hoffe, er entdeckt keine Gegner, die er mit seiner aldoreelischen Klinge angreifen möchte. Er würde uns das Boot zerlegen, wenn wir nicht aufpassen«, erstattete er seinen wartenden Freunden Bericht. Sie sahen betreten zu Boden. Der Unteranführer schickte einen der jüngeren Knappen mit einer Karaffe Wein in die Unterkunft Nerestros. Zwei Becher standen auf dem Tablett.

»Was machen wir, wenn er wahnsinnig geworden ist?«, murmelte einer der Kämpfer, der es endlich wagte, das auszusprechen, was viele vermuteten. »Hat der Cerêler damals nicht gesagt, der Heilstein hätte ihn von den Toten zurückgeholt? Hat er nicht davor gewarnt, dass seine Seele Schaden nehmen könnte?«

»Unsinn«, schnitt Herodin dem Redner harsch das

Wort ab. »Seiner Seele geht es gut. Es ist das Flussfieber oder so etwas. Und nun macht Euch an die Waffenübungen, anstatt Maulaffen feil zu halten oder wie die Marktweiber zu tratschen. Der Medicus wird ihn gewiss heilen.«

Wenig überzeugt verteilten sich die Kämpfer an Deck und begannen, Attacken und Paraden zu exerzieren. Doch der Enthusiasmus fehlte, zu sehr beschäftigten sie sich mit dem Schicksal des Kranken, der ihnen immer ein Vorbild an Stärke gewesen war.

Gegen Mittag erschien der ausgesandte Knappe und brachte einen Mann mittleren Alters mit sich, dessen Äußeres auf einen Heiler schließen ließ. Der Junge schleppte einen großen Koffer, der Mann trug einen zusätzlichen Sack über der Schulter.

Eilig kam er an Bord, wo er zu Herodin geführt wurde. Nach einer kurzen Begrüßung, bei der sich der Medicus als Ospancha vorstellte und nicht müde wurde, seine Erfolge zu preisen, machte er sich in der Kabine an die Arbeit.

Nach wenigen Lidschlägen drangen jedoch die erschrockenen Hilferufe des Gelehrten nach draußen.

Der Unteranführer stürmte zusammen mit den Rittern in die Unterkunft und sah, wie Nerestro den Medicus immer im Kreis um sein Bett jagte. Federn schwebten durch die Luft.

Drei Ritter hielten ihren Anführer auf Herodins Befehl fest, drückten ihn auf die Matratze und fesselten ihn mit Lederstreifen an das Gestell, um den Tobenden ruhig zu halten.

Schwer atmend lehnte sich Ospancha an die Wand, fummelte ein Fläschchen aus seinem Gewand und nippte daran. »Gute Taralea! Bei der allmächtigen Göttin, Ihr habt mir nicht gesagt, dass der Kranke gemeingefährlich ist.«

»Was ist passiert?«, verlangte Herodin zu wissen und

wedelte eine Daune zur Seite, die sich auf seiner Nase niederlassen wollte.

»Ich näherte mich ihm und wollte ihn abklopfen«, erzählte der Medicus, eine Flaumfeder aus den Haaren entfernend. »Und dann springt der Mensch aus dem Bett, schlägt mir das Kissen um die Ohren und sagt, ich solle mich zu Tzulan scheren, er sei nicht krank.« Er raffte die Ärmel seiner Robe etwas zurück. »Und nur Taralea weiß vermutlich, wie krank er ist.«

»Untersucht ihn. Er kann Euch nichts mehr tun«, befahl der Ritter und zog einen Beutel mit Münzen hervor, nachdem er den skeptischen Ausdruck im Gesicht des Heilers gesehen hatte.

Augenblicklich setzte er seine Examination fort.

Mit den merkwürdigsten Instrumenten und Gegenständen klopfte, hämmerte und pochte er auf dem Oberkörper Nerestros herum.

Der Liegende regte sich derweil sehr über die Behandlung auf, beschwerte sich bei Herodin und einer Unzahl von Unsichtbaren, die aber offensichtlich auch nicht die Macht besaßen, den Heiler bei seiner Arbeit zu stören.

Nach einer kleinen Unterbrechung, in der Ospancha sehr nachdenklich auf den Kranken blickte, schaute er ihm in Augen, Nase und Ohren, roch an seinem Atem und begutachtete die Zunge.

Endlich erhob er sich vom Bett, klappte seinen Koffer auf und drückte Herodin mehrere Fläschchen in die Hand.

»Nun, interessant. Äußerst interessant, vom medizinischen Aspekt aus betrachtet. Einen solchen Fall hatte ich noch nie«, gestand der Gelehrte mit einer gewissen Begeisterung in Verbindung mit einer Spur Ratlosigkeit, die sich in seinem schmalen Gesicht widerspiegelte. »Und ich habe schon viele Fieberkranke gesehen. Das hier scheint mir ein bisschen mehr als nur die übliche

›febris‹ zu sein. Ich würde ihn gerne längere Zeit behalten, um ihn zu studieren.«

»Wir müssen weiter«, fiel ihm Herodin harsch ins Wort. »Und er ist gewiss kein Versuchsobjekt für einen Medicus.«

»Wie Ihr wollt«, meinte der Mann etwas verschnupft. »Dann sorgt dafür, dass er diese Mittel eine Woche lang einnimmt. In dieser Reihenfolge, morgens, mittags, abends.«

»Und was soll das bringen?« Hilflos sah der Ritter auf die Behältnisse.

»Es sind alle Mittel, die ich gegen die unterschiedlichen Arten des ›febris‹ habe. Wenn sie nicht wirken, hat er etwas anderes, was ich oder, bei aller Bescheidenheit, kein Heiler auf dem Kontinent behandeln kann. Jedenfalls nicht ohne Beobachtung. Der Körper ist eine äußerst kompliziert gebaute Maschine. Geht ein Zahnrädchen verloren, wirkt sich das auf alles andere aus.« Ospancha beugte sich ein wenig vor. »Mit Verlaub, ich glaube, das entscheidende Zahnrädchen ging in seinem Verstand verloren. Sagt, hat sich der Ritter irgendwann einmal am Kopf verletzt? Ist er vielleicht öfter einmal vom Pferd gestürzt? Hat ihn die ein oder andere Keule hart am Schädel getroffen? Ich frage das, weil er alle Anzeichen einer ›dementia‹ aufweist, wenn Ihr versteht, was ich meine. Oder sind das die späten Auswirkungen einer ›dementia praecox‹? Ist seine Familie inzestuös belastet? Einer aus seiner Ahnenlinie debil?«

Herodins Gesicht war ein einziger fragender Ausdruck. »Von was redet Ihr da?« Vorsichtig stellte er die Fläschchen ab.

»Geistesgestörtheit«, sagte Ospancha in ungeduldigem Tonfall. »Wahnsinn, Oligophrenie und alles andere, was mit einem kaputten Hirn zu tun hat. Das Volk sagt auch ›Idiot‹ dazu. Hervorgerufen kann so etwas werden durch unterschiedliche …«

Augenblicklich schossen Herodins Hände an den Rockaufschlag des Medicus. »Mein Herr ist nicht wahnsinnig. Er hat ein unbekanntes Fieber, das Ihr nur nicht erkennt!«

»Würdet Ihr wohl bitte Eure Finger von meinem Rock nehmen?«, verlangte Ospancha höflich. »Ich beleidige niemanden, ich stelle lediglich Diagnosen, wie es sich für einen ehrenwerten Medicus gehört. Und wenn ich der Meinung bin, dass es bei dem Patienten so ist, sage ich das. Schon allein, um dem Kranken zu helfen.« Der Ritter kam der Aufforderung nach und ließ ihn los. »Seht, der Knappe, der mich herbeiholte, sagte, der Patient sei von einer Kaimauer ins Wasser gestürzt. Es kann gut sein, dass er sich dabei irgendwo den Kopf gestoßen hat. Zwar entdeckte ich keinerlei Anzeichen mehr, aber das soll ja nichts heißen. Hat er seinen Wahn daher, kann er wieder verschwinden. Ist es aber der Ausbruch von etwas Angeborenem, tja, dann …« Er ließ den Satz absichtlich unvollendet und deutete auf die Behältnisse. »Aber wenn wir alle Glück haben, ist es nur eine Sonderform des ›febris‹, und er kommt in einer Woche wieder auf die Beine. Ein paar Gebete würden nichts schaden, und ich spreche da aus Erfahrung. Taralea sei mit dem Kranken.« Ospancha verließ den Raum.

Ratlos und bestürzt sahen sich die drei Männer an.

»Ha!«, schrie Nerestro dem Gelehrten hinterher. »Ich habe dir dein elendes Leben gelassen, Quacksalber. Danke mir nicht für meine Milde.« Er wandte sich wütend Herodin zu. »Und Ihr, macht mich gefälligst wieder los. Ich bin gesund.«

Der Unteranführer kniff die Mundwinkel zusammen und schüttelte den Kopf. »Nein, Herr. Es ist besser, wenn wir Euch vorerst auf diese Art sichern. Glaubt uns, nichts würden wir lieber tun, als die Fesseln zu lösen, aber es scheint mir nicht ratsam.« Die anderen Kämpfer gingen auf seinen Wink hin vom Bett weg.

Der Liegende begann zu toben, die Lakenstreifen knirschten bedenklich, hielten der unbändigen Kraft jedoch stand. Vorsichtshalber ließ Herodin zusätzliche Lederriemen anbringen. Mit roher Gewalt zwangen sie den Erkrankten, die Mittel des Heilers zu schlucken, dann gingen alle hinaus, in der Hoffnung, die Medizin zeigte bessernde Wirkung.

Die Verwünschungen ihres Anführer hallten gedämpft über das Deck.

»Freunde, ich gestehe, ich weiß nicht, was wir tun sollen, wenn die Arznei nicht anschlägt«, meinte Herodin nach einer langen Zeit des Schweigens niedergeschlagen. »Telmaran bleibt vorerst unser Ziel, vielleicht erfüllt ihn der Anblick von Kämpfern wieder mit seiner alten Natur und verjagt das unbekannte Fieber. Bringt das alles nichts, müssen wir zurück auf die Burg, um ihm die beste Pflege zu geben, die er bekommen kann.« Er hielt inne, als eine besonders laute Drohung durch die Holzwand der Kabine drang. »Von nun an verbringen wir die meiste Zeit mit Beten. Betet zu Angor, betet zu Taralea, damit Nerestro von Kuraschka von seinem Fieber genesen kann.«

»Hier seid ihr also alle«, sagte eine bekannte Frauenstimme von der Mole. »Euer Schiff muss geflogen sein.«

Die Ordenskrieger sahen alle gleichzeitig zum befestigten Uferrand, an dem Belkala stand.

Herodin erkannte sie erst auf den zweiten Blick. Ihre grünen Haare schimmerten nun schwarz und sahen ungepflegt aus, ihr Gewand war das einer einfachen Dienstmagd, über das sie einen groben, langen Schäfermantel geworfen hatte. Ihr hübsches Gesicht wirkte müde, die bernsteinfarbenen Augen schienen ohne Feuer zu sein.

»Was wollt Ihr noch?«, fragte er. »Ich denke, unser Herr hat Euch alles geschrieben, was noch zu klären war.«

»Das Geschriebene«, sagte die Kensustrianerin schneidend, »möchte ich aus seinem Mund hören.« Sie setzte einen Fuß auf die breite Planke. Sofort stellten sich die Knappen als Mauer an den Eingang.

»Ihr werdet nicht an Bord kommen«, stellte Herodin fest. »Ihr seid Kensustrianerin. Euer Volk kämpft gegen die Krieger des Kontinents, der von unserem Gott geschaffen wurde. Und Tausende sind wegen der Eurigen gefallen.«

»Nur die Kriegerkaste bekämpft die Angorjaner«, widersprach Belkala, aber der Unteranführer winkte ab.

»Es ist Euer Volk. Das genügt uns vollkommen. Und Ihr habt Euch anderer Vergehen schuldig gemacht, Vergehen gegen Eure eigene Gottheit. Auch das können wir nicht einfach übersehen«, erklärte der Ritter. »Geht Eurer Wege, Priesterin. Wir möchten mit Euch nichts mehr zu tun haben.«

»Lasst mich zu Nerestro. Wenn er mich verstößt, werde ich gehen und nie wieder kommen«, schlug sie vor. »Es erspart viel unnötiges Gerede.«

Die ersten Fischer und Händler sahen bereits zu ihnen herüber.

»Abgesehen davon, dass unser Herr seine Meinung im Brief dargelegt hat, ist er nicht gewillt, Euch noch ein weiteres Mal in seinem Leben zu sehen.« Der Ritter blieb beharrlich, die Hände in die Seiten gestemmt. Die Menschen am Pier waren ihm gleichgültig.

Wieder drang ein lauter Fluch aus der Kabine, und Belkalas Kopf fuhr herum. »Was ist mit ihm?«

»Er hat das Flussfieber und fantasiert«, antwortete Herodin knapp. »Ein Heiler hat ihn bereits untersucht und uns entsprechende Arznei überlassen.«

Als ob der Kranke den Unteranführer Lügen strafen wollte, drang ein hysterisches Lachen aus der Unterkunft, gefolgt von dem wütenden Befehl, die Fesseln endlich zu lösen.

»Ihr habt ihn ans Bett gebunden?« Die Kensustrianerin wirkte sehr besorgt. »Lasst mich auf der Stelle zu ihm. Ich möchte nach ihm sehen.«

Herodin ließ die Arme sinken und ballte die Fäuste. »Nein.«

Schneller als irgendjemand reagieren konnte, war die Frau mit einem gewaltigen Satz mitten auf die Planke gesprungen und durch die Reihen der Ritter gelaufen. Bevor sich ihr einer der Knappen in den Weg stellen konnte, verschwand sie in der Kabine Nerestros.

Fluchend folgten der überrumpelte Herodin und die übrigen Gerüsteten der aufsässigen Priesterin, die bereits neben dem Bett des Fiebrigen stand und behutsam die verätzt wirkende Hand auf dessen schweißnasse Stirn legte. Augenblicklich beruhigte sich der Ordenskrieger.

Herodin breitete die Arme aus, um seine Gefolgschaft zurückzuhalten. »Wartet einen Moment.«

Belkala beugte sich herab. »Mein armer Geliebter. Du musst sehr leiden.« Das Bernstein ihrer Augen glomm auf. Der Kranke lächelte ein wenig. »Schlaf, tapferer Krieger. Schlaf und erhole dich von dem Übel, mit dem dein Geist ringt.« Nerestro wollte anscheinend noch etwas sagen, aber die Lider fielen ihm zu. Die Priesterin setzte sich auf die Kante der Lagerstätte und betrachtete den Mann mit zärtlichem Blick.

»Das genügt«, meinte Herodin und trat vor. »Ihr seht, dass unser Herr nicht in der Lage ist, mit Euch zu sprechen. Er erkennt Euch nicht einmal. Geht, oder wir entfernen Euch vom Boot.«

»Es ist nicht das Fieber«, meinte Belkala nachdenklich. »Ich fürchte, seine Seele ist zu einem Teil mit der Welt der Toten verhaftet geblieben, wie der Cerêler in Ulsar warnte. Er war damals im Begriff, auf die andere Seite hinüberzuwechseln.«

»Er redet manchmal mit den Toten«, entschlüpfte es einem der Knappen.

Die junge Frau nickte. »Dann scheint der Verdacht sich bestätigt zu haben.« Sie sah zu Herodin. »Was wollt Ihr dagegen tun?«

»Wir fahren nach Telmaran«, antwortete er unwirsch und hoffte, dass die Kensustrianerin freiwillig ging. Hand an eine unbewaffnete Frau zu legen war nicht unbedingt etwas, auf das man als Ritter stolz sein konnte. In diesem Fall war es aber unvermeidlich. »Wenn er die vielen Kämpfer sieht, wird er von selbst gesund.«

Belkala lachte. »Ja, das passt zu der Denkweise eines Kriegers. Aber helfen wird es nichts, fürchte ich.«

»Überlasst das uns. Geht«, befahl der Unteranführer hart. »Auf der Stelle, Priesterin.«

»Ich habe noch keine Antwort von Nerestro bekommen«, hielt sie dagegen. »Und wenn ich es mir recht überlege, hat er diese lachhaften Zeilen mit Sicherheit im Wahn geschrieben. Ich schenke ihnen also keinen Glauben.«

»Wir haben unsere Befehle.« Herodin kam auf sie zu und packte sie am Arm. »Hinaus mit Euch. Schert Euch nach Kensustria.« Als er an ihr zog, bewegte sich die Frau keine Handbreit. Ihre goldenen Augen wirkten spöttisch, ihre Finger schlossen sich um sein Handgelenk und drückten zu.

Der Ritter spürte, wie die Kraft immer weiter zunahm. Es schien, als presste die Kensustrianerin Haut, Knochen und Kettenhemd zusammen. Ein unterdrückter Schmerzenslaut entfuhr ihm, und Belkala ließ ihn los.

Herodin schüttelte den Arm aus und starrte sie an. Die eisernen Ringe hatten tiefe, dunkelrote Abdrücke trotz des wattierten Unterrocks hinterlassen.

»Nun gut. Ich mache Euch keine Scherereien, aber ich werde zurückkommen, wenn sich Besserung bei ihm zeigt. Sucht Euch in Telmaran auf alle Fälle einen Cerêler. Er wird vielleicht in der Lage sein, etwas zu tun. Nerestros Wille ist stark genug, die Seele vollständig aus dem Reich der Toten zurückzuholen.« Sie erhob sich. »Aber Ihr, Herodin, kommt nie mehr auf den Gedanken, mich mit Gewalt von meinem Geliebten trennen zu wollen.« Die Priesterin nickte in Richtung seines Arms. »Einen Vorgeschmack erhieltet Ihr bereits.«

Ohne ein weiteres Wort oder einen Gruß verließ sie die Kabine. Die Ritter hörten, wie sie über das Deck und über die Planke zurück ans Land ging.

»Leinen los«, brüllte Herodin wütend, als erwachte er aus einem Dämmerzustand, und lief hinaus. »Kapitän, ablegen! Sofort! Je eher wir in Telmaran sind, desto besser.«

Eilig sprangen die Matrosen der *Stromschnelle* auf, lösten Taue und setzten Segel, um mit dem Wind gegen den Strom anzukämpfen. Das Treidelgeschirr wurde bereitgelegt.

Der Unteranführer begutachtete die Quetschungen an seinem Handgelenk, das wehtat, wenn er es bewegte. Es hätte nicht viel gefehlt, und die so zierlich wirkende Frau hätte es ihm gebrochen.

Ein Ruck ging durch den Rumpf, als sich das Flussschiff in die Wogen schob und gemächlich Fahrt aufnahm. Telmaran rückte etwas näher.

Herodin sah gedankenverloren den Strom hinauf.

Die Matrosen, die zum Treideln abgestellt worden waren, sprangen an Land, fingen die zugeworfenen Seile und begannen, die *Stromschnelle* mit ihrer Muskelkraft gegen die Fließrichtung des Wassers zu ziehen. Bald schallten ihre Lieder zum Ritter herüber, dem ein langes Seufzen entwich. »Ich bete, dass Telmaran eine Stätte der Hoffnung wird.«

Ulldart, Königreich Tarpol, Hauptstadt Ulsar, Winter 443 n. S.

Stoiko saß vor seinem Schachbrett und musterte die Figuren. Er hatte sich Weiß ausgewählt und war gerade im Begriff zu verlieren. Schwarz hatte seine Deckung zerschlagen und mit einem riskanten, aber brillanten Angriff eine Doppelbedrohung aufgebaut. Egal was er tat, eine Figur würde er verlieren. Es war bezeichnend für die Ereignisse der letzten Wochen: Zwickmühlen und Unausweichliches.

Sein Schnauzbart vibrierte ein wenig, als er den Niesreiz unterdrückte. Auch wenn in seiner Zelle luxuriöse Zustände herrschten, die Feuchtigkeit kroch an den Wänden entlang und machte seinen Knochen zu schaffen.

Ansonsten hatte sich der Kabcar alle Mühe gegeben, seinem einstigen Diener, Vertrauten und Mentor größtmöglichen Komfort angedeihen zu lassen. Ein kleiner Ofen stand im Raum, zusätzliche Kerzenhalter waren angebracht worden, Tisch, Stühle, ein Sofa und weitere Annehmlichkeiten, die keiner der anderen Mitgefangenen erhielt, sollten den Kerkeraufenthalt erträglich machen.

Aber es war nichts gegen die Freiheit, die er nach dem Willen des Herrschers für den Rest seines Lebens verwirkt haben sollte.

Saß er zunächst unter dem Palast in Haft, wurde er nach einer Woche bereits in das große Gefängnis verlegt, auf Anordnung des Konsultanten. Aber die Zugeständnisse wurden wenigstens aufrechterhalten.

Nach einer Zeit der anhaltenden Depression, in der Stoiko vor lauter Aussichtslosigkeit gar an Selbstmord gedacht hatte, regte sich sein Kampfgeist. Er schwor Ulldrael dem Gerechten, dass er nicht aufgeben wollte, bevor Mortva Nesreca samt Aljascha aus dem Land vertrieben worden war. Erst wenn der »Junge« wieder zu einem guten Kabcar gewandelt wurde, sollte sich seine Aufgabe erfüllt haben.

Also machte er sich mit seinen zehn Mitinsassen bekannt, die in den anderen engen Räumen um ihn herum im »Nobeltrakt« des Gefängnisses hockten.

Es waren nur Adlige, die hier eingesperrt waren. Die Ironie des Schicksals lag darin, dass sie ihre Rettung vor dem sicheren Tod beim Giftanschlag während des Festbanketts ihrer lebenslangen Haft verdankten. Offenbar hatte Nesreca sie als ungefährlich eingestuft. Oder schlicht vergessen. Und genau das sollte mit ihm selbst wohl auch geschehen, vermutete Stoiko. Der Ort, an den er verlegt worden war, hieß im Volksmund *Verlorene Hoffnung*.

Fünf der Blaublütigen saßen wegen Betrugs in großem Stil, einer wegen Falschmünzerei und wiederholten Falschspiels, einer wegen seines Hangs, die Gegner in Ehrenduellen grundsätzlich zu töten, ein anderer wegen mehrfachen Ehebruchs und Vielweiberei. Der Neunte hatte sich schlicht geweigert, Abgaben an den Kabcar zu zahlen, und der Letzte der Gefangenen schwieg beharrlich. Er verweigerte sich jedem Gespräch. Nur hin und wieder hörte man Geräusche aus seiner Unterkunft, die davon zeugten, dass er überhaupt noch lebte. Keiner der anderen wusste, weshalb er einsaß.

Mit dem Falschspieler lieferte sich Stoiko per Zuruf anspruchsvolle Schachgefechte, die ihm halfen, die Zeit bis zu seiner Befreiung, von der er überzeugt war, zu vertreiben. Ansonsten las er viel. Besucher waren nicht zugelassen, nur mit dem patroullierenden Wärter wechselte er ein paar Worte, um zu erfahren, wie es mit dem Land stand.

Vertieft in die verzwickte Figurenkonstellation, bemerkte er zunächst nicht, wie die Essensklappe der Tür umständlich geöffnet wurde.

»Euer Essen«, klang eine schüchterne Mädchenstimme an sein Ohr. »Ich bringe Euch Euer Essen, Euer Hochwohlgeboren.«

Stoiko musste grinsen. »Das ist kaum eine Anrede, wie ich sie verdient habe, gnädiges Fräulein. Dann sehen wir mal, was der Koch heute verbrochen hat. Tote Ratte und ein wenig eingeweichte Holzspäne, nehme ich an.«

Fröstelnd erhob er sich, warf im Vorbeigehen noch einen Scheit Holz in den Ofen, und näherte sich der Klappe.

Ein neugieriges braunes Augenpaar spähte ins Innere. Belustigt schaute der einstige Vertraute des Kabcar hinaus.

Erschrocken fuhr der Kopf zurück, dunkelbraune Haare und ein verdrecktes Gesicht wurden sichtbar. »Oh, verzeiht, ich wollte Euch nicht belästigen, Euer Hochwohlgeboren.« Schnell schob sie den Topf mit dem gebratenen Hähnchen, den Süßknollen und dem Gemüse hinein. »Bitte sehr.«

»Nanu, ist denn heute ein Feiertag? Das sieht in der Tat aus, als könne man es kauen.« Stoiko bemerkte sehr wohl den hungrigen Blick, den die Kleine, die er auf acht Jahre schätzte, auf sein Essen geworfen hatte. Er drehte eine Keule ab und reichte sie aus der Öffnung. »Hier. Iss es. Mir ist ein ganzer Vogel ohnehin zu viel.« Sie zögerte noch ein wenig. Stoiko schwenkte das Hühnerbein vor ihrer Nase hin und her, bis sie endlich zulangte. Gierig verbiss sie sich in dem gebratenen Fleisch und strahlte den Gefangenen glücklich an.

»Danke«, sagte sie kauend. »Das ist sehr gütig von Eurer Herrschaft.«

»Spar dir die Worte. Ich bin keine Herrschaft, kein Hochwohlgeboren, gar nichts. Nur jemand, der etwas Glück in allem Unglück hatte.« Er kostete von den Speisen und befand sie als gut. »Und du bist bestimmt die Tochter einer Wache oder des Kerkermeisters?«

»Nein«, sagte sie undeutlich. In kürzester Zeit hatte sie die Gabe bis auf die Knochen abgenagt. »Ich bin dazu verurteilt worden, hier zu arbeiten. Weil ich etwas gestohlen habe.« Stoikos Augenbrauen wanderten nach oben.

»Entschuldigt bitte«, rief sein Schachpartner aus seiner Zelle, »aber ich darbe fürchterlich. Wäre jemand so gütig und brächte mir mein Essen, bevor es kalt wird oder die Ratten es fressen? Vielen Dank.« Die anderen lachten.

Das Mädchen bekam einen roten Kopf. Schnell klappte sie die Luke zu und beeilte sich, die Rationen auszuteilen, während die anderen Insassen ihre Wortspäße mit ihr trieben.

Stoiko beobachtete sie durch die Gitterstäbe seiner Sichtöffnung.

Sie humpelte ein wenig, machte einen verwahrlosten Eindruck und wirkte leicht verängstigt, misstrauisch, scheinbar immer auf der Hut vor der schnappenden Hand eines Gefangenen. Wie ein geprügelter Hund. Sein Mitleid und Interesse an dem Schicksal des Mädchens waren geweckt.

Sie packte das leere Geschirr auf einen äußerst instabil wirkenden, voll beladenen Schiebkarren und zerrte ihn unter großer Anstrengung zur Tür hinaus.

»Einen Moment, junge Dame«, rief er hinterher. »Wie heißt du?«

Das Mädchen schaute ihn an und schien zu überlegen, ob sie es wagen konnte, dem Fremden ihren Namen zu nennen.

»Soscha«, sagte sie scheu und war mit ihrer Last nach draußen verschwunden.

In den folgenden Wochen entstand eine Freundschaft zwischen Stoiko und Soscha. Das Mädchen fasste Vertrauen zu dem freundlichen Mann, der schnell herausfand, dass hinter der dreckigen Stirn ein heller, wacher Verstand steckte.

Wann immer Soscha Gelegenheit hatte, stattete sie dem einstigen Vertrauten des Kabcar einen Besuch ab und erzählte ihm von den Entwicklungen im Land.

Stoiko revanchierte sich, indem er dem Mädchen Lesen, Schreiben und Rechnen beibrachte, wobei sie sich erstaunlich gut anstellte. Die angeborene Neugier half ihr dabei, und auch kleinere Rückschläge entmutigten das Kind nicht, wenn die Ungeduld mitunter zu groß wurde. Als Geschenk bekam sie von ihm Federkiele, Papier und ein Tintenfass, damit sie überall üben konnte.

Auch die anderen Insassen fanden Gefallen an Soscha und brachten ihr, wenn auch gegen den immer wieder laut geäußerten Unmut Stoikos, ihre Unarten und Tricks bei.

Die verschiedenen Grundlagen des Falschspielens wurden ihr demonstriert. Eine Handbewegung da, eine versteckte Karte dort und immer aufmerksam sein, plaudernd ablenken und dabei den Austausch von Karten, Würfeln oder allen anderen Utensilien vorzunehmen, darauf kam es an.

Von den anderen fünf lernte sie in der Theorie, wie man Unterschriften fälscht, Wachsabdrücke herstellt oder Wasserzeichen nachträglich in Dokumente einbringt.

Den Weisheiten des Charmeurs und des streitlustigen Adligen lauschte sie zwar, aber richtig anwenden würde sie diese Künste nicht können. Zum Töten war sie noch zu klein, für das andere sowieso.

Aber sie hörte mit Begeisterung zu, wenn die Männer wortgewandt und gestenreich ihre Erlebnisse und Eskapaden schilderten. Nach und nach lernte sie so, wie man sich gut und gewählt ausdrückte.

Nur »der Schweigsame« blieb beharrlich still. Er beteiligte sich nicht an der umfangreichen, mitunter recht zweifelhaften Ausbildung Soschas, sondern blieb im Hintergrund, kümmerte sich nicht um das Geschehen im »Nobeltrakt«, als wollte er einfach nur in Ruhe gelassen werden.

Irgendwann fiel Stoiko auf, dass er eines bisher vergessen hatte.

Als sich das Mädchen wieder zu seiner Zelle schlich, um bei Kerzenschein Lese- und Schreibübungen zu absolvieren, beschloss er, am Ende der Lektion nachzufragen.

»Du hast mir noch nicht ausführlich erzählt, weshalb du im Kerker arbeiten musst«, begann er vorsichtig. »Was kann denn ein Kind schon stehlen, dass es eine solche Strafe erhält?«

Soschas Mundwinkel hingen nach unten. »Es war ungerecht. Ich wusste nicht, dass es ihm gehört.«

Das Mädchen kniff die Lippen zusammen. »Wir sind zwar arm, aber wir haben nie gestohlen. Vater wollte es nicht. Und dann habe ich diesen Schmuck gefunden und gedacht, wir könnten uns davon wenigstens etwas zu essen kaufen, wenn wir ihn an einen Händler verschachern.« Das Mädchen malte ein paar Striche auf das Blatt.

»Aber du bist dabei gesehen worden?«, fragte sich ihr Mentor weiter.

Sie schüttelte den Kopf. »Der Kabcar kam zu uns und …«

Dröhnendes Gelächter kam nun aus allen Zellen. »Ja, sicher, hochwohlgeborenes Fräulein. Der Kabcar reist ständig durch die Hütten der Ärmsten, um nachzuschauen, wo es noch Schmuck zu holen gibt«, meinte einer belustigt. »Meiner Treu, Kind, wir haben dich zu einer wahrlich guten Märchentante erzogen.«

Zornig legte Soscha die Stirn in Falten. »Es ist aber wahr! Er stand plötzlich mit seiner Leibwache in unserer Hütte und wollte sein Eigentum zurück. Was kann ich dafür, wenn er nicht darauf aufpasst und es in der Gosse landet. Als Dank bekam ich Prügel und darf Essen verteilen.«

In Stoikos Gedanken läuteten sämtliche Alarmglocken. Ganz genau beschrieb er ihr das Amulett der Modrak, und begeistert nickte das Mädchen. »Ja, genau! Es hat so richtig geleuchtet, durch allen Dreck und Unrat hindurch. Ich habe mich gewundert, dass es niemand vor mir aufgehoben hat.«

Ein langer Seufzer entwich dem Mann. Nun hatte der Kabcar alles zusammen, was er brauchte, um den Kontinent endgültig ins Unglück zu stürzen. Traurig sah er Soscha an.

»Mit Verlaub, aber seit wann kann denn Schmuck so intensiv leuchten, dass man ihn in der Gosse findet?«, fragte sich der Falschmünzer ungläubig. »Kind, du kannst dir vielleicht Sachen ausdenken. Du wirst reich damit werden.«

»Vielleicht hatte jemand eine kleine Lampe eingebaut«, kam es glucksend aus einer anderen Zelle. »War das Amulett groß genug, um eine Kerze aufzunehmen?«

Soscha war mittlerweile äußerst ungehalten und beleidigt. »Ihr versteht das nicht. Es hat geleuchtet, und zwar rötlich, mit einer Spur Silber darin. Es sah sehr seltsam aus.«

Stoiko erinnerte sich zwar an das schwache rötliche Glimmen des verhängnisvollen Kleinods, aber die genauen Nuancen mussten ihm entgangen sein. Nachdenklich fuhr er sich über den Schnauzbart und strich sich die schulterlangen braunen Haare nach hinten, die inzwischen rapide ergrauten. Oder sollte dieses Kind mehr sehen können als er?

»Hört auf, das Kind zu necken«, schaltete er sich beschützend ein. »Ich kenne das Amulett, und es leuchtet wirklich.«

»Welcher geniale Goldschmied sollte denn so etwas

schaffen können?«, fragte der Fälscher. Nun klang seine Stimme äußerst interessiert.

»Ich weiß es nicht«, gab Stoiko zu. »Fragt einen Alchemisten. Aber es ist das einzige Schmuckstück, das so auffällig ist.«

Soscha schaute ihn zögernd von unten mit ihren braunen Augen an. Sie druckste ein wenig herum, bevor sie mit der Sprache herausrückte. »Nein, das stimmt nicht. Ich habe in Ulsar schon einmal einen so ähnlich leuchtenden Ring gesehen. Ein Ritter trug ihn, ich habe ihn genau betrachtet, als er an mir vorüberritt. Nur dieses Glühen war grün, lebendig und frisch. Das Amulett des Kabcar hatte bei aller Schönheit aber ein bisschen was Unheimliches.«

Stoiko stutzte und versuchte, Nerestro von Kuraschka zu beschreiben. Wieder nickte das Mädchen. Der Mann mit dem breiten Schnauzbart überlegte schweigend, auch aus den anderen Zellen kamen keine Kommentare mehr.

»Soscha, überlege bitte ganz genau«, meinte ihr Lehrer nach einer Weile ernst. »Hast du noch andere Dinge leuchten sehen? Das ist sehr wichtig.«

Die kleine Ulsarin schien ein weiteres Mal mit sich zu ringen. Sie senkte ihre Stimme zu einem Flüstern, damit nur Stoiko es hören konnte. »Ich weiß nicht warum, aber der Kabcar hat auch geleuchtet.«

»Nachdem er das Amulett umgelegt hatte, oder?«, hakte er nach.

»Nein, schon vorher.« Soscha machte ein geheimnisvolles Gesicht. »Er leuchtet auch anders. Orange, silbern, schwarz und blau, so ähnlich wie ein Regenbogen, völlig durcheinander«, erzählte sie und wurde immer schneller. Vor Aufregung leuchteten ihre Wangen. »Und als er wütend wurde, dann wechselten sich Blau und Orange ganz schnell miteinander ab. Und die Cerêler, die leuchten auch. Es ist so ein Grün, wie ich es am Ring des Ritters sah. Und dann gibt es noch diesen Vetter des Kabcar. Der leuchtet in einem beinahe schon schwarzen Rot und verschluckt mehr das Licht.« Die Worte sprudelten wie aus einem Wasserfall hervor.

»Soscha, hast du mit irgendjemandem darüber gesprochen?« Stoiko wirkte fast schon feierlich, die Aufregung schlug sich im Ton nieder. Sein Kehlkopf hüpfte auf und nieder.

»Nein, ich habe mich nicht getraut. Es ist mein Geheimnis«, gestand sie. »Ich glaube, die anderen Menschen sehen das Leuchten nicht. Seht Ihr es?«

»Nein, ich sehe es auch nicht. Aber es genügt vollkommen, wenn du das kannst. Du hast eine seltene Gabe, kleines Fräulein, über die wir aber niemals sprechen dürfen, auch nicht zu den anderen hier. Das bleibt von nun an unser beider Geheimnis. Einverstanden?«

Sie nickte. »Versprochen, bei Ulldrael dem Gerechten.« Sie raffte Papier, Federkiel und Tintenfass zusammen und lief zum Ausgang. »Es ist schon spät, ich muss gehen. Bis morgen, ihr alle«, rief sie zum Abschied und verschwand.

»Welche Neuigkeit verbergt Ihr vor uns, Freund Gijuschka?«, fragte sich der Ehebrecher neugierig. »Was hattet Ihr und unser Mündel denn zu besprechen, was keiner von uns hören sollte?«

»Es ist nichts Besonderes«, wiegelte Stoiko ab und spielte den Gleichgültigen, während er in seiner Unterkunft vor Freude auf und nieder sprang. »Ich habe ihr nur gesagt, wie alt ich wirklich bin.« Die anderen Gefangenen lachten und stellten weiteres Fragen ein.

Die Kleine konnte magische Kräfte erkennen. Das war endlich mal eine gute Nachricht. Mit der Hilfe von Soscha war es möglich, andere Magiebegabte zu finden, die man gegen Nesreca und notfalls auch gegen Lodrik einsetzen konnte.

Stoikos überschwängliche Laune erstarb je. Wie sollte

er Perdór Bescheid geben? Wie eine Nachricht an den König schmuggeln? Und damit ergaben sich völlig neue Schwierigkeiten. Würde Soscha überhaupt helfen wollen? Wäre ihre Familie bereit, die Tochter in ein anderes Land reisen zu lassen? Und das Wichtigste von allem: Wie lange konnte man das Mädchen mit ihrer Gabe vor den fast allgegenwärtigen Augen und Ohren des Konsultanten abschirmen?

Ratlos stand Stoiko da. Ulldrael hatte ihnen eine Möglichkeit eröffnet, nun sollte er auch dafür sorgen, dass sie diese Möglichkeit nutzen konnten.

Letztendlich hing der Einsatz Soschas von seiner Befreiung ab. Er musste irgendeinem der Spitzel des ilfaritischen Königs einen Hinweis geben, in welchem Loch er saß. Aber das Mädchen durfte dabei nicht in Gefahr geraten, denn wenn sie starb, starb nicht nur ein bezauberndes Kind, sondern gleichzeitig ein Hoffnungsfunke für alle, die den Kampf gegen den Konsultanten und seine Helfer führten.

Er kehrte zum Schachbrett zurück, auf dem die symbolisierten Armeen darauf warteten, in die Schlacht geführt zu werden.

Wehmütig lächelnd erinnerte er sich an die Zeit, in der er Lodrik anhand der Figuren das Regieren erklärt hatte. Sein Schützling hatte sich als gewiefter Spieler entpuppt, der einiges an Ratschlägen im Geiste bewahrte. Und neue, wenig gute erhielt. Nur schien der junge Herrscher jetzt die schwarze Seite zu befehligen, auf der einst Jukolenko und Kolskoi gestanden hatten.

Er wollte zu gerne wissen, wer dem »¢arije« auf dem Feld entsprach. Doch eher Nesreca als Lodrik? Stoiko nahm die entsprechende Figur auf und hielt sie sinnierend vor seine Augen. Es wurde Zeit, dass er sich wieder mehr um die Taktik kümmerte. Er stellte sie zurück und legte den Zeigefinger auf eine Bauernfigur, die am Rand stand.

An dieser Position war die kleine Soscha so gut wie nichts wert. Aber wenn er es schaffte, sie durch die Reihen der Gegner zu bekommen, verwandelte sie sich am Ende in eine Dame. Und dann war sie für den restlichen Spielverlauf von unschätzbarem Wert.

Auf dem Brett waren es nur sechs Felder, die den Mann von seinem Ziel trennten. In der harten Wirklichkeit Ulsars standen ihm dicke Mauern im Weg.

Zu warten, bis die Spione Perdórs auf ihn aufmerksam geworden waren, konnte er sich nicht leisten. Aber eine echte Vorgehensweise, wie er aus dem Verlies entkommen könnte, wollte ihm nicht einfallen. Er war einfach nicht verbrecherisch genug. Ein Grinsen entstand in seinem Gesicht. Aber glücklicherweise war er von Schurken nur so umgeben.

»Verzeiht mir, meine verehrten Mitgefangenen und hohen Herrschaften«, sagte er laut und schlenderte zur Tür. »Weil wir doch gerade so schön ungestört sind, wollte ich eine Frage stellen.«

»Wer weiß, wie lange es noch so ruhig ist. Es kommen ständig Menschen hier herein, gehen ein und aus. Ein Marktplatz ist wahrlich ein Friedhof gegen unser Verlies«, rief der Ehebrecher voller Ironie zurück. »Nur zu, die meisten von uns lauschen Euch mit Spannung. Für den Stummen lege ich meine Hand oder andere, edlere Teile nicht ins Feuer, aber er wird es vernehmen.«

»Plant einer von Euch, demnächst aus diesem Gefängnis zu entkommen? Ich würde mich sehr gerne daran beteiligen.«

Zuerst sagte niemand etwas. Stoiko glaubte, ungläubiges Lachen aus einer der Unterkünfte gehört zu haben.

»Da schlag der Blitz doch den Wärter tot. Der Mensch bereitet mir vielleicht Vergnügen«, meinte der Falschmünzer nach einer Weile. »Da ging ein Hofnarr verloren.«

»Was glaubt Ihr, wo wir wären, wenn es eine Möglichkeit gäbe zu entkommen?« Der Ehebrecher klang mehr belustigt als alles andere. »Verehrter Gijuschka, wir wären doch die Ersten, die den tristen, kargen Zellen und äußerst unwürdigen Lebensumständen den Rücken zukehren wollten.«

»Wenn man Euch so hört, könnte man glatt annehmen, Ihr denkt, wir würden wegen des guten Essens bleiben«, schaltete sich der Ehrenkämpfer ein. »Ein paar von uns haben es bereits versucht, sind aber gescheitert. Die Wachen lassen sich zwar bestechen, tun aber nichts dafür, die Wände sind zu dick und gehen zu tief nach unten, um sie zu untergraben, und von außen gibt es keinerlei Möglichkeit. Höchstens vier Dutzend Bewaffnete könnten uns mit Gewalt herausschlagen.«

»Und hat das schon jemand versucht?«, wollte Stoiko wissen, obwohl er die Antwort schon kannte.

»Von uns noch niemand. Wozu auch? Ohne Nachricht und Hinweis auf den genauen Aufenthaltsort ist es für eine solch verwegene Schar, der man Unmengen von Waslec zahlen müsste, damit sie das Wagnis eingeht, ein aussichtsloses Unterfangen. Bis sie uns in diesem Labyrinth von Gängen und Karzern gefunden hätten, wäre lange der Alarm ausgelöst und sie wären aufgehalten worden.« Der Ehebrecher, so vermutete Stoiko, hatte sich schon mehr als oberflächliche Gedanken zu diesem Thema gemacht.

»Wir werden hier drinnen einfach sterben«, resümierte der Falschmünzer. »Einige von uns früher, andere später.« Ein widerliches Husten entwich ihm, danach spuckte er laut aus.

»So wie es sich anhört, gehört Ihr, mein Lieber, zu denen, die früher an der Reihe sind«, kommentierte der Duellist sarkastisch und erntete Gelächter.

»Danke vielmals«, gab der Falschmünzer zurück. »Ich werde Euch als Geist heimsuchen und Euch um Euren so genannten Verstand bringen. Aber Besitzlose sind schwer zu berauben.« Wieder quittierten die anderen die Bemerkung mit Lachern. »Und fordert mich nun bloß nicht zum Duell, Säbel schwingende Herrschaft. Ich fürchte, Ihr müsstet auf diesen Strauß vorerst verzichten, und das würde Euch das so auf Ehre bedachte Herz brechen.«

»Verzeiht, aber Ihr begebt Euch gerade auf mein Territorium«, meinte der Weiberheld launig. »Ich bin hier drinnen der Einzige, der Herzen bricht, und das überlasse ich niemand anderem.«

Der einstige Vertraute des Kabcar ließ sich auf den Stuhl fallen, während die Adligen einen mehr oder weniger geistreichen Disput austrugen. Resignierend starrte er die Schachfiguren an.

Es widerstrebte ihm, nun schon auf die achtjährige Ulsarin zurückgreifen zu müssen. Aber ohne das Wissen, wo sich die Spione Perdórs aufhielten, war nicht einmal der Anfang eines Plans in die Tat umzusetzen.

»Ulldrael hilf«, seufzte er und fuhr sich über den Schnauzbart. »Lass nur ein kleines Wunder geschehen. In ein paar Monaten schreiben wir das Jahr 444, und dann ist alles zu spät.«

IX.

Aber Ulldrael sah, dass die Menschen auf Ulldart lange nicht so klug waren.

Besorgt um sie schritt er auf und ab, überlegte, was er tun konnte, um ihnen zu helfen, ohne seine Brüder und Schwestern aufmerksam zu machen.

Zwar wollte er sich an die Abmachung halten, aber es rührte ihn sehr, als er die Gefahr sah, die sich anbahnte.

Die Not der Götter,
Kapitel I

**Ulldart, Königreich Tarpol, Hauptstadt Ulsar,
Winter 443 n. S.**

Das hat er wirklich gewagt?« Lodrik sprang aus dem Thron und lief die Stufen hinab, wo Paktaï soeben kniend ihren Bericht von den Vorkommnissen in der Verbotenen Stadt abgeschlossen hatte. »Hetrál handelte gegen meine Anweisungen? Sind denn alle wahnsinnig geworden, mit denen ich mich früher einmal gut verstand?«

Mortva Nesreca ordnete die Flut aus langen, silbernen Haaren, bevor er mit traurigem Gesicht antwortete. »Hoher Herr, ich weiß nicht, was in diese Menschen gefahren ist.« Seine beiden Augen signalisierten Betroffenheit über den erneuten Verrat eines vermeintlichen Freundes des Kabcar. »Die Nachricht der letzten Brieftaube ist noch niederschmetternder. Dass er nun mit den restlichen Truppen auch nach Telmaran aufgebrochen ist, lässt nur den Schluss zu, dass das Geeinte Heer vermutlich einen Angriff gegen Tarpol und all seine Verbündeten führt. Ihr seht, ich habe Euch einmal mehr klug beraten.«

Paktaï erhob sich, gleichgültig wie immer, und kreuzte die Arme vor der Brust. »Soll ich ihn für Euch töten, Hoher Herr?«

Lodrik bebte vor Zorn. »Nein«, flüsterte er und schloss die Augen. »Ich werde die Seelen aller Verräter, die mir in Telmaran begegnen, persönlich zu Tzulan schicken. Das schwöre ich bei dem Gebrannten Gott.« Über Mortvas Gesicht huschte ein zufriedenes Lächeln. »Ich werde meine Truppen aufstellen und die Herausgabe der Verbrecher verlangen, die gegen meine Anordnungen verstoßen haben. Und wenn nur einer von ihnen oder einer aus den Reihen des Geeinten Heeres es wagt, einen Bogen abzuschießen oder das Schwert gegen mich zu erheben, bricht die Hölle für alle sechsundsechzigtausend Männer los.«

»Bedenkt, wir sind noch in der Unterzahl. Und die Hohen Schwerter sammeln sich ebenfalls«, warf sein Vetter vorsichtig ein. »Zwar steht das Recht auf unserer Seite, aber es greift in den seltensten Fällen mit Gewalt ein.«

»Ich habe den besten Strategen des Kontinents auf meiner Seite«, hielt der Herrscher dagegen. »Osbin Leod Varèsz wird mit seinen militärisch erzogenen Tzulandriern überlegen sein. Die Neuordnung, die er vorgenommen hat, ist unwahrscheinlich effektiv. Und die anderen Reiche sind nicht einmal in der Lage, ihren Nachschub zu organisieren. Gegen die Hohen Schwerter müssen wir uns etwas einfallen lassen. Auch wenn ich nicht wirklich daran glaube, dass Nerestro …« Er seufzte. »Aber ich wurde schon eines Besseren belehrt.«

»Gut, dass Ihr auch bei ihm das Schlimmste annehmt. Die Anschläge der Modrak haben übrigens das erwartete Durcheinander ausgelöst, Hoher Herr.« Der Konsultant räusperte sich. »Drei der Befehlshaber verstarben, einer überlebte schwer verletzt. Eure neuen Verbündeten einzusetzen, war eine hervorragende Eingebung. Nun sind zwar die restlichen Heerzüge eingetroffen, jedoch wird es einige Zeit dauern, bis sich ein neues Gremium gebildet hat. Vorher werden wir mit keinem Angriff rechnen müssen.« Er gab Paktaï mit einem Wink zu verstehen, dass sie sich entfernen durfte.

Ohne ein weiteres Wort wandte sich die Kriegerin um und schritt zum Ausgang, während Mortva die Fingerspitzen zusammenlegte und dem Kabcar zuzwinkerte. »Habt Ihr meine Bücher verstanden, die ich Euch zum Studieren überließ? Zugegeben, die Materie der Seelenbeschwörung war noch nie ganz einfach, aber dennoch werdet Ihr damit etwas anzufangen gewusst haben.«

Lodrik schnalzte mit der Zunge und sah ertappt zum gewaltigen Porträt seines Vaters, das an der Wand des Saales hing. »Ach ja, die Bücher. Ich habe noch nicht hineingeschaut. Ich war mit anderen Dingen beschäftigt. Dieses elende Geeinte Heer nimmt meinen ganzen Verstand gefangen wie eine schmerzende Stelle am Körper. Egal, wie man sich setzt, es tut immer weh. Man kann sich auf nichts konzentrieren.«

»Die Heilung ist schon auf dem Weg, Hoher Herr«, sagte sein Konsultant. »Kurz vor dem Jahreswechsel sind unsere Truppen in der Nähe vor Telmaran aufgezogen. Wie ich die anderen Herrscher einschätze, werden sie versuchen, eine Entscheidung noch vor dem Anbruch des Jahres 444 herbeizuführen.«

»Wenn meine Leute und Verbündeten wirklich in der Unterzahl sind, dann sollte ich vielleicht mit meinen magischen Fähigkeiten Beistand leisten«, überlegte Lodrik laut und fasste gedankenverloren nach dem sternförmigen Orden an seiner Uniform. »Und es wäre ein Zeichen, das meine Soldaten zusätzlich anspornen würde.«

»In der Tat«, meinte sein Vetter. »Der Held von Dujulev eilt herbei, um zum zweiten Mal eine siegreiche Schlacht zu schlagen und sein Volk vor einer Bedrohung zu bewahren. Das klingt sehr gut, Hoher Herr.« Ein Lächeln umspielte seine Lippen. »Die Tarpoler werden Euch mindestens auf die gleiche Ebene wie Ulldrael den Gerechten stellen, nach allem, was Ihr für sie getan habt.«

Lodrik wandte den Kopf. Ihm war beim letzten Satz seines Beraters plötzlich wieder etwas in den Sinn gekommen. Am Rande bemerkte er, dass Paktaï zwar verschwunden war, aber keine Tür geklappert hatte. »Apropos Gott, lieber Vetter. Kommt mit. Ich muss Euch etwas zeigen und möchte danach von Euch hören, was Ihr von der Sache haltet.«

Er setzte sich in Bewegung und führte seinen neugierig gewordenen Konsultanten ins Teezimmer. Ein schneller Griff in die Schublade und er reichte dem Mann mit dem Silberhaar das Schreiben des Oberen des Ulldraelordens. Anschließend goss er zwei Gläser mit süßem Dessertwein ein. Geduldig wartete er.

Die Augen Mortvas wurden größer und größer, in seinen Pupillen entstand im Schein des Kaminfeuers ein triumphierendes Glitzern. Dann senkte er das Papier. »Damit haben wir einen Freibrief gegenüber dem Orden, Hoher Herr.«

»Es ist viel besser.« Der Kabcar hielt seinem Konsultanten einen der durchsichtigen Kelche hin, der ihn entgegennahm. »Ich habe damit den indirekten Beweis, dass der erste Attentäter in Granburg vom Ulldraelorden gesandt wurde. Und dass Matuc den Auftrag hatte, mich zu töten. Mich, den Kabcar. Das ist also eine Verschwörung gegen den Thron.« Er nippte an dem Alkohol und schloss für einen Moment die Augen. »Und eine Verschwörung wird nach wie vor mit dem Tode bestraft. Die Unterschrift des Hauptschuldigen haben wir glücklicherweise, dieser Fall ist zumindest eindeutig. Aber vorher werde ich herausfinden lassen, wer noch alles an diesem Vorhaben beteiligt war. Zumindest der Geheime Rat Tarpols muss befragt werden. Unter Anwendung aller Mittel, die dem Richter«, er deutete eine Verbeugung an, »mir, zur Verfügung stehen. Und abhängig vom Ergebnis dieser Untersuchung werde ich weitere Schritte gegen den Orden in meinem Reich in die Wege leiten.«

Der Konsultant hing seinem Schützling gebannt an den Lippen. »Das ist tollkühn. Niemand, bei allen Irrungen und Wirrungen in der Geschichte des Landes, hat es jemals gewagt, Hand an den Orden zu legen.«

»Niemand außer Sinured«, verbesserte Lodrik grimmig lächelnd. »Aber mehr und mehr verstehe ich, warum er das getan hat. Solch eine intrigante Organisation von Heuchlern, die um ein Haar meinen Tod verursacht hätte, hat nicht das Recht, sich als Freund des Volkes aufzuspielen.« Er leerte sein Glas. »Ich werde meine Pläne aber genau anlegen, bevor ich losschlage. Ich werde die Reden für die Ausrufer und Kopien des Briefes anfertigen lassen, und sobald alles Notwendige in die Wege geleitet wurde, rüttele ich an dem mit Gold übersäten Palast des Ordens, dass sie meinen, es sei ein Erdbeben über sie gekommen. Oder der Zorn ihres Gottes für die Taten, die ihre Führer begangen haben.«

»Ein Hoch auf Tarpol!«, sagte Mortva begeistert. »Und ein Hoch auf den größten Kabcar, den das Volk jemals auf dem Thron sah.«

»Sollte hier etwas gefeiert werden, ohne dass mir mein Gemahl Bescheid geben ließ?«, gurrte eine vertraute Stimme von der Tür her. »Verzeiht mir, aber ich habe geklopft. Da ich aber Stimmen hörte …«

Lodrik eilte Aljascha entgegen, deren Anblick ihm beinahe die Sprache raubte. »Es war nur ein ungeplantes Treffen«, beeilte er sich zu erklären und ließ seinen Blick am Körper seiner Cousine entlanggleiten. »Hinreißend«, sagte er und reichte ihr sein Glas. »Wie immer ein Traum von Frau.«

Aljascha betrachtete den Alkohol, und ihre gute Laune war verflogen. »Ich habe eine freudige Nachricht für den Kabcar«, sagte sie in einem Ton, der genau das Gegenteil vermittelte. Aufmerksam sahen die beiden Männer die Rothaarige an. »Ihr werdet Vater, wenn ich und der Hofmedicus die Zeichen richtig interpretiert haben.«

»Das ist ja großartig!«, entfuhr es Mortva, der sofort eine Verbeugung hinterherschickte. »Meine Glückwünsche an die Herrscher von Tarpol. Das Volk wird außer sich sein vor Freude, wenn es hört, dass dem Kabcar Nachwuchs ins Haus steht.«

Lodrik wusste nicht recht, wie er auf diese Eröffnung

reagieren sollte. Man konnte meinen, Mortva freute sich mehr als er selbst. Dann machte er beinahe widerstrebend einen Schritt nach vorne und umarmte seine Gemahlin. »Das ist … schön.«

»Ich bedauere es sehr, dass ich in ein paar Monaten nicht mehr den Ansprüchen meines Gatten gerecht werden kann«, knirschte Aljascha. Ihr hübsches Gesicht verzog sich. »Ich werde unansehnlich sein. Dick, aufgedunsen, hässlich. Alle werden über mich lachen.«

Der Kabcar fasste ihre Hände. »Niemand wird über dich lachen. Und wenn es einer wagen sollte, lasse ich ihn auf der Stelle hinrichten. Wer über die Kabcara lacht, lacht auch über mich. Du trägst mein Kind in dir.« Er machte eine Pause, als wollte er an dieser Stelle eine Bestätigung von seiner Cousine hören, dass es auch wirklich die gemeinsam verbrachten Liebesnächte waren, die ihre Schwangerschaft ausgelöst hatten. »Wann genau wird es mit der Niederkunft so weit sein?«

Aljascha wusste nur zu genau, was ihr Gemahl indirekt mit der Frage verband. »Ich versichere dir, dass du der Vater des Kindes bist. Ich habe die Liebe zu dir gefunden, auch wenn ich mich anfangs dir gegenüber mehr als schlecht benommen habe.« Ihre weißen Schultern bebten ein wenig, schnell wandte sie sich ab, sodass nur der Konsultant ihr Antlitz sehen konnte. »Ich wusste, dass du mir nicht vertraust. Vielleicht habe ich das auch verdient, nach allem, was ich dir in der Vergangenheit angetan habe. Aber ich habe mich verändert, das weißt du.« Ihre Stimme schwankte, als kämpfte sie mit den Tränen. Doch sie warf Mortva ein verführerisches Lächeln zu.

Lodriks Gesichtsausdruck wechselte von Misstrauen zu Mitleid und Bedauern. »Verzeih mir, Aljascha.« Er legte seine Hände auf ihre Hüften. »Ich wollte dich nicht kränken.«

Sie schloss kurz die Augen, und eine falsche Träne

lief ihre die Wange hinab. Dann wandte sie sich um. »Nein, Lodrik. Ich verstehe deine Zweifel.« Er wischte behutsam den Tropfen von ihrer Haut, was sie mit einem schwachen Lächeln quittierte. »Aber ich schwöre bei dir und deiner Güte, dass es in meinem Leben keinen anderen Mann mehr gibt und geben wird.« Aljascha nahm seine Hand und legte sie auf ihren noch schlanken Bauch. »Da drinnen wächst der neue Thronfolger heran. Und ich bin mir sicher, er wird stolz sein auf das, was sein Vater geschaffen hat. Und er wird alles tun, um deinen Ruhm noch strahlender zu machen, als er ohnehin schon ist.«

Die blauen Augen des Kabcar glühten förmlich auf vor Freude und Glück. »Ich vertraue dir. Und wenn mich jemals wieder der Argwohn befallen sollte, dann weise mich zurecht.« Er nahm Mortvas Hand. »Ihr beiden seid die Einzigen auf dem ganzen Kontinent, auf die ich noch bauen kann. Alle anderen haben mich hintergangen und verraten. Aber sie werden ihre Strafe früher oder später erhalten.« Der Konsultant und die Kabcara warfen sich viel sagende Blicke zu, die von dem jungen Mann nicht bemerkt wurden.

Eilig füllte Lodrik die Gläser. »Lasst uns anstoßen. Auf unsere Zukunft und unsere Pläne. Und den Thronfolger!«

Die Gefäße wurden in die Höhe gereckt und danach in einem Zug geleert. Klirrend zerschellten die gläsernen Kelche an der Kaminwand, Aljascha jauchzte dabei und warf sich dem Kabcar in die Arme. Vorsichtig löste er sich von ihr.

»Ich werde dich aber in den nächsten Wochen allein lassen müssen. Du wirst Tarpol und Tûris lenken, während ich meine Truppen bei Telmaran besuche. Sie brauchen mich, meinen Beistand und meine Magie, wenn sie gegen das Geeinte Heer in der jetzigen Unterzahl bestehen wollen. Ich habe nicht Borasgotan die Stirn geboten, um mich nun unter einem Vorwand von anderen Leuten überrennen zu lassen.«

»Aber natürlich«, versicherte seine Cousine verständnisvoll. »Die Staatsgeschäfte ruhen gut in meinen Händen. Auch ich habe dazugelernt.«

»Sehr gut«, freute sich Lodrik und schritt elanvoll zur Tür. »Entschuldigt mich bitte, aber ich muss noch ein paar Bücher durchsehen. Es gibt Dinge, die ich noch erledigt haben möchte, bevor ich Ulsar den Rücken kehre.«

Mortva und Aljascha verneigten sich leicht, während der Kabcar das Zimmer verließ. Danach wanderte der Blick der rothaarigen Schönheit langsam zum Konsultanten. »Und?«

»Ich bewundere Eure Durchtriebenheit«, lobte Nesreca und trat näher an sie heran. Er schien etwas Unsichtbares abzustrahlen, was Aljascha als Kribbeln auf der Haut zu spüren glaubte. »Eine solche Theatervorstellung würde vom Publikum normalerweise mit stehenden Ovationen gewürdigt werden.«

Sie strich an ihm vorbei, warf sich lachend in den Sessel des Herrschers und räkelte sich ein wenig darin, wobei sie den Konsultanten keine Sekunde aus den Augen ließ. Sie war in dem engen Kleid, das sie trug, eine einzige Verführung.

Genüsslich griff sie nach einer der Flaschen auf dem Beistelltisch, entfernte den Verschluss und nahm einen Schluck daraus. »Er ist mir verfallen. Er ist, bei aller Macht und Magie, die er nun besitzt, immer noch der kleine Junge, den ich damals schon in Granburg um den Finger wickeln konnte. Und daran wird sich nichts ändern.«

»Aber Ihr wünscht Euch, dass ich Euch ebenso verfallen wäre, nicht wahr?« Der Ratgeber lächelte sie wissend an und näherte sich ihrem Platz. Er beugte sich herab, stützte die Hände auf die Sessellehnen und brachte sein attraktives Gesicht ganz nah vor das der Kabcara. »Aber es ist genau umgekehrt«, flüsterte er. Wie ein Vorhang aus Quecksilber rutschten die Haare vom Rücken herab und kitzelten die Haut Aljaschas. »Ihr verlangt nach mir. Ihr könnt es kaum erwarten, dass ich Euch berühre.«

Die Frau schluckte laut, ihre Brust hob und senkte sich schnell. Unwillkürlich reckte sie ihr Kinn empor, um ihre Lippen auf seine pressen zu können. Aber Mortva wich zurück, und ein enttäuschter Laut entfuhr der Herrscherin. »Seht Ihr? Was wärt Ihr für einen einzigen Kuss von mir bereit zu tun?«

»Alles«, raunte sie, ihre grünen Augen, die vorhin noch voller Berechnung gewesen waren, blickten flehend zu dem Berater auf.

Er legte den Zeigefinger an ihre Lippen. »Bald werdet Ihr vielleicht das und noch viel mehr erhalten, hoheitliche Kabcara. Dinge, die Ihr bisher nur in Euren Träumen mit mir tatet.«

»Was muss ich tun? Bitte, sagt es, und ich …« Hastig brachen die Worte aus ihr hervor, wieder kam ihr Kopf ein wenig nach vorne.

»Ihr habt versucht, das Leben in Euch zu töten. Aber es muss das Licht der Welt erblicken«, sagte Mortva leise und genoss den erschrockenen Ausdruck auf dem Gesicht der Frau. »Fast nichts bleibt mir in Ulsar verborgen, warum dann ausgerechnet Euer Tun? Versteht mich nicht falsch, ich verstehe Eure Sorge um Euer Äußeres. Aber das, was Ihr in Euch tragt, ist wichtiger. Es muss geboren werden. Es muss.« Obwohl er beinahe wisperte, drangen die Worte kristallklar in ihren Verstand, setzten sich fest und ließen keinen Widerspruch gegen die Anordnung zu. »Das ist die Bürgschaft für Eure Position als Kabcara, die ich Euch immer noch zusichere. Ihr werdet Tarpol, Tûris und alle anderen Reiche, die bald noch dazukommen werden, regieren. Sinured wird sein Versprechen halten und zurückerobern, was einst Tarpol gehörte.« Er fixierte sie. »Versprecht mir, schwört mir bei Tzulan, dass Ihr keinen weiteren Versuch unternehmen werdet, den Nachwuchs wegmachen zu lassen.«

Aljascha nickte verzückt, berauscht von dem Gedanken an die Macht, die ihr in Aussicht gestellt worden war. »Ich schwöre bei Tzulan.«

Erst jetzt klärte sich ihr Blick ein wenig, und sie verstand, in wessen Namen sie soeben Treue gelobt hatte. Doch bevor sie etwas hinzufügen konnte, spürte sie die Lippen des Beraters auf den ihren.

Ein Rausch erfasste sie augenblicklich, alles in ihr schien zu kribbeln, zu vibrieren. Schnell versuchte sie, ihre Arme um den Nacken des geheimnisvollen Mannes zu legen, aber er entzog sich ihr mit einem triumphierenden Lächeln.

»Nicht so eilig, hoheitliche Kabcara. Alles zu seiner Zeit.« Mortva sah sich um. »Und schon gar nicht im Teezimmer, wo doch der Hohe Herr immer erscheinen könnte. Freut Euch auf unsere gemeinsamen Vergnügungen, die folgen werden.«

»Ihr quält mich«, beschwerte sich die hübsche Frau und verzog enttäuscht den Mund. Sie lehnte sich in die Polster des Sessels und griff nach der Flasche. »Ich bin es nicht gewohnt, dass man mich warten lässt.«

»Ganz genau. Und das reizt Euch umso mehr«, gab der Konsultant zurück, die Miene wurde kalt, der Zug um seinen Mund hart. »Tut, was Ihr geschworen habt. Ich halte mich ebenfalls an den Teil meiner Abmachung.«

Als der Berater hinausging, fiel seine Aufmerksamkeit auf eines der Bücher, das er Lodrik zum Studieren überlassen hatte. Es stand etwas versteckt hinter einer Urne auf dem Kaminsims. Er registrierte, dass aus dem Buchrand ein Lesezeichen ragte, das nicht von ihm stammte.

Die Kabcara sah Mortva hinterher, als der den Raum

verließ. Dann schloss sie die Augen, um sich die Erinnerung an den Kuss des Beraters zurückzuholen. Allein der Gedanke daran jagte einen Schauder des Wohlbefindens durch ihre Adern.

Seufzend nahm sie einen Schluck aus der Flasche und betrachtete wieder das noch eng anliegende Mieder.

Es war der Kabcara ein Rätsel, wie der Konsultant Wind von ihrer Unternehmung bekommen hatte. Sie trug damals andere Kleider, reiste in einer unbekannten Kutsche und fast ohne Gefolge, als sie sich entschlossen hatte, eine »Engelmacherin« aufzusuchen, um das Kind in sich töten zu lassen. Der Cerêler gab ihr den Namen einer Kräuterkundigen außerhalb der Stadt, die sich angeblich mit der Anwendung von solchen Gebräuen und Tinkturen auskannte.

Doch die Mittel hatten nichts bewirkt, außer dass die Kabcara sich sehr undamenhaft eine Stunde lang die Seele aus dem Leib erbrochen hatte. Das Kind dagegen blieb, wo es war.

Die alte Frau wunderte sich so sehr über das Versagen der Arznei, dass Aljascha ihr glaubte, was sie aber nicht vor ihrem nachträglichen Zorn schützte, den sie nun zu entladen gedachte.

Die Kabcara legte die Füße auf den Schemel und betrachtete das Teezimmer. Sie wäre die erste Frau auf dem Thron Tarpols. Hoffentlich ließ sich Mortva mit der Beseitigung ihres Gatten noch etwas Zeit. Sie würde nur ungern bei der Krönungszeremonie wie eine fette Raupe wirken.

Lodrik öffnete die Fenster in seinem Schlafzimmer, nahm das Amulett hervor und bewegte den Stein in der Fassung, um die Modrak zu rufen. Den Auftrag, den er ihnen erteilte, wollte er in aller Stille tätigen, ohne die Anwesenheit seines Beraters und seiner Gemahlin. Nachdem die Beobachter offensichtlich in Telmaran gute

Arbeit verrichtet hatten, würde er sie ein zweites Mal auf die Reise schicken.

Schon bald rauschten die ledernen Schwingen durch die pechschwarze Nacht. Die purpurnen Augen der Modrak wurden zu scheinbar herabstürzenden Sternen. Zwei der Wesen landeten fast gleichzeitig vor dem jungen Mann und gingen vor ihm auf die Knie. Je öfter er sie sah, desto mehr gewöhnte er sich an ihren Anblick. Wäre er in Granburg beinahe vor Furcht gestorben, empfand er nun beinahe etwas Familiäres.

Wir sind hier, um Euch zu dienen, Hoher Herr, raunte es mehrstimmig in seinen Gedanken.

»Ich möchte, dass ihr jemanden ausfindig macht«, eröffnete der Kabcar und begann, Norina und Waljakov zu beschreiben. Als er ihre Namen nannte, hakte eine der beiden Kreaturen sofort ein.

Verzeiht, Hoher Herr, aber wir ahnen, wo sich die Menschlinge aufhalten. Einer der Modrak hob den Schädel. *Sie sind in Begleitung eines alten Mannes namens Matuc und eines Mädchens, das sich Fatja nennt. Wir haben versucht, die Schicksalsleserin zu bestrafen, und als wir ihre Gedanken lasen, wussten wir, wer die Mitreisenden waren.*

Lodrik entfuhr ein geschriener Fluch.

Aber wir wissen sehr genau, wohin sie wollten, wisperte es. *Sie wollten nach Tularky, um von dort aus nach Rogogard überzusetzen.*

Torben Rudgass, schoss es dem Kabcar augenblicklich durch den Kopf. *Also auch er.* »Dann brecht auf und bringt sie mir! Bringt mir alle!«

Die Wesen duckten sich unter dem wütenden Gebrüll Lodriks, die Flügel falteten sich ganz klein zusammen. »Hoher Herr, habt Gnade. Wir wussten nicht, dass Ihr sie sucht. Und nun ist es zu spät.«

»Was soll das heißen?«, grollte der junge Mann mit tiefer Stimme. Er streckte die Handfläche nach oben und ließ dort einen rot leuchtenden Feuerball entstehen. Es war seiner Meinung nach besser, den Zorn rechtzeitig zu kanalisieren, bevor er in einer unkontrollierten Magieeruption ausbrach. Glücklicherweise war er nun im Gegensatz zu früher dazu in der Lage.

Sie sind bestimmt schon in Tularky und auf dem Weg zu den Inselfestungen. Aber wir können kein Salzwasser überqueren, lautete die Antwort. *Es gibt keine von unserem Volk auf Rogogard.*

»Dann muss ich diese verdammten Inseln einnehmen, um mir die Verräter greifen zu können?« Der Feuerball begann zu zittern, pulsierte, wuchs um das Doppelte an und erreichte die Größe eines menschlichen Kopfes. Die Modrak rutschten ein wenig zurück und wandten das Antlitz von der unnatürlichen Flamme ab. »Geht. Ihr könnt nichts dafür.« Gehorsam schwangen sich die Kreaturen über die Brüstung zurück in die Dunkelheit.

Mit einem Röhren schleuderte der Kabcar den Feuerball hinaus in die Nacht, wo er meteorengleich seine leuchtende Bahn zog, bevor er verblasste und nicht mehr zu sehen war.

Erster Schnee rieselte aus den Wolken, zuerst sanft, dann immer heftiger und dichter.

Abrupt wandte sich Lodrik um und eilte durch die Gänge des Palastes, bis er seinen Konsultanten gefunden hatte. Mortva saß in der Bibliothek und studierte irgendwelche Fertigungspläne.

»Ich will«, sagte der Kabcar, sobald er seinen Vetter entdeckt hatte, »dass Ihr einen Eurer Vertrauten nach Tularky schickt und Rudgass oder die *Grazie* suchen lasst. Findet sie und arrangiert, dass sie in Tarpol irgendwo an Land gehen. Danach lasse ich sie von den Modrak hierher bringen!«

»Ich vermute, Ihr habt herausgefunden, wohin Eure einstige Geliebte entschwunden ist? Wie erfreulich.« Der Mann mit den silbernen Haaren hatte zunächst aufmerksam gelauscht, nickte und ordnete die Zeichnungen vor sich. »Dann wird es wohl das Beste sein, wenn ich Paktaï sofort auf den Weg schicke, nicht wahr?«

Die Genannte trat in voller Rüstung aus dem Schatten hinter Lodrik wie aus dem Nichts hervor.

Ausdruckslos wie immer sah sie zunächst zu dem Konsultanten, danach verbeugte sie sich vor dem jungen Mann. »Ich werde sie finden und das ausführen, was Ihr mir aufgetragen habt.«

Verwundert blickte Lodrik sie an. »Ich könnte schwören …«

»Denkt nicht weiter darüber nach, Hoher Herr«, kam es beschwichtigend von Mortva. »Sie ist lautlos wie der Gedanke. Und ebenso schnell, wie sie schon öfter bewiesen hat. Du kennst deinen Auftrag.«

Paktaï bewegte sich nicht. »Ich werde Schwierigkeiten bekommen, sobald ich das Meer erreiche. Ich bin zwar schnell, aber ich unterliege gewissen Einschränkungen, die früher nicht galten.«

»Was denn? Ihr auch?« Lodrik schüttelte den Kopf, dass der blonde Pferdeschwanz umherflog. »Seid Ihr etwa verwandt mit den Modrak?«

Die unheimliche Kämpferin wirkte herablassend. »Nein. Gewiss nicht, Hoher Herr. Solche Kreaturen sind zu niedrig, um …«

»… um sich auch nur weiter mit ihnen zu befassen«, ergänzte der Konsultant freundlich und schnitt der Frau somit das Wort ab. »Ich traue dir durchaus zu, dass du eigenständig eine Lösung finden wirst. Nun geh und sei erfolgreich. Benutze die Tür.« Der Kabcar fand die letzte Anweisung zwar merkwürdig, dachte sich aber nichts weiter dabei, als Paktaï hinausging. »Sie wird Euch nicht enttäuschen. Bald haben wir Kundschaft von Ihr«, versicherte ihm sein Vetter.

Einen Augenblick überlegte Lodrik, ob er nach den Plänen schauen sollte, ließ es aber dann doch sein. Er war absolut nicht in der Stimmung, sich mit Technischem herumzuärgern. Lieber wollte er sich noch mit seiner Gattin vergnügen.

»Ich möchte«, gab er Anweisung, während er zur Tür schritt, »dass Ihr morgen Vorbereitungen für unsere Abreise treffen lasst. Es hat zu schneien begonnen, und das soll nicht der Grund sein, weshalb ich nicht nach Telmaran gelange. Übermorgen möchte ich unterwegs sein.«

Mortva erhob sich zufrieden. »Wie Ihr befehlt, Hoher Herr.« Er tippte auf die Papiere. »Das trifft sich übrigens äußerst gut. Wir werden eine böse Überraschung für das Geeinte Heer im Gepäck haben.«

**Ulldart, Königreich Ilfaris,
Herzogtum Turandei, Königspalais,
Winter 443 n. S.**

Lubshá Nars'anamm, Gemahl von Alana II., Regentin von Tersion, rollte mit den braunen Augen, die mächtigen Muskeln zuckten unter den teuren Stoffen seiner Kleidung. Die filigranen Schmuckbänder um die Oberarme drohten, von den sich plötzlich auftürmenden Fleischgebirgen gesprengt zu werden.

Beruhigend legte seine Frau die Hand auf sein Bein. Aber auch ihrem Antlitz war sehr leicht zu entnehmen, dass es sie Überwindung kostete, still zu bleiben. Entgegen ihrer sonstigen Gewohnheit, trug sie ein schlichtes blaues Kleid, Schnitt und Stoff sahen unbekannt aus. Ein Geschenk ihrer Entführer.

König Perdór saß an der Mitte der Tafel, kraulte sich hektisch die grauen Bartlöckchen und blinzelte angespannt zum anderen Ende, an dem ein gelassener Kensustrianer saß.

Moolpár der Ältere hatte einen Berg von Pralinen vor

sich stehen, schob sich andächtig eine davon in den Mund und zerbiss sie langsam. Niemand im Verhandlungszimmer sagte etwas, die Kaugeräusche des kensustrianischen Diplomaten klangen damit doppelt so laut. Der Krieger genoss seinen Auftritt, auch wenn er es nicht durch seine Mimik verriet.

Commodore Parai Baraldino seufzte so laut, dass man die Kritik an dem zähen Verhandlungsverlauf unmissverständlich hörte. Genervt wedelte sich der Palestaner mit dem Taschentuch vor dem Gesicht herum. Perücke und Brokatkleider saßen passgenau, und er verbreitete mit seinem Parfüm einen aufdringlichen Geruch.

Als Moolpár nach einem weiteren Konfekt greifen wollte, erzeugte das Tuch des Commodore einen peitschenartigen Knall. »Nun ist es aber genug, Exzellenz Botschafter, mit Verlaub und aller Höflichkeit«, entfuhr es Baraldino verärgert. »Wir sind hier, um ein Waffenstillstandsabkommen zu unterzeichnen. Wenn Ihr Euch auf Kosten unseres Gastgebers mästen wollt, dann macht das außerhalb der Verhandlungen.«

Die Hand des Kriegers hielt wenige Millimeter vor dem Tablett inne, die bernsteinfarbenen Augen fixierten den Kaufmann. »Ich überlege noch, ob wir mit den Vorschlägen einverstanden sind.« Seine Erklärung kam bedächtig über seine Lippen. »Und es spielt dabei keine Rolle, ob ich im Kreis laufe, sitze, jemanden töte oder Pralinen esse.« Er beendete die Bewegung und beförderte die Süßigkeit in den Mund.

Baraldino, der kurz blass geworden war, stützte den Kopf in beide Hände und schaute Hilfe suchend zum ilfaritischen König und dessen Hofnarr. Fiorell grinste ihn an und wackelte mit den Augenbrauen.

»Ich fasse derweil noch einmal die Modalitäten zusammen.« Perdór räusperte sich, um ein drohendes Unheil abzuwenden. Im Gegensatz zum palestanischen Kaufmann war ihm nicht entgangen, dass Moolpárs Begleiter, der noch etwas heißblütige Vyvú ail Ra'az, eine Hand an den Schwertgriff gelegt hatte. »Palestan, Tersion und das verbündete Kaiserreich verpflichten sich, jede weitere Kriegs- und Kampfhandlung gegen Kensustria und all seine Bewohner einzustellen, davon auch auf unbestimmte Zukunft abzusehen, es sei denn, Kensustria würde eines der Länder angreifen.« Der dickliche König nahm sich einen Schluck Kakao, verzog das runde Gesicht und rührte einen Löffel Zucker hinein, was ihm einen bösen Blick seines Hofnarren einbrachte. »Palestan ist es weiterhin untersagt, in die Gewässer vor Kensustria mit einem Handelsschiff einzufahren, sondern einen Mindestabstand von fünfzig Meilen zur Küste einzuhalten …«

»Was das Aus für unsere nördliche Handelsroute bedeutet und den Agarsienern einen uneinholbaren Vorsprung verschafft«, warf Baraldino resigniert ein. Doch der Commodore schauspielerte wiederum sehr gekonnt. Schon lange liefen in seiner Heimat die Vorbereitungen, diese Klausel zu umgehen.

»Sollte ein palestanisches Schiff oder ein von Palestan beauftragtes Schiff innerhalb der Zone aufgegriffen werden, wird es versenkt«, fuhr Perdór fort. »Kensustria verzichtet seinerseits auf jegliche Besitztümer und gibt etwaige Eroberungen und Gefangenen an die anderen genannten Reiche zurück.«

»Es ist ungerechter als ungerecht. Ich muss mich nun wirklich echauffieren!« Der Palestaner sprang auf, und eine Puderwolke quoll aus der Perücke. »Wir haben die meisten Verluste erlitten …«

»Verbeugt Euch bloß nicht in meine Richtung«, wehrte Fiorell eilig ab und hielt sich die Nase zu. »Euch soll der Schließmuskel recht locker sitzen, wie man hörte.«

»Die Tersioner und Angorjaner haben in erster Linie geblutet, nicht die Händler«, präzisierte Moolpár die Aussage.

»Und haben viele Männer und Schiffe verloren, jawohl! Da habt Ihr es eben selbst gestanden, Kensustrianer.« Baraldino überhörte den Einwurf des Spaßmachers geflissentlich, stemmte die linke Hand in die Seite und fuchtelte mit dem Tuch herum. »Ihr seid tausendfache Mörder, obwohl es keinen Grund gab, mit solcher Härte vorzugehen.«

»Es bestand auch kein Grund, uns anzugreifen«, hielt der Kensustrianer ruhig dagegen und betrachtete eine Praline.

»Ha! Keinen Grund?«, begehrte der Commodore auf und war voll in seinem Element. »Eure verfluchte Schwarze Flotte hat unsere Schiffe versenkt.«

»Wir haben uns entschuldigt«, gab Moolpár lakonisch zurück. »Und wenn Ihr keine unmöglichen Forderungen erhoben hättet, wäre es niemals zu diesem Krieg gekommen. Das solltet Ihr nicht vergessen.« Sorgfältig legte er die Süßigkeit zurück und stand auf. »Übrigens haben die Palestaner die Tersioner zuerst attackiert, um an das Gold zu kommen. Aber das wissen ohnehin alle in diesem Raum. Lasst das Theater und akzeptiert unsere Forderungen. Unterschreibt das Waffenstillstandsabkommen jetzt und hier. Oder aber lasst es sein, und wir nehmen die Regentin als Sicherheit wieder mit. Betrachtet es als außerordentliches Zugeständnis, dass wir Alana die Zweite bereits vor Abschluss des Vertrags übergeben haben.«

Lubshá Nars'anamm, dritter Sohn des Kaisers von Angor, hielt es nicht mehr auf dem Sitzplatz. »Ihr wagt es, Grünhaar, meiner Gemahlin zu drohen?« Sein Dolch war bereits halb aus der Scheide.

Das Bernstein der Diplomatenaugen funkelte bedrohlich, mit einer knappen Geste hielt Moolpár seinen Begleiter davon ab, sich auf den Sprecher zu stürzen.

Baraldino setzte sich eilig, wurde in seinem Stuhl immer kleiner und machte sich bereit, unter der Tischplatte zu versinken, sollte Gefahr für Leib und Leben anstehen. Von irgendwo aus dem Raum hörte man den Laut einer Blähung.

»Ich mache keine Bemerkungen über Eure schwarze Haut, Ihr unterlasst versuchte Beleidigungen, indem Ihr auf meine Haarfarbe anspielt, Kaisersohn«, schlug der ältere Kensustrianer vor. »Ich habe nur darauf hingewiesen, wie zuvorkommend wir waren. Eine Geste des guten Willens.« Wutschnaubend nahm der Gemahl der Regentin Platz, Vyvú entspannte sich. »Kensustria ist mit den Bedingungen einverstanden. Wir zahlen zudem, ebenfalls als Zeichen unseres Entgegenkommens, für jeden angorjanischen Toten eine Tria.«

»Behaltet Euer Blutgeld«, winkte Lubshá Nars'anamm verächtlich ab. Der Kensustrianer zuckte mit den Schultern.

»Dann unterzeichnen wir den Waffenstillstand, und alles ist erledigt«, meinte Perdór gespielt fröhlich. Fiorell schickte einen Blick zur Decke und reichte die Dokumente am Tisch herum.

Kaum hatte der Angorjaner seinen Namenszug mit großem Schwung daruntergesetzt, sprang er auf und verließ den Raum.

Alana sah ihm besorgt hinterher. »Ich entschuldige mich für meinen Gemahl. Aber er ist es nicht gewohnt, Demütigungen hinzunehmen.« Sie blickte vorwurfsvoll zu Moolpár.

Er lächelte und zeigte seine Reißzähne. »Seid versichert, wir hegen keine Feindschaft mehr gegen Euch. Uns liegt nichts daran, andere Armeen zu vernichten, auch wenn es keine Schwierigkeit bereiten würde. Wir möchten nur in Frieden leben.« Der Botschafter tippte auf das Papier. »Und das garantiert uns wenigstens einen Waffenstillstand.«

»Seid gewarnt«, bemerkte die Regentin, während sie signierte. »Wir sind ein stolzes Reich, das nicht leicht vergisst.«

»Ihr meint wohl, Ihr seid stolz und vergesst nicht so leicht, wenn man Euch besiegt hat?« Das Lächeln des Kensustrianers schwand nicht. »Ihr seid bei uns behandelt worden, wie es sich gehörte, oder? Wir hätten Euch und Euren Gemahl in jener Nacht auch umbringen können. Und wenn Ihr Euch das nächste Mal im Spiegel betrachtet, freut Euch, dass Ihr es noch könnt,« er beugte den Oberkörper ein wenig nach vorne und stützte die Ellenbogen auf die Tischplatte, »weil Kensustria es zuließ.«

Mit hochrotem Kopf schritt die Frau hinaus. Baraldino tauchte aus seiner Versenkung wieder auf, um ebenfalls seine Unterschrift zu leisten.

»Ich soll Euch übrigens einen schönen Gruß ausrichten.« Moolpár nahm einen Brief aus der Tasche. »Der ist für Euch. Von Commodore Gial Scalida. Ihr kennt ihn doch noch, Euren ehemaligen Vorgesetzten?«

»Ach? Ich dachte, er sei schon tot?«, entschlüpfte es dem Palestaner. »Ihr habt ihn leben lassen? Hat er gewinselt und gewimmert, um sein schäbiges Leben behalten zu dürfen?«

»So wie Ihr es getan hättet?«, meinte der kensustrianische Diplomat hintergründig. »Nein, er hat nicht gebettelt. Er verstand, dass er in seinem Leben einige Fehler gemacht hat. Und er sagte uns damals in Tersion, als es um die Schwarze Flotte ging, exakt voraus, welche Winkelzüge Ihr in den Verhandlungen anwenden würdet.«

»Aber, aber, Wertester«, schwächte Baraldino selbstgefällig ab. »Winkelzüge würde ich es nicht nennen. Verhandlungsgeschick, Gespür, das alles passt doch viel besser.« Er lehnte sich in die Polster und erbrach das Siegel. Ohne großes Interesse überflog er die Zeilen, dann zog sich die Stirn in Falten, das Tuch wedelte hektisch hin und her. Der Palestaner fummelte am Kragen und lockerte ihn ein wenig, bevor er den Blick hob.

»Wo ist denn der gute Scalida in diesem Augenblick?«, fragte er mit gleichgültiger Stimme. »Er schreibt, er habe eine neue Berufung gefunden.«

Der ältere der Kensustrianer nickte. »Er arbeitet in einem unserer Stützpunkte als Quartiermeister und wird, wenn wir uns seiner Loyalität sicher sind, weiter aufsteigen. Vielleicht als Berater bei zukünftigen Treffen. Wir haben festgestellt, dass die Palestaner durchaus ein gewisses Talent fürs Verhandeln haben.«

Baraldino wirkte merkwürdig beruhigt. »Und er hat niemals verlangt, nach Palestan zurückzukehren?«

»Wir haben es ihm freigestellt, was er tun möchte. Aber er meinte, die Schmach sei zu groß, um in sein Heimatland zu gehen. Und er sei von einem Untergebenen verraten worden, was er nicht noch einmal erleben wollte«, erläuterte Moolpár. »Er ist sehr zufrieden, auch wenn er der Kaste der Niederen angehört.«

Der Commodore lächelte erleichtert, tupfte sich den Schweiß von der Stirn und erhob sich von seinem Sitz. Die Brokatfäden reflektierten den Schein der Lampen und Kerzen. »Meine Verehrung. Mögen unsere Reiche niemals mehr miteinander im Krieg liegen.«

Tief verbeugte er sich in der palestanischen Art, die Nase nur wenige Zentimeter vom dicken Teppich entfernt. In diesem Moment ahmte Fiorell das Geräusch einer schallenden Blähung nach.

Indigniert richtete sich Baraldino auf, würdigte den feixenden Hofnarr keines Blicks und verließ den Saal.

Kaum schloss sich die riesige Flügeltür, brachen Perdór und Fiorell in dröhnendes Gelächter aus.

Die beiden Kensustrianer verstanden die laute Heiterkeit nicht, und unter Atemnot erklärte der ilfaritische Herrscher, wie dem palestanischen Diplomaten vor Alana II. die Diarrhöe die Beinkleider gefüllt hatte, nachdem ihm Pasacka-Saft angedreht worden war. Die Vorstellung, wie der geschniegelte und gespornte Baraldino einer solchen Peinlichkeit unterlag, ließ auch die beiden Krieger grinsen.

»Nachdem der offizielle Teil des Zusammenkommens erledigt ist«, begann Perdór nach einer Weile, wischte sich die letzten Lachtränen aus den Augenwinkeln und nippte an seiner Tasse, »kommen wir nun zu dem, was nur Kensustria und Ilfaris betrifft. Ich wäre an einer Fortsetzung der Zusammenarbeit durchaus interessiert.«

»Das kann ich mir gut vorstellen.« Moolpár fischte eine weitere Praline vom Tablett. »Wir würden Euch gerne eine Kiste von diesen vorzüglichen Leckereien abkaufen.«

»Dann würdet Ihr ein wenig abnehmen, Majestät«, gab der Hofnarr zu bedenken. »Schlagt ein.«

Der Herrscher fuhr sich durch den grauen Lockenbart, listig lächelte er den Diplomaten an. »Ich meinte, was den Nachrichtenaustausch anbelangt. Da wir ein Waffenstillstandsabkommen erreichten und Ilfaris sich im Laufe der Auseinandersetzung äußerst kooperativ verhalten hat, dürfte es nun an Kensustria sein, unsere Landsleute, die Ihr gefangen haltet, auf freien Fuß zu setzen.«

»Eure Spitzel. Eure Spione. Eure Augen und Ohren.« Moolpár saß nach wie vor kerzengerade auf seinem Sessel. »Gut. So soll es sein. Wir hatten diese Abmachung, wir halten uns daran. Aber was meintet Ihr damit, dass wir unsere Zusammenarbeit nicht auflösen sollten? Bräuchten wir denn die Hilfe von Ilfaris?«

»Ich weiß nicht, wie weit Ihr über die Lage im Norden unterrichtet seid«, rückte Perdór mit der Sprache heraus. »Aber es scheint, als würde sich der Kabcar von Tarpol zu einem außerordentlichen Problem für den Kontinent entwickeln. Vielmehr sein Berater, ein Mann namens Mortva Nesreca.«

Der Kensustrianer lauschte aufmerksam. »Und deshalb haben viele andere Reiche diese Ansammlung von

Schwert- und Pfeilfutter zusammengerottet. Verzeiht, aber die Bezeichnung Geeintes Heer hat dieser Haufen wahrlich nicht verdient. Bauern, die eine Mistgabel in der Hand halten, sind keine Armee, auch wenn es sechzigtausend sind.«

»Etwas mehr als sechsundsechzigtausend«, verbesserte Fiorell und ließ die Glöckchen seiner Narrenkappe klingeln. »Und wo ist denn bitteschön der Beitrag von Kensustria, um diese Gefahr notfalls eindämmen zu können? Wenn Sinured um die Ecke getrampelt kommt, dann seht Ihr allein verdammt alt aus. Wir haben da Dinge von seinen Truppen gehört, da würden Euch die Haare grün werden.« Er dachte kurz nach. »Oder vielmehr rosa. Und sagt bloß nicht, es sei nicht die Aufgabe Kensustrias, sich in die Belange anderer einzumischen.«

Moolpár hob die Hand. »Es ist nicht die Aufgabe Kensustrias, sich in die Belange anderer einzumischen«, antwortete anstatt seiner Vyvú ail Ra'az.

»Ich sehe, Ihr lernt in Sachen Humor durchaus hinzu«, meinte der ilfaritische Herrscher. »Aber Spaß beiseite, verehrter Moolpár. Die Angelegenheit könnte bald auch zu Eurem Problem werden. Es gehen Dinge in Tarpol vor, die man nicht begreift. Magie, seltsame Wesen, die diesem Berater zur Seite stehen und die Namen der Zweiten Götter tragen, bizarre Erfindungen werden in aller Heimlichkeit hergestellt, die uns unbekannt sind.«

Nun reagierte der Kensustrianer. Seine bernsteinfarbenen Augen zeigten Interesse, die Hände lagen flach auf dem Tisch. »Erzählt weiter, Majestät.«

Etwas geheimnistuerisch kramte der dickliche König einen Flakon heraus und schüttete den Inhalt sorgfältig auf ein von Fiorell bereitgelegtes Blatt Papier. Schwarzes Pulver rieselte aus der Öffnung und verteilte sich feinkörnig auf der Unterlage.

Moolpár befeuchtete den kleinen Finger, tippte auf die Substanz und gab ein wenig davon auf die Zunge.

»Meinen Respekt, Majestät. Ich hätte niemals gedacht, dass Eure Spione doch in unserem Land unerkannt unterwegs sind. Und bis zu unserem geheimen Lager vordringen konnten.« Der Kensustrianer blickte bestürzt auf das Pulver.

Der Hofnarr und sein Herr wechselten schnelle Blicke. »Soll das etwa heißen, Ihr wisst, was das ist?«, fragte Perdór, wohl wissend, dass er seine eigene Unkenntnis damit verriet.

»Ihr meint, Eure Spione rauben unsere Erfindung, ohne Euch zu berichten, was man damit machen und wie es zur Anwendung gebracht werden kann?« Ungläubig starrte er den Herrscher von Ilfaris an.

»Um ehrlich zu sein«, erklärte Perdór, »wissen wir nicht einmal genau, aus was das Pulver besteht. Abgesehen von Holzkohle. Und es stammt nicht aus Kensustria, sondern aus dem Palast des Kabcar von Tarpol.«

Moolpár richtete ein paar Worte in der Heimatsprache an Vyvú, der daraufhin nachdenklich den Kopf schüttelte. »Wenn es wirklich der Kabcar ist, der im Besitz des Pulvers ist, werdet Ihr mit Eurem Geeinten Heer nichts anderes als Zielscheiben sein, sollte es zu einem Kampf kommen. Kensustria besitzt dieses Pulver schon lange, aber wir wenden es nicht an. Es hat in unserer Heimat zu viel Schaden angerichtet, und wir verständigten uns darauf, es zu verbannen und es nur in höchster Not anzuwenden.«

»Demnach saht Ihr die Bedrohung aus Tersion und Angor nicht als echte Gefahr an?«, bemerkte Fiorell.

»Nicht wirklich«, gab der Kensustrianer ehrlich zurück.

»Wenn Ihr nun aber wisst, um was es sich dabei handelt, würdet Ihr es uns sagen? Wir wären Euch zu großem Dank verpflichtet«, köderte sie der König. »Jahrelange kostenlose Konfektlieferungen? Rezepte? Zutatenabgaben? Einen eigenen Pralinenmeister gar?«

»Verlockend«, gestand Moolpár. »Aber ich habe, wie alle Krieger, einen Eid schwören müssen, niemals Wissen unserer Ingenieure an andere weiterzugeben. Und schon gar nicht über dieses Pulver.« Er schwieg eine Weile. »Wenn der Kabcar aber um die rechte Anwendung dieses Mittels weiß, dann ist er in der Lage, das Kräfteverhältnis auf dem Kontinent mit Leichtigkeit zu verändern. Und sollte er dabei Kensustria mit in Bedrängnis bringen, werden wir uns regen.«

Perdór seufzte unzufrieden. »Was kann denn dieses Zeug? Spannt mich nicht auf die Folter.«

Moolpár faltete das Papier mehrmals, konzentrierte die puderige schwarze Substanz in der Mitte und rollte das Blatt fest zusammen. Er drehte die Enden, bis das Pulver zusammengepresst war.

Mithilfe des Federkiels bohrte er ein kleines Loch in das Päckchen, schnitt die Franse eines Teppichs ab und tauchte den Stoff kurz in das flüssige Wachs der Kerze, dann setzte er das Stück in das Loch und dichtete es mit ein wenig Wachs ab. Vyvú ging zum Kamin und reichte seinem Vorgesetzten einen glimmenden Span.

»Ich weiß nicht, ob es funktioniert, aber als Demonstration sollte es genügen«, sagte er und hielt das glühende Holzende an die improvisierte Lunte. Der getränkte Stoff brannte ab und entzündete die Substanz.

Mit einem leisen Knall zerfetzte das Blatt, die Papierränder flogen kokelnd durch den Raum, und Fiorell machte sich auf die Jagd, um zu verhindern, dass die schwebenden Funken einen Brand auslösten, wo sie sich niederließen. Perdór entfernte ärgerlich ein heißes Aschestück aus seinem Bart, in dem es ein Loch hinterlassen hatte.

»Nun, Majestät, stellt Euch vor, dieses Paket sei zehn Mal so groß gewesen«, sagte der ältere der beiden Kämpfer langsam. »Und man kann Waffen damit laden, die eine enorme Vernichtungskraft haben.« Der ilfaritische Herrscher bekam eine ungefähre Vorstellung von der seltsamen Beschreibung, die in Gijuschkas letzter Nachricht zu lesen war. »Große und kleine. Kensustria ist auf alle Fälle nun gewarnt, meinen Dank dafür, Majestät. Auch wir werden das gut geschützte Wissen zum einen noch besser bewahren und den Umgang damit wieder erlernen.« Er erhob sich und ruckte kaum merklich mit dem Oberkörper, die Art der kensustrianischen Kriegerkaste, sich zu verneigen, wenn sie es überhaupt für angebracht hielt.

»Ihr werdet Euch demnach nicht am Geeinten Heer beteiligen?«, wollte Perdór zum Abschied wissen und reichte dem Kensustrianer den versilberten Teller mit den Pralinen. »Auch nach diesen neu gewonnen Einsichten?«

»Nein«, wehrte Moolpár freundlich, aber bestimmt ab. »Noch berührt es die Belange unseres Landes nicht. Und außerdem wäre es kein guter Gedanke, dass sich Kensustrianer in die Nähe der Hohen Schwerter begeben würden. Zwar sind wir ihnen kämpferisch fast alle«, sein Blick glitt kurz zu seinem Begleiter, der daraufhin zu Boden sah, »überlegen. Aber es würde nur für Unruhe im Lager sorgen. Und das ist das Letzte, was die armen Seelen dort benötigen. Wenn Ihr meinen Rat wollt, Majestät: Lasst Euch nicht auf ein offenes Gefecht ein. Nutzt die Strategie, die auch wir bevorzugen. Aber wenn Ihr Eure Freiwilligen diesem Feind, so er es werden wird, ohne Deckung gegenüberstellt, werdet Ihr sie verlieren. Restlos. Und die zweitausend Witwen in Ilfaris werden Euren Namen mit Sicherheit verfluchen.« Er zeigte auf das explodierte Briefchen. »Das wird Euer Untergang sein. Und mit der Holzkohle hattet Ihr Recht.«

»Muss man noch Schwefel und Salpeter hinzugeben?«, fragte sich der Hofnarr plötzlich.

Moolpárs bernsteinfarbene Augen schwenkten abschätzend zu Fiorell. »Versucht es. Aber ich empfehle Euch, in Deckung zu gehen, bis Ihr das richtige Mischungsverhältnis gefunden habt.« Er winkte und ging hinaus, Vyvú folgte ihm.

»Er hat mir den Bart verbrannt«, meinte der dickliche Herrscher nach einer Weile, »aber ich denke, dass es das wert war. Nun wissen wir, was der Kabcar mit den Unmengen an Lieferungen vorhat. Und das gefällt mir alles gar nicht.«

»Die Erze sind zum Herstellen der Waffen notwendig«, ergänzte der Hofnarr, der einen letzten Funken mit einem gezielten Spucken löschte. Der letzte Rest Heiterkeit war aus seiner Stimme verflogen. »Wir müssen das Geeinte Heer augenblicklich warnen. Wenn es stimmt, was uns Freund Grünhaar eben gezeigt hat, sind unsere Leute des Todes.«

»Aber warum hat er die Waffen nicht schon viel früher eingesetzt?«, sinnierte Perdór und schritt zum Kamin. »Als er seine Truppen gegen Borasgotan und Hustraban sandte, kämpften sie auf herkömmliche Weise. Nichts wurde von solchen ...«, er suchte nach dem rechten Wort. »Wie heißen diese Dinger eigentlich? Gerumpel? Gekrachs?«

»Wir könnten sie ›Bumm‹ nennen«, schlug der Hofnarr vor.

»Lass deine einfältigen Vorschläge, Spaßmütze«, knurrte der Herrscher.

»Ich glaube nicht, dass Eure die besseren waren«, meinte er nur abschätzig. »Wie wäre es mit ›Bombe‹? Er erinnert an den Klang und ist keineswegs albern.«

»Von mir aus«, winkte Perdór ab. »Also, diese Bomben und dieses Pulver tauchten noch nie auf, bis zu jenem Tag im Teezimmer, als uns Gijuschka davon berichtete. Das heißt, die Fertigung von Waffen und Pulver ist noch lange nicht so weit, wie es den Anschein hat. Das wiederum würde bedeuten, dass das Geeinte Heer nicht länger zögern dürfte, um zum Angriff überzugehen. Wenn der Kabcar seine Vorbereitungen abgeschlossen hat, ist es für uns alle zu spät.«

»Angreifen?« Fiorell schlug die Hände über dem Kopf zusammen. »Wir würden damit genau das tun, worauf Nesreca setzt.«

»Und dennoch geht es nicht anders, wie ich fürchte«, sagte der König düster. »Aber letztendlich wird dieser Kriegsrat darüber entscheiden müssen, sobald die Neuwahlen abgeschlossen wurden.«

»Und einmal mehr glaube ich nicht an Zufall.« Fiorell schaute auf die große Landkarte. »Diese Unfälle, die mehreren des Rates das Leben kosteten, kamen dem Kabcar zugute. Es ist schon schwer genug, mehr als sechsundsechzigtausend Männer im Zaum zu halten. Ein Sack Flöhe ist vermutlich einfacher zu hüten.«

»Schicke ein ganzes Geschwader Tauben nach Telmaran und sende die Anweisung, sie sollen das Lager um fünfzig Meilen nach Norden verlegen, bis auf fünf Meilen an die Landesgrenze der Großbaronie heran. An den Ufern des Repol müssten sich genügend Vorräte finden lassen. Auf alle Fälle werden sie dort Wasser haben. Und Fische, wenn ihnen alles andere knapp wird.« Perdór blickte ebenfalls auf die Zeichnung. »Befestigungen sind leicht einzurichten. Das wäre dann eine günstige Ausgangsposition, wenn sie die Armee des Kabcar angreifen müssten. Wissen wir, wo Sinured abgeblieben ist?«

»Nein, Majestät, wissen wir nicht. Nach dem Überfall Hetráls auf die Verbotene Stadt ist dieses Vieh angeblich in der Nähe gesichtet worden.« Der Hofnarr setzte sich auf den Tisch und balancierte den Brieföffner auf der Fingerspitze aus. »Von mir aus soll er dort bleiben und seine Ruine wieder aufbauen. Steinchen für Steinchen.«

»Der Angriff unseres turîtischen Freundes war heldenhaft, mutig und dumm gleichermaßen«, fasste der König zusammen. »Damit dürfte auch er endgültig in der Gunst des Kabcar gesunken sein. Aber die Menschen, die er befreit hat, waren Zeugen der Gräueltaten dieses Ungeheuers. Und damit muss auch der Junge in Tarpol von der Unhaltbarkeit seines Verbündeten überzeugt werden können. Ich sträube mich dagegen, allein auf eine militärische Lösung des Problems zu setzen«, meinte Perdór ungewohnt energisch. »Es muss doch mit ihm zu reden sein.«

»Nach allem, was ich gehört und gesehen habe, vergesst das«, meinte Fiorell, schleuderte den Brieföffner hoch in die Luft und fing ihn mit der Klinge nach unten auf. Nachdenklich sah er auf das schimmernde Metall, in dem sich seine besorgte Miene spiegelte. »Einen Attentäter zu senden, macht nun wohl keinen Sinn mehr.«

»Einmal davon abgesehen, wo ist Gijuschka abgeblieben?« Der König rollte die Karte zusammen. »Nach seiner Festnahme haben wir nichts mehr von ihm gehört. Dabei hätten wir ihn nun umso mehr gebraucht. Im Palast sitzt er nicht mehr, und ich will wissen, was aus ihm geworden ist. Sag unseren Leuten, sie sollen suchen und Gerüchten vom Tod des einstigen Beraters keinen Glauben schenken. Wenn nicht mindestens zwei die Leiche gesehen haben, ist es nur eine Finte Nesrecas. Vermutlich sitzt Gijuschka in irgendeinem weit abgelegenen Winkel des Landes und soll dort verfaulen. Der Kabcar würde diesen Mann nicht hinrichten lassen, da bin ich mir ziemlich sicher.«

»Dafür wird er den Kopf seines ehemaligen Leibwächters und seiner Geliebten fordern«, meinte Fiorell beunruhigt. »Die arme Norina, ich hoffe, sie kam wohlbehalten in Tularky an. Schafft sie es nach Rogogard, sind sie und ihr Gefolge einigermaßen vor Verfolgung sicher. Wenn eines standhält, dann sind es die mächtigen Festungen der Piraten und Halsabschneider, die sich gerne selbst edel als Freibeuter bezeichnen. Diesmal sind sie von Nutzen.«

Perdór legte die Hand an die Stirn und schloss die Augen. »Es muss uns doch gelingen, dieses Pulver herzustellen. Das lässt mir keine Ruhe. Der Alchemist, dem es als Ersten gelingt, diesen Effekt zu bewirken, wird in die Dienste des Hofes aufgenommen und erhält eine feste Bezahlung.« Er deutete zur Tür. »Los, geh und sag diesen Wichtigtuern das. Oh, und lass die Versuchswerkstätten weit außerhalb von Turandei einrichten. Ich will nicht, dass einer dieser Gelehrten meine schöne Stadt aus Versehen zu den Monden bläst. Die Mechaniker sollen sich nach den Beschreibungen Gijuschkas irgendetwas zusammenbauen, das etwas kaputt macht.«

Fiorell legte den Kopf zur Seite. »Majestät, Eure Anweisungen sind dermaßen präzise, dass die Handwerker nichts mehr zu tun haben werden und vor Freude in die Hände klatschen.« Er wandte sich zum Ausgang. »Etwas kaputt macht«, wiederholte er für sich entnervt.

»Sehr viel kaputt macht«, rief ihm Perdór durch die geschlossene Tür nach. Gedankenversunken betrachtete er die Überreste der kleinen Bombe. »Zehnmal so groß«, sagte er leise. »Das Ganze auf eine Schleuder gepackt und in die Reihen der Gegner katapultiert, Eisen- und Bleistückchen eingemischt, welch eine verheerende Vorstellung.«

Der ilfaritische König wanderte im Besprechungssaal hin und her, löschte eine Kerze nach der anderen und grübelte aufs Geratewohl. Alle möglichen Überlegungen gingen ihm durch den Kopf, und dennoch kam er in keiner Sache zu einem endgültigen, ihn zufrieden stellenden Entschluss.

»Undurchsichtig. Alles ist so furchtbar undurchsichtig, unvorhersehbar. Und nun, wenn alles schlecht verläuft, steht Ulldart kurz vor der Rückkehr der Dunklen Zeit.«

Er trug die letzte brennende Lichtquelle in der Hand, der Raum lag fast in völliger Dunkelheit.

Ein Schaudern lief dem König über den Rücken, als er das Regenprasseln und Windheulen hörte, das von den Fenstern herübertönte. Zweige und Äste rieben mit einem seltsamen Laut über das Glas. Die Flamme flackerte und zuckte unruhig hin und her. Nach einem letzten Aufbäumen verlosch sie.

Perdór glaubte in der Schwärze auf der anderen Seite des Glases zwei purpurfarbene, ochsengroße Augenpaare ausgemacht zu haben, die ihn von draußen anstarrten.

Beobachter! Ein erschrockenes Keuchen entfuhr ihm, dann stolperte er durch die Dunkelheit, bis er endlich die Klinke fand. Angsterfüllt lief er aus dem Zimmer, in den hell erleuchteten Gang. Die Diener sahen ihn erstaunt an.

»Es ist nichts, gar nichts«, erklärte er. »Ich habe nur Hunger.« Die Lakaien sahen sofort beruhigt aus.

Der König setzte seinen Weg fort. Beobachter vor seinem Fenster. So nahe waren sie noch nie herangekommen. Auch das würde seinen Grund haben. Er würde Wachen aufstellen lassen. Niemand bespitzelte ihn. Es sei denn, er wollte es selbst.

Baraldino schlenderte zurück zu seiner Unterkunft im Palais des Königs. Nicht, dass er ernsthaft unzufrieden mit dem Ausgang der Verhandlungen war. Palestan kam bei der ganzen Sache noch sehr glimpflich davon. Ein paar Ausgaben während des Krieges, ein paar Auflagen danach, die man mit Leichtigkeit umgehen konnte. Tersion und Angor waren die Hauptleidtragenden, was ihn nicht wesentlich bekümmerte. Alana hatte gewusst, auf was sie sich damals einließ.

Die Grünhaare glaubten doch nicht im Ernst daran, dass Palestan einen Bogen machen würde, nur weil sie es gerne hätten. Er roch am parfümgetränkten Taschentuch und zupfte einen losen Brokatfaden am Ärmel ab.

Zumal sich im Norden neue Dinge anbahnten. Profitable Dinge.

Der palestanische Kaufmannsrat beabsichtigte, einen Pakt mit dem Kabcar von Tarpol einzugehen. Was auch immer der Knabe vorhatte, die Händler wollten ihm Unterstützung gewähren. Dafür würden sie das Seehandelsmonopol erhalten, so sah es der Entwurf vor, den der Commodore »zufällig« gesehen hatte. Damit wäre die Konkurrenz aus Agarsien endgültig aus dem Rennen um Profit und Erlöse. Aber man wollte warten, wie sich die Dinge in Telmaran entwickelten.

Er faltete den Brief seines ehemaligen Vorgesetzten auseinander und las die Zeilen ein weiteres Mal. Tatsächlich drohte ihm Scalida aus dem weit entfernten Kensustria damit, ihn vor einem palestanischen Kriegsgericht für seinen Verrat in Tersion zur Verantwortung zu ziehen. »Früher oder später wird Euch meine Rache ereilen. Denkt an mich, wenn Ihr im Turm sitzt«, lautete der Abschiedsgruß.

Lachend zerriss Baraldino das Papier und warf es achtlos über die Schulter in den Gang. »Wir beide sehen uns bestimmt nicht mehr wieder.«

Er bog um die Ecke eines Korridors und sah seine Leibgarde, die vor seiner Tür Position bezogen hatte. Das verwunderte ihn ebenso wie der Umstand, dass seine sämtlichen Koffer, Kisten und Truhen vor der Tür standen.

»Was, bei allen geplatzten Wechseln, soll das?« Nun schritt Baraldino aus, sein Zorn wuchs mit jeder Bewegung, die Perücke drückte er vorsorglich etwas fester auf sein Haupt, damit sie gleich bei seinem folgenden Wutausbruch an Ort und Stelle blieb.

»Was«, fauchte er den Befehlshaber an, »hat das zu bedeuten, Hauptmann? Warum stehen meine Sachen hier auf dem Flur? Und was machen Ihr und Eure Männer vor meinem Zimmer? Habe ich etwas von Abreise gesagt?« Er schlug mit dem Tuch nach dem Mann, der den Ausbruch ziemlich gelassen hinnahm. »Habt Ihr aus meinem Mund irgendeine Anordnung dieser Art vernommen?«

Die Tür schwang auf, und als Baraldino sich erbost umdrehte, sah er schon eine flache Hand übergroß vor seinem Gesicht. Im nächsten Moment klatschte es laut auf, als die ausgestreckten Finger auf seiner rechten Wange landeten.

Verblüfft machte der Commodore einen Schritt nach hinten und fiel dabei der Länge nach über einen seiner zahlreichen Koffer und löste eine Gepäcklawine aus, die ihn unter sich begrub.

Keuchend, kochend vor Wut und ächzend räumte er sich einen Weg frei, sprang auf und angelte nach dem Griff seines Degens, um den unbekannten Angreifer zu durchbohren. Wie zur Salzsäule erstarrt hielt er mitten in der Bewegung inne. »Tezza? Ihr?«

»Glotzt nicht so blöde«, begrüßte ihn sein ehemaliger Adjutant. »Damit habt Ihr wohl nicht gerechnet.« Tezza, das ehemalige Geschenk an Alana II. von Tersion, zog blank und benutzte die Spitze seiner Waffe dazu, die wertvolle Halsbinde seines Gegenübers durcheinander zu wirbeln. »Nun rechnen wir ab.«

Teilnahmslos schaute Baraldinos Leibwache zu, wie Tezza, dessen Uniform die Abzeichen eines Commodore zierten, ihren Vorgesetzten vor sich hertrieb, bis der mit dem Rücken an der Wand stand.

»Hauptmann, ich störe Eure Bewegungslosigkeit nur ungern, aber würdet Ihr Eurem Auftrag auf der Stelle nachkommen und mich vor diesem Wahnsinnigen beschützen?«, schrie der Bedrohte. Die fünf Finger, die Tezza mitten in sein Gesicht geschlagen hatte, zeigten sich als deutliche rote Abdrücke.

»Parai Baraldino, ich verhafte Euch hiermit«, sagte stattdessen sein einstiger Adjutant genüsslich. »Im Auftrag des Kaufmannsrates enthebe ich Euch Eures Amtes als Diplomat«, das geschliffene Ende des Degens trennte die Insignien von der Kleidung, »und Eures Kommandos als Commodore. Ihr seid ebenso des Meineids überführt wie des Verstoßes gegen geltendes Marinerecht, indem Ihr Euren Vorgesetzten an den Feind verraten habt.« Mit der freien Hand nahm er ein Stück Papier heraus. »Gial Scalida hat ein Schreiben aus seiner Gefangenschaft in Kensustria nach Palestan senden dürfen, in dem er Euch schwer belastet. Und da Ihr in Gegenwart von Alana der Zweiten auch mit Eurer Tat prahltet, musste der Kaufmannsrat handeln.« Tezza schlug dem Verhafteten die Waffe aus der Hand. »Darauf habe ich lange warten müssen. Mit dem Gedanken, Euch meine Finger ins Gesicht zu schlagen, hielt ich mich in Tersion über Wasser. Und bei allem Gold Ulldarts, das Warten hat sich gelohnt. Auch wenn es nun etwas schmerzt.« Er schüttelte seine Hand aus, mit der er vorhin zugeschlagen hatte.

Baraldino war zu überrumpelt, als dass er irgendetwas sagen konnte. »Wie …?«

»Eine Erklärung für meine Anwesenheit sollt Ihr auch haben. Ich gelangte durch einen glücklichen Zufall zurück nach Palestan und brachte alles vor. Von der Regentin, die ich hier traf, bekam ich gnädigerweise die Unterschrift zu der Euch belastenden Aussage. Alana macht Euch dafür verantwortlich, dass sich Tersion zum verlustreichen Krieg mit Kensustria verleiten ließ und das mächtige Kaiserreich Angor Schmach erleiden musste. Somit ist Euer Stern endgültig erloschen.« Der einstige Adjutant tippte sich auf die Schulter. »Ach, und von nun an bin ich der Commodore. Ihr seid nur noch der Gefangene Parai Baraldino.« Die Männer der Wache traten sichtlich vergnügt heran und banden dem Gefangenen mit Eisenschellen die Hände auf dem Rücken zusammen, dass er aufstöhnte. »Wir bringen Euch vor den

Rat, damit Ihr Euch verantworten könnt.« Tezza beugte sich vor. »Und Ihr werdet den ganzen langen Weg nach Hause Aborte reinigen, Dreck kehren und den Fußboden jeder einzelnen Wirtschaft mit Eurer lügnerischen Zunge wischen, darauf könnt Ihr Euch verlassen. Freut Euch schon einmal auf Eure künftigen Aufgaben.« Mit einem triumphalen und zufriedenen Grinsen richtete sich der jüngere der beiden Männer wieder auf. »Seid Ihr auch so unendlich froh, mich wiederzusehen?«

»Fahrt zur Hölle!«, kreischte Baraldino los, machte einen Satz nach vorne, versuchte den Commodore zu treten und sammelte Speichel, um ihn zu bespucken. Wie ein groteskes Fabelwesen hüpfte er auf und ab, das Gesicht krebsrot, die Adern standen dick aus dem Hals hervor. »Ihr seid ein …«

»Aber, aber. Ihr verliert die Beherrschung, Baraldino.« Tezza schüttelte das Haupt. »Ihr müsstet Euch sehen.«

Mit einer schnellen Bewegung schnappte der Hauptmann das Taschentuch, mit dem er vor kurzem malträtiert worden war, und zwängte es dem Verhafteten in den Mund, noch bevor er spucken konnte.

»Wie praktisch«, meinte der Commodore. »Nun ist ihm nicht nur das Maul gestopft, er wird auch nie wieder schlecht riechen, wenn er etwas sagt.« Tezza setzte sich an die Spitze des Zuges. »Auf nach Palestan.« Er blieb plötzlich stehen und schaute zu Boden, als habe er etwas entdeckt. »Na sowas. Da, seht. Ein wenig Staub. Baraldino, das ist Eure Aufgabe, wenn ich bitten dürfte.«

**Kontinent Ulldart, Königreich Aldoreel,
fünfzig Meilen nördlich von Telmaran,
Winter 443 n. S.**

Das Geeinte Heer lagerte an beiden Ufern eines Seitenarms des Repol, ein Geflecht von Zelten in allen möglichen Formen, Farben und Größen, die von weitem aussahen, als würden merkwürdige Pilze aus dem Boden des kleinen Tals schießen.

Dazwischen schlängelten sich Wege, die durch den feinen Nieselregen, der seit Tagen andauerte, aufgeweicht und matschig wurden. Zur Feuchtigkeit aus den grauen Morgenwolken trugen die Gischtwolken der mächtigen Repolfälle bei, herübergetrieben von einem kühlen, unbeständigen Wind. Ihr ständiges Tosen und Donnern, wo sich der breite Strom mehr als vierhundert Schritt in die Tiefe stürzte, klang wie ferne Meeresbrandung. Niemand, der dringend etwas im Freien tun musste, hielt sich außerhalb der Leinenwände auf.

Die zusammengestellte Schar aus Freiwilligen und Entsandten verzichtete darauf, ihr Lager zu befestigen, was auf Grund der weitläufigen Ausdehnung ein Ding der Unmöglichkeit gewesen wäre. Der Kriegsrat, wie sich das Führungsgremium nannte, beschloss daher, dass alle fünfzig Meter eine Wache zu stehen hatte und sich immer eintausend Kavalleristen in Bereitschaft hielten, um einem Überraschungsangriff begegnen zu können.

Auch wenn sich alle Versammelten einig darüber waren, dass man dem jungen Kabcar die Stirn bieten musste, innerhalb des Kriegsrates gab es unterschiedliche Strömungen.

Die Anführer aus Rundopâl und Rogogard machten keinen Hehl daraus, dass sie der Sache recht gleichgültig gegenüberstanden und unterschwellige Sympathien für den jungen Herrscher aus Tarpol hegten. Aus Sicht der Rundopâler rettete Bardriç dem kleinen Land sogar die Selbstständigkeit, indem er Borasgotan zurückgeschlagen hatte. Rogogard verstand sich seit jeher gut mit Tarpol. Die zweitausend Männer aus Ilfaris hatten sich ganz dem Beköstigen des Geeinten Heeres verschrieben. Nur mit Mühe war vorstellbar, dass sich diese Einheit mit Schwertern anstatt mit Kochbestecken bewaffnete.

Blieben die fünfzigtausend Bewaffneten aus Agarsien, Palestan, Aldoreel, Hustraban und Serusien, die von ihren Garnisonen und Scharmützelkommandos abgestellt worden waren. Die Mehrheit davon rekrutierte sich jedoch aus Bauern.

Für ein ungutes Gefühl sorgte die Anwesenheit von J'Maal, einem K'Tar Tur, der die Einheiten aus Tersion befehligte. Er hatte sich zum Zeitpunkt der Palastrevolte seiner Freunde außerhalb der Hauptstadt befunden und konnte nicht in die Verschwörung verwickelt gewesen sein.

Selbst wenn es so gewesen wäre, Alana hatte keine anderen Heerführer, die sie auf die Schnelle einsetzen konnte. So befand sich ein Nachfahre Sinureds in den Reihen derer, die sich gegen den Kriegsfürsten stellten.

Und niemand traute dem Krieger mit dem weißen Haar und der Blutsträhne so recht über den Weg. Man fürchtete, dass er während eines eventuellen Gefechts die Seiten wechseln könnte.

Überraschend und erfreulich zugleich war dagegen die Anwesenheit der drei Ritterorden Angors. Die Hohen Schwerter, die Silbernen Äxte und Angors Söhne sorgten als von allen anerkannte Kontrollinstanz für Ruhe im Heer. Sobald eine der blitzenden Rüstungen auftauchte, erstarb jeder Zwist, aus Raufereien wurden brüderliche Umarmungen, aus Schlägen derbe Liebkosungen.

Jeder Orden führte dreihundert Ritter und ein immenses Gefolge heran. Im Gegensatz zu den anderen waren ihre Lager geordnet und befestigt. Der protzige Glanz der arroganten Ritter, einst von allen belächelt, passte sehr gut zu dem harten militärischen Drill. Und wenn die gepanzerten Reiter ihre Manöver auf freiem Feld ritten, waren ihnen staunende Zuschauer immer gewiss. Die drei Orden, das wussten alle, bildeten das geheime Rückgrat des Geeinten Heeres, moralisch und kämpferisch.

Der Kriegsrat hatte sich im Zelt König Tarms, gewählter Oberbefehlshaber, Herrscher von Aldoreel und Gastgeber der Streitmacht, versammelt, um die neuesten Nachrichten zu besprechen. Jedes Land und jeder Orden stellte ein Mitglied.

»Unsere Spione haben gemeldet, dass die Armee des Kabcar mit achtzehntausend Kämpfern etwa fünf Meilen nördlich von uns auf einer Hügelkette Stellung bezogen hat«, erklärte Telisor, ältester Sohn des aldoreelischen Königs, anhand einer ausgebreiteten Karte des Geländes. »Dort ist eigens eine Stadt für die Leute aus Tzulandrien errichtet worden. Und damit sind sie noch auf dem Boden der Großbaronie und somit unerreichbar, wenn wir uns nicht den Vorwurf eines Angriffs einhandeln wollen. Der Kabcar und Sinured sind ebenfalls dort.«

Tarm, ein Mann um die fünfzig Jahre, noch stattlich an Figur und Äußerem, machte ein skeptisches Gesicht. »Perdór, der seine Augen und Ohren wieder einmal überall zu haben scheint, warnt uns in seiner letzten Nachricht vor etwas, das er ›Bombe‹ nennt, die der Kabcar herstellen kann«, sagte er. »Und auch andere Waffen ließen sich, vermutlich dank der gestohlenen Erfindungen aus dem Fundus Kensustrias, herstellen, die seine zahlenmäßige Unterlegenheit ausglichen.«

»Er muss unterwegs zweitausend Leute verloren haben«, sagte der K'Tar Tur mit einer tiefen Stimme abwesend. »Ich erinnere mich daran, gehört zu haben, dass der Knabe zwanzigtausend Mann nach Süden verlagern wollte. Zehntausend sollten die Grenzen bewachen. Es sind aber bloß achtzehntausend angekommen. Entweder die Aufklärer haben sich getäuscht, oder der Heerführer, dieser Osbin Leod Varèsz, hat etwas Besonderes mit den fehlenden Truppen vor. Wir sollten die Wachen und Bereitschaftseinheiten verdoppeln. Vielleicht plant er einen Hinterhalt.«

Die Bemerkung rief allgemeines Gelächter hervor.

»Ich denke, wir werden den Kerl hier mit offenen Armen erwarten. Was glaubt Ihr, meine Herren, sind wir in der Lage, der gewaltigen Übermacht von zweitausend feindlichen Kämpfern zu trotzen?« König Tarms Stimme troff vor Hohn, und wieder brach die Versammlung in lautes Lachen aus, lediglich sein Sohn Telisor blieb merkwürdig still.

Das Gesicht des sinuredischen Nachfahren hatte sich verfinstert. »Ich mag es nicht besonders, verhöhnt zu werden«, warnte er. »Ihr tätet gut daran, Euch ebenfalls Gedanken zu machen, anstatt Euch die Bäuche zu halten.«

»Mein König«, sagte Telisor ruhig, »findet Ihr es nicht seltsam, dass ein Krieger wie Varèsz eine solche Torheit begehen würde und sich auf einen Kampf eins zu dreißig einlassen würde?« Er zeigte auf die Karte. »Warum sollte er sich aus dem Schutz der Stadt wagen, wo er dort die bessere Position hätte?«

»Ich behaupte, es gab niemals zwanzigtausend dieser Barbaren«, schaltete sich der Anführer der Serusier ein. »Vermutlich stehen diese fehlenden zweitausend zerlumpten Gestalten irgendwo in diesem verfluchten Sicherheitsgürtel und helfen, das Gold aus den Minen zu tragen.« Er schlug mit der Faust auf den Tisch. »Und nach allem, was ich gehört habe, bin ich für einen Angriff. Haben wir diese achtzehntausend Krieger überrollt, ist das Beseitigen der übrigen zehntausend auch keine große Arbeit mehr. Danach kehrt wieder Friede auf Ulldart ein.«

»Das könnt Ihr getrost uns überlassen«, meinte der Großmeister der Silbernen Äxte. »Meine Brüder fegen sie mit dem ersten Ritt vom Kontinent.« Die anderen Großmeister nickten bestätigend.

»Verzeiht mir.« Der Anführer der Palestaner stürmte ins Zelt. »Ich habe Neuigkeiten. Soeben kam ein Trupp ausgezehrter Soldaten aus Tûris hier an, ihr Anführer ist ein gewisser Hetrál. Er will sich dem Geeinten Heer anschließen.«

»Sehr gut«, meinte Tarm erfreut. »Mein alter Freund kehrt zurück und bringt die Tapferen mit sich, die sich in der Verbotenen Stadt ihre Sporen verdient haben. Noch mehr Erfahrene, die unser Heer gut gebrauchen kann.« Er wies einen Diener an, dem Turîten und seinen Männern Zelte zuzuweisen. »Und sag ihm, dass wir seinen Bericht sehnsüchtig erwarten.« Der Bedienstete stieß im Durchgang beinahe mit einem Knappen der Silbernen Äxte zusammen, der aufgeregt hereinstolperte.

Der leicht Gerüstete neigte das Haupt. »Verzeiht, werte Herren, dass ich ungefragt eindringe, aber seltsame Dinge gehen vor. Die palestanischen Soldaten bauen ihre Zelte ab und machen sich abmarschfertig.«

»Eine Rebellion, wie mir scheint?«, fragte Tarm mit erhobenen Augenbrauen in Richtung des Kaufmanns. »Eure Männer haben sich anscheinend entschlossen zu gehen?«

Der Mann druckste herum, machte aus Verlegenheit einen tiefen Kratzfuß und zog es vor, sich aus der gebückten Haltung nicht mehr aufzurichten. »Ich sagte, hoheitlicher König Tarm, ich hätte Neuigkeiten. Ich war noch nicht am Ende meiner Ausführungen.« Die Augen weiterhin auf den Boden gerichtet, legte er eine gesiegelte Order auf den Tisch. »Der Kaufmannsrat befahl mir, unsere Leute augenblicklich aus dem Geeinten Heer abzuziehen. Das Geld sei knapp und der Unterhalt nicht mehr möglich. Die Einbußen, resultierend aus dem Krieg mit Kensustria, seien zu hoch.«

»Und da opfert die Krämerseele eher den Kontinent, als dass sie Schulden macht, wie?« Der König von Aldoreel war wütend, die Versammlung geriet in heftigen Aufruhr.

Der Palestaner verharrte noch immer in seiner Verbeugung, blinzelte nach allen Seiten und entfernte sich gebückt und rückwärts gehend in aller Stille aus dem Zelt. Draußen begann er vorsichtshalber, durch den Matsch zu rennen, um sich in die sichere Deckung seiner Leute zu flüchten.

Die Vorbereitungen blieben nicht unentdeckt. Schmährufe flogen hinüber zu den abrückenden Palestanern, die eilig losmarschierten. Erste Dreckklumpen segelten durch die Luft. Unter den Verwünschungen der anderen machten sich zehntausend Mann bereit, im Lauf des restlichen Tages aus dem Geeinten Heer abzuziehen.

Im Zelt beruhigte sich die Stimmung allmählich wieder.

»Bleiben sechsundfünfzigtausend Männer«, knurrte Tarm. »Das sind immer noch genügend, um dem jungen Kabcar den Hintern zu versohlen, wenn er seine Finger an das Wohl Ulldarts legen sollte.«

»Es steht noch immer die Frage im Raum«, meldete sich der Serusier laut zu Wort, »ob wir den Gegner zuerst angreifen sollten. Wenn er wirklich über Waffen verfügt, die jeden Zahlennachteil ausgleichen, müssen wir ihn überraschen und dürfen ihm keine Gelegenheit geben, sie in aller Ruhe aufzustellen, oder was immer man mit diesen ›Bomben‹ macht.«

Zustimmendes Gemurmel setzte ein.

»Wenn wir das tun, werden wir uns in der Geschichte den Vorwurf gefallen lassen müssen, die Schuldigen gewesen zu sein«, gab Telisor zu bedenken.

»Der Sieger schreibt die Geschichte«, wehrte der hustrabanische Befehlshaber unwirsch ab. »Und momentan schreibt der Kabcar mächtig Geschichte, wenn ich in mein eigenes Land blicke. Dazu hatte er kein Recht, aber er rechtfertigt seine Vorgehensweise so geschickt, dass keiner es wagte, ihn dafür zur Verantwortung zu ziehen. Wenn wir nun zögern, kann es uns schlecht bekommen.«

Hetrál betrat das Versammlungszelt, kniete sich vor Tarm nieder und erhob sich auf dessen Zeichen hin. Erfreut über das Wiedersehen, packte der König den Meisterschützen bei den Oberarmen, dann schlug er ihm auf die Schulter. »Euch wieder zu sehen ist eine wahre Freude für mein altes Herz. In der Stunde einer schweren Entscheidung seid Ihr mir herzlich willkommen, lieber Hetrál.« Er ließ den Blick an der Kleidung des Stummen herabgleiten. »Ihr seid völlig abgemagert. War der schwere Marsch so kräftezehrend? Und Eure Augen haben nie ernster und bitterer geschaut! Was habt Ihr gesehen in der Verbotenen Stadt?«

Hetrál klatschte in die Hände, und vier Männer kamen herein. Nach einer kurzen Vorstellung begannen sie auf Geheiß König Tarms mit der Schilderung ihrer Erlebnisse, angefangen bei ihrer Entführung durch Sinured in Borasgotan und der Fahrt mit der fliegenden Galeere des Kriegsfürsten über die Sklavenarbeit für die Kreaturen und die Opferungen der Frauen zu Ehren Tzulans in der Verbotenen Stadt bis hin zur abenteuerlichen Befreiung durch die turîtischen Soldaten, angeführt vom Meisterschützen, der damit gegen den Befehl des Kabcar gehandelt hatte.

Ihre aufwühlenden Erzählungen wurden von den Mächtigen nicht ein einziges Mal unterbrochen. Selbst wenn einer der Redner stockte, um sich zu sammeln, weil ihm die Geschehnisse noch immer präsent waren, erhob niemand die Stimme. Hetrál erklärte die neue Gesetzeslage, die in Tarpol und Tûris bezüglich der Bestien herrschte.

Als die Lampen entzündet wurden und der späte Nachmittag dämmerte, endeten die Berichte.

»Nun denn. Es wird wohl niemand einen Einwand haben, wenn ich in den nächsten Tagen den Angriffsbefehl für das Geeinte Heer ausspreche?« König Tarm sah in die bewegten Gesichter des Gremiums. »Wohin Ulldart sonst steuert, wissen wir nun nur allzu gut.« Er ließ die Kelche mit Wein füllen. »Trinken wir auf den bevorstehenden bedeutenden Sieg unserer Armee, die einzig in den Kampf zieht, um dem Guten zum Sieg zu verhelfen, bevor weiteres Böses geschehen kann.« Die Becher wurden in einem Zug geleert und davongeschleudert. »So, wie diese Pokale zu Boden stürzen, werden die Krieger Sinureds fallen.«

Telisor war der Einzige, der sein Gefäß noch in der Hand hielt und es gedankenverloren hin und her drehte. »Mit Verlaub, mein König, aber ich werde nicht eher schlafen können, bevor ich nicht Gewissheit über den Verbleib der zweitausend Krieger habe. Ich schreibe sie noch nicht ab.« Er stellte den Becher auf die Karte. »Der Kriegsrat gebe mir die Erlaubnis, mit ein paar Männern nach Bardri¢s Feldherr zu sehen. Ich bitte euch darum.«

Tarm schaute in die Runde. »Schaden wird es wohl nicht, Sohn. Hetrál wird dich, nachdem er sich ein wenig ausgeruht hat, begleiten.«

Der Turît verneigte sich und nickte Telisor zu. Beide verließen in Eile das Zelt. Dabei streifte der Umhang des Königssohns den abgestellten Kelch und riss ihn um.

Blutroter Wein ergoss sich über die Landkarte und floss über den Punkt, an dem sich das Lager des Geeinten Heeres befand.

Nachdenklich betrachtete der K'Tar Tur das Missgeschick. »Das ist ein schlechtes Omen. Wenn es stimmt, was die Karte zeigt, werden wir von rotem Wein hinweggespült«, meinte er leise.

»Ha, keine der unangenehmsten Todesarten, wie ich meine«, lachte der Serusier und ließ einen neuen Krug bringen. »Trinken wir auf den Sieg! Mögen die Tzulandrier wie die Fliegen sterben. Und wie der Kabcar so schön sagte: keine Gefangenen!«

Nerestro von Kuraschka trat aus dem Zelt und hob den Kopf. Die Wolken zogen in dichten Schwaden den Himmel entlang und hoben sich durch ihre graue Farbe vom hereinbrechenden Dunkel der Nacht ab. Aus weiter Ferne grollte Donner.

Unscheinbar und klein glitzerten die Sterne am Himmel, selbst die Monde schienen sich mit ihrer leuchtenden Kraft zurückzuhalten. Dafür erstrahlten die Augen Tzulans umso roter. Wann immer sich ein grauer Schleier vor die Zwillingssterne legte, hatte es den Anschein, als würde ein Ungeheuer aus den Wolken gierig auf die Kämpfer des Geeinten Heeres hinabschauen, um sie alle zu verschlingen.

Feuchter, kühler Nebel zog auf, der die Geräusche der vielen Tausend Menschen aus dem Lager dämpfte. Selbst die gewaltigen Repolfälle klangen leiser als sonst.

Mit einem leichten Schmatzen versanken Nerestros Knöchel im Schlamm, das Gewicht seiner schweren Vollrüstung drückte ihn zusätzlich nach unten. Keine gute Ausgangslage für die schwere Reiterei, dachte er und stakste hinüber zu dem Zelt, in dem die Pferde Unterkunft fanden.

Wie er es angeordnet hatte, stand sein Hengst gesattelt bereit. Mithilfe dreier Knechte und eines Flaschenzugs gelangte er auf den Pferderücken und trabte die Linie der Wachen ab, die gespannte Doppelarmbrust in der Rechten haltend. Rastlosigkeit, nicht die Pflicht trieb ihn hinaus.

Seine Aufmerksamkeit wurde durch die Gedanken an die bevorstehende Schlacht abgelenkt. Der Großmeister hatte die Nachricht verkündet, und nun erwartete das Geeinte Heer, dass die Orden mit wehenden Bannern gegen die Tzulandrier anritten.

Doch so leicht würde es nicht werden. Nicht einmal ein Schlachtplan existierte, auch wenn König Tarm sich alle Mühe gab.

Nach allem, was man in Erfahrung gebracht hatte, war aus dem Gegner ein disziplinierter Widersacher geworden, nicht mehr der blindwütig heranstürmende Haufen, wie er ihn bei Dujulev erlebt hatte. Der Stratege Sinureds oder des Kabcar, Varèsz, teilte sie in Einheiten von mehreren Tausend Mann auf, die in sich wiederum in kleinere Gruppen zerfielen, ähnlich wie bei den Ordensrittern. Ein Signalsystem aus farbigen Wimpeln sorgte für die exakte Führung des noch so kleinen Armeeteils.

Das Geeinte Heer dagegen krankte an uneinheitlichen Kommandos, Erfahrungs- und Ausbildungsmangel, persönlichen Animositäten und unter dem festen Glauben, Ulldrael der Gerechte würde eingreifen, wenn sich wider Erwarten ein Unglück ereignen sollte, welches das vermeintlich sichere Kriegsgeschick wenden könnte.

Die Hügeltaktik war gegen eine Überzahl das beste Mittel, das wusste Nerestro noch sehr gut aus eigener Erinnerung. Bis eine Bresche in die mit Sicherheit längst aufgebaute Verteidigung geschlagen worden war, müssten Hunderte ihr Leben lassen.

Er hielt das Streitross an und klopfte ihm beruhigend auf den muskulösen Hals. Der Duft von in Kräutern gegartem Fleisch stieg ihm in die Nase. Nach einem kurzen Blick über die vom Schein der Lagerfeuer erhellten Zelte der Ilfariten trabte er wieder an.

Diesmal schweifte er innerlich zu dem Albtraum zurück, den er nur mit eiserner Disziplin überwunden hatte. Die Toten, die ihn nach seinem Sturz ins Wasser ständig besuchten, kehrten nicht mehr zurück. Weder sein Vater noch gefallene Ordensbrüder gaben sich die Ehre, seitdem er aus einem langen Schlaf erwacht war.

Herodin machte die von ihm verabreichten Mittel dafür verantwortlich, aber Nerestro erinnerte sich sehr deutlich an die bernsteinfarbenen Augen seiner einstigen Gefährtin, die ihn voller Güte und Sorge angeblickt hatten. Er wusste genau, wem sein Dank gelten musste, den er aber nicht gewähren durfte.

»Belkala«, seufzte er leise und sah zu den Sternen empor, als könnte er ihr Gesicht dort entdecken.

Er hatte sie zum zweiten Mal in seinem Leben verloren. Zuerst in Granburg, doch sie war zu ihm zurückgekehrt. Dann musste Kensustria ausgerechnet einen Krieg gegen das Kaiserreich Angor beginnen, und damit durfte er keine Frau an seiner Seite dulden, deren Volk gegen die Schöpfung des Gottes, dem er einst sein Leben angeschworen hatte, kämpfte.

Selbst wenn das alles nicht so gekommen wäre, sie hatte ihn belogen, von Anfang an. Sie war niemals eine harmlose Priesterin gewesen, sondern eine Ausgestoßene, die zur Lästerin geworden war. Und nur Angor wusste, welcher Grund sie damals dazu veranlasst hatte, Matuc und ihn zu begleiten.

Dennoch wünschte der Ritter sich, sie in seinen Armen halten zu dürfen, obwohl er sich gleichzeitig einredete, dass er Opfer ihrer Verzauberung geworden war. Noch immer fühlte er die tiefen Kratzer in seinem Genick, die ihre Fingernägel hinterlassen hatten. Narben, die auch in seinem Herzen brannten.

»Es hätte niemals sein dürfen«, sagte er leise. »Seit dieser Nacht, in der ich sie das Fleisch der Toten essen sah, hätte ich es wissen müssen. Vielleicht sandte mir Angor die Geister, um durch sie zur Besinnung zu kommen. Mich zu mahnen.«

Nun war der Ritter beim Geeinten Heer, um das Übel aufzuhalten, dessen Leben er in der Kathedrale zu Ulsar gerettet hatte. Einst hätte er sein Dasein verwettet, dass aus dem Jungen ein guter Kabcar würde. Aber etwas veränderte den Herrscher. Und wenn er, Nerestro, dieses Silberhaar, und seine Helfershelfer in die Finger bekäme, würde sie seine aldoreelische Klinge ins Jenseits schicken.

Nerestro lenkte den schnaubenden Hengst auf den nächsten Posten zu, der dösend an seiner Hellebarde lehnte. Langsam ritt er an den Schlafenden heran und versetzte ihm einen Tritt.

Der Länge nach fiel der Mann in den Schlamm und regte sich nicht. Augenblicklich ruckte die Armbrust des Ritters nach vorne, die Mündung wanderte auf der Suche nach einem Ziel nach rechts und links. Das Pferd stieg wiehernd auf die Hinterhand.

»Er schläft nur«, sagte eine vertraute weibliche Stimme irgendwo aus der Dunkelheit. »Ich benutzte ihn, um dich anzulocken, Geliebter.«

Der Ordensritter schloss die Augen, sein Puls schlug schneller. »Geh weg, Dämonin!«, rief er in die Nacht. »Ich will dich nicht sehen. Wir beide sind miteinander fertig.« Mit hartem Griff hielt er die Zügel, um das Ross vor dem Ausbrechen abzuhalten.

»O nein, Geliebter«, kam der sanfte Widerspruch, gefolgt von einem fröhlichen Lachen. »Ich habe dich noch lange nicht aufgegeben. Tief in deinem Herzen spürst du, dass wir zueinander gehören. Weder Angor noch die Taten meines Volkes ändern etwas daran. Du musst dich nur überwinden, und alles wird wieder so schön wie einst.«

Nerestro glitt aus dem Sattel, rutschte in den feuchten Dreck und sank auf die Knie. Die Armbrust warf er zur Seite, eilig zog er die aldoreelische Klinge und küsste die Blutrinne. »Angor, mein Herr, meine Seele wird gepeinigt von bösem Zauber. Es sind Einbildungen, die mir mein verwirrtes Herz sendet.«

Die Wachen, jeweils etwa fünfzig Schritt rechts und links von ihm, riefen nach ihm, aber der Ritter antwortete nicht, sondern betete in stets gleichen Worten.

Belkala trat aus der Schwärze der Nacht und kniete sich vor den Mann. Sanft nahm sie sein Gesicht in die verätzten Hände und hob sein Kinn, um ihm in die Augen sehen zu können.

Seine Gebete wurden zu einem Flüstern und versiegten.

»Ich habe keinen Zauber über dich geworfen, Liebster. Es ist nur dein Herz, das die Wahrheit spricht. Deine Seele muss sich noch ausruhen. Sie hat unter der Fahrt zu den Toten, die du gemacht hast, sehr gelitten.« Sie streichelte ihn und küsste ihn auf die Stirn. Nerestros gewaltiger Körper begann zu zittern. »Deine Seele kann aber nicht hier gesunden. Es helfen auch keine Tinkturen, die man dir gegeben hat. Komm mit mir.« Sie stand auf und legte die Finger auf seine kurzen Haare. »Komm mit mir, Geliebter. Ich bringe dich an einen ruhigen Ort, der den kommenden Sturm unbeschadet übersteht. Wenn du nur gesehen hättest, was ich sah. Und bevor wir gehen, musst du die anderen warnen.«

Der Ordenskrieger wuchtete sich umständlich auf die Knie, wankte, packte den Griff der kostbaren Waffe und taumelte rückwärts, die Klinge gegen die Kensustrianerin gerichtet. »Angor, mein Herr, meine Seele wird gepeinigt von bösem Zauber. Es sind Einbildungen, die mir mein verwirrtes Herz sendet.«

Mehrere Reiter preschten heran, an ihrer Spitze Herodin. Belkalas Kopf fuhr herum.

»Ich bitte dich, begleite mich, Geliebter. Oder liebst du mich nicht mehr?« Sie machte einen Schritt auf ihn zu. Die Schwertspitze sank zu Boden. »Sag, dass du mich nicht mehr liebst, und ich kehre niemals mehr zurück.«

Nerestros ganzer Körper wurde von einem Schütteln erfasst. »Ich kann nicht«, knirschte er. »Ich darf nicht. Angor, mein Herr, meine Seele wird gepeinigt von ...« Kraftlos brach er zusammen.

»Ich wusste es.« Belkala bückte sich und drückte ihm einen Kuss auf. »Ich werde da sein, wenn du mich brauchst. Wie ich immer da war.« Sie verschwand in der Dunkelheit, während Herodin und die Knappen herbeieilten, um den gestürzten Ritter aufzuheben. Vorsorglich hatte man eine Trage mitgebracht.

»Verschwinde, Dämonin!« Wütend schoss der Unterführer die Bolzen der Armbrust in die Nacht, dann wandte er sich seinem blassen Herrn zu, der nun über und über voller Schlamm war. »Es hat keinen Sinn.« Er schüttelte traurig den Kopf. »Wir müssen fort von hier, zurück zur Burg. Nur dort wird er genesen. Meine Hoffnung, dass er im Kreise unserer Mitbrüder gesundet, wurde enttäuscht. Ich werde dem Großmeister unseren Beschluss bekannt geben. Morgen brechen wir auf.«

Herodin spähte in die Finsternis, in der die Priesterin verschwunden war, bevor er sie zu stellen vermochte. »Und wir müssen sie vernichten. Sie ist das Übel, an dem seine Seele krankt. Ich erwische sie bestimmt. Und dann trenne ich ihr den Schädel vom Hals und verbrenne sie zu Asche, vermaledeites Weib.« Er spuckte aus und schwang sich in den Sattel. »Dann findet unser Herr endlich seine Ruhe.«

Die Hüttenstadt, die im südlichsten Zipfel der Großbaronie in aller Eile errichtet worden war, beeindruckte Lodrik. Niemals hätte er geglaubt, dass die Freiwilligen in solcher Geschwindigkeit Unterkünfte, auch wenn sie nur grob behauen worden waren, aufstellen konnten. Und dennoch war dem ein oder anderen Erbauer die Zeit geblieben, ein liebevolles Detail in die Holzbalken zu schnitzen. Die gläubigen Bauern kerbten die Ähre als Zeichen Ulldraels des Gerechten in das Material.

In Reih und Glied standen die Häuschen, streng geordnet und in einer Struktur errichtet, die eine perfekte Übersicht ermöglichte. Im Zentrum lag das größte Gebäude, die Unterkunft des Befehlshabers, in diesem Fall Lodriks Behausung. Zwar ließ sich der Komfort mit dem Palast nicht im Geringsten vergleichen, aber die meisten Gasthäuser hatten weniger zu bieten.

Der junge Mann hatte darauf bestanden, sich auf dem Pferderücken, nicht aus einer Kutsche heraus zu präsentieren, geschützt durch einen schimmernden Brustharnisch, der über der Uniform lag. Das militärische Blut der Bardri¢ regte sich in ihm.

Bei seinem Einzug in die Stadt standen die Truppen an der Hauptstraße Spalier, die Waffen zur Präsentation gezückt, die Gesichter geradeaus gewandt. Bunte Fahnen knatterten im Wind, Tarpols, Tûris' und die Tzulandriens hingen nebeneinander, und über allen wehte die Standarte der Bardri¢s. Nebelfetzen strichen durch die Straßen und um die Ecken, und ließen die Ankunft des Herrschers beinahe gespenstisch erscheinen. Das Licht wirkte grau und fahl.

Stolz erfüllte Lodrik, als er die vielen Tausend Krieger sah, die ihm unterstanden, die sein Land verteidigt hatten und es nun bald ein weiteres Mal tun müssten.

Und das Gefühl der Macht breitete sich in ihm aus, kroch als wohliges, warmes Empfinden in sein Denken, gepaart mit dem festen Glauben, zusammen mit den magischen Fertigkeiten beinahe unbesiegbar zu sein. Und sich den ganzen Kontinent Untertan zu machen, sollte es notwendig sein. Angesichts des ständigen Verrats um sich herum erschien es ihm fast am sichersten, wenn er allein auf Ulldart herrschte. Wenn er das alleinige Sagen hatte, müsste er sich vor niemand anderem in Acht nehmen. Doch noch sprach er mit niemandem darüber. Er plante, eine letzte Versammlung einzuberufen, um das Geeinte Heer von seinen Angriffsabsichten abzubringen.

An seiner Seite ritt Mortva Nesreca, ähnlich gerüstet wie der Kabcar, wenn auch die Rüstung weniger aufwändig graviert worden war. Sein Gesicht wirkte sichtlich zufrieden. »Es ist erstaunlich, was Osbin aus diesen Männern gemacht hat«, sagte er hinüber zu seinem Schützling.

»Und dennoch sind wir in der Unterzahl«, seufzte Lodrik, dem das Kräfteverhältnis wieder in den Sinn gekommen war. »Ich hoffe, wir müssen die Waffen nicht erheben. Die Vorkehrungen sind dennoch getroffen worden?«

»Ein glücklicher Umstand, dass wir vorzeitig von der Verlegung des Lagers nach Norden erfuhren und schnell handeln konnten. Wenn es sein muss, kann der Feldherr unseren Notplan jederzeit in die Tat umsetzen«, bestätigte sein Konsultant den reibungslosen Ablauf der Vorbereitungen. »Ich hegte von Anfang an meine Zweifel, dass diese verblendeten und dazu noch eroberungswütigen Narren sich durch Verhandlungen zur Vernunft bringen lassen. Zu viel Geld wurde bereits investiert. Und die Gefahr für den Kontinent wird nach wie vor in Euch gesehen, Hoher Herr. Aber dazu sage ich Euch gleich mehr.«

Der Tross hielt vor dem Hauptgebäude an, die beiden Ranghöchsten stiegen etwas steif aus den Sätteln und gingen ins Innere, um sich in der großen Halle bei einer Tasse Tee aufzuwärmen.

Fröstelnd stellte sich Lodrik vor die offene Feuerstelle in der Mitte des Saales. Halbe Baumstämme verbrannten darin, die Flammen zuckten mannsgroß in die Höhe. »Was haben die Verhandlungen gebracht, die ich angeordnet habe? Wann treffen wir uns mit dem Kriegsrat?«

»Ich muss Euch enttäuschen.« Mortva zupfte sich die

Handschuhe von den schlanken Fingern, sein Gesicht verzog sich bedauernd. »Es wird kein Treffen geben, Hoher Herr. Die Unterredungen verliefen ergebnislos. Der Kriegsrat weigert sich, den abtrünnigen Hetrál und seine Männer auszuliefern. Und als Zeichen, dass man mit Euch nicht mehr verhandeln will, sandten sie uns die Köpfe der zehn Tapferen, die wohlgemerkt unter dem Neutralitätsbanner ins Lager des Geeinten Heeres ritten. Angeblich hätten die einfachen Soldaten sich nicht mehr zurückhalten lassen. Ich persönlich glaube nicht daran.«

»Wieso erfahre ich das jetzt erst?« Der Kabcar empörte sich und verschränkte die Arme auf dem Rücken. Eine blonde Haarsträhne löste sich aus dem Lederband und hing ihm ins Gesicht. »Das war der letzte Versuch. Ich habe es endgültig satt, wie ein Idiot behandelt zu werden. Ich bin Kabcar, ein Staatsoberhaupt, und das sogar von zwei Reichen gleichzeitig. Aber von Respekt kann ich nichts entdecken.«

Der Berater legte den Harnisch ab und stellte ihn zu Boden. Er nahm auf einem Holzsessel Platz und versuchte, es sich so bequem wie möglich zu machen. »Man hat Euch niemals richtig anerkannt. Ich wollte es Euch zuerst nicht sagen, aber es ergänzt das Bild so herrlich, das ich mehr und mehr von dem Haufen gewinne, der sich so edel Geeintes Heer nennt.« Lodrik bedeutete ihm fortzufahren. »Unsere eigene Patrouille griff zehn Soldaten auf, die sich an den Grenzsteinen zu schaffen machten. Sie gaben in der Befragung zu, die Markierungen im Auftrag des Rates versetzen zu sollen, um unsere Leute sozusagen ›auf fremdem Gebiet‹ zu stellen und den Angriff mit ruhigem Gewissen gegen uns starten zu können. Ihr könnt sie selbst noch einmal verhören, wenn Ihr möchtet.«

»Nein. Nun ist es endgültig genug«, rief der Kabcar wütend. »Ich bin mit meinen siebzehn Jahren gerade erwachsen, aber sie benehmen sich wie kleine Kinder!

Schickt einen Läufer zu Varèsz, er soll anfangen, sobald der Morgen graut. Ich mache mit diesem Spuk ein für alle Mal Schluss.« Er nahm sich eine Flasche vom Tisch und schenkte sich etwas von dem starken Alkohol ein. Hart setzte er sie ab. »Mortva, das wird ein arbeitsreiches Jahr, das uns ins Haus steht.«

Der Mann mit den silbernen Haaren rückte das Kissen zurecht und sah ihm fragend in die blauen Augen, in denen er so etwas wie Bosheit erkennen konnte.

»Von meinen Plänen bezüglich des Ulldraelordens in Tarpol habe ich Euch bereits erzählt. Doch nun sehe ich mich wohl gezwungen, noch anderweitig tätig zu werden.« Er zeigte aus dem Fenster. »Ich werde das Geeinte Heer schlagen, und dann werden sich die Menschen die Frage stellen: Wie konnte Ulldrael das zulassen, wenn sie doch angeblich gegen das Böse ins Feld gezogen sind?« Er schwenkte grimmig die Flasche. »Und ich werde ihnen antworten: Sie sind wohl im Irrglauben gegen den Falschen geritten. Aber dennoch biete ich an, dass meine Soldaten und meine Vertrauten gerne in ihrem Land für Ordnung sorgen werden.« Ein böses Lächeln stahl sich auf sein Gesicht. »Und alle anderen, die Zweifel an meinen guten Absichten haben, werde ich mit meinen Männern überzeugen. Oder mithilfe der Modrak.«

Kerzengerade saß Mortva im Sessel. »Hoher Herr, Ihr wollt Ulldart erobern?«

Lodrik hob den Finger. »Nein, verehrter Vetter. Ich werde den Untertanen der Länder, die heute ihre Führer und ihre Soldaten verlieren, meinen Schutz anbieten. Und wenn ich es mir recht überlege, werden im Verlauf der Gefechte sehr viele wichtige Menschen ihr Leben verlieren. Und wenn nicht, sorgen wir hinterher dafür. Ich bin es leid. So oft habe ich ihnen meine Hand hingehalten oder meine Hand Hilfe suchend ausgestreckt und niemals etwas bekommen.« Er leerte das Glas in einem

Zug. »Diese Schlacht ist ein Geschenk, von wem auch immer. Nun nutze ich meine Vorteile, die sie mir mit ihrem lächerlichen Unternehmen förmlich aufdrängen.«

Als der Kabcar das Glas auf dem Tisch abstellen wollte, fiel sein Blick auf die eingravierte Ähre über den beiden mächtigen Flügeltüren. Nur ein Wimpernschlag der Konzentration war notwendig, und schon bildete sich in der Mitte der Schnitzerei ein dunkler Punkt. Rauch stieg von dort auf, der Brandfleck wuchs, dehnte sich aus, bis er das Zeichen Ulldraels zur Unkenntlichkeit versengt hatte.

Lodrik warf sich den Mantel über und schritt zum Ausgang. »Ich will, dass jede Einzelne dieser Gravuren aus dieser Stadt entfernt wird«, befahl er im Gehen. »Dieser Gott hat nichts dazu beigetragen, dass ich noch auf dem Thron sitze. Ich bin ihm nichts schuldig.«

Mortva stand auf und verneigte sich. Irgendwann fiel das große Portal rumpelnd ins Schloss.

Er hatte sich die Mühe umsonst gemacht. Der Kabcar vertraute ihm vollkommen und mehr, als er es jemals zu hoffen gewagt hätte.

Dabei hatte er alles vorbereitet, die Verhandlungsdelegation erst gar nicht in das feindliche Lager geschickt, sondern die eigenen Männer außerhalb der Sichtweite töten lassen. Das Wagnis, der Kriegsrat könnte in letzter Sekunde während eines Treffens Einigungsgespräche annehmen, wollte er nicht eingehen.

Vier serusische Soldaten des Geeinten Heeres hatte er in aller Heimlichkeit entführen lassen, die nun als vermeintliche Grenzfälscher in einem Erdloch saßen, das als Gefängnis diente. Sie hätten alles bestätigt, wenn sie nur ihr Leben behalten durften.

Der Konsultant stand regungslos, bemerkte die immense Vorfreude auf den Triumph und wollte ihr doch keinen freien Lauf lassen. Er atmete gleichmäßig und versuchte, sie zu unterdrücken.

Doch es wollte ihm nicht gelingen.

Er breitete die Arme aus, legte den Kopf in den Nacken und lachte laut. Es war ein Ton, wie man ihn dem eher schmächtigen Mann niemals zugetraut hätte: ein dunkles, grausames Lachen, beinahe polyphon, das durch Mark und Bein ging. »Hoher Herr, mein Hoher Herr!«, jauchzte Mortva. Die Haut seines Gesichts geriet in Bewegung.

Die Statur des Beraters wuchs, wurde breiter, und die Kleider an seinem Leib begannen sich zu dehnen und zu reißen. Zu spät bemerkte der verzückte Konsultant, dass etwas anderes die Kontrolle über ihn gewann. Oder er sie über sich verlor.

Knirschend und krachend schoss der Mann in die Höhe, ein Schmerzensschrei kam über seine geplatzten Lippen, Teile der Körperhülle baumelten wie zerfetztes Papier herab. Das grüne und das graue Auge glühten auf, vergrößerten sich und steigerten ihre Intensität.

»Nein«, keuchte Mortva und taumelte vorwärts, direkt in die Flammen der Feuerstelle. »Nicht jetzt.«

Mit einem Schmatzen brach die Haut auf dem Rücken, schwarzgelbes Sekret troff zu Boden, und eine gewaltige, gläsern anmutende Schwinge entfaltete sich, in deren Adern die gleiche Flüssigkeit pulsierte, wie sie sich auf der gestampften Erde der Halle sammelte.

Dann schlug das Feuer fauchend über ihm zusammen und hüllte seine deformierte, völlig unproportionierte Gestalt ein.

Lodriks Weg führte ihn direkt zu der Galeere Sinureds, die am westlichen Stadtrand lag. Der wiederauferstandene Kriegsfürst residierte hier, weil kein Haus seinen Ausmaßen gerecht wurde. Umgeben von seiner Leibwache ritt der Kabcar auf das Schiff zu und lenkte sein Pferd die breiten Planken hinauf.

Noch immer haftete dem uralten Holz der Seegeruch

an, durch den Nieselregen der letzten Tage wurde der Gestank aus Moder, Salz und Algen sogar noch verstärkt.

Die bewaffneten Krieger mit den merkwürdig bleichen Gesichtern würdigten Lodrik keines Blicks. Ohne dass sie jemand aufhielt, überquerten der Herrscher und seine Leibwache das riesige Deck und stiegen in den Bauch der Galeere.

Der Laderaum glich einem Thronsaal, an dessen hinterer Wand ein kostbarer geschnitzter Sessel aus dem Holz von Ulldraeleichen stand. Dort saß Sinured und beobachtete die Ankömmlinge mit seinen roten Augen. Sofort erhob er sich und ging auf die Knie, als er Lodrik erkannte.

»Es ist mir eine Ehre, den Hohen Herrn an Bord zu begrüßen«, tönte seine laute Stimme durch den Raum. Der Kabcar fragte sich, ob er nicht eben eine Spur Hohn herausgehört hatte.

»Womit kann ich Euch dienen, Hoher Herr?«

Scheinbar gleichgültig ging der junge Mann zu der monströsen und legendären Gestalt, die im Knien immer noch größer war als er. Schwarze, verbrannte Haut, lange weiße Haare, Hände wie Pranken, klauenartige Fingernägel und die muskelbepackten Extremitäten des Kriegsfürsten machten nach wie vor Eindruck auf den Kabcar. Die patinabesetzte Panzerung und die erstarrte Haltung ließen Sinured wie die antike Statue eines Gottes erscheinen. Eines grausamen Gottes.

Und trotz allen Wissens und Vertrauens auf seine magischen Fertigkeiten verlangsamten sich Lodriks Schritte unwillkürlich.

Der Kriegsfürst hob sofort den Kopf, die roten Augen glühten auf, und mit einem Lächeln zeigte er die spitzen, raubtierhaften Zähne. »Ihr müsst keine Angst haben, Hoher Herr. Ich schwor Euch Treue und Gefolgschaft.«

Der junge Mann blieb zwei Meter vor Sinured stehen,

die Leibwache fächerte auseinander und sicherte. »Und gerade weil du mir in Dujulev einen Eid leistetest, will ich deine Vertrauenswürdigkeit prüfen. Man sagt, du hättest Worlac abgebrannt, nicht die Borasgotaner.« Prüfend fixierte er die Augen des Wesens, in denen jede Menschlichkeit fehlte. »Stimmt das, Sinured? Du schworst, mein Volk zu schützen, es nicht zu gefährden!«

Der Kriegsfürst schwieg lächelnd.

»Dann wird es Zeit«, Lodrik konzentrierte sich, »für eine Lektion, damit du begreifst.«. Er vollführte schnelle, aber sorgfältige Gesten. Bei der vierten Bewegung zogen die Finger schimmernde Bahnen durch die Luft, die magischen Zeichen schwebten im Raum.

Wirbelnd vereinigten sie sich zu einem rotierenden Ball, der sich immer weiter ausdehnte und den verwunderten Sinured einhüllte.

»Wirst du dich in Zukunft an deinen Schwur halten?«, verlangte der Kabcar hart und langte kurz an die schillernde Außenhaut. Im Inneren entlud sich, ausgehend vom Berührungspunkt, ein Blitzschlag, Sinured brüllte vor Schmerz und Überraschung auf.

»Wirst du?« Als er zwei Finger gegen das magische Gefängnis legte, zuckten ebenso viele Energiebahnen auf den Kriegsfürsten hernieder. Die getroffenen Stellen qualmten.

Ohne ein weiteres Wort hob Lodrik als Zeichen seiner Entschlossenheit die rechte Hand, streckte die Finger aus und näherte sich der flimmernden, hauchdünnen und doch undurchdringlichen Wand.

»Hoher Herr, ich werde«, versicherte der Bestrafte. Das Überhebliche war verschwunden.

Er hat Angst vor mir! Endlich! Lodrik senkte die Hand und machte eine wegwerfende Bewegung. Augenblicklich brach die schimmernde Kugel zusammen, und eine Windböe fegte durch den umgebauten Laderaum.

»Wenn ich dich von heute an ein einziges Mal des Eidbruchs überführe, wird meine Magie dich in kleinen Stücken zurück auf den Grund des Meeres befördern. Und diesmal gibt es keinen, der dich von dort zurückholt«, eröffnete er seinem Verbündeten. »Weil du und deine Männer in Dujulev mir geholfen habt, lasse ich Gnade walten. Und als Zeichen dafür, dass ich nicht nachtragend bin, werde ich dich nach dem Ende der Schlacht belohnen. Die einstige Verbotene Stadt wird wieder dir gehören.« Sinured verneigte sich tief. »Und in meinem Namen wirst du Tûris verwalten. Aber meine wachsamen Augen und Ohren werden überall sein. Hüte dich vor falschem Spiel.«

Lodrik drehte sich um, machte ein paar Schritte und blieb stehen. »Schworst du nicht, alle ehemaligen Gebiete Tarpols für mich zurückzuerobern?«, sagte er über die Schulter. »Lass den morgigen Tag vergehen, und wir reden ein zweites Mal darüber.«

»Schneller, ihr Hurensöhne!«, schrie Varèsz die Soldaten an und schlug vom Pferderücken herab mit der neunschwänzigen Peitsche nach ihnen. »Wenn ihr in zwei Stunden nicht so weit seid, lasse ich euch allesamt häuten und pfählen.«

Die Männer, die seit rund einer Woche fast ohne Unterbrechung arbeiteten, beschleunigten die Grabungen, denn bisher hatte Varèsz nie leere Drohungen ausgestoßen.

Der Stratege Sinureds richtete sich im Sattel auf und sah sich nach Widock, einem seiner Vertrauten, um. Missmutig zog er den gezackten Zweihänder auf seinem Rücken zurecht. Auch wenn sie ihn etwas behinderte, die schwere Waffe wich nicht von seiner Seite. Zu viele gute Dienste hatte sie ihm in den Schlachten geleistet, die Durchschlagskraft der gewellten Klinge suchte ihresgleichen.

In einiger Entfernung erspähte er Widock bei den Fässern, die sie aus der Stadt organisiert hatten. »Was ist?«, brüllte Varèsz, um das Tosen der Wassermassen zu übertönen. »Reichen die Behälter oder benötigst du noch mehr?«

Der Mann winkte zur Bestätigung. »Nein, Herr! Wir haben jetzt über dreihundert Gallonen von diesem Zeug. Nach meinen Berechnungen müsste es genügen. Pulver ist ebenfalls ausreichend da.«

»Gut«, murmelte der Feldherr zufrieden. »Sehr gut. Tzulan ist mit uns.« Er lenkte sein Pferd an den Rand des Abgrunds. Geistesabwesend kratzte er an der gespaltenen Unterlippe.

Weit unten im Tal konnte er die Lagerfeuer des Geeinten Heeres als kleine helle Punkte erkennen. Varèsz wischte sich die Wassertropfen aus dem Gesicht, die von den Gischtschleiern der Repolfälle stammten. Es hatte einige Mühe gekostet, die Posten zügig zu umgehen und die Steilhänge zu erklimmen. Mehr als fünfzig seiner Leute hatte er allein beim Aufstieg eingebüßt, drei Dutzend waren dem Repol zum Opfer gefallen.

Das bereitete ihm die größte Sorge. Nicht dass ihm die Verluste Leid täten, aber wenn eine der Leichen zufällig im Lager entdeckt werden sollte, würde man dort aufmerksam. Und die Gefahr einer vorzeitigen Entdeckung stieg mit jeder Minute, die sich der Plan verzögerte.

Seine Männer hatten ihm gemeldet, eine Frau an den oberen Fällen gesehen zu haben. Als er aber in aller Eile mit einem Spähtrupp nach der unliebsamen Besucherin fahndete, entdeckte er zu seiner großen Erleichterung keine Spuren. Entweder die Leute hatten sich getäuscht oder die Frau machte sich nichts aus den Vorgängen.

Die anderen tausend Mann, die er aus dem Hauptkontingent mit sich führte, schufteten in drei Meilen Entfernung, und zwar mit großem Erfolg, wie er an den rapide schwindenden Wassermassen absehen konnte, die auf den Felsabbruch zutrieben und sich in die Tiefe stürzten.

Der Feldherr wandte sich ab und ritt zurück.

Die Männer stellten die Grabarbeiten ein und bildeten eine Kette. Sie reichten kleine, mit einer Schicht aus Teer versiegelte Holzfässchen durch. Eins nach dem anderen verschwand in den gewaltigen Schächten, die rechts und links des Repolufers in den Fels getrieben worden waren.

»Wollt ihr wohl schneller arbeiten, Ausgeburten der Faulheit!«, hörte er Widock die Soldaten antreiben. »Es wird höchste Zeit.«

Telisor fluchte und stemmte sich aus dem Dreck. Grinsend hielt ihm Hetrál die Hand hin, um ihm aufzuhelfen.

»Wie macht Ihr das, Meister Hetrál?«, wollte der Königssohn wissen. »Seht Ihr selbst im Dunkel und Nebel? Den Ast muss Tzulan dorthin gelegt haben.«

Der Ast, über den Ihr gefallen seid, lag schon sehr lange dort, sprach der Turît mit den Händen. *Er ist von Moos bewachsen, und die ersten Ameisen haben sich eingenistet. Tzulan muss ihn vor langer Zeit dorthin geworfen haben. Seid nun leise.*

Telisor schlich hinter dem Kunstschützen her und versuchte, keine Geräusche beim Laufen zu machen.

Die Repolfälle hatten sie vor Stunden hinter sich gelassen, die Gruppe aus insgesamt zehn Männern teilte sich danach auf, um in alle Himmelsrichtungen kundschaften zu können.

Hetrál und er bahnten sich einen Weg nach Süden, aber Telisor rechnete nicht damit, hinter den eigenen Linien auf den Feind zu stoßen. Vermutlich würde der gegnerische Stratege seine zweitausend Mann im Osten platziert haben, um einen Flankenangriff durchzuführen. Zumal der Schutzgürtel, der in Hustraban von den

Tzulandriern errichtet worden war, nicht allzu weit entfernt lag.

Ihre Vorräte reichten notfalls für eine Woche, sollten sie länger unterwegs sein. Oder sich verirren, was sich der Königssohn durchaus zutraute. Nachts durch einen Wald zu kriechen gehörte nicht zu den Stärken, die er als Thronfolger haben musste. Aber es war ihm ein dringendes Anliegen, nach diesem Varèsz zu suchen.

Aus dem Nieseln war ein anhaltender Dauerregen geworden, der in den Stoff des wattierten Waffenrocks eindrang und ihn schwerer werden ließ. Telisor fluchte, aber der Turît erklärte ihm mit der Gebärdensprache, die der Königssohn vor Jahren von ihm am heimischen Hof erlernt hatte, dass die Regengeräusche ihre eigenen übertönten.

»Ich hoffe, sie übertönen auch den Husten, den ich mir einfangen werde«, beschwerte sich der junge Mann.

Der Kunstschütze blieb stehen und deutete nach rechts. Wortlos folgte ihm Telisor und stand bald neben ihm am Ufer des Repol. Im breiten Flussbett schlängelte sich ein dünnes Rinnsal. An Stelle des reißenden Stromes floss etwas, das man nicht einmal als Wildbach bezeichnen konnte.

»Wo ist das Wasser hin, Meister Hetrál?«, fragte Telisor mit großen Augen. »Es müsste bei dem Niederschlag sogar angeschwollen, und nicht verschwunden sein.«

Ich habe keine Ahnung, gestand sein Begleiter. Es sah flussaufwärts, wo sich die Umrisse eines Berges abhoben. *Was ist da oben?*

»Da ist der Walgora, wenn ich mich richtig an die Karte erinnere«, gab der Königssohn Auskunft. »Aber den Berg hatte ich anders in Erinnerung. Er war größer. Und auch die Klamm kann ich nicht erkennen.«

Beeilt Euch. Der Turît nahm Schwert und Bogen in die Hand, um sich beim Laufen nicht zu behindern, und verfiel in einen schnellen Trab. Ohne Rücksicht auf die

Geräusche, die entstanden, liefen die beiden Männer durchs Unterholz, immer entlang der Flusskante.

Nach wenigen Minuten waren sie so dicht herangekommen, dass sie den Grund für das Versiegen des Repol erkannten.

Die breite Auswaschung im Gestein des Wagora, durch die sich der Strom pressen musste, wurde durch Felsbrocken und Schlamm blockiert, die sich rechts und links von den Hängen gelöst hatten. Nur durch kleine Löcher schoss Wasser in hohem Bogen heraus. Der Druck musste gewaltig sein.

Hetrál packte Telisor plötzlich an der Schulter und zog ihn nach unten. Im Schutz des Farns robbten sie vorwärts, obwohl der Königssohn nicht genau verstand, warum sie sich so vorsichtig an die Unglücksstelle heranbewegten.

Dann entdeckte auch er die Gestalten, die sich an der Vorderseite der natürlichen Talsperre zu schaffen machten. Sie luden große Behälter davor ab, mehrere Fässer befanden sich bereits dort. Der junge Mann zählte zwanzig Stück.

Das war kein Zufall, gestikulierte Hetrál aufgeregt. *Sie haben den Felsrutsch absichtlich herbeigeführt, um den Strom zu stauen. Wenn dieser Damm bricht, gibt es im Tal ein Unglück.*

»Aber wie ist das möglich?«, wunderte sich Telisor. »Wie kann man einen Berg zum Wanken bringen?« Der Turît blieb ihm die Antwort schuldig. »Wir müssen etwas gegen sie tun!«

Es sind zu viele. Und vielleicht machen wir es mit unserem Angriff eher schlimmer als besser. Wir müssen zurück, um die anderen zu warnen. Hetrál schmeckte diese Lösung zwar nicht, aber eine andere kam nicht in Betracht.

Eilig machten sie sich auf den Rückweg. Sie rannten, was ihre Beine hergaben, um rechtzeitig im Lager des Geeinten Heeres anzukommen. Und das Wissen, was den Schlafenden drohte, verlieh ihnen übermenschliche Ausdauer. Kratzer der peitschenden Äste und Ranken spürten sie nicht, kein Hindernis vermochte sie in ihrem Lauf zu bremsen.

J'Maal schreckte aus seinem Lager auf und lauschte. Etwas stimmte nicht. Irgendetwas war anders als sonst, und deshalb war er aus seinem Schlaf erwacht. Die Kriegerinstinkte des K'Tar Tur hatten ihn alarmiert.

In aller Hast warf er sich in den Schuppenpanzer, packte Schwert und Schild und lief nach draußen. Die weißen Haare mit der roten Blutsträhne hingen offen auf die Rüstung herab.

Nur noch Bodennebel war in den frühen Morgenstunden von den dichten grauen Schwaden der Nacht geblieben, ein schwaches, kaum wahrnehmbares Leuchten am Himmel kündigte das baldige Erscheinen der beiden Sonnen an.

Friedlich und still breitete sich das Lager des Geeinten Heeres aus, die Männer ruhten sich vor der bald beginnenden Schlacht aus. Nichts deutete auf Gefahr hin.

J'Maal schloss die Augen und lauschte intensiver. Vorsichtiges Vogelgezwitscher, unterschiedliches Schnarchen, das Rauschen der kahlen Zweige im Wind drang in seine Ohren. Nuancen, die er bisher hier noch nie wahrgenommen hatte. Er vermisste das ständige Brüllen und Donnern des Repolfalls.

Abrupt wandte er sich um, öffnete die Lider und fluchte in der Dunklen Sprache. Die nackten Felshänge lagen klar und deutlich erkennbar vor ihm, die Gischtwolken fehlten, und von den Fluten, die sich normalerweise vierhundert Schritt tief vom oberen Ende herabstürzten, war nichts zu entdecken.

Die ersten Wachen tauschten ihre Meinungen über das Wunder aus, ohne aber Warnzeichen an das restliche

Lager zu geben. Anscheinend war das Wasser eben erst versiegt.

Der K'Tar Tur lief zum nächsten Gong, der als allgemeiner Weckruf genutzt wurde, hob den Schlägel mit beiden Händen und wollte zuschlagen, als er ein fernes Rufhorn vernahm. Der Ton kam seiner Meinung nach von hoch oben.

Rechts und links der Felskanten, die den Repol einfassten, schossen plötzlich Funken meterweit in die Luft, eine glitzernde weiße Rauchwolke dehnte sich aus. Dumpf grollte es, als würde ein Gewitter in den Wolken stattfinden.

Ein Donnern jagte das Nächste, bis sich ein Viertel des Berges polternd ablöste und unter mörderischem Getöse in das Wasserbecken stürzte. Das aufgewühlte Nass trat ein wenig über die Ufer des Bassins, ohne jedoch Schaden anzurichten. Dafür waren fast alle Schläfer im Lager des Geeinten Heeres geweckt.

Das steinerne Bett des Repol zeigte sich durch die seltsamen Vorgänge weit über dem K'Tar Tur wesentlich verbreitert. Die Kante des Felsens war nach unten abgerutscht und hatte große Stücke des Ufers mit hinabgezogen. Vom Strom konnte J'Maal immer noch nichts sehen.

Dafür donnerte es wieder, nur viel, viel leiser. Staubwolken, wie bei dem Spektakel eben, waren nicht zu entdecken.

»Was, bei Taralea der Allmächtigen, geht hier vor?«, schrie König Tarm, der auf seinem Pferd angesprengt kam und in die Höhe starrte. »Was für eine Schweinerei wurde da ausgeheckt?«

»Wenn ich das wüsste, Majestät«, wunderte sich der Tersioner und warf den Schlägel achtlos in den Matsch. »Aber ich denke, es ist nichts, was uns zum Vorteil gereicht.«

Tarm deutete auf einen Boten. »Du, richte den Kommandanten aus, sie sollen sofort ihre Männer aus dem Tal schaffen. Sie sollen alles stehen und liegen lassen, nur raus hier.« Der Mann rannte los. »Das gilt auch für Euch, Tersioner. Nehmt die Beine in die Hand.«

J'Maal setzte zu seiner Erwiderung an, aber ein gurgelndes Geräusch aus großer Höhe ließ die beiden Männer herumfahren.

Neue, dreckig braune Wassermassen schossen über den Steilhang hinaus, warfen sich rauschend in die Tiefe und trafen wie der Hammerschlag eines Gottes auf die Oberfläche des Sammelbeckens. Die Wogen, die sich eben fast beruhigt hatten, schwollen an und schwappten diesmal weiter heraus.

Und der Zufluss ebbte nicht ab. Der Repol ergoss sich wütend ins Tal, als habe er seit Jahrhunderten nur auf diese eine Gelegenheit gewartet, und verlor dabei nichts an seiner Stärke. Ganze Baumstämme und Uferbrocken wurden mitgeschwemmt.

Die Fluten breiteten sich aus und rollten auf das Lager des Geeinten Heeres zu.

Hetrál, Telisor und vier weitere Späher, die unterwegs zu ihnen aufschlossen, hatten gerade keuchend vor Anstrengung eine Anhöhe erreicht, die eine Meile vom Lager entfernt lag, als vom Wasserfall her ein ohrenbetäubendes Donnern und Krachen zu hören war.

Der Königssohn und seine Begleiter blickten starr vor Entsetzen auf das Schauspiel, das ihnen geboten wurde. Enorme Wassermengen schossen in die Tiefe und ließen den Repol das Tal fluten. Die Befürchtungen des Meisterschützen hatten sich bestätigt.

»Meister Hetrál! Seht!« Telisor glaubte, Menschen zu erkennen, die an den Ufern des Wasserfalls riesige Fässer heranrollten und sich daran zu schaffen machten. Bei einigen kippten sie den Inhalt in den Strom, andere der hölzernen Behältnisse ließen sie vollständig mittreiben. Sie stürzten in die Tiefe und zerschellten entweder auf ihrem Weg nach unten an Felsvorsprüngen oder verschwanden in den Gischtwolken.

»Was tun sie da? Sind das die Männer des Kabcar?« Verzweifelt rüttelte Telisor an der Panzerung des Meisterschützen, der mit steinernem Gesicht die Vorkehrungen beobachtete. »Wir müssen etwas dagegen tun.«

Wir sind zu weit entfernt, antwortete Hetrál. Was *auch immer geschieht, Ulldrael der Gerechte möge den Leuten im Tal beistehen.*

Nachdem die Behälter geleert oder zu Wasser gebracht worden waren, trat ein einzelner Bogenschütze nach vorne. Er entzündete einen Brandpfeil, gut in der Dunkelheit als glimmender Punkt erkennbar, und schoss ihn ab.

Der Pfeil zog seine leuchtende Bahn kometengleich über die Kaskade und tauchte am Ende seines scheinbar endlosen Fluges in das Wasser ein.

Doch das Feuer des Pfeils erlosch nicht. Flammen schlugen stattdessen an der Einschlagstelle hoch und setzten den Repol in Brand.

Nun glich der Wasserfall einem brennenden Vorhang, vierhundert Schritt hoch und von atemberaubender, todbringender Schönheit.

Der über die Ufer getretene Strom darunter verwandelte sich in eine glühende Schlange, die das Lager König Tarms mit seinen mehr als fünfzigtausend Bauern, Kriegern und Rittern, Wagen, Zelten und Pferden verschlang, hinfort spülte und gleichzeitig zu Asche verbrannte.

Nur wenige Krieger der einstmals großen Streitmacht konnten sich auf kleinere Hügel retten, Hetrál schätzte ihre Zahl auf knapp fünftausend. Der Rest war mitgerissen worden.

Von ihrem Spähposten aus erschien das Durcheinander schrecklich, Mensch und Tier strampelten in den abfließenden Wassermassen um ihr Leben oder schleppten sich mit letzter Kraft auf höher gelegene Bereiche des Tals. Qualmwolken verdunkelten den sich allmählich hell färbenden Himmel.

Als sich der Repol wieder beruhigt hatte und das Feuer auf ihm verloschen war, gingen Telisor, der Meisterschütze und die Begleiter schweigend hinab ins Tal.

Vereinzelte Bäume, die der Wucht des Stroms standgehalten hatten, brannten wie Fackeln, Kadaver, Zeltreste und zerschlagene Wagen lagen herum, steckten zur Hälfte im Schlamm, manche loderten noch. Husten klang allerorten auf, dumpfe Hilferufe gesellten sich hinzu. An verschiedenen Stellen gruben die Soldaten ihre verschütteten Kameraden mit bloßen Händen aus dem Dreck.

Telisor hatte zu seiner Beruhigung seinen Vater entdeckt. König Tarm gehörte zu den Überlebenden und war damit beschäftigt, die Reste der Armee zu ordnen. Etwa fünfzig ungerüstete Ordenskrieger, nur als solche an ihrer Haartracht erkennbar, halfen ihm dabei. Befehle brüllend ritten sie durch den Schlamm, trieben die verbliebenen Soldaten zusammen und sammelten sie, um im Fall eines möglichen Angriffs die Gegenwehr zu organisieren. Nach und nach formierten sich Schlachtreihen.

J'Maal tauchte an Hetráls Seite auf. Er glich einem Stück nasser Erde mit zwei Beinen, aber auch er war den vernichtenden Fluten entgangen. »Der umgestürzte Wein gestern Nacht war ein schlechtes Omen«, meinte er düster. »Es hat sich erfüllt.«

Als der König seinen Sohn erblickte, senkte er beschämt den Kopf. »Telisor, ich war ein königlicher Narr! Und ich habe dafür wahrhaft bitter bei den Göttern bezahlt.« Wütend und hilflos zugleich schlug er mit dem Schwert in die Luft. »Welcher Teufel hat Varèsz zu diesem Plan geraten? So viele Menschen mussten sterben.« Der König schüttelte den Kopf. »Was für ein Tod.«

»Verzeiht.« Der K'Tar Tur zeigte mit seinem Schwert auf die Anhöhe, von welcher der Spähtrupp gekommen war. »Majestät, es sieht so aus, als ob wenigstens wir die Gelegenheit erhalten würden, im Kampf sterben zu dürfen.«

Lodrik ritt zwischen Mortva und Varèsz den kleinen Hügel hinauf, um einen besseren Überblick zu haben. Hinter den Männern folgte die Streitmacht aus Tzulandrien, diszipliniert, formiert und schweigend. Sinureds gewaltige, Furcht einflößende Gestalt lief vor den Fußtruppen, die eisenbeschlagene Deichsel locker geschultert, das grausame Gesicht zu einem erwartungsvollen Grinsen verzogen. Er wirkte wie ein lebendig gewordener Belagerungsturm.

Der Kabcar fühlte sich unwohl, seit er den Befehl zur Ausführung des Plans erteilt hatte.

Noch immer konnte er sich nicht genau vorstellen, welche Auswirkungen die Unternehmungen Varèsz' auf das Geeinte Heer haben sollten. Sein Berater sprach von ein paar Hundert Opfern, um die Gegner vor der Schlacht zu entmutigen. Und da die neuen Waffen nicht fertig geworden waren, musste man die Übermacht dezimieren. Das sah auch Lodrik ein.

Zwar war es sein Wunsch gewesen, die Angreifer zu treffen und sie zu besiegen. Doch ohne die Wut, in der er damals die Anordnung gab, schwankte der junge Mann ob der Richtigkeit seiner Entscheidung. Ein harter, verlustreicher Vorstoß gegen Tarm und die Seinen, ein bisschen Magie und sie hätten vielleicht aufgegeben. Der schwarze Rauch, der über dem Tal hing, sorgte nicht unbedingt dafür, dass sein mulmiges Gefühl schwand. Seine Unruhe vergrößerte sich sogar.

Das Donnern und Tosen des Repolfalls schallte wie eh und je durch die Luft.

Der Kabcar kam auf der Spitze an und zügelte sein Pferd. Der Anblick des völlig zerstörten Lagers traf ihn bis ins Mark, schockierte ihn. *Sechsundfünfzigtausend Männer,* raunte eine Stimme tadelnd in seinem Inneren. *Wie Ungeziefer weggespült. Wie viele Witwen sitzen nun zu Hause? Wie viele Söhne und Töchter werden vergeblich auf ihre Väter warten?* Lodrik schloss die Augen und atmete tief durch.

»Hoher Herr, seid Ihr zufrieden mit meiner Arbeit?«, fragte Varèsz gespannt. Doch der junge Mann saß steif im Sattel, die Lider geschlossen. »Hoher Herr?«

Mortva nickte ihm beruhigend zu und bedeutete dem narbengesichtigen Krieger mit einer weiteren Kopfbewegung, Angriffsvorbereitungen zu treffen. Der Stratege verneigte sich und lenkte sein Ross zu den Signalisten.

»Immerhin«, meinte der Konsultant nach einer Weile. »Es haben sich etwas mehr als fünftausend tapfer gegen die Fluten gestemmt. Kein Gegner für uns.«

Im Hintergrund dröhnten die Hörner, Wimpel wurden geschwungen und so Kommandos an die einzelnen Gruppen gegeben. Scheppernd brachten sich die Tzulandrier in Position, mit schleifenden Geräuschen kamen blitzende Schwerter zum Vorschein, Bogenschützen lockerten die Pfeile im Köcher, Schilde ruckten in die Höhe.

Lodrik öffnete die Augen und schaute hinab zu dem Haufen der letzten Tapferen, die sich tatsächlich kampfbereit machten. Er seufzte. *Ich will das nicht. Gebt auf, geht nach Hause.*

Er wandte sich rasch zu einem Mann seiner Leibwache um. »Reite hinab und frage sie, ob sie sich ergeben möchten. Es wird freier Abzug gewährt, kein weiteres Blut soll mehr fließen. Es sind genug Männer gestorben.« Der Soldat nahm sich eine weiße Fahne, gab seinem Pferd die Sporen und preschte hinab.

»Wie edel von Euch«, knirschte Mortva und schaute zum Horizont, wo sich das erste der beiden Gestirne an einem klaren, kühlen Morgen erhob. Er machte aus seinem Missfallen keinen Hehl.

»Ihr sagtet, dass es nur wenige Hundert Tote geben würde«, spie der junge Mann in Richtung seines Konsultanten. »Wie erklärt Ihr mir das?«

»Varèsz muss mich missverstanden haben. Oder er war zu gründlich.« Der Vetter klang gekränkt. »Hoher Herr, wir haben uns damit den Sieg gesichert, bevor der Kampf überhaupt begann. Ohne diesen Schachzug wären wir verloren gewesen.«

»Als einen Schachzug seht Ihr das also, Mortva?«, sagte Lodrik leise. »Ich habe noch nie eine Partie gespielt, in der alle Figuren auf einmal vom Brett gefegt wurden.«

Varèsz sprengte heran, sein Gesicht zeigte Ungläubigkeit. »Was tut der Mann da unten?«

»Er handelt auf meinen Befehl hin«, herrschte ihn der Kabcar an, der Stratege zuckte zurück. »Wenigstens sie sollen eine Gelegenheit haben, den Tag lebend zu überstehen.«

Doch das Geeinte Heer schien nicht zur Aufgabe bereit zu sein.

Nach wenigen gewechselten Worten wendete Lodriks Beauftragter und kehrte zurück. »Sie weigern sich, hoheitlicher Kabcar«, erstattete er Bericht. »Sie wollen lieber für das Gute kämpfen. Und siegen.«

»Für das Gute«, wiederholte der junge Mann gedankenverloren und blickte zu dem fast schon bemitleidenswerten Haufen von Gegnern, wo er Hetrál entdeckte. Ein Kloß bildete sich in seinem Hals. »Wir ziehen uns zurück.«

Mortvas Gesicht verzog sich zu einer Fratze. »Was

denkt Ihr, was Ihr da tut, Hoher Herr? Meint Ihr, sie wüssten Euren Großmut zu schätzen?«

»Bedenkt, wer von uns beiden der Hohe Herr ist«, entgegnete Lodrik mit einer Eiseskälte. Die Magie sammelte sich in ihm und fokussierte sich. »Und ich befahl, dass wir uns zurückziehen. Auf der Stelle. Wir haben unser Ziel erreicht. Ich habe mein Land vor der Eroberung bewahrt.«

In den ersten sanften Strahlen der aufgehenden Sonne kamen die Truppen des Kabcar über den Hügel, an ihrer Spitze ritt der Mann, der das Geeinte Heer mit Leichtigkeit besiegt hatte.

Das Morgenrot ließ die Rüstungen der achtzehntausend tzulandrischen Krieger dunkelrot schimmern.

König Tarm erinnerte sich an den Satz, den er vor einigen Stunden im Zelt scherzhaft gesagt hatte. »Dort kommt mein Wein«, flüsterte er und senkte das Schwert. »Das Omen, J'Maal.«

»Warum greifen sie nicht an?«, wunderte sich der K'Tar Tur, packte seine Waffe fester und ließ den Blick über die Gegner gleiten. »Wir wollten uns doch nicht ergeben.«

Sie zögern aus irgendeinem Grund, gestikulierte Hetrál, der Königssohn übersetzte. Mit Leichtigkeit konnte der Turît die blonden Haare des Kabcar ausmachen, an dessen Seite der berühmt-berüchtigte Konsultant anscheinend heftig auf ihn einredete.

Telisor wurde von der Wut übermannt, die alle der Überlebenden auf den Gegner verspürten.

»Da ist doch wieder eine Hinterhältigkeit im Gange. Er wird seine Magie einsetzen wollen.« Er zog seine Klinge. »Das dürfen wir uns nicht gefallen lassen, Männer!«, schrie er. Eine Bewegung ging durch die Reihen der Soldaten. »Kommt, wir greifen an!«

»Telisor, halt den Mund!«, befahl ihm sein Vater und

drängte sein Pferd nach vorne, um zu seinem Sohn zu gelangen und ihn zu besänftigen.

Doch der junge Thronfolger Aldoreels ließ sich in seinem Zorn nicht aufhalten. »Ulldrael der Gerechte hat uns vor den Fluten bewahrt, damit wir den Kabcar aufhalten. Er ist mit uns!« Telisor stieß einen wilden Schrei aus und sprengte der Übermacht der Feinde entgegen. Hetráls Hand griff nur noch ins Leere. Er hatte den aufgebrachten Mann zurückhalten wollen. »Wir vernichten sie! Der Gerechte ist mit uns! Mir nach! Für die Toten und für Ulldart!«

Die Letzten des Heeres folgten ihm unter mörderischem Gebrüll, mitgerissen von Hass und dem Glauben an göttlichen Beistand, und stürmten gegen den Hügel an, auf dem die Übermacht wartete.

»Hoher Herr?«, kam es fragend von Varèsz, der seinen gezackten Zweihänder zog und hoch in die Luft reckte. Mit der freien Hand zurrte er den Riemen seines Helms fester. Sein Gesicht spiegelte Vorfreude.

Lodrik schluckte, als er die fünftausend Krieger auf seinen Hügel heranreiten und -rennen sah. Was taten sie nur? Warum waren sie nicht nach Hause gegangen, als sie es noch konnten?

Die Ersten der feindlichen Reiterei gelangten am Fuß der Erhebung an und preschten in gerader Linie hinauf. Ihre Lanzen senkten sich.

»Hoher Herr?«, drängte der Stratege nun. »Wir können nicht länger warten.«

Wortlos wandte der Kabcar sein Pferd um und ritt durch die eigenen Reihen nach hinten. Er wollte das Massaker nicht sehen, das gleich einsetzen sollte. »Beginnt«, befahl er beinahe unhörbar.

Dennoch hatte Varèsz das Wort vernommen, der Zweihänder sauste nach unten. Der Angriffsbefehl war somit gegeben worden.

Pfeilschauer verdunkelten augenblicklich den Himmel, die Piken der ersten Reihe ruckten in die Höhe und bildeten einen tödlichen Wald aus Stahlspitzen, in dem Ross und Reiter zu Tode kamen.

Die Wimpel der Signalisten wirbelten durch die Luft, setzten eine Gruppe der Tzulandrier nach der anderen in Bewegung, bis sich auch schließlich Sinured in den Kampf stürzte.

Seine überlegene Kraft war jedoch nicht notwendig gewesen, die Truppen Lodriks hatten leichtes Spiel. An die Stelle des einst rücksichtslosen, blindwütigen Attackierens war überlegenes Vorgehen getreten.

In unterschiedlichen Formationen rückten Kavallerie, Bogenschützen und Fußtruppen vorwärts, sorgten für gegenseitige Deckung und gaben niemals eine Lücke preis, in die der Rest des unerfahrenen Geeinten Heeres hätte stoßen können.

Überrumpelt mussten Telisor und seine Männer zusehen, wie sich aus feindlichen Schildkarrees breite Phalangen formten, aus Linien Spitzen wurden oder Flanken sich urplötzlich wie Pressen um eine Gruppe des Geeinten Heeres schlossen, um sie gnadenlos zwischen ihren Speeren aufzuspießen.

Das Tal tränkte sich gegen Nachmittag mit dem Blut des letzten Tapferen des Heeres, und die Tzulan-Rufe hallten von den Wänden wider, waren beinahe lauter als das Tosen der Repolfälle. Die wenigen Flüchtlinge ließ man laufen, sie sollten durch ihre Schilderungen Schrecken verbreiten.

Lodrik erlebte das alles nicht mit.

Er saß allein in der großen Halle und betrank sich, während ihm die Tränen die Wangen hinabliefen. Das hatte er niemals wirklich gewollt. Sein Blick glitt über die versengte Schnitzerei. *Ulldrael, du hättest mir damals helfen sollen. Nun tat es ein anderer.*

X.

Und so half er manchen Recken heimlich, immer in der Hoffnung, seine Geschwister würden seine Taten nicht bemerken.

Er gewährte Beistand und Schutz in mancher Not, damit das Gute nicht völlig vernichtet würde, als alles bereits verloren schien. Und zu seiner Freude bemerkte er, dass manche seiner Brüder und Schwestern beinahe unbemerkbar Hand anlegten, um nicht alles vergehen zu lassen.

Denn Tzulans Geist erstarkte mit jedem Erschlagenen, der auf dem Kontinent fiel.

Und das Böse zeigte am Sternenhimmel sein Antlitz.

Die Not der Götter,
Kapitel II

Tarpol, Inselreich Rogogard,
dreißig Seemeilen vor Ferborg,
Winter 443 n. S.

Die Bastsegel blähten sich gefährlich unter dem rauen Wind und jagten die *Klapok* durch die tosenden Wellen. Gewaltig türmten sich die Wassermassen vor ihr und den anderen Dreimastern, die etwas versetzt zu ihr fuhren, auf, brachen Gischt sprühend und brüllend in sich zusammen und warfen alles, was nicht irgendwie vertäut worden war, durcheinander. Eine Woge nach der anderen spülte über das Deck und verwandelte die ohnehin schwankenden Planken in einen rutschigen Untergrund. Vom Wellenkamm ins tiefe Tal, ein ständiges Auf und Ab.

Die Matrosen hingen mit eiserner Disziplin in den Wanten und begannen, trotz Sturm, Regen und den schlingernden Bewegungen des Bugs sicher und ruhig die Segel zu reffen. Zu viert standen andere Männer am Ruder und umklammerten die Speichen, um der rohen Kraft des Meeres trotzig Widerstand zu leisten. Noch hielten Holz und Seile der komplizierten Konstruktion stand, die *Klapok* lag auf Kurs.

Varla stand auf der Brücke, die feuchten Hände um das nasse Geländer geklammert, und schaute mit bösem Gesicht nach vorne, wo sich ein weiterer Wellenberg in den kaum sichtbaren Himmel hob.

Donnernd und tosend stürzten die Fluten über das Schiff herein, drehten es einmal um die eigene Achse und rissen einige Matrosen mit in die aufgewühlte, eiskalte See.

Der Mund der Kapitänin verzog sich zu einem dünnen Strich, die Lippen waren schon lange blau vor Kälte, das Meerwasser tropfte überall von ihren kurzen schwarzen Haaren und brannte in den Pupillen. Schnell sah sie nach ihrer Auftraggeberin.

Wie der sprichwörtliche Fels in der Brandung befand sich die Frau ein paar Schritte neben ihr, die Hände vor der Brust gekreuzt, die Beine leicht gespreizt, um sicheren Stand zu haben. Als würde sie sich auf sicherem Land befinden, beobachtete sie ungerührt die Naturgewalten, die um die *Klapok* herum tobten.

Ihre langen schwarzen Haare klebten an ihrem Klopf, die Augen lagen tief in den Höhlen, und Varla wusste nicht, ob die unnatürliche Blässe von einer Seekrankheit her rührte oder ob sich die Farbe jemals geändert hatte, seit die Kämpferin in Tularky an Bord gegangen war. Dass sie in ihrer eigentümlichen, schweren Rüstung innerhalb von Sekunden in die Tiefe gezogen würde, sollte eine Woge sie erfassen und vom Oberdeck fegen, schien sie nicht zu interessieren. Aber es sah nicht danach aus, als wäre das wütende Wasser dazu in der Lage. Während sich die Kapitänin mit aller Gewalt am Holz festhielt, bewegte sich die Frau mit dem seltsamen Namen Tîpaka keine Handbreit.

»Wir weichen vom Kurs ab«, schrie sie mit ihrer krächzenden, rauchigen Stimme gegen den Sturm und pochte auf den Magnetkompass. »Ändert das.«

»Wie soll ich das machen?«, rief Varla beinahe wütend zurück. »Soll ich dem Meer befehlen, sich zu beruhigen? Vermögt Ihr das? Nur zu. Wenn das Unwetter anhält, habe ich bald keine Mannschaft mehr. Hätte ich gewusst, dass die rogogardische See zu der Jahreszeit dermaßen rau ist, hättet Ihr diesen Rudgass allein jagen dürfen.«

»Hört auf zu jammern!«, herrschte Tîpaka sie an. »Gebt lieber Befehle, die etwas nützen.«

Varla verfluchte den Tag, als sie den Auftrag der unbekannten Frau angenommen hatte. Ihr zweites Schiff war ein paar Tage nach der überstürzten Abreise aus Tularky unter ihrem Kommando in den Hafen zurückgekehrt, um die abgesetzten Männer aufzunehmen.

Den sorgsam geplanten und weitsichtig eingefädelten

Überfall auf die Kasse der reichen Stadt hatte sie sich, dank des zahnlosen Rudgass, an den Hut stecken können.

Als diese Frau auftauchte, die ein Schiff namens *Grazie* unbedingt zur Strecke bringen wollte, nahm die Kapitänin das Angebot schon allein aus Rache an. Der Preis, den die schweigsame Kriegerin bezahlte, erleichterte die Entscheidung zusätzlich. Angeblich hatte der Rogogarder ihr die Unschuld geraubt. Aber das nahm ihr Varla nicht eine Minute ab.

Mehrere Wochen suchten sie die Spur der *Grazie,* und nur durch einen glücklichen Zufall bekamen sie einen Hinweis auf die Route. Nun verfolgten sie die tarpolische Kriegskogge, die der Freibeuter befehligte, und mussten bereits ganz dicht herangekommen sein, als der Sturm sie überraschte.

Varla polterte die Stufen hinab und packte fluchend mit an, um den Männern zusätzlichen moralischen Beistand und ein Vorbild zu bieten.

Als ob Tîpaka die Kapitänin sei, thronte sie förmlich über ihnen und schaute gleichgültig zu, wie eine weitere Woge zwei Männer mit sich riss. Dann drehte sie sich um, ging kaum wankend zu der verzweifelt kämpfenden Mannschaft am Ruder und packte die Speichen. Varla sah gebannt zu, wie ihre Auftraggeberin das Rad mit Leichtigkeit drehte und das Schiff wieder auf Kurs brachte. Nach einem vergewissernden Blick auf die Nadel des Navigationsgeräts kehrte sie an ihren alten Platz zurück, die Augen ruhten nun leicht spöttisch auf Varla.

Die Kapitänin wurde an der Schulter gerüttelt. »Der Wind lässt etwas nach«, brüllte ihr einer ihrer Offiziere ins Ohr. Varla nickte, ließ das Seil los, an dem sie eben mitgezogen hatte, und lief zum Oberdeck. Mit einer umgerüsteten Blendlaterne gab sie Lichtsignale an die anderen Dreimaster, den Kurs zu halten. Alle Schiffe hatten Verluste erlitten, waren aber noch einsatzfähig.

»Da vorne sind sie«, schrie Tîpaka plötzlich und streckte den Arm aus. »Vier Strich Backbord.«

Die Kapitänin nahm ihr Fernrohr hervor und spähte über die schäumenden Wassermassen.

Noch immer fabrizierte das Meer riesige Wellenberge. Und tatsächlich, auf einem der Kämme und in einer Entfernung von einer halben Meile, schwamm eine Kogge. Beinahe völlig verborgen von sprühenden Gischtwolken und Flocken aus Meeresschaum, hätte sie die das gesuchte Schiff nicht entdeckt.

»Nehmt Kurs!«, verlangte Tîpaka. »Haltet darauf zu. Wir werden die *Grazie* entern.«

»Niemals«, widersprach die Kapitänin. »Bei diesem Wetter zerschlägt es mir die Spanten. Die Wasserbewegungen sind unvorhersehbar.«

Die Augen der Auftraggeberin glühten rot auf, drohend schritt sie auf Varla zu. »Ihr werdet auf der Stelle den anderen signalisieren, dass wir die Kogge einkreisen. Ich will nicht, dass er mir entkommt, sobald der Sturm sich gelegt hat, habt Ihr mich verstanden?« Die krächzende Stimme machte deutlich, dass kein Widerspruch geduldet wurde. »Ansonsten werdet Ihr über Bord gehen, Mensch, und ich suche mir jemanden, der meine Anweisungen erfüllt.«

Angsterfüllt wich Varla zurück und langte nach der Laterne, um die Befehle auszuführen. Die übrigen Dreimaster änderten ihre Fahrtrichtung und nahmen die Verfolgung auf.

Torben fluchte unentwegt. Er verfluchte die See und alles, was ihm gerade in den Sinn kam.

Das Wetter hatte zu schnell umgeschlagen, nun befanden sie sich auf dem besten Weg nach Kalisstron, während sie der Wind und das Meer weiter wie ein Ball auf den Wellen herumschleuderten. Die Kogge ließ sich nur schwer manövrieren, träge reagierte sie auf die Ruderanweisungen, aber dennoch hielt sich die *Grazie* gut.

Die Passagiere waren unter Deck und beteten wahrscheinlich zu allen Göttern, die ihnen einfielen. Lediglich Waljakov stand ihm zur Seite, um in gefährlichen Situationen mit seiner enormen Muskelkraft eine helfende Hand reichen zu können.

Nass bis auf die Haut stemmte sich der Freibeuter gegen den eiskalten Wind und kämpfte sich zum Heck durch, um nach den Verstrebungen des Ruderblatts zu sehen. Wenn sie brechen sollten, wäre die Kriegskogge nichts weiter als Treibgut und rettungslos den Wogen ausgeliefert. Im Vorbeigehen griff er sich ein Tau, bedeutete dem Leibwächter mitzukommen und begann, einen gerissenen Balken mit dem Seil zu umwickeln.

Als er sich nach getaner Arbeit etwas beruhigter erhob und Waljakov lachend auf die Schulter schlug, fiel sein Blick auf einen Schatten, den er gerade in ein Wellental abtauchen sah.

Aufmerksam beobachtete er das Meer hinter sich, der kahl rasierte Hüne tat es ihm ohne Fragen zu stellen nach.

»Es sind insgesamt vier Schiffe«, schrie Waljakov nach einer Weile dem Rogogarder entgegen. »Keine Bauweise, die ich kenne.«

»Und sie kreisen uns ein«, gab Torben nicht weniger leise zurück. »Ich habe diese Schiffsart schon mal gesehen. In Tularky. Es scheint, als hätte ich da jemandem gehörig das Herz gebrochen.«

»Eure Bekanntschaft, die Euch von der Planke stürzen ließ?«, vermutete der Leibwächter sofort richtig. »Habt Ihr sie irgendwie beleidigt?«

Der Freibeuter lachte, als er sich an seinen nächtlichen Überfall erinnerte. »Wie man's nimmt.« Gemeinsam gingen sie über das schwankende Deck nach unten, um den anderen Bescheid zu geben.

Matuc hob bei ihrem Eintreten die Hand und übergab sich im nächsten Moment in den bereitgestellten Eimer.

Die Brojakin öffnete ihre braunen, vor Fieber glänzenden Augen halb. Norina lag in einer wild pendelnden Hängematte und wirkte sehr kraftlos, matt und erschöpft. Ihre Unterleibskrämpfe ließen sich fast nicht mehr ertragen, eine Hitzewelle nach der anderen durchraste ihren geschwächten Körper. Fatja tupfte ihr unentwegt Gesicht und Stirn ab, aber es war eine vergebliche Mühe. Seit sie auf See waren, hatte sich der Zustand der werdenden Mutter zusehends verschlechtert.

Der Mönch erhob sich und taumelte auf die beiden Männer zu. »Wir müssen so schnell wie möglich an Land und einen Medicus finden«, verlangte er. »Sie wird das Kind verlieren, wenn sich niemand um das Fieber kümmert. Meine Mittel haben nur bedingt angeschlagen.«

»Ich kann jetzt nicht an Land«, sagte Torben verzweifelt, »weil es um uns herum kein Land gibt. Der Sturm hat uns weiter nach Westen getrieben, in Richtung Kalisstron.« Er warf Norina einen besorgten Blick zu. »Sie muss durchhalten. Es geht nicht anders. Zumal wir …«

»… nur sehr schwer vorankommen«, fiel ihm Waljakov ins Wort. Beinahe unmerklich schüttelte der Leibwächter den Kopf. »Wir müssen wieder an Deck.« Er zerrte den überrumpelten Freibeuter nach draußen.

»Es nützt ihnen nichts, wenn wir ihnen zusätzliche Angst machen«, erklärte er dem Rogogarder leise auf dem Gang. »Sie haben es so bereits schwer genug. Es reicht völlig aus, wenn die Mannschaft eingeweiht ist.«

»Einverstanden«, sagte Torben und legte die Hand wieder auf die Klinke.

»Wohin möchtet Ihr?«, wunderte sich Waljakov und hielt ihn am Arm. »Ihr müsst Befehle geben, keine Krankenbesuche machen.«

»Nur eine Sekunde«, bat der Kapitän. Zögernd ließ ihn der Kämpfer los und stapfte die Stufen hinauf.

Leise betrat der Freibeuter die kleine Kabine, trat näher an die Hängematte der dösenden Norina heran und kniete sich daneben. Vorsichtig fasste er ihre Hand.

Sie spürte die Berührung und öffnete die Augen. »Ach, der Kapitän«, sagte sie schwach und lächelte. »Müsstet Ihr nicht am Ruder stehen?«

»Das hat Waljakov auch gesagt«, antwortete er. »Ich wollte Euch nur berichten, dass das Unwetter nachlässt.«

»Es fühlt sich aber nicht so an«, jammerte Matuc und übergab sich ein weiteres Mal. »Ulldrael ist eben nicht der Gott des Meeres, wie ich zu spüren bekomme. Kalisstra scheint Andersgläubige nicht besonders zu mögen.«

»Ich frage mich nur, was er da die ganze Zeit spuckt«, merkte Fatja neugierig an. »Er hat schon mehr gekotzt, als er gegessen hat.«

»Willst du es dir ansehen?«, schlug der Mönch stöhnend vor und hing schon wieder mit dem Kopf über dem Gefäß. Das Mädchen rümpfte nur die Nase.

»Es ist vielleicht nicht der richtige Zeitpunkt«, begann die Brojakin leise. »Aber ich weiß nicht, ob ich jemals lebend den Fuß an Land setzen werde.« Sie nahm seine Hand in die ihrigen. »Ich danke Euch für alles, was Ihr für uns getan habt, Torben Rudgass. Ihr habt meine tiefe Freundschaft gewonnen. Aber meine Liebe kann ich Euch nicht schenken. Dafür gehört mein Herz zu sehr einem anderen.« Sie schloss für einen Moment die Augen, die Wangenmuskulatur arbeitete. Ein sicheres Zeichen für die großen Schmerzen, die sie durchlitt. Eine Träne rann herab, und auch dem Freibeuter war zum Heulen zu Mute. Alle Hoffnung war zerstört worden. Dann sah sie ihn wieder an. »Ihr habt Euch auf der ganzen Fahrt so sehr um mich bemüht, aber ich kann Eurem Werben nicht nachgeben. Mein Gefühl kann ihm nicht nachgeben. Ich wünsche Euch, dass Ihr eine andere Frau findet, der Ihr Eure Aufmerksamkeit und Freundlichkeit geben könnt.« Sie drückte seine Handfläche. »Freundschaft für immer?«

»Freundschaft für immer«, wiederholte der Freibeuter etwas rau und stand auf, während der Brojakin erneut die Augen zufielen.

Matuc seufzte, stellte seinen Kübel ab, fasste den Rogogarder bei den Schultern und zog ihn von der Kranken weg. »Es tut mir Leid. Das Leben bietet Euch bestimmt noch viele andere Gelegenheiten, Euer Herz an die Frau zu bringen.«

»Und das sagt mir ausgerechnet ein Mönch?«, entgegnete Torben schärfer, als er beabsichtigt hatte.

Gütig schaute ihn der betagte Mann an. »Auch ich habe einst geliebt, junger Mann«, gestand ihm der Geistliche. »Und auch ich scheiterte mit meinen Gefühlen, wie Ihr hier und heute.«

»Und? Konntet Ihr sie jemals vergessen?«, wollte der Rogogarder wissen, als er zur Tür ging.

Matuc schwieg. Sein Blick verklärte sich, schweifte ab, zurück in die Vergangenheit. »Vergesst, was ich eben gesagt habe«, meinte er dann resigniert. »Stellt Euch ein wenig in den Sturm, lasst ihn die Liebe zu Norina davonwehen.«

»Ihr seid nicht unbedingt das, was ich einen guten Ratgeber nenne«, musste Torben anmerken.

In dem Moment riss die Brojakin die Augen auf, presste beide Hände auf den Leib und stieß einen beinahe tierhaften Schrei aus.

Fatja, eben noch dabei, den Schweiß abzuwischen, sprang erschrocken zurück und stürzte dabei über einen Schemel.

»Ich habe nichts getan, ehrlich«, beeilte sie sich zu sagen, als die Tür aufschwang und Waljakov mit einem mörderischen Ausdruck im Gesicht in den Raum stürzte. Torben riss die Arme in die Höhe als Zeichen, dass auch ihn keine Schuld traf.

Matuc war sofort bei der jungen Frau, die auf den Bauch starrte und mit einem schmerzerfüllten Stöhnen zurücksank. Ihre Atmung beschleunigte sich, wurde hektisch und kam stoßartig.

»Was hat das zu bedeuten?«, fragte der Freibeuter und wollte ebenfalls an die Hängematte treten. Aber der stahlharte Griff des Leibwächters um seinen Oberarm verhinderte das.

»Es geht los«, rief der Mönch aufgeregt, bekam schlagartig eine rote Gesichtsfarbe und suchte Handtücher zusammen. »Ulldrael hilf! Dabei ist es noch viel zu früh. Ich habe so etwas noch nie gemacht.«

»Das ist ganz einfach«, meinte Fatja zu aller Erstaunen. Beherzt krempelte sie die Ärmel hoch. »Bei Kühen weiß ich es. Also machen wir das bei ihr genauso.«

»Was geht los?«, fragte sich Torben, der noch immer nichts begriffen hatte, und unsicher von einem zum anderen schaute. Norina schrie ein weiteres Mal laut, Matuc hielt sich in einem Reflex die Ohren zu, was ihm einen Rempler der Schicksalsleserin einbrachte.

»Männer«, meinte sie vorwurfsvoll und langte nach einem Handtuch.

»Die Niederkunft«, knurrte Waljakov. »Wir gehen.«

Als sie die Kabine nun sehr überstürzt verließen, kam ihnen ein aufgeregter Matrose entgegen. »Kapitän, da kommen Schiffe hinter uns her! Eines ist schon verdammt nahe, und wir wissen nicht, was sie vorhaben.«

Die *Klapok* ritt über die Wellenkämme und schloss immer weiter zur *Grazie* auf, die ihrem Namen im Moment keine Ehre machte. Zwei der übrigen Dreimaster rückten ebenfalls näher, das vierte Schiff jedoch fiel zurück, nachdem ein Mast geborsten war und lose Takelage, Bastsegel und Trümmerstücke für Durcheinander sorgten.

Varla hatte die Anweisung gegeben, die Katapulte zu installieren. Zügig setzte die Mannschaft die Fernwaffen zusammen. »Ich glaube nicht, dass wir bei diesem Seegang einen gezielten Treffer anbringen können«, meinte die Kapitänin skeptisch, während sie die Vorbereitungen beobachtete.

»Dann nehmt die Kogge meinetwegen aufs Geratewohl unter Beschuss«, gab Tîpaka zurück. »Irgendein Bolzen wird schon treffen.«

Varla sammelte all ihren Mut zusammen. »Was hat Euch der Rogogarder wirklich angetan, dass Ihr ohne Rücksicht auf meine Schiffe seinen Tod verlangt?« Die unheimliche Frau antwortete nichts darauf. »Seht, ich hege zwar einen Groll gegen ihn, aber sich deshalb in solche große Gefahr zu begeben, das ist er mir nicht wert.« Sie schluckte. »Ich werde den Angriff sofort einstellen, wenn es mir zu riskant erscheint.«

»Ich sagte Euch bereits, dass ich mir dann jemand anderen suchen werde«, meinte Tîpaka gelassen. Sie ballte die Rechte zu einer Faust. »Hier geht es um weitaus Höheres, Wichtigeres als das Leben Eurer Männer. Ihr seid gut bezahlt worden, nun erledigt Eure Aufgabe, Kapitänin. Und erledigt sie gut.«

Die Wellen schlugen nun weniger hoch, der mit Schnee vermischte Regen ließ etwas nach, und der Wind flaute ein wenig ab.

Varla ließ zwei kleine, zähe Segel setzen, um schneller an die Kriegskogge heranzukommen. Aber die Verfolgte hisste im gleichen Moment wieder mehr Leinwand.

»Sie haben uns wohl bemerkt«, krächzte Tîpaka. »Bald werden wir in Schussweite sein. Signalisiert ihnen etwas.«

»Sie wollen, dass wir uns ergeben und beidrehen«, gab Torben die übersetzten Lichtzeichen an Waljakov weiter. Er sah den Leibwächter an, die Anspannung zeigte sich deutlich. »Oder sie beschießen uns.«

»Eine Entschuldigung an die Frau wäre vielleicht angebracht«, empfahl der Hüne und wischte sich den Salzwasserfilm aus dem Gesicht. »Das könnte sie besänftigen. Was habt Ihr ihr denn angetan?«

»Nichts, gar nichts«, verteidigte sich der Freibeuter empört. »Vielleicht war es das. Sie wollte, dass ich eine Nacht mit ihr verbringe, um mich als Lustsklaven zu testen.« Waljakov starrte ihn an. »Nein, Ihr habt Recht, das wird es nicht gewesen sein«, winkte Torben nach einer Weile ab. »Aber es wird sie wurmen, dass ich ihre Pläne in Tularky zunichte machte.«

»Aber deswegen eine so lange Verfolgungsfahrt? Das seid Ihr nun, bei allem Respekt, wirklich keiner Frau wert.« Der Leibwächter machte klar, dass er weder das eine noch das andere als Grund akzeptierte. »Ich verwette meine Hand, dass der Silberschopf dahinter steckt.«

»Ein Gefecht in rauer See, wie hinreißend«, murmelte der Rogogarder. »Wir haben den Vorteil, dass wir das Meer kennen.« Er sah durch das Fernrohr, seine Schultern sanken herab. »Wunderbar. Sie bauen Katapulte auf. Wir sollten Vorkehrungen treffen.« Mit ein paar Handgriffen stellte er die Sehhilfe genauer ein. »Da ist sie ja, die Unbekannte. Bei allen Seeteufeln, ich weiß nicht mal ihren Namen.« Er stutzte. »Holla! Da ist noch eine Dame bei ihr an Deck. Sie sieht ziemlich gefährlich aus.«

Voller böser Vorahnung schnappte sich Waljakov das Fernrohr und schaute zu dem fremden Schiff. Ein Fluch in einer für Torben unbekannten Sprache schallte durch den Sturm. »Ihr müsst jeden Fetzen Leinwand setzen, den wir haben, Rudgass«, knurrte er. Er reichte dem Kapitän das Instrument zurück, die eisgrauen Augen wurden noch kälter. »Sie ist nicht hinter Euch her, sondern hinter Norina und mir. Sie ist eine von Nesrecas Vertrauten.« Er wandte sich zum Gehen. »Es ist besser, wenn ich in der Nähe der Herrin bin. Diesem Wesen ist alles zuzutrauen.«

»Schöne Walscheiße.« Der Rogogarder fühlte sich

einerseits erleichtert, dass man nicht ihm persönlich an den Kragen wollte. Aber nach allem, was er von seinen Gästen über den Berater und seine Helfer gehört hatte, machte ihn das nicht wirklich glücklicher.

»Wenn ihr Säcke Hemden habt, die ihr nicht mehr braucht, spannt sie an die Rahen«, brüllte er über das Deck. »Setzt alles, was ihr finden könnt. Wenn die uns kriegen, sind wir tot!« Die Mannschaft geriet nach dieser Ankündigung in zusätzliche Bewegung.

Er hätte das verdammte Geld nicht annehmen sollen. Jedes Mal brachte es ihm Unglück. Nie wieder Passagiere. Zuerst verlor er sein Herz und nun bald sein Leben.

»Bansborg-Riff voraus!«, brüllte der Mann am Bugspriet aus Leibeskräften und wedelte mit seiner Jacke, um die Aufmerksamkeit der Steuermannschaft auf sich und seine Entdeckung zu lenken.

»Der ist völlig wahnsinnig geworden«, rief Varla zu Tîpaka. »Seht Ihr, wo das Wasser stärker schäumt als sonst? Das muss ein Riff sein, das durch die hohen Wellen stellenweise offen gelegt wurde. Er hält genau darauf zu. Lieber stirbt er, als sich uns zu ergeben.«

Wortlos schritt die Kriegerin an das Steuerrad, die Mannschaft wich zurück. Ihre Hände schlossen sich um die Speichen. »Wir folgen ihnen. Er wird den Tod seiner Passagiere nicht in Kauf nehmen wollen. So schwer kann es also nicht sein.«

»Seiner Passagiere?« Varla blickte fragend. »Ich habe das Gefühl, dass hinter der Sache mehr steckt, als Ihr mir sagen wollt.«

Die andere Frau ging nicht auf die Kapitänin ein, sondern legte den neuen Kurs an. Gehorsam, wenn auch ächzend, beugte sich die *Klapok* der Kraft, die das Ruder beherrschte. »Übermittelt den anderen, sie sollen uns folgen. Das Boot an Steuerbord wird sich vor uns setzen, damit wir wissen, wo eine Gefahr ist, wenn es aufläuft.«

Varla gab die Laterne zögerlich weiter und bedeutete dem Matrosen, den Anweisungen noch nicht nachzukommen.

»Es ist mir zu gefährlich«, sagte sie leise, als ob sie fürchte, mit ihrem Widerspruch den Zorn der unnachgiebigen Kriegerin auf sich zu ziehen. »Hört Ihr, das Schiff kann auseinander brechen.« Varla straffte sich. »Geht sofort weg vom Ruder. Ich gebe Euch gerne die Münzen wieder zurück, aber dieser Wahnsinn wird aufhören.« Sie machte einen Schritt auf Tîpaka zu und zog ihren Degen als Drohung.

Die Frau bewegte sich nicht, sah mit leicht zusammengekniffenen Augen nach vorne, um die Kriegskogge nicht zu verlieren, die in diesem Moment knapp zwischen zwei Riffkanten vorbeischrammte.

»Habt Ihr nicht gehört? Weg vom Ruder!« Die Kapitänin wollte die rechte Hand ihrer Passagierin vom Holz lösen, aber es gelang ihr nicht einmal, den kleinen Finger umzubiegen. Als wären die einzelnen Glieder aus unbeweglichem Eisen, lagen sie am Ruder.

»Noch einen einzigen Versuch, und Ihr geht über Bord.« Tîpakas Stimme war emotionslos.

»Und dann? Ihr würdet Euch nicht mit der Mannschaft verständigen können. Sie würden Euch nicht gehorchen und Euch hinterherwerfen.« Sie setzte die Spitze des Degens an den Halsansatz. »Wird's bald?«

Eine schnelle Bewegung, ein kurzer Ruck und Varlas Degen flog über das Geländer. Mit nur einer Hand hatte die Frau die Klinge umfasst, sie der Kapitänin aus der Hand gerissen und weggeworfen, ohne eine Schramme davonzutragen. Die Mannschaftsmitglieder wichen noch weiter zurück.

»Gebt den anderen Schiffen das Signal«, befahl die mysteriöse Kriegerin in der Sprache der Mannschaft, und die Kapitänin erstarrte vor Schreck. Varla wollte wegspringen, da schloss sich die Rechte um die Gürtelschnalle ihres Wehrgehänges. Wie ein Kind eine ungeliebte Puppe wegschleudert, so beiläufig und leicht beförderte Tipaka Varla vom Oberdeck.

Nach einem kurzen Flug schlug die Kapitänin in das eiskalte Wasser der rogogardischen See ein.

Die plötzliche Kälte raubte ihr den Atem, der wattierte Waffenrock mit dem nietenbesetzten Leder sog sich rasch voll und erschwerte die matten Schwimmbewegungen.

Spuckend paddelte sie an die Oberfläche, zähneklappernd rang sie nach Luft, während sich die *Klapok* immer weiter entfernte.

Die schaumbekrönten Wellen spielten mit Varla, die am ganzen Körper zitterte und ihre von der niedrigen Temperatur gelähmten Muskeln nicht mehr kontrollieren konnte. Sie bekam noch mit, dass ihre anderen Schiffe den Verfolgungsbefehl bestätigten, dann tauchte sie unter.

Die *Grazie* hielt die drei Verfolger auf Abstand, aber er schrumpfte mehr und mehr. Die Bauart der fremden Schiffe machten sie leichter manövrierbar.

In das Bansborg-Riff einzufahren war ein immenses Risiko gewesen, das sich lohnen musste. Torben hatte damit gerechnet, dass die anderen nicht aufgeben würden.

Als sie eine besonders enge Stelle glücklich passierten, an der die Kriegskogge beinahe aufgesetzt hätte, ließ er das Packnetz mit leeren Fässern versehen und ins Wasser werfen.

Sein Plan ging auf. Die Maschen glitten unter dem Bug hindurch und verfingen sich unter Wasser am Rudermechanismus des ersten Schiffes. Die Übertragungen der Lenkbewegungen von oben gelangen nur noch fehlerhaft.

Die nächste Woge machte dem fast manövrierunfähigen Verfolger den Garaus, indem sie ihn auf einen Felsen schob. Krachend brach der Bug auseinander, die immer noch beachtlichen Wellen zerschlugen den Schiffskörper innerhalb von Augenblicken zu einem Wrack.

Laut hallte der Jubel der rogogardischen Besatzung über das Deck.

Doch das zweite Schiff schaffte es, die Stelle unbeschadet zu umfahren. Zum Erstaunen des Rogogarders fehlte von seiner schönen Unbekannten jede Spur. Dafür hatte wohl die andere Kriegerin das Kommando übernommen. Sie allein stand am Ruder, was den Freibeuter zu einem anerkennenden Pfiff verleitete.

Abschätzend blickte er zu seinen drei Mann, die unter Aufbietung aller Kräfte die *Grazie* steuerten. »Ihr müsst unbedingt stärker werden. Da sind Weiber ja kräftiger als ihr.«

Die ersten Katapulte schossen auf die Kriegskogge, mehrere Männer wurden von Glückstreffern verletzt.

Näher und näher krochen die Angreifer, während die *Grazie* schwer mit den aufgebrachten Fluten zu kämpfen hatte.

»Es ist ein Junge«, strahlte ein schweißgebadeter Matuc und hielt ein kleines Bündel in der Hand. »Norina, schaut.« Ein zaghaftes Schreien drang aus dem Mund des Neugeborenen. Kurz vor dem erschöpften Einschlafen nahm die Brojakin ihren Sohn an die Brust. Augenblicklich verstummte das Kind.

Fatja sah den Geistlichen strafend an. »Das wussten wir doch schon vorher, oder? Ich habe es schließlich vorhergesagt.« Sie nahm ihm einen Lappen weg, wusch sich die blutigen Hände und trocknete sie ab. »Ich habe aber nicht vorhergesagt, dass du bei der Geburt nicht helfen sollst. Oder Waljakov.«

Matuc betrachtete seine Fußspitzen. »Ich bin kein Medicus.«

»Ich etwa?« Die Schicksalsleserin stemmte die Arme in die Hüften. »Und dennoch habe ich es hinbekommen. Habe ich es nicht gesagt? Wie bei einer Kuh. Na ja, ähnlich.« Sie warf ihm den Lappen zu. »Du darfst sauber machen.«

Kind und Mutter schliefen vor Erschöpfung bereits, und der Mönch machte sich leise ans Aufräumen. In gebückter Haltung hörte er, wie sich die Schritte des Leibwächters näherten, und er schielte zwischen seinen Beinen hindurch.

Amüsiert beobachtete er, wie der riesige Mann schüchtern nach dem Paar schaute, das die Geburt überstanden hatte.

»Nur Ulldrael weiß, wie es mit den beiden weitergeht«, sagte Matuc und kam herüber. »Norina hat noch immer hohes Fieber und viel Blut verloren. Der Knabe ist zu früh auf die Welt gekommen. Er ist schwach, klein und noch unterentwickelt.« Behutsam deckte er Kind und Mutter zu.

»So klein«, meinte der Leibwächter versonnen. »So hilflos.«

»Wie alle Menschen zu Beginn ihres Lebens.« Der Geistliche deutete zur Tür. »Lasst den beiden ihre verdiente Ruhe. Und du kannst gerne mitgehen«, sagte er in Richtung Fatjas. Sie sprang auf.

»Ein wenig frische Luft könnte nicht schaden.«

»Das ist keine gute Idee«, widersprach Waljakov viel zu hastig. »Die See ist zu rau.«

»Das macht mir nichts«, lachte das Mädchen, nahm einen Überwurf und rannte hinaus.

Fluchend machte sich der kahle Hüne an die Verfolgung. Dass sie von einem Speer halbiert würde, hätte ihm noch gefehlt.

Die Schicksalsleserin bemerkte an Deck sofort, dass etwas nicht in Ordnung war. Als sie einen der Bolzen entdeckte, die die Unbekannten abgeschossen hatten, lief sie auf das Oberdeck, um einen besseren Ausblick zu haben.

»Das sind sie!«, schrie sie voller Panik. »Das sind die Schiffe, die ich in meiner Vision gesehen habe!«

Torbens Kopf schoss alarmiert herum. »Gesehen? Was für eine Vision.«

»Sie werden uns versenken!« Fatja krallte sich am Geländer fest und konnte ihre Augen nicht mehr von den schwarzen Silhouetten wenden. »Ich habe es gesehen. Ich habe es doch gesehen!«

»Sei still!«, herrschte Waljakov sie an. »Du machst die Männer nervös.« Seine breite Hand legte sich auf ihren Mund. Vorsichtshalber wählte er die mechanische, falls sie zu beißen versuchte.

»In der Tat«, meinte der Freibeuter. »Sie hat mich wirklich nervös gemacht. Was sollte diese Schreierei eben?«

»Der Anblick der Niederkunft war zu viel für sie. Oh, Kind und Mutter geht es gut«, versuchte der Leibwächter eilig abzulenken und zerrte die nun apathisch wirkende Schicksalsleserin mit sich. »Deckung!«

Ein paar Pfeile surrten heran und bohrten sich in die Planken, ohne Schaden anzurichten. Waljakov zog das Mädchen wieder auf die Beine und rannte zurück zur Luke, um dem Rogogarder keine weitere Gelegenheit mehr zu geben, nachzuhaken.

Der Verfolger an Steuerbord nutzte nun die Wellenbewegungen geschickt aus, um die Distanz zwischen der *Grazie* und sich zu verkürzen. Mit bloßem Auge konnte Torben erkennen, wie sich eine Entermannschaft bereit machte.

Doch die Männer wirkten unschlüssig. Das Auf und Ab machten das Unterfangen zu einer eigentlich unmöglichen Sache. Aber die Angreifer wollten Norina und den Leibwächter anscheinend unter allen Umständen in die Finger bekommen.

»Schießt«, befahl er den Katapulisten, und die Kriegskogge schickte ihrerseits Speere auf den Weg. Mit einigem mehr an Erfolg als die Gegenseite.

Zufrieden sah Torben, wie das Steuer sich nach der letzten Salve herrenlos drehte. Der Rumpf stellte sich daraufhin längs zu den Wellen, und bevor einer der Fremden ans Ruder gelangte, drückten die Wassermassen mit voller Wucht gegen die Breitseite. Der Schiffskörper legte sich um mehr als siebzig Grad zur Seite. Ein, zwei Lidschläge glaubte der Rogogarder, das Schiff richtete sich wieder auf, doch die nächste Woge stülpte es um. Der Kiel glitzerte in dem bisschen an Sternen- und Mondlicht.

Die *Grazie* tauchte unbeschadet in ein Wellental.

»Heya, wieder einer weniger! Wo ist der Letzte der Fremden? Mit dem werden wir auch noch fertig«, schrie er euphorisch nach dem Ausguck. Der Mann im Krähennest deutete wortlos nach hinten.

Das gegnerische Schiff befand sich hoch oben, genau auf dem Kamm über der Kriegskogge, und wirkte im fahlen Licht wie ein schwebendes dämonisches Wesen, das sich gleich auf seine Beute herabstürzen würde.

Für den Bruchteil einer Sekunde setzte der Sturm aus, nur das Rauschen des Meeres war zu hören. Dann kehrte er mit doppelter Stärke zurück, als würde er all seine Kraft dem Angreifer zur Verfügung stellen wollen.

Knatternd füllten sich die Bastsegel, mit gesetztem Vollzeug schwang sich der letzte Verfolger auf die anrollende Woge. Aus der fast vollständigen Regungslosigkeit wurde ein gemächliches Dümpeln, das nach und nach an Fahrt zulegte. Die Bugspitze korrigierte ein wenig nach Backbord und visierte das Heck der *Grazie* an. Gischt sprühte auf, immer schneller bewegte sich das Schiff.

Versenken. Torben schluckte schwer. *Dieses verdammte Weib nimmt Anlauf, um uns zu versenken.*

»Wir müssen etwas finden, das schwimmt und wasserdicht ist«, befahl Waljakov in der Kabine.

»Wie wäre es mit einer Kiste oder einem Fass?«, schlug Fatja vor und hüpfte vom Schemel.

»Und ich werde mich an mein Holzbein klammern, wenn wir wirklich untergehen sollten«, wollte Matuc mit einem Scherz die Anspannung lockern. Seitdem er wusste, dass sie verfolgt wurden, war er sich sicher, dass sich die Prophezeiungen der Schicksalsleserin erfüllen würden.

»Wir müssen alles tun, um sie zu retten«, trieb das Mädchen den Geistlichen an. »Ich habe doch gesagt, dass ihr Schicksal noch nicht festgeschrieben steht.«

»Ich überlasse nichts dem Zufall. Oder dem Schicksal«, knurrte der Leibwächter und leerte eine der großen Gepäcktruhen aus. Eilig stopfte er den Innenraum mit Decken aus, Fatja verschwand und kehrte kurz darauf mit etwas Trockenobst, Schiffszwieback, einer Wasserflasche und eingelegten Fischen zurück, die ebenfalls in die Truhe gepackt wurden.

Norina sah den betriebsamen Freunden zu und wiegte das Kind vorsichtig hin und her. Immer fielen ihr zwischendurch die Augen zu.

Vorsichtig bettete der Leibwächter die junge Mutter in die Truhe. »Nehmt das Messer, das Garn und diese Stäbe, damit könnt Ihr Euch notfalls ein Segel bauen, um an Land zu gelangen, falls wir getrennt werden sollten.«

Die Brojakin nickte nur müde; sie war zu erschöpft, um Angst oder Panik zu spüren. Selbst in ihren Armen wirkte das Bündel, zu dem man den Knaben verschnürte, äußerst winzig. »Ihr solltet euch ebenfalls etwas suchen, wenn …«

Ein brachialer Ruck ging durch die *Grazie.* Der ganze Rumpf erbebte, Planken brachen, zerrissen und barsten mit einem gewaltigen Knall. Die Kabine deformierte sich am hinteren Ende, die Wände splitterten und knickten ein, als wollte ein rasendes Tier von der anderen Seite einbrechen. Verstrebungen lösten sich von der Decke. Augenblicklich schoss trübes Meereswasser in den Innenraum.

Die Menschen wurden durcheinander gewirbelt, fielen übereinander. Die Truhe mit der kostbaren Fracht rutschte umher.

Der Leibwächter kam als Erster wieder auf die Beine und schaute nach Norina.

Blut sickerte von der rechten Schläfe, an der sie ein herabstürzender Deckenbalken gestreift hatte. Verwirrt schaute sie zuerst auf das Kind, dann um sich und machte sogar Anstalten, sich aus der Truhe zu erheben.

Sofort begutachtete Waljakov die Verletzung, stufte sie aber als Kratzer ein. »Nein, Herrin. Bleibt, wo Ihr seid. Wir tragen Euch an Deck.« Er drückte sie sanft zurück und klappte den Deckel zu.

»Ich sage nur ungern, dass ich Recht hatte.« Fatja tauchte zwischen Trümmerstücken auf und half Matuc, sich aus der Hängematte zu befreien, in der er sich verheddert hatte. »Nichts wie runter von dem Kahn.«

»Warum hast du nicht gesehen, wie alle Menschen in Frieden und Wohlgefallen zusammen leben?« Zusammen mit dem Mädchen humpelte er los.

Torben erschien in der völlig zerstörten Kabine. »Sind alle noch in einem Stück? Dieses verdammte Weib ist auf uns draufgefahren wie ein Köter auf eine läufige Hündin.«

Er fasste auf einen Wink des Leibwächters mit an Norinas notdürftig gebasteltem Rettungsboot an. Keuchend schleppten die beiden Männer das Stück nach oben, wo sich dem Leibwächter ein Bild der völligen Zerstörung bot.

Bis zur Hälfte hatte sich das angreifende Schiff in die *Grazie* verbissen, sein Bug war praktisch nicht mehr existent. Abgerissene Segel, Leinwandfetzen, Wantenreste und Holzstücke formten einen grotesken Wald. An manchen Stellen färbten sich die Planken rot.

Beim Aufprall waren die Beiboote der Kriegskogge bis auf eines zerstört worden. Dorthin hatten sich die letzten Überlebenden der Mannschaft bereits geflüchtet und warteten darauf, dass die Passagiere an Bord kamen, um es ins Wasser zu lassen. Die *Grazie* sank zügig und bekam schnell Hecklage.

Fatja schnappte sich Juka, die Schiffskatze, und hopste ins Boot. Matuc folgte umständlich, das Holzbein in Kombination mit dem Sturm erschwerten das Laufen.

»Eigentlich sollte ich Euch zurückbringen«, schallte eine rauchige Stimme durch den Sturm. »Aber ich habe es mir anders überlegt.« Paktaï stand hinter einem geladenen Speerkatapult an Deck der Kriegskogge und zielte auf die beiden Männer. »Wo ist die Schwangere?«

Waljakov bewegte sich nicht einen Millimeter und hoffte inständig, dass der Rogogarder die Nerven bewahrte und den Aufenthaltsort der jungen Mutter nicht verriet. Weder durch eine Geste noch durch einen Blick.

Doch der Freibeuter schielte für einen winzigen Moment in Richtung Beiboot.

»Da drinnen?« Die Vertraute Nesrecas senkte den Kopf etwas. »Das glaube ich nicht.«

Einer der Matrosen sprang trotz der Gefahr mutig auf und zog die Leine, mit der die Winde arretiert worden war.

Wie ein Fels rauschte das Boot nach unten und klatschte in die Wellen. Glücklicherweise blieb es heil und in einem Stück, nur die Insassen wurden gehörig durchgeschüttelt, ein paar gingen über Bord und wurden von ihren Kameraden wieder hineingezogen.

Paktaï reagierte, indem sie die Läufe der Fernwaffe nach oben zog und mit einer ganzen Salve eine bereits stark beschädigte Rahe löste.

Die lange, schwere Holzstange stürzte samt Segelstücken und Tau auf die Planken der *Grazie,* hüpfte einmal in die Höhe und rutschte mit der Spitze voraus dem Beiboot hinterher. Ein erschrockener Schrei aus vielen Kehlen drang zu ihnen herauf, und den Geräuschen nach musste Schlimmes beim Aufprall passiert sein. Hilferufe gellten, und die Frau lächelte

Eine Welle hob die miteinander verkeilten Schiffe an, und durch die Bewegung glitt der zerstörte Bug der *Klapok* ein wenig zurück. Das Wasser drang nun stärker in die beiden Wracks ein. Feuerschein loderte aus der zertrümmerten Kombüse der Kriegskogge, wo vermutlich Glut aus dem zerstörten Herd etwas in Brand gesetzt hatte.

Torben setzte zum Sprint an, an dem ihn Waljakov nicht mehr hindern konnte. Im Rennen zog der Freibeuter seinen Entersäbel und schlug nach der Frau.

Elegant drehte sie sich über seinen Rücken weg und versetzte dem ungestümen Freibeuter einen Stoß ins Kreuz, der ihn mit Wucht gegen den Mast beförderte. Besinnungslos rutschte Torben am Holz hinab.

Ein leises Weinen drang aus der Truhe.

Paktaïs Kopf fuhr augenblicklich herum, die Augen glühten rot auf. »Also keine Schwangere mehr.« Sie zog ihr Schwert und setzte sich in Bewegung.

»Du wirst sie nicht bekommen.« Schützend stellte sich der K'Tar Tur vor das Gepäckstück. Seine eisgrauen Augen blickten entschlossen. Dann eröffnete er todesmutig den ungleichen Kampf zwischen Halbwesen und Mensch.

Die Frau war an Schnelligkeit, Kraft und Ausdauer bei allem Können Waljakovs weit überlegen, und schon bald blutete der Mann aus mehreren tiefen Wunden, der Harnisch wurde von den Stichen der Gegnerin wie Papier durchschlagen. Als er einen Hieb mit der mechanischen Hand abfangen wollte, trennte die Waffe Paktaïs die Glieder ab. Klingelnd verteilten sie sich auf den Planken, der Lebenssaft des Leibwächters troff stärker auf das nasse Holz. Dennoch gab er nicht auf.

Als ihn ein harter Tritt gegen die Brustpanzerung neben die Truhe aufs Deck schickte, drehte er sich mühsam zur Seite und küsste das Leder.

»Lebt wohl, Herrin. Und sei Ulldrael der Gerechte mit Euch.« Mit aller verbliebenen Kraft schob er den wasserdichten Behälter über die Bordwand hinaus. Verausgabt rollte er sich wieder auf den Rücken und erwartete den Todesstoß.

Doch Paktaï hechtete an ihm vorbei und schnappte gierig nach dem Griff der fallenden Truhe.

Mit einem wilden Schrei packte sie das Metallstück und zog das improvisierte Rettungsboot triumphierend zurück an Deck. Das Weinen des Knaben wurde lauter, Norina trommelte von innen gegen den Deckel.

»Wenn man dich schon nicht töten kann, dann eben so.« Der Leibwächter rammte der nicht menschlichen Frau grunzend die scharfkantigen Fingerstummel der mechanischen Hand in die Pupillen. Ein Schleimfaden blieb haften, als er den Stahl zurückzog.

Tatsächlich ließ die Helferin Mortvas kreischend den Griff los und bedeckte schützend das Gesicht. Die Truhe verschwand in der tosenden Tiefe.

Schwankend stemmte sich der K'Tar Tur in die Höhe. Salzwasser und Blut mischten sich in seinen Augen, bildeten einen Schleier, durch den er die Aktionen seiner Gegnerin nicht klar erkennen konnte.

Schemenhaft entdeckte er die Frau, ihre Silhouette hob sich als schwarzer Schatten vor den im Hintergrund zuckenden Flammen ab. Ihre Augen leuchteten tiefrot. »Das wird dich nicht retten, Mensch. Du kannst mich nicht verwunden.«

»Es hat mir ausgereicht«, sagte Waljakov matt und stützte sich auf seinen Säbel, um stehen zu können. »Ich sagte, du wirst sie nicht bekommen.«

»Das Meer erfüllt meinen Auftrag.« Paktaï kam näher. »Da ich dich nicht mitnehmen kann, werde ich dich töten müssen.«

Die Knie des kahlen Leibwächters gaben nach, schwer stürzte er auf die Planken. Eine Lache aus Blut bildete sich um ihn herum.

Die unheimliche Frau stellte ihm einen Fuß auf die Brust, ihr Arm hob sich zum Schlag.

Ein Schwirren erfüllte die Luft, Paktaï riss es nach vorne. Sie flog vor Wut, Hass und Überraschung schreiend über den K'Tar Tur hinweg, außerhalb seines Gesichtsfelds. In dem erschien nun das zahnlose Grinsen von Torben Rudgass, der den Verletzten nach oben zog. Ein roter Strich lief ihm aus der Nase. »Da wurde ich gerade rechtzeitig fertig mit Laden, was?«

Er drehte den Leibwächter in die Richtung, in die die Frau verschwunden war. Der K'Tar Tur verstand nun auch, wieso.

Ein Dutzend Speere nagelte den Körper, Arme und Beine der brüllenden Paktaï an die Wand des hölzernen Angriffsturms der Kogge. Unfähig, sich zu bewegen, tobte und rüttelte sie an den Schäften, ohne etwas ausrichten zu können.

»Töten können wir sie vielleicht nicht. Aufhalten schon«, erklärte Torben und betastete seine Nase. »Verdammt, sie ist gebrochen.«

Waljakov zog den Freibeuter zur Bordwand und starrte verzweifelt in die Tiefe. »Wo ist das Beiboot? Wo ist die Truhe mit …«

Die nächste Woge rollte heran und trennte die Wracks endgültig voneinander. Die zerstörten, offenen Rümpfe bekamen Schlagseite, Waljakov und Torben fielen kopfüber in die schwarzen Fluten. Blubbernd und Blasen schlagend versanken die Schiffshälften in der immer ruhiger werdenden See.

Der schwache, zuckende Feuerschein an Bord der

Grazie beleuchtete die vor unbändigem Zorn schreiende Paktaï. Erst als ihr Kopf unter Wasser geriet, verstummte das unmenschliche Gebrüll. Dann herrschte eine unnatürliche Stille.

Und als habe der Sturm nur darauf gewartet, dass sich nichts mehr an der Wasseroberfläche regte, legte er sich.

Lediglich ein paar Trümmerstücke und Frachtteile erinnerten an die Schicksale der *Grazie* und der *Klapok.*

Das Meer fand seine Ruhe wieder.

EPILOG

Ulldart, Gallohâr,
südliche Küste des Königreichs Kensustria,
Winter 443 n. S.

Farron, der junge, glatt rasierte Gelehrte mit dem dunkelgrünen Haar, trat auf die rechte Fußraste der Drehlafette, und gehorsam schwenkte das acht Meter lange Fernrohr in die gewünschte Richtung.

Der Gelehrte legte sich das nächste Blatt Papier, Tinte und Feder zurecht, und schaute durch die Sehhilfe, die aus zweiundvierzig verschieden geschliffenen Gläsern bestand, die wiederum in drei rotierbaren Karussellen angebracht waren. Farron suchte in der Totalansicht den Himmel rund um Arkas und Tulm, die Augen Tzulans, ab.

Seit fünf Stunden hockte er in dem schmalen Sessel, kühler Seewind rauschte durch das große, hölzerne Kuppeldach herein, das er vollständig geöffnet hatte, um einen besseren Blick auf die Sterne zu haben. Die Temperatur in der Observationskammer senkte sich empfindlich ab. Zumindest für kensustrianische Verhältnisse.

Ollkas, sein etwas älterer Gelehrtenkollege und Meister der Astronomie, fröstelte. Er blies sich in die Hände und zog die wärmende Haube tiefer, bis fast ganz über die Ohren. Dann blätterte er die Unterlagen der letzten Observation durch. »Findest du heute noch etwas, oder sollen wir bei lebendigem Leib erfrieren?«

»Meister, schreibt auf: Betos zwölf und Ketos einssechs-drei, Abweichung in der letzten Konstellation von drei achtel Grad.« Farron justierte das Okular mit spitzen Fingern. »Damit weichen sie weiter aus ihrer Bahn und machen den Augen Tzulans Platz.«

Ollkas blickte zu den Steinwänden, die von unzähligen Karten über Sterne und deren Wanderungen bedeckt waren. Die Pläne, die seit Jahrhunderten kaum eine Veränderung erfahren hatten, bekamen seit einem Jahr immer wieder Korrekturen aufgemalt. Rote und schwarze Striche deuteten die Planetenverschiebungen an, und es schien dem Astronomiemeister, als seien alle Gestirne in Aufruhr geraten. Zentrum der Wanderschaften und des Driftens bildeten ohne Zweifel Tulm und Arkas. »Ich werde schon wieder eine Veränderung aufmalen müssen«, meinte der Gelehrte und stemmte sich in die Höhe. »Danach machen wir Schluss. Meine Augen sind müde, nur deshalb sitzt du am Fernrohr. Und ich weiß nicht, ob du alle Feinheiten findest.«

Wenn die Kritik Farron traf, ließ er es sich nicht anmerken. Unberührt nahm er neue Einstellungen vor und suchte nun im Detail nach Neuigkeiten. »Meister, vor rund einem Jahr haben wir die erste Unregelmäßigkeit entdeckt, wisst Ihr noch?« Die Linsenkarusselle rotierten klackend, der Junggelehrte wechselte den Sichtmodus. »Vielleicht ist die Zeit nun wieder reif?«

»Und Taralea, die Allmächtige Göttin, suchte ihren Sohn Tzulan, kämpfte mit ihm und zerriss ihn in kleine Stücke, die sich über alle Kontinente verteilten. Seine glühenden Augen heftete sie zu den Sternen an das Himmelsgewölbe und nannte sie Arkas und Tulm, die einzigen Sterne, die sich nicht drehen und für alle Zeiten am Firmament stehen«, zitierte Ollkas die Stelle aus dem ulldartischen Geschichtswerk, die er seit dieser Nacht auswendig konnte. »Und die Sterne haben auch auf der Erde für Bewegung gesorgt. Es muss ihr Einfluss gewesen sein, der die Geschehnisse auslöste.«

Ein bisschen vorwurfsvoll drehte sich der Schüler um, das Okular hatte einen kreisförmigen Abdruck an seinem Auge hinterlassen. »Meister, wir sind Astronomen, keine Astrologen. Wir haben uns der Wissenschaft verpflichtet, nicht der Deuterei.«

»Nicht so aufmüpfig, junger Gelehrter«, drohte ihm sein Mentor. »Oder du wirst die große Linse des Fernrohrs noch heute Nacht reinigen.« Ollkas brachte die Sternenkarte auf den neuesten Wissensstand.

»Lasst Euch endlich einmal eine neue Drohung einfallen. Ja, was ist denn das?« Farron rieb sich das Auge und schaute wieder durch die riesige Sehhilfe. »Ha! Ich wusste, dass wieder etwas geschehen wird. Arkas und Tulm haben einen Kranz erhalten. Und zwar«, er schien in Gedanken zu rechnen, »waren das mal Balsan dreizehn bis dreiundzwanzig, die ihre angestammte Position verlassen haben.«

Wortlos riss der Meister die Karte von der Wand und warf sie zu Boden. »Die taugt sowieso nichts mehr.« Unsanft schubste er seinen Lehrling aus dem Sessel und zwängte sich selbst hinein. Seine Handgriffe erfolgten routiniert, sicherer als die von Farron. Aber auch er kam zum gleichen Ergebnis. Zudem waren die Augen Tzulans wieder größer geworden.

Nachdenklich lehnte er sich zurück und grübelte.

Der Junggelehrte begann, die Blätter mit den heutigen Aufzeichnungen durchzunummerieren und säuberlich abzuheften. Anschließend räumte er das Geschirr vom Tisch. »Ich gehe dann nach unten, Meister, und richte unser Frühstück. Wir …« Farron stockte, ließ die Teller und das Besteck fallen und zeigte nach oben. »Da! Ein Komet.«

Ollkas erwachte aus seinen Gedankengängen und beobachtete das Naturschauspiel. »Nein, Schüler«, sagte er bedächtig, »es sind zwei Kometen. Zwei prächtige Kometen, mit wunderschönen Schweifen. Es sieht aus, als würden die Augen Tzulans weinen.« Noch dichter presste er die Pupille an das geschliffene Glas. »Nanu. Mir war, als hätten Tulm und Arkas eben aufgeleuchtet. Und eben wieder.« Das Linsenkarussell surrte. »Bei allen himmlischen Göttern, das Doppelgestirn zieht die Sterne in seiner Umgebung an. Sie fliegen direkt in das Rot!« Der Meister wechselte in die Totale und stieß die Luft aus. »Und bei jedem Auftreffen leuchten die Augen auf.«

Die restlichen Sterne schienen sich ebenfalls neu zu formieren und bildeten um das Doppelgestirn die Umrisse eines Gesichts.

»Der Gebrannte Gott schaut auf uns herab«, flüsterte Ollkas blass. »Was hat das zu bedeuten.«

»Vielleicht lacht er«, meinte Farron ängstlich.

»Wie bitte?« Der Astronomiemeister schaute seinen Lehrling an.

»Die Augen Tzulans weinen nicht, sie lachen, Meister.« Farron raufte sich aufgeregt die Haare. »Der Gebrannte Gott freut sich über irgendetwas.«

»Junger Freund, darf ich dich daran erinnern, dass wir Astronomen und keine Astrologen sind«, gab Ollkas zurück. »Es wird eine vernünftige Erklärung geben. Magnetismus, Lichtbrechung oder …«

»Der Anbruch der Dunklen Zeit«, vollendete der junge Kensustrianer beinahe ehrfürchtig.

»Unsinn«, brummte sein Mentor. Umständlich arbeitete er sich aus dem Sessel heraus.

Tief unten klopfte es an der Tür, Farron spurtete die Stufen hinab. Ollkas arretierte derweil das Fernrohr mithilfe des Flaschenzugs und setzte den Schließmechanismus des Schiebedachs in Bewegung.

Keuchend und schnaufend erschien sein junger Kollege im Observationsraum, einen Brief schwenkend. »Eine Nachricht von der historischen Fakultät, versehen mit einer Note der astronomischen Abteilung.«

»Soll das die Antwort auf meine Anfrage von vor

einem Jahr sein? Gib her.« Der Meister schnappte den Umschlag, erbrach das Siegel und las den Inhalt. Dann senkte er das Schreiben und verzog den Mund. »Ich glaube, die Sterne verkünden mehr Wahrheiten, als uns lieb ist.«

»Meister.« Farron trippelte auf der Stelle. »Ich bin furchtbar neugierig. Was sagen sie?«

Ollkas setzte sich und stützte den Kopf müde in die Hand. »Sie haben unsere Annahme bestätigt. Nur viel zu spät, um uns damit noch einen Dienst zu erweisen. Kensustria hätte bei Telmaran handeln, nicht zuschauen müssen. Oh, diese verdammte Kriegerkaste und ihre …«

Der Junggelehrte hielt es nicht länger aus und riss das Schreiben an sich. »Ein Rechenfehler? Ein Rechenfehler im Kalender und niemand hat es seit dem Jahr 301 bemerkt?«

»Die Zeit nach den großen Kriegen auf Ulldart. Nur die Sterne ließen sich nicht belügen«, nickte der Meister. »Wir schreiben demnach nicht 443, sondern das Jahr 444 nach Sinured. Wir befanden uns die ganze Zeit über in dem Jahr der Entscheidung, und niemand ahnte etwas davon. Nun ist die Schlacht geschlagen, wie ich hörte. Und in ein paar Tagen haben wir 445. Der Gebrannte Gott hat anscheinend gewonnen.«

Farron schluckte laut und warf einen Blick nach oben, wo sich das Holzdach knarrend schloss und das rote Doppelgestirn in Kürze verdeckte. Noch immer zogen die Kometen ihre Bahn. »Kein Wunder, dass die Augen Tzulans Freudentränen vergießen.«

Unter den Augen Tzulans

PIPER

PROLOG

Kontinent Ulldart, Königreich Aldoreel, fünf Meilen nördlich von Telmaran, Winter 443/444 n. S.

Langsam löste sich der halb volle Silberpokal aus der erschlaffenden Hand und fiel mit einem dumpfen Poltern auf die gestampfte Erde der großen Halle. Er rollte ein wenig zur Seite, wobei sich der letzte Rest des Weins auf den Boden ergoss, und lag dann still. Rot wie Blut sammelte sich der vergorene Traubensaft in kleinen Lachen, den schwachen Schein der erlöschenden Flammen reflektierend.

Die beinahe zu Asche verbrannten Baumstämme im offenen Kamin spendeten nur noch ein kraftloses Glühen, das nicht ausreichte, den riesigen Raum zu erhellen. Knackend und Funken sprühend brachen die schwarzen Trümmer in sich zusammen.

Die zusammengesunkene Gestalt in dem Sessel vor der Feuerstelle reagierte nicht.

Der Kopf mit den blonden Haaren hing auf der Brust, die Augen waren geschlossen, der rechte Arm pendelte von der Lehne herab. Die linke Hand umklammerte eine leere Flasche Wein, zu den Füßen des Mannes lagen drei weitere neben dem unordentlich abgelegten Brustharnisch.

Der Schläfer murmelte etwas, dann zuckte sein Stiefel nach vorne. Klirrend stießen die getroffenen Flaschen aneinander, aber auch dieser Laut weckte ihn nicht aus dem gnadenlosen Traum. Ein Traum, der ihm die Gesichter der vielen namenlosen Toten, die er verschuldet hatte, vor Augen hielt. Er hörte die Schreie der Brennenden, der Ertrinkenden, die Hilferufe und die Verwünschungen, die seinen Namen für alle Ewigkeiten verfluchten.

Eine zweite, völlig verdreckte Gestalt kam lautlos hinter einer Säule zum Vorschein.

Vorsichtig sah sie sich im dunklen Raum um, immer auf der Hut vor einem möglichen Wächter oder einem überraschenden Angriff.

Sie verzichtete darauf, näher an den Stuhl mit dem blonden, jungen Mann heranzugehen, nahm stattdessen einen Pfeil aus dem Köcher und legte ihn auf die Sehne. Millimeter für Millimeter zog der Schütze die geflochtene Schnur zurück und visierte das Herz des Schlafenden an. Als er sich ganz sicher war, dass die Spitze ihr Ziel nicht verfehlen würde, gaben seine Finger die Sehne frei.

Zischend durchschnitt das Geschoss die Luft und stieß eine Armlänge vor der ungeschützten Brust gegen ein unsichtbares Hindernis. Der Pfeil hing für einen Lidschlag bewegungslos und fiel dann zu Boden.

Im gleichen Moment öffnete der Mann im Sessel die dunkelblauen, vom Alkohol getrübten Augen.

»Ihr hättet in Granburg auf mich schießen sollen«, sagte Lodrik mit schwerer Zunge in die Schatten. »Nun werdet Ihr kein Glück mehr haben, Meister Hetrál. Meine Magie ist zu mächtig, als dass eine Stahlspitze mir gefährlich sein könnte.«

Ein zweiter Pfeil flog heran und erlitt das gleiche Schicksal wie der erste.

Schwankend erhob sich der Kabcar von Tarpol und Tûris. »Oh, wie dankbar wäre Euch heute Ulldart, wenn Ihr damals den Auftrag Kolskois angenommen und mich ermordet hättet, als ich noch ein kleiner Junge war. Ein Gouverneur.« Lodrik lachte leise und stieß geräuschvoll Luft aus. »Und nun seht, was ich heute bin, Meister Hetrál. Ein Held. Ein Herrscher, der sein Volk ein weiteres Mal vor anmaßenden Angreifern gerettet hat. Und vermutlich die Dunkle Zeit brachte, samt Sinured.« Er zog sein Henkersschwert, die Gravuren blitzten auf. »Nun denn. Ich gebe Euch die Gelegenheit, mich im Zweikampf zu stellen. Nur Ihr und ich. Obwohl es ein Verräter wie Ihr nicht verdient hat.«

Der junge Mann taumelte in Richtung des Turîten, die Schneide schleifte über die Erde.

Hetrál warf den Bogen zur Seite und zückte ebenfalls seine Waffe. Als er den jungen Telisor vor wenigen Stunden gegen die Übermacht stürmen sah, wusste er, das Geeinte Heer würde einen zweiten Aufgang der Sonnen nicht mehr erleben. Und er hatte bemerkt, dass sich Lodrik in die Soldatenstadt zurückzog. Er war ihm, von den Wachen unbemerkt, gefolgt, anstatt sich in einen sicheren, sinnlosen Tod zu stürzen. Vielleicht ließe sich weiteres Unglück verhindern.

Aufmerksam verfolgte er die Bewegungen des Betrunkenen.

»Ich weiß, was Ihr denkt, Meister Hetrál«, lallte Lodrik und strich sich die offenen Haare aus dem Gesicht. »Ihr denkt, wenn Ihr mich nun tötet, bevor das Jahr 444 beginnt, wird die Dunkle Zeit nicht anbrechen. Und Ihr hofft auf ein Wunder von Ulldrael.« Der Kabcar gluckste. »Der Gerechte, wie das Volk ihn nennt.« Er fixierte mit schwerem Blick die braunen Augen des stummen Meisterschützen. »Nennt Ihr das gerecht, was sich ein paar Meilen von hier ereignet hat? Und warum hat Euch Euer Gott nicht beigestanden, wenn Ihr doch für das Gute siegen wolltet?« Er schlug ungezielt nach Hetrál, die Wucht riss ihn nach vorne und ließ ihn stolpern. »Wo war Euer Gott?«, spie er ihn an. »Ich wollte euch gehen lassen, und ihr Wahnsinnigen rennt gegen meine Soldaten an, die nur darauf gewartet haben, das Blut fließen zu lassen.« Der Kabcar lehnte sich an eine Säule. »Ich habe Euch das Leben geschenkt. Wie ein Gott. Und Ihr hattet nichts Besseres damit zu tun, als es wegzuwerfen.« Das Blau seiner Augen bekam einen starren Ausdruck. »Ich bin das Gute. Sonst wäre ich heute der Unterlegene gewesen, oder?« Der Turît sprang vor und stieß zu, geistesgegenwärtig parierte Lodrik den Stich und packte den Schwertarm des Mannes. »Oder?«, schrie er ihm ins Gesicht. »Und wenn ich nicht das Gute bin, warum bin ich nicht vernichtet worden?«

Hetrál rammte dem jungen Kabcar die Schulter ins Gesicht.

Lodrik taumelte gegen den Pfeiler, Blut sickerte ihm aus Mund und Nase. Augenblicklich setzte der Kämpfer nach, die Opfer der Verbotenen Stadt und des Gemetzels vor wenigen Stunden in bester Erinnerung. Den Mund zu einem stummen Schrei geöffnet, hieb er mit beiden Händen zu.

Lodriks Rechte vollführte eine knappe Geste. Dunkelblaue Energieströme entwichen aus den Fingerspitzen und trafen den Turîten mitten auf die Brust. Die magische Kraft hob ihn empor und schleuderte ihn zwanzig Fuß durch den Raum, bevor er schwer zu Boden stürzte. Kleine Blitze umspielten seinen Leib, bevor sie sich in die gestampfte Erde entluden. Die getroffene Körperstelle qualmte, die Kleidung war verbrannt, die Haut darunter schlug Blasen.

»Wenn Ulldrael mich als das Böse sieht, warum verliert Ihr gegen mich?«, fragte der Kabcar düster. »Ihr seid gegen den Falschen geritten. Ihr seid Einflüsterungen eines falschen Gottes erlegen.« In einer Mischung aus Verzweiflung und Wut schleuderte er das Henkersschwert von sich. »Ulldrael der Ungerechte, nicht wahr? Das denkt Ihr doch gerade?«

Hetrál stemmte sich auf die Beine, sein Gesicht war vor Schmerzen verzerrt. Er konnte nicht gegen ihn gewinnen, erkannte er resigniert und suchte nach einem Ausgang. Nicht so, nicht hier.

Die Verbrennungen ließen ihn beinahe keinen klaren Gedanken mehr fassen. Es schien ihm, als würden sich die Strahlen in seinem Körper weiterfressen. Der Meisterschütze schüttelte den Kopf und wankte auf ein Fenster zu.

»Flucht, Meister Hetrál?«, rief Lodrik voller Hohn. »Habt Ihr Euren Fehler eingesehen? Dann stellt Euch auf meine Seite.« Der junge Herrscher schwankte auf ihn zu, und so etwas wie Hoffnung legte sich auf das Gesicht. »Bitte, Meister Hetrál. Ich bin doch derjenige, der im Recht ist, nicht die anderen. Ich kann Euch die Taten in der Verbotenen Stadt verzeihen. Bleibt bei mir und helft mir, die anderen zu überzeugen.« Lodrik streckte die Hand aus, die rot geäderten Augen sahen ihn bittend an.

Der Turît drückte das Fenster auf, um die große Halle zu verlassen, bevor die Leibwächter des Kabcar erschienen. Er spie Lodrik vor die Füße und lief hinaus in die schützende Nacht.

Mit einem Schrei zog der Kabcar die Pistolen aus dem Gürtel und feuerte sie ab. Krachend zündete das Pulver und schickte Hetrál die Bleikugeln hinterher. In dem Moment stürmten die Wachen in die Große Halle und machten sich auf den Wink ihres Herrn an die Verfolgung des Attentäters. Wie weiße Wattebäusche standen die Qualmwolken im Saal, bevor der Nachtwind sie auflöste.

Bedienstete brachten Fackeln in den riesigen Saal, während der junge Herrscher zurück zu seinem Sessel wankte. Die Schusswaffen klemmte er umständlich in das Polster.

Mortva Nesreca und Osbin Leod Varèsz erschienen, sein Vetter in Uniform, sein Stratege mit der gespaltenen Unterlippe in voller Rüstung und mit neuen, noch blutigen Trophäen am Helm. In ihrem Gefolge befanden sich zahlreiche Krieger sowie ein Dutzend Gefangene, darunter erschöpfte Kämpfer, die recht teure Kleidung trugen.

»Hoher Herr.« Sein Konsultant verneigte sich zur Begrüßung. Dabei fiel sein Blick auf die vier leeren Weinflaschen. »Habe ich eben Schüsse gehört?«

»Nicht so wichtig«, wiegelte der Kabcar ab, sein Ellenbogen rutschte von der Lehne, und unbeholfen richtete er sich wieder auf. Ein Rülpsen entwich ihm. »Ein alter Bekannter, der mich umbringen wollte. Aber ich habe ihn in die Flucht geschlagen. Und wer ist das?«, wollte er gelangweilt wissen.

»Ihr habt gesiegt. Hier bringen wir Euch die Letzten des Geeinten Heeres. Ein paar Offiziere, den Großmeister der Hohen Schwerter und andere.« Die Soldaten zerrten drei Männer unterschiedlichen Alters nach vorne. »Aber das sind die Wichtigsten. Darf ich Euch mit König Tarm von Aldoreel, seinem Sohn Telisor und dem Heerführer Tersions, J'Maal, bekannt machen?« Mortva wich ein wenig zur Seite, um den Blick freizugeben.

»Ach ja. Die Schlacht.« Lodrik stemmte sich aus dem Sitz und nahm sein Henkersschwert, das ihm ein Diener reichte, in die Rechte. Kalt musterte er die dreckigen, teilweise schwer verwundeten Männer, sein Atem kam stoßweise, und ihm war furchtbar schlecht. Es gurgelte gefährlich in seiner Kehle. »Ihr falschen Helden seid mir so gleichgültig«, sagte er nach einer Weile langsam und schüttelte den Kopf. »Ich möchte nur noch in Frieden leben und vergessen. Und ihr seid mir dabei im Weg.«

»Und deshalb werdet Ihr uns nun töten?«, sagte Telisor verächtlich. »Ihr seid ein feiner Kabcar. Bringt tausendfachen heimtückischen Tod über die, die das Tier aufhalten wollten.«

Lodriks Augen verengten sich. »Ich kenne Euch. Ihr seid der Idiot, der das Geeinte Heer in den Tod getrieben hat.« Nach kurzem Schweigen schlug der Kabcar dem Königssohn die flache Hand ins Gesicht. »Ich beherrsche das Tier. Und Ihr hättet verhandeln sollen. Mehrfach gab ich Euch die Gelegenheit. Aber stattdessen habt Ihr meine Unterhändler umgebracht. Selbst auf dem Schlachtfeld wolltet Ihr meine Gnade nicht annehmen. Kein Wunder, dass Ulldrael der Gerechte nichts, aber auch gar nichts tat, um Euch zu retten. Ihr seid verdorbene, anmaßende Menschen.« Wehleidig sah er zu Mortva hinüber. »Mir ist übel, Vetter. Erledigt das hier für mich.« Mit einem unsicheren Ausfallschritt verhinderte er, dass er zur Seite fiel.

»Wir haben Eure Gesandten nicht …«, widersprach Tarm, dem ein Kolbenhieb die Schulter durch das Kettenhemd zertrümmert hatte, verwundert.

Lodrik legte sich die Hände auf die Ohren und unterbrach ihn. »Seid still, Lügner!«, schrie er. »Ich habe Eure Machenschaften satt. Alle Herrscher auf diesem Kontinent sind verlogen.« Der junge Mann taumelte hinaus und stieß helfende Hände seiner Bediensteten zurück.

»Es ist an der Zeit, dass jemand das Handeln übernimmt, der ehrlich ist«, stimmte Mortva zu. »Und das für alle Menschen auf Ulldart. Damit das Lügen ein Ende hat.«

»Ihr seid verantwortlich für das alles«, sagte ihm Tarm auf den Kopf zu. Der König Aldoreels sah den Konsultanten an. »Ihr müsst Tzulan persönlich sein.«

»Aber nicht doch, Majestät.« Der Mann mit den silbernen Haaren lächelte ihn hintergründig an, das graue und das grüne Auge blitzten auf. »Das wäre zu viel der Ehre. Ein bescheidener Diener, mehr bin ich nicht.«

»Ihr dient wahrlich gut.« Der König Aldoreels ließ den Kopf sinken. »Was wird mit uns geschehen?«

Der Konsultant legte die Arme auf den Rücken und umrundete die Männer. Telisors linke Wange glühte, wo ihn der Schlag des Kabcar getroffen hatte. »Ihr werdet an einen Ort gebracht, wo man Euch behandeln wird.

Offiziell seid Ihr natürlich während der Schlacht umgekommen.« Er tippte auf das geronnene Blut an der Schulter Tarms und prüfte es zwischen Daumen und Zeigefinger. »Aber in wenigen Wochen schon werdet Ihr zu Eurem erfreuten Volk zurückkehren und verkünden, wie falsch Eure Vorgehensweise war. Und weil Ihr es eingesehen habt, werdet Ihr abdanken.«

»Niemals!«, rief Telisor und warf sich nach vorne, um sich auf den Ratgeber zu stürzen.

Varèsz trat ihm mit Wucht in den Schritt, worauf der junge Mann stöhnend auf der Erde zusammensank.

Mortva ging in die Hocke. »Und Ihr, Telisor, unterstützt Euren Vater bei der wichtigen Aufgabe, die Menschen zu überzeugen, dass Ihr in einem Irrglauben gegen den Kabcar von Tarpol und Tûris kämpftet. Ihr werdet Euch wundern, wie sehr Ihr schon bald von Eurer Mission eingenommen seid. Mit Inbrunst zieht Ihr durch die Lande, im Büßergewand, und predigt, während sich der Kabcar am unerwarteten Thronerwerb ergötzen darf.« Der Konsultant wischte sich das Blut Tarms an den Fetzen der Kleidung des Prinzen ab, stand auf und wandte sich J'Maal zu. »Und dann haben wir noch einen K'Tar Tur aus Tersion.« Seine Miene wurde nachdenklich. »Ich gestehe, einen Verwendungszweck für Euch zu finden, fällt mir etwas schwer. Mit der gleichen Bestimmung wie König und Thronfolger kann ich Euch nicht zurückschicken. Eure Art ist derzeit zu sehr in Verruf. Aber wer weiß.« Ohne eine weitere Erklärung nickte er den Wächtern zu.

Schweigend sahen der Stratege und der Ratgeber zu, wie die Gefangenen hinausgeschafft wurden. Telisor, der sich noch nicht von dem Treffer in die Weichteile erholt hatte, musste über den Boden geschleift werden.

»Auch wenn es der Hohe Herr im Moment noch nicht zugeben kann, es war eine exzellente Arbeit, die Ihr am Wasserfall vollbracht habt«, lobte Mortva den obersten

Feldherrn Sinureds. »Ohne Euch wäre es schwieriger geworden. Die Entscheidung ist rechtzeitig gefallen. So brauchten wir nicht einmal die magischen Fähigkeiten des Hohen Herrn. Und die Zahl der Todesopfer war weitaus höher. Tzulan wird zufrieden sein.«

»Der Gebrannte Gott hat sein Angesicht bereits gezeigt«, meinte Varèsz grinsend, der Spalt in der Unterlippe klaffte weit auseinander. »Es geschieht, wie es geschehen muss. Nur der Hohe Herr scheint noch etwas … empfindlich.«

»Das wird noch. Er ist auf dem besten Wege.« Der Mann mit den silbernen Haaren sah zum Fenster hinaus. »Lasst Eure Männer ausruhen. Ich schätze, der Kontinent ist vom Ausgang der Schlacht so überrascht, dass sich niemand gegen Tarpol oder Tûris erhebt. Die Menschen werden zu sehr mit ihren Zweifeln an ihrem Gott beschäftigt sein. Und in der Zwischenzeit wird Verstärkung aus Tzulandrien kommen.«

»Wie sehen die weiteren Pläne aus?«, erkundigte sich der Stratege interessiert und wischte sich einen Tropfen Blut aus dem Gesicht, der von einem frischen Stück Kopfhaut auf dem Helm stammte.

Angewidert beobachtete Mortva den Kämpfer. »Ihr solltet Euch diese Art von Trophäensammlung abgewöhnen. Wenn Ihr eins Tages nach Ulsar kommen müsst und die Bewohner sehen Euch so, werden sie davonlaufen.« Er bemerkte die beiden Pistolen des Kabcar im Sessel und nahm sie an sich. »Es werden nun vorerst die diplomatischen Verhandlungen aufgenommen. Gleichzeitig, so lautet meine Bitte, sucht die zweitausend besten Reiter aus Eurer Truppe aus und teilt sie in jeweils Gruppen von fünfzig Mann auf. Sie werden schon bald zum Einsatz kommen, um die Unterredungen zu beschleunigen.«

Varèsz machte ein neugieriges Gesicht.

»Räuber können eine Plage für ein schutzloses Land

sein«, erklärte Mortva. »Wer will ihnen nun in Hustraban, Aldoreel oder Serusien Einhalt gebieten, wo die meisten Krieger in der Schlacht fielen?«

»Der Kabcar, vermute ich.« Der Stratege lachte aus vollem Hals.

»Exakt, geschätzter Mann«, sagte der Konsultant. »Und sobald eine Einigung erreicht wurde, werden die ›Räuberhorden‹ schlagartig ausgelöscht. Das heißt, Eure Leute ziehen sich, ein wenig marodierend, zurück. Und damit macht sich der Kabcar wieder beliebter.«

Die gute Laune von Osbin Leod Varèsz verflog. »Ihr habt den Hohen Herrn wirklich so weit unter Eurem Einfluss, dass er nichts tut, was unserer Absicht entgegenlaufen wird, Nesreca? Eine solche Gelegenheit erhalten wir niemals wieder, vergesst das nicht.«

»Ihr führt Krieg auf dem Schlachtfeld, ich führe den Krieg am Verhandlungstisch«, belehrte Mortva den Feldherrn Sinureds freundlich, aber kalt zugleich. »Zerbrecht Euch nicht meinen Kopf. Ich weiß sehr wohl, was auf dem Spiel steht, sollte der Hohe Herr nicht das machen, was wir von ihm verlangen. Aber seine Cousine ist eine große Hilfe bei der Angelegenheit.«

»Dann wünsche ich Euch viel Glück und die Bosheit, die Ihr braucht.« Der Stratege verabschiedete sich.

»Danke vielmals«, rief Mortva dem Mann hinterher. »Glück benötige ich nicht. Und Bosheit ist genügend vorhanden.«

Er schlenderte zum Fenster und beobachtete verzückt den Sternenhimmel, an dem Arkas und Tulm in voller Pracht funkelten und glitzerten. Zwei Kometen zogen knapp unter dem Doppelgestirn ihre Bahnen, und beinahe sah es so aus, als bildeten die übrigen Gestirne den Umriss eines Gesichts. *Welche Freude, Tzulan. Bald, bald wirst du wieder auf Erden wandeln können. Hab noch ein wenig Geduld, Gebrannter Gott. Der Tag ist nicht mehr allzu fern, und der Anfang ist bereits gemacht.*

I.

»Die Seherin wuchs im düsteren, von der Hand des wahnsinnigen Arrulskhán regierten Borasgotan auf, zog in ihrer frühsten Kindheit mit dem fahrenden Volk durch die Lande. Seitdem sie denken und sprechen konnte, vermochte sie das mögliche Schicksal anderer Menschen durch einen Blick in die Augen, in den Spiegel eines jeden Sterblichen Seele, zu ergründen. Ihre Gabe wurde geschätzt und hoch angesehen.

Es trug sich zu, dass ihr Weg nach Tarpol, in die Provinz Granburg führte.

Dort, während eines Festes, traf sie den Mann, den später alles Volk auf Ulldart fürchten sollte.

Und sie erkannte seine Bestimmung.«

Das Buch der Seherin
Kapitel I

… Winter 443/444 n. S.

Matuc erwachte durch sein eigenes Zähneklappern. Er fror erbärmlich, Sand knirschte in seinem Mund, und kaltes Wasser umspülte seinen linken Fuß. Die Luft roch nach Meer, Salz und Algen. Vögel schrien unaufhörlich, mal näher, mal weiter entfernt, und die See rauschte im immer gleich bleibenden Rhythmus. Etwas Leichtes hüpfte auf ihm herum.

Vorsichtig hob er den Kopf und schaute auf einen kleinen, flachen Strand, über den morgendliche Nebelschwaden zogen. In wenigen Metern Entfernung erhoben sich schwarze Felsen in die Höhe, die Kante konnte er aus seiner jetzigen Position nicht sehen.

Mit einem Seufzen senkte er sein Haupt wieder in den kühlen Sand. »Ulldrael der Gerechte, ich danke dir für meine Rettung. Lass es nun in all deiner Güte auch die anderen geschafft haben.«

Der Mönch drehte sich auf den Rücken und richtete sich auf. Zeternd suchten zwei Möwen, die auf ihm gesessen hatten, das Weite.

»Verschwindet! Ich bin nicht tot«, stotterte er undeutlich, so weit es ihm die schnell aufeinander schlagenden Kiefer erlaubten. Er bemerkte, dass jemand trockene Frauenkleider über ihn gebreitet hatte, damit er nicht erfrieren sollte.

Das waren Norinas Sachen, erkannte er und wollte aufstehen. In seiner Hast und Ungeduld übersah er, dass ihm sein Holzbein fehlte, und er stürzte zurück in den Sand. Neben sich sah er die Abdrücke von Schuhen, die von der Größe her durchaus zur Brojakin passten.

Er angelte nach einem Stück Planke, klemmte es sich unter die Achsel und humpelte eilig damit den Strand entlang. In einigem Abstand hatte er die Truhe ausgemacht, in die sie Norina in jener stürmischen Nacht samt ihres Sohnes verfrachtet hatten. Der Deckel stand offen.

Was genau an Bord der *Grazie* vorgegangen war, wusste Matuc nicht. Er erinnerte sich, wie das Beiboot in die Tiefe geschossen war und die herabstürzende Rahe ein breites Loch in den Rumpf geschlagen hatte, als habe der Sturm nicht schon ausgereicht, die Nussschale zu versenken. Wenige Lidschläge später trieben sie alle im eiskalten Wasser. Zwischen all der Gischt, den Wellen und dem Schaum verlor er Fatja aus den Augen, und wenn er sich noch halbwegs die Geschehnisse ins Gedächtnis zurückrufen konnte, hatte er sich in einem Trümmerstück des Beibootes zusammengekauert.

Während er auf das Gepäckstück zulief, sah er zu den unbewachsenen Steilhängen hinauf, immer in der Hoffnung, Menschen oder das Stück einer Inselfestung der Rogogarder auszumachen. Der Strand mit dem dunklen Sand, der von Trümmerstücken und Wrackteilen übersät war, zog sich wie ein schmales Band scheinbar endlos lang, bis er in weiter Entfernung mit einem scharfen Knick nach links abbog. Die kreischenden Vögel um ihn herum waren jedoch die einzigen Lebewesen.

Keuchend vor Anstrengung und bibbernd vor Kälte, der Atem wurde als weiße Wolke sichtbar, kniete er sich neben die Truhe. Auf den ersten Blick schien sie leer.

Vorsichtig tastete er umher, bis er auf leichten Widerstand stieß. Behutsam zog er den einfachen Unterrock zur Seite. Darunter lag Norinas Kind, zum Schutz gegen die Temperaturen dick in Kleidungsstücke eingewickelt, schlafend. Nur von der Mutter fehlte jede Spur. Matuc entdeckte ihre Fußspuren, die von dem riesigen Behälter weg führten.

Als er die Abdrücke mit den Augen verfolgte, blieb sein Blick an etwas hängen, das er zunächst für ein Stück Holz gehalten hatte. Doch es bewegte sich.

»Norina!«, brüllte er, die nackten Wände ließen seine Stimme widerhallen.

Augenblicklich erwachte das Kind und fing erschrocken an zu weinen.

Hervorragend, dachte der Mönch und beeilte sich, den Knaben zu beruhigen. Dabei beobachtete er die zierliche Person, die sich mühsam auf die Beine stemmte und in seine Richtung kam. Und je näher sie kam, desto sicherer wurde der einstige Ordenszugehörige, dass es sich um die kleine Schicksalsleserin handeln musste.

Es war Fatja, nass von oben bis unten, die Zähne stießen beinahe im gleichen Takt wie die des Ulldraelgläubigen zusammen. Sie zog einen Sack hinter sich her.

»Das war knapp«, stammelte sie, die Arme um den Körper geschlungen. »Ich freue mich, dich zu sehen, Matuc.« Sie fiel ihm erleichtert um den Hals. »Wo ist Norina?«

Ratlos zuckte der Mönch mit den Achseln, was auf Grund des allgemeinen Zitterns fast nicht auffiel. »Ich habe sie nicht gesehen. Aber sie muss mich zugedeckt haben und ist dann den Strand entlang gegangen. Vermutlich sucht sie Hilfe.«

»Und lässt ihren Sohn zurück?« Das Mädchen wirkte nicht überzeugt. Sie drückte dem Mann das Kind in die Hände, kramte in der Truhe herum und suchte nach halbwegs passenden Kleidungsstücken. Der Geistliche wirkte etwas überfordert und hielt den schreienden Säugling wie ein Stück hauchdünnes Glas.

»Dreh dich um«, verlangte sie, während sie die ersten durchweichten Sachen auszog und in die viel zu großen Kleider der Brojakin stieg. Matuc kam der Aufforderung nach. »Das solltest du auch tun«, empfahl sie ihm. »Sonst wirst du dir den Tod holen. Ulldrael muss uns beschützt haben, sonst wären wir Eiszapfen.« Sie tippte ihm auf den Rücken als Zeichen, dass er sich ihr wieder zuwenden durfte, und hielt ihm einen trockenen Rock hin.

»Ich soll …«, versuchte er zu protestieren.

Fatja nahm den Neugeborenen behutsam in die Arme und wiegte ihn hin und her. Bald wurde das Geschrei leiser. »Sei vernünftig. Du nützt uns nichts, wenn du dir eine Erkältung einfängst.«

»Ulldrael wird sich vor Lachen ausschütten«, grummelte er und nahm seinerseits den Kleidungstausch vor. Zwar waren ihm die meisten Trachten zu eng, aber wenn er die Verschlüsse offen ließ, konnte er sich damit bewegen. Aus mehreren Stolen und Umhängen formte er ein wärmendes Übergewand für sich und das Mädchen.

»Ich hoffe, Norina findet einen der anderen«, sagte Fatja nach einer Weile und bedachte das schlafende Kind mit einem liebevollen Blick. »Schau, es gefällt ihm bei seiner großen Schwester.« Sie hob den Kopf. Ein breites Grinsen legte sich auf ihr Gesicht, selbst die braunen Augen lachten. »Matuc, du siehst hinreißend aus. Die Piraten werden dich lieben. Nur die Bartstoppeln …«

»Sei still«, meinte er mürrisch. Dennoch war er dankbar, dass ihn das Mädchen zu dem Kleiderwechsel gezwungen hatte. Das Kältegefühl ließ nach. Er sah sich um, aber der Strand vermittelte nach wie vor in beiden Richtungen die Lebendigkeit eines Totenackers. »Ich hoffe inständig, Rudgass und Waljakov konnten dem Meer entkommen.«

»Ich wette mit dir, der Pirat sitzt schon lange im Haus eines seiner Brüder und wärmt sich mit Gewürzwein«, meinte Fatja mit gespielter Zuversicht. Angesichts der zerschlagenen Holzstücke ringsherum verneinte sie das Offensichtliche. Als ihr die erste Träne die Wange herablief, brachen die Dämme der jungen Schicksalsleserin. Sie weinte, den Knaben an sich gedrückt, und Matuc nahm sie in die Arme, breitete die Umhänge aus, um ihr mehr Wärme zu geben.

So saßen sie eine geraume Zeit.

Die Sonnen stiegen höher, es wurde ein wenig wärmer. Der Nebel verzog sich, und ein winterlich grauer Himmel zeigte sich. Über dem unruhigen Meer durchbrach ein einzelner Lichtstrahl die Wolken, ließ die Wellen funkeln und glitzern.

Matuc legte es als Aufmunterungsversuch des Gerechten aus. Auch wenn ihre Lage nicht besonders gut aussah, er blieb zuversichtlich, dass Ulldrael sie zu Höherem berufen hatte und sie nicht einfach am einsamen rogogardischen Strand zu Grunde gehen ließ.

Irgendwann schniefte das Mädchen nur noch und zog lautstark die Nase hoch. »Wollen wir tatsächlich so lange warten, bis Norina mit Helfern zurückkommt?«, erkundigte sie sich. »Vielleicht sind die Rogogarder nicht so freundlich? Oder wenn das nächste Fischernest in der ganz anderen Richtung liegt?«

»Unsinn«, meinte Matuc, dem ein Marsch durch den weichen Sand ein Grauen war.

»Mein kleiner Bruder wird bald Hunger haben, wir werden bald Hunger haben. Wir haben, außer den paar schäbigen Süßknollen in dem Sack und dem bisschen Proviant in der Truhe, nichts zu essen und zu trinken, wenn ich das nur mal erwähnen dürfte.« Fatja ließ nicht locker und wischte sich die Tränen mit dem Ärmel weg. »Du wirst dich nicht auf meinen Visionen ausruhen. Ich sagte doch, dass nicht alles unbedingt festgeschrieben sein muss. Vielleicht sehe ich nur einen möglichen Ausgang. Aber was ist, wenn …«

Der Mönch seufzte. »Na schön. Du hast Recht. Wir werden uns vorsichtshalber ebenfalls auf den Weg machen.«

Das Mädchen half ihm auf, klemmte ihm die Planke unter und band sich ihren Bruder mit Hilfe eines Schals vor den Bauch, unter den wärmenden Umhang.

Sie kamen nur langsam vorwärts, Matuc musste mehr

hüpfen als laufen, und als sie endlich die Biegung des Strandes erreichten, stand dem Mann trotz der Kälte der Schweiß auf der Stirn. Die Fußspuren Norinas konnten sie nirgends mehr entdecken.

»Das hat so wenig Zweck«, sah er ein und ließ sich auf einem Stein nieder. »Du bist schneller ohne mich.«

Fatja kniff die Mundwinkel zusammen. Der betagte Mönch merkte ihr an, dass es ihr nicht schmeckte, ihn allein zu lassen. »Wo sind denn die Piraten, wenn man sie mal braucht?«, meinte sie böse. »Die ganze Nordwelt hat Angst vor ihnen, aber blicken lassen sie sich nicht. Rudgass werde ich gehörig die Meinung sagen.«

Matuc packte sie am Umhang und deutete auf die See. »Da ist doch ein Segel, oder täusche ich mich?« Hektisch wedelte er mit der Planke in der Luft. Das Mädchen legte den Knaben zu Boden und hopste, eine gelbe Stola schwenkend, am Strand auf und ab.

Aber die Besatzung des Einmasters schien nicht in ihre Richtung zu schauen. Unbeirrt setzte er seine Fahrt fort, und Enttäuschung machte sich bei dem Mönch und dem Mädchen breit. Auch der Sohn Norinas weinte wieder.

»Er hat Hunger«, schätzte Fatja und hing sich das kleine menschliche Bündel wieder um. Sie kratzte sich am Kopf. »Ich werde wohl besser ohne dich weiterlaufen, Matuc. Ich weiß ja, wo ich dich finde. Und da die Rogogarder ihre Küste wohl besser kennen als ich, werden wir dich ganz schnell abholen können.« Sie drückte ihn vorsichtig, um dem Kind nicht weh zu tun. »Ich lasse dich nicht bei den Möwen verhungern.«

Er strich dem Mädchen über die schwarzen Haare. »Ich begebe mich in die Hand von Ulldrael dem Gerechten. Er hat uns nicht ertrinken lassen, er wird uns weiter vor Unbill bewahren.« Er drückte ihr einen väterlichen Kuss auf die Stirn und entließ sie.

Kaum war sie um die Biegung der Klippen verschwunden, kam sie schon wieder angerannt.

»Direkt da vorne ist der Strand voller Menschen!«, rief sie erfreut und zerrte den überrumpelten Mann in die Höhe. »Sie durchsuchen die Wrackteile. Komm schon.«

Matuc hüpfte los und musste unpassenderweise an eine lahme Möwe denken.

Das Mädchen hatte sich nicht getäuscht. Kaum zwei Steinwürfe von der Ecke entfernt, wo er sich eben noch niederlassen wollte, wimmelte der Sand von Männern und Frauen. Die meisten von ihnen schützten sich mit Pelzen und dicken Lederjacken vor der Kälte, einige wenige trugen darüber Kettenhemden und hielten Speere bereit. Die Bewaffneten sicherten den Strand in alle Richtungen, während die anderen eilig die Schiffsüberreste fledderten. Mehrere große Ruderboote lagen im Sand, mit denen die Menschen wohl angekommen waren.

»Fatja«, rief der Mönch die Schicksalsleserin zurück. »Bleib bei mir. Ich bin mir nicht sicher, wen wir da vor uns haben.«

Auch sie wurden bemerkt. Der Vorderste der Wächter drehte sich nach hinten und ließ eine knappe Warnung erschallen. Er fasste seinen Speer mit beiden Händen und richtete ihn gegen die Neuankömmlinge.

»Das sind ja schöne Sitten, die die Rogogarder haben«, meinte Fatja missmutig.

Zwei weitere bewaffnete Männer stießen hinzu, und sie berieten sich. Dann kam einer von ihnen herüber.

Der Wächter war, wie alle am Strand, etwas kleiner als Matuc. Er streifte die Kapuze ab, und langes, schwarzes Haar wehte im Wind. Die Gesichtszüge wirkten fremdartig, etwas kantiger als die des Mönchs, beinahe wie die eines Jengorianers. Die Haut schien von Natur aus blass zu sein, zwei durchdringend grüne Augen musterten sie aufmerksam. Besonders auffällig fand der Ulldraelgläubige den kunstvoll ausrasierten Knebelbart, in den ein Muster barbiert worden war.

Das war kein Rogogarder. Als der Fremde die ersten unverständlichen Worte an ihn richtete, bestätigte sich sein Verdacht.

Fatja sah den Unbekannten mit großen Augen an. »Was hat er gesagt?«

»Woher soll ich das wissen?«, gab der Mönch ein wenig ratlos zurück.

»Du bist doch der Gebildete von uns.« Die Schicksalsleserin lächelte den Mann mit dem Speer vorsichtshalber gewinnend an. »Tu doch was«, zischte sie durch die Zähne.

Der Wächter brüllte etwas über die Schulter, ohne die Augen von den beiden zu wenden. Ein Zweiter rannte herbei, dessen Statur beinahe gleich war, soweit man das durch die Kleidung beurteilen konnte. Auch er trug besondere Formen in seinem Bart.

»Verstehst du uns?«, sagte das Mädchen langsam und laut zu ihm. Neugierig wartete sie eine Antwort ab.

Der zweite Bewaffnete musste lächeln. »Ich bin nicht taub. Aber im Gegensatz zu den anderen verstehe ich Ulldart.«

»Und was machst du auf Rogogard? Die Piraten werden nicht sonderlich erfreut sein, wenn Fremde ihre Strände plündern«, plapperte Fatja drauflos, was den Mann wieder zu einem schallenden Heiterkeitsausbruch veranlasste.

»Mädchen, du bist nicht bei den Seeräubern. Du bist in Kalisstron.« Der Schicksalsleserin klappte der Unterkiefer nach unten, Matuc stöhnte auf. »Daher können wir die Strände auch in aller Ruhe absuchen. Mein Name ist Blafjoll, Wächter oder Walfänger, je nach Bedarf. Ich nehme an, das ist euer Schiff gewesen?«

»Ich bin Matuc, das ist Fatja«, stellte der Geistliche in aller Eile vor. Etwas konfus zeigte er auf den Neugeborenen. »Und das ist … das Kind. Habt Ihr noch andere Überlebende gefunden? Es ist wichtig. Wir suchen eine junge Frau, seine Mutter.« Er beschrieb Norina, anschließend Torben Rudgass und Waljakov.

Blafjoll sagte etwas auf Kalisstronisch zu seinem Nebenmann, der daraufhin den Kopf schüttelte. »Nein, wir haben niemanden entdeckt. Auch keine Leichen, die so aussahen. Es wäre aber möglich, dass sie mitgenommen wurden.« Er machte eine einladende Geste in Richtung der Boote. »Wollt ihr euch nicht erst einmal stärken? Dann darfst du mir auch erklären, weshalb du als Mann die Kleider eines Weibes trägst.«

Das Blut schoss Matuc in den Kopf. Knallrot hüpfte er den Sandstrand entlang, während die Männer und Frauen kicherten und mehr oder weniger offen ihre Belustigung über den seltsamen Mann zeigten. Blafjoll blieb an ihrer Seite, die Wachen begaben sich auf die alten Posten zurück.

»Wir sind Bürger aus Bardhasdronda«, erklärte der Walfänger, während sich Fatja und Matuc heißhungrig über zwiebackähnliches Brot, eingelegten Fisch und Marmelade hermachten. »Das ist eine Fischerstadt einige Ruderstunden von hier. Unser Aussichtsposten sah die Wracks, und wir machten uns auf den Weg, um zu holen, was die See nicht verschlungen hat.«

»Was meintet Ihr vorhin, als Ihr sagtet, sie könnten mitgenommen worden sein?«, erkundigte sich der Mönch mit vollem Mund. »Ulldraels Segen übrigens für die Gaben und Eure Freundlichkeit.«

»Wir bevorzugen Kalisstras Gnade, wenn es Recht ist«, sagte Blafjoll ein wenig kühl. »Andere Götter sind bei uns nicht gern gesehen.«

Matuc schluckte.

»Was deine Frage angeht: Wir sind nicht die einzigen, die sich auf die Suche machen. Es gibt noch andere, ähnliche Menschen wie die Rogogarder, die sich bedienen und alles mitnehmen, was sie finden. Auch Überlebende. Und diese werden gegen gutes Geld oder andere

Sachen verkauft.« Fatja wirkte bereits, als würde sie jeden Augenblick aufspringen und losrennen. Aber Blafjoll hatte ihre Reaktion bemerkt. »Keine Angst. Wir machen so etwas nicht. Die Lijoki aber sind gefährlich, und deshalb sichern wir die Umgebung.« Er schulterte seinen Speer. »Gerne nehmen wir euch mit in unsere Stadt. Vielleicht weiß man dort mehr.«

Der Mönch erinnerte sich an das Segelschiff, das er vorhin gesehen hatte. »Und wo leben diese Menschen?«

»Meinst du, sie könnten das Weib aufgegriffen haben?« Der Walfänger machte ein nachdenkliches Gesicht. »Dann wird es schwer werden, sie zu finden. Gewöhnlich verkaufen sie ihre Beute nicht an dieser Küste, sondern fahren damit weiter nach Süden.«

Der Mönch schloss die Augen. »Verdammt!«

»Na, es ist nicht gesagt, dass sie das Weib entdeckten«, versuchte Blafjoll die schlimmsten Befürchtungen zu dämpfen. »Wir nehmen euch mit, damit das Kind schnell Milch bekommt. Wir haben sowieso schon alles durchsucht. Kalisstra war nicht besonders freigiebig.«

Tatsächlich machten sich die Männer und Frauen daran, die Boote teilweise zu besetzen. Nur wenig gefundenes Gepäck befand sich an Bord, und Matuc konnte nicht einmal sagen, welches der beiden havarierten Schiffe es bis an die kalisstronische Küste verschlagen hatte.

»Wenn wir in Bardhasdronda sind, bringe ich euch zu unserem Bürgermeister. Er muss entscheiden, ob ihr bleiben dürft oder nicht.« Der Walfänger hob den Mönch ins Boot.

»Versteht er uns denn?«, wollte Fatja wissen, die sehr vorsichtig mit den schlafenden Knaben um den Bauch in das Gefährt stieg.

»Kalfaffel spricht viele Sprachen. Ich war mal als Seemann auf einem palestanischen Schiff, bis es von den Seeräubern versenkt wurde, deshalb verstehe ich euch.

Aber sonst gibt es nur wenige, die das Ulldart beherrschen. Ihr werdet also lernen müssen.«

»Und wenn wir gar nicht bleiben wollen?«, fragte die kleine Schicksalsleserin ein wenig trotzig.

Blafjoll lachte wieder. »Wenn ihr ein Schiff findet, das euch nach Ulldart bringt, nur zu. Aber in der Zeit der Winterstürme wird sich niemand finden, der für Fremde sein Leben aufs Spiel setzt. Und nach Rogogard segelt niemand. Wir sind auf die Seeräuber nicht gut zu sprechen. Wir reden später, ich muss helfen.«

Die Frauen kamen an Bord, noch immer prusteten und lachten sie, wenn sie zu Matuc sahen. Demonstrativ zog er sich die Stola fester um den ergrauenden Kopf und zupfte am Rocksaum.

Mit vereinten Kräften reichten die Frauen kindgroße, massive Holzräder hinaus, die nach und nach an kleinen Halterungen am Rumpf der großen Boote mit Splinten befestigt wurden.

»Was wird das denn?«, staunte Fatja und lugte über die Bordwand, um das Treiben der Männer zu beobachten.

»Der Wind steht günstig, also können wir uns das Rudern ersparen«, erklärte der Walfänger, während sich in den Booten plötzlich Maste erhoben, die aus Rudern zusammengesteckt worden waren. Am Bug befestigten Helfer eine Lenkachse, die mittels zweier Seile bedient wurde. »Alle an Bord, und los geht's!«

Blafjoll sprang ins Boot, eine Rahe samt gesetztem Segel surrte am Mast in die Höhe, und das Gefährt setzte sich in Bewegung. Zunächst rollte es langsam an, aber die Böen frischten zunehmend auf, und immer schneller schoss das zum Fahrzeug umfunktionierte Boot über den Sandstrand.

Die Schicksalsleserin jauchzte, als ihr der Fahrtwind um die Nase wehte. Matuc zog seine behelfsmäßige Mütze fester um den Kopf. Auch er konnte ein Grinsen nicht unterdrücken, dafür machte die Fahrt zu viel Spaß.

»Wie seid ihr denn auf diesen praktischen Einfall gekommen?«, wollte der Mönch von Blafjoll wissen und musste seine Stimme erheben, damit sie das Knattern der vom Wind gefüllten Leinwand übertönte.

»Was auf dem Meer funktioniert, gelingt auch auf der Erde, wenn man es ein bisschen anpasst«, führte der Walfänger nicht weniger leise aus. »Das Prinzip des Segelns ist das Gleiche. Wir haben diese Boote in verschiedenen Größen, auch unsere Milizen nutzen sie, um schneller entlang der Küste vorwärts zu kommen. Es gibt sie auch ohne diese Bootform, nur als ein paar zusammengezimmerte Holzverstrebungen, die mit Drachen gezogen werden. Aber das ist nur etwas für Wahnsinnige. Viel zu schnell. Es gibt bei den Rennen immer wieder Tote und Verletzte.« Blafjoll zeigte nach vorne, wo sich die Umrisse einer Stadt zeigten. »Da ist Bardhasdronda.«

Matuc wurde, je näher die Stadt rückte, bewusst, dass er nicht die leiseste Ahnung von der Kultur Kalisstrons hatte. Sicher, es gab irgendwann einmal Kontore der Palestaner und Agarsiener, aber wirklich um diesen Kontinent gekümmert hatte sich der Mönch noch nie. Er wusste nicht einmal, ob die Menschen von Königen regiert wurden oder welche Herrschaftsform es sonst womöglich gab.

Sogleich löcherte er den Walfänger, doch der schien seiner Aufgabe als Fremdenführer überdrüssig geworden zu sein und verwies ihn nur noch an das Stadtoberhaupt. Mit dem sollte Matuc alles bereden.

Die Rahen mit den Segeln polterten vor den Toren, die zum Hafen führten, zu Boden, augenblicklich verringerte sich die Geschwindigkeit. Geschickt manövrierten die Lenker die Fahrzeuge so, dass sie in einer Reihe vor dem breiten Durchgang standen.

Blafjoll sprang aus dem Boot und trabte zu den Wachen, die am Tor standen, und erklärte ihnen die Lage. Dann winkte er ihnen zu. Die Männer und Frauen halfen den Fremden, die Gefährte zu verlassen.

Als Matuc das Grinsen der Wachen sah, als sie bemerkten, dass er Frauenkleider trug, wurde er schon wieder rot wie ein gekochter Krebs. »Kann mir denn niemand hier passende Sachen ausleihen?«, fragte er leise und sah den Walfänger bittend an. Doch Blafjoll ging darauf nicht ein.

Er verschwand kurz in der Menge und kehrte mit einem Schubkarren zurück, in den er den Mönch scheuchte, damit er nicht mit der Planke unter der Achsel bis zum Bürgermeisterhaus humpeln musste, sondern sich schonen konnte. Außerdem brachte er einen Lederschlauch mit Ziegenmilch mit. Fatja konnte ihren kleinen Bruder unterwegs mit der lebensnotwendigen Flüssigkeit versorgen. Gierig machte sich der Neugeborene über die angebotene Nahrung her.

Der Kalisstrone erregte mit seiner merkwürdigen Fracht zunächst allerlei Aufmerksamkeit in den Gassen von Bardhasdronda, und irgendwann legte sich Matuc den Schal vors Gesicht, um den neugierigen Blicken zu entgehen.

Damit erlosch das Interesse der Menschen, denn nun wurde der Mönch für eine Frau gehalten. Die Schicksalsleserin wollte gar nicht mehr aufhören zu lachen, und Blafjoll machte sich laut Gedanken über das, was man sich bald in der Stadt über ihn und sein neues einbeiniges »Weib« erzählen würde.

Der Geistliche nutzte die für ihn bequeme Art der Fortbewegung, um sich einen Eindruck von der fremden Stadt und ihren Bewohnern zu machen. Die Leute glichen sich von der Statur und dem übrigen Körperbau alle, überall sah der Mönch nur schwarze Haare, in erster Linie grüne Augen, nur vereinzelt entdeckte er braune oder gräuliche. Der Kleidungsstil variierte sehr, offenbar hing er mit dem sozialen Status des Trägers oder seinem Beruf zusammen. Großen Wert schienen die Männer auf die kunstvolle Rasur ihrer Bärte zu legen, wobei Matuc sich nicht vorstellen konnte, wie das mit einem herkömmlichen Barbiermesser möglich sein sollte. Die Frauen flochten sich die Haare unterschiedlich, Perücken schienen völlig unbekannt zu sein. Hinweise auf Palestaner oder Agarsiener fand er nicht.

Die mehrstöckigen Häuser, gebaut aus Fachwerk und grauen Steinen, standen so eng wie möglich beieinander, die breiteste Straße erlaubte gerade einmal zwei Fuhrwerken das Passieren. Dann mussten die Menschen rechts und links des Kopfsteinpflasters aber schon zur Seite springen, um nicht zerquetscht zu werden. Das Fachwerk zeigte wunderbare Schnitzereien, vereinzelt kamen unterschiedliche Farben bei den Balken ins Spiel und durchbrachen so das triste Bleierne der Steine. Ein eisiger Wind blies durch die Gassen, zarte Schneeflocken rieselten aus dem grauen Himmel. Das Mädchen fing ein paar mit dem Mund auf und grinste dabei.

Die Beengtheit änderte sich erst, als sie sich wohl dem Zentrum näherten. In Richtung der Marktplätze und der Stadttore, die nach draußen führten, war genügend Platz. Und die Behausungen wurden prachtvoller, bunter, aufwändiger. Hier wohnten die Kaufleute und Reichen von Bardhasdronda, die es sich leisten konnten, ihr Fachwerk aus Walfischbein schnitzen zu lassen. Kalisstraheiligtümer in Form von kleinen Tempeln und Betnischen bemerkte Matuc an allen Ecken und Enden. Überall fanden sich Opfergaben, demnach stufte der Mönch die Bewohner als sehr gläubig ein. Außerdem hatten sie unterwegs ein halbes Dutzend Tore durchfahren müssen. Offenbar wollte man es möglichen Angreifern so schwer wie möglich machen, bis ins Innere der Stadt vorzudringen. Die jeweiligen inneren Mauern erhoben sich bis weit über die Dächer der umstehenden Häuser.

Was dem Ulldarter noch aufgefallen war: Die Kalisstri wirkten sehr ernst. Lautes Lachen hörte er auf dem Weg zum Bürgermeister eher selten, Zeichen oder Symbole, die auf Wirtshäuser hindeuteten, konnte er nirgends entdecken.

Vor einem eher unscheinbaren Haus im Zentrum hielt der Walfänger an. »Wir sind da. Hier lebt Kalfaffel. Wenn ihr Glück habt, ist er zu Hause.« Er half dem Mönch aufzustehen und klopfte an die eisenbeschlagene Tür.

Zu Matucs Erstaunen öffnete eine Cerêlerin mit kurzen grauen Locken, unschwer erkennbar an dem kleinen Wuchs und dem zu großen Kopf.

Augenblicklich verneigte sich Blafjoll ehrerbietig. »Herrin Tjalpali, ich bringe Kalfaffel Schiffbrüchige, die eine Zeit lang in unserer Stadt bleiben möchten. Sie sollen sich dem Bürgermeister erklären. Ist er da?«

Die kleinwüchsige Frau musterte die Fremden mit gütigen Augen. »Mein Gatte ist da. Und er hat ein wenig Zeit, die er gerne den Gestrandeten widmet.« Ihr Ulldart war fehlerfrei.

»Ich bin Fatja«, sagte die Schicksalsleserin eilig und machte einen Knicks, während sie den Knaben hin und her wiegte. »Das ist Matuc. Es ist ein Mann, auch wenn er im Moment aussieht wie eine Frau.«

Und schon wieder schoss dem Mönch das Blut ins Gesicht. »Ich kann es Euch erklären.«

Tjalpali nickte und trat einen Schritt zurück. »Sicher kannst du das. Kommt herein und nehmt Platz. Ich werde dem Bürgermeister Bescheid geben. Eine solche Abwechslung wird ihm willkommen sein.«

Der Ulldraelgläubige humpelte in die Wohnung, die nicht besonders protzig eingerichtet war, wie er es im Vergleich von einem tarpolischen Stadtoberhaupt oder einem Ratsmitglied erwartet hätte. Das borasgotanische Mädchen und der Walfänger folgten. Schweigend hockten sie sich auf die Stühle und warteten.

Es dauerte nicht lange und Kalfaffel, der Bürgermeister Bardhasdrondas, erschien. Auch er war Cerêler, sein kleiner Körper steckte in wärmenden Fellgewändern, Matucs Rock nicht unähnlich. Die Neugier stand dem Heiler ins Gesicht geschrieben.

»Aha«, machte er sofort. »Ulldarter, wenn ich mich nicht sehr täusche.« Er reichte jedem die Hand, Blafjoll verneigte sich wieder, diesmal noch ehrfürchtiger und ergebener. »Dann erzählt mir eure Geschichte.« Er steckte sich eine Pfeife an, seine Frau reichte ein heißes Getränk aus einer abenteuerlich anmutenden Kanne.

Das, was bei dem Mönch in der Tasse schwamm, roch süß und stark zugleich. Vorsichtig nippte er, und seine Augen wurden groß.

»Es ist ein Aufguss aus meinen selbst angebauten Kräutern«, erklärte Kalfaffel. »Sie wirken belebend auf ermüdete Körper. Und auf den Geist, natürlich.«

Matuc kostete ein zweites Mal und spürte, wie sich der intensive Geschmack in seinem Mund ausbreitete. Er hatte unterwegs beschlossen, aus Angst davor, dass Hilfe versagt würde, nicht die ganze Wahrheit preiszugeben. So erklärte er dem aufmerksam lauschenden Cerêler und seiner Gemahlin lediglich, dass sie unterwegs nach Ulldart gewesen waren, dabei vom Kurs abgewichen und von unbekannten Piraten hartnäckig verfolgt worden waren, bis sie ein Sturm zum Kentern gebracht hatte.

»Noch fehlen uns drei liebe Freunde, darunter die Mutter des Knaben«, schloss er seine Ausführungen. »Wir befürchten, dass die Frau von den ... Lijoki mitgenommen wurde. Wir fanden ihre Spuren im Sand, die abrupt endeten. Um ihr Schicksal zu erkunden, müssten wir, mit Eurer Erlaubnis, länger in Bardhasdronda bleiben. Dabei wären wir jedoch auf Eure Unterstützung angewiesen. Außer dem Sack Süßknollen haben wir nichts mehr.«

Kalfaffel stieß einen Rauchkringel zur Decke. »Das sollte keine Schwierigkeiten bereiten. Bardhasdronda ist nicht unbedingt eine reiche Stadt, aber wir können es uns schon leisten, in Not geratene Fremde aufzunehmen.« Der Bürgermeister zwinkerte mit den Augen. »Wenn Kalisstra euch drei schon überleben ließ, was ein Wunder ist, sollt ihr in unserem Land und der Stadt willkommen sein.«

»Ich denke, es war die Gnade Ulldraels, die uns bewahrte«, widersprach Matuc freundlich.

Sogleich verfinsterte sich das freundliche Gesicht des Cerêlers. »Ich weiß, dass ihr Ulldrael den Gerechten als Euren Schutzgott gewählt habt. Hier dagegen ist die Bleiche Göttin die Schöpferin des Landes, und ich bitte dich, das zu respektieren.«

»Ich achte alle Götter, die an der Schaffung unserer Welt beteiligt waren.« Der Mönch blieb hartnäckig. »Doch ich bin, damit Ihr es wisst, ein Mann des Glaubens. Nach einer langen Zeit des Haderns und Zweifelns führte mich Ulldrael zurück auf den Pfad, indem er mir durch sein Eingreifen das Leben bewahrte. Ihr werdet verstehen, dass ich ihn als ein bekennender Mönch nicht einfach zur Seite räumen kann.«

»Matuc, was soll das?«, zischte Fatja böse und zupfte an seinem Rock. »Wenn du so weiterredest, werden sie uns rausschmeißen.«

Doch Kalfaffel schien nicht beleidigt zu sein. Er beugte sich ein wenig nach vorne. »Matuc, du wirst große Schwierigkeiten bekommen, wenn du an Ulldrael festhältst. Du hast die vielen Kalisstra-Heiligtümer gesehen? Die Göttin sorgt für uns, schickt uns Fischschwärme, lässt die Winter nicht zu hart werden und sendet uns die Menge an Tieren, die wir benötigen, um zu überleben. Ulldrael lässt nicht einmal den Weizen auf den Feldern gedeihen. Wir müssen unser Korn für teures Geld kaufen. Der Gerechte zählt nur wenig. Kalisstra nicht zu achten, bedeutet für viele der Menschen, die Bleiche Göttin zu schmähen.« Er bedachte die Borasgotanerin mit einem beruhigenden Blick. »Ich werde euch bestimmt nicht aus der Stadt werfen. Aber denkt immer daran, dass die Kalisstri nicht in ihrer Gesamtheit tolerant eingestellt sind.«

Der Mönch schaute an sich hinab. »Ich wollte die Frauenkleider gegen eine Robe tauschen, die ich anfertigen lassen möchte.«

»Ich rate dir davon ab«, sagte Tjalpali freundlich. »Manche würden darin eine Herausforderung sehen.«

Kalfaffel sah aus dem Fenster. Dicke Schneeflocken fielen aus dem Himmel und bedeckten rasch Hausdächer und Straßen. »Es gibt eine kleine Kate an der äußersten Stadtmauer, die wir an Tagelöhner verleihen. Dort werde ich euch drei vorerst unterbringen. Es ist nichts Großes, aber die Hütte ist sauber. Wenn ihr aber länger in Bardhasdronda bleiben möchtet, werdet ihr euch eine Tätigkeit suchen müssen. Und die Sprache lernen. Nur wenige sprechen Ulldart. Wir haben mit den Händlern keine guten Erfahrungen gemacht, deshalb wundert euch nicht, wenn nicht alle Bürger zunächst freundlich auf euch reagieren.«

»Ich kann euch unterrichten«, sagte Tjalpali begeistert. »Kalisstronisch ist nicht besonders schwer, und innerhalb weniger Wochen werdet ihr das Wichtigste sprechen können. Zum Schreiben kommen wir später.« Sie schenkte die Tassen voll. »Endlich habe ich auch mal wieder eine Aufgabe«, strahlte sie. »Und ich werde euch alles über das Land erklären, was ihr wissen wollt.«

»Wissen müsst«, verbesserte ihr Gatte. »Es gibt Regeln, die ihr noch nicht kennt. Sie zu befolgen, erleichtert das Leben in der Stadt.«

»Ihr geht davon aus, dass wir länger bleiben, nicht wahr?«, erkundigte sich Matuc.

»Es wird euch nichts anderes übrig bleiben.« Der Bürgermeister saugte an dem Mundstück der Pfeife. Doch sie war erloschen. Der Mönch reichte ihm einen glimmenden Span vom Kamin herüber. »Das Meer wird unbefahrbar. Kein Schiff kann innerhalb der kommenden vier Monate große Strecken zurücklegen. Ich empfehle euch daher, in Bardhasdronda zu bleiben. Ihr dürft aber auch gerne weiterziehen.«

»Mit dem Neugeborenen?« Fatja schüttelte den Kopf. »Auf keinen Fall. Mein kleiner Bruder könnte sich erkälten. Er ist ohnehin sehr schwach.«

»Darf ich das Kind mal sehen?« Die Cerêlerin streckte die Arme aus. »Ein wenig Heilkraft hat noch keinem Säugling geschadet.« Zögernd übergab das Mädchen den schlafenden, gesättigten Jungen an Tjalpali.

Ein grünes Leuchten ging von den Händen der Frau aus und kroch vorsichtig über den Neugeborenen. Dann veränderte sich das Strahlen, flackerte und wurde teilweise blau. Das cerêlische Schimmern stob wie erschrocken auseinander und löste sich auf.

Alle starrten schweigend auf den friedlich schlummernden Jungen, der das Wunder anscheinend verursacht hatte.

»Was«, sagte Tjalpali nach einer Weile benommen und reichte das Kind an Fatja zurück, »war das? Was hat er gemacht?«

Ihr Gatte wirkte nachdenklich und betrachtete den Knaben. Die Borasgotanerin drückte ihn beschützend an sich, als fürchtete sie, dass Kalfaffel ihm etwas antun könnte.

»Was immer es war«, begann der Bürgermeister nach einer Weile, »es wird unser Geheimnis bleiben. Blafjoll, du schweigst ebenfalls. Aber ich sage dir, Matuc, gib gut auf das Kind Acht. Es scheint etwas Besonderes zu sein.

Und ich weiß noch nicht, ob das gut oder schlecht ist.« Hastig zog er an der Pfeife, um den Tabakdunst einzuatmen.

»Soll ich sie zur Hütte bringen?«, fragte der Walfänger etwas unsicher. Die grünen Augen huschten von einer Person zu anderen. »Bevor das Schneetreiben noch dichter wird, meine ich.«

»Ja, mach das.« Der Bürgermeister war vor lauter Rauch fast nicht mehr zu sehen. »Ich schicke im Laufe des Tages einen Schneider bei euch vorbei. Er wird Sachen mitbringen, damit du endlich aus den Weibersachen schlüpfen kannst. Und nun entschuldigt mich, ich muss noch ein paar Dokumente durchsehen.«

Kalfaffel stand auf und watschelte in dem den Cerêlern eigenen Gang hinaus. Seine Gattin warf dem Neugeborenen einen irritierten Blick zu, dann nickte sie in die Runde und verschwand ebenfalls. Bald hörten die drei eine leise geführte Unterhaltung auf Kalisstronisch. Matuc ahnte, dass es um das Ereignis von eben ging.

Blafjoll zog sich die Kapuze über und schritt zum Ausgang. »Machen wir uns auf den Weg, damit ich euch unterwegs noch ein paar Sachen kaufen und noch schnell Feuer im Ofen anzünden kann. Der Schnee wird so rasch nicht mehr aufhören. Und die Nächte sind kalt.«

Wieder ging es durch die Gassen und Tore, mit Matuc im Schubkarren, während Fatja übermütig durch das Wintertreiben hüpfte. Dem Kind an ihrem Bauch schien das nichts auszumachen.

Mit der Hilfe des Walfängers erstanden sie eine Krücke, Windeln, Milch und andere Nahrungsmittel, um am ersten Abend in der Fremde nicht hungrig ins Bett zu müssen.

Die Kate, vor der Blafjoll den Schubkarren absetzte, war nicht abgeschlossen und bot genügend Platz. Im unteren Bereich befand sich ein großer Raum mit einer Küche. Über eine schmale Stiege kletterte Fatja nach oben in die Schlafräume. Der Walfänger setzte den Mönch vor dem Ofen ab und entzündete ein wärmendes Feuer.

Matuc beobachtete ihn. »Ich danke Euch für Eure Sorge, Blafjoll.« Ein wenig unglücklich legte er die Hände in den Schoß. »Ich hoffe, wir können es eines Tages zurückzahlen.«

Der Kalisstri grinste und rieb sich durch den Bart. »Ich bin mir sicher, dass ihr das könnt. Und wenn es nur Geschichten aus Ulldart sind. Wir lieben Märchen und Erzählungen.«

»Darin bin ich sehr gut«, rief die Borasgotanerin von oben herunter. »Ich kenne so viele Legenden, dass ein Winter nicht ausreicht, sie alle zu erzählen.«

Er rieb sich die Hände an seiner Jacke ab und schritt zur Tür. »Ich gehe morgen zum Bürgermeister und sehe gleich im Anschluss bei euch dreien nach dem Rechten. Kalisstra sei mit euch.« Der Walfänger verschwand hinaus, ein paar vorwitzige Schneeflocken flogen in das Häuschen und schmolzen, als sie in die Nähe des Ofens kamen.

Die Schicksalsleserin kehrte mit einem Korb zurück, den sie wohl in den Unterkünften gefunden hatte. Sorgsam legte sie ihn mit Stoff aus und bettete den Knaben darin. »Wie winzig mein kleiner Bruder ist«, sagte sie zärtlich, als dessen Händchen sich in einem Reflex um ihren Zeigefinger schlossen. »Er hat noch keinen Namen.«

Verblüfft sah Matuc sie an. »Bei Ulldrael dem Gerechten! Das ging in diesem ganzen Durcheinander vollkommen verloren.« Er schaute vorsichtig in die improvisierte Wiege. »Wie wäre es mit … Lorin?«

Fatja hielt den Trinkschlauch mit der Ziegenmilch bereit, der Säugling gab erste Geräusche von sich, um seinen Durst zu melden. »Wie kommst du darauf?«

»Es ist eine Mischung aus den Namen seiner Eltern«, erklärte der Geistliche.

»Er gefällt mir«, meinte das Mädchen. »Das lassen wir uns gefallen, nicht wahr, kleiner Bruder?«

Matuc nahm die Krücke und hüpfte zum Fenster. Durch den Kitt spürte er den eiskalten Windhauch, draußen wirbelten die weißen Flocken unaufhörlich zu Boden. Knöchelhoch lag der Schnee bereits auf dem Kopfsteinpflaster, die Menschen hatten die Kapuzen ihrer Mäntel und Jacken übergestülpt, um sich gegen die frostige Pracht zu schützen. Niemand nahm Notiz davon, dass hinter dem Fenster der Kate Licht brannte.

Er seufzte. Wie es wohl den anderen erging? Ulldrael möge verhindern, dass sie tot in der See trieben. Wenn sie Ulldart retten wollten, brauchten sie alle.

»Wir lange bleiben wir wohl in Kalisstron?«, verlangte das Mädchen in seinem Rücken zu wissen, als habe es seine Gedanken gelesen.

Tief atmete der Geistliche ein. »Ich weiß es nicht«, gestand er. »Der Gerechte wird uns helfen. Wir sind sicher hier, das ist ein großer Vorteil. Und ich möchte nicht eher von hier weg, bis wir Norinas Schicksal erkundet haben. Der Junge braucht seine Mutter, und auch in deiner Vision spielte Norina eine wichtige Rolle. Vielleicht möchte Ulldrael, dass ich seine Worte auf dem Kontinent verbreite.«

»Und uns die Bewohner dafür mit Schlägen aus der Stadt treiben?«, unterbrach ihn die Schicksalsleserin. »Das wirst du schön bleiben lassen. Wohin sollen wir denn?«

Matuc schwieg und verschränkte die Arme vor der Brust. Um ein Haar hätte er das Gleichgewicht verloren, und eilig hielt er sich am Fensterrahmen fest. »Keine Angst, Fatja. Ich werde die Kalisstri nicht verärgern. Es ist nichts Schlechtes, den Namen des Gerechten zu verkünden, während wir auf der Suche nach unseren

Freunden sind. Und den göttlichen Beistand haben wir allemal nötig.«

»Vielleicht macht es mehr Sinn, wenn wir uns an Kalisstra wenden?«, warf sie vorsichtig ein. »Immerhin ist das der Kontinent, den sie schuf.«

»Ich nicht«, sagte der Mönch hart. »Du kannst die Bleiche Göttin gerne verehren, aber ich halte Ulldrael die Treue, wie er sie mir gehalten hat und halten wird.«

»Ist ja gut«, beschwichtigte das Mädchen. »Es wird ausreichen, wenn ich an den Heiligtümern Kalisstras bete. Und so hat mein kleiner Bruder wenigstens eine Person, die sich um ihn kümmert, wenn die Menschen dich aus Wut zurück ins Meer geworfen haben. Und jetzt komm her. Ich zeige dir, wie man eine Windel wechselt.«

Gehorsam kehrte der Mann zurück, froh darüber, dass der Gegenstand der Unterhaltung ein anderer war.

»Was hatte das vorhin zu bedeuten? Dieses blaue Schimmern?« Fatja machte sich an Lorins Unterwäsche zu schaffen. »Bah, das riecht ja zum Übergeben!« Sie drückte das verschmutzte Leinen dem Mönch in die Hand.

Angewidert streckte Matuc die verdauten Überreste von sich und schaute sich um, wohin er den Inhalt entsorgen konnte. »Ich habe keine Ahnung«, log er. Er vermutete, dass es etwas mit den magischen Fähigkeiten vom Vater des Neugeborenen zu tun hatte. »Aber es sollte uns nicht weiter beunruhigen. Nur ein Zufall, weiter nichts.«

Die Borasgotanerin blickte ihn strafend an, der Mönch wich ihren braunen Augen aus. »Das glaubst du doch selbst nicht. Dürfen Geistliche denn lügen?«

Matuc hob die Hand mit der Windel. »Ich schwöre bei diesem Gestank, dass ich nicht weiß, was genau im Zimmer des Bürgermeisters geschehen ist. Aber, nun ja, Lorin wird vermutlich magisch begabt sein. Das Erbe seines Vaters, wie ich annehme.«

Fatja schien beruhigt. »Mein kleiner Bruder hat aber mächtig was auf dem Kasten, wenn er die Heilkräfte eines Cerêlers irgendwie verändert.«

»So soll es sein«, sagte der Mönch. »Wenn es Ulldraels Wille ist, dass er eines Tages die Dunkelheit besiegt, muss er wohl so stark sein.«

»Und er hat die gleichen Kräfte wie die Dunkelheit«, murmelte die Borasgotanerin, die sich an ihre Vision im Gasthaus in allen Einzelheiten erinnern konnte.

Beide betrachteten den halb nackten Jungen, ohne ein Wort zu sagen.

»Ich habe das Gefühl, dass uns da noch einiges bevorsteht«, meinte Fatja und reinigte das Kind zu Ende, bevor sie ihm mit zahlreichen Knoten eine neue Windel anlegte. »Wir machen es so: Du betest zu Ulldrael, ich bete vorsichtshalber zu Kalisstra.« Sie hob den Jungen hoch und musterte ihn. »Und du, kleiner Bruder, sorgst dafür, dass das Gute siegt.«

Der frische, aber zu locker geschnürte Stoff rutschte Lorins Beine hinab und landete auf dem Holztisch.

»Es ist doch schwieriger, als man annimmt«, sagte Matuc amüsiert.

Das Mädchen bedachte ihn mit einem bösen Blick und machte sich an den nächsten Versuch, die Windel richtig zu binden. Stolz präsentierte sie das Ergebnis.

Der Mönch beugte sich hinunter und schnupperte prüfend. »Gute Arbeit. Aber du kannst gleich wieder von vorne beginnen. Dein kleiner Bruder hat sich eben wieder erleichtert.«

Gespielt böse kitzelte Fatja den Säugling. »Du kleiner Stinker. Warte nur, wenn du groß bist, werde ich dich alle meine Botengänge machen lassen.«

Lorin schien zu lächeln.

Ulldart, Königreich Aldoreel, Telmaran,
Winter 443/444 n. S.

Nerestro saß auf einem Baumstumpf, die Beine von sich gestreckt, die Arme auf die Parierstange der aldoreelischen Klinge gestützt, die er in den Boden gerammt hatte, und starrte geistesabwesend in die Flammen des Lagerfeuers.

Nur bekleidet mit einem wattierten Waffenrock und Unterwäsche, voller getrocknetem Schlamm vom Fuß bis zu den kurzen braunen Haaren auf dem Schädel, hockte er in einem unbekannten Waldstück, in dem er vor wenigen Stunden erwacht war. Über den Flammen hingen mehrere gehäutete, ausgenommene kleine Tiere, die in der Hitze garten und einen angenehmen Geruch verbreiteten. Um ihn herum gaben die Nachttiere ihr Konzert.

Der Ordensritter der Hohen Schwerter war in Gedanken bei der Schlacht, die für ihn nicht stattgefunden hatte. Nach dem wunderlichen Ereignis am Wasserfall wurde er, wie die vielen anderen des Geeinten Heeres, einfach von den hereinbrechenden Fluten mitgerissen und wie Unrat davongespült. Durch die Kollision mit einem treibenden Wagen brach er sich das rechte Bein. Irgendwann war er in dem dreckigen Nass untergegangen, aber auf welchem Weg er zwischen die Stämme der mächtigen Eichen gelangt war und wer seine Verletzung geschient hatte, daran konnte er sich nicht erinnern. Doch es beschlich ihn eine dunkle Ahnung.

Die Ungewissheit über den Verlauf des weiteren Tages, der unweigerlich in einen Kampf münden musste, ließ ihn fast rasend werden. Das vorsichtige Belasten seines Beins brachte ihm jedoch die Einsicht, dass er mit seinen geborstenen Knochen nicht weit kommen würde. Außerdem wäre es, sollten die Truppen des Kabcar gewonnen haben, Selbstmord, in diesem Zustand gegen sie anzutreten. Was er auch nicht beabsichtigte.

Nerestro glaubte mehr und mehr, dass es ein Fehler gewesen war, sich gegen den jungen Herrscher zu stellen. Wann immer sie unter der Führung von Matuc eine Gelegenheit gehabt hatten, den Jungen umzubringen, verpassten sie diese oder sie retteten den Herrscher stattdessen. Die Vision seines Gottes Angor, die ihm befahl, den Kabcar zu töten, wenn er zu einer Gefahr werden sollte, hielt er für ein Blendwerk der Lakastra-Priesterin.

Dafür sprach seiner Ansicht nach vor allem der Grund, dass sich Angor in die Belange von Ulldrael einmischte. Und das war sehr unwahrscheinlich. Dass ausgerechnet die Frau, die ihn die ganze Zeit über betrogen und getäuscht hatte, ihm nun wahrscheinlich noch das Leben bewahrte, grämte ihn umso mehr.

Dazu kam die vernichtenden Niederlage am Repol-Fall. Angor hatte sie bestraft. Sonst hätte er sie davor bewahrt, so unwürdig unterzugehen.

Seine Zweifel an der grundsätzlichen Schlechtigkeit Lodriks bekamen neue Nahrung. Er sah sich als Opfer von falschen Einflüsterungen. Einflüsterungen, die von dem Wesen stammten, das er einmal aus vollem Herzen geliebt hatte und für das er alles getan hätte.

Seufzend erhob der Krieger den Blick zu den funkelnden Sternen, die durch die kahlen Wipfel der Bäume zu sehen waren.

Die Tiere in der Dunkelheit um ihn herum verstummten plötzlich, Nachtvögel flogen erschreckt auf. Etwas bahnte sich krachend und knirschend den Weg durchs Unterholz.

Belkala erschien am Lagerplatz, einen großen Klumpen Matsch mit Armen und Beinen über ihre Schulter geworfen. Sie und ihre Last waren nicht minder dreckig als Nerestro. Vorsichtig setzte sie das menschliche Etwas auf den Boden ab, ohne den Ritter eines Blicks zu würdigen.

Nerestro erkannte die Züge des Mannes, dessen Gesicht mit Blut und getrocknetem Lehm verkrustet war. Die Kensustrianerin hatte seinen Unteranführer, Herodin von Batastoia, ebenso gerettet wie ihn.

»Geht es dir besser?« Belkala richtete sich auf und sah nun erst zu ihrem einstigen Gefährten. »Du hättest etwas essen sollen. Du brauchst alle Kraft, damit deine Knochen wieder heilen.« Sie nahm den Bratspieß und hielt ihn dem Ritter hin.

Widerwillig riss er sich ein Stück Fleisch ab und schob es in den Mund. »Wie ging es aus?«

Sie legte den Kopf ein wenig schief. »Ihr habt verloren. Die Truppen des Kabcar hatten mit den letzten Überlebenden so leichtes Spiel wie ein Rudel Wölfe mit einem todesmutigen Kaninchen.« Belkala hängte das Fleisch zurück über die Flammen. »Der Kabcar wollte das Geeinte Heer sogar noch schonen und ließ verhandeln. Aber ein Heißsporn aus Aldoreel riss sie mit seinem Angriffsbefehl alle in den Tod. Es gab viel Nahrung für mich.«

Nerestro erhob sich unter Schmerzen und humpelte zu seinem Unteranführer, um ihn zu untersuchen. Er schien, abgesehen von der klaffenden Platzwunde an der Schläfe, in Ordnung zu sein.

Beruhigt wischte er ihm mit einer Hand voll Laub den Dreck aus dem Gesicht und spülte die Wunde mit etwas Wasser aus. Dabei erwachte Herodin, seine Hand fuhr augenblicklich zum Schwert. Aber er entspannte sich, als er seinen Herrn erkannte.

»Es ist keiner mehr von eurem Orden übrig«, fuhr die Priesterin langsam fort. »Die Männer des Kabcar haben am Wasserfall ein unheiliges Wunder vollbracht. Die wenigen, die den brennenden Fluss überlebten, ritten zusammen mit den anderen Narren in ihren Untergang.

Sie leisteten als Einzige übrigens nennenswerten Widerstand und sorgten für die schwersten Verluste beim Gegner, wenn euch beiden das ein Trost ist.«

»Ist das sicher?«, wollte der Ritter wissen, ohne sich umzudrehen. »Keiner?«

Sie zuckte mit den Achseln. »Es kann sein, dass flussabwärts noch andere ans Ufer gespült wurden, aber ich werde nicht so weit laufen. Alles, was ich benötige, ist hier, Geliebter.«

Nerestro presste die Augenlider zusammen und beherrschte sich. Umständlich erhob er sich, um sein verletztes Bein nicht zu sehr zu belasten. »Ich habe es dir schon einmal gesagt und geschrieben. Herodin hat es dir schon mehrfach gesagt, und daran hat sich nichts geändert«, begann er. »Ich will nichts mehr mit dir zu tun haben.«

»Aber der Krieg der Kensustrianer ist zu Ende. Es wurde ein Waffenstillstand geschlossen«, hielt sie fast flehend dagegen. »Wir können wieder zusammenleben, Geliebter.« Sie hob die Hand, der Ansatz einer Vorwärtsbewegung war bei ihr zu erkennen, aber Nerestro wich zurück. Traurig senkte sie den Kopf, ihre bernsteinfarbenen Augen schimmerten feucht. »Ich habe gesagt, ich werde immer in deiner Nähe sein. Ich war da.«

»Du hast mich verhext«, schnitt er ihr schroff das Wort ab. »Nichts von dem, was ich fühlte, ist wahr. Nur das Trugwerk einer Kensustrianerin, die von ihren eigenen Leuten aus dem Land gejagt wurde. Wegen Götterfrevels. Und mit so etwas habe ich mich eingelassen.« Sein Blick ließ Abscheu erkennen. »Es wundert mich, dass Angor mich leben …«

»Nein«, unterbrach sie ihn aufsässig. »Nicht dein heldenhafter Gott hat dich gerettet. Ich bin in die Fluten gestiegen und habe dich aus dem Schlamm gezogen, genau wie ihn.« Nun wirkte sie verletzt und böse zugleich. »Euer Gott hätte euch beide im Matsch elend verrecken lassen, als die Fluten des Repol das Geeinte Heer mit sich rissen. Und wäre die Ausgestoßene nicht gewesen, ihr wärt tot.« Sie machte einen Schritt auf den Ritter zu. »Mir verdankst du dein Leben. Aber ich will nichts dafür. Denn ich würde dich immer wieder retten, wenn ich müsste. Und wenn ich mein eigenes Leben dadurch verlieren würde.«

Nerestro lachte. »Du bist tot, oder hast du das schon vergessen? Du bist ein Ungeheuer, das Menschen frisst!«

»Aber es ließ sich an meiner Seite sehr gut aushalten, nicht wahr?«, entgegnete sie spöttisch. »Woher kommen diese Gedanken, Nerestro? Warum stellst du unser Glück in Frage?«

»Weil es nicht sein darf!«, schrie er sie fast an. »Und vielleicht hätte ich auf dem Grund eines Flusses enden sollen. Vielleicht wollte Angor das, weil ich ihn durch meine Taten erzürnt und mich an allem versündigt habe, was einem Ordensritter heilig sein sollte. Geh! Verschwinde!«

Belkala musterte ihn zärtlich. »Geliebter, du redest im Wahn.«

Entschlossen schüttelte der Krieger den Kopf. »O nein. So klar wie in diesen Augenblicken war ich schon lange nicht mehr.« Die braunen Augen wirkten hart. »Wenn ich dir sage, dass ich dich nicht mehr liebe, dass ich nichts mehr für dich empfinde und dass in meinem Herzen nichts mehr für dich übrig ist als Verachtung und Zorn, wirst du dann gehen, wie du es versprochen hast?«

Belkala wurde unsicher. Die Hände senkten sich, und beinahe wie ein kleines Kind duckte sie sich unter den Worten des Ritters zusammen. »Ich weiß nicht …«, stotterte sie.

»Du hast es mir geschworen, gestern Nacht, dass du mich für immer in Frieden lassen wirst«, setzte Nerestro nach. »Meine Gefühle für dich sind seit jenem Tag in Patamanza gestorben und hinterließen nichts als traurige Reste. Wut, Zorn, Enttäuschung.« Er drehte sich zu Herodin, der mit einem dunklen Husten geschlucktes Wasser aus seinem Magen beförderte. »Nun geh deiner Wege, Kensustrianerin. Wir haben nichts mehr miteinander zu schaffen.«

Inständig hoffte der Krieger, dass sie nicht bemerkte, wie sehr er sich zu diesen Sätzen zwingen musste. Er wollte sie in die Arme schließen, sie spüren. Aber den tiefen Empfindungen standen das Gehörte und das Erlebte, die Pflicht als Angor-Gläubiger entgegen, denen er Vorrang einräumen musste. Der Zwiespalt, der in seinem Innersten rüttelte, klaffte wie eine Schlucht auf, die er nicht überbrücken konnte.

»Wenn ihr drei Tage nach Westen geht, findet ihr eine Bauernhütte. Dort werden sie euch helfen.« Die Stimme der Kensustrianerin klang ruhig und gefasst. »Ich werde gehen, Geliebter. Dass deine Liebe für mich gestorben ist, daran kann ich nichts ändern. Aber du wirst es nicht verhindern können, dass ich dich weiterhin in meinem Herzen trage. Und auch alle Götter dieser Welt haben diese Macht nicht.« Unendliche Trauer schwang mit. »Sich im Streit zu trennen, ist nicht gut.«

Er spürte, wie sie ihre Hand auf seine Schulter legte. Er bemerkte die Verätzungen, die sie sich bei seiner Pflege durch die cerêlische Magie zugezogen hatte. Nerestros Mund verzog sich zu seinem Strich, die Regungen in ihm drohten sein Herz zu sprengen. Doch äußerlich saß er kalt wie ein Stein vor seinem Unteranführer, den Rücken zur Priesterin gedreht.

»Dann werde ich eben so gehen«, sagte sie leise. Ihre Schritte entfernten sich, Unterholz brach.

Nerestro verharrte, bis er das Krachen nicht mehr hörte und die Tiere des Waldes, die vor der Kensustrianerin die Flucht ergriffen hatten, ihr Konzert erneut begannen. Dann sank er stöhnend nach hinten um und grub die Finger in die Erde.

»Ihr habt richtig gehandelt«, sagte Herodin und richtete sich ein wenig auf. »Sie kann uns sogar noch für Eure Milde dankbar sein, dass Ihr ihr den Kopf auf den Schultern …«

Als er den Blick sah, mit dem ihn Nerestro bedachte, schwieg er beschämt und griff nach dem Bratspieß.

»Sie hat uns das Leben gerettet, Herodin«, meinte er nach einer Weile und presste den Waldboden in seinen Händen mit aller Kraft zusammen

»Ob es alles der Wahrheit entsprach, was sie uns vom Ausgang der Schlacht berichtet hat?«, fragte sich der Unteranführer halblaut. »Dann haben demnach die Männer des Kabcar den Repol dazu gebracht, das Tal zu fluten? Wie unehrenhaft.«

»Sie hatte keinen Grund, diesbezüglich Märchen zu erzählen«, sagte Nerestro bitter. Im Moment war ihm selbst das Schicksal seiner Ordensbrüder gleichgültig. »Es war eine hervorragende Kriegslist. Über die Ehrenhaftigkeit kann man durchaus streiten.«

Herodin bewegte probehalber seine Glieder, getrockneter Dreck bröckelte ab und rieselte auf den Boden. »Ich scheine einigermaßen unbeschadet davongekommen zu sein«, stellte er nach einer Weile fest. »Ich werde Euch daher tragen oder stützen können.« Vorsichtig betrachtete er die Beinschiene seines Herrn. »Das ist gut gemacht worden.« Er nickte dem grübelnden Ritter erfreut zu. »Nehmt mir nicht übel, was ich nun zu Euch sage. Ihr scheint mit einem Mal wieder klare Gedanken fassen zu können. Es gab Stunden, in denen ich daran zweifelte, Euch mit lichtem Verstand im Kampf an meiner Seite zu haben.«

Nerestro stützte sich auf die Ellenbogen. »Ich weiß nicht, wie es kam. Vielleicht bin ich im Repol beinahe gestorben, und der Teil meiner Seele, der bei den Toten war, kehrte zu mir zurück. Ich habe keine Ahnung.«

Er robbte zur aldoreelischen Klinge und arbeitete sich

den Baumstumpf hinauf, um sich hinzusetzen. Mit einer leichten Bewegung zog er die Schneide aus der Erde, küsste die Blutrinne und verstaute die Waffe in der Scheide. »Ich habe mir Gedanken gemacht, Herodin«, erklärte er. »Wir sind ...«, er stockte kurz, »ich bin den Gaukeleien der Hexe erlegen und habe Euch mitgerissen. Es war niemals Angors Wille, dass wir diesen Mönch Matuc bei seinem Vorhaben unterstützen. Und es war auch nicht der Wille Angors, dass wir uns gegen den Kabcar stellen. Oder könnt Ihr Euch diese Ereignisse anders erklären?«

Der andere Ritter kaute auf einem Stück Kaninchen herum. »Aber Sinured kehrte doch zurück. Und dieser Ratgeber hat ...«

Nerestro hob augenblicklich die Hand. »Lasst einmal außer Acht, was Ihr von der Kensustrianerin gehört habt. Was hat sich dann wirklich in Ulsar ereignet? Aus Eurer Sicht?«

Herodin schwieg kurz. »Es gab eine Forderung von Euch an Nesreca, die er auf einen seiner Kämpfer delegierte. Und der hat Euch dann beinahe getötet.«

»Dafür kaufe ich mir diesen Echòmer noch. Aber habt Ihr irgendetwas entdecken können, das auf Verrat seitens Nesrecas hindeutete? Hat er Euch irgendwann gedroht?«, hakte der Ordenskrieger nach.

Sein Unteranführer dachte nach. »Wenn ich ehrlich bin, Herr«, gestand er nach einer Weile, »ich bekam nichts von alledem mit. Ich weiß nur das, was mir die Kensustrianerin erzählte.« Herzhaft biss er in das gegarte Fleisch. »Aber die Rückkehr des Tieres spricht doch eine deutliche Sprache, wie ich finde.«

»Das Tier hat dafür gesorgt, dass sich ein Despot wie Arrulskhán das Königreich nicht unter den Nagel reißen konnte«, hielt Nerestro dagegen. Dann trat er nach einem Holzscheit und kratzte sich an der Bartsträhne. Kleine Schlammkrümel lösten sich. »Aber Politik soll mich nicht länger scheren. Ich werde zusammen mit Euch zum Kabcar gehen, um Vergebung bitten für das, was ich in meiner Verblendung tat, und werde Nesreca zur Rede stellen. Danach kehre ich auf meine Burg zurück und werde mich nur noch um die Turniere unseres Ordens kümmern.«

»Wenn es noch mehr Überlebende gibt«, warf Herodin ein. Zwar teilte er die Meinung seines Herrn nicht ganz, aber einen Widerspruch wagte er nicht. Zumal viele Argumente auch für ihn einen Sinn ergaben.

Nerestro warf einen trockenen Ast in die Flammen und beobachtete, wie er Feuer fing. »Wenn es nur noch wenige gibt, haben wir eine neue Bestimmung. Jemand muss sich um den Neuaufbau kümmern. Und ich schulde Angor einiges, um das auszumerzen, was ich in meiner Dummheit getan habe.«

»Hoffen wir, dass der Kabcar milde gestimmt ist.« Herodin tastete vorsichtig nach der Wunde an seiner Schläfe. »Vermutlich könnte er uns wegen Verrat hinrichten lassen, wenn er sich an die Gesetze des Landes hält.«

Der Ordenskrieger schüttelte den Kopf. »Er wird es nicht tun. Er hat ein gutes Herz. Und das ist auch der Grund, weshalb wir niemals gegen ihn ins Feld hätten reiten dürfen. Und es auch niemals mehr tun werden, das schwöre ich bei Angor!« Er sah seinen Mitbruder an. »Noch eines. Der Namen der Person, die mich nur zu ihren eigenen Zwecken eingesetzt und mein Gemüt mit ihren Gaben verwirrt hat, wird von heute an ungenannt bleiben.« Herodin nickte.

Schweigend saßen sie am Lagerfeuer. Irgendwann schlief sein Unteranführer ein.

Nerestro fuhr prüfend mit den Fingern in seinen Nacken und entdeckte die Kratzspuren der Priesterin. Leise zog er seinen Dolch und erhitzte die Schneide in der Glut. Ohne zu zögern, setzte er die Klinge an die Stelle, an der sich die Narben befanden. Seine Zähne knirschten aufeinander, das Gewebe verbrannte zischend und stinkend, aber kein Schrei kam über seine Lippen. Er wiederholte die Prozedur, bis er sich sicher war, dass auch der letzte Rest der Narben ausgelöscht war. Mit einem leisen Stöhnen ließ er das Messer fallen und goss sich etwas kühles Wasser in den Nacken.

Damit wäre deine Macht über mich gebrochen, dachte er grimmig, während die Schmerzen in seinem Genick nicht enden wollten. *Oder sollte ich mir besser das Herz aus dem Leib reißen?*

Als der Morgen graute und der Tau sich sammelte, übermannte ihn der Schlaf.

Gegen Mittag machten sich die beiden Ritter auf den Weg zu der von Belkala beschriebenen Bauernhütte, wo sie nach einer gerne gegebenen Stärkung von einem der Söhne des Landmanns mit einem Karren nach Telmaran gefahren wurden.

Dort erfuhren sie, dass sie nicht als Einzige des Geeinten Heeres mit dem Leben davongekommen waren. In einem eilig eingerichteten Lazarett im größten Gasthaus der Stadt lagerten ein Dutzend Verwundeter, jedoch niemand, den die beiden Angor-Gläubigen kannten.

Nerestro und Herodin wuschen sich ausgiebig und erhielten neue Kleider, die ihrer eigenen Ansicht nach keineswegs den Ansprüchen eines Ritters genügten. In gewöhnlichen aldoreelischen Bürgerröcken liefen sie umher, ausgestattet mit ein paar Münzen, die die Einwohner gespendet hatten.

Als Herodin in Erfahrung brachte, dass die Truppen des Kabcar sich noch immer in Grenznähe aufhielten, fasste Nerestro den Entschluss, sich sofort mit dem jungen Herrscher zu bereden. Je eher er diese Sache abgeschlossen hatte, desto besser.

Herodin schien nicht allzu begeistert zu sein, hielt aber seinem Herrn wie gewöhnlich die Treue und begleitete ihn in Richtung Norden. Da wegen des gebrochenen Beins ein Marsch nicht in Frage kam, überredeten sie den Bauernburschen, ihnen einen weiteren Dienst zu tun. Gegen Abend erreichten sie die Grenze zur Großbaronie, das Schlachtfeld lag zu ihrer Linken. Dort herrschte im Schein der untergehenden Sonnen noch immer reges, grausiges Treiben.

Nerestro und sein Unteranführer sahen mit Absicht nicht hinunter, aber der Junge konnte den Blick nicht von den vielen Toten abwenden. Teile der tzulandrischen Truppen waren immer noch dabei, die mehr als fünftausend Gefallenen in kleineren Haufen aufzutürmen, sie auf Reisig und Holz, das wohl von den Zeltgestängen stammte, zu betten und die Stapel zu entzünden.

Bergeweise erhoben sich andernorts Rüstungsteile, Schwerter, Lanzen, Schilde und weiteres Zubehör wie Sättel, Zaumzeug oder Kochgeschirr.

Fein säuberlich trennten die Helfer auf dem rot gefärbten, morastigen Schlachtfeld die verschiedenen Panzerungs- und Waffenarten, bevor sie die toten Besitzer den Flammen übergaben. Sie scheuten auch nicht davor zurück, durchbohrte Leiber von den Pfeilen und Speeren zu befreien, wenn man die Fundstücke noch gebrauchen konnte. Hin und wieder tönte ein raues Lachen oder ein Scheppern zu dem Karren herüber, wenn ein Schild zu den anderen auf dem Stapel flog.

Nerestros Fäuste ballten sich unwillkürlich, doch stur blieben seine Augen nach vorne gerichtet.

Eine Patrouille, bestehend aus zehn Reitern, kam auf den kleinen Wagen zu und zwang den Bauernjungen zum Anhalten. Alle Männer waren mit eisenbesetzten Lederpanzern und Helmen gerüstet, trugen Speere und Schilde, an der Seite baumelten gebogene Säbel. Wenn sie aus Tzulandrien stammten, wirkten sie nicht sehr fremdländisch.

»Wohin?«, fragte der Anführer knapp in schlechtem Ulldart und ließ den Blick aufmerksam über die Passagiere gleiten. An den Juwelen am Griff der aldoreelischen Klinge blieben die Pupillen haften. »Und was ist das für eine Waffe?«

»Sag dem Kabcar von Tarpol und Tûris«, erhob der Ordenskämpfer seine Stimme, »dass Nerestro von Kuraschka und Herodin von Batastoia ihn sprechen und um Vergebung bitten möchten.«

»Und wer soll das sein?«, erkundigte sich der Soldat unwirsch.

»Richte es aus, und du wirst sehen, was passiert. Wir sind vom Orden der Hohen Schwerter, der Kabcar kennt uns beide.«

»Die Hohen Schwerter?«, sagte der Mann belustigt und lehnte sich in seinem Sattel zurück, damit ihn seine Begleiter hören konnten. Dann deutete er auf das Schlachtfeld. »Dann solltest du schleunigst zu deinen Freunden fahren. Die warten schon auf dich.« Er setzte die Speerspitze auf die Brust des Ritters. »Ich schicke euch beide auf der Stelle zu Angor, wie wäre das? Dein Schwert gefällt mir nämlich sehr gut. Könnte das eine der kostbaren aldoreelischen Klingen sein?«

»Ja«, bestätigte Nerestro ruhig. »Und sie wird durch deinen Leib fahren, wenn du nicht sofort das tust, was ich dir aufgetragen habe, Soldat.« Die braunen Augen fixierten sein Gegenüber. »Ich habe keine Angst mehr vor dem Tod, wenn du mich damit schrecken willst. Und du?«

Herodin langte unbemerkt nach seinem Dolch, während der Sohn des Bauern auf dem Kutschbock immer kleiner wurde.

»Man könnte es auf einen Versuch ankommen lassen«, sagte der Patrouillenführer langsam, sein Gesicht wirkte unentschlossen. »Ich bin schneller als ...«

Nerestros Hand zuckte an den Griff, die Klinge zog im

Licht der untergehenden Sonnen eine schimmernde Bahn und durchschlug den Schaft des Speers wie einen Grashalm. Polternd fiel die Spitze in das Wageninnere, einige der Pferde sprangen erschrocken zurück. Der Junge schlug sich die Hände vors Gesicht und jammerte.

Abwartend saß der Ritter da, die Waffe seelenruhig in der Rechten, das geschiente Bein von sich gestreckt. »Nun, Soldat, danke mir nicht für meine Milde. Reite zum Kabcar und sage ihm, wer ihn sprechen möchte.«

Der Mann rief etwas in einer unbekannten Sprache, die Wachen senkten die Spieße und wollten ihren Tieren die Fersen in die Flanken rammen, da erschallte eine zweite Stimme auf Tzulandrisch vom Schlachtfeld herauf. Augenblicklich ruckten die Spitzen nach oben.

Ein Reiter im schwarzen Plattenpanzer preschte heran, einen gewaltigen gezackten Zweihänder auf dem Rücken, einen Helm mit Kopfhautstücken am Gürtel festgeschnallt. Kurze schwarze Haare bedeckten seinen Schädel, die Unterlippe war gespalten und stark vernarbt.

Es folgte ein kurzer Wortwechsel zwischen ihm und dem plötzlich kleinlauten Patrouillenführer, der damit endete, dass der Neuankömmling eine neunschwänzige Katze vom Waffengurt zog und dem offenbar Untergebenen die Schnüre mit Wucht ins Gesicht schlug. Dann wandte er sich den Rittern zu.

»Es ist selten, dass die Überlebenden einer Schlacht sich freiwillig in Gefangenschaft begeben möchten«, sagte der Mann neugierig. »Was hat Euch dazu bewogen?«

»Wenigstens einer in dem ganzen Haufen, der Manieren hat. Niemand sprach davon, dass wir uns ergeben«, verbesserte Nerestro. »Wir werden mit dem Kabcar sprechen, und danach ziehen wir unserer Wege.« Er stellte sich und seinen Begleiter vor.

»Ich habe von Euch gehört«, sagte der Mann mit dem

Zweihänder und neigte anerkennend das Haupt. »Ihr habt die Hohen Schwerter damals bei Dujulev geführt und einen großen Tagessieg gegen Borasgotan errungen. Ich bin Osbin Leod Varèsz, Stratege des Kabcar. Ich bringe Euch zu ihm, und danach werden wir sehen, ob und wohin Ihr geht.«

Er bedeutete dem Jungen, den Karren anrollen zu lassen, während er parallel dazu ritt. Die Patrouille blieb zurück. Der Blick, mit dem der Anführer sich das Blut aus dem Gesicht wischte, das von den tiefen Wunden der Peitsche stammte, war mörderisch.

»Ich habe gehört, das Wunder am Repol-Fall wurde von Euren Männern ausgelöst?«, erkundigte sich Nerestro und verstaute die Klinge. »Meint Ihr, das sei besonders ehrenhaft gewesen, wie Ihr Tod und Verderben über die Männer gebracht habt? Sie hätten im Kampf sterben sollen.«

Varèsz schnaubte. »Ein Krieg ist niemals etwas Ehrenhaftes. Es geht darum, den Feind zu vernichten. Und je eher das geschieht, desto besser. Ich nutzte dabei alle Möglichkeiten, die mir zur Verfügung standen.« Er sah kurz zurück auf die rotbraune Schlammebene. »Mit Erfolg. Euer Orden besteht aus Träumern, die den Kampf verherrlichen. Eure Turniere, bei allem Respekt vor Euren unbestrittenen Waffenfertigkeiten, haben mit dem Ablauf von echten Schlachten wenig zu tun, wie Ihr gesehen habt. Dujulev war dagegen harmlos. Da wir in der Unterzahl waren, musste ein Ausgleich geschaffen werden. Ein wenig graben hier, ein bisschen Wasser dort, und schon standen die Aussichten zu unseren Gunsten.« Varèsz sah ihn an. »Im Krieg geht es ums Siegen. Dabei ist es mir herzlich gleichgültig, wie ich das erreiche. Der Ausgang zählt. Habe ich dabei noch mein Vergnügen, umso besser.«

Nerestro wusste nicht, was er entgegnen sollte. Dieser kompromisslosen Einstellung hatte er nichts entgegenzusetzen. Zwar wollte er den Vorwurf an seinen Orden nicht akzeptieren, aber noch suchte er nach den richtigen Argumenten. Etwas sagte ihm, dass Varèsz mit vielem, was er eben sprach, Recht behielt.

Sie rollten durch das Tor in die Soldatenstadt des Kabcar ein, die wie ein großes Quadrat in Reih und Glied aufgebaut worden war. Herodin machte seinen Herrn auf die verbrannten Stellen über den Hauseingängen aufmerksam, mitunter waren Reste von Ährensymbolen erkennbar. »Ulldrael hat wohl nichts mehr zu sagen«, mutmaßte Nerestro grimmig.

Der Stratege des Kabcar dirigierte den Karren mit dem völlig verschüchterten Jungen vor die Portale eines riesigen Holzhauses. Wachen eilten herbei, um dem Verletzten vom kleinen Wagen zu helfen.

Varèsz, dessen Helm einen widerlichen Geruch verbreitete, schritt vorweg, die beiden Ritter folgten, wobei der Unteranführer seinen Herrn stützend unter den Arm fasste. Der Befehlshaber der Truppen führte sie in eine große Halle mit einem offenen Kamin und deutete auf Stühle. Die Wachen verteilten sich im Raum und ließen die Besucher nicht aus den Augen.

»Ich werde dem Hohen Herrn von Eurem Erscheinen berichten«, sagte der Stratege. »Ich hoffe, wir sehen uns wieder. Entweder auf dem Schlachtfeld oder bei anderer Gelegenheit.«

Es dauerte nicht lange, dann erschien Lodrik mit einem äußerst neugierigen Gesichtsausdruck. An seiner Seite schritt ein skeptisch blickender Mortva Nesreca.

Seit dem letzten Treffen, so hatte es zumindest für den Ritter den Anschein, war der junge Mann gewachsen. Die Figur machte einen tadellosen Eindruck, ordentlich saß die graue Uniform mit den aufwändigen Silberstickereien am Körper. Wie immer führte er das Henkersschwert mit sich, im Gürtel steckten zwei Dinge, die Nerestro nicht einordnen konnte, vermutete aber so etwas wie Waffen. Die blonden Haare waren zu einem Pferdeschwanz zusammengebunden, der blonde Bart war kurz getrimmt. Forschend lagen die meeresblauen Augen auf dem Ritter.

»Ihr seid also gekommen, um Euch in meine Gefangenschaft zu begeben?«, eröffnete Lodrik die Unterhaltung. »Ihr verzeiht, wenn ich Euch unter diesen Umständen nicht willkommen heiße. Ihr habt für den Gegner gekämpft.«

Der Konsultant, wie immer in einer ähnlichen, aber nicht ganz so kostspieligen Garderobe wie sein Vetter, legte den Zeigefinger an sein Kinn und nahm vorerst eine Beobachterrolle ein.

»Das verstehe ich, hoheitlicher Kabcar«, sagte Nerestro. »Ich bin hier, um mich Euch zu erklären.«

Lodrik hob die Hand. »Bevor Ihr weitersprecht: Wo habt Ihr Eure Gefährtin gelassen? Sie ist eine äußerst gefährliche Mörderin, die wohl eher hinter Gitter gehört als in die Freiheit.«

»Ich habe sie getötet«, sagte der Ordenskrieger empfindungslos. »Ich erkannte ihre wahre Natur. Mit ihren Kräften verwirrte sie meinen Verstand, ließ mich Dinge sehen und tun, die ich nun aus tiefstem Herzen bereue.«

Herodins Augen zuckten kurz, er sagte nichts, was die Lüge seines Herrn offen legen würde.

»Wie habt Ihr sie getötet?«, schaltete sich Mortva freundlich in das Gespräch ein. »Auch uns kam das ein oder andere über die wunderlichen Fertigkeiten des Wesens zu Ohren.«

»Wir trafen zwei Kensustrianer in Serusien, und die berichteten, wie man die Ausgestoßene töten kann«, erklärte Nerestro müde. »Man muss ihr den Kopf abschlagen und den Körper verbrennen.«

»So, so, eine Ausgestoßene war sie also. Und das Köpfen habt Ihr übernommen?«, fragte der Konsultant lauernd. »Hat sie geblutet?«

Nun wurden die Augen des Ritters schmal. »Ihr scheint noch mehr erfahren zu haben als ich. Kann es sein, dass Ihr sehr wohl wisst, um was es sich bei dem Wesen handelte?«

Mortva neigte leicht den Kopf, die silbernen Haaren blitzten im Schein der Fackeln auf. »Ich habe mich, nachdem die Zeugenaussagen zu den rätselhaften Morden in Ulsar bekannt wurden, kundig gemacht. Es ist zwar sehr schwer gewesen, etwas über die Mythologie der Kensustrianer herauszufinden, aber es dürfte sich dabei um etwas Untotes handeln.«

»Es ist ein Fluch, der ihr von Lakastra auferlegt wurde, weil sie seine Lehren missachtet hatte«, stimmte Nerestro zu. »Ja, sie lebte nach ihrem Tod weiter und musste sich seitdem von Menschenfleisch ernähren. Mit ihren Kräften hat sie mich in ihren Bann geschlagen. Das erkannte ich beinahe zu spät.«

Lodrik legte die Arme auf den Rücken. »Und vermutlich wollt Ihr damit Euer Eintreten in das Geeinte Heer entschuldigen.«

»Der Ratschlag kam von ihr, aber ich wäre auch so, vermute ich, zu den Verblendeten gestoßen.« Der Ordensritter tat sich sichtlich schwer, seine Handlungen offen dazulegen. »Es gibt vieles, das ich nicht erklären kann. Doch ich weiß genau, dass Ihr nicht der Grund seid, weshalb die Geschehnisse eintraten, die ein paar Meilen von hier in die Schlacht mündeten. Die Reiche haben Fehler gemacht.«

»Wärt Ihr bereit, das vor allen anderen zu sagen?«, hakte der Vetter des Kabcar ein. »Unsere Aufgabe wird in den kommenden Wochen und Monaten sein, die anderen Länder davon zu überzeugen, dass sie einem Irrglauben aufgesessen waren und dass Sinured keineswegs eine Bedrohung ist. Er ist zahm wie ein Lamm.«

Nerestro schüttelte den Kopf, die Bartsträhne pendelte hin und her. »Ich werde mich nie mehr in politische

Angelegenheiten einmischen. Es war der größte Fehler, den ich jemals gemacht habe, und Angor wird mich eines Tages dafür strafen, da bin ich sicher.« Er blickte den jungen Mann bittend an. »Wenn Ihr wollt, hoheitlicher Kabcar, dann setzt mich gefangen, legt mich in Ketten und lasst die Ratten an mir nagen. Aber erspart dem Orden jede nachträgliche Drangsal. Sie sollen nicht für etwas leiden, zu dem ich sie in gewisser Weise angestiftet habe. Auf alle Fälle fühle ich mich schuldig.«

Lodrik bedeutete dem Ritter und seinem Begleiter, sich zu setzen. Auch er nahm Platz, eine Hand locker auf die Lehne gelegt, die anderen stützte den Kopf. Nachdenklich betrachtete er die beiden Krieger.

Mortva lächelte.

»Nerestro, ich habe in den letzten Wochen erfahren müssen, dass aus Freunden Verräter wurden«, begann Lodrik. »Menschen, denen ich mein Leben einst anvertraute, hintergingen mich, machten gemeinsame Sache mit denen, die meinem Volk und mir mit fadenscheinigen Begründungen an den Kragen wollten. Doch es hat sich gezeigt, dass die Götter auf meiner Seite standen. Was aber die Taten der Abtrünnigen nicht ungeschehen machen wird. Einzig Euch bin ich bereit zu vergeben, wenn ich auch nicht vergessen werde.« Er setzte sich aufrecht hin. »Die Soldaten, die sich hier versammelten, konnten nichts dafür. Ich habe vor, den Überlebenden von Telmaran Amnestie zu gewähren. Von falschen Führern wurden sie direkt ins Verderben geleitet, und deshalb sollte man sie für die Dummheit anderer nicht zusätzlich strafen. Das gilt auch für Euch und die Orden.«

»Auch wenn ich fürchte, dass nicht mehr viele von den Hohen Schwertern, und wie sie alle heißen mögen, übrig geblieben sind«, warf der Konsultant bedauernd ein. »Der Großmeister der Hohen Schwerter, den wir gefangen nahmen, erlag seinen Verletzungen. Aber er hat in seinem Testament Euch als Nachfolger vorgeschlagen. Wie wäre es, wenn Ihr die Aufgaben des Großmeisters übernehmen würdet?«

»Das ist ein hervorragender Vorschlag«, stimmte der Kabcar zu. »Ich zeige den Ulldartern, dass ich nicht nachtragend bin, und Ihr habt als Buße das wieder aufzubauen, das durch Eure Schuld beinahe vollständig vernichtet wurde.« Er öffnete die Handflächen. »Gäbe es einen besseren Beweis, dass ich Euch die Fehler verzeihe, die Ihr unter dem Einfluss eines Ungeheuers begangen habt?«

Nerestro war überwältigt. Er hatte mit vielem gerechnet, was ihm nach der Zusammenkunft mit dem Kabcar zustoßen würde, aber als designierter Großmeister der Hohen Schwerter aus dem Raum zu gehen, dazu reichten seine kühnsten Vermutungen nicht aus.

»Allerdings«, fügte Mortva beiläufig hinzu, »müsstet Ihr wie all Eure neuen Gefolgsleute auch dem Kabcar von Tarpol und Tûris die Treue schwören. Natürlich nur pro forma, um den Übereinstimmung mit der Krone, die Euch den Fortbestand erlaubte, symbolisch deutlich zu machen. Wäre das eine Schwierigkeit?«

»Nein«, sagte Nerestro, dem die Freude ins Gesicht geschrieben stand. Er schlug seinem Mitbruder auf die Schulter. »Und Ihr wärt mein Seneschall, Herodin von Batastoia. Wie gefällt Euch das?«

»Sehr gut«, strahlte sein Unteranführer.

»Wir werden dem alten Recken ein würdiges Begräbnis geben.« Mit einem Mal wurde der Ritter wieder ernst, seine braunen Augen ruhten auf dem Konsultanten. »Mit Euch, Nesreca, muss ich jedoch noch ein paar Takte sprechen. Ihr mögt der Vetter vierten Grades des Kabcar sein oder was auch immer. Eines jedoch will ich geklärt haben.«

Mortva zeigte nicht die kleinste Andeutung von Verunsicherung auf seinem ansprechenden Gesicht. »Bitte, werter Ritter, fragt nur. Aber ich ahne, um was es sich handelt.«

»Euer Streiter, den Ihr damals gegen mich antreten ließet, was war Besonderes an ihm? Und welche Schurkerei hattet Ihr dabei gegen mich im Sinn?« Ohne Angst blickte er ihm in die unterschiedlich farbigen Augen. »Ich verlange eine Erklärung, weshalb der Mann, den ich zwei Mal traf, nicht blutete und die aldoreelische Klinge ihn nicht zerteilte? Was habt Ihr gegen mich ins Feld geführt, Nesreca?«

»Ich hatte mich damals schon bei Eurer Gefährtin für die Unbeherrschtheit meines Kämpfers entschuldigt. Der gute Echòmer ist, nun ja, sehr heißblütig, und es hatte ihn erzürnt, dass Ihr verbotenerweise nach Eurem besonderen Schwert gegriffen habt. Seine Rüstung bestand aus reinem Iurdum, daher war es Eurer Schneide nicht möglich, den armen Mann in zwei Hälften zu spalten.« Mortva erweckte den Anschein von aufrichtigem Bedauern. »Es tut mir Leid, dass Euch so übel mitgespielt wurde. Ich wollte Euch heilen lassen und den besten Cerêler zur Seite stellen, aber Eure damalige Gefährtin verweigerte es mir und verließ Ulsar, um mit Euch nach Kensustria zu reisen. Aus welchen Gründen auch immer.«

»Ihr weicht mir aus«, stellte Nerestro fest. »Gebt Antwort.«

Mortva seufzte und spielte den Ertappten. »Nun gut, ich gestehe, ich wollte meine Ehre verteidigt wissen. Als Vetter und Berater des Kabcar sollte sie einem am Herzen liegen. Und bedenkt, wie würde ich vor den Ulsarern dastehen? Vor den Botschaftern und anderen Persönlichkeiten? Natürlich habt Ihr Echòmer getroffen. Aber mein Streiter leidet an Albinotum.« Er bemerkte den fragenden Blick der Ritter. »Sein Blut ist durchsichtig, klar wie das Regenwasser. Tritt es aus, bemerkt man es nicht. Das ist auch der Grund, weshalb er die Augenmaske trägt. Der farblose Lebenssaft ließ die Pupillen hell wie Glas werden, jeder Lichtstrahl bringt ihm Schmerzen. Der Schmiedeunfall ist nur vorgeschoben, denn das einfache Volk würde die Erklärung für diese seltene Krankheit nicht verstehen.« Er lächelte Nerestro an. »Im Gegensatz zu Euch gescheitem Mann.«

Verblüfft schaute der designierte Großmeister der Hohen Schwerter Herodin an. »Dann wird mir alles klar. Ich hatte gewonnen.« Er wirkte erleichtert. »Nun, aber ungeschoren soll er mir nicht davonkommen, Nesreca. Euer Streiter schuldet mir einen zweiten Tanz um Eure Ehre, wenn es recht ist. Ich will die Schmach, die er mir angetan hat, ausmerzen.«

»So soll es sein«, billigte der Konsultant. »Aber Ihr werdet warten müssen, bis Echòmer wieder auf den Beinen steht. Euer Schlag mit der aldoreelischen Klinge hat ihn um ein Haar ins Jenseits befördert.«

Nerestro lachte. »Das hat er auch verdient.«

»Hoher Herr, was haltet Ihr davon, wenn wir dem neuen Großmeister ein angemessenes Geschenk machen?« Mortva legte eine seiner schlanken, gepflegten Hände auf die Rücklehne. »Wir haben einige Rüstungen und Waffen der unglücklichen Ordensritter geborgen. Wie wäre es, wenn er diese mit sich nehmen dürfte? Er wird einen Grundstock benötigen, wenn er den Orden neu aufbauen möchte.«

»Würdet Ihr das annehmen?«, erkundigte sich Lodrik etwas zweifelnd. »Wir haben sie nicht den Toten geraubt, sondern sie im Dreck gefunden. Die meisten Eurer Brüder starben in Kettenhemden oder Waffenröcken.«

»Nun, wenn es so ist, nehme ich die Gaben gerne an«, sagte der Großmeister, auch wenn er dabei sehr niedergeschlagen wirkte. »Ich werde das Metall einschmelzen lassen, um neue Rüstungen daraus zu formen. Nichts soll mehr an die alten Besitzer erinnern. Nur die Schilde mit ihren Zeichen werden das Gedächtnis an sie bewahren.«

Lodrik erhob sich und hielt dem kräftigen Mann die Hand hin. »Nun schwört auf den Siegelring der Bardri¢, dass Ihr dem Herrscherhaus immer währende Treue halten werdet, ganz gleich, was sich ereignen wird.« Nerestro leistete das Verlangte mit einem Kuss auf das Schmuckstück, Herodin folgte seinem Beispiel. »Ich freue mich darüber, dass wenigstens Ihr nicht zu meinen Feinden gehört, Nerestro von Kuraschka. All Eure Taten gegen mich sollen vergeben sein, weil ich den Grund kenne, aus dem Ihr handeltet«, verkündete der Kabcar feierlich. »Aber das grünhaarige Ungeheuer existiert nicht mehr, Ihr seid frei. Und so entlasse auch ich Euch in die Freiheit. Geht und formiert die Hohen Schwerter neu. Aber erinnert Euch dabei immer an die Milde, die ausnahmsweise Euch zuteil wurde.« Er konnte sich den kleinen Seitenhieb nicht verkneifen.

»Ich werde veranlassen, dass man einen Tross für Euch zusammenstellt, der Euch zurück zu Eurer Burg bringen wird«, sagte der Konsultant hilfsbereit. »Ich hege keinen Zweifel daran, dass durch Euer Wirken die Hohen Schwerter glänzender und prachtvoller als jemals zuvor ins Leben zurückgeholt werden.«

Lodrik signalisierte durch ein Nicken seine Zustimmung. »Ich werde Euch außerdem ein Schriftstück mitgeben, das meine Verwalter und Gouverneure dazu anhält, Euch in allem Unterstützung zu gewähren. Nichts soll Euch im Wege stehen, Nerestro von Kuraschka. Ein Cerêler wird Euer Bein sogleich behandeln, damit Ihr nicht länger leiden müsst.«

»Bei Angor!«, entfuhr es dem neuen Großmeister, der sein Glück noch immer nicht fassen konnte. »Ich wusste von Anfang an, dass Ihr die Dunkle Zeit nicht zurückbringen werdet. Solltet Ihr jemals meine Krieger gegen Sinured benötigen, wenn das Tier versuchen sollte, Euch Schwierigkeiten zu machen, lasst es mich wissen.«

Der Kabcar lachte freundlich. »Gut, lieber Nerestro. Ich behalte Euer Angebot im Hinterkopf.« Er winkte ein paar Bedienstete herbei und gab ihnen den Auftrag, die beiden Ritter in Gemächer zu bringen. Ohne eine Eskorte und unbewacht verließen die Männer die große Halle.

Lodrik grinste seinen Vetter an; der erwiderte die lautlose Heiterkeit mit einem bösen Lächeln und dem Hochziehen der linken Augenbraue.

»Der Anfang wäre gemacht«, meinte der junge Mann zuversichtlich und klatschte in die Hände. »Ihn zu überzeugen war einfach. Doch es ist ein Zeichen, das man sehen und deuten wird.« Er wirkte sehr glücklich, beinahe euphorisch. »Wo habt Ihr immer diese Einfälle her?«

»Das ist meine Aufgabe«, antwortete der Konsultant gut gelaunt. »Damit hätten wir ihn und alle, die sich ihm anschließen, auf unserer Seite. Ein Zeichen, wie Ihr so schön sagtet. Und bald werden König Tarm und sein Sohn zurückkehren, um Ihre Fehler einzugestehen. Er meinte sogar, er wolle abdanken.« Er neigte sich nach vorne. »Zu Euren Gunsten, weil er Euch Unrecht tat.«

Lodrik starrte seinen Vetter mit riesigen Augen an. »Vom verfluchten Menschen zum König eines weiteren Landes«, murmelte er überrascht. Dann lachte er. »Meine Güte, Mortva, ich werde nach den ganzen Rückschlägen und Enttäuschungen geradezu vom Schicksal verwöhnt.«

»Nicht vom Schicksal, Hoher Herr«, widersprach der Konsultant sanft. »Von einem Gott. Der einzige, der zu Euch gehalten hat, wie Ihr einmal so schön bemerktet. Und daran wird sich auch nichts ändern.«

»Wann wird Tarm seine Abdankung bekannt geben?« Lodriks Gesicht wurde plötzlich ratlos. »Und wen setze ich als Regenten ein? Aldoreel ist groß. Ob mich die Mehrheit überhaupt anerkennt?«

»Vermutlich werden nicht alle der Adligen unbedingt die Meinung Tarms teilen«, gab Mortva ihm Recht. »Aber ich schlage vor, wir warten die ersten Reaktionen ab, bevor wir durchgreifen. Vielleicht haben wir mehr Freunde, als wir dachten.«

»Auf alle Fälle müssen wir es in den Reichen verbreiten, dass das Geeinte Heer den Angriff führte und ich allen Überlebenden in meiner Gnade Schonung gewähre«, unterstrich Lodrik, der allmählich wieder ernster wurde. »Wir werden unsere Wahrheit aufschreiben und Ausrufer, Sänger, Barden und Geschichtenerzähler auf den Weg schicken. Sie sollen dem Volk auf Ulldart begreiflich machen, dass ich nicht für die Dunkle Zeit stehe. Friede und Wohlstand sollen herrschen.« Er nahm sich ein Glas mit Branntwein. »Zumindest bei denen, die mich achten und respektieren. Allen anderen werde ich dermaßen in den Hintern treten, dass sie von meinem Kontinent fliegen.« Mortva lächelte kurz, als er die Formulierung hörte.

Der dunkle Alkohol floss in seinen Mund, genießerisch schloss der Kabcar die Augen. »Der Winter wird uns eine Zeit der Ruhe verschaffen. In den Stuben und Wirtschaften werden meine Sänger zu hören sein, und wenn der Frühling naht, ist die Saat aufgegangen, die ihnen in die Ohren gestreut wurde.«

»Und was machen wir, wenn der Sommer naht, Hoher Herr?«, wollte der Konsultant wissen.

»Dann«, Lodrik kippte den Rest des Getränks in die Flammen, die augenblicklich höher schossen, »kümmern wir uns um Borasgotan. Ich werde mir das Land nehmen. Es hat Bodenschätze, die ich gut gebrauchen kann. Begründen werde ich es damit, dass die Erträge aus den Minen nicht zur Deckung der Kriegsschäden ausreichen. Den Menschen tue ich damit einen Gefallen, wenn ich sie von dem wahnsinnigen Arrulskhán befreie.« Zufrieden schaute er in das fauchende Rot des

Feuers. »Dann besitze ich Tûris, Tarpol, Borasgotan und Aldoreel. Die Baronie gehört meiner bezaubernden Gattin, und die Hälfte Serusiens liegt in meinem Sicherheitsgürtel.« Lodrik schien ein Gedanke gekommen zu sein. »Wisst Ihr, lieber Vetter, was mich schon immer gestört hat?« Mortva sah ihn neugierig an. »Die Ontarianer. Diese Händler mit ihrem Monopol. Ich gedenke, mir ihre Stationen anzueignen und den Handel selbst zu organisieren. Das ist nur rechtens, nicht wahr?«

»Es ist ein gefährliches Unterfangen.« Sein Konsultant wiegte den Kopf. »Aber es wird Euch bei allen Handelstreibenden beliebt machen. Wenn die Auflagen der Ontarianer fallen, stehen völlig neue Möglichkeiten offen. Aber ein Schlag gegen sie muss sehr gut vorbereitet sein. Sie könnten Euer Reich durch Blockaden innerhalb von Wochen an den Rand einer Hungersnot bringen.«

»Deshalb werden wir beide den Winter damit verbringen, sorgfältig zu planen, Mortva. Oder habt Ihr etwas anderes vor?« Lodrik lächelte gewinnend.

»Natürlich nicht, Hoher Herr.« Sein Konsultant deutete eine Verbeugung an. »Und nun werde ich veranlassen, dass den beiden Rittern geholfen wird. Entschuldigt mich und genießt Euren doppelten Triumph.«

Der Mann mit den silbernen Haaren verließ die Halle und eilte durch die Gänge.

In seinem Gemach machte er sich an das Aufsetzen der Dokumente für die Ordenskrieger. Doch er arbeitete unkonzentriert, etwas beschäftigte ihn unbewusst. Die innere Unruhe wurde bald so groß, dass er aufsprang und im Zimmer hin und her lief. Abrupt, als sei er gegen eine Wand gelaufen, blieb er stehen.

»Paktaï«, flüsterte er. Nichts geschah. Er wiederholte den Befehl, diesmal lauter, energischer.

Doch die Zweite Göttin erschien nicht.

Ein lauter, zorniger Fluch kam über seine Lippen. Ohne sie bekam er keinen Kontakt zu seinem anderen

Helfer. Hemeròc musste sich noch immer von der Verletzung durch die aldoreelische Klinge erholen, und dieser Ort lag jenseits von ulldartischem Raum und ulldartischer Zeit. Er selbst konnte in dieser Gestalt nicht dorthin gelangen, und so wusste er nicht einmal, wie weit die Gesundung vorangeschritten war.

»Wo steckt sie?«, fragte er halblaut in den Raum. »Sollte sie immer noch auf See sein?«

Seit sie unterwegs war, erschien sie in regelmäßigen Abständen, wenn die Schiffe an Festland anlegten, um ihm zu berichten. Nun lag ihr letzter Besuch bereits so weit zurück, dass er sich Sorgen machen musste.

»Nicht auszudenken, wenn ihr etwas zugestoßen sein sollte.« Er ärgerte sich. Dabei ging es weniger um das Wesen als um die Verwirklichung der Pläne. Er musste einiges verschieben. Aber etwas musste erledigt werden, das keinen Aufschub duldete.

Mortva machte sich an die Ausfertigung eines weiteren Schriftstücks und ließ dann Osbin Leod Varèsz zu sich holen.

»Wir müssen dem neuen Großmeister der Hohen Schwerter einen Gefallen erweisen«, eröffnete er dem Strategen, wobei er die Feder zur Seite legte. »Nerestro von Kuraschka braucht unsere Hilfe.« Vorsicht blies er über die feuchte Tinte.

Der Feldherr, gekleidet in violette Gewänder, wirkte irritiert. »Und was ist mit dem alten? Meines Wissens nach haben meine Leute ihn gefangen. Er sitzt verschnürt im Kerker.«

Der Konsultant legte schweigend die Fingerspitzen zusammen und sah den Strategen nur an.

»Ich werde das veranlassen.« Varèsz verstand sofort.

Mortvas Mundwinkel wanderten nach oben. »Aber in aller Heimlichkeit. Ich habe dem Kabcar gesagt, dass der Großmeister seinen Verletzungen erlag.«

»Das wird er«, versprach der Feldherr gleichgültig,

warf seinen Dolch in die Luft und fing in wieder auf. »Es war ohnehin erstaunlich, dass er diese Schnitte überlebt hat.«

Der Konsultant reichte ihm das Dokument. »Das ist sein letzter Wille. Siegelt es entsprechend und lasst ihn seine Unterschrift darunter setzen.«

Varèsz nahm das Blatt und verließ das Zimmer.

Der Konsultant lehnte sich nach hinten und legte die Stiefel auf die Tischplatte.

II.

»Seine Augen verkündeten das Verborgene, das sie mit Furcht erfüllte.

Dennoch eröffnete sie ihm einen Teil seines Schicksals.

›Ihr werdet der Nachfolger eines sehr großen, gefürchteten Herrschers werden und über viele Untertanen regieren‹, sprach sie. ›Ihr werdet viele Kinder haben. Eines von der Frau, die Euch liebt. Drei von der Frau, die Euch verachtet. Und eines, von dem Ihr nicht wissen werdet, dass es nicht von Euch ist.‹

Und sie sah noch einen anderen besonderen Knaben, der seinen Lenden entstammen sollte. Dessen Existenz verschwieg sie ihm aber.«

Das Buch der Seherin
Kapitel II

Kontinent Ulldart, Inselreich Rogogard, drei Meilen vor Ulvland, Winter 444 n. S.

»Ich hätte niemals gedacht, dass wir mit dieser Konstruktion bis nach Ulvland kommen«, rief Torben Rudgass lachend und schlug dem Steuermann erleichtert auf den Rücken.

Der Mann mit den leicht geschlitzten Augen nickte ausgiebig und fiel ein wenig halbherzig in die Heiterkeit mit ein, obwohl er kein Wort von dem verstand, was der Freibeuter sagte.

Durch das dichte Schneetreiben kämpfte sich die *Lerrán* Woge für Woge in Richtung der ersten rogogardischen Inseln im äußersten Westen. Tief lag der Rumpf der Dharka im Wasser, die unteren Räume des Schiffes hatten sich mit Wasser gefüllt, nachdem sie auf ein Riff aufgelaufen war, aber glücklicherweise nur geringe Schäden davontrug. Ohne den rogogardischen Seemann, den die Unbekannten aus den eiskalten Fluten gefischt hatten, wären die Fremden verloren gewesen.

Torben kniff die Augen zusammen und versuchte, durch die wirbelnden Flocken hindurch das Land zu erkennen. Wenn alles gut verlief, müssten sie bald schon den Leuchtturm des Hafens sehen, der ihnen den Weg wies.

»Das würde mir noch fehlen«, sagte der Rogogarder mehr zu sich selbst. »Auf den letzten Metern abgesoffen, weil wir einen Felsen übersehen haben.«

Er sprang hinab auf das Deck, um nach dem notdürftig zusammengezimmerten und -gebundenen Großmast zu schauen. Die Männer hatten ihn unter seiner Anleitung nach sechs Seiten abgestützt und mit zusätzlichen Verstrebungen gesichert, damit er nicht durch den Druck des Segels ein weiteres Mal barst. Sollte er dennoch brechen, müsste man den Rest der Strecke mit den

Beibooten zurücklegen. Nicht das Schlimmste, aber er wollte die *Lerrán* nicht aufgeben.

Sie war das letzte der vier Schiffe ihrer einstigen Verfolger und nur deshalb noch übrig, weil es damals im Sturm seine Hauptmasten verloren hatte und zurückgefallen war. Ein Glücksfall, zumindest für Torben, denn die Fremden zogen ihn an der Unglückstelle, wo die *Klapok* und die *Grazie* in der Tiefe versunken waren, heraus, bevor er restlos erfrieren konnte oder die Ungeheuer der Tiefesee ihn fraßen. Sie steckten ihn abwechselnd in heißes Wasser und unter warme Pelze, bis er die Nachwirkungen seines Aufenthalts in der beinahe gefrorenen rogogardischen See überstanden hatte. Von den anderen Passagieren fehlte dagegen jede Spur. Außer Wrackteilen fanden sie nichts.

Während er so dastand, eine Hand an das raue Holz des Mastes gelegt, beschäftigten sich seine Überlegungen mit dem Schicksal von Waljakov, Norina und den übrigen. Ihnen rechnete er keine Aussichten auf Überleben ein. Außer den Fremden war zu dieser Zeit mit Sicherheit niemand auf dem Meer gewesen, der sie hätte aufnehmen können. Schwer atmete Torben aus. Und dennoch wollte er sich so etwas wie Hoffnung bewahren, so unwahrscheinlich sie auch war.

»Mein Lob und meine Anerkennung«, sagte eine Frauenstimme in seinem Rücken. Der Freibeuter drehte sich zu Varla um und schüttelte die wenig frohen Gedanken ab. Sie trug einen dicken Pelzmantel, Handschuhe und Fellstiefel, um sich gegen den beißenden Wind und die Kälte zu schützen. Um die Hüfte geschnallt baumelten Degen und Langdolch. »Wir scheinen es wirklich geschafft zu haben.«

»Nun stell dir vor, du hättest mir damals die Kehle aufgeschlitzt, als ich mich in deine Kabine stahl«, sagte Torben. »Niemand hätte dich und deine Leute sicher hierher gebracht.«

»Ich danke der Allmächtigen Göttin.« Die Kapitänin des Schiffes reichte ihm einen Becher Grog, den der Freibeuter dankbar entgegennahm. »Eine Woche länger, und wir wären voll gelaufen bis zur Bordwand. Das verdammte Leck ist einfach nicht zu stopfen.«

»Wir kümmern uns an Land darum.« Torben nippte an dem heißen Getränk und musterte sie durch den Dampf hindurch, der aus der Tasse aufstieg. Sie hatten so etwas wie einen Burgfrieden geschlossen. Zwar war es nach wie vor seine Schuld, dass ihr geplanter Raubzug in Tularky misslungen war, dennoch verdankte sie es ihm und seiner Navigationskunst, dass die *Lerrán* einen Hafen erreichte. »Eins musst du mir noch sagen: Hättest du mir tatsächlich den Hals aufgeschnitten wie einem Huhn?«

Varla verzog den Mund und wirkte damit leicht spöttisch. »Vielleicht. Vielleicht auch nicht.«

Der Freibeuter ließ nicht locker. »Und was ist mit der Liebesnacht? Mit dem Lustsklaven?«

Sie lachte. »Lass es gut sein. Ich wollte dich damals erschrecken, bevor ich dich über Bord geworfen hätte.«

Torben glaubte zu spüren, dass ihre Antwort nicht ganz ehrlich war, ließ es aber im Moment auf sich beruhen. Er zumindest fühlte sich in ihrer Nähe recht wohl, zumal sie die gleiche »Arbeit« verrichteten.

»Glaubst du, deine Leute sind in der Lage, mein Schiff nach meinen Anweisungen zu reparieren?« Varla wirkte nicht allzu zuversichtlich. »Die Bauweise unterscheidet sich schon sehr von euren langsamen Koggen. Ich hoffe, wir finden das richtige Material.«

»Mit Sicherheit nicht.« Torben machte ihr keinerlei Hoffnung. »Die Bäume, die ihr in Tarvin benutzt habt, um die *Lerrán* zu bauen, wachsen nicht in Rogogard. Wir können froh sein, wenn wir überhaupt auf die Schnelle etwas finden. Zu dieser Jahreszeit sind Reparaturen in den Werften fast an der Tagesordnung. Treibeisschäden. Passiert schnell, wenn man unachtsam ist.«

»Das ist ja wunderbar«, seufzte die Kapitänin. »Ich wollte nicht den Winter bei den Bärten verbringen.« Sie bemerkte den vorwurfsvollen Blick des Mannes. »Oh, so nennen wir alle Völker, die sich die Gesichtshaare stehen lassen. Unsere Männer rasieren sich von Kopf bis Fuß.«

»Von Kopf bis Fuß?« Beinahe hätte Torben den Grog auf die Planken gespuckt. »Überall?«

»Überall«, bestätigte Varla. »Bis auf den Kopf.«

»Memmen«, murmelte der Rogogarder. »Wie sind die Winter in Tarvin?«

»Warm, angenehm warm.« Die Augen der Frau bekamen einen sehnsüchtigen Ausdruck, die Hände schlossen sich fester um die Tasse. »Es gefriert nichts, man kann sich Pelze und Felle sparen.«

»Widerlich«, kommentierte Torben. »Man merkt, dass ihr direkt neben Angor liegt.« Vorsichtshalber spähte er nach vorne. »Sag deinem Mann am Ruder, er soll drei Striche nach backbord einschlagen. Ich will die Sandbank umfahren. Normalerweise ist sie bei Flut kein Hindernis, aber bei unserem Wasserstand im Rumpf erscheint mir der direkte Weg zu gefährlich.«

Varla brüllte eine Anordnung in ihrer Sprache in Richtung des Steuermanns, der dem Befehl auf der Stelle nachkam. Eine Böe fegte in die Segel, der Mast knirschte bedenklich, durch die Verstrebungen lief ein Ruck, aber sie hielten stand. Die *Lerrán* nahm an Geschwindigkeit zu.

»Meinst du, ich sollte Tarvin einen Besuch abstatten?«, wollte er ihre Meinung wissen.

»Du möchtest von mir hören, ob sich ein Beutezug lohnen würde«, übersetzte die Kapitänin die Frage lächelnd. »Lohnen schon, aber mit einer der unbeweglichen Kriegskoggen brauchst du erst gar nicht aufzutauchen. Sie würden dich schneller zu den Fischen schicken, als du wenden könntest. Das war auch der

Grund, weshalb die ulldartischen Schiffe keine echte Gefahr sind. Wenn meine Dharka wieder flott ist, können wir gerne ein Rennen fahren, damit du siehst, was ich meine.«

»Einverstanden. Um was wetten wir?«

Varla leckte sich einen Tropfen Grog von den Lippen. »Nein, so nicht. Es muss etwas Ausgefallenes sein.«

Der Rogogarder brummte etwas und prostete ihr zu. »Na schön. Der Verlierer muss, sagen wir, dem Sieger einen Wunsch erfüllen. Was auch immer es sei.«

Sie stieß mit ihm an. »Was auch immer es sei.« Sie schien zu überlegen. »Ich könnte dich an Palestaner verkaufen und mit den Gewinn ein schönes Schiff bauen. Ich habe gehört, sie sind nicht besonders gut auf dich zu sprechen. Sie würden dich bestimmt gerne als Leibeigenen schuften lassen, bis du tot umfällst.«

»Nur weil du als Mädchen von Tersionern als Sklavin nach Tarvin verkauft wurdest, soll mir das gleiche Schicksal blühen? Nein danke«, wehrte Torben ab. »Die Krämer würden mich auf der Stelle umbringen.«

»Ein gerechter Ausgleich für das, was du mir in Tularky verdorben hast.«

»Ich wusste es«, rief er und hielt ihr den Zeigefinger unter die Nase. »Du bist nachtragend.«

»Was erwartest du?«, verteidigte sie sich, ein Teil ihrer Entrüstung war echt. »Es war alles genau geplant. Meine Leute hätten in aller Ruhe die wichtigen Orte besetzt, und der Griff nach den Kassen wäre so einfach gewesen wie das Angeln in einem gefüllten Netz.« Ihre gute Laune verflog. »Ich bin dir dankbar, dass du uns sicher nach Rogogard gelotst hast. Aber das Rennen gegen mich wirst du verlieren. Und auf meine Rache für deine Niedertracht in Rundopâl kannst du schon mal gespannt sein.« Sie schnaubte.

»Du bist ja wirklich wütend«, meinte Torben amüsiert und forderte Varla nur noch mehr heraus.

»Natürlich bin ich wütend, weil mir ein beleidigter Pirat …«

»Freibeuter«, verbesserte der Rogogarder zahnlos grinsend und nahm gut gelaunt einen weiteren Schluck aus dem Gefäß.

»… was auch immer«, fauchte sie zurück, »aus reiner Bosheit, weil er aus den fremden Schiffen nichts rauben konnte, meine große Beute zunichte machte!«

»Du hättest so etwas natürlich nicht getan«, sagte er ruhig.

»Nein«, schnaufte Varla. »Ich hätte dich im Hafen versenkt.«

Sie wandte sich abrupt ab und stapfte demonstrativ auf das Oberdeck, um sich mit dem Steuermann zu unterhalten. Torben grinste von einem Ohr zum anderen und schlenderte zum Bug, um einen besseren Blick zu haben.

Ulvlands Küste erschien gut sichtbar vor der *Lerrán*, und der Freibeuter bemerkte den schwachen Schein eines Leuchtturms, der sich schwer damit tat, sein Licht gegen die vielen tanzenden Schneekristalle durchzusetzen. Das wirbelnde Weiß absorbierte fast alles von der gebündelten Helligkeit, aber der Schimmer reichte dem Rogogarder aus, um mit ein paar knappen Gesten die Richtung angeben zu können. Die Sandbank mussten sie bei dem Tempo bereits umfahren haben.

Nach nicht allzu langer Zeit und einigen Litern Meereswasser mehr im Schiffsbauch lief die Dharka etwas unbeholfen im natürlichen Hafen eines Dorfes ein, das Torben vom Namen auf der Karte her kannte. Dort ragte sie mit ihren vier Decks zwischen den kleineren Schaluppen und Schonern wie ein Riese auf. Und erschien den Ulvländlern mindestens genauso gefährlich.

Unaufhörlich, das hörten alle an Bord, wurde auf dem Leuchtturm ein dunkles Horn geblasen. Menschen rannten mit Fackeln durch Gassen, Metall klirrte. Offenbar machte man sich bereit, die vermeintlichen Angreifer mit dem unbekannten Schiff gebührend zu empfangen. Eine erste Abordnung hatte sich bereits am Kai versammelt, die Schilde gereckt, die Bögen schussbereit.

Torben hatte Varla übersetzen lassen, dass sich niemand der Besatzung blicken lassen sollte, bis er mit den Einwohnern zu einer Übereinkunft gekommen war. Sicherheitshalber nahm er einen Schild und ging dahinter in Deckung. Es war still.

»Mein Name ist Torben Rudgass«, rief er laut und deutlich. »Ich bin Rogogarder wie ihr und komme ohne böse Absicht.« Der Pfeilschauer blieb aus. »Ich stehe jetzt auf. Und dass mir niemand auf den Gedanken kommt, mich spicken zu wollen.« Vorsichtig erhob er sich und blickte in die misstrauischen Gesichter von vier Dutzend Bewaffneten. Der Freibeuter breitete als Zeichen seiner Friedfertigkeit langsam die Arme aus. »Dürfen meine Freunde und ich an Land gehen? Gibt es eine Werft, in der wir unser Schiff reparieren lassen können?«

»Was ist denn das für eine Schale?«, rief einer aus der Menge. »So etwas haben wir noch nie gesehen. Aber sie wird brennen, wenn uns eure Nasen nicht gefallen.« Einige der Wachen lachten.

Torben war nicht entgangen, dass Katapulte auf dem Leuchtturm gespannt und auf die *Lerrán* ausgerichtet worden waren. »Ich verspreche euch als Rogogarder, dass wir uns anständig benehmen. Wir hatten einen kleinen Unfall, bei dem wir uns ein Leck einfingen. Wenn wir also lange warten, läuft der Kahn auf Grund.«

»Dein Name ist uns ein Begriff«, sagte ein breit gebauter Mann, der mit einer Axt und einem Schild ausgestattet war. »Ich bin der Obmann von Ulvsgrund, Kallsgar. Wenn ihr bleiben wollt, werden sich alle, die an Bord sind, ohne Waffen am Ufer aufstellen. Nachdem wir das Schiff durchsucht haben, soll euch der Aufenthalt erlaubt sein. Wir brauchen keine Fremden, die zum Plündern gekommen sind.«

Varla, die an der Luke nach unten stand, nickte knapp. Nach und nach schickte sie ihre Leute hinaus, und als sich die knapp vierhundert Mann dicht an dicht am Ufer drängten, wurde den wenigen Rogogardern mulmig.

Torben stand, ein Bein auf die Reling gestützt, grinsend an Bord der Dharka und freute sich wie ein Schneekönig über seine erschrockenen Landsleute.

»Es ist gut«, sagte Kallsgar, ohne tatsächlich beruhigt zu sein. »Wir verzichten auf eine Durchsuchung. Selbst ohne Waffen wärt ihr uns weit überlegen.«

»Danke für deine Gastfreundschaft, Obmann. Habt ihr eine Werft in dem schönen Ulvsgrund?« Torben schwang sich an einem losen Seil herab.

Federnd kam er vor Kallsgar zum Stehen, während hinter ihm erschrockene Rufe hallten. Das gespannte Tau, an dem sich der Freibeuter angeberisch hinuntergelassen hatte, war über Umwege mit einer Strebe verbunden gewesen, lockerte sie durch die ungeplante Belastung und setzte eine Kettenreaktion in Gang. Stütze um Stütze brach zusammen, Abspannungen rissen, der haltlose Großmast knickte unter der Last des Bastsegels und der Rahe ein und schlug ein Loch bis hinab zum Rumpf.

Varla, die eben am Kai angekommen war, schnalzte mit der Zunge, als die *Lerrán* noch tiefer sank und mit einem dumpfen Rumpeln auf dem Grund des Hafenbeckens aufsetzte. Wortlos schaute sie den Freibeuter an, kreuzte die Arme vor der Brust und hob eine Augenbraue.

Torben hielt noch immer das Seil in Händen und wusste nicht, was er sagen sollte.

Das Johlen, Lachen und Rufen der Dorfbewohner, die sich ausschütteten und kaum mehr ihre Waffen halten konnten, konnte ihn nicht wirklich aufmuntern.

»Ja, wir haben eine Werft«, dröhnte Kallsgars Stimme durch den Lärm. »Und es sieht so aus, als bräuchtet ihr die dringend.« Er sah zu den Fremden. »Woher kommen die denn? Verstehen sie uns?«

»Das ist eine lange Geschichte«, seufzte der Freibeuter. Als bestünde das Tau aus porösem, zerbrechlichem Material, legte er es auf die Steine der Hafenbefestigung. »Können wir die im Warmen erzählen?«

»Ja, Junge.« Der Obmann zeigte auf eine große Halle. »Das ist die Werft, dort können eure Leute schlafen. Und wir gehen erst mal einen Grog trinken. Dabei wirst du mir alles erzählen.« Er brachte seinen Mund nahe an das Ohr Torbens. »Ist das deine Frau?«

»Nein«, sagte Varla giftig. »Ich bin die Kapitänin des Wracks. Und ich werde euch begleiten, damit er keinen Unsinn von sich gibt.« Sie funkelte den Freibeuter böse an. »Das hast du nur gemacht, damit du um die Wettfahrt herumkommst. Aber ich baue mein Schiff wieder zusammen. Oh, und wie ich mich schon freue auf den Wunsch, den du mir erfüllen wirst, Bursche.«

Sie gab Anweisungen an ihre Mannschaft, die nach dem Sinken der Dharka ziemlich ratlos herumstand. Gehorsam machten sie sich auf den Weg zu ihrer neuen Unterkunft.

Der Obmann ging zusammen mit seinen beiden Gästen und einer Schar von Neugierigen in die Schänke, in der Grog und dunkles, süßes Gewürzbier gereicht wurden.

Nach ein paar Zügen erklärte Torben den Ulvsgründlern, dass die Fremden ihn aus der Seenot gerettet hatten, dafür aber selbst in Schwierigkeiten geraten waren. Immer wieder ließ er einfließen, dass sich keinerlei Ware an Bord der Dharka befand, um zu verhindern, dass Gelegenheitsplünderer der *Lerrán* in der Nacht einen Besuch abstatteten.

»Wenn wir das Schiff wieder flott gemacht haben,

segeln wir weiter. Ich besorge das Geld, das für die Reparaturen benötigt wurde«, erläuterte der Freibeuter seine Absichten. »Mein Anwesen liegt nahe dem Jaronssund. Bei gutem Wind müsste die Dharka die Strecke in wenigen Tagen geschafft haben.«

Geschickt verleitete er Kallsgar auf diese Art dazu, Varla über ihre Herkunft und die Bauweise des Schiffes auszuquetschen, was der Obmann mit Hingabe tat. Kräftige Unterstützung erhielt er dabei von den vielen wissbegierigen Männern um ihn herum, sodass der Tarvinin kaum Gelegenheit zum Luftholen blieb. Zwei Gläser Grog und ein Humpen Gewürzbier hatten ihre Zunge gelockert, und mit geröteten Wangen berichtete sie Einzelheiten über die Konstruktion der Dharka, schwärmte von dem warmen Tarvin und den Vorzügen von rasierten Männern, was vor allem die Frauen in der Schänke zu Nachfragen ermunterte.

Torben nutzte die Gelegenheit, um sich vom umlagerten Tisch zu entfernen und zum Tresen zu schlendern. Er wollte abseits des Trubels seinen Krug nachfüllen und nach der recht genauen Seekarte schauen, die er an der Wand entdeckt hatte. Dankbar ließ sich der Freibeuter die rogogardische Spezialität schmecken, während er die Zeichnung betrachtete, auf der er neben dem Inselreich auch die Andeutungen der kalisstronischen Küste erkannte.

Immer wieder huschten seine Augen hin und her und schätzten Entfernungen grob ab. Nach einer Weile, Varla redete immer noch, verlangte er nach Zirkel und Lineal. Etwas machte ihn stutzig, und er wollte ausmessen, ob seine Vermutung richtig war. Wenn er den Kurs und die Strecke zurückrechnete, auf der die *Lerrán* gesegelt war, fand er den ungefähren Ausgangspunkt der Dharka nicht allzu weit von der kalisstronischen Küste.

Zehn Meilen. Er kratzte sich mit dem Lineal am Hinterkopf. Sie wären besser nach Kalisstron gefahren, als sich bis nach Ulvsgrund durchzumühen. Da aber die wichtigen Karten an Bord des fremden Schiffes gefehlt hatten, war ihm diese Erkenntnis am Anfang der Reise verwehrt gewesen. Wie groß war wohl die Möglichkeit, dass eine wasserdichte Truhe diese Strecke zurücklegen konnte? Neue Hoffnung keimte in Torben auf, dass wenigstens Norina den Untergang der *Grazie* überstanden haben könnte. Und vielleicht hatten sich die anderen im Ruderboot so weit durchschlagen können. Waljakov könnte von ihnen gefunden und mitgenommen worden sein.

Aus dem dünnen Strich, der die Küste Kalisstrons symbolisierte, wurde für ihn vor seinem inneren Auge ein echter Strand, an dem sich die Brojakin und alle anderen Passagiere erschöpft in den rettenden Sand warfen. Ein Lächeln bildete sich in seinem Gesicht. Wortlos deutete er auf sein leeres Gefäß, in das noch eine Ladung Gewürzbier floss. Er würde sie finden, ganz egal, was ihm die Kalisstri entgegenstellten.

Seine rogogardische Herkunft würde ihm etliche Schwierigkeiten bereiten, denn mit den Bewohnern des Kontinents der Bleichen Göttin war nicht gut Schlitten fahren. Sie gewährten den Freibeutern, die in der Vergangenheit gerne dort gekreuzt waren, kein Pardon. Und die Kalisstri waren gute Seefahrer. Zu gute, wie Torben verdrießlich eingestehen musste.

Er schweifte in der Erinnerung zu den letzten Geschehnissen an Bord der *Grazie* zurück, die er Varla wohlweißlich verschwieg. Er sah die brüllende und tobende Frau, die er mit der Speerschleuder an die Wand des kleinen Angriffsturms genagelt hatte. Warum und wieso sie nicht allein durch die Wirkung der Spieße getötet worden war, entzog sich seiner Kenntnis. Er kannte nicht ein einziges Wesen, das solche Verwundungen überstehen könnte. Hoffentlich war sie ersoffen. Langsam stellte er den Humpen ab. Aber wenn sie es nicht war, was machte sie dann? Ging sie auf die Suche?

Diese Vorstellung ließ den Freibeuter nervös werden, denn er wusste nicht im Geringsten, was man der übermächtigen Helferin des Konsultanten entgegensetzen konnte. Außer sie mit Speeren an Holzwände zu stecken.

Torben lehnte sich an die Theke, denn allmählich wurden seine Beine schwer. Er hatte zu schnell und zu viel getrunken. Er drehte sich zu der tarvinischen Kapitänin um, die immer noch redete und redete und redete. Irgendwann würde er ihr die seltsamen Ereignisse schildern, vielleicht fand sie eine Erklärung für die Widerstandskraft der unheimlichen, übermenschlichen Frau mit den rot glühenden Augen. Nun wollte er nur noch ins Bett. In ein echtes Bett, mit einer Strohmatratze, dicken Federdecken und einem wunderbar weichen Kopfkissen, nicht in eine Hängematte, die nach Schweiß und anderen Ausdünstungen eines Tarviners roch.

Nach einigen Sprechschwierigkeiten bekam er doch endlich einen Satz heraus, der vom Wirt verstanden wurde.

Lachend brachte er den betrunkenen Rogogarder in das Gästezimmer.

Dass in der Nacht noch eine Person zu ihm unter die Laken gesteckt wurde, die nicht weniger besoffen war, bemerkte er in seinem Rausch nicht.

Torben erwachte irgendwann am nächsten Morgen und spürte, dass das Bett eindeutig zu klein war. Zwar herrschte eine angenehme Wärme unter den Decken, und er nahm in seinem noch leicht schlaftrunkenen Zustand einen Hauch von bekanntem Duftwasser wahr, aber zum Umdrehen reichte der Platz kaum aus.

Ohne die Augen zu öffnen, schob er den ertasteten zweiten Körper aus der Lagerstelle, es folgten ein Poltern und ein erschrockener Schrei. Der Schrei einer Frau.

Nun öffnete der Freibeuter doch die Lider und schielte verschlafen über die Kante hinunter, wo sich eine zeternde Varla aus den Decken wühlte. Als sie den Rogogarder erkannte, saß sie steif vor Erstaunen auf den Dielen.

Torben glotzte nicht minder geistlos zurück, dann wanderte sein Blick an der spärlich bekleideten Tarvinin herunter. Rasch zog sie die Laken in die Höhe, um eventuelle Blößen zu bedecken. Torben schaute an sich hinab und musste feststellen, dass auch er fast nichts trug.

»Wie kannst du einfach so in mein Bett steigen?«, schimpfte die Kapitänin los.

»Ich war zuerst drin« Der Freibeuter kratze sich verwirrt an den geflochtenen Bartsträhnen. »Vermute ich zumindest.« Der Grog und die zahlreichen Gewürzbiere von gestern Abend hatten ihm einen beachtlichen Kopfschmerz hinterlassen. Und die Erinnerung geraubt. »Hast du irgendwas mit mir gemacht?«

Varla verstand die Andeutung zunächst nicht, dann wurden ihre Augen schmal. »Das hättest du wohl gerne!« Sie sprang auf und sammelte ihre Kleidung ein, was Torben einen hübschen Blick auf ihre Figur erlaubte. Nicht alles wurde von der Unterwäsche verhüllt.

Grinsend stützte er den Kopf in die Hand und betrachtete die Tarvinin, die wütend in ihre Kleider schlüpfte, in aller Ruhe.

Sie bemerkte seinen Blick und zog drohend den Langdolch. »Ich schneide dir dein bestes Stück ab, wenn du noch länger in meine Richtung schaust.«

Augenblicklich verschwand der Freibeuter unter der Decke und lachte. »Dann wäre dein Lustsklave zu nichts zu gebrauchen. Jedenfalls nicht für die Lust.«

»Diese verdammten Bärte«, tobte sie. »Ihr Streich muss ihnen einen riesigen Spaß bereitet haben.«

»Haben wir nun, oder haben wir nicht?«, erkundigte sich Torben, seine Stimme wurde durch die Federbetten gedämpft. »Ich kann mich nicht mehr daran erinnern.«

Die Decke wurde ruckartig weggezogen, die Schneide des Dolches bohrte sich neben ihm ins Kissen, und das wutentbrannte Gesicht der Tarvinin erschien groß vor ihm. »Du, Pirat, würdest dich daran erinnern, wenn ich etwas mit dir gemacht hätte, darauf kannst du Gift nehmen.«

Der Freibeuter spielte den Unschuldigen. »Könnten wir es vielleicht wiederholen?«

Mit einem Schnauben zog sie den Dolch zurück. Eiskalt legte sich das Metall zwischen seine Beine, und er musste sich sehr beherrschen, um nicht zusammenzuzucken und damit einen ungewollten Schnitt zu provozieren.

»Da gibt es nichts zu wiederholen. Ich hätte dir damals doch die Kehle durchschneiden sollen.« Die Klinge blieb, wo sie war. »Merk es dir. Es ist nichts, aber auch gar nichts heute Nacht geschehen. Und wenn du etwas anderes behauptest, wirst du bald im Knabenchor singen, Torben Rudgass.«

Er nickte, und sie verstaute die Waffe wieder in der Hülle. In aller Eile warf sie sich den Pelzmantel um, nahm Degen und Dolch in die Linke und lief die Stufen hinab.

»Versteh einer die Frauen.« Torben stand auf und zog sich ebenfalls an.

Als er hinunter in den Gastraum kam, rieb der Wirt gerade den großen Tisch ab und beseitigte die letzten Spuren des Gelages. Schnee rieselte vor dem Fenster unaufhörlich herab und bedeckte die Landschaft, die Schoner und Schaluppen, selbst auf der Dharka hatte sich eine Lage Weiß gebildet. Den Freibeuter überlief es kalt.

»Gib mir ein Frühstück und etwas gegen Kopfschmerzen«, verlangte er, während er es sich bei anderen Ulvsgründlern neben dem Ofen gemütlich machte. Draußen sah er Varla mit langen Schritten durch den Schnee zur Werft laufen, und er musste grinsen.

Der Wirt stellte ihm Fleisch, gebratenen Fisch und Eier vor die Nase, gefolgt von einem Humpen heißen Gewürzbieres. »Das Beste gegen Kopfschmerzen«, meinte er knapp und schaute, wie die anderen Männer, der Frau hinterher. »Wie war es heute Nacht?«

Torben schob sich ein großes Stück Fisch mit einer Scheibe Brot auf die Gabel und schaufelte es in sich hinein. »Wunderbar«, meinte er dann.

»Der Fisch oder die Frau?«, erkundigte sich der Wirt.

»Die Frau und der Fisch«, lachte der Freibeuter, und die übrigen Rogogarder fielen in das typische Männerlachen ein, das immer dann zu hören ist, wenn etwas Schmutziges erzählt worden war. »Aber eure Fantasien reichen nicht aus, glaubt mir.« Er schwenkte die Gabel im Kreis. »Mehr erzähle ich euch nicht, ihr geilen Hechte. Sonst rennt ihr auf der Stelle zu euren Weibern und wollt die Sachen nachmachen.«

»Dann ist unser Streich wohl gelungen, was?«, lachte einer der Ulvsgründler und stieß mit Torben an.

»Kann man so sagen«, bestätigte er. Er senkte die Stimme geheimnistuerisch. »Aber Varla wird alles abstreiten, wenn ihr sie fragt. Ihr ist die feurige Leidenschaft, die sie im Rausch überkam, wohl peinlich. Ich kann euch sagen ...« Er beließ es bei der Andeutung und bekam einen verträumten Ausdruck.

Alle Männer starrten wie auf ein Kommando wieder aus der Glasscheibe, um noch einmal nach der Tarvinin zu sehen, deren Mantel gerade in der Werft verschwand. Das eine oder andere Seufzen und Stöhnen war zu hören.

»Ihr hättet sie in mein Bett legen sollen«, grummelte der Wirt.

»Soll sie vor Langeweile sterben?«, rief Kallsgar fröhlich von der Tür her, der die letzten Worte mitbekommen hatte, und entfachte einen Sturm der Heiterkeit. Der Wirt winkte nur griesgrämig ab und ging in die Küche.

Der Obmann schüttelte seinen Pelzmantel ab und schlenderte zum Tisch des Gastes. »Ihr müsst euer Schiff schnell aus dem Hafen ziehen, bevor es einfriert. Die übrigen Fischer sind gerade dabei, ihre Boote an Land zu bringen. Die Temperaturen fallen schnell, wie du weißt.«

»Ich mache euch einen Vorschlag«, begann Torben und spülte die Eierreste in seinem Mund mit dem Bier hinunter. »Meine Tarviner helfen euch beim Kielholen der Boote, dafür sind mir eure geschickten Hände bei der Reparatur der Dharka gewiss.« Er spuckte in die Hand und hielt sie Kallsgar hin. »Ist das ein Wort? Die Nussschalen wären innerhalb eines Tages auf der Erde.«

Der Obmann schlug ein, dass der Speichel flog. »Einverstanden. Wann können sie anfangen?«

Der Freibeuter stand auf. »Sobald sie etwas von der Abmachung wissen.«

»Wenn du heute Nacht überzeugend warst, wird sie mit Freuden zustimmen«, rief einer der Ulvsgründler und machte ein paar anzügliche Bewegungen.

Torben griente kurz, zog sich den Mantel an und lief zur Werft, die sich in ein großes Lager verwandelt hatte.

In jeder freien Ecke saßen oder lagen die Fremden, sie hatten sich in den großen Bottichen, die normalerweise zum Erhitzen des Teeres dienten, Tee gekocht. Erstaunt sah der Freibeuter, wie sie dicke Brocken Butter und eine Prise Salz in die heiße Flüssigkeit gaben. Angewidert verzog er das Gesicht, als Varla ihm eine Schöpfkelle davon zum Kosten anbot. »Es ist alles drin, was der Körper braucht. Salz, Fett und Wasser«, lockte sie.

»Nur Geschmack fehlt, was? Nein danke.«

»Du hast am frühen Morgen schon getrunken.« Sie roch es an seinem alkoholschwangerem Atem. Ihr Ärger war noch immer nicht verflogen, aber er hatte sich wenigstens etwas gelegt. »Wie geht es nun weiter? Hocken wir hier bis zum Frühjahr?«

Torben nahm entgegen aller guten Vorsätze doch einen Schluck und hätte sich um ein Haar übergeben. »Wir werden die *Lerrán* aus der Bucht ziehen müssen. Sie friert sonst ein, und das Eis würde sie vermutlich zertrümmern.« Er deutete hinaus. »Wir bauen eine breitere Rampe, um das Schiff in die Werft oder zumindest in die Nähe zu bekommen. Danach beginnen wir mit den Ausbesserungen.« Er strahlte sie an. »Die Dörfler werden uns sicher helfen.«

Ihre Augen verengten sich misstrauisch zu Schlitzen.

»Na ja, wir müssen ihnen nur ein wenig zur Hand gehen, ihre eigenen Boote an Land zu bringen«, rückte er mit der Abmachung heraus, die er getroffen hatte. Dass bereits alles unter Dach und Fach war, verschwieg er vorerst lieber.

Die Kapitänin hielt kurze Rücksprache mit ihren Landsleuten und gab ihr Einverständnis.

»Ich mache dann alles mit dem Obmann klar.« Torben drehte sich zum Eingang und brüllte ins Dorf, dass alles in Ordnung sei. Kallsgar, der gerade durch den mittlerweile kniehohen Schnee zum Hafen stapfte, hob die Hand zum Gruß und setzte seinen Weg fort. »Gut. Sie sind einverstanden.«

Varla starrte ihn ungläubig an. »Wird in Rogogard immer so schnell verhandelt?«

»Ja«, sagte der Freibeuter. »Wer könnte dem charmantesten Mann des Kontinents widerstehen? Und wen ich durch meine liebenswerte Art nicht überzeuge, den haue ich eben übers Ohr, so einfach ist das.« Sein Blick wanderte durch die Halle. »Und nun sag deinen Leuten, dass ihre Muskeln gebraucht werden.«

Argwöhnischer als zuvor, erteilte die Tarvinin die entsprechenden Befehle, und die Besatzung der *Lerrán* setzte sich in Bewegung. Am Kai erhielten sie in Zeichensprache, mit Händen und Füßen Anweisungen von den Ulvsgründlern, an welchen Tauen und Seilen sie zu ziehen hatten, und bald begannen die vierhundert Fremden mit der Arbeit.

Torben beschränkte sich aufs Zusehen und Anfeuern, schließlich gehörte er weder zu den Dorfbewohnern noch zu den Menschen aus Tarvin. Irgendjemand hatte ihm die Aufsicht über den kleinen Ofen erteilt, auf dem der Grog im Freien heiß gehalten wurde. Eine Arbeit, die er gerne übernahm, musste er doch ständig die Qualität des Getränks kontrollieren.

Einer der Tarviner stieß mitten in der Arbeit einen lang gezogenen Ruf aus, und für die anderen bedeutete das, ein Lied anzustimmen. Mehrstimmig tönte es über den Strand und erinnerte den Freibeuter etwas an borasgotanische Weisen, nur etwas flotter und nicht ganz so hundserbärmlich traurig. Zum ersten Mal hörte man auf Rogogard ein Lied aus dem Süden der Welt, von einem gänzlich anderen Kontinent. Nach der letzten Strophe brandete Applaus auf.

»Das ist sehr nett, aber mit einem echten Freibeuterlied kann es nicht mithalten«, meinte Torben. Ein kurzer Schluck aus dem Grogtopf, ein Räuspern der Kehle und die Stimme von Torben Rudgass schmetterte los. Es dauerte nicht lange, und die anderen Ulvsgründler brummten mit.

Auch wenn die rund hundert Männer nicht die Stimmgewalt der Gäste vermitteln konnten, die Tarviner freuten sich über das Ständchen und zollten ebenfalls mit Händeklatschen ihren Respekt.

Als die Rogogarder Musikinstrumente anschleppten, gerieten die Tarviner völlig aus dem Häuschen, die Arbeit ging so mühelos wie schon lange nicht mehr in Ulvsgrund vonstatten.

Am frühen Abend lagen die einheimischen Boote an Land, alle weit das Ufer hinaufgezogen, damit ihnen die mit Sicherheit kommenden Winterstürme nichts anhaben konnten. Und würden die Musiker, die vor Kälte die steifen Finger fast nicht mehr bewegen konnten, weiterspielen, so lautete Torbens Vermutung, hätten die Fremden die Schaluppen und Schoner bis auf die andere Seite der Insel geschleppt.

Die Wirtschaft blieb nun geschlossen, die Dorfbewohner versammelten sich in der Werft, brachten Geschenke und Proviant mit. Aus der vorsichtigen Zurückhaltung war echtes Interesse an der anderen Kultur geworden.

Da die Sprache eine Barriere bildete und Varla nicht überall gleichzeitig sein konnte, behalf man sich mit Gefuchtel, hier und da hörte der Freibeuter die ersten zaghaften Versuche, die Worte der jeweils anderen zu erlernen.

Die Tarvinin zog sich irgendwann aus dem Sprachengewirr zurück und trat an Torbens Seite.

»Das hätte ich niemals gedacht«, sagte sie zufrieden. »Rogogard und Tarvin, die neue Allianz.«

»Die Völker scheinen sich gut zu verstehen«, meinte er. »Wie das bei Freibeutern so üblich ist.« Er setzte sich auf einen Balken und zog sie neben sich. »Ich möchte dir erzählen, was auf der *Klapok* und der *Grazie* geschehen ist, weil ich deinen Rat benötige. Es muss nicht jeder hören, und da gerade alle so schön abgelenkt sind, ist der Zeitpunkt recht günstig.« So ausführlich er sich an die letzten Ereignisse der beiden Schiffe erinnern konnte, gab er sie wieder und ließ nicht die kleinste Kleinigkeit aus. Dann schilderte er das Wichtigste von dem, was Waljakov ihm damals über den Kabcar erzählt hatte, und dass dieses Wesen wohl eine Helferin des Herrschers war.

Varla überlegte, nachdem der Freibeuter geendet hatte. »Dass mit meiner Auftraggeberin etwas nicht stimmte, habe ich erst bemerkt, als wir euch durch den Sturm jagen mussten«, sagte sie bitter. »Sie hat über tausend Leute den Fluten geopfert, um euch zu fangen. Spätestens als sie sich verriet, indem sie deine Passagiere erwähnte, wusste ich, dass es nicht nur um die verlorene Unschuld ging, wie sie mir zuerst darlegte. Und selbst meine Rache wegen der Sache in Tularky wurde gleichgültig.« Sie wirkte niedergeschlagen. »Es waren gute Seeleute, die einen solchen Tod nicht verdient hatten. Man müsste sie eigentlich rächen.«

»Also, du weißt auch nicht, was das für ein Wesen war?« Der Rogogarder sah sie abwartend an.

»Nein, beim besten Willen nicht«, bedauerte sie. »Hoffentlich starb sie in den Fluten. Auch wenn ich davon nicht unbedingt überzeugt bin, nach dem, was ich alles von dir gehört habe.« Sie schaute in ihren leeren Becher. »Wie wird es weitergehen?«

»Wir ziehen die Dharka in den nächsten Tagen aus dem Hafenbecken, lassen das Wasser auslaufen und beginnen, die schadhaften Stellen auszubessern«, erklärte er. »Das wird alles nicht unbedingt einfach. Allein die Rampe so zu verbreitern, dass der Dreimaster draufpasst, wird umständlich. Aber wir schaffen das. Die Kosten übernehme ich.«

Varla zog die Augenbrauen zusammen. »Kann es sein, dass ich gerade neben einem sehr reichen Mann sitze?«

»Nein, nicht wirklich reich. Ich werde mein Häuschen verkaufen müssen«, jammerte er Herz erweichend. »Aber immerhin habe ich dafür gesorgt, dass die *Lerrán* endgültig auf Grund lief. Da ist es nur rechtens, wenn ich in die Tasche greife. Im Ernst, Rogogarder sind Freibeuter. Und die Ulvsgründler werden mir als Landsmann eine verbilligte Rechnung machen, da bin ich sicher. Mit der seetauglichen Dharka sollte es keine Schwierigkeiten geben, eine Rinne durch das erste Eis zu brechen.« Er deutete auf den Kiel. »Vielleicht verstärken wir den mit ein wenig Metall. Und dann erreichen wir Jaronssund innerhalb weniger Tage.«

»Und dann? Ziehen wir wieder unserer Wege, nehme

ich an.« Sie klang bei den Worten zu teilnahmslos. »Jeder für sich.«

Torben bildetet sich für einen Moment ein, eine Spur Bedauern gehört zu haben, aber in ihrem Gesicht zeigte sich nichts Verräterisches, aus dem er schließen konnte, ein Abschied von ihm würde ihr schwer fallen.

»Vermutlich«, antwortete er nach einer Weile. »Ich werde Norina, Waljakov und die anderen suchen. Ihr Schicksal ist zu wichtig für den Fortbestand von Ulldart. Dazu muss ich zuerst ein Schiff auftreiben. Mal sehen, wer bereit ist, mir nach Kalisstron zu folgen.«

»Wird das eine Schwierigkeit für die tapferen Piraten?« Nun klang sie wieder spöttisch. Sie funkelte ihn von unten herauf an und hielt ihm den Becher hin. »Sei so charmant, wie du gerne sein möchtest, und bring mir noch einen Grog.«

Gehorsam kam Torben der Aufforderung nach. Sie nickte dankbar, umschloss das Gefäß mit beiden Händen und schlürfte.

»Sagen wir, die Kalisstri haben in der Vergangenheit viel von den Rogogardern erdulden müssen.« Der Freibeuter fischte ein Stück Gewürz aus seinem Bier und lutschte es aus, bevor er es in weitem Bogen wegspuckte. »Nachdem sie uns vor langen, langen Jahren einige der Inselfestungen zerlegten, was außer ihnen noch niemand geschafft hat, erklärten sie uns für alle Zeiten den Krieg. Sobald sich eine rogogardische Flagge zeigt oder auch nur die Andeutung eines rogogardischen Dialekts zu hören ist, werden die Kalisstri zu unbarmherzigen Gegnern.«

»Keine leichte Aufgabe«, meinte sie. »Du müsstest dich tarnen.« Sie sah ihn an, als wartete sie auf etwas. Aber der Rogogarder verstand nicht, auf was sie hinaus wollte. Daraufhin zuckte sie mit den Schultern und erhob sich. »Ich werde bei meinen Leuten schlafen. Die Werft ist groß genug.«

»Geh nur. Ich werde mir eine andere Frau suchen, mit der ich das Lager teilen kann«, meinte er leichthin und setzte zum Trinken an. Die Ulvsgründler in seiner Nähe lachten.

Die Faust der Tarvinin sah er nur als schnellen Schatten, dann landeten die Knöchel schmerzhaft auf dem rechten Auge. Rückwärts fiel er vom Balken, das heiße Bier ergoss sich in seinen Kragen, und die getroffene Stelle tränte sofort.

Torben stützte sich überrumpelt auf die Ellbogen und schaute Varla hinterher, die sich unter dem Beifall ihrer Leute ein Lager im hinteren Teil der Halle suchte.

Die Rogogarder bewarfen den Freibeuter mit Essensresten und Schnee, der aus dem Bottich für das Teewasser stammte, und lachten sich schief über die Memme, die sich von einer Frau besiegen ließ.

»Das habe ich vorhin mit feuriger Leidenschaft gemeint«, sagte er zu seinen Landsleuten und rappelte sich auf. Er schickte ein Lächeln in ihre Richtung, doch sie strafte ihn mit Missachtung. Betont legte sie eine Decke über sich und wandte sich ab.

»Seht ihr, sie ist mir verfallen«, sprach der Freibeuter mit ausgebreiteten Armen in die Runde. »Sie möchte es nur nicht zugeben.«

Diesmal hagelte es rogogardische und tarvinische Schneebälle, bis Torben lachend die Flucht ergriff. Unter freiem Himmel schüttelte er sich das Weiß aus dem Kragen und aus den Haaren, selbst in den Ohren schmolzen die Kristalle.

Sternenklar zeigte sich der Himmel über Ulvland. Es war so kalt, dass er das Gefühl hatte, die Nase würde ihm beim Einatmen gefrieren. Er formte ein wenig Schnee in der Hand und presste ihn auf das glühende Auge. Varla hatte gut getroffen.

Was war wohl in der gestrigen Nacht passiert? Vermutlich hatte er sie in den Schlaf geschnarcht. Dabei wären wir das vollkommene Paar. Die Schrecken der Meere, die gefürchtetsten Plünderer, die Geißel aller Palestaner. Der Einfall gefiel ihm. Er würde ihr bei Gelegenheit ein Geschäft vorschlagen. Vielleicht tat sie sich mit ihm zusammen. Tarvin und Rogogard, das klang viel versprechend.

Zufrieden machte er sich auf den Weg in das Gasthaus, wo er sich im Zimmer rasch unter die Decken verzog, um nicht zu lange im kalten Raum stehen zu müssen.

Zum ersten Mal seit langer Zeit dachte er fast nicht mehr an Norina, als er den Kopf aufs Kissen legte. Seine letzten Gedanken beschäftigten sich, natürlich rein geschäftlich, mit einer anderen Frau.

Kontinent Ulldart, Königreich Tarpol, Hauptstadt Ulsar, Winter 444 n. S.

Nur wenige kannten den Raum in den Tiefen des gewaltigen Ulldrael-Tempels. Im Gegensatz zum Protz und Prunk, der im übrigen Gebäude herrschte, wirkten die Marmorwände des Zimmers schmucklos. Nur die Statuette des Gottes, aufgestellt in einer Nische, erinnerte daran, wo man sich befand. Kerzenleuchter verbreiteten warmes Licht, langsam verbrennende Kräuter in den aufgestellten Kohlebecken sorgten für einen harzigwürzigen Geruch.

In diesem abgelegenen Besprechungszimmer, in dem normalerweise über die Inhalte neuer Lieder und Gebete zu Ehren des Gerechten entschieden wurde, beriet man sich in den Abendstunden in einer düsteren Angelegenheit, die weit von den üblichen Lehren Ulldraels abwich.

Der Geheime Rat hatte sich vollständig versammelt. Den Männern in den goldenen Roben, deren Gesichter durch die Kapuzen kaum erkennbar waren, gegenüber saß ein Mann mit kurzen, dunkelbraunen Haaren und braunen Augen. Er trug eine schlichte Bauerntracht, die großteils unter seinem weiten Mantel verborgen war, und nichts wies auf die Gefährlichkeit des Gastes hin, den die Vorsteher aller Ulldraelgläubigen Tarpols und Tûris in ihren Mauern beherbergten.

»Wir alle haben den gleichen Glauben, Bruder Bransko«, begann der Obere freundlich. »Also sollten wir zusammenarbeiten.«

»Du willst mit einem Orden zusammenarbeiten, den es eigentlich nicht gibt? Das wundert mich.« Der Besucher lächelte. »Zumindest behauptet das der Geheime Rat immer, dass wir nicht existieren.«

»Es hätte beim einfachen Volk keinen guten Eindruck gemacht, wenn wir euch anerkennen würden«, erklärte der Obere unter der Kapuze heraus. »Wir werden es auch niemals tun. Die Gläubigen sollen auf den Feldern ihrer aufgetragenen Arbeit nachkommen. Nicht auszudenken, wenn sie sich berufen fühlten, zu Kämpfern zu werden.« Er steckte die Hände in die weiten Ärmel seiner Robe. »Das überlassen wir lieber den Ritterorden. Und man konnte sehen, was mit ihnen geschah.«

»Wir sind auf eure Anerkennung nicht angewiesen. So ist es sogar wesentlich besser. Es ist dennoch dringend an der Zeit, dass etwas geschieht«, meinte der Gast. »Vor allem jetzt, da der Handlungsbedarf deutlicher denn je sichtbar ist. Nach der Niederlage des Geeinten Heeres muss es unsere Aufgabe sein, den Kabcar endlich zu beseitigen, um Schlimmeres zu verhindern.«

»Der Geheime Rat sieht das ähnlich.« Der Obere neigte das Haupt. »Aber eure Aktionen haben nur dazu geführt, dass der Herrscher misstrauischer wurde. Es nimmt die Ausmaße eines Verfolgungswahns an. Einen

Unbekannten in seine Nähe zu schmuggeln, ist fast ein Ding der Unmöglichkeit.« Er nahm ein schlankes Stilett, das er anscheinend in seinem Ärmel aufbewahrt hatte, hervor und legte es auf den Tisch. »Das Gift, mit dem diese Klinge behandelt wurde, ist nach unseren Erkenntnissen mit Abstand das Tödlichste, was es jemals gab. Einer unserer Mönche führte es wohl mit sich, als er den Kabcar umbringen sollte. Dummerweise versagte er. Tzulan hat diesen Jungen damals bei der Krönung vor Schaden bewahrt.« Er deutete auf die Waffe mit der gläsernen Spitze. »Du siehst, Bruder Bransko, auch wir waren nicht untätig.«

»Aber genauso erfolglos wie wir. Tzulan selbst scheint immer da zu sein, wenn der Kabcar ihn benötigt.« Der Mann betrachtete das Stilett mit der eingeschlossenen Flüssigkeit. »Eine ungewöhnliche Arbeit. Ich habe bislang nichts Ähnliches gesehen. Und ich sah manches an Werkzeugen, mit denen Ulldraels Wille durchgesetzt werden konnte.«

»Und um ihn endlich in die Tat umzusetzen, bist du hier«, sagte der Obere. Zwei niedere Brüder verschoben wie beiläufig die Kohlebecken mit dem Räucherwerk in die Richtung des Gastes, woraufhin dieser lachen musste.

»Das kannst du dir sparen. Ich reagiere nicht auf den Rauch der Wahrheit. Bevor diese Substanzen wirken, seid ihr alle von den Stühlen gefallen.« Bransko grinste. »Es gehört zu unserer Ausbildung, sich mit diesen Pflanzen zu beschäftigen.«

»Ich wollte nur, dass du den exquisiten Geruch besser wahrnimmst«, log der Obere und erwiderte das falsche Lächeln. »Wir züchten die besten Kräuter in unseren Gärten.« Er lehnte sich etwas zurück. »Nun, lass uns beratschlagen, wie wir diesem Attentat zu Erfolg verhelfen.«

»Ich muss nur unauffällig in die Nähe des Kabcar kommen. Dann ist es um ihn geschehen. Mit diesem Stilett sowieso.«

»Die Einzigen, die ihn seine Nähe kommen, sind sein Konsultant, seine Leibwächter und sein Stratege«, zählte der Höchste des Ulldraelordens auf. »Und die kennt er alle von Angesicht zu Angesicht. Natürlich auch die Diener des Palastes.«

»Sieht mir einer von ihnen ähnlich?«, überlegte Bransko. »Oder besucht er regelmäßig Orte wie die Kirche? Ein Ratsgebäude?« Der Obere schüttelte den Kopf. »Dann bleibt uns nur der Austausch eines Bediensteten, der mir ungefähr gleicht. Ich muss diese Saat des Bösen dort überraschen, wo er mit keinem Angriff rechnet.«

»Ich habe gehört, er nimmt gerne Dampfbäder«, fiel es dem Mann in der goldenen Robe ein. »Zwischen all den heißen Nebelschwaden müsste es vielleicht möglich sein, dass du dich zu ihm begibst. Wir werden das überprüfen lassen. Natürlich mit aller Vorsicht. Wenn auch nur der Hauch eines Verdachts entsteht, wird unser Plan misslingen.«

»Gut«, meinte der Mann zuversichtlich. »Ulldrael der Gerechte wird mich schützen und mein Vorhaben gelingen lassen. Aber was geschieht, wenn wir den Herrscher getötet haben? Die dreißigtausend Fremden, die im Land stehen, bereiten mir Sorgen. Und auch Sinured ist nicht besiegt.«

»Wenn wir den Fokus, durch den der Gebrannte Gott seine Schlechtigkeit bündelt, zerstören, wird Sinured ohne Beistand auskommen müssen. Die entscheidenden Taten, die ohne Rückkehr geradewegs in die Dunkle Zeit führen, müssen unserer Ansicht nach von dem Jungen ausgeführt werden.« Der Obere legte seine Hände auf die Tischplatte. »Wir sind nicht unvorbereitet. Mehr musst du nicht wissen. Es könnte aber sein, dass ein göttliches Wunder bevorsteht und sich verborgene Kämpfer erheben, wenn das Herzstück des Schlechten fällt. Kämpfer, die uns Ulldrael der Gerechte sandte.«

»Verborgene Kämpfer?« Bransko schien nicht recht

von den rätselhaften Andeutungen seines Gegenübers überzeugt.

Der Mann in der goldenen Robe schwieg zunächst. Dann schien er sich entschlossen zu haben, sein Vorhaben zu erläutern. »Was glaubst du, warum die tzulandrischen Truppen des Kabcar so schnell mit den Borasgotanern fertig geworden sind?« Die Stimme klang belustigt. »Nun, bevor du etwas Falsches rätst, sage ich es dir, Bruder Bransko. Unsere Brüder gewährten den Soldaten Arrulskháns Unterschlupf und Tarnung in den Ordensniederlassungen. Und die wurden, Ulldrael der Gerechte sei bedankt dafür, nicht von den Tzulandriern durchsucht. Niemand hat sich über die enorm gestiegene Zahl von Mönchen gewundert. Und nun stehen sie bereit, um sich auf einen Schlag zu sammeln und sich überraschend auf das Tier zu stürzen. Auch an den Grenzen zu Rundopâl hat sich einiges getan. Während der Kabcar nach Süden vorstieß, vernachlässigte er den Norden sträflich. Arrulskhán als besiegt zu betrachten, das wird er feststellen, war ein großer Fehler.«

»Ihr vertraut dem Wort des Wahnsinnigen?« Bransko spielte mit dem Stilett und betrachtete es erneut, während er seine Gedanken schweifen ließ.

»Wenn wir das Böse in Gestalt Sinureds und dieses Konsultanten vom Kontinent geworfen haben, bleibt genügend Zeit, sich um die weiteren Angelegenheiten zu kümmern. Vielleicht lassen wir Arrulskhán als Lohn die Hälfte Tarpols. Diese Sache jedoch hat Vorrang.«

»Der Ulldraelorden würde so oder so als Sieger hervorgehen«, fasste der Gast seine Überlegungen zusammen. »Er wird nichts mit dem Attentat zu tun haben, er wird sich als Held präsentieren können, wenn das Tier besiegt ist, und die Menschen werden aus Dankbarkeit mehr denn zuvor ihre Abgaben in den Tempel bringen, nicht wahr?« Bransko verstand die Pläne sehr gut. »Und ich vermute, du wirst dafür sorgen, dass diesmal ein unproblematischer Kabcar auf dem Thron sitzt. Ein Kabcar, der dem Orden nur Gutes tun wird. Die Kabcara?«

»Nein. Sie ist zu arrogant, zu undevot vor dem Gerechten. Sie wird verschwinden. Wenn der Gerechte es will, wird es geschehen.« Der Obere formte die Hände zur Kugel als Zeichen der allumfassenden Macht Ulldraels. »Und der Geheime Rat ist sich sehr sicher, dass es geschieht. Gerade weil Ulldrael wegen der vielen grausamen Ereignisse auf seinem Kontinent unseren bescheidenen Beistand braucht. Den Beistand aller, die ihn verehren. Auch den der Göttlichen Sichel, Bruder.«

»Wir werden unseren Beitrag leisten und den Kabcar töten, damit die Dunkle Zeit durch ihn nicht mehr voranschreiten kann. Das Land danach vor Unruhen und Durcheinander zu bewahren, wird eure Aufgabe sein.« Seine Augen wurden eisig. »Und wenn es euch nicht gelingt, kann es sein, dass Ulldrael nicht mit seinen Dienern zufrieden ist und von uns fordert, die im Inneren vielleicht faulen Ähren zu stutzen.« Vorsichtig legte er das Stilett zurück. »Ich denke, du hast mich verstanden, Oberer.«

Wenn diese unverblümte Drohung den Mann in der goldenen Robe eingeschüchtert hatte, überspielte er es sehr gut. »Der Gerechte wird keinen Grund haben, mit seinen bescheidenen Dienern unzufrieden zu sein. Die Ähren zu schneiden wird nicht notwendig sein. Sie sind golden und wohl gewachsen, gesund und nach dem Willen Ulldraels.«

Die Tür zur Kammer wurde aufgestoßen und ein niederer Bruder taumelte mit entsetztem Gesicht herein. Seine linke Augenbraue war aufgeplatzt, das Blut troff auf die braune Robe. Der Geheime Rat sprang auf, Bransko langte unter den Mantel, wo er seine verborgenen Waffen aufbewahrte.

»Es tut mir Leid, Oberer«, keuchte der Mönch und brach zusammen.

Die ersten Gerüsteten mit den Abzeichen des Kabcar stürmten den Raum und wurden sofort von Bransko attackiert.

In beiden Händen wirbelte er Sicheln, die mit tödlicher Präzision nicht geschützte Stellen in den Rüstungen fanden. Als er den vierten Angreifer zu Boden geschickt hatte, wurde er jedoch von den ständig nachkommenden Soldaten überwältigt und gefesselt.

Ihr Anführer eilte hinaus und kehrte wenig später zurück. Mit ihm erschienen zuerst ein freundlich lächelnder Mortva Nesreca und dann ein finster dreinblickender Lodrik.

»Ich muss mich bei Euch für Euer Eingreifen bedanken, hoheitlicher Kabcar«, sagte der Obere und verbeugte sich vor dem jungen Herrscher. »Zwar weiß ich nicht, wie Ihr Kunde davon erhieltet, dass der Geheime Rat Opfer eines Fanatikers der Göttlichen Sichel werden sollte, aber wir stehen tief in Eurer Schuld. Ulldrael der Gerechte wird Euch ein langes Leben schenken.«

»Spart Euch die Lügen, Oberer«, sagte Lodrik teilnahmslos. »Weder Ihr noch Ulldrael wünschen mir ein langes Leben.« Er nahm ein Dokument aus dem Aufschlag des rechten Handschuhs und hielt es dem Mann in der goldenen Robe hin. »Erkennt Ihr es wieder? Ihr habt es damals an meinen Vater gesandt. Da er aber zu früh verstarb und offensichtlich niemand darüber in Kenntnis setzen konnte, fand ich es nun.« Er knallte das Papier auf den Tisch, direkt neben das Stilett. »Ihr müsst nichts sagen. Eure Schuld ist dank Eures Siegels und Eurer Unterschrift erwiesen. Das Gesetz gegen Hochverrat macht auch vor dem Orden Ulldraels nicht Halt. Ihr habt Euer eigenes Todesurteil unterzeichnet, Oberer.« Der Kabcar schaute in die Runde der schweigenden Robenträger. »Es wird mir ein Vergnügen sein herauszufinden, wer von Euch allen noch an dieser Verschwörung beteiligt war. Macht Euren Frieden mit dem so genannten Gerechten.« Er sah hinüber zu dem Gefesselten in der Bauerntracht. »Dein Name?«

»Bransko, du Saat des Bösen«, giftete er Lodrik an.

Er tippte die blutigen Sicheln mit der Stiefelspitze an. »Schon wieder die Göttliche Sichel?« Er sah gespielt vorwurfsvoll zum Oberen. »Nun macht Ihr schon gemeinsame Sache mit Mördern, die sich mit ihren Taten unrechtmäßig auf Ulldrael berufen. Wie tief seid Ihr gesunken?« Der Herrscher wandte sich wieder dem Gefesselten zu. »Es ist gleich, was du hier unten suchtest. Du wirst des Mordes an vier meiner Wachen angeklagt und bist schuldig. Dazu brauchen wir kein Gericht. Das Urteil wird auf dem Marktplatz vollstreckt.«

Einer der Geheimen Räte hechtete nach vorne und schnappte nach dem Stilett. Ein Zweiter warf sich gegen die Leibwächter, um dem bewaffneten Mitbruder die Hindernisse aus dem Weg zu räumen. Augenblicklich stieß der andere zu und versenkte die Klinge mit einem triumphierenden Schrei im Oberarm des Kabcar, um die Glasspitze mit einer ruckartigen Drehung abzubrechen. Der zu spät geführte Schwerthieb einer Wache beendete sein Leben, auf dem Tisch ausgestreckt starb er.

Nun erwachte auch Bransko aus seiner Starre, überwältigte seine abgelenkten Aufpasser mit wuchtigen Faustschlägen, griff sich eine Sichel und machte einen Schritt auf Lodrik zu.

Der junge Mann zog ruhig eine der Pistolen aus dem Gürtel und schoss dem Heranstürmenden mitten ins Gesicht. Mit dem unappetitlichen, verheerenden Schaden, den die Kugel bei dem Schädel des Getroffenen anrichtete, war er sichtlich zufrieden.

Die Wand hinter Bransko färbte sich rot, tot fiel der Mann auf den Marmorboden, während sich die Räte in einer Ecke des Raumes zusammendrängten. Allein der Obere hatte sich nicht bewegt.

»Es scheint, als würde Eure Amtszeit bereits zu Ende

gehen, hoheitlicher Kabcar«, sagte er voll höhnischer Freude. »Man kann den Willen Ulldrael des Gerechten nicht aufhalten.«

Lodrik sah auf die Wunde, aus der Blut und eine andere Flüssigkeit sickerte. Er wirkte merkwürdig gelassen und schloss die Augen zur besseren Konzentration. Da er nur eine Hand zur Verfügung hatte, weil sein getroffener Arm bereits taub wurde, musste er sich beim Gestikulieren sehr anstrengen, doch es gelang ihm.

Ein dunkelblaues Leuchten umgab ihn, sammelte sich an der Einstichstelle und pulsierte leicht. Je mehr die Wundränder zusammenwuchsen, desto mehr Gift trat aus der immer kleiner werdenden Öffnung, die die Klinge hinterlassen hatte. Irgendwann erinnerte nur noch die verschmutzte Kleidung daran, dass vor einigen Lidschlägen eine Verletzung zu sehen gewesen war. Tief einatmend öffnete Lodrik die meeresblauen Augen. »Man kann den Willen Ulldrael des Gerechten vielleicht nicht aufhalten. Euren dagegen schon.«

Groß starrte ihn der Obere an. »Einen besseren Beweis, dass Ihr mit Tzulan im Bunde seid, kann es nicht geben.« Der Kabcar entgegnete nichts, sondern bedeutete den Wachen, die Mitglieder des Geheimen Rates abzuführen. »Ich verlange ein Gottesurteil an Stelle eines Verfahrens«, rief der Mann in der goldenen Robe. »Das ist gerechter als das, was mich von Euch erwartet.«

Mortva, der sich die ganze Zeit über bewusst im Hintergrund gehalten hatte, beugte sich zu seinem Schützling. »Hoher Herr, das ist keine gute Idee. Es könnte zu unseren Ungunsten enden. Verlasst Euch lieber auf eine Gerichtsverhandlung. Die Beweise, die wir haben, machen eine sichere Angelegenheit daraus.«

Lodrik überlegte einen Moment. »Gut, Oberer. Ihr sollt Euer Gottesurteil haben. Wenn Ulldrael der Meinung ist, dass Ihr es wert seid, von ihm gerettet zu werden, lasse ich Euch frei, und Ihr könnt gehen, wohin Ihr wollt. Aber den Geheimen Rat muss ich zunächst befragen. Es sei denn, jemand gibt seine Schuld vorab zu und möchte sich an die Seite des Oberen begeben.«

Außer dem Mann, der sich gegen die Leibwachen geworfen hatte, bewegte sich keiner des Gremiums.

»Das Vertrauen in Ulldrael scheint nicht allzu groß zu sein«, kommentierte der Konsultant, dem die Entscheidung seines Vetters keineswegs in den Kram passte.

»Ihr habt ein Gottesurteil gefordert, ich denke mir etwas aus«, erklärte der junge Herrscher. Es war ihm offensichtlich bereits etwas eingefallen. Wortlos setzte er sich in Bewegung.

Der Tross durchquerte Korridore und Hallen, vorbei an blattgoldbesetzten Säulen und Wänden, vorbei an der großen Statue des Gerechten, dessen Ähren aus purem Edelmetall bestanden. Überall standen Mönche staunend umher, die mit erschrockenen Gesichtern die Vorgänge verfolgten. Gegen sie richtete sich der Zorn des Kabcar nicht, auch wenn er sich schon mit der Zukunft des Ordens beschäftigte.

Als Lodrik zusammen mit seinen Gefangenen und den vielen Soldaten vor die großen Portale des Tempels trat, blickte er auf eine erstaunlich große Menschenansammlung.

Es hatte sich in Ulsar offenbar schnell herumgesprochen, dass der Herrscher mit dreihundert Bewaffneten in das Hauptgebäude des Ordens einmarschiert war. Nun verlangte das Volk anscheinend eine Erklärung für das seltsame Verhalten ihres Kabcar. Das Gemurmel war laut, die Erregung unter den einfachen Menschen schien sehr hoch.

»Ihr hättet auf mich hören sollen, als ich Euch riet, diese Sache in aller Stille vonstatten gehen zu lassen«, raunte sein Konsultant beunruhigt. »Das werden die Ulsarer gar nicht mögen.«

»O doch, lieber Vetter«, widersprach Lodrik leise. »Sie

werden es mögen.« Er hob die Arme, und augenblicklich wurde es still auf dem Platz. »Ulsarer, ihr werdet euch fragen, was ich, euer Kabcar, mit Soldaten im Haus Ulldrael des Gerechten gesucht habe. Zu Recht. Der Grund ist ungeheuerlich.« Laut hallte seine Stimme über die Köpfe der Versammelten hinweg. Der junge Herrscher deutete auf den Oberen des Ordens. »Dieser Mann hat seinen Gott verraten und mir damals aus hinterhältigen Gründen in Granburg nach dem Leben getrachtet.« Er reckte den Brief des Oberen in die Luft. »Hier ist der Beweis, das Schreiben an meinen Vater, versehen mit seinen Lügen, die ihn endlich überführen!« Die Menschen redeten leise miteinander, zu unglaublich war das, was der junge Herrscher ihnen erzählte.

»Glaubt ihm nicht!«, rief der Obere und trat die Flucht nach vorne an. »Er ist das Übel. Seine Existenz wird die Dunkle Zeit zurückbringen. Wenn wir den Kabcar nicht töten, wird die Finsternis über unseren schönen Kontinent regieren.« Die eindringlichen Worte wirkten wie ein Donnerschlag auf die Ulsarer.

Lodrik lachte. »Da, seht! Er redet wie ein Tzulani! Ich habe euch vor Borasgotan gerettet, und ich habe Euch vor den neuerlichen Invasoren bei Telmaran bewahrt. Mehr als fünfzigtausend Soldaten standen bereit, um in Tarpol einzumarschieren. Und das alles nur, weil sie fürchten, ich, der bisher nur Gutes für sein Volk getan hat, wäre eine Gefahr für die anderen Länder!« Die Augen des jungen Mannes spiegelten die Inbrunst wider, mit der die Sätze an sein Volk richtete. Seine ganze Körperhaltung war die eines Herrschers, keine Unentschiedenheit brachte seinen Redefluss zum Stocken. »Sie wollten jedoch in Wirklichkeit nur einmarschieren, um sich mein Reich anzueignen. Gierig, wie die Hunde, wenn sie sich in der Überzahl glauben, aber feige, wenn man sie einzeln stellt. Ich habe mich nicht gescheut, der

Meute entgegenzutreten. Und ich habe sie schonen wollen. In ihrer Verblendung ritten sie gegen mich und wurden von Ulldrael dem Gerechten für ihre Anmaßung bestraft.« Wieder deutete er auf den Mann in der goldenen Robe. »Er hat gemeinsame Sache mit denen gemacht, die euch und eure Familien in die gnadenlose Leibeigenschaft zurückprügeln wollten. Aber auch ihm gewähre ich Schonung, wenn ...«, theatralisch reckte er den Zeigefinger empor, »... wenn der Gerechte ihm seine Schandtat, seinen Verrat vergibt. Er wollte ein Gottesurteil an Stelle einer Verhandlung. Und er wird vor euren Augen, meine geliebten Untertanen, dieses Votum eines Gottes hinnehmen müssen. Es gibt in der Stadt einen Ort, an dem sich schon einmal göttliches Wirken zeigte.«

Lodrik lief ohne eine weitere Ankündigung die Stufen des Tempels hinab, die Menschen bildeten ehrfürchtig eine Gasse. Die Wachen samt Gefangenen und die Einwohner Ulsars folgten ihm.

Auf dem Zug, den der Kabcar mit entschlossenen Schritten anführte, schlossen sich immer mehr Bewohner der Stadt an, bis es schließlich mehrere Tausend waren, die das Gottesurteil erleben wollten.

»Was habt Ihr vor, Hoher Herr?«, wollte Mortva leise an seiner Seite wissen. »Ich brenne vor Neugier. Wenn Eure Unternehmung fehlschlägt, sitzt Ihr auf einem äußerst wackligen Thron. Habt Ihr das bedacht?«

»Lasst Euch überraschen.« Sein Schützling blieb hart.

Es ging quer über den großen Marktplatz, und der Kabcar steuerte auf die neue Plattform der Ulldraelkathedrale mit den Baugerüsten und ersten Mauerstücken zu.

Er lenkte die Massen in den vorderen Teil des wieder erstehenden Gotteshauses und bedeutete ihnen, stehen zu bleiben.

Mit dem Oberen, dem Einzelnen aus dem Geheimen

Rat und seinen Wachen passierte er das Mittelschiff und hielt im vordersten Teil an, genau an der Stelle, an der sich einst die überlebensgroße Statue Ulldraels befunden hatte. Hier reckten sich die Mauern bereits am Weitesten in die Höhe, eine Kuppel war bereits andeutungsweise fertig und wurde mit Stützen, Balken, Verstrebungen und etlichen Seilen vor einem möglichen Einsturz gesichert.

»Ulsarer!«, rief er, und die Steine trugen seine Stimme wie ein Trichter den Menschen zu. »Schon einmal, bei meiner Krönung, sprach ein Gott. Gäbe es eine bessere Stelle für eine göttliche Entscheidung? Ich übergebe den Oberen und einen, der sich bereits zu seiner Schuld bekannte, nun der Obhut des Gerechten. Er möge entscheiden, was mit ihnen geschieht.« Mit einer Handbewegung schickte er die Wachen und seinen Konsultanten weg.

»Und Euch«, sagte er leise zu den beiden Männern, »wünsche ich, dass Ulldrael Euch mehr Hilfe gewährt als mir.«

»Ulldrael, der Gerechte, wird seine Hand schützend über uns halten, was auch immer geschieht.« Der Obere wirkte sehr sicher.

Lodrik zog mit boshaftem Ausdruck sein Henkersschwert. »Lasst mich sehen, ob es Euren Gott gibt.«

Die Klinge fuhr herab und durchtrennte eines der dicken Haltetaue. Mit einem peitschenden Geräusch verschwand das lange Ende nach oben in die dunkle Kuppel. Der Kabcar fuhr mit seiner Arbeit fort, immer schneller kappte er die Seile, die Anstrengung ließ ihm den Schweiß ausbrechen. Die Ulsarer verfolgten jeden einzelnen Hieb mit Spannung. Dann zerschlug der rasende Herrscher Keile und Streben, warf Stützen um und ließ Baugerüste somit in sich zusammenbrechen.

Endlich war es vollbracht. Erschöpft stand er etwa zwanzig Schritte von den beiden Männern entfernt, über denen sich die Steinmassen ohne Absicherung drohend türmten.

Nichts geschah.

Zwar knirschte es, vereinzelt bröckelte etwas Kalkabrieb herab, aber die Mauern stürzten nicht zusammen.

Der Obere sandte Lodrik einen Blick, der alle Verachtung und alle Siegessicherheit gegenüber dem jungen Mann ausdrückte. Dann sank er auf die Knie und stimmte einen lauten Lobgesang zu Ehren Ulldrael des Gerechten an. Der Mann an seiner Seite tat es ihm nach.

Beim ersten Ton, der ihnen über die Lippen kam, geschah es.

Die Erde geriet in Aufruhr, ein dumpfes Rumpeln drang von unten herauf. Haarfeine Risse entstanden im Marmor rings um die singenden Männer. Der Obere blieb ruhig, beendete das Loblied nicht, doch der Geheime Rat sprang mit nacktem Entsetzen im Gesicht auf und wollte sich aus dem offensichtlichen Gefahrenbereich in Sicherheit bringen. Er kam nicht weit.

Die Brüche im Gestein verbreiterten sich, knirschend senkten sich die Platten wie marmorierte Eisschollen unterschiedlich tief ab.

Der Untergrund brach vollständig zusammen, die Trümmerstücke der alten Kathedrale, die unter dem Marmor den Sockel des neuen Gebäudes bildeten, fielen in ein schwarzes Loch, rissen in einem Durchmesser von fast zwanzig Schritt alles mit sich in die Tiefe. Schreiend verschwanden die Männer, die sich im Mittelpunkt befanden, in der Dunkelheit.

Dann war es ruhig, nur vereinzelte Brocken fielen in die scheinbar bodenlose Schwärze, die sich geöffnet hatte.

Lodrik, dessen Füße nur eine Handbreit vom Rand des Kraters entfernt waren, hörte ein Zischen aus der Finsternis unter sich. Der Obere schrie noch einmal auf, unmenschlich drang sein qualvolles, lang gezogenes Rufen aus weiter Ferne heraus.

Der Kabcar wusste sehr wohl, wem er das Gottesurteil zu seinen Gunsten verdankte. Und eigentlich hatte er sogar damit gerechnet. Ein zufriedenes Lächeln entstand auf seinem Gesicht. *Ich danke dir, Tzulan.*

Mit erhobenen Armen wandte er sich dem staunenden Volk am Eingang der entstehenden Kathedrale zu, doch bevor er etwas zum Ausgang sagen konnte, stürzte die Kuppel über ihm zusammen.

Der junge Herrscher verschwand, die Arme schützend über den Kopf erhoben, in einer grauen Wolke aus Gesteinsstaub, die es den Menschen unmöglich machte, die weiteren Ereignisse zu verfolgen.

Starr vor Erschütterung standen die Ulsarer am Eingang und blickten auf die graue Wand aus Staub, in der Hoffnung, ein Lebenszeichen zu sehen.

Zusammen mit den Soldaten rannte Mortva zu der Unglücksstelle, um unter den Trümmern nach dem Kabcar zu suchen. Die Menschen liefen ebenfalls los, um zu sehen, ob ihr Herrscher diese Tonnen von Gestein überlebt hatte. Bevor die vielen Helfer angekommen waren, lichtete sich der graue Dreckschleier und gab den Blick frei.

Lodrik stand inmitten eines Kreises von drei Schritt Durchmesser, in dem kein einziger Stein lag. Dagegen häuften sich um ihn herum die massiven Quader, mit denen die Arbeiter die Kuppel errichtet hatten. Als habe eine unsichtbare Barriere ihn vor dem vernichtenden steinernen Regen beschützt, zeigte sein Körper nicht einen Hinweis auf einen Treffer. Selbst die Uniform erschien makellos rein, als hätte er sich nicht mitten in den Schwaden aus Dreck und Gesteinsmehl befunden.

Die Augen des jungen Mannes leuchteten blau wie Smaragde, sein Körper strahlte unverkennbar große Hitze ab, durch die Kleidung hindurch dampfte er in der kalten Luft. Der Kopf lag im Nacken, als würde er nach den Sternen schauen, die Arme hingen an den

Seiten herab, die geöffneten Handflächen deuteten nach oben. Wie in Trance senkte er das Haupt und schien erst allmählich seine Umgebung wahrzunehmen.

»Ulldrael«, sagte er leicht abwesend, »hat die Verräter doppelt bestraft, indem er die Erde sie verschlingen und die Mauern über ihnen einstürzen ließ. Doch mich bewahrte er.« Er wandte den Blick langsam nach rechts und links, wo sich die Quader wie übergroße hingeworfene Bauklötze mehrere Meter hoch türmten. Vorsichtig berührte er sie, um zu begreifen, dass sie ihn nicht unter sich begruben. »Mich bewahrte er«, schrie er in einer Entladung der Gefühle seine Genugtuung heraus. »Ich bin nicht das Böse!«

Die Menschen fielen auf die Knie.

Als wäre Ulldrael leibhaftig aus dem Himmel gestiegen und hätte sich gezeigt. Der Konsultant freute sich über den Ausgang und suchte verzweifelt einen Platz, der weniger schmutzig war, an dem auch er seine Ehrerbietung mit einem Kniefall bezeugen konnte. Da er ihn nicht fand, beließ er es bei einer demütigen Verbeugung. Etwas gegen den Kabcar zu sagen, würde nun wie eine Gotteslästerung sein.

»Ulldrael der Gerechte sprach zu mir«, rief Lodrik. »Er sagte zu mir, ich soll den Platz des Oberen einnehmen, bis würdigere Menschen gefunden worden sind, die an meine Stelle treten sollen. Den Geheimen Rat gibt es hiermit nicht mehr. Von heute an leite ich den Ulldraelkult, wie es mir der Gerechte aufgetragen hat. Und ich werde ihn wieder zu der Reinheit zurückführen, wie Ulldrael es mir befiehlt.« Noch etwas unsicher kam er auf die Ulsarer zu. »Und Ulldrael sagte mir, dass er den Reichtum in seinem Tempel nicht mehr will. Bescheidenheit, die Arbeit in den Feldern, das sollen wieder die Aufgaben der Mönche und Brüder sein, nicht das Polieren von Gold und Silber.« Das blaue magische Leuchten seiner Augen war einem natürlichen, eigenen Feuer gewichen. »Ich werde alles Gold, das der frevlerische Geheime Rat und der Obere unrechtmäßig horteten, euch schenken, Ulsarer und Tarpoler!«

Ungläubig hoben sich manche Köpfe in der Menge, um zu sehen, ob der Kabcar nicht den Verstand verloren hätte oder sich verrückt gebärdete.

»Alle Bedürftigen sollen heute in einer Woche zu den Pforten des Tempel kommen und ihren Anteil erhalten. Ich will es so. Was nutzt all der Prunk, wenn die Ärmsten ihre letzten Gaben noch den Verschwenderischen in den Rachen werfen? Ihr werdet alle, wie ihr hier vor mir steht und kniet, reich werden. Ganz Tarpol wird reich werden, wenn wir die Tempel und Ordenshäuser vom blinkenden und glänzenden Schmuck gesäubert haben.« Er hob die Arme, und die Menschen sprangen auf, der Jubel war Ohren betäubend.

Es war den dreihundert Wachen nicht möglich, den Herrscher vor den euphorischen Menschen zu bewahren, sondern sie mussten zusehen, wie Lodrik von zahlreichen Händen gepackt und auf die Holzplattform eines Baugerüsts gestellt wurde. Sie hätten mit Waffengewalt gegen die Ulsarer vorgehen können, aber der Kabcar bedeutete von seinem Hochstand herab, dass sie nicht eingreifen sollten. Ausnahmsweise fühlte er sich beschützter als je zuvor.

Auf dem improvisierten Thronschild trugen die Massen ihn durch die Hauptstraße der Stadt, Lobgesänge von sich gebend, seinen Namen rufend.

Er hatte ihnen ihr religiöses Oberhaupt genommen, und sie feierten ihn. Er konnte es nicht fassen, ein lautes, glückliches Lachen entfuhr ihm, während er von oben herab Hände berührte. Wohin Lodrik auch schaute, er sah nur jubelnde Mengen, die ihm huldigten. So sollten es alle Völker auf Ulldart mit ihm machen. Und mit Borasgotan würde er beginnen.

Seine erste Tat, wenn er im Palast ankommen würde,

würde die Zusammenrufung der Modrak sein. Sie müssten seine Befehle augenblicklich an alle Garnisonen des Landes überbringen, die Niederlassungen des Ordens zu durchsuchen, bevor einige Vorsteher die Reichtümer beiseite schaffen konnten.

Aber nun wollte er das unbeschreibliche Gefühl, die Zuneigung seiner Untertanen, die er praktisch fühlen und greifen konnte, in vollen Zügen genießen. Wie ein Schwamm sog er sich damit voll, und in diesem Zustand der geistigen Ekstase wollte er am liebsten für immer verharren. Er hätte die Masse in ihrer Gesamtheit umarmt, wenn er es vermocht hätte.

Der Zug der Tausend hielt irgendwann wieder vor dem großen Tempel an. Lodrik erklomm die Stufen und stellte sich in Positur. Augenblicklich herrschte Stille.

»Ulldrael hat mir gesagt, dass die Kathedrale das neue Gotteshaus sein soll. Dieses hier«, er zeigte auf den mächtigen Bau in seinem Rücken, »wird nur noch zum Wohle der Bedürftigen und Schwachen dienen.« Er breitete die Arme aus. »Es soll ein Haus für die Kranken sein, in dem der Medikus die Gebrechen kostenlos heilen, die Salben und Tinkturen ohne Entgelt verteilen wird. Es werden Badehäuser in meinem ganzen Reich entstehen, in dem sich die Ulsarer und Tarpoler von ihrer harten Arbeit ausruhen können. Das ist mein Wille, und so wird es geschehen, so wahr ich der Kabcar von Tarpol und Tûris bin!«

Die Augen des Konsultanten wanderten über die Menge, die dicht an dicht gedrängt stand und nur den einen Mann auf den Stufen vor dem Tempel feierte. Er dachte kurz an das Loch in der Kathedrale und die Vorgeschichte des Gebäudes. Da die alte Opferstelle wohl wieder in Betrieb genommen wurde, würden sie nun wieder öfter zu dem guten alten Brauch zurückkehren. Ulldrael würde sich bald über seine eigenen Lehren wundern.

Die letzten Worte des umjubelten Kabcar verhallten gerade über den Köpfen der Menschen, Lodrik verschwand in seiner Kutsche, gefolgt von seinem Konsultanten. Lange Zeit liefen noch irgendwelche freudigen Ulsarer neben dem Gefährt her, bis endlich der Zaun vor dem Palast die Hartnäckigsten aufhielt.

Selig lächelnd lehnte der junge Mann in den Polstern, den Mantel hatte er abgestreift, die Uniformjacke trotz der niedrigen Temperaturen geöffnet.

»Magie erwärmt die Knochen gehörig«, erklärte er dem neugierig blickenden Konsultanten. »Es war ganz erstaunlich, was in der Kathedrale geschah. Zum ersten Mal brachte ich die Ströme unter Kontrolle, ohne mich lange konzentrieren zu müssen. Als hätten sie geahnt, was auf dem Spiel steht.«

»Euer Leben«, meinte Mortva leichthin. »Nicht mehr und nicht weniger. Es bleibt die spannende Frage, ob Ulldrael der Gerechte die Mauern einstürzen ließ oder das nur die Folge Eures Tuns war, indem Ihr die Stützen entferntet.«

»Dass sich die Erde auftat, das geht wohl auf die Einwirkung eines anderen zurück«, schätzte der Kabcar und fuhr sich über den Bart. »Ich werde ihn abnehmen. Er stört mich.« Geräuschvoll schabten seine Finger über die kurzen Haare. »Wie auch immer, es hat seine Wirkung nicht verfehlt und gab mir die Gelegenheit, außer Kabcar auch noch Oberer zu werden. Schickt sogleich Schreiben an alle Vorsteher, damit auch das letzte Hofgut von den wichtigen Veränderungen Bescheid weiß. Da wir im Sinne der Menschen handeln und es zudem dieses eindeutige Votum ihres Gottes gibt, rechne ich mit keinem Widerstand.«

»Ich sehe das genauso wie Ihr, Hoher Herr«, stimmte der Konsultant zu und ordnete sein silbernes Haar mit einer schnellen Bewegung. »Exzellente Arbeit, die Ihr vor dem Tempel geleistet habt. Für einen Moment, das gestehe ich gerne, habe ich uns von der Masse zerfetzt gesehen, als der Obere versuchte, das Volk mit seinen Worten zu beeindrucken. Aber was Ihr daraus gemacht habt, ist unbeschreiblich. Wer will Euch nun noch das Wasser reichen? Wenn sich die Kunde von diesem Wunder im Land und über die Grenzen verbreitet hat, werden sich viele Meinungen Euch gegenüber wandeln.«

»Wir überlassen wie immer nichts dem Zufall«, beschloss Lodrik. »Zwar werden viele Ulsarer davon erzählen, aber ich will, dass sich auch Barden mit den Ereignissen beschäftigen. Von mir sollen auch noch Flugblätter und Anschläge verfasst werden. Ich will, dass alle davon hören und den niederträchtigen Königen des Kontinents das Essen im Hals stecken bleibt.«

»Und die vielen Wohltaten machen Euch beim Volk …«, Mortva suchte sinnierend nach einem Wort, »gottgleich? Anbetungswürdig?«

»So habe ich mich vorhin durchaus gefühlt«, meinte Lodrik.

»Dann wollen wir mal dafür sorgen, dass Ihr bald an die Stelle von Ulldrael tretet, nicht wahr?«, kündigte sein Vetter an. »Außer der Sorge um das Getreide auf den Feldern haben die Tarpoler, wenn man es genau betrachtet, fast keinen Grund mehr, an dem Gerechten festzuhalten.«

»Noch ist es nicht so weit. Aber wir arbeiten daran, wenn ich Euch richtig verstanden habe?« Der junge Herrscher lächelte den Konsultanten an. Er machte sich an das Nachladen der Pistole, was er inzwischen wie im Schlaf beherrschte. Die neue Technik begeisterte ihn. »Wie lange wird es dauern, bis die versprochenen Waffen einsatzbereit sind?«, erkundigte er sich währenddessen. »Die großen, meine ich.«

»Da wir vor dem Frühling ohnehin keinerlei Aktivitäten entfalten können, eilt es nicht sehr«, versuchte Mortva die Ungeduld seines Schützlings zu besänftigen. »Die

Konstrukteure haben in den ganz großen Ausgaben der Waffen noch Schwachstellen ausfindig gemacht, die sie erst ausmerzen möchten, bevor sie Euch präsentiert werden.« Er nickte in Richtung der Schusswaffe. »Aber es wird Euch mächtig beeindrucken, kein Vergleich zu dem Spielzeug, wie Ihr es da in der Hand habt. Wenn man sie abfeuert, glauben die Feinde, sie zögen gegen ein Gewitter ins Feld. Und die Reichweite ist enorm.«

»Eure Andeutungen taugen nicht unbedingt, meine Wissbegier geringer werden zu lassen«, beschwerte sich der Herrscher. »Und?«

Der Konsultant genoss die Spannung. »Ein Warst.«

»Ihr macht Scherze, oder? Ihr veralbert einen Herrscher, Mortva. Das wird sich nicht gut auf Eure Karriere am Hof auswirken«, rügte ihn Lodrik, nicht ganz ernst gemeint. »Und welches Kaliber benutzt diese Waffe?« Er nahm eine der Bleikugeln hervor, etwa doppelt so dick wie eine Erbse. »Dreifach so groß?«

Doch sein Berater erweckte nicht den Anschein, als würde er sich einen Spaß erlauben. »Nein, Hoher Herr. Die Reichweite beträgt einen Warst. Und dort, wo die zwölfhundert Pfund schwere Steinkugel einschlägt, wächst kein Gras mehr.« Mortva schaute an die Decke. »Es wächst eigentlich gar nichts mehr, wenn ich es recht bedenke.«

Der Kabcar blinzelte. »Zwölfhundert Pfund? Eine Steinkugel?«

»Um genau zu sein, muss man sie mit Eisenbändern umspannen, damit sie von der Explosionswucht des Pulvers nicht in tausend Stücke zerrissen wird. Einen Hagelsturm gegen eine Mauer zu schicken, macht wenig Sinn. Ein Geschoss von zwölfhundert Pfund schon.« Seine Fingerspitzen legten sich zusammen. »Ich habe Euch versprochen, dass Ihr mit diesen Waffen unschlagbar sein werdet. Nun, ich kenne nichts, was sich dieser Kraft in den Weg stellen könnte. Oder zumindest mehr als einmal.«

»Brauchen wir denn diese Kraft?«, wollte Lodrik wissen und fächelte sich Luft zu.

Mortva wiegte den Kopf nachdenklich hin und her. »Es ist besser, wenn wir diese Waffe in der Hinterhand haben. In Borasgotan und in den anderen Reichen stehen noch die Relikte aus der Zeit, in der viel und hart auf Ulldart gekämpft wurde. Mächtige Festungen, ähnlich wie die Sinureds in Tûris, erheben sich hier und da. Nach dem Ausgang in Telmaran wird sich der ein oder andere König gerne dorthin zurückziehen. Arrulskhán dürfte eine schöne Auswahl an Bollwerken in seinem Land stehen haben. Und wir besitzen glücklicherweise den Schlüssel dazu, auch wenn er sehr laut ist, wenn man ihn ins Schloss steckt.«

»Ihr denkt sehr weit voraus«, meinte Lodrik. Die Kutsche verlangsamte ihre Fahrt und kam zum Stehen.

Als sei es ein Kompliment und keine Feststellung gewesen, nickte der Konsultant. »Danke, Hoher Herr. Ich erfülle nur meine Aufgabe.«

Der Verschlag wurde aufgerissen, und ein aufgeregter Diener streckte den Kopf ins Innere. »Hoheitlicher Kabcar, schnell! Kommt!«

»Würde es dir etwas ausmachen, uns deine ungestüme Art zu erklären?« Lodrik sprang ins Freie, drückte ihm Mantel und Uniformrock in die Hand. »Welchen Grund gibt es, schnell zu sein?«

Der Livrierte lief vorweg und warf dabei immer wieder einen Blick über die Schulter, ob seine Herrschaften ihm auch folgten. »Die Kabcara, hoheitlicher Kabcar! Sie ist gerade dabei, dem Land einen Thronfolger zu schenken«, stammelte er.

Mortva und Lodrik sahen sich in einer Mischung aus Schreck und Freude an.

»Das ist doch viel zu früh, verdammt!«, entfuhr es dem Kabcar. »Wo ist sie? Ist ein Cerêler bei ihr?«

Der Diener nickte eifrig und lotste den Herrscher und

seinen Konsultanten zu den Gemächern seiner Cousine und Gemahlin. Als Lodrik zögernd eine Hand auf die Klinke legte, ertönte von drinnen der schmerzerfüllte Schrei einer Frau. Erschrocken nahm er die Finger zurück und schaute seinen Ratgeber an.

»Ich glaube, ich warte besser hier draußen«, sagte er. »Mir ist ganz unbehaglich. Und ich denke nicht, dass sie mich im Moment sehen möchte.«

»Sie ist gewiss beschäftigt«, urteilte Mortva. »Man hört es deutlich.«

Der junge Herrscher packte den Diener am Arm. »Geh rein und frage den Heiler, wie lange es dauert.« Augenblicklich verschwand der Mann. »Und was es ist, will ich wissen«, brüllte Lodrik durch die verschlossene Tür. »Ein Junge oder ein Mädchen?«

Der Eingang öffnete sich, und eine Magd brachte eine Schüssel mit einer roten Flüssigkeit heraus. Vor dem Kabcar vollführte sie einen schnellen Knicks und lief weiter.

»War das eben Blut?« Lodrik sah der Bediensteten fassungslos hinterher. »Etwa das Blut meiner Gemahlin? Was macht der Pfuscher da drin mit ihr?«

»Vielleicht ist es das Blut des Cerêlers, nachdem die Kabcara ihm die Augen ausgekratzt hat«, scherzte der Konsultant. »Oder sie hat ihn gebissen.«

»Ich bin nicht zu Späßen aufgelegt«, knurrte Lodrik unwirsch. »Meine Gemahlin scheint da drinnen zu verbluten, und ich kann nichts tun.«

»Na, na, Hoher Herr«, beruhigte ihn sein Vetter. »Ihr wisst nichts über das Wunder der menschlichen Geburt, nicht wahr? Dass die Frau dabei leidlich von ihrem Lebenssaft lässt, ist völlig normal. Sozusagen als Opfer für Ulldrael, gewissermaßen den Gott der Fruchtbarkeit, dem man das neue Leben zu verdanken hat.«

»Hinfort mit dem Gott der Fruchtbarkeit«, fluchte der junge Mann aufgebracht, legte die Arme auf den Rücken und fing an, vor der Tür auf und ab zu gehen. »Es ist viel zu früh. Kann ein Kind so etwas überleben? Wenn der Heiler auch nur einen Fehler macht, lasse ich nachsehen, ob seine Magie ihn selbst heilen kann.«

Weiterhin finstere Drohungen ausstoßend, hörte der Kabcar nicht auf, im Gang seine Bahnen zu ziehen. Stunde um Stunde bewegte er sich hin und her, die Euphorie war schon lange verflogen. Zu seinem eigenen Erstaunen machte er sich mehr Sorgen um seine Gattin, als er jemals angenommen hatte. Die Bindung, die Liebe zu ihr schien in den letzten Wochen intensiver geworden zu sein.

Sein Konsultant ließ sich einen Stuhl bringen und machte es sich gemütlich.

Endlich, für Lodrik schien es eine Unendlichkeit gewesen zu sein, öffnete sich die Tür erneut, und die Gestalt des Hofcerêlers Chos Jamosar schob sich aus dem Raum. Die Erschöpfung des kleinwüchsigen Heilers war offensichtlich, seine Kleider hingen schweißnass an ihm herab, die Hände schienen zu zittern. Als ihm der Konsultant seinen Stuhl anbot, kletterte Jamosar dankbar auf das Möbel.

»Hoheitlicher Kabcar«, sagte er mit geschlossenen Augen, »lasst mich Euch zu einem prächtigen Jungen gratulieren.«

»Ja!«, schrie Lodrik seine Freude heraus. Er hätte die Anspannung keinen Moment länger ausgehalten.

Der Cerêler hob die Hand. »Er kam wenige Lidschläge vor seiner Schwester zur Welt. Beide sind gesund, nur sehr schwach und sehr klein. Es kostete mich etliche Mühe, sie zu stärken.« Jamosar nahm einen tiefen Atemzug. Dass er dabei das Gefühl gehabt hatte, sie hätten eher gegen die grüne Magie gekämpft als sie angenommen, verschwieg er lieber.

»Zwillinge«, rief der Kabcar und konnte sein Glück noch nicht fassen. »Wie geht es meiner Gemahlin? Ist die Kabcara so wohlauf wie mein Nachwuchs? Wie konnte es nur passieren, dass die Geburt so früh einsetzte?«

»Ich wurde vor wenigen Stunden gerufen. Ihr werdet gerade beim Ulldrael-Tempel gewesen sein, wie mir die Dienerschaft sagte«, erklärte der kleinwüchsige Mann. »Man sagte mir, die Kabcara habe plötzlich starke Krämpfe erlitten. Ich habe mich, um ehrlich zu sein, mehr mit der Geburt als mit den Ursachen beschäftigt. Ich musste retten, was zu retten war.«

Diese Formulierung gefiel Lodrik überhaupt nicht. »Was verheimlichst du mir? Rede!«

Jamosar sah dem jungen Mann in die Augen. Bedauern wurde in denen des Heilers sichtbar, gemischt mit Angst. »Es sind Drillinge, hoheitlicher Kabcar. Zuletzt kam noch ein Junge. Aber«, er stockte und redete weiter, als ihn der Herrscher schüttelte, »aber es gab Schwierigkeiten. Das Kind hatte sich im Inneren der Mutter verfangen. Auch meine Fertigkeiten, die mir Kalisstra gab, konnten wenig ausrichten. Was ich nicht verstehe.« Die Aufrichtigkeit im Gesicht des Heilers war ehrlich.

»Was bedeutet das?«, wollte der Kabcar wissen, seine Stimme klang dunkel und drohend. »Heißt das, er ist gestorben?«

Der Cerêler seufzte. »Nein, hoheitlicher Kabcar, aber es wäre vermutlich besser gewesen. Sein Gesicht war blau angelaufen, er hat lange Zeit keine Luft bekommen. Und auch seine Glieder wirken, nun ja, grotesk. Sie sind kräftig, kräftiger als bei seinen Geschwistern, aber missraten.«

»Ein Krüppel?«, stieß Lodrik erschrocken aus und taumelte einige Schritte rückwärts. »Mein jüngster Sohn ist ein Krüppel? Und du konntest nichts dagegen tun? Weshalb nennt man Euresgleichen dann Heiler, wenn ihr Kinder wie Spottfiguren zur Welt kommen lässt?« Er sah zur Tür. »Das schaue ich mir an. Und Gnade dir, wenn ich zurückkomme und du immer noch hier bist, Cerêler.«

Ohne ein weiteres Wort stürmte der aufgewühlte junge Vater in den Vorraum, in dem sich blutrote Laken und Lappen, Eimer voller frischem und gebrauchtem Wasser befanden, durchquerte ihn und stand bei seiner Gemahlin.

Aljascha lag im Bett, ihr Gesicht schien zwischen den Laken und mit den roten Locken noch blasser als sonst. Schwach versuchte sie zu lächeln, aber es misslang ihr. Stattdessen weinte sie.

»Es tut mir Leid«, flüsterte sie unter Tränen und streckte die Hand nach ihm aus.

Lodrik drückte ihr einen Kuss auf die Stirn und betrachtete seine Sprösslinge der Reihe nach.

Die beiden ersten Kinder wirkten auf ihn klein, aber nicht anders gestaltet. Vor dem dritten Bündel, das seine Cousine in den Armen hielt, graute es den Herrscher. Er wagte es zunächst nicht, das Tuch zurückzuschlagen, um sich den kleinen Körper zu betrachten.

Endlich fand er den Mut und erschrak. Als habe ein wahnsinniger Bildhauer das Zerrbild eines Neugeborenen entworfen, lag sein jüngster Sohn vor ihm. Er war größer als seine Geschwister, wirkte kräftiger, aber die Armen und Beine waren krumm und schief, der Kopf unproportioniert und deformiert.

Dies war die Rache Ulldraels dafür, dass er seinen Oberen getötet hatte. Aber er würde seine Genugtuung nicht erhalten, dieser vermaledeite Gott.

Ohne darüber nachzudenken, riss Lodrik das Henkerschwert aus der Scheide und holte zum Schlag gegen sein eigen Fleisch und Blut aus.

Mit einem entsetzten Aufschrei fiel ihm Aljascha in den Arm und hinderte ihn am Hieb.

Plötzlich war auch der Konsultant im Zimmer und redete beschwichtigend auf den völlig verwirrten Kabcar ein, der nur auf den Krüppel starrte. Er hörte seinem Mentor nicht wirklich zu, warf sich in den Sessel neben dem Bett, das Schwert polterte zu Boden, und vergrub das Gesicht schluchzend in seinen Händen.

Aljascha presste die Kinder an sich und blickte bittend zu dem Mann mit den silbernen Haaren. Er machte eine beschwichtigende Geste und nickte ihr aufmunternd zu. Jetzt ein Wort an seinen Schützling zu richten, wäre Verschwendung, wie er erkannte.

»Du kannst nichts dafür, Aljascha«, sagte Lodrik dumpf zwischen den Händen hervor. »Es war Ulldrael, der uns das angetan hat. Er ließ seine Wut an einem hilflosen Wesen aus, weil er mir nichts anhaben kann.« Er ließ die Finger sinken, Tränen rannen ihm die Wangen herab und tropften auf das Hemd. »Aber ich werde das Kind ebenso lieben wie seine Geschwister. Ulldrael soll nicht die Befriedigung erhalten, dass ich meinen Nachkommen deshalb weniger achte.«

Langsam erhob er sich und nahm das verkrüppelte Kind in den Arm, nachdem Aljascha es ihm nach einigem Zögern gereicht hatte. »Was hätte ich beinahe nur in einem ersten Wahn getan? Ich schwöre, dich niemals gering zu schätzen. Wir beide zeigen Ulldrael, dass man sich mit uns nicht anlegen darf.« Behutsam wiegte er seinen Jüngsten hin und her. »Niemand darf sich mit uns anlegen. Auch kein Gott.«

»Es wird ein guter Kämpfer werden«, meinte Mortva leise. »Seht doch, wenn das keine starken Knochen sind, Hoher Herr?«

»Ja, das sind die Knochen eines Kriegers. Nichts wird seinem Schwert standhalten, nicht wahr?« Lodrik fuhr dem Kind über den Kopf und konnte dennoch nicht verhindern, dass ihm ein Schaudern über den Rücken lief. Er reichte den Neugeborenen an seine Gemahlin zurück und schloss sie in seine Arme. »Es ist gut, Aljascha. Wir können beide nichts dafür.«

Wieder küsste er sie und ging langsam in Richtung Ausgang. Im Türrahmen wandte er sich um. »Ich werde die Geburt unserer Kinder morgen verkünden lassen. Ulsar und Tarpol sollen feiern.«

Aljascha nickte. »Sie werden sich freuen. Hattest du Erfolg mit dem Schlag gegen den Oberen?«

Der Herrscher stieß laut die Luft aus und nickte in Richtung des Krüppels. »Das sieht man doch. Das ist der Dank dafür, dass ich einen hinterhältigen Glaubensmann seiner gerechten Strafe zuführte.« Er lächelte traurig. »Also gräme dich nicht weiter.«

Er ging, begleitet von Mortva, in Richtung des Teezimmers, wo er sehnsüchtig hoffte, eine gefüllte Flasche Kartoffelschnaps zu finden. Nun hatte er dem Schutzgott des Kontinents endgültig abgeschworen. Das war ein Wunder zu viel.

Dem Konsultanten, der Mitleid und Anteilnahme perfekt vortäuschte, war es recht, dass sein Schützling die Schuld auf den Gerechten schob. Er würde niemals zugeben, dass er mit der Beeinflussung des Verhütungstrankes der Kabcara vor vielen Monaten die Verantwortung für den Krüppel trug. Seine Magie hatte wohl ihre Spuren an dem Elixier des Cerêlers hinterlassen. So war es zwar nicht vorgesehen, aber Drillinge sind Drillinge, nur darauf kam es an.

Ulldart, Königreich Ilfaris,
Herzogtum Sèràly, Winter 444 n. S.

»Wann zeigt er dem Volk sein wahres Gesicht?« Perdór massierte sich mit einer Hand die Stirn und machte ein unglückliches Gesicht. »Wir haben nichts, was wir den einfachen Menschen präsentieren können, das wiederum ihn und seinen Berater als Monstrum offenbart.« Traurig schob er sich einen Keks in den Mund, häufte mehrere Löffel Zucker in den Kakao und leckte genießerisch den Löffel ab. »Ulldrael scheint sich mit ihm verbündet zu haben.«

Fiorell saß auf dem Bücherregal, hielt seine Narrenkappe in der Hand und betrachtete sie gedankenverloren. Er wischte über das Brett und blies eine dicke Staubwolke von seinen Fingern. »Die Diener in diesem Lustschlösschen sind schlampig. Nur weil Ihr nur alle paar Wochen vorbeischaut, ist das kein Grund, nicht sauber zu machen.«

»Hör auf abzulenken und lass dir gefälligst etwas einfallen, was wir gegen den Kabcar unternehmen können«, wies ihn der Herrscher von Ilfaris zurück und verscheuchte die grauen Flocken, die wie schwerelos durch den Raum schwebten und ihm vor der Nase tanzten. »Dieses Ereignis bei Telmaran war ein einziges Desaster. Nun sind dem Jungen Tür und Tor geöffnet.«

»So dämlich ist er nicht«, bemerkte der Hofnarr und ließ die Schellen an seiner Kopfbedeckung klingeln. »Er wird sich etwas ausdenken, um uns auf verschlagene Art und Weise in einen Sack zu bekommen. Dass er gegen unser Geeintes Heer gewann, tja, darüber macht sich nun der einfache Mann so seine Gedanken.« Fiorell rutschte die Leiter herab und kam zu seinem Herrn. »Wenn ich ehrlich bin, mache ich mir darüber auch meine Gedanken. Wenn Ulldrael der Gerechte eine Gefahr in ihm gesehen hätte, müsste er uns nicht beigestanden haben? Wie damals, als Sinured geschlagen wurde?«

»Vielleicht war es zu früh?«, murmelte Perdór in seinen Lockenbart. »Vielleicht ist er noch nicht die Gefahr, die ein Eingreifen des Gerechten unbedingt erforderlich macht. Oder es war der falsche Ort? Wir hätten uns auf dem Blutfeld mit ihm schlagen sollen.«

»Und deshalb lässt der Gerechte mal eben mehr als

fünfzigtausend Männer umkommen?«, fragte der Spaßmacher ungläubig. »Wenn das sein Wille war, käme er Tzulan schon gefährlich nahe.«

»Ich habe allmählich das Gefühl, dass jeder auf diesem Kontinent besser unterrichtet ist als ich«, sagte Perdór wehleidig. »Der Kabcar stiehlt den Grünhaaren ihre Pläne für Bomben, die Palestaner ziehen ihre Truppen zurück, bevor es zum verheerenden Ausgang der Schlacht kommt, und diese Sache mit dem Oberen des Ulldraelordens in Tarpol ist die Höhe. Der Kabcar ist ein gutes Stück unvorhersehbar, und das bereitet mir Sorgen.«

Er beobachtete seinen Hofnarren, der aus zwei Keksen und einem Löffel eine Wippe baute, in die Vertiefung des Besteckteils eine Praline legte und dann mit der Faust auf den Griff schlug. Fast bis zur Decke flog das Konfekt und kehrte ungefähr zu seinem Ausgangspunkt zurück. Fiorell fing die Süßigkeit mit dem Mund auf und machte eine Verbeugung.

»Ja, das ist der Weg, wie man Probleme löst«, sagte der König sarkastisch und zog das Tablett mit den Pralinen näher zu sich, um den Mann in dem Rautenkostüm daran zu hindern, weitere Experimente zu wagen.

»Warum sind wir eigentlich in diese schäbige Hütte umgezogen und nicht in Turandei geblieben? Hier fehlt es ja fast an allem. Zugeben, Ihr müsst Euch nun mehr bewegen, weil die Diener nicht gleich zur Stelle sind, wenn man nach ihnen läutet.« Der Hofnarr ließ den Kopf auf den Tisch fallen, dass es rumpelte und die Konfektstücke hüpften. »Mir wollen die Scherze nicht mehr recht gelingen«, rief er in gespielter Verzweiflung. »Dieser Kabcar raubt mir sogar meine angeborene Heiterkeit. Ein Pralinchen würde mich aufmuntern.« Seine Hand kroch zu der Platte mit den Süßigkeiten, aber der König nahm sie grummelnd auf seinen Schoß.

»Erst wirst du etwas Vernünftiges leisten, bevor ich

auch nur eine meiner Kostbarkeiten deinem gierigen, respektlosen Schlund opfere, du Fass ohne Boden.«

»Wer im Dampfbad sitzt, sollte keine Schokolade mitnehmen«, gab Fiorell zurück und grinste seinen Herrn an. »Der einzige in diesem Raum, dessen Figur ungefähr einem Fass gleicht, bin nicht ich.«

»Wir sind nach Sèràly gegangen, weil die kensustrianische Grenze nur wenige Meilen von hier entfernt liegt«, erklärte Perdór unwirsch, ohne auf die Sticheleien seines Spaßmachers einzugehen. »Ich fühle mich in der Nähe der Grünhaare irgendwie sicherer. Sind unsere Spione, die sie freilassen wollten, bereits eingetroffen?«

»Zum Teil«, sagte Fiorell, faltete die Beine unter dem Körper zusammen und hockte nun im Schneidersitz auf dem Stuhl. »Ihre Aussagen zu dem, was sie alles über unsere Nachbarn erfuhren, werden gerade notiert. Es sind aber in erster Linie Berichte zum Interieur kensustrianischer Kerker, mittelprächtigem Essen und den Kartenspielen der Kriegerkaste. Wenig Brauchbares, wie ich befürchte.«

»Und unser anderer Gast? Hat er sich von seinen Verletzungen erholt?«

»Der Cerêler hat das Schlimmste lindern können.« Der Hofnarr wirkte erleichtert. »Er müsste bald wieder auf den Beinen sein. Die Infektionen müssen furchtbar gewesen sein. Unfassbar, dass er den Weg überhaupt geschafft hat.«

»Er ist im Moment der Einzige, der uns erklären kann, was in Telmaran wirklich geschehen ist. Im Gegensatz zum Volk vertraue ich den Jubelboten, die der Kabcar durch die Lande schickt, nur wenig.« Perdór warf eine Praline nach Fiorell, der geistesgegenwärtig den Mund öffnete und sie fing. »Respekt, mein Lieber«, lobte der König amüsiert.

»Wenn Ihr schon mit Konfekt nach mir schmeißt,

wäre ich schön blöd, diese Freigiebigkeit nicht zu nutzen.« Der Hofnarr zuckte mit den Achseln und zerkaute das süße Wurfgeschoss. »Mh, eine neue Sorte, Majestät?«

Der Herrscher wollte gerade antworten, als die Tür geöffnet wurde und ein Bediensteter eintrat. An seiner Seite folgte Hetrál, der sich im Gegensatz zu seiner sonstigen Art sehr steif bewegte. Auch die üblicherweise perfekte höfische Verbeugung fiel mehr schlecht als recht aus.

»Nein, nein. Lasst das.« Perdór lief auf ihn zu, die grauen Löckchen auf dem Kopf wippten hin und her, der Bart geriet in Wallung. Er klopfte dem Meisterschützen erfreut auf die Schulter. »Kommt, kommt, lieber Freund! Ihr genest schneller, als es dem Bösen lieb ist, was?«

Während er dem Turîten Pralinen anbot, tuschelte Fiorell kurz mit dem Lakai, der daraufhin grinsend die Bibliothek verließ. Mit unschuldiger Miene schlenderte der Hofnarr heran, reichte Getränke und setzte sich auf die Tischplatte. Sein Herr war zu sehr abgelenkt gewesen, um den knappen Wortwechsel zu bemerken.

»Meister Hetrál, ich kann Euch nicht sagen, wie sehr ich mich freue, dass Eure Wunden abheilen.« Perdór strahlte.

Es geht, gestikulierte der Mann. Hofnarr und König verstanden die Gebärdensprache des Turîten, der in der Vergangenheit oft am Hof zu Besuch war. *Diese magische Attacke hinterließ eine Art Verbrennung und verletzte auch die inneren Organe, obwohl dieser Strahl, oder was immer es auch war, nicht bis dahin vordrang. Ein seltsames Gefühl. Verzeiht meine Unbeholfenheit, aber die Verbände liegen eng an, auch die Schmerzen sind nicht vollständig verschwunden. Euer Heiler denkt, dass ich in ein paar Wochen wieder alles machen kann, wie es vorher der Fall war.* Er langte vorsichtig nach einem Lederbeutel und holte ein Stück deformiertes Metall heraus, das vorher eine Kugel gewesen sein könnte. *Das holte er aus meinem Oberarm. Das Ding steckte im Knochen und hatte sich entzündet.*

»Blei, oder?« Perdór tippte das mattgraue Material an. »Keine Pfeilspitze.«

Ich weiß nicht, was es ist. Als ich einsah, dass ich den Kabcar nicht töten konnte, ergriff ich die Flucht. Sinnlose Tode sind mir zuwider. Den ersten überlebt man im Allgemeinen nicht. Der Stumme lächelte, auch die beiden anderen Männer mussten grinsen.

»Das ist unser Meister Hetrál«, meinte der ilfaritische Herrscher erheitert. »Er ist lustiger und geistreicher als du, Fiorell. Wenn Ihr mal keine Anstellung mehr finden solltet, Ihr seid mir herzlich willkommen.«

Der Spaßmacher verzog beleidigt das Gesicht und verschränkte die Arme. »Und wenn Ihr ein Land regieren möchtet, werft den Pralinigen einfach raus. Meine Unterstützung habt Ihr.«

Ich werde darüber nachdenken, meinte Hetrál. *Als ich damals durch die Dunkelheit rannte, krachte es sehr laut in meinem Rücken, fast im gleichen Moment spürte ich den Schmerz in meinem Arm.*

»Ha!«, rief Perdór. »Dann weiß ich, was es war.« Schnell erzählte er von der Begebenheit, die Stoiko damals hinter dem Teppich widerfahren war.

Ich vermute, sagten die Finger des Meisterschützen, *es waren diese Dinger in seinem Gürtel. Wie kleine Armbrüste, nur ohne den Spannbügel und mit geschlossenem Lauf. Aber was sollte das für ein Krachen gewesen sein? Es klang, als würde ein Kessel zerspringen.*

Perdór erklärte Hetrál, was er von dem Kensustrianer erfahren hatte und welche Gefährlichkeit von diesem Pulver, dessen Rezeptur der Kabcar von seinen Spionen aus den Archiven der Kriegerkaste stehlen ließ, ausging. »Ich bin fest davon überzeugt, dass, wenn er solch kleine Sachen herstellen kann, die Anfertigung von größeren Ausgaben dieser Geräte kein Problem sein sollte«, endete er aufgeregt. »Dazu benötigt er mit Sicherheit die Unmengen an Erz, die er aus den borasgotanischen Minen zieht.«

»Nach dem, was Meister Hetrál erzählt hat, dürfte klar sein, was am Repol-Fall geschehen ist.« Fiorell hielt eine der Pralinen in die Luft. »Erinnert Ihr Euch an die Bombe, Majestät? Genau das war in den Fässern. Sie waren alle voller Pulver, und damit hat dieser Varèsz zunächst den Fluss gestaut, das Bett am Wasserfall verbreitert und anschließend den Damm gesprengt. Es war kein Donner, was Ihr hörtet, Meister Hetrál. Es waren die Explosionen der Bomben. Und es war kein göttlicher Wille, was da bei Telmaran passierte. Es war einfach nur die bessere Strategie, gemischt mit einer Spur gnadenloser Rücksichtslosigkeit.«

Und göttlicher Teilnahmslosigkeit, fügte der Turît spitz hinzu.

»Ich hätte zu gerne vom Oberen gewusst, warum Ulldrael nicht zu Gunsten unserer Leute eingriff«, meinte der Hofnarr mit einem bösen Grinsen. »Aber das hat er sich bestimmt auch gefragt, als ihn die Erde verschlang.«

»Bei aller Heiterkeit, wir müssen vor allen anderen Unternehmungen klären, weshalb der Gerechte seinen Beistand verweigert«, warf Perdór ein. »Es nützt nichts, wenn wir wieder und immer wieder Freiwillige aufstellen, die sich dazu schwerer auftreiben lassen werden denn je zuvor, wenn der Stratege des Kabcar sie zu Mus schlägt. Und wenn der Kabcar seine magischen Fertigkeiten jemals einsetzt, sind wir ohnehin machtlos. Jemand muss diese Kraft doch erklären und erforschen können.« Er drehte sich die langen Bartlocken um den Finger. »Wir werden Cerêler bitten, sich mit der Sache zu beschäftigen. Sie sind die einzigen, die ebenfalls von den Göttern gesegnet wurden. Sie müssen doch wissen, wie sie es und was sie machen.« Fiorell nickte.

Habt Ihr erfahren, wie die anderen Oberen des Ulldraelordens auf das Ende ihres Mitbruders reagierten? wollte der Stumme wissen.

»Die Verunsicherung ist enorm«, sagte der ilfaritische König. »Was vom Kabcar beabsichtigt war. Sie können es sich nicht leisten, etwas gegen den jungen Mann zu sagen, zu klar fiel das Gottesurteil gegen den Oberen Tarpols aus. Und das auch noch vor den Augen von Tausenden von Menschen. Wir haben Berichte, dass die Neuerungen, die Bardri¢ einführte, bei den einfachen Mönchen mit Begeisterung aufgenommen wurden. Längst nicht alle waren mit dem Gehabe des Geheimen Rates einverstanden.« Perdór spielte mit den Locken. »Um ehrlich zu sein, wenn wir nicht die Wahrheit wüssten und die Schurkereien Nesrecas teilweise aufgedeckt hätten, wir wären doch alle der Meinung, dass der junge Kabcar ein Herrscher ist, wie es sonst keinen auf dem Kontinent gibt?« Das Schweigen der anderen beiden Männer legte er als Zustimmung aus. »Aber wer noch kennt den wirklichen Grund für den Niedergang der Stadt Worlac? Wer weiß etwas über die Vorgänge in der Verbotenen Stadt?«

Er wirkte verzweifelt und wurde noch kleiner, als er ohnehin schon war. Ohne seine Position zu verändern, langte er nach der Tasse Kakao, sein Arm war aber zu kurz. Hilfe suchend schaute er zu Fiorell, der als Zeichen der Verweigerung nur die Lippen spitzte.

Ächzend wuchtete sich der König nach vorne und erreichte den Griff. Ein wenig vom Geschmack getröstet, schlürfte er an dem Getränk und seufzte.

Der Winterwind, glücklicherweise weniger kalt und Frost bringend als im Norden des Kontinents, heulte um die Ecken des Schlösschens, rüttelte an den Fensterläden und brachte regenschwere Wolken mit sich. Nackt, kahl und beinahe gespenstisch reckten sich die Bäume im Garten gegen das Grau des Himmels, ein perfektes Bild der Trostlosigkeit, wie Perdór fand.

»Na schön, Freunde«, meinte er nach einer Weile. »Wir werden uns etwas Neues ausdenken. Fiorell, lies vor, was wir alles in Angriff nehmen möchten.«

»Magie erforschen, Erklärung für göttliche Verweigerung suchen, Kontakt zu anderen Oberen herstellen, die neuen Waffen ausspionieren«, las der Hofnarr die Aufstellung so selbstverständlich vor, als würde er dem Koch die Liste zur Erledigung zum Markt mitgeben. »Die generelle Informationsbeschaffung habe ich mal außen vor gelassen. Das ist ilfaritischer Standard.«

Der König hatte mitgezählt und hielt die entsprechende Anzahl von Fingern in die Höhe. »Bleiben noch ›Stoiko finden‹ und ›Schicksal der verschwundenen Brojakin erkunden‹«, ergänzte er. Langsam wanderte sein grauer Lockenkopf zu dem Meisterschützen.

Ich habe verstanden, Majestät. Das übernehme ich, gestikulierte Hetrál. *Ich werde nach Tarpol gehen und mich in aller Heimlichkeit umsehen. Ich habe noch einige Freunde dort, die mir helfen könnten.*

Perdór schaute ihn an, die Augen verrieten Sorge. »Ihr müsst aber sehr aufpassen. Ihr seid bekannt wie ein bunter Hund, und wenn der Kabcar Euch sieht, wird es ihm eine Freude sein, Euch ein zweites Mal als Zielscheibe für seine Waffen zu benützen.«

Ich habe nicht vor, es so weit kommen zu lassen, erklärte der Turît. *Er wird mich ohnehin an einem ganz anderen Ort vermuten. Und wo ist man sicherer als in der Höhle des Löwen?*

»Wenn Ihr mich fragt, hinter drei erfahrenen Jägern«, meinte Fiorell. »Noch besser ist es, man ist selbst der Löwe.«

»Was dir Hasenfuß eher schwer fallen dürfte«, meinte der Herrscher. »Eure Gesundheit liegt mir sehr am Herzen, Meister Hetrál. Aber wir müssen unter allen Umständen herausfinden, wo sich Stoiko Gijuschka und Norina Miklanowo befinden. Niemand kennt den Kabcar und Nesreca so gut wie sein ehemaliger Vertrauter. Ohne seinen Rat und sein Wissen ist unsere Sache, so vermute ich, von vornherein zum Scheitern verurteilt. Aber lasst Euch zu nichts hinreißen. Versucht nicht, den Kabcar oder den Konsultanten umbringen zu wollen. Eure Pfeile sind nicht in der Lage, auf direktem Wege etwas gegen das Unheil auszurichten, das in ihrer Person umherläuft.« Er sah ihn eindringlich an. »Findet heraus, wo sich Gijuschka befindet und gebt uns eine Nachricht. Ich schicke Euch zusätzliche Spezialisten, je nachdem, was Ihr für die Befreiung benötigt. Geht kein Wagnis ein, hört Ihr? Ihr seid zu wichtig, als dass Ihr Euren Kopf leichtfertig in Gefahr bringen könnt.«

Ich werde Euch eine Nachricht zukommen lassen, wenn ich etwas von den beiden hören sollte, auch wenn es nur das kleinste Gerücht ist, meinte der Meisterschütze. *Ihr könntet mir bei Gelegenheit eine Liste mit den Orten zusammenstellen, an denen sie angeblich gesehen wurden oder an die man sie gebracht hat. Ich werde ja nicht sofort aufbrechen können.*

»Natürlich«, stimmte der Herrscher augenblicklich zu und sah dabei zum Eingang, an dem ein Diener erschienen war.

Was er zuerst für ein kleines Kind gehalten hatte, das an der Seite des Lakaien stand, war eine Cerêlerin, die etwas schüchtern wartete, um näher kommen zu dürfen. Nun drehten sich auch die beiden anderen Männer neugierig zu dem Neuankömmling um, der vom König herbei gewunken wurde.

Sie war so groß wie ein zehnjähriges Kind, hatte langes dunkles Haar und braungrüne Augen, die etwas wie eine Grundgüte sichtbar werden ließen. Die Kleidung erschien schlicht, die ausgewählten Stoffe in Grün, Braun und Schwarz zählten dagegen nicht zu den billigsten.

»Mein Name ist Lakesia, Majestät, und ich bin hier,

weil ich von Eurem Ruf hörte«, erklärte die kleinwüchsige Frau scheu. »Ich entschuldige mich vorab, sollte ich gegen die Etikette des Hofes verstoßen, aber ich habe normalerweise eher mit Dorfvolk zu tun.«

»Das geht schon in Ordnung, Lakesia«, sagte Fiorell. »Solange Ihr die Vorratskammer des Pralinigen in Ruhe lasst, dürft Ihr fast alles.«

Die Cerêlerin wirkte nun vollständig verunsichert, ihre Augen wanderten vom König über den Stummen und wieder zurück zum Spaßmacher. »Wenn das so ist …«

»Nehmt Platz, werte Lakesia«, bot ihr der Herrscher an und räumte seinen Platz. »Vielleicht könnt Ihr uns ein wenig weiterhelfen.« Während sich die Heilerin mit etwas Mühe in den Sessel arbeitete, suchte sich Perdór einen anderen Stuhl und schob ihr zuvorkommend die Pralinen hin.

»Vorsicht!«, rief Fiorell, als Lakesia danach greifen wollte. Sie erstarrte ängstlich und schaute den Hofnarren an. »Der König beißt.«

»Fiorell, verflucht, lass deine Scherze für ein paar Momente sein«, schimpfte der Herrscher von Ilfaris. »Natürlich beiße ich nicht.«

»Es sei denn, die Hand der Cerêlerin bestünde aus Schokolade«, ergänzte der Spaßmacher lachend und sprang vom Tisch, um sich schnell aus der Reichweite seines Herrn zu bringen. Ein Kissen flog ihm hinterher. Hetrál seufzte.

»Beachtet diesen Narren nicht weiter«, empfahl Perdór, dessen Bartlöckchen wie Spiralfedern auf und nieder wippten. »Er wird ohnehin im Morgengrauen geköpft.«

Fiorells Gesicht entgleiste, mit beiden Händen fasste er sich an den Hals, gab gurgelnde Geräusche von sich und fiel der Länge nach auf den Teppich.

Lakesia wollte hilfreich aufspringen, aber der Herrscher bedeutete ihr, sitzen zu bleiben. »Wie gesagt, beachtet ihn nicht weiter.« Der Herrscher blieb ruhig. »Um die Sachlage zu verdeutlichen, weshalb ich nach Cerêlern schickte, lasst es mich kurz erklären. Aber was Ihr nun hört, muss unter allen Umständen geheim bleiben. Schwört es bei Kalisstra.« Nachdem Lakesia das Verlangte geleistet hatte, erzählte Perdór von den magischen Fertigkeiten des Kabcar, soweit sie von Stoiko Gijuschka beschrieben worden waren. »Könnt Ihr mir das erklären, oder habt Ihr Ähnliches bei anderen Menschen jemals beobachtet?«

Lakesia überlegte. »Nun, Majestät, wir Cerêler üben zwar Magie aus. Aber wirklich spüren können wir sie nicht. Sie wird in dem Moment sichtbar, wenn sie unseren Körper verlässt und als grünes Leuchten erkennbar wird. Aber wirklich verstehen, so ist meine Vermutung, kann es keiner von uns.«

»Aber wie seid ihr dann in der Lage, sie auf Befehl abzurufen?«, hakte der König interessiert nach.

»Es hat etwas mit Konzentration zu tun«, versuchte die Heilerin zu erklären. »Ich denke an die Wunde des Verletzten oder die Krankheit, stelle mir vor, wie sie geheilt wird und setzte somit den Prozess in Gang.«

»Aha«, sagte Perdór wenig geistreich.

»Tut doch nicht so, als hättet Ihr das verstanden.« Fiorell erwachte zum Leben und hob den Kopf. Ein Ruck ging durch seinen Körper, und er stand wieder auf den Beinen.

»Es ist mehr als schwer zu verstehen«, gestand Lakesia ein. »Und mir sind noch keine Nicht-Cerêler begegnet, die in der Lage waren, ähnliche magische Effekte hervorzurufen. Dass der Kabcar nun diese Kunst beherrscht, die offensichtlich nicht von Kalisstra ausgeht, ist bedenklich.«

»Dann wäre die Magie also an den Farben zu erkennen?« Perdór hob den Kopf, und ein Leuchten ging über sein Gesicht. »Grün stünde für Kalisstra. Bei dem jungen Herrscher in Tarpol sprach man von Orange und Blau. Allerdings im Wechsel. Was mag das zu bedeuten haben?«

»Bei uns gibt es solche Schwankungen nicht«, sagte die Heilerin. »Noch niemals gab es einen Fall, in dem ein Cerêler eine andere Farbe als Grün beim Heilen der Wunden durch seine Gabe entstehen ließ.« Sie stockte. »Aber eine Ungewöhnlichkeit bleibt. Ich war nicht dabei, ich habe nur davon gehört, dass ein Cerêler in Aldoreel vor einigen Jahren den Versuch unternahm, eine Sumpfbestie zu heilen, die sich ein Bein gebrochen hatte. Soweit ich weiß, schlug seine Unternehmung fehl. Das Erbe Tzulans, oder was auch immer in ihren Adern fließt, macht die Heilung entweder nur sehr schwer möglich oder lässt sie sogar ganz misslingen.«

Der ilfaritische König wackelte mit dem Kopf. »Ein Ereignis, das uns im Moment zwar nicht weiterhilft, aber interessant genug ist, es aufzuschreiben. Meint Ihr, werte Lakesia, dass es möglich wäre, Eure Gabe zusammen mit anderen Wissenschaftlern zu erforschen? Vielleicht finden wir ein Verfahren, dass es uns ermöglicht, magische Begabungen sichtbar zu machen.«

Die Heilerin nahm sich eine Praline. »Majestät, die Schwierigkeit, die ich darin sehe, ist, dass es uns vielleicht gelingt, die magische Natur, die uns von Kalisstra gegeben wurde, näher zu erkunden. Aber lässt das Rückschlüsse auf andere zu? Nehmt den Kabcar: Orange und Blau, sagtet Ihr? Nun wäre es wichtig herauszufinden, welchem göttlichen …«

»… oder welchen göttlichen Wesen …«, ergänzte Fiorell.

»… diese Farbe zuzuordnen ist«, setzte Lakesia ihren Satz fort.

Es bedeutet aber nicht unbedingt, dass die Farbe der Magie Rückschlüsse auf den Gott oder die Göttin zulässt, oder? beteiligte sich Hetrál an den Überlegungen. Perdór übersetzte für die Cerêlerin. *Vielleicht bezeichnet die Farbe die Wirkung der Magie. Grün steht für Heilung, das ist sicher. Der Kabcar schickte einen Strahl dunkelblauer Energie gegen mich, ich wurde dadurch verletzt.*

»Und damals in Granburg traf ihn ein orangeroter Blitz«, erinnerte sich der König an die Berichte aus der tarpolischen Provinz. »Und er selbst soll ebenfalls Magie dieser Farbe eingesetzt haben.« Aufgeregt sprang er auf und wanderte hin und her. »Das heißt, dass er über mindestens zwei verschiedene Arten der Kräfte verfügt.«

Es muss nicht unbedingt etwas damit zu tun haben, gestikulierte der Meisterschütze. *Aber bevor er den Strahl gegen mich warf, vollführten seine Hände eine knappe Geste.* Er versuchte, die Bewegung, die er in der Großen Halle gesehen hatte, zu imitieren. *Aber mein Pfeil, den ich gegen ihn feuerte, hielt an, ohne dass er etwas tat.* Gespannt sahen alle zu Lakesia.

»Es tut mir Leid, aber damit kann ich nichts anfangen«, gab sie zu. Sie fühlte sich ein wenig unbehaglich, weil sie von allen angestarrt wurde. »Keiner von uns muss seine Hände vor dem Auslösen der Magie einsetzen. Wir müssen sie nur auflegen.«

»Damit ist sicher, dass er eine andere Art als die der Cerêler einsetzt«, schloss Perdór euphorisch, um im nächsten Moment wie ein Häuflein Elend zusammenzusinken. »Aber was bringt uns das?«

»Die Überzeugung, das Richtige zu tun, wenn wir gegen den Kabcar vorgehen«, sagte Fiorell ernst. »Auch wenn wir damit gegen die Meinung des tarpolischen und turîtischen Volkes stehen.«

»Dass es nicht einfach wird, wissen wir spätestens seit Telmaran.« Perdór sah in die Runde. »Werte Lakesia, seid Ihr bereit, zusammen mit ein paar anderen Eurer Art, die ich für die Dienste fürstlich entlohnen werde, den Geheimnissen der Magie auf den Grund zu gehen?«

Sie nickte ohne zu zögern. »Wenn wir es nicht schaffen, sieht der Kontinent schwarzen Stunden entgegen. Es müsste uns gelingen. Aber es wird dauern. Es kam noch niemand auf den Gedanken, die Gabe Kalisstras erforschen zu wollen, und wir wissen nicht, wo wir beginnen sollen.« Die Cerêlerin lächelte. »Wenn der Bleichen Göttin jedoch etwas am Schicksal ihrer Kinder liegt, wird sie uns die Augen öffnen.«

Hoffen wir, dass sie anders denkt als ihr Bruder Ulldrael, gestikulierte Hetrál schnell in Richtung des Königs, als Lakesia in eine andere Richtung schaute. *Sonst werden aus den schwarzen Stunden vielmehr die endlosen Tage der Dunklen Zeit.*

Ein Diener brachte ein Tablett mit einer einzigen Praline und reichte sie dem völlig erstaunten Perdór. »Das soll ich Euch bringen, Majestät. Eine Empfehlung des Hauses.«

»Immerhin eine angenehme Überraschung. Ich nehme mir hiermit das Recht des ersten Bisses heraus.« Feierlich legte er sich das Konfektstück auf die Zunge und schloss den Mund, synchron dazu senkten sich die Lider.

Genießerisch ließ er die Schokoladenhülle der neuen Kreation zergehen, um sich umso mehr auf den Inhalt der Praline zu freuen. Plötzlich riss er die Augen auf, ein ungläubiges Schnauben entwich ihm. Dann langte er nach seinem Kakao und stürzte ihn hinab. Sein Kopf wurde knallrot, die Tränen standen ihm in den Augen.

»Schmeckt's?« Fiorell lachte schallend los und warf sich auf den Rücken, die Fäuste trommelten auf den Teppich, wiehernd rollte er sich von rechts nach links und wieder zurück.

Wütend hüpfte der König auf die Beine, doch sein Hofnarr flüchtete sich aus dem Raum, bevor Perdór ihn erreicht hatte.

»Dieser verdammte Spaßvogel«, krächzte der ilfaritische Herrscher beinahe stimmlos und riss an der Klingelschnur, um noch mehr Kakao zu bestellen. »Meerrettich, Senf und Pfeffersoße hat er hineinfüllen lassen!«

Immerhin habt Ihr die Zutaten sofort erkannt, beschwichtigte ein amüsierter Hetrál. *Das spricht für Euren feinen Geschmackssinn.*

»Von dem ich nun auf immer befreit bin«, japste Perdór, öffnete seinen Mund und fächelte sich Luft in den Hals. »Es wird einfach nicht besser«, ächzte er, während er sich die Tränen von den Wangen wischte. »Das zahle ich i…«

In dieser Sekunde verschlug es ihm vollständig den Ton. So sehr sich der kleine rundliche Herrscher bemühte, wobei er die seltsamsten Grimassen produzierte, seine Stimme wollte nicht mehr zurückkommen.

Irgendwann ließ er resignierend die Schultern hängen und deutete eine Verbeugung als Zeichen seines Rückzugs an. Lakesia und Hetrál verneigten sich ebenfalls, dann war Perdór verschwunden.

Der Turît sah die Cerêlerin freundlich an und zuckte viel sagend mit den Achseln.

»Nun verstehe ich, wenn man sagt, der Hofnarr und der König hätten ein sehr ausgefallenes Verhältnis zueinander«, lautete ihr knapper Kommentar. »Ilfaris ist schon etwas Besonderes.«

Von draußen hörte man den entsetzten Schrei des Hofnarren, das Rappeln und Scheppern von metallischen Gegenständen und hastige Schritte, begleitet von den »Gnade«-Rufen Fiorells. Anscheinend war eine wilde Jagd in den Korridoren des Lustschlösschens im Gange.

III.

»So berichtete sie ihm weiter, nicht ahnend, wen sie in Wirklichkeit vor sich hatte.

›Ihr werdet ein großer Herrscher sein, der sich gegen seine Nachbarn erfolgreich zur Wehr setzt und sie zurückschlägt‹, sagte die Seherin. ›Ihr werdet unverhofften Beistand bekommen, der Euch bei Euren Plänen unterstützen wird.‹

Auch den Schatten wollte sie ihm nicht verschweigen, der drohend über ihm lauerte. ›Ich sehe aber auch eine ständige Bedrohung, die Euch umgibt und die Euch an Euer Leben will. Wenn sie es schaffen sollte, Euch zu töten, so ist all das, was ich Euch über Eure Kinder und die übrige Zukunft gesagt habe, hinfällig.‹«

Das Buch der Seherin
Kapitel III

Kontinent Kalisstron, Bardhasdronda, Frühjahr 444 n. S.

Matuc, Fatja und Lorin waren den kompletten Winter über in der kleinen Hütte geblieben und von der Bevölkerung mehr oder weniger durchgefüttert worden, was der Mönch niemals für möglich gehalten hätte. Mit einer solchen Hilfsbereitschaft rechnete keiner der Schiffsbrüchigen, und der Ulldraelgläubige lernte daraus, dass das ernste Wesen der Stadtbewohner, das offenbar überall an der Ostküste des Kontinents der Bleichen Göttin vorherrschte, nicht mit Unfreundlichkeit gleichzusetzen war. Die generelle, durchaus nicht böse gemeinte Reserviertheit gegenüber denen, die »von der anderen Seite« herübergekommen waren, blieb jedoch bestehen.

Ein paar Ausnahmen jedoch gab es.

Aus Blafjoll, dem Soldaten und Walfänger, wurde im Laufe der langen, frostigen Abende und eiskalten Nächte eine Art Patenonkel für den kleinen Lorin. Blafjoll war es auch, der mindestens einmal die Woche in der kleinen Kate vorbeisah und Proviant und Brennholz brachte: Gaben der Städter, damit die Fremden dem kalisstronischen Winter nicht zum Opfer fielen. Dem kleinen Lorin schnitzte er aus Tintenfischknochen ein Mobile, das bei jedem kleinen Windhauch tanzte und sich drehte. Der Junge, dessen Haare schwarz wie die seiner Mutter, die Augen aber dunkelblau wie die seines Vaters glänzten, machte trotz seiner frühen Geburt einen durchaus kräftigen, starken Eindruck und schien dem Winter mit Leichtigkeit zu trotzen.

Im Schlepptau des Walfängers und der Bürgermeistergattin Tjalpali erschienen zwei Menschen, die ebenfalls über den kalisstronischen Schatten der Zurückhaltung sprangen.

Zu ihnen gehörte die alte Stápa, die älteste Stadtbewohnerin Bardhasdrondas, die nach eigenen Erzählungen schon weit über die achtzig Jahre zählte. Andere, wie Blafjoll, waren der Meinung, dass sie aus Eitelkeit ihr wahres Alter lieber verschwieg, das bei mehr als neunzig Jahren liegen musste, wenn man den Urkunden, die angeblich im Rathaus lagerten, Glauben schenkte.

Stápa präsentierte sich als echte Kalisstronin, mit langen schwarzen Haaren, dem leicht kantigen Gesicht und den grünen Augen. Das Alter hatte ihr das Kreuz nach unten gedrückt, sie musste meistens am Stock laufen, aber der Schalk glänzte in ihren Pupillen.

Ihr gehörten große Teile des Stadtlandes, das ihr Gatte damals bei einem vermeintlich guten Geschäft von einem Palestaner erstanden hatte. Doch der »gute Acker« entpuppte sich als karge Wüste, in dem nichts wachsen wollte. Wie Ulldrael seine Gnade meistens verweigerte, wenn es um den Anbau in Kalisstron ging. Stápa und ihr Mann investierten in wertlosen Dreck.

Die Stadtälteste kam, und daraus machte sie niemals einen Hehl, aus reiner Neugier in die Hütte der Schiffbrüchigen, um zu sehen, wie es wohl um das Naturell der Menschen aus Ulldart, die nicht zu den Händlern gehörten, bestellt war. Sie legte eine Hand an, wenn sich Fatja abmühte, die Windeln zu wechseln, reichte den Trinkschlauch mit der Kindernahrung oder warnte vor dem Überkochen der Ziegenmilch auf dem Herd. Im Gepäck hatte sie immer eine Tüte mit Keksen, die Matuc und die Borasgotanerin erst zu schätzen lernen mussten. Sie schmeckten, entgegen der tarpolischen Sitte, eher salzig und waren mit einem Gewürz zubereitet, das keiner der beiden zuordnen konnte.

Bald gehörte das Gebäck zum wöchentlichen Beisammensein wie der stark gebraute Okjelpe-Tee, den die Kalisstri in rauen Mengen zu sich nahmen. Er diente als Allheilmittel bei kleinen Leiden, machte je nach Zubereitung müde oder hielt wach und sorgte generell für die innere Wärme. Nicht anfreunden konnten sie sich mit dem Brauch, etwas Fett und Salz in das Getränk zu geben, was nicht eben dem Geschmack zuträglich war.

Wer ebenfalls den Kopf zur Tür hereinstreckte, war ein junger Gelehrter, gerade einmal drei Jahre älter als Fatja, der sich auf dem besten Wege befand, einer der herausragendsten Geschichtenerzähler Bardhasdrondas zu werden, wenn Fleiß und Begabung im Alter nicht nachlassen würden. Arnarvaten, so hieß der junge Kalisstrone, erschien beinahe täglich in der Kate und wurde niemals müde, ganz langsam seine Fragen in Ulldart zu stellen. Noch kamen die Worte eher falsch, langsam und unverständlich, aber der Junggelehrte war ein unerschöpflicher Brunnen an Geduld.

Matuc vermutete dagegen, dass den Mann weitaus mehr als die Wissbegierde nach Geschichten, Sagen und Legenden, die er eifrig in ein Buch notierte, in die Unterkunft der Gestrandeten trieb. Entweder hatte die allmählich, aber unübersehbar heranwachsende Borasgotanerin sein Interesse noch nicht bemerkt, oder sie tat so, als würde sie es nicht bemerken. Wie alle Männer trug er seinen schwarzen Bart besonders barbiert. Dass er die Rasur noch übte, konnte man an den zahlreichen Schnittwunden im Gesicht erkennen, mit denen er auftauchte.

Sein ständiger und Stápas regelmäßiger Besuch führten vor allem dazu, dass sie recht schnell die wichtigsten Worte der fremden Sprache verstanden und reden konnten. Und je näher sich der Winter dem Ende zuneigte, umso sicherer wurden die beiden Ulldarter, wenn sie auch ihren tarpolischen beziehungsweise borasgotanischen Dialekt im Kalisstronischen beibehielten.

An die Eigenarten der Menschen mussten sich die Gestrandeten erst noch gewöhnen.

Die Kalisstri vermieden es, laut zu lachen. Es galt

ebenso als unhöflich wie lautes Rufen oder Schreien. Man lächelte sich an, kicherte oder zeigte seine Heiterkeit beherrscht, was vor allem Fatja große Probleme bereitete, die es bisher noch nicht eingesehen hatte, ihrer borasgotanischen Frohnatur einen diplomatischen Dämpfer aufzuerlegen, wie es vielleicht besser gewesen wäre. Noch behandelte man das Mädchen mit Nachsicht, vermutlich weil die Schicksalsleserin ohne zu lachen ein recht erwachsenes Gesicht zur Schau trug.

Ohnehin wurde Fatja auf eine harte Probe gestellt. Von ihr wurde, wie von allen offensichtlich Jüngeren, erwartet, dass sie den Älteren grundsätzlich Vorrang einräumte. Egal wo, beim Einkauf auf dem Markt, bei Engstellen in Straßen und Gassen, die Betagten waren zuerst an der Reihe. Wo der Altersunterschied keine Rolle spielte, galt man als gleichrangig.

Matuc hatte herausgefunden, dass es zumindest im Osten des Kontinents keinen König oder einen anderen Herrscher gab.

Die Macht lag in den großen Städten, die das Umland und die Dörfer mit einschlossen, das Zusammenleben durch einen gewählten Rat und einen Bürgermeister regelten. Mehrere Städte schlossen sich mitunter zu Bünden zusammen, wenn es darum ging, Gefahren gemeinsam zu bekämpfen, wie beispielsweise vor vielen, vielen Jahren die Piraten aus Rogogard. Auch Kriege wurden geführt, wenn sich diese Stadtstaaten in ihrer Souveränität oder ihrem Territorium bedrängt sahen. Doch ereigneten sich diese Auseinandersetzungen nur selten. Niemand setzte gerne das Leben der Bevölkerung, die als Miliz eingesetzt wurde, aufs Spiel, denn Menschen waren wichtige Überlebensfaktoren für eine Stadt.

Die Kalisstri waren in erster Linie Jäger und Fischer. Das Meer lieferte ihnen alles, was sie benötigten, im Umland wurden Pelztiere gejagt, um mit deren kostbarer Haut Handel zu treiben. Die Palestaner und Agarsiener, die außerhalb der Stadt tatsächlich noch Kontore unterhielten, liefen die Küste ein bis zwei Mal im Jahr an, um Geschäfte zu machen.

Ansonsten mieden die Kalisstri den Kontakt zu den »Fremdländlern«. Offensichtlich war es den Bewohnern nicht gelungen, eine erfolgreiche Landwirtschaft zu betreiben. Die Dörfer des Hinterlandes betrieben auf dem Weideland überwiegend Viehzucht, ein paar knorrige Obstbäume leisteten erbitterten Widerstand gegen die unsäglichen Bedingungen, ansonsten wuchs Wald und viel Gras. Das wertvolle Getreide musste, wie Blafjoll es schon erzählt hatte, aus dem Süden gegen teures Geld herbeigekarrt werden. Verständlich, dass diese Fuhrunternehmer, von denen es in Bardhasdronda vier Stück gab, zu den reichsten Einwohnern gehörten: Die Gewinnspannen waren enorm hoch.

Einen großen Vorteil gegenüber Ulldart hatte das Land jedoch: Es gab weitaus mehr Cerêler, was wohl mit der Schöpfungsgeschichte Kalisstrons zu tun hatte.

Die Cerêler, die als von Kalisstra Berührte galten, standen meistens den Städten vor und fühlten sich zudem verpflichtet, ihre heilenden magischen Fertigkeiten, die sie als Einzige von der Kalten Göttin erhalten hatten, unentgeltlich einzusetzen. Deshalb entdeckten Matuc und Fatja auf ihren gelegentlichen Streifzügen keinen wirklich Kranken, abgesehen von leichten Erkältungsfällen, die man selbst auskurieren konnte. Aber den schwereren Leiden und Verletzungen nahmen sich die kleinwüchsigen Heiler auf der Stelle an, wenn man sie davon in Kenntnis setzte. Auf Ulldart konnten sich diesen lebensrettenden Luxus nur Fürsten leisten, die Cerêler meistens in ihre Dienste nahmen und eifersüchtig darüber wachten, dass niemand anderes ihre Magie beanspruchte. Sie dem einfachen Volk zur Verfügung zu stellen, kam für die wenigsten in Frage. Ein paar rühmliche Ausnahmen bestätigten die Regel.

Matuc fiel die kalisstronische Ernsthaftigkeit nicht sehr schwer. Für ihn gab es keinen Grund, ausgelassen und unbeschwert zu sein.

Bei seinen Rundgängen, die er sich gelegentlich mit Hilfe von zwei Krücken zumutete, entdeckte er sehr schnell, dass in Bardhasdronda nicht ein einziger Hinweis auf andere Gottheiten existierte. Unangefochten beteten und opferten die Einwohner zu Ehren der Bleichen Göttin.

Als von Kalisstra gerne gesehen betrachtete man kräftige Farben, also streuten die Kalisstri becherweise besonders kostbare Farbpulver über und in die Heiligtümer, vorzugsweise grün, rot und gelb. Andere klebten kleine Goldplättchen auf die Statuetten, um die Bleiche Göttin zu ehren. Überall dort standen zudem Opferschalen mit ganz besonderer Kohle, deren Feuer doppelt so heiß brannte. Sie sollten das Herz von Kalisstra wärmen und sie gnädig stimmen.

Bei einem solchen Spaziergang ereignete sich gegen Ende des Winters etwas, was die Hilfsbereitschaft für die Gestrandeten stark zurückgehen ließ.

Matuc humpelte durch die Gassen, vorbei an kleineren Schreinen und Heiligtümern, an denen die Stadtbewohner ihre Gaben ablegten.

Sinnierend stand Matuc, der sich inzwischen aus Stoffresten eine Robe in gedecktem Braun hatte anfertigen lassen, in einer kaum benutzten Seitengasse vor einem Standbild der Bleichen Göttin, die Achseln auf die Krücken gestützt, die Hände in den Taschen versenkt, eine dicke Wollmütze auf dem Kopf.

Eine Frau räusperte sich hinter ihm, und unbeholfen drehte der Geistliche der Kalisstronin seinen Kopf zu.

Sie bot den üblichen Anblick der Einheimischen, nur ihre Augen schimmerten grüner als die der anderen Bewohner, als würden sie von innen angestrahlt.

Sofort erwachten bei dem schon betagteren Mann unangenehme Erinnerungen an die Fähigkeiten von Belkala, deren leuchtende Bernsteinaugen seinen Verstand zu überrumpeln gewusst hatten.

Die Frau trug einen langen weißen Ledermantel, an den Ärmeln, am Kragen und am Saum mit weißem Pelz besetzt. Um den Hals trug sie gleich vier Ketten, an denen stilisierte Eiskristalle, gefertigt aus Silber und Diamanten, hingen. Das Eis, so wusste der Ulldarter, stand für die Kalte Göttin. In ihrer Rechten hielt sie einen Gehstab, dessen oberes Ende zu einem Drittel mit einer silbernen, sorgfältig gravierten Kappe versehen worden war. Immer wieder blitzten und funkelten Edelsteine an ihr auf.

»Ich bin Kiurikka, Fremdländler«, stellte sie sich wenig höflich vor. »Du hast von mir gehört?«

Matuc hüpfte wie ein einbeiniger Rabe im Schnee herum, um sich der Sprecherin zuzuwenden. Sie beobachtete seine Bemühungen ohne Regung.

»Nicht«, keuchte er, nachdem er die Drehung geschafft hatte, ohne in das dreckige Weiß der Straße zu fallen. »Ich kennen Ihr nein. Aber das holen wir ja gerade über, nicht richtig? Und redest bitte langsam. Ich üben damit.« Er lächelte sie an, klemmte sich eine Krücke unter und streckte ihr seine Hand hin. Für mehrere Lidschläge hing sie so in der Luft, bis der Geistliche sie wieder zurückzog. »Habe ich Ihre beleidigend?« Er zeigte hinter sich. »Habe ich Kalisstra beleidigend, indem ich mein vielleicht vor ihrem Heiligstümer falsch verhalten? Wenn das so, sagen mir bitte.«

»Nein, noch haben du und das Kind die Schöpferin, die Erhalterin unseres Kontinents, nicht beleidigt«, antwortete sie nach einer Weile. »Ich bin die Hohepriesterin Kalisstras in Bardhasdronda. Ich achte darauf, dass die Kulte eingehalten werden und die Gläubigen sich rechtens verhalten, damit die Kalte Göttin ihr Herz nicht vor ihren Kindern verschließt und sie uns harte Winter sendet. Oder die Fischströme verebben lässt.« Ihre grünen Augen fixierten den Mönch. »Man sagt sich, du seist ebenfalls Priester. Aber nicht von Kalisstra.«

»Neinst, Kiurikka«, erklärte der Mönch freundlich. »Ich dienen Ulldrael dem Gerechten. Er hat uns bewahrt und uns den Wagen entrissen. Wogen, ich meine.«

Kiurikka hob, zum Zeichen, dass der Mönch schweigen sollte, den Stab ein wenig an. Der Autorität, die von der Frau ausging, konnte er sich nicht verschließen, und tatsächlich klappte er den Mund zu. »Ulldrael mag eines der Geschwister sein, aber hier hat er nichts zu sagen. Die ersten Menschen hofften in dieser Umgebung auf seinen Beistand, er möge das Getreide gedeihen lassen und die Natur zum Blühen bringen. Aber sie wurden verraten. Nichts tat sich, und sie sahen sich in Kalisstron einem furchtbaren Hungertod ausgesetzt.«

»Der Gerechte ist überallig«, sagte Matuc und bemühte sich, freundlich zu bleiben. Aus den hintersten Winkeln seiner Erinnerung schlichen sich die Bilder vom ersten Zusammentreffen mit der Kensustrianerin in der Flussschenke hervor. »Er hätte Menschen in Not niemals in Hieb gelassen.«

»Stich«, verbesserte sie. »Ulldrael hat vier Städte zu Grunde gehen lassen«, erzählte die Hohepriesterin mit eiskaltem Blick. »Er hat ihnen die Ernte versagt, obwohl sie sich ihm anschlossen, und so starben sie im Winter jämmerlich, fraßen sich gegenseitig auf, bevor sie der Tod ereilte.« Sie kam einen Schritt auf den Geistlichen zu. »Eine dieser Städte war Bardhasdronda. Es dauerte vier Generationen, bis sich überhaupt jemand wieder in diese Mauern wagte. Nur unter dem Schutz und durch die Gnade der verzeihenden Göttin wurde es möglich, hier zu leben. Sie gewährte Fisch und Jagdtiere im Überfluss. Seit damals. Bis heute.«

Der Mönch verstand die Betonung ihrer Worte sehr genau. »Und Euer habst nun Schrecken, dass mir Erscheinen die Göttin vielleicht dazu macht, ihre Gnade neuer zu übergedenken?« Eine seiner Krücken rutschte von seiner Kleidung ab, als er sie besser positionieren wollte, und fiel in den Schnee. »Wärst Euch möglich so aufdringlich und würdest einem alten Mann den Liebesbeweis tun? Ich komme nicht dran.«

Kiurikka sah teilnahmslos auf die Gehhilfe. »Ich denke nicht, dass das Auftauchen eines alten Krüppels und eines kleinen Mädchens die Bleiche Göttin dazu bringt, ihre Gnade von uns zu nehmen.« Das Grün ihrer Augen legte sich auf Matuc. »Aber wenn ich erfahren sollte, dass du versuchst, Sendbote des Gerechten zu spielen und dessen Lehre verbreitest, wirst du erfahren, was es heißt, ein plötzlich ungeliebter Gast zu sein.« Sie hielt ihm das Ende des Stabes unter die Nase, und der Geistliche wusste nicht genau, ob es eine Drohung oder eine Aufforderung war, sich die Gravuren näher zu betrachten. »Bardhasdronda erlitt einmal einen schrecklichen Niedergang, und der wird sich nicht wiederholen, hast du mich verstanden, Fremdländler?«

Im Inneren Matucs regte sich Widerstand gegen diese Drohung, denn er fühlte sich zu unrecht von der Hohepriesterin angegriffen, zumal er sich des historischen Hintergrunds der Stadt nicht bewusst war. »Seist Ihr so wenig überzeugen von Ihrem Wirken unter den Zutraulichen, dass Ihr tatsächlich angstet, ich, ein dahergerennender Ulldraelmönch, der Ihre Sprech nicht gut beharscht, könnte Euch die Menschen von ihrer altvorbeigebrachten Frömmigkeit abbringst?« Er tastete mit der verbliebenen Krücke nach der anderen Gehhilfe.

Kiurikka hakte die Spitze ihres Gehstabes in eine Verstrebung und zog die gefallene Krücke weiter von Matuc weg. »Damit wir uns verstehen: Ich habe keine Angst vor dir und deinem Gott. Ich möchte aber jede Möglichkeit, dass dieses grausame Ereignis sich wiederholen könnte, im Keim ersticken.«

Beharrlich versuchte der Geistliche, die entführte Gehhilfe zurückzuerobern. Dabei geriet er etwas aus dem Gleichgewicht und wäre um ein Haar gestürzt. »Würdest Euch das bitte untergelassen? Ich habe Ihm nichts getutet.«

»Dann möchte ich einen Schwur, dass du nicht versuchen wirst, deine Lehren in Bardhasdronda oder im Umfeld der Stadt zu verbreiten«, verlangte die Hohepriesterin schneidend.

»Den wirst ich dein gewisslich nicht geben«, widersprach Matuc auf der Stelle.

Die Spitze des Gehstabes setzte sich daraufhin auf seine Brust und drückte ihn nach hinten um.

Mit den Armen rudernd, fiel er in den Matsch. Wütend schlug er mit der Krücke nach dem wertvollen Gehstab, ohne anzunehmen, dass er vielleicht treffen könnte.

Doch sein Hieb saß. Das untere Ende schnellte nach vorne, das obere, schwerere mit der Silberkappe klappte nach hinten und traf die überraschte Kalisstronin mitten auf die Brust. Damit war es aber noch nicht getan. Der Stab prallte von dem Hindernis ab und fiel seitlich in den Schnee, klingend rissen die Ketten, die sich am Ende verfangen hatten, und die stilisierten Kristalle aus Silber und Diamanten verschwanden im knöchelhohen Weiß am Straßenrand.

Matuc und Kiurikka schauten ähnlich entsetzt in den Schnee, wohin die Kostbarkeiten auf Nimmerwiedersehen geflogen waren.

»Es tut mich traurig. Das wollte ich nichts. Sagst nun nein, das seien ein schlecht Zeichen.« Der Geistliche hob am Boden abwehrend die Hände und schüttelte energisch den Kopf. »Wenn Euch mich meiner Krücke gegeben hättest und ein wenigstens freundlichst gewesen wären, betrügt Ihr Euren Schmuck noch um den Kropf.«

»Dieser Schmuck«, beherrschte sich die Frau mühevoll, »wird von Hohepriesterin zu Hohepriesterin weitergegeben und ist das äußere Zeichen der herausragenden Verantwortung, die mit dem Amt einhergeht. Ich trage ihn normalerweise immer.« Dicke, kalte Flocken tanzten aus den grauen Wolken herab. »Selbst nachts.«

Matuc grinste und blinzelte ihr zu. »So, wie es ausgesieht, ist Kalisstra wohl nein daran gemögt, dass Euch Deinige Insignien so schnellst wiedergefunden sollte. Nein für ungut. Ich helfen Euch gerner, Kiurikka.« Er war schon wieder versöhnt und begann, mit bloßen Fingern im dreckigen, wässrigen Schneematsch zu wühlen. »Zugegeben, es werden nein leicht, bis uns allegar zurückgefunden haben. Wir können uns Siebchens besorgen tun täten.« Wie zum Beweis, hielt er einen der Diamantkristalle, den er ertastet hatte, in die Höhe. »Siehst Euer, Kalisstra erlaubt es sogar zu, dass ein Ulldraelgegläubiger Deinige …« Erst jetzt bemerkte der Geistliche, dass er zu den Schneeflocken sprach. Die Hohepriesterin war gegangen, er sah ihre Gestalt die Gasse hinabschreiten, der Gehstab knallte dabei hörbar auf das Kopfsteinpflaster.

Der Mönch zuckte mit den Achseln. Warum ließ Ulldrael jedes Zusammentreffen zwischen ihm und Angehörigen anderer Gottheiten in einem Fiasko enden? Etwas ratlos mantschte er im Schnee herum. Dies war wieder ein Einstand, wie er es von sich gewohnt war.

Nach mehreren Anläufen gelang es ihm, sich an der Mauer der Seitengasse in die Höhe zu ziehen und die Krücken aufzunehmen. Er würde mit Fatja zusammen Seihen organisieren und notfalls die Pflastersteine einzeln herausreißen, um die verlorenen Kleinode zu beschaffen.

Vielleicht ließ sich ihr Zorn damit besänftigen, wenn er alles vollständig zurück brächte.

Neben der Sorge um die jäh unsicher gewordene Zukunft der Flüchtlinge in Bardhasdronda erfüllte ihn aber auch ein wenig Genugtuung, dass ihm Ulldrael gegen Kiurikka Beistand gewährt hatte. Auch wenn der Beistand sehr nach zufälligem Abgleiten des Stabes aussah, Matuc legte es so aus.

Und es war ihm, als sein Hintern sich im kalten Schnee befand, ein Gedanke gekommen, wie er sehr wohl beweisen konnte, dass Ulldrael der Gerechte auch hier Ernten gelingen lassen würde.

Sobald das Weiß verschwunden sein würde, wollte er sich den Boden rund um die Stadt genauer ansehen. Aller Segen des Gerechten nützte wenig, wenn die Städter und Bauern die elementarsten Regeln der Landwirtschaft nicht beherrschten oder unabsichtlich gegen sie verstießen.

Es wäre doch gelacht, wenn er in diesem Kalisstron nichts zum Wachsen und Gedeihen bringen würde. Und wenn ihm das gelungen war, könnte er seine Lehren verbreiten, denn alle würden sehen, dass der Gott mit ihnen war. Der Kontinent hatte Platz genug für zwei Götter.

Mit Sicherheit hatte Kalisstron genügend Platz für zwei oder sogar mehrere Götter.

Aber die Stadtbewohner reagierten auf den Vorfall, den die Hohepriesterin selbst oder etwaige unbemerkte Zeugen in Bardhasdronda verbreiteten, ungehalten. Dies äußerte sich in zurückgehender Hilfsbereitschaft, und Blafjoll musste mehr als einmal Tjalpali um zusätzliche Gaben bitten.

Fatja hatte dem Mönch gehörig den Kopf gewaschen und ihm schwere Vorwürfe gemacht, die er auch alle hinnahm. Zum Teil gab er sich die Schuld, wollte aber bei der Schilderung des Hergangs die Provokation durch die Hohepriesterin nicht verschweigen. Was ihm gegen die kleine Borasgotanerin wenig brachte, die wegen ihm vier Stunden lang bei Eiseskälte, bewaffnet mit Eimern, Laternen und drei Sieben, in der Seitengasse kniete und mit beinahe erfrorenen, tauben Fingern nach den Schmuckstücken forschte. Lorin blieb so lange in der Obhut des Walfängers und Stápas.

Bis auf eine Kette und ein Kristall fand sich alles wieder. Matuc ließ es von Fatja ins Heiligtum Kalisstras bringen.

Ungewiss blieb, was aus den drei Verschollenen aus Ulldart geworden war. So sehr sich der Walfänger, Arnarvaten und Stápa umhörten, niemand in Bardhasdronda, weder die Jäger noch die wenigen wagemutigen Fischer noch Besucher aus anderen Städten, konnten Aufschluss über das Schicksal der von Matuc und Fatja so schmerzlich vermissten Personen geben.

Es fanden sich keinerlei Hinweise auf den Verbleib von Waljakov, Norina und Torben, dennoch wollten sie die Hoffnung nicht aufgeben. Nächtelang betete der Geistliche zu Ulldrael, er möge sie gerettet haben.

Die Borasgotanerin wandte sich dagegen in aller Öffentlichkeit immer mehr Kalisstra zu, brachte ihr kleine Opfer dar, um die Kalte Göttin ebenfalls milde zu stimmen. Und natürlich die Einwohner von Bardhasdronda, die ihr Verhalten sehr wohl bemerkten und mit einem erfreuten Lächeln zur Kenntnis nahmen.

Gegen Frühjahr erkrankte der kleine Lorin plötzlich an einer Lungenentzündung, und ein aufgelöster Matuc bat Tjalpali, dem Knaben mit ihrer Magie ein wenig zu helfen. Alle Tinkturen und Mittel, die man zunächst angewandt hatte, fruchteten nicht. Da auch Stápa auf Beistand drängte, gab die Cerêlerin schließlich nach. Zu gut war ihr noch das Ereignis gleich nach der Ankunft der Fremdländler in Erinnerung.

Die Gattin des Bürgermeisters erschien eines Abends und machte sich bereit, dem kleinen Jungen magische

Pflege angedeihen zu lassen. Lorin, dick eingepackt, machte in seiner Wiege ein erbärmliches Gesicht, jammerte und weinte unentwegt. Das Fieber und der Husten quälten das Kind sehr.

Tjalpali öffnete die Kleidung des Kranken und legte zuerst nur die Fingerspitzen der rechten Hand auf den zierlichen Brustkorb des Knaben, als wollte sie prüfen, ob sich das Schauspiel von damals wiederholen würde. Aufmerksam standen die Stadtälteste, Blafjoll, Matuc und Fatja dabei und sahen gespannt zu.

Die Cerêlerin wirkte beruhigt. Sie legte nun sanft ihre Handfläche auf, schloss die Augen und sammelte ihre Kräfte.

Als würde Lorin die sich vorbereitende Magie spüren, verstummte er. Sein Kopf drehte sich zu der kleinwüchsigen Frau, die blauen Augen schienen zu staunen. Das bekannte grüne Leuchten entstand und drang durch die Poren der Haut ins Innere, um dort seine Wirkung zu tun.

»Und?«, drängelte die Borasgotanerin. »Funktioniert es diesmal?«

»Warum sollte es nicht wirken?«, murmelte Stápa. Der Walfänger warf Fatja einen Blick zu, der sie an weiteren Äußerungen hindern sollte.

Der Geistliche betete in Gedanken, um keinen der Kalisstri herauszufordern.

Das Grün wurde intensiver, und Tjalpali riss die Augen auf. Lorin lag ruhig in seinem Bettchen, und er lachte plötzlich freudig. Dann setzte der Vorgang ein, der fast allen in der Hütte bekannt war.

Das Leuchten wandelte sich, färbte sich um zu Blau. Wie angeklebt lag die Rechte der Bürgermeistergattin am Körper des Kindes und bewegte sich nicht fort, als das blaue Schimmern an ihrer Hand hinaufkroch.

»Ist das so gewollt?«, erkundigte sich Stápa interessiert. »Das ist das erste Mal, dass ich einen blauen Cerêler sehe.«

Matuc, Blafjoll und Fatja sahen sich an. Keiner wusste, was zu tun war.

Tjalpalis Mund wurde zu einem Strich, ein leises Stöhnen entwich ihr, ihre Atmung beschleunigte sich. Der kleine Fremdländler blühte dagegen förmlich auf, jauchzte und wedelte mit den Armen, als würde ihm etwas sehr gefallen. Noch immer hielten die Kleinwüchsige und das Kind Kontakt miteinander. Die Cerêlerin wirkte noch blasser als gewöhnlich. Ihre Knie zitterten, während das Blau an ihrer Schulter angelangt war.

»Sollten wir etwas tun?«, fragte Matuc, fasziniert von dem Anblick. »Ich bin mir nicht sicher, ob das gut ist, was da gerade geschieht.«

»Ich bin dafür, dass wir die beiden trennen«, meinte der Walfänger und packte die Bürgermeistergattin am Arm. Mit einem überraschten Laut zog er die Hand zurück. »Irgendetwas hat mich eben gebissen. Oder so etwas.«

Das Blau hatte sich mittlerweile über den ganzen Oberkörper der Heilerin ausgebreitet. Tjalpali nahm eine verkrampfte Haltung ein, ihre Zähne schlugen aufeinander, und etwas knirschte plötzlich. Ein dünner Blutfaden sickerte aus ihrem Mund.

»Hol sie da weg!«, rief Stápa Blafjoll zu. »Da stimmt etwas nicht.«

Mit Schwung warf sich der kräftige Kalisstrone gegen die Bürgermeistergattin und riss sie um. Erst dann löste sich die Hand von Lorin, das Blau erlosch augenblicklich.

Die Cerêlerin lag zuckend auf den Dielen der Kate, die Augen abwesend an die Decke gerichtet, alle Gliedmaßen waren starr wie Holz.

Behutsam trug Blafjoll die kleinwüchsige Frau in Matucs Schlafkoje. »Ich hole den Bürgermeister. Passt auf sie auf«, befahl er und rannte hinaus.

Fatja stand Kopf schüttelnd vor dem Lager des Kindes. »Kleiner Bruder! Was hast du gemacht, mh?« Sie legt ein Ohr an die Brust des Knaben, dann deckte sie ihn wieder zu. »Er pfeift nicht mehr wie ein Wasserkessel«, wunderte sie sich. »Die Magie der Heilerin hat gewirkt, was immer sonst noch geschehen ist.«

Der Geistliche hüpfte zur Bürgermeistergattin und saß reichlich ratlos daneben. »Das scheint eine Art Fallsucht zu sein«, schätzte er, obwohl er innerlich etwas ganz anderes dachte. »Sie haben sich bestimmst überangestrengt«, meinte er auf Kalisstronisch.

»So, so. Überanstrengt«, sagte die Stadtälteste. »Ich habe schon vieles gesehen, aber dass sich ein Cerêler bei der Heilung eines einzigen Kindes so verausgabt, das gab es in Bardhasdronda noch nie. Es macht ihnen normalerweise nichts aus, mehr als ein Dutzend Bittsteller von Krankheiten zu befreien, und da sollte eine simple Lungenentzündung einen solchen Effekt bewirken?« Sie schlurfte vorsichtig an die Wiege und äugte hinein. »Ich bin vielleicht alt, aber nicht töricht. Nein, nein, kleiner Lorin. Mit dir stimmt was nicht.«

Schweigend warteten sie auf die Rückkehr des Walfängers, der wenige Lidschläge darauf mit Kalfaffel erschien. Ohne ein Wort eilte er an das Bett seiner Gattin, legte ihr die Hände auf die Stirn und ließ seiner wohl tuenden Magie freien Lauf.

»Ich habe ihm unterwegs erklärt, was geschah«, meinte Blafjoll, warf einen Blick nach draußen und zog die einfachen Vorhänge vor die Fenster. »Es stehen einige Neugierige draußen, die uns gesehen haben, wie wir hierher rannten. Sie müssen nicht unbedingt erfahren, was sich abspielt.«

Fatja half ihm, danach trat der Walfänger vor die Tür und versuchte, die Schaulustigen mit ein paar harten, aber nicht lauten Worten zu verscheuchen, was aber nicht zu gelingen schien.

Nach einiger Zeit entspannte sich der Körper der

Cerêlerin. Etwas benommen spuckte sie die Stücke von Zähnen aus, die unter dem Druck, den ihre Kiefer erzeugten hatten, gesplittert waren. Leise unterhielt sich das Ehepaar.

Kalfaffel stand auf. »Ich weiß nicht genau, was vorgegangen ist. Dieses Kind scheint etwas in sich zu tragen, das Kalisstras Gabe gleicht, nur anders wirkt.«

Matuc seufzte. »Wir sind Euch dankbar, dass Ihr Lorin trotz allem geheilt habt.«

Der Cerêler wackelte mit dem Kopf. »Meine Frau hat nichts dergleichen getan. Sie kam nicht dazu. Als sie den Knaben berührte und ihre Fertigkeit aktivierte, nahm etwas Verbindung zu ihrem Innersten auf, das wohl von Lorin ausging.«

»Ich verstehe nicht«, meinte der Geistliche verblüfft. »Es geht ihm doch besser.«

Kalfaffel trat neben die Wiege und betrachtete den lachenden Jungen nachdenklich. »Er nahm sich, was er brauchte, um sich anscheinend selbst zu heilen. Er hat die magische Gabe Kalisstras angezapft und sich bedient. Offenbar kontrolliert er diese Fertigkeit noch nicht besonders gut.« Mit ernstem Gesicht drehte er sich zu Fatja und Matuc. »Wenn er länger mit ihr verbunden gewesen wäre, hätte ich sie verloren. Er hätte ihr alles geraubt, was sie an Magie in sich trägt, ohne es böse zu meinen. Es wird eine Art kindlicher Reflex gewesen sein, ähnlich wie das Milchsaugen. Hat es genug, hört es auf, nicht eher.«

»Aber warum geschah das nicht schon mal beim ersten Mal?«, wunderte sich der Mönch. »Versteht mich nicht falsch, ich wünsche Eurer Gattin nichts Böses. Aber es hätte uns vor den schweren Folgen, die sie zu spüren bekam, gewarnt.«

»Der Kleine wird zu diesem Zeitpunkt nicht krank gewesen sein?«, meinte Kalfaffel.

»Und was passiert, wenn ein Cerêler seine … göttliche Gabe verliert?«, wollte die Borasgotanerin wissen.

Der Bürgermeister zuckte mit den Schultern. »Das geschah noch nie. Wie auch? Aber nach alldem, was sich ereignet hat, und wenn ich mir den Zustand meiner Gemahlin betrachte, würde ich sagen, man stirbt.«

Betroffen schauten alle auf den Knaben, der nun friedlich schlummernd zwischen den Decken lag.

»Es ist sehr unhöflich, sich in einer Sprache zu unterhalten, die nicht alle in diesem Raum besonders gut verstehen«, beschwerte sich Stápa. »Meine letzte Unterredung mit einem Palestaner liegt fünfzig Jahre zurück. Ich habe so gut wie nichts verstanden.«

»Das ist auch gut so«, murmelte Kalfaffel und fuhr weiterhin auf Ulldart fort. »Ich weiß, dass das Kind nichts dafür kann, was sich eben in der Hütte ereignet hat. Aber die Städter werden das anders sehen. Tjalpali und ich werden darüber Stillschweigen bewahren, um kein böses Blut zu schaffen. Die zerrissenen Ketten der Hohepriesterin reichen, um Euch nicht unbedingt besonders beliebt zu machen.«

»Ich danke Euch, Bürgermeister«, sagte Matuc und verneigte sich. »Ich habe nicht den blassesten Schimmer, wie ich das jemals wieder gut machen kann.«

»Freut Euch nicht zu früh«, warnte der Cerêler. »Es hat genügend Neugierige gegeben, die vor der Tür standen, auch der ein oder andere Blick wird durch das Fenster geworfen worden sein. Dass ihr alle ein weiteres Mal ins Gerede kommt, wird sich nicht verhindern lassen. Aber die Wahrheit über den Knaben, dessen Fertigkeiten mir Rätsel aufgeben, sollten wir keinem sagen.«

»Würdet Ihr das bitte auch Stápa erklären?«, bat der Geistliche. »Ich fürchte, mein Kalisstronisch reicht nicht aus, um die Tragweite zu verdeutlichen.«

»Sicherlich.« Kalfaffel räusperte sich. Anscheinend lag ihm noch etwas am Herzen. »Aber mein Interesse an dem Jungen ist geweckt. Gibt es auf Ulldart denn Magie?«, fragte er zögerlich.

»Nein«, antwortete der Ulldraelgläubige beinahe ehrlich, um nicht auf die Abstammung des Kindes eingehen zu müssen. »Wir sind ebenso erschrocken und bestürzt wie Ihr.«

»Wir werden die Sache näher untersuchen, wenn er wächst. Ich möchte, dass Ihr alle seltsamen Erscheinung, die von dem Knaben ausgehen, notiert. Vielleicht erhalten wir damit einen Aufschluss, was er in sich trägt.« Er watschelte zu der Koje, aus der sich seine Gattin etwas unsicher erhob. »Ach, ja. Ausgiebige Spenden zu Ehren Kalisstras dürften mehr als angebracht sein.«

Bevor Matuc etwas Dummes einfallen konnte, sprang Fatja in die Bresche und nickte artig. »Ich werde die Kalte Göttin gebührend ehren, Bürgermeister, darauf könnt Ihr Euch verlassen.« Dabei rempelte sie ihrem Landsmann den Ellbogen in den Bauch.

Kalfaffel unterhielt sich ausgiebig mit Stápa, die dabei viel nickte, irgendwann große Augen machte, eine geheimnisvolle Verschwörermiene aufsetzte und den beiden Gestrandeten dann wissend zunickte.

»Von mir wird keiner was erfahren«, versicherte sie. »Das Geheimnis ist bei mir in guten Händen. Und ich bin so alt, mir würde ohnehin niemand mehr etwas glauben. Wenn ich Pech habe, vergesse ich es gleich wieder.« Sie griente zahnlos. Fatja musste unwillkürlich an den rogogardischen Freibeuter denken.

Blafjoll kam herein und schüttelte sich den Schnee aus den langen schwarzen Haaren, seine grünen Augen funkelten böse, dann wechselte er ein paar schnelle Worte mit dem Bürgermeister. Der Heiler nickte und verließ zusammen mit der immer noch entkräfteten Tjalpali die Unterkunft. Sofort hörten sie aufgeregte Stimmen von draußen. Anscheinend hatte sich halb Bardhasdronda vor der Tür der Fremdländler versammelt.

Seufzend ließ sich der Geistliche in die Schlafkoje fallen. Die kleine Borasgotanerin machte sich an die Fütterung von Lorin, tatkräftig unterstützt von der Stadtältesten.

Der Walfänger lehnte an der Tür und versuchte, durch das Holz die Unterredung zu verstehen. »Sie wollen wissen, was geschehen ist«, gab er seine Erkenntnisse weiter. »Sie wollen wissen, ob ihr die Schuld daran tragt, dass es Tjalpali so schlecht geht.« Er schwieg kurz. »Und sie wollen wissen, ob sie euch aus der Stadt jagen sollen.« Matuc und Fatja sahen sich entsetzt an. »Aber er bringt sie gerade von ihrem Vorhaben ab und schickt sie nach Hause.« Vorsichtig spähte er durch einen Riss im Vorhang. »Sie gehen tatsächlich«, meldete er erleichtert. »Ich hätte ihnen beigebracht, was es heißt, Gastfreundschaft mit Füßen zu treten.« Die kräftigen Fäuste schlossen sich.

Fatja lief zu dem Walfänger und umarmte ihn. »Danke, danke, lieber Blafjoll, dass du zu uns hältst. Ohne dich wären wir doch alle verloren.«

Stápa stampfte mit dem Stock auf. »Ich sagte schon einmal, dass es sehr unhöflich ist …«

Die Borasgotanerin lachte und drückte auch die Stadtälteste. »Wir seien froh, dass du uns auch hilfst. Beste Kinderwache, wo gibt in Stadt!«

»Ja, ja, wenn du erst mal zehn Bälger in die Welt gesetzt hast, kommst du um Erfahrung nicht herum«, lachte sie glücklich. »Es freut mich, dass ich euch helfen kann. Es ist beinahe wie eine echte Familie.«

»Ja«, bestätigte Blafjoll leise. »Die Kalte Göttin wird sich schon etwas dabei gedacht haben, dass sie uns zusammengeführt hat. Und nun entschuldigt. Ich muss gehen. Kalisstra gebe euch Schutz.« Er nahm die Stadtälteste mit hinaus, um sie sicher durch die Dunkelheit zu bringen.

Ulldrael der Gerechte sei mit dir, Ihm gebührt alle Ehre, erwiderte Matuc in Gedanken und formte mit seinen Händen die Kugel als Symbol für seinen Gott. Irgendwann würde er diesen Satz aus den Mündern von vielen Kalisstri hören, so wahr ihnen Ulldrael das Leben gerettet hatte.

Ulldart, Königreich Tarpol,
Hauptstadt Ulsar, Frühjahr 444 n. S.

Was hatte er nur falsch gemacht? Lodrik stützte eine Hand auf das kleine Pult und blätterte mit der anderen in der Lektüre vor und zurück. Es hätte klappen müssen. Aber warum hatte sich nichts getan?

Stirn runzelnd hob er den Kopf und blickte sich suchend im Raum um. Aber eine auf den Seiten beschriebene »Besonderheit« wollte ihm dabei nicht auffallen. Das Studierzimmer im Bauch das Palastes hatte sich nicht verändert. Er wusste aber auch nicht, worauf er genau achten sollte, die Beschreibungen in diesem Werk waren zu schwammig.

Mit offenem Hemd sinnierte der junge, nun bartlose Mann über den Formeln, die er seiner Meinung nach korrekt angewandt hatte. Auf dem Tisch, der sich vor dem Pult befand, standen mehrere Kerzen, akribisch genau nach einem bestimmten Muster platziert. Zwischen den Lichtquellen waren Linien gezeichnet und Symbole aufgemalt worden, in deren Zentrum ein Häufchen Asche ruhte.

Lodrik kratzte sich ratlos am Kopf, trat an den seltsam anmutenden Versuchsaufbau heran und betrachtete das Pulver genauer, als würde er erwarten, dass jeden Moment etwas aus der flockigen Substanz zum Vorschein kam.

»Verdammt, Vater!«, fluchte er und bohrte seinen Zeigefinger in das Häufchen. »Zeige Er sich. Ich möchte Ihm einen Sohn zeigen, wie Er Ihn sich immer gewünscht hat. Lodrik der Eroberer, ein glänzender Bardri¢, der die Dynastie glorreicher als alle anderen weiterführt.« Der junge Herrscher zog seinen Finger aus der Asche und hielt die Partikel ganz nah vor die dunkelblauen Augen. »Hat Er gehört, Vater? Glorreicher als Er! Das Volk hat Ihn bereits fast vergessen.« Er blies die Asche in die Luft. »Ich bin der Kabcar der Tarpoler, auf dem Thron und im Tempel. Was hat Er denn geleistet?« Lodrik verfolgte den Flug der grauen Flocken, die sich im Zimmer verteilten. »Er ist Staub im Wind.«

Selbst nach dieser Schmähung hielt es der Geist von Grengor Bardri¢ nicht für notwendig, seinem Sohn zu erscheinen, wie er es, laut dem Lehrbuch, das auf dem Pult lag, hätte tun sollen. Diese Schrift besagte, dass sich die »Essenz des Toten« mit einem »Ächzen, Stöhnen« meldete und der Leib des Verschiedenen als flimmernde, durchschimmernde Kontur sichtbar würde.

Aber es blieb still und dunkel im Studierzimmer.

Lustlos ließ sich Lodrik auf den Stuhl fallen, angelte nach einer Flasche Wein, die er sich mitgebracht hatte, und nahm einen langen Schluck.

Er nahm, ohne hinzusehen, das Büchlein vom Pult und wälzte mit einer Hand die Seiten um. Einen Hinweis beim Überfliegen der Zeilen auf seine möglichen Versäumnisse fand er nicht, deprimiert leerte er die Flasche um ein weiteren Zug.

Er hätte gerne mit ihm gesprochen und ihn ein bisschen gedemütigt. Der ungeliebte Sohn war nun ein Held.

Schwer erhob er sich und warf das gebundene Werk achtlos in die Ecke. Der Verfasser des Buches versprach, dass man, bei exakter Anwendung von Symbolen und Formeln, die Toten rufen und zu den eigenen Zwecken einsetzen konnte. Das reichte vom Gespräch bis hin zu Diensten, die man ihnen abverlangen konnte. Der Grundcharakter der Verstorbenen war entscheidend für das, was möglich war. Die Theorie: Je verkommener der Verblichene, desto einfacher war er für die eigenen Wünsche einsetzbar. Voraussetzung war, dass man entweder den »Corpus« selbst oder ein Körperglied besaß.

Vielleicht lag es daran, dass er nur die Asche des alten Mannes hatte. Also sollte er das Experiment besser mit einem echten Kadaver ausprobieren. Oder war er zu skeptisch gegenüber dieser Kunst?

Immer wieder wanderte die Öffnung der Flasche an seinen Hals, bis der Wein geleert war. Aber trotzdem fand der junge Herrscher damit nicht zu einer Lösung des Problems. Wie genau die Nekromantie funktionieren sollte, das wusste er nicht. Es hatte anscheinend nichts mit der Magie zu tun, die er nutzte.

Dieses Buch ging davon aus, dass die Essenz der Toten an dem Ort, an dem sie waren, es durchaus hörte, wenn man sich über sie unterhielt oder wenn man nach ihr rief. Die Nekromantie war nun in der Lage, die Essenz zum Erscheinen zu zwingen. Entweder materialisierte sie als wabernde Silhouette, oder der Nekromant brachte sie dazu, in einen toten Körper zu fahren, den eigenen oder einen fremden.

Symbole, Formeln und Sprüche sollten das eigentlich bewerkstelligen, aber nichts wollte Lodrik gelingen. Er hatte den Verdacht, dass diese Lektüre nicht anderes als große Scharlatanerie war, die höchstens einfache Gemüter beeindrucken konnte. Warum ihm Mortva diesen Schund gegeben hatte, wusste er nicht. Und es ärgerte ihn maßlos, dass er seine kostbare Zeit mit dem Auswendiglernen des Unsinns vergeudet hatte. Wieder warf er sich auf den Stuhl, der schwere Wein tat seine Wirkung.

Er hätte zu gerne gewusst, wie viele Tarpoler das schon ausprobiert hatten und enttäuscht worden waren. Er sah die Reichen und Mächtigen Tarpols wie sich selbst mit langen Gesichtern vor Tischen mit Kerzen sehen, was ihn zum Lachen brachte. Glucksend rutschte er vom Polster, legte den Kopf in den Nacken und schloss die Augen. Das leichte Gefühl im Kopf sagte ihm, dass der Alkohol immer stärker wirkte.

Umständlich stemmte er sich in die Höhe, strich die blonden Haare nach hinten und band sie erneut mit dem Lederband zusammen. Dabei fiel sein Blick auf das Henkersschwert, das er neben der Uniformjacke abgelegt hatte. Wie ein Blitz traf ihn die Eingebung.

Er langte nach dem Griff, und mit einer fast andächtigen Bewegung zog er die Schneide aus der Hülle. Schwach schimmerten die Gravuren der Waffe auf. Bannsprüche, die den Träger vor der Rache der Toten schützen sollten, die mit der Klinge und einem kräftigen Schlag ins Jenseits befördert worden waren, und Szenen von Hinrichtungen wurden sichtbar. Ob es die Seelen seiner Opfer in sich aufgenommen hatte, wie das Volk sagte?

Vorsichtig fuhr Lodrik mit den Fingerspitzen über die Gravuren und Schmiedearbeiten. *Bist du ein Seelenfresser?* Kühl fasste sich das Metall an, kühl und angenehm. *Wir werden sehen.*

Er trieb die schwere Klinge mit einem kraftvollen Hieb in die Tischplatte, genau in die Schnittpunkte der Linien, in die Mitte der Kerzen. Ohne nachzudenken, was er tat, betete er die Formeln herunter, zuerst langsam, dann immer schneller, bis er sich beinahe in Trance geredet hatte.

Das erste aufgeschmiedete Bannzeichen knapp unterhalb des Hefts leuchtete rotblau schimmernd auf. Lodrik glaubte, dabei so etwas wie ein Stöhnen, ein schweres Atmen gehört zu haben, das von den Wänden widerhallte und ihn von allen Seiten umgab.

Seine Nackenhaare richteten sich auf, doch seine Lippen formten weiterhin die Wendungen und Beschwörungssprüche, bis das nächste Symbol auf der Klinge erstrahlte.

Diesmal flackerten die Kerzen, ein wispernder Wind strich durch den fensterlosen Raum, in dem kein Zug herrschen dürfte. Das laute Seufzen löschte die tanzenden, zuckenden Flammen, nur die glühenden Zeichen auf dem Henkersschwert sorgten für ein unwirkliches Licht.

Nun beendete der Kabcar seine Litanei. Ausgerechnet ihm, den die seltsamsten Menschen und Wesen des Kontinents umgaben, wurde unheimlich zu Mute.

Der dritte Bannspruch glomm auf.

»Was bei Tzulan …?«, begann er verwundert. Hastig langte er nach dem Griff und wollte die Schneide aus dem Tisch ziehen, um den Prozess, den er in Gang gesetzt hatte, abzubrechen.

Es war, als hätte sich das Metall mit dem Holz verbunden. Das Schwert bewegte sich keinen Millimeter.

Mit beiden Händen umfasste er den Knauf, sprang auf die Tischplatte und zog aus Leibeskräften. Die mittlerweile nicht unansehnliche Muskulatur Lodriks schwoll an, das Seufzen, Stöhnen und Jammern um ihn herum wurde lauter, Angst einflößender.

Unsichtbare schienen ihn zu berühren, zogen sanft an seinem Hemd oder strichen ihm durch die Haare. Immer forscher wurden die Kontakte, intensivierten sich, bis sie allmählich schmerzten. Offenbar wollten die, die er freigesetzt hatte, nicht, dass er sich einmischte.

Schwitzend versuchte der junge Herrscher nun, den Griff mit aller Gewalt nach oben zu stemmen, aber auch das misslang. Ein kräftiger Schlag in die Nieren ließ ihn in die Knie brechen, ein Stoß gegen die Brust beförderte ihn im hohen Bogen vom Tisch weg. Hart prallte er auf die Marmorplatten.

Ein dunkles Grollen kam aus seiner Kehle. »Was glaubt ihr, wer ihr seid?«, schrie er wütend und sammelte seine magischen Energien in sich. »Ich bin der Hohe Herr! Ihr werdet mir dienen, wie es alle anderen tun!«

Ohne ein Ziel zu haben, flutete er den Raum mit blauen Blitzen, ein Ausbruch jagte den nächsten. Die feinen Strahlengespinste zuckten über die Steinwände, dann lenkte er sie gegen den Tisch, der unter der Kraft der Magie explodierte, Holztrümmer und -splitter stoben nach allen Seiten davon.

Klirrend fiel das Henkersschwert auf die Steinplatten, die Bannsprüche verloren augenblicklich ihr Leuchten. Das allgegenwärtige Wispern, Stöhnen und Rufen erstarb im selben Moment.

»Licht«, befahl Lodrik. Die Dochte der Kerzen entflammten sich und beleuchteten das Chaos, das im Studierzimmer herrschte. Fluchend stand er auf, ordnete die blonden Haare wieder zu einem Zopf und nahm seine Waffe auf. Sie wirkte so harmlos wie ein Stück Metall nur aussehen konnte.

Er verstaute das Schwert in der Scheide, hob das Büchlein auf und warf die Uniformjacke über. »Und wenn ich verstanden habe, wie man euch zu fassen bekommt, werde ich euch Respekt lehren«, brüllte er in den leeren Raum. »Ich weiß genau, dass ihr mich an eurem Ort der Essenzen hören könnt. Freut euch auf den Tag.«

Er schritt zum Ausgang und machte sich auf den Weg zu seinen Gemächern, um sich zu erfrischen und die Kleider zu wechseln. Aber immerhin hatte er den, wenn auch nicht befriedigenden, Beweis erhalten, dass das Beschwören von Seelen kein Hirngespinst war.

Lodrik nahm sich vor, aus den Gerichtsakten Granburgs herausschreiben zu lassen, wer der geheimnisvollen Klinge alles zum Opfer gefallen war. Grinsend pochte er auf die Hülle. »Na, Jukolenko, das wird noch ein gewaltiger Spaß für uns beide.«

In aller Eile zog er sich um und ließ sich den Brustharnisch über die graue Uniform schnallen, während er sich die weißen Handschuhe überstülpte. Ein letztes Wischen über die blanken Reitstiefel und er war zufrieden mit seinem Äußeren. Seine Untertanen sollten einen beeindruckenden Kabcar zu Gesicht bekommen. »Tue Gutes und rede darüber«, sagte er zu seinem Spiegelbild.

Mortva streckte den Kopf zur Tür herein. »Hoher Herr, hättet Ihr einen Moment Zeit für Euren bescheidenen Ratgeber?«

»Es gibt wirklich keinen Grund, bescheiden zu sein.« Der Kabcar wandte um. »Bei den Erfolgen.«

»Dennoch, es kleidet sich besser in Bescheidenheit denn in Angeberei«, meinte der Konsultant und trat ein. In der linken Hand hielt er eine große Pergamentrolle, die mit einer ruckartigen Bewegung ausbreitete. »Das sind die Pläne für die neue Kathedrale.«

Etwas amüsiert betrachtete Lodrik den Entwurf. »Und Ihr möchtet mir etwas von Bescheidenheit erzählen, Vetter? Das hier«, er tippte auf die Zeichnung, »ist mehr als Angeberei.«

»Ein Gott sieht es gerne, wenn man ihn schätzt. Und das wird eine Wertschätzung sein, wie sie ihm gebührt«, hielt der Mann mit den silbernen Haaren dagegen.

»Na ja, er hat genug für mich in letzter Zeit getan«, sagte der junge Herrscher einsichtig. »Ich kann mich wahrhaftig nicht beschweren. Bauzeit und Kosten?«

»Rund zehn Jahre Arbeit für die Steinmetze, vielleicht auch nur acht, wenn es keine unvorhergesehen Unterbrechungen gibt. Das Material liegt größtenteils herum«, lächelte Mortva. »Daher reduzieren sich die Kosten auf ein Minimum. Zweihunderttausend Waslec.«

»Einverstanden«, gab Lodrik ohne ein Zögern sein Einverständnis. Ein Punkt erregte seine Aufmerksamkeit. »Wer hat die Pläne eigentlich angefertigt? Sie sehen großartig aus. Und was ist das, im hinteren Teil, wo sich einst das Ulldraelstandbild befand?«

»Ihr habt sehr gute Ingenieure, Hoher Herr. Ich gab ihnen ein paar Anhaltspunkte, und sie legten los.« Der

Konsultant tat zunächst so, als fände er auf dem Plan das nicht, was der Kabcar wissen wollte. »Ach, das. Nun, ich dachte mir, es sei eine gute Gelegenheit, diese alte Vertiefung im Boden wieder zur Geltung zu bringen.«

»Diese alte Vertiefung, Vetter, diente damals Sinured, um dem Gebrannten Gott Menschen zu opfern«, sagte der Kabcar kalt. Mortva schien verblüfft über das Wissen zu sein. »Ihr seht, ich kenne die Vergangenheit der Kathedrale.« Die blauen Augen sahen den Ratgeber plötzlich misstrauisch an. »Sollte das eben der Versuch gewesen sein, Dinge hinter meinem Rücken in die Wege zu leiten?« Er nahm die Zeichnung an sich. »Ich danke Euch für die Vorarbeit, Mortva, aber ich sehe mir das lieber selbst in aller Ruhe an.«

Der Konsultant verneigte sich. »Es tut mir Leid. Ich wollte nichts ohne Euer Einverständnis tun, vielmehr hatten die Baumeister eine optische Auflockerung im Sinn. Ich lasse das sofort ändern, wenn Ihr wollt.«

»Wer hat etwas von ändern gesagt?« Lodrik lächelte. »Ich denke, man sollte dieses Loch nur nicht so offenkundig bloßlegen.« Er warf den Plan über den Ankleidetisch, orderte Tinte und Federkiel, um mit einigen Strichen und Anmerkungen eine Abwandlung vorzunehmen. »Seht Ihr, wenn man verschiebbare Bodenplatten einrichtet, kann man die Öffnung nach Belieben schließen.« Der Kabcar rollte das Papier zusammen und reichte es einem Diener. »Die Veränderungen sollten vorsichtig vorgenommen werden, wenn es um den Glauben der Tarpoler geht. Tzulan wird noch früh genug auf seine Kosten kommen. Aber davor muss er mir noch einige Dienste erweisen«, sagte er, als der Lakai das Zimmer verlassen hatte. »Und in Zukunft, da bin ich mir sicher, werdet Ihr mich über alles in Kenntnis setzen, was Ihr tut.« Er ging zur Tür. »Und nun lasst uns die einfachen Untertanen glücklich machen. Sind die Schmiede mit der Arbeit fertig geworden?«

Der Berater nickte und begleitete den Kabcar im Kreise der Leibwachen zum Ausgang, wo die Kutsche wartete, die sie zum ehemaligen Ulldraeltempel bringen würde. »Hoher Herr, wir haben übrigens wichtige Dinge vom geläuterten Geheimen Rat in Erfahrung bringen können. Der Obere sprach davon, dass die Klöster zersprengte Truppen von Arrulskhán Unterschlupf gewähren.«

»Sieh an«, murmelte Lodrik. »Daher hatte der Gerechte gleich mehrfach Gründe, seinen Diener zu sich zu rufen.« Er stieg die Treppe hinab und setzte sich in den Vierspänner, Mortva nahm ihm gegenüber Platz. »Bevor sie sich sammeln und in ihrer Verzweiflung einen Angriff wagen, möchte ich, dass die Gouverneure die Niederlassungen durchsuchen. Jeder Mönch, der seine Gebete und Litaneien nicht auswendig kennt, soll auf der Stelle gefangen genommen werden. Um die Selektion, sollten sich Unschuldige darunter befinden, kümmern wir uns später. Wenn die Robenträger sehen, dass es *allen* an den Kragen gehen soll, verraten sie die Borasgotaner ohnehin von selbst.« Das Gefährt rollte an und machte sich auf den Weg. »Gibt es etwas Neues?«

»Unsere Stoßtruppen, die wir rechtzeitig zum Frühjahr im Sicherheitsgürtel zusammengezogen haben, stehen bereit, um auf eine Nachricht hin mit der Eroberung von Borasgotan zu beginnen«, berichtete der Konsultant zufrieden. »Und mit den neuen Erkenntnissen wird es ein Leichtes sein, diese Eroberung zur Abwendung neuerlicher Gefahr aus dem Osten zu rechtfertigen.«

»Das sehe ich genauso.« Lodrik zog die Handschuhe fester. »Haben wir nun endlich die neuen Waffen parat, um etwas gegen die Festungen zu unternehmen? In eine solche wird sich der wahnsinnige Arrulskhán doch mit Sicherheit zurückziehen, wenn meine Truppen anrücken. Auf langwierige Belagerungen will ich mich nicht einlassen.«

»Wir haben«, beruhigte Mortva lächelnd. »Sie ist fertig und verladen.«

»Sehr schön. Es läuft wunderbar.« Er lehnte sich in die Polster und versuchte, sich vor seinem Auftritt noch etwas zu entspannen. »Haben wir Nachrichten von der Verbotenen Stadt?«

Der Konsultant sah ein wenig unglücklich aus. »Nun, die Schäden, die Hetrál damals mit seinem Überfall anrichtete, sind behoben, die Arbeiten zur Errichtung gehen weiter, nur …«

»Was?«, forschte Lodrik ungehalten nach. Seine Miene verfinsterte sich.

»Die Turîten waren es lange Zeit gewohnt, dass ihr König ihnen ein Kopfgeld für die Bestien zahlte. Es wird lange dauern, bis sie sich daran gewöhnen, es nun mit Verbündeten zu tun zu haben, die man nicht auf der Stelle angreift, wenn sie auftauchen. Viele Menschen lebten von der Jagd auf die Bestien, Hoher Herr.« Der Mann mit dem Silberhaar seufzte. »Glaubt mir, Hoher Herr, ich habe mir selbst schon den Kopf darüber zerbrochen, was man tun kann.«

»Nichts«, schätzte der Kabcar nach kurzem Schweigen. »Sie müssen sich daran gewöhnen. Diese Schwierigkeit haben wir in meinem dritten Königreich natürlich nicht.«

»Aldoreel?«, fragte Mortva. »Nein, dort haben wir keinerlei Probleme. Die Zusammenarbeit zwischen den beiden Rassen, wenn ich das mal so sagen darf, funktioniert reibungslos.«

»Ich werde im Sommer nach Aldoreel reisen und meinem neuen Volk meine Aufwartung machen, König Tarm und seinem Sohn für ihre noble Geste der Abdankung meine höchste Anerkennung aussprechen. Dieser Schritt dürfte seine Wirkung auf die anderen Reiche nicht verfehlt haben.«

»Hat er keineswegs, Hoher Herr«, stimmte der Ratgeber zu. »Aber in erster Linie wird die Entscheidung des Königs angezweifelt. Man sagt, Ihr hättet ihn beeinflusst.«

»Unsinn«, knurrte Lodrik unwirsch. »Ich muss wohl einige Takte mit den Adligen sprechen, wenn ich das Land bereise. Ein paar neue Posten dort, ein paar Münzen hier, und ich habe die Elite auf meiner Seite. Das Volk wird einfach zu beeindrucken sein, wenn ich ähnliche Neuerungen wie in Tarpol eingeführt habe.«

»Neuerungen?« Mortva klang alarmiert.

»Neuerungen«, wiederholte der junge Herrscher freundlich. »Es gibt keinen Grund, meine Worte zu repetieren. Ich weiß, was ich gesagt habe.« Die blauen Augen blitzten spöttisch auf. »Oder seid Ihr, geschätzter Ratgeber, dagegen?« Der Konsultant ersparte sich eine Antwort. »Ich werde mit allen großen Ulldraeltempeln in meinem Territorium so verfahren, wie ich das in Tarpol machen ließ. Diese großen Gebäude sollen allen zu Gute kommen, nicht als Paläste für die dienen, die sich nicht an die von Ulldrael erlassenen Lehren der Bescheidenheit halten. Es ist Schluss mit dem faulen, gemütlichen Dasein. Ich mache den Mönchen Feuer unter ihren fetten Hintern.« Er warf einen schnellen Blick aus dem Fenster. »Ach, wir sind bald da.«

»Die Neuerungen, Hoher Herr?«, drängte Mortva leise, aber bestimmt. »Auf was dürfen sich die Untertanen noch freuen?«

»So neugierig? Oder nur beleidigt, weil ich Euch nicht um Euren Rat gebeten habe, Mortva?« Wieder troff die Bemerkung vor Spott. »Ja, ich denke in letzter Zeit viel nach. Über mich. Über Entscheidungen. Über Euch.« Das Blau seiner Augen richtete sich auf das Gesicht des Konsultanten. »Ihr habt mir viele Entscheidungen in der Vergangenheit abgenommen und mich entlastet, dafür danke ich Euch. Nun ist es so weit, dass ich allein bestimme. Schon andere vor Euch wollten mir ins Wort reden. Bestimmen, was ich zu tun habe. Diese zähle ich nun zu meinen Feinden, Mortva.«

»Ich werde nichts mehr ohne Eure Einwilligung tun«, sagte der Ratgeber unterwürfig. Dabei nutzte er das Verbeugen lediglich, um Wut in seinen Pupillen zu verbergen. »Wenn Ihr Euch zu irgendeinem Zeitpunkt übergangen fühltet, dann …«

Lodrik hob abwehrend die Hand. »Es ist nun gut, Mortva. Ich habe Euch gesagt, auf was Ihr in Zukunft zu achten habt, also reden wir nicht mehr darüber. Ihr seid und bleibt mein Konsultant.« Das letzte Wort betonte er absichtlich. »Euer umfassender Weitblick ist mir wichtig. Aber ich sage, was getan wird.«

Die Kutsche hielt an, der Verschlag wurde geöffnet, und der Kabcar stieg aus.

Nun erst hob Mortva den Kopf, das Gesicht war vor Aufgebrachtheit zu einer Fratze verzogen. Es kostete ihn nur einen Lidschlag, um seine verräterischen Gefühle in den Griff zu bekommen, aber genau dieses kleine Zeichen in seinem Antlitz hätte alle weiterführenden Pläne mit dem jungen Herrscher in Gefahr gebracht.

Er sah dem Kabcar durch die offene Tür nach, wie er im Schutz seiner Leibwachen die breite Freitreppe des Gotteshauses hinaufstieg, während das Volk auf dem Platz jubelte und schrie. Dann musste er lächeln. *So leicht entkommst du mir nicht, Hoher Herr. Wir haben mit dir begonnen, und wir werden es höchstwahrscheinlich auch mit dir zuende führen.* Er stieg ebenfalls aus und machte sich an den Aufstieg.

Lodrik wartete, bis die leere Kutsche abgefahren war, und ließ seinen Blick über die Menschenmenge schweifen.

Als er die Arme nach oben riss, erstarb jegliches Gespräch auf dem Platz, die Blicke der Ulsarer und Tarpoler hingen an seiner Gestalt, von der eine enorme charismatische Ausstrahlung ausging. Nichts und niemand konnte sich diesem jungen Mann entziehen. »Ich habe ein Geschenk für euch!«, rief er und gab ein Zeichen nach hinten.

Zehn Soldaten schleppen eine riesige Kiste heran, deren Inhalt die Männer an die Grenzen ihrer Kraft brachte, wie man am Keuchen und den hochroten Köpfen erkennen konnte.

Pathetisch öffnete der Kabcar den Deckel, und die Sonnen am Frühlingshimmel brachten die kostbare Fracht zum Leuchten.

Ein Raunen ging durch die Menge. Lodrik nahm einen der handtellerförmigen, gelben Klumpen heraus und hielt ihn hoch in die Luft.

»Das, Untertanen, ist euer Geld. Das sind Eure Abgaben, die ihr den Dienern der Bescheidenheit geleistet habt. Aber anstatt damit Gutes zu tun, haben sie es genutzt, um ihre Wände damit zu dekorieren, Säulen zu verkleiden und es in den Gewölben zu horten.« Seine feste Stimme hallte über die Köpfe der gebannten Zuhörer. »Nicht die einfachen Mönche waren es, sondern die Anführer des Ordens, die auf dem Gold saßen und sich am Glanz des Metalls anstatt am Anblick eines bestellten Feldes erfreuten! Sie haben einen Acker schon seit vielen, vielen Jahren nicht mehr gesehen. Ich kenne die Feldarbeit sehr wohl, meine Untertanen. Ich weiß, wie hart ihr arbeiten müsst, um am Ende etwas zum Leben zu haben. Doch Ihr sollt nicht umsonst gespendet haben.« Er reckte den Zeigefinger gegen die Menschen. »Ein jeder Haushalt eines nicht Vermögenden wird eine solche Scheibe erhalten. Und es steht euch frei, was ihr mit dem Reichtum tun werdet. Ein jedes Dorf in Tarpol, und das verspreche ich hiermit vor euch, meinem Volk, wird von meinen Boten besucht und solche Geschenke erhalten.« Mit Kraft warf er den Goldklumpen zurück in die Truhe. »Aber diejenigen, die sich anmaßten, im Namen Ulldraels Geld zu verlangen, werden bestraft.

Von ihrem Oberen. Von mir!« Lodrik genoss das ungläubige Staunen in den Gesichtern. »Dieses Haus wurde zu eurem Wohl umgebaut. Tag und Nacht soll es offen stehen, es erwarten euch Unterkunft, Verpflegung, Heilung und ein Bad.« Er trat ein paar Schritte zur Seite und deutete auf den Eingang. »Kommt und seht, was euer Kabcar für euch getan hat.«

Die ersten Ulsarer setzten sich zögerlich in Bewegung, um in das Innere des Tempels zu gehen, bis endlich die breite Masse die Stufen hinaufstürmte.

Zufrieden betrachtete der junge Mann die Menge, in der er sogar die ein oder andere Robe eines einfachen Mönchs entdecken konnte. Er hatte den Tempel ihres Gottes entweiht, und keiner scherte sich darum! Innerlich schüttete er sich aus vor Lachen. *Ich habe Ulldrael geschmäht. Und das war nur der Anfang, Gerechter! Was du meinem Sohn angetan hast, zahle ich dir tausendfach heim.*

Eine der braunen Kutten löste sich aus der Menge und lief in Richtung des Herrschers. Sofort fingen ihn die Leibwachen ab, warfen ihn zu Boden und durchsuchten ihn auf versteckte Waffen. Auf einen Wink des Kabcar gestatteten sie ihm den Durchgang, flankierten ihn aber.

Es war ein Geistlicher in mittlerem Alter, der sich mit Freude strahlenden Augen vor Lodrik auf den Boden warf und ihm die Stiefelspitzen küsste.

»Hoheitlicher Kabcar«, sagte er glücklich. »Ihr habt uns zurück zu unseren Wurzeln geführt. Ihr habt unseren Orden daran erinnert, dass er den Tarpolern auf dem Feld helfen soll. Getreide, das reife Korn ist das wahre Gold, das Ulldrael sehen möchte, nicht das kalte Metall, das keinen Menschen ernährt.« Nun war es an Lodrik, erstaunt zu sein. Hatte er mit einem Disput über seine Vorgehensweise gerechnet, überrumpelte das Loblied ihn nun völlig. »Ihr seid ein wahrer Oberer, das wollte ich Euch nur sagen.« Er stand auf und verbeugte sich mehrfach, um dann schnell wieder in der Menge zu verschwinden, bevor der Kabcar etwas entgegnen konnte.

Mortva hatte die Szene mit Befriedigung verfolgt. Der Konsultant legte einen Arm auf den Rücken und stellte sich an die Seite seines Schützlings. »Besser hätte es nun wirklich nicht mehr laufen können, Hoher Herr. Die Mönche lieben Euch dafür, dass Ihr die Ordensbonzen vom Thron gestoßen habt. Ab heute kann man Euch wohl als im Amt bestätigt betrachten.«

»Ich hatte niemals vor, mein Amt als Oberster des tarpolischen Ulldraelordens herzugeben«, meinte Lodrik, ohne dabei die Augen von den Menschen zu nehmen, die ihm zuwinkten, sich vor ihm verbeugten und verneigten oder ihm Blumen zuwarfen. »Nur so habe ich sie in meinem eigenen Land unter Kontrolle. Und Aldoreel und Tûris werden bald folgen, ganz zu schweigen von Borasgotan.« Er drehte sich zu Mortva. »Ich glaube, Ulldrael der Gerechte will es so. Er wird noch vieles wollen.«

»Mit Sicherheit«, sagte der Konsultant. »Wir sollten zurück. Die palestanische Abordnung wartet bestimmt schon auf uns.«

Der Kabcar schnalzte mit der Zunge. »Oh, gut, dass Ihr es sagt. Ich hätte die Seekrämer beinahe vergessen. Es gibt so viele Dinge, die ich im Kopf haben muss. Könntet Ihr mir einen weiteren Konsultanten empfehlen, damit ich delegieren kann?«

»Den werdet Ihr nicht benötigen. Eure Kinder werden Euch in wenigen Jahren unterstützen«, versicherte ihm der Mann mit den silbernen Haaren. »Sie entwickeln sich prächtig.«

Nach dieser Bemerkung versank Lodrik in Schweigen. Wortlos schritt er zur vorgefahrenen Kutsche und stieg ein. Den Jubel und die Dankesrufe seiner Untertanen nahm er nicht mehr wahr.

Absichtlich oder nicht, der Konsultant hatte seinen wunden Punkt getroffen.

Auch wenn er alles versuchte, die Staatsgeschäfte, die magischen Studien und die Experimente der Nekromantie machten ihn zu einen viel beschäftigten Mann. Die Zeit reichte oft nur aus, um Aljascha zu sehen, den Kindern über den Kopf zu streichen und sich an ihren Gesichtern zu erfreuen.

Das Mädchen erhielt den Namen Zvatochna, der erste Sohn würde irgendwann auf Govan hören, den zweiten, missgestalteten männlichen Nachkommen nannten sie Krutor.

Ulsar hatte sich vor einem Vierteljahr mit einem rauschenden Fest über die Geburt der Thronfolger gefreut, aber gleichzeitig sein tiefes Mitgefühl gezeigt, als es von dem Schicksalsschlag erfuhr, den die hoheitliche Familie durch den Krüppel erhalten hatte. Auch das Volk war der Meinung, dass der gute Kabcar ein solches Unglück nicht verdient hätte. Daher kamen Unmengen von Schreiben mit aufmunternden Zeilen in den Palast, in den Amtsstuben entstanden Schlangen von Menschen, die Aufmerksamkeiten für die Kinder des Herrschers abgeben wollten. Die Anteilnahme an »ihrem« Kabcar war enorm.

Wann immer Aljascha ihrem Gatten den stattlichen Krutor in den Arm legte, traten dem jungen Vater Tränen in die Augen. Doch das Kind freute sich, ahnte nichts von seiner absonderlichen Gestalt und seinem grotesk anmutenden Kopf. Inständig hoffte er, dass sein zweiter Sohn wenigstens nur äußerlich ein Krüppel war. Noch ließ sich das nicht entscheiden.

»Hoher Herr?«, hörte Lodrik seinen Konsultanten wie aus weiter Ferne sagen, und er kehrte in die Wirklichkeit zurück. »Habt Ihr mir zugehört?«

Der Kabcar holte tief Luft. »Nein, habe ich nicht. Es ging um die Palestaner?«

»Indirekt«, verbesserte Mortva. »Es geht um die weitere Planung bezüglich der Ontarianer. Es wird schwierig werden, ihnen das Geschäft aus den Händen zu reißen, wie meine Verbindungsleute feststellen mussten. Seit die Brojaken und damit ihre Freunde nicht mehr existieren, wurden sie vorsichtig.«

»Dann lassen wir das mit dem Unterwandern und werden ganz offen gegen die Fernhändler schießen«, beschloss Lodrik ruhig. »Die Kabcara hat einige reiche Kaufleute aufgetan, die daran interessiert wären, sich dem neuen Betätigungsfeld zu verschreiben. Ich dachte mir das so: Wir organisieren Wagen und lassen jede Garnison zu einem Handelsposten erweitern. Damit haben wir den Schutz gleich eingebaut. Ich vergebe Lizenzen an Privatleute, damit sie in meinem Namen den Fernhandel betreiben. Sollten die Ontarianer es wagen, diesen Unternehmern ein Bein stellen zu wollen, trifft sie das tarpolische Gesetz.« Er blickte beinahe gelangweilt aus dem Fenster, an dem das abendliche, frühsommerliche Ulsar vorüberzog. »Ich werde gleichzeitig Abgaben von ihnen verlangen. Jahrelang profitierten sie von hoheitlichen Straßenbauprogrammen, ohne dass sie in eine Kasse einbezahlt hätten. Es wird Zeit, dass ich die Forderungen eintreibe, nachdem ich, dank der Goldreserven der Brojaken, schuldenfrei bei den Krämern bin.« Der junge Herrscher blickte seinen Ratgeber gespannt an. »Was sagt Ihr dazu, Vetter? Das alles entstand ohne Eure Hilfe.«

»Ich sehe schon, ich kann getrost bald meine Uniform an den Nagel hängen. Ich werde zum Kindermädchen degradiert, wenn Ihr so fortfahrt.« Der Konsultant spielte den Verzweifelten. »Meine Anerkennung, Hoher Herr. Ich hätte es nicht besser machen können.«

»Und das ist in der Tat ein großes Lob.« Lodrik fuhr mit der Rechten über den Stern der Bardri¢, um das Schmuckstück ein wenig zu polieren und es glänzen zu lassen. »Ich rechne damit, dass wir innerhalb eines Jahres den Handel in Tarpol fest in der Hand haben. Natürlich fahren meine Unternehmer die Waren billiger als die Ontarianer. Dann folgen Tûris, Aldoreel und Borasgotan. In meinem Reich werden die Krämer nichts mehr verdienen. Und damit gebe ich Rundopâl einen hervorragenden Grund, meinem Territorium beizutreten. Sie werden ein entsprechendes Interesse haben, dass ihre Fischwaren mindestens genauso günstig über die Straßen rollen. Da die Ontarianer freiwillig wohl nicht aus Rundopâl weichen werden, ist der Beitritt eine vernünftige Lösung. Ich werde einen entsprechenden Vorschlag an den Hof schicken.«

»Hervorragend!«, rief Mortva beeindruckt. »Eure Konzeptionen hören sich sehr gut an. Vielleicht gibt es bald noch einen Grund, dass sich die Fischköpfe gerne Tarpol und den von Euch mitregierten Reichen anschließen, wer weiß.« Der Konsultant dachte an die von ihm organisierten »Räuberbanden«, die allmählich mit ihrem Werk in den anderen Ländern beginnen würden.

»Wisst Ihr schon wieder mehr als ich?«, fragte Lodrik mit scherzhaft drohendem Unterton.

»Nein, Hoher Herr. Es wird nur gelegentlich von Banditen berichtet, die nun die mehr oder weniger schutzlosen Reiche heimsuchen. Ihr habt die Besten der Wehrhaften bei Telmaran vernichtet. Auch wenn Ihr in Eurer Gnade allen Generalpardon gewährt habt, die gegen Euch ritten, die Toten eilen nicht herbei, um ihre Freunde und Dörfer zu beschützen.« Er lächelte listig. »Und ich bin mehr als überzeugt, dass sich das ein oder andere Reich, das ein oder andere Fürstentum an den Kabcar wenden wird, damit er mit seinen Truppen für Ordnung im Land sorgt.«

Der junge Herrscher nickte zufrieden. »Wenn sie das so wollen, werde ich kommen. Und mir die Dienste teuer bezahlen lassen.«

Die Räder der Kutsche kamen zum Stehen, der Kabcar und sein Ratgeber stiegen aus und begaben sich ohne Aufenthalt in den Audienzsaal, wo eine Abordnung der Seekaufleute schon wartete.

Die »Abordnung« bestand aus einem einzigen Mann. Gekleidet war der Unterhändler in die typischen protzigen Röcke, Westen und Beinkleider aus bestem Brokat, die Farben Rot und Gelb dominierten stark, Schwarz diente dezent als Kontrastgeber. Auf dem Kopf saß eine schwere Weißhaarperücke, der Dreispitz mit dem aufwändigen Federschmuck klemmte unter dem rechten Arm. Als der Herrscher und Mortva eintraten, verneigte sich der Palestaner.

»Ich grüße den hoheitlichen Kabcar von Tarpol und Tûris, designierter Thronfolger von Aldoreel und Befreier von Borasgotan«, begann er seine Ansprache, der er einen formvollendeten Kratzfuß vorwegschickte. »Mein Name ist Fraffito Tezza, Commodore der palestanischen Flotte und diplomatischer Gesandter des Kaufmannsrates sowie des Königs, seiner Majestät Puaggi.«

»Sehr erfreut«, sagte Lodrik und setzte sich an den kleinen Tisch nahe des Fensters. Mit einer einladenden Handbewegung bot er dem Kaufmann einen Platz an, sein Konsultant wählte sich den Stuhl zwischen ihnen. »Da wir nur sehr wenige sind, seid Ihr mit der ungezwungenen Art, mit der wir in die Verhandlungen einsteigen, sicherlich einverstanden.« Tezza zückte ein Taschentuch und wedelte ehrerbietig seine Zustimmung. »Fangen wir an mit dem Wichtigsten.«

»Und das wäre, hoheitlicher Kabcar?«, fragte der Commodore neugierig. Noch wusste er nicht, wie er den blonden jungen Mann vor sich einschätzen sollte. Der Kaufmannsrat hatte ihn von dem Kabcar und vor allem vor dem Ratgeber gewarnt. Die blauen Augen des wohl mächtigsten Regenten Ulldarts wirkten äußerst energisch, die Körperhaltung vermittelte Entschlossenheit. Aber was sollte man anderes von einem Herrscher erwarten, der in kürzester Zeit sein Reich gerettet und noch dazu demnächst verdoppelt und verdreifacht haben würde?

»Das wollte ich von Euch wissen«, meinte Lodrik. »Ich habe nicht den blassesten Schimmer, was die Kaufleute von mir wollen.« Er zog an der Klingelschnur, um Erfrischungen bringen zu lassen. »Aber zunächst verratet mir, weshalb sich Eure Soldaten in Telmaran zurückgezogen haben. Hattet Ihr als Einzige eingesehen, dass es nicht rechtens war, sich gegen mich zu stellen?«

»So etwas in der Art, hoheitlicher Kabcar«, bestätigte Tezza, den die unterschiedlich farbigen Augen Mortvas, die forschend auf ihm ruhten, etwas unbehaglich werden ließen. »Sagen wir einfach, das palestanische Volk war der Auffassung, dass die Sache mit dem Geeinten Heer nicht ausgegoren war. Es dauerte eine gewisse Zeit, bis sich der Kaufmannsrat und der König dazu entschlossen, aus den Vorbereitungen, die unweigerlich auf eine Konfrontation mit Euch hinauslaufen würden, auszusteigen. Unsere Erkenntnis rettete zehntausend Männern das Leben. Und Palestan wollte Euch, hoheitlicher Kabcar, nur daran erinnern, dass wir als Freunde von Tarpol zu betrachten sind.«

Lodrik lauschte aufmerksam. »Es freut mich ungemein, dass die Kaufleute diese Haltung mir gegenüber eingenommen haben. Auch wenn ich die Selbstlosigkeit anzweifle, die Ihr mir da eben verkaufen wollt, Commodore Tezza.«

Der Palestaner grinste. »Ihr seid jung, dennoch ein weiser Staatsmann durch und durch. Und weil Ihr und wir die notwendige Weitsicht besitzen, was die Zukunft des Kontinents angeht, sollten wir unsere Visionen von einem veränderten Ulldart abstimmen.«

»Abstimmen?«, fragte der Kabcar überrascht. »Ihr meint, ich soll Euch sagen, was ich noch alles zu tun gedenke?«

Tezza verneigte sich im Sessel. »Nein, natürlich wollen wir keine Einzelheiten wissen, hoheitlicher Kabcar. Aber man könnte manche Visionen im Einklang miteinander verwirklichen.«

Nun war das Interesse von Mortva und Lodrik gleichermaßen geweckt, was der Palestaner sehr wohl zur Kenntnis nahm.

Um seinen nächsten Auftritt besser wirken zu lassen, griff er in aller Seelenruhe zu dem Glas Fruchtwein, das ein Livrierter gebracht hatte. Die anderen beiden Männer ließen sich durch das Gehabe des Kaufmanns nicht aus der Reserve locken, sondern warteten ab.

»Der Kaufmannsrat möchte dem Kabcar eine Offerte unterbreiten«, begann Tezza. »Seht Ihr, wir fügen uns in das Unvermeidliche. Und das Unvermeidliche ist, unserer Meinung nach, dass Ihr demnächst auch noch Hustraban in Euren Besitz nehmen werdet. Das Bemerkenswerte an der Sache ist, dass Ihr dabei keineswegs die Dunkle Zeit zurückbringt, wie viele uns das glauben machen wollten. Ihr bringt Veränderungen der erfreulichen Art für das geknechtete Volk, und wie mir scheint, werdet Ihr zumindest in Borasgotan und Hustraban eher freundlich als feindselig aufgenommen, würdet Ihr einmarschieren.« Der Commodore nahm das Glas in die Hand und spielte damit herum. »Ihr seid der Günstling der Götter, hoheitlicher Kabcar. Und um diese Tatsache kommt niemand herum.«

»Und da denkt Ihr Euch, Ihr begebt Euch rechzeitig auf meine Seite«, vollendete der junge Mann den Gedankengang, wobei er eine gewisse Erheiterung nicht verbergen konnte und wollte. »Ihr seid in der Tat weitsichtig. Habt Ihr keine Angst, dass Ihr Euch unbeliebt bei den anderen Reichen macht?«

Tezza lachte gequält. »Seit Telmaran sind wir bereits unbeliebt. Es würde sich nichts daran ändern.«

»Nun, welchen Vorteil brächte es uns dann, wenn wir

mit einem Land einen Pakt oder etwas Ähnliches eingingen, das nicht eben gerne gelitten ist?«, hakte Mortva ein.

»Schiffe«, entgegnete der Commodore. »Was auch immer Ihr jetzt, in ferner oder naher Zeit beabsichtigt, Ihr hättet auf einen Ruf hin die Zahl von Booten parat, die Ihr benötigt. Und uns würde dabei nicht interessieren, was wir transportieren, wenn Ihr versteht, was ich meine.« Er stellte das Glas zurück. »Es wäre uns ein Leichtes, Truppen, Versorgungsgüter und anderes zu verschiffen. Es könnte ein unglaublicher Vorteil sein, hoheitlicher Kabcar, wenn Eure Leute nicht nur von Westen angreifen könnten.«

So schnell wendete sich das Blatt. Lodrik imponierte die Unverfrorenheit, mit der der Palestaner die Mithilfe bei einem offenen Krieg anbot. »Danke, Commodore Tezza, aber ich habe bereits die Wasserfahrzeuge, die ich benötige.«

Der Unterhändler roch an seinem Taschentuch, sah dann an die Stuckdecke und legte danach den Kopf etwas schief. »Allerhoheitlichster Kabcar, die Schiffe, die von Euren Verbündeten aus Tzulandrien stammen, mögen gut sein, wenn es durch einfache Gewässer geht. Aber ich spreche vom nördlichen Meer. Nur wir sind in der Lage, durch die größtenteils vereisten Flächen zu manövrieren. Und nur wir kennen Fahrrinnen, die von warmen Strömungen freigehalten werden, selbst im tiefsten Winter. Ich habe die Berichte über die Schiffsbauweise Eurer Verbündeter gelesen, und Ihr werdet zu dem gleichen Schluss gekommen sein wie ich, hoheitlicher Kabcar. Für solche Unternehmungen sind sie nicht geeignet.«

Mortva und Lodrik wechselten einen schnellen Blick. Der Vorschlag war verlockend und legte völlig neue Möglichkeiten offen, um den Nachbarn im Osten schneller in die Knie zu zwingen und vielleicht sogar

Hustraban zu überraschen, sollte es notwendig sein. Als sein Konsultant beinahe unmerklich nickte, war der Entschluss des jungen Mannes bereits gefallen. Doch es ging nun darum, Näheres zu erfahren.

»Die Palestaner haben noch nie ein Angebot gemacht, wenn sie sich nicht selbst etwas davon versprechen würden«, stellte der Kabcar fest. »Eure Forderungen, was die Zahlung von Waslec für einen solchen Dienst anbelangt, wird alles da Gewesene übersteigen, nicht wahr?«

»Das würden wir nicht wagen, Geld von Euch, dem Günstling der Götter, zu nehmen.« Tezza täuschte Empörung und Verwunderung vor. »Es wäre nur ein Austauschen von Gefälligkeiten.«

»Und wie groß kann eine Gefälligkeit sein, die etwas Vergleichbares wie Eure Transportdienste sein soll?«, wollte Mortva wissen, während er sich mit einer Hand durch die silbernen Haare strich.

Der Commodore lächelte. »Leider, leider sind wir nicht die Einzigen, die Seehandel betreiben.«

»Die Agarsiener verderben Euch seit Jahrhunderten im Süden ein wenig das Geschäft«, erinnerte sich Lodrik. »Sogar mit Erfolg.«

»Und es wäre sehr schön, wenn sich das in den nächsten Jahren ändern würde. Bringt dem agarsienischen Volk die gleiche Freiheit, wie Ihr sie in Borasgotan verbreiten werdet.«

Die Augen des Kabcar wurden zu schmalen Schlitzen. »Wisst Ihr, was Ihr mir da gerade ans Herz legt? Ihr hetzt mich gegen ein Reich auf.«

Tezza wedelte wieder ehrfürchtig mit dem Tuch. »Aber, hoheitlicher Kabcar, es ist ein Land, das Truppen in Telmaran gegen Euch sandte.« Er legte die Fingerspitze auf die eigene Brust. »Wir dagegen haben uns aus Prostest gegen die Vorgehensweise der anderen zurückgezogen und hätten uns an keinem einzigen Angriff gegen den Kabcar beteiligt. Unter diesen Vorzeichen treten wir nun an Euch heran.«

»Ich weiß, die Stärke des palestanischen Volkes liegt auf der See-, nicht auf der Landkarte«, schaltete sich Mortva ein. »Angenommen, wir würden zustimmen: Zwischen Eurem Rivalen und Aldoreel, das bald zu unserem Staatenverbund gehört, befindet sich immer noch Serusien. Wie würdet Ihr einen Durch- oder Einmarsch rechtfertigen?«

»Glaubt Ihr allen Ernstes«, sagte Tezza, »dass es sich im Moment auch nur ein Reich erlauben kann, Euch die Stirn zu bieten? Das wäre so, als würde man Sinured gegen einen Cerêler kämpfen lassen. Außerdem hat keiner von Euch verlangt, dass Ihr alles stehen und liegen lassen sollt, um in Agarsien die Kontore zu schließen. Wie ich schon anfangs sagte, es soll ein Pakt auf Dauer sein, nichts Kurzlebiges.«

»Wir werden Euer Angebot nicht vergessen«, sagte Lodrik und gab dem Unterhändler damit zu verstehen, dass die Unterredung sich dem Ende zuneigte. »Geht mit der Gewissheit nach Hause, dass der Kabcar sich Eurer erinnern wird. Und zwar schon bald. Rechnet im Sommer mit einer Entscheidung, Commodore Tezza. Und ich denke, dass Palestan und Tarpol so etwas wie eine gemeinsame Zukunft haben werden.«

Der junge Herrscher stand auf, der Commodore folgte seinem Beispiel und verneigte sich wieder so tief, dass die Locken der Perücke die Schnallen der Spitzschuhe berührten, dann verschwand er mit zahlreichen Bücklingen nach draußen.

»Natürlich werden wir diese Gelegenheit beim Schopf packen«, erklärte der Kabcar seinem Konsultanten, sobald sich die Tür geschlossen hatte. »Mit dieser Möglichkeit nehmen wir die Borasgotaner in die Zange und knacken ihren letzten Widerstand, den sie im Osten zusammenziehen wollten, wie eine morsche Nuss.«

Mortva legte den Kopf in den Nacken und betrachtete wie Tezza die Gipsarbeiten an der Decke. »Und nehmen uns bei Gelegenheit die Agarsiener vor? Hoher Herr, das können wir uns noch nicht erlauben.«

»Das sehe ich genauso, werter Vetter«, stimmte Lodrik zu. »Und ich sehe auch keinen Grund, etwas gegen sie zu unternehmen. Die Schaffung eines Monopols ist das Letzte, was ich mir wünsche. Es wird schon genug Ärger geben, bis wir die Macht der Ontarianer zerschlagen haben. Bis wir das Ziel nicht erreicht haben, werde ich mich hüten, den Palestanern genau das zu ermöglichen, mit dem uns die Fernhändler zu lange im Griff hatten. Ich werde sie so lange kostenlos ausnutzen, wie sie es mir gestatten.« Er schenkte sich den letzten Rest Fruchtwein ein und öffnete die Knöpfe seiner Uniform. »Und nun werde ich mich um meine Aufgabe als Oberer des Ulldraelordens kümmern. Ich denke, dass es durchaus an der Zeit ist, die Lehren des Gerechten etwas zu modifizieren, im Sinne einer neuen Bescheidenheit, wie sie beim Orden durchaus angebracht ist. Wir sehen uns nachher beim Abendessen, Mortva.«

Der junge Herrscher räumte den Audienzsaal und ließ seinen Konsultanten allein zurück, der noch immer die aufwändigen Stucke betrachtete.

Warum legten die Menschen so viel Wert auf Schmuck an Stellen, bei denen man in eine Starre verfiel, wenn man sie länger betrachtete? Er massierte sich das Genick.

»Paktaï?« Er sprach den Namen seiner Helferin zum hundersten Mal, ohne dass sie erschien. Was konnte bloß geschehen sein?

Seit einem Vierteljahr blieb die Zweite Göttin verschwunden, und der Konsultant hatte nicht die leiseste Vorstellung, wo sie abgeblieben war. Damit war einer seiner größten Vorteile dahin, denn nur mit ihr war es ihm möglich, schnelle Verbindung zur Verbotenen Stadt oder anderen abgelegenen Ort aufzunehmen. So musste er sich auf Brieftauben verlassen.

Wenn wenigstens Hemeròc zurückkehren würde, wäre ihm viel geholfen. Es war nicht eben leicht, Vorbereitungen zu treffen, wenn das Werkzeug fehlte. Dennoch, es lief dank Varèsz vergleichsweise gut. Auch Freiwillige aus der Bevölkerung Tarpols wurden nun in die Armeen integriert, sodass die Haufen immer weiter anwuchsen.

Er notierte beiläufig die Angriffsbefehle für die kombinierten tzulandrischen und tarpolischen Einheiten. Dass diese Zusammenstellung einen Bruch des Tausendjährigen Friedensvertrags darstellte, störte ihn nicht weiter.

Die Tür hinter ihm wurde geöffnet, die Flammen der Kerzen flackerten durch den plötzlichen Zug. Mortva hörte das Rascheln von weiten Kleidern, das sich ihm näherte, und er nahm den Geruch von nur allzu bekanntem Parfüm wahr.

Lächelnd wandte er sich der Kabcara zu, die durch den Seiteneingang in das Audienzzimmer gelangt war.

Doch das hübsche Gesicht der attraktiven Rothaarigen sagte ihm, dass die Herrscherin von Tarpol keine gute Laune hatte. Wütend knallte sie ein Pergament mit erbrochenem Siegel auf den Tisch.

»Das, Vetter, ist die Bestätigung der Oberen der Ulldraelorden, dass mein Gatte seine Rolle als Führer der tarpolischen Gläubigen vorerst beibehalten darf, bis sich die Sache mit dem Geheimen Rat aufgeklärt hat. Und sie wollen ein Konzil abhalten.« Ihre hellgrünen Augen blitzten vor Wut. »Mein Gemahl wird mächtiger und mächtiger, während ich Kinder des Schwachkopfs auf die Welt bringen muss. Was ist aus Euren Zusagen geworden, mich auf den Thron zu setzen? Ich bin es leid, länger zu warten. Mutter sein ist mir zuwider. Ich ertrage den Anblick dieses hässlichen Stücks Fleisch nicht länger. Am liebsten würde ich Krutor im nächsten Zuber ersäufen.« Ganz dicht kam sie an den Konsultanten heran. »Und Euch gleich mit. Wegen der falschen Versprechungen, die Ihr mir gemacht habt. Wie konnte ich nur so blind sein?«

Mortva musterte sie von seinem Platz aus. Ihre Figur wirkte in dem engen, schulterfreien Kleid aus weißem, mit Goldfäden besetztem Samt so tadellos wie eh und je, ihre Schwangerschaft schien sich nicht auf ihren verführerischen Körper ausgewirkt zu haben. Die roten Locken umrahmten das Antlitz und hoben die Schönheit der Frau zusätzlich hervor. »Beruhigt Euch, hoheitliche Kabcara. Ich weiß, was ich Euch versprochen habe.«

»Dann«, zischte sie giftig, »haltet es gefälligst ein, oder ich schwöre Euch, meinetwegen auch ein weiteres Mal bei Tzulan, dass Ihr auf rätselhafte Weise zu Tode kommen werdet.« Drohend stemmte sie die Hände in die schmale Taille. »Glaubt nicht, dass Ihr der Einzige am Hof seid, der das Intrigenspiel versteht, Vetter. Ich kenne viele Leute, die einiges zu tun bereit wären.«

»Das ist der Unterschied zwischen uns beiden. Ich brauche nicht viele Leute, um an meine Ziele zu kommen. Und meine Leute sind nicht zu einigem, sondern zu allem bereit.« Der Konsultant erhob sich souverän von seinem Stuhl und kam auf Aljascha zu, das Lächeln wich nicht von seinen Lippen.

Die Frau hatte das Gefühl, dass seine Silhouette mit jedem Schritt breiter und größer wurde.

»Ihr wollt mich durch Euer Auftreten einschüchtern? Wie nett.« Eine Armeslänge vor der Herrscherin blieb er stehen, die Augen glitten prüfend an ihrer Figur entlang. »Zweifellos, Ihr besticht Euer Gefolge mit Eurer Schönheit. Manche dagegen sagen, es käme auf die inneren Werte an.« Sein Oberkörper beugte sich etwas nach vorne. »Wollt Ihr meine inneren Werte sehen?« Er nickte in Richtung der Marmorwand, an der sich sein Schatten durch die Kerzen abbildete.

Die Kabcara konnte nicht anders als der Aufforderung nachkommen.

In einer Mischung aus Neugier und Schrecken starrte sie auf die schwarzen Umrisse. Sie wuchsen, dehnten, streckten sich. Der Kopf des Schattens wurde breiter, drei mächtige Hörner zeigten sich. Die dunklen Konturen waren um etliches massiger als die des Konsultanten, Dornen und Spitzen ragten aus der Nacken- und Schulterpartie, die Extremitäten schwollen Angst einflößend unter enormen Muskelpakten an. Die Umrisse eines Paars mächtiger, sich entfaltender Schwingen entstanden. Das genaue Schattenbild machte selbst die feinen Adern in den Flügeln sichtbar.

Aljaschas Kopf ruckte zu dem Mann mit dem Silberhaar, der harmlos neben ihr stand und so gar nichts gemeinsam hatte mit dem, was sie auf dem weißen Marmor sah.

Keuchend wich sie vor ihm zurück, ihre aufgerissenen Augen wanderten zwischen Mortva und dem Schatten an der Wand hin und her, fast leichenblass wirkte ihr Gesicht zwischen den roten Haaren. Das Entsetzen machte sie sprachlos, beschleunigte ihre Atmung auf eine unnatürliche Geschwindigkeit.

»Was sagt Ihr zu meinen inneren Werten, hoheitliche Kabcara?«, erkundigte sich der Konsultant und warf ebenfalls einen vergnügten Blick auf seinen Schatten. »Ich finde, ich habe einiges zu bieten, nicht wahr?« Dann schlenderte er der verängstigten Frau hinterher.

Aljascha fingerte nach dem Dolch, den sie unter ihrem Rock stets bei sich trug, zog blank und reckte die geschliffene Spitze dem Ratgeber ihres Mannes entgegen. »Zurück«, hauchte sie.

»Aber nein, ganz im Gegenteil, Kabcara.« Mortva setzte ihr weiterhin nach, bis sie gegen den Tisch stieß. »Ich wollte Euch näher kommen. So nahe, wie Ihr es immer schon von mir verlangt habt. Wie Ihr es Euch erträumt habt.«

Die Rothaarige tastete sich am Holz entlang, ohne den Konsultanten aus den Augen zu lassen.

Mortva schloss so nahe zu ihr auf, dass sich die Klinge gegen seine Uniformjacke drückte. Seine schlanken Hände umfassten den Griff. »Ich bitte dich, Aljascha. Sei geduldig. Vertraue mir.« Seine Lippen näherten sich den ihren, die silbernen Haare rutschten nach vorne, streiften über ihr Dekollete. Sanft entwand er ihr die Waffe. »Ich mache dich zur Kabcara, wenn du mir Zeit gibst, um alles zu arrangieren.« Er legte eine Hand an ihre Hüfte und zog sie an sich heran. »Lass Ulldart zuerst erobert sein.«

Ihre Körper berührten sich, und Aljascha spürte die Wärme, die von dem Konsultanten ausging. Ihre Angst wich einem anderen Gefühl: Sie fühlte sich von dem bedrohlichen Wesen, das unter Mortvas Haut schlummerte, zusätzlich angezogen. Ohne genau zu wissen, was sie tat, umschlang sie ihn vorsichtig und drückte sich an den Berater. »Wer bist du?«, raunte sie.

Er erwiderte ihre Zärtlichkeit, hob ihr Kinn ein wenig an und drückte ihr einen zarten Kuss auf die Lippen. »Die Erfüllung deiner Fantasien, Aljascha.«

Ein Schauer der Wonne jagte durch ihren Körper, wie sie es noch bei keinem anderen Mann erlebt hatte. Ihre Münder trafen sich ein zweites Mal, nun leidenschaftlicher, stürmischer, und die Empfindungen steigerten sich bei der Frau und lähmten gleichzeitig das ansonsten so vernünftige Denken.

Als die Hände des Konsultanten an ihrem Korsett aufwärts wanderten und nach den Verschlüssen langten, glühte sie vor Begierde. Es war ihr gleich, wo sie waren, von ihr aus könnte der ganze Hofstaat zusehen, wenn sie sich dem Konsultanten hingab. So lange hatte sie darauf gewartet, sich ihn vorgestellt, wenn sie ihrem Gemahl Freuden bereitete. Nun sollte sie endlich entschädigt werden.

Mortva schälte sie sanft, aber zügig aus den vielen Schichten ihres Kleides, bis sie nackt vor ihm stand.

Dann legte auch er seine Uniform ab, sein bleicher, sehniger Leib wirkte schmal, beinahe zerbrechlich im Vergleich zu dem dämonischen, erschreckenden Schattenkörper an der Wand. Doch die unerklärliche Anziehungskraft, die von ihm ausging, siegte, sie konnte ihr Verlangen nicht länger beherrschen. Mit einem Stöhnen griff sie nach dem Mann und zog ihn zu sich, um ihn zu spüren.

Immer wieder während des aufregenden Liebesakts, den sie auf dem Tisch vollzogen, huschte ein verstohlener Blick der Kabcara zu der Mauer, die die Wahrheit über den Ratgeber verkündete.

Irgendwann wurden die Gefühle, die Mortva bei ihr durch seine Liebkosungen und Berührungen am ganzen Körper auslöste, so intensiv, dass sie in einen ekstatischen Rausch geriet, in dem die Welt um sie herum versank.

Ulldart, Königreich Borasgotan,
Belagerungsring vor Checskotan,
Frühsommer 444 n. S.

Die mächtige Festung war von allen Seiten eingeschlossen, nichts und niemand gelangte hinaus. Aber, sehr zum Leidwesen der versammelten Tzulandrier und Tarpoler, kam auch keiner hinein, was für sie die eigentliche Schwierigkeit war.

Checskotan stammte aus der Zeit der echten Kriege auf dem Kontinent, erhob sich massiv wie ein Fels aus der Landschaft und diente Arrulskhán IV. als letzter Stützpunkt.

Zwei stabile Mauerringe umzogen das Bollwerk, ein

Wassergraben machte das Untertunneln der Anlage unmöglich. Die zweihundert Mann starke Besatzung reichte nicht aus, um wirklichen Schaden unter den Angreifern anzurichten, aber sie war gerade zahlreich genug, um die notwendigen Katapulte zur Abwehr der Erstürmungsversuche zu betätigen und Munition heranzukarren.

Das hatten die Befehlshaber der Belagerer nach hundertfünfzig Toten verstanden und von weiteren, sinnlosen Angriffen abgesehen.

Seit drei Wochen saß damit eines der zehn jeweils tausend Mann umfassenden Kontingente, die Borasgotan im Handstreich erobern sollten, vor den Mauern fest. Ausgelegt war die Strategie der Miniaturheere auf schnelles Vorwärtsstürmen, Zerschlagen jeden Widerstands der borasgotanischen Truppen und das Ausschalten der Garnisonen. In einer zweiten Welle würden die Gouverneure des Kabcar samt Gefolge anrücken, um die riesigen Länder im Namen des Herrschers zu verwalten.

Eine solch schnelle Kriegsführung war allerdings nicht auf das Transportieren von schwerem Belagerungsgerät ausgelegt, geschweige denn das Mitführen eines entsprechend großen Handwerkerheeres, das die notwendigen Katapulte, Ballisten und Onager, Sturmleitern, Rammböcke und Mauerbohrer fertigen könnte.

Zwar hätte man ungestört an Checskotan vorüberziehen können, doch eine ungestürmte Festung blieb immer ein Unsicherheitsfaktor. Sie diente dem Feind weiterhin als Sammel- und Versorgungspunkt, von hier aus könnte er neue Unternehmungen starten, im schlimmsten Fall den Tzulandriern und Tarpolern in den Rücken fallen.

Dieses Wagnis wollte keiner der Offiziere eingehen, also hatte man per Bote um Beistand durch einen Meisterstrategen gebeten, der einen schnellen Weg wusste, die Fortifikationen einzunehmen.

Die Belagerten machten sich derweil einen Spaß daraus, ihre nackten Hintern oder Geschlechtsteile auf den Zinnen zu zeigen, dabei Schmählieder zu singen oder eine Ladung Fäkalien mit einem Katapult in Richtung der Angreifer zu schießen.

Anfang der vierten erfolglosen Woche erschien Osbin Leod Varèsz mit einem gewaltigen Tross.

Zwanzig Wagen, die Räder drückten sich auf Grund der schweren Last tief in den Weg, rollten kurz nach Anbruch der Nacht heran, alle Ladeflächen waren mit Planen gegen die Blicke neugieriger Augen abgedeckt.

In aller Eile bauten fünfzig des tzulandrischen Kontingents ein riesiges Zelt auf, in das nach und nach die Karren hineingeschoben und abgeladen wurden.

Am nächsten Morgen entdeckte die Besatzung von Checskotan die merkwürdigen Vorbereitungen. Unruhe breitete sich auf der Brüstung des ersten Mauerrings aus, wo man eben noch die morgendliche »Afterballen- und Knüppelparade« abhalten wollte.

»Lasst den Unsinn und zieht Eure Hosen hoch. Eure erbärmlichen Gesäßbacken will keiner sehen. Gib her.« Oberst Vrobloc, ein stattlicher Borasgotaner mit dichtem Wangenbart, schnappte sich das Fernrohr, um sich das Treiben der Belagerer näher zu betrachten.

Die zwanzig Wagen standen größtenteils entladen am Rand des Lagers, vier bugsierte man gerade unmittelbar neben das Zelt, während zwei weitere ganz abseits standen. Doch die Wachmannschaft, die sich drumherum scharte, war enorm.

»Eine Unterkunft wird das wohl nicht gerade sein, oder?«, erkundigte sich einer der borasgotanischen Soldaten bei dem Vorgesetzten, ein Arm locker auf die Brustwehr gelehnt. »Ein Küchenzelt?«

Vrobloc senkte die Sehhilfe kurz, runzelte die Stirn und setzte sie erneut an die Pupillen. »Es würde mich wundern, wenn sie einen Ofen zusammenbasteln. Und warum verbannen sie die anderen beladenen Wagen so weit weg vom Feldlager? Als hätten sie Angst davor.«

Am Zelt der Belagerer kam Bewegung auf. Vier Soldaten rannten zu den abseits stehenden Karren, hoben jeder ein kleines Fässchen unter der Plane von der Ladefläche herab und liefen zurück.

»Eine Schänke?«, meinte der borasgotanische Soldat. »Die haben sich Branntwein in den Fässern bringen lassen, die tarpolischen Säcke. Die saufen sich die Hucke voll.« Er formte mit den Händen einen Trichter. »Männer! Kommt mal her! Die Tarpoler besaufen sich auf Befehl ihres Kabcar!« Noch mehr Wachen liefen neugierig herbei und drängten sich auf dem Wehrgang zusammen.

Doch die Aktivitäten der Tzulandrier waren nicht beendet. Stück für Stück wurde die Leinwand des Zeltes von hinten nach vorne umgeklappt, bis der Blick nicht länger auf das verwehrt war, was man im Laufe der Nacht zusammengebaut hatte.

Vrobloc schätzte das seltsame Rohr, das auf einer Lafette ruhte, auf eine Länge von vier Meter, die fassgroße Öffnung zeigte in seine Richtung. Die zahlreichen kleinen Räder, die man unter dem eisenbeschlagenen Holz angebracht hatte, drückten sich durch das Gewicht der metallenen Röhre beinahe vollständig ins Erdreich, Pflöcke verankerten das Untergestell im Boden. Was immer das auch war, das sich anscheinend auf Checskotan richtete, es gefiel dem Oberst überhaupt nicht. Die erstaunten Rufe seiner Männer ignorierte er.

Zehn der Belagerer schleppten auf einer Bahre eine mit Eisenbändern umspannte Steinkugel heran, stemmten die Trage mit hochroten Köpfen vor der Röhre in die Höhe und kippten das ballähnliche Gebilde in die Öffnung. Haargenau schloss es die Ränder ab und rutschte hinunter in das Rohr.

»Soll das vielleicht ein neues Katapult sein?«, höhnte eine Wache unter dem Gelächter der Kameraden hinüber. »Das ist doch viel zu schwer! Soll es von selbst fliegen, oder werdet ihr es herübertragen, ihr Fürze?« Der Mann sprang rückwärts auf die Zinnen, bückte sich und riss die Beinkleider herunter. »Da habt ihr ein Ziel!«

Grölend taten es ihm die anderen Soldaten nach und wackelten mit den entblößten Hinterteilen im Wind. Vrobloc lachte zwar herzlich mit, ließ die Belagerer aber keine Sekunde aus den Augen.

Einer der Tzulandrier spähte prüfend über den oberen Rand der Röhre, trat an die Lafette und kurbelte an zwei Handrädern. Zahnräder drehten sich, die Öffnung senkte sich kaum merklich ab. Daraufhin winkte er einen Fackelträger heran.

Der Oberst hatte noch immer nicht verstanden, wie diese Kugel, die er auf tausend Pfund schätzte, die Entfernung von fast einem Warst überbrücken sollte.

Der Tzulandrier stellte sich erneut hinter das Rohr, dann nickte er, hob die geballte Faust und stieß sie nach kurzem Zögern herab. Der Fackelträger presste die Flamme kurz gegen die Rückwand der Röhre und drehte sich schnell um.

Aus der Mündung quoll augenblicklich eine immense Rauchwolke, danach folgte ein unbeschreiblicher Knall, der rumpelnd wie ein Donnerschlag nachhallte. Die Pferde der Belagerer scheuten erschrocken, einige gingen durch.

Ein Borasgotaner der »Afterballen-Parade« verlor überrascht das Gleichgewicht und schaffte es in letzter Sekunde, nach vorne von der Mauerspitze zu fallen, wo er unsanft auf dem Wehrgang landete.

Fast gleichzeitig pfiff etwas mit einer enormer Geschwindigkeit über die Hinterteile der schreckensbleichen Wachsoldaten und schlug krachend in die Steine des zweiten Mauerrings.

Nicht nur, dass sich dort nun ein Loch auftat, sondern zu allem Überfluss stürzten rechts und links der getroffenen Stelle weitere Stücke des Walls in sich zusammen. Die staubwolkenverhangene Bresche, die damit entstanden war, reichte aus, um drei Mann nebeneinander passieren zu lassen.

Fassungslos glotzten die Wachen auf die entstandene Lücke, irgendeinem entfuhr ungewollt eine saftige Blähung.

»Beinahe hätte ich euch mit meiner Bombarde die Löcher gestopft, was?«, schrie der Tarpoler, der die Handräder bedient hatte, gut gelaunt. »Den nächsten Stein schicke ich euch passend bis in den Darm, wenn ihr bleibt wo ihr seid, ihr Feiglinge!« Das Jubeln und Grölen stammte dieses Mal von den Belagerern, die umgehend damit begannen, die Vorbereitungen für den nächsten Schuss zu treffen.

»Los, sofort weg von hier!«, befahl der Oberst und eilte bereits in Richtung der Leiter, die auf den Boden führte. Seine Untergebenen rafften die Hosen hoch, stolperten und stürzten hinterher. »Setz Kabcar Arrulskhán von der neuen Situation in Kenntnis«, befahl er einem Melder, »dass der Feind über eine verfluchte Waffe verfügt, der wir nichts entgegenzusetzen haben. Sie macht taub, speit Rauch und Feuer und lässt Wände einbrechen. Das ist Tzulans Werk!« Der Mann rannte los. »Sag ihm, sie hieße ›Bombarde‹!«

Vrobloc sammelte seine Leute. Es blieb nur die Wahl, diese Waffe unschädlich zu machen, wenn man verhindern wollte, dass Checskotan zu einem Haufen Steine zerschossen wurde. Und er hoffte, dass sein Herr ihm nicht den Befehl erteilen würde. Der Gegner stand ihnen mehr als vier zu eins gegenüber, galt im Feldkampf als hart, erfahren, diszipliniert. Was man von seinen Leuten nicht unbedingt behaupten konnte.

Er zog alle Bewaffneten in die innere Festung zurück

und machte sich nach einer Stunde auf den Weg in die Gemächer des Kabcar, zu Arrulskhán, um ihm die Lage zu schildern. Vielleicht konnte er ihn zum Aufgeben überreden. Dann blieben wenigstens noch ein paar mehr als nur er am Leben.

Während er durch die Arkaden des Haupttraktes schritt, wartete er schon beinahe auf das Unheil verkündende Rumpeln der Bombarde. Doch noch blieb alles still.

Vor dem Zimmer des Kabcar von Borasgotan angekommen, hielt er inne und fragte sich, wie der Herrscher die Nachricht des Melders aufgenommen hatte. Wenn er einen seiner legendären geistigen Ausfälle erlitt, war alles möglich.

Vrobloc klopfte an und trat nach der von innen geschrienen Aufforderung zum Hereinkommen in den Raum.

Arrulskhán IV. saß, in beiden Händen Säbel haltend, auf seinem Thron, eine goldene Langhaarperücke zierte seinen Schädel. Der nicht eben schmächtige Körper steckte in einem schwarzen Seidenmantel, besetzt mit zahlreichen Edelsteinen, darüber trug er einen Brustharnisch. In seinem Schnauzbart glitzerten Diamanten, die er sich von seinen Lakaien einflechten ließ, um seine gelegentlich auftretende Göttlichkeit zu unterstreichen.

Einen Fuß hatte er in Siegermanier auf den toten Melder gestellt, die stecknadelgroßen Pupillen huschten suchend im Zimmer umher. Ein wahnsinniges Lachen erscholl, als er Vrobloc bemerkte.

»Mein Oberst! Mein lieber Oberst!« Er warf die Säbel achtlos zur Seite und kam mit ausgestreckten Armen auf den Soldaten zu. »Stell dir vor. Dieser Mensch wagte es, mir Unsinn zu erzählen, faselte von Bombarden und Schurkereien, pah, wie töricht.« Seine Hände zuckten unentwegt hin und her.

»Hoheitlicher ...«, setzte der Soldat an, doch sofort

schoss der Zeigefinger Arrulskháns in die Höhe. »Göttlicher Kabcar«, seufzte Vrobloc, der seinen Fehler in der Anrede sogleich verstanden hatte, »der Melder hatte leider Recht. Der Feind kann unsere Mauern aus großer Entfernung einreißen.«

»Ach? Ach was?« Arrulskhán legte den Finger ans Kinn. Dann schaute er zu dem Toten. »Das ist mir nun etwas peinlich, lieber Oberst. Der arme Kerl. Seht, mitten ins Herz habe ich ihn getroffen. Schade, schade.« Er klatschte in die Hände. »Ich hab's! Wir schieben ihm einen Stock in den Hintern, damit er gerade steht, und lehnen ihn irgendwo an die Wand. Es wird nicht auffallen, oder?«

Der Kabcar wanderte, unverständliches Zeug brabbelnd, ihm Kreis, und Vrobloc hoffte inständig, dass der Anfall von Wahn bald vorüber sein würde.

»Lieber Oberst, lasst anspannen. Wir reiten aus!« Arrulskhán nahm ihn bei den Händen und hüpfte im Kreis. »Tralalala und hoppsassa!« Abrupt blieb er stehen. »Nein, wir reiten nicht aus. Wir reiten sie nieder. Die werden mir meine schöne Festung nicht kaputt machen.« Er hob die Säbel auf und lief mit militärischem Paradeschritt zum Ausgang. »Linkszwodreivier, mir nach, Vrobloc! Arrulskhán der Göttliche wird euch alle zum Sieg führen! Sturrrrrrrmangrrrrrriffffff!«

Seufzend folgte der Offizier dem Wahnsinnigen, der einen Marsch sang und geradewegs mit seinen Filzpantoffeln an den Füßen in die Stallungen eilte.

Vrobloc ließ die im Hof versammelten zweihundert Männer schweren Herzens aufsitzen. Ihre Gesichter sagten deutlich genug, was sie von dem befohlenen Ausfall hielten.

Arrulskhán hüpfte im Sattel immer auf und nieder, schwang hohl lachend die beiden Waffen und verfehlte dabei nur knapp die Ohren seines Pferdes. »Attackeeeeee, ihr Heinzelmänner! Tor auf!«, brüllte der Kabcar von

Borasgotan. »Alles auf! Wir kommen! Der Göttliche führt euch zum Siiiiiiiiiiiiiieg!«

Die Wachen betätigten die Winden, langsam und knarrend schwangen die Tore auf, die Zugbrücke senkte sich über den Wassergraben. Im gestreckten Galopp preschte Arrulskhán wild schreiend den Weg entlang, sodass die Schöße seines schwarzen Seidenmantels herumflogen und die falschen goldenen Haare im Wind wehten.

Vrobloc sah der albernen Gestalt hinterher, die gerade das letzte Tor passierte und in die Ebene stürmte, dann schaute er in die Runde seiner Soldaten und lehnte sich nach vorne.

»Zum Westtor«, befahl er und wendete als Erster sein Reittier. »Er bietet eine wunderbare Ablenkung. Wir versuchen, den Belagerungsring zu durchbrechen und schlagen uns nach Osten durch.«

Mit Mienen der Erleichterung folgten ihm seine Männer.

Der Geschützmeister war mit den letzten Vorbereitungen für den nächsten Schuss fertig, als ein einzelner Reiter aus dem Tor gestürmt kam. Osbin Leod Varèsz machte ein fragendes Gesicht.

»Das ist Arrulskhán«, meldete ein Beobachter, der durch sein Fernrohr die Gestalt erkannt hatte. »Seht euch den an. Er muss direkt vom Kamin auf sein Pferd gesprungen sein.« Er ruckte mit der Sehhilfe ein wenig nach links. »Die hinteren Posten melden, dass die Besatzung einen Durchbruch versucht.«

»Signalisiere, sie sollen sie durchlassen«, befahl der Stratege einem Wimpelträger. »Ob wir sie jetzt töten oder in einem halben Jahr, was macht das schon. Hauptsache, Checskotan gehört uns.« Er schüttelte grinsend den Kopf, als er den brüllenden Herrscher Borasgotans betrachtete. »Gut, Männer. Ersparen wir dem Volk von Borasgotan eine aufwändige Beerdigung.«

Auf seinen Wink hin senkte der Geschützmeister mit schnellem Drehen der Handräder den Lauf der Kanone, bis das Rohr waagerecht stand. »Wenn du ihn triffst, erhältst du zwanzig Waslec«, verkündete Varèsz.

Die Soldaten und die Bedienungsmannschaft schlossen im Hintergrund eifrig Wetten ab.

Die Haltpflöcke wurden entfernt, die Lafette mit vereinten Kräften um wenige Zentimeter nach links ausgerichtet, bis der Geschützmeister dem Fackelträger ein Zeichen gab, der wiederum Feuer an das Zündloch gab.

Donnernd zündete ein Zentner Sprengpulver im hinteren Teil der Bombarde und katapultierte das fünfhundert Kilogramm schwere Steingeschoss mit Rauch und Feuer gegen den anreitenden Arrulskhán.

Zwar scheute dessen Pferd nach dem Krachen des Geschützes, aber es verhinderte damit nicht das Unvermeidliche, das von den Truppen mit lautstarkem Gelächter begleitet wurde. Von dem »Göttlichen« und seinem Ross blieb nicht viel in einem Stück.

»Der Geschützmeister trägt seinen Titel nicht zu Unrecht«, sagte der Stratege anerkennend und warf dem Anführer der Bombardiere zwanzig Waslec zu. »Guter Schuss. Aber dir gebührt noch mehr.«

Varèsz ritt los und lenkte sein Pferd an die Stelle, wo es Arrulskhán IV. getroffen hatte. Für die Einzelheiten interessierte er sich wenig, er suchte etwas Bestimmtes.

Nach kurzem Suchen hatte er es gefunden und spießte es mit seinem Zweihänder auf. Den Griff locker auf den Oberschenkel gelegt, die Spitze emporgereckt, damit seine Beute gut sichtbar war, ritt er zurück zu seinen Leuten.

Mit einer huldvollen Geste senkte er das Fundstück vor dem Geschützmeister herab. »Nimm es und trage es als Erinnerung an den heutigen Tag, an dem deine Bombarde zum ersten Mal glorreich zum Einsatz kam.« Der Mann zog die goldene Perücke von der Klinge und legte sie sich auf den Kopf. »Von heute an heißt du ›Der Goldene‹. Möge dein Augenmaß immer so verlässlich sein. Oder du verlierst diese Auszeichnung samt Kopf.«

Die Tarpoler und Tzulandrier schütteten sich aus vor Heiterkeit.

Der Geschützmeister wusste nicht so ganz, wie er die Zeremonie verstehen sollte, und bedankte sich vorsichtshalber mit einem militärischen Gruß. Varèsz grüßte amüsiert zurück und ritt zu seiner Unterkunft.

Sein Untergebener Widock schrie Befehle und erteilte die Order zum Besetzen von Checskotan.

Jeder, der beim kurzen Marsch zur verwaisten Festung an der Stelle vorbeikam, wo der Kabcar von Borasgotan sich in alle Richtungen verteilt hatte, nahm sich spottend ein Stück vom Seidenmantel als Erinnerung an den denkwürdigen Tag mit, an dem Arrulskhán IV. so passend aus der ulldartischen Geschichte gestrichen worden war.

Seine blutigen Filzpantoffeln baumelten abends am Fahnenmast der Festung.

Ulldart, Tûris, Verbotene Stadt,
Frühsommer 444 n. S.

Pashtak nahm seine Gefährtin Shui glücklich in den Arm. »Wir haben es geschafft. Die erste Außenmauer ist vollständig errichtet, und das trotz des harten Winters. Tzulan scheint uns gnädig zu sein.«

»Es sind ja auch genügend für den Gebrannten Gott gestorben«, merkte sie spitz an. »Sowohl von den Menschlingen als auch von unseren Leuten.« Ungerührt stillte sie den kleinsten der vier Nachkommen. Ihre geschlitzten Pupillen wanderten zu ihrem Gefährten.

»Aber es ist schön, dass es funktioniert«, sagte sie versöhnlicher.

Pashtak grinste sie an, ein dumpfes Knurren war zu hören. Was bei den Einwohnern von Tûris für Schreckensschreie gesorgt hätte, verstand Shui richtig. Ihr Gefährte amüsierte sich.

»Ich werde wieder zurück zur Baustelle am Tempel gehen. Wir machen sehr gute Fortschritte, und das obwohl uns die Nackthäute einiges an harter Arbeit zunichte machten. Ganz zu schweigen von den vielen Toten.« Er streifte sich seinen leichten Mantel über. Nur die Farbe und das Emblem auf dem abgetragenen Kleidungsstück erinnerten daran, dass der Vorbesitzer eigentlich zur turîtischen Ordnungsmacht gehört hatte. »Aber nun hört man aus allen Unterkünften die Schreie von neuem Leben.«

Shui sah ihn besorgt an. »Kümmere dich im Rat darum, dass es weiterhin genügend Essen für alle gibt. Das Wild der Umgebung ist entweder schon von den Nimmersatten gefressen worden oder vor den Jagdtrupps geflüchtet.« Sie lächelte das pelzige Bündel in ihrem Arm an. »Dabei brauchen die Mütter nun unbedingt Nahrung.«

»Wir sind dabei«, sagte Pashtak. »Wir haben etwas aufgetan, was uns weiterhelfen kann.« Er küsste sie knurrend auf die Stirn. »Ich bin gegen Abend zurück.« Gut gelaunt verließ er die Hütte und trat hinaus in den Schein der Frühlingssonnen.

Zwischen den Steinen der Ruinen, auf den Plätzen und den neu entstehenden Gassen herrschte reges Treiben. Sumpfkreaturen aller Art wieselten geschäftig umher und arbeiteten Hand in Hand, um die Verbotene Stadt auferstehen zu lassen.

Dank der sehr guten Planung der Tzulani machten die Bewohner der einstigen Hauptstadt täglich Fortschritte. Keine Baustelle glich sich von Tag zu Tag, die Entwicklung war sichtbar.

Die neuen Kräne ragten in den blauen Himmel, Tretmühlen und Laufräder klapperten ständig, betätigten Winden, hoben Lasten und bugsierten die schweren Steine in luftige Höhen. Unkraut oder Bewuchs zwischen den Steinplatten suchte man vergebens. Im Grunde machte es den Eindruck, als würden nicht zerstörte oder eingestürzte Gebäude mühsam in ihren alten Zustand gebracht, sondern als errichteten fleißige Erbauer eine völlig neue Stadt zu Ehren Sinureds.

Auch das Umfeld des riesigen Areals erfuhr eine Veränderung. Rodungsmannschaften holzten die Wälder im Umkreis von einer Meile ab, die Tzulani tüftelten an einem Entwässerungssystem, um den Sumpf wenigstens etwas einzudämmen, damit das Klima sich den Sommer über etwas verbesserte. Die ersten Modelle der Tonröhren, die sie einsetzen wollten, wurden gebrannt und probehalber in die feuchte Erde eingelassen. Es schien zu funktionieren.

In weiter Entfernung sah die Sumpfkreatur drei Männer am Rande der Stadt stehen, die den Unternehmungen staunend zusahen.

Er eilte in die Richtung der Wartenden.

Es war wie stets: Die Menschen, die etwas verdienen wollten, überwanden die ablehnende Haltung gegenüber dem Fremden als Erste und versuchten, mit ihm ins Geschäft zu kommen. Im Fall der Sumpfkreaturen gab es da wohl keine Ausnahme. Nachdem die Erlasse des Kabcar verkündet worden waren, mussten die Turîten der Umgebung zwangsläufig Waffenstillstand wahren.

Einige von ihnen schienen sich zu sagen, dass man die Einnahmeverluste durch den Wegfall der Kopfgelder, die es unter Mennebar II. noch gegeben hatte, eben durch den Warenaustausch abfangen musste. Es bedurfte etlicher Zusicherungen auf freies Geleit und Unversehrtheit, bis sich eine Abordnung in den Sumpf und die ehemalige Hauptstadt des Kriegsfürsten wagte. Und nun waren sie gekommen.

Pashtak hatte immer wieder geübt, um seine Aussprache zu verbessern und das Nuscheln zu beseitigen, was ihm wegen der hervorstehenden spitzen Zähne nicht vollständig gelang. Aber die Sprache beherrschte er durch die Schulungen der Tzulani nun beinahe perfekt, weshalb er auch dazu ausersehen worden war, die Verhandlungen zu führen.

Auf dem Weg zu der Abordnung fiel ihm siedend heiß ein, dass er den Mantel eines getöteten Turîten trug, also hängte er das Stück im Vorbeigehen über die Strebe eines Baugerüstes. Er wollte die vorsichtige Annäherung nicht durch diesen dummen Fehler in Gefahr bringen. Vor allem, da sie auf die Lieferung von Fleisch angewiesen waren.

Als Mitglied der »Versammlung der Wahren« wusste er, wie sein knochiger, flacher Schädel mit den gelben Augen und den rot schimmernden Pupillen auf die Nackthäute wirkte. Sein muskulöser, gedrungener Körper mit dem Pelz und die kräftigen, krallenbewehrten Hände ließen ihn nicht unbedingt wie jemanden aussehen, dem man kleine Menschlinge anvertraute. Aber das wollte er durch eine gewinnende, freundliche Art wettmachen.

Die drei Männer wurden auf die Kreatur aufmerksam, die zielstrebig auf sie zusteuerte, einer von ihnen schien in einem Reflex die Hand an den Griff seines Schwertes legen zu wollen.

Pashtak verlangsamte sein Tempo und hob die Arme als Zeichen der Friedfertigkeit. Dann deutete er eine Verbeugung an und lächelte.

Einer der Delegation schlug sich erbleichend die Hand vor den Mund, der Zweite umklammerte den Knauf seiner Waffe, bis seine Knöchel weiß wurden, während der Letzte der drei sich meisterlich beherrschte. Nur das schnelle Schlucken verriet, wie aufgeregt er war.

Pashtak hatte längst gerochen, dass sie Angst vor ihm hatten. Schnell schloss er die Lippen, um seine Reißzähne nicht mehr zu offen zu präsentieren.

»Meine Güte«, fistelte der Erste mit aufgerissenen Augen, der Schreck veränderte seine Stimme und schraubte sie in die höchsten Tonlagen. »Habt ihr das gesehen? Damit reißt es uns schneller die Kehle auf, als wir einen letzten Seufzer von uns geben können.« Er machte einen Schritt zurück. »Euch soll es zuerst fressen.«

»Es wird vermutlich geschickt worden sein, um uns abzuholen«, mutmaßte der Mann mit dem Schwert vorsichtig. »Ob es uns versteht? Es sieht nicht sonderlich klug aus.«

»Seid still, ihr Hasenfüße«, herrschte der Dritte sie über die Schulter nach hinten an. »Und du: Bring uns zu deinem Führer«, sagte er laut. »Bringen uns Führer. Hinbringen. Du.«

Pashtak holte tief Luft. »Es freut mich, Menschen, dass Ihr Euch in unsere Stadt begeben habt«, begrüßte er sie freundlich.

»Es spricht«, quiekte der Ängstlichste. »Es spricht unsere Sprache.«

»Ich bin Pashtak und einer von denen, die die Geschicke von uns allen leiten«, erklärte er unerschütterlich. »Ich bin übrigens männlich, wenn es recht ist. Also redet bitte nicht über mich, als sei ich ein Stein oder ein anderer Gegenstand.«

»Ich bin Karnfried, das sind Bundgast und Lebhart.« Er deutete der Reihe nach auf seine beiden Begleiter. Dann wusste er anscheinend nicht, was er sagen sollte, und lächelte vorsichtig. »Da wären wir also.«

»Schön«, sagte Pashtak. »Wir besprechen unsere Handelsbeziehungen am besten an einem ruhigen Ort. Folgt mir bitte.«

Zügig führte er die drei Männer zwischen den Baustellen hindurch, bis sie an Sinureds Palast angekommen waren. Unterwegs erklärte er ihnen, was er und seine Artgenossen bisher schon geleistet hatten. »Und natürlich haben wir die Haltung von Menschensklaven abgeschafft«, fügte er hinzu.

»Es darf nicht sein, dass ihr von uns dazu gezwungen werdet. Auch die Menschenopfer finden nicht mehr statt. Das alles hat der Kabcar möglich gemacht.« Die Turîten wechselten ein paar bestürzte Blicke, als sie die Neuigkeiten erfuhren. Sie hätten niemals vermutet, dass das Wesen die vergangenen Gräueltaten einfach so zugab. »Dieser Lodrik ist ein guter Mann, denn die Feindschaft zwischen unseren Völkern ist nicht notwendig. Wir haben alle Platz auf Ulldart, nicht wahr?«

Er trat zwischen den haushohen Säulen hindurch in die Halle, die zu einem Großteil in Stand gesetzt worden war. Auch der übergroße Thron, auf dem Sinured früher geruht hatte, befand sich an seiner alten Stelle. Für die Unterredungen waren Tische und Stühle aufgestellt worden, Krüge und eine Karaffe mit Wein standen bereit.

Pashtak ließ dem Trio den Vortritt und schenkte ihnen eigenhändig von dem dunklen Alkohol ein, dann füllte er sein Gefäß und hob es an.

»Auf gelungene Verhandlungen«, prostete er in die kleine Runde. Als er die Skepsis in den Gesichtern der Besucher bemerkte, nahm er einen tiefen Zug. »Natürlich ist es vergorenes Blut, wie sich das gehört«, scherzte er, als die Männer im Begriff waren, den Wein die Kehlen hinabgleiten zu lassen. »Nur ein Spaß«, beschwichtigte er sofort, denn der Ängstliche der Abordnung, Lebhart, machte Anstalten, alles wieder von sich zu geben. »Es ist ein alter Wein, nichts anderes.« Erleichtert schluckten die Gäste. »Und jetzt kommen wir zum Geschäft.«

»Vorab zur Erklärung«, begann Karnfried. »Wir stammen aus den drei nächsten Städten der Umgebung, ein jeder von uns ist im Auftrag der Einwohner hier. Wir sollen euch die Grüße und guten Wünsche übermitteln.«

»Das ist sehr schön. Ich hoffe, eure Ställe werden nicht mehr von unseren Leuten heimgesucht? Wir haben alle angewiesen, die Siedlungen in Ruhe zu lassen«, erkundigte sich das Ratsmitglied neugierig.

»Ja, ja«, sagte Bundgast. »Das stimmt. Die Überfälle sind gesunken.«

»Seht es als Zeichen von guter Nachbarschaft, die wir mit Euch allen pflegen wollen«, verkündete Pashtak, dem der Verlauf der Unterhaltung gefiel. »Und wir würden gerne Handel mit Euch treiben. Wir brauchen Lebensmittel. Vorzugsweise Fleisch, wenn Ihr welches hättet, dann natürlich Getreide und solche Sachen. Nicht alle von uns ernähren sich von Fleisch, die wenigsten von Menschenfleisch.«

Diesmal lachten die drei Männer. »Ein gelungener Scherz«, meinte Lebhart und nahm einen Mund voll Wein.

»Kein Scherz«, antwortete die Kreatur ehrlich, und der Mann spuckte den Alkohol prustend aus. »Aber wir haben sie im Griff, keine Bange. Sie sind harmlos. Aber wenn Ihr irgendwo Verbrecher hättet, die gehängt wurden, Ihr wisst, wo Ihr Eure Toten lassen könnt.«

»Danke für das Angebot«, sagte Kernfried ein wenig pikiert. »Belassen wir es zunächst beim Austausch von herkömmlichen Waren. Was könnt ihr bieten?«

»Wir sind sehr gute Handarbeiter, einige kennen sich sehr gut mit Kräutern aus. Mit deren Hilfe stellen sie Heilsalben und Tinkturen her, wie unsere Freunde in Aldoreel. Die Qualität ist einmalig«, pries Pashtak das eigene Sortiment an. »Es beginnt bei duftenden Minzölen, die bei Schnupfen Wunder wirken, und endet bei Salben für entzündete Wunden.«

»Das ist wahr. Ich habe von den Waren schon gehört«, bestätigte Bundgast sofort, der damit seine Zustimmung zeigte. »Und das ist meiner Meinung nach ein lohnendes Geschäft. Ihr liefert mir die Fässer mit den Salben und dem Zeug, ich gebe euch Nahrung. Ich bin prinzipiell dabei.«

Auch Karnfried und Lebhart sagten zu, nun begannen die zähen Verhandlungen über Preise, Lieferungsumfang und die benötigte Zeit. Bis in den späten Abend hinein feilschten sie, leerten manche Karaffe Wein, bis man sich zur allgemeinen Zufriedenheit geeinigt hatte. Die Grundversorgung der Stadt war somit gesichert, einer eigenen Viehzucht und dem Bestellen von Feldern stand fast nichts mehr im Wege.

Bei allem geschäftlichen Gebaren und manchem Lachen, das die Händler von sich gaben, Pashtak spürte die Distanz, auf der die drei Menschen blieben. Was er ihnen, bei nüchterner Betrachtung der Vergangenheit, nicht anlasten wollte. Auch in den eigenen Reihen gab es Kreaturen, die sich gegen die Kontakte zu den Nackthäuten ausgesprochen hatten. Man fürchtete Verrat und heimtückische Angriffe.

»Wenn Ihr unsere Stadt einmal in aller Ruhe besichtigen wollt, kommt einfach vorbei«, lud er sie ein, als er sie zum Ausgang des Palastes geleitete und mit ihnen über den von Lagerfeuern und Fackeln beleuchteten Platz schlenderte. »Die Menschen sind uns jederzeit willkommen, wenn sie friedlich erscheinen.«

»Euer Angebot ist sehr freundlich«, bedankte sich Karnfried. »Um ehrlich zu sein, an eurer Stelle würde ich mich nicht in eine Stadt wagen. Noch nicht. Der Kabcar sitzt weit weg, seine Leute und Beamte sind zwar vereinzelt schon in Tûris angekommen, aber …« Er stockte.

»Was mein geschätzter Zunftbruder sagen möchte«, ergänzte Bundgast, »ist, dass wenn einige Bestien … ich meine, einige eurer Art zu Tode kämen, dann würde sich vermutlich nicht viel tun. Die Menschen halten nach wie vor wenig von euch.«

»Und Ihr macht da eine löbliche Ausnahme«, lobte Pashtak und winkte im Vorbeigehen zwei der »Nimmersatte« herbei. Die Nimmersatte waren die größten der Sumpfwesen, erschreckend im Anblick, stark und von einer Unerschütterlichkeit, die sie zu gefährlichen Kämpfern machte. Dafür verschlangen sie das Dreifache. Das Ratsmitglied gab ihnen in der Dunklen Sprache Anweisung, für ein sicheres Geleit der Menschen zu sorgen, was sie mit einem zustimmenden Grunzen quittierten.

»Du … Ihr überschätzt uns vermutlich«, gab Karnfried zurück. »Uns trieb das Geld hierher, nicht die Hoffnung, Freundschaft mit Euch zu schließen.«

»Das eine muss das andere nicht ausschließen, Mensch. Aus manchen Handelbeziehungen entstanden Sympathien. Und wenn Ihr Verständnis für unsere Art, unsere Kultur entwickelt, werden sich manche Schwellen wie von selbst beseitigen«, meinte Pashtak zuversichtlich. »Beide Seiten haben über Jahrhunderte Fehler gemacht und in Feindschaft gelebt. Das lässt sich nicht durch einen Erlass zur Seite legen. Aber es wurde ein Waffenstillstand geschlossen. Darauf lässt sich aufbauen.«

Bundgast nickte anerkennend. »Wohl gesprochen. Wir werden sehen, was uns die Zeit bringt.« Er sah an den mächtigen Gestalten der Nimmersatten hinauf. »Anscheinend traut Ihr Euren eigenen Leuten nicht besonders.«

»Weil ich Euch eskortieren lasse?« Das Mitglied des Rates der Wahren grinste und zeigte die schiefen Reißzähne in voller Pracht, die roten Pupillen funkelten, und ein Knurren war zu hören. »Nein, es gibt hier Räuber in der Umgebung, die nur allzu gern im Schutz der Dunkelheit auf drei Händler warten. Von uns würde Euch keiner ein Haar krümmen.«

Etwas beschämt marschierten die drei Männer auf der neu angelegten Prachtstraße davon und begann alsbald eine angeregte Unterhaltung untereinander.

Zufrieden hatte Pashtak bemerkt, dass sich ihre Ausdünstungen geändert hatten. Der Geruch der Angst war bei Karnfried und Bundgast völlig, bei Lebhart teilweise verschwunden. Aber er schätzte Letzteren als einen Menschen ein, der permanent nach Furcht roch.

Die Anspannung, die er während der Gespräche gespürt hatte, fiel allmählich von ihm ab. Dankbar, das erste Zusammentreffen so gut über die Bühne gebracht zu haben, reckte und streckte er sich, dass seine Knochen knackten.

Die weitläufigen Plätze lagen ruhig vor ihm, die Arbeiten waren eingestellt, damit alle genügend Kraft für den nächsten anstrengenden Tag sammeln konnten, gut beschützt und bewacht von den Nimmersatten, die sich in Abständen ringförmig um die Ruinen verteilt hatten. Etwas wie damals, als es den Nackthäuten gelungen war, ihren Überraschungsangriff so erfolgreich zu führen, sollte es nie mehr geben. Erlass hin oder her.

Pashtak machte sich auf den Nachhausemarsch, gönnte sich aber einen Umweg, der ihn unter dem mächtigen Bogenbau zu Ehren Tzulans hindurchführte.

Noch standen die Gerüste, noch stützten Gestelle die tonnenschweren Steinquader, die sich im Laufe der kommenden Woche zu einer der aufwändigsten Konstruktionen der Stadt zusammenfügen sollten. Zwanzig Meter hoch ragten die halbbogenförmig geschwungenen Säulen, in der Grundfläche als Oktagon angeordnet. Ihre Spitzen neigten sich zueinander, berührten sich aber nicht. In diesen fünf Meter durchmessenden Freiraum sollte schließlich eine Kugel aus seltenem schwarzem Marmor als Schlussstein eingepasst werden. So lange diese noch nicht an ihrem Platz saß, musste die instabile Struktur aufwändig abgestützt werden, um den enormen Druck abzuleiten.

Pashtak stand exakt im Mittelpunkt des Oktagons und blickte hinauf zu den scharfkantigen Pfeilerenden, die wie überdimensionale Zähne wirkten.

Als würde man durch das runde Maul eines Raubfischs schauen. Wenn die gewaltige Kugel, an der die Steinmetze ihre Werkzeuge stumpf schlugen, eingefügt war, würde man diese Ansicht nicht mehr haben. Weit über ihm blinkten die Sterne, die Monde standen am Himmel und schimmerten silbrig auf ihn herab, ließen die Säulen und Stützwerke abstruse Schatten werfen.

Der Nachtwind trug ihm plötzlich eine Witterung zu, die er noch nie wahrgenommen hatte.

Vorsichtig schnupperte er, um die Quelle des Geruchs zu lokalisieren. Pashtak wusste, dass eine Unzahl seiner Artgenossen nur durch die Gegend streiften, wenn die Sonnen am Horizont verschwanden, aber sie zeigten sich im Allgemeinen offen. In der Verbotenen Stadt gab es keinen Grund, dass man sich voreinander verbarg. Aber der Duft erschien ihm neu, fremdartig. Es war weder eine der Nackthäute noch ein Bewohner.

Seine Nackenhaare richteten sich auf, die Hände krümmten sich, die Muskulatur stand unter Spannung. Mit allen Sinnen, die ihm zur Verfügung standen, lauschte er in die Dunkelheit. Er fühlte sich mehr als unbehaglich, und eine innere Stimme sagte ihm immer wieder, er solle rennen.

Dann vernahm er ein Geräusch in seinem Rücken, als würde sich der Unsichtbare schnell von einer Säule hinter die nächste begeben. Knurrend fuhr er herum.

»Zeig dich!«, verlangte er in der Dunklen Sprache. »Es gibt keinen Grund, sich zu verstecken, oder was führst du im Schilde?« Pashtak machte ein paar Schritte in die Richtung des Pfeilers, hinter dem er den Unbekannten vermutete. »Komm heraus.«

Er hatte sich so sehr auf die Jagd nach dem Unbekannten konzentriert, dass er kaum auf die Beschaffenheit seiner Umgebung achtete.

Er trat auf etwas Rundes, sein Fuß rollte weg, und er verlor das Gleichgewicht. Reflexhaft griff er um sich, um sich vor dem drohenden Sturz zu bewahren, seine Hände schlossen sich um ein herabhängendes Seil. Als er es mit seinem Gewicht belastete, ertönte von weiter oben ein Knirschen im Gerüst. Während er noch am Strick hing und versuchte, die verhedderten Beine unter den Körper zu schieben, lösten sich über ihm Bauteile des Gestells und rauschten in die Tiefe.

Eine Gestalt flog aus dem Schatten der Säule rasend schnell auf ihn zu, Pashtak atmete ihren ungewöhnlichen Geruch ein, dann prallte der Unbekannte gegen ihn, hakte ihn unter und riss ihn von der Stelle, an der einen Augenblick später massive Holzbretter herabregneten.

Alarmierte Rufe aus der Umgebung wurden laut, die Nimmersatten eilten herbei. Noch etwas benommen schaute sich das Ratsmitglied in dem Oktagonfeld um, aber von seinem Lebensretter fehlte jede Spur.

Er beruhigte die Wächter und gab ihnen Anweisung, zurück auf die Posten zu gehen. Die Witterung des Wesens, das seiner Meinung nach ein Weibchen gewesen war, war jedoch nicht verloren, also musste sie in seiner Nähe sein. Obwohl die Schwärze der Nacht für seine Augen keine Schwierigkeit darstellte, entdeckte er sie nicht. »Komm heraus«, wiederholte er noch einmal in der Dunklen Sprache.

»Ich verstehe das nicht«, kam die Antwort von oben auf Ulldart herab. »Ich spreche dieses Kauderwelsch nicht.«

»Ich kann auch Ulldart.« Pashtak entdeckte die Silhouette des Weibchens auf einer unteren Gerüstplattform. Er hob die Hand zum Gruß. »Du hast mir das Leben gerettet. Dafür schulde ich dir einiges.« Neugierig witterte er in ihre Richtung. Irgendeine Nuance an ihrem Duft gefiel ihm nicht, ohne dass er diese Feinheit genauer einordnen konnte. »Du bist neu in der Stadt. Ich kenne deinen Geruch nicht.«

Elegant sprang sie von ihrem Versteck herab und landete vor ihm. »Ganz recht. Ich kam eben an und wollte mich zunächst einmal in aller Ruhe umsehen, bevor ich mich entscheide zu bleiben.«

Im fahlen Mondenlicht musterte er das Weibchen, das ein wenig größer war als er. Die sandfarbene Haut ihres Gesichts wirkte blass, ihre Iris leuchtete grellgelb, und wenn er es richtig beobachtete, verfügte sie über lange, spitze Eckzähne. Ihr wildes Antlitz machte einen recht aggressiven Eindruck. Am Beeindruckendsten fand er ihre schwarzen, fülligen Haare, die im Moment reichlich ungepflegt wirkten. Ihre Statur wurde von einer zerschlissenen Bauerntracht verhüllt. Die Haltung vermittelte Aufmerksamkeit und ständige Reaktionsbereitschaft.

»Die Nackthäute sind feindselig genug. Da tut es gut, einen Platz zu haben, an dem man sich ausruhen kann. Dir droht hier nichts. Entspanne dich«, sagte Pashtak freundlich und stellte sich vor. »Und du bist?«

Sie lächelte beinahe boshaft. »Nenn mich Lakastre. Ich komme von weit her und bin sehr müde. Und hungrig.« Sie machte einen Schritt auf das Ratsmitglied zu. »Gibt es etwas zu essen, oder muss ich mir selbst etwas jagen?«

»Wir werden irgendwo noch ein Stück Brot haben.« Noch immer war er nicht in der Lage, ihre Art und ihren Geruch einzuordnen.

Das Weibchen verzog angewidert das Gesicht. »Nein. Ich brauche Fleisch. Viel Fleisch.« Ihre Nasenflügel bebten. »Du hast mit Menschen gesprochen. Sind noch welche hier?«, fragte sie gierig.

»Sie sind gegangen.« Pashtak schüttelte den Kopf. »Aber sie haben uns noch keine Vorräte gebracht. Du wirst dich ein wenig gedulden und mit Brot Vorlieb nehmen müssen.«

Das Weibchen knurrte unwirsch. »So lange will ich nicht warten. Ich habe jetzt Hunger.« Ihre Augen glühten giftgelb auf. »Ich komme morgen wieder. In den Wäldern werde ich schon etwas finden.« Sie trabte in Richtung der breiten Prachtstraße.

»Das ist kein guter Gedanke«, rief das Ratsmitglied ihr nach. »Es könnten Nackthäute unterwegs sein, Lakastre.«

»Ich hoffe es«, rief sie fröhlich zurück und war in der Dunkelheit verschwunden.

Pashtak hatte kaum den Kopf auf die Kissen gelegt und sich an Shui geschmiegt, da trommelte es gegen die Tür ihrer Hütte. Erschrocken weinte eines seiner Kinder. Ärgerlich machte sich seine Gefährtin an das Beruhigen des Nachwuchses, und das Ratsmitglied stapfte genervt zum Eingang.

Als er die Tür öffnete, stand ein aufgeregter Nimmersatt davor und bedrängte ihn, sofort mitzukommen. Die Versammlung der Wahren würde im Palast Sinureds zusammenkommen.

Unruhig machte er sich auf den Weg, lief neben dem Wächter her und kam in den hell erleuchteten Saal.

Dort hatte sich ein Großteil des Gremiums bereits um den Tisch versammelt. Die Wunden eines blutüberströmten Nimmersatten wurde im Hintergrund von Heilkundigen behandelt.

Pashtak erkannte ihn sofort als einen der Begleiter, die er den Kaufleuten mitgegeben hatte.

Eilig setzte er sich an seinen Platz und lauschte dem Bericht des Verletzten, der trotz der Schmerzen, die er angesichts der Wunden unweigerlich haben musste, eine einigermaßen verständliche Schilderung der Ereignisse lieferte.

Demnach war die Gruppe kurz vor dem Ende der bewaldeten Umgebung der Stadt, bei der ehemaligen Garnison, in der die turîtischen Truppen einst ihr Quartier hatten, von etwas attackiert worden, was an Schnelligkeit und Kraft den Nimmersatten weit überlegen gewesen war. Waffen schien der unbekannte Angreifer nicht geführt zu haben, die Wunden des Wächters sahen mehr nach der Wirkung von furchtbar scharfen Krallen aus. Über den Verbleib der Händler konnte der Nimmersatte nichts sagen. Sie waren sofort nach dem Auftauchen des Wesens geflüchtet. Ein Hinweis, wer für den Überfall verantwortlich war, fehlte.

»Was auch immer es war, es kann nur aus unseren eigenen Reihen stammen«, erhob Tzulani Boktor das Wort. »Und es kann nur die Absicht gehabt haben, unsere Bemühungen, mit den Ungläubigen friedlich zu leben, zunichte zu machen.«

»Es bleibt die Frage, was wir nun tun können.« Pashtak räusperte sich. »Wir wissen nicht, wo die Händler sind, wir wissen nicht, wer der Angreifer war. Selbst wenn die Nackthäute mit dem Leben davon gekommen sind, werden sie jemals mehr einen Fuß in unsere Stadt setzen?«

Die einsetzende Diskussion zog sich bis in die frühen Morgenstunden hin.

Das Gremium einigte sich darauf, am anbrechenden Tag eine Einberufung aller Bewohner vorzunehmen, um ein ernstes Wort an sie zu richten. Vermutlich würde man für zukünftige Vergehen dieser Art die Todesstrafe verhängen müssen, wenn alle Appelle an die Vernunft nicht fruchteten.

»Verzeiht mir mein Eindringen«, sagte eine angenehme weibliche Stimme vom Eingang her.

Die Köpfe der Versammlung wandten sich um und

erblickten die Frau, deren Bekanntschaft Pashtak vor kurzem gemacht hatte.

Doch Lakastre hatte sich sehr verändert, sie wirkte frischer und lebendiger als vor wenigen Stunden. Ihre Haut schimmerte leicht sandfarben, ein paar bernsteinfarbene Augen blickten in die Runde.

»Ich hörte, dass die Versammlung hier tagt, und wollte höflichst um die Aufnahme in die Stadt bitten.« Sie verneigte sich, ihre schwarzen Haare bewegten sich sachte. Zu ihrem fast schon majestätischen Auftritt passte die zerfetzte Kleidung so gar nicht. Der Wirkung der Frau konnte sich keiner entziehen. Zumindest, so hatte Pashtak den Eindruck, keiner der Tzulani. »Mein Name ist Lakastre.«

»Schön, dich wieder zu sehen«, grüßte Pashtak. »Sie ist meine Lebensretterin.« In aller Kürze gab er sein Erlebnis der gestrigen Nacht wieder.

»Und was sollte eine Frau hier wollen, die genauso gut bei den anderen leben könnte?«, erkundigte sich der Vorsitzende.

Lakastre breitete die Arme aus. »Seht mich an. Meine Augen, meine Zähne machen es unmöglich, unter den normalen Menschen zu leben. Daher ziehe ich es vor, mich denen anzuschließen, denen das Äußere herzlich gleichgültig ist.«

»Und woher kommen diese Veränderungen?«, hakte der Tzulani nach. »Ich kann mich nicht erinnern, ein Sumpfwesen gesehen zu haben, das dir entfernt gleicht.«

»Ich bin die Letzte, die es erklären kann. Meine Eltern lebten als Torfstecher in der Nähe eines Moores.« Sie zuckte mit den Schultern. »Wer weiß, was dort alles geschehen ist, meine Mutter war oft allein. Ich wuchs in aller Abgeschiedenheit auf, wurde von meinem Vater verstoßen und zog von Sumpf zu Sumpf, ohne mich wirklich jemals irgendwo niederzulassen oder die Sprache der Wesen zu lernen. Als ich von der Stadt hörte, wanderte ich hierher.«

»Du sagtest gestern, du wolltest noch auf die Jagd gehen«, erinnerte sich Pashtak plötzlich. »Ist dir etwas Ungewöhnliches aufgefallen? Hast du etwas gehört, was dir seltsam vorkam? Sind dir Menschen begegnet?«

Er war sich inzwischen sicher, dass das Weibchen etwas mit den Vorkommnissen zu tun hatte. Die Schnelligkeit, die sie gestern bewiesen hatte, als sie ihn rettete, passte sehr gut zu der Beschreibung des Nimmersatts. Außerdem lief sie in die Richtung, in der die Händler die Stadt verlassen hatten. Doch ihre Hände wirkten nicht kräftig genug, tiefe Kratzer zu hinterlassen. Sie schien sich und ihre Kleidung inzwischen gewaschen zu haben, Pashtak vermisste ihren starken Eigengeruch. Nur diese eine unangenehme Nuance ging immer noch von ihr aus. Dann kam es ihm in den Sinn. *Totes Fleisch riecht so ähnlich.* Seine Ablehnung wuchs.

Lakastre überlegte. »Nein, mir ist nichts aufgefallen.« Sie heftete das Bernstein ihrer Augen auf den Vorsitzenden, ihre Stimme nahm einen samtigen Unterton an. »Darf ich nun bleiben?«

»Natürlich«, beschloss der Tzulani, bevor nur irgendein anderer seine Meinung äußern konnte. »Ich lasse dir ein Quartier zuweisen.« Er lächelte sie an. »Es sollen keine Annehmlichkeiten fehlen.« Pashtak verzog das Gesicht, als ihm die Wolke von Ausdünstungen des Vorsitzenden in die Nase stieg. Er schien die neue Bewohnerin äußerst anziehend zu finden. »Wenn du schon einem Ratsmitglied das Leben gerettet hast, soll ein gewisser Luxus angemessen sein. Wir unterhalten uns bei Gelegenheit darüber, was du in der Stadt tun kannst.«

Die Frau verneigte sich. »Ich schulde euch allen meinen Dank für die freundliche Aufnahme.« Einer der Nimmersatte übernahm die Führung, und sie verschwand hinaus, wobei sie Pashtak zuzwinkerte.

Langsam schaute er zu dem Vorsitzenden. »Würdet Ihr mir bitte erklären, seit wann Ihr allein Entscheidungen fällt? Ich wäre nämlich gegen eine Aufnahme gewesen.« Die Sumpfwesen der Versammlung nickten fast gleichzeitig, woraus Pashtak schloss, dass auch sie seinen Eindruck teilten.

Wie zur Bestätigung fügte Kiìgass, einer von Pashtaks Artgenossen, angewidert hinzu: »Sie riecht nach Tod. Sie riecht wie der Tod.«

Boktor winkte lachend ab, auch die anderen Menschen schienen das Wesen nicht so zu sehen, wie die Sumpfkreaturen. »Kannst du mir einen Grund nennen?«

»Sie hat eine seltsame Ausstrahlung«, erklärte er dem Tzulani sein Gefühl.

»Du erwartest nicht, dass ich einer Frau die Aufnahme verweigere, die deiner Meinung nach eine seltsame Ausstrahlung hat, während sich auf dem Platz da draußen die abenteuerlichsten Wesen tummeln, die der Gebrannte Gott geschaffen hat? Die Nymnis gefallen mir auch nicht, trotzdem jagen wir sie nicht fort.« Boktor machte deutlich, dass er nicht beabsichtigte, den Neuankömmling wegzuschicken. Und dummerweise, das musste Pashtak eingestehen, gab es kein wirklich gutes Argument, außer ihren Ausdünstungen, das gegen sie sprach. »Es wundert mich, dass du so redest. Immerhin hat sie dir das Leben gerettet.«

Pashtak druckste herum, er fühlte sich in die Enge getrieben. Das Nackenhaar richtete sich auf. Mit einem Laut des Unmuts sank er in seinen Stuhl zurück und gähnte herzhaft, um dem Tzulani zu zeigen, dass er nicht mehr darüber sprechen wollte. »Wir haben die Händler schon vergessen. Dabei sind sie tausend Mal wichtiger als das Weibchen.«

Dankbar wurde das neue Thema von der Versammlung aufgegriffen. Man einigte sich darauf, Suchtrupps loszuschicken, um die drei Männer und den fehlenden Wächter zu finden. Die Kreaturen mit den besten Geruchssinnen sollten in Gruppen losziehen, beschützt von einem Rudel der Nimmersatten.

Was auch immer den Angriff in der Nacht durchgeführt hatte, es durfte keine weitere Gelegenheit mehr bekommen. Würden sich nur noch die Leichen der Nackthäute finden, müsste man ihren Tod als den Überfall von Räubern tarnen. Und wenn sie dem Hinterhalt lebend entkommen waren, sollten Geschenke und einige Nachbesserungen in den Lieferumfängen vorgenommen werden, eigene Leibwachen eingeschlossen. Danach krochen die Versammlungsangehörigen in ihre Betten.

Pashtak schloss die Augen, als es an der Tür klopfte.

Er hörte Shui, die mit einem Mann verhandelte, schließlich stand sie neben dem Bett.

»Ich soll dir ausrichten, sie hätten einen Händler gefunden«, sagte sie und setzte sich auf die Kante des Gestells. »Eigentlich haben sie nur ein paar blutige, zerfetzte Kleidungsstücke gefunden. Die Spuren der anderen Nackthäute und des letzten Nimmersatts führten direkt in einen Tümpel, dort verloren sie sich.«

Pashtak kämpfte gegen die Müdigkeit an. »Und? Was haben sie entdeckt?«

»Nichts«, sagte seine Gefährtin. »Außer den Kleidern, nichts.«

»Keine ungewöhnlichen Gerüche? Nichts Absonderliches?«, forschte er hartnäckig weiter, doch Shui schüttelte den Kopf.

»Es werden ein paar Nymnis gewesen sein. Die fressen doch alles«, vermutete sie. »Boktor hat eine Untersuchung eingeleitet.«

Aber das beruhigte das Ratsmitglied nicht wirklich. Die Lider fielen ihm zu, die aufregende Nacht verlangte ihren Tribut.

Den Kuss seiner Gefährtin spürte er schon nicht mehr, auch der Lärm seiner Sprösslinge, die in wilder Jagd durch sein Zimmer tobten, hielt ihn nicht mehr vom Einschlafen ab.

Er träumte von der seltsamen Lakastre. Dem wilden Weibchen mit der gelben Iris, das ihm das Leben gerettet hatte, dem traute er die Tat durchaus zu. Aber das sanfte Wesen mit den warmen Bernsteinaugen, das könnte unmöglich zu so etwas in der Lage sein.

Als er am nächsten Morgen mit pochendem Herzen und einem ausgetrockneten Mund erwachte, glaubte er voller Schrecken, ihr unangenehmes Odeur in der Nase zu haben.

Der Geruch des Todes. Er musste an die Worte von Kiìgass denken.

Ulldart, Inselreich Rogogard, Ulvland,
Frühsommer 444 n. S.

Varla sah vom Krähennest der Dharka herab und beobachtete die vielen Männer, die an Deck des tarvinischen Schiffes umherliefen und Arbeiten verrichteten, die dazu dienten, ihrem Werk den letzten optischen Schliff zu verpassen. Die schweren Reparaturen waren abgeschlossen, die *Lerrán* sollte nun nach einem Vierteljahr unfreiwilliger Ruhezeit wieder zu Wasser gelassen werden. Und damit hatte man länger gebraucht, als alle vorhergesagt hatten.

Die Kapitänin schaute zu den beiden Sonnen hinauf, schloss die Augen und ließ sich die Wärme gefallen.

Wenn der Winter nur einen Tag länger gedauert hätte, wäre sie vor Verzweiflung von der nächsten Klippe gesprungen. Achtzehn Mann ihrer Besatzung waren an

Grippe gestorben, zwei rafften die eiskalten Temperaturen und Unvorsichtigkeit hinweg. Nach einem langen feuchtfröhlichen Abend verirrten sie sich in einem Schneesturm und fanden den Rückweg nicht mehr. Steif wie Eiszapfen fand man sie am nächsten Morgen.

»Kommst du runter?«, brüllte Torben Rudgass den Mast hinauf. »Wir wären so weit. Wir brauchen jemanden, der den Keil wegzieht.«

»Du bist ja zu schwach für so etwas«, rief sie. Eilig kletterte sie den Mast hinab und stand vor Torben.

Der Rogogarder machte eine tiefe Verbeugung. »Würden Ihro Gnaden nun von Bord gehen, um die *Lerrán* zurück ins Wasser zu schicken? Es bedarf nur weniger Handgriffe. Und wer könnte diese Aufgabe besser übernehmen als eine hübsche Frau?« Er lächelte verschmitzt, die graugrünen Augen glänzten.

»Ja, wer wohl sonst?« Die Tarvinin gewöhnte sich an die ständigen Komplimente des Freibeuters, die sich in schöner Regelmäßigkeit mit Späßen und Sticheleien abwechselten. Mit Schwung und ein wenig Übermut hangelte sie sich am Seil hinunter und betrachtete den ausgebesserten Rumpf ihres Schiffes mit Freude.

Der Freibeuter stellte sich neben sie. »Das wird mich eine Stange Geld kosten«, sagte er halblaut. »Das Holz aufzutreiben war nicht einfach. Und dann diese verfluchte tarvinische Konstruktion, die einem Kopfzerbrechen bereitete.«

»Wer hat denn den größten Schaden verursacht?«, fragte Varla schnippisch. »Ohne deinen zerstörerischen Einfluss könnten wir schon auf hoher See sein. Oder in Jaronssund.« Die sah ihn misstrauisch an. »Du hast doch genügend Geld, um die Ulvsgründler auszuzahlen, oder?«

»Mit Sicherheit«, meinte Kallsgar, der von hinten an die beiden herangetreten war, und schlug ihnen gleichzeitig auf die Schulter. »Außerdem wissen wir jetzt, wo das alte Schlitzohr seinen Heimathafen hat. Notfalls unternehmen wir eine kleine Kaperfahrt und besuchen ihn.« Seine Augen wanderten stolz über die Planken. »Wenn ich daran denke, wie viel Arbeit da drinsteckt.«

»Wird das ein Versuch, den Preis nachträglich in die Höhe zu treiben?«, erkundigte sich Torben erheitert.

»Das war kein Versuch, Junge«, hielt der Obmann dagegen. »Das ist hiermit beschlossene Sache. Die ersten beiden Prisen, die ihr holt, gehören Ulvsgrund, einverstanden?«

Varla nickte. »Ich werde daran denken, Kallsgar. Nach allem, was Ihr und Euer Dorf für uns getan habt, ist es nur rechtens. Wir werden Eure Vorratslager zudem wieder bis zum Rand auffüllen.«

»Das nenne ich ein Wort. Und nun: Lasst die *Lerrán* zu Wasser. Wir werden sehen, ob die Ulvsgründler und ihre Werft etwas getaugt haben.« Er blinzelte ihr zu. »Falls der Kahn absäuft, müsst Ihr uns nichts zahlen.« Der Obmann deutete in Richtung des Hafenbeckens. »Wir haben das Umfeld so weit freigeräumt, die Dharka kann also schwimmen gehen.«

Varla bedankte sich und schritt zum Bug, unter dem ein schwerer Keil lag.

Die breite Rampe, die in Schwerstarbeit vor vier Monaten gebaut worden war, wurde rechts und links von Dorfbewohnern und Tarvinern, die das langersehnte Ereignis gespannt erwarteten, gesäumt.

Die Frau legte ein wenig gerührt die Hand auf das Holz und erinnerte sich an die vergangenen Wochen. Ulvsgrund hatte sich selbst übertroffen, noch nie war ein so schweres und großes Schiff wie die *Lerrán* in Stand gesetzt worden. Und weil die Rogogarder nicht genau wussten, wie sie vorgehen sollten, zerlegten sie die Dharka kurzerhand in ihre Einzelteile, fertigten parallel dazu eine Konstruktionszeichnung an und setzten sie Stück für Stück zusammen. Sie hoffte, dass das Holz aus den einheimischen Wäldern, mit dem es ausgebessert wurde, das Schiff nicht schwerer manövrierbar werden ließ, aber Kallsgar und der Leiter der Werft beruhigten sie. Es würde sich gleich zeigen, ob sie Recht behielten.

Unter Anstrengung aller Kräfte zog sie den Keil weg und gab schwer atmend ein Zeichen an die acht wartenden Männer am Heck, die daraufhin die Haltetaue kappten. Die *Lerrán* setzte sich in Bewegung und rutschte unter dem Jubel der Menschen in Richtung Wasser.

Varla lief strahlend neben der Dharka her, als wollte sie darauf achten, dass sie nicht kippte oder sich im letzten Moment noch etwas ereignen könnte, was den Stapellauf verhinderte.

Als der Bug ins Hafenbecken eintauchte, das Schiff unter Gischtschleiern ins Wasser glitt, sprang sie in die Höhe und fiel Torben glücklich um den Hals. Ihre Blicke trafen sich, einen bangen Moment lang wusste keiner so recht, was er tun sollte. Dann neigte sich der Kopf der Tarvinin nach vorne, mit einem Lächeln stahl sie sich einen schnellen Kuss, bevor sie sich von ihm löste und Befehle an ihre Mannschaft brüllte.

Der überraschte Rogogarder stand wie versteinert am Ufer und starrte ihr hinterher.

»Du wirkst reichlich verstört für einen Mann, der schon eine Nacht mit dieser Frau verbracht hat«, dröhnte ihm die Stimme des Obmanns ins Ohr, der zum Kai lief, wohin das Schiff mit Tauen gezogen wurde.

»Ja, ja«, stotterte der Freibeuter immer noch entgeistert und trottete zu der Hafenmauer.

Die Seeleute gingen an Bord, halb Ulvsgrund versammelte sich auf dem Deck. Jeder wollte auf den Planken der Dharka stehen, wenn sie im Wasser lag. Derweil überprüften die Tarviner die Dichtigkeit des Rumpfes. Zur allgemeinen Erleichterung trat an keiner Stelle des Schiffes Wasser ein, das Teeren und Kalfatern schien die letzten Fugen geschlossen zu haben.

Torben lehnte am Mast und ertappte sich dabei, wie er Varla beim Prüfen der Ruderanlage beobachtete. Sie bemerkte es, hielt inne und schenkte ihm ein Lachen.

»Was sagt du dazu? Die *Lerrán* ist wieder im Geschäft. Morgen geht es auf große Fahrt.«

»Darauf heben wir heute Abend einen«, verkündete der Obmann unter dem Applaus der Ulvsgründler. »Bevor Ihr uns verlasst, saufen wir noch die letzten Fässer leer. Ihr bringt uns dann ein paar neue!«

Der Freibeuter lächelte schwach, wanderte zum Bug, um dort ein wenig ungestört zu sein. Der ganze Trubel fiel ihm allmählich auf die Nerven.

Vorne stehend, betrachtete er die glitzernden Wellen der offenen See, die ihn lockten und schreckten. Einerseits würde er bald in Jaronssund sein und sich in kürzester Zeit ein neues Schiff samt Mannschaft organisieren. Seine Ersparnisse müssten ausreichen, und wenn er sein Anwesen dafür verkaufte. Andererseits bedeutete es die Trennung von Varla. Er hatte sich an die Gegenwart der Tarvinin gewöhnt, und zwar so sehr gewöhnt, dass die Gefühle für Norina, die er einst verspürt zu haben glaubte, schwächer und schwächer wurden. Und normalerweise war es für ihn keine Schwierigkeit, Frauenherzen im Sturm zu erobern. Da sich nun aber sein eigenes Herz wohl hin und her gerissen fühlte, schwand seine sonst so leichte Art von Stunde zu Stunde. Es gelang ihm einfach nicht, mit sich selbst ins Reine zu kommen.

»So nachdenklich?«, sagte Varla in seinem Rücken und stellte sich neben ihn, die Augen nach vorne gerichtet. »Was ist los?«

»Es scheint so, als ob die rogordisch-tarvinische Zusammenarbeit in Kürze zu Ende sein wird«, antwortete er und versuchte, seine Betrübtheit nicht allzu sehr durchklingen zu lassen.

»Ich weiß«, seufzte sie. »Ich werde auf alle Fälle nach

Tarvin segeln, um von den Ereignissen zu berichten. Sowohl von meinen Erlebnissen als auch von den Vorgängen in Tarpol. Es wird einige Menschen interessieren, was auf dem Nachbarkontinent geschieht.« Sie schwieg und vermied es, den Freibeuter anzusehen.

»Und wirst du zurückkehren?«, fragte Torben leise.

»Gibt es denn einen Grund, weshalb ich zurückkehren sollte?« Ihre Stimme klang gespielt erstaunt. »Es ist zu kalt, es gibt nichts zu holen, und die wenigen Piraten, die das Meer unsicher machen, versauen einem auch die kleinste Möglichkeit, ein wenig zu Geld zu kommen. Ich denke nicht, dass Rogogard und die nördlichen Meere von Ulldart ein guter Ausgangspunkt für Beute sind.« Sie legte eine Hand auf die Bordwand. »Oder sollte es noch etwas geben, was mich dazu bringt, in den Norden zu fahren?« Der Freibeuter blieb still. »Und was ist mit dir? Hast du keine Lust, dich ein wenig im Süden umzusehen?«

»Ich weiß nicht recht. Ich glaube nicht, dass ich mit meinem Schiff, das wahrscheinlich wieder eine Kogge sein wird, eine Aussicht hätte, Händler zu verfolgen. Eure Dharkas und was weiß ich noch alles sind viel wendiger und manövrierfähiger. Ich würde eher zum Gespött der Tarviner.« Er formte die Hände zu einem Schalltrichter und ahmte einen Rufer im Ausguck nach. »Heyho, da, schaut. Da kommt Rudgass der Lahme. Lasst den Laderaum voll Wasser laufen, damit die Jagd wenigstens spannend wird.«

Varla musste lachen. »Na, so schlimm wäre es nicht.«

»Das ist aber nicht der eigentliche Grund. Ich muss meine Freunde suchen. Erst wenn ich sicher bin, dass sie nirgends in Kalisstron an Land gespült worden sind, habe ich Ruhe. Das Gefühl, sie im Stich gelassen zu haben, könnte ich niemals loswerden.« Torben nahm all seinen Mut zusammen, um seine Empfindungen zu offenbaren. Er schaute sie an, sie erwiderte seinen Blick,

Hoffnung und ein wenig Angst im Braun ihrer Augen. »Varla, ich muss dir etwas gestehen. Ich …«

»Da stehen sie herum wie die Steine am Ufer«, dröhnte es in ihren Ohren, und sie zuckten wie ertappte Kinder zusammen. Kallsgar war unbemerkt an sie herangetreten, packte sie an den Ärmeln und zerrte sie zur Planke, die von Bord der *Lerrán* führte. »Los, es geht zum Abschiedssaufen. Es ist nicht gut, mit klarem Kopf in See zu stechen. Das bringt nur Unglück. Und was gibt es Besseres, als sich die Meeresluft um die Nase wehen zu lassen, wenn einem so richtig speiübel ist?«

Mit sanftem Zwang bugsierte er die beiden in Richtung der Werft, die von vielen Händen in eine riesige Schankstube umfunktioniert worden war.

Tarviner und Rogogarder feierten und sangen gemeinsam Lieder, die man sich in den langen Wintermonaten gegenseitig beigebracht hatte. Torben und Varla wurden voneinander getrennt, von den unterschiedlichsten Leuten in Beschlag genommen und mit guten Wünschen überhäuft.

Ein Humpen nach dem anderen leerte sich, doch dem Freibeuter wollte das Bier nicht recht schmecken. Er tat so, als würde er trinken, und irgendwann waren die Feiernden zu angeheitert, als dass sie seine List durchschauen konnten.

In dem ganzen Durcheinander aus lautstarker Unterhaltung, Gelächter und Musik verlor er die Kapitänin aus den Augen, und so zog er sich gegen Mitternacht aus der Gesellschaft zurück, während Ulvsgrund seinen Schmerz über die bevorstehende Abreise der Fremden, aus denen Freunde geworden waren, in Alkohol ertränkte. Und den ein oder anderen Tarviner dabei fast mit.

Torben schlenderte hinab zum Hafen und sah in das dunkle Wasser, in dem sich der Sternenhimmel mit den Monden in all seiner Pracht spiegelte. Gedankenversunken nahm er einen flachen Stein und ließ ihn mit einem kräftigen Wurf über die Oberfläche hüpfen. Acht Mal berührten sich Kiesel und Meer flüchtig, bis er mit einem leisen Geräusch eintauchte und sank.

Der Rogogarder hockte sich an den Uferrand und ließ seine Augen über die vertäuten Boote schweifen. Zu seinem Erstaunen entdeckte er Licht in der Kapitänskajüte der Dharka.

Grinsend erhob er sich, legte seine Kleidung bis auf die Unterwäsche und seinen Gürtel mit den beiden Dolchen ab, bevor er in das schwarze Nass watete und in Richtung des tarvinischen Schiffes schwamm.

Mit Leichtigkeit, aber Zähne klappernd, zog er sich am Tau hinauf und hangelte sich auf die schmale Fensterbank vor dem Fenster. Durch die Bleigläser erkannte er die Gestalt Varlas, die sich im Schein eines Kerzenleuchters mit Seekarten beschäftigte.

Vorsichtig drückte er die Scheibe auf und ließ seine Füße ganz behutsam auf die Dielen der Kajüte herab. Ohne ein lautes Geräusch pirschte er sich an die Tarvinin heran. Blitzschnell legte er ihr die Rechte auf den Mund, mit der anderen Hand umfasste er ihren Waffenarm. Dann drehte er sie herum und freute sich diebisch auf den erschrockenen Ausdruck in ihrem Gesicht.

Doch Varla grinste nur. »Ich wusste, dass du es warst. Niemand anderes verursacht so viel Lärm, wenn er einbricht. Du bist ein hervorragender Seemann, aber ein miserabler Dieb.«

Enttäuscht ließ der Rogogarder die Schultern sinken. »Wie hast du mich denn gehört, und warum hast du nichts gesagt?«

Sie befreite sich aus seinem Griff. »Kleinen Jungs soll man doch den Spaß nicht verderben.« Die Kapitänin nickte in Richtung der Wasserflecken, die er auf dem Holz hinterlassen hatte. »Da es draußen nicht regnet, konnte das Platschen nur daher stammen. Es gibt keine normalen Menschen, die bei den eisigen Temperaturen so an Bord eines Schiffes kommen würden.« Sie strich ihm unsicher durch die nassen Haare und ging hinüber zur Koje, von wo sie ihm ein Handtuch zuwarf. »Nicht, dass du dich erkältest.« Sie kreuzte die Arme vor der Brust. »Und was wolltest du eigentlich hier?«

»Ich sah Licht und dachte mir, es sei eine gute Idee, vorsichtshalber einen Blick hineinzuwerfen«, meinte Torben fröstelnd. In der Tat hatte er unterschätzt, dass der Sommer noch in weiter Ferne lag.

»Das war alles?«, forschte sie nach.

»Ja, ich glaube schon.« Der Rogogarder warf ihr das feuchte Stoffstück zurück. »Warum?«

Die Tarvinin wirkte ein wenig verlegen und überspielte es dadurch, dass sie mit ausladenden Schritten an den Kartentisch zurückkehrte. »Nun, ich dachte, weil du heute Mittag vielleicht noch etwas sagen wolltest.« Sie schob das Lineal sinnlos über die Zeichnung und markierte mit dem Zirkel völlig falsche Stellen.

Wütend warf sie das Navigationsbesteck hin, stützte sich mit beiden Händen an der Kante ab und kam dann plötzlich auf den Mann zu. Noch bevor er ahnte, was sie vorhatte, fühlte er sich gepackt. Varla gab ihm einen leidenschaftlichen Kuss. Danach zog sie den Kopf ein wenig zurück, als wollte sie nachschauen, wie der Freibeuter reagierte.

Doch Torben umfasste ihren Nacken und zog sie wieder zu sich heran. Alles, was er sie hatte fragen wollen, legte er in die zärtliche Berührung der Lippen. Und er bekam auf die gleiche Weise die Antwort, die er sich erhofft hatte.

Der Bug der *Lerrán* durchschnitt die rogogardische See. Mit allen gesetzten Segeln, teilweise aus Bastmatten, teilweise aus Tuch, ging es nach Jaronssund.

Torben und Varla standen umschlungen auf dem

Ruderdeck und stritten sich scherzhaft, wer nun wen erobert hatte. Die Mannschaft nahm die Turtelei der beiden mit einem Grinsen hin. Als der Küstenstreifen näher kam, sank die Stimmung der beiden Verliebten rapide.

Vor der Hafeneinfahrt hielt die Dharka an und orderte mit Flaggensignalen ein kleines Dingi zu sich, das den Rogogarder an Land bringen sollte. Varla hatte beschlossen, nicht zu ankern, sondern gleich aufzubrechen, um keine weitere Zeit zu verlieren.

»Du wirst also wirklich nach Tarvin zurückkehren? Muss es sein?« Der Rogogarder versuchte immer noch, die Kapitänin umzustimmen.

»Und du?«, gab sie die Frage missgelaunt zurück. »Muss es sein, dass du nach Kalisstron segelst, um nach Geistern deiner Freunde zu suchen? Sie sind tot, Torben. Dass wir beide überlebten, war ein so großes Glück, wie es nicht drei Mal an einem Tag vorkommt.«

Er kniff die Lippen zusammen. »Ich brauche die Gewissheit, versteh das doch.«

Ihre braunen Augen wirkten mitfühlend. »Nur wenn du verstehst, dass ich zurück nach Tarvin muss. Meine Leute werden sich Sorgen machen, meine Auftraggeber erwarten einen Bericht über die gescheiterte Unternehmung. Und sie werden vermutlich sehr böse auf mich sein. Aber es gibt keine andere Möglichkeit.« Sie spielte an seinen geflochtenen Bartsträhnen. »Es geht nicht alles im Leben so einfach.«

»Kommst du dann zurück?«

Sie lachte unglücklich. »Versteh es doch: Ich kann dir keine Antwort darauf geben. Und wie lange willst du denn nach deinen Freunden suchen?« Er schwieg. »Da haben wir's.« Varla umarmte ihn so fest, dass ihm beinahe die Luft aus den Lungen gedrückt wurde. »Ich gebe dich mehr als ungern her, Torben Rudgass. Du hättest einen hervorragenden Lustsklaven abgegeben, das weiß ich jetzt.« Sie seufzte schwer. »Also gut. Ich verspreche, dass ich zurückkomme. Innerhalb eines halben Jahres kreuze ich vor Jaronssund. Aber nur unter einer Bedingung.« Er sah sie gespannt an. »Du wartest dort auf mich. Ich werde dich auf keinen Fall allein nach Kalisstron gehen lassen. Und einem Schiff aus Tarvin werden sie nichts tun, im Gegensatz zu einem aus Rogogard, oder täusche ich mich?«

Ungläubig nickte er. Noch konnte er sein Glück nicht fassen.

»Und wenn du nicht da sein solltest, dann sehen wir uns beide nie mehr wieder. Das schwöre ich dir. Treffen wir uns auf See, versenke ich dich.«

»Das ist ein Wort.« Er küsste sie übermütig und lief zum Fallreep, um in das Beiboot zu klettern, das inzwischen längsseits der Dharka lag.

Die Rudermannschaft und der Steuermann sahen den Freibeuter groß an, als erwarteten sie eine Erklärung des unbekannten Schiffstyps, der dort aufgetaucht war. Sie legten sich in die Riemen und kehrten mit ihrem Passagier in Richtung des Hafens zurück.

Plötzlich, auf halber Strecke, fiel ihm ein, dass er eine Eventualität vergessen hatte.

»Und wenn du in einem halben Jahr nicht erscheinst?«, rief er zur Dharka hinüber, die immer mehr Segel setzte.

Er erkannte das Gesicht der Tarvinin, die am Heck stand und winkte. »Dann bin ich tot, Torben«, kam ihre Antwort. »Dann musst du ohne mich nach Kalisstron.«

»Was soll das heißen?« Erschrocken sprang er auf, das Beiboot geriet ins Wanken, und der Steuermann versuchte, den aufgebrachten Mann zu beruhigen. »Wie meinst du das, Varla?«

Doch die *Lerrán* setzte Vollzeug und drehte ab. Schnell gewann sie an Fahrt.

»Los, wir müssen hinterher«, verlangte er aufgebracht

von den Ruderern, die daraufhin in Gelächter ausbrachen. Er wusste selbst, dass diese Nussschale niemals die Geschwindigkeit des tarvinischen Schiffes erreichen würde.

Er tobte noch ein wenig, spielte mit dem Gedanken, hinterher zu schwimmen, bis er schließlich aufgab und sich zurück auf die Pritsche setzte.

Den Rogogarder beschlich das unangenehme Gefühl, dass ihm die Frau seines Herzens nicht alles über ihre Auftraggeber aus Tarvin gesagt hatte. Und obwohl ihm die Häuser und Kontore, die immer näher rückten, so vertraut waren, empfand er keine wirkliche Freude bei der Ankunft in seiner Heimatstadt. Der Abschied von Varla hinterließ einen schalen Beigeschmack, der die Begeisterung, den Fuß auf vertrauten Boden setzen zu können, verdarb.

Vier Jahre später …

IV.

»Doch sie hatte Bilder von der Zukunft gesehen, wie sie grausamer nicht hätten sein können und die ihren Verstand angriffen.

Ihre Visionen zeigten ihr große, alte und halb zerfallene Kampfschiffe, die durchs Meer pflügten. Furchtbare, hasserfüllte Krieger, die plündernd und mordend durch einst blühende Ebenen zogen und alles niedermetzelten, was sich ihnen in den Weg stellte.

Eine wunderschöne Frau mit den grausamsten Augen, die sich Fatja vorstellen konnte, befehligte die Truppen, ein hübscher junger Mann stand in einem Ring gleißender Energie und verbrannte mit seinem Purpuratem ein Dorf zu Asche.

Mütter und Kinder wurden von einem missgestalteten, riesigen Krüppel in einer prächtigen Rüstung mit einer gewaltigen Keule lachend erschlagen, und über allen Geschehnissen glühten die riesigen Augen Tzulans.

Sie ahnte, er würde Not und Elend über den gesamten Kontinent bringen.«

Das Buch der Seherin
Kapitel IV

Kontinent Kalisstron, Bardhasdronda, Sommer 448 n. S.

Lorin spielte im Schutz eines Torbogens ein wenig mit der feinen Erde, die er sich vom Boden des Marktplatzes zusammengekratzt hatte. Er ließ die Körner abwechselnd in den Händen hin und her rieseln, dann warf er sie hoch in die Luft. Der kleine, zarte Junge mit den schwarzen Haaren und den dunkelblauen Augen machte sich einen Spaß daraus, den Sand für einen Moment schwerelos in der Luft schweben zu lassen, bevor er durch die Gesetze der Natur zurück auf die Steine fiel. Er wusste nicht, warum er es konnte, er tat es einfach.

Die Kinder, die sich gewöhnlich in seiner Umgebung aufhielten, interessierten sich nicht für ihn oder seine Kunststücke, sondern waren ganz in ihr Spiel mit Bauklötzen, Strohhalmen und Zweigen vertieft, aus denen sie kleine Hütten errichteten.

Keiner von ihnen machte Anstalten, den Jungen, der sie mit seinen Fähigkeiten unterhalten könnte, dazuzurufen. Wenn er neugierig und etwas traurig in ihre Richtung schaute, blickten sie schnell zur Seite oder unterhielten sich.

Lorin zog eine Schnute, dann streckte er ihnen die Zunge raus und rannte davon.

Niemand dachte daran, den Fremdländler zu verfolgen, in dessen Umgebung sich seltsame Dinge ereigneten. Diese Geste, die normalerweise für eine wilde Verfolgungsjagd durch die Gassen und eine handfeste Prügelei gesorgt hätte, durfte der Junge sich ungestraft erlauben. Zu groß war die Ablehnung und die Abneigung der anderen. Manchmal wünschte sich Lorin, während die Mauern und Wände von Bardhasdronda an ihm vorüberflogen, nur einer von ihnen würde sich ihm an die Fersen heften.

So aber endete sein einsamer Spurt wie immer auf

dem Marktplatz, dem einzigen Ort der Stadt, an dem ihm keiner aus dem Weg gehen und ihn meiden konnte.

Deshalb liebte er diese Stelle, sie war voller Menschen, die sich unterhielten, lachten, stritten, handelten und musizierten. Zu Hause, bei Matuc und Fatja, ließ sich nur selten Besuch blicken. Außer der alten Stápa, Arnarvaten und Blafjoll.

Glücklich lächelnd drückte er sich durch die Menge, kroch unter Tischen hindurch und blieb ab und zu einfach hocken, um den Leuten unbemerkt zuzuhören.

Heimlich stibitzte er sich bei solchen Gelegenheiten eine Kleinigkeit, mal einen Apfel, mal einen eingelegten Hering, die er im Schutz der Auslagen verspeiste. Das führte, je nach Beute, zwangsläufig zur Freundschaft mit den Hunden der Stadt, die Lorin als ihren Wohltäter betrachteten und ihn mit ihrem Gebell mehr als einmal unter einem Tisch verrieten.

Der Duft von frischem Gebäck stieg ihm in die Nase, und dem Jungen lief augenblicklich das Wasser im Mund zusammen. Er wusste genau, woher der Geruch stammte, und er wusste ebenso genau, dass er es mit dem wachsamsten Händler des Platzes aufnehmen musste, wollte er unbemerkt an die leckeren Backwaren gelangen. Schon einmal hatte ihn Vasdall, ein nicht eben sanfter Backmeister, erwischt und ihm schwerste Prügel angedroht, sollte er seine diebischen Finger noch einmal an die Kekse und andere Süßigkeiten legen.

Lorin rang mit sich, dem Bild einer riesigen Hand, die mehrmals auf seinem Hintern landete und dem Bild von duftenden, wohlschmeckenden Plätzchen, Kuchen und anderem Gebäck.

Die Gier siegte.

Der Junge pirschte sich von Deckung zu Deckung und nutze den Käsestand und die breiten Fischauslagen, um sich in eine günstige Position zu bringen.

In seiner Fantasie wurde Vasdall, der gerade mit einem Kunden feilschte, zu einem der bösen Riesen, von denen Arnarvaten immer erzählte, die wertvolle Schätze habgierig bewachten. Lorin wollte nun der Held sein, dem es gelang, dem Ungeheuer einen Teil seines Reichtums zu entreißen.

Der Junge machte sich ganz klein, robbte zwischen geflochtenen Körben hindurch und warf sich hinter einen Ballen Wolle, der unmittelbar neben den Steigen mit den Zuckerhörnchen stand. Sein Herz pochte vor Aufregung wie wild. Näher heran kam er nicht mehr, ohne dass ihn der Bäcker bemerkte.

Er konzentrierte sich fest auf eine der Leckereien und heftete seinen Blick darauf. Ruckelnd löste sich das Hörnchen aus der Menge, schwebte durch die Luft, genau auf sein Versteck zu, wohin er seinen Fang manövrierte. Vasdall unterhielt sich angeregt mit einer Frau und versuchte, ihr schöne Augen zu machen.

Lorins Kräfte reichten nicht mehr aus, er schaffte es nicht, das Hörnchen länger fliegen zu lassen, und so fiel es auf halbem Weg zu Boden. Wollte er in den Genuss des Gebäckstücks kommen, musste er sich wohl oder übel hinschleichen. Ein gefährliches Unterfangen, denn der Riese konnte jederzeit nach seinem Schatz sehen, und dann müsste der Held um sein Leben laufen. Auf einen Kampf wollte er sich mit dem Ungeheuer nicht einlassen.

Da tauchte ein Mitstreiter auf, ein vierbeiniger Freund, der gerade im Begriff war, zum Verräter zu werden.

Schnuppernd näherte sich der Hund dem Hörnchen. Nun musste der Held handeln, wollte er das Feld nicht dem Abtrünnigen überlassen, Riese hin oder her.

Mit einem Satz sprang er aus seinem Versteck und schnappte sich das Gebäckstück, erschrocken und protestierend kläffte der Hund. Vasdalls Aufmerksamkeit an den Vorgängen war geweckt, und mit gerunzelter Stirn wandte er sich um.

»Verdammter kleiner Dieb!«, brüllte er und streckte

die Hände nach Lorin aus. »Ich habe dich gewarnt, diesmal wirst du was erleben!«

Lorin biss schnell noch ein Stückchen seiner Beute ab und rannte los, gefolgt von einem bellenden Vierbeiner und einem zeternden Bäckermeister.

Der Junge konnte Haken schlagen so viel er wollte, der Kläffer verriet ihn immer wieder, und der Riese setzte seine Jagd polternd fort. Quer über den Markt ging die Hatz, immer wieder verschlang Lorin dabei Teile des Hörnchens. Sollte das Ungeheuer ihn stellen, würde er mit vollem Magen sterben.

Er hatte das Ende des großen Marktplatzes erreicht, als seine Flucht abrupt zu Ende war. Kurzfristig mit dem Versuch beschäftigt, den Hund zu verscheuchen, übersah er das unvermutet auftauchende Hindernis und prallte gegen ein Bein.

Benommen stürzte er zu Boden, der Kläffer war sofort über ihm und leckte ihm Schwanz wedelnd die letzten Krümel aus dem Gesicht. Aus nicht allzu weiter Entfernung hörte er, wie das Ungeheuer immer näher und näher kam und tobend nach seinem Gebäck verlangte.

Eine kräftige Hand packte ihn im Genick und stellte ihn schweigend auf die Beine.

Lorin schaute in die Höhe, doch das Gegenlicht der Sonnen ließ ihn nur die gewaltigen Umrisse eines Mannes erkennen. Wie ein Berg ragte er vor dem Jungen in die Höhe, unter den Achseln der breiten Schultern verliefen die Riemen eines Rucksacks, die breite Brust wurde von einem Eisenharnisch geschützt, über dem der breite Ledergurt eines Wehrgehänges lag.

»Nicht so stürmisch, Knirps«, lautete der akzentlastige Ratschlag des Mannes, dessen Gesicht er immer noch nicht erkennen konnte. Blinzelnd legte er eine Hand als Schutz an die Augen, um besser gegen die gleißenden Strahlen der Sommersonnen schauen zu können.

Da erschien Vasdall, der ihn herumdrehte und zu einer wuchtigen Ohrfeige ausholte. Lorin presste die Lider zusammen und schluckte den letzten Rest des Hörnchens hinunter. Es sah so aus, als würde der anfangs erfolgreiche Held nun im Kampf gegen den Riesen eine Niederlage einstecken müssen.

Er spürte die Zugluft, die den drohenden Schlag anzeigte. Doch der Schmerz blieb aus, stattdessen schimpfte der Bäcker wie ein Rohrspatz und beleidigte irgendjemanden.

Vorsichtig öffnete Lorin ein Auge und blinzelte. Direkt neben seinem Ohr befand sich die Hand Vasdalls, die wiederum von einem matt schimmernden Eisenhandschuh mit stahlhartem Griff umklammert wurde.

Für Lorin ergaben sich damit völlig neue Möglichkeiten. Er grinste, trat dem Bäcker ans Schienbein und rannte wieder los, und zwar in Richtung der Backwaren. So lange Vasdall sich mit dem Hünen stritt, mussten seine Auslagen unbewacht sein. Dieses Angebot wollte er sich nicht entgehen lassen.

Er stopfte sich das Hemd und die Hosen mit den herrenlosen Hörnchen, Brötchen, Gebäckstangen und anderen Leckereien voll und ergriff die Flucht. So erfolgreich wie er waren nicht einmal die Helden in Arnarvatens besten Geschichten.

Den Rest des Tages schlenderte er durch die Gassen, immer eines seiner Beutestücke verzehrend, und ließ sich am Hafen später die Sonnen auf den Bauch brennen. So satt an Köstlichkeiten hatte er sich nie in seinem Leben gefuttert. Die zerbröselten Überreste verteilte er großmütig an dankbare Hunde.

Ein breiter Schatten fiel über ihn, und Lorin wollte sofort losrennen. Aber etwas hakte sich unter seinen Kragen und hob ihn in die Luft.

»Lass das, Knirps«, sagte die bekannte Stimme mit dem schweren Akzent. »Ich stelle dich jetzt ab. Läufst du los, breche ich dir die Beine.«

Gehorsam stand der Junge still, als er festen Boden unter den Füßen hatte, und drehte sich um.

Der Mann vom Marktplatz hatte ihn gefunden und gestellt.

Den rechten Arm ließ er locker am Körper herabhängen, die andere Hand mit dem Eisenhandschuh lag am Gürtel, dicht an der breiten Gürtelschnalle. Nun erkannte Lorin, dass der Unbekannte eine Glatze trug, die Augen des Mannes waren eisgrau und kalt. Am Unterkiefer entlang und um das Kinn wuchs ein silbriger Bart. Ein Säbel baumelte an seiner Seite, die Kleidung war die eines einfachen Wanderers und wirkte, als sei sie zusammen mit ihrem Besitzer viel herumgekommen. Die ausgewachsenen Kalisstri, die etwas unschlüssig um den Jungen und den Kahlköpfigen herumstanden, erschienen neben diesem Mann wie Jugendliche.

Lorins Mund klappte nach unten. »Bist du ein Riese?«, wollte er aufgeregt wissen. Die blauen Augen leuchteten.

»Nein, Knirps.« Er wirkte sehr ernst. »Aber ich kann mindestens genauso unfreundlich werden, wenn man mir Geld schuldet.« Der Mann beugte sich nach vorne. »Und du schuldest mir Geld. Für das Hörnchen und die zwei Dutzend anderen Sachen, die du dem Bäcker gestohlen hast.«

Ungerührt betrachtete der Junge die Statur. »Du bist kein Kalisstri.«

»Und du bist bald nichts mehr wert, wenn du mich nicht zu deinen Eltern bringst, Junge«, knurrte der Glatzkopf. »Deine Eltern haben doch ein paar Münzen, mit denen sie deinen Schaden decken können?«

»Ich lebe bei meinem Ziehvater und meiner großen Schwester«, korrigierte Lorin niedergeschlagen. »Aber wir sind arm. Und sie sollen nicht wissen, dass ich gestohlen habe.«

»Dein Pech, Knirps. Wir gehen jetzt zu deiner Behausung.« Der Fremdländler gab ihm einen Schubs, dass er nach vorne taumelte. »Wegrennen bringt nichts. Ich finde dich«, fügte er kalt hinzu.

Schweigend liefen sie hintereinander; die Bewohner, die ihnen entgegenkamen, machten Platz und schauten dem ungleichen Paar hinterher.

Irgendwann wurde es dem kleinen Führer langweilig. »Wo kommst du her?«, erkundigte sich der Junge, während er den Riesen auf Umwegen durch die Straßen leitete. Vielleicht fiel ihm unterwegs etwas ein, wie er den Mann loswerden konnte. »So einen wie dich habe ich noch nie gesehen.«

»Von weit her«, lautete die lakonische Antwort. »An dieser Stelle waren wir vorhin schon. Wenn du irgendwelche Tricks versuchst, Knirps, schleife ich dich durch Bardhasdronda, bis dein Ziehvater dein Geschrei hört und angelaufen kommt.«

Der Riese schien enorm wachsam zu sein. Seufzend machte er sich auf die direkte Route zur Hütte. »Ich heiße Lorin.« Sein Begleiter schwieg beharrlich. »Ich wohne am Rand der Stadt. Und du?« Wieder keine Reaktion. »Du siehst aus wie einer von der Miliz.« Er lief rückwärts, um den Mann nochmals zu begutachten. Prüfend kniff er die blauen Augen zusammen. »Normal siehst du wirklich nicht aus.«

»Du auch nicht, Knirps.« Der Fremdländler ließ sich nicht aus der Ruhe bringen. »Du bist mickrig und hast blaue Augen. Kalisstri haben grüne.«

»Die habe ich von meinem Vater«, verkündete der Junge stolz. »Aber er lebt nicht bei uns. Der ist weit weg, hat mich sitzen lassen, nachdem meine Mutter gestorben ist.«

»Wie traurig.« Der Hüne wirkte nicht wirklich betroffen. Er betrachtete den Knaben zwar eher gleichgültig, wenn auch mit einem gewissen Hauch von Interesse. »Dein Vater war wohl auch ein Fremdländler?« Lorin nickte eifrig. »Krämer, was?«

»Nein. Ein König oder so etwas«, erklärte der Junge gelangweilt und hüpfte nun wieder mit dem Rücken zu seinem Begleiter.

»Natürlich«, knurrte der Mann, der Panzerhandschuh schloss sich klackend um die Gürtelschnalle. Das machte den Knaben wieder aufmerksam.

»Warum trägst du nur einen Handschuh?«, wollte er wissbegierig wissen.

»Weil es mir so gefällt«, gab sein Begleiter entnervt zurück. »Und nun halt den Mund. Wenn wir nicht innerhalb der nächsten Minuten bei eurem Haus angekommen sind …«

»Da sind wir doch schon«, beruhigte Lorin den Riesen eilig. So genau wusste er noch nicht, wie er Matuc und Fatja seine Delikte beichten sollte. Sie würden auf alle Fälle enttäuscht von ihm sein, und das machte ihn traurig. »Wie teuer wird es?«

»Sie werden es sich leisten können, Knirps.« Die eisgrauen Augen ruhten auf dem Jungen. »Stiehlst du öfter?«

»Das sage ich dir nicht«, gab Lorin bockig zurück und hüpfte zur Tür, um anzuklopfen. Das Holz schwang zurück, und eine junge Frau mit halblangen schwarzen Haaren und braunen Augen wurde sichtbar.

»Wo kommst du denn her, kleiner Bruder?« Sie beugte sich nach unten, fuhr dem Knaben durchs Haar und erteilte ihm einen leichten Klaps an den Hinterkopf. »Wir haben uns schon Sorgen gemacht.« Sie hob ihr Antlitz. »Und wen hast du uns mitgebracht?« Die Augen weiteten sich, als sie den Besucher genauer betrachtete. »Waljakov?«

»Die kleine Hexe?« Der Leibwächter erkannte das Mädchen wieder.

»Ihr kennt euch?«, fragte Lorin vorsichtig, dann drückte er sich an der Borasgotanerin vorbei und verschwand in der Kate. »Ich sage Matuc Bescheid!«

Fatja warf sich Waljakov mit einem Schluchzen um den Hals und drückte ihn an sich.

Der ansonsten so gefasst und gefühllos wirkende Mann schluckte schwer und erwiderte die Begrüßung, wobei er die junge Frau ein paar Zentimeter vom Boden hob.

Vorsichtig stellte er sie wieder ab, während die Tür vollständig geöffnet wurde und Matuc erschien.

Auch die beiden Männer umarmten sich, bevor alle in die Hütte gingen. Der Junge saß auf einem Stuhl, ließ die Beine baumeln und strahlte. So eine Freude hatte er noch nie in seinem Zuhause erlebt.

Waljakov warf den Rucksack zu Boden und blickte sich suchend um. Aber an den Gesichtern der beiden anderen erkannte er, dass er es sich sparen konnte, nach Norina zu fragen. Seine Miene verfinsterte sich. »Ihr erzählt zuerst.«

Gehorsam kam Matuc der Aufforderung nach. Fatja brachte den aufmüpfigen Lorin in seine Schlafkoje, der lieber noch ein wenig bei seinen Freuden geblieben wäre und gelauscht hätte, was dieser seltsame Glatzkopf berichtete. »Und bis heute haben wir nichts herausbekommen. Niemand scheint zu wissen, wo seine Mutter abgeblieben ist. Seit die Lijoki sie vermutlich mitnahmen, fehlt jede Spur von ihr«, endete er.

Waljakov schaute dorthin, wo das Kind verschwunden war. »Und das ist also das schreiende Bündel, das wir vor mehr als vier Jahren in einer Truhe über Bord der *Grazie* warfen.« Er blickte hinüber zu dem Mönch. »Als ich seine Augen sah, kam mir ein Verdacht. Aber nach so langer, erfolgloser Suche gab ich die Hoffnung fast auf. Er weiß nichts von seiner wahren Geschichte, wer seine Mutter und sein Vater sind?«

»Ich wollte damit warten, bis er groß ist«, erklärte der Ulldraelgläubige. »Er hat es so schon schwer genug in Bardhasdronda.«

»Was erwartest du von einem Dieb?«, lautete die geringschätzige Antwort.

»Wieso Dieb?« Matuc wirkte irritiert, dann verstand er. »Hat er schon wieder …«

»Zuckerhörnchen«, meinte der Leibwächter knapp. »Zwei Dutzend. Ich bekomme noch einige Münzen von dir.«

Der Mönch seufzte und zählte den verlangten Betrag aus seiner Börse. »Und nun erzähle, wie es dir ergangen ist.« Fatja erschien wieder, schenkte Tee aus und setzte sich dem Hünen gegenüber.

»Ich stürzte zusammen mit Rudgass ins Wasser, nachdem wir diese Furie mit den roten Augen unschädlich gemacht haben. Nach einer Weile verlor ich das Bewusstsein, erwachte an einem Strand und war umlagert von Kalisstri. Sie brachten mich in die Stadt Vekhlathi zu einem Cerêler, ein Palestaner übersetzte für mich. Ich habe wenig erzählt, die wahre Geschichte kennt niemand. Nachdem ich einigermaßen auf die Beine kam, begann ich nach euch zu suchen. Aber offensichtlich war ich in der falschen Richtung unterwegs. Ich schloss mich ein paar fahrenden Jägern an, verdiente somit meinen Unterhalt und leistete mir nach und nach meine Ausrüstung.« Der Kämpfer hob die neue mechanische Hand. »Die hier habe ich erst seit wenigen Wochen. Eine Meisterleistung. Besser als die alte.«

Matuc pochte auf sein künstliches Bein. »Da war ich besser dran als du. Echte Walknochen, geschnitzt von einem Freund.«

»Ich habe mit dem Verkauf von ein paar Fellen Geld gemacht und bin seit dem Frühjahr wieder auf der Suche nach euch gewesen.« Er nippte an seinem Tee. »Wenn ich gewusst hätte, wie nah ich euch am Anfang war.«

»Wir haben die Hoffnung auch nie aufgegeben«, sagte die Borasgotanerin. »Aber wir konnten nur immer wieder Händler befragen. Mit dem kleinen Bruder wollten wir nicht durch die Gegend ziehen, zumal wir hier ein gutes Haus haben.«

»Von was lebt ihr?«, erkundigte sich Waljakov.

»Ich bin eine sehr gute Geschichtenerzählerin«, erklärte Fatja. »Und das lassen sich die Kalisstri einige Münzen wert sein. Es reicht aus, um uns alle zu versorgen.«

Der Hüne musterte sie von oben bis unten. »Aus der kleinen Hexe ist eine richtige Frau geworden«, sagte der Leibwächter. »Aber der Mönch hier, der wurde nur alt und grau.«

»Das kommt von den vielen Sorgen«, beklagte sich der Geistliche. »Der Junge macht, was er will, nimmt keine Lehren an. Die Kalisstri lehnen mich und meinen Glauben ab, den ich so gerne in Kalisstron verkündet hätte. Aber ich verleugne Ulldrael den Gerechten nicht.« Er schaute ein bisschen vorwurfsvoll zu der Schicksalsleserin.

»Was erwartest du?«, verteidigte sie sich. »Mir ist Kalisstra näher. Wenn ich mich im Gegensatz du dir altem Sturkopf nicht zu der Bleichen Göttin bekennen würde, säßen wir schon lange vor den Stadttoren. Du weißt sehr genau, wie eigen die Menschen hier sind.« Matuc schwieg beleidigt. »Stell dir vor, er hat einen Krieg mit der Hohepriesterin angefangen. Er hat ihre Kette kaputt gemacht. Seitdem ist er bei den Bewohnern in Bardhasdronda unten durch. Was auch meinen kleinen Bruder nicht unbedingt beliebter macht. Der arme Junge weiß nicht einmal, zu wem er beten soll. Hier drinnen wohnt ein eifriger Ulldraelgläubiger, draußen erwarten die Kalisstri, dass man Opfergaben bringt.« Ihr Gesicht zeigte ihr Missfallen deutlich. »Wenn Kiurikka mitbekommt, dass du heimlich ein Ulldraelstandbild in unserer Hütte angefertigt hast, werden wir alles verlieren. Ganz zu schweigen von dem geheimen Anbau von Süßknollen auf Stápas Feld.« In gespielter Verzweiflung warf sie die Hände in die Luft. »Aber nein, Mönch Matuc ist unerschütterlich in seinem Glauben.«

»Ja, das ist er«, hielt der Geistliche dagegen, der sich nun zu sehr herausgefordert sah, um weiter zu schweigen. »Ulldrael hat uns gerettet, junges Fräulein. Und da ist es nur rechtens, wenn ich seinen Namen preise.« Betont laut setzte er seine Tasse ab. »Noch tue ich es hinter verschlossenen Türen, aber die Geheimniskrämerei wird irgendwann ein Ende haben.«

Waljakov verfolgte den Disput aufmerksam. »Abgesehen davon, wie finden wir Norina wieder? Und wo ist der Pirat abgeblieben? Wenn die Kalisstri ihn als solchen erkannt haben, wird er vermutlich im Jenseits sein.« Seine mechanische Hand öffnete und schloss sich. »Und die Ausbildung des Jungen, was macht sie?«

»Ich unterrichte ihn seit neuestem in Lesen und Schreiben«, sagte Matuc stolz. »Arnarvaten bringt ihm Kalisstron bei. Er ist ein richtig kluges Kerlchen.«

»Er benutzt seinen Kopf, weil er ein halbes Hemd ist«, lautete die Einschätzung des Hünen. »Das werden wir ändern. Ich werde ihn von nun an miterziehen. Es fehlt ihm die feste Hand. Zwischen Heiligtümern und einem alten Mann und einer jungen Frau zu leben ist nicht der Ort, wo man zu einem Kämpfer wird. Der Umgang mit den Waffen hat noch ein wenig Zeit.« Waljakov überlegte kurz. »Aber sein Körperbau ist mir zu kraftlos, wenn er einmal ein Schwert führen soll.«

»Nein.« Augenblicklich erntete er den Widerspruch des Geistlichen. »Er soll erst gar nicht mit dem Töten in Berührung kommen. Der Umgang mit dem Tod verdirbt einen Menschen.«

»Aha«, sagte der Leibwächter. »Ich bin also ein verdorbener Mensch.«

Der Mönch hob abwehrend die Hände. »Nein, so habe ich es doch nicht gemeint.«

Der K'Tar Tur lehnte sich vor. »Matuc, wir kennen die Prophezeiung. Dieser Junge wird vielleicht eines Tages eine wichtige Rolle spielen, wenn es um die Bekämpfung der Dunklen Zeit geht. Und ich will nicht, dass er versagt, nur weil er nicht mit einer Waffe umgehen kann oder seine Reaktionen zu langsam sind. Wenn ich ihn nun schule, wird er zu einem der besten Kämpfer, den Kalisstron und Ulldart jemals gesehen haben.«

»Und wenn er so wird wie sein Vater? Wenn wir ein noch mächtigeres Ungeheuer heranziehen, wie es sein Vater ist?« Der Mönch wirkte ein wenig mutlos. »Ich würde am liebsten hier bleiben, auf Kalisstron, das Wort Ulldraels verkünden und in Frieden leben.«

»Feigling«, kam es hart aus dem Mund des Leibwächters. »Wir tragen Verantwortung für das Schicksal Ulldarts. Wir haben der Dunklen Zeit aus Unwissenheit wahrscheinlich den Weg geebnet, wir werden zusammen mit dem Jungen dafür sorgen, dass sie verschwindet. Ich habe von den Händlern gehört, dass Borasgotan und halb Hustraban komplett in der Hand des Kabcar sind. Rundopâl trat freiwillig dem Großreich Tarpol bei, und er hat es sogar geschafft, die Ontarianer aus seinem Land zu werfen. Was denkst du, wie lange es dauert, bis er sich auch noch den Rest aneignet?« Er fixierte Matuc. »Und was denkst du, was er mit dem traditionellen Glauben machen wird? Während du hier Ulldrael vergebens predigst, hat sich Lodrik zum Oberen ausgerufen. Du solltest dort sein, wo du gebraucht wirst, nicht, wo du überflüssig bist.«

»Und wie lange soll deine Ausbildung dauern?«, gab der Geistliche zurück. »Wie lange willst du ihn vorbereiten? Und was machen wir mit den magischen Fertigkeiten, die er besitzt? Er hat als Neugeborener beinahe einen Menschen umgebracht, immer spielt er mit dieser … Kraft, dieser Magie herum, die keiner erklären kann. Es wird ihn niemand darin unterrichten können, und wie soll er damit gegen Nesreca und seine Helfer bestehen?« Matuc legte die Hände in den Schoß. »Wir sollten vielleicht besser hier bleiben.«

Waljakovs Wangenmuskulatur arbeitete. »Ich werde nicht zulassen, dass wir tatenlos auf diesem Stück Erde sitzen, während in unserer Heimat alles vor die Hunde geht. Bete du meinetwegen zu Ulldrael. Wenn er uns hilft, schön. Wenn er nichts tut, ist es mir auch gleich. Aber weder er noch seine Gläubigen werden mir im Weg stehen.«

Nach dem Donnerwetter des Leibwächters senkte sich eine bedrückende Stille auf das Zimmer herab.

Fatja atmete laut aus. »Wir sollten froh sein, dass wir drei uns wenigstens gefunden haben, und nicht streiten«, versuchte sie zu schlichten. »Ulldrael wird dir bestimmt ein Zeichen schicken, Matuc.«

Waljakov erhob sich. »Ich werde mir eine Unterkunft suchen. Bei euch ist es zu eng für uns alle.« Er ging zur Tür. »Ich suche nach einer Möglichkeit, Geld zu verdienen, und schaue regelmäßig herein.« Seine grauen Augen vermittelten die unverrückbare Entschlossenheit. »Lorin wird bei mir in die Lehre gehen. Ich mache aus diesem mickrigen Zwerg den besten Krieger, den es jemals gab. Komm mir dabei nicht in die Quere, Matuc. Es steht mehr auf dem Spiel, und das weißt du genau.« Er nickte der Borasgotanerin freundlich zu und verschwand.

»Ich werde es nicht zulassen«, sagte der Geistliche leise und trommelte griesgrämig auf sein Holzbein. »Sturer Hund.«

»Sagt wer?«, erkundigte sich Fatja zuckersüß und räumte das Teegeschirr ab, bevor sie sich zu dem Mann setzte und seine Hand nahm. »Waljakov hat Recht. Mein kleiner Bruder wird von ihm lernen müssen. Wie sonst soll er gegen den Konsultanten bestehen? Mit dem Glauben allein bestimmt nicht.«

Er tätschelte ihren Kopf. »Ja, ich weiß ja.« Matuc wirkte nicht weniger entschlossen als der Krieger. »Aber ich werde dafür sorgen, dass er die Lehren des Gerechten unerschütterlich in sich trägt. Das Töten, wenn es sich nicht verhindern lässt, und die Macht der Magie werden sein gutes Wesen nicht zum Schlechten beeinflussen. Das wird ihm den notwendigen Rückhalt geben, wenn er sich seinem Schicksal stellt, wie immer es aussehen möge.«

Er stand auf und ging zu der mit einem Vorhang abgetrennten Nische, hinter der er das kleine Ulldraelstandbild, das ihm Blafjoll aus Walbein geschnitzt hatte, versteckte.

Fatja schaute ihm nach und ging zu ihrer Schlafkoje, als er mit seinen Gebeten begann.

Lorin hatte die Augen geschlossen und atmete mit langen, regelmäßigen Zügen.

Liebevoll gab sie dem Jungen einen Kuss auf die Stirn, stieg in ihr Nachtgewand und legte sich zu ihm.

Ulldart, Königreich Ilfaris, Herzogtum Sèràly, Sommer 449 n. S.

Die Landkarte Ulldarts verkündete die Wahrheit, und auch die besten Fälscher, die Perdór an der Hand hatte, konnten daran nichts ändern. Grenzverläufe hatten sich geändert, teilweise waren die dünnen roten Linien, die einst wie die Adern zwischen den Reichen gewirkt hatten, vollständig verschwunden.

Borasgotan gab es nicht mehr. Die agilen Truppen des Kabcar besetzten den Rest des Landes, der noch nicht im Sicherheitsgürtel gelegen hatte, unermüdlich und rastlos. Die Aufteilung in kleinere Einheiten erwies sich als strategisch geschickter Zug, die Soldaten blieben schlagkräftig und zugleich recht einfach zu verproviantieren.

Mit heftigem Widerstand musste keiner rechnen, die meisten Bewohner Borasgotans begrüßten die »Befreier«. Bevor die Tzulandrier und Tarpoler an einem Adelsgut angelangten, brannte es oftmals schon, und die Bauern präsentierten stolz die abgeschlagenen Schädel derer, die sie jahrelang unterdrückt und ausgebeutet hatten. Die Politik Arrulskháns gegen die eigenen Untertanen rächte sich und machte es für die Eroberer leichter.

Dank der modernen Feuerwaffen, deren Stückzahl und Effizienz beständig stieg, bot eine alte Festung kein Hindernis mehr. Maximal eine Woche stärksten Beschusses bedurfte es, um die Burgen zu knacken, an denen man sich normalerweise die Zähne ausgebissen oder die größten Verluste eingehandelt hätte. Die letzten Soldaten Borasgotans sammelten sich im äußersten Osten des Reiches und wurden von heimlich an der Küste gelandeten Einheiten des Kabcar aus dem Hinterhalt niedergemacht.

Die einzige Schwierigkeit der tarpolischen Einheiten bestand sehr zur Freude des ilfaritischen Königs darin, sich den bodenschatzreichen Norden anzueignen. Das nomadische Volk der Jengorianer hatte Arrulskhán niemals vertraut und machte aus der völligen Ablehnung der neuen Herren keinen Hehl. Sie betrachteten die eisigen Gefilde als ihre Heimat und bekämpften die Eroberer mit gelegentlichen Überfällen, die so plötzlich und unerwartet erfolgten, dass eine Gegenwehr meist nicht möglich war.

Seufzend tauchte Perdór den dünnen Pinsel in die braune Farbe und übermalte mit akkuraten Bewegungen die Grenze zwischen Tarpol und Borasgotan. Das Gleiche tat er mit der Markierung zwischen Tûris und dem Stammgebiet des jungen Kabcar. Als es an die Grenzen zwischen den einstigen Baronien ging, musste er sich sehr auf seine Malerei konzentrieren.

Die Zunge in den Mundwinkel geklemmt und die grau-grünen Augen leicht zusammengekniffen, stand er in gebeugter Haltung am Kartentisch. Dass er dabei die Spitzen seines grauen Lockenbarts in die Farbe tunkte, bemerkte er nicht.

Als Nächste wischte die Pinselspitze die rote Linie zu Rundopâl aus, das sich bedingungslos angeschlossen hatte, auch die Grenze zu Aldoreel verschwand unter einer Schicht Braun. Den Händlerstaat Palestan schraffierte er, um das Bündnis mit dem Großreich Tarpol zu symbolisieren.

Sinnierend betrachtete er die Veränderungen, nahm sich ohne hinzuschauen eine Hand voll Pralinen und schob sie sich alle auf einmal in den Mund. Die Schokolade, die er benötigte, um sich angesichts der deprimierenden Umstände zu trösten, konnte ein einziges Konfektstück nicht mehr bieten.

Seufzend, was inzwischen bei dem beunruhigten Herrscher selbstverständlich geworden war, las er die Blätter mit den neuesten Berichten über die Truppenbewegungen in Hustraban, wo die Soldaten des Kabcar gleichzeitig von Norden nach Süden und von Westen nach Osten rollten. Mit Fähnchen markierte er die Fronten. Wie eine gewaltige Presse schoben sich die Eroberer in das Land und trieben die Soldaten in Richtung Küste. Perdór vermutete, dass andere Teile des tarpolischen Angriffsheeres mit palestanischer Hilfe am Küstensaum landen würden, wie sie es in Borasgotan schon erfolgreich getan hatten.

Langsam richtete er sich mit einem Stöhnen auf und musterte die Landkarte.

Höchstens noch zweieinhalb Jahre, dann würden die Soldaten vor Serusien und Ilfaris stehen. Und momentan deutete nichts daraufhin, dass irgendjemand oder irgendetwas den Kabcar aufhalten könnte. Mehr als hundertfünfzigtausend Mann standen dem jungen Mann zur Verfügung, Tzulandrier und Tarpoler kämpften gemeinsam für das weltliche Oberhaupt des Großreiches. Und ganz selbstverständlich übernahm dieser Bardri¢ auch die geistliche Vormundschaft der eroberten Gebiete, ohne Widerspruch zu ernten.

Wie auch? Ihn zu einem weiteren Gottesurteil herauszufordern wagte sich keiner mehr. Selbst wenn der Kabcar mit seiner Magie den Ausgang eines solchen Urteils manipulierte, dem Volk war das reichlich gleichgültig. Es interpretierte den Willen Ulldraels in die Vorgänge, der anscheinend wollte, dass der junge Mann den Kontinent eroberte.

Und das war genau der Punkt, über den sich der ilfaritische Herrscher und sein Hofnarr ausgiebig stritten. Auch wenn ein Reich nach dem anderen fiel, es sah noch lange nicht nach der Dunklen Zeit aus, wie sie von allen befürchtet wurde. Die düstere Vision von Knochen- und Schädelbergen, über die ein vor Triumph brüllender Sinured schritt, war nicht eingetreten.

Der zurückgekehrte Kriegsfürst beging reichlich Grausamkeiten während der Schlachten und opferte, da war sich Perdór mehr als sicher, dem Gebrannten Gott etliche Leben. Doch danach zog keine Finsternis über das Land. Die Bewohner wurden weitestgehend in Ruhe gelassen.

Und auch der Kabcar schien sich als Befreier zu gefallen, der nicht müde wurde, in seinem Palast einen Reformplan nach dem anderen auszuarbeiten.

Die Umwandlung der protzigsten Ulldraeltempel in Bade- und Heilanstalten machte ihn beliebter denn jemals zuvor. Die meisten Mönche ließen ihn hochleben, weil sie sich am verschwenderischen Prunk der Oberen schon immer gestört hatten, standen zusammen mit den Bauern auf den Feldern und lebten in glücklicher Bescheidenheit, priesen Ulldrael durch ihre Arbeit. Rituelle Feiern und Gottesdienste fanden selten statt.

Diese trügerische Ruhe, diese Friedlichkeit machte es schwierig, Widerstand zu organisieren, denn Fiorell und Perdór waren sich sicher, dass die Handlungen des Kabcar nur der Auftakt sein konnten. Der Auftakt zur wahren Dunklen Zeit.

In der tarpolischen Provinz Karet war es dem ilfaritischen König gelungen, eine Widerstandszelle in den schwer zugänglichen Gebirgsketten zu installieren, die er mit Geld und Waffen unterstützte. Sie bekämpfte die Garnison und den Statthalter bis aufs Blut, schickte Redner und Dichter unters Volk, um den Menschen die Augen über ihren Kabcar und dessen Konsultanten zu öffnen. Bisher nur mit mäßigem Erfolg. Aber verzichten durfte man angesichts der Bedrohung nicht auf die geringste Möglichkeit.

Unerwartete Hilfe fand Perdór dort, wo er sie eigentlich nicht erwartet hatte. Das Inselreich Rogogard, dessen äußerste Insel direkt an Karet grenzte, beschloss, keinerlei Zusammenarbeit mit Tarpol einzugehen, und setzte seine Kaperfahrten gegen die Palestaner unermüdlich fort, verstärkte sie sogar. Die Händler konnten nur in großen Flotten segeln, was die Piraten noch mehr verlockte.

Torben Rudgass hatte sich bei seinen Landsleuten dafür eingesetzt, dem Kabcar und den verbündeten Seehändlern die Stirn zu bieten, nicht zuletzt, weil er in die Begebenheiten eingeweiht war und einem von Nesrecas Helfern im Kampf gegenübergestanden hatte. Mit der Hilfe der Rogogarder gelangten ilfaritische Güter nach Karet.

Der Piratenkapitän war es auch, der vor rund vier Jahren die schlechte Nachricht überbringen ließ, dass die *Grazie* versenkt worden war. Von den Passagieren fehlte nach wie vor jede Spur.

Als Rudgass im Alleingang nach Kalisstron segelte, wie der Mann ihm in einem Brief schrieb, um Nachforschungen anzustellen, gelang es ihm nur mit Mühe, den Wachschiffen der Kalisstri zu entkommen. Er war nicht einmal in die Nähe der Küste gelangt. Danach hatte er den Befehl über einen Schiffsverband der rogogardischen Flotte erhalten, um gegen die Palestaner zu segeln. Schweren Herzens musste er sich der Pflicht beugen. Das Schicksal der Verschollenen blieb damit weiterhin im Dunkeln.

Perdór seufzte, legte die Fingerspitzen auf den stattlichen Bauch und tastete prüfend an der Leibesfülle herum. Er hatte bei all dem Elend auch noch abgenommen. Das kam überhaupt nicht in Frage!

Er durchquerte den Raum und machte sich durch die Korridore auf an den Ort, wo er außer an seinem Arbeitsplatz und seinem Bett, was manchmal das Gleiche sein konnte, am häufigsten weilte.

Er trippelte die vielen Treppen hinab, stieg immer tiefer und tiefer nach unten, bis ihm seine Nase den rechten Weg wies. Schwungvoll stieß er die Holztür auf, hinter der sich seine Schatzkammer verbarg.

Augenblicklich wandten sich dem König alle Blicke zu, ein Dutzend Verbeugungen folgten, danach gingen die Männer und Frauen wieder ihrer Tätigkeit nach.

Perdórs Augen glänzten vor Freude, die grauen Korkenzieherlöckchen seines Barts hüpften auf und ab, als er mit schnellen Schritten an den ersten der Töpfe herantrat und mit Hilfe eines Kochlöffels den Deckel vom Gefäß fischte. Der Herrscher schloss die Augen und schnupperte lautstark am aromatischen Dampf, der entwich.

Mit aufmerksamem Gesicht stand der Küchenmeister neben seinem Herrn, um sich das Urteil abzuholen. »Broccolicremesuppe, Majestät. Danach Trilogie von Edelfischterrine, Wildpastete und Tafelspitzsülze an kleinem Salat, mit Eurer Erlaubnis.«

»Sehr fein, sehr fein, guter Mann«, sagte Perdór begeistert. »Und was dann?«

Der Mann in der weißen Schürze und mit der riesigen Kochmütze, die er momentan vor Aufregung zwischen den Händen zusammenknüllte, lächelte entspannt. »Ich dachte an Suprême vom Perlhuhn mit Kräutern aus Turandei in Porlésauce, danach Schweinebraten in Pfeffersauce. Als Dessert Mousse aus weißer und dunkler Schokolade, etwas Obstsalat und eine Auswahl bester Käsesorten. Kommt das dem hoheitlichen Gout entgegen?«

»Ich bin hin und weg«, lobte der König und knallte den Deckel zurück auf den Topf. »Auch wenn ich mein Schlösschen in Sèràly nur selten besuche, ich sehe, die Küche ist formidabel. So liebe ich das.« Mit ein wenig nach vorne gereckter Nase schnüffelte er sich durch die gesamte Küche, lugte überall hinein, rührte in Töpfen und kostete sich durch, bis sein Magen und sein Gaumen gleichermaßen befriedigt waren.

»Die Gäste werden in gut einer Stunde da sein. Wird alles fertig sein?« Es war eine rhetorische Frage, aber er wollte sicherzugehen.

»Wenn Ihr weiter im Weg steht, dann nein«, kam es aus einer Ecke des Raumes.

Der Küchenmeister, der eben beinahe noch vor Stolz geplatzt wäre, wurde blass, einem erschrockenen Gehilfen fiel die Kelle scheppernd zu Boden.

Glöckchen klingelten, und Fiorell kam hinter einem Schrank grinsend zum Vorschein. »Ihr seid so breit, dass die armen Köchlein Umwege laufen müssen, wenn sie an Euch vorbei wollen, Majestät.« Der Hofnarr im Rautenkostüm wirbelte mit dem Narrenstab durch die Luft, durchbohrte mit dem spitz zulaufenden Ende einen Apfel und probierte ihn. Dann hielt er seinem Herrn das angebissene Obst hin. »Da, Majestät. Ist gesund und macht schlank.«

»Du erwartest nicht, dass ich darauf etwas sage.« Perdór wandte sich wieder den Kochtöpfen zu. »Und außerdem habe ich abgenommen.«

Der Spaßmacher stieg ein gellendes, meckerndes Gelächter aus und hielt sich den Bauch. »Ja, sicherlich. Unter den Armen, wo es keiner sieht.« Er sah strafend in die Runde der zu Salzsäulen erstarrten Köche. »Was guckt ihr wie die Karpfen? Noch nie einen Hofnarren gesehen? Los, brutzelt weiter, ihr Meister der Speisen.«

Als hätten sie einen Schlag mit der Reitpeitsche erhalten, zuckten alle zusammen und widmeten sich mit hektischen Bewegungen dem Essen.

Fiorell grinste und ließ die Schellen klingen. Mit der ihm eigenen Selbstverständlichkeit nahm er sich sechs rohe Eier aus der Schüssel und jonglierte mit den zerbrechlichen Gegenständen, als gäbe es nichts Einfacheres.

»Wolltest du mich sprechen oder aus reiner Bosheit in meinen heiligen Hallen heimsuchen?«, verlangte Perdór zu wissen.

»Ich und Bosheit?« Der Hofnarr spielte den erstaunten Beleidigten. »Das wäre wie …«

»Stinktier und Gestank«, ergänzte der Herrscher den Vergleich, die Augenbrauen wippten auf und ab. »Untrennbar miteinander verbunden, und die meisten nehmen davor Reißaus.« Suchend schweiften die Pupillen durch die Küche, um etwas zu entdecken, was seinen Probierabsichten entgangen sein könnte.

Unbemerkt schob Fiorell mit dem Fuß einen hölzernen Kochlöffel auf eine Herdplatte. Keines der fliegenden Eier fiel derweil zu Boden. »Ich nehme Euch den Vergleich wirklich übel, Majestät. Dennoch möchte ich die frohe Kunde nicht länger verschweigen.«

»Ach? Nur heraus damit.«

Fiorell schnappte sich eine Schüssel und ließ ein Ei nach dem anderen hineinfallen. »Mach mir daraus ein Omelette«, wies er einen Gehilfen an. »Aber entferne vorher die Schalen.« Dann beugte er sich zu seinem Herrn hinab und senkte geheimnistuerisch die Stimme. »Wir wissen, wo er ist.«

»Ich bin außer mir vor Freude. Würdest du mir vielleicht auch noch liebenswürdiger Weise sagen, von wem wir wissen, wo er ist?«, fragte der König. »Ich könnte dann von einfacher Freude zu grenzenloser Verzückung übergehen.«

»Er, Majestät«, sagte der Hofnarr mit Nachdruck, das Gesicht zu einer Verschwörermiene verzogen. »Er. Ihr wisst schon ...«

»Lieber Fiorell, ich bin König, nicht Hellseher, schon vergessen? Hat dein Narrenhirn diesen Unterschied etwa verdrängt?« Perdór lächelte ihn an, als ob er mit einem Geistesschwachen reden würde.

»Er, der Vertraute des Kabcar«, murmelte der Mann im Rautenkostüm durch die Zähne.

Perdór packte den Mann am Ohr und zerrte ihn in eine Ecke. »Und diese brisante Neuigkeit erzählst du mir einfach so, mitten in der Küche, vor den ganzen Fremden?«

Mit der Schlüpfrigkeit eines Aals wand sich der Hofnarr aus dem Griff, machte einen Flickflack und brachte sich aus der Reichweite der kneifenden Finger.

Es war ein mittleres Wunder, dass er dabei auf dem engen Raum weder mit einem Koch noch mit dem Herd noch mit einer Anrichte kollidierte. Einmal mehr musste der Herrscher anerkennend den Mund verziehen. Einer der Gesellen applaudierte begeistert, bevor ihn die flache Hand des Meisters am Hinterkopf traf.

»Was denkt Ihr, weshalb ich flüsterte?«, beschwerte sich Fiorell und hielt sich das Ohr. Er langte nach einem Stück rohen Fleischs, um sich den Lappen auf die misshandelte Stelle zu legen. »Das kühlt wunderbar.«

»Das Filet ist mehr wert als dein schäbiges Ohr«, kommentierte der König mit ausgestrecktem Finger. »Leg es sofort wieder hin. Und bevor es jemand isst, soll es scharf angebraten werden.« Dann lachte er. »Wunderbar! Dann wird es also Zeit, Meister Hetrál, der ganze

Arbeit geleistet hat, den Spezialisten zu schicken. Wird es machbar sein?«

Mit Spannung beobachtete der Spaßmacher, wie sich die königliche Hand langsam und ahnungslos dem Kochlöffel näherte, den er vorhin auf die Herdplatte gelegt hatte. Das Holz müsste inzwischen schon richtig heiß geworden sein. »Ich denke, wenn unser Mann sich die Sache vor Ort angesehen hat, wird er am besten wissen, wie man die Unternehmung anzugehen hat.«

Der Warnruf des Küchenmeisters erfolgte zu spät. Perdórs Handfläche wurde Opfer von Fiorells Streich, mit einem Schmerzensschrei ließ der König das Kochutensil fallen und versenkte die Hand in einer Schüssel mit kaltem Wasser. Sofort wurde Eis herbeigebracht, um die verbrannte Stelle zu kühlen.

Der Hofnarr prustete los und schlug sich auf die Schenkel. »Ich dachte, ich muss meinem Ruf als boshafter Mensch gerecht werden«, verteidigte er sich.

»Stinktier! Dir zeig ich's«, zischte der Herrscher, packte den rot glühenden Schürhaken und lief auf den Spaßmacher zu. »Ich brenne dir meinen Namen in deinen gar so lustigen Hintern.«

Meckernd vollführte Fiorell einen Salto rückwärts und hing nahtlos eine Folge von Flickflacks an, um ein weiteres Mal auf diese Weise eine sichere Distanz zwischen sich und seinem Herrn zu erreichen.

Doch darauf hatte Perdór nur gewartet.

Mit einem sicheren Wurf beförderte er eine Portion Schmalz, die er sich mit einem beherzten Griff in den Topf nahm, hinter den kreiselnden Hofnarren, der prompt beim nächsten Überschlag mit dem Fuß in das schmierige weiße Fett trat.

Bei aller turnerischen Brillanz und Reaktionsschnelligkeit, die Fiorell sonst an den Tag legte, gegen diesen Anschlag konnte er nichts mehr unternehmen. Die Extremität rutschte weg, der Hofnarr wurde durch seinen eigenen Schwung unkontrolliert nach vorne befördert, genau in den Schrank mit den gemahlenen Gewürzen.

Das Möbelstück entleerte seinen Inhalt, die Türchen und Schubfächer flogen heraus, ein schreiender Fiorell verschwand in einer Wolke aus Zimt, Anis, Pfeffer, Safran, Pottasche, Hirschhornmehl und Nelken, während Perdór zufrieden den Schürhaken zurücklegte. Der Küchenmeister schlug die Hände über dem Kopf zusammen.

»Dir ist sicherlich bewusst, dass dir das Vermögen, das du gerade vernichtet hast, von deinem Lohn abgezogen wird«, verkündete der König zufrieden und kostete ein weiteres Mal von der Broccolicremesuppe.

Ein gewaltiges Niesen dröhnte durch die Küche, ein bestäubter, schniefender Fiorell erhob sich aus dem Gewürzsammelsurium.

»Wenn Ihr mich sucht, ich stehe im Springbrunnen und lasse mir das Zeug abspülen«, krächzte der Spaßmacher und verscheuchte mit seinem Narrenstab einen Gesellen, der einen winzigen brauchbaren Rest Safran von seiner Schulter in eine Schürze wischen wollte. »Danach sage ich dem Spezialisten Bescheid. Er wird froh sein, wenn er Euch entkommen darf.«

Niesend, hustend, schnäuzend und spuckend verließ Fiorell die Küche, begleitet vom Gelächter der Kochpersonals. Perdór hatte sein Refugium erfolgreich verteidigt, wenn auch unter großen Verlusten.

Nach einem letzten Lob an den Meister marschierte der König zuerst in sein Arbeitszimmer, um die Karte zu holen, und danach in das Besprechungszimmer, in dem er die Gäste erwarten wollte.

Dieser fensterlose Raum lag mitten im Schlösschen, um ein Abhören unmöglich zu machen. Perdór nahm seit dem Debakel von Telmaran an, dass der Kabcar auf eine seltsame Art und Weise mit den Beobachtern kooperierte. Nur so war es möglich, dass er und sein Stratege von der Verlegung gewusst hatten, bevor die Befehle die Truppen des Geeinten Heeres überhaupt erreicht hatten. Auch die seltsamen Unfälle, die sich um die Anführer im Vorfeld ereigneten, erschienen in einem völlig anderen Licht. Seitdem duldete er keines der Wesen in seiner Nähe. Die Wachen erhielten die Anweisung, auf die Beobachter zu schießen, sollten sie sich dem Schlösschen annähern.

Umständlich befestigte der Herrscher die Zeichnung Ulldarts mit Hilfe von Nadeln an der stoffverkleideten Wand und trat dann zurück, um aus der Entfernung einen Überblick zu erhalten.

Dass die Tür aufschwang und die ersten Besucher eintrafen, bemerkte der in Gedanken versunkene Mann nicht; er drehte an den Löckchen seines Barts herum und grübelte.

»Es ist erstaunlich, mit welcher Schnelligkeit die Soldaten des Kabcar vorankommen«, sagte ein Mann in seinem Rücken. Perdór erkannte die Stimme Moolpárs und drehte sich freudig zu seinem Gast um.

Der hoch gewachsene Kensustrianer grüßte den Herrscher mit einer kaum merklichen Verbeugung, sein Famulus Vyvú ail Ra'az tat es ihm nach. Die beiden Anhänger der Kriegerkaste trugen wie immer ihre Rüstungen und Waffen, darunter die fließenden, weiten Gewänder, die beim Gehen fast kein Geräusch erzeugten. Das lange, grüne Haar trugen sie offen.

»Wie schön, Euch beide zu sehen«, hieß der Ilfarit sie willkommen. »Ihr seid immer noch der Ältere von Euch beiden, nicht wahr?«

Moolpár lächelte und zeigte dabei die eigentümlichen, sagenumwobenen Reißzähne, die bernsteinfarbenen Augen glommen auf. »Vyvú ail Ra'az wird zumindest mir gegenüber niemals die Gelegenheit erhalten, sich ›der Ältere‹ nennen zu können, auch wenn er sich noch so viel Mühe geben würde.« Sein Begleiter lächelte. »Ich muss eingestehen, dass Kensustria die Fähigkeiten des Kabcar, was die Eroberungen angeht, unterschätzt hat.« Er nickte wieder in Richtung der Landkarte. »Wir dachten, die Kunst des Krieges würde auf dem Kontinent tot sein. Und nun scheint der junge Herrscher aus Tarpol sie besser zu beherrschen als jeder seiner Vorgänger.«

Perdór schnalzte mit der Zunge. »Ärgerlich, unheimlich, nichtsdestotrotz den Tatsachen entsprechend«, lautete sein Urteil. »Mittlerweile hat sein ›Großreich‹, wie er es nennt, den historischen Gipfel erreicht. Niemals in der Geschichte Ulldarts besaß ein Kabcar so viel Land. Macht Euch das nicht nervös?«

»Wenn es uns kalt ließe, wären Vyvú und ich nicht erschienen«, gab Moolpár zurück und setzte sich so, dass er die Eingangstür im Auge hatte. »Wie habt Ihr sie überzeugen können, den Verhandlungen beizuwohnen?«

Der Herrscher lächelte verschmitzt. »Sie weiß nichts von Eurer Anwesenheit. Sonst würde diese Unterredung nur in einem sehr kleinen Kreis stattfinden.«

Ein Lakai öffnete die Tür und gab den Weg für die erwartete Besucherin frei.

Ein Traum aus dunkelroten Seidenstoffen, durchzogen mit Iurdum-, Gold- und Silberfäden, besetzt mit funkelnden Edelsteinen, umhüllte den braunen Körper von Alana II., der Regentin Tersions, die zusammen mit einem Gefolge eigener Dienerinnen den Raum betrat.

Kostbare Metallreifen und -spangen schmückten ihre makellosen Arme, vom Wert des Geschmeides um den Hals der Regentin könnten drei Generationen unbeschwert leben. Ihr blanker Kopf wurde durch eine perlenbesetzte rote Samthaube verdeckt, Rubine schimmerten auf.

Bei allem Prunk dienten die raffiniert arrangierten Accessoires und Gewänder lediglich dazu, die Person Alanas hervorzuheben. Nichts lenkte den Betrachter zu sehr ab, die Frau wurde zu einer Gesamterscheinung, wie sie beeindruckender nicht sein könnte.

Die braunen Augen, deren Wirkung durch die schwarze Tusche auf den Lidern und die restliche Schminke zusätzlich betont wurde, verengten sich, als sie die beiden Kensustrianer entdeckte.

Wie angewurzelt blieb sie stehen, der rechte Arm schoss ausgestreckt nach vorne, der Zeigefinger mit dem rasiermesserscharfen Fingernagel deutete auf Moolpár. »Ich habe ihn nicht erwartet, Perdór. Er geht doch hoffentlich gleich? Andernfalls werde *ich* wieder gehen müssen.«

Der König absolvierte eine Verbeugung, obwohl es das Protokoll nicht unbedingt vorsah, auf Unverschämtheiten freundlich zu reagieren. »Auch ich bin erfreut, Euch zu sehen, Nachbarin.« Er deutete auf einen freien Sessel. »Nehmt Platz und hört Euch an, was ich Euch vorschlagen möchte.«

»Hat es etwas mit Kensustria zu tun?«, verlangte sie schneidend zu wissen, ihr Arm senkte sich langsam, anmutig, elegant. Wie immer wirkte sie in ihren scheinbar genau geplanten, durchdachten Bewegungen wie eine Tänzerin.

»Es hat etwas mit der Zukunft und dem Fortbestand von Tersion zu tun«, verbesserte Perdór in der Hoffnung, auf diese Weise ihre Neugier geweckt zu haben. »Es geht um den Kabcar von Tarpol.«

»Und was haben sie damit zu tun?« Alana gab nicht auf. Mit herrlicher Arroganz würdigte sie die beiden Kensustrianer keines Blicks.

»Sie sind hier, weil ich sie gebeten habe, anwesend zu sein«, wich der König aus und ging zum Angriff über, indem er die Hand der Regentin nahm und sie zu ihrem Platz führte. »Kommt, verehrte und geschätzte Nachbarin, hübschestes Wesen des Kontinents.«

Die Frau reagierte darauf mit einem Schnauben, ließ sich aber den sanften Zwang gefallen. Die Dienerinnen scharten sich um sie und erfüllten Alana jeden Wunsch, den sie mit kaum wahrnehmbaren Gesten und Zeichen äußerte. Vom Einschenken des Getränks bis hin zur bequemen Lagerung der schlanken Beine unter dem Tisch auf dem Rücken eines der Mädchen.

Perdór bemerkte einmal mehr, wie unterschiedlich die Kulturen auf dem Kontinent waren. Als er sich sicher war, dass alle Anwesenden ihm ungeteilte Aufmerksamkeit schenkten, erklärte er anhand der Karte leicht und schnell verständlich die Situation, in der sich Ulldart befand. Immer wieder wies er daraufhin, dass niemand vorhersagen konnte, was der junge Mann in Ulsar als Nächstes zu tun gedachte.

»Ich weiß, dass man mir nachsagt, ich kümmerte mich nicht um die anderen Reiche, weil ich mich ohnehin mehr zum Kaiserreich Angor hin orientiere«, begann Alana. »Dennoch bin ich mir der Entwicklungen sehr wohl bewusst. Aber was sollte man dagegen unternehmen?«

»Wir drei sind die Reiche, die noch unberührt von der Hand des Kabcar geblieben sind. Wenn wir uns zusammentun, kann das auch so bleiben«, eröffnete Perdór.

»Ich werde mich nicht mit denen zusammentun, die es vor sechs Jahren wagten, Krieg gegen Tersion und Angor zu führen«, begehrte Alana wütend auf.

»Tatsache ist, dass Ihr den Krieg begonnen habt, nachdem Euch die Palestaner Hoffnungen auf großen Gewinn machten, Regentin«, sagte Moolpár ruhig. »Wenn Ihr Euch damals nicht dem Offensichtlichen, absichtlich oder unabsichtlich, verschlossen hättet, wäre es niemals zu den Schlachten zwischen unseren Ländern gekommen, bei denen nicht Kensustria der Leid Tragende war. Und Euer einstiger Verbündeter hat nun einen Pakt mit dem Kabcar geschlossen. Ihr dürft Euch ausrechnen, was das bedeutet.«

»Hoffentlich verliert er dabei so wie ich damals«, entfuhr es der Regentin, was von den anderen mit einem Lächeln quittiert wurde.

»Meine Vorstellung war es, dass sich unsere Reiche verbrüdern, zu einem Staatenbund verschmelzen«, erläuterte Perdór. »Wird einer von uns angegriffen, muss der Kabcar mit einem Gegenschlag aller rechnen.«

»Und was ist mit Agarsien?«, hakte Alana ein, während sie grazil mit nur drei Fingern das Glas ergriff und es bedächtig an die Lippen führte.

»Sie wollen nicht«, bedauerte der ilfaritische König. »Sie meinten, sie hielten sich aus der Sache heraus. Die Niederlage des Geeinten Heeres habe ihnen verdeutlicht, dass der Kabcar eher ein Günstling der Götter als das Böse sei.«

»So kann man sich natürlich auch aus der Verantwortung stehlen«, bemerkte Moolpár.

»Wir haben nun gehofft, dass Ihr Euren Schwiegervater und Euren Gatten überreden könntet, Truppen zu entsenden, die wir in Tersion und Ilfaris positionieren. Den Proviant stellen wir alle zur Verfügung«, setzte der König seine Erläuterungen fort, weil er bemerkte, dass er den ersten Widerstand der Regentin gebrochen hatte. »Die alten Befestigungen von Ilfaris und Tersion werden verstärkt und neu bemannt.« Er sah abwartend zu den Kensustrianern.

»O ja, wir haben ähnliche Bauten, die man schon im weitesten Sinne als Burg bezeichnen könnte.« Der ältere der Krieger verstand den Blick. »Unsere Ingenieure sind in der Lage, auf die Schnelle noch etwas aufzubauen, sollte es erforderlich sein. Unsere Arbeitsmethoden sind fortschrittlicher als die Euren.«

»Ihr redet beide, als sei dieser Staatenbund bereits eine beschlossene Sache«, meldete sich Alana zu Wort und hob dabei die Hand. Die Diamantsplitter auf den Fingernägeln, sorgsam mit Baumharz befestigt, glitzerten auf. »Aber ich habe nicht zugestimmt. Und für meinen Gemahl oder gar meinen Schwiegervater möchte ich nicht sprechen. Die Schmach, die Kensustria ihnen bereitet hat, ist ungleich höher.«

»Regentin, sähe Lubshá Nars'anamm es vielleicht lieber, wenn das Land seiner Gemahlin im Staub versinken würde?«, gab Moolpár zu bedenken. »Der Kabcar müsste sich nicht sonderlich vor Vergeltung fürchten, das Kaiserreich ist weit entfernt. So aber hat er es mit zwei weiteren Gegnern zu tun. Und wir könnten in Ilfaris rechtzeitig Truppen aus Angor aufstellen.«

Die verschiedenen Gänge wurde aufgetragen und schweigend eingenommen.

Alana, die jeden Bissen sorgsam kaute, als bekäme sie eine Auszeichnung für anmutiges Essen, nutzte diese Zwangsunterbrechung und rang mit sich selbst. Die Argumentationen des »Pralinigen« und der Grünhaare schienen ihr leider zu vernünftig zu sein, als abschreckend empfand sie lediglich die wahrscheinliche Reaktion ihres Gatten auf die neue Allianz mit denen, die mehrere Tausend Angorjaner getötet hatten.

Doch das war eben Politik. »Nun gut.« Sie neigte huldvoll ihren Kopf. »Reden wir über die Details.«

»So gefällt mir das«, rief Perdór und klatschte in die Hände.

»Und damit es nicht heißt, die Grünhaare«, Vyvús Augen blitzten amüsiert auf, »würden sich am wenigsten einbringen, tun wir etwas, was das Volk Kensustrias noch niemals in seiner Geschichte auf Ulldart getan hat.« Er zog ein Pergament aus einer Ledertasche und reichte es seinem Mentor. Feierlich legte Moolpár das Schriftstück auf den Tisch und entrollte es. »Wir sind bereit, einen Vertrag über die Bereitstellung von Waffen zu unterschreiben.« Er machte eine Pause, um die Tragweite seiner Worte wirken zu lassen. »Waffen, wie sie auch der Kabcar zum Einsatz bringt.«

»Bombarden?«, rief Alana entgeistert, ihre Fassung ging für einen winzigen Sekundenbruchteil verloren.

»Wie auch immer der Kabcar es anstellte, uns die Pläne für die Geschütze zu stehlen, wir werden sie nun auch zum Einsatz bringen.« Der Kensustrianer lächelte grimmig und zeigte die Reißzähne. »Im letzten Jahr haben unsere Schmieden nichts anderes getan, als Bombarden, Pulver und Geschosse zu planen. Sollte der Kabcar glauben, er habe leichtes Spiel mit uns, wird er sich schon bald eines Besseren belehrt sehen.« Er sah ernst in die erfreuten Gesichter der Anwesenden. »Wir stellen Euch die Bombarden samt Munition und Bedienmannschaft zur Verfügung. Ein Anlernen würde zu lange dauern. Dennoch warne ich davor, zu überheblich zu werden. Der Kabcar ließ unsere Waffen weiterentwickeln, in größerer Zahl produzieren. Von einer Überlegenheit unsererseits kann nicht gesprochen werden. Dennoch sind wir damit in der Lage, ihm wenigstens ein wenig Angst einzujagen.«

»Wir sollten augenblicklich damit beginnen, diese Neuigkeit an die große Glocke zu hängen«, empfahl Perdór. »Je eher die anderen wissen, dass sie es mit einem schlagkräftigen Gegner zu tun haben, desto mehr werden sie sich einen Angriff überlegen.« Er runzelte die Stirn. »Eines möchte ich noch anmerken: Ich weiß nicht, wie es in Euren Ländern mit dem Vorkommen der Beobachter aussieht. Hütet Euch vor Ihnen. Meinen Einschätzungen nach unterstützen sie den Kabcar.«

»Ich werde meinen Gemahl und meinen Schwiegervater von den Verhandlungen und dem neuen Staatenbund berichten«, sagte Alana. »Ich bin mir nach wie vor leider nicht sicher, wie sie das Bündnis aufnehmen werden, dennoch scheint nach allem, was ich gehört habe, ein Zusammenschluss unvermeidbar zu sein.« Sie blickte auf die Karte an der Wand. »Um ein offenes Wort auszusprechen: Sind wir überhaupt in der Lage, uns gegen das, was uns entgegengeworfen werden kann, zu behaupten?«

Der ilfaritische Herrscher räusperte sich und langte nach einer Praline. »Ich bin guter Hoffnung. Wir machen Fortschritte, was die Erforschung der Magie angeht«, log er. »Bald werden wir herausgefunden haben, wie sie genau funktioniert. Und wir untersuchen den ein oder anderen Fall von ungewöhnlichen Vorkommnissen, die auf magische Begabungen anderer Menschen auf dem Kontinent hindeuten. Auch darauf setze ich, denn nachdem der Vertrag unseres Staatenbundes unterschrieben worden ist, mache ich mir um das Militärische keine Sorgen mehr.« Zufrieden zerkaute er die Süßigkeit. »Rogogard sorgt dafür, dass die Palestaner keine weiteren Schiffe über den Nordweg an Hustrabans Ostküste bringen können, die tzulandrischen Nachschublieferungen an Soldaten werden ebenfalls von den Piraten angegriffen. Wenn wir schon beim Kämpfen sind: Der Kabcar führt ...«, er fuchtelte mit den Händen, während er nach dem richtigen Wort suchte, »zwei kleine Bombarden mit sich. Im Gürtel. Bekommen unsere Truppen auch solche Waffen? Sie scheinen sehr effektiv zu sein.« In aller Eile beschrieb er das Äußere der Schusswaffen.

Die beiden Kensustrianer wirkten irritiert. »Nein«, sagte Moolpár langsam. »Solche kleinen Geschütze haben wir nicht.«

»Dann sollten sich Eure Ingenieure schleunigst an die Arbeit machen, um Ähnliches zu erfinden«, meinte die Regentin säuerlich.

»Die Frage, die daraus entsteht, lautet: Woher hat er sie dann?«, grübelte der Herrscher. »Aus welchen geheimen Archiven hat sich der Kabcar noch bedient?«

»Er wird sie selbst gebaut haben«, schätzte Vyvú.

»Das glaube ich nicht.« Perdór zog die Schale mit dem

Konfekt heran. »Aber was der Kabcar kann, beherrsche ich länger und besser als er. Ich lasse mir die Pläne organisieren. Ich habe die ersten Hinweise auf die Produktionsstätten dieser Dinger erhalten. Und wenn Kensustria die Konstruktionszeichnungen nicht besitzt, sorge ich eben für ausgleichende Gerechtigkeit.« Er wandte sich Moolpár zu. »Ich gebe Anordnung, um meine geschicktesten Diebe auf den Weg zu schicken, Ihr sammelt die besten Feinmechaniker zusammen, die Kensustria zu bieten hat.«

»Wenn ich also alles richtig verstanden habe«, fasste Alana zusammen, »geht es nicht mehr um das Aufhalten der Dunklen Zeit, sondern darum, unsere Reiche vor der Dunklen Zeit zu bewahren, die für die übrigen Länder angebrochen ist?«

»Wenn man bedenkt, dass die ganzen Unternehmungen im Jahre 443 nach der alten Zeitrechnung unnütz waren, tun die Verluste bei Telmaran mit Sicherheit doppelt weh. Man hätte früher handeln müssen, aber da war bereits alles in die Wege geleitet.« Der ältere der Kensustrianer deutete auf die Schale mit den Pralinen. »Wärt Ihr so freundlich, Perdór?«

Der König blinzelte. »Ich habe mich doch eben verhört? Was soll das heißen?« Auch Alana richtete ihren Oberkörper gespannt nach vorne.

»Ich dachte, es wäre Euch bekannt«, begann der Krieger vorsichtig. »Ich glaubte, wir wären die Letzten, die noch nach dem alten Kalender rechnen.« Er schaute in die Gesichter. »Ihr wusstet nicht, dass die Schlacht bei Telmaran im Jahr 444 und nicht 443 verloren ging? Es gab einen verschleppten Rechenfehler, den unsere Gelehrten anhand der Sternkonstellationen bemerkten.«

»Na, das ist ja ganz hervorragend.« Perdór sank in seinem Stuhl zusammen. »Wir haben die Gelegenheit verpasst, ohne es zu wissen. Aber es fügt sich wundervoll ins Bild.«

»Wenn das Geeinte Heer in diesem entscheidenden Jahr vernichtet wurde, macht es da überhaupt einen Sinn, sich gegen das Unvermeidliche zu stellen?«, fragte die Regentin in die Runde. »Haben wir damit nicht alles schon entschieden?«

»Es macht immer einen Sinn, sich gegen das Böse zu stellen«, meinte Moolpár. »Wir wissen, dass Kensustria zu lange zögerte. Doch wir werden es wieder bereinigen. Mit unseren Kriegern und unserem Wissen. Auch wenn Telmaran verloren ging, es wird sich eine Möglichkeit auftun, wie wir Sinured von Ulldart verjagen können. Die Kriegerkaste Kensustrias steht bereit.«

»Wenn auch nach langem Zögern«, setzte Perdór nach. »Aber es ist vielleicht ganz gut so. Eure Truppen wären durch das Wasser ebenso hinfort gespült worden, ohne etwas zu bewirken. Es freut mich umso mehr, dass Ihr nun mit uns Seite an Seite kämpft, wenn es so weit ist.«

Die Verträge über den Staatenbund zwischen Tersion, Kensustria und Ilfaris wurden unterzeichnet, auch wenn die Übermacht des Kabcar nach wie vor erdrückend erschien. Auch das fehlende Einverständnis des Kaiserreichs Angor barg ein unbekanntes Spannungspotenzial, dennoch fühlten sich die Männer und die Frau wesentlich beruhigter und zuversichtlicher als zuvor.

»Um eines jedoch klarzustellen«, sagte Alana zu den beiden Kensustrianern. »Unsere beiden Reiche mögen vielleicht Verbündete sein«, ihre braunen Augen drückten Ablehnung aus, »aber Freunde werden wir niemals sein. Die Geschichte verbietet es.«

»Die Geschichte, Regentin«, entgegnete Moolpár freundlich, »hat uns vieles gelehrt. Auch, dass sogar aus Feinden Brüder wurden. Aber wir legen keinen Wert auf die Freundschaft zu Tersion. Es genügt uns auch, wenn Ihr Euch an die Abmachungen haltet.«

Beinahe gleichzeitig setzten sie sich in Bewegung und erreichten dadurch fast im gleichen Moment die Tür, die zu schmal war, um zwei Personen parallel passieren zu lassen. Keiner schien jedoch gewillt, dem anderen den Vortritt zu lassen, und so standen sie sich am Ausgang gegenüber und funkelten sich an.

»Aber, aber.« Perdór schwebte heran und versuchte zu schlichten. »Ich habe da eine Idee.«

In Windeseile waren drei Livrierte herbeizitiert worden, die mit schweren Vorschlaghämmern die Tür verbreiterten. Als Gleichberechtigte durchschritten der Mann und die Frau das Loch, stiegen über die Trümmer und gingen in verschiedene Richtungen auseinander.

Betrübt betrachtete der ilfaritische König die ramponierte Tür und die keuchenden Diener, die sich auf die Stiele ihrer Werkzeuge stützten. Schwere körperliche Arbeit waren die Lakaien nicht gewohnt.

»Das schaue sich einer an«, meinte er Kopf schüttelnd und fuhr mit den kurzen, dicken Fingern über die blanken, teilweise gesprungen Steine, die herausragten. »Ich muss meinen eigenen Palast demolieren, damit ich die Gäste los werde. Das nächste Mal verhandele ich unter freiem Himmel.« Er umrundete die größten Steinreste und suchte die Küche auf.

**Ulldart, Großreich Tarpol, Hauptstadt Ulsar,
Herbst 449 n. S.**

Die Gestalt tauchte langsam wie eine lauernde Amphibie aus der stinkenden Brühe auf, in der allerlei Unrat, Abfall und Dreck schwammen. Auf dem Weg unter dem Gefängnis hindurch, das man die *Verlorene Hoffnung* nannte, nahm der Kanal die Abwässer des riesigen Gebäudes auf, bevor er in den Hauptsammler einmündete. Die Gestalt war so bis unmittelbar vor das Gitter gelangt, das die Backsteinröhre vor unbefugtem Eindringen sichern sollte.

Sie nahm einen wasserdichten, röhrenförmigen Behälter aus den Fluten und legte ihn auf das schmal Sims, schraubte den Verschluss ab und nahm ein Holzkästchen hervor. Der Schubdeckel wurde entfernt und eine Glasphiole herausgenommen, die sorgsam zwischen Wattebäuschen gelagert worden war. Vorsichtig öffneten die Hände die Phiole und brachten den Inhalt an zwei Stellen eines Gitterstabes auf. Sofort reagierte das Metall mit lautem Zischen, die Flüssigkeit machte den Stahl porös.

Die Gestalt wartete noch ein wenig, dann umfasste sie den Stab und rüttelte daran, bis sich das Metall löste. Durch den so entstandenen schmalen Spalt schlängelte sie sich auf die andere Seite, kroch auf den Sims und bewegte sich lautlos vorwärts, tiefer in das Innere des größten Gefängnisses der Hauptstadt.

»Siehst du das?«, keifte die bis zur Unkenntlichkeit geschminkte Frau unangenehm dem Hauptmann der Wache ins Ohr. »Das ist das Siegel des Kabcar. Und wenn du mich nicht auf der Stelle zu meinem Bruder bringst, wirst du sehen, was es bedeutet, die Befehle deines Herrschers zu missachten.« Sie tippte immer wieder mit ihren behandschuhten Fingern auf dem Wachs herum, sodass es abzubröckeln drohte.

Die Torwache schloss für einem Moment die Augen, um sich zu beruhigen, dann begutachtete sie zum dritten Mal das Schreiben, das dem Besitzer freien Zugang zu dem Trakt gewährte, in den seit Jahren kein Besuch mehr vorgelassen worden war.

Es ging den Mann nichts an, warum dort niemals jemand hinein wollte, aber der Umstand, dass nun nach so langer Zeit eine Dame Zutritt verlangte, erregte seine Neugier. Dummerweise erwies sich die Frau nicht nur als besonders hässlich, sie war zudem eine Furie, wie sie im Buch stand. Deshalb bereute er, sich so lange mit ihr aufzuhalten.

»Ja, meinetwegen, Euer Hochwohlgeboren«, sagte er schließlich und drehte sich um. »Folgt mir.«

Zusammen mit der unaufhörlich redenden Frau, von der er anhand ihres Kleides und Benehmens annahm, sie gehöre zum neu entstanden Geldadel Tarpols, durchquerte er den Eingangsbereich und lief über den Hof, in dem linkerhand Stallungen untergebracht waren.

Er winkte sich drei Soldaten herbei, welche die Dame eskortieren sollten. Er wollte nichts weiter mit der zeternden Furie zu tun haben, mochte sie noch so viele Bekannte am Hof des Kabcar haben.

»Bringt die Dame zu unserem Nobeltrakt und lasst sie mit dem Gefangenen Stoiko Gijuschka sprechen«, orderte er und verschwand in seinem Amtszimmer.

Als die kleine Prozession schon eine Zeit lang in den dunklen Gewölben des Gefängnisses unterwegs war, trat der Hauptmann nach vollbrachter Aufgabe wieder in den Hof und ließ die Brieftaube in den Himmel steigen, die seine Nachricht augenblicklich zum Palast befördern würde.

Stoiko bewegte die Oberlippe und brachte seinen gewaltigen Schnauzer zum Wackeln. »Soscha, wie hast du das geschafft?«, wunderte er sich schließlich und richtete sich auf. »Ich dachte, ich kenne alle Eröffnungsstrategien, mit denen man den Gegner innerhalb der ersten Züge matt setzt.«

Sie lachte ihn durch die Gitter der Sichtluke an. »Gut, nicht wahr? Das habe ich mir selbst ausgedacht. Noch mal?«

Der einstige Vertraute des Kabcar schüttelte den Kopf mit den inzwischen graubraunen Haaren und hob abwehrend die Hände. »Lass es gut sein, Soscha. Wir haben für heute genug Schach gespielt.« Er brachte die Figuren zurück in ihre Ausgangsstellung und schob das karierte Brett ein wenig nach hinten, bevor er die Augen hob und seine Ziehtochter väterlich anblickte.

Das Mädchen, das eine mehrjährige Ausbildung bei den wahrscheinlich raffiniertesten Fälschern und Hochstaplern des Landes erhalten hatte, kannte kaum mehr das Tageslicht, weil die Strafe, die ihr der Kabcar auferlegt hatte, nicht aufgehoben wurde.

Monat für Monat lieferte sie die Mahlzeiten an die Häftlinge der *Verlorenen Hoffnung* und verlor dabei selbst ihre Kindheit in den dunklen, düsteren Gängen des Gefängnisses.

Und in all dieser Zeit hatte er es nicht geschafft, einen Plan zu ihrer oder der eigenen Rettung in die Tat umzusetzen. Immer wieder wurden die Ideen durch Ungewissheiten zunichte gemacht, allen Insassen fehlte die exakte Ortskenntnis, und selbst Soscha gestand, dass sie sich nur in manchen Teilen der Kerkeranlage auskannte. Der Weg in die Freiheit war unmöglich allein zu beschreiten, dafür befanden sich zu viele Wachen innerhalb des Gebäudes.

Unter Anleitung der Bewohner des »Nobeltraktes« übte sie, so oft sie Gelegenheit dazu erhielt, wie man sich in feiner Gesellschaft bewegt oder wie man Dokumente, Siegel und Unterschriften fälscht. Mit Hilfe eines Messers und Holzstücken übte sie sich in der Kunst des Schnitzens, verschiedene Handschriften beherrschte die Heranwachsende fließend.

Aus dem schüchternen Kind war ein selbstbewusstes Mädchen geworden, das sich seiner Haut sehr wohl zu wehren wusste. Der Duellist hatte sich alle Mühe gegeben, ihr die vitalen Punkte am und im Körper eines

Menschen einzubläuen. Aber es wurde immer schwerer, sie zum Üben zu begeistern. Als Kind hatte sie es als Spiel gesehen, als »kleine Dame« hinterfragte sie ihr Tun sehr genau und sah wenig Sinn darin, etwas zu beherrschen, was sie in der *Verlorenen Hoffnung* niemals benötigen würde.

»Weißt du, dass ich wahrscheinlich die einzige Tochter auf Ulldart bin, die mehrere Väter hat?«, sagte sie plötzlich.

»Wer kann das schon von sich behaupten?«, meinte Stoiko grinsend und kam zur Tür, um sie besser sehen zu können. »Zumal bestreitet hier drinnen niemand die Vaterschaft, was nicht gerade häufig ist.«

»Nun, ich werte die Nichtbeteiligung des Schweigers schon als Verweigerung der Vaterpflichten«, rief der Duellist. »Ein echter Rabenvater.«

»Soscha, Herzblatt, liebste Tochter mein«, säuselte der Ehebrecher aus seiner Zelle. »Wärst du so nett und würdest mir eine Karaffe Wein holen? Ich brauche ein bisschen von diesem Saft, um wenigstens meine Gedanken in höhere Sphären fliegen zu lassen, wenn schon mein Fleisch in diesen muffigen Mauern gefangen ist.«

»Nun höre sich einer den an«, kommentierte der Falschmünzer gespielt mürrisch. »Wer wie Ihr dermaßen enthemmt dem Alkohol zuspricht, wird mit einer roten Nase ins Grab gelegt. Einer Säufernase, ein Riechkolben, so dick und blau geädert, dass man ihn für einen Pilz halten wird.«

»Ich glaube, es ist mir recht gleichgültig, in welchem Zustand ich den Würmern anvertraut werden«, meinte der Ehebrecher ruhig.

»Habt Mitleid und denkt an die armen Tiere«, bat der Duellist. »Sie werden sich die Schwindsucht anfressen. Selbst Eure Knochen werden ungenießbar für die Viecher sein.«

»Ich werde Euch etwas über Eure Knochen sagen.

Nummeriert sie schon einmal durch, falls Ihr mir eines Tages doch gegenüberstehen solltet«, drohte der Ehebrecher ungehalten. »Ich werde Euch verbiegen, dass Ihr nicht mehr wisst, wo oben und unten ist. Und ich ...«

Die Eingangstür wurde geöffnet, drei Wachsoldaten traten zusammen mit einer Frau ein, der mit einem Tuch die Augen verbunden worden waren. Die Aufmerksamkeit des »Nobeltraktes« richtete sich auf die Neuankömmlinge.

»Holla! Mir deucht, dies Weib sucht seinen Gatten!«, rief der Falschmünzer aus seiner Zelle. »Ich weiß schon einen, der gerade in seinem Loch immer kleiner wird.« Die inhaftierten Adligen lachten, jeder sah den schreckensbleichen Ehebrecher vor sich, der unter sein Bett kroch.

»Ruhe«, donnerte einer der Wächter. Mit einer energischen Geste bedeutete er Soscha, vom Eingang zu verschwinden, und schob sich wichtigtuerisch vor Stoikos Zelle. Umständlich öffnete er die zahlreichen Schlösser, entfernte Riegel und Ketten, bis er die Tür öffnete.

»Ihr habt Besuch, Sträfling Gijuschka.« Mit derselben Geste wie bei dem Mädchen forderte er den Mann auf, herauszutreten und sich an die Bank in der Mitte des Raumes zu setzen. »Deine Schwester will dich sehen.«

Etwas zögerlich verließ Stoiko die Behausung, in der er seit Jahren lebte, und machte ein paar Schritte auf die geschminkte Gestalt zu, die sich das Tuch vom Gesicht riss und sich ihm mit ausgebreiteten Armen entgegenwarf. Wie Schuppen fiel es ihm von den Augen, wer ihn sehen wollte.

»Hulalia«, jauchzte er, die Tränen der Freude und Erleichterung waren nicht gespielt.

»Mein schlimmer, schlimmer Bruder«, fistelte die Frau und drückte ihn an sich. »Komm an meine Brust, du böser Finger!« Sie brachte die Lippen ganz nah an sein

Ohr. »Haltet Euch bereit. Wir sind hier, um Euch herauszuholen«, wisperte Fiorell mit seiner echten Stimme. Ungerührt standen die Wachen umher und beobachteten die familiäre Szene.

»Das Mädchen muss mit«, raunte Stoiko zurück und löste sich aus der Umarmung.

»Würden die Herren vielleicht so freundlich sein und verschwinden?«, keifte Hulalia die Soldaten an. »Ich würde mich darüber freuen, etwas mehr Privatsphäre zu haben.«

Soscha stand verdutzt im Raum. Ihr Mentor hatte ihr niemals etwas von einer Schwester erzählt. Aber ihre Geistesgegenwart verhinderte, dass sie eine leichtfertige Frage äußerte.

Stattdessen klappte sie die Sichtluken der Reihe nach zu und schritt zur Tür, an der die Bewaffneten unschlüssig herumstanden. Hulalia warf ihnen ein Beutel mit Münzen vor die Füße, und sofort ging ein Leuchten über die Gesichter der Wachen. Ihr Anführer bückte sich nach dem Bestechungsgeld und befahl den Abmarsch, packte Soscha im Genick und zog sie mit nach draußen.

»Keine Zeit für lange Erklärungen. Das holen wir alles nach, wenn Ihr in Freiheit seid«, flüsterte Fiorell und raffte das Kleid nach oben, um an die Korsage zu gelangen. Aus den Seitenverstrebungen des Miederstückes zog er zwei schmale Stilette, eines davon reichte er Stoiko. »Ihr werdet eine der Wachen töten müssen. Seid Ihr dazu in der Lage?«

»Wie sieht der Plan aus?«, verlangte der Mann aufgeregt zu wissen.

Fiorell grinste breit. »Ihr hättet nicht gedacht, dass Ihr die alte Hulalia noch einmal sehen werdet, was?« Die schmale Klinge verschwand im Ärmel des Kleides, der Griff zeigte nach vorne. »Wir werden die Wachen überwältigen, während draußen ein Feuer in den Stallungen ausbricht. Im allgemeinen Durcheinander werden wir entkommen, Helfer stehen außerhalb des Gefängnisses bereit.« Er schlug Stoiko auf die Schulter. »Es wird alles gelingen.«

Der einstige Vertraute überlegte kurz. »Wir müssen das Mädchen mitnehmen. Sie kann Magie erkennen. Und die Männer hier benötigen wir auch.«

»Das wird nicht gehen.« Der Hofnarr schüttelte den Kopf. »Zu viele Menschen, zu viel Aufsehen, zu viel Gefahr. Ihr und nun auch das Mädchen müsst unbedingt entkommen.«

»Fiorell, das sind wichtige Leute.« Stoiko blieb beharrlich. »Bleiben sie hier, werdet auch ihr mich nicht von der Stelle bewegen.«

Ärgerlich stieg der schlanke Mann aus dem Kleid, warf die Korsage zu Boden und legte den Unterrock weg. »Na schön. Änderung des Plans. Aber beschwert Euch nicht, wenn wir wegen denen in Schwierigkeiten geraten.«

Der Hofnarr zog kleine Haken und Metallblättchen aus dem Miederstück und begann, an den Schlössern der ersten Zelle zu arbeiten. Ungefähr in der selben Geschwindigkeit, in der die Wache vorhin mit dem Schlüssel die Sperrvorrichtungen geöffnet hatte, knackte Fiorell die Verschlüsse.

Ein Adliger nach dem anderen wurde befreit, und zu Stoikos großer Erleichterung wollte der Duellist die undankbare Aufgabe mit dem Stilett übernehmen.

Als der Spaßmacher an der Kerkerzelle des »Schweigers« angelangte und die Tür aufschwang, sahen alle gespannt in diese Richtung. Die anderen kannte man, nur das Gesicht dieses eines Mannes hatte sich allen neugierigen Blicken entzogen.

Ein blasser, eher schmächtiger Mann trat heraus und betrachtete mit zusammengekniffenen Augen die anderen. Dann nickte er in Richtung des Ausgangs.

»Wie gewöhnlich«, meinte der Ehebrecher ein wenig

enttäuscht. »Ich hatte irgendwie mit mehr gerechnet. Aber der große Unbekannte ist nichts Besonderes, wie schade.«

»Also los«, befahl Fiorell, bevor es weitere Verzögerungen gab. »Wir brechen nun aus. Wir schlagen uns gemeinsam durch, draußen werden wir erwartet. Unsere Freunde haben nicht mit so viel Gefangenen gerechnet, daher kann es sein, dass wir improvisieren müssen.«

Die Adligen verteilten sich rechts und links des Eingangs, bewaffneten sich mit Ketten und Mobiliar aus ihren Zellen. Die Stimme des Spaßmachers änderte sich, schraubte sich in unangenehme Höhen.

»Ach herrje! Herr Wachmann, Herr Wachmann, ich habe mir das Kleid an der Tischkante zerrissen. Würdet Ihr es wohl bitte zusammenhalten?«

Die Tür flog auf, und die Soldaten stürmten in der Hoffnung herein, eine entblößte Frauenbrust zu sehen. Stattdessen hagelte es Prügel, die Stilette waren nicht einmal notwendig, so schnell gingen die Männer zu Boden.

In aller Eile wechselten die Uniformen die Besitzer, die restlichen Adligen wurden scheinbar gefesselt und zur Verlegung bereit gemacht.

»Und wie kommen wir nun aus diesem Labyrinth heraus?«, wollte Stoiko wissen. »Ihr hattet doch die Augen verbunden?«

Fiorell grinste und tippte sich an den Kopf. »Ich mag vielleicht ein Narr sein, aber auf meinen Grips kann ich mich verlassen. Mir nach.«

Mit traumwandlerischer Sicherheit führte sie Fiorell durch die Korridore, gelegentlich blieb er stehen, um nachzudenken, dann ging es auch schon weiter. Soscha lief neben Stoiko her und hielt seine Hand. Sie zitterte ein wenig, die Aufregung war enorm.

Doch allen schlimmsten Befürchtungen zum Trotz, die der einstige Vertraute des Kabcar hegte, es lief alles gut. Zielsicher näherten sie sich dem Ausgang. Den Wachen, denen sie begegneten, wichen sie rechtzeitig aus oder bewegten sich so selbstverständlich, dass niemand auf die Idee kam, die Verlegung eines ganzen Rudels Sträflinge seltsam zu finden.

Die Gestalt sog prüfend die Luft ein, durch die Fäulnisgase nahm er einen anderen Geruch wahr, auf den er gehofft hatte.

Pferdemist, lautete das Urteil, und ein Lächeln glitt über das Gesicht. Vorsichtig pirschte sie sich unter das Gitter, schob einen schmalen Spiegel hindurch und warf mit Hilfe der polierten Metallscheibe einen Blick in die darüber gelegenen Stallungen.

Ein paar Pferdeknechte waren bei der Arbeit, blieben aber zu weit entfernt, als dass sie im schummrigen Licht sehen könnten, wie der Mann sein Versteck verließ.

Zügig entfernte er die Sperre, zog sich hinauf und kletterte aus dem schmalen Loch, um es sofort wieder mit dem Gitter zu verschließen. Die Knechte hielten einen Schwatz und dachten gar nicht daran, in seine Richtung zu blicken.

Der Eindringling huschte in den Schutz eines großen Strohhaufens, wo er sich seiner stinkenden Kleider bis auf die Unterwäsche entledigte. Dabei kamen die zahlreichen Wurfmesser, die an den Unterarmen, im Nacken und an den Beinen mit speziellen Lederhalftern befestigt waren, zum Vorschein. Es war Hetrál, der sich seinen unterirdischen Weg ins Innere des schwerbewachten Gebäudes gesucht hatte.

Kurz tauchte er in einem Pferdetrog unter, der Geruch des Unrats sollte ihn nicht verraten. Dann schraubte er den mitgebrachten Behälter auf, nahm vorsichtig ein kleines Fässchen heraus, an dessen Boden eine zusammengerollte Lunte baumelte. Sorgsam deponierte er die Sprengladung, obenauf stellte er ein Glas mit durchsichtiger Flüssigkeit. Ein paar Hand voll Stroh verdeckten die Konstruktion, nur die Lunte ragte wie ein schwarzer Strohhalm hervor. Seine stinkenden Sachen warf er durch das Gitter zurück in die Kanalisation. Lautlos gelangte er in die Sattelkammer, wo er die einfache Wechselkleidung, einen breitkrempigen Hut und den Wachsmantel eines Stallburschen fand, und legte sie an.

Durch die Schatten, unter gepanzerten Kutschen und anderen Gefährten hindurch schlich Hetrál sich an die beiden plaudernden Knechte an, bis er aus der Dunkelheit heraustrat und die überraschten Männer mit harten Schlägen ins Gesicht zu Boden schickte.

Schnell zog er sie in ein freies Stallabteil und deckte auch sie mit Stroh zu. Dort, wo er sie abgelegt hatte, müssten sie die Explosion überstehen. Als letzte Utensilien nahm er ein Kurzschwert, einen geschwungenen, mannsgroßen Bogen und einen Köcher mit einem Dutzend Pfeilen aus dem Behältnis. Unter großer Kraftanstrengung hing er die Sehne ein und postierte die Fernwaffe neben dem Stalltor, das Kurzschwert verschwand unter dem langen Mantel. Dann nahm er den Besen zur Hand und begann, unmittelbar am Eingang zu fegen. Von hier aus hatte er einen hervorragenden Überblick über den Innenhof des Gefängnisses.

Seit seinem Aufbruch hatte Hetrál lautlos gebetet, unentwegt repetierte er in Gedanken das Ehrenlied Ulldrael des Gerechten. Nicht allein wegen des Beistandes, sondern auch, um den vereinbarten Zeitpunkt für die Ablenkung nicht zu verpassen, für die er verantwortlich war.

Und soeben beendete er die zweiundneunzigste Wiederholung, als das Tor der *Verlorenen Hoffnung* geöffnet wurde und eine zwanzigköpfige Patrouille unter der persönlichen Standarte des Kabcar in das Atrium preschte.

Der Turît zwang sich, den Besen weiterhin so unbekümmert zu schwingen wie bisher und schielte unter der Krempe in Richtung der Reiter, die auf ein Kommando hin absaßen. Ihr Anführer verschwand in die Amtsstube der Wachen.

Nun wurde es Zeit, für die Ablenkung zu sorgen.

Da wandte sich einer der Soldaten zu ihm und winkte ihn zu sich.

Wenn er jetzt losrannte, war alles verraten. Er zwang sich zur Ruhe, schulterte den Besen und ging auf den Gerüsteten zu, der ihn mit missmutigem Gesicht erwartete.

»Das geht doch auch ein bisschen schneller«, schnauzte er den vermeintlichen Stallburschen an und drückte ihm die Zügel in die Hand. »Da. Bring die Pferde rüber in den Stall und tränke sie.«

Gehorsam passierte der Meisterschütze die Reihe der Reittiere und fasste die Lederriemen der Tiere. Doch mehr als zehn packte er nicht, die vom wilden Ritt aufgeregten Pferde tänzelten unruhig hin und her und wollten partout nicht mit dem für sie völlig Fremden gehen. Das nutzte der Mann und tat so, als würde er sie nicht länger halten können.

Er stolperte über den Besen, ließ sich nach vorne fallen, seine Finger öffneten sich. Die nervösen Pferde stoben nach allen Richtungen davon.

Die Wachen fluchten und machten sich an das Einfangen der Vierbeiner, ein Soldat verpasste dem Liegenden einen wütenden Tritt in die Seite. »Idiot!«, brüllte er ihn an, dann half er seinen Kameraden.

Grinsend schaute Hetrál zu, wie sich die Leibwachen des Kabcar als Pferdefänger versuchten. Es wurde höchste Zeit, die Lunte anzuzünden.

Er hörte, wie die Tür der Amtsstube geöffnet wurde, und als er den Kopf drehte, befanden sich unmittelbar vor seinen Augen die metallbeschlagenen Spitzen schwerer schwarzer Reitstiefel, die zusätzlich mit Nieten besetzt worden waren.

Seine Blicke wanderten an einer schwarzen Lederrüstung mit lamellenhaft angeordneten, silbernen Metallstücken hinauf. Miteinander verflochtene Kettenringe schützten die Arme des Trägers vor Schlägen, die Hände steckten in groben Lederhandschuhen. An seinem Waffengürtel baumelten ein Morgenstern und eine Axt.

Der Oberkörper des Unbekannten beugte sich nach unten, die Finger schlossen sich wie Klauen um den Mantelaufschlag und zogen den Gestürzten mit einer Leichtigkeit auf die Beine, als würde der kräftige Mann nichts wiegen.

Hetrál schaute in ein ausdrucksloses, hohlwangiges Gesicht, das von einem Dreitagebart geziert wurde. Offene schwarze Haare hingen wie nasse, gewellte Fäden vom Schädel herab, hinter den Schlitzen des eigenartigen Augenschutzes, den man normalerweise bei Wanderungen über sonnenbeschienene Schneeflächen trug, glühte es rot. Den Turîten befiel eine ungefähre Ahnung, wem er da eben gegenüberstand. Und eine immense Angst.

»Findest du das etwa besonders spaßig?«, krächzte Hemeròc.

Hetrál bekämpfte die aufsteigende Furcht. Gegen diesen Gegner würde er ebenso wenig etwas ausrichten können, wie das damals beim Kabcar der Fall gewesen war.

»Jetzt hat es ihm die Sprache verschlagen«, höhnte das Wesen, das nur äußerlich einem Menschen glich. »Geh an deine Arbeit, bevor ich dir den Kopf abreiße.«

Unsanft schob er den vermeintlichen Knecht zurück, der nach hinten taumelte und erneut über den Besen stürzte, dieses Mal aber unabsichtlich. Ein leises, metallisches Klingen ertönte, als das hervorgerutschte Kurzschwert gegen einen seiner Wurfstäbe schlug.

Eilig rappelte der Meisterschütze sich auf und rannte

davon, um sich an der Hatz nach den Pferden zu beteiligen. Er spürte förmlich, wie das rote Glühen seine Bewegungen verfolgte.

Hetrál schnappte sich das erstbeste Reittier und zerrte es in die Stallungen. Kaum war er dort angekommen, ließ er die Zügel Zügel sein, griff sich den abgestellten Bogen und sprintete zur Sprengladung.

Schnaufend vor Anspannung und Anstrengung, fummelte er mit einer Stahlreibe und einem Feuerstein herum, um die Zündschnur anzubrennen. Der Feuerstein versagte jedoch seinen Dienst.

Innerlich fluchend lief er zur Sattelkammer, wo er solche Utensilien zu finden hoffte. Der Zeitplan musste schon lange überschritten worden sein. Zu seiner großen Erleichterung wurde sein banges Hoffen erfüllt. Er trat mit einem neuen Feuerstein aus der Kammer heraus und lief zum Strohhaufen.

»Stallbursche«, krächzte es direkt hinter ihm, »lass mich sehen, was du da machst.«

Fiorell lugte um die Ecke des Gangs in den abendlichen Innenhof, in dem sich die absonderlichsten Szenen abspielten. Drei Dutzend tobende Männer rannten hinter Pferden her, die sich einen Spaß daraus machten, ihren Verfolgern im letzten Moment durch einen schnellen Galopp zu entkommen.

»Das ist zwar eine nette Ablenkung, aber nicht die, die wir vereinbart hatten«, sagte der Hofnarr über die Schulter nach hinten. »Wir müssen es trotzdem wagen. Wenn wir es nicht gleich versuchen, dann schaffen wir es nie.« Er ordnete die Uniform, der Duellist zog sich das Barett tiefer in die Stirn, Stoiko legte eine Hand an den Griff des Säbels. »Also, los.«

Im Gänsemarsch trottete die Truppe über den Hof, Fiorell mahnte in echter Wächtermanier lautstark etwas mehr Geschwindigkeit an.

Sie passierten die Amtsstube des Hauptmanns, als die Tür aufflog.

Der Ehebrecher blieb erschrocken stehen, geistesgegenwärtig trat der Hofnarr dem Mann in den Hintern und trieb ihn vorwärts. Er hatte erkannt, dass der Ranghöchste sich um das Durcheinander auf dem Hof kümmern wollte.

»Was macht ihr da eigentlich? Ist die Leibwache des Kabcar nicht einmal in der Lage, ihre lahmen Gäule einzufangen?«, brüllte der Hauptmann. »Wir sind hier nicht im Zirkus.« Da fiel sein Blick auf die merkwürdige Gruppe, die sich auf das Tor zu bewegte. »Und wohin wollt ihr, wenn ich mal höflich fragen darf? Wird das eine Stadtführung?« Er polterte die Stufen hinunter und stapfte auf die Sträflinge zu. Soscha zitterte wie Espenlaub. »Heda! Tor zu, sonst hauen die Klepper ab«, befahl er der feixenden Wachmannschaft.

Augenblicklich betätigten die Männer die Winden, ratternd senkte sich zuerst das Fallgatter herab, danach schwenkten die massiven Flügeltüren des Torportals aufeinander zu.

Der Weg in die Freiheit verschloss sich buchstäblich auf den letzten Metern.

Hetrál erahnte das Geschoss mehr, als dass er es sah. Das leise Pfeifen warnte ihn, geistesgegenwärtig ließ er sich fallen. Die Axt zischte über ihn hinweg und krachte mit der Schneide voran in das Holz. Bis zur Hälfte steckte die Klinge im Balken.

Der Turît sprang auf, hechtete nach links in ein Stallabteil, huschte unter Pferdebäuchen hindurch und katapultierte sich kopfüber in den Strohhaufen. Es blieb ihm keine Zeit mehr, nach der Lunte zu suchen, deshalb steckte er die Halme, wo er gerade saß, in Brand.

Zufrieden beobachtete er, wie aus den Funken zuckend Flämmchen wurden, die sich gierig ausbreiteten.

Schnell kroch er weiter bis an den anderen Rand und lauschte. Obwohl er genau wusste, dass Hemeròc irgendwo da draußen auf ihn wartete, machte er einen großen Satz und hüpfte ins Freie, um sich ein Pferd zu nehmen und sich in Sicherheit zu bringen, bevor die Stallungen mit einem gewaltigen Knall explodierten.

Voll Schrecken bemerkte er, dass die Axt aus dem Balken gezogen worden war. Als würde der Morgenstern nicht ausreichen, ihn zu töten, dachte er, als ihn die Eisenkugel prompt ins Kreuz traf.

Die Heftigkeit des Schlags warf ihn nach rechts. Sich vor Schmerzen krümmend fiel er unter einen Rappenhengst.

Im Eingang erschien die Gestalt Hemeròcs, Morgenstern und Axt in den Händen haltend. Als der Helfer Nesrecas näher kam, trat Hetrál dem Hengst in die Weichteile und rollte sich augenblicklich aus der Gefahrenzone.

Das verletzte Tier schlug sofort mit beiden Hufen nach hinten aus, knallte die eisenbeschlagenen Hufe gegen den Oberkörper des Angreifers und beförderte den vor Wut brüllenden Hemeròc mehrere Meter durch die Luft, bevor er durch die Tür der Sattelkammer krachte.

Der Turît wälzte sich herum. Die Nierengegend brannte wie Feuer, er bekam vor Schmerzen kaum Luft. Mit enormer Anstrengung schaffte er es irgendwie, sich auf den Rücken eines Pferdes zu ziehen und den Vierbeiner in Richtung des rettenden Ausgangs zu lenken.

Dann hörte er einen furchtbaren Knall in seinem Rücken, die Welt um ihn herum explodierte.

Als er sich umdrehte, raste eine Feuerwand, für die er verantwortlich war, auf ihn zu, als wollte sie sich für ihre Existenz mit einer glühenden Umarmung bedanken. Das Pferd galoppierte panisch los, um der Flammenhölle zu entkommen.

Der Hauptmann hatte sie fast erreicht, als der hintere Teil der Stallungen in einem Feuerball und mit einer Ohren betäubenden Detonation verging.

Meterhoch stiegen die Flammen in die Luft, wie eine aufblühende Blume reckten sich die Lohen, fächerten auf und erloschen. Die Trümmerstücke, Ziegel, Holzstücke und Steinbrocken schossen durch die Luft, die immense Druckwelle fegte Männer und Tiere auf dem Innenhof von den Beinen.

Fiorell atmete auf. Es hatte ihn ebenso wie den Hauptmann zu Boden gerissen.

Doch die Explosionen wollten nicht verebben, die Erde erbebte. Eine Holzluke im Atrium, die wohl zum Abwasserkanal führte, wurde in die Höhe katapultiert, eine Stichflamme schoss fauchend aus der Öffnung. Der Hofnarr verstand, dass das Feuer im Stall die Fäulnisgase der Kanalisation entzündet hatte.

»Ihr bleibt, wo ihr seid«, schrie der Hauptmann Fiorell an und eilte zurück.

Sofort knallte er die Hacken zusammen und schrie seinerseits die Gefangenen an. »Das Gatter hoch und das Tor auf, habt ihr den Hauptmann nicht verstanden?«, herrschte er dann die Tormannschaft an. »Wie sollen Helfer sonst von außen hereinkommen?«

Die Soldaten auf der anderen Seite des Fallgitters sahen sich unschlüssig an.

»Wollt ihr wohl, ihr Hundsärsche!«, tobte Fiorell und hüpfte auf und ab. »Wenn hier alles verbrennt, sage ich dem Hauptmann eure Namen, ihr Nachtkappen!«

Das wirkte. Sofort griffen sie nach den Speichen der großen Winden und betätigten die Vorrichtung. Stückchen für Stückchen hoben sich die Eisenzacken an. Die Häftlinge standen inzwischen wieder alle.

Ein einzelner Mann taumelte aus dem Schatten des Torbogens und brach vor den Füßen Stoikos zusammen. Der Vertraute des Kabcar erkannte den Turîten, in dessen Rücken ein langer Splitter steckte. Sofort kümmerte er sich um ihn.

Das Fallgitter war nun so weit geöffnet, dass sich Fiorell drunter durchrollen konnte und das auch den Gefangenen befahl. Sie sollten die Winde für die Außentore betätigen. Nur noch Stoiko, Hetràl und der Schweiger befanden sich auf der anderen Seite.

In den feuerumspielten Ruinen der Pferdunterkünfte erhob sich unbemerkt von den Ausbrechern eine Gestalt. Sie durchschritt die Wand aus Flammen unbeschadet und bahnte sich mit wuchtigen Schlägen mit Axt und Morgenstern ihren Weg durch Schutt und Geröll. Suchend blickte sie sich um, dann hefteten sich die rot leuchtenden Augenhöhlen, die nicht länger von den Schutzklappen verdeckt waren, auf den Mann mit dem Schnauzer. Mit leicht gesenktem Kopf kam er in Richtung des Ausgangs gelaufen, wurde dabei immer schneller und hob den Arm mit der Axt zum Wurf.

Stoiko wollte dem Meisterschützen gerade einen notdürftigen Verband anlegen, als ihn etwas ins Kreuz traf.

Er prallte gegen das Gatter und stürzte auf den Rücken. Über ihm stand der Schweiger. »Was soll das?«, rief der Mann wütend.

Der Adlige lächelte. »Ulldrael wird mir meine Taten vergeben. Ich soll euch von ihm sagen, dass ihr nicht aufgeben dürft. Niemals.« Die Pupillen brachen und nahmen einen toten Ausdruck an, dann kippte er um. Aus seiner rechten Seite ragte die Axt Hemeròcs, die für Stoiko bestimmt gewesen war.

Fiorell rutschte unter den Eisenspitzen hindurch, packte das Handgelenk des verletzten Meisterschützen und zog ihn zusammen mit Stoiko auf die andere Seite. »Lasst das verdammte Gitter wieder runter!«, brüllte er voller Aufregung. Hemeròc musste jeden Moment bei ihnen sein. »Los, oder unsere Schädel platzen unter seinem Morgenstern wie reife Kürbisse.«

Die befreiten Adligen schubsten die Wachen zur Seite, der Duellist zertrümmerte die Rückschlagsperre der Winde, und das Stahlhindernis rammte sich in den Boden.

Wie ein unbändiges Tier warf sich Nesrecas Vertrauter tobend gegen die Stäbe, während sich die Gefangenen durch den Spalt zwischen den Eingangstoren in die Freiheit schoben. Hemeròc schickte ihnen einen Strahl seiner Magie hinterher, doch die Energien rissen lediglich die riesigen Flügeltüren auseinander und sandten den Flüchtenden Splitter hinterher.

Hemeròc wandte sich mit einem Grollen dem Toten zu seinen Füßen zu. Ohne sonderliche Anstrengung zog er seine Axt aus dem erkaltenden Körper, betrachtete die blutige Schneide und ließ damit seine maßlose Wut ungezügelt an der Leiche des Schweigers aus, der den sicheren Tod des einstigen Vertrauten verhindert hatte.

Soscha umklammerte Stoiko, die Augen fest geschlossen. »Er strahlte dunkelrot«, wimmerte sie immer wieder. »Wie damals Nesreca. Dunkelrot, fast Schwarz.« Ein Schaudern jagte über ihren Körper, und sie drückte sich enger an den väterlichen Freund.

Er beruhigte sie, indem er ihr über die Haare streichelte. »Es ist vorbei. Wir haben es geschafft.«

»Knapper hätte es wirklich nicht sein dürfen«, meinte Fiorell erschöpft, streckte alle Glieder von sich und machte sich in der Kutsche breit. »Ich freue mich, wieder der normale Hofnarr sein zu dürfen. Hulalia wird nie wieder auftreten. Das ist zu viel Aufregung für einen einfachen Spaßmacher wie mich. O ruhiges, beschauliches Ilfaris, ich komme!« Er schlug sich mit der flachen Hand an die Stirn, dass es klatschte. »Was rede ich da? Ich will freiwillig zurück zu dem Pralinenungeheuer?« Er neigte den Kopf in Richtung seiner Begleiter. »Schnell, seht nach, ob mich ein Trümmerstück am Schädel erwischt hat.«

Das Gefährt rumpelte durch das Südtor Ulsars hinaus, ohne auch nur einmal von einer Wache belästigt worden zu sein, was wohl am Wappen des Kabcar lag, das man auf den Lack aufgebracht hatte. Der dreiste Streich gelang. Notfalls hätte man vom doppelten Boden des Gefährts Gebrauch gemacht, um die befreiten Gefangenen hinauszuschmuggeln.

»Wohin habt Ihr die Adligen gebracht?«, wollte Stoiko wissen, der sein Glück immer noch nicht fassen konnte.

»Sie sind an einem sicheren Ort in Ulsar«, beruhigte der Hofnarr und nahm eine Flasche mit Wasser unter der Bank hervor, aus der er einen tiefen Schluck nahm. »Von dort sollen sie selbst entscheiden, was sie tun möchten. Am besten wäre es natürlich, wenn sie sich dem Widerstand anschließen würden, was ich stark annehme«, meinte er. »Entsprechende Kontakte sind bereits hergestellt. Auch wenn ich nicht ganz weiß, wie ein Ehebrecher uns von Nutzen sein könnte. Hetrál wird folgen, sobald seine Verletzungen einigermaßen verheilt sind.« Er grinste. »Entweder Ulldrael der Gerechte hasst ihn, dass er ihn jedes Mal mit dem Leben davonkommen lässt, oder er liebt ihn über alles.«

»Danke für meine Befreiung.« Soscha war eingeschlafen, behutsam zog Stoiko eine Decke über den Körper des Mädchens. »Wegen mir hättet Ihr Euch die Umstände nicht machen müssen. Aber sie ist unsere wohl aussichtsreichste Waffe im Kampf gegen Nesreca. Sie kann Magie sehen. In Dingen und in Menschen.«

»Na, das ist doch eine Zugabe, die sich lohnt.« Fiorell lachte leise, um sie nicht zu wecken.

»Wohin reisen wir?«, wollte der ehemalige Vertraute des Kabcars wissen und fuhr sich durch den Schnauzer.

»Wir haben eine ganz schöne Strecke vor uns, die nicht ohne Gefahren auskommt«, erklärte der Hofnarr. »Wir werden mit dem Schiff den Repol hinab bis nach Serusien fahren. Von dort wird es weiter nach Ilfaris gehen, wo ihr an einen sicheren Ort gebracht werdet.« Er spähte nach draußen. »Wenn man angesichts der Helfer des Konsultanten von ›sicher‹ sprechen kann. Und danach bereden wir mit dem Pralinigen alles Weitere. Soscha wird uns eine große Hilfe sein. Perdór lässt die Cerêler schon an der Erforschung der Magie arbeiten, aber bisher ist noch nichts wirklich Neues dabei herausgekommen.« Seine Augen ruhten auf dem Gesicht der Schlafenden. »Das wird sich hoffentlich nun ändern.«

Stoikos Antlitz nahm einen abwesenden Ausdruck an. »Er hat gesagt, dass wir nicht aufgeben sollen. Niemals.« Er erinnerte sich an die letzten Worte des Schweigers.

»Bitte?«, meinte der Spaßmacher irritiert.

»Der Mann saß zusammen mit den anderen und mir mehr als fünf Jahre in dem Trakt und hat nicht ein einziges Mal zu uns gesprochen«, erläuterte er dem Hofnarren seine Gedankengänge. »Und dann flüchtet er mit uns, stellt sich der Axt in den Weg, die mich zweifelsohne getötet hätte, und übermittelt mir die Worte des Gerechten.« Sein Blick wanderte zu Boden. »Nicht einen einzigen Satz in all den Jahren, und dann spricht er von Ulldrael. Wurde er von ihm geschickt?«

Fiorell wiegte den Kopf hin und her. »Ich würde sagen, er bekam die gerechte Strafe für seine Tat.« Stoiko machte ein fragendes Gesicht. »Der Schweiger, wie Ihr ihn nanntet, hat seine Frau und seine vier Töchter im Alkoholrausch umgebracht, wenn die Akten stimmen, die wir gefunden haben.« Er kuschelte sich in eine Ecke der Kutsche. »Wenn es Euch interessiert, wir haben uns die Finger wund gesucht, um Euch aufzustöbern. In irgendwelchen alten Archiven entdeckten unsere Spione Aufzeichnungen über einen besonderen Flügel innerhalb der *Verlorenen Hoffnung*. Die Namen derer, die dort verwahrt wurden, konnten wir nur schwer herausfinden, aber es gelang uns auf Umwegen. Anscheinend hatte Nesreca alle neueren Unterlagen vernichten lassen. Lediglich der Hauptmann und ein oder zwei Wärter kannten die Namen der Insassen.« Der Hofnarr grinste. »Es war eine unsägliche Arbeit, bis wir die Wachmannschaft im Laufe mehrerer Wochen alle besoffen gemacht hatten, um ihnen Informationen über den Nobeltrakt zu entlocken. Mal abgesehen davon, dass wir drei Jahre lang halb Tarpol nach Euch auf den Kopf stellten, bis wir entdeckten, dass Ihr Ulsar niemals verlassen hattet. Der Rest war einfach. Ein paar gefälschte Papiere, eine große Portion Kaltschnäuzigkeit und Verzweiflung.« Er gähnte und streckte sich. »Dass der Schweiger nun etwas von der Gnade Ulldraels faselte, nun ja, es trifft sich gut. Das gibt Hoffnung, auch wenn es nur Zufall war.« Er schloss die Augen.

Stoiko lächelte still. Er war völlig anderer Meinung und sich sehr sicher, dass der Schweiger tatsächlich eine Botschaft des Gerechten verkündet hatte. Auch wenn Ulldrael aus welchen Gründen auch immer nicht in der Lage war, direkt in die Geschehnisse auf seinem Kontinent einzugreifen, er bewies, dass er die nicht vergaß, die für das Gute einstanden. Das gab dem ehemaligen Mentor des Kabcar Mut und Zuversicht. Und die Hoffnung, dass er seinen Schützling, der nun ein Mann sein musste, wieder zurück auf den rechten Pfad bringen konnte, auf dem er einst gewandelt war.

»Fiorell«, sagte er leise, und der Spaßmacher hob ein Lid. »Wo ist Norina? Wann sehe ich sie und Waljakov wieder? Das Kind müsste inzwischen schon groß sein.«

»Freut Euch, dass Eure Flucht geglückt ist«, riet der Hofnarr traurig. »Und dann sprecht ein stilles Gebet für sie und den Knaben. Ich denke nicht, dass wir sie jemals wieder sehen werden.« Stoiko schluckte schwer. Er wagte es nicht, nach dem kurzangebundenen Leibwächter zu fragen. »Sie sind vor fünf Jahren auf hoher See von Nesrecas Helferin versenkt worden. Nur Torben Rudgass kam mit dem Leben davon.«

Eine stählerne, eiskalte Hand umfasste das Herz des Mannes und presste es zusammen, Freude über die Freiheit und der Schmerz über den Verlust der liebsten Freunde mischten sich zu einem überwältigenden Gefühl und ließen den Mann lautlos in Tränen ausbrechen. Die Gesichter der Verlorenen entstanden vor seinem inneren Auge. Wenn das der Preis für sein Entkommen war, dann war er zu teuer. Hatte er Ulldrael zu früh gelobt?

Doch seine Frage wurde nicht beantwortet.

Die Kutsche holperte durch die Nacht und näherte sich der Anlegestelle, wo das Boot auf die Flüchtlinge wartete, um sie in Sicherheit zu bringen.

Sieben Jahre später …

V.

»Doch das Tun der Seherin blieb den Mächten der Dunkelheit nicht verborgen.

Sogleich näherten sich die Beobachter, die einst Sinured gedient hatte, der Seherin. ›Was hast du gesehen, kleine Frau?‹, verlangte die Kreatur lauernd. ›Du hast das Schicksal unseres Hohen Herrn erkundet, oder?‹, wisperte es drohend in ihrem Verstand. ›Du wirst niemandem von deinen Entdeckungen berichten, oder wir finden und töten dich. Deine Seele werden wir rauben und sie verschlingen, deinen Körper werden wir schänden und deine Familie auslöschen, wenn du nur ein Sterbenswörtchen verrätst, kleine Frau.‹«

Das Buch der Seherin
Kapitel V

Ulldart, Großreich Tarpol, Hauptstadt Ulsar,
Sommer 456 n. S.

Ein Liedchen summend schwenkte der Junge die Mistgabel, kratzte das dreckige Stroh aus dem Stallabteil heraus und häufte es auf dem breiten Mittelgang an. Nachdenklich schaute er auf den übergroßen Pferdehintern direkt vor ihm. Der Schweif zuckte nach rechts und nach links, der Kopf des Tieres wandte sich zu dem Stallburschen, als würde es etwas im Schilde führen.

»Komm bloß nicht auf dumme Gedanken«, warnte der Junge den jungen weißen Hengst mit fester Stimme. »Wenn dein Bein auch nur zuckt, piekse ich dir die Zinken in deinen Schinken, mein Freund.« Das Pferd schnaubte und scharrte mit dem Huf. »Ich weiß schon, was du möchtest.« Er blickte vorsichtig nach rechts und nach links. »Na gut, meinetwegen.«

Dann huschte er in die Box. Behutsam streifte er dem Schimmel Zügel über, setzte die Trense ein und führte ihn aus dem Stallabteil. Weil der Rücken zu hoch war, gelangte er nicht aus eigener Kraft hinauf, sondern musste jedes Mal, wenn er einen heimlichen Ausritt plante, zu einem Trick greifen.

Langsam ließ er die Lederriemen los, kletterte rasch halb die Leiter zum Heuboden hinauf und schwang sich von dort auf das Kreuz des Rosses.

Lammfromm stand der mächtige Vierbeiner im Gang und wartete auf das Zeichen. Der Junge klopfte auf den breiten, muskulösen Hals. »Du bist ein Braver, Treskor, nicht wahr?« Er beugte sich nach vorne und angelte nach den Zügeln. Die Ohren des Schimmels standen waagerecht.

»Hatt, hatt!«, rief der junge Reiter und machte sich ganz flach. Der Hengst schoss übermütig wiehernd los, preschte zum Tor hinaus und setzte mit Leichtigkeit über das Gatter, das die Koppel von der dahinterliegenden freien Wiese trennte.

Die wilde Jagd ging quer über die Grasebenen, die sich um Ulsar erstreckten, und Treskor schien sich mit Absicht immer die Wege auszusuchen, auf denen Hindernisse auftauchten.

Dem Jungen war es recht, er fühlte sich eins mit dem Schimmel, wie er sich eins mit allen Pferden fühlte, auf denen er saß. Er spürte die Bewegung der Muskeln unter sich, die Wärme, die von dem Leib des Tieres ausging, und lenkte das Ross mit leichtem Druck seiner Schenkel und nur geringem Dirigieren über die Zügel. Es schien, als wären die Pferde gedanklich mit ihm verbunden und bildeten eine Symbiose mit dem jungen Reiter. Noch nie war es ihm passiert, dass ein Vierbeiner scheute oder ihn abwerfen wollte.

Dennoch wusste keiner, wie gut der Junge reiten konnte, denn er musste seine Ausflüge in aller Heimlichkeit durchführen. Es stand einem einfachen Stallburschen wie ihm nicht zu, die Pferde des Kabcar zu reiten. Würde es jemand bemerken, würden ihn die schlimmsten Strafen erwarten, die er sich nicht ausmalen durfte. Aber das Schrecklichste wäre, dass er seine Anstellung am Gestüt verlieren würde. Deshalb unternahm er solche Ausritte nur, wenn er sich absolut sicher sein konnte, von niemandem beobachtet zu werden.

An diesem strahlenden Sommertag war er sich sicher, und Treskor gehörte zu den Pferden, mit denen er am besten hantieren konnte. Diese Empathie war besonders ausgeprägt, deshalb erwies es sich als außerordentlich schwierig, dem Hengst einen Ritt abzuschlagen, wenn die braunen Augen ihn bittend ansahen. Die eigens eingestellten Reitknechte kamen ihrem Auftrag, für die Bewegung der Tiere zu sorgen, mehr schlecht als recht nach.

Genauso außer Atem wie Treskor, zügelte der Junge

das Pferd auf einem Hügel, um sich Ulsar, das Herz des Großreiches Tarpol in all seiner Pracht anzuschauen.

Die Sonnen schienen auf eine wachsende, pulsierende Stadt, die sich schon lange über die ursprünglichen Mauern hinweg ausgedehnt hatte. Das Herz des Landes schlug kräftig und zeigte seinen Reichtum durch immer schönere, höhere und mitunter abenteuerlich gestaltete Bauten.

Die spitzen, düsteren Türme der Kathedrale zu Ehren Ulldrael des Gerechten reckten sich gegen das Blau des Himmels, als wollten sie den Gott herausfordern, anstatt ihn zu preisen. Obwohl noch nicht ganz fertig gestellt, übte das Gebäude eine mächtige Faszination aus, das hatte der Junge bereits am eigenen Leib erfahren. Es war das Finstere der Konstruktion, das für Ehrfurcht und Schrecken gleichermaßen sorgte und so gar nicht zu den Lehren des Gerechten passte.

Ihm wäre es nicht aufgefallen, aber seine gottesfürchtige Mutter, die als Magd im Palast des Kabcar ihr Brot verdiente, bemängelte hin und wieder, dass sich die Gebete und Lieder zu häufig änderten.

Ein gewaltiger Tross erregte seine Aufmerksamkeit. Vier Kutschen mit der Standarte des Kabcar und vier Dutzend Leibwachen kamen die ausgebaute Straße entlang und steuerten an der nächsten Abzweigung in Richtung des Gestüts.

Dem Jungen lief es eiskalt den Rücken hinab. »Treskor, wir müssen zurück! Ich glaube, die wollen zu uns.«

Eilig wendete er den Hengst und jagte in halsbrecherischem Tempo zurück, die Erde donnerte unter den beschlagenen Hufen des Rosses, hoch flogen die Dreckklumpen in die Luft. Ein letzter Satz, und die beiden waren wohlbehalten in den Stallungen angekommen. Anscheinend hatte niemand ihre Abwesenheit bemerkt, wenn auch, das hörte der Knabe, auf dem großen Hof helle Aufregung herrschte.

Schnell führte er Treskor in sein Abteil zurück und rieb das Pferd mit Stroh ab. Er hoffte, dass das Fell des Schimmels schnell trocknete. Würde einer der Knechte den Schweiß an den Flanken entdecken, wäre es um ihn geschehen.

Voll des schlechten Gewissens machte er sich daran, die Misthaufen, die im Gang auf ihre Entsorgung warteten, auf die Schubkarre zu laden und abzufahren. Anschließend erklomm er den Heuboden, um frisches Stroh nach unten zu werfen.

Der hohe Besuch lockte ihn wenig, weil er insgeheim fürchtete, man würde seine Übertretung mit nur einem Blick entdecken, schaute man in seine Augen. Lieber verkroch er sich zwischen den Halmen und blieb in sicherer Deckung.

Überrascht hielt er mit dem Bündeln von Stroh inne, als er Kinderstimmen unter sich hörte. Schnell legte er sich auf den Holzboden, fegte ein paar Stängel zur Seite und schaute durch ein Astloch nach unten.

Ein Mädchen in seinem Alter mit langen schwarzen Haaren und in einem sehr aufwändig geschneiderten Kleid schlenderte neugierig den Gang entlang und schaute nach den Pferden, während ein gleichaltriger Junge mit kurzen dunkelblonden Haaren gelangweilt nachfolgte. Er trug eine nicht weniger teure Uniform und sogar einen kleinen Säbel an seiner Seite.

Als er sich unbeobachtet wähnte, legte er die Handflächen zusammen, richtete die Fingerspitzen auf ein Abteil und schloss die Augen. Ein kleiner blauer Blitz entlud sich daraus, und der Junge hörte ein Pferd erschrocken wiehern.

Der Junge lachte zufrieden, während sich das Gesicht des Stallburschen verfinsterte. Er war gerade im Begriff aufzuspringen, um den Eindringlingen die Meinung zu sagen, als eine dritte Gestalt angehumpelt kam.

Zuerst dachte der Junge, es sei einer der Knechte, weil

die Konturen deutlich größer und grobschlächtiger waren als bei den anderen Besuchern.

Doch schnell stellte er fest, dass es sich dabei um einen nicht minder hochrangigen Gast handeln musste, wenn er sich die Stoffe der Kleidung betrachtete. Aber selbst der beste Schneider konnte die Verunstaltungen nicht kaschieren.

Die rechte Schulter stand tiefer als die linke, der ganze Körper wirkte verkrüppelt, die Glieder waren unterschiedlich gerade gewachsen, die Beine sahen so gekrümmt aus, als seien sie über eine Tonne gespannt worden. Eine Gesichtshälfte war völlig intakt, die andere dagegen deformiert, der Schädel ohne echte Symmetrie. Was sich da gerade in einer Mischung aus Hüpfen und Laufen unter ihm entlangbewegte, erinnerte den Stalljungen an die Zerrbilder aus den Buden der Schausteller. Nur musste dieser bemitleidenswerte Knabe immer mit diesem Aussehen leben.

Das mussten die Thronfolger sein. Er staunte nicht schlecht auf seinem Aussichtsposten. Das nächste Pferd beschwerte sich lautstark über eine Misshandlung, ein Huf krachte wirkungslos gegen die Stallwand, und wieder lachte der Urheber über seinen heimtückischen Angriff.

»Schau, Schwesterherz, ich werde immer besser«, freute er sich. »Mortva ist ein sehr guter Lehrer. Und er hat gesagt, ich sei schon viel besser, als es Vater in diesem Alter war. Die Magie gehorcht mir.«

Der Stalljunge robbte an die breite Luke, um das Trio im Auge zu behalten.

»Ja, Govan«, lobte das Mädchen ihren Bruder. »Du bist auch besser als ich.«

»Und besser als Krutor, nicht wahr?«, sagte er in Richtung des Krüppels und ließ einen der blauen Blitze gegen ihn schnellen. »Ho, Krutor! Fang den Blitz!« Ein zweiter Strahl zuckte in Richtung des missgestalteten

Jungen, der grummelte und sich trotz seiner deutlich sichtbaren körperlichen Überlegenheit nicht wehren wollte. »Und noch einer, Bruder.«

Dem Stallburschen platzte der Kragen.

Da der Angeber genau unter der Luke stand, beförderte er einen Stapel Stroh auf ihn herab. Als die Halme und der feine Staub auf den Tadc regneten, lachte Krutor glücklich und klatschte in die Hände.

Das Mädchen schaute nach oben und entdeckte den Übeltäter. Dem Jungen stockte der Atem, als er in das Antlitz des Mädchens schaute. In ein solch hübsches Gesicht hatte er noch nie in seinem Leben geblickt.

»Komm herunter, du Frechdachs«, verlangte sie amüsiert und deutete herrisch mit ihrem Zeigefinger auf den Boden. »Und wer bist du überhaupt?«

»Ich bin Tokaro Balasy«, rief er mutig hinab und sprang in den Strohhaufen. »Ich bin der Stallbursche des Gestüts.« Entschlossen sah er Govan an. »Ich werde es nicht zulassen, dass Ihr, hoheitlicher Tadc, den Tieren etwas zu Leide tut.«

Erbost befreite sich der Thronfolger von den Halmen, aber seine Uniform war von oben bis unten zugedreckt. Die Pupillen blitzten, wütend bohrte sich sein Blick in die dunkelblauen Augen des Widersachers mit den kurzen dunkelbraunen Haaren.

»Ach? Und du willst mich daran hindern?« Mit einem bösartigen Zug um den Mund legte er die Handflächen zusammen und wollte die Fingerspitzen auf Tokaro richten, als der einen Schritt nach vorne machte und Govan die Faust auf die Nase schlug.

Verdutzt setzte sich der Tadc auf den dreckigen Stallboden. Blut lief ihm aus der Nase, das er mit seinem Ärmel abwischte.

Der Stallbursche stand über ihm, den Finger ausgestreckt. »Versucht das nicht noch einmal, hoheitlicher Tadc.«

Zvatochna lächelte den mutigen Jungen an. »Du gefällst mir, Tokaro.« Krutor lachte fröhlich und klatschte seine Zustimmung. »Und zumindest einer meiner Brüder mag dich auch.«

Govan stemmte sich hoch, starrte den besudelten Stoff an und konnte es immer noch nicht fassen. »Das sollst du mir büßen!«, schrie er und wollte gerade die gleiche Geste wiederholen, um einen Blitz gegen den Stalljungen zu schicken, als die geballten Finger ein zweites Mal auf seiner Nase landeten.

»Ich habe Euch gewarnt, hoheitlicher Tadc«, meinte Tokaro entschuldigend.

»Ich lasse dich hinrichten!«, zeterte der Junge, hielt sich das geschundene Riechorgan und rannte hinaus. Krutor grölte, imitierte das Verhalten seines Bruders und schwankte mit dem Oberkörper vor und zurück. »Hinrichten«, wiederholte er immer wieder ausgelassen und rannte Govan nach. »Hinrichten«, tönte es vom Hof.

Tokaro bereute seinen Mut schon jetzt.

Das Mädchen sah ihm seine Niedergeschlagenheit an. »Keine Angst, tapferer Tokaro. Ich werde es nicht zulassen, dass mein Bruder dich hinrichten lässt. Ich sage einfach, er sei auf die Mistgabel getreten und habe sich den Stiel gegen seinen Kopf geknallt.« Sie lächelte ihn an.

»Und was ist mit Eurem anderen Bruder?«, warf der Stalljunge ein, der ein wenig Zuversicht fasste, den nächsten Tag trotz seiner unglaublichen, zweifachen Tat überleben zu dürfen.

»Krutor?« Zvatochna schüttelte lachend den Kopf, und Tokaro war bei diesem Anblick restlos verzaubert. »Man wird ihm nicht glauben. Er ist ziemlich einfältig.« Sie nahm seine Hand und lief den Mittelgang entlang. »Los, zeig mir das schönste Pferd im Stall.«

Das Herz des Stalljungen pochte bis zum Hals, und es kribbelte, als sich ihre Finger ineinander schlossen. Vor dem Abteil Treskors blieb er stehen. »Das ist der schönste, beste, prachtvollste Hengst, den ich …«, er stockte einen Moment, »den der hoheitliche Kabcar in seinem Gestüt hat.« Der Schimmel schnaubte und schaute nach hinten.

Die Augen der Tadca leuchteten. »Oh, würdest du ihn bitte herausholen und einmal im Kreis führen, damit ich sehe, wie er sich bewegt?«

»Ich weiß nicht, ob ich das darf, hoheitliche Tadca«, druckste Tokaro herum und kratzte sich am Kopf. »Das ist normalerweise nur den Knechten vorbehalten.« Doch als er in das überirdisch schöne Gesicht der kleinen Besucherin blickte, warf er alle Vorbehalte zur Seite.

Er nahm ein Halfter und zog es Treskor über. »Ist die Luft rein?« Zvatochna nickte eifrig, und der Stallbursche wagte sich zusammen mit dem Hengst heraus.

»Hier kann er sich nicht richtig bewegen«, beschwerte sich das Mädchen und deutete auf die Koppel am anderen Ende der Stallungen. »Komm, wir lassen ihn dort laufen.«

Ein kurzer Blick von ihr genügte, und Tokaro gab ihrem Bitten nach. Der prächtige Hengst freute sich sichtlich über die neuerliche Freiheit und trabte stolz im Kreis, dann äugte er nach den Brettern der Einzäunung. Der Stalljunge ahnte, was der Schimmel tun wollte.

Mit einem Satz stand Tokaro auf dem Pfosten und sprang auf den Rücken des Vierbeiners. »O nein, mein Lieber, du wirst schön hier bleiben«, befahl er dem Schimmel. Das Pferd senkte wie ertappt den Schädel und trabte wieder an.

»Du kannst reiten?«, wunderte sich die Tadca. Dann hellte sich ihr Antlitz auf. »Natürlich, du übst heimlich, Bursche. Mit den Pferden meines Vaters.« Sie schaute verschlagen unter einer Latte durch. »Kannst du Kunststücke?«

»Aber das ist doch das Einfachste von der Welt«, meinte der Junge großspurig.

Vorsichtig erhob er sich und stand mit durchgedrückten Beinen auf dem breiten Kreuz des Hengstes, die Arme rechts und links ausgestreckt. Ansatzlos hüpfte er in die Luft und absolvierte eine halbe Drehung, schaute nun nach hinten.

Tokaro ließ noch eine ganze Reihe von Darbietungen folgen, Treskor mimte das artige Pferd und trabte im gleichen Rhythmus in der Umzäunung im Kreis. Der Applaus und das begeisterte Rufen des Mädchens spornten ihn an, die waghalsigste Akrobatik zu zeigen.

Er musste sich jedoch so sehr konzentrieren, dass er dabei das Umfeld nicht mehr im Auge behalten konnte. Und dass er dabei vom obersten Fenster des Gutshauses aus von einer Gestalt in einer schimmernden Rüstung beobachtet worden war, bemerkte er schon gar nicht.

»Anscheinend haben wir hier einen sehr talentierten jungen Knaben vor uns«, sagte plötzlich die Stimme eines Mannes in seinem Rücken, und die Aufmerksamkeit Tokaros war dahin. Sein nächster Tritt ging fehl, hart schlug er im Staub des Platzes auf. Augenblicklich stand der Hengst still. Hustend stemmte sich der Junge auf die Beine und sah nach dem Mann.

Er trug eine tadellose graue Uniform mit aufwändigen Silberstickereien, ein sternförmiger Orden heftete an seiner Brust. Die blonden, schulterlangen Haare waren zu einem Pferdschwanz gebunden, die blauen Augen ruhten auf dem Stallburschen. Ein harter Zug lag um den Mund des Mannes. An seiner Seite baumelte ein schweres Schwert, die Hände steckten in weißen Handschuhen, die Füße in schwarzen Reitstiefeln. Auch ohne die Leibwache, die Position bezogen hatte, hätte Tokaro gewusst, um wen es sich bei dem Besucher handelte.

»Hoheitlicher Kabcar«, stotterte er und warf sich in den Dreck, aus dem er sich eben erhoben hatte.

»Das ist er«, sagte Govan hasserfüllt und streckte den

Finger gegen den Jungen aus. »Er hat mich geschlagen. Zwei Mal.«

»Zweimal«, bestätigte Krutor begeistert und schlug mit der Faust in die eigene Handfläche. »Patsch!«

Mehrere Pferdeknechte sprangen in die Koppel, zerrten Tokaro heraus und schleuderten ihn vor dem Herrscher des Großreichs zu Boden.

Hatte der Junge gehofft, von Zvatochna die versprochene Fürsprache zu erhalten, wurde er nun enttäuscht. Das bildhübsche Mädchen legte die Hände auf den Rücken und trat an die Seite ihres Vaters, die Augen gesenkt.

»Möchtest du etwas dazu sagen, Junge?«, erkundigte sich Lodrik. »Welchen Grund gab es, dass du deine Hand gegen deinen Tadc erhebst?«

»Hoheitlicher Kabcar, er hat die Pferde gequält«, sagte Tokaro mit leiser Stimme. »Und seinen Bruder. Das wollte ich nicht zulassen.« Weil ihn niemand unterbrach, wagte er es, den Kopf zu heben, um sich zum ersten Mal in seinem Leben den mächtigsten Mann Ulldarts anzuschauen. Als er die blauen Augen des Kabcar bemerkte, stutzte er. Sie hatten die gleiche Farbe wie seine eigenen. Auch die Brauen Lodriks wanderten erstaunt in die Höhe, aber er sagte nichts. »Ich bin für Eure Pferde mit verantwortlich, hoheitlicher Kabcar«, erklärte er.

»Dann gehört es auch mit zu deinen Aufgaben, meine Tiere zu reiten und auf ihrem Kreuz herumzuturnen?«, wollte der Kabcar wissen. »Soweit ich weiß, habe ich für das Abreiten teure Knechte eingestellt.«

»Die taugen nichts«, entschlüpfte es dem Jungen. Die Gesichter der Bediensteten verfinsterten sich. »Sie sitzen lieber in der Großküche und spielen Karten.«

Lodrik stemmte die Hände in die Seiten. »So ist das also. Ich muss mir von einem Kind die Wahrheit sagen lassen.«

»Hoheitlicher Kabcar, das ist nicht wahr«, widersprach der Stallmeister beflissen. »Diese kleine Kröte lügt, wenn sie nur denkt. Ich wollte ihn ohnehin entlassen, weil er unzuverlässig ist.«

Tokaro spürte, wie die Wut in ihm aufstieg. Er sprang in die Höhe. »Du bist unzuverlässig! Wenn ich die Pferde nicht heimlich ausreiten würde, wären sie fett und krank!« Zu spät bemerkte er seinen Fehler. Nun richteten sich alle Augen auf den Stalljungen.

»Ich habe ihn darum gebeten, Kunststücke zu zeigen«, mischte sich Zvatochna ein, die Stimme voller Reue. »Es ist meine Schuld, dass er den Hengst aus dem Stall geholt hat.« Sie zwinkerte dem Stalljungen zu.

»Wie mir scheint, häufen sich da ein paar Tatbestände«, stellte Lodrik fest, der die Abwechslung von den üblichen Geschäften eines Herrschers außerordentlich genoss. »Nun, was den Angriff auf den Tadc angeht, dafür verurteile ich dich zum Tode, junger Mann.« Der Stallbursche wurde bleich. »Dafür, dass du dich um das Wohl meiner Pferde sorgtest, danke ich dir. Und dafür, dass du mir vor aller Ohren die Wahrheit über die Knechte gesagt hast, gebührt dir Anerkennung und Respekt.« Er ging in die Hocke. »Ich mache dir einen Vorschlag. Du kannst dein Leben retten. Such dir ein Pferd aus dem Gestüt aus, und dann trittst du gegen alle Reitknechte an. Gewinnst du das Rennen, begnadige ich dich und behalte dich in meinen Diensten. Vielleicht sogar als Rennreiter bei Wettkämpfen, wenn du möchtest.« Er erhob sich und legte die Rechte an den Griff seiner Waffe. »Verlierst du, hast du dein Leben verwirkt.«

»Ich nehme Treskor.« Tokaro beschloss, das Angebot anzunehmen. Für einen Moment überlegte er, mit dem Hengst das Weite zu suchen, aber sein Ehrgefühl ließ es nicht zu. Außerdem musste er das schöne Mädchen beeindrucken, und ein Feigling war dazu nicht in der Lage.

»Aber, Vater«, protestierte Govan empört. »Er muss sterben, weil er mir …«

Lodrik hob die Hand, und der Tadc verstummte. »Er hat sich zwei Mal schlagen lassen, Govan. Wenn Er sich seiner Haut nicht wehren kann, muss Er mehr üben. Ich akzeptiere nicht, dass Er Tiere und seinen Bruder quält, das habe ich Ihm mehrmals verboten.« Die blauen Augen wurden kalt. »Also, halte Er seinen Mund.« Er wandte sich an seine Tochter. »Und Sie, kleines Fräulein, wird auch nicht ungeschoren davonkommen.«

Derweil begannen die zehn Reitknechte mit ihren Vorbereitungen. Sie wussten, was für sie auf dem Spiel stand. Pferde wurden gesattelt, Lederhelme angelegt.

Lodrik lächelte den Stallmeister an. »Nun?« Der Mann verstand zunächst nicht. »Wollt Ihr nicht Euer Ross aussuchen?«

Der Mann schluckte. »Ich soll etwa auch, hoheitlicher Kabcar?« Seufzend drehte er sich um und warf Tokaro einen mörderischen Blick zu. »Diesen Ritt wirst du nicht überleben, kleine Ratte«, zischte er ihm zu und wollte sich Treskor aussuchen.

»Ich denke, der Junge hat sich den Hengst gewählt«, traf ihn die Stimme des Kabcar in den Rücken, der Stallmeister erstarrte in der Bewegung.

»Aber ich bin der Stallmeister, hoheitlicher Kabcar. Mir steht das beste Pferd zu«, argumentierte er.

»Und ich bin der Kabcar, mein Wort ist Gesetz. Und du hast die Abmachung mit dem Jungen gehört«, sagte Lodrik schneidend.

Fluchend drehte der Mann ab und stapfte in die Stallungen, während eine der Leibwachen den Schimmel für Tokaro sattelte.

Als die Vorbereitungen abgeschlossen waren und die Reiter auf den Rücken der Tiere saßen, erhob der Kabcar seine Stimme. »Das Rennen führt über die Wiese, entlang des Baches, bis zu dem kleinen Wäldchen und wieder zurück.« Er ließ sich ein Fernrohr bringen. »Ein jeder hat als Beweis, dass er an den Bäumen war, einen Zweig mitzubringen. Wen ich beim Betrügen erwische, stirbt. Gewonnen hat, wer als Erster über das Gatter gesprungen ist und wohlbehalten in der Koppel landet.«

Zvatochna lächelte Tokaro an. »Ich wünsche dir Glück«, formte sie lautlos mit ihren Lippen, und der Stallbursche empfand tiefe Zuneigung.

Die Träumerei wurde jäh vom Signal des Kabcar unterbrochen. Das Rennen war eröffnet.

Die Reitknechte schlugen den Pferden die Sporen in die Flanken und setzten einer nach dem anderen über die Bretter der Einzäunung. In dem ganzen staubigen Durcheinander von brüllenden Männern und tänzelnden Pferdeleibern traf Tokaro von irgendwoher ein Stoß gegen die Brust, der den überraschten Jungen aus dem Sattel warf. Zum dritten Mal an diesem Tag landete er auf dem Boden, eisenbeschlagene Hufe stampften rechts und links von ihm auf die Erde.

Wie durch ein Wunder geschah ihm nichts. Geistesgegenwärtig rollte er sich unter den Körper seines Hengstes, hangelte sich am Steigbügel in die Höhe und schwang sich in den Sattel. Erbost machte er sich an die Verfolgung seiner Widersacher.

Treskor schnaubte aufgeregt, seine Läufe hoben und senkten sich atemberaubend schnell. Für die Beobachter schien es, als würden die Spitzen der Hufe das Gras der Wiese nur flüchtig berühren, einen kurzen Kontakt suchen, um den scheinbar schwerelosen Körper des Tieres anzuschieben. Trittsicherheit und Kraft verbanden sich zu einer den anderen weit überlegenen Kombination.

Schon nach ein paar Hundert Schritten holte das Pferd die ersten Knechte ein. Überlegen grinsend jagte Tokaro an ihnen vorbei und machte eine unanständige Geste. So sehr sie ihre Fersen in die Seiten ihrer Tiere stießen, der Schimmel schüttelte sie mich Leichtigkeit ab. Blieben noch sechs weitere, die er zu schlagen hatte.

Der Stallmeister baute sich den größten Vorsprung vor allen anderen aus. Schon erreichte er das Wäldchen und nahm einen mannsgroßen, armdicken Ast auf, den er sich wie eine Lanze unter die Achsel klemmte und dessen Ende er gegen den heranpreschenden Jungen richtete.

Tokaro ließ sich im Sattel nach rechts gleiten und hing an der Seite des Pferdes, um der improvisierten Stoßwaffe zu entgehen. Er spürte den Luftzug an seiner Hand, nur knapp hatte das Holz seine Finger verfehlt.

Fast gleichzeitig kam er zusammen mit den übrigen fünf Knechten am Rand der Waldung an, riss sich in aller Eile einen Zweig ab und sprengte davon. Wieder hatten die anderen das Nachsehen.

Treskor wieherte, das Rennen schien ihm viel Spaß zu bereiten. Die Erde bebte unter seinen Hufen, und auch der letzte Widersacher rückte immer näher.

Der Stallmeister sah fluchend über die Schulter nach hinten und drosch auf sein Reittier ein. Als er bemerkte, dass das nichts half, brach er den Ast in der Mitte durch und warf ihn gegen die Beine Treskors.

Der Stallbursche hob sich ein wenig aus dem Sattel, als Zeichen, dass der Hengst springen sollte, und das Pferd gehorchte. Das Holz flog wirkungslos unter dem Bauch des Schimmels hindurch.

Die beiden Kontrahenten ritten nun gleichauf, der Stallmeister schrie, geiferte und brüllte, drohte seinem Pferd und Tokaro abwechselnd die grausamsten Strafen an, während das Gatter sich rasend schnell näherte. Der Junge hoffte, dass sein Schimmel noch genügend Kraft in den Muskeln hätte, um über das Hindernis zu springen.

Dann drückte sich Treskor kraftvoll ab und setzte über die Bohlen.

Aus dem Augenwinkel erkannte der Junge, dass das Reittier des Stallmeisters keine Anstalten machte, das Gatter überwinden zu wollen. Hart stemmte es die Vorderläufe in den Boden und bremste ab, krachte mit dem Hals und der Brust gegen die Latten und riss sie von den Posten ab. Der Stallmeister segelte schreiend durch die Luft, prallte gegen eine der Latten und rutschte ohnmächtig zu Boden.

Überglücklich umarmte Tokaro den schnell atmenden Hengst und klopfte ihm auf das schweißnasse Fell. Dann sprang er mit glühenden Wangen von dessen Rücken herab und kniete sich vor den Kabcar hin.

»Du hast deine Sache sehr gut gemacht.« Der Herrscher von Tarpol zeigte sich beeindruckt. »Ich habe noch kein Kind gesehen, das wie ein Dämon reiten kann. Die meisten Erwachsenen sind nicht in der Lage, das zu bewerkstelligen.« Er nickte dem Stallburschen zu. »Nun denn, so sei es. Von heute an wirst du für mich an Rennen teilnehmen, junger Mann. Und als Zeichen meiner Wertschätzung sowie als Belohnung für das, was du geleistet hast, schenke ich dir den Hengst. Was sich so gut versteht, soll man nicht trennen.«

Um ein Haar wäre Tokaro aufgesprungen und hätte den Kabcar umarmt. Govans braune Augen waren nur dünne Schlitze, Krutor applaudierte dagegen laut und linkisch. Zvatochna zwinkerte ihm verschmitzt zu.

Der Kabcar nickte in Richtung der Knechte und des bewusstlosen Stallmeisters. »Führt sie ab«, befahl er seinen Leibwachen. »Sie haben das Rennen und meine Gnade verloren.« Er lächelte Tokaro zu. »Ich will dich später im Gutshaus sehen. Wir müssen noch ein paar Dinge bereden.«

Der Herrscher rückte zusammen mit der Leibwache und seinen Kindern ab. Der Krüppel schlug dem zum Rennreiter beförderten Stalljungen im Vorbeigehen grölend auf die Schulter, dass das Gelenk knirschte.

Dann stand Tokaro ganz allein mit Treskor in der Koppel, seine Knie zitterten. Allmählich verstand er, welchen Aufschwung sein Werdegang genommen hatte.

Seine Mutter würde ihm das niemals glauben. Er führte den Schimmel in sein Abteil zurück, um ihn sorgfältig trockenzureiben. Er legte seine Stirn auf die weichen Nüstern des Rosses. »Du gehörst jetzt mir, Treskor. Was hältst du davon?«

Der Hengst schnaubte seine Zustimmung.

Eine Stunde später ging Tokaro aufgeregt über den Hof zum Gutshaus, das zum Gestüt gehörte. Diener hatten ihm in aller Eile frische Kleidung gebracht, in der er sich überhaupt nicht wohl fühlte. Er kam sich in der aufwändig gearbeiteten Hose, dem Wams und der Jacke vor wie ein Pfau, zumal die Perücke, die sie ihm aufgezwungen hatten, furchtbar auf seinen braunen Haaren juckte. Und in den seltsamen Schnallenschuhen war er noch nie in seinem Leben gelaufen.

Er sah, während er die Stufen zum Eingang überwand, wie mehrere Pferde gesattelt wurden.

Die Tiere, die vor dem Gästestall akkurat angeordnet nebeneinander standen, kannte er nicht, die Zeichen auf den Satteldecken hatte er vorher noch nie gesehen.

Ein Livrierter, den er sonst immer nur von weitem gesehen hatte, lotste ihn über eine Freitreppe hinauf in den zweiten Stock und führte ihn in eine Art Wohnraum. Allein dieses Zimmer hatte die Grundfläche des Hauses, in dem er und seine Mutter in Ulsar wohnten.

Der Kabcar saß am offenen Fenster, ein Buch in der Hand, und schien gerade etwas zu seinem Gegenüber sagen zu wollen. Der zweite Mann im Raum gehörte mit Abstand zu den beeindruckendsten Erscheinungen, die Tokaro jemals gesehen hatte.

Vor einem Gemälde, das das Gestüt zeigte, stand ein schwergerüsteter Mann, den der einstige Stalljunge auf

Mitte Vierzig schätzte, in einem schimmernden Plattenpanzer. Die rechte Hand ruhte am juwelenbesetzten Griff eines Schwertes, die linke hielt einen schweren Silberkelch.

Schimmernd reflektierte das blanke, gravierte Metall der Rüstung das Licht der Sonnen. Der dazu passende eindrucksvolle Helm mit dem Schweif aus schwarzem und weißem Rosshaar lag auf dem Tisch. Sein dunkelbraunes Haar war oben auf dem Schädel nur eine Fingerkuppe lang, ansonsten gänzlich abrasiert. Ein langer, gewachster und golden gefärbter Kinnbart reichte bis auf die Brust und wirkte wie eine Kordel aus dem gelben Edelmetall.

Auf Tokaro machte die Szene den Eindruck, als sei eine Gestalt aus der Vergangenheit aus einem der vielen Bilder im Zimmer herausgestiegen, um sich mit dem Kabcar zu unterhalten.

In der Annahme, er würde eine seiner Kappen tragen, riss er sich die Perücke vom Kopf, machte eine tiefe Verbeugung und verharrte in dieser Haltung.

»Darf ich Euch meinen neuen Rennreiter vorstellen, Großmeister?«, sagte Lodrik freundlich. »Er hat sämtliche Reitknechte und den Stallmeister geschlagen. Eine großartige Leistung. Ihr als exzellenter Reiter werdet es sicherlich noch besser einschätzen können als ich.« Er wandte sich dem Jungen zu. »Tritt näher, Tokaro. Das ist Nerestro von Kuraschka, Großmeister des Ordens der Hohen Schwerter, der sich die Zeit genommen hat, sich meine Pferde anzuschauen und sein Urteil abzugeben.«

»Er ist die höfischen Sitten nicht gewohnt, was?« Der Ritter grinste und nickte in Richtung der falschen Haare, die der Junge wie eine Mütze hielt. »Aber ich verzeihen dir, danke mir nicht für meine Milde. Ich habe mein ganzes Leben lang keine Perücke getragen und mich nicht sonderlich um das schöntuerische Zeremoniell gekümmert. Ich fand die Vorstellung furchtbar.«

»Das ist der Grund, warum ich auch keine mehr trage«, bestätigte der Kabcar gut gelaunt. »Die meisten sind mehr Flohbrutstätte als alles andere.« Er hielt Tokaro einen Pokal hin. »Hier, trink auf deinen Sieg. Du hast dein Leben gerettet und einen Hengst erhalten. Auch wenn mich der Verlust des Schimmels sehr schmerzt.«

»Treskor wird für Euch viele Rennen gewinnen, wenn ich ihn reite, hoheitlicher Kabcar«, sagte der Knabe und roch an dem Gefäß. Noch nie in seinem Leben hatte er Wein getrunken, und er war sehr neugierig auf den Geschmack, den die Erwachsenen so sehr lobten. Als er den ersten Schluck auf der Zunge spürte, verzog sich ungewollt sein Gesicht, beinahe hätte er den Alkohol auf den Teppich gespuckt.

Die beiden Männer lachten.

»Noch weiß er den Wein nicht zu schätzen«, bemerkte Nerestro, »aber das wird sich in ein paar Jahren legen.« Er prostete dem Jungen zu. »Ich habe dich beobachtet, Tokaro. Ich bin beeindruckt von deiner Kunst. Auch ich sah niemals zuvor einen so jungen Menschen, der solche Kunststücke beherrscht.« Nerestro musterte ihn und überlegte kurz. »Überlasst den Jungen mir, hoheitlicher Kabcar«, sagte er dann. Tokaro blieb das Herz stehen. »Ich würde ihn gerne als Knappen mitnehmen. Ein solches Talent darf nicht auf der Rennbahn vergeudet werden.«

»Ein gewöhnlicher Knabe, ein Niederer, der Sohn einer Magd als Ordensritter?« Lodrik zeigte sich erstaunt und klappte das Buch zu. »Wie soll das angehen?«

»Ich adoptiere ihn«, erklärte der Großmeister. »Damit dürften alle Schwierigkeiten beseitigt sein.«

»Ich weiß nicht, ob meine Mutter damit einverstanden ist«, meldete Tokaro vorsichtig seine Bedenken an. Der Gedanke, irgendwann eine solche Rüstung tragen zu dürfen, schmeichelte ihm zwar, aber sich dafür einem völlig Fremden anvertrauen und womöglich noch die seltsamste Ausbildung über sich ergehen zu lassen, das ging ihm zu weit.

»Junge, es wäre eine Ehre, wie sie noch niemandem vor dir in der Geschichte unseres Ordens zuteil wurde«, meinte der Ritter fassungslos, die braunen Augen sprachen Bände. »Deine Mutter würde vor Freude sterben, wenn sie es erfahren würde.« Der Kopf drehte sich wieder zum Kabcar, sein Blick wurde eindringlich. »Bitte, hoheitlicher Kabcar, Ihr müsst mir den Knaben anvertrauen.«

Lodrik verzog den Mund und schaute zu Tokaro. »Wenn er nicht will, werter Großmeister, dann will er nicht. Ich werde es ihm nicht befehlen.«

»Ich möchte nicht«, bestätigte der Knabe mutig angesichts des Berges aus schimmerndem Stahl vor sich. »Ich will Rennreiter des Kabcar sein, nichts anderes.« Schnell stürzte er den Wein hinunter, ein warmes Gefühl verbreitete sich in seinem Magen.

Maßlose Enttäuschung spiegelte sich im Gesicht des Ritters wider. »Nun, eine solche Gelegenheit wird einem im Allgemeinen nur einmal im Leben gegeben, Junge. Schade, dass du sie vertan hast, und in ein paar Jahren wirst du dich sehr darüber ärgern.« Er stellte den Pokal ab, nahm seinen Helm unter den Arm und verneigte sich vor dem jungen Herrscher. »Ich beglückwünsche Euch zu Eurem neuen Rennreiter und zu den Pferden, die ich gesehen habe. Ich würde gerne ein paar meiner Stuten vorbeibringen lassen, um sie decken zu lassen.« Der Großmeister sah zu Tokaro. »Auch von deinem Hengst ...«

»Treskor«, half der Junge.

Nerestros Miene wurde nachdenklich, mit einer Hand fuhr er sich die Bartsträhne entlang. »Treskor? Den Namen habe ich schon einmal gehört. War das nicht das Pferd des Leibwächters? Waljakov hieß er.«

Lodriks blaue Augen gefroren zu Eis. »Ja. Der Hengst

stammt von dem Rappen ab, der hoffentlich irgendwo zusammen mit seinem Herrn faulend auf dem Grund des Meeres liegt.« Der Kelch wanderte ruckartig an seine Lippen, und er stürzte den Wein die Kehle hinab.

»Nun denn«, verabschiedete sich Nerestro. »Hoheitlicher Kabcar, seid mir nicht böse, dass sich der Orden nicht an den Eroberungen beteiligt. Wir halten uns vollständig aus der politischen Betätigung heraus, nachdem wir genau deswegen einmal beinahe ein so unrühmliches Ende gefunden hätten. Ich hoffe, Ihr versteht das.« Lodrik nickte knapp, in Gedanken woanders. »Auf ein baldiges Wiedersehen.« Er verließ das Zimmer, ohne Tokaro eines weiteren Blicks zu würdigen.

»Ich bin froh, dass ich den besten Rennreiter des Kontinents in meinen Diensten behalten konnte«, sagte der Kabcar und füllte sich erneut das Gefäß auf. Doch die gute Laune, die er verspürt hatte, war verschwunden. »Und nun erzähle mir, woher du stammst und wer deine Eltern sind.«

»Meine Mutter arbeitet bei Euch, hoheitlicher Kabcar, als Magd im Palast. Sie heißt …

»Dorja«, sprach der Mann versonnen den Namen aus. Als er die erstaunten Blicke des Jungen bemerkte, fügte er schnell hinzu: »Wir sprachen vor kurzem mit dem Hofmarschall über die zuverlässigsten Bediensteten des Palastes. Und so ein tüchtiger Junge kann nur der Sohn von Dorja sein.«

»Das wird sie freuen, wenn ich ihr das sage«, meinte Tokaro.

Der Kabcar stellte den Kelch ab und packte den Jungen bei den Schultern. Ernst schaute er ihn an. »Du wirst deiner Mutter nicht sagen, dass wir uns getroffen haben. Du wirst ihr auch nicht erzählen, wie du an deine neuen Aufgaben gekommen bist. Wenn sie fragt, wirst du ihr berichten, dass du einen Reitwettbewerb gewonnen hast, nichts weiter. Stelle ich fest, dass du geplaudert hast, Tokaro, nehme ich dir den Hengst weg und werfe dich aus meinen Diensten.«

»Aber warum, hoheitlicher Kabcar, darf ich nicht …«, wollte der Knabe aufgelöst wissen, aber der junge Herrscher blickte nur streng und gab keine weiteren Erklärungen.

»Du wirst morgen zusammen mit meinen restlichen Reitern an einen anderen Ort gebracht, Tokaro. Außerhalb von Ulsar, wo du in aller Ruhe mit Treskor üben kannst. Es soll dir an nichts fehlen. Deine Mutter wird dir bald folgen.« Er strich ihm über den hellbraunen Schopf. »Wer einen so berühmten Sohn hat, muss sich nicht weiter seine Waslec als niedere Magd verdienen. Mit dem Auskommen, das ich dir zahle, habt ihr ausgesorgt.«

»Wie Ihr befehlt, hoheitlicher Kabcar«, stimmte Tokaro verwundert zu. Nach wie vor empfand er es als ungerecht, dass er seine Mutter anlügen sollte, ohne genau zu wissen, weshalb. Aber die Furcht, den geliebten Hengst und die eben erst gewonnene Stellung zu verlieren, siegten. »Ich werde nichts sagen.«

»Sehr gut.« Lodrik zeigte sich zufrieden und ließ ihn los. »Nun geh und freue dich auf dein neues Zuhause und deine neue Verantwortung. Ich erwarte nur Siege von euch beiden.« Mit einer Klingel signalisierte er den vor der Tür wartenden Dienern, dass sein Besuch gehen wollte.

»Hoheitlicher Kabcar«, sagte der Junge gedehnt, »darf ich Euch noch eine Frage stellen?« Der junge Herrscher nickte grantig. »Hättet Ihr mich wirklich töten lassen?«

Ohne eine Bemerkung und mit einen rätselhaften Lächeln wies Lodrik in Richtung Tür, ein Bediensteter schob Tokaro hinaus. Die Antwort blieb er dem Knaben schuldig.

Nachdenklich schaute er dem Kind hinterher, das sich

umständlich die Perücke auf den Kopf setzte und mit den etwas zu großen Schnallenschuhen an den Füßen hinausstolperte. Es schien, als sei die Vergangenheit überall um ihn herum.

»Du weißt, wo es hinausgeht«, sagte der Livrierte an der Freitreppe, der offensichtlich keine Lust verspürte, dem jungen Rennreiter die gleiche Aufmerksamkeit einzuräumen, wie er es bei einem anderen Besucher getan hätte. »Und Perücken zieht man nicht ab, Bursche, man behält sie auf. Merk's dir.« Unsanft bohrte sich ihm ein Finger ins Kreuz. »Und die Verbeugung muss das nächste Mal tiefer ausfallen.«

»Ja, ist ja gut«, bedankte sich Tokaro ungehalten. »Und du vergiss nicht, dass du mit einem Rennreiter des Kabcar sprichst.«

»Von denen gibt es zwei Dutzend«, erwiderte der Diener kühl, zog den Rock glatt und schritt die Balustrade entlang. »Ich sehe nichts Besonderes darin.«

»Neidhammel«, rief Tokaro neckend und sprintete die Stufen hinab. Auf dem Hof angekommen, schleuderte er die störenden Schuhe von den Füßen und warf die Perücke übermütig in die Luft.

Sein Blick fiel auf die Schar der Ordensritter, die sich gerade auf den Weg machten. Vorneweg ritt ein Knappe mit der Standarte der Hohen Schwerter, der gerüstete Großmeister schloss sich an. Weitere Ritter und das Gefolge der Knappen mit den Packtieren trabten im Tross hinterher. Ein vielfaches Hufeklappern und Scheppern von Rüstungsteilen erfüllte den Hof, das die Ohren des Jungen auf eine harte Probe stellte.

Nerestro wandte Tokaro seinen Kopf mit dem eindrucksvollen Helm zu, als wollte er ihm eine letzte Gelegenheit geben, seinen Entschluss zurückzunehmen.

Doch der Junge hob die Hand nur zum Gruß.

Der Großmeister zuckte mit den Achseln und beschleunigte das Tempo des Zuges, der bald darauf verschwunden war.

Es war nun merkwürdig still im Gestüt, nur die schwirrenden Schwalben mit ihren schrillen Rufen und die Laute aus den Pferdeställen sorgten dafür, dass es nicht unheimlich wurde. Tokaro machte sich pfeifend auf den Weg zu Treskor.

Der Hengst blähte die Nüstern, als er den Jungen wahrnahm, und stieß laut die Luft aus.

Liebevoll umarmte der Knabe den Hals des Hengstes. »Du bist jetzt mein. Wir sind von nun an unzertrennlich, nicht wahr?« Er nahm sich die Bürste und einen Holzeimer, stülpte ihn um und stieg hinauf, um dem Ross den Rücken zu striegeln. »Ich werde dich noch mehr pflegen als früher. Wir beide werden ein Rennen nach dem anderen gewinnen.« Treskor wieherte, der Schweif zuckte, um die Fliegen zu verscheuchen. »Wir werden reich, weil ich mein ganzes Geld nur auf unseren Sieg setzen werde. Und dann kaufe ich uns ein schönes Haus mit Stall. Und dir eine schöne Stute. Ist das ein Vorschlag?« Seine Bewegungen wurden langsamer. »Meinst du, wir hätten mit dem Ritter reiten sollen? Ich und ein Ordenskrieger?«

Der Kopf des Hengstes fuhr hoch, die Nüstern sogen prüfend die Luft ein. Tokaro hörte, wie jemand sich alle Mühe gab, lautlos heranzukommen. Aber das Stroh im Mittelgang raschelte verräterisch.

Govan, zuckte es wie ein Blitz durch Tokaros Gedanken. *Er will Treskor etwas antun, um sich zu rächen.*

Rasch hüpfte er vom Eimer, packte die Kordel, die als Griff diente, und stellte sich unmittelbar neben den Eingang zum Abteil, den Arm zum Schlag erhoben, um dem Eindringling das Holzgefäß über den Scheitel ziehen zu können.

Eine kleine Gestalt streckte vorsichtig den Kopf herein.

Tokaros freie Hand schnellte nach vorne. Er packte den Aufschlag des leichten Mantels, zog den unangemeldeten Besucher ruckartig nach vorne und beförderte ihn ins Stroh. Kopfüber warf er sich auf dessen Rücken und kniete sich auf die Arme.

Ein Schmerzenslaut, der so gar nicht zu einem Jungen passen wollte, drang an sein Gehör. Als er langes schwarzes Haar unter der Kapuze sah, wurde er sich seines Fehlers bewusst.

Erschrocken sprang er auf und riss das Mädchen in die Höhe und klopfte die Halme von ihrem Mantel und aus dem Kleid, inständig hoffend, dass Treskor noch kein Wasser abgeschlagen hatte. »Es tut mir Leid, hoheitliche Tadca«, stammelte er. »Ich dachte, Ihr wärt Euer Bruder, der meinem Pferd vielleicht etwas antun wollte.«

Zvatochnas Augen schienen Tokaro durchbohren zu wollen. »Das wäre schon wieder ein Grund, dich hinrichten zu lassen«, sagte sie ungehalten. »Schau dir mein Kleid an, meine Haare, ich sehe aus wie eine einfache Magd.«

»Was ist Schlechtes an einer einfachen Magd?« Der Rennreiter fühlte sich herausgefordert, die Ehre seiner Mutter zu verteidigen. »Sie sorgt dafür, dass die Herrschaften gut leben.«

»Verzeih mir«, bat die Tadca und kam auf ihn zu. »Ich wollte dir nur gratulieren. Du bist hervorragend geritten, und alle sind neidisch auf dich. Auch Govan.«

»Und ich muss mich dafür bedanken, dass Ihr die Schuld heute Nachmittag auf Euch nehmen wolltet«, erwiderte der Junge etwas versöhnlicher gestimmt, zumal ihr Antlitz in dem schummrigen Licht von einem der letzten Sonnenstrahlen, der durch die Scheibe fiel, wundervoll beleuchtet wurde. Würde sie ihn nun bitten, die Pferde des Gestüts zu stehlen, er täte es ohne zu zögern. »Ich werde nicht alle Rennen für Euren Vater gewinnen«, sagte er etwas zögerlich.

»So?«, meinte sie erstaunt und entfernte mit spitzen Fingern einen Halm aus dem Haar.

»Ich werde einige nur für Euch gewinnen, hoheitliche Tadca«, erklärte er leise und sah ein wenig verlegen zu Boden.

Das Mädchen strahlte, und Tokaros Herz hüpfte vor Freude. »Wenn das so ist, dann bist du mein Streiter, oder?« Sie betrachtete ihn eine Weile schweigend, dann nahm sie ein Amulett unter dem Kleid hervor und legte es dem Jungen um den Hals. »Aber du darfst es niemandem verraten. Es schickt sich nicht, dass sich eine Tadca mit einem Gemeinen einlässt.« Sie reichten sich die Hände, und wieder spürte er dieses Kribbeln in den Fingern und die Schmetterlinge im Bauch.

»Ich werde Euch eines Tages zur Frau nehmen«, versprach er leise und blickte fest in das Braun ihrer Augen.

Zvatochna kicherte. »Ich nehme dich aber nur, wenn du ein berühmter Reiter geworden bist, der viel Geld und Ruhm errungen hat.« Sie stellte sich ein wenig auf die Zehenspitzen und küsste flüchtig seine rechte Wange. »Sonst wirst du mich nicht bekommen, und ich suche mir einen Prinzen, der mir das alles geben kann.«

»Ich werde Euch alles das zu Füßen legen«, sagte Tokaro, halb besinnungslos vor Glück.

Sie zog ihre Finger zurück. »Ich muss gehen. Man wird sicherlich schon nach mir suchen«, entschuldigte sie sich und drückte den Jungen schnell noch einmal an sich. »Mein Streiter, enttäusche mich nicht. Und denk an dein Versprechen.« Sie huschte hinaus.

Der junge Rennreiter lehnte sich grinsend an Treskor. »Hast du das gehört? Ich werde die Tadca heiraten. Sie hat es mir versprochen.« Er nahm die Bürste und setzte das Striegeln voller Schwung fort, dass die Staubwolken flogen. »Und ich erwarte, dass du immer der Schnellste bist, mein Pferdchen. Von dir hängt es ab, ob ich sie zur Frau nehmen kann. Meine Mutter wird so stolz sein, wenn ich die Tochter des Kabcar in unsere Hütte führe.« Er streichelte den Hals des Hengstes. »Wir brauchen Geld. Viel Geld. Das werden wir uns irgendwie beschaffen, je früher, desto besser.«

Seufzend leerte Lodrik den Pokal und zog mit der anderen Hand das Henkersschwert halb aus der Scheide. Als würden ihn die Gravuren und aufgeschmiedeten Bannsprüche einmal mehr verhöhnen, blitzten sie im blutroten Schein der untergehenden Sonnen auf.

Noch immer war es ihm nicht gelungen, eine erfolgreiche Beschwörung durchzuführen. Mit allen Mitteln kämpften die Seelen der Verstorbenen dagegen an, von ihm ins Diesseits geholt zu werden.

Es schien, als hätte Jukolenko sich den Spaß erlaubt, im Jenseits seine Intrigen fortzuführen, um den Kabcar am Erringen von Erfolgen zu hindern. Auch sein Vater war nicht erschienen, er konnte mit der Asche seines Erzeugers anstellen, was er wollte.

Dennoch weigerte sich Lodrik standhaft, seinen Konsultanten um Rat zu fragen. Er wollte nicht, dass sein Vetter wusste, welche Experimente, die weit über das Beherrschen von simpler Magie hinausgingen, er durchführte. Und so sehr lag ihm die Nekromantie nicht am Herzen, dass er sie mit aller Macht erlernen wollte.

Lodrik beherrschte die Magie inzwischen beinahe im Schlaf, und er bedauerte es, dass er keine Gelegenheit bekam, die mächtigsten Energien zu befreien. Gleichzeitig widerstrebte es ihm, die Zauberkunst ohne Anlass einzusetzen.

Mit einem Fluch steckte er die Waffe zurück und machte sich auf zu seiner Frau und den Kindern, um sie ins Bett zu bringen.

Als Lodrik die Tür zum Spielzimmer seiner Sprösslinge öffnete, zeigte sich ihm dasselbe Bild wie immer, eine Szene, die ihn mehr und mehr abstieß. Es präsentierte sich ihm die perfekte Familie, nur dass nicht er in der Mitte saß, umringt von den Kindern und seiner Gattin, sondern ein anderer.

Mortva Nesreca hob den Kopf und nickte dem Kabcar zu, Govan absolvierte unter dessen Aufsicht ein kleineres magischen Kunststück, während der Krüppel mit riesigen Augen daneben hockte und auf die schwebenden Bauklötze glotzte. Mit der Kraft der Magie fügte sein ältester Sohn die Holzquader in der Luft zu einem Turm zusammen, bevor er die Handflächen zusammenlegte, mit den Fingerspitzen auf sein fliegendes Bauwerk deutete und es mit einem Blitz auseinandersprengte. Krutor, der fast schon die Größe eines ausgewachsenen Mannes hatte, lachte hohl und klatschte verkrampft in die Hände.

»Habt Ihr gesehen, Hoher Herr, was Euer Sohn schon alles kann?«, sagte sein Konsultant gespannt. »Er ist bereits sehr mächtig und macht, wenn man das so sagen kann, stündlich Fortschritte.«

»Es wird wohl auch an dem exquisiten Lehrer liegen, der sich so oft und ausgiebig um ihn kümmert«, meinte Aljascha freundlich, doch die Worte gossen Schierling in das süße Lob. Die Kritik, die Lodriks Gemahlin auf diese Weise äußerte, wurde immer beißender und unerträglicher.

»Ja, der Mentor könnte besser nicht sein«, stimmte der Kabcar zu. Insgeheim hatte er gehofft, dass die beiden Knaben zu ihm gelaufen kamen, aber sie konzentrierten sich weiterhin auf den Mann mit den silbernen Haaren, dem die letzten zwölf Jahre äußerlich scheinbar nichts anhaben konnten.

Dafür verbrachte die Kabcara Stunden mit dem Besuch von Bädern, Kuren oder in den Händen von Quacksalbern, die ihr ihre Jugend erhalten sollten. Zwei Cerêler mussten ihr Tinkturen brauen, die von innen heraus wirkten.

Lodrik versank in Gedanken. Auch an ihm waren die letzten Jahre nicht spurlos vorübergegangen. Die Sorge um seine Untertanen, die ständigen Eroberungen und die damit verbundenen gelegentlichen Scherereien mit Uneinsichtigen ließen sein Gesicht altern. Kaum mehr als ein paar Wochen war er in Ulsar anzutreffen, die meiste Zeit reiste er durch die Gegend, um sich überall seinen Untertanen zu zeigen oder Verhandlungen mit den Adligen seines Großreiches zu führen.

Doch der Aufwand lohnte sich. Die Bewohner der neu eingegliederten Gebiete akzeptierten den neuen Mann auf dem Thron, der nur Vorteile brachte. Zumindest dem einfachen Volk, angefangen bei der Lockerung und Abschaffung der Leibeigenschaft bis hin zur Errichtung von Schulen, Universitäten, Bade- und Krankenhäusern, die eine kostenlose medizinische Versorgung gewährleisteten.

Vieles war noch immer im Aufbau begriffen, aber die Menschen anerkannten die Bemühungen des jungen Mannes, der von seinen Feinden fälschlicherweise als Despot bezeichnet wurde.

Zu den Feinden gehörten die Abtrünnigen der Provinz Karet, das Inselreich Rogogard sowie der Staatenbund im Süden des Kontinents, bestehend aus Tersion, Kensustria und Ilfaris.

Dort hatten die meisten Verleumdungen ihren Ursprung, von dort kamen die Sänger, Dichter und Einflüsterer, die das Volk aufwiegeln wollten. Auch in adligen Kreisen gab es eine Konspiration, so viel war sicher. Wer nun aber genau dazugehörte, konnte Lodrik nicht mit Sicherheit sagen. Aber er würde es noch herausfinden.

Sein Konsultant eröffnete eine Gegenoffensive der Gerüchte und schaffte es, den Staatenbund als eine Ansammlung von Neidern darzustellen, denen nichts mehr am Herzen läge als die Zerschlagung des Großreiches, um die alten Kräfteverhältnisse wieder herbeizuführen.

Vor allem Tersion und das benachbarte Kaiserreich Angor wurden als dekadent, korrupt und zurückgeblieben bezeichnet. Das durch und durch absolutistische Herrschaftssystem, das sogar die Sklavenhaltung erlaubte, bot sich geradezu für ein derartiges Feindbild an. Kensustria war ohnehin allen suspekt, und damit rutschte auch Ilfaris im Ansehen ab, da es sich seit jeher gut mit den Grünhaaren verstand. Und gerade über diese »Gegenoffensive« musste Lodrik mit seinem Berater sprechen.

Die Tür in seinem Rücken öffnete sich, seine Tochter huschte herein und blieb wie angewurzelt stehen, als sie ihren Vater erkannte. Sie machte eine tiefe Verbeugung und eilte zu ihrer Mutter, von der sie einen strafenden Blick bekam.

»Wo warst du, Zvatochna? Du riechst nach Stall?« Betont vorwurfsvoll klaubte sie Stroh aus dem schwarzen Haar. »Was soll das, Fräulein? Wälzt sich eine Tadca im Heu?«

Sie nahm sich eine Bürste von der Anrichte und kämmte den Schopf ihrer Tochter absichtlich so, dass es dem Mädchen wehtat. Tränen stiegen ihr in die Augen, aber sie hielt der Bestrafung eisern stand.

»Das nächste Mal werde ich mir etwas für dich einfallen lassen«, drohte sie. »Stell dir vor, du hättest dich im Gesicht verletzt. Einer dieser scheußlichen Halme würde deine zarte Haut ritzen. Wie furchtbar.«

»Ich werde es nicht wieder tun«, versprach die Tadca und spielte die Zerknirschte ebenso gut wie ihre Mutter.

Lodrik kam sich reichlich überflüssig in dem Zimmer vor. Da ging ein Leuchten über das Gesicht des missgestalteten Knaben. Er grabschte sich einen Bauklotz und humpelte auf seinen Vater zu. »Schau mal«, verlangte er grinsend, legte den deformierten Kopf in den Nacken und balancierte das quadratische Holzstück auf seiner Nase aus. »Habe ich das gut gemacht, Vater?«

Govan prustete, Zvatochna hielt sich die Hand vor den Mund. Ein spöttisches Lächeln war alles, was von Aljascha kam.

Der Kabcar fuhr dem Jungen über die Haare. »Ja, Krutor«, würdigte er die Bemühungen und drückte die groteske Gestalt an sich.

»Vater, ich will nicht mehr bei dem dunklen Mann lernen«, raunte sein Sohn ihm bittend ins Ohr. »Er macht mir Angst.«

»Du musst dich nicht fürchten, Krutor«, beruhigte Lodrik ihn und tätschelte ihn behutsam. »Echòmer ist dein Freund.«

Doch die stahlharte Umklammerung löste sich nicht. »Aber seine Stimme ist schrecklich. Wie die eines Raben. Und er hat keine Augen«, sprach der Jüngste furchtsam weiter. »Bitte, ich will nicht mehr lernen müssen.«

»Ich verspreche dir, er wird dir nichts tun«, beschwichtigte der Kabcar, dem allmählich die Luft ausging. »Ich passe auf.«

Krutor nahm die Arme weg, und unwillkürlich sog Lodrik Luft in die Lungen. Die Kraft, die in dem Krüppel steckte, würde man ihm niemals zutrauen. »Gut«, gab er nach und trottete zurück zu Govan.

Der Ältere der Brüder drückte Mortva. »Bis morgen, mein Mentor. Ich erwarte die neuen Lektionen schon mit Ungeduld.« Eine artige Verbeugung in Richtung seiner Mutter, ein knappes Nicken zu seinem Vater, und der Tadc ließ sich von einem Livrierten in sein Gemach bringen.

Innerlich hatte Lodrik seinen Ältesten bereits abgeschrieben. All die Jahre, die er im Sattel und unterwegs in seinem Reich verbracht hatte, sorgten dafür, dass der Konsultant schon lange über den Rang des »Onkels« hinaus aufgestiegen war.

Aljascha entließ Zvatochna aus ihren Fängen. »Und nun ab ins Bett mit dir«, befahl sie. »Vergiss die Salbe nicht. Sie sorgt dafür, dass du eine schöne Haut behältst.«

Das Mädchen verneigte sich vor der Mutter und dem Vater und wurde ebenfalls von einem Diener hinausbegleitet.

Krutor kauerte inmitten des Spielzeugs und versuchte, den Turm, den er gebaut hatte, zum Fliegen zu bringen. Die Bausteine stiegen fast bis an die Zimmerdecke empor, dann regneten sie auf den zurückgebliebenen Jungen herab, der traurige Augen bekam.

»Wie macht Govan das?«, fragte er seinen Vater. »Ich will das auch können.« Seine Stirn verzog sich, wütend schlug er auf ein Holzstück. »Dummes Ding!« Immer wieder schleuderte er es in die Höhe. »Flieg. Los, flieg!«

»Krutor, es ist Zeit, dass du ins Bett gehst«, sagte Lodrik, dem das Herz beim Anblick seines zweiten Sohnes schwer wurde. Er würde Ulldrael diese heimtückische Rache niemals verzeihen. Er streckte die Hand aus, und der Junge, fast gleichgroß wie sein Vater, kam zu ihm gehopst. »Ich begleite dich.« Zusammen gingen sie an die Tür. »Mortva, ich erwarte Euch in einer halben Stunde in der Bibliothek. Wir haben etwas zu besprechen.« Die Tür fiel hinter ihnen ins Schloss.

Der Konsultant erhob sich, stellte sich in den Rücken der Kabcara und küsste ihren Hals. »Wir haben eine halbe Stunde, Aljascha.«

Die Frau kümmerte sich nicht darum, sondern frisierte ihr feuerrotes Haar. »Wie lange muss ich das noch alles ertragen? Ich erwarte, dass du mich auf meinen versprochenen Thron setzt.«

Mortva legte seine samtweichen Hände auf ihre weißen Schultern. »Du erinnerst dich an unsere Abmachung. Zunächst soll der Kontinent vollständig in die Hand Lodriks gelangen, dann ist die Zeit reif.«

Aljascha schüttelte die Hände ab. »Hast du einen Blick auf die Landkarte geworfen? Der Staatenbund fehlt uns ebenso wie Agarsien und die verdammten Piraten.« Die Haarbrüste fuhr durch die strahlend roten Locken. »Ich will augenblicklich eine feste Zusage, einen festen Zeitpunkt, oder …«

»Oder was, hoheitliche Kabcara?«, meinte der Konsultant amüsiert. Noch immer versuchte die Frau, mit Drohungen etwas zu erreichen

Doch die Herrscherin war wirklich derart in Rage, dass ihre Wut durch nichts mehr aufzuhalten war. »Ich habe, weiß Gott, Geduld bewahrt. Zwölf lange Jahre verbrachte ich mit einem Kind, das von einem perfekten Reich träumt, in dem alle Menschen glücklich sind, und das eine Reform nach der anderen aus den Kanzleien jagt. Ich muss mir seine Zudringlichkeiten gefallen lassen, um keinen Verdacht zu erwecken.« Sie drehte sich zu ihm um, die Bürste reckte sich in seine Richtung. »Wenn du nicht bald etwas unternimmst, dann schwöre ich, sorge ich dafür, dass er eines morgens tot im Bett liegen bleibt.« Aufgebracht schaute sie in den Spiegel und beobachtete in der reflektierenden Fläche das ansprechende Gesicht ihres geheimnisvollen Liebhabers. »Ich frage mich, warum ich das nicht schon längst getan habe.«

Mortva beugte sich nach vorne, bedeckte ihre Schulter mit zärtlichen Küssen und zog sie behutsam auf die Beine. »Wenn der Kabcar jetzt stirbt, zerfällt das, was sich im Aufbau befindet«, raunte er ihr zu. »Und du willst doch nicht auf einem wackelnden Thron sitzen. Perdór ist kein Idiot. Er würde die Lage sofort zu seinen Gunsten ausnutzen.« Er drehte sie um und hob sie auf den Toilettentisch, seine Hände wanderten ihre Schenkel hinauf. »Innerhalb von zwei Jahren wird uns der Süden gehören, das verspreche ich dir. Bei Tzulan dem Gebrannten Gott. Und dann haben wir das Festland unter unserer Kontrolle.« Seine Lippen trafen auf die ihren. »Die Piraten werden wir mit Hilfe von ein wenig Magie einfach wegspülen. Um sie musst du dir keine Gedanken machen.« Er streifte den Saum ihres Kleides nach oben. »Bis dahin haben wir dreihunderttausend Mann unter Waffen, alle bestens ausgerüstet. Tarpoler und Tzulandrier, die nur dir gehorchen.«

»Wir könnten die Eroberungen ausdehnen«, flüsterte die Kabcara und schloss genießerisch die Augen. »Wie wäre es mit Angor? Das Kaiserreich hätte eine Lektion verdient?« Eine Welle der Lust rollte durch ihren Körper, der Puls beschleunigte sich.

»Wie du möchtest«, gestand Mortva ihr zu. »Und warum nicht auch Kalisstron? Wir haben die Macht dazu. Und du, Kabcara Aljascha …«

»Nein«, unterbrach sie ihn hart und öffnete die Augen. Das Hellgrün war herrisch, kalt und voller Gier. »Wer ein solches Imperium kontrolliert, sollte sich nicht mit dem Titel Kabcara zufrieden geben.« Sie legte den Kopf nach hinten, der Konsultant küsste ihren Hals und wanderte an ihm nach unten. »Erst bin ich die trauernde Witwe, und dann lasse ich mich zur Ȼarija krönen.« Sie packte seinen Kopf und zog den Mann in die Höhe, um ihm einen wilden Kuss aufzudrücken. »Innerhalb von zwei Jahren, Mortva? Ist das diesmal endgültig?«

Die unterschiedlich farbigen Augen funkelten für einen Moment beide tiefrot, dann nickte er. »In zwei Jahren sollst du für alles entschädigt werden, Aljascha. Ohne dich wäre das alles niemals möglich geworden«, sagte Mortva und presste sie an sich. »Dafür wird dich Tzulan persönlich entlohnen.«

Die Kabcara stöhnte leise auf, als er sie neuerlich berührte, und gab sich dem mysteriösen Wesen in Menschengestalt hin, wie sie es so oft und gerne in den letzten Jahren getan hatte.

»Wir haben es übertrieben«, begann Lodrik, als sein Konsultant die Bibliothek betrat. »Und Ihr seid zu spät.« Ärgerlich goss er sich Schnaps in sein Glas.

»Vergebt mir, Hoher Herr«, sagte Mortva und deutete eine Verbeugung an. »Ich hatte noch eine Sache zu Ende zu bringen, die ich unmöglich einfach zur Seite legen konnte.« Er spazierte lautlos durch das Zimmer, das mit Büchern über Pferdezucht, Haltung und Pflege voll gestopft war. »Was für eine herrliche Nacht, nicht wahr?«

Missmutig schaute der junge Herrscher aus dem Fenster zum klaren Sternenhimmel. »Ja. Da mir ein Gedanke den Schlaf raubt, kann ich sie in all ihrer Pracht bewundern.« Routiniert setzte er den Rand des Glases an die Lippen und beförderte den Inhalt mit einer ruckartigen Bewegung in den Mund. »Wir haben es eindeutig übertrieben. Eure Leute leisteten zu gute Arbeit«, wiederholte er noch einmal.

Mortva konnte noch nichts mit den Äußerungen seines Herrn anfangen, setzte sich ihm gegenüber und wartete ab. »Werdet ein wenig präziser, bitte.«

»Eure Gerüchtestreuer haben es geschafft, zumindest die Bewohner des Nordens dazuzubringen, einen Krieg gegen den Staatenbund zu fordern.« Lodriks blaue Augen wirkten ein wenig verzweifelt. »Die Stimmung steht kurz vor dem Kippen, die Werbestellen für die Armee haben einen Zulauf an Freiwilligen, dass sie bald nicht mehr wissen, wo sie die Rekruten unterbringen sollen.«

»Eine Konfrontation wäre früher oder später ohnehin unvermeidlich«, kommentierte der Mann mit den silbernen Haaren ruhig. »Ich denke nicht, dass Lubshá Nars'anamm lange stillhalten wird.« Gemütlich lehnte sich der Konsultant nach links. »Das Volk spürt, dass es nicht ohne einen Feldzug geht.«

»Schon wieder ein Feldzug«, sagte Lodrik ungehalten. »Dabei dachte ich, es wäre nach zehn Jahren alles vorbei. Meinetwegen hätte ich die Giftschleuder im Süden auch noch unbehelligt gelassen. Aber die Untertanen verlangen beinahe schon von mir, dass ich mir den Süden vorknöpfe. Es wird wohl nicht anders gehen.«

»Betrachtet es doch so«, half Mortva. »Nach unseren Informationen hat das Kaiserreich Angor so viele Truppen in Tersion und Ilfaris aufgestellt, dass selbst wir trotz unserer Bombarden Probleme haben werden, den Feind in Schach zu halten, sollte er sich zu einer Invasion entschließen. Da die Dunkle Zeit trotz aller Vorhersagen nicht eingetroffen ist, können sie sich nicht länger hinter diesem scheinbaren Argument verstecken, sondern betreiben stattdessen ganz offen Kriegsvorbereitungen. Da ist es nur verständlich, dass Eure Untertanen präventive Maßnahmen befürworten.« Er ordnete die langen Haare. »Dennoch gebe ich Euch Recht, wenn Ihr einen Feldzug zum derzeitigen Moment ablehnt. Wir sollten uns erst um unsere Verbündeten kümmern, bevor wir eine neue Front eröffnen.«

»Ihr meint die Palestaner?«

Der Konsultant nickte. »Exakt. Sie werden unruhig, weil wir ihre Forderungen für ihre Dienste damals noch immer nicht erfüllt haben. Aber wenn wir uns gegen Tersion, Ilfaris und Kensustria stellen, benötigen wir ihre Schiffe. Der Staatenbund hat eine unkontrollierbar weitläufige Küstenfläche, über die wir gemütlich einfallen können. Und gegen das Kaiserreich, das traditionell eine Seemacht ist, sind wir auf fast alles angewiesen, was Balken hat und groß genug ist, Soldaten zu transportieren.«

»Und nachdem wir den Staatenbund eingenommen haben, eliminieren wir die Palestaner und übernehmen den Seehandel.« Lodrik rieb sich am Kinn entlang. Er hatte sich scheinbar mit dem bevorstehenden Krieg abgefunden. »Aber ich habe keine Lust auf lange Schlachten. Agarsien muss im Handstreich fallen. Empfehlungen?«

»Wie wäre es, wenn wir in allen Häfen, die von uns kontrolliert werden, genau in einem halben Jahr alle Schiffe konfiszieren?«, meinte sein Vetter.

Der Inhalt eines weiteren Glases verschwand im Inneren des Kabcar. »Gleichzeitig haben wir in jedem größeren agarsienischen Hafen mindestens drei Schiffe, in die Hauptstadt entsenden wir ein Dutzend, getarnt als Handelsschiffe, die zeitversetzt ankommen werden«, schmiedete Lodrik den Plan weiter. »So können wir die gesamte Kaufmannsversammlung auf einmal fangen, ohne dass nur einer an Gegenwehr denkt. Die Seestädte sind bedeutend, das Hinterland können wir uns immer noch in aller Ruhe mit ein paar Tausend Soldaten nehmen. Nur die Südostgrenze zu Tersion muss im Eiltempo geschlossen werden. Ich will nicht, dass Waren zu Alana gelangen.«

Mortva deutete stummen Applaus an. »Damit haben wir, wenn alles gut läuft, in nur wenigen Wochen die Meereshändler bezwungen.«

»Ich rechne nicht mit allzu großem Widerstand«, schätzte der Kabcar. »Sie wissen, was ihrem Land blüht, wenn sie sich wehren. Wer sollte es mit meinen Truppen aufnehmen können? Nachdem die neuen Bombarden fertig gestellt und installiert sind, existiert meines Wissens niemand, der auch nur annähernd in der Lage ist, Paroli zu bieten.«

»Unsere Neuanfertigungen werden in wenigen Tagen einem Probelauf unterzogen.« Warnend hob Mortva die Hand. »Aber Vorsicht, Hoher Herr. Wir wissen nicht, was die Grünhaare alles in ihren Arsenalen haben. Die Ingenieure der Kriegerkaste sind unangenehm kreativ. Vermutlich haben auch sie Bombarden.«

»Nun, vielleicht sind meine Untertanen zufrieden, wenn wir die Agarsiener besiegt haben«, hoffte der junge Herrscher. »Ich muss sagen, dass ich von der Kriegsbereitschaft des Ostens sehr überrascht bin.«

Der Konsultant lächelte. »Euer Volk ist seit dem glorreichen Jahr 443 nur das Siegen gewohnt. Da ist es einfach, neue Eroberungen zu verlangen.« Er erhob sich. »Aber wir sollten nicht ungerecht werden. Der Staatenbund hat es verdient, dass wir ihm eine Lektion erteilen. Denkt an die vielen, vielen Briefe, die Ihr Alana der Zweiten geschrieben habt, sie möge die Sklaverei doch abschaffen. Auch das unterstützen Eure Anhänger. Vor allem die Menschen in Borasgotan wissen die Freiheit zu schätzen. Von dort stammen übrigens die meisten Freiwilligen, die die Fackel der Selbstbestimmung in alle Ecken des Kontinents tragen möchten.«

»Die Regentin müsste inzwischen doch eingesehen haben, dass es kein Mensch verdient hat, so behandelt zu werden.« Lodrik schüttelte den Kopf. »Je mehr ich darüber nachdenke, umso mehr freunde ich mich mit dem Feldzug gegen den Staatenbund an. Ich sollte erst ruhen, wenn die letzte Fessel gefallen ist. Die einfachen Untertanen sollen frei bestimmen können, was sie möchten und was nicht.« Wieder leerte er ein Glas.

»Natürlich nur in einem gewissen Rahmen«, schränkte Mortva freundlich ein.

»Ach, meint Ihr?«

Alarmiert zuckte der Konsultant zusammen. »Was wollt Ihr damit sagen?«

»Ich habe mir unterwegs durch meine Reiche so machen Gedanken gemacht und mir überlegt, ob wir denn die Monarchie überhaupt brauchen.« Er nahm die leere Flasche in die Hand und betrachtete die Aufschrift. »Sicher, es muss jemanden geben, der das Sagen hat, aber sollte er diese absolute Macht haben? Darf ein Einzelner eine solche Macht besitzen? Man müsste etwas erfinden, das alle Menschen eines Landes gleichberechtigt an der Führung beteiligt.« Traurig hielt er den Flaschenhals über das Schnapsglas und beobachtete, wie ein letzter Rest in das kleine Gefäß tropfte. »Wenn das hier alles vorbei ist und Ulldart in meiner Hand ist, läute ich den nächsten Abschnitt einer neuen Zeit ein. Dann sind die Voraussetzungen erfüllt.«

»Und wie genau soll das aussehen?«, erkundigte sich Mortva vorsichtig.

Lodrik zuckte mit den Schultern. »Ich weiß es noch nicht. Es soll eine Beteilung aller sein. Aber ich habe noch ein wenig Zeit, um mich näher damit zu beschäftigen. Dann werden die Ulldarter verstehen, dass ich nur um ihr Wohl besorgt bin. Früher habe ich mir viele Gedanken dieser Art gemacht. Zusammen mit Norina.« Ansatzlos beförderte er die Flasche mit Wucht gegen das nächste Regal. »Zu Tzulan mit ihr!«, brüllte er. »Elende Verräterin! Von mir aus mag sie als Leiche neben Waljakov auf dem Meeresgrund ruhen.« Brütend starrte er in die Nacht hinaus. »Und dennoch vermisse ich sie«, sagte er plötzlich leise. »Ich vermisse sie schrecklich.«

Der Konsultant wusste, dass er von nun an überflüssig war, erhob sich und verließ die Bibliothek.

Die Entwicklung, die sein Schützling nahm, gefiel ihm gar nicht. Sollte er diese wirren Pläne wirklich in die Tat umsetzen wollen, würde wiederum sein Vorhaben gefährdet, das bisher sehr gut lief.

Das Ziel, den Kontinent vollständig in die Hand des Kabcar zu bringen, war noch ein gemeinsames, doch was dann danach kommen sollte, unterschied sich offenbar deutlich voneinander.

»Hemeròc«, sagte er in den dunklen Korridor, und die rot glühenden Augen seines Helfers wurden in der Finsternis sichtbar. »Ich möchte, dass du den Jungen weniger hart herannimmst. Krutor hat Angst vor dir, und das ist nicht gut«, befahl er, ohne seine Schritte zu verlangsamen. »Hast du etwas von Paktaï gehört?« Der dunkle Schatten, der ihm folgte, antwortete nicht. »Verflucht, wie kann das sein? Sie ist eine Zweite Göttin. Was könnte ihr zugestoßen sein, dass sie sich zwölf Jahre lang nicht mehr blicken lässt? Wenn das trotziger Ungehorsam sein sollte, werde ich sie bei unserem nächsten Zusammentreffen einfach vernichten.«

»Ich glaube nicht, dass es das ist«, krächzte Hemeròc. »Sie muss, als sie das Schiff des Piraten versenkte, in Schwierigkeiten geraten sein.«

Nun blieb Mortva stehen. »Wie kann ein Wesen, das durch normale Waffen nicht verwundet werden kann, das keine Luft zum Atmen braucht, das Magie beherrscht, in Schwierigkeiten geraten?« Er fixierte seinen Helfer. »Andererseits warst du auch nicht in der Lage, den Ausbruch von Gijuschka zu verhindern.« Hemeròc knurrte. »Na, schön, dann werden wir eben abwarten. Ich möchte, dass du Sinured und Varèsz aufsuchst und ihnen die neuen Pläne zur Eroberung von Agarsien übermitteltst. Es soll alles gelingen. Ich habe der Kabcara etwas versprochen.«

»Wann bekomme ich meine Gelegenheit?«, wollte die Kreatur wissen. »Ich habe gesehen, dass er heute hier war.«

»Nerestro? Nein, du wirst die Finger von ihm lassen«, befahl Mortva. »Noch ist er zu wertvoll. Als Großmeister leistet er ungeahnte Dienste. Gedulde dich. Was sind ein paar weitere Jahre für jemanden, der unendlich lang lebt?«

Hemeròc verschmolz mit den Schatten und war verschwunden.

Ulldart, Großreich Tarpol,
zwanzig Warst südlich der Hauptstadt Ulsar,
Sommer 456 n. S.

»Nein, wie kommt Ihr darauf?«, fragte Nerestro erstaunt und blickte geradeaus. Dann schwieg er eine Weile, bevor er verständnisvoll nickte. »Na ja, wenn man es so betrachtet, könnte etwas Wahres dran sein. Ich versuche ständig, Herodin davon zu überzeugen, aber er ist wirklich unvernünftig, was das angeht. Ansonsten ist er ein tadelloser Seneschall, angesehen bei den Männern und recht beschlagen, was die Fechtkunst angeht. Möchtet Ihr Wein?« Er goss sich etwas Wasser ein und griff zur anderen Karaffe, in der vergorener Rebensaft war. »Aha, Ihr macht Euch also nichts daraus. Nicht mehr. Ich trinke auch nur noch Wasser, sonst würden die Männer behaupten, ich sei ständig betrunken, weil ich scheinbar zur Luft rede.« Der Ritter prostete. »Aber wir beide wissen es besser. Und es bleibt unser Geheimnis, Rodmor von Pandroc.«

Herodin betrat die große Jurte und sah sich misstrauisch um. »Mit wem habt Ihr gesprochen, Großmeister? Habe ich ein anberaumtes Treffen versäumt?«

»Seht Ihr hier vielleicht jemanden?« Nerestro wusste genau, was sein Fahnenführer ihm damit sagen wollte. »Akzeptiert, dass ich mit den Toten sprechen kann, Herodin.«

Seufzend setzte sich der Mann im Kettenhemd auf einen Stuhl. »Großmeister, ich habe so sehr gehofft, Eure geistige Verwirrung würde mit dem Tag zu Ende sein, als … der Fleisch gewordene Fluch von Euch ging. Aber es hat sich nichts geändert.«

»O doch. Es hat sich vieles geändert. Ich habe meine Gabe angenommen und erschrecke nun nicht mehr vor ihr.« Nachsichtig lächelte der Großmeister. »Ich weiß, dass Ihr es nicht verstehen könnt. Ihr müsstet es am eigenen Leib erfahren haben, Ihr müsstet beinahe tot gewesen sein. Aber es ist vermutlich schwer, die richtige Verletzung herbeizuführen, die genau den Übergang zwischen dem Jenseits und uns schafft. Und ich kann Euch sagen, die wissen Dinge auf der anderen Seite, von denen wir beide nicht einmal etwas erahnen. Und sie sehen fast alles.« Er nippte an seinem Wasserglas. »Seht Ihr, Rodmor hat mich auf etwas aufmerksam gemacht.«

»Ich bin gespannt, Großmeister«, sagte der Seneschall eher genervt als angetan.

Nerestro strich sich über die goldene Bartsträhne, langte zur Seite und nahm seine aldoreelische Klinge auf die Knie. »Wie viele gibt es davon, Herodin?«

»Das weiß jedes kleine Kind, das die Sagen seiner Großeltern gehört hat«, grummelte sein Untergebener. »Dazu brauche ich keinen Sprecher aus dem Reich der Toten.« Er streckte die Beine aus und griff nach dem leeren Gefäß, um sich ebenfalls etwas Wasser einzuschenken.

»Ja, nehmt es nur«, erlaubte der Großmeister. »Rodmor hat keine Verwendung dafür. Er meinte, in seiner derzeitigen Form sei er nicht in der Lage, etwas Irdisches zu trinken. Und nun gebt Antwort.«

»Es sind einundzwanzig der aldoreelischen Klingen«, ächzte Herodin. Er schluckte die Bemerkung, die ihm auf der Zunge gelegen hatte und die gegenüber einem Großmeister eine Beleidigung dargestellt hätte, mit einem Mund voll Wasser herunter. »Einst geschmiedet gegen Sinured und gegen alles Unheil, das sich auf dem Kontinent ausbreiten möchte.«

»Das ist korrekt«, sagte Nerestro. »Nun, es hat sich gezeigt, dass Sinured in unseren Tagen wohl weniger als Unheil zu bezeichnen ist. Und auch ansonsten gibt es auf Ulldart derzeit wenig, gegen das man unsere besonderen Schwerter einsetzen könnte, nicht wahr? Selbst diese Sumpfbestien wurden zu Geduldeten.«

Herodin hatte nicht den blassesten Schimmer, auf was sein Großmeister hinaus wollte. »Welchen Grund hat es, dass Ihr Euch darüber Gedanken macht?«

»Nicht ich, sondern der geschätzte Rodmor von Pandroc«, verbesserte der Großmeister, was Herodin innerlich beinahe zur Verzweiflung brachte. »Und wie viele der Klingen befanden sich in den Händen von Angehörigen unseres Ordens?«

»Vierzehn Stück«, kam es augenblicklich aus Herodins Mund. »Jedenfalls vor der Schlacht bei Telmaran.«

»Und danach waren sie, bis auf drei, verschwunden.« Seine Finger schlossen sich um die kostbar gearbeitete Hülle. »Unser Orden besitzt demnach also vier. Jeweils eine weitere befand sich in der Burg von König Tarm, in der ehemaligen Baronie Serinka, eine war im Besitz von Mennebar, irgendwo müsste sich eine davon in Ilfaris finden lassen. Und die letzten beiden, die mächtigsten, die ausschließlich für den Kampf gegen Sinured angefertigt worden sind, wurden der Legende nach an geheimen Orten vor dem Bösen versteckt.«

»Und was bedeutet das?« Es gelang dem Seneschall nicht, eine Verbindung herzustellen.

»Sie verschwinden«, sagte Nerestro düster. »Was auch immer sich darum kümmert, es sammelt sie ein. Ich hätte es nicht bemerkt, wenn Rodmor von Pandroc mich nicht darauf hingewiesen hätte.«

»Ja, Rodmor war schon immer ein helles Kerlchen«, meinte Herodin geringschätzig.

Die Augen des Großmeisters wurden zu Schlitzen. »Ehret die Toten, Herodin von Batastoia«, erinnerte er den Mann vorwurfsvoll. »Das steht in unseren Codices, und so soll es gehalten werden. Nun, da ich weiß, dass sie uns hören, liegt mir an der Einhaltung des Gebotes umso mehr.«

»Verzeiht mir, Großmeister«, lenkte der Seneschall ein. »Ich wollte nicht respektlos sein. Es ist nur für uns, die die Toten nicht sehen, schwer vorstellbar.«

»Ich weiß«, sagte Nerestro, augenblicklich freundlicher gestimmt. »Ich weiß.« Er schaute kurz zur Seite. »Auch Rodmor verzeiht Euch, und daher erlasse ich Euch die Strafe von zwanzig rituellen Gebeten zu Ehren Angors. Dankt mir nicht für meine Milde.«

»Wenn Ihr … und Rodmor Recht behaltet und irgendetwas eignet sich die aldoreelischen Klingen an, dann muss das doch etwas zu bedeuten haben, oder?« Nun fing auch Herodin an zu grübeln. Auch wenn die Bedenken seines Herrn einem Wahn entsprangen, so war etwas an ihnen, über das man nachdenken sollte.

»Sehr richtig beobachtet«, lobte Nerestro. »Und das bedeutet, dass was auch immer sich die Schwerter aneignen möchte, aufgehalten werden muss. Wenn nichts mehr auf dem Kontinent existiert, was das Böse, egal in welcher Form, aufzuhalten vermag, sind der Finsternis Tür und Tor geöffnet.«

Der Seneschall schien halbwegs überzeugt zu sein. »Sollten wir den Kabcar über unsere Entdeckung in Kenntnis setzen?«

Der Großmeister fuhr sich mit der Hand über die kurzen braunen Haarstoppeln auf seinem Kopf. »Ich denke, dass unser Orden nach langer Zeit endlich wieder eine neue Aufgabe erhalten hat, und die sollten wir nicht dem Herrscher des Großreichs überlassen. Er hat genug mit Regieren zu tun. Von nun an wird es unsere Bestimmung sein, die wenigen aldoreelischen Klingen, die es noch gibt, wie unsere Augäpfel zu hüten und zu ergründen, wo die letzten beiden Exemplare verborgen sind«, verkündete Nerestro feierlich. »Aus diesem Grund werde ich beim nächsten Turnier in zwei Monaten die Suche ausrufen.«

»Das heißt, wir werden schauen, ob die Schwerter noch in Ilfaris, Tûris, Serinka und Aldoreel lagern«, bemerkte Herodin.

»Wenn ja, unterstellen wir sie unserem Schutz«, sagte Nerestro. »Und wenn nicht, sind die Sorgen Rodmors berechtigt. Unser Orden ist in den letzten zwölf Jahren wieder angewachsen, die neue Generation von Rittern steht bereit. Mehr als sechs Dutzend sind es, die sich den Hohen Schwertern angeschlossen haben, um Angor zu ehren. Zusammen mit ihrem Gefolge eine nicht zu verachtende Zahl, wie ich finde. Mit ihrer Hilfe müssten wir unser Ziel erreichen.«

Er wuchtete sich aus dem Stuhl und platzierte seine juwelenbesetzte Waffe feierlich in den dafür vorgesehenen Ständer. Dann sank er auf die Knie, zog die Klinge hervor, küsste vorsichtig die Blutrinne und sprach ein stilles Gebet zu Angor, Herodin an seiner Seite. Nach einer Weile stemmte er sich in die Höhe.

»Ich wünsche Euch einen angenehmen Schlaf, Herodin.« Er entließ seinen Fahnenführer, der nach einer Verbeugung der Aufforderung zu gehen nachkam.

Müde löste der Großmeister einen Lederriemen nach dem anderen, bis er das Kettenhemd abstreifen konnte. Sorgsam hing er es über den vorgesehenen Ständer und entledigte sich nach und nach bis auf den Leibwickel seiner Kleidung.

Prüfend fuhren seine Finger über die kräftigen Unterarme und tasteten nach Narben an seinem Körper aus vergangener und jüngster Zeit, als würde die Berührung die Striche und Wulste zum Erzählen ihrer Geschichte bringen.

Als seine Rechte im Nacken angekommen war, zuckte sie zurück. Dieses Brandwundmal schmerzte zwar nicht mehr äußerlich, aber hatte tiefe Schrammen in der Seele des Ordensritters hinterlassen, die kein Heilmittel, kein Cerêler dieser Welt behandeln konnte.

Die grausame Erinnerung brachte ihm das Gesicht von Belkala vor sein geistiges Auge zurück. Er sah und hörte ihr Lachen, schaute gebannt in die bersteinfarbenen Augen und roch den Duft des Haares, das die Farbe von dunkelgrünem Schattengras besaß.

Nerestro presste die Lider zusammen, um das Bild der Kensustrianerin nicht mehr sehen zu müssen, aber seine Fantasie gewährte ihm keine Gnade, keine Milde. So sehr er es hasste, wenn diese Momente der Vergangenheit in seinem Hirn aufleuchteten und ihren Schein in die Gegenwart warfen, so sehr sehnte er sie herbei. Sie bedeuteten Qual und zugleich Freude gleichermaßen.

Du hast deine Liebe verleugnet, schrie es innerlich.

Aber es ging nicht anders, verteidigte sich ein anderer Teil von ihm, wissend, dass er auf verlorenem Posten stand. »Aber es ging nicht anders«, schluchzte der gewaltige Mann, der mit allen Gegnern, die ihn in die Schranken forderten, spielend fertig geworden war, und sank auf sein Feldbett.

Das Gesicht verbarg er in den breiten Händen, und er weinte lautlos. Heiß perlten die Tränen über seine Wangen, und immer wünschte er sich, die tröstende Stimme von Belkala zu hören, nur einmal noch in Wirklichkeit, nicht als bloße Ausgeburt seiner Einbildungsgabe.

Aber seit Telmaran war sie verschwunden.

Kein sanftes Wispern mehr aus den Schatten heraus, kein Lachen, nichts. Die Kensustrianerin, seine Gefährtin, befolgte seinen Befehl und war ihres Weges gegangen.

Und das brachte Nerestro innerlich um, seine Gefühle rissen ihn in ein tiefes, schwarzes Tal, aus dem er nicht mehr herauskommen wollte. Seine Nachfolge innerhalb des Ordens hatte er schon lange geregelt. Sollte er in einem Turnier oder wann auch immer den Tod finden, würde Herodin in seinem Nachlass als nächster Großmeister vorgeschlagen.

Und wie der Ordenskrieger den Tod suchte. Keiner ritt waghalsiger in den Turnieren, keiner stürzte sich mit mehr Einsatz in die Scharmützel und Gefechte zu Ehren des Gottes Angor, und wie durch ein Wunder blieb er stets am Leben, kurierte seine Verletzungen aus.

Wenn sie jetzt erscheinen würde, würde er sie nicht

mehr fortschicken. Er würde sie fest halten und nie mehr gehen lassen. Er hatte seine Aufgabe erfüllt, er hatte den Orden neu gegründet, nachdem er durch seine Schuld beinahe untergegangen wäre. Er wäre bereit, mit ihr zu gehen, wohin immer sie wollte. Er wäre sogar bereit, das Ritterdasein aufzugeben, nur um mit ihr zusammenzuleben. Er hob den Kopf, die braunen Augen rot vom Weinen. Was hatte sie nur mit ihm gemacht, dass er sie nicht vergessen konnte? Und wann holte ihn Angor endlich zu sich, um diesem Leben ein Ende zu machen?

Er stieg auf den Rahmen seiner Lagerstätte und klappte einen Teil des Jurtendachs weg, um sich den Nachthimmel betrachten zu können.

Der Großmeister legte sich hin, fröstelnd hüllte er sich in eine wärmende Decke und wartete darauf, dass er einschlief, die Augen auf die Sterne gerichtet. Ganz gleich, was mit ihm geschah, er würde mit ihrem Namen auf den Lippen sterben.

Ulldart, Tûris, Verbotene Stadt, Sommer 456 n. S.

Belkala strich sich die Haare aus dem Gesicht, lehnte sich an die Säule und betrachtete die schimmernden Punkte hoch oben über dem Horizont.

Ihr habt es gut, dachte sie traurig. *Ihr seht ihn. Was mir nicht vergönnt ist.* Das Bernstein verfolgte die glühende Spur einer Sternschnuppe, die sich rasch zwischen den silbernen Funkeln verlor. Es verging keine Nacht, in der sie nicht von ihm träumte.

Aber sie respektierte, dass seine Gefühle für sie erloschen waren, wie auch immer das hatte geschehen können. In ihrem untoten Herzen trug sie die Liebe für den

Ordensritter in sich. Ganz gleich, was mit ihr geschah, sie würde mit seinem Namen auf den Lippen sterben.

»Lakastre, kommst du zu Bett?«, rief Boktor lockend aus dem Schlafgemach.

»Ja, Geliebter«, antwortete sie über die Schulter, und ihre Stimme klang dabei so zärtlich, als würde sie zu Nerestro sprechen. »Ist die Kleine schon eingeschlafen?«

»Sie schlummert friedlich unter ihrem Laken«, gab der Tzulani zurück. »Und für dich wird es ebenfalls höchste Zeit. Wir haben morgen einen anstrengenden Tag vor uns. Die neue Handelsdelegation wird sich vorstellen, wir müssen über die Produktion der Salben sprechen, und die Zeremonie zu Ehren des Gebrannten Gottes muss sorgfältig vorbereitet werden. An einem so hohen Feiertag darf nicht der winzigste Fehler den Zorn Tzulans hervorrufen. Durch seine Gnade sind wir dabei, wieder zu denen zu werden, die wir einst waren.«

Belkala seufzte. Ihr Gefährte zermürbte mit seinen Herrschaftsallüren ihre Nerven gewaltig, und wenn er nicht der mächtigste Mann im Umkreis von hundert Meilen wäre, sie hätte ihn schon lange »vernascht«. Der Gedanke gefiel ihr. Ein Knurren entwich ihrer Kehle, und die Iris leuchtete grellgelb auf. Der Rákshasa in ihr erwachte zu gefährlichem Leben. Es würde bald wieder Zeit für die Jagd werden, um sich Nahrung zu beschaffen.

Noch ein wenig Geduld, und sie konnte seinen Platz in der Versammlung einnehmen. Prüfend fuhr sie mit der Zunge über ihre spitzen Reißzähne. Bald, bald würde sie eine trauernde Witwe sein.

»Lakastre, wo bleibst du?«, rief Boktor ungeduldig.

»Ich eile, mein Geliebter«, säuselte sie. Das aggressive Gelb wandelte sich zu warmem Bernstein, ihre animalischen Züge wurden wieder feminin, menschlich, dann drehte sie sich um und lief von der großen Veranda zurück ins Zimmer, um dem Tzulani eine liebende Gefährtin vorzutäuschen und dabei doch nur an Nerestro zu denken.

VI.

»Und die schreckliche Kreatur streckte die klauenartige Hand nach ihrem Gesicht aus und streichelte sanft entlang der Schläfe über die Wange bis zu ihrem Hals. Der zentimeterlange Fingernagel ruhte mit sanftem Druck an ihrer Kehle. ›Du bist nirgends vor uns sicher, kleine Frau, vergiss das niemals.‹ Mit der anderen Kralle riss sie der Seherin ein Büschel Haare aus. ›Damit finden wir dich überall.‹

Die Augenhöhlen des Beobachters pulsierten Furcht einflößend in der Dunkelheit, und lähmten jeden Widerstandswillen, den die Seherin hätte aufbringen können.

Der Geruch von faulendem Fleisch wehte ihr entgegen, dann zeigte die Kreatur die Doppelreihen messerscharfer Zähne, die wie tödliche, dreckig schwarze Gebirge aus dem stinkenden Maul ragten.«

Das Buch der Seherin
Kapitel VI

Ulldart, Inselreich Rogogard, Jaronssund, Sommer 456 n. S.

Torben tauchte unter dem Schlag durch, federte in die Höhe und schlug dem Angreifer mit aller Kraft die getrocknete Dauerwurst an den Unterkiefer. Der Mann kreiselte einmal um die eigene Achse und stürzte auf die Dielen der Kneipe, wo er regungslos liegen blieb.

Keuchend stützte sich der Kapitän am Tresen ab, der Schweiß lief ihm in Strömen von der Stirn.

»Ist noch jemand der Meinung, dass ich klinge wie ein zahnloser Greis?«, fragte er in den stillen Schankraum hinein, in dem sich ein Durcheinander aus zertrümmerten Stühlen, zerstörten Tischen und anderem zerbrochenem Mobiliar ausbreitete. Dazwischen lagen ein paar Bewusstlose, andere saßen jammernd auf dem Fußboden und hielten sich den Kopf und andere ramponierte Körperteile.

»Kapitän, ich glaube, es ist genug«, sagte eine dünne Stimme hinter der Theke, und der Wirt tauchte aus seiner sicheren Deckung auf. »Du hast sie wohl alle ...«, sein Blick schweifte durch den Raum, »... überzeugt, würde ich meinen.«

Der Freibeuter lachte und reichte dem Mann die Dauerwurst zurück. »Das würde ich auch meinen. War ein verdammt schweres Stück Arbeit, sie alle zu überzeugen.«

»Und meine Schänke hast du gleich mitüberzeugt.« Der Wirt zeigte auf das Trümmerfeld.

»Ja, tut mir Leid. Wenn ich am Missionieren bin, hält mich so schnell nichts mehr auf.« Torben kramte einen Beutel heraus und schüttete den Inhalt auf den Tisch. Münzen des gesamten Kontinents rollten heraus. »Such dir eine Währung raus und nimm dir so viel, wie du brauchst.«

Ohne Zögern wischte der Schenkeninhaber alle Metallstücke in seine Schürze. »Ich habe die Getränke miteinberechnet«, erklärte er dem staunenden Freibeuter und positionierte eine Flasche Rum vor ihm. »Die ist miteingeschlossen.«

»Da danke ich doch recht schön«, sagte der Rogogarder und nahm einen Schluck, während er die Dauerwurst wieder an sich nahm. »Für unterwegs.«

Der Wirt protestierte nicht. »Und wie willst du davon abbeißen?«

»Mir scheint, ich muss dich auch überzeugen?« Drohend hob Torben die unterarmlange, knochenharte Wurst, und der Wirt verschwand blitzartig in die Küche.

Der Kapitän spazierte aus dem *Eisvogel* hinaus, machte einen Bogen um den Liegenden, den er vorhin aus dem Fenster befördert hatte, und schlenderte gut gelaunt in Richtung des Liegeplatzes seiner *Varla*.

Der ungewöhnliche Zweimaster diente als Kommandoschiff einer kleinen Flotte von vier ungewöhnlichen Kriegsschiffen, die ihm unterstellt worden waren, um Güter zu den Aufständischen der tarpolischen Provinz Karet zu fahren und gleichzeitig so viele Palestaner wie möglich auf den Grund zu schicken, was einigermaßen gut funktionierte.

Rogogard besann sich auf seine Ursprünge zurück und ging seit sieben Jahren unverhohlen nur noch auf Kaperfahrt, der Handel mit Rundopâl erstarb mit dem Beitritt des Landes zum Großreich Tarpol. Nur noch in wenigen Ortschaften an der Nordküste handelten die Freibeuter mit Tarpolern, ansonsten hatte man dem Kabcar und all seinen Gefolgsleuten den Kampf angesagt. Seit dem Pakt mit den verhassten palestanischen Händlern unterstützten alle Kapitäne, Ob- und Hetmänner die Handlungsweise des Inselreichs. Gefangene machten inzwischen weder die Palestaner noch die Rogogarder, der Konflikt erreichte einen brutalen Höhepunkt.

Torben tastete vorsichtig am Kinn herum, aber außer einem leichten Dröhnen im Schädel und ein paar offenen Fingerknöcheln hatte er die Schlägerei im *Eisvogel* recht gut überstanden. Er hasste es, als Greis bezeichnet zu werden, und das ließ er alle spüren, die meinten, ihn damit aufziehen zu müssen.

Seine grüngrauen Augen strahlten, als er das prachtvolle Schiff sah, das vor ihm im Hafenbecken schwamm. Es stellte den genauen Nachbau einer tarvinischen Dharka dar, angefertigt nach den Plänen, die vor sieben Jahren in Ulvland gezeichnet worden waren, wenn auch mit ein paar kleinen Anpassungen. Und zu Ehren der Frau, die ihn gerettet und ihm die Liebe gebracht hatte, nannte er es *Varla*.

Das Schiff war ihm geblieben, von der Namensgeberin hörte er nie mehr etwas. Monate hatte er damit verbracht, sich zu fragen, was aus ihr geworden war.

Aber irgendwann endete seine Grübelei, das Kommando über die Dharka-Flotte erging an ihn, und somit konnte er auch nicht nach seinen Freunden suchen. Seine Freistellungsgesuche waren bisher alle vom Hetmann abgelehnt worden.

»Hier, fang!«, rief er einem der spielenden Straßenkinder zu, das in einem Reflex die Arme öffnete und von der fliegenden Wurst beinahe von den Füßen gerissen wurde. »Ihr könnt sowieso besser beißen als ich.«

Zügig enterte er die Dharka über die Planke und schaute seiner Mannschaft beim Deckschrubben zu.

»Das sieht sehr gut aus, Männer«, lobte er und stellte die Rumflasche auf einer Taurolle ab. »Hier, damit das Arbeiten nicht zu schwer wird. Aber sauft nicht alles auf einmal. Ich möchte keinen aus den Wanten fallen sehen.«

Sein Maat Negis eilte vom Vorschiff zu ihm heran, eine Ledertasche schwenkend.

»Was denn, schon wieder neue Befehle?«, wunderte

sich Torben. »Ich bin eben erst in Jaronssund angekommen und soll gleich wieder davon?«

»Der Bote kam, als du in den *Eisvogel* gingst.« Der Blick des Untergebene blieb an den malträtierten Knöcheln hängen. »Gab es in der Schänke viel Überzeugungsarbeit zu leisten?«, erkundigte er sich amüsiert.

»Ich schätze, manche habe ich dermaßen bekehrt, dass sie eine Zeit lang benötigen werden, um sich im Spiegel wiederzuerkennen«, meinte der Rogogarder leise. Die geflochtenen, mit Perlen geschmückten Strähnen seines ausgeblichenen Bartes wackelten hin und her.

Er öffnete die Dokumententasche, die das Siegel des Hetmanns trug, nahm das Papier heraus und las die Zeilen. Sein Gesicht wurde ernster. »Sieh an. Die Palestaner beabsichtigen, vier Schiffe mit neuen Waffen an Bord ein paar Meilen von hier vorbeizuschmuggeln.«

»Mit neuen Waffen?« Der Maat verzog seinen Mund. »Das ist eine Sache, die mir gar nicht gefällt.«

»Und noch schlimmer wäre es, wenn sie ihren Bestimmungsort erreichen würden«, hielt der Kapitän dagegen und verstaute das Dokument wieder in der Tasche. »Wer weiß, was sie damit anrichten wollen. Wir sollen sie in einer Nachtaktion abfangen.«

»Auch noch nachts.« Negis schüttelte den Kopf. »Seit die Sternbilder machen, was sie wollen, ist eine Navigation mehr als nur gefährlich.«

Torben klopfte seinem Maat auf die Schulter. »Sei kein Weichfisch, Negis. Sie müssen am Tjolmans-Riff vorbei, und da werden wir in aller Ruhe auf sie warten und sie aufbringen, während sie noch überlegen, was da über sie hereinbricht.« Er ging zu seiner Kajüte. »In vier Stunden laufen wir aus, sag das den anderen Kapitänen. Ich will rechzeitig am Riff sein und mir ein paar nette Klippen suchen, hinter denen ich mich verstecken kann.«

Negis nickte, nahm sich die Rumflasche und gönnte sich einen gehörigen Schluck. »Also gut, ihr tranigen

Fischköpfe«, röhrte seine Stimme über das Deck. »Installiert alle Katapulte, die ihr im Laderaum finden könnt, bringt die Armbrustlafetten am Mast auf Vordermann, und dann macht das Schiff klar zum Ablegen.«

Die rogogardische See präsentierte sich so friedlich wie noch nie, und das passte Torben keineswegs. Die Dharkas waren geschickte, wendige Segler, aber sie benötigten ausreichend Wind dazu. Und der fehlte fast vollständig.

Im Moment war es dem Kommandanten der Flotte noch egal, die Schiffe lagen alle, gut verborgen hinter ein paar einsamen Felsen, die sich aus dem Meer hoben, auf Lauerposition und warteten auf das Erscheinen der Seekrämer. Aber in einem Gefecht musste er sich etwas einfallen lassen, sollte keine einzige Brise aufkommen wollen. Die Klippen vor dem Tjolmans-Riff waren die einzige Möglichkeit, die Händler auf der gewählten Route arglos herankommen zu lassen. Wenn die Palestaner die Klippen passierten, erwartete sie dahinter das rogogardische Empfangskomitee.

Wolkenlos und schön spannte sich der Himmel am Firmament auf, die ersten Gestirne glänzten im Abendrot, die Monde zogen ihre Bahnen. Beinahe tat es ihm Leid, diese perfekte Idylle bald durch Kampflärm zu zerstören. Aber solche gefühlsduseligen Rücksichtnahmen konnte er sich nicht erlauben.

Die Männer hoch oben auf den Felsen beobachteten den Horizont, um die palestanische Annäherung zu verkünden. Torben rechnete mit keinem großen Kampf, die Koggen waren bei dem lauen Lüftchen noch unbeweglicher als die Dharkas, was ihn nur unwesentlich beruhigte. Am liebsten war es ihm, wenn die Gischt unter dem Bug schäumte.

Als das Dunkelrot und das Lila allmählich dem herankriechenden Dunkelblau der Nacht wichen, meldeten die Wachen auf den Klippen Signallichter in vier Meilen Entfernung. Insgesamt zählten die Männer auf ihren Aussichtsposten aber die Lampen von fünf Schiffen. Offenbar eskortierten vier Kriegskoggen der Palestaner das zusätzliche, in der Order unerwähnte Schiff, das in der Mitte schwamm.

Torben machte sich die Mühe, sich mit einem Beiboot an den felsigen Strand der Klippen bringen zu lassen und mit Hilfe eines Fernrohrs das unangemeldete Gefährt zu begutachten.

Die Dimensionen waren größer als die der Palestaner, lange Ruder stachen in die fast spiegelglatte Oberfläche des Meeres. Der Schiffskörper gestaltete sich gedrungener als der einer Kogge, und es wirkte auf den Rogogarder, als würde sich das Gefährt wie eine fette Raubkatze flach an die schwachen Wellen schmiegen, um sich besser heranpirschen zu können. Die Galeere lief zusätzlich unter Vollzeug, die Wasserverdrängung schien enorm zu sein.

Es war eine turîtische Iurdum-Galeere. Der verdammte Nachbau einer Kriegsgaleere Sinureds. Für einen kurzen Moment überlegte er, ob er den Überfall abblasen sollte, aber selbst wenn, dank der Flaute würde eine Flucht wenig Sinn machen. Verstärkter Rumpf, doppelte Seitenwände, unterseeischer Rammsporn, Wurfvorrichtungen in allen Größen, das waren die Schiffe, mit denen das eigenständige Königreich Tûris die Erträge seiner Iurdumschürfgründe sicher von den Inselminen ans Festland transportierte.

Unter normalen Umständen fürchtete er die schwerfälligen Schiffe nicht, die einem Vergleich mit einer Schildkröte durchaus standhielten. Langsam, aber schwer zu knacken. Doch ohne Wind stellte die Galeere eine tödliche Bedrohung dar.

Schnell kehrte er auf die *Varla* zurück und rief die Kapitäne zur Besprechung.

Mit einer solchen Festung aus Planken hatte keiner der Männer gerechnet. Und eine genaue Planung würde man nicht vornehmen können, denn es hing alles davon ab, welche Route die Galeere nehmen würde. Am besten würde es den Kapitänen gefallen, wenn sie zwischen den Klippen entlang fahren würde. Sollte aber ein erfahrener Commodore am Steuer stehen, lotste er den gesamten Konvoi in einem Bogen drumherum. Was die Stimmung ein wenig zu heben vermochte, war der aufkommende Wind. Er würde den Dharkas den Vorteil der Geschwindigkeit bringen, vorausgesetzt aus dem Luftzug würde eine ordentliche Brise.

Als die Wachen meldeten, die Palestaner würden schnurstracks auf die Lücke zwischen den Felsen zusteuern, entstand neue Zuversicht, den Gegner schnell entern zu können.

Die Kapitäne kehrten auf ihre Schiffe zurück, ein paar Ruderboote manövrierten jeweils zwei Dharkas hintereinander zu einem tödlichen Spalier. Die Winden der Katapulte auf allen rogogardischen Decks erwachten zum Leben, die Fernwaffen wurden gespannt und geladen, um den Seekrämern einen tödlichen Willkommensgruß zu senden. Auf den Einsatz von Petroleumgeschossen verzichtete man zunächst, um die eigene Position nicht durch die Flammen preiszugeben und zu einem leichten Ziel in der Dunkelheit zu werden.

Der Bug der ersten Kriegskogge schob sich als schwarzer Schatten auf der Seite der Freibeuter heraus, und die vorbereiteten Schleudern sandten Tod und Verderben auf die Palestaner herab. Masten wurden beschädigt, Rahen rissen aus den Verankerungen und stürzten auf die Planken, während die Kogge augenblicklich mit dem Heck ausbrach und schlingernd auf den ersten Rogogarder zuhielt, um ihn mit letzter Kraft zu rammen und den eigenen Leuten die Möglichkeit zu geben, in den Nahkampf zu gehen.

Die zweite Kogge hatte den Empfang des ersten Schiffes sehr wohl mitverfolgt und wollte, halb in der Einfahrt zwischen den Klippen, abdrehen. Sie segelte mit ihrem Manöver der aufschließenden Galeere unmittelbar vor den Rammsporn.

Mit einem gedämpften Krachen barst der Rumpf unterhalb der Wasseroberfläche auf, Salzwasser schoss herein und flutete den Laderaum. Der lange metallene Dorn schlitzte die Backbordseite beinahe der Länge nach auf, dann drückte der verstärkte Bug das sterbende Schiff einfach zur Seite. Unberührt hoben und senkten sich die Ruderblätter in einem gesteigerten Tempo, um Schwung zu holen.

In der Zwischenzeit hatten die Dharkas ihre Katapulte neu geladen und bereiteten sich darauf vor, ihr Feuer auf die Galeere zu konzentrieren, die in diesem Moment genau zwischen den beiden ersten rogogardischen Angreifern lag. Was Torben etwas irritierte, war, dass sich niemand an Deck der Galeere befand, offenbar hatte die Besatzung Schutz in den Räumen darunter gesucht.

Als er eben den Befehl an die Katapultmannschaft geben wollte, klappten zumindest auf seiner Seite des turîtischen Wassergefährts Luken auf, hinter denen kleine Flämmchen zu sehen waren. Der Freibeuter schätzte ihre Zahl auf dreißig, in zwei Reihen übereinander angeordnet.

Er brüllte seinen Befehl, der jedoch in einem rollenden, anscheinend nicht enden wollenden Donner unterging.

Die Galeere spie Rauch und Flammen aus den Öffnungen, ausgehend vom Bug und sich zum Heck hin im Abstand eines Lidschlags fortpflanzend. Der Schein spiegelte sich im Wasser wider und erleuchtete flackernd die Szenerie, als herrschte ein Gewitter. Der Anblick war Torben neu: schön und unheimlich zugleich. Am zuckenden Lichtschein erkannte er, dass sich das

Schauspiel auch auf der anderen Seite abspielte. Gespenstisch grell leuchteten die Umrisse der benachbarten Schiffe auf.

Da pfiff und krachte es an allen Ecken der *Varla* gleichzeitig.

Eine furchtbare Gewalt brach über die Dharka herein. Es machte den Eindruck, als rissen unsichtbare Hände an dem Schiff und rüttelten es kräftig durch.

Aus den Augenwinkeln sah Torben, wie sich das Steuerrad unter der Wucht eines scheinbar unsichtbaren Geschosses in eine Wolke aus unterschiedlich großen Splittern verwandelte und zerstob, die beiden Männer am Ruder verschwanden schreiend über die Reling. Etwas traf den Großmast und faltete ihn in der Mitte zusammen, Teile des Decks wurden einfach nach oben gerissen, Fässer, Kisten und Katapulte wurden zerschlagen. Die scharfkantigen Bruchstück des Holzes wirbelten umher und verletzten die Seemänner zusätzlich. Einer der Matrosen warf sich hinter der Reling in Deckung, durch die sich im gleichen Augenblick etwas seinen Weg bahnte und dabei den Mann wie eine Strohpuppe davon schleuderte. Torben meinte, das Knacken seiner Knochen gehört zu haben, als das Geschoss gegen seine rechte Seite geflogen war.

Was auch immer die Galeere einsetzte, es stanzte mit solcher Leichtigkeit Löcher in die Planken der *Varla*, wie Kinder Figuren aus Teig stachen.

Die Luken schlossen sich, von der Galeere dröhnte lautes, vielstimmiges Triumphgeschrei.

»Das sind Bombarden!«, rief der Freibeuter entsetzt. »Bei Kalisstra, sie haben die Bombarden auf dem Schiff installiert.«

Nun pressten sich die beiden anderen palestanischen Kriegskoggen durch die Einfahrt zwischen den Felsen, ihre Katapulte nahmen die ersten beiden Rogogarder ins Visier. Ein Schauer der üblichen Stein- und Speergeschosse ging auf die Freibeuter nieder, etliche Männer ließen ihr Leben oder wurden verwundet.

Die hinteren beiden Dharkas setzten Vollzeug und feuerten auf die Galeere, die ihre Fahrt fortsetzte, bis sie sich erneut im Mittelpunkt zwischen den beiden Schiffen befand. Offenbar kam ihr die Aufgabe zu, die Angreifer mit einer ersten Salve einfach nur zusammenzuschießen, während die restlichen Palestaner das Entern des geschwächten und demoralisierten Gegners übernehmen sollten.

Beide rogogardische Gefährte versuchten ihr Bestes, den auffrischenden Wind zu einem taktischen Standortwechsel zu nutzen, doch ihre Bewegungen würden das Schlimmste nicht verhindern.

Ein zweites Mal klappten die Öffnungen auf, wieder sandten die Bombarden stählernen Hagel gegen die Schiffsleiber der Gegner, der aus blitzenden Wolken herausschoss. Diese Dharkas erlitten das gleiche Schicksal wie ihre Schwesterschiffe.

Torben war so fasziniert vom Anblick der Feuerwaffen gewesen, dass er die palestanische Kriegskogge, die zum Entern längsseits kam, erst beim spürbaren Aufprall der Bordwände bemerkte.

»Sieben Jahre ist es gut gegangen«, flüsterte er und zog seinen Entersäbel. »Du hattest lange genug deinen Spaß, Torben Rudgass. Nun zeig den Seekrämern, wie Rogogarder kämpfen und notfalls sterben.«

Er gab Befehle an die wenigen Überlebenden und stellte sich der Übermacht, die sich über die Planken auf die *Varla* ergoss.

»Für Rogogard!«, brüllte er, angelte sich ein Seil und schwang sich hinüber an Bord der Kogge, um zwischen den erschrockenen Armbrustschützen im Kampfturm zu landen. »Wenn hier einer entert, dann bin ich das!«, schrie er und eröffnete den Nahkampf gegen die überrumpelten Palestaner, die unter seinen Schlägen fielen.

Danach nahm er sich die Fernwaffen und schoss einen Bolzen nach dem anderen in den Pulk der feindlichen Soldaten.

Als er wegen eines Pfeilhagels gezwungen war abzutauchen, entdeckte er am Boden des Turms eine Holzkiste mit einem merkwürdigen Zeichen darauf. Neugierig öffnete er den Deckel und fand zwei Dutzend apfelförmige Metallstücke, aus denen oben eine Schnur herausragte.

Er nahm sich den Hut eines der Toten, setzte ihn auf und lugte über den Rand seiner Schützung. »Ho, Kamerad!«, rief er einem Palestaner zu, wobei er darauf achtete, dass fast nur seine Kopfbedeckung zu sehen war, und hielt seinen Fund in die Höhe. »Was muss ich noch mal gleich damit machen?«

»Die Lunte anzünden und werfen«, erteilte der Mann überrascht Auskunft und widmete sich der Schlacht.

»Danke, Kamerad.« Torben machte ein fragendes Gesicht. Aber von Feuer fehlte hier oben jede Spur.

Er warf sich den blutverschmierten Wappenrock einer der Leichen über, rutschte die schmale Treppe des Turms hinunter und taumelte, einen Verwundeten mimend, zu einer der kleineren Positionslampen, um sie mit auf seinen gepanzerten Hochstand zu nehmen.

Im allgemeinen Gerangel, Hauen und Stechen fiel er nicht weiter auf und musste nur einmal einen seiner eigenen Leute mit Hilfe der Lampe bewusstlos schlagen, der unbedingt seinen Säbel in ihm versenken wollte. Das Glas hielt dabei zwar nicht stand, die Flamme jedoch brannte weiter.

Oben angekommen, hielt er aufgeregt die schwarze, steife Kordel an das zuckende Rot. Augenblicklich zischte es, und ein Funken sprühender Punkt wanderte an der Schnur entlang in Richtung des Lochs in dem Metallstück.

Der Rogogarder schaute noch einmal hinab. »Ho, Kamerad!«

Der Soldat hob den Kopf, die Augen weiteten sich voller Entsetzen. »Werfen, du Idiot! Werfen! Die Granate geht gleich in die Luft!«

»Danke, Kamerad.« Was auch immer eine ›Granate‹ war, der Freibeuter hatte verstanden, dass es nicht gut sein konnte, wenn sie in seiner Hand ›in die Luft‹ ging.

Polternd landete der Metallkörper vor dem fassungslosen Palestaner. »Doch nicht in meine Richtung, du …«

Torben hörte den lauten Knall von dort, wo er die Granate hinbefördert hatte. Etwas prasselte gegen die dünnen Eisenplatten des Turms, ein vielstimmiger Schrei ertönte vom Deck herauf. Es roch plötzlich beißend nach Schwefel, und eine Rauchfahne umwaberte den Hochstand. »Ich mag Granaten«, sagte er und nahm die nächste aus der Kiste.

Fünf weitere Sprengkörper später war das Deck der Kogge leergefegt, teilweise weil die Palestaner Schutz im Laderaum suchten, teilweise weil er massenweise Tote und Verletzte produziert hatte.

Er streifte sich den Wappenrock und den Hut ab, um sich erheben zu können, ohne von seinen eigenen Leuten erschossen zu werden.

Die Mannschaft der *Varla*, die den Ansturm der Feinde bisher abwehrte, stand aufgereiht an der Bordwand der Dharka und gaffte schweigend herüber. Keiner konnte sich im Moment die rätselhaften Geschehnisse erklären.

»Hey, ihr Maulaffen! Kommt rüber«, rief Torben. »Ich habe euch ein wenig Arbeit abgenommen.« Lachend enterten die Rogogarder das palestanische Schiff, ein Teil von ihnen kümmerte sich um die Seeleute, die sich im Heck versteckt hatten. Schnell waren die kokelnden Segelteile gelöscht oder über Bord geworden.

Die Heiterkeit wich aber sehr schnell, nachdem die Freibeuter feststellen mussten, wie schlecht es um ihre Schwesterschiffe bestellt war. Keines sah mehr besonders manövrierfähig aus, die Koggen machten sich überall zum Entern bereit, und die Galeere schwamm unbehelligt und unbeschädigt im Wasser. Ihre Bombarden fanden derzeit kein neues Ziel, und das Feuer in einen Nahkampf hinein zu eröffnen bedeutete unweigerlich den Verlust der eigenen Schiffe.

»Los, sucht mir diese Dinge hier«, befahl er seinen Leuten. »Seht im Laderaum nach und bringt mir die Kisten hoch.« Der Rogogarder verließ seinen Turm und schwenkte ein Löffelkatapult, das normalerweise für Petroleumgeschosse gedacht war, der Kogge in Richtung des gegenüber liegenden Palestaners. »Spannen und ausrichten.«

Er nahm sich die restlichen achtzehn Granaten, umwickelte sie mit einem Seil, formte daraus ein Bündel und verband immer mehrere Lunten. Aufmerksam verfolgten seine Leute das Tun ihres Kapitäns. »Hört zu. Diese Dinger«, er deutete auf die Sprengkörper, »explodieren scheinbar, wenn man sie da oben ansteckt.« Fünf weitere solcher Holzkisten, die in der Kapitänskajüte gefunden worden waren, wurden neben dem Katapult abgestellt. »Sehr gut. Nun lassen wir es auch mal krachen«, meinte Torben boshaft und legte Feuer an die Zündschnüre. »Mal sehen, ob sie im Flug brennen.« Er löste den Haltezapfen der Schleuder, und die Granaten machten sich beinahe unsichtbar auf den Weg. Das Funkeln der Lunten war fast nicht zu sehen.

Gespannt schauten alle Rogogarder hinüber zu der Kriegskogge, wo das verschnürte, explosive Paket aufschlagen sollte.

»Vorbei?«, wagte es einer, in die Stille hinein zu fragen. »Oder sind diese Funkeldinger ausgegangen?«

»Lunten«, verbesserte Torben fachmännisch, als wüsste er seit Jahren Bescheid.

Sie alle sahen den kleinen Blitz, der einen Moment lang am Vorschiff aufleuchtete, dann krachte es ganz leise. Schreiend stürzten ein paar Palestaner über Bord, kurz darauf verging der komplette Turm samt Bug in einer Flammenwolke und einer gewaltigen Detonation.

»Ah« und »Oh« machten die Freibeuter, glücklich wie kleine Kinder, die etwas Schönes betrachteten.

»So muss das sein! Genau so! Also gut.« Der Kapitän stellte einen Fuß auf eine der Holzkisten. »Dann sorgen wir mal dafür, dass sich das Blatt wendet.«

Die anderen Kriegskoggen hatten das eigene Schiff noch nicht als Verräter erkannt, zu sehr beschäftigten sich die Mannschaften mit dem Erobern der Piraten. Nur die Galeere, die wie eine urtümliche Panzerechse auf der See schwamm, schöpfte Verdacht. Mit einem abrupten Wendemanöver begann sie, ihre Breitseiten mit den Bombardenöffnungen auszurichten.

In aller gebotenen Eile steuerten die Rogogarder das erbeutete Schiff näher an den nächsten Kampfplatz heran, um in Schussweite für die eigenen Katapulte zu gelangen. Torben wusste, dass ihnen nicht mehr viel Zeit blieb. Er beschloss, einen Rundumschlag gegen sie zu wagen, auch wenn er Verluste auf der eigenen Seite in Kauf nahm. Aber würde sein Plan nicht gelingen, spielte das ohnehin keine Rolle mehr.

Sorgsam visierte er mit den vier Ballisten, die wie übergroße Armbrüste arbeiteten, die Kapitänskajüte der Kogge direkt vor ihnen an, das Löffelkatapult zielte auf den entfernteren Kontrahenten. »Kalisstra und Ulldrael, lasst es gelingen«, betete er kurz, ließ die Lunten entzünden und gab den Schießbefehl.

Ein Großteil der Granatenbündel durchschlug die Fenster der Kapitänsbehausung und explodierte. Der gegnerische Commodore musste seine eigenen Handbomben unklugerweise bei sich eingelagert haben.

Mit einem mächtigen Blitz zerriss es den Großteil des oberen Decks, in den Resten entstand gleich darauf ein Brand, der das Todesurteil für die Kriegskogge bedeutete. Gleichzeitig detonierten die Granaten auf dem anderen palestanischen Schiff und setzten die Segel in Flammen.

Die Galeere hatte den Verräter inzwischen ausgemacht und zeigte der von den Rogogardern eroberten Kogge die Breitseite, die Luken klappten nach oben.

»Alle Mann von Bord!«, schrie Torben und hechtete mit einem gekonnten Kopfsprung über die Reling ins dunkle Wasser.

Selbst unter der Oberfläche hörte er das gedämpfte Rumpeln der Bombarden, er sah den gewitterhaften Schein der Pulverentladungen, die kopfgroße Eisenkugeln mit titanischer Gewalt in den Rumpf des palestanischen Schiffes jagten. Das Bersten der Planken und Spleißen klang schrecklich, Trümmerstücke regneten herab, klatschten ins Wasser und trieben umher.

Nur im Schutz eines Wrackteils wagte es der Kapitän, aufzutauchen und nach Luft zu schnappen. Um ihn herum hörte er das raue Lachen seiner Männer, die sich trotz der Umstände über die erzielten Erfolge freuten, während hinter ihnen die Kogge erste Schlagseite bekam.

Wer auch immer das turîtische Gefährt befehligte, er verstand keinen Spaß. Zumindest keinen rogogardischen.

Die Galeere drehte sich mit Hilfe entgegengesetzter Ruderbewegungen auf der Stelle und richtete ihre Geschützmündungen gegen die verbliebenen Schiffe. Offenbar war es dem Kapitän nun herzlich gleichgültig, dass er im Begriff war, Freund und Feind gleichermaßen zu versenken.

Damit hatte Torben nicht gerechnet. Er wollte eigentlich bezwecken, dass sich die von den Kriegskoggen befreiten Dharkas um das gepanzerte Schiff kümmerten. Doch wie es aussah, würden sie nicht mehr dazu kommen. Zwei, allerhöchstens drei Salven würden ausreichen, um die vier Schiffe auf den Grund zu schicken.

Da feuerte die Galeere bereits wieder. Die Rogogarder hatten Glück, dass die palestanischen Schiffe ihnen mit ihren Rümpfen einigermaßen Deckung gaben, die aber bei der verheerenden Wirkung der Bombarden nicht lange bestehen würde. Dichter, weißer Pulverdampf waberte über die Wellen.

»Wir schwimmen zur Galeere und klettern die Ruder hoch«, befahl Torben. »Irgendetwas müssen wir unternehmen.«

»Kapitän, wir sind siebzig Mann. Die haben mindestens dreihundert«, sagte einer der Freibeuter. »Meinst du, das wäre ein gutes Vorhaben?«

»Wollt ihr hier herumplanschen, bis euch Kiemen und Flossen wachsen? Benehmt euch wie Rogogarder. Wir schnappen uns das große Ruderboot.« Er kraulte los, und die Männer folgten ihm.

Eine kleine Sonne stieg im Pulverdampf fauchend auf, beschrieb einen Bogen und landete auf dem Deck der Galeere, wo sie zerbarst.

Flüssiges Feuer spritzte umher, breitete sich aus, brannte das Holz an und sickerte gierig in den kleinsten Spalt, der sich finden ließ. Ein Teil des brennenden Öls lief wie flüssiges Gold an der seitlichen Bordwand herab und tropfte in die geöffneten Luken, hinter denen die vernichtenden Bombarden lauerten. Offenbar hatte die vorderste der rogogardische Dharkas ihre Gegner im Nahkampf besiegt und ihre Katapulte mit Petroleumgeschossen abgefeuert, um ihre gefährdeten Schwesterschiffe vor dem drohenden Untergang zu bewahren.

»Das war aber reichlich spät«, brüllte Torben zu dem tarvinischen Nachbau hinüber. »Los, noch mal, ihr Lahmflossler!«

Als wäre sein Befehl gehört worden, rauschte der nächste brennende Ledersack mit Petroleum durch die Dunkelheit und klatschte auf die Planken des turîtischen Geschützträgers. In dessen Mitteldeck erfolgten plötzlich mehrere Detonationen, meterlange Stichflammen schossen waagrecht aus den Bombardenöffnungen heraus und erhellten die Umgebung. Teilweise entluden sich Geschütze aufs Geradewohl.

Dann hob sich das Oberdeck der Galeere in einer gigantischen Eruption an, die Druckwelle setzte sich nach unten fort und zerschlug die Ruderebenen. Geblendet schlossen die in der See schwimmenden Rogogarder die Augen. Mit einem letzten Donnerschlag brach die Galeere auseinander, Bruchstücke wurden Dutzende Meter weit durch die Gegend geschleudert.

»Bei allen Meeresungeheuern. Dieses Inferno hat keiner überlebt«, murmelte der rogogardische Kommandant. »Nichts wie raus aus der Brühe, bevor uns die Raubfische anfressen.«

Die siegreiche Dharka glitt langsam durch das Wasser, Seile wurden den Schiffbrüchigen zugeworfen, an denen sie sich nach oben hangelten. Der Erste, der an Bord ging, war Torben.

»Wenn ihr glaubt, ihr müsst stolz sein, habt ihr euch geschnitten«, begann er, kaum dass er tropfnass auf den Planken stand. »Ihr hättet schon viel früher …« Er stockte. Die Männer mit den leicht geschlitzten Augen, die ihn wie einen Geistesgestörten ansahen, gehörten nicht zu seinen Leuten. Und dieses Schiff gehörte somit nicht zu seiner kleinen Flotte. »Ähm …«

»Wenn der Wind günstiger gestanden hätte, wären wir tatsächlich viel früher hier gewesen«, sagte eine vertraute, weibliche Stimme amüsiert, dann schob sich die Frau nach vorne, auf die der Rogogarder mehr als sieben Jahre lang vergeblich gewartet hatte.

»Varla!«, rief er freudig, sein Herz machte einen Sprung. »Du lebst?« Er lief auf sie zu und schloss sie in die Arme, fest presste er sie an sich, um sie zu spüren. »Kalisstra und Ulldrael waren mit dir. Und mit uns.« Er schaute in ihre braunen Augen, fuhr durch das kurze schwarze Haar und streichelte ihre Wange. »Ein wenig älter, aber immer noch so wunderschön.«

»Charmant, mich auf mein Alter hinzuweisen«, sagte sie und zog ihn zu sich heran. »Und du hast immer noch keine Zähne.«

Sie küssten sich unter dem Applaus der johlenden Rogogarder, auch die Tarviner lachten und freuten sich mit dem Paar, das nach so langer Zeit wieder zusammengefunden hatte.

Nur schweren Herzens ließ Torben von Varla ab. »Für alles Weitere haben wir später Zeit, wir werden ausführlich reden.«

»Reden nennt man das jetzt«, grölte einer der Freibeuter, und der Kapitän feixte.

»Ja, reden. Aber zuerst kümmern wir uns um die anderen Schiffe. Sie werden unsere Hilfe dringend nötig haben.«

Sie nickte. »Deshalb sind wir euch gefolgt, Torben. Ihr seid in eine Falle gelaufen. Aber die Überlebenden haben Vorrang.«

Sie erteilte Befehle an ihre Mannschaft, Torben schickte seine Leute an beide Seiten der Reling, um nach überlebenden Freibeutern im Wasser Ausschau zu halten. Das Feuer des brennenden Galeerenwracks spendete genügend Licht.

Der Rogogarder wandte sich wieder ihr zu und behielt sein jungenhaftes, übermütiges Grinsen bei. »Habe ich mich schon bedankt?« Die Tarvinin schüttelte den Kopf. »Dann hole ich das nachher in aller Ausführlichkeit nach.« Er zwinkerte ihr zu.

»Du wirst dich für jeden Einzelnen deiner Männer bedanken«, gab sie zurück. Ihr Antlitz errötete vor Aufregung und Glücksgefühl. »Und es ist mir egal, wie lange das dauert.«

Torben mimte den Nachdenklichen. »Ich werde mir vorsichtshalber einen Berg Austern bringen lassen.« Lachend küsste er ihre Stirn. »Ich kann dir nicht sagen, wie froh ich bin, dich wiederzuhaben«, sagte er leise, und für einen Moment wurden seine graugrünen Augen ernst. »Dass die Verzweiflung mich packte, ist noch untertrieben.«

Varla entgegnete nichts, sondern drückte ihre Lippen sanft auf seine, bevor sie zum Ruder schritt und Anweisungen gab.

Verliebt schaute ihr der Rogogarder hinterher und versank in Träumen, an deren Erfüllung er nicht mehr geglaubt hatte. Als er die grinsenden Gesichter seiner Männer bemerkte, zuckte er nur mit den Schultern. »Ich bin Wachs in ihren Händen.«

»Und schon ziemlich flüssig«, röhrte einer der Freibeuter und hatte die Lacher auf seiner Seite.

Am nächsten Morgen waren die Aufräumarbeiten abgeschlossen, die Dharkas hatten klar Schiff gemacht und die gröbsten Schäden behoben. Von der turîtischen Galeere blieb nichts in einem Stück, die Besatzung kam durch die vernichtende Explosion vollständig ums Leben, und die Bombarden ruhten wie die vier Kriegskoggen tief unten auf dem Meeresgrund. Dafür machten die Freibeuter jede Menge palestanische Gefangenen, die man zum Verhör zur Festung des Hetmanns brachte.

Doch zunächst mussten die vier Dharka-Nachbauten so schnell wie möglich in einer Werft in Stand gesetzt werden, sonst würde auch nur der kleinste Sturm mit den stark beschädigten Schiffen leichtes Spiel haben. Auch die Mannschaft musste in Unterzahl arbeiten, was das Manövrieren nicht unbedingt leichter machte.

Während die kleine Flotte mühsam den nächsten größeren rogogardischen Hafen ansteuerte, besuchte Torben die Tarvinin in ihrer Kapitänskajüte.

»Jemand zu Hause?«, rief er in das kleine Zimmer und streckte den Kopf herein.

Varla warf sich ihm an den Hals und küsste ihn leidenschaftlich, während sie ihn hereinzog. Dem Ansturm der Frau konnte Torben nichts entgegensetzen, und so ließ er sich hineinziehen, ihre Zärtlichkeiten erwidernd.

Endlich ließ sie ihm Gelegenheit zum Luft holen. »Ich habe dich vermisst«, gestand sie ohne Vorwarnung.

»Und ich hätte niemals mehr daran geglaubt, dass ich dich in diesem Leben sehe«, sagte der Freibeuter glücklich und hielt sie fest. »Wo warst du denn all die Jahre.«

»Das ist eine lange Geschichte, und sie ist eigentlich sehr langweilig«, wiegelte die Tarvinin ab. »Ich habe gehört, auf Ulldart ist die Sache wesentlich spannender geworden?«

»Das ist sie, wie du selbst gesehen hast«, meinte Torben. »Aber nun erzähle.«

»Du gibst keine Ruhe, bis ich wirklich erzähle und du dabei eingeschlafen bist«, lachte sie.

Der Rogogarder strahlte. »Wie könnte ich schlafen? Ich schaue dich an, und alle meine Sinne sind hellwach. Alles in mir ruft, jubiliert und singt.« Er hob sie an und wirbelte sie in die Luft. »Selbst wenn ich wollte, ich würde kein Auge zumachen. Mein Körper ist viel zu laut.«

Sie gab ihm einen flüchtigen Kuss und zog ihn aufs Bett. »Dann schauen wir mal, ob wir die vielen Stellen an deinem Körper beruhigen können.« Ihre Hände tasteten an ihm entlang. »Oha! Da scheint eine Gegend besonders wach zu sein. Um die sollte ich mich zuerst kümmern.«

Torben grinste dreckig und öffnete sein Hemd. »Ich bitte darum.«

»Vierhundertneunundachtzig mal«, flüsterte sie, während sie ihn beobachtete.

»Was?«, entfuhr es ihm entsetzt, und er hielt inne, doch Varla machte sich augenblicklich an seiner Kleidung zu schaffen.

»Ich habe deine Leute gezählt, und es sind vierhundertneunundachtzig Überlebende«, erklärte sie unterdessen. »Und du hast zugesagt, dich für jeden Einzelnen von ihnen bei mir zu bedanken.«

»Verdammte Palestaner«, fluchte er leise. »Stell dir vor, du hättest alle zwölfhundert gerettet.«

Ihre Augenbrauen wanderten ungläubig in die Höhe. »Das hättest du geschafft?«

»Kinderspiel«, gab er an und zog die Decke über die beiden.

Torben und Varla feierten ihr Wiedersehen ausgiebig und mehrfach, bis auch die letzte Körperstelle des Freibeuters in den Tiefschlaf befördert worden war. Den Kopf an ihre Brust gelegt, lauschte er der Erzählung der Tarvinin.

»Wir kamen nach Tarvin zurück, ich musste das Scheitern der Unternehmung erklären, was meinen Auftraggebern nicht besonders gefiel.« Sie fuhr ihm durch das blonde Haar. »Immerhin hatte er mir mit dem Tod gedroht, sollte ich versagen.«

»Und dann fährst du einfach so zurück?« Der Rogogarder verstand ihren Entschluss von damals nicht.

»Ich habe Freunde auf Tarvin, die mir lieb und teuer sind«, erklärte sie sanft. »Ich hatte schlicht Angst, dass er die Wut an ihnen auslässt, sollte ich verschwinden. Und das könnte ich mir niemals verzeihen.« Sie kitzelte ihn am Ohr. »Aber das Schicksal sah etwas anderes vor. Ich kehrte zurück und erfuhr, dass er inzwischen gestorben war.« Ihre Hand legte sich auf seinen Mund. »Und bevor du nun fragst, warum ich nicht eher zurückgekommen bin, gebe ich dir Antwort. Ich gehörte von nun an seinem Sohn, der mich nicht, wie abgemacht, freiließ, sondern auf die nächsten Fahrten schickte. Von denen ich diesmal erfolgreich zurückkehrte. Mit dem Gold, das ich nach Hause brachte, kaufte ich mir eben die Freiheit.« Varla zog ihre Finger weg und küsste ihn. »Das ist mein Schiff, meine Besatzung. Ich bin frei, Torben. Frei, um mit dir zusammen zu sein. Auch wenn ich nicht verstehe, warum ich das sonnige Tarvin gegen das eiskalte Rogogard eintausche.« Sie zögerte ein wenig. »Willst du mich immer noch?«

»Hast du das eben nicht gespürt?«, hielt er dagegen.

Sie senkte die Augen. »Es könnte ja sein, dass du schon lange eine andere gefunden hast und das hier nur als Abenteuer siehst.« Sie langte nach ihrem Dolch. »In dem Fall müsste ich dich allerdings töten. Ich hasse es, hintergangen zu werden.« Ihre braunen Augen blickten ihn sehr aufrichtig an.

»Ich würde es verdienen, hätte ich eine andere«, meinte der Freibeuter genauso ernsthaft. »Aber seit wir uns begegnet sind, habe ich keine andere mehr angeschaut.« Er musste grinsen. »Na gut, angeschaut schon.« Die Spitze der Waffe legte sich augenblicklich an seine Kehle. »Hey, hey, langsam! Aber mehr war nie.«

Varla nahm den Dolch weg und streichelte den nackten Oberkörper des Mannes. »Nummer vierhundertfünfundachtzig.«

»So ein Zufall«, sagte Torben erstaunt und lupfte den Zipfel der Decke. »Da wird gerade wieder eine Körperstelle wach.« Mit einem übermütigen Lachen umarmte er die Tarvinin. »Ich werde bei dir bleiben, bis ich alt und grau bin.«

»Und ich dann auch keine Zähne mehr habe«, scherzte sie. »Dann passen wir hundertprozentig zusammen.« Sie wehrte seine forschen Hände ab, packte den kleinen Finger und bog ihn nach hinten, um ihn zur Aufgabe zu bewegen, was der Freibeuter sofort tat. »Eine Frage habe ich noch. Was ist mit deinen Freunden?«

Torben seufzte. »In diesem ganzen Kriegsdurcheinander bin ich nicht dazu gekommen, nach Kalisstron zu segeln, um nach ihnen zu suchen. Rogogard hat schwer gegen den Kabcar und die Palestaner zu kämpfen.

Wenn ich an diese neue Konstruktion denke, diesen Bombardenträger, wird mir schlecht.« Er erinnerte sich an ihre Worte des vergangenen Abends. »Du sagtest etwas von einer Falle?«

Die Tarvinin nickte. »Es wurde schnell klar, dass die Palestaner euch den Bericht absichtlich zuspielten.«

»Natürlich«, knurrte der Freibeuter böse. »Sie kennen sich in den Gewässern fast genauso gut aus wie wir. Sie wussten genau, wo wir uns auf die Lauer legen würden. Sie wollten einfach nur die Bombarden an einem Gegner ausprobieren, wie mir scheint. Bessere Zielscheiben hätten wir ihnen nicht liefern können. Und ohne euch wäre der Versuch ein voller Erfolg gewesen.«

Varla küsste sein Fingerspitzen. »Der Beauftragte des Hetmanns bat uns, euch zu verfolgen und zu helfen, als er hörte, dass ich nach dir suchte. Kein anderes rogogardisches Schiff hätte es geschafft, die Dharka-Nachbauten einzuholen.« Sie grinste ihn an. »Aber das Original ist eben immer noch eine Spur besser, nicht wahr? Tja, und nun führen wir das Inselreich schnell zum Sieg und suchen im Anschluss nach deinen Freunden.« Die Tarvinin gab sich zuversichtlich. »Wer sollte uns beide aufhalten?«

Dankbar für die Aufmunterung und den Rückhalt, gab er ihr einen Kuss. »Du bist großartig, Varla.«

»Vierhundertfünfundachtzig«, wiederholte sie schmeichelnd, ihr Blick wurde unzüchtig. Sie umschlang ihn und vertrieb nach wenigen Minuten die Sorgen aus seinen Gedanken.

Kontinent Kalisstron, Bardhasdronda,
Sommer 456 n. S.

Lorin schaute den tanzenden Funken hinterher, die wirbelnd im großen schwarzen Schornstein verschwanden. Etwas zischte gewaltig direkt neben ihm, und er stand plötzlich in einer warmen Wolke aus Wasserdampf. Der Junge musste husten und machte einen Schritt rückwärts, um dem Dunst zu entkommen.

»Hör auf zu träumen«, hörte er die amüsierte Stimme des Schmieds durch die weißen Schleier. »Hier, halt die Zange fest und lass das Hufeisen nicht in den Bottich fallen, sonst holst du es mit dem Mund heraus.« Akrar drückte ihm den Griff des Werkzeugs in die Hände. »Ich bin gleich wieder da.«

Als sich der Wasserdampf gelichtet hatte, sah Lorin den breiten, nackten Oberkörper seines Meisters. Er ging zum Wassertrog, an dem das Pferd angebunden stand, kippte sich zuerst einen Eimer über den Kopf, um sich von der Hitze der Esse zu kühlen, und führte das Pferd herein. Der Schmied hob den rechten Vorderhuf an und legte ihn auf seinem lederbeschürzten Oberschenkel ab, der Junge reichte ihm das abgekühlte Eisen. Es passte.

»Gut«, meinte Akrar zufrieden. »Bring es wieder zum Glühen und lege es auf, ich nagele es fest.«

»Ja, Meister.« Lorin fasste das Eisen mit der Zange an und versenkte es zwischen den rot schimmernden Kohlestücken, mit dem Fuß betätigte er den Blasebalg, um die richtige Temperaturen zu erreichen. Der Schmied beobachtete seine Bewegungen. Endlich glühte das Eisen, schnell setzte er es dem Ackergaul auf den Hornrand des Hufs, während Akrar die Nägel mit präzisen Schlägen in das weiche Material trieb. Ein kurzes Nacharbeiten, und das Pferd hatte seinen neuen »Schuh« erhalten.

Zufrieden schlug Akrar seinem Lehrling auf die Schulter. »Gut gemacht, Junge. Wenn du noch ein paar Muskeln zugelegt hast, gehen wir ans Schmieden. Dann darfst du auch die Funken fliegen lassen, was hältst du davon?«

Lorin strahlte. »Ich freue mich schon drauf, Akrar.«

Der Schmied, der es als einziger der Stadtbewohner mit der Statur Waljakovs aufnehmen konnte, wusch sich die Hände und rieb sich durch den kunstvoll ausrasierten Bart. Die grünen Augen blinzelten dem Fremdländler zu. »Nimm das Pferd und bring es zu seinem Besitzer, du weißt, wo der Kaufmann wohnt. Danach darfst du nach Hause. Du hast tüchtig angepackt, das verdient ein Lob.«

»Danke, Meister.« Lorin machte Anstalten, sich auf den Rücken des Zugtieres schwingen zu wollen, aber Akrar rief ihn zurück. »Ich habe nichts von reiten gesagt, Junge. Führe den Wallach.«

Schuldbewusst griff er das Zaumzeug und machte sich auf den Weg durch die sonnenbeschienenen Gassen von Bardhasdronda. »Bis morgen, Meister.« Der Schmied winkte und begann, das Werkzeug zusammenzuräumen.

Lorin pfiff ein Lied vor sich hin, schlenderte über den Markt, das breite Pferd trottete gehorsam hinter ihm her. Der Junge warf einen Blick nach hinten.

»Ich habe ganz schönes Glück, dass du nicht weißt, wie stark du bist. Du könnest mich einfach über das Pflaster schleifen.« Im Vorbeigehen nahm er unbemerkt eine Möhre von einem der Stände und hielt sie dem Wallach hin, der das Gemüse dankbar fraß. »So was Feines bekommst du bestimmt normalerweise nicht, was? Warte nur, in ein paar Monten lege ich dir die Hufeisen an, du wirst sehen.«

Lorin übertrieb natürlich, was das Pferd aber nicht wissen konnte. Seit einem halben Jahr ging er bei dem freundlichen Schmied in Lehre, der ihn als einziger

Handwerker in Bardhasdronda aufnehmen wollte. Alle anderen flüchteten sich in fadenscheinige Ausflüchte, um den Fremdländler nicht aufnehmen zu müssen.

Auch sein größter Wunsch, irgendwann der Stadtmiliz anzugehören, würde sich unter diesen Voraussetzungen niemals erfüllen. Sein Leben stand unter einem schlechten Stern, da war er sich sicher.

Nach all den Jahren war die Ablehnung, die den Bewohnern der kleinen Kate entgegenschlug, nicht weniger geworden. Lediglich Fatja akzeptierte man einigermaßen, weil sie sich voll und ganz zu Kalisstra bekannte. Und weil sie von Arnarvaten, dem bekanntesten Geschichtenerzähler der Stadt, hofiert wurde.

Von dem alten Mann wusste man, dass er nach wie vor Ulldrael ehrte und der Bleichen Göttin den notwendigen Respekt verweigerte. Lorin bemerkte die Blicke, die ihn trafen, sehr wohl.

Aber sie waren ihm gleichgültig. Er zollte der Schöpferin des Kontinents ebenso seine Hochachtung wie Ulldrael dem Gerechten, an dem er nichts Schlechtes fand.

Schade fand der Junge es, dass sich Waljakov nicht mehr in ihrer Hütte sehen ließ. Nachdem der hünenhafte Mann in der Stadt angekommen war und sich mit Matuc unterhalten hatte, blieb er dem Haus fern. Offenbar verstanden sich die beiden nicht besonders gut.

Als er seinen Großvater darauf ansprach, wich der nur aus. Fatja erklärte ihm, dass zwischen den beiden Männern kein Einvernehmen herrschte, was die Zukunft auf Kalisstron anging. Matuc wollte wohl für immer in Bardhasdronda bleiben, Waljakov dagegen beabsichtigte, bald nach Ulldart reisen zu wollen. Offensichtlich mit ihm zusammen.

»Wie es wohl dort aussieht?«, fragte Lorin das Pferd und bog in eine Seitengasse ab. »Interessieren würde mich der andere Kontinent schon.« Er streichelte den Hals des Wallachs. »Das ist schon seltsam. Die Kalisstri nennen mich Fremdländler, obwohl ich noch niemals dort gewesen bin. Ich bin anscheinend gar nichts richtig, weder Kalisstrone noch Ulldarter.« Er hatte das Haus des Kaufmanns erreicht und schlenderte zum Eingang des Stalls. »Holla! Ich bringe den Wallach, den Ihr zum Beschlagen gegeben hattet«, rief er hinein.

Ein Knecht trat heraus. »Schnelle Arbeit.« Er kramte die Münzen hervor und gab ihm den Lohn für den Auftrag.

»Und saubere dazu«, fügte Lorin an, seine Finger schlossen sich um das Geld. »Akrar ist der beste Schmied der Stadt. Bevor das Eisen abfällt, ist das Pferd eher tot.« Er tätschelte dem Zugtier die Nüstern. »Nichts für ungut.«

Der Knecht nahm die Zügel entgegen und zerrte den Wallach hinter sich her. Als sich das Tier zunächst sträubte, den dunklen Eingang zu passieren, schlug der Mann mit der Gerte nach ihm. Das Pferd wieherte erschrocken.

Lorin fand das Verhalten des Knechtes nicht richtig.

Er konzentrierte sich auf den dünnen Lederstock und ließ ihn nach dem nächsten Schlag zurückfedern, sodass er dem Mann eine blutige Spur durchs Gesicht zog. Fluchend warf er die Gerte zur Seite und hielt sich die Wange.

Der Junge grinste zufrieden und machte sich auf den Nachhauseweg. Wieder einmal hatte er seine Kräfte eingesetzt, und es bereitete ihm mächtigen Spaß, wenn er damit Unterlegene unterstützen konnte.

Meistens war er der Unterlegene, und bei genauer Betrachtung benötigte er selbst am meisten seine eigene Hilfe, vorzugsweise, um sich gegen ein paar rauflustige Jugendliche zu wehren oder sich vor wütenden Händlern in Sicherheit zu bringen, wenn er wieder einmal etwas stibitzt hatte. Da ihn ohnehin keiner mochte, konnte er sich solche Taten erlauben, schlimmer machte er es damit nicht mehr.

Er rannte übermütig durch die engen Straßen, bis ein ausgestrecktes Bein, das ohne Vorwarnung hinter einer Häuserecke hervorschnellte, seinen Lauf abrupt bremste. Er segelte ein paar Meter durch die Luft und rollte sich mehr zufällig als beabsichtigt über die Schulter ab.

»Man könnte meinen, der Fremdländler hätte es besonders eilig«, sagte eine Stimme hämisch. Kräftige Arme packten ihn und stellten ihn auf die Beine. Lorin erkannte seinen stärksten Widersacher, Byrgten, unmittelbar vor sich.

Der Sohn eines Fischers schien ihn aus irgendeinem Grund so wenig zu mögen, dass er ihn ständig zu verprügeln versuchte. Da er eher feige als heldenhaft war, unternahm er solche Anläufe nur, wenn er genug von seinen Schlägern zusammengetrommelt hatte.

Noch bevor der Junge seine Kräfte einsetzen konnte, stülpte ihm jemand von hinten einen Sack über den Kopf. »So, diesmal wirst du uns nicht mit deinen Tricks davon abhalten, dir eine Lektion zu erteilen.«

Als sie ihm die Kleider durchwühlten, schlossen sich seine Finger krampfhaft zu einer Faust. Doch das wurde bemerkt, und mit aller Gewalt öffneten sie seine Hand. Die Münzen klirrten auf die Straße.

Wütend warf sich Lorin nach vorne, doch die anderen Jungen hielten ihn gut fest.

»Schau mal einer an«, hörte er Byrgten sagen. »Wieder geklaut, Kleiner?«

»Das gehört euch nicht, das ist Akrars Geld. Also lasst es liegen!«, rief er böse. Gerne hätte er etwas unternommen, aber da er nicht sehen konnte, wusste er nicht, wie er seine Fähigkeiten einsetzen sollte.

»Jetzt bestiehlst du auch schon deinen Meister«, höhnte der Fischersohn. Ein Schlag traf Lorin in den Magen, und ihm wurde speiübel.

»Ich habe ein Pferd abgegeben und den Lohn kassiert«, würgte er hervor. »Das ist alles rechtens.«

»Rechtens ist, dass du uns die Münzen lässt«, verkündete Byrgten. »Dafür bekommst du weniger Prügel, Mickerling.« Erneut bohrte sich eine Faust in seine Gedärme, und Lorin erbrach sich unter dem Sack. »Schaut mal, der Kleine hält nichts aus!«, brüllte sein Peiniger lachend.

Nun hagelte es Schläge und Tritte, bis sie ihn auf die Steine warfen und liegen ließen. Eilig entfernten sich ihre Schritte, noch aus der Entfernung vernahm er ihr Lachen.

Stöhnend zog er sich ungeschickt das grobe Tuch vom Kopf und lehnte sich an eine schattige Hauswand. Er schmeckte sein Blut im Mund, die Lippe war aufgesprungen, und sein Schädel dröhnte wie ein Bienenstock. So, wie sich sein Bauch anfühlte, würde er in den nächsten Tagen nichts essen können.

»Du hättest dich wehren können«, bemerkte eine tiefe Stimme von der gegenüberliegenden Gassenseite.

Lorin hob den Kopf und entdeckte die breite Gestalt des Leibwächters, der unbemerkt in einer Tür aufgetaucht war. Vermutlich war er der Grund gewesen, weshalb die Jugendlichen die Flucht ergriffen hatten. »Danke fürs Nichthelfen«, murmelte er schwach.

Waljakov setzte sich auf die Schwelle und betrachtete den Knaben. »Du hast nicht um Hilfe gebeten.«

»Ich war zu sehr mit Kotzen beschäftigt«, gab Lorin bitter zurück und wackelte an seinen Zähnen. Drei fühlten sich äußerst locker an.

Die eisgrauen Augen funkelten amüsiert. »Wie frech der Knirps ist.« Er wurde schlagartig ernst. »Möchtest du lernen, wie man sich verteidigt?«

»Von dir?« Der Knabe klang ungläubig und belustigt. Sicher, der Mann machte einen wehrhaften Eindruck, aber er war offensichtlich in die Jahre gekommen, wenn er auch nicht so alt aussah wie Matuc.

»Die, die ich bisher ausbildete, haben es weit gebracht«, meinte der Hüne bitter. »Einer von ihnen wurde sogar der Herrscher eines Landes.«

Das Interesse war geweckt. »Davon musst du mir erzählen.«

»Später einmal vielleicht«, wehrte der Leibwächter ab, die mechanische Hand formte sich klackend zu einer Faust aus Stahl. »Wie sieht es aus, Knirps? Willst du dir deine Münzen selbst wiederholen können?«

»Wenn ich etwas gesehen hätte, wäre das alles nicht passiert«, meinte Lorin mürrisch und hielt sich den schmerzenden Bauch.

»Du meinst, du hättest sie mit deiner Magie erledigt?« Waljakov erhob sich, der Brustharnisch schimmerte gleißend in den Sonnenstrahlen auf, und er kam zu ihm herüber. »Deine Magie mag gut und schön sein«, schleifend kam das Schwert aus der Hülle und bohrte sich zwischen den Beinen des Jungen in eine Lücke zwischen der Pflasterung, »aber es wird immer Zeiten geben, in der dich nur eine Klinge rettet.« Groß erschien seine künstliche Hand vor Lorins Augen. »Oder die Wucht eines ordentlichen Faustschlags.« Klickend spreizte der Leibwächter den Zeigefinger ab und klopfte damit schmerzhaft gegen die Stirn des Knaben. »Dein Verstand oder was auch immer mag in der Lage sein, unglaubliche Dinge zu tun. Aber solange dein Körper wie der einer dürren Katze aussieht, wirst du nicht alles erreichen, was du möchtest.«

»Und was muss ich tun?«, fragte Lorin. »Ich bin schon bei Akrar in der Lehre.«

Waljakov lächelte schwach. »Du wirst natürlich weiterhin bei dem Schmied bleiben. Das Handwerk gibt dir starke Knochen und Fleisch auf die Rippen.« Verschwörerisch blinzelte er ihm zu. »Du wirst in aller Heimlichkeit von mir unterrichtet. Ich weiß, dass es Matuc nicht gerne sehen würde, wenn ich dir den Umgang mit einem Schwert weise.« Er packte den Knaben im Genick und stellte ihn ohne sichtbare Anstrengung auf die Füße. »Du wirst nach deiner Lehre täglich bei mir vorbeikommen.« Er zeigte mit dem Daumen auf das Haus in seinem Rücken. »Eine Stunde pro Tag. Einverstanden?«

»Einverstanden«, strahlte der Junge und verzog dann sein Gesicht, als er das Brennen im Magen verspürte. »Wie hätte ich sie denn besiegen können?«, wollte er wissen.

Waljakov bückte sich und drückte leicht auf den Fußspann, der Schmerz war enorm. »Du hättest den beiden, die dich fest hielten, dahin treten können. Sie hätten dich losgelassen, du wärst in der Lage gewesen, den Sack von deinem Kopf zu ziehen, und schon wäre die Sache anders verlaufen. Auf die Kombination von Gaben kommt es an. Eine allein nützt meist recht wenig.« Der Hüne nahm seinen Geldbeutel hervor. »Wie viel haben sie dir geraubt, Knirps?«

Lorin nannte die Zahl, der Leibwächter gab ihm die passende Zahl an Münzen. »Aber wie soll ich dir das Geld zurückzahlen?«, fragte er ein wenig traurig. »Ich könnte ein paar Händler bestehlen …«

Die Augen des Leibwächters vereisten und fixierten das Blau des Knaben. Schmerzhaft umschloss die Stahlhand seine Schulter und drückte zu. »Von heute an, Lorin, hat das Stehlen ein Ende, hast du mich verstanden?« Schnell nickte der Junge, eine gebrochene Schulter hätte ihm gerade noch gefehlt. »Du bist etwas Besseres. Du wirst die Schulden bei mir mit den Münzen bezahlen, die dir der Junge heute genommen hat. Schwörst du mir das?« Der Knabe leistete das Versprechen, erst danach nahm der Hüne seine Hand herab. »In einem Jahr wirst du so weit sein, das verspreche ich dir. Und nun lauf nach Hause.« Die künstliche Extremität legte sich an den Gürtel.

»Stimmt das, dass du mit mir nach Ulldart möchtest?« Lorin wagte zum Abschied diese Frage zu stellen.

»Wer sagt das?«, wollte Waljakov unfreundlich wissen.

»Fatja hat gesagt, du und Matuc würdet euch deshalb nicht mehr verstehen«, erklärte er ehrlich. »Was soll ich denn in Ulldart?«

»Darüber reden wir, wenn die Zeit gekommen ist«, lenkte der Glatzkopf ab, der nicht mit der Hartnäckigkeit des Jungen gerechnet hatte.

»Und woran erkenne ich, dass der Moment gekommen ist?«, setzte Lorin nach.

»Das wirst du dann sehen«, antwortete der Hüne wenig befriedigend. Der Knabe wollte eben den Mund erneut öffnen, als ihm Waljakov vorsichtshalber ins Wort fiel. »Ich sagte doch, scher dich nach Hause. Fatja und Matuc werden sich Sorgen machen. Und kein Wort darüber zu den beiden.«

»Nicht mal zu meiner großen Schwester?«, meinte er enttäuscht.

»Nein.« Der Leibwächter blieb hart und ging zu seiner Tür.

Seufzend schloss er hinter sich den Eingang. Er hörte, wie sich die Schritte seines neuen Schützlings entfernten. Ihm wurde heiß und kalt.

Ulldart, Königreich Ilfaris, Herzogtum Sèràly, Herbst 456 n. S.

»Runter, Majestät«, empfahl Fiorell und drückte den grauen Lockenschopf eines völlig überraschten Perdór unter den Tisch.

Im gleichen Moment zuckte ein blassblauer Blitz in ihre Richtung, der Strahl glitt an der Wand entlang und fräste ein wirres Muster in den Putz, Staubwolken entstanden, Kalk und Mörtel regneten auf die beiden Männer am Boden herab. Dann endete die magische Attacke abrupt.

»Sapperlot! Was«, hustete der dickliche König, »war denn das?«

Fiorell entstaubte seinen Herrn und schnippte kleine Bröckchen von seiner Schulter herab. »Das nächste Mal, Majestät, hört auf das, was ich Euch sage. Sonst kann es passieren, dass Euer formschöner Kopf bald ohne Locken sein wird.«

Soscha, von Kopf bis Fuß in ein dickes Ledergewand gehüllt, eilte herbei, klappte das Visier ihres Helms nach oben und half dem Herrscher zusammen mit dem Hofnarren auf die Beine.

»Ich bin untröstlich, Hoheit. Ihro Gnaden werden es mir verzeihen, dass Ihr beinahe Opfer eines Experiments geworden seid, dessen Auslöser ich war. Aber durch die Tür, durch die Ihr den Raum betratet, pflegt normalerweise niemand Einlass zu begehren. So geruht denn, meine untertänigste Entschuldigung für die malheurösen Begebenheit anzunehmen.«

Mit weißem Gesicht starrte Perdór die junge Frau an. »Kind, wer hat dir den beigebracht, so zu sprechen? Zeig mir deine Zunge, ich will sehen, ob du dir keinen Knoten hinein gemacht hast.«

Soscha lächelte und streifte den Kopfschutz ab. Diener eilten herbei, lösten die Schnallen, mit denen das wattierte Ledergewand auf dem Rücken zusammengehalten wurde, und befreiten sie daraus. Darunter trug sie einfache Unterwäsche, ein Umstand, der sie nicht sonderlich zu stören schien.

Perdór dagegen wandte augenblicklich sein Gesicht ab. »Bedecke dich, Mädchen, oder ich werde jünger, als du es möchtest.«

»Keine Angst.« Fiorell zwinkerte der jungen Frau zu. »Er macht nur Sprüche. Da erhebt sich nichts mehr an ihm. Höchstens sein Bauch, und das darunter sieht er eh nicht mehr.« Weil er ahnte, dass seine Bemerkung nicht ohne Folgen bleiben würde, machte er sofort einen Salto rückwärts. Rechtzeitig, um dem Schlag des Königs zu entgehen.

Soscha schlüpfte in ein einfaches Kleid. »Ihr dürft Euch wieder umdrehen«, sagte sie.

»Aber Ihr habt etwas verpasst«, kommentierte Fiorell aus sicherer Entfernung. »Wann sieht schon ein Greis wie Ihr ein so hübsches Ding von zwanzig Jahren derart nahe und dazu fast entblättert?«

»Soscha, würdest du bitte diesen Blitz kurz auf diesen glöckchentragenden Dummschwätzer in der Ecke niederfahren lassen?«, bat der König freundlich. »Und bitte, sprich einigermaßen normal.«

Die junge Frau mit den halblangen, braunen Haaren lachte. »Majestät, ich werde es versuchen. Aber ich war es nicht.« Sie deutete auf einen sehr verunsichert wirkenden jungen Mann. »Sabin hat das Experiment auf mein Zeichen hin gestartet.«

»Hat es etwas gebracht, außer dass sich ein Stuckateur über einen neuen Auftrag freuen kann?«, erkundigte sich der Herrscher von Ilfaris liebenswürdig.

»Nun, ich habe mir die Entladung sehr genau angesehen. Er setzte die …«, wollte Soscha ihren Bericht abliefern, aber Perdór hob die Hand.

»Ich bin dafür, wir machen uns alle ein wenig frisch und treffen uns in einer halben Stunde draußen im Garten bei einer Partie Plock. Dabei kann ich am besten zuhören und nachdenken. Frische Luft soll zudem gesund sein.«

»Ihr habt ja auch gehört, dass Schokolade gegen Übergewicht helfen soll«, bemerkte der Hofnarr feixend. »Aber ich kann Euch sagen, diese Theorie hat gründlich versagt, wenn ich Euch so betrachte.«

»Wenn ich nicht ein so ruhiger Mensch wäre, lieber

Fiorell, müsste ich mich nun aufregen. Aber dein infantiles Salbadern kann mein Gemüt nicht erregen.« Längst hatte Perdór einen Racheplan geschmiedet, aber den würde sein Hofnarr erst draußen zu spüren bekommen.

Frohgemut verließ er den Trakt des riesigen Gebäudes, in dem die Ulsarin ihre magischen Versuche anstellte. »Ach ja, wir sollten einen Hinweis an der Tür anbringen lassen«, sagte er zu einem der Livrierten. »Ich möchte nicht, dass aus Versehen jemandem der Kopf weggestrahlt wird, oder wie immer man diese Todesart auch nennen soll.«

Wenig später stand Perdór auf der weitläufigen Rasenfläche vor seinem Palais, zwei Diener folgten ihm. Einer trug einen Sack, aus dem die Griffe von langen Schlägern herausragten, ein anderer war mit einer Art Bauchladen unterwegs, auf dem sich eine Auswahl leckersten Konfekts und eine spezielle Kanne mit heißer Schokolade auf einem Stövchen befanden.

Der Herrscher von Ilfaris hüllte sich in feinste Wollröcke, um der merklichen herbstlichen Kälte zu trotzen, die kurzen Finger steckten in Handschuhen. Eine breite Mütze mit einem dicken Brokatbommel obenauf rundete das Bild ab.

»Hübscher Kuhfladen, den ihr da auf dem Kopf habt«, lobte Fiorell die Erscheinung seines Herrn.

Ohne Kommentar nahm Perdór sich eine dampfende Tasse Kakao und schlürfte daran, während sich Stoiko und Soscha zu ihnen gesellten. »Es gibt Neuigkeiten«, sagte der König und deutete mit einer einladenden Bewegung auf den Bauchladen des Dieners.

Die junge Frau gönnte sich ebenfalls etwas von dem Getränk, Fiorell nahm sich unterdessen einen der Stöcke aus dem Sack, an dessen Ende ein wuchtiges Eisenstück angebracht war, und führte einen Probeschlag durch.

»Was machen wir hier draußen?«, wollte Soscha ein wenig fröstelnd wissen.

»Wir spielen eine Partie Plock«, erklärte Perdór. »Es entspannt so herrlich, und ich dachte, wir sollten diesen wunderschönen Herbsttag genießen. Die Sonnen lassen merklich nach, und nicht mehr lange, dann wird Schnee fallen.« Er nahm einen kleinen Lederball aus der Westentasche. »Dieser Ball muss dorthin«, er zeigte auf ein kleines Fähnchen, das in etlichen Metern Entfernung stand, »ins Loch befördert werden. Und zwar mit dem hier.« Auch er nahm sich einen Schläger aus dem Sack.

»Und warum heißt das Spiel so?« Soscha genoss den Kakao sichtlich.

»Hör genau zu, mein Kind.« Perdór ließ den Ball auf den Rasen fallen, holte mit dem Schläger aus und drosch das kleine, runde Ledergebilde durch die Luft. »Plock« machte es, als das Eisen den Ball traf. »Und genau das ist der Grund. Wer die wenigsten Schläge benötigt, um den Ball in dem Loch zu versenken, hat gewonnen.«

»Klingt einfach.« Beherzt nahm die junge Frau einen Schläger. Doch beim ersten Versuch versenkte sie das Eisenende im Rasen, beim zweiten, dritten und vierten Anlauf verfehlte sie den Ball. Endlich segelte das rundgeformte Leder los, nur um nach ein paar Schritten zu landen. Soscha verzog enttäuscht den Mund.

»Das passiert allen am Anfang«, tröstete Fiorell. »Als der Pralinige zum ersten Mal Plock spielte, haben die Gärtner die Löcher, die er in den Rasen gehauen hat, benutzt, um Blumenzwiebeln zu setzen. Ihr werdet im Sommer das riesige Tulpenfeld sehen.« Stoiko und die Ulsarin lachten.

»Wenn hier alle so wunderbar erheitert sind«, gab Perdór den Beleidigten, »werde ich meine schlechten Neuigkeiten nur ungern los. Dem Kabcar scheint es wohl gelungen zu sein, diese Bombarden zu verkleinern, sodass sie mit Leichtigkeit auf Schiffen zu transportieren sind. Kapitän Rudgass machte bereits schlechte Erfahrungen mit einer umgebauten turîtischen Iurdum-Galeere. Er hat sie zwar versenken können, aber wir müssen davon ausgehen, dass die Palestaner schon bald über eine größere Stückzahl der Geschützträger verfügen werden.« Er nahm sich nach kurzem Überlegen einen Schokoladenkeks und kaute ihn nachdenklich. »Die Kensustrianer haben ihrerseits neue Bombarden geliefert und sie den Angorjanern samt Bedienungsmannschaft zur Verfügung gestellt. Und wie es aussieht, genau zum richtigen Zeitpunkt.«

»Was heißt das, Majestät?«, hakte Stoiko besorgt nach.

»Es scheint, als sei die Ruhe im Süden beendet.« Perdór atmete tief ein. »Nach dem erfolgreichen, handstreichartigen Überfall auf Agarsien verfügt der Kabcar nun über so viele Schiffe, dass er, wenn er möchte, an allen unseren Küstenabschnitten gleichzeitig landen kann. Keine guten Aussichten.«

»Wir können die Gebiete der Grünhaare ausklammern«, steuerte Fiorell bei und machte sich schlagbereit. »Sie haben ihre Strände derart gesichert, dass es reiner Selbstmord wäre, würde jemand versuchen, dort eine Invasion zu beginnen.«

»Deshalb konzentrieren sich die Kensustrianer auf die Verteidigung unserer Ostküste, die kaum befestigt ist«, erklärte der König. »Die Angorjaner decken unseren schmalen Strich im Süden.«

»Es sieht so aus, als sei Ilfaris das schwächste Glied in der Kette des Staatenbundes«, grübelte Stoiko und fuhr sich über den Schnauzbart. »Ich würde also genau dort angreifen.«

»Einen Vorteil haben wir.« Der Hofnarr vollführte einen wuchtigen Abschlag, der Lederball schoss davon und hüpfte beinahe unmittelbar neben dem seines Herrn auf die Erde. »Unsere Nordgrenze wird durch einen Gebirgszug beinahe vollständig abgeriegelt. Alle Pässe sind befestigt, die Burgen und Zitadellen wurden in Stand gesetzt. Am breitesten Bergübergang, am Eispass, steht die Festung Windtrutz, die wir unter das Kommando von Hetrál gestellt haben. Er befehligt zwölfhundert Mann, die diesen Durchgang spielend halten können.«

»Trotz der Bombarden des Kabcar?«, fragte Stoiko ungläubig.

Perdór lächelte boshaft. »Die Bombarde, die er benötigt, um Windtrutz einzureißen, muss erst noch gebaut werden. Und wenn er es tatsächlich schaffen sollte, ein solches Monstrum die Berge hinaufzuschaffen, muss er in die Reichweite unserer Geschütze und Katapulte. Das einzige Plateau, auf dem sich eine Möglichkeit bietet, liegt unmittelbar unterhalb der Festung.«

»Habe ich das Geschenk richtig gesehen, das Ihr dem Turîten zum Abschied gemacht habt?« Der einstige Vertraute des Kabcar hielt einen Schläger prüfend vor die Augen. »Es ist sehr kostbar, oder?«

»Der Kabcar ist mit Mächten im Bund, die scheinbar mit normalen Waffen nicht zu schlagen sind. Und was wäre da besser geeignet als eine aldoreelische Klinge?« Die Augen des Herrschers funkelten. »Was soll ich mit dem Schwert in meiner Sammlung, wenn es auf Windtrutz bessere Dienste leistet?«

»Ihr fordert es geradezu heraus, dass er die Festung stürmen lässt«, meinte Stoiko nachdenklich. »Ein solches Bollwerk kann er nicht in seinem Rücken sitzen lassen.«

»Um ehrlich zu sein, genau das ist der Zweck«, gestand Perdór ein. »Während sich Varèsz die Zähne im Norden ausbeißt, haben wir mehr Zeit, um die Magie näher zu erforschen, die wir im Kampf gegen den Kabcar und diese anderen Wesen dringend benötigen. Der Stratege ist so ehrgeizig, dass er nicht eher ruhen wird, bis er sein Ziel erreicht hat.« Der König kraulte sich die Bartlöckchen. »Und damit wären wir bei dir, mein Kind.

Hatte dieser Energieblitz, der mir beinahe die Haare vom Kopf brannte, etwas Gutes?«

Soscha nickte. »Ich bin, zusammen mit Euren Cerêlern, Majestät, auf dem besten Wege, ein wenig Licht in das geheimnisvolle Dunkel, in das die Magie sich hüllt, zu bringen. Wenn Ihr etwas nicht auf Anhieb versteht, fragt einfach. Sicher ist, dass die offensichtlich angeborenen Fertigkeiten aller Heiler von mir als grünes Leuchten gesehen werden.«

»Das heißt, jegliche Magie wird von dir als Leuchten wahrgenommen, habe ich das richtig verstanden?«, erkundigte sich Perdór vorsichtig

»So ist es, Majestät«, bestätigte sie die Vermutung. »Bisher gehe ich davon aus, dass die heilende Magie die Farbe grün besitzt. Und je stärker ein Farbton ist, desto intensiver, größer ist ihre Wirkung. Die älteren Cerêler leuchten in einem Schattengraston, die jüngeren in leichten Lindfarben. Es gibt aber auch jüngere Heiler, die Zugriff auf stärkere Formen der Heilmagie haben. Es muss also nicht zwangsläufig vom Alter abhängen.«

»Jedenfalls bei der grünen Magie«, warf der Herrscher ein und setzte sich in Bewegung, um nach den Bällen zu suchen. Die Gruppe folgte ihm.

»Gut erkannt, Majestät. Momentan kann ich sagen, ich habe die Cerêler, was das Wissenschaftliche angeht, am Weitesten erforscht. Das liegt aber leider nur daran, dass sie die Einzigen sind, bei denen das magische Potenzial am Bekanntesten ist. Alle anderen muss ich erst suchen, und damit habe ich Wochen verbracht.« Soscha spazierte neben dem König her, vergaß dabei immer mehr die Zurückhaltung, wie sie gegenüber einem so hochrangigen Mann angebracht gewesen wäre. Es war ein Gespräch zwischen zwei Gleichgestellten, so hatte es den Anschein. »Als Ergebnis der monatelangen Suche entdeckte ich Sabin, der eigentlich ein Minenarbeiter in Tersion war. Sein Unglück bestand darin, dass man ihn als verflucht ansah, weil er über Magie verfügte. Die Leute wollten ihn schon aufknüpfen, weil er im betrunkenen Zustand eine Schänke mit seinen Kräften zerlegt hatte.«

»Ganz hervorragend«, freute sich Perdór, der inzwischen bei seinem Ball angelangt war und das Fähnchen anpeilte.

»Ich weiß nicht, ob das so hervorragend ist«, meinte Soscha nachdenklich.

»Ich meinte die Position meines Balls.« Der Herrscher wies nach unten und schlug das geformte Leder weg. »Das war gut.« Er verfolgte den Flug mit den Augen, nur um sich dann etwas zerstreut an die junge Frau zu wenden. »Verzeiht mir. Fahrt fort.«

»Um es kurz zu machen«, begann Soscha ein wenig ungehalten. »Er kann seine Magie nicht wirklich kontrolliert einsetzen. Unterbewusst hält er sie einigermaßen unter Verschluss, aber sobald diese Sperren durch irgendetwas aufgehoben werden, wie Alkohol oder starke Emotionen, suchen sich die Energien ihren Weg.«

»Ich erinnere mich«, meinte Fiorell und tat es dem Herrscher nach. Sein Bällchen landete besser, näher an der Markierung des Lochs, was er mit einem Grinsen quittierte. »Der Kabcar hatte anfangs ähnliche Probleme. Man sprach davon, dass er Funken sprühte und dergleichen.«

»Der Umgang will also gelernt sein«, schloss Perdór daraus.

»So ist es. Dummerweise haben wir einen Nachteil«, sagte die junge Frau.

»Nesreca«, grummelte Stoiko. »Er verleiht Lodrik eine Effizienz, von der wir nur träumen können.«

Die Gruppe setzte ihren Weg über die Rasenfläche fort.

»Weil du vorhin die Farbe der Magie angesprochen hast, vermute ich, dass unser lieber Sabin nicht grün schimmert?«, hakte der König von Ilfaris nach. »Oder war das ein Heilungsblitz?«

»Ich sehe, Ihr erkennt die Logik, die anscheinend hinter der Sache steckt. Der Minenarbeiter leuchtet für mich in einem schwachen Blauton, so zart wie ein Sommerhimmel, deshalb hätte ich ihn wohl übersehen, wenn es nicht die Geschichten über ihn gäbe«, gestand Soscha und ließ sich Kakao nachschenken. »Er kann, das haben wir herausgefunden, zerstörerische Energien aus seinen Fingerspitzen abfeuern, wenn man das so sagen darf. Ich erkenne es daran, dass die Personen neben dem …«, sie suchte nach dem passenden Wort, »Standardleuchten, kurz bevor sie ihre Magie aktiv einsetzen, wie eine Kerze im Dunkeln aufflammen. Wenn diese Magieeruption abgeschlossen ist, verfallen sie wieder zurück in das übliche Glühen.«

»Das ist ja alles hochinteressant«, meinte Perdór.

»Aber leider ebenso kompliziert«, seufzte Soscha. »Wir wissen nämlich leider nicht, warum ausgerechnet Sabin magisch begabt ist. Seine Eltern sind beide tot, und wenn er es vererbt bekam, können wir es nicht mehr nachvollziehen. Er ist der älteste Sohn, die übrigen acht Geschwister sind nicht magisch.«

»Der Kabcar dürfte seine Portion Magie wohl durch den Blitzschlag in Granburg erhalten haben, oder? Der kam dann ja von Tzulan persönlich. Die spannende Frage ist, in welcher Farbe leuchtet der Kabcar?«, überlegte Fiorell. »Wenn wir also die Farbe kennen, können wir uns ungefähr einen Eindruck verschaffen, was uns von unserem Gegner blüht.«

Die junge Frau entdeckte ihren Ball, holte schwungvoll aus und rammte das Eisen mit Wucht in den Rasen. Ein sanfter Ruck, und der Schläger war wieder frei, aber voller Dreck. Soscha lächelte verlegen und berichtete schnell weiter. »Der Kabcar leuchtete orange, silbern, schwarz und blau, so ähnlich wie ein Regenbogen, völlig durcheinander. Ich erinnere mich noch sehr gut an das eindrucksvolle Spektakel, weil ich so etwas noch nie vorher gesehen habe.« Diesmal beförderte sie den Ball in ein kleines Wäldchen, wortlos reichte ihr der Narr einen Ersatzball. »Als er wütend wurde, wechselten sich Blau und Orange ganz schnell miteinander ab.« Das neue Leder verschwand auf der anderen Seite der Bahn in einem kleinen Teich. »Ich glaube, das ist nicht mein Spiel«, entschuldigte sie sich errötend und reichte einem der Livrierten den Schläger zurück. »Ich belasse es beim Zuschauen, wenn es recht ist.«

»Aber natürlich«, sagte Perdór und klaubte eine Praline vom Teller. »Um auf den Kabcar zurückzukommen, er schillerte also bunt? Wie unangenehm. Das bedeutet im Umkehrschluss, er hat Zugriff auf verschiedene Magiearten?«

»Nicht zu vergessen ist Nesreca«, warf Stoiko ein. »Er leuchtet, wie übrigens sein Gehilfe, dem wir beim Ausbruch aus der *Verlorenen Hoffnung* begegneten, in einem beinahe schon schwarzen Rot und verschluckte mehr das Licht, wie Soscha berichtete.« Der einstige Vertraute des Kabcar blinzelte in die schwach wärmenden Sonnen. »Zudem scheint es Unterschiede in der Handhabung zu geben. Lodrik hat mitunter Gesten eingesetzt, um etwas zu bewirken, oftmals aber benutzte er sie ohne Worte und Zeichen. Darin scheint ein weiterer Schlüssel zum Tor der Magie zu liegen. Um die Verwirrung perfekt zu machen: Als Hetrál ihn mit einem Pfeil töten wollte, reagierte seine Magie offensichtlich von selbst, um sein Leben retten.«

»So viele Möglichkeiten machen die Erforschung wirklich nicht eben leicht. Wenn wir das alles zusammenfassen, kommen wir zu dem Schluss, dass der Kabcar ein Vielfachtalent ist, und diese anderen Gestalten um ihn herum mächtiger als er sind«, resümierte der König.

Stoiko und Soscha schauten sich verblüfft an. »Um ehrlich zu sein, von dem Standpunkt aus habe ich es noch nicht betrachtet«, räumte der einstige Vertraute ein. »Ich war immer der Meinung, Nesreca braucht Lodrik wegen dessen starker Magie. Es scheint aber etwas anderes dahinter zu stecken.« Nachdenklich hob er ein welkes Blatt auf und spielte damit.

»Bravo, Majestät!« Der Spaßmacher applaudierte. »Ein scharfer Verstand in einem weichen Körper.« Haarscharf pfiff das Eisen an seiner Fußspitze vorbei und bohrte sich ins Gras.

»Andererseits, diese Beobachtungen sind schon Jahre her«, schränkte Soscha die Schlussfolgerung des Herrschers ein. »Mittlerweile dürfte er weitaus fähiger im Umgang mit den Kräften geworden sein.«

»Vorausgesetzt Nesreca schult ihn so, dass er besser wird«, meinte der dickliche König und versenkte seinen Ball im Loch. »Ich habe so allmählich das sichere Gefühl, dass sich der Kabcar im Irrglauben befindet, wenn er annimmt, er könnte seinen Konsultanten und dessen Gefolge samt Sinured einfach simsalabim vom Kontinent zaubern, wenn er möchte.« Er zwirbelte eine graue Bartlocke um den Finger.

»Genau davor haben wir damals warnen wollen«, sagte Stoiko verzweifelt und warf die Fetzen des Blattes in die Luft. »Aber der Junge hörte nicht auf uns. Dabei war er doch auf einem so hoffnungsvollen Weg.«

»Wir müssen eine Möglichkeit finden, den guten Sabin auszubilden«, beschloss der ilfaritische König.

»Ich tue mein Bestes«, sagte die Ulsarin, die in der Bemerkung versteckte Kritik an ihren Methoden vermutete. »Ich lasse ihn täglich mehrmals Energien freisetzen, ich überwache den Ablauf und versuche anhand des veränderten Leuchtens, Ratschläge zu erteilen. Mühselig, aber es geht nicht anders.«

Fiorells Ball verpasste die Öffnung im Boden nur um

die Breite eine seiner Schellen, und mit einer leichten Bewegung seines Schnabelschuhs beförderte er das Leder ins Loch. »Gleichstand, Majestät.«

»Du hast gemogelt, gib dir keine Mühe.« Perdór zuckte mit den Schultern. »Wir haben bisher nur einen einzigen Menschen gefunden, der Magie in sich trägt, während Nesreca Kindermädchen spielt und Zvatochna und Govan ebenfalls unterweist. Habe ich diese letzten Berichte aus Ulsar richtig verstanden?«

»Es fehlen uns Menschen wie Soscha«, bedauerte Stoiko. »Sie könnten durch das Land reisen und Ausschau halten, während sie weiterhin an der Erforschung arbeitet.«

»Da ich aber anscheinend die Einzige bin«, seufzte die junge Frau, »muss ich dieses Amt allein ausüben.«

»Ich weiß deinen Einsatz zu schätzen«, lobte der König und drückte die Hand Soschas. »Ich werde dir jeden Wunsch von den Augen ablesen. Du bekommst weiterhin alles, was du möchtest. Aber du darfst nicht nachlassen. Selbst wenn du nicht mehr zum Schlafen kommst, die Ausbildung dieses Arbeiters ist lebenswichtig für uns alle. Er ist vielleicht der Einzige, der sich dem Kabcar in den Weg stellen kann.«

»Sabin weiß das. Und ich denke, er hat Angst davor, sich eines Tages mit diesem Mann zu messen, weil er jetzt schon weiß, dass er verlieren wird.« Die Ulsarin wirkte sehr bedrückt. »Aber er wird und will sich Mühe geben.«

»Ein guter Mann.« Perdór beugte sich ächzend nach vorne, um seinen Ball aus dem Loch zu holen, aber sein Bäuchlein behinderte ihn sehr dabei.

»Gebt Acht, Majestät!«, warnte Fiorell in gespielter Aufregung, er warf die Hände in die Luft. »Ihr werdet gleich nach vorne umfallen und mit Eurer Stattlichkeit ein Erdbeben auslösen. Rettet die Kinder, bringt die Frauen in Sicherheit! Der Pralinige droht zu stürzen.

Wenn die Pralinenringe an seinem Körper in Wallung geraten, ist alles zu spät!«

Im letzten Augenblick bekam der Herrscher das Fähnchen zu fassen, das sich unter seinem Gewicht gefährlich durchbog, kämpfte sich an dem Holzstab wieder nach oben, den Kopf feuerrot vor Anstrengung und Wut. »Warte, du Nervensäge. Dir stopfe ich das Schandmaul!« Drohend kam er einen Schritt auf Fiorell zu, doch der Spaßmacher brachte sich in eine sichere Distanz.

»Los, fangt mich«, neckte er seinen Herrn. »Ihr bekommt mich sowieso nicht.«

Bösartig grinsend fasste Perdór in seine Westentasche und streute sich eine Linie von Plockbällen vor die Füße. »Nun wollen wir sehen, wie schnell ein Narr rennen kann.« Der Schlägerkopf pfiff probeweise durch die Luft. »Ah, das ist die Melodie des Schmerzes.«

»Macht keinen Unsinn, Majestät«, warnte Fiorell nun beunruhigt. »Diese Dinger tun bestimmt weh, wenn man getroffen wird.«

»Eben.« Schwungvoll drosch er zu, und wenn Fiorell keinen Hechtsprung zur Seite gemacht hätte, wäre das Geschoss in seinem Schritt gelandet. Der ilfaritische König visierte sein Ziel kurz an und beförderte den nächsten Ball gegen den Spaßmacher, der sich kreischend flach ins Gras fallen ließ und auf allen vieren zurück zum Palais robbte, um in den Zimmern Deckung zu suchen.

Perdór feuerte unterdessen einen Plockball nach dem anderen ab, gelegentlich traf einer den verlängerten Rücken des Hofnarren, was den zu einer Schimpftirade veranlasste.

»Bitte sehr, versuch es doch noch einmal.« Der Herrscher hielt Soscha den Schläger hin. »Vielleicht hast du vorhin nur ein lohnenswertes Ziel benötigt.«

Die Ulsarin grinste und schlug zu. Hoch hinauf flog

der Ball, als wollte er die Sonnen stürmen, und stürzte dann der Erde entgegen.

Fiorell erhob sich und ließ das letzte Geschoss nicht aus den Augen. »Seht Ihr, wie ich der Gefahr trotze? Ich lache ihr sogar ins Gesicht. Haha!« Bevor das gerollte Leder auf seinen Kopf prallte, machte er einen Ausfallschritt nach links, genau in den künstlich angelegten Teich. Auf dem schmierigen Untergrund verlor sein Fuß den Halt. Alle katzenhaften Reflexe brachten dem Hofnarren nichts, er rutschte aus und setzte sich zwischen den Seerosen bis zum Brustkorb ins kühle Nass. »Wunderbar«, jammerte er. »Was würde jetzt noch fehlen?«

»Plock« machte es, als der Ball auf seinen Schädel traf. Benommen sank er in die Fluten.

»Hast du gehört, Soscha? Das ist auch ein Grund, weshalb man das Spiel so nennt«, lachte Perdór und schickte die Diener los, um den Bewusstlosen aus dem Teich fischen zu lassen. »Ich will ihn nicht ersaufen lassen. Dafür ist sein Unterhaltungswert einfach zu groß.«

»Das wollte ich nicht. Ich hoffe, es ist ihm nichts geschehen«, meinte Soscha, die sich vor Schreck die Hände vors Gesicht geschlagen hatte.

»Nichts, was er nicht schon gewohnt ist.« Der grau gelockte König winkte beschwichtigend ab.

Kontinent Kalisstron, Bardhasdronda,
Winter 456/57 n. S.

Waljakov wischte sich den Schweiß von der Stirn.

»Wie war ich?«, wollte Lorin neugierig wissen und fuchtelte mit dem Holzschwert durch die Gegend, Paraden und Attacken gegen einen imaginären Gegner ausführend.

»Du bist schnell und ziemlich wendig«, urteilte der Leibwächter. »Aber deine Schläge sind zu locker. Du musst mehr essen und mehr mit dem Schmiedehammer arbeiten, damit dein Körper kräftiger wird. Und du wirst die Übungen, die ich dir gezeigt habe, von nun an regelmäßig jeden Tag machen, Knirps.«

»Ich bemühe mich«, versprach der Junge, stellte die Spitze der Übungswaffe auf den Boden und stützte sich auf den Griff. »Obwohl ich denke, dass ich mit meinen anderen Kräften besser wäre.«

»Sicherlich.« Waljakov nickte. »Aber bevor du an die Kombination von beidem denkst, beherrsche die Schlagtechniken. Du musst nachts aufwachen und sie vor Augen haben. Irgendwann hat sie dein Geist so verinnerlicht, dass du nicht mehr daran denken musst. Deine Arme reagieren von selbst. Das ist wichtig, wenn du einen Kampf überleben willst, denn zum Grübeln bleibt dir wenig Zeit.«

Er nahm dem Jungen das Holzschwert aus der Hand und legte es zusammen mit seinem auf den Tisch. Danach bereitete er ihm eine Schüssel mit Haferflocken und Milch. »Hier, iss das.«

Gehorsam schaufelte sich Lorin das Essen in den Mund und sah dabei aus dem Fenster, um den fliehenden Wolken nachzuschauen. Weil er die gequetschten Getreidekörner als zu trocken empfand, öffnete er seine Hand, und der Milchkrug rutschte über die Tischoberfläche genau in seine Finger. Erst jetzt schaute der Knabe nach dem Gefäß, übergoss die Flocken mit der weißen Flüssigkeit und aß weiter.

»Wie hast du das gemacht?«, wollte der Leibwächter wissen, der Lorins Tun mitverfolgt hatte.

Die blauen Augen wirkten ein wenig überrascht. »Ich wollte den Krug haben, und dann habe ich ihn mir genommen«, erklärte er selbstverständlich.

»Wenn ich etwas haben möchte, muss ich aufstehen und es mir holen. Du dagegen machst das wohl mit Magie?«

»Ich weiß nicht, ob man es Magie nennen kann. Es ist irgendwie anders als das, was Kalfaffel und seine Frau können.« Der Junge schob sich einen Löffel Haferflocken in den Mund und kaute zufrieden. »Aber es ist sehr nützlich. Ich benutzte es jedenfalls nur selten. Die meisten Leute schauen mich dann immer so seltsam an. So wie du eben.«

»Kein Wunder«, knurrte der Glatzkopf, während er mit Hilfe eines kleinen Kännchens Öl in die Gelenke der Hand gab. »Was kannst du eigentlich alles machen?«

»Keine Ahnung.« Lorin zuckte mit den Schultern. »Normalerweise lasse ich Sachen fliegen. Wenn ich noch mehr kann, habe ich es noch nicht bemerkt. Aber es reicht, um einem Angreifer im Kampf den Helm ins Gesicht zu ziehen oder die Hose rutschen zu lassen.«

»Das kannst du gerne tun, wenn du die Bewegungen beherrschst«, empfahl sein Lehrer. »Vorher wirst du das schön lassen.«

Der Junge schluckte geräuschvoll, die Augen wurden ein wenig verträumt. »Meinst du, ich kann eines Tages in der Miliz dienen?«

»Ein Fremdländler darf nicht zur Stadtgarde, das weißt du.« Waljakov schüttelte den blanken Schädel. »Du könnest noch so gut sein.«

»Vielleicht machen sie eine Ausnahme, wenn ich etwas Großes vollbringe«, hoffte er. Er setzte den Tellerrand an den Mund und schlürfte den Rest der Milch und Flocken aus dem flachen Gefäß. »Ich werde Bardhasdronda eines Tages retten, und dann müssen sie mich aufnehmen«, nuschelte er mit vollem Mund.

Waljakov lachte dröhnend. »Genau, Knirps. Du wirst die Stadt retten. Ein guter Plan. Und wie ich gehört habe, wartet der neue Kommandant der Miliz, Rantsila, nur darauf, dass sich Fremdländler mit heroischen Absichten bei ihm melden.«

»Du schwindelst mich an, richtig?« Der Teller klapperte auf den Tisch zurück. Ein weißer Rand war an der Oberlippe des Jungen haften geblieben.

»Genau, Milchbart«, sagte Waljakov und deutete zur Tür. »Und nun mach, dass du nach Hause kommst.«

»Ich wollte zuerst noch ein wenig an den Strand«, gestand Lorin. »Der Wind steht gerade so günstig, dass ich mit meinem Segler eine kleine Fahrt unternehmen könnte.«

»Es ist mir egal, wie du das dem Mönch erklärst, aber sei morgen wieder hier.« Der Leibwächter schob ihn zum Ausgang und setzte ihm die Fellmütze auf den Kopf. Umständlich zwängte sich Lorin in die Jacke, die er von Blafjoll geschenkt bekommen hatte, und rannte hinaus.

Vom Fenster aus sah ihm der K'Tar Tur gedankenverloren zu, wie er in dem Gewirr der Gassen verschwand.

Lorin lief mit dem Wind um die Wette, hüpfte ausgelassen in die Höhe und wich den Hieben von Gegnern aus, die in seiner Einbildung vor ihm entstanden.

Als er einen besonders wagemutigen Sprung absolvierte, kollidierte er mit einem anderen Menschen, der in diesem Moment um die Ecke kam. Der Knabe erkannte gerade noch das silberüberzogene Ende eines Stabes, dann prallte er von dem weichen Hindernis ab und taumelte rückwärts. Er selbst bemerkte, dass die Person, die er getroffen hatte, ins Schwanken geraten war und zu stürzen drohte. Eilig griff er mit seinen Kräften nach dem Körper und fing ihn ab.

Erschocken erkannte er, wer Opfer seiner überschwänglichen Hüpferei geworden war. Mit einem ärgerlichen Gesicht rieb sich Kiurikka die Stelle, wo er ihren Kopf hart getroffen hatte.

»Vergebt mir, Hohepriesterin«, beeilte er sich zu sagen, wobei es ihm wirklich Leid tat. »Das war nicht meine Absicht.«

»Da habe ich Glück, dass mich dein Schädel nur aus Zufall getroffen hat«, meinte sie säuerlich. »Kalisstra wachte über mich und verhinderte, dass du mich zu meinen Ahnen geschickt hast, Lorin.« Ihre grünen Augen verengten sich. »Du wirst zur Strafe vier der ersten Gebete wiederholen und eine Stunde lang vor einem Heiligtum stehen.«

»Gerne«, sagte Lorin und nahm die Bestrafung an. »Es war meine Schuld, und ich hätte Euch schlimm verletzen können. Ich werde fünf Gebete sprechen.« Sein Blick blieb an der Kette mit dem fehlenden Diamanten hängen. »Hohepriesterin, ich glaube, Kalisstra wird mir auf immer böse sein.« Suchend glitten seine Augen über das Pflaster. »Ich habe Euch einen Diamanten aus Eurem Anhänger gebrochen. Ich werde all meinen Lohn bei Euch …«

»Nein, das warst nicht du«, erklärte die Priesterin beruhigend, der Ausdruck in den hellgrünen Augen wurden etwas nachsichtiger. Sie umfasste das Schmuckstück. »Dein Ziehvater war schuld. Er hat mir vor vielen Jahren aus Bosheit die Kette vom Hals gerissen. Das war gar nicht weit von hier, eine Gasse weiter, unmittelbar neben einem kleinen Heiligtum. Den Stein haben wir nie mehr gefunden.«

Der Knabe war überrascht. Diese Geschichte hatte ihm Matuc niemals erzählt. »Ich schwöre Euch, ich werden den Stein für Euch finden.«

Kiurikka sah ihn völlig überrascht an. »Lorin, das war vor über zehn Jahren. Dieser Diamant wird irgendwo unter einer riesigen Schicht von Dreck begraben liegen, wenn ihn das Wasser nicht schon lange ins Meer gespült hat. Und als Ausdruck dafür, dass ich ihm seine Tat nicht vergeben werde, trage ich die leere Fassung.«

»Mit Kalisstras Hilfe werde ich es schaffen.« Der Junge blieb zuversichtlich, sein Gesicht drückte die Überzeugung aus, dass er nicht zu viel versprochen hatte.

»Ich halte mein Wort. Ich bin mir sicher, Matuc hat es damals nicht absichtlich getan. Wenn ich Euch den Diamanten zurückbringe, werdet Ihr ihm dann sein Vergehen verzeihen?«

Die Frau überlegte einen Moment und schaute auf die Gravuren ihres Stabes. »Wenn Kalisstra dich den Stein finden lässt, wird sie dem Mann seine Tat vergeben haben. Gut, so soll es sein.«

Lorin verbeugte sich vor der Hohepriesterin und rannte wieder los, um rechtzeitig am Strand anzukommen. Nur auf die Hüpferei verzichtete er diesmal, er wollte kein weiteres Unglück herausfordern.

Am kleinen Bootshaus von Blafjoll machte er Halt. Eilig schob er das große Eingangstor auf und schleppte die Einzelteile seines Landseglers bis an den Strand, wo er sie in aller Eile zusammensetzte. Zu seiner großen Freude frischte der Wind sogar noch auf.

Im Grunde war die Konstruktion lebensgefährlich. Die Hinterachse bestand aus einem massiven Brett, an dessen Ende zwei kleine Holzräder befestigt waren. Eine doppelt so lange Latte bildete den Rumpf, vorne befand sich eine wesentlich schmalere Achse, kaum einen Unterarm lang. Mit Hilfe von zwei Schnüren lenkte der Junge die Räder.

Mit einem letzten Handgriff setzte er den Mast mit dem Querholm ein und entfernte die Lederriemen.

Lachend sprang er auf den Sitz, lehnte sich nach hinten und zog das Flickensegel aus Leinen in die Höhe. Augenblicklich blähte sich der Stoff auf und ließ den Landsegler anrollen. Immer schneller wurde das Gefährt und jagte mit dem Jungen den menschenleeren Strand hinunter.

Eiskalte Meeresluft pfiff ihm um die Nase und ließ ihm recht schnell das Gesicht wie taub erscheinen, aber der Rausch der Geschwindigkeit machte die Unannehmlichkeiten eines Segeltörns an einem Wintertag vergessen.

Nach etwa fünf Meilen wendete er und kreuzte gegen den Wind zurück nach Bardhasdronda.

Auf halber Strecke schoss ein Segler an ihm vorbei, und er erkannte die verhasste Gestalt von Byrgten. Sein Kontrahent griff während der Fahrt in den nassen Sand und schleuderte ihn Lorin ins Gesicht. »Fang mich, Fremdländler!«

»Das kannst du haben!«, schrie Lorin wütend hinterher und gab sich beim Einsatz der Leinwand alle Mühe, den Fischersohn einzuholen.

Doch dessen Gefährt war natürlich wesentlich besser gebaut und aus den besten Materialien hergestellt. Lorin hatte das Nachsehen, und während Byrgten schon am Tor der unteren Kaimauer stand und das Segel reffte, kam der Junge erst an.

»Das war wohl nichts, was, Winzling?«, höhnte er. »Mit dem schlechten Ding wirst du es niemals schaffen, mich zu schlagen.« Seine Hand legte sich auf das Segeltuch. »Beste Qualität. Übrigens gekauft mit dem Geld, das wir dir damals abgenommen haben.«

Lorin sprang auf, lief zu dem Jungen hin und stemmte die Hände in die Seite. »Du bist allein, Byrgten, hast du das schon vergessen?«

»Nein.« Seine Fußspitze zuckte nach oben und beförderte Sand gegen Lorin. Die Körner trafen ihr Ziel, und der Knabe konnte nichts mehr sehen. »Pech, was?«, sagte sein Gegenspieler, und schon traf ihn die Faust in den Magen.

Keuchend nahm er die Fäuste hoch und deckte seinen Kopf, wie es ihm Waljakov gezeigt hatte, deshalb blieb der nächste Hieb des Fischersohns wirkungslos.

In Erwartung des nächsten Angriffs lauschte Lorin. Aber Byrgten machte sich lachend über seinen Landgleiter her, wie ihm das Krachen und Splittern des Holzes verriet. Immer noch blind, versuchte er, sein Gefährt zu verteidigen, aber der andere Junge wich ihm mit Leichtigkeit aus.

Als er endlich wieder etwas sah, war Byrgten samt seines Gefährts schon auf und davon.

»Beim nächsten Wiedersehen schlage ich dich windelweich, hörst du?«, rief Lorin zornig die Gasse hinunter. Mit Tränen der Wut betrachtete er seinen zerstörten Segler.

»Kommst du mit?«, fragte ihn eine Stimme von oben. Lorin erkannte Blafjoll, der auf ihn herabschaute. In seiner Rechten hielt er eine Harpune. »Einer der Feuertürme hat einen verirrten Wal gemeldet. Du kannst mich in meinem Boot begleiten. Es ist nicht gefährlich. Wir werden nur helfen, den Fisch an Land zu rudern.«

Lorin schüttelte seine Gedanken ab. Sofort war seine Neugier geweckt. Schon immer hatte er gehofft, seinen großen Freund bei einem seiner Jagdausflüge zu begleiten. Zwar hatte Matuc es ihm verboten, aber in diesem Moment war es dem Knaben reichlich gleichgültig. Er würde endlich eines dieser riesigen Tiere aus der Nähe sehen.

»Ich komme!«, rief er fröhlich und rannte los. Gemeinsam gingen sie zu einem der großen Ruderboote, in dem zwanzig Mann sich in die Riemen legten, um dem Wal nachzustellen.

»Was ist mit deinem Gleiter geschehen?«, erkundigte sich der Walfänger auf dem Weg zum Dingi, das *Meeresstern* hieß. »Hast du ihn zerlegt?«

»Das war Byrgten, dieser Idiot«, grummelte Lorin böse. »Er hat ihn kaputt gemacht, ohne dass es einen Grund dafür gab.«

»Er kann dich einfach nicht in Ruhe lassen, was? Lass den Kopf nicht hängen. Ich werde dir helfen, einen neuen zu bauen«, versprach Blafjoll und legte ihm eine Hand auf die Schulter. »Und damit wirst du es diesem Angeber zeigen, Lorin.« Seine grünen Augen schienen zu lachen und zu sagen »Ich werde dir immer helfen.«

Der Junge hätte es lieber gesehen, wenn dieser Mann

und seine Schwester ein Paar wären. Seiner Meinung nach war Arnarvaten zwar ein netter Kerl, aber nur vom Geschichten anhören wurde Lorin schnell langweilig. Blafjoll dagegen konnte schnitzen, die Harpune treffsicher werfen, segeln und viele andere Sachen, die bei dem Geschichtenerzähler allenfalls zu schlimmen Verletzungen führten, wenn er es versuchte. Aber Fatja schien sich anders entschieden zu haben, was Lorin außerordentlich bedauerte. Er selbst warf die Harpune auch recht gut, nur die Kraft fehlte noch.

Er sprang ins Boot und kauerte sich beim Steuermann am Heck zusammen, um niemanden zu stören.

»Was will der kleine Fremdländler hier?«, murrte einer der Männer. »Er bringt uns Unglück.«

»Unsinn. Er fährt mit uns, um zu lernen. Ihr werdet sehen, durch ihn machen wir fette Beute.« Sein Freund fuhr ihm ermutigend über den Kopf und begab sich an den Bug, die *Meeresstern* legte ab. »Spar dir die Luft zum Rudern. Und nun legt euch in die Riemen, bevor Kalisstra ihre Gnade von uns nimmt und den Wal tauchen lässt.«

Die eingespielte Rudermannschaft bewegte die hölzernen Schäfte in unglaublichem Takt vor und zurück, bald schloss das Dingi zu den anderen Jagdbooten auf. Insgesamt beteiligten sich sieben von ihnen am Walfang, zwei davon würden den gewaltigen Fisch direkt jagen. Lorin spürte die Aufregung in jeder Faser seines Körpers.

»Der Feuerturm hat einen Hügelwal etwa eine halbe Meile von hier gesichtet«, erklärte ihm der Steuermann. »Vermutlich ein Einzelgänger, der sich kurz vor dem Winter nach Süden absetzen möchte. Nicht ungefährlich.«

Auf der Backbordseite entstand ein zischendes Geräusch, eine Wasserfontäne stieg in den Himmel.

»Wal!«, brüllte Blafjoll den anderen Booten zu, um sie aufmerksam zu machen. »Wal! Da bläst er!«

Die Richtung wurden geändert, und die kleine Flotte der wagemutigen Boote machte sich an die Verfolgung der Beute, die vermutlich einem Großteil der armen Familien in Bardhasdronda zu Gute kommen würde.

Die *Meeresstern* ließ sich etwas zurückfallen, um beide Jagdboote nicht in ihrer Manövrierfähigkeit zu behindern. Dort machten sich die Harpunisten im Bug bereit, die geschliffenen, mit Widerhaken besetzten Metalllanzen in den Leib des Wals zu schleudern. Die Kunst bestand darin, die Lunge des riesigen Tieres zu treffen und es gleich mit der ersten Eisenspitze so zu verletzen, dass es nicht mehr abtauchen und verschwinden konnte. Die Seile am Ende der Harpune verbanden Boot und Wal miteinander. Nur an welchem Ende das Opfer hing, war nicht immer genau abzusehen.

Der Wal hatte bemerkt, dass die Verfolger näher rückten. Doch war die erste Harpune bereits auf dem Weg und bohrte sich tief ins Fett und Fleisch des Tieres. Die Schwanzflosse durchschlug fast gleichzeitig die Wasseroberfläche und zertrümmerte die Planken des Dingis mit müheloser Leichtigkeit.

Die Jäger flogen durch die Luft, das Boot versank in den Fluten, die sich hinter dem Meeresgiganten rot färbten. Bereits das erste Wurfgeschoss musste das Tier gehörig verletzt haben.

Mit großen Augen verfolgte Lorin das Geschehen. Ein vielfacher Entsetzensschrei erscholl, als das zweite Boot dem wütenden Wal zum Opfer fiel. Wie ein gewaltiger Gott wuchtete er seinen Körper aus dem Wasser und warf ihn auf das Dingi, das unter den Tonnen zerbarst.

»Bete zu Kalisstra«, empfahl der Steuermann. »Das ist ein Walbulle, der keinen Spaß versteht.«

Nun würde es doch gefährlich werden. So etwas hatte selbst Waljakov bestimmt noch nie gemacht.

Die Ruderer legten an Geschwindigkeit zu, die *Meeresstern* übernahm die Spitze der Jagdgemeinschaft.

Blafjoll stand am Bug, die Harpune zum Wurf bereit und aufmerksam auf die Wogen blickend, die sich nach dem Sprung des Wals wieder glätteten.

Auf der windabgewandten Seite schoss eine rote Springquelle in die Luft, und Lorins Freund schleuderte die Waffe, die sich knapp neben dem ersten Eisen in den Leib fraß. Das daran befestigte Seil straffte sich, und ein Ruck ging durch den Rumpf. Die *Meeresstern* wurde von dem Wal übers Wasser gezogen.

Blafjoll rammte keuchend vor Anstrengung eine Harpune nach der anderen in das Tier. Doch der Walbulle wollte nicht aufgeben und versuchte zu fliehen. Einer der Männer stand mit der Axt bereit, um die Taue zu kappen, sollte der Gigant abtauchen und das Boot mit sich in die Tiefe ziehen wollen. Der wilde Ritt ging eine ganze Weile, und die anderen Dingis waren plötzlich weit abgeschlagen.

»Bring ihm die Ersatzharpunen nach vorne«, befahl ihm der Steuermann und nickte auf die Waffen, die zu Lorins Füßen lagerten. »Vielleicht braucht er sie.«

Gehorsam folgte der Knabe der Anweisung. Aber als er mit seiner Last am Bug ankam, schüttelte sein Freund nur den Kopf. Das Kampf war gewonnen.

Das Meer färbte sich vor ihnen dunkelrot, der Wal spie sterbend Blut und Luft aus dem Atemloch und erschien nun vollständig an der Wasseroberfläche.

Der Knabe erstarrte angesichts der majestätischen Ausmaße der Kreatur, etwas so Großes hatte er in seinem ganzen Leben noch nicht gesehen.

Die *Meeresstern* kam längsseits zu dem sterbenden Wal, Blafjoll nahm sich eine Harpune und sprang auf den Rücken des Tieres.

Bevor ihn irgendjemand zurückhalten konnte, nahm sich Lorin ebenfalls eine Waffe und folgte dem Kalisstronen. Das Jagdfieber hatte ihn gepackt.

»Das war töricht, aber mutig«, sagte Blafjoll zu ihm.

»Ich wollte herausfinden, wie sich ein Wal anfühlt«, gestand der Knabe ein wenig überrascht von seiner eigenen Kühnheit. Prüfend legte er die Hand auf die feuchte Haut des Tieres. »Sie ist eiskalt.«

»Stell dich hier zu mir, in die Mitte«, wies ihn der Jäger an. »Wir warten, bis die anderen Boote uns erreicht haben, um den Wal in den Hafen zu schleppen.« Er zog sein Messer, ritzte sich die Haut am Unterarm auf und ließ einen Tropfen seines eigenen Blutes auf das Tier tropfen, ein Dankgebet an die Bleiche Göttin murmelnd.

Lorin hatte eine Bewegung am Kopf des Giganten bemerkt. »Das sind schon die ersten Raubfische«, rief er erhitzt und lief auf der nassen Oberfläche nach vorne.

Immer noch vom Jagdrausch gepackt, wurde er unvorsichtig. Die Aussicht, selbst eine Beute zu erlegen, auch wenn es nur eine kleine war, machte ihn blind für Gefahren.

Von oben entdeckte er die gezackte, dreieckige Rückenflosse eines Raubfischs, der offenbar vom Blut angelockt worden war. Die warnenden Rufe der Männer und Blafjolls hörte er nicht.

»Verschwinde! Das ist unser Wal!« Sein Arm mit der Harpune reckte sich in die Höhe, die Eisenspitze ging auf die Reise und durchstieß die Haut des Räubers. Ohne nachzudenken, umfasste Lorin den Schaft mit seinen magischen Kräften und trieb mit deren Hilfe die Waffe so tief in den Körper des Tieres, dass sogar das Holz mit in den Leib eindrang. Im Todeskampf wühlte der Fisch das Wasser auf und verschwand in der Tiefe.

Der Junge verlor jedoch den Halt und stürzte kopfüber in die rötliche See. Er strampelte sich zurück an die Oberfläche, griff sich das Tau, das von der allerersten Harpune stammte, und zog sich bibbernd vor Kälte daran in die Höhe.

Blafjoll war bereits zur Stelle, packte ihn am nassen

Kragen und schüttelte ihn durch. Anstatt ein Lob zu hören, blickte er in die finstere Miene seines Freundes.

»Was hast du getan, Lorin?«, fragte er ihn fassungslos. Im Hintergrund hörte er die aufgebrachten Stimmen der Rudermannschaft der *Meeresstern*.

»Ich habe deine Beute verteidigt«, stotterte der Knabe und schlang die Arme um sich.

»Du hast einen Kalisstra-Gamur getötet«, erklärte ihm der Waljäger entsetzt. »Das heilige Tier der Bleichen Göttin. Was denkst du, was die Schöpferin des Kontinents nun tun wird?«

»Aber warum frisst der Fisch dann unseren Wal an?«, empörte sich Lorin.

»Es ist das Recht der Gamure, sich einen Teil unserer Beute zu nehmen, hast du das vergessen?« Erschüttert brachte ihn der Mann zum Boot. »Die Göttin nimmt sich auf diesem Weg den Anteil, der ihr zusteht. Und du, Unglücksjunge, hast in ihr verweigert.« Er warf einen Blick auf das Wasser. »Nicht nur das. Du hast auch den Gamur getötet.«

Die anderen Boote waren herangekommen, und wie ein Lauffeuer verbreitete sich die Nachricht von der schändlichen Tat des Fremdländlers. Zuerst forderten die Seeleute, dass man Lorin an Ort und Stelle mit Harpunen spickte und versenkte.

Aber Blafjoll redete auf die aufgebrachten Männer ein, brachte sie von ihrem Vorhaben ab und verlangte, dass man zuerst Kiurikka anhörte. Vom Wort der Hohepriesterin machten die Waljäger das weitere Schicksal des Jungen abhängig, obwohl sie keinen Hehl daraus machten, dass sie den »Unglücksjungen« vorsichtshalber am liebsten gleich ins Meer geworfen hätten.

Wie ein nasses Häufchen Elend saß Lorin am Heck und weinte, die Knie an den Körper gezogen, die Arme drum herum geschlungen, den Kopf zwischen den Beinen vergraben. Wenigstens legte ihm der Steuermann eine Decke um. Die Fischer einigten sich darauf, den Wal in den Hafen zu schleppen und ihn nicht vorher zu verarbeiten, bevor die Hohepriesterin auch nicht dazu ihren Ratschlag erteilt hatte. Vielleicht musste man den Fisch wieder dem Meer überlassen, um die Bleiche Göttin zu besänftigen.

Die Ruderboote kämpften sich zurück nach Bardhasdronda, und in einem Zug, der natürlich die Aufmerksamkeit der übrigen Städter erregte, ging es sofort zum Kalisstra-Tempel.

Kiurikka erschien an der Spitze der Freitreppe und lauschte den Schilderungen der aufgeregten Waljäger.

»Nun, das ist eine Tat, die schwere, schwere Folgen für unsere Stadt haben kann«, mutmaßte sie langsam, ihre grünen Augen ruhten auf dem verängstigten Knaben, dessen Zähneklappern weithin hörbar war. »Seinen Tod kann und will ich nicht verlangen, es würde die Göttin ohnehin nicht milde stimmen. Der Wal aber muss zurück in die See. Ihr werdet ihn noch heute zurückschleppen und bewachen. Wenn sich kein Gamur mehr sehen lässt, hat die Göttin uns nicht verziehen und wir werden alles ertragen müssen, was sie uns schickt. Wer hat den Fremdländler überhaupt mitgenommen?« Blafjoll trat vor. »Das hätte ich mir denken können. Nun, auch deine Schuld lässt sich nicht verleugnen. Hiermit verstoße ich dich für ein Jahr, einen Monat und einen Tag aus der Gemeinschaft der Gläubigen. Dreißig Tage sollst du dem Tempel und den Heiligtümern fernbleiben, dreißig Tage lang hast du dich in das Büßergewand zu hüllen.«

»Aber ich habe ihn darum gebeten«, versuchte Lorin seinem Freund zu helfen. Sofort erhielt er eine Ohrfeige von einem der Fischer.

»Auch das ändert nichts an der Tatsache«, meinte die Hohepriesterin kalt und wandte sich um. »Ich werde nun Gebetszirkel einrichten, um die Bleiche Göttin durch Lobpreisungen um Gnade zu bitten.«

Das Stabende krachte wie ein Richterhammer herab, als es auf den Marmor aufgestoßen wurde. Die Frau ging zurück in den Tempel, die Menge verteilte sich. Zurück blieben Lorin und Blafjoll.

»Wenn wegen dir die Zobel ausbleiben«, sagte eine Stimme erbost hinter dem Jungen, »ziehe ich dir persönlich bei lebendigem Leib das Fell über die Ohren.«

»Sei still, Soini«, meinte der Waljäger ruhig. »Der Junge hat heute schon genug mitgemacht. Da braucht es nicht noch einen glücklosen Fallensteller und Pelzhändler.«

Der Mann, der von Kopf bis Fuß in die unterschiedlichsten Pelze und Tierhäute gehüllt war, beugte sich hinab und zückte ein kleines schmales Messer. »Damit löse ich dir das Fleisch von den Knochen, Fremdländler, wenn Kalisstra uns bestraft.« Lorin wich zurück. Etwas in den Augen des Kalisstronen verunsicherte ihn. »Nun hast du Angst, was? Und das ist gut so. Ich mache keine Späße. Dafür ist mir mein Geschäft viel zu ernst.« Soini steckte das Messer weg, spuckte vor ihm aus und verließ den Platz.

»Verzeih mir«, schluchzte der bibbernde Junge und legte die Arme um Blafjoll. »Ich werde von morgens bis abends zur Göttin beten. Und es ist nicht gerecht, dass man dich bestraft. Ich wollte das alles nicht.«

»Ich weiß das«, erwiderte der Mann. »Und ich hoffe inständig, Kalisstra weiß das auch. Komm, ich bringe dich nach Hause und erkläre Matuc, weshalb du so lange weg warst.« Er reichte dem Jungen die Hand, und zusammen schritten sie durch die Straßen von Bardhasdronda.

Drei Gassen von der Unterkunft des Knaben entfernt erschien Byrgtens Kopf hinter einem Mauervorsprung. »Ho, da hast du ja einen schön Fang getan, Fremdländler. Und jetzt schaut euch das Muttersöhnchen an, hängt an der Hand von Blafjoll wie ein Kind am Rockzipfel seiner Mama!« Vielstimmiges Gelächter zeigte, dass der Fischersohn nicht alleine sein Unwesen trieb.

Doch diese Häme brachte bei Lorin das Fass zum Überlaufen.

Mit einem wütenden Schrei ließ er die Finger seines Freundes fahren und rannte auf Byrgten zu. Ein Sprung katapultierte ihn gegen seinen Kontrahenten und warf den größeren Jungen zu Boden.

Lorin hockte sich auf die Oberarme, wie es ihm Waljakov gezeigt hatte, und drosch in schneller Abfolge auf das Gesicht Byrgtens ein, der sich dem rasenden Knaben nicht widersetzen konnte. »Das ist für die vielen Überfälle auf mich, der ist für die Beleidigungen, der ist für meinen Landsegler, der ist für die Verspottung«, zählte er dabei laut auf.

Als ein Kumpan Byrgtens den ungestümen Angreifer wegreißen wollte, schien er wenige Handbreit vor Lorin gegen eine Mauer zu laufen. So sehr er sich anstrengte, seine Hand erreichte den Kragen des Fremdländlers nicht, der seine Wut noch immer an dem Fischersohn ausließ. Bei einem besonders kraftvollen Schlag blitzten die Knöchel seiner Rechten in einem bläulichen Schimmern auf.

»Lorin!«, rief Blafjoll laut, und tatsächlich stellte er die Prügelei ein.

Blut lief Byrgten aus einer mittlerweile schiefen Nase und Mund, die Lippen waren aufgeplatzt, die Augen waren zugeschwollen, und über der rechten Augenbraue klaffte eine breite Platzwunde. Der Schnee um den Liegenden herum färbte sich rot.

»Das wird dir in Zukunft blühen, wenn du dein Schandmaul noch einmal öffnest«, drohte Lorin dem Kontrahenten, der kurz vor der Bewusstlosigkeit stand.

Sicherheitshalber zerrte der Waljäger den Jungen vom Oberkörper herunter und überprüfte den Puls des Verletzten. »Bringt ihn zum Bürgermeister und lasst ihn heilen«, riet Blafjoll. Die Jungen stellten ihren Anführer auf die Beine und schleppten ihn davon. Aus eigener Kraft konnte Byrgten nicht gehen.

Schnaufend stand Lorin in der Gasse und schaute dem Zug hinterher, aus dem ihm hin und wieder ein ängstlicher Blick zugeworfen wurde. Sein Knöchel brannten wie Feuer, aber fühlte sich gut. Sehr gut sogar.

»Ist bei dir alles in Ordnung?«, erkundigte sich der Walfänger und betrachtete das Gesicht seines kleinen Freundes aufmerksam. »So habe ich dich noch nie erlebt.« Mit Verwunderung glaubte er zu bemerken, wie das Blau in den Augen des Jungen schwach leuchtete, als habe man eine Kerze hinter ein buntes Fenster gestellt. Dann wirkten sie wieder normal.

Lorin beruhigte sich allmählich. »Das ist ein verdammter Tag«, ärgerte er sich. »Heute geht aber auch alles schief.«

»Komm, es ist Zeit, dass du ins Bett steigst. Die Aufregung wird sicherlich morgen nicht mehr so groß sein.«

Blafjoll lieferte den schweigsam gewordenen Jungen bei seinem Ziehvater ab und erstattete in aller Kürze Bericht.

»Es tut mir Leid, Blafjoll«, sagte Matuc voll Mitleid. »Nun gehörst du durch unsere Schuld auch zu den Ausgestoßenen. Aber wenn du möchtest, dann vertraue dich Ulldrael an.«

»Vielleicht tue ich das auch«, meinte der Walfänger zögerlich und schritt zur Tür. »Sei nicht zu hart zu dem Jungen. Er kann nichts dafür.«

Er verschwand in dem Schneetreiben, das durch die Gassen und Straßen Bardhasdrondas fegte, als würde Kalisstra ihre Wut deutlich zum Ausdruck bringen wollen.

Matuc betrachtete den niedergeschlagenen Lorin nachdenklich. »Du hättest diesen anderen Jungen, diesen Byrgten, beinahe zu Tode geprügelt, weißt du das?«

»Aber er hat mich herausgefordert«, sagte der Knabe leise und senkte das Haupt. »Er hat mich so oft verprügelt, dass ihm das recht geschehen ist.«

»Ulldrael der Gerechte ist nicht unbedingt ein Freund von Gewalt«, begann der Geistliche. »Und Kalisstra ist nicht die Göttin des Krieges oder der Schlägerei. Du hättest diesen Fischersohn mit Verachtung strafen können. Und wenn du vorbei gegangen wärst, ohne ihn eines Blickes zu würdigen, wäre das alles nicht passiert.« Offensichtlich stufte der Mönch die Prügelei höher ein als die Tötung eines Gamurs, was Lorin ein wenig wunderte. »Du wirst das nächste Mal nicht auf die Schreierei dieses Byrgten hören.«

»Wenn er überhaupt noch etwas sagen kann«, murmelte der Junge mit grimmiger Schadenfreude.

»Das«, sagte Matuc laut und mit bösem Gesicht, »ist nicht die richtige Einstellung, junger Mann. Ulldrael der Gerechte mag es nicht, wenn sich die Menschen einander Leid antun.«

»Dann geh doch zu Byrgten und sage es ihm«, protestierte Lorin, sein Kinn reckte sich trotzig in die Höhe. »Ich habe nicht damit angefangen, und wenn er nicht aufhört, muss ich ihm eben zeigen, dass ich mich endlich wehren kann.«

»Endlich wehren kann?«, wiederholte der Geistliche alarmiert. »Was heißt das, Lorin?« Er kam auf den Knaben zu und blickte ihm ins Gesicht. »Unterrichtet dich etwa jemand darin?« Lorin wich dem forschenden Braun aus und schaute zur Decke. »Ich habe dich etwas gefragt!« Der Junge presste die Lippen zusammen. »Es ist dieser glatzköpfige Leibwächter, nicht wahr? Er bringt dir bei, wie man sich schlägt und wie man Schwerter in Menschen stößt, habe ich Recht?« Er packte den Knaben bei den Schultern. »Das ist nicht rechtens.«

»Sein Unterricht hat mir mehr geholfen als deine Gebete an Ulldrael«, rutschte es Lorin heraus.

Die Hand des Mönchs ruckte in die Höhe und wollte zuschlagen, aber er besann sich. »Lorin, siehst du nicht, wohin dich diese Kunst, in der Waljakov dich unterweist, führt?«

»Sie führt dazu, dass ich denjenigen, die mich verspotten, Respekt einbläue«, grummelte er uneinsichtig.

»Momentan ist es noch Respekt, aber was ist, wenn du besser und besser wirst?«, fragte Matuc. »Was ist, wenn du genauso wirst wie dein Vater?«

Augenblicklich verengten sich die Augen des Knaben. »Was ist mit meinem Vater? Er ist also nicht weggelaufen? Und was ist mit meiner Mutter geschehen?«

»Dein Vater wurde ebenfalls schon von Waljakov ausgebildet und wurde zu einem Tyrann, nach allem, was ich gehört habe«, ließ sich Matuc zu einer vagen Erklärung hinreißen. »Auch er beherrscht die Magie und hat sie nur dazu eingesetzt, tausendfachen Tod und Verderben auf Ulldart zu verbreiten. Dein Vater ist ein schrecklicher Mensch, Lorin. Und ich will nicht, dass du genauso wirst wie er. Doch du scheinst bereits auf dem Pfad zur Finsternis zu sein.«

»Bin ich deshalb auf einem Schiff zur Welt gekommen?«, flüsterte er. Die Neuigkeiten hatten tiefen Eindruck bei ihm hinterlassen, zumal er nicht den Eindruck hatte, dass sein Ziehvater übertrieb.

»Auch deine Mutter wollte nicht, dass du wirst wie er. Aus diesem Grund haben wir dich von Ulldart weggeschafft«, erklärte der Geistliche. »Und du wirst ihren Wunsch respektieren, junger Mann. Versprichst du mir das?«

Lorin war nun völlig durcheinander. Der fürchterliche Tag wollte einfach nicht zu Ende gehen, ständig hatte er neue Grausamkeiten auf Lager. Er musste in aller Ruhe überlegen, nicht hier, nicht in diesen engen Wänden. Er ließ die Frage des Geistlichen unbeantwortet, wandte sich auf dem Absatz um und stürmte hinaus ins Freie.

Matuc holte ihn nicht mehr ein, das künstliche Bein stellte eine zu große Behinderung dar.

»Komm zurück, Lorin«, rief der betagte Mann besorgt in das wirbelnde, eiskalte Weiß, das vor der Tür wie eine lebendige Wand stand. Zweifel stiegen auf, ob er die richtigen Worte gegenüber dem Knaben gewählt hatte. »Lorin?«

Der Schnee und der Wind brachen seine Stimme nach wenigen Metern, zerhackten und schluckten sie restlos.

Lorin kämpfte sich durch das Schneetreiben zum Bootshaus von Blafjoll. Er entfachte ein kleines Feuer, um sich zu wärmen und die Kälte aus den Gliedern zu verjagen. Abwesend betrachtete er seine Knöchel, an denen Byrgtens Blut getrocknet war.

Sein Vater war ein Tyrann. Aber wenn er, Lorin, sich doch nur wehrte, konnte doch nichts Schlimmes daran sein.

Kräftige Böen strichen um den Schuppen, brachten ihn zum Ächzen und Knarren, als würde er mit dem Jungen sprechen wollen. Wellen gluckerten und schwappten gegen das Außentor.

Durch die Bretterwand hörte er viele Männerstimmen, die sich von der Anlegestelle her in Richtung der Stadt bewegten. Es mussten die Fischer sein, die Kiurikka zum Bewachen des Wals abgestellt hatte.

Den Wortfetzen nach, die zu ihm durchdrangen, mussten sie wegen der immer stärker werdenden See ihren Standort auf dem Meer verlassen haben. Und offenbar sichtete keiner der Männer einen weiteren Gamur.

Der erhoffte Gnadenerweis Kalisstras blieb damit aus.

Er würde seine Magie nur zur Verteidigung benutzen. Auch alles andere, was er noch von Waljakov lernte, würde nur dazu dienen, sich oder andere vor Gefahren zu bewahren. Er würde nie mehr jemanden als Erster schlagen. Lorin schaute in die Flammen und beobachtete das zuckende Spiel des Feuers. Er würde kein Tyrann und kein schlechter Mensch, wie es sein Vater war. Matuc sollte seinetwegen nicht unglücklich sein. Das wollte er bei Kalisstra und bei Ulldrael geloben.

Entschlossen erhob er sich, löschte das Feuer und trabte durch die leeren Straßen seiner Heimatstadt. Er lief zu der Seitengasse, von der ihm die Priesterin erzählt hatte. Dort irgendwo, da war sich Lorin sicher, lag noch immer der Diamant. Wenn er ihn finden und zurückbringen würde, müsste ihm die Bleiche Göttin all seine Taten vergeben.

Mit den bloßen Fingern wühlte er in der zentimeterhohen Schneeschicht, um das gefrorene Kopfsteinpflaster freizulegen. Doch die Kälte machte ihm schwer zu schaffen, und so schleppte er sich im Morgengrauen zurück in die Kate. Seine eisigen Hände spürte er kaum mehr.

Matuc saß eingeschlafen vor dem beinahe erloschenen Ofen und bemerkte die Rückkehr seines Zöglings nicht.

Lorin war viel zu erschöpft, um ihn zu wecken und ihm seinen Entschluss zu verkünden, und so schlich er sich ins Bett, um nur wenig später einzuschlafen.

Er würde den Diamanten finden, dachte er kurz vor der Schwelle zum Reich der Träume. Zu irgendetwas musste das alles doch gut sein, was ihm widerfuhr.

VII.

»›Du wirst noch heute Nacht vom Gehöft verschwinden, zurück nach Borasgotan oder wo immer du hin willst‹, befahl der uralte Diener des Bösen. ›Beeile dich, kleine Frau.‹

Die Seherin war schwach und klein, und sie folgte dem Befehl des Beobachters. Sie wollte nur weg von diesen Kreaturen und weg von diesem Mann, der mit Mächten im Bunde stand, mit denen sie nichts zu tun haben wollte.

Und die Seherin rannte in die Dunkelheit, während sie in ihrem Kopf immer noch das Wispern des Beobachters zu hören glaubte.«

Das Buch der Seherin
Kapitel VII

Ulldart, Großreich Tarpol, Hauptstadt Ulsar, Frühjahr 457 n. S.

Die Luft war erfüllt von Lachen, Musik und den Unterhaltungen unzähliger Menschen, die sich auf der Ebene vor der Hauptstadt versammelten. Rund zehntausend Männer, Frauen und Kinder waren der Einladung gefolgt, sich bei den großen Pferderenntagen zu Ehren des Kabcar und anlässlich des Sieges über die angorjanische Flotte vor der tersionischen Küste zu kostenlosem Essen und Trinken zu treffen. Die Bäckereien und Schlachtereien verbrachten Tage mit den Vorbereitungen, um für den Ansturm auf Brot, Schinken und all die anderen Sachen gewappnet zu sein.

Die grünenden Hügel waren mit Tribünen versehen worden, damit das Publikum möglichst viel von dem Spektakel zu sehen bekam, das sich bald abspielen sollte. Der Herrscher des Großreichs Tarpol rief zum Wettreiten auf, und demjenigen, der seinen Reiter schlug, winkten tausend Waslec.

Das Besondere daran war, dass sein eigener Streiter gerade den dreizehnten Geburtstag gefeiert hatte. Tokaro Balasy wurde als bester Reiter des Kontinents gepriesen, trotz seines geringen Alters und seiner scheinbar geringen Erfahrung im Sattel.

Eine solche »leichte Beute« wollten sich etliche Reiter nicht entgehen lassen. Die Schar war so groß, dass Ausscheidungsrennen anberaumt wurden, um das halbe Dutzend der Schnellsten zu ermitteln. Nur ihnen sollte es erlaubt sein, gegen den Jungen anzutreten. Und so donnerten, stampften und wühlten die Pferdehufe unablässig. Die Zuschauer wetteten auf den Ausgang der Ritte und hatten ihren Spaß bei einem Turnier, wie es Ulsar noch nie zuvor gesehen hatte.

Tokaro machte es sich in seinem Zelt bequem, trank

ein wenig von der kredenzten Milch und hob den rechten Fuß als Zeichen, dass er seine Reitstiefel angelegt haben wollte. An den Luxus, in dem er und seine Mutter seit einem knappen Jahr lebten, gewöhnte er sich sehr schnell.

Der Umzug in das Haus mit Stallungen etwas außerhalb der Hauptstadt brachte nur Vorteile, der Kabcar spendierte seinem neuen Wettreiter sogar einen eigenen Knecht und eine eigene Magd. Somit musste nicht einmal mehr seine Mutter Hand an irgendetwas legen, sondern konnte die Vorteile einer Dienerschaft genießen. Das Auskommen, das ihnen ein Bote jeden Anfang des Monats überbrachte, reichte für eine ganze Familie aus.

Und dennoch sparte Tokaro bei jeder Gelegenheit, um seinem Ziel, die Tadca eines Tages ehelichen zu können, näher zu kommen. Um den Ruhm machte er sich keine Sorgen, den besaß er bereits jetzt schon, und spätestens nach seinem heutigen Sieg würde er zu einem Helden in Tarpol.

Nur das Geld würde noch ein wenig auf sich warten lassen. Das bereitete dem Jungen insofern Kopfzerbrechen, weil er Angst hatte, Zvatochna würde in der Zwischenzeit einen Prinzen finden, der ihr mit seinem Reichtum alles kaufen könnte.

Deshalb war der Knabe, bei allem Besitz, eher knauserig als spendabel. Auch eignete er sich eine gewisse herablassende Art an, um vornehmer und adliger zu wirken als er wirklich war.

Nun war es endlich so weit, wie der Ausrufer auf dem Platz verkündete. Die sechs Schnellsten standen fest, und sie würden nun gegen ihn antreten.

Der Stiefelknecht schob ihm die polierten Reitstiefel über die Füße. Tokaro warf sich die schwere Uniformjacke über, die aufwändig mit Stickereien verziert worden war, setzte sich den Kavalleriehelm auf und stülpte sich die Handschuhe über.

»Ich glaube, es kann losgehen«, sagte er zu dem Mann, steckte die Rechte in die Hosentasche, wo er den Anhänger Zvatochnas aufbewahrte. Von ihm erhoffte er sich Glück für den Tag, der ihm zu legendärem Ruf verhelfen sollte. »Du kannst schon mal die Trophäe auf den Tisch stellen, ich gewinne sie ohnehin.«

Er trat hinaus in den Sonnenschein, schlenderte zu Treskor, der unter der Bewachung von zwei Soldaten neben dem Zelt stand und ein paar saftige Halme knabberte. Eigenhändig legte er dem Hengst den Sattel auf, obwohl ihm das trotz des Podestes, das für ihn aufgebaut worden war, einige Schwierigkeiten bereitete.

Seine Gegner lachten leise, als sie Tokaro schwitzen sahen, doch er kümmerte sich nicht um sie, überprüfte die Gurte und schwang sich auf den Rücken des Schimmels. Aufmunternd klopfte er dem stattlichen Tier auf den Hals. »Sei so schnell wie noch nie«, raunte er Treskor ins Ohr, und als ob das Pferd ihn verstanden hätte, schnaubte es kurz.

Unter der Obhut der Soldaten lenkte er den Schimmel zur Startlinie, wo er vom tosenden Beifall der Ulsarer begrüßt wurde. Er schwenkte den Helm in alle Richtungen, dann verneigte er sich in Richtung der Ehrentribüne, auf der der Kabcar samt Familie Platz genommen hatte.

Als er den schwarzen Schopf von Zvatochna entdeckte, machte sein Herz einen Freudensprung. Govan, der zur Linken des Konsultanten saß, schaute gelangweilt hinab, Krutor verfolgte mit stumpf glänzenden Augen den Flug eines Schmetterlings.

Lauthals verkündete indes der Ausrufer, wen die Zuschauer da vor sich hatten und welcher meisterliche Reiter sich in dem Jungen verbarg. Danach begab sich ein Herausforderer nach dem anderen an die Startlinie.

Tokaro vermutete in dem Obristen aus dem dritten hoheitlichen Kavallerieregiment seinen stärksten Widersacher: Sein Fuchs machte einen beinahe ebenso hervorragenden Eindruck wie Treskor. Die anderen fünf hakte er nach einer knappen Begutachtung ab, sie würden ihm nicht das Wasser reichen können. Lieber schaute er noch einmal zur Ehrenloge mit Zvatochna, die ihm in diesem Moment einen heimlichen Augenaufschlag schenkte und ihn anlächelte.

Der Ausrufer bat um Aufmerksamkeit und bereitete den Beginn des Wettritts vor.

Ein Trompetensignal schmetterte, und die wilde Jagd ging los.

Es kam, wie der Junge es erahnt hatte. Der Offizier setzte sich bereits nach wenigen Metern an die Spitze des Feldes und hielt die Distanz zu Tokaro aufrecht. Selbst die aufgebauten Hindernisse vermochten es nicht, den Spurt seines Fuchses zu verlangsamen. Treskor geriet zu allem Überfluss nach einem gewaltigen Satz über ein Gatter kurzfristig aus dem Tritt und strauchelte, sodass sich der Knabe nur mit Mühe im Sattel halten konnte. Diesen Fehler nutzen zwei seiner Wettstreiter, den Schimmel lachend zu überholen.

Vor seinem geistigen Auge sah er das enttäuschte Gesicht der Tadca. »Los, Treskor! Fliege nur so über die Wiese. Du weißt, was für mich auf dem Spiel steht«, sagte er zu dem Hengst, der sich tatsächlich noch länger zu machen schien.

Weiter als bisher griffen die Läufe aus, die trommelnden Hufe schaufelten die Erdbrocken in die Höhe, Dreck und Sand schleuderten nach oben und verdreckten das weiße Fell. Doch der Schimmel setzte seine Hetzjagd unbeirrt fort, passierte schnaubend zwei der Kontrahenten und schloss Stück für Stück zu dem Obristen auf.

Der Offizier bemerkte, dass der Junge mit seinem Hengst herangeflogen kam, peitschte auf den Fuchs ein und schrie. Flach wie ein Pfannkuchen legte er sich an den Leib seines Pferdes, Tokaro stand in den Steigbügeln, den Oberkörper abgeknickt und nach vorne gebeugt. Wind und Erde flogen ihm um die Ohren.

Er hörte, wie die Zuschauer riefen und tobten, als die beiden Reiter beinahe gleichauf die letzten Meter bis zum Ziel zurücklegten. Selbst der Kabcar hatte sich von seinem Stuhl erhoben, das packende Finale riss alle Besucher mit.

Und Treskor schöpfte aus einem geheimen Reservoir das letzte Quäntchen Kraft, das ihn und den Jungen als Erste über die Linie trug.

Mit zitternden Beinen und Armen stieg Tokaro aus dem Sattel, umarmte den Hals des Hengstes, an dessen Flanken und Brust der Schweiß in Strömen herablief. »Du hast es geschafft«, flüsterte er ihm ins Ohr. »Danke.« Am Zügel führte er das erschöpfte Pferd vor die Loge des Herrschers und verneigte sich tief.

»Da, seht, Ulsarer und Tarpoler«, sagte Lodrik laut, die Zufriedenheit stand ihm ins Gesicht geschrieben. »Da steht der beste Reiter in meinem Reich. Einem halben Kind, einem dreizehnjährigen Jungen ist es gelungen, erfahrene Reitmeister auszustechen!« Die Menge klatschte begeistert. »Dieser Erfolg ist diesem besonderen Fest angemessen. Unsere Truppen haben die angorjanische Flotte vor der tersionischen Küste vernichtet, nachdem sie versuchten, das befreite Agarsien in ihre Gewalt zu bringen. Aber niemand wird mich daran hindern, alle Reiche, alle Menschen von der Macht der Unterdrücker zu erlösen, wie ich es damals mit euch getan habe, meine geliebten Untertanen! Schon bald werden auch die Männer, Frauen und Kinder im Land der Regentin wissen, was es heißt, frei zu sein, ohne Leibeigenschaft und ohne Angst zu leben, man könnte sie im nächsten Moment in die Sklaverei verkaufen, nur weil Alana gerade eine Zitrone übel aufgestoßen ist.« Die Zuschauer lachten. »Alle Menschen auf Ulldart sollen eigenständig sein. Und ich bringe ihnen diese Freiheit.« Er nahm sich einen Pokal und reckte ihn in die Luft. »Auf die Freiheit, Ulsarer und Tarpoler!« Tausendfach wurde der Trinkspruch wiederholt, dann schallte der Name des Kabcar aus unzähligen Kehlen über die Hügel. Tokaro lief es kalt über den Rücken, so ergreifend empfand er die Szenerie. »Und du, Tokaro, darfst dich entfernen«, sagte der Kabcar nur zu ihm und nickte ihm anerkennend zu.

Der Hofmeister nahm den Jungen am Arm und geleitete ihn zurück zu seinem Zelt. »Ihr werdet Euch ein wenig ausruhen, um für das Bankett heute Abend bereit zu sein«, erklärte er den weiteren Ablauf des Tages. »Es werden die fünfhundert angesehensten Familien und Leute aus Tarpol anwesend sein, also benehmt Euch angemessen.«

»Wer seid Ihr, dass Ihr mir, dem ungeschlagenen hoheitlichen Wettreiter, Anweisungen erteilen wollt?«, begehrte der Junge großspurig auf und riss sich los.

»Ihr seid, wie Ihr eben treffend anmerktet, der Wettreiter des Kabcar, nicht der Herrscher persönlich«, gab der Hofmeister kühl lächelnd zurück. »Ihr seid ein ungehobelter, dreizehnjähriger Bengel aus der Gosse, der es einem unverschämten Glück und einem schnellen Gaul zu verdanken hat, dass aus ihm etwas anderes als Abschaum geworden ist. Ich bin der Hofmeister, und ich verdanke meine Position jahrelanger harter Arbeit, und ich gebe Euch Anweisungen, wie es mir gefällt.«

»Das wollen wir einmal sehen«, sagte Tokaro trotzig, aber schon eine Spur kleinlauter. Mit einem solchen Widerstand hatte er nicht gerechnet. »Ihr seid nur neidisch.«

»Ich habe keinen Grund, neidisch auf jemanden zu sein, dessen Stern sinken wird, sobald er nicht mehr der schnellste Reiter ist«, meinte der Hofmeister entspannt. »Und einen Schnelleren aufzutreiben, wird kein Problem sein.« Er blieb vor dem Zelt stehen. »Ruht Euch aus, wie ich es Euch empfahl.« Der Mann deutete eine Verbeugung an und schritt hinüber zu seinem Zelt, während die Wachen unverhohlen auf den Jungen herabgrinsten.

Wütend stürmte er in seine Unterkunft und scheuchte seinen Knecht hinaus. Die Worte des Hofmeisters gingen ihm nicht aus dem Kopf, denn dummerweise hatte der Mann Recht. Er musste mindestens so lange berühmt bleiben, bis er Zvatochna geheiratet hatte. »Und deine Stellung ist auch nicht so sicher, wie du denkst«, grummelte Tokaro, das Bild des Mannes vor Augen, und sann auf Rache.

Als es dunkler wurde, schlich er sich aus dem Zelt und pirschte sich an die Unterkunft des Hofmeister heran. Nachdem er sich durch Lauschen vergewissert hatte, dass niemand darin war, schlitzte er mit seinem Dolch die Rückwand des Zeltes auf und drückte sich vorsichtig hinein. In aller Eile durchsuchte er die Truhen, Kisten und Schränke, die aufgebaut worden waren. Zu seiner großen Freude entdeckte er eine stattliche Summe Münzen.

»Sieh einer an«, flüsterte er. »Das sind agarsienische Taler. Reines Gold!«

Zunächst wollte er die Säckchen zurücklegen, dann fielen ihm die Worte Zvatochnas ein. Und mit diesem kleinen Schatz, den er eben in Händen hielt, würde er durch den Einsatz bei Wetten zu einem großen Vermögen kommen.

Die Verlockung war einfach zu groß, und zudem konnte er den ungeliebten Hofmeister durch das Verschwinden von dreihundert Talern in eine arge Zwickmühle bringen.

So lautlos, wie er gekommen war, verließ er das Zelt. Die Wachen vor dem Eingang hatten nichts bemerkt.

Tokaro versteckte die Münzen in der Satteltasche und

legte sich zufrieden auf sein Bett. Verträumt betrachtete er den Anhänger, den ihm die Tadca geschenkt hatte.

Pünktlich stand Tokaro in seiner Paradeuniform bereit, um sich von der Kutsche zum Palast fahren zu lassen. Die Fahrt ging quer durch die Straßen der hell erleuchteten Hauptstadt, denn an diesem Abend wurde überall gefeiert. Einmal mehr gossen die Wirte Bier und andere Getränke auf Kosten des Kabcar aus, der wiederum an seinem Hof nur die auserlesensten Gäste empfing und verköstigte.

Mit großen Augen betrat der Junge, flankiert von zwei Bediensteten, den Palast und bewunderte auf dem Weg zum Festsaal die vielen hohen Räume, getragen von prachtvollen Säulen, die Decken waren mit Stuck, Blattgold und Malereien verziert.

Tokaro war beeindruckt und geblendet von dem herrschaftlichen Glanz.

Die Türen des großen Saales wurden geöffnet, und sogleich verkündete ein weiterer Livrierter die Ankunft des neuen Gastes. Tokaro wurde mit »der hoheitliche Reitmeister« angekündigt, und prompt wandten sich dem Neuling etliche Gesichter zu.

Der Junge stolzierte etwas ungelenk unter verhaltenem Beifall die Stufen in den Raum hinab und begab sich schnurstracks zum Büffet, wo er sich seinen Teller mit den Köstlichkeiten voll stapelte. Ohne weiter auf die Umgebung zu achten, machte er sich über das Essen her, das interessant, aber unbekannt schmeckte.

Ein Diener näherte sich ihm und überreichte ihm wortlos eine Notiz.

»Hey, du, nicht so schnell«, rief ihn Tokaro mit vollem Mund zurück. »Lies mir das vor.« Er hob die dreckigen Finger. »Ich kann den Umschlag nicht öffnen.«

Pikiert kam der Mann der Aufforderung nach. »Komm in die kleine Umkleidekammer, neben dem

Festsaal.« Eine Augenbraue wanderte in die Höhe. »Ich erwarte dich. Z.«

Puterrot wischte sich der Junge die Hände am Tischtuch ab und schnappte das Blatt, um es in den Kamin zu werfen. Er sprang auf und rannte zum angegeben Ort.

Dort herrschte Dunkelheit.

Im Schatten der Monde erkannte er die zahlreichen Mäntel und Capes, die von den Gästen stammen mussten. Ohne dass er darüber nachdachte, wühlte er im ersten Mantel und stieß tatsächlich auf eine kleine Börse. Sie glitt in seine Tasche.

»Tokaro, bist du da?«, wisperte es irgendwo aus der Dunkelheit.

»Zvatochna?«, sagte er leise, während er sich einen Weg durch die Garderoben bahnte, bis er schließlich das Mädchen vor sich stehen sah.

»Du bist fantastisch geritten, Tokaro«, hauchte sie ihm ins Ohr und gab ihm einen Kuss auf die Wange. »Das war dein Lohn. Nun bist du der berühmteste Junge in ganz Tarpol.«

»Und nun fehlt mir nur noch das Geld, dann werde ich Euch heiraten«, brach es aus ihm heraus, und er fasste ihre Hände. Wieder kribbelte es. »Aber ich bin dabei, reich zu werden. Es ist ganz einfach.«

»Du willst bei meinem Vater wirklich um meine Hand anhalten?«, meinte sie erstaunt, dann lachte sie glockenklar und süß. »O Tokaro, du bist wundervoll.«

»Wie viel Geld muss ich haben?«, wollte er begierig wissen. »Ich habe schon mehr als dreihundert Taler zusammen, und wenn ich ein paar Wetten auf mich abschließe, dann geht das ruckzuck.«

Wieder vernahm er ihr Lachen. »Du wirst aber noch mehr benötigen. Schon allein dieses Kleid, das ich trage, hat dreihundert Taler gekostet. Und als armer Schlucker brauchst du mir oder meinem Vater erst gar nicht unter die Augen zu treten.« Sie drückte sich an ihn. »Was wäre denn eine Tadca ohne eine standesgemäße Kleidung? Und du müsstest dafür Sorge tragen, dass ich immer etwas Neues im Schrank hätte.«

»Ich werde alles tun, damit das wahr wird«, versprach der Reiter aufgeregt.

Zvatochna machte einen Schritt rückwärts. »Dann werde ich warten, bis du reich bist. Aber ich gewähre dir höchstens noch ein Jahr. Du wirst mir einen Palast bauen, nicht wahr?«

In Tokaros Kopf überschlugen sich die Gedanken. Wenn er bei jedem Rennen dreihundert Taler auf seinen Sieg setzen würde, müsste er bald zu einem Vermögen gekommen sein. Aber wie teuer war so ein Palast? Ein erster Zweifel meldete sich an dem Unterfangen, Zvatochna zur Frau zu nehmen.

»Ich werde Euch ein angemessenes Haus bauen«, antwortete er vorsichtig.

»Mit Dienern und Mägden und Köchen und Zofen und Pferden und Hunden?«, verlangte sie und schaute ihn bittend, ein wenig von unten herauf an.

Ein Mondstrahl fiel auf ihr Antlitz, und dem Knaben war mit einem Mal alles gleichgültig. Dieser betörenden Schönheit konnte er nicht widerstehen. »Alles, alles werde ich Euch erfüllen, wenn Ihr nur Ja sagt.«

Die Tadca gab ihm einen zweiten Kuss, der ein Prickeln in ihm auslöste. »Erfülle meine Bedingungen, und ich werde zu allem Ja sagen. Und nun muss ich wieder in mein Zimmer. Wir sehen uns gleich im Saal. Aber tu so, als wäre nichts zwischen uns geschehen. Wenn du unser Geheimnis verrätst, will ich dich nicht mehr.« Sie huschte davon.

Tokaro machte sich an die Arbeit und filzte die Garderoben der Gäste, was eine enorme Zeit in Anspruch nahm.

Er trug die Waslec in einem verborgenen Winkel der Garderobe zusammen, eine Brosche steckte er sich ein.

Sie wollte er später seiner Versprochenen schenken. Die Münzen verbarg er in der Asche des Kamins, um sie nach dem Bankett abzuholen, dann kehrte er in den großen Festsaal zurück.

Der Kabcar war bereits samt seiner Familie und dem Konsultanten eingetroffen, wechselte von einem Gesprächspartner zum nächsten und parlierte offenbar über die unterschiedlichsten Dinge. Die Kabcara erwies sich als nicht weniger gesprächsfreudig. Govan wich Nesreca nicht von der Seite, Krutor formte auf seinem Teller Gebilde aus Essbarem, und Zvatochna sprach mit dem Musikmeister.

Tokaro ging zu dem missgestalteten Tadc und setzte sich ihm gegenüber. Mit einer stillen Freude im Gesicht matschte der Krüppel Kaviar, gefüllte Eier und Weißbrot zu einem klebrigen Teig, aus dem er filigrane Figürchen anfertigte. Als er den Rennreiter bemerkte, kneteten die Finger gerade einen Schimmel.

»Treskor«, erklärte Krutor stolz und reichte Tokaro das Gebilde, das sehr wohl als Pferd erkennbar war. »Gut geritten. Fertig gemacht.« Er lehnte sich grinsend nach vorne. »Wie damals Govan.« Die Faust schlug unvermittelt in die Handfläche. »Patsch, zwei Mal.«

»Das hat Euch gefallen, was?«, erkundigte sich der Knabe. »Ihr könnt ihn nicht leiden?«

»Er ärgert mich«, knurrte der missgestaltete Junge mit den Ausmaßen eines Erwachsenen. »Patschst du Govan noch mal?«, fragte er dann hoffnungsvoll und zerrte an Tokaros Uniformärmel. »Bitte.«

»Nein, nein, hoheitlicher Tadc.« Er besann sich auf die korrekte Anrede. »Ich kann Euren Bruder nicht schlagen. Ich müsste schon wieder um mein Leben reiten.« Am Blick seines Gegenübers erkannte er, dass er ihn nicht verstanden hatte. »Nicht patschen, sonst …«, er zog mit dem Zeigefinger einen Strich entlang der Kehle und machte das passende Geräusch, »Kopf ab.«

»Au ja!«, klatschte der Krüppel und lachte reichlich stupide. »Govans Kopf ab.«

»Nein, hoheitlicher Tadc.« Er hielt dem Thronfolger die Hände fest, um weiteres Applaudieren zu verhindern, weil bereits die ersten Gäste neugierig zu den Jungen sahen. »Nicht Govans Kopf, sondern meiner.«

»Nein«, schüttelte der Junge den entstellten Schädel. »Tokaro ist mein Freund, du wirst nicht sterben. Ich schütze dich. Ich bin der Tadc.«

»Dürfte ich um die Aufmerksamkeit der Gäste bitten?«, erklang die Stimme des Herrschers, die Musik erstarb. »Als besondere Freude des Abends, bitte ich die Anwesenden hinaus auf den Exerzierplatz. Es erwartet Euch alle eine Überraschung.«

»Gehen wir mit?« Tokaro schaute zu, wie die Männer und Frauen in den Ballkleidern lachend und scherzend durch die torgroßen Glastüren nach draußen drängten.

»Komm, Freund«, grölte Krutor und nahm den Rennreiter am Kragen, zerrte ihn bei seinem ungestümen Ausbruch halb über den Tisch und schleifte ihn hinter sich her, sodass dem Jungen nichts anderes übrig blieb, als dem Krüppel wie ein störrischer Hund hinterherzustolpern.

Der Kraft des Tadc konnte er nichts entgegensetzen. Er warf Zvatochna einen hilflosen Blick zu, und schon befand er sich mitten zwischen wallenden Reifröcken und parfümgetränkten Hosen, durch die sich Krutor rücksichtslos seinen Weg suchte, bis er vorne angelangt war.

Zehn Soldaten standen in Reih und Glied auf dem gepflasterten Platz, einen seltsamen Stock geschultert, der am unteren Ende mit einem Holzschaft versehen war. Geschätzte zweihundert Schritt entfernt stellten Diener gerade Rüben auf Kisten, um sich danach schleunigst von dort zu entfernen.

»Was Ihr hier gleich sehen werdet, liebe Gäste, ist

meine neueste Waffe, mit der ich Ulldart die Befreiung vom Joch der Unterdrückung bringen will«, erklärte der Kabcar strahlend. »Die Bombarden, die wir inzwischen auch auf Schiffen transportieren, sind allgemein bekannt. Was diese Soldaten bei sich tragen, ist die neueste Entwicklung meiner Ingenieure. Es sind Büchsen. Präzisionsbüchsen.«

Bei diesem Stichwort klappten die Soldaten kleine Metallrähmchen auf den Läufen nach oben, hoben gleichzeitig ihre Waffen, und legten auf die Rüben an. Einer der Schützen brüllte einen Befehl, und alle zehn Büchsen spien Rauch aus der Mündung.

Fast im gleichen Moment zerfetzte es einen Großteil der Knollen, die Haut platzte auf, das Fruchtfleisch flog durch die Luft. Danach setzten die Soldaten ihre Waffen ab und begannen, die Fernwaffen in einer umständlichen Prozedur nachzuladen.

»Der Fortschritt ist nicht aufzuhalten. Und mit diesem Fortschritt sind *wir* nicht mehr aufzuhalten. Von diesen Büchsen werden in einem Jahr fünfzig Stück fertig sein. Sie reichen weiter als Bogen und Armbrust, und sind auf nähere Distanz beinahe unfehlbar«, erklärte der Kabcar und zog seine Pistole aus seinem Gürtel. »Von diesen Waffen werden ebenso viele bereit stehen. Jeder Knall bedeutet Freiheit.« Die Gäste applaudierten begeistert.

Der Kabcar winkte einen der Soldaten herbei, der die Handhabung der Büchse demonstrierte und wie man sie effektiv im Nahkampf einzusetzen vermochte, indem man einen Dolch unter der Mündung anbrachte. Aufmerksam verfolgte Tokaro jede einzelne Tätigkeit des Mannes.

Völlig überraschend packte ihn jemand bei den Haaren und zog ihn durch die Reihen der Gäste nach hinten weg, die von dem Vorgang nichts bemerkten, weil ihre Aufmerksamkeit zu sehr auf die Feuerwaffen gerichtet blieb.

Am Eingang zum Festsaal gelang es dem Knaben, dem Unbekannten die Finger umzubiegen und ihn zum Loslassen zu bewegen. Er schaute in das triumphierende Gesicht des Hofmeisters.

»Könnt Ihr mir erklären, was das soll?«, zeterte der junge Rennreiter aufgebracht und rieb sich den Kopf.

»Du kleiner Dieb. Ich verpasse dir einen Tritt, damit du wieder dort landest, wo du hingehörst«, antwortete der Mann gehässig. »In die Gosse.«

Siedend heiß rann es durch Tokaros Körper. Der Hofmeister schickte einen Diener los, der den Kabcar in Kenntnis setzen sollte. Stattdessen erschien Nesreca mit einem etwas entnervten Gesichtsausdruck.

»Was gibt es, dass man den hoheitlichen Kabcar mitten in seiner Vorführung stören möchte?«, erkundigte er sich ungehalten.

»Ich habe den Dieb«, verkündete der Hofmeister sichtlich stolz und schlug dem Jungen auf den Kopf.

»Und was hat er gestohlen?«, wollte der Konsultant gelangweilt wissen. »Der ganze Palast ist voller Diebe, da kommt es auf einen mehr oder weniger auch nicht an, oder?«

»Es dreht sich um die Summe von dreihundert Talern, Herr«, erläuterte der Ankläger des Jungen. »Ich hatte das Geld in meinem Zelt aufbewahrt, um die Musikanten beim Wettreiten auszuzahlen. Doch die Münzen waren verschwunden. Der Herr Obrist hat beobachtet, wie der Junge aus meinem Zelt kam, sich aber nichts dabei gedacht, bis ich im Lager nach Hinweisen fragte. Als wir sein Zelt durchsuchten, fanden wir die Taler.«

»Kein Pappenstiel, oder, junger Balasy?«, meinte Nesreca nun etwas aufmerksamer. Die unterschiedlich farbigen Augen wurden nachdenklich. »Dem hoheitlichen Rennreiter hätte ich bei einem geringeren Verstoß Gnade eingeräumt, aber die Summe ist, bei aller Milde, zu stattlich.« Er nickte den Dienern zu, die in der Nähe standen. »Durchsucht ihn. Ich frage den Kabcar, was zu tun ist. Schließlich ist es sein Rennreiter.«

Zum Erstaunen der Männer förderten sie den Anhänger von Zvatochna sowie die Brosche aus der Uniformtasche des sich mit Händen und Füßen wehrenden Jungen zu Tage.

Der Kabcar persönlich erschien, um sein Urteil zu fällen.

»Woher hast du das, Tokaro?«, verlangte er beim Anblick des Amuletts seiner Tochter zu wissen.

»Sie hat es mir gegeben, weil ich ihr Favorit bin und weil sie mir versprochen hat, mich eines Tages zu heiraten.« Der Hofmeister und die Dienerschaft lachten los, was Tokaro umso wütender machte.

Lodrik ließ das Mädchen kommen. Zvatochna schien zu ahnen, um was es ging, aber sie spielte die Unschuldige. »Ist es so, wie es der Junge schildert?«

Böse funkelte sie Tokaro an, und zu spät fiel ihm ein, dass er eigentlich versprochen hatte, nichts von den gemeinsamen Plänen zu verraten.

»Nein«, antwortete sie beleidigt. »Ich habe den Anhänger verloren, als wir auf Seinem Gutshof waren, Vater. Dieser Junge muss ihn gefunden haben und gab ihn nicht zurück. So eine Frechheit!« Sie schaute ihren Vater mit großen, unschuldigen Augen an. »Ich würde einem dahergelaufenen Stallknecht doch niemals ein solches Schmuckstück überlassen.« Sie lachte hell auf. »Und schon gar nicht würde ich ihm solche Versprechungen machen.« Ihre braunen Augen richteten sich auf Tokaro. »Nein, Vater, glaube Er mir. Mit diesem ordinären Knaben habe ich nichts zu schaffen.«

»Ich kann es aber beweisen«, begehrte der Knabe auf. »Zvatochna, Ihr habt mir einen Zettel geschickt … Er ist verbrannt, aber ein Diener hat ihn mir vorgelesen.«

»Welcher Diener?«, hakte der Konsultant nach und verschränkte die Arme auf dem Rücken.

»Ich weiß es nicht, die sehen doch alle gleich aus«, jammerte Tokaro unglücklich.

Lodrik und sein Vetter tauschten einen wissenden Blick aus. »Diese Brosche ist nicht dein Eigentum, Tokaro. Auch die dreihundert Taler gehörten nicht dir, und den Anhänger meiner Tochter hättest du zurückgeben müssen.«

»Aber sie hat ihn mir doch …«, wollte der Junge verzweifelt und den Tränen nahe unterbrechen, aber das Blau um die Pupillen des Herrschers wurde eisig.

»Schweig!«, befahl er ihm. »Ich habe dir einen Hengst geschenkt, wie es keinen Zweiten mehr in diesem Land gibt, ich gab dir und deiner Mutter eine Bleibe und Wohlstand. Und so dankst du es mir?« Er schüttelte den Kopf. »Ich bin enttäuscht. Maßlos enttäuscht, wie es dein Vater auch sein würde. Du stiehlst wie ein gewöhnlicher Dieb, du lügst mich sogar an, obwohl du überführt bist.«

»Wie lautet Euer Urteil, Hoher Herr?«, erkundigte sich Nesreca, der sich prächtig zu amüsieren schien.

»Er soll behandelt werden, wie man einen Dieb in seinem Alter behandelt.« Lodrik atmete laut aus. »Nein, hackt ihm nicht die Hand ab. Brennt ihm mein Siegel auf das Schulterblatt und werft ihn morgen Früh aus der Stadt. Wenn er sich je wieder in Ulsar blicken lässt, soll es ihm schlecht ergehen.«

»Ich vermute, Euer Geschenk wird er ebenfalls los sein?«, meinte der Mann mit den silbernen Haaren abschätzend. Tokaro hasste den Konsultanten für den Hinweis auf Treskor abgründig.

»Der Hengst wird in mein Gehöft gebracht. Für einen Dieb, und mag er noch so ein begnadeter Reiter sein, ist dieser herrliche Schimmel einfach zu schade.«

»Hoheitlicher Kabcar, darf ich eine Bitte äußern?«, wagte der Junge seine Stimme zu erheben. Lodrik bedeutete ihm zu sprechen. »Ich möchte nicht, dass meine

Mutter unter meiner Tat leidet. Darf sie weiterhin in Euren Diensten sein?«

»Dorja Balasy ist eine tadellose Frau, und ich gedenke nicht, sie für ihren missratenen Sohn zu bestrafen«, erklärte der Kabcar. »Aber deine Sorge ehrt dich ein wenig. Ich kann dich beruhigen, sie wird weiterhin in dem Haus leben dürfen und erhält ihre Zuwendungen.« Seine blauen Augen nahmen einen betrübten Ausdruck an. »Du bist von nun an gebrandmarkt, Tokaro. Dabei hättest du eine so großartige Zukunft vor dir gehabt. Du hättest deinen Vater stolz machen können.« Er schien zunächst noch etwas sagen wollen, wandte sich dann aber um und kehrte zu seinen Gästen zurück.

»Nun, junger Balasy, dann wollen wir dir einmal die Kerkerräume des Palastes zeigen«, sagte Nesreca freundlich und begleitete den Zug aus Wachen und Dienern durch die Korridore in die Katakomben des Regierungssitzes. »Du hast übrigens bemerkenswert blaue Augen«, sagte er unterwegs beiläufig. »Woher stammen sie?«

Irgendein unbestimmtes Gefühl warnte den Jungen davor, zu frei zu sprechen. »Meine Mutter sagt immer, das liegt bei uns in der Familie«, log er.

»So, so«, sagte der Konsultant und stieg als Erster in den Kerker hinab. »Welches Handwerk übt dein Vater aus?«

»Er ist ein einfacher Tagelöhner, er ist mal hier, mal dort«, erfand Tokaro auf die Schnelle. Zwar kannte auch er seinen Vater nicht, aber das musste er dem Mann mit den silbernen Haaren und den wahnsinnigen Augen nicht auf die Nase binden. »Weshalb interessiert Euch das?«

»Ihm wird sicherlich elend zu Mute sein, wenn er hören muss, dass aus dem berühmtesten Rennreiter innerhalb eines Tages ein gewöhnlicher Verbrecher geworden ist. Ob man ihm noch Arbeit geben wird?« Er schenkte dem Jungen ein kurzes, falsches Lächeln. »Ich finde es außerordentlich schade, dass wir uns nicht viel früher kennen gelernt haben, Balasy. Etwas an dir müsste dringend näher erforscht werden, wenn mich mein Eindruck nicht täuscht. Aber Geheimnisse sind dazu da, um entdeckt zu werden, nicht wahr?«

Verunsichert schaute er auf den Schatten, den der Mann warf. Die Proportionen des schwarzen Umrisses passten nicht zu dem eigentlichen Körper. Der Knabe wollte plötzlich nur weg von diesem unheimlichen Berater.

Sie waren in den großen, aus groben Steinen gemauerten Katakomben angekommen. »Ich werde meinen Vertrauten die Sache machen lassen. Echòmer, würdest du das bitte für den Kabcar und mich erledigen?«, befahl Nesreca leise, und aus dem Dunkel eines Gewölbebogens trat ein Angst einflößender Mann heraus. Selbst die Diener und Wachen wichen unwillkürlich vor der Gestalt in der nietenbesetzten, schwarzen Lederrüstung zurück, die eine Aura von Furcht vor sich herschob. »Das Eisen für die Diebe.«

Wortlos nahm der Mann das geformte Metallstück in eine Hand und umschloss es mit seinen kräftigen Fingern. Der Konsultant schickte die Livrierten zurück in den Festsaal, die Soldaten auf ihre Posten. Offenbar wollte er keine Zeugen für das Folgende.

Als zerrisse er ein Stück Papier, zerfetzte Nesreca die teure Uniformjacke des Jungen, um das Schulterblatt freizulegen. »Wenn ich bitten dürfte, Hemeròc? Unser Dieb wäre so weit.« Stallhart schlossen sich die Hände um die Oberarme Tokaros, und selbst wenn er es gewollt hätte, aus diesem Griff würde er nicht fliehen.

Der Gehilfe des hoheitlichen Ratgebers öffnete die Finger und zeigte ein rot glühendes Eisen.

»Wie kann das sein?«, sagte der Junge fassungslos, die Farbe wich aus seinem Gesicht. »Das ist teuflisch!«

»In der Tat«, kommentierte Nesreca belustigt. »Der Junge hat eine gute Auffassungsgabe. Gleich sehen wir, wie groß seine Selbstbeherrschung ist.«

Tokaro spürte die Hitze des Brandeisens lange bevor der feurige Stahl auf seine Haut traf. Der gewaltige, stechende Schmerz ließ ihn aufschreien, der Geruch von Verbranntem stieg ihm in die Nase. Seine Sinne schwanden, und ohnmächtig hing er in den Händen des Konsultanten.

Etwas enttäuscht ließ Nesreca den Jungen auf das Stroh fallen.

»Ich hätte beinahe gedacht, dass in diesem Dieb etwas Besonderes steckt«, grübelte er und sah auf das eingebrannte Wappen der Bardri¢, das der Knabe nun Zeit seines Lebens mit sich tragen und das ihn aus der Gesellschaft ausstoßen würde, sollte es entdeckt werden. Er ging in die Hocke. »Nun, auch ich kann mich täuschen.« Er streckte den Zeigefinger aus und setzte die Spitze des Nagels mitten in das hoheitliche Emblem. »Aber für den Fall, dass wir uns noch einmal begegnen sollten, hinterlasse ich mein Zeichen an dir.«

Der Nagel ritzte ein schwungvolles »I« in die Haut, Blut quoll hervor. Einen Tropfen davon nahm er mit seiner Kuppe auf und kostete es. Genießerisch schloss er die Augen.

»Ich kannte Wesen, die hätten für dieses unschuldige Geschöpf und den reinen Lebenssaft Städte vernichtet«, sagte er leise. Aus Hemeròcs Kehle entstieg ein Knurren. »Nein, du wirst ihn in Ruhe lassen.« Nesreca erhob sich, seine Augen glühten rot auf. »Ich hätte ihn dir gegeben, wenn du deine Aufgaben sorgfältiger erfüllen würdest. Nun geh und suche Paktaï. Wir benötigen sie bald dringend, um Kensustria in die Knie zu zwingen. Ilfaris wird bald Bekanntschaft mit der neuesten Schöpfung unserer Konstrukteure machen, Tersion ist ohne die Unterstützung des Kaiserreichs Angor leichte Beute.

Nur diese vermaledeiten Rákshasas werden eine Menge Schwierigkeiten bereiten. Da brauche ich sie.«

Hemeròc tauchte in die Schatten ein und verschwand.

Nesreca blickte sich suchend nach etwas um, um sich die Hände zu reinigen und wischte sie sich schließlich an der zerrissen Kleidung des Jungen ab.

»Wachen!«, rief er die Soldaten zurück. »Gießt dem Dieb Salzwasser über die Wunden, schafft ihn in eine Zelle, damit er sich ausruhen kann, und werft ihn morgen vor die Stadttore.«

Der Konsultant erklomm gemächlich die Stufen und war in Gedanken bereits beim nächsten Schlag gegen den Staatenbund im Süden. Das Kapitel »Balasy« war für den Augenblick beinahe geschlossen.

Seine Schritte führten ihn Richtung des großen Banketts, die Salven der Büchsen waren als gedämpftes Krachen zu hören.

Er hatte noch anderthalb Jahre, um sein Versprechen gegenüber der Kabcara einzulösen. Das würde knapp, aber immer noch machbar sein. Bildlich sah er die rothaarige Schönheit auf dem Thron vor sich, wie sie die Geschicke Ulldarts lenkte und ihre Macht auf den Nachbarkontinent ausdehnen wollte. Kein Zweifel, sie würde im wahrsten Sinne des Wortes eine gute Figur machen. Aber wer traute schon einer Giftnatter?

Seine Augen glitten über die Menge der Gäste, in der er Aljascha ausmachte. Sie lächelte ihm kurz zu, bevor sie den Fächer vor die Lippen hob, um alles Verräterische zu verbergen. Aber er war wohl der beste Schlangenbändiger, den es gab. Zvatochna folgte dem Blick ihrer Mutter, bemerkte den zurückgekehrten Konsultanten, und ihre Mundwinkel hoben sich ebenfalls. Die Tadca war mindestens genauso intrigant wie ihre Mutter. Er war gespannt, wann sie zum ersten Mal versuchte, ihn zu erpressen. Er nahm sich im Vorbeigehen ein Glas Sekt und begab sich nach draußen, an die Seite des Kabcar.

»Ich habe die Angelegenheit erledigt, Hoher Herr«, berichtete er dem Herrscher gedämpft.

Ansatzlos zog Lodrik eine Pistole aus dem Gürtel, visierte die vorletzte Rübe an und feuerte. Die Kugel fuhr mitten durchs Zentrum und riss das Wurzelgewächs auseinander. »Meinen Dank, Mortva.« Die Gäste applaudierten wieder.

»Er hat ziemlich geschrien, als man ihm das Brandzeichen verpasste«, erzählte der Konsultant weiter, aufmerksam die Reaktion des jungen Herrschers verfolgend, und nippte an seinem Getränk.

Die Hand Lodriks flog an den Griff der zweiten Pistole, und für einen Moment dachte der Berater, die Mündung würde sich gegen ihn richten. Dann ruckte der Lauf herum, krachend entlud sich das Pulver, doch der Schuss ging vorbei. Es kostete den Kabcar nur eine geringe Konzentration und eine knappe Geste mit der freien Hand, und die Rübe barst unter dem Einfluss seiner magischen Kräfte. »Die Kugel benötigte etwas länger«, meinte er mürrisch. Die Damen und Herren lachten höflich und klatschten wieder. Lodrik fixierte seinen Vetter. »Erfreut Euch nicht an seinem Schmerz. Er hat zwar eine Strafe erhalten, aber ob sie gerecht war? Denn ich bin mir sicher, dass meine Tochter nicht unschuldig an den Ereignissen ist.«

»So ein zartes Wesen? Ich bitte Euch, sie ist doch ganz ihre Mutter«, sagte Nesreca. Der Fehlschuss seines Schützlings musste nichts bedeuten, aber insgeheim fühlte er sich in seinem Verdacht, den er hegte, bestätigt.

»Ja. Ganz ihre Mutter.« Lodrik lud die Pistolen und steckte sie gedankenverloren in den Gürtel. »Leider.«

Tokaro erwachte durch das Brennen auf seinem Rücken. Allein das Aufrichten auf der Pritsche kostete ihn Überwindung und ließ ihn aufstöhnen. Eilig wischte er die Tränen weg, die ihm in den Augenwinkeln standen, und schaute sich um. Man hatte ihn in eine der Zellen gelegt, die Tür stand einen Spalt weit offen, durch den Licht hereinfiel. Von draußen hörte er das Schnarchen seiner Wächter.

Auf Zehenspitzen schlich er zur Tür und spähte hinaus. Tatsächlich hingen die drei Soldaten schlafend auf den Stühlen, auf dem Tisch vor ihnen standen die Reststücke des Banketts, das man ihnen gebracht hatte. Und drei leere Flaschen Wein, die wohl verantwortlich für den tiefen Schlummer waren.

In dem Knaben brodelte es. Er fühlte sich von Zvatochna verraten und in seinen Empfindungen tief verletzt. Selbst wenn er aus Versehen ihr gemeinsames Geheimnis preisgegeben hatte, sie machte ihn vor aller Augen lächerlich und stieß ihn von sich wie einen lästigen Hund, mit dem man lange genug spielte und dessen man dann überdrüssig wurde. Ihr verdankte Tokaro es, dass er das Wappen des Kabcar auf den Schultern trug. Auch vom Kabcar, seinem Beinahe-Schwiegervater war er enttäuscht, weil er seinen besten Rennreiter einfach wie einen gewöhnlichen Dieb behandeln ließ.

Aber wenn er schon zum Gauner geworden war, sollte sich das Brandzeichen wenigstens lohnen. Treskor hatte er ihm geschenkt, und ihn gab er gewiss nicht mehr her. Eher würde er sterben.

So leise es ihm möglich war, verließ er die Zelle und stahl sich die Stufen zum Ausgang hinauf. Nach einigen Anläufen fand er durch die Säle und Gänge hinaus auf den Exerzierplatz. Ein sanfter Regen hatte eingesetzt und kühlte die pochende Brandwunde auf seinem Rücken.

So recht wusste er nicht, wohin er gehen sollte, zu groß und zu weitläufig waren die Anlagen des Palastes. Daher streifte er unschlüssig die Mauern entlang, wich Patrouillen aus, bis er an eine schlichte Fassade gelangte, die man durchaus für einen Teil der Stallungen halten konnte. Ein schwacher Pferdegeruch lag in der Luft.

Endlich fand Tokaro ein geöffnetes Fenster, durch das er unter Schmerzen hineinschlüpfen konnte. Als er durch eine unachtsame Bewegung den Rahmen mit seinem Rücken streifte, entfuhr ihm ein unterdrückter Schrei, und mit einem Ächzen stürzte er kopfüber in einen Strohhaufen. Die pieksenden Halme machten das Gefühl auf seinem geschundenen Schulterblatt nicht besser.

Die Pferde wieherten erschrocken auf und tänzelten hin und her. Stöhnend stemmte sich der Junge auf die Beine und taumelte die Stallabteile entlang, doch seinen Hengst fand er nicht.

Weil sich anscheinend niemand um die aufgeregten Tiere und den Lärm kümmerte, gönnte er sich einen Augenblick Ruhe und verließ den Stall, um die Pferdeunterbringungen auf der anderen Seite zu untersuchen.

Als er einen Blick durch ein Fenster ins Innere einer Bedienstetenunterkunft warf, blieb er stehen. Er hatte eine der neuartigen Feuerwaffen gesehen, die an der Wand gelehnt stand.

Das würde ihm noch gefallen. Aber zuerst musste er Treskor holen.

Das Wiedersehen mit seinem Hengst ließ nicht lange auf sich warten. Der Schimmel wieherte und schnaubte freudig, als er den Geruch des Knaben wahrnahm.

Tokaro legte ihm stöhnend den Sattel und die Packtaschen an. Zwischendurch musste er seine Arbeit mehrmals unterbrechen, um die Schmerzen abklingen zu lassen. Nach einer scheinbar endlos langen Zeit führte er den Hengst über den Hof und erwartete bei jedem Klappern eines Hufs, dass sich die Türen und Fenster öffneten und Knechte heraussprangen. Aber Ulldrael musste mit ihm sein und die Menschen im Palast mit Taubheit geschlagen haben.

Er lotste Treskor in den Eingang des anderen Stalles hinein und stellte ihn in den Schutz der Schatten, bevor er zum Haus zurückkehrte, in dessen Fenster er die Büchse gesehen hatte. Ein Blick durch das Glas zeigte ihm, dass niemand in dem Zimmer war.

Zögerlich trat er ein, immer auf der Hut und bereit, wie der Blitz zu seinem Hengst zu spurten und zu flüchten. Der hintere Teil des Raumes war mit einem Vorhang abgetrennt, von wo heftiges, lustvolles Stöhnen eines Mannes und einer Frau erklang. Der Wachsoldat nahm seine Aufgabe offenbar nicht allzu ernst, und das war Tokaro gerade Recht.

»Macht nur weiter«, flüsterte der Junge und pirschte sich zur gegenüberliegenden Wand, an der alle zehn Büchsen lehnten.

Zuerst eignete er sich die Uniformjacke des Soldaten an, die auf dem Stuhl ruhte, und warf sie sich über. Knirschend pressten sich seine Zähne aufeinander, die verbrannte, empfindliche Haut rebellierte gegen die Berührung des groben Stoffs.

Er nahm eines der Pulverfässchen an sich, hing sich einen Sack Kugeln an den Gürtel und stahl eine der Büchsen samt des dazugehörigen Gurtes, an dem alle Utensilien angebracht waren, die man für den Umgang mit der Waffe benötigte. Beinahe hätte er die Büchse fallen lassen, so überrascht war er von ihrem Gewicht.

Auf leisen Sohlen und mit zusammengebissenen Zähnen verließ er das Wachhaus. Seine Beute verstaute er in den Packtaschen, die Feuerwaffe klemmte er wie eine kleine Fahnenstange mit dem Lauf nach oben dazu.

Danach stieg der Junge unter Aufbietung aller körperlichen Reserven auf und hielt sich mehr schlecht als recht auf dem Rücken des Schimmels. Dann lenkte er Treskor vom Hof in Richtung des Eingangstores.

An dem riesigen Gitter standen zwei Soldaten und unterhielten sich leise. Als sie das merkwürdige Duo im diesigen, schwachen Licht des anbrechenden Tages bemerkten, kamen sie neugierig näher.

»Wohin des Wegs?«, erkundigte sich einer. »Was muss denn der hoheitliche Rennreiter schon so früh erledigen, dass er vor Morgengrauen den Palast verlässt?«

Am Tonfall und der freundlichen Art erkannte Tokaro, dass seine Amtsenthebung wohl noch nicht offiziell bekannt gegeben worden war. Er riss sich zusammen, drückte das Kreuz durch und zwang sich zu einem Lächeln. »Der Morgen ist der beste Zeitpunkt, um mit Pferden auszureiten. Da sind sie noch frisch, das Blut läuft besser in ihren großen Körpern.«

»Das hätte ich nicht gedacht«, staunte der Soldat und bedeutete seinem Kameraden, das Gittertor zu öffnen. »Wann wollt Ihr denn wieder an einem Rennen teilnehmen?«

»Mal sehen«, meinte der Knabe angestrengt, eine Schmerzwelle rollte über seinen Rücken. Wieder ächzte er auf.

Die Wache sah besorgt zu ihm und griff nach den Zügeln. »Ist alles mit Euch in Ordnung?« Sein Blick fiel auf den Lauf der Büchse. »Soll ich Euch nicht lieber zurückbringen?«

Der andere Mann am Tor hielt mit seinem Tun inne, nur ein mannsbreiter Spalt tat sich auf.

»Nein, nein«, widersprach Tokaro ein wenig zu schnell und drückte Treskor sachte die Fersen in die Flanken, um den Hengst zum Gehen zu bewegen.

Der Soldat nahm die Hand nicht weg. »Was ist denn dieses Ding in Eurer Packtasche? Darf ich mir das mal ansehen?«

»Aber sicher«, erlaubte der Junge und wartete nur darauf, dass der Mann die Lederriemen losließ. Kaum gab er sie frei, um nach dem Büchsenlauf zu langen, stieß Tokaro einen anfeuernden Ruf aus. Der Schimmel schoss los und raste durch den schmalen Ausgang, bevor auch nur eine der Wachen handelte.

Wie ein nasser Sack hockte der Knabe im Sattel, während der Hengst durch die sich allmählich mit Menschen füllenden Gassen Ulsars preschte. Im gestreckten Galopp setzte er über einen Karren, der sich aus einer Seitengasse schob, und hetzte im Schein der aufgehenden Sonnen das Stadttor hinaus, vorbei an den rufenden Wachen, die gerne gewusst hätten, weshalb es ein Reiter so eilig hatte, Ulsar zu verlassen.

Nach vier Warst verfiel Treskor in einen leichten Trab und suchte sich seinen eigenen Pfad. Tokaros Kraft reichte nur noch aus, sich halb besinnungslos in die Mähne zu krallen und sich im Sattel zu halten. Schließlich gelang ihm auch das nicht mehr.

Der strenge, beißende Geruch stieß ihm in die Sinne und brachte ihn dazu, die Augen gegen seinen Willen aufzureißen. Tokaro blickte in die Züge eines von Fleischfäulnis entstellten Frauengesichts, und schreiend rutschte er in dem Bett nach hinten, in das Unbekannte ihn gelegt hatten.

»Nur ruhig. Du bist in Sicherheit«, versuchte die Frau ihn zu beruhigen, was wenig brachte. Ihre dunkelbraun verfärbten Lippen zeigten schwarze Flecke, an denen die Krankheit ihre Vorzeichen hinterlassen hatte. Nicht mehr lange, und auch dort würden Haut und Fleisch von dem Brand aufgefressen. Durch die Löcher an Stirn, Jochbein und Wange schimmerte bereits blanker Knochen durch, rund um das Auge war die Haut größtenteils in Auflösung begriffen. Sie erhob sich traurig von der Bettkante und stöpselte das Fläschchen mit dem Riechwasser zu. »Ich werde lieber jemand anderes rufen.«

Der Junge tastete an dem Verband herum, der seine nackte Brust umgab. Er sah sich in dem karg eingerichteten Zimmer um, entdeckte seine Packtaschen und die Büchse neben seinem Bett.

Als er sich in die Höhe stemmte, stellte er fest, dass

das stechende Reißen und Ziehen auf seinem Rücken verschwunden war. »Bei Ulldrael dem Gerechten, wo bin ich denn hier?«

Vorsichtig lief er zum Fenster und schaute hinaus. Ein paar schäbige Hütten standen umher, die Ansiedlung wurde von einem hohen Palisadenwall umgeben. Gerade eben erkannte er einen Wachturm, der neben dem Eingangstor in die Höhe ragte.

Sollte das etwa ein Totendorf sein? Aber die gab es doch schon lange nicht mehr. Was war, wenn sie ihn berührt hatte?

Eine andere Frau um die dreißig Jahre, scheinbar ohne erkennbare Krankheit, betrat das Zimmer und lächelte den Jungen an. Sie trug eine einfache Tracht, hatte lange, zu einem Zopf geflochtene braune Haare und braune Augen. Behutsam näherte sie sich ihm. »Bjuta hat dir Angst gemacht, nicht wahr?«

Tokaro zog die Nase hoch. »Rück mir bloß nicht zu dicht auf den Pelz«, meinte er argwöhnisch. »Wer weiß, was du mit dir an Krankheiten herumschleppst.«

»Ein sympathisches Kerlchen«, lachte sie leise. »Ist das der Dank, dass wir dich aus dem Dreck gezogen haben?«

Augenblicklich erwachte das schlechte Gewissen des Knaben. »Es ist ja nichts Persönliches, das musst du verstehen. Ich bin dir dankbar für die Hilfe. Aber …«

»Nun weißt du nicht, ob du dich darüber freuen sollst oder nicht«, half sie ihm. Sie streckte ihre Hand aus. »Ich bin Damascha, die Vorsteherin des Dorfes.« Der Junge schaute abschätzend auf die Finger. »Keine Angst, ich habe nichts, was dir Schaden zufügen könnte. Ich bin nicht krank.«

»Ach?« Immer noch aufmerksam schlug er ein, um sich die Hand verstohlen an der Hose abzuwischen. »Ist das ein Totendorf? Ich dachte, die gäbe es schon seit Jahren nicht mehr, seitdem der Kabcar die Untertanen heilen lässt? Mein Name ist Tokaro Balasy.«

Wenn die Frau jemals etwas vom hoheitlichen Rennreiter gehört hatte, verbarg sie es vortrefflich. »Es freut mich, dich kennen zu lernen, Tokaro.« Sie nickte ihm zu. »Und ja, dies ist ein Totendorf. Sie sind nicht verschwunden. Und wir werden auch nicht weniger.« Sie setzte sich auf das Bett und musterte den Jungen. »Die Salben haben geholfen. Deine Verbrennungen heilen schnell ab.«

»Ich bin von einer Frau verraten worden«, sagte er ernst. »Sie hat unsere Liebe verleugnet.«

»So, von einer Frau«, machte Damascha verständnisvoll, als sei es etwas Selbstverständliches, dass ein Dreizehnjähriger von Liebe sprach. »Es sind aber nicht alle Frauen so.«

»Du glaubst mir nicht«, vermutete Tokaro. »Ich wollte die Tadca heiraten, aber sie hat ...« Er schwieg einen Moment. »Nein, vergiss meine Worte. Du würdest mir ohnehin nicht glauben.«

»Dieses Dorf ist voller Geschichten, Tokaro. Manche sind wahr, andere erlogen«, sagte die Vorsteherin. »Aber wer hierher kommt, dem ist das alles ziemlich gleichgültig. Du bist eine Ausnahme, denn ich vermute, du willst nicht bis zum Ende deines noch sehr jungen Lebens bleiben.«

Der Knabe schauderte. »Nein, bloß nicht.«

»Das war ehrlich.« Damascha stand auf. »Wir haben dich auf dem Weg gefunden, du lagst neben deinem Pferd. Wenn es dein Pferd ist.«

»Der Kabcar hat es mir geschenkt«, erklärte er.

»Sicherlich. Du hattest Fieber und eine eiternde Wunde wie von einer Klinge auf deinem Schulterblatt. Sie sieht sehr kunstvoll aus, du wirst eine Narbe in Form eines verschnörkelten ›I‹ behalten.« Tokaro konnte sich nicht erinnern, bei seiner Flucht aus Ulsar verletzt worden zu sein. »Zwei Tage lang haben wir dich gepflegt, und Bjuta hatte den Auftrag, dich zu wecken, damit du essen kannst.«

»Ich werde mich erkenntlich zeigen«, versprach er. Ernst schauten die blauen Augen zu der Vorsteherin. »Ich habe nicht gelogen. Der Hengst ist mein Eigentum.«

»Es spielt keine Rolle, wie ich bereits sagte«, wiederholte die Frau. »Du kannst so lange hier bleiben, wie du möchtest. Aber wenn Wachen auftauchen sollten, werden wir dich nicht verleugnen. Du bist ein verurteilter Dieb, deine Wunden zeigen es, und wegen dir lasse ich nicht zu, dass sie mein Dorf in Schutt und Asche legen.«

Tokaro wusste noch nicht so recht, was er als Nächstes tun sollte. »Was ist nun mit den Hütten? Woher kommen die Kranken?«

Damascha lachte bitter. »Woher wohl? Nach wie vor aus den Dörfern und Städten der Umgebung. Längst nicht alle Krankheiten sind heilbar. Oder die Heiler weigern sich, den Armen zu helfen. Und deshalb verfrachtet man sie in aller Heimlichkeit direkt aus den einstigen Tempeln hierher. Die Städte werden sauberer und sauberer, während die Menschen innerhalb der Palisaden verfaulen, ihre Innereien ausspeien oder wahnsinnig ihr Dasein fristen, bis der Tod sie erlöst.«

»Und du bist freiwillig hier?« Das Unverständnis, das in der Frage mitschwang, war beinahe greifbar.

»Jemand muss sich um sie kümmern, oder? Mein Vater, Damosch, war einst Vorsteher, ich habe sein Amt übernommen. Ich kenne mich ein wenig mit Salben und Tinkturen aus, oder ich verhandele mit Sumpfkreaturen, die uns aus Mitleid Kräuter und andere Materialien überlassen. Sie sind, so wenig menschlich, wie sie aussehen, weitaus menschlicher als die meisten hochanständigen Tarpoler.« Damascha lächelte. »Hättest du das gedacht, Tokaro?«

»Nein«, gab er verwundert zurück. »Aber was ist mit dem Kabcar? Warum hilft er euch denn nicht? Er ist doch so großherzig gegenüber dem Volk.«

Die Vorsteherin legte den Kopf ein wenig schief. »Ich denke, er weiß nicht einmal, dass es uns gibt. Oder es ist ihm recht, dass wir dazu verdammt sind, in dieser Abgeschiedenheit leben zu müssen.« Sie wandte sich zur Tür. »Wenn man das Leben nennen kann.«

»Was braucht ihr denn am meisten?«, rief der Junge ihr hinterher.

»Waslec«, kam es von draußen. »Ohne Geld können wir nichts kaufen. Und die Gesunden verlangen wegen der Gefahr, wie sie sagen, das Doppelte von uns. Der Gouverneur der Provinz Ulsar kassiert zusätzlich eine ›Maladitäts-Steuer‹ pro Kopf. Aber du wirst uns da wenig helfen können.«

Tokaro fühlte gerechten Zorn gegen die Gegebenheiten und die Gesunden, die aus dem Leid der anderen doppelten Profit schlugen, aufkeimen.

Er nahm die Büchse und den Waffengurt zur Hand und begann, die Prozedur zu wiederholen, die er damals bei den Soldaten aufmerksam beobachtet hatte. Er zog abschließend den Hebel mit der eingefädelten Lunte zurück und brachte sie zum Glimmen. Würde er den Abzug betätigen, müsste, wenn er alles richtig gemacht hatte, die glühende Schnur das schwarze Pulver durch das feine Loch seitlich des Laufs in Brand setzen und es zum Explodieren bringen. Das wiederum katapultierte die Kugel aus der Mündung.

Der Knabe rannte nach draußen. »Damascha!« Die Frau drehte sich um. »Schau her! Damit helfe ich euch, an das Geld zu kommen.«

Er klappte das schmale, rechteckige Metallrähmchen auf dem Lauf nach oben, visierte über zwei Erhebungen in der Mitte und am Ende der Büchse den Gong auf dem Wachturm an und zog den Stecher durch.

Krachend und dampfend sandte die Feuerwaffe das Geschoss los, das zwar den runden Signalgeber verfehlte, aber die Kette, an der er hing, abriss. Der Gong drehte sich wild um die eigene Achse und pendelte nur noch an einer Halterung hin und her.

Tokaro saß verdutzt auf seinem Hosenboden, die rechte Wange fühlte sich an, als habe er einen Faustschlag erhalten, und die Büchse lag rauchend vor ihm. Die Waffe hatte ihn durch den Rückschlag von den Beinen gerissen. Das Grollen des Schusses hallte von den entfernt stehenden Bäumen leise zurück.

Die Bewohner des Dorfes starrten entsetzt aus ihren Hütten. Damascha schaute zunächst erschrocken zu ihm, dann zu dem Turm. »Tokaro, was um alles auf Ulldart hast du da mitgebracht?«

»Das«, erklärte er stolz und sprang auf, sich die Backe reibend, »ist eine Büchse. Und damit werde ich für Gerechtigkeit sorgen. Der Gouverneur soll sehen, was er davon hat, eine Steuer von euch zu verlangen.«

Kontinent Kalisstron, Bardhasdronda, Sommer 457 n. S.

»Habt ihr schon meine neueste Geschichte gehört?« Arnarvaten stürmte in die nachmittägliche Kate, in der Matuc, Lorin und Fatja gerade zusammensaßen und das Haushaltsgeld für den restlichen Monat zählten. Die Einnahmen und Ersparnisse der Schicksalsleserin würden vermutlich ausreichen, die kleine Familie durch das Jahr zu bringen. Wenn auch nur knapp.

Der Geschichtenerzähler rempelte den Tisch mit den Münzen an, sodass einige klingend zu Boden fielen.

»Oh, wie ungeschickt«, entschuldigte er sich und begann in aller Eile, die geprägten Metallscheiben aufzuklauben. Unbemerkt von den anderen schmuggelte er aus seinem Ärmel zusätzliche Münzen darunter.

»Ich glaube, du machst es jedes Mal mit Absicht, immer dann an den Tisch zu stoßen, wenn wir gerade mitten im Zählen sind«, seufzte der Mönch. »Jetzt können wir von vorne beginnen.«

»Es tut mir Leid, Matuc.« Arnarvaten spielte den Zerknirschten.

Fatja schenkte ihm einen liebevollen Blick und ein dankbares Lächeln. Sie kannte die Tricks ihres Verlobten in- und auswendig.

Die Wangen des ertappten Geschichtenerzählers bekamen kurz einen dezenten Hauch von Rot, dann setzte er sich schnell. »Wie geht es euch denn?«

»Wie immer«, sagte Lorin grinsend. »Ich werde immer stärker. Bald darf ich selbst mal ein Pferd beschlagen, hat Akrar versprochen.« Dass auch Waljakov ihn gelobt hatte, verschwieg er lieber. Es musste nicht jeder wissen, in welchen Künsten ihn der Leibwächter täglich unterrichtete.

Prüfend kniff der Kalisstrone in den Oberarm des Jungen und verzog anerkennend das Gesicht, die Haare des sorgsam ausrasierten Bärtchens an seinem Kinn bildeten dadurch ein neues Muster. »Ich bin beeindruckt. Mich würdest du schon im Armdrücken besiegen.«

»Das ist ja auch keine Kunst«, meinte der Knabe lachend und versuchte, seinen Freund aufzuziehen. »Vom Geschichtenerzählen bekommt man keine Muskeln, wie Waljakov immer sagt.«

»Dafür hören einem die Menschen zu. Ich kann ihnen mit meiner Stimme Angst einjagen und sie beruhigen, ich kann sie traurig und glücklich machen, sie zum Lachen und zum Weinen bringen. Können deine Muskeln das auch?«, gab Arnarvaten zurück. »Ich gebe zu, dass im Sommer die Nachfrage nach unterhaltsamen Abenden eher bescheiden ist, aber im Winter, kann ich dir sagen, wissen deine Schwester und ich oft nicht, wie wir alle die Häuser besuchen sollen, die ein Märchen, eine Sage oder eine Geschichte erzählt haben wollen.«

»Wenn du ein Sänger wärst, würdest du auch im Sommer reichlich Geld einnehmen.« Matuc schenkte ihm einen Becher mit Wasser ein.

»Kalisstra wollte nicht, dass ich Töne halten kann. Und bevor wegen mir die Milch sauer wird, bleibe ich beim Sprechen.« Er gab Fatja einen Kuss. »Aber du solltest es unbedingt einmal versuchen.«

»Ich arbeite daran, aufdringlicher Kerl«, deutete sie an und drückte ihn von sich. »Bevor du unsere Tür eingerannt hast, wolltest du uns mit einer deiner unsäglichen Geschichten auf die Nerven fallen, habe ich das vorhin richtig verstanden?«

»Unsäglich, ja?« Arnarvaten zog die Stirn in Falten und kreuzte die Arme vor der Brust.

»Ach bitte«, bettelte Lorin. »Keiner erzählt besser als du.«

»Na schön.« Der Erzähler ließ sich erweichen. »Es ist aber keine herkömmliche Geschichte. Ich habe sie erst vor kurzem als Wahrheit gehört und fand das Kuriosum so anregend, dass ich aus der Begebenheit mein eigenes Märchen gemacht habe.« Geheimnisvoll senkte er die Stimme. »Es ist etwas unheimlich Unheimliches.« Er verzerrte das Gesicht zu einer Fratze. »Meinst du, kleiner Lorin, du wirst ihren Inhalt ertragen, oder wirst du mit deinem Geschrei deiner großen Schwester schlaflose Nächte bereiten?«

»Eher klammert sie sich an mich, als dass ich Angst bekomme«, wehrte der Junge großspurig ab. »Ich weiß mich schon sehr gut zu verteidigen.«

Matucs Miene verdüsterte sich bei diesen Worten. Vor seinem inneren Auge sah er, wie sein Ziehsohn mit Schwertern hantierte und seine Magie einsetzte, um Menschen zu verletzten und schlimmere Dinge zu tun. Aber er sagte nichts. Die Ausbildung bei Waljakov fand mit seiner unausgesprochenen Genehmigung, aber nicht mit seiner aufrichtigen Billigung statt. Fatja jedoch redete ihm so lange ins Gewissen, bis er davon absah, dem Jungen den Umgang mit dem hünenhaften Glatzkopf zu verbieten. Zumal Lorin ihm bei Ulldrael und Kalisstra geschworen hatte, alles Erlernte stets zur Verteidigung einzusetzen.

»Nun denn, geschätztes Publikum«, erhob Arnarvaten Aufmerksamkeit heischend seine Stimme. »Schließt die Münder und öffnet eure Ohren, damit ihr höret, was noch niemand zuvor vernommen!« Der Geschichtenerzähler nutzte wie immer Gestik und Mimik, um das Geschehen zusätzlich zum Ändern von Stimme und Tonfall zu dramatisieren. »Es war noch gar nicht so lange her, da ereignete sich etwas Furchtbares auf unserem schönen Kontinent.«

»War das, als Fatja versuchte, dir einen Kuchen zu backen?«, hakte Lorin feixend ein.

»Schweig, Bengel! Du störst meine Konzentration.« Arnarvaten nutzte die ungewollte Unterbrechung, um sein Etui mit dem berüchtigten Kraut hervorzuholen, mit dem sich die Kalisstri den Alltag versüßten. »Fatja, würdest du bitte eine Tasse für mich zubereiten?«

Sie schickte ihm einen vorwurfsvollen Blick ihrer braunen Augen. »Aber nur ausnahmsweise.« Die junge Frau stellte den Kessel auf, um den Kräutersud vorzubereiten, den man »Njoss« nannte und in allen Gasthäusern der Stadt bekam.

Die Kalisstri nahmen keinen Alkohol zu sich, aber das Gebräu, das sie aus den getrockneten Blättern gewannen und mitunter literweise in sich hineinschütteten, konnte es mit der Wirkung eines Branntweins aufnehmen, ohne besoffen zu machen.

Mancher Geschichtenerzähler wurde sogar abhängig davon, weil er nur durch den rauschhaften Zustand neue Einfälle erhielt. Manchen zerfraß Njoss die Gedärme, weil sie nichts anderes mehr trinken wollten, und sie starben einen qualvollen Tod. Vor diesem Schicksal wollte Fatja ihren Verlobten bewahren, deshalb schränkte sie den Konsum stark ein. In dieser Unterbrechung gesellte sich Blafjoll zu ihnen.

Nach der Pause und einem ausgiebigen Schluck Njoss setzte Arnarvaten die Erzählung fort.

»Die Stadt Vekhlathi ist seit Jahrhunderten für ihre guten Fischer bekannt, und zu den besten, die jemals dort lebten, gehörte Mänte Valtolin.

Mänte Valtolin war im Besitz eines Netzes, das er angeblich von Kalisstra erhalten hatte, wie er immer sagte. Er protzte damit und gab vor den anderen Seeleuten an, die weniger glücklich beim Fang waren, welchen Segen ihm die Bleiche Göttin zuteil werden ließ.

Eines Tages fuhren er und sein ältester Sohn hinaus auf See und warfen das Netz aus. Doch die großen Fische blieben nicht in den Maschen, wie sonst. Das wunderte Valtolin und seinen Sohn sehr, und er fürchtete den Spott der anderen Fischer, wenn er nur mit kleiner Beute nach Hause kommen musste. So ruderte er seinen Kahn weiter hinaus, dorthin, wo das Wasser schwarz und gefährlich ist.«

Arnarvaten schaute in die gespannten Gesichter seiner Zuhörer und fuhr fort.

»Er warf den Anker aus und blieb einen halben Tag dort. Aber die Fische blieben verschwunden. Als er den Eisenhaken einholen wollte, bewegte sich der Anker keine Handbreit, als würde ihn etwas fest halten.

Mit vereinten Kräften rissen und zogen er und sein Sohn an der Kette, dass sie ihr Boot beinahe zum Kentern brachten. Aber Valtolin wollte den Haken nicht verloren geben, dafür war er zu teuer gewesen. Kahn, Kette und Anker waren untrennbar miteinander verbunden.

So schickte er seinen Sohn hinunter, um auf dem Grund nachzuforschen. Er sah ihn nie mehr wieder.«

Der Geschichtenerzähler entzündete eine Kerze und stellte sie so vor sich, dass sein Antlitz von einem seltsamen Zwielicht beschienen wurde.

»Beinahe bis zum Einbruch der Dämmerung wartete der Fischer auf die Rückkehr seines Ältesten. In die Fluten zu steigen, wagte er sich nicht. Wie ein Hofhund hing der Kahn an der Kette, fest verankert und unmöglich von der Stelle zu bewegen.

Als die Nacht hereinbrach und Valtolin sich vor lauter Verzweiflung in den Schlaf weinen wollte, klopfte es von unten gegen den Rumpf des Bootes. Drei dumpfe Schläge.«

Der Geschichtenerzählter trat drei Mal mit dem Fuß auf, und seine Zuhörer zuckten erschrocken zusammen.

»Der Fischer dachte, es sei sein Sohn, der sich durch ein Wunder hatte retten können. Aber als er mit seinen Händen im Wasser umhertastete, stießen seine Finger auf Planken, die merkwürdig durchlöchert waren. Sie mussten aus der schwarzen Tiefe emporgestiegen und gegen den Kahn gestoßen sein.

Urplötzlich«, Arnarvaten sprang auf, »zog es mit gewaltigen Kräften an der Kette. Nur ein einziges Mal, aber das Boot tanzte wie eine Nussschale auf dem merkwürdig spiegelglatten, toten, leblosen Meer.

Kaum hatte es sich beruhigt, tat es einen weiteren Ruck. Die Kette straffte sich und zog das Heck Stückchen für Stückchen nach unten, bis die Bordkante fast gleichauf mit der See war.

Valtolin hockte steif vor Angst am aufgerichteten Bug und wagte es nicht, sich zu bewegen, um seinen Kahn nicht zum Volllaufen zu bringen.

Die Oberfläche geriet in Bewegung, das Wasser kräuselte sich sachte, und eine ausgestreckte bleiche Hand brach aus der Tiefe hervor. Glitzernde Tropfen perlten von ihr ab, vom bösartigen Rot des Doppelgestirns beschienen, dann schlossen sich die Finger um das Holz der Rückwand.

Eine zweite Hand, nicht minder blass und unheimlich, brach aus den Fluten und legte sich neben die Linke.

Der Fischer schrie aus Furcht, weil er dachte, sein toter Sohn kehrte zurück, um sich an ihm zu rächen, weil er am Meeresgrund umgekommen war und sein Vater sich nicht um sein Schicksal scherte. Aber es kam anders.«

Arnarvaten umschlich nun die von der Erzählung gefesselten Menschen.

»Im schimmernden Licht der Monde entstieg eine Frau den Fluten. Ihr vollkommener nackter Körper schimmerte feucht vom Meereswasser, als sie sich in das Boot zog und auf den Fischer zukam. Ihre Augen glühten rot wie Kohlen, ihre Stimme knarrte und ächzte wie die Äste eines Baumes, wenn sie im Sturm aneinander reiben. ›Du wirst mich an Land bringen, Sterblicher, oder ich reiße dir bei lebendigem Leib das Herz heraus.‹

Valtolin konnte sich ihr nicht verweigern, zu sehr hing er an seinem Leben. ›Aber der Anker hält uns an dieser Stelle gefangen‹, sagte er zu der unheimlichen Frau.

Sie packte die Kette mit ihren Händen und riss sie auseinander, wie ein Schneider einen Faden kappt. Ohne ein weiteres Wort setzte sie sich auf die Bank und starrte den Fischer an.

Valtolin wagte es nicht, eine Frage zu stellen, und so legte er sich vor Schrecken zitternd in die Riemen, bis sie den Strand erreichten.

Die Frau erhob sich. An ihrer Nacktheit störte sie sich nicht weiter, sondern sprang auf den Sand und lief in die Nacht hinein.

›Wer bist du?‹ Er zauderte nicht mehr länger, die Neugier obsiegte. ›Und wo ist mein Sohn?‹

Die schrecklichen Augen wandten sich ihm zu und

brannten ihr Rot für immer in seine Erinnerung ein. ›Ich bin die Eine, die Zerstörerin, die Vernichterin. Das Kind Ptulams. Wer mich lästert, wird in heißem Feuer vergehen. Wer mich verhöhnt, wird in Qualen zu Grunde gehen. Und wer mich nicht ehrt, wird unendliches Leid erdulden.‹

Der Fischer spürte, wie sich ein heißes Brennen in seinen Eingeweiden ausbreitete, als würden sie in Flammen stehen. Brandblasen bildeten sich an seinem Körper, angsterfüllt sprang er ins Wasser, um den vernichtenden Augen zu entkommen. Dampfschwaden stiegen auf, als er in die See eintauchte und sich unter dem Rumpf verbarg. Nun ahnte er, welches Schicksal seinem Ältesten durch das grausame Wesen widerfahren war. Die Schmerzen verebbten.

Als er es wagte, im Schutz des Bootes nach Luft zu ringen, war die Gestalt verschwunden.

Valtolin kehrte als gebrochener Mann in die Stadt Vekhlathi zurück, berichtete seiner Frau von seinem schrecklichen Erlebnis und verlor noch während des Erzählens seinen Verstand. Die glühenden Augen der Einen hatten seinen Geist verbrannt …«

In der Hütte herrschte Totenstille, was Arnarvaten mit einer ausgesprochen großen Befriedigung registrierte.

Die Kerzenflamme zuckte in einem sanften Windhauch und drohte zu verlöschen.

Augenblicklich legte Fatja schützend ihre Hände vor den Docht, um die einzige Lichtquelle zu bewahren. Der Geschichtenerzähler bemerkte, dass sich bei ihr eine Gänsehaut gebildet hatte.

Matucs Gedanken überschlugen sich. Was Arnarvaten eben so brillant als ein Märchen vortrug, enthielt einen wahren Kern, der bei ihm die gleiche Angst auslöste, wie sie wohl der unglückliche Valtolin empfand, als das Wesen zu ihm an Bord ging. Fatjas besorgtes Gesicht sagte ihm, dass sie ähnliche Sorgen plagten.

Der Geschichtenerzähler lächelte zufrieden und nippte an seinem Njoss. »Ich sehe schon, dieses Schauermärchen wird im kommenden Winter in ganz Bardhasdronda von den Leuten verlangt werden. Die Wirkung ist ja ganz enorm.«

»Das war wunderbar«, lobte Blafjoll anerkennend. »Ich habe von der Geschichte nur andeutungsweise gehört, aber du hast sie vollendet umgearbeitet.« Er langte in die Tasche, um eine Münze herauszunehmen, aber Arnarvaten lehnte ab.

»Nein, Blafjoll, das ist nicht notwendig. Ihr wart sozusagen mein Versuchsauditorium, und dafür verlange ich nichts. Ich weiß nun, dass diese Erzählung meinen Beutel füllen wird, sobald die Tage länger werden. Die Wirte der Gasthäuser werden sich um mich reißen, damit ich bei ihnen erscheine.«

Lorin blieb verdächtig ruhig und beobachtete die Kerze. »Heißt das, da ist etwas Wahres dran?«, erkundigte er sich ein wenig gedrückt. »Läuft diese Wesen nun hier herum?«

»Da siehst du, was du angerichtet hast«, schimpfte Fatja mit ihrem Verlobten. »Du machst meinem Bruder Angst.« Sie legte dem Knaben einen Arm um.

»Ha! Er hat doch gesagt, er könne sich seiner Haut wehren«, verteidigte der Angegriffene sich. »Eigentlich müsste er zu alt sein, um an diese Spukmärchen zu glauben.« Er beugte sich zu Lorin hinab. »Sei unbesorgt.«

»Was«, sagte Matuc und musste seine belegte Stimme erst räuspern, »was genau hast du denn erfunden, und was ist die Wahrheit?«

Arnarvaten lehnte sich auf dem Stuhl zurück und strich sich eine Strähne des schwarzen Haars aus dem Gesicht. »Ich war vor kurzem in Vekhlathi unterwegs, und da traf ich auf einen Fischer, den ich später in meiner Geschichte Valtolin genannt habe. Er berichtete mir bei einem Glas Sud in knappen Worten das, was ihr eben gehört habt. Ich hatte den Eindruck, er schien froh, dass ihm jemand zuhört. Die Städter dort halten ihn für verrückt und nehmen an, er hat seinen Sohn über Bord geworfen, weil er sich noch nie gut mit ihm verstanden hat. Aber beweisen können sie ihm natürlich nichts.«

»Bist du dir sicher, dass diese Frau diese Worte gesagt hat?«, wollte der Geistliche wissen. »Und was soll dieser Ptulam sein?«

»Das weiß ich auch nicht genau, der Fischer hat ziemlich genuschelt. Ich dachte zunächst, es sollte Tzulan heißen, aber das machte noch weniger Sinn.« Der Märchenerzähler zuckte mit den Achseln. »Ich denke, er hat Trugbilder gesehen. Aber was er und anschließend ich daraus gemacht haben, hat das Zeug, einmal als eine große Legende Ruhm zu erringen, findet ihr nicht auch?«

»Ich bin schon überzeugt«, stimmte Blafjoll zu.

Das Kind Tzulans. Sie ist Paktaï, eine der Zweiten Götter. Matuc erhob sich und verschwand hinter dem Vorhang, wo sich das Standbild Ulldraels befand. Bald darauf klangen seine leisen Gebete durch die Kate.

»Was hat er?«, fragte Arnarvaten befremdet. »Es ist doch nur eine Geschichte.«

»Vielleicht nicht«, sagte Fatja zögerlich. Aufgeregt erzählte sie, was damals an Bord der Kogge geschehen war, bevor sie sank und wer schuld an dem Untergang war. Auch Lorin hörte von den Ereignissen, die er nur als Säugling miterlebt hatte, zum ersten Mal. »Und nun versteht ihr, warum Matuc den Gerechten um seinen Beistand bittet.« Sie stand auf und entzündete noch ein paar Kerzen, um den Schrecken mit Licht zu vertreiben.

»Soll das heißen, dass dieses Weib auf der Suche nach euch ist?« Das aschfahle Gesicht des Geschichtenerzählers wandte sich seiner Verlobten zu. »Was können wir gegen eine solche Kreatur unternehmen, die mehr als zwölf Jahre auf dem Meeresgrund überdauert?«

»Vielleicht weiß Waljakov einen Rat«, empfahl der Junge eingeschüchtert. »Er ist ein großer Krieger, er wird sich schon etwas einfallen lassen.«

»Guter Vorschlag, kleiner Bruder«, meinte die Schicksalsleserin. Sie warf sich eine Stola über und marschierte zusammen mit den anderen zum Haus des Leibwächters. Matuc folgte nach einer Weile ebenfalls. Jetzt war nicht die Zeit, dem Hünen seine Missbilligung zu zeigen.

Lorin beschäftigte sich ausgiebig mit dem Gehörten. Ein übernatürliches Wesen stieg aus den Fluten, um sie zu suchen. Noch war er nicht in der Lage, sich einen Reim aus der Angelegenheit zu machen.

Als er seine Fragen laut äußerte, wichen ihm Matuc und seine Schwester aus. Anscheinend hingen die Ereignisse, die Arnarvatens Ideenreichtum hätten entspringen können, mit seiner Abstammung und seinem echten Vater zusammen, über den der Geistliche seltsame Andeutungen gemacht hatte. Auf alle Fälle hatte er nun beträchtliche Furcht, dass diese Frau plötzlich vor ihnen auftauchen könnte.

Waljakov ließ den unerwarteten Besuch herein und lauschte dem Bericht, während er aus dem Fenster sah und sorgenvoll die Gassen betrachtete.

»Verflucht!« Die mechanische Hand krachte gegen die Hauswand, Steinsplitter rieselten zu Boden. »Ich dachte, Rudgass und ich hätten sie für immer gebannt.« Langsam drehte er sich zu ihnen um. »Eines weiß ich: Wir können sie nicht besiegen, wir haben keine Waffen, die sie verletzen.« Er setzte sich und entfernte den Steinstaub von den Gelenken. »Aber wir kennen ihre Schwachstelle. Aus irgendeinem Grund ist sie auf dem Meer nicht fähig, ihre vollen Kräfte zu entfalten. Dieser andere, Hemeròc, wandelte durch die Schatten von Ort zu Ort. Auch dazu ist sie offenbar auf See nicht fähig, oder wie lässt sich erklären, dass sie uns mit Schiffen verfolgte, anstatt einfach an einem dunklen Winkel der Kogge zu erscheinen?«

»Du meinst, wir sollen auf ein Schiff umziehen?«, fragte Matuc.

»Es wäre das Einfachste und einigermaßen sicher.« Waljakov strich sich gedankenverloren über die feine Narbe an der Wange, die vom Ring der Kabcara stammte. »Notfalls kann man hinaussegeln.«

»Ich kann euch mein Boot überlassen«, bot Blafjoll sofort an. »Durch die Strafe, die Kiurikka über mich verhängt hat, lassen mich die anderen ohnehin nicht auf Fangfahrt gehen. Und in der Zwischenzeit kann ich mich umhören, ob ein größerer Kahn zum Verkauf oder zur Miete ansteht.«

Waljakov nickte dem Walfänger zu. »Damit wäre unsere Schwierigkeit nicht beseitigt, aber immerhin hat diese Furie einen Stein mehr im Weg. Aber aufhalten wird sie sich kaum lassen.«

»Man müsste herausfinden, wohin Paktaï gegangen ist«, grübelte der Mönch. »Warum fand sie uns noch nicht? Vielleicht hat sie völlig andere Pläne?«

»Ich werde mich umhören, ob man etwas über diese Frau gehört hat. Nackte Weiber fallen in Kalisstron schon auf.« Blafjoll konnte sich ein Grinsen nicht verkneifen.

Arnarvaten machte ein unglückliches Gesicht. »Ich muss euch noch etwas sagen. Das mit der Nacktheit habe ich erfunden, um mein Märchen für das männliche Publikum noch interessanter zu machen. In Wirklichkeit …«

»… trug sie eine Rüstung und ein Schwert«, ergänzte der Leibwächter grimmig. »Ich weiß noch sehr genau, wie sie aussah.«

»Was sie aber noch auffälliger macht«, meinte der Walfänger zuversichtlich. »Eine Fremdländlerin mit der Aufmachung ist sogar noch besser als nackt.«

»Ich will wissen, um was es hier eigentlich geht«, verlangte Lorin trotzig. »Jeder weiß etwas, nur ich bin der Dumme.«

»Matuc, es wird Zeit, dass der Junge die Wahrheit erfährt«, sagte Waljakov, die eisgrauen Augen duldeten keinen Widerspruch. »Sage ihm, wer er ist.«

Der Mönch seufzte, als habe er sich die ganzen Jahre über vor diesem Augenblick gefürchtet. Er strich dem Knaben über die schwarzen Haare und schaute in das Blau. »Lorin, du bist der uneheliche Sohn des Herrschers von Tarpol. Deine Mutter und wir alle waren auf dem Weg nach Rogogard, um dich vor ihm und seinem Berater in Sicherheit zu bringen, denn wir fürchteten, dass sie dich töten lassen wollen.«

»Warum?«, wunderte sich Lorin. Mit seinen magischen Kräften zog er sich in alter Gewohnheit einen Becher Wasser heran und nahm ihn in beide Hände. »Sie kennen mich doch nicht einmal, und da wollen sie mich umbringen?«

Fatja streichelte seine Wange. »Schau, kleiner Bruder, sie haben Angst, dass du ihnen eines Tages den Thron und die Macht nehmen könntest, weil du etwas Besonderes bist.«

»Wegen meiner Magie?«

»Ja«, bestätigte seine Schwester und lächelte ihn gütig an. »Und weil du ein ganz hervorragender Mensch bist, von ein paar gelegentlichen Ausnahmen einmal abgesehen. Dein Vater, Lodrik Bardri¢, ließ deine Mutter verfolgen, nachdem sie ihn verlassen hat, um sie zurückzubringen. Aber sein Berater, Mortva Nesreca, will deinen Tod, so wie es aussieht. Er sandte Paktaï auf unsere Fersen, die uns jagte und im Sturm vor der kalisstronischen Küste versenkte.«

»Und nachdem Rudgass und ich sie mit Speeren an einen Turm genagelt hatten, dachte ich, wir wären sie los«, knurrte Waljakov. »Wir haben uns geirrt.«

»Ich will ihnen aber weder den Thron noch die Macht nehmen«, meinte Lorin aufgebracht. Sein Gesicht hellte sich auf. »Wir senden ihnen ein Brief, in dem wir ihnen das erklären. Und dann haben wir unsere Ruhe.«

»Ich glaube nicht, dass Nesreca sich damit zufrieden geben würde«, riet Fatja ab. »Er ist ein mindestens ebenso gefährliches Wesen wie diese Frau und er würde alles daransetzen, um dich zu töten, wüsste er, dass du noch lebst. Und wer weiß, vielleicht bist du wirklich dazu ausersehen, diesem Nesreca eines Tages die Stirn zu bieten.« In Gedanken kehrte sie zu ihrer eigenen Prophezeiung zurück, die sie Norina und dem ungeborenen Knaben damals im Gasthaus gemacht hatte.

Der Junge verzog den Mund. »Wie soll das denn angehen? Ich bin doch in einem ganz anderen Land.«

»Alles wird so kommen, wie es soll«, meinte die Schicksalsleserin bestimmt.

Lorin senkte den Kopf und blickte in das Wasser. »Und was ist mit meiner Mutter?«

»Wir haben, nachdem wir den Strand erreichten, ihre Fußspuren im Sand gesehen und nehmen an, dass sie von Lijoki geraubt wurde«, erklärte ihm Matuc ehrlich. »Bis heute haben wir keine Spur von ihr gefunden. Es scheint, als sei sie irgendwohin in die Sklaverei verkauft worden. Sie kann überall sein. Du wirst sie wahrscheinlich nie kennen lernen.«

»Wenn mein Vater so ein Unterdrücker ist, warum hat sie ihn dann geliebt?«

»Dein Vater wäre ein guter Herrscher geworden.« Waljakovs mechanische Hand legte sich auf die Schulter des Jungen. »Aber ein guter Freund und ich konnten nicht verhindern, dass Nesreca ihn mit seinen Einflüsterungen verdorben hat. Lodrik könnte heute der beste Kabcar sein, den Tarpol jemals hatte, und stünde zusammen mit deiner Mutter an der Spitze eines neuen, blühenden Reiches. Und er wird wieder so, wenn wir Nesreca vernichtet haben.«

»Und wie können wir das?«, fragte Lorin schneller als er wollte. Es gefiel ihm irgendwie nicht, dass sein Schicksal offenbar schon von den Umstehenden vorausgeplant worden war. »Und wenn ich nicht will?«

Waljakov wollte den Mund zu einer Entgegnung öffnen, aber Fatja kam ihm zuvor, offenbar weil sie fürchtete, der kahle Hüne würde durch die Worte die Zweifel und Bedenken des Jungen verstärken.

»Niemand wird dich zu irgendetwas zwingen, kleiner Bruder«, beruhigte sie ihn. »Du wirst entscheiden, was du möchtest. Aber nicht jetzt.«

Das erleichterte den Knaben. »Ich werde lange darüber nachdenken. Aber ich verspüre im Moment keine Lust.« Er drehte den Becher zwischen den Handflächen hin und her. »Ich kenne Ulldart nicht, ich kenne Tarpol nicht. Meine Heimat ist Kalisstron, und doch auch wieder nicht. Und ich scheine nur Unglück zu bringen, wie dem armen Blafjoll.« Verzweifelt sank er zusammen. »Es ist alles so verzwickt.«

Fatja umarmte ihn liebevoll. »Du hast es nicht einfach. Aber wir sind für dich da.«

Dankbar drückte er seine Schwester, er genoss das Gefühl der Geborgenheit und der Liebe, die sie ihm gab.

»Wir sollten das Wesentliche nicht vergessen«, sagte Waljakov. »Der Junge zieht heute noch auf dein Boot, Blafjoll, und ich werde ihm nicht mehr von der Seite weichen. Der Beistand Ulldraels mag gut sein, aber der Gerechte bedient keine Ruder, falls wir schnell weg müssten. Ich packe meine Sachen und komme zu eurer Hütte.«

Der Waljäger erhob sich. »Und ich werde mich augenblicklich umhören, ob jemand etwas über die Frau gehört hat. Lorin kennt mein Boot, ihr werdet mich also nicht benötigen.«

Die kleine Versammlung löste sich auf.

Als Fatja, Matuc, Lorin und Arnarvaten an der Kate der Fremdländler angelangt waren, stand die Tür einen Spalt offen, die Fenster waren größtenteils eingeworfen, und jemand hatte in schlechter Handschrift »Kalisstras Zorn« auf die Wand gemalt.

Der Mönch humpelte ins Innere und stieß einen empörten Schrei aus. Unbekannte hatten den Vorhang vor seinem Heiligtum zu Boden gerissen und das Standbild aus Walbein brutal zerschlagen, sodass nur kleine Stückchen von der kunstvollen Arbeit Blafjolls übrig geblieben waren. Die einfachen Möbelstücke lagen kreuz und quer im Raum verteilt, und auch hier stand der Spruch geschrieben.

»Das musste ja mal so kommen«, murmelte Arnarvaten und schüttelte fassungslos das Haupt, während er Fatja in den Arm nahm. »Diese Idioten.«

Der Geistliche hockte in den Trümmern der kleinen Statue und fuhr mit den Fingern über die Reste. »Der Gerechte ist nicht durch das Zerstören eines Standbilds zu besiegen. Und ich bin es auch nicht. Stück für Stück werde ich ihn zusammensetzen, bis er wieder auferstanden ist.«

»Ihr könnt bei mir wohnen«, bot der Geschichtenerzähler an.

»Nein, lass nur. Es würde die Menschen nur verärgern«, lehnte Matuc freundlich ab. »Am Ende ergeht es deinem Hab und Gut wie unserem hier.«

»Ich müsste nun erst recht zu deinem Glauben wechseln, nur um ihnen zu zeigen, das man damit nichts erreicht.« Arnarvaten war sichtlich unglücklich. »Ich schäme mich für meine Landsleute.«

»Und auch ich muss mein tiefes Bedauern ausdrücken«, kam eine weibliche Stimme vom Eingang her. Kiurikka stand im Türrahmen und besah sich den Schaden, der angerichtet worden war. Die Spitze ihres Gehstabes deutete auf den Mönch. »Nur um diese Statue, die in der Ecke stand, wie man sich in der Stadt erzählte, tut es mir kein bisschen Leid. Ulldrael ist nicht erwünscht.«

»Ihr werdet eines Tages hören, dass die Menschen auf Kalisstron auch seinem Namen huldigen, wenn der Gerechte sie von seiner Güte überzeugt hat.« Gestützt von Lorin, stellte er sich auf die Beine.

»Da wirst du viel zu tun haben. Wie es aussieht, haben die Fischer kein Verständnis dafür, dass die Fremdländler mit ihren neuen Sitten und Gebräuchen dafür sorgen, dass die Bleiche Göttin verärgert wird. Ich übrigens auch nicht.« Sie klopfte prüfend mit dem Stab gegen die Tür. »Aber sie haben vorerst nur Durcheinander angerichtet. Ich hoffe, dass es dabei bleibt.«

»Was sollen sie sonst noch tun?«, erkundigte sich der Mönch und kam näher.

»Die Kate brennt wie jedes andere Haus«, sagte sie, ihre leuchtend grünen Augen ruhten auf dem Mann und dem Jungen. »Und ihr seid sterblich.«

»So weit würden die Einwohner von Bardhasdronda gehen, nur aus Furcht vor einem Gott, der doch angeblich ohne Macht ist?« Matuc hob einen umgefallen Stuhl auf und stellte ihn richtig hin. »Oder werden sie von jemandem dazu gebracht?«

Die Hohepriesterin lächelte freudlos. »Ich bin keine Mörderin, Fremdländler. Aber wenn die einfachen Menschen denken, euer Tod würde alles wieder so werden lassen wie früher, werden sie es vielleicht auf einen Versuch ankommen lassen.«

»Was bedeutet das, ›wie früher‹?«, runzelte der Mönch die Stirn.

»Du hast es also noch nicht gehört?«, wunderte sich Kiurikka. »Um diese Zeit sind die Netze der Fischer üblicherweise gefüllt mit Fischen aller Art. Aber aus irgendeinem Grund ist das in diesem Sommer nicht der

Fall.« Die Spitze ihres Stocks zielte auf die Brust des Mönchs. »Die Fischschwärme blieben aus, Fremdländer, und ihr beide, der Knabe und du, dürft euch den Anspruch teilen, die Schuld daran zu tragen.« Ihre Stimme wurde schneidend. »Die Bleiche Göttin lässt sich die Lästerung nicht länger gefallen und hat ihre Gnade von uns genommen. Der getötete Gamur war zu viel.«

»Dann wäre demnach Ulldrael der Gerechte am Zug«, hakte Matuc ein.

»Sieh dich vor.« Das Stockende knallte auf die Dielen. »Ich habe dir schon einmal erzählt, welches Schicksal diese Stadt erleiden musste. Wenn sich das wiederholen sollte und ihr beide die Schuldigen seid, was ich stark annehmen müsste, werde ich die Gläubigen nicht zurückhalten, wenn mehr als nur Glas und ein Standbild zu Bruch gehen sollten.«

»Dass die Fischschwärme unter Umständen ihre althergebrachten Routen verändert haben könnten, kam Euch nicht in den Sinn?«, schlug der Geistliche vor und lächelte sie freundlich an. »So etwas passiert. Es muss nicht gleich etwas mit Kalisstras Rache zu tun haben.«

»Und wenn sie ihre Wege geändert haben, dann nur, weil die Bleiche Göttin es so befahl«, hielt die Hohepriesterin scharf dagegen. Sie wandte sich zum Gehen. »Betet beide, und zwar zur richtigen Gottheit, dass die Schwärme nicht gänzlich verschwunden sind.«

Die drei sahen sich schweigend an.

»Wir sollten tun, was sie sagt«, empfahl Fatja nach einer Weile und begann, die Unordnung aufzuräumen. »Lorin, nimm dir einen Eimer und einen Lappen und entferne diese Kritzelei von der Fassade. Danach machst du hier weiter.«

Der Knabe hatte die ganze Zeit über geschwiegen, fühlte aber eine ungeheure Wut in sich aufsteigen. Nicht gegen die Hohepriesterin, sondern gegen die, die ihre schöne Behausung verwüstet hatten. Er ballte die Hände zu Fäusten, blaue Blitze sprangen zwischen den Knöcheln hin und her, als staute sich die Magie und drohte, sich jeden Augenblick zu entladen. »Es war nicht rechtens«, grollte er leise.

Matuc schaute alarmiert zu seinem Zögling. »Nicht, Lorin! Beherrsche dich.«

Voller Empörung schlug der Knabe gegen das Bett, und die Magie löste aus. Kaum traf seine Hand auf das Holz, glühte die Faust für einen Lidschlag bläulich auf. Der Rahmen zerbarst in eine Unzahl von Splittern, ohne dass jedoch jemand außer ihm verletzt wurde. Nur ihm steckte ein scharfkantiges Holzstück zwischen den Knöcheln.

»Es tut mir Leid«, stammelte er, selbst überrascht von der Wirkung seines Treffers. »Das ist noch nie passiert. Normalerweise kann ich das nicht. Ich verstehe nicht …«

»Ist alles mit dir in Ordnung?« Fatja eilte herbei, schaute zuerst zum Mönch und danach zu dem Knaben. »Das sieht aber gar nicht gut aus.« Vorsichtig entfernte sie den Fremdkörper aus der Hand des Jungen, eine Blutperle entstand. Ein Teil des Holzes jedoch brach ab und verharrte unter der Haut. »Wir sollten besser zu Kalfaffel gehen, damit er mit seiner Magie etwas dagegen unternimmt. Nicht, dass du dir eine Sehne verletzt hast.«

Voller Überraschung beobachteten beide, wie sich ein neuerliches Leuchten um die verletzte Stelle legte. Der zurückgebliebene Splitter schob sich auf magische Weise aus dem Fleisch und fiel zu Boden, danach schloss sich die Wunde. Zurück blieb eine leichte Kruste, die nach ein wenig Kratzen abfiel. Darunter präsentierte sich eine vollständig abgeheilte Hautstelle.

»Vergiss Kalfaffel«, meinte Fatja trocken. »Und nun an die Arbeit. Die Schrift verschwindet nicht von selbst. Aber ich weiß nun, dass du niemals mit der Ausrede ankommen kannst, du hättest dich verletzt.«

»So ein Mist«, ärgerte sich Lorin und bewegte die Finger seiner Hand in schneller Reihenfolge. »Das wäre die Gelegenheit gewesen.«

»Wenigstens hat diese Magie doch noch etwas Gutes«, meinte Matuc. »Aber mir kam eben ein Gedanke. Wenn es nichts aus dem Meer zu holen gibt, sollten wir helfen, dass die Menschen nicht hungern müssen.«

»Was hast du vor?«, wollte die Schicksalsleserin wissen.

»Das wirst du bald sehen, wenn es gelingt«, sagte der Geistliche. »Es ist mit einem gewissen Wagnis verbunden, das ich aber eingehen muss. Ich werde euer aller Hilfe benötigen, und der Gerechte wird seinen Segen dazu geben. Noch einmal wird er die Stadt nicht dem Hungertod überlassen. Wenn die Kalisstri seine Güte erkennen, preisen sie ihn, wie ich es Kiurikka vorhergesagt habe.«

Fatja legte die Stirn in Falten, während sie die Splitter der Fensterscheiben zusammenkehrte. Auch wenn der Mönch mehr als zuversichtlich klang, sie wollte den Enthusiasmus nicht teilen.

Sie machte sich Sorgen um die Zukunft ihres kleinen Bruders, und die Erinnerungen an die düsteren Visionen, die sie einst heimgesucht und sie an den Rand ihres Verstands gebracht hatten, stiegen unaufhaltsam aus der Tiefe ihres Gedächtnisses.

Sicher, gelegentlich zuckten neue Blicke in die Zukunft auf, wenn sie Lorins blaue Augen betrachtete. Doch von solcher Intensität wie einst in Tarpol waren die Visionen schon lange nicht mehr, was die Schicksalsleserin nicht unbedingt unglücklich machte.

Aber anscheinend würde es bald wieder an der Zeit sein, ihre Gabe herbeizuzwingen, um dem Bösen einen Schritt voraus zu sein. Was immer sie auch sehen würde.

VIII.

»Und nachdem die Seherin viele Wochen unterwegs gewesen war und manches Abenteuer erlebt hatte, traf sie auf den Zweifler.

Der Zweifler trug Schuld auf sich und hatte seinen Glauben an Ulldrael den Gerechten verloren.

Und wieder blickte die Seherin in die Zukunft und betrachtete sein Schicksal.

›Bruder Matuc, du hast noch einige Aufgaben vor dir. Von dir wird das Schicksal eines Kindes abhängen. Ein wichtiges Schicksal, das Licht in die drohende Nacht bringen kann. Aber es wird dauern, bis dieser Tag gekommen ist. Und nur mit deinem Wirken wird sich die Dunkle Zeit vertreiben lassen, wenn sie kommt.‹«

Das Buch der Seherin
Kapitel XI

**Kontinent Tarpol,
Nordgrenze des Königreichs Ilfaris, Eispass,
Winter 457 n. S.**

Osbin Leod Varèsz schüttelte einmal mehr den Kopf, als er vom provisorisch eingerichteten Ausguck in Richtung der Festung Windtrutz blickte. Er konnte sich einfallen lassen, was er wollte, dieser Kommandant Hetrál wusste auf alle seine Sturmversuche eine passende Erwiderung.

Seit einem halben Jahr rannten die Truppen unter seiner Führung gegen die Burg an, sie hatten es mit brachialer Gewalt und mit List versucht, mit Sturmleitern, Rammböcken oder Breschhütten, nichts fruchtete. Sobald sie näher herankamen, flogen ihnen die Steinbrocken und die Speere um die Ohren, sodass die Angriffslust schnell genommen war. Die letzten Mutigen verbrühten in kochendem Wasser, das auf sie herabgeschüttet wurde. Wegen des Schnees und des Eises verfügten die Eingeschlossenen über einen unendlichen, sich ständig erneuernden Vorrat an Wasser und mussten mit dem ansonsten bei Belagerungen kostbarsten Gut nicht geizen.

Vor seinen Augen gingen gerade die beiden bisher aufwändigsten Versuche, Windtrutz in die Knie zu zwingen, in Rauch auf.

Mit übermenschlicher Anstrengung und unter zahlreichen Verlusten war es seinem Helfer Widock gelungen, Baumaterial in die Bergregion transportieren zu lassen, um zwei Wandeltürme zu errichten. Eine jede dieser Belagerungsmaschinen reckte sich sechzig Fuß in die Höhe, um über die Mauern der Festung zu kommen, jeweils zweihundert Bogenschützen saßen im Inneren und deckten den Feind mit Pfeilen ein.

Doch die Belagerten verfügten über eine beachtliche

Technik, die offensichtlich kensustrianischen Ursprungs war. Ihre Speerschleudern sandten unablässig eine tödliche Wolke von Geschossen nach der anderen gegen die Wandeltürme, und zum krönenden Abschluss klatschten Fässer mit unlöschbarem Feuer gegen die Außenwände der Mittelsektionen. Auch die nassen Tierhäute, die zum Schutz angebracht worden waren, hielten der vernichtenden Hitze der flüssigen Substanz nicht lange stand, die Flammen breiteten sich jeweils mittig nach oben und unten aus. Die Bedienungsmannschaft im Inneren der Belagerungsmaschinen suchte das Weite, nachdem die ersten brennenden Balken auf sie herab fielen.

Eher verärgert als betroffen sah Varèsz, wie die Bogenschützen im oberen Teil der nun unbeweglichen Türme bei lebendigem Leib verbrannten, andere in Todesangst in die Tiefe sprangen, nur um einem qualvollen Sterben zu entgehen.

Stolz und ungebrochen, wenn auch nicht mehr gänzlich unbeschädigt, ragte das mächtige Bollwerk über dem Eispass in die Höhe, die zehn Türme trotzten dem eisigen Wind, der schneidend durch die dickste Kleidung fuhr und die Rüstungen gefrieren ließ. Aus diesem Grund trug keiner mehr Stahl am Körper, als notwendig war. Die Gefahr, dass die Körperglieder an dem Metall fest froren, war zu groß.

Das Triumphgeschrei der Staatenbündler drang zu ihm herüber, als die gegnerischen Holzkonstruktionen in sich zusammenbrachen. Der Stratege wandte sich ab und watete durch den kniehohen Schnee zu dem Heerlager zurück, das er entlang des Passes hatte einrichten lassen. Auf jedem noch so kleinen Vorsprung, jeder noch so kleinen Felsplattform erhob sich ein Zelt, jede noch so unscheinbare gerade Fläche nutzte er, um seine Männer unterzubringen.

Sein eigenes Zelt stand etwas abseits auf einem Gesteinsteller, unter dem sich nichts als Abgrund befand.

Nachdenklich warf er sich in seinen Stuhl, zog Pelze über sich und bedeutete einem Diener, Holzstücke in den Ofen nachzulegen, um die Eiseskälte aus seiner Behausung zu vertreiben. Danach schickte er den Mann hinaus. Er wollte sich dem Kartenstudium widmen, wie er das so oft in den letzten Monaten getan hatte. Mehr als neunzehntausend Mann warteten darauf, dass er sie zum Sieg führte, wie sie das von ihm gewohnt waren. Aber es wollte ihm nicht gelingen.

Dabei wäre der schnelle Fall der Festung unbedingt erforderlich. Die anderen Truppen waren dabei, in Tersion von Westen her einzumarschieren und errangen große Erfolge im Kampf gegen die angorjanischen und tersionischen Truppen. Vermutlich gegen Ende des Winters würde das kleine schwache Reich der Regentin ganz dem Kabcar gehören. Ohne Aufenthalt wollte man Ilfaris stürmen, damit man das verbliebene Kensustria wie eine Nuss umspannen und durch Druck von allen Seiten knacken konnte.

Der Zeitplan, der ihm von Nesreca vorgegeben worden war, sah eine Eroberung des gesamten Kontinents innerhalb des nächsten Jahres vor. Und das war nur möglich, wenn er seinen Auftrag an der Nordgrenze erfüllte.

Noch zeigte sich der Winter gnädig. Sollten die Temperaturen noch weiter absinken oder die Schneeflocken ununterbrochen aus den Wolken fallen, würden seine Truppen in den dünnen Zeltwänden einfach zu Eisklötzen erstarren. Auch deswegen musste endlich der Sieg her. Hier wurde alles zu Eis. Warf man Wasser in die Luft, fielen kleine Flöckchen und Graupel zu Boden. Ging beim Tränken der Pferde etwas daneben, verwandelte sich die Flüssigkeit auf dem winterlichen Steinboden sehr schnell in eine gefährliche Rutschfalle. Und es würde bald noch schlimmer werden.

Mit dem Dolch tippte er sich gegen den Riss in der

Unterlippe, während seine Augen gebannt an dem Pergament klebten, ohne jedoch etwas Neues zu entdecken. Windtrutz stand wie in den Berg hineingemeißelt, die Rückseite einer schützenden, unerklimmbaren Felswand hinter sich, den einzigen Pass der ilfaritischen Nordgrenze unter sich kontrollierend.

Sicher, bis vor das Tor und die kleine Hochebene davor schafften es seine Männer immer, aber dann war Schluss. Die Eingeschlossenen verfügten über die bessere Ausgangsposition dank der gewaltigen Mauern, die nur ein Erdbeben selbst zum Einsturz bringen konnte. Eigene Katapulte in Stellung zu bringen, war wegen der geringen Distanz zum Gegner Schwachsinn. Die Fernwaffen wären schneller zerstört als aufgebaut.

Lediglich von den beweglichen, stabileren Wandeltürmen hatte sich der Stratege im wahrsten Sinne des Wortes einen Durchbruch erhofft, aber die letzten Balken und Knochen seiner Männer verkohlten gerade. Der Rammbock im unteren Teil der Maschine war nicht einmal zum Einsatz gekommen.

Ein Erdbeben, überlegte Varèsz, die Augen wurden zu Schlitzen. *Woher bekomme ich ein Erdbeben?*

Widock stürmte in seine Unterkunft, den Bart um Mund und Nase weiß vom gefrorenen Atemdampf. »Herr, die Stimme Tzulans! Sie ist gleich hier!«

Varèsz grinste und rammte den Dolch in die stilisierte Festung auf seinem Plan. »Da habe ich doch mein Erdbeben.« Die beiden Männer liefen hinaus, um den Transport dessen mitzuerleben, was die Konstrukteure Mortva Nesrecas ihnen zu Hilfe geschickt hatten.

Die »Stimme Tzulans« bezeichnete die monströseste Bombarde, die jemals gefertigt worden war. In einem langen Tross kämpften sich die Pferde mit ihrer Last, die auf mehrere Karren verteilt war, die Serpentinen hinauf. Allein für den vordersten Wagen mit dem Geschützrohr waren zwanzig Pferde notwendig, für die Wiege der

Bombarde spannten die Helfer vierundzwanzig Tiere ein. Für den zerlegten Schirm benötigte man drei zweispännige Kutschen, ein vierspänniger Wagen für das Hebezeug, nochmals acht weitere Vierspänner für die zwei Dutzend Steinkugeln. Jeweils ein weiteres Fahrzeug stand den acht Knechten und dem Geschützmeister zur Verfügung. Der mit Eisenblechen beschlagene, geschlossene Karren mit dem Pulver folgte in einem Warst Abstand.

Das Eisenrohr war besonders aufwändig mit Gravuren und Sprüchen versehen worden. Um die Mündung hatten die Schmiede den stilisierten Kopf Tzulans aus schwarz gefärbtem Metall geformt, dessen riesiger Mund sich zu einem Schrei öffnete. Daraus würde sich seine Stimme erheben. Als Augen hatte man dem Gesicht jeweils Rubine eingesetzt.

Der Mann, der für das Bedienen der unvorstellbaren Bombarde verantwortlich war, trug eine goldene Perücke. Augenblicklich erinnerte sich Varèsz an den Menschen, der damals den wahnsinnigen Arrulskhán so treffsicher aus dem Sattel geschossen hatte.

Der Geschützmeister sprang vom Wagen und lief auf den Strategen zu, die Wiedersehensfreude stand ihm ins Gesicht geschrieben.

»Der Goldene steht Euch einmal mehr zur Verfügung.« Er verbeugte sich grinsend vor dem finsteren Mann. »Wie Ihr seht, trage ich die Perücke immer noch. Ich werde Euch diese Mauern innerhalb von zwei Wochen öffnen, schätze ich einmal.«

»Wenn du deine guten Augen trotz deines fortgeschrittenen Alters beibehalten hast«, meinte Varèsz. »Wo wird die Bombarde aufgebaut? Wir dürfen nicht zu weit an die Festung heran.«

»Redet bitte etwas lauter, Herr. Mein Gehör zollte dem Bombardengrollen Tribut«, sagte er und legte eine Hand hinter die rechte Ohrmuschel. »Dieses Meisterstück muss nicht näher heran. Wenn wir unter einem Warst Abstand bleiben könnten, wäre die Wucht natürlich größer. Das stärkste Katapult reicht vierhundert Schritt.« Abschätzend betrachtet er die kleine Anhöhe und suchte nach großen Steinquadern. »Ich sehe nichts, was auf etwas Größeres, wie etwa ein Tripantum, hinweist, oder?«

»Das kann ich nicht sagen«, gab der Stratege zu. »Bis jetzt mussten sie schweres Gerät noch nicht einsetzen.«

»Bitte, Herr? Ihr wisst, meine Ohren.« Der Bombardier zuckte bedauernd mit den Schultern.

»Keine Ahnung«, brüllte der Anführer der Belagerer.

»Dann schlage ich vor, wir nehmen das Schlimmste an und gehen vorsichtshalber auf einen Abstand von etwa einem Drittel Warst.« Der Goldene richtete die Anweisung seinen Bediensteten aus. »Damit können wir einen flacheren Abschusswinkel einstellen und verlieren weniger an Durchschlagskraft. Die Mauern werden nicht lange stehen.«

»Wie schnell kann sie feuern?«, erkundigte sich Varèsz, begierig in die Ruinen der Befestigung einzureiten und Hetrál im Zweikampf zu töten.

Der Goldene wackelte mit dem Kopf hin und her. »Ich muss aufpassen, damit ich das Metall des Rohrs nicht zerstöre. Bei diesen Temperaturen werde ich den Lauf erst langsam vorheizen, damit es mir das Geschütz beim ersten Schuss nicht zerreißt. Wenn es seine richtige Gradzahl erreicht hat, sind pro Tag zehn bis elf Schuss möglich. Alles andere ist gefährlich.« Er deutete auf die Steilhänge der Umgebung. »Ich vermute, die Schrägen sind frei von Schutt? Andernfalls müssten das ein paar Eurer Männer besorgen. Das Echo, das widerhallt, wird immens sein, denn immerhin zünden wir zwei Zentner Pulver, um diese unverdaulichen Graniteier von vierzehnhundert Pfund durch die Luft zu schleudern. Wenn Tzulans Stimme zum ersten Mal zu hören ist, möchte ich nicht, dass meine Gehilfen von Steinen erschlagen werden. Was in der Festung passiert, ist mir ziemlich gleichgültig.«

Fasziniert beobachtete der Stratege, wie die Knechte routiniert damit begannen, die verschiedenen Teile von »Tzulans Stimme« zusammenzusetzen. Absichtlich ließ er die Vorbereitungen in aller Offenheit treffen, denn er hoffte, die Belagerten damit in ihrer Moral zu beeinträchtigen. »Wo lassen wir den Wagen mit dem Pulver?«

»Bitte, Herr?«

»Pulver!«, schrie er den Mann an. »Wohin?«

»Er wird keinesfalls in der Nähe des Lagers aufgestellt«, riet der Goldene ab. »Es handelt sich dabei um eine neue Mischung, die explosiver als alles andere ist, was wir beim Beschuss benutzten. Wenn die Ladung hochgeht, werden die Berge um uns zusammenstürzen. Stellt die besten Wachen ab und lasst den Karren in einem Warst Entfernung stehen.«

»Einverstanden.« Er legte dem Geschützmeister seine Hand auf die Schulter. »Übrigens, ich habe mein Versprechen an dich von damals nicht vergessen, was den Verbleib deiner Trophäe und deines Kopfes angeht.« Rau lachend klopfte er ihm auf den Rücken, warf Windtrutz voller Vorfreude einen Blick zu und wies Widock an, die Wachen für den Pulverwagen einzuteilen

»Was hat er gesagt?«, erkundigte sich der Bombardier ein wenig ratlos.

Natürlich bemerkte man die Ankunft der Bombarde von den zahlreichen Türmen der Burg aus. Und die Stimmung sank daher von Minute zu Minute.

Hetrál stand auf dem höchsten der Bergfriede und besah sich das Monstrum von Geschütz, dessen Ankunft er als ausgesprochen bedrohlich empfand. Dieses Ding müsste so schnell wie möglich außer Gefecht gesetzt werden. Da auf Grund der knappen Zeit keine eigenen Bombarden geliefert wurden, musste er improvisieren.

Während der eisige Wind im beinahe das Gesicht gefrieren ließ, entstand in seinen Gedanken ein kühner Plan, den er morgen in die Tat umsetzen wollte, wenn der erste nicht greifen sollte. Behilflich würden ihm dabei die kensustrianischen Verbündeten sein, die auf ihren Einsatz warteten. Aber zunächst wollte er es mit gebräuchlicheren Mitteln versuchen.

Er hob die Hand und winkte hinab in den Burghof.

Die erste der drei imposanten Maschinen erwachte zum ersten Mal seit einem halben Jahr zum Leben. Der hölzerne, zwanzig Schritt lange Wurfarm der kensustrianischen Erfindung schnellte mit einem Knarren nach oben, beschleunigt durch das Gegengewicht eines 24.000 Pfund wiegenden Steinbrockens und der zusätzlichen Kraft von hundert Männern, die an Seilen zogen, die an den Gegengewichten befestigt waren.

Der Hebel beschrieb einen Halbkreis, während der übergroße Korb mit den Steinen zwischen den Stützbeinen hindurchpendelte. Das am Wurfarmende befestigte Netz gab den Felsquader nach Überschreiten des Höhepunkts der Bewegung frei und schickte ihn rauschend gegen die »Stimme Tzulans«.

Im Lager des Gegners wurden nur ein paar wenige auf das lautlos herannahende Unheil aus der Luft aufmerksam, die Warnungen erreichten die Knechte, die in den Aufbau vertieft waren, zu spät. Das achtzehnhundert Pfund schwere, massive Geschoss krachte in den Wagen, auf dem die Einzelteile der Wiege ruhten, und verwandelte ein Stück der Halterung zu Holzmehl.

Hetrál gab ein weiteres Handzeichen, und die anderen Schleudern setzten sich in Bewegung, um riesige Fässer mit unlöschbarem Feuer gegen den Feind zu katapultieren.

Eines der Gefäße flog über das Ziel hinaus und landete in einem Pulk von schaulustigen Truppenteilen, die zweite Tonne brach auf dem Flug auseinander und sandte einen feurigen Regen über das Gebiet, in dem sich die Bombarde befand. Die brennende Flüssigkeit verteilte sich auf dem Plateau und verwandelte einen Großteil der Männer, Pferde und Ausrüstung gnadenlos zu Asche.

Hetrál, der ungeachtet der Kälte in seinem Aussichtsposten verharrte, ließ die Maschinen, die im Takt von fünfzehn Minuten ihre tödliche Fracht gegen die Stelle mit der Bombarde warfen, bis in die späte Nacht arbeiten und gönnte erst dann den Bedienungsmannschaften eine Ruhepause. Er wollte sicher gehen, dass nicht ein Stück des Geschützes ganz geblieben war.

Die Flammen der eigenen Feuergeschosse züngelten noch lange an den Berghängen und überzogen die Felswände in der herrschenden Dunkelheit scheinbar mit einer Unzahl von Irrlichtern.

Seine Leute feierten den neuerlichen Triumph über den verhassten Strategen des Kabcar mit ausgelassenen Freudentänzen. Der Aufbau und die Mühe, die man sich in wochenlanger Arbeit mit den Schleudern gemacht hatte, die von den kensustrianischen Ingenieuren als »Matafundae« bezeichnet wurden, lohnte sich offensichtlich.

Steifgefroren wankte der Turît irgendwann die Stufen des Bergfrieds hinab, um sich in der Halle aufzuwärmen und mit seinen Offizieren zu beraten.

Hetrál hörte das dumpfe Grollen eines Gewitters, das sich wohl über Nacht am Eispass zusammengezogen hatte, und immer noch müde zog er die vier Decken über den Kopf. Es bedufte nur eines Lidschlags, und der Befehlshaber von Windtrutz stand senkrecht in seinem Bett. Und wenn es kein Unwetter war?

Da wurde auch schon die Tür zu seiner Kammer aufgerissen, und ein Soldat salutierte schreckensbleich vor ihm. »Ihr werdet dringend in der Halle erwartet, Kommandant«, stotterte er.

In aller Hast sprang der Stumme in seine Kleider, legte sich die Unzahl von Pelzen über, die man auch im Inneren der Festung benötigte, und rannte zu den anderen Offizieren, die schon auf ihn warteten. Mitten in ihrem Versammlungsort, umgeben von zerstörten Balken und Steintrümmern, lag eine polierte Granitkugel, die das Dach und die beiden Stockwerke über der Halle durchschlagen hatte.

»Ein Gruß von Varèsz, Kommandant«, erklärte ihm einer seiner Untergebenen mit sorgenvollem Gesicht. »Die nächste Kugel wird euer kleines Kegelspiel durcheinander wirbeln«, las er die Inschrift auf dem Geschoss vor. »Damit meint er wohl unsere Türme.«

Es sieht so aus, gestikulierte der Turît missgelaunt. *Wieso feuert diese verfluchte Bombarde?*

»Ich weiß es nicht«, antwortet der Offizier und schaute prüfend nach oben, wo ein Lichtschimmer durch das Loch fiel, das die Kugel auf ihrem Weg nach unten hinterlassen hatte. »Aber wenn uns nicht bald etwas einfällt, bekommen wir im Frühling alle nasse Köpfe.«

Sammelt die Reste der zerstörten Wandeltürme vor dem Tor ein. Lasst die Matafundae in Betrieb nehmen und sie Bündel aus nassem Stroh und dem Holz verschießen, danach deckt das Zeug mit Feuer ein. Nehmt viel Pech, mehr als sonst. Es soll qualmen und den anderen keine direkte Sicht auf uns gewähren. Vielleicht schaffen wir es, dass nicht jeder Schuss aus der Bombarde ein Treffer wird. Sagt den Kensustrianern Bescheid, sie sollen sich bereithalten, verkündete der Meisterschütze. *Ich werde mit ihnen zusammen den zweiten Plan umsetzen.*

Er schaute in verwirrte Gesichter. »Der zweite Plan, Kommandant?«, fragte einer der Untergebenen.

Genau. Hetrál lächelte schwach und gab sich Mühe, trotz eiskalter, steifer Finger deutliche Zeichen zu formen. *Wenn wir die Bombarde schon nicht vernichten können, nehmen wir uns die vor, die damit umgehen können.*

Der Goldene packte das sextantähnliche Zielgerät fester und visierte, vor der Mündung der Bombarde stehend, den höchsten Turm der Burg an, der durch die schwarzen Rauchwolken sichtbar war. »Hebt sie an«, befahl er nach hinten, »ungefähr eine Handbreit.«

Seine verbliebenen drei Gehilfen trieben die Pferde an, deren Geschirr mit einem Flaschenzug verbunden war, und der Lauf des Geschützes richtete sich auf. Eilig legten die Männer dicke Holzbalken unter.

Der Geschützmeister trat hinter das Rohr, steckte kleine Stäbe und Zielvorrichtungen in die dort eingelassenen Halter, und begutachtete die Einstellungen erneut. Für einen Moment drehte der Wind und wehte den stinkenden, die Lungen lähmenden Rauch zum Geschütz herüber. Hustend musste die Männer ihre Arbeit unterbrechen.

Varèsz und Widock ritten heran.

»Ist sie einsatzbereit?«, verlangte der Stratege ungeduldig zu wissen. »Feuern? Wann?«, fügte er nach einem kurzen Zögern hinzu.

»Sie wurde nicht beschädigt, die Flammen konnten ihr nichts anhaben«, berichtete der Geschützmeister. »Und meine Ausfälle an Knechten konnte ich durch ein paar Eurer Männer ausgleichen, der Rest sind Stegreiflösungen. Dieser Hetrál ist nicht dämlich. Der Trick mit dem Rauch ist nicht ohne.«

»Wenn er dämlich wäre, würde sich diese verfluchte Festung schon lange in meiner Hand befinden«, maulte Varèsz auf ihn herab. Aber das verstand der Bombardier nicht.

»Stehen wir nun auch weit genug weg?«, vergewisserte sich Widock, damit ein zweiter Beschuss aus dem Inneren der Festung heraus ohne Folgen bleiben würde.

»Ich habe Euch damals gefragt, ob die da drinnen über große Schleudern verfügen«, verteidigte sich der Goldene. »Wir hatten wohl den Beistand des Gebrannten, dass keiner der Steinklötze die Bombarde traf, sonst wäre sie in tausend Teile zerborsten. Aber einen halben Warst Abstand zu überbrücken, gelingt keiner Wurfmaschine.«

Als hätten die Belagerten seine Bemerkung gehört, verkündeten ein Surren und ein kleiner schwarzer Fleck, der rasch näher kam und größer wurde, dass eine der Matafundae ihnen ein massives Geschoss sandte. Mit einem geräuschvollen Rumpeln zerschlug der Stein etwa nach siebenhundert Schritt am Boden.

»Sie variieren die Gegengewichte der Wurfmaschinen«, schätzte der Stratege ruhig. »Sie haben tatsächlich die Hoffnung, sie kämen bis hierher.« Er wandte sich dem Goldenen zu. »Ich will, dass du so schnell schießt, wie die Bombarde es schafft. Und setz diese verdammten Schleudern außer Gefecht. Ich will spätestens in einer Woche stürmen.« Er riss sein Pferd brutal herum und ritt ins Lager zurück.

»Ja, man merkt, dass du keine Ahnung hast, Schlitzlippe«, meinte der Geschützmeister leise und legte eine Hand auf das warme Rohr. »Es ist nicht so einfach, wie es aussieht.« Er warf einen betrübten Blick auf die improvisierte Lafette, die sie aus den Karrenüberresten mit Seilen und Nägeln zusammengebaut hatten. Der Rückschlag von »Tzulans Stimme« beanspruchte das Holz dermaßen, dass nach dem folgenden zweiten Schuss vermutlich ein neuer Rahmen gezimmert werden musste.

Der Lauf wurde gereinigt, zwei Säcke des neuartigen, grobkörnigeren Sprengpulvers, was Fehlzündungen verhinderte, verschwanden im Mund des Gebrannten. Der Geschützmeister nahm ein erkaltetes Stück Kohle und schrieb »Tzulan sagt ›Vernichtung‹« darauf. Nach dem Einschieben des Filzpfropfens, mit dem das Pulver zusammengepresst und im Lauf abgedichtet wurde, wuchteten die Knechte mit Hilfe der Pferde und des Seilzugs die Granitkugel in den Schlund. Ein letzter Blick über die Zielvorrichtungen, und die Lunte brannte.

Eilig brachten sich die Männer hinter einem Fels kauernd in Deckung und hielten sich die Ohren zu. Nur der Goldene hielt neben dem Geschütz aus und lächelte in Vorfreude, wie er es jedes Mal tat.

Die »Stimme Tzulans« sprach dröhnend und spie ihr Wort gegen die Mauern von Windtrutz. Allein die Detonation der Treibladung klang wie ein auf der Erde losbrechender einzelner Donnerschlag und erzeugte eine solche Druckwelle, dass der schwarze Rauch des Pech- und Strohfeuers sich zusammenduckte, als wollte er schleunigst Platz für die Kugel machen. Aus dem Mund des stilisierten Gottesgesichts stoben meterlange Flammen und Dampfwolken.

Das Granitgeschoss schlug wie berechnet in die Mitte des Bergfrieds ein und brachte ihn zum Wanken. Durch das Loch, das gerissen worden war, verlor das Bauwerk an Stabilität, das Gewicht der oberen Steine und der Aussichtsplattform sorgten dafür, das der Turm einknickte und abbrach. Polternd und staubend verschwanden zwei Drittel des Bergfrieds außerhalb des Sichtfelds der johlenden Truppen des Kabcar in den Innenhof.

Der Goldene freute sich wie ein Kind über seinen Erfolg. Er war noch ganz benommen von dem unglaublichen Dröhnen, das durch seine Eingeweide gegangen war, und von dem Erzittern der Erde.

Nach wenigen Lidschlägen stiller Verzückung hetzte der Bombardier die Knechte an die Arbeit, um einen neuen Rahmen für das Geschütz zu bauen. Dass »Tzulans Stimme« eben sein Gehör vollständig genommen hatte, störte ihn nicht.

Wie riesige Fledermäuse schwebten die Gleiter durch die eiskalte Nacht, geräuschlos und, wenn überhaupt, dann nur als huschende Schatten erkennbar.

Acht der Flugapparate hatten die Kensustrianer mit

auf die Festung gebracht, die nun zum Einsatz kommen sollten. Den Plan, einen einfachen Überflug zu absolvieren und die Feinde mit unlöschbarem Feuer zu überschütten, gab man auf. Zu groß war die Gefahr, dass man dabei die wirklich wichtigen Leute nicht vernichtete, wie den Geschützmeister oder Varèsz. Daher nutzten die sechs Männer und zwei Frauen die Gleiter, um unbemerkt von Windtrutz wegzukommen und im Rücken des Gegners unterhalb des Eispasses zu landen.

Hetrál hing etwas unglücklich unter der Konstruktion aus Leder, Holz und Segeltuch. Die Überwindung, sich mit diesem Apparat von der Seitenmauer in die Tiefe zu stürzen und nur auf die Tragkraft der seiner Ansicht nach viel zu dünnen Lederriemen und Stricke zu vertrauen, war enorm gewesen. Auch wenn manche Menschen in Ulldart sich wünschten, einmal wie ein Vogel zu fliegen, der Turît war sich sicher, dass, wenn sie nur ein einziges Mal unter dem Gleiter hingen, ihnen solche Gedanken vergehen würden.

Die zahlreichen Übungsstunden lohnten sich. Die Eleganz der Kensustrianerin vor sich erreichte er mit seinen Flugkünsten nicht, aber er hielt den Kurs. Über die Landung würde er sich später Gedanken machen, wobei er über den Satz eines Kriegers »Runter kommen sie alle« nicht wirklich zu lachen vermochte. Die frostigen Böen um die Felswände erwiesen sich als äußerst tückisch.

Unter ihnen glitt das Lager der Gegner vorüber. Aus den Zelten stiegen dünne Rauchwolken auf, es wurde geheizt, damit niemand erfror.

Hetrál wurde bei diesem Anblick die Eiseskälte bewusst, die herrschte. Seine Nase spürte er fast nicht mehr, trotz des dicken Schals. Wegen des Gewichts mussten sie weitestgehend auf dicke Kleidung verzichten, nur eine schwarze Lederrüstung und mehrere Lagen dünner Wäsche durften sie anziehen, was so hoch oben natürlich nicht ausreichte. Seine Zähne stießen in schnellem Takt aufeinander.

Der erste Gleiter flog eine Schleife zum Zeichen, dass er landen würde, und verschwand zwischen den Felswänden des Passes. Einer nach dem anderen segelte hinunter, bis die Reihe an dem Meisterschützen war.

Er drückte die Schnauze des Gleiters nach unten. Die meisten der guten Götter standen ihm bei, nur einer musste wohl seinen Einsatz verpasst haben.

Hetrál war fast gelandet, als die rechte Schwinge einen Felsvorsprung streifte und sein Gefährt ins Trudeln kam. Er war nur froh, dass er nicht schreien konnte, während die Welt um ihn herum sich drehte und hüpfte.

Hart schlug er auf, die Konstruktion zerbrach. In Windeseile waren die Kensustrianer bei ihm und zogen ihn aus den Trümmern. Außer einer schmerzhaften Prellung am Oberschenkel fühlte er sich intakt. Auch sein geschwungener Bogen überstand den Sturz.

Der Mensch ist nicht geschaffen zum Fliegen, sagte er gestikulierend und setzte sich an die Spitze der Gruppe von Saboteuren und Attentätern.

»Nicht alle«, schränkte einer der Krieger leise ein.

Der Turît kannte sich in den Bergen rund um den Eispass wie kein Zweiter aus. In der Zeit, bevor die Truppen des Kabcar angerückt waren, hatte er Wochen damit verbracht, die Umgebung der Burg zu erkunden, weil er mit einer Aktion, wie er sie eben im Begriff war durchzuführen, rechnete.

Bald begegneten sie der ersten Wache, die so unachtsam war, dass sie bis auf eine Armlänge an den völlig verdutzten Mann herankamen, bevor er durch einen Hieb starb.

Zügig setzten sie ihren Weg fort, bis sie an die disziplinierteren Patrouillen gerieten und nur unter Anwendung aller Tarn- und Täuschungstricks unbemerkt an ihnen vorbeigelangten.

Ein mit dünnen Eisenplatten beschlagener Wagen, der zwar von einem Dutzend Soldaten, aber ohne Licht bewacht wurde, erregte die Aufmerksamkeit des geheimen Kommandos.

Was werden die da aufbewahren? Hetrál holte Vorschläge seiner Begleiterinnen und Begleiter ein.

»Keine Fackeln. Sprengpulver«, schätzte einer der Krieger und bestätigte damit die Ansicht des Meisterschützen.

Wir sollten nachsehen, denn etwas Wichtiges ist es so oder so. Hetrál ließ die Kensustrianer ausschwärmen und begab sich in eine gute Schussposition. Es durfte kein einziger Laut entstehen, zu nahe befand man sich am Lager des Gegners. Wenn man ein paar Meter weiter oberhalb einen Schrei oder nur ein lautes Stöhnen hörte, wäre alle Mühe vergebens.

In aller Ruhe lockerte er die Pfeile im Köcher und legte den Ersten auf die Sehne.

»Er ist zwar taub, aber das tut seinen Künsten als Bombardier keinen Abbruch«, murmelte Varèsz und prostete sich selbst im Spiegel mit einem Becher heißen Tee zu. »Gleich müsste es wieder so weit sein. Jede Stunde ein Wort aus dem Mund eines Gottes.«

Er schritt zum Ausgang des Zeltes und schob das Fell, das als Tür diente, ein wenig zur Seite, um einen Blick auf die Bombarde zu werfen, die gerade einen weiteren Schuss abgab.

In der Nacht sah diese Waffe im Gebrauch noch dämonischer aus. Der Zierkopf des Gebrannten Gottes schien im blitzenden Schein der Flammen, die aus seinem Mund schlugen, zu leben, die Rubine glänzten auf. »Ja, sprich zu ihnen, lass die Stimme Tzulans unablässig zu hören sein. Denn deine Worte bringen mir den ersehnten Sieg.«

Im Fackelschein der entfernten Burg wurden die

Schäden an den Befestigungsanlagen deutlich sichtbar. Von den Türmen stand kein einziger mehr, die dicke Außenmauer wies Löcher und Risse auf. Kleine Punkte bewegten sich auf dem Wehrgang, um die Breschen und Löcher notdürftig zu stopfen und den Zusammenfall zu verhindern.

Zufrieden ließ er das Fell vor den Durchgang zurückgleiten.

»Nesreca schickt mich«, krächzte es hinter ihm. »Ich soll nachschauen, wie weit du bist.«

Varèsz wirbelte herum, eine Hand griff nach dem Zweihänder, den er neben sich auf den Hocker gelegt hatte. Als er den Besucher erkannte, entspannte er sich. Normale Klingen würden diesem Wesen ohnehin nichts anhaben können.

»Hemeròc, wie schön dich zu sehen.« Der Stratege setzte sich und bedachte den Helfer des Konsultanten mit einem abschätzenden Blick. »Du hast die Fortschritte gesehen?«

»Wenn du deine zerstörten Wandeltürme meinst, von denen nur noch einige wenige Trümmer geblieben sind«, sagte der Krieger gleichgültig, »ja, die habe ich gesehen. Die Stimme Tzulans leistet dagegen Unvorstellbares.«

Varèsz ärgerte sich über die Art des Wesens. »Was will Nesreca? Ich liege noch im Soll.«

»Ich soll dir sagen, du müsstest dich beeilen. Morgen soll die Festung fallen.«

»Morgen schon?« Das war selbst dem Strategen zu schnell. »Ich habe mit einer Woche gerechnet. Das einzige, was wir haben, um die Mauern zu erklimmen, sind die Sturmleitern und zwei Schutzhütten. Und bei den Pfeil- und Speerkatapulten wäre jeder Versuch sinnlos. Sie würden uns spicken.«

»Es muss genügen«, meinte Hemeròc kalt. »Nesreca will es. Keine Verzögerungen mehr.«

»Wenn er die Bombarde früher geschickt hätte, wären wir schon lange dort drüben und würden die Körper der Staatenbündler in die Schlucht werfen«, begehrte Varèsz auf.

Das Rot der Augen glühte auf. Die Schutzklappen trug er, weil es Nacht war, nicht. »Gut, ich werde dir helfen. Was soll ich erledigen?«

»Oh, ich habe einen Wunsch frei? Du bist die seltsamste Fee, die ich jemals gesehen habe«, meinte der Befehlshaber der Belagerer. »Da wüsste ich doch etwas, was mir und meinen Leuten zum Vorteil gereichen würde. Es ist nur eine Kleinigkeit, denn ich will auch noch meinen Spaß haben.«

Die Wachen starben einen schnellen, lautlosen Tod, keines der Geschosse verfehlte das Ziel. Diejenigen, die zu Beginn des Sterbens nicht verstanden, was um sie herum geschah, und vor lauter Verblüffung nichts unternahmen, wurden von den wirbelnden Klingen der kensustrianischen Nahkämpferinnen gefällt. Die Körper wurden die Schlucht hinabgeworfen, Helme, Mäntel, Schilde und Speere behielten sie.

Hetrál kletterte in völliger Dunkelheit ins Innere des Karrens, öffnete wasserdichte Fässer und ertastete Säcke. Als er einen davon öffnete, stieß er auf eine grobkörnige Substanz. Er reichte eine Hand voll hinaus, und einer der Krieger nickte nur knapp.

»Wir können das Zeug einfach in den Abgrund befördern«, sagte einer der Männer, »oder wir gehen ein größeres Risiko ein und richten größtmöglichen Schaden damit an.«

Der Meisterschütze sprang heraus. *Wir sollten den Wagen direkt ins Lager fahren lassen, das Pulver zum Explodieren bringen und in dem ganzen Durcheinander nach dem Geschützmeister und Varèsz suchen.*

Der Gedanke fand die Zustimmung der anderen.

Rasch spannten drei zusammen mit dem Stummen die Pferde ein, die Übrigen rannten zurück, um einen der Gleiter zu holen. Er wurde auf das Dach des Karrens gelegt. Ein Fahrer müsste die Pferde sicherheitshalber bis ins Lager lenken und würde sich mit dem Flugapparat in Sicherheit bringen. Eine der Frauen wollte diese Aufgabe übernehmen und anschließend aus der Luft für Unterstützung sorgen.

Die Gruppe, die sich die Ausrüstung der toten Wächter anlegte, beobachtete, wie die Kensustrianerin aufsaß und die Peitsche über den Köpfen der Tiere schwang. Wiehernd setzten sich die Pferde in Bewegung und zogen den Wagen den Pass hinauf, angetrieben durch die Schreie der Frau und die Lederriemen, die auf ihre Rücken herabzuckten.

Im Lager schreckten einige der Soldaten auf, viele verließen ihre Zelte, um zu sehen, wer für diesen ungewohnten Lärm sorgte.

Die kensustrianische Kriegerin jagte mit dem Karren ohne Zögern durch die Reihen der Wachen, die sich mit Schild und Speeren in den Weg stellten. Die Pferde überrannten die Männer einfach, weiter und immer weiter rollte der Wagen mit dem Pulver und erreichte den tiefer gelegenen Anfang des Heerlagers.

Durch die holprige Fahrt rutschte jedoch der Gleiter immer weiter nach hinten, bis er schließlich ganz hinabfiel und in großen Kreisbewegungen in die Schlucht tauchte.

Hetrál raufte sich die Haare.

»Sie ist eine Kriegerin«, sagte einer der Männer gedämpft. »Sie wird ihren Auftrag erfüllen.«

Was wohl als Beruhigung für den Kommandanten gedacht war, sorgte bei dem Meisterschützen noch mehr für Bestürzung. Wenn sie den Wagen anhalten oder abspringen würde, könnte er es verstehen.

Aber die Kensustrianerin, die bemerkte, dass ihre

Fluchtmöglichkeit verloren war, peitschte die Pferde umso wilder an.

Endlich erreichte sie die Mitte der kleinen Zeltstadt. Erste Pfeile wurden nach ihr geschossen und trafen sie. In dem Augenblick, als sie die Fackel entzündete, um sie durch eine kleine Sichtluke in das Innere des Wagens zu schleudern, durchbohrte ein Geschoss ihren ungeschützten Hals. Hetrál zuckte bei dem Anblick zusammen.

Mit immenser Willenskraft schaffte es die blutüberströmte, sterbende Kriegerin, die brennende Lichtquelle durch die Klappe zu schieben.

»Was, bei Tzulan, ist da draußen los?«, fluchte Varèsz und langte nach seinem martialischen Zweihänder. Als er breitbeinig vor sein Zelt trat, sah er noch, wie eine Frauengestalt mit grünen Haaren eine Fackel in den Wagen mit dem Pulver warf, bevor sie vermutlich tot zusammenbrach.

Seine Augen weiteten sich vor Schrecken. Der aufblitzende Flammenschein spiegelte sich in seinen Pupillen wider, die sich durch die unerwartete Helligkeit stecknadelgroß zusammenzogen.

Der mit Eisenblechen beschlagene Karren barst auseinander wie eine zu prallgefüllte Schweineblase, sandte Glut- und Feuerwolken in alle Richtungen. Die Erde erzitterte, die Berghänge wankten und wackelten, Geröll und Schnee lösten sich durch die Gewalt der Detonation ab, wälzten sich als Lawinen auf das Lager herab.

Den Strategen hob es von den Beinen, und er wurde nach hinten geschleudert. Erst in der letzten Sekunde bekam er den Leinenstoff seines Zelts zu fassen, das sich durch die Druckwelle zusammenfaltete.

Varèsz sah unter sich den schwarzen Abgrund, in den er stürzte. Nach einigen Metern hielt ihn der Stoff, an den er sich klammerte, von einem weiteren Fall ab. Sein

Zweihänder verfehlte ihn um Haaresbreite und verschwand in der Tiefe.

Der Krieger stieß einen wilden Schrei aus, um seiner Wut freien Lauf zu lassen und einen klaren Gedanken fassen zu können.

Er hangelte sich bedächtig an den Überresten seiner Behausung empor, um sich außer Atem zurück auf den Felsenteller zu schwingen.

Die Zelte, die um den Krater, an dem der Karren gestanden hatte, einst positioniert waren, existierten nicht mehr. Ihre kokelnden Reste flatterten wie zerfetzte Gespenster durch die Luft, die anderen weiter entfernten Truppenbehausungen lagen größtenteils flach gedrückt am Boden.

Eine Vielzahl seiner Soldaten waren von der Wucht davon gefegt worden, lagen in wirren Knäueln umher, manche mit grotesk verrenkten Gliedmaßen. Die Zelte am Rand des Passes waren von Schnee und Geröll bedeckt. Wen es unter dieser Schicht begraben hatte, würde keine Aussicht auf Überleben haben.

In dem furchtbaren Chaos fiel ihm eine Gruppe von hoch gewachsenen Soldaten auf, die sich viel zu zielstrebig in Richtung der Bombarde bewegten. Ihre merkwürdig gefasste Verhaltensweise passte so gar nicht zu den Ereignissen.

Hastig suchte er sich ein anderes Schwert und nahm die Verfolgung der Männer auf, von denen er annahm, dass es weitere Kensustrianer waren.

Varèsz sah unterwegs aus den Augenwinkeln ein vielfarbiges Schimmern. In einem Reflex warf er sich nach vorne und entkam der Klinge, die ihm ansonsten seitlich in den Oberkörper gefahren wäre. Er rollte sich über die Schulter ab und schlug noch aus der Bewegung zu, doch als seine Waffe auf die Schneide seines unbekannten Gegners traf, brach sie einfach in der Mitte durch.

»Eine verdammte aldoreelische Klinge. Dann musst

du Hetrál sein«, stieß er aus und sprang nach hinten, um sich außer Reichweite zu bringen. »Wenn die Diamanten am Griff nicht gefunkelt hätten, wäre ich tot.«

Der Mann vor ihm, der im Mantel seiner eigenen Soldaten steckte, blickte ihn entschlossen an und setzte seine Angriffsserie fort.

»Wenn du gedacht hast, ich hielte still, täuschst du dich aber. Auf einen solchen Kampf lasse ich mich bestimmt nicht ein.« Der Stratege rannte los und setzte über Leichen und Gestänge hinweg.

Als er sich umdrehte, war der Angreifer zwischen seinen eigenen Truppen verschwunden.

Varèsz brüllte ein paar Männer zusammen und rannte zur Bombarde, bei der die Kensustrianer angekommen waren.

»Vorsicht!«, schrie er über den Platz. »Das sind Verräter! Gebt Acht!«

Seine Vorahnungen wurden bestätigt. Kaum erreichten die großen Männer das Geschütz und die Bedienungsmannschaft, die gerade mit Laden fertig wurde, zückten sie Schwerter und stachen auf den Goldenen sowie dessen Knechte ein.

Der Stratege gelangte mit seinem Pulk an der Bombarde an und stürzte sich in den Nahkampf gegen die verhassten Grünhaare.

Zum ersten Mal stand Varèsz den kensustrianischen Kriegern und Kriegerinnen gegenüber. Bereits nach dem ersten Schlagabtausch stufte er sie als hochgefährlich ein. Ihre Schwertkunst war ungewöhnlich, schnell und präzise. Nur wenigen außer ihm gelang es, sich gegen die fremden Kämpfer zu behaupten.

Allmählich wurde man im Lager auf die Situation an der Bombarde aufmerksam. Mehr und mehr Männer stürmten gegen die Kensustrianer an, die mit ihren Schwertern eine Wand aus wirbelndem Stahl erzeugten, deren Berührung tödlich endete.

Varèsz konzentrierte sich so stark auf die Attacken der Kensustrianerin, dass er nicht bemerkte, wie jemand hinter ihn trat. Diesmal warnte ihn nichts, und die aldoreelische Klinge fuhr von hinten durch seinen Körper, als bestünde er aus weichem Wachs.

Röchelnd brach der Anführer der Belagerer in die Knie, die Fingerspitzen fuhren prüfend über das stinkende, schwarze Blut, das aus der Wunde sickerte. Verständnislos betrachtete es der Stratege.

Da zerrten ihn seine Leute schon nach hinten und trugen ihn aus der Gefahrenzone.

Hetrál hob seine Waffe gerade ein zweites Mal, als ihm ein Tzulandrier in den Arm fiel. So verpasste er die Gelegenheit, Varèsz sicher ins Jenseits zu befördern. Der Soldat starb für seinen Anführer.

Wir müssen zurück. Wir haben getan, was wir konnten. Der Turît gestikulierte zur Festung, und die verbliebenen fünf Kensustrianer machten sich zusammen mit ihm auf den Rückweg.

Sie sprinteten über die Plattform und versuchten, ihre Verfolger abzuschütteln. Schlecht gezielte Pfeile sirrten in der Dunkelheit an ihnen vorbei, bis Hetrál ein schmerzhaftes Ziehen im Nacken spürte.

Kurzzeitig geriet der Kommandant ins Stolpern, fing sich aber dank der Hilfe eines Kensustrianers wieder. Als sie das Tor erreichten, wurde die Notluke für sie geöffnet. Atemlos sanken sie hinter dem schützenden Holz auf die eiskalte Erde.

»Wir haben den Geschützmeister samt seinen Leuten getötet, Kommandant«, erstattete einer der Grünhaare einen knappen Bericht. »Damit dürfte die Bombarde nutzlos geworden sein.«

Ein Cerêler lief herbei, um den Turîten zu behandeln. Ein Bolzen hatte die dünne Rüstung durchschlagen und das Genick nur knapp verfehlt. Hetrál genoss das grüne, angenehme Leuchten, frische Kraft kehrte in ihn zurück.

Damit haben wir sie so gut wie geschlagen, sagte er im Liegen mit den Fingern. *Ohne Pulver, ohne Nachschub sind sie, wenn der Winter richtig kommt, verloren.*

Ein Dröhnen aus dem Innenhof alarmierte die Gruppe, hastig rannten sie aus dem Torbogen des Eingangs hinaus, um zu sehen, was geschehen war.

Hetrál erkannte die Figur, die gerade aus ihren Handflächen gleißende Strahlen gegen die Matafundae sandte und eine nach der anderen zerstörte. Etliche Männer lagen leblos am Boden des Hofes, offenbar hatten sie versucht, dem unverwundbaren Wesen die Stirn zu bieten.

Echòmer! Die Hand legte sich an die aldoreelische Klinge. *Bleibt zurück. Ihr könnt nichts gegen ihn ausrichten.* Der Kommandant stürmte los, um das Wesen mit einem einzigen Hieb der Wunderwaffe zu teilen.

Aber der Gehilfe Nesrecas musste über einen zusätzlichen Sinn verfügen. Schnaubend ließ er von der letzten zusammenbrechenden Wurfmaschine ab.

Das hohlwangige, blasse Gesicht wandte sich dem Meisterschützen zu, die Augenhöhlen glommen auf, und ein grausames Lächeln entstand in dem Antlitz. Die Hände formten ein Symbol, aus dessen Zentrum sich ein dunkelroter, fast schwarzer Blitz löste.

Aber bevor die Kraft den Kommandanten einhüllte, erstrahlten die Diamanten am Griff der aldoreelischen Klinge wie sonnenbeschienene Wassertropfen. Eine oszillierende Wand baute sich für einen Sekundenbruchteil auf, absorbierte die magische Attacke und verschwand.

Echòmer stieß einen Fluch aus, machte einen Schritt rückwärts in die Schatten und war verschwunden.

Wer sagt es denn? Hetrál gab der Waffe einen vorsichtigen Kuss.

Einer seiner Offiziere lief auf ihn zu. »Kommandant, es tut mir Leid. Ich habe keine Ahnung, wie er in die Festung gekommen ist. Ganz zu schweigen davon, wohin er gegangen ist. Er ließ sich einfach nicht aufhalten, er …«

Schon gut, gestikulierte er. *Ihr hättet ihm nichts anhaben können. Aber um die Wurfmaschinen ist es natürlich schade. Sie hätten uns noch gute Dienste leisten können.*

»Es kommt aber noch schlimmer«, meinte der Offizier bedrückt. »Er hat uns alle unsere Speere und Pfeile für die Schleudern zerstört. Die Amphoren mit den Stoffen für das unlöschbare Feuer sind zertrümmert.«

»Hetrál!«, schallte es leise von draußen. »Zeig dich! Ich will mir dir sprechen.«

Der Turît erklomm die Stufen und begab sich auf die Zinnen des Wehrganges der Mauer. In sicherer Entfernung stand Varèsz, gestützt von zwei Leuten.

»Ich gebe euch da drinnen eine letzte Gelegenheit, euch zu ergeben und Windtrutz zu verlassen. Andernfalls stürmen wir morgen. Ihr habt nichts, mit dem ihr euch gegen uns verteidigen könnt.« Der Stratege hustete Blut. »Ich werde diese Festung für den Hohen Herrn einnehmen, und wenn es das Letzte ist, was ich tue.«

Grimmig umfasste der Meisterschütze die aldoreelische Klinge. *Wir beide werden ihm zeigen, dass er am Ende seines Weges angekommen ist.*

»Nein«, ließ er einen Offizier rufen. »Wir werden euch besiegen. Im Namen Ulldrael des Gerechten.« Seine Männer im Hof jubelten auf. »Diese Festung wird als Symbol gegen das Böse bestehen bleiben, und nichts und niemand wird daran etwas ändern!«

»Wir sehen uns morgen bei Sonnenaufgang, Hetrál. Gnade wird nicht gewährt.« Der Stratege wandte sich ab und kehrte zum Lager zurück.

Hetrál fröstelte. Erst nun bemerkte er die eisige Kälte, die schon lange durch seine dünne Kleidung gedrungen war. Die aufregenden Ereignisse hatten ihn die Temperaturen vergessen lassen, nun rächte sich der Körper dadurch, dass er in unkontrollierbares Zittern verfiel.

Aber diese letzte Schlacht wollte er ausgeruht angehen. Auf dem Weg zu seinem Quartier blieb sein Blick an einer Reihe von Eiszapfen hängen.

Die Sonnen erhoben sich am folgenden Morgen und durchdrangen die letzten schwarzen, rußigen Schwaden, die von den kokelnden Trümmerstücken der Wandeltürme stammten. Die Strahlen beschienen die in Schlachtordnung aufmarschierten Truppen des Kabcar, die schweigend zu Windtrutz blickten. Nur gelegentliches Rasseln von Rüstungen oder Waffen brach die Stille.

Dichte weiße Atemwolken stiegen aus den Nasen und Mündern der knapp siebentausend Männer, die Lawinen und Explosion überstanden hatten. Zum Hass auf die Eingeschlossenen gesellte sich die Einsicht, dass sie nur hinter den Mauern die kälteste Zeit des Winters überstehen würden. Und daher mussten die Staatenbündler aus zwei Gründen sterben. Allein der Überlebenswille war Ansporn genug.

Varèsz ritt an die Festung heran, die wie ausgestorben vor ihm lag. Niemand schien sich um die Übermacht zu kümmern, die sich nur wenige Meter vor den Toren in Position begab. Die Katapulte waren unbemannt.

»Gebt ihr nun auf, Staatenbündler, oder nicht?«

In seinem Rücken wurden Befehle gebrüllt, und eine Bewegung ging durch die Reihen. Gleich würde ein besonderer Sturm über Windtrutz hereinbrechen, und dieser Gewalt würde es nicht standhalten

Das Gesicht eines Offiziers erschien zwischen zwei Zinnen. »Ich soll von unserem Kommandanten ausrichten, dass ihr den heutigen Tag nicht überstehen werdet, wenn ihr einen Angriff wagt. Ulldrael der Gerechte ist auf unserer Seite.«

»Das trifft sich hervorragend«, rief der Stratege zurück, »dann töten wir ihn gleich mit.« Es tat einen schmerzhafter Stich in seinen Innereien, die arg unter der Wunde, die die aldoreelische Klinge hinterlassen hatte, zu leiden hatten. »Auf unserer Seite ist Tzulan, der Gebrannte Gott! Hört, was er Ulldrael zu sagen hat.«

Die »Stimme Tzulans« stieß ihren letzten Schrei aus. Die Granitkugel flog gegen die beschädigte Mauer und brachte die Steine zum Einsturz. Eine Bresche öffnete sich, breit genug, um vier Mann nebeneinander passieren zu lassen.

Die Angreifer setzten schlagartig zum Sturm an, näherten sich in breiter Front, um an möglichst vielen Stellen das Hindernis erklettern zu können und den Verteidigern keine Gelegenheit zur Abwehr zu geben.

Als die Soldaten etwa fünf Meter von der Mauer entfernt waren, rutschten die Ersten plötzlich aus und schlugen der Länge nach hin. An anderen Stellen ließen sich die Enden der Leitern und Klettergestelle nicht anlegen, weil sie von einer Eisschicht immer wieder abglitten.

Varèsz, der weiter hinten geblieben war, durchschaute die List. Die Staatenbündler mussten über Nacht in ihrer Verzweiflung die Zinnen, Außenwände und den Boden mit Wasser begossen haben, das natürlich in kürzester Zeit gefroren war.

Baumstammlange Balken, die von den Wurfmaschinen stammten, wurden über Mauer geworfen und stürzten auf die Angreifer herab. Tot oder verletzt blieb mancher Gegner liegen. An Seilen zog man die schweren Pfähle in die Höhe, nur um sie gleich darauf nach unten sausen zu lassen.

»Sie sollen Asche von hier nehmen und sie vor der Bresche ausstreuen«, sagte er zu seinem Signalgeber, der die Anweisung des Strategen mit Wimpeln weitermeldete.

Die Soldaten reckten die Schilde als Schutz gegen die gelegentlich geworfenen Steinbrocken nach oben, formierten sich vor dem geschossenen Durchgang. Die Rückstände von der Brandstelle wurden auf der glatten Fläche verteilt.

»Wirklich ein schlauer Hund, dieser Turît«, meinte Widock, der sein Pferd neben Varèsz lenkte. »Aber nicht schlau genug. Dass wir noch einen Schuss in der gerichteten Bombarde hatten, entging ihm wohl gestern.«

»Und das wird seinen Untergang bedeuten«, meinte der Stratege grimmig und zog sein Schwert. »Los, ich will dabei sein. Rollt das letzte Pulverfass ans Tor.«

Die beiden Männer preschten auf ihren Tieren nach vorne, während der letzte Sack mit dem explosiven Stoff, der neben der Bombarde gelagert hatte, im runden Behälter verschwand und durch ein Kommando vor die beschlagenen Flügel des Portals gelegt wurde.

Doch bevor die Lunte gezündet werden konnte, starb der Fackelträger durch einen Stein, der ihm den Schädel zerschmetterte. Ein Hagel aus Felsbrocken trieb die Tzulandrier zurück.

Um die Bresche herum scharten sich immer mehr Kämpfer, um auf das Zeichen ihres Anführers hin endlich in die Festung einzudringen. Der Untergrund war dank der Asche nicht mehr rutschig.

»Widock, wir …«, wandte sich Varèsz an seinen Untergebenen und erstarrte.

Ein durchsichtiger Speer, in dem sich das Licht der höher steigenden Sonnen schillernd brach, steckte dem Mann beinahe senkrecht im rechten Schlüsselbein. Blut troff vom Sattel in den weißen Schnee. Langsam rutschte der Sterbende von seinem Pferd.

Fluchend sah der Befehlshaber der Belagerer nach oben, von wo das Geschoss gekommen war. Hinter jedem der Katapulte auf den Mauern standen Schützen und richteten die Läufe auf die Truppen des Kabcar aus.

Einer der Feinde reckte triumphierend den Handschuh, in dem sich ein weiterer gläserner Speer befand.

Eis. Sie haben sich Munition aus Eis gemacht.

Alsdann füllte sich der Himmel mit unzähligen schimmernden und blinkenden Spießen.

Hetrál wiederholte in Gedanken immer wieder den Namen des Gerechten. Als er den Schuss aus der Bombarde hörte, dachte er zunächst wirklich, dass ihr aller Schicksal besiegelt sei. Doch die kensustrianischen Repetierkatapulte schleuderten eine Eislanze nach der anderen in tödlichem Stakkato in den Pulk der Tzulandrier und tarpolischen Freiwilligen, die Magazine mussten ständig ausgetauscht werden.

Die Schützen auf den Brustwehren konnten sich das Zielen fast sparen, die Menge an Soldaten war so groß, dass sie einfach nur in die Richtung hielten. Die Speere aus gefrorenem Wasser, die über Nacht auf dem Hof hergestellt worden waren, durchschlugen Lederrüstungen mit Leichtigkeit. An stärkeren Metallpanzern zersprangen sie zwar größtenteils, dennoch reichte die Wucht aus, Verletzungen und Knochenbrüche herbeizuführen.

Härter dagegen brandete der Kampf an der Bresche auf, mit der die Verteidiger nicht gerechnet hatten. Angestachelt von der Aussicht, die Festung endlich in Besitz zu nehmen, drängten sich Angreifer durch die Lücke und brachten die knapp dreihundert Verteidiger, die der Kommandant an die Stelle beorderte, in arge Bedrängnis.

»Kommandant, sie haben uns ein Fass vors Tor gelegt«, meldete einer der Schützen, der gute Einsicht dorthin hatte. »Sie feuern mit Brandpfeilen darauf.«

Alarmiert winkte Hetrál zehn Mann zu sich heran und eilte an den Eingang. Ein vorsichtiger Blick durch das Guckloch verriet ihm, dass die Angreifer weit genug weg waren. Schnell wurden die Bolzen und Verstrebungen vor der kleinen Tür in der Portaltür entfernt, Hetrál huschte hinaus und rollte das Fass hinein. Hastig löschte er die brennenden Geschosse.

Als er erkannte, was im Inneren lag, überlief es ihn kalt. *Bringt das Fass auf den Wehrgang über der Bresche und schüttet die Hälfte auf die Gegner. Das Zeug müsste nur durch einen Funken entzündet werden und sie verbrennen,* gestikulierte er einem Offizier.

Sein Plan ging auf. Zischend flammte das Pulver auf, und wenn es auch mehr Angst denn Verletzte bei den Angreifern verursachte, sie zogen sich zurück. Nicht nur das. Die ganze Streitmacht zog sich vorerst zurück.

Die Augen des Kommandanten schweiften von den Zinnen herab über das Plateau, das von Verletzten und Toten übersäht war.

Etwa viertausend der Soldaten des Kabcar hatten den grausamen Kampf überstanden. In Blick in den Innenhof ließ ihn dreihundert eigene Tote zählen. Hetrál wusste, dass Varèsz nicht eher abließ, bis Windtrutz entweder aufgeben würde oder besiegt war. Da Hemeròc nicht weiter zum Einsatz kam, schätzte der Turît, dass es der Stratege als eine persönliche Angelegenheit betrachtete, diese Aufgabe zu lösen.

Er ließ noch mehr Steinbrocken der zerstörten Türme auf die Wehrgänge bringen, weitere Eislanzen vorbereiten und die Bresche stopfen, danach gönnte er sich vor dem nächsten Ansturm, der unweigerlich kommen musste, etwas Schlaf.

Diesmal war es an Varèsz, eine List zu benutzen, wie sie widerlicher nicht hätte sein können.

Aus den rasch erstarrten Leichen der Schlacht ließ er gegen Abend eine Rampe auftürmen, den sich bildenden Grat auf der Steigung legte er mit Schilden aus, um eine bessere Trittsicherheit zu erreichen.

Der neuerliche Vorstoß begann mitten in der Nacht, den die Verteidiger mit Katapulten, Steinen und kochendem Wasser zurückschlugen.

Eine kleinere Gruppe von dreihundert Mann nutzte die Gelegenheit und öffnete mit Hilfe eines Rammbocks die Bresche ein zweites Mal. Als sie unter der Führung von Varèsz in den Hof von Windtrutz stürmten, stand ihnen nur die gleiche Anzahl von Staatenbündlern gegenüber, da der Rest sich auf den Wehrgängen herumschlug.

Varèsz musste die Besten seiner Armee ausgesucht haben, denn sie setzten den Verteidigern dermaßen zu, dass sich deren Reihen lichteten. Die Männer Hetráls vor sich her drängend, näherten sich die Feinde Schritt für Schritt dem Eingangstor. Wenn es ihnen gelingen würde, es zu öffnen, würde das Bollwerk endlich fallen. Der Stratege hielt dabei immer ein offenes Auge auf seine Umgebung, damit er den Kommandanten entdeckte.

Der Turît führte seine letzten fünfzig Soldaten, die er auf den Brüstungen entbehren konnte, von hinten gegen die Eindringlinge, um sie aufzureiben. Doch die Tzulandrier mit ihrer Disziplin waren so leicht nicht einzuschüchtern. Die Schilde zu einer stabilen Wand geformt, hinter der gelegentlich Schwerter und Speere hervorzuckten, marschierten sie einfach weiter.

Varèsz entledigte sich mit einem wilden Schrei und einem brachialen Hieb seines Gegners, um sich gegen den Meisterschützen zu wenden. Dessen aldoreelische Klinge zerschlug jeglichen noch so dicken Schutz. Wie sich ein Schnitter mit seiner Sense durch ein Kornfeld mähte, so arbeitete sich der Kommandant durch die gegnerischen Reihen.

Aber das Schwert war auf Dauer zu schwer für ihn, sein Arm wurde lahmer und lahmer, die Wucht ließ bald nach.

Darauf hatte Varèsz gewartet. Die Waffe war der angemessene Ersatz für seinen verlorenen Zweihänder. Und den Stummen erhielt er als Dreingabe.

Beim nächsten Ausholen hechtete er gegen den außer Atem geratenen Kommandanten der Festung, ungeachtet der eigenen Verletzung, und schlug ihm den Panzerhandschuh ins Gesicht.

Benommen verdrehte Hetrál die Augen, seine Finger gaben das kostbare Schwert frei.

Rau lachend nahm der Stratege die aldoreelische Klinge, sprang auf und reckte sie in die Höhe. Einen Fuß stemmte er gegen den Brustkorb des Liegenden. Im allgemeinen Kampfgetümmel bemerkte fast niemand, in welcher Lage sich der Turît befand. Um Hilfe rufen konnte er ohnehin nicht. Die wenigen, die ihrem Anführer beistehen wollten, wurden von den Tzulandriern zurückgedrängt.

»Erkenne es vor deinem Tod: Der Gebrannte Gott stand uns bei. Aber Ulldrael muss den Kampf wohl verschlafen haben. Es sieht so aus, als würde ich mir eine weitere Burg nehmen.« Varèsz beugte sich vor, vereinzelte Haarsträhnen baumelten vom Helm herab. Beinahe zärtlich berührte der Krieger eine davon. »Deine wird gleich ebenso da hängen.« Die Spitze des Schwertes wanderte nur einen Fingerbreit vom Körper entfernt an dem halb ohnmächtigen Kommandanten entlang, um über dem Herz zum Stehen zu kommen. »Ich bin nicht ganz so grausam, wie manche denken. Du bekommst einen schnellen Tod, weil ich deine Verschlagenheit anerkenne.« Die Schneide hob sich zum Schlag empor und stieß pfeifend herab.

Klirrend traf der Stahl der aldoreelischen Klinge auf unerwarteten Widerstand. Eine zweite Waffe wurde ihr kurz vor dem Brustkorb des Turîten in den Weg gehalten und blockierte sie, bevor sie in den Leib des Meisterschützen eindringen konnte.

»Wie …«, brüllte Varèsz wütend und wandte sich mit verzerrtem Gesicht zur Seite.

Eine übermenschlich breite und große Gestalt stand neben ihm, den Körper in Pelze gehüllt, auf dem Kopf einen Helm aus schwarzem und weißem Rosshaar. Mit einer knappen Bewegung des linken Arms entledigte sie sich des Kälteschutzes, und im Schein der Fackeln schimmerte das polierte Metall eines gravierten Plattenpanzers auf.

»Es mag sein, dass Ulldrael schläft. Aber Angor ist sehr wach«, sagte eine ihm bekannte Stimme ruhig. »Das, was Ihr beabsichtigt, kann ich nicht zulassen.«

»Das werdet Ihr müssen, Großmeister«, knurrte der Stratege und schlug nach dem Ritter. »Auch wenn ich keine Ahnung habe, wie Ihr hierher gekommen seid und was Ihr wollt. Der Kampf geht Euch nichts an. Ihr kämpft gegen den Kabcar, Mann!«

»Das habe ich Rodmor von Pandroc auch gesagt«, gab Nerestro von Kuraschka mit ernstem Gesicht zurück, während er den Hieb spielerisch leicht parierte. »Aber als Gregur Arba von Malinkur sagte, ich fände seinen Mörder hier, konnte ich nicht anders.«

»Wer, bei Tzulan, ist Malinkur?« Varèsz setzte zu einer Serie von Angriffen an, die der Ritter abblockte. Er sah sehr gelangweilt dabei aus. Doch die Augen verrieten etwas von der Konzentration, die hinter den so leicht aussehenden Bewegungen steckte, die goldene Bartsträhne an seinem Kinn pendelte hektisch hin und her. »Und was habe ich damit zu schaffen?«

Hetrál beobachtete den Kampf, der vor ihm stattfand, wie durch einen Schleier. Für ihn machte der riesige Mann den Eindruck, als sei er Angor persönlich, der zu seiner Hilfe geeilt sei. Seine eigenen Männer fühlten sich durch das Auftauchen des Ordenskriegers obenauf und droschen umso rastloser auf ihre Gegner ein. Das Blatt wendete sich zu Gunsten der Verteidiger.

»Ihr kanntet ihn, Varèsz.« Nerestro verfolgte die Bahn des gegnerischen Schwertes, parierte die Klinge blitzartig und rammte dem Strategen seine Waffe bis zum Heft ins Herz. Gleichgültig schaute er in die brechenden Augen des Mannes. »Es war der Großmeister, den ich in seinem Amt beerbte.«

»Ja, ich erinnere mich«, stotterte Varèsz verzerrt. Seine Worte waren kaum zu verstehen, mehr ein Keuchen denn ein Sprechen. »Nesreca meinte, Ihr würdet einen besseren Großmeister abgeben.« Blut lief ihm aus dem Mundwinkel. »Er hat sich wohl getäuscht.«

Der Ritter drehte die Klinge in der Wunde, bis sie eine waagrechte Position erreichte. »Ihr habt ihn feige erstochen, Varèsz. Und dafür musstet Ihr sterben.« Die Muskulatur seiner Oberarme spannte sich, die Schneide wanderte durch den Oberkörper, Knochen knackten. Zusammen mit einem Schwall stinkenden Blutes und undefinierbarer Flüssigkeiten trat das geschliffene Metall aus. Danach schlug er dem Fallenden den Kopf von den Schultern. »Ihr werdet in der Geschichte Ulldarts nie mehr eine Rolle spielen.«

Der Tod ihres Anführers ließ den Widerstand der Tzulandrier kurz vor dem Tor zusammenbrechen, die Verteidiger überwältigten sie im Handumdrehen. Einer der Offiziere packte den Schädel des Strategen und rannte damit auf den Wehrgang. Triumphierend stieß er ihn in die Luft und verkündete das Ende von Varèsz.

Augenblicklich stockten die hoheitlichen Truppen auf der Rampe, um sich danach in aller Eile zurückzuziehen. Die Jubelrufe der Staatenbündler und die letzten Eisgeschosse folgten ihnen nach.

Hetrál schenkte dem Großmeister der Hohen Schwerter eigenhändig heißen Wein ein, was Nerestro mit einem freundlichen, knappen Nicken quittierte.

Nach dem abrupten Ende der Schlacht hatten sich die

Offiziere, die Kensustrianer, der stumme Kommandant und der Ordenskrieger samt seinem Gefolge in der Halle des Haupthauses versammelt.

»Ich hörte also von Arba von Malinkur, dass er von diesem Mörder im Kerker einfach erstochen worden war. Also machte ich mich auf den Weg, weil ich wusste, dass er Windtrutz belagert. Zudem befindet sich eine aldoreelische Klinge hier, auf die wir aufpassen werden, damit keine Menschen wie der Stratege sie in die Finger bekommen. Wenn Sinured wirklich aus dem Ruder läuft, muss es etwas auf dem Kontinent geben, das ihn aufhält.« Er deutete nach hinten und stellte drei Ritter vor. »Sie werden von heute an und mit ausdrücklicher Erlaubnis von König Perdór immer in Eurer Nähe sein, Kommandant.«

Der Meisterschütze bedankte sich mit einer Verbeugung.

»Wir kamen an, sahen den tobenden Kampf und bahnten uns einen Weg durch die Bresche. Den Rest der Geschichte kennt Ihr. Als ich mich das letzte Mal von Varèsz trennte, sagte er seltsamerweise voraus, dass wir uns auf dem Schlachtfeld wieder sähen.« Nerestro erhob sich, um sich vor den großen Kamin zu stellen. »Es wäre mir sehr recht, wenn Ihr über die Todesart von Varèsz Stillschweigen bewahrt. Es ist nicht so, dass ich mich wegen der Tat schäme, vielmehr war es meine Pflicht. Aber ich fürchte um die Zukunft meines Ordens.« Er hielt einen Moment inne und schaute abwesend in die Luft. »Auch Rodmor ist dieser Ansicht. Wenn einer büßen muss, dann ich. Nicht der ganze Orden.«

Was habt Ihr vor? gestikulierte Hetrál, einer seiner Untergebenen übersetzte. Über die Verhaltensweise des Mannes kümmerte er sich nicht, ein Knappe Nerestros hatte ihm die Erklärung zugeflüstert.

»Nichts«, meinte Nerestro. »Ich werde mich an meinen Schwur halten, den ich dem Kabcar gab: ewige

Treue dem Herrscherhaus Bardri¢. Dummerweise gehört der Konsultant, der wahre Schuldige am Tod des alten Großmeisters, dazu. Er ist somit vor mir geschützt. Ich kümmere mich lieber um die Sicherung der letzten aldoreelischen Klingen.«

Ich denke nicht, dass Varèsz dem Herrscherhaus angehörte, meinte der Turît zwinkernd, wieder lieh ihm ein Offizier seine Stimme. *Insofern hättet Ihr nicht einmal gegen den Schwur gehandelt.*

»Ihr wisst, was ich meine, Kommandant. Ich fürchte die Intriganz des Beraters. Also machen wir Euch zum Helden. Es wird sich auch besser auf die Moral Eurer Leute auswirken, wenn sie Euch für den Bezwinger des grausamen Menschen halten. Den wenigen, die die Wahrheit kennen, würde ich das Schweigen befehlen.«

Hetrál nickte als Zeichen der Zustimmung. *Ich will Euch aber nicht ewig um den verdienten Ruhm betrügen. Wenn das alles vorüber ist, sollen die Menschen auf Ulldart hören, wer der wahre Retter von Windtrutz ist, das verspreche ich Euch.*

»Unsere Aufklärer haben bestätigt, dass sich die restlichen zweitausend Mann zurückziehen«, meldete sich einer der Kensustrianer zu Wort. »Sie begannen nach einer kurzen Beratung mit dem Abstieg ins Tal. Vermutlich haben sie keine Vorräte mehr.«

Dann werden wir die Zeit nutzen, Verstärkung anzufordern und die Festung in Stand zu setzen. Perdór freut sich bestimmt, wieder einen Brief von mir zu erhalten, was nach Aufhebung der Belagerung leichter möglich sein wird. Der Meisterschütze lächelte. *Die ganzen Toten auf unserer Seite haben ihr Leben nicht umsonst gelassen.*

»Dann trinken wir auf den ersten Sieg des Guten auf Ulldart!« Ein kensustrianischer Krieger hob sein Glas in die Höhe. »Ilfaris, Tersion und Kensustria, der Staatenbund, der die Truppen des Kabcar zum ersten Mal in die Knie zwang. Er lebe hoch!«

Die Männer stießen lachend miteinander an.

Hetrál musterte das Gesicht des Großmeisters über den Rand seines Glases. Windtrutz würde noch lange stehen, da war er sich sicher. Zusammen mit dem wundervollen Schwert an seiner Seite widerstand er sogar den Helfern des Konsultanten.

Er schloss müde die Augen und malte sich in seiner Fantasie einen blühenden Kontinent aus, wenn der Kabcar, Nesreca und die ganze Brut hinweggefegt worden waren. *Es wird nicht mehr lange dauern*, dachte er bei sich. *Die Götter sind wieder mit uns.*

Mit solch aufmunternden Gedanken schlief er erschöpft, aber zufrieden in der Halle ein.

Kontinent Ulldart, Großreich Tarpol, Hauptstadt Ulsar, Winter 457 n. S.

»Habt Ihr mir zugehört?«, wiederholte Mortva energisch, seine Stimme hallte durch den hohen, lichtdurchfluteten Raum. »Ich sagte, dass der Staatenbund unsere Streitmacht am Eispass aufgerieben hat. Zweitausend Mann haben sich retten können und ziehen jetzt marodierend und verwahrlost durch Hustraban.«

»Ich darf doch sehr bitten!«, rief Lodrik nicht weniger laut und sprang von seinem Sessel auf, die Hände stützten sich auf die Arbeitsplatte des Schreibtischs, auf dem sich lose Blätter, Bücher und Hefte türmten. »Mortva, Ihr habt darauf bestanden, dass diese Festung fällt, nun seht zu, dass Ihr sie eingenommen bekommt. Ich hätte die zwölfhundert Mann dort hocken lassen, bis sie durchgefroren wären.« Das Blau seiner Augen wurde eiskalt. »Um Varèsz weine ich keine Träne, er war ein durch und durch schlechter Mensch, dessen Vorliebe allein dem Töten galt. Nun wird es Eure Aufgabe sein, Vetter, adäquaten Ersatz zu finden. Bei den Menschen, die Ihr kennt, wird es keine große Schwierigkeit sein. Die erste Aufgabe des Glücklichen wird sein, diese zweitausend Verräter, die mein Volk bedrohen, zur Vernunft zu bringen, gleich wie.«

Die Lippen des Konsultanten wurden zu einem dünnen Strich, das Gesicht wandelte sich zu einer ausdruckslosen Maske. »Ich habe verstanden, Hoher Herr.«

»Sehr gut, geschätzter Berater«, sagte der Herrscher und setzte sich wieder. »Ich muss an meinen Unterlagen weiterarbeiten. Falls es Euch interessiert, ich habe einen Weg gefunden, wie wir alle Völker gleich behandeln können. Meine Vision von einem einzigen großen Königreich des Volkes, beherrscht von sich selbst und allen, nimmt klarere Konturen an.« Begeistert hielt er dem Mann mit den silbernen Haaren eine Skizze vor die unterschiedlich farbigen Augen. »Zugegeben, die Eingliederung der Sumpfkreaturen in die Gesellschaft bereitet noch gewisse Probleme, aber ich bin zuversichtlich. Das Modell und die Friedfertigkeit der einstigen Verbotenen Stadt weisen auf eine Lösung hin, wie sie einfacher nicht sein könnte. Wenn wir …«

»Danke, Hoher Herr«, unterbrach ihn Mortva freundlich. »Ich habe noch Angelegenheiten zu regeln. Nachdem wir solch bescheidene Verluste von siebzehntausend Mann und einem genialen Strategen hatten, muss ich nun Soldaten aus dem Boden stampfen.« Er wandte sich um.

»So genial kann er nicht gewesen sein«, hörte er die Stimme seines Herrn mit einem stichelnden Unterton. »Schließlich ist er tot. Meister Hetrál war der Held, der diese Legende köpfte, nicht wahr?«

Mortva drehte sich zu Lodrik. »Ganz recht.«

»Die Befreiung läuft in allen anderen Ländern gut?«

»So schnell, dass Ihr mit den Ausfertigungen über die

›Herrschaft des Volkes‹ nicht nachkommen werdet, Hoher Herr. Tersion gehört in zwei Wochen uns, Regentin Alana die Zweite hat sich ins Kaiserreich Angor abgesetzt.«

»Wie schade. Ich war neugierig, was sie von meinen Plänen hält. In Zukunft wird sich niemand mehr absetzen«, grübelte der Kabcar. »Ich will, dass Ihr die Seeblockade verstärken lasst. Schickt Sinured und vier neue Geschützträger in diese Gewässer, er soll die Schwarze Flotte mit den Bombarden aus dem Wasser heben, wenn sie im Frühjahr ankommt. Das wird noch eine große Herausforderung.«

»Ja, Hoher Herr, das sehe ich genauso. Die Kensustrianer verfügen, wie sich gezeigt hat, über sehr gute Konstrukteure, die …«

»Ich meinte die kensustrianischen Menschen mit ihrer so völlig anderen Mentalität und diesem Kastenwesen«, fiel ihm der junge Herrscher ins Wort. »Aber sei's drum. Geht, Mortva, und erobert den Kontinent zu Ende, damit alle von den Fesseln der Mächtigen befreit werden. Dann ist meine Arbeit getan.«

»Ich kümmere mich darum. Noch ein Jahr, Hoher Herr, dann seid Ihr der große Erneuerer Ulldarts.«

Eilig verließ er das Zimmer und lehnte sich an die geschlossenen Türen. Noch ein oder zwei Sätze mehr, und seine »inneren Werte« hätten ihn überrumpelt. Der Konsultant wandelte gedankenversunken den Korridor hinab, um nach seinen beiden Schülern zu sehen. Govan und Zvatochna beherrschten die Magie so selbstverständlich, wie andere Leute das Essen und Trinken.

Doch das Mädchen geriet zusehends unter den schädlichen Einfluss ihrer Mutter und wandte ihre Aufmerksamkeit ihrer übernatürlichen Schönheit zu, die einem Mann den Kopf verdrehen konnte und ihn seinen Verstand vergessen ließ.

Die Kabcara führte das Mädchen in die feine Gesellschaft von Ulsar ein, auf Bällen flogen der Heranwachsenden die Herzen der Männer nur so zu. Sie bekam, was sie wollte, ohne mit jemandem eine Nacht zu verbringen, ein Augenaufschlag genügte. Im Grunde müsste er sie an die Oper geben oder ins Theater stecken, denn sie beherrschte das falsche Lächeln, die gespielte Traurigkeit und die vorgetäuschte Betroffenheit perfekter als Aljascha.

Krutor war eben Krutor, leicht zu beeindrucken, schwach im Geist, groß wie ein Erwachsener und stark wie drei Männer. Hemeròc würde einen brauchbaren Kämpfer aus ihm machen.

Govan himmelte ihn an, und schon allein deswegen legte er sich bei den Übungen mehr ins Zeug als seine Schwester. Das magische Potenzial schien enorm.

Er fand den Jungen im Unterrichtszimmer allein vor. Der Tadc levitierte sämtliche Möbel des Raumes, inklusive der beladenen, zentnerschweren Bücherregale und der Marmorbüste seines Großvaters. Als sei es das Einfachste von der Welt, saß er dabei auf dem schwebenden Tisch und las ein Buch.

»Meint Ihr nicht, dass Ihr Euch ein wenig überanstrengt, hoheitlicher Tadc?«, erkundigte sich der Konsultant.

»Nein, lieber Mortva«, sagte Govan und klappte seine Lektüre zu. »Schau.« Das mit Folianten und anderen Schriftwerken gefüllte Büchergestell drehte sich einmal um die eigene Achse, ohne dass nur ein einziges Staubkorn zu Boden fiel. »Und dennoch fühle ich mich nicht wirklich gefordert. Ich würde gerne einmal ausprobieren, was ich noch alles mit der Magie zu tun vermag. Ich spüre Größeres in mir.«

Der Mann mit den silbernen Haaren applaudierte, während sich die Gegenstände sanft senkten. »Wir werden uns schon etwas für Euch einfallen lassen, hoheitlicher Tadc.« Suchend blickte er sich um. »Wo ist die Tadca?«

»Sie ist bei ihrer Mutter und lässt sich zeigen, wie man Puder und den ganzen anderen überflüssigen Weiberkram benutzt, falls einmal ihre Zofen krank sein sollten«, meinte der Junge verächtlich und hüpfte vom Tisch herunter. »Sie meinte, sie hat schon geübt.«

»Und Ihr? Seid Ihr ebenfalls fertig?« Mortva strich dem Thronfolger zärtlich über den Kopf.

»Ja. Können wir das Gefängnis noch einmal besuchen?« Die Augen leuchteten. »Bitte, bitte, Mortva. Vielleicht sehen wir wieder eine Folterung?«

»Ich glaube nicht, dass es ein guter Einfall wäre. Euer Vater war nicht sehr erfreut, als er von unserem zufälligen Ausflug hörte«, lehnte er ab. »Zumal Ihr in der Tat noch ein wenig zu jung seid.« Insgeheim jubelte er. Er hatte den Knaben richtig eingeschätzt, als er annahm, der Junge fände Gefallen an Grausamkeit.

»Ach, mein Vater.« Govan wirkte enttäuscht. »Sitzt über seinen Aufzeichnungen, über etwas, was er selbst nicht versteht, obwohl er es sich unentwegt neu ausdenkt. Ich begreife nicht, wie er ein solches Großreich beherrschen kann.« Er lächelte seinen Mentor an. »Er wird es nur seinem Berater verdanken.«

»Danke, hoheitlicher Tadc.« Mortva verneigte sich. »Eure Mutter unterstützt ihn, wo sie nur kann.«

»Ich glaube, du denkst, ich wäre ahnungslos, richtig?« Govan sagte das in einem heiteren Ton, der den Konsultanten aufhorchen ließ. »Ich weiß, dass sie gerne mit anderen Männern zusammen ist. Sie genießt es, im Mittelpunkt zu stehen und um ihrer Schönheit willen bewundert zu werden.« Er kam lächelnd auf den Mann zu. »Und ich weiß, dass ihr beide gelegentlich die Nächte zusammen verbringt, Mortva. Und Zvatochna ahnt es. Aber ich bewahre euer kleines Geheimnis gut auf.«

»Ihr seid zu gütig, hoheitlicher Tadc.«

»Und weißt du auch, warum?«

»Nein, hoheitlicher Tadc.«

»Ich will nicht, dass du hingerichtet wirst.« Der Thronfolger nahm die Hand des Konsultanten. »Ich wünsche mir so sehr, dass du mein Vater wärst. Du bist intelligent und … besser. Dann könntest du das Land regieren. Und zwar wie ein Herrscher. Ein harter Herrscher.«

»Nein, das ist nicht meine Aufgabe, auch wenn mich Euer Wunsch ehrt«, gab Mortva zurück. »Aber wenn Euer Vater eines Tages stirbt, werdet Ihr an seine Stelle treten und, nun ja, könnt ein harter, besserer Kabcar werden.«

Govan stieß die Luft geräuschvoll aus. Der Ausdruck in seinen Augen veränderte sich, wurde gierig und berechnend. »Wie lange lebt denn ein Mensch?«

Mortva lachte leise. »Ihr wollt wissen, wie lange Ihr noch warten müsst, nicht wahr? Aber denkt daran, dass die Dunkle Zeit anbricht, wenn ihm etwas zustoßen würde.«

Der Tadc winkte ab. »Daran glaube ich nicht.«

»Wollt Ihr es auf eine Probe ankommen lassen?«, fragte der Mann mit den silbernen Haaren leise und wartete sorgfältig die Reaktion seines Schützlings ab.

»Das ist Hochverrat, lieber Mortva.« Govan machte nicht den Eindruck, als würde ihn das besonders stören. »Wenn, müsste es nach einem Unfall aussehen.«

»Ihr imponiert mir.« Der Berater verzog das Gesicht. »Ihr werdet es weit bringen.«

Der Knabe lächelte und legte den Kopf ein wenig schief, während er die Hände auf den Rücken legte. »Ich weiß.« Altklug wippte er mit den Füßen auf und ab, die Haltung eines referierenden Lehrers imitierend. »Und du willst mir dabei helfen.«

»Möglich«, meinte Mortva knapp, dem es plötzlich ein wenig zu schnell ging.

»Was hast du meiner Mutter versprochen?«

»Bitte?« Der unheimliche Junge hatte es geschafft, den Konsultanten zu verwirren.

»Sie ist gewieft und machthungrig. Ihr Einfluss auf die Reichen und Mächtigen ist sehr groß. Sie würde gerne selbst auf dem Thron sitzen, aber mit irgendetwas schaffst du es, sie zum Stillhalten zu bewegen« Govan schlich um Mortva herum. »Wie schaffst du es?«

»Ihr täuscht Euch, hoheitlicher Tadc«, wiegelte er ab. »Aber sagtet Ihr nicht vorhin, Ihr wärt auf der Suche nach einer echten Herausforderung für Eure magischen Fähigkeiten?« Augenblicklich erwachte das Interesse des Thronfolgers. »Es gibt eine Festung an der Grenze zu Ilfaris, die Euren Vater siebzehntausend Soldaten und seinen besten Strategen gekostet hat. Sie gilt als uneinnehmbar.« Er hob seinen Zeigefinger. »Für normale Menschen.«

»Ich könnte mich nach Herzenslust austoben?«, fragte der Thronfolger lebhaft.

»Voll und ganz«, sagte der Konsultant. »Ihr würdet Eurem Vater und mir eine große Freude machen, wenn Ihr die Eroberung beschleunigen würdet.«

Govan nahm die Hand des Mannes. »Dann sollten wir sofort aufbrechen.«

Lachend ging Mortva in die Hocke. »Aber nicht doch, hoheitlicher Tadc. Dort wird es so kalt, dass einem kleinen Jungen wie Euch das Blut in den Adern gefriert. Im Frühjahr, wenn ich neue Truppen zusammengezogen und einen Anführer gefunden habe, werden wir hinreisen.«

»Versprochen?«, fragte der Knabe misstrauisch. »Auch gegen den Willen meines Vaters?«

»Versprochen, hoheitlicher Tadc.« Er erhob sich und ging zur Tür. »Nun übt noch ein wenig und geht zu Bett. Ich werde mich um den Krieg kümmern, damit Ihr bald ein noch größeres Reich habt.« Govan schenkte ihm ein liebevolles Lächeln.

Der Mann mit den silbernen Haaren schritt durch den Palast, bis er vor seiner Zimmertür angekommen war.

Sanft berührte er das Schloss, das kurz aufglühte, dann öffnete er den Eingang. Bei seinem Eintreten entflammten die Kerzen und Petroleumlampen auf einen unausgesprochenen magischen Befehl hin.

Nur ein mächtiger schwarzer Schrank stand an der breiten Seite des kahlen Raumes.

Mortva öffnete die ausladenden Schwingtüren und erfreute sich einmal mehr an der Pracht des Inhalts.

Säuberlich aufgereiht hingen dreizehn der insgesamt einundzwanzig aldoreelischen Klingen an Halterungen. Das Funkeln der Diamanten an den Griffenden entrang ihm ein zufriedenes Seufzen. Acht müsste ihm Hemeròc noch herbeischaffen, ohne sich von den Besitzern dabei in Stücke zerhacken zu lassen. Ernste Zweifel hatte der Konsultant nur bei den Ordensrittern, die mit den Waffen umzugehen wussten. Im Fall von Hetrál hatte sein Helfer ebenfalls versagt.

Die Flammen der Lampen flackerten und verkündeten das Eintreten eines unerwarteten Besuchers. Mortva zog alle magische Energien in sich zusammen. Wenn es jemandem gelang, an der gesicherten Tür vorbeizukommen, musste sein ungebetener Gast zwangsläufig magisch sein.

»Ich habe gehört, ich wurde vermisst«, sagte eine krächzende Frauenstimme.

»Paktaï!«, rief der Konsultant verdutzt und wandte sich ihr zu. »Wo in aller Welt hast du gesteckt? Wegen dir kommen unsere Pläne ins Stocken.«

»Etwas mehr Freude wäre angebracht«, erwiderte sie und nahm eine Hand vom Rücken, in der sie eine aldoreelische Klinge hielt. Griff und Hülle schimmerten noch feucht vom frischen Blut, das daran haftete. »Ich habe ein Geschenk dabei. Ein neureicher Adliger in Serinka hatte keine Verwendung mehr für die Waffe, nachdem er gestorben war.«

»Feinsinniger Humor? Von dir?« Mortva nahm das

Schwert an sich und platzierte es bei den anderen. »Es sind viele Fragen offen geblieben, seitdem du verschwunden bist. Was ist mit den anderen, dieser Miklanowo? Dass ihr sie versenkt habt, kann ich mir denken.«

»Die Brojakin gebar auf See ein Kind, bevor ich sie in die Fluten schickte, zusammen mit ihren Freunden.« Das Wesen in Gestalt einer Frau behielt ein ausdrucksloses Gesicht bei. »Es gelang dem Rogogarder durch eine List, mich auf den Grund des Meeres zu schicken. Er hat als Einziger überlebt.«

»Aha, da haben wir die Lösung«, meinte der Konsultant. »Der arme Hemeròc hat den ganzen Kontinent und andere Orte nach dir abgesucht.« Lauernd schaute er auf die bleichen Züge. »Ich hatte zunächst den Verdacht, du wärst abtrünnig geworden.«

»Niemals«, sagte sie tonlos. »Ich brauchte eine Weile, um mir ein Schiff zu nehmen, das mich von Kalisstron nach Ulldart brachte.«

»In der Tat, der Rogogarder lebt. Aber was soll's. Ein stinkender Pirat wird uns nicht aufhalten. Solange nur Norina und dieses Balg tot sind.« Mortva blickte auf seine roten Fingerspitzen. »Wir hatten Verluste. Varèsz ist endgültig bei Tzulan. Da Hemeròc nicht in der Lage war, diesem Hetrál seine verwunschene Waffe abzunehmen, bekam sie der Stratege in den Leib oder sonst wo hin. Äußerst schade. Ersatz zu finden wird nicht einfach. Die Staatenbündler werden vor Freude wahrscheinlich ohnmächtig.«

»Wie lauten die nächsten Anweisungen?«, erkundigte sich Paktaï.

»Da diese Klingen die einzigen Waffen sind, die uns gefährlich werden können, sollten wir alles daran setzen, sie weiterhin einzusammeln«, meinte der Konsultant. »Kümmere dich zunächst um die Klingen, die nicht im Besitz der Hohen Schwerter sind, ich will sie mir bis zum Schluss aufheben. Der Orden steht noch zu hoch in der Gunst des Hohen Herrn, das muss ich erst ändern. Danach darf Hemeròc sich auch meinetwegen an diesem Nerestro von Kuraschka ausleben.«

Die Zweite Göttin verneigte sich knapp und verschmolz in den Schatten. Ein letztes Glühen der roten Augen, und sie war verschwunden.

Mortva warf einen letzten Blick auf die Sammlung der besonderen Hiebwaffen, dann schloss er den Schrank. Als er seine Hand auf die Klinke legte, fiel ihm auf, dass die Tür einen winzigen Spalt offen stand. Hatte Paktaï tatsächlich die Tür benutzt? Sie lernte allmählich.

Gut gelaunt verließ er seine Unterkunft und schlenderte, eine Melodie summend, in Richtung der Zimmer der Kabcara, um seinen Pflichten als Liebhaber nachzukommen.

Ein paar braune Augen verfolgten seine Schritte aus dem Schutz eines Vorhangs, der vor dem großen Seitenfenster des Flures hing, bis der Mann um die Ecke des Korridors gegangen war. Dann huschte ein kleiner Schatten aus dem Versteck und rannte aufgeregt in die andere Richtung davon.

EPILOG

Kontinent Kalisstron, Jökolmur, Winter 457/58 n. S.

Torben verzog das Gesicht, als er an dem Becher nippte. »Und das soll besser als Branntwein sein?«, fragte er den Wirt irritiert. »Hört zu, ich bin gewiss ein freundlicher Mensch, aber das hier ist eine sudelige Kräuterbrühe, die nicht einmal ein Verdurstender saufen würde.« Er hielt ihm das Gefäß fassungslos unter die Nase. »Da, riecht. Nicht einmal vergoren.«

Varla packte den Freibeuter am Arm und drückte ihn als Warnzeichen zusammen. Die grünen Augen des Kalisstronen verengten sich gefährlich.

»Wir nehmen keinen Alkohol zu uns, Fremder«, kam die Belehrung kühl. »Die Bleiche Göttin verabscheut ihn. Wir trinken höchstens Njoss.«

»Ach ja?«, begehrte der Rogogarder auf. Die geflochtenen Bartsträhnen mit den bunten Perlen und den schwarzen Eisenringen wippten vor und zurück. »Dann will ich Euch mal was erzählen über die Bleiche Göttin ...«

»... die gütig ist und selbst von so polternden Kerlen wie ihm mit dem gebührenden Respekt verehrt wird«, ergänzte die Tarvinin schnell und strahlten den Wirt an. Sie hatte ihm Gegensatz zu ihrem Begleiter bemerkt, dass sich die ersten Gäste ihnen zuwandten. »Er ist erst vor kurzem zu Kalisstra übergetreten. Verzeiht ihm.«

»Nun denn. Aber nehmt die Finger vom Branntwein,

wenn Ihr ein wahrer Gläubiger sein wollt«, meinte der Schenkenbesitzer etwas versöhnlicher. »Euer Essen kommt gleich.« Mit einem Grummeln und einem bösen Blick auf Torben zog er ab.

Varla schlug ihm auf den Oberarm. »Du störrischer Idiot«, zischte sie. »Willst du, dass uns die Kalisstri als Dekoration von den Deckenbalken baumeln lassen?«

»Alles, was ich will, ist ein Glas Grog. Das ist bei den Temperaturen das Richtige.« Torben blieb unversöhnlich. Betont schob er den Becher mit Njoss von sich. »Ich kann nichts dafür, dass unsere Vorräte an Bord ausgegangen sind.«

Die Frau hob vorwurfsvoll eine Augenbraue. »Wenn auch nur einer ahnen würde, dass die Rogogarder ein Volk von Branntweinabhängigen sind, wären die Kriege gegen euch ganz anders verlaufen. Sie hätten euch mit kleinen Rumfässchen aus den Inselfestungen gelockt, und wie Mäuse auf den Käse scharf sind, so wärt ihr am Strand entlanggerannt.« Sie stellte ihm das Gefäß wieder hin. »Trink. Es schauen alle zu uns.«

Die Einsicht siegte. Widerwillig schluckte Torben den Trank und rülpste anschließend absichtlich laut. »Da haben wir's. Meine Innereien rebellieren.«

»Deine Innereien verteilen sich auf dem Fußboden, mein Lieber, wenn diese gestandenen Männer bemerken, dass du ein Ungläubiger und noch ein Pirat dazu bist.« Varla lächelte und gab ihm einen Kuss auf die Wange. »Also hör auf zu meckern und halt die Klappe. Wir werden nur einen Tag brauchen, um Proviant aufzunehmen.«

»Je eher wir in Tarvin sind, desto besser. Das hier sind keine echten Männer«, nörgelte der Rogogarder leise weiter.

»Habe ich schon erwähnt, dass bei uns das Bier umgerechnet zwanzig Waslec kostet?«, erkundigte sich die Frau beiläufig.

Torbens Gesicht entgleiste. »Ich werde bei euch zum Bettler.« Varla konnte sich nicht länger beherrschen und prustete los. »Oh, du Heuchlerin! Reinlegen wolltest du mich.«

»Ja«, lachte sie ihn fröhlich an. »Aber die Verlockung war zu groß.«

Der Wirt brachte das Essen und eine Karaffe des Suds. »Der geht aufs Haus«, verkündete er mit einem diebischen Grinsen im Gesicht. »Mögen die Gedanken fliegen.«

»Wie süß, er will dich bekehren.« Die Tarvinin boxte ihn in die Seite. »Ich wünsche dir den passenden Durst.«

»Prost!«, meinte Torben knapp, nahm die Kanne Njoss in beide Hände und leerte sie in einem Zug. »Nur weg mit dem Zeug.« Wieder schallte ein gewaltiges Rülpsen durch die Gaststube. Dann machte er sich über den Fisch her, den der Wirt gebracht hatte.

Varla seufzte. »Du bist mir ein Diplomat.«

»Du wirst sehen, die Verhandlungen mit deinen Leute führe ich viel besser.« Er schwenkte die fettigen Finger. Sorgsam zog er das Fleisch von den Gräten und schob es sich in den Mund. »Wir wollen doch einmal sehen, ob Rogogard und Tarvin nicht etwas haben, was man gegenseitig austauschen kann. Im Krieg gegen den Kabcar kommt uns beinahe alles recht.«

»Wir sind in zwei Wochen dort, wenn der Wind gut steht«, versprach Varla, die ihn mit einem besorgten Gesicht beobachtete. Die Pupillen seiner graugrünen Augen weiteten sich rasch. »Ist alles in Ordnung mit dir? Du hättest den Kräutersud nicht auf einmal trinken sollen.«

»Ach was. Ich vertrage Branntwein literweise, da wird mir die Plörre nichts ausmachen.« Er blinzelte sie an. »Ist das Licht in Kalisstron eigentlich heller?«

»Ich schlage vor, wir gehen zum Schiff zurück, bevor sich die Wirkung voll einstellt und deine Gedanken zusammen mit deinem Verstand davonfliegen«, empfahl die Tarvinin grinsend. »Ich bin zwar stark, aber schleppen will ich dich nicht.«

Der Rogogarder schaute erschrocken auf seinen Fisch. »Der hat eben etwas zu mir gesagt.«

»Es geht los, wie?« Sie warf ein paar Münzen auf den Tisch und bugsierte den Mann nach draußen.

Die Kalisstri lachten ihnen hinterher. »Er ist auf dem Weg, ein echter Gläubiger zu werden«, rief ihnen der Wirt nach.

Der Freibeuter schirmte seine empfindlich gewordenen Augen vor den Sonnen ab und taumelte von selbst in den Schatten einer Hauswand. »Oh, dieses Njosszeugs hat es aber in sich.«

»Ja, ja«, meinte Varla und setzte ihn auf einen Sack mit Getreide. »Warte hier, du Held. Ich hole ein paar Mann, um dich an Bord zu bringen. Lauf nicht weg.« Sie legte seine rechte Hand an einen Zipfel des groben Stoffs. »Da, halte dich fest und lass nicht los.«

»Nicht loslassen«, wiederholte Torben ein wenig lallend. »Die Gewürzplempe ist großartig«, kicherte er. Dann runzelte er die Stirn und sah einen Passanten strafend an, der an ihm vorbeiging. Die Schritte dröhnten in seinen Ohren. »Mann, diese Kalisstri machen einen Lärm. Kannst du nicht leiser laufen?«

»Dann bete zu der Bleichen Göttin, dass keine Kutsche vorbeikommt«, grinste Varla. »Nicht loslassen, verstanden?« Sie eilte zum Hafen.

Torben sank gegen die Hauswand und brummte ein Lied, die Augen geschlossen.

»Hey, steh auf!«, befahl ihm jemand und klopfte ihm auf den Rücken. »Ich muss den Sack mitnehmen.«

»Nein, mein Herr.« Der Rogogarder schüttelte übertrieben den Kopf, ohne die Lider zu öffnen. »Ich muss sitzen und warten. Und nicht loslassen.«

»Oje, da hat wohl jemand ein bisschen viel Njoss zu

sich genommen.« Ein kurzer Stoß beförderte den Rogogarder vom Sack, doch den Zipfel hielt er eisen fest.

»Ich soll ihn nicht loslassen«, gluckste er. »Nein, mein Herr, diesen Sack lasse ich nicht los.«

»Dann wirst du wohl mitkommen müssen.« Als der Mann die Fracht aufhob, folgte er ihm, das Stück Stoff zwischen den Fingern.

Die Augen geschlossen, tappte er wie ein blinder Hund an der Leine hinter dem Unbekannten her. Ab und zu hörte er Gelächter, wenn sich die Umstehenden über das seltsame Paar amüsierten, aber das störte ihn in seiner Rauschseligkeit nicht.

Er lachte mit, sang Lieder, stolperte zwischendurch immer wieder und rempelte seinem Führer ins Kreuz, der sein Anhängsel aber mit einer gefassten Ruhe durch die Gassen von Jökolmur zerrte.

Irgendwann bemerkte er, dass er eine neue, aber dennoch vertraute Melodie, die an seine Ohren drang, mitbrummte.

Die leisen, feinen Töne wie von kleinen Glöckchen erzeugten eine Weise, die er vor langer Zeit gehört hatte. Er lauschte gebannt, die Finger öffneten sich und gaben den Sackzipfel frei.

Der Freibeuter sprang und hüpfte zu der Melodie, drehte Pirouetten, bis er außer Atem an einer rauen Wand hinabrutschte und sich kichernd von seinem ungelenken Tanz ausruhte.

»Ich bin gehopst wie diese hölzerne tarpolische Tanzschwuchtel«, verkündete er den Mauern und lehnte den Kopf an. Als er es wagte, die Augen nur einen Spalt zu öffnen, drehte sich die Welt um ihn herum. Nur kurz erkannte er gespannte Seile über sich, an der Frauenunterwäsche im Wind baumelte. Schnell schloss er die Lider.

In seinen entrückten Gedanken entstand eine verschwommene Erinnerung.

Er sah ein lackiertes Kistchen, das von schlanken

Frauenhänden behutsam auf einen kleinen, groben Tisch gestellt wurde. Die Finger klappten den Deckel zurück, augenblicklich ertönte eine zarte Melodie, die mit der identisch war, die er eben gehört hatte. Die Miniatur eines tarpolischen Tänzers sprang um seine filigran gearbeitete Partnerin herum, die sich auf den Zehenspitzen immer um die eigene Achse drehte. Es war ein Geschenk. Ein Geschenk an …

»Norina!«, entfuhr es Torben. Ungeschickt stand er auf, schwankte von einer Hauswand gegen die nächste, während er immer wieder versuchte, die Lider zu heben. Aber das grelle, unbarmherzige Licht ließ es nicht zu. »Norina!«

Die Töne verstummten abrupt.

Hilflos wie ein Kleinkind stolperte und stürzte der Freibeuter durch die Straßen von Jökolmur, immer wieder den Namen der Frau rufend, an deren Tod er niemals geglaubt hatte.

Doch er erhielt keine Antwort.

Von Markus Heitz liegen bei Piper vor:
Schatten über Ulldart. Ulldart – Die Dunkle Zeit 1
Der Orden der Schwerter. Ulldart – Die Dunkle Zeit 2
Das Zeichen des Dunklen Gottes. Ulldart – Die Dunkle Zeit 3
Unter den Augen Tzulans. Ulldart – Die Dunkle Zeit 4
Die Magie des Herrschers. Ulldart – Die Dunkle Zeit 5
Die Quellen des Bösen. Ulldart – Die Dunkle Zeit 6
Trügerischer Friede. Ulldart – Zeit des Neuen 1
Brennende Kontinente. Ulldart – Zeit des Neuen 2
Fatales Vermächtnis. Ulldart – Zeit des Neuen 3

Ulldart I (Doppelband)
Ulldart II (Doppelband)
Ulldart III (Doppelband)
Ulldart IV (Dreifachband)

Die Zwerge
Der Krieg der Zwerge
Die Rache der Zwerge
Das Schicksal der Zwerge

Die Legenden der Albae. Gerechter Zorn
Die Legenden der Albae. Vernichtender Hass

Die Mächte des Feuers
Drachenkaiser
Vampire! Vampire!

SEI UNSER
HELD!
PIPER FANTASY
Gleich mitmachen und die magische
Welt der Piper Fantasy erleben! Neugierig?
Dann auf zu www.piper-fantasy.de!
Piper-Fantasy.de
PIPER

Markus Heitz

Die Legenden der Albae – Vernichtender Hass

656 Seiten. Klappenbroschur

Die Albae Sinthoras und Caphalor sehen sich beinahe am Ziel ihrer dunklen Pläne: Das Geborgene Land, die Heimat der Zwerge, wird von der Armee aus Trollen, Barbaren und Albae erobert. Die Länder der verhassten Elben sind zum Greifen nahe. Aber bald schon schwindet der Halt unter den Verbündeten, und die Gier siegt über den Gehorsam. Dazu droht Sinthoras und Caphalor neues Unheil. Denn es erscheint ein unerwarteter, bezwungen geglaubter Feind vor dem Reich der Albae – während die besten Krieger im Geborgenen Land kämpfen und die Heimat der Albae dem Gegner nahezu schutzlos ausgeliefert ist ... Lang erwartet – der neue Roman um die finsteren Feinde der Zwerge!

01/1960/01/R

Markus Heitz

Trügerischer Friede

Ulldart – Zeit des Neuen 1.
448 Seiten. Piper Taschenbuch

Nach der großen, verheerenden Schlacht ist auf dem Kontinent Ulldart wieder Frieden eingekehrt. Doch die Ruhe trügt: Während Lodrik sich immer weiter zurückzieht, plant seine erste Frau Aljascha, die Herrschaft über Tarpol zu erlangen. Und im fernen Norden ist jemand erschienen, den alle für tot gehalten haben. Die ehemaligen Kampfgefährten müssen erneut zusammentreffen, um die Katastrophe zu verhindern …

Mit dem Zyklus »Zeit des Neuen« kehrt der Bestsellerautor auf den Kontinent Ulldart zurück – ein idealer Einstieg für Neuleser und zugleich ein Wiedersehen mit den beliebtesten Helden und größten Schurken.

05/1869/02/L

Markus Heitz

Brennende Kontinente

Ulldart – Zeit des Neuen 2.
464 Seiten. Piper Taschenbuch

Die Ereignisse auf Ulldart spitzen sich zu: Die einstige Herrscherin von Tersion kehrt aus dem Exil zurück und will die Macht an sich reißen. An der Westküste des Kontinents taucht eine Flotte mysteriöser Kriegsschiffe auf und zieht in die Schlacht gegen das kensustrianische Heer. Doch wer sind die Fremden, und welche Ziele verfolgen sie? Norina, die Herrscherin Tarpols, entgeht nur knapp einem Anschlag auf ihr Leben. Endlich begreift Lodrik, wie viel ihm Norina bedeutet. Doch es scheint, als komme diese Erkenntnis zu spät, denn Norina gerät in eine Falle … Der große Zyklus des erfolgreichsten deutschen Fantasy-Autors geht in die nächste Runde!

»Markus Heitz versteht es meisterhaft, den Leser zu fesseln.«
Phantastik.de

05/2023/02/R

Markus Heitz

Die Mächte des Feuers

Roman. 576 Seiten. Piper Taschenbuch

Der epische Bestseller von Markus Heitz: Seit Jahrhunderten werden die Geschicke der Welt in Wahrheit von übermächtigen Wesen gelenkt, den Drachen. Sie entfachen politische Konflikte, stürzen Könige und treiben Staaten in den Krieg. Doch nun schlagen die Menschen zurück … Im Jahr 1925 untersucht die Drachentöterin Silena eine Reihe mysteriöser Todesfälle. Immer neue geheimnisvolle Gegenspieler und Verbündete erscheinen. Silena wird in einen uralten magischen Konflikt verstrickt. Stecken Drachen dahinter, oder muss sie sich einem ganz anderen Gegner stellen?

»Fantasy und Horror in einem feurig fesselnden Gemisch.«
Bild am Sonntag

05/2206/02/L

Markus Heitz

Vampire! Vampire!

Alles über Blutsauger. 224 Seiten. Piper Taschenbuch

Im Jahr 1731 kommt es nahe Belgrad zu mysteriösen Todesfällen. Die Behörden sprechen von Vampirismus. Doch ist dieser historisch verbürgte Fall wirklich der erste? Woher stammt der Vampirmythos? Gibt es Beweise für ihre Existenz oder ist alles erlogen? Wie sehen Vampire aus, und mit welchen Mitteln kann man sich gegen sie zur Wehr setzen? Mit Spannung, Witz und glänzend recherchierten Anekdoten führt Bestsellerautor Markus Heitz durch die Geschichte der Blutsauger und bietet das unverzichtbare Rüstzeug für alle Fans der spitzen Eckzähne.

Alles, was man über die unheimlichsten Geschöpfe der Menschheitsgeschichte wissen muss.

05/2311/02/R